## 엘러리 퀸 Ellery Queen

20세기 미스터리를 대표하는 거장. 작가 활동 외에도 미스터리 연구가, 장서가, 잡지 발행인으로 잘 알려져 있다. 또한 '엘러리 퀸'은 그의 작품 속에 등장하는 탐정 이름이기도 한데, 셜록 홈스와 명성을 나란히 하는 금세기 최고의 명탐정이다.

엘러리 퀸은 한 사람의 이름이 아니라 만프레드 리(Manfred Bennington Lee, 1905~1971)와 프레데릭 다네이(Frederic Dannay, 1905~1982), 이 두 사촌 형제의 필명이다. 둘은 뉴욕 브루클린 출신으로 각각 광고 회사와 영화사에서 일하던 중, 당시 최고 인기 작가였던 밴 다인(S. S. Van Dine)의 성공에 자극받아 미스터리 소설에 도전하기로 마음먹는다. 그들의 계획을 현실로 만든 것은 〈맥클루어스〉 잡지사의 소설 공모였다. 탐정의 이름만 기억될 뿐 작가의 이름은 쉽게 잊힌다고 생각한 그들은, '엘러리 퀸'이라는 공동 필명을 탐정의 이름으로 삼았다. 그들이 응모한 작품은 1등으로 당선됐으나, 공교롭게도 잡지사가 파산하고 상속인이 바뀌어 수상이 무산된다. 하지만 스토크스 출판사에 의해 작품은 빛을 보게 되는데, 이것이 바로 엘러리 퀸의 역사적인 첫 작품 《로마 모자 미스터리》(1929)였다.

이후 엘러리 퀸은 논리와 기교를 중시하는 초기작부터 인간의 본성을 꿰뚫는 후기작까지, 미스터리 장르의 발전을 이끌며 역사에 길이 남을 걸작들을 생산해냈다. 대표작은 셀 수 없을 정도이나, 그가 바너비 로스 명의로 발표한 《Y의 비극》(1932)은 '세계 3대 미스터리'로 불릴 만큼 높은 평가를 받고 있으며 중편 〈신의 등불〉(1935)은 '세계 최고의 중편'이라는 별칭을 가지고 있다. 이외 《그리스 관 미스터리》(1932), 《이집트 십자가 미스터리》(1932), 《X의 비극》(1932), 《재앙의 거리》(1942), 《열흘간의 불가사의》(1948) 등은 미스터리 장르에서 언제나 거론되는 걸작들이다. '독자에의 도전'을 비롯해 그가 작품에서 보여준 형식과 아이디어는 거의 모든 후대 작가들에게 영향을 미쳤으며 특히 일본의 본격, 신본격 미스터리의 기반이 됐다.

작품 외에도 엘러리 퀸은 미스터리 장르의 전 영역에 걸쳐 두각을 나타냈다. 비평서, 범죄 논픽션, 영화 시나리오, 라디오 드라마 등에서도 활동했으며, 미국미스터리작가협회 회장을 역임했다. 또 현재에도 발간 중인 〈EQMM 엘러리 퀸 미스터리 매거진〉(1941년 시작됨)을 발간해 앤솔러지 등을 출간하며 수많은 후배 작가를 발굴하기도 했다. 미국미스터리작가협회는 이런 엘러리 퀸의 공을 기려 1969년 '《로마 모자 미스터리》 발간 40주년 기념 부문'을 제정하기도 했으며, 1983년부터는 미스터리 분야에서 두각을 나타낸 공동 작업에 '엘러리 퀸 상'을 수여하고 있다.

SIGONGSA *design* 박지은
*photo* © *Eric Schaal*

# XYZ의 비극

# XYZ의 비극

엘러리 퀸 지음
서계인 옮김

## *차례*

*9월 4일 금요일, 갑작스럽게 비가 쏟아지는 오후.*
*42번 스트리트의 붐비는 전차 안에서*
*한 남자가 천천히 쓰러진다.*
*그의 왼손에는 수십 개의 바늘에 찔린 상처가 있었다.*

*은퇴한 셰익스피어 극의 명배우 드루리 레인,*
*드디어 햄릿 저택에서 모습을 드러내다!*

# The Tragedy of X X의 비극

## 독자들에게 보내는 두 번째 공개장

친애하는 독자 여러분.

바너비 로스의 《X의 비극》이 처음 바이킹 프레스에서 하드커버로 발간된 것은 1932년의 일이었다. 이 책은 《Y의 비극》(1932), 《Z의 비극》(1933), 《드루리 레인 최후의 사건》(1933)으로 이어지는 4부작 시리즈의 첫 번째 작품이다. 《X의 비극》은 초판이 나온 지 8년 만에 뉴욕의 프레더릭 A. 스토크스 사에서 하드커버로 재출간되었으며 이때 작가의 정체가 밝혀졌다. 추리소설의 역사 속에서 한 작품이 하드커버 판본으로 두 번에 걸쳐 두 곳의 출판사에서 나오는 일은 몹시 드물며, 특히 이번 새 개정판처럼 46년 만에 세 번째 하드커버 판본으로 나오게 된 일은 흔치 않다.

자, 이제부터 나는 프랜시스 M. 네빈스 주니어가 훌륭한 소개문*1978년에 출간된 캘리포니아 대학교 출판부의 판본에 쓰인 서문을 이르는 말이다.―편집자*에서 언급하지 않았던 《X의 비극》에 관련된 사소한 사실이나 일화들을 몇 가지 쓰려 한다.

***제목*** 《Z의 비극》이 발간된 후 책을 읽은 독자 한 사람이 드루리 레인이 나오는 다음 작품의 제목을 《&의 비극》이라고 붙이라는 제안을 했다. 또 다른 독자는 리와 내가 알파벳의 첫 글자로 돌아가 《A의 비극》 《B의 비극》을 쭉 써서 다시 X까지 도달하는 것이 어떻겠냐는 말을 했다. 전부는 아니겠지만 많은 작가들이 어울리는 제목을 고르는 데 상당한 고심을 하게 된다. 그런 상황에서 눈앞에서 우리를 기다리는 스물네 개의 제목을 얻게 된 셈이었다. 그리

고 우리는 결정을 내렸다.

***단 네 권의 작품*** 네빈스의 서문에서도 한 가지 이유*바이킹 프레스와의 불화 때문이었다고 한다.–편집자*가 제시되었지만 다른 이유가 하나 더 있다. 1930년대 초반 리와 나는 전업 작가가 되기로 결심했다. 대공황의 밑바닥 속에서 우리에게는 부양해야 할 가족이 둘이나 있었다. 《Z의 비극》이 출판된 이후 우리는 바너비 로스 명의의 작품을 쓰면서 플롯을 짜고 집필하는 일과 엘러리 퀸 명의의 작품을 작업하는 일은 거의 비슷한 시간이 든다는 사실을 깨달았고, 퀸 이름의 책이 로스의 책보다 판매량이 좋았기 때문에 이 불안정한 시대에 조금이라도 더 많은 수입을 얻으려면 우리가 가진 모든 창의적인 에너지를 EQ의 발전에 쏟아야 한다는 현실적인 결정을 내렸다.

***X가 집필된 곳*** 작가 활동 초기 우리는 뉴욕 시에 '사무실'을 갖고 있었다. 가구가 딸린 아주 작은 방으로 8번 스트리트와 맥두걸 스트리트의 모퉁이에 있는 그리니치빌리지의 하숙집(이란 말은 몹시 완곡한 표현이다.)의 단칸방이었다. 그 방에는 나무 테이블 두 개와 평범한 의자 두 개 그리고 낮잠용 침대가 드문드문 놓여 있었다. 내가 기억하는 한 책상은 없었으며 드물게 방문자가 있을 때면(주로 '작가들이 어떻게 일하는지' 궁금해 찾아온 친구들이었다.) 다른 방에 가서 의자를 빌려야 했다. 안뜰 쪽으로 작은 창이 하나 나 있긴 했지만 아무리 둘이서 힘을 합쳐도 도저히 그 창문을 열 수가 없었다. 그리고 우리가 코트와 모자를 도대체 어디의 무엇에 걸었는지도 기억나질 않는다. 그 공간에서의 삶은 우리 공동 작업 경력의 초기 단계였을 것이다. 그러니 보헤미안다운 '예술가의 다락방'에서 일하는 것만큼이나 우리에게는 '로맨틱'하게 느껴지지 않았을까.

***헌정사*** X의 바이킹 프레스 하드커버 판본에는 다음과 같은 헌정사가 포함

되어 있다.

'모리스 B. 울프 박사의 열정적인 도움에 감사하며.'

아마도 이 헌정사에 대해서 제대로 설명한 적은 없는 것 같다. 1931년, 그러니까 X가 집필되기 1년 전 우리는 병원을 주된 배경으로 하는 엘러리 퀸의 《네덜란드 구두 미스터리》를 발표했다. 이 책이 발간된 지 얼마 지나지 않아 우리는 병원 내 절차의 오류를 지적해주는 울프 박사의 편지를 받게 되었다. 우리는 울프 박사에게 감사를 표하면서 혹시 우리가 의학적인 문제에 대해 자문을 구할 수 있을지 물었다. 특히 독약과 관련된 문제에 대해서 말이다. 울프 박사는 흔쾌히 동의했고, 자신에게 '알려지지 않은' 독극물을 시험하는 개인 연구실이 있다는 사실도 알려주었다.

X의 작업에 착수하면서 우리는 사람으로 붐비는 전차 내의 살인이라는 개념이 아주 색다른 문제를 갖고 있다는 사실을 깨달았다. 우리는 울프 박사에게 장소, 타이밍, 사람으로 빽빽한 전차, 폭풍우, 흉기가 '보이지 않아야 한다'는 점 등 살인 사건의 상황을 아주 촘촘하게 알려주었고 울프 박사는 그를 바탕으로 흉기를 '발명'해주었다. 따라서 우리의 헌정사는 이 선량한 의사에게 바쳐진 것이다.

**실망** 리와 나는 언제나 드루리 레인('놀라운 탐정 능력을 지닌 늙은 셰익스피어 극배우')이 아주 이상적인 영화 속 탐정 그리고 시간이 흐른 뒤에는 텔레비전 드라마 속 탐정이라고 생각했다. 혹자는 저 유명한 셜록 홈스 연극배우 윌리엄 E. 질레트와 존 배리모어를 합친 느낌이라고 생각할지도 모르겠다. 하지만 사실 우리는 한 번도, 지나가는 말이라도 영상화의 제안을 받아본 적이 없었다. 그러나 이제 드루리 레인은 이렇게 캘리포니아의 델 마르 출판사에서 되살아나게 되었고, 그곳은 뉴욕보다 훨씬 할리우드에 가까운 위치에 있다. 뭐, 가깝다고 해서 무슨 이득이 있는 것은 아니지만…….

《X의 비극》은 미스터리 라이브러리 편집국이 퍼블리셔스 사에 추천해줬기에 출간될 수 있었다. 진심으로 감사한다. 그리고 프랜시스 M. 네빈스가 추천의 글을 써준 것 또한 감사하며 영광이라고 생각한다. 1940년 스토크스 판의 공개장에서 썼던 것과 마찬가지로 이 작품은 '연역 추리파' 탐정에 대한 이야기이다. 즉 독자들에 대해 공명정대한 태도를 취하는 부류에 속하며 결말에 이르기 전에 미리 모든 단서를 독자들에게 제시할 것이다. 이 책을 새로운 독자들이 부디 즐겁게 읽어주기를 바란다.

1977년 11월 7일
뉴욕 라치몬트에서
엘러리 퀸
"Ellery Queen"

## 독자에게 띄우는 첫 번째 공개장

친애하는 독자 여러분.

지금으로부터 구 년 전, 그때까지 엘러리 퀸이라는 하나의 필명으로 공동 저작을 해온 두 젊은이가 주위 사람들의 간절한 부탁과 여러 가지 사정에 따라 새로운 일련의 추리소설을 쓰게 되었다.

그 새로운 노력의 결과, 두 사람이 창조해낸 인물이 바로 놀라운 추리력을 지닌 셰익스피어 연극의 노배우 드루리 레인이다.

하지만 엘러리 퀸은 처음부터 탐정 엘러리 퀸의 공적을 기리는 작품을 발표해왔기에, 갑자기 이 새로운 인물 드루리 레인의 공적을 찬양하는 작품을 동일한 필명으로 세상에 내놓을 수가 없었다.

그래서 두 젊은이는 또 다른 필명을 만들기로 합의하여 드루리 레인 4부작의 첫 번째 작품인 《X의 비극》을 바나비 로스라는 이름으로 세상에 내놓게 되었다.

그런데 엘러리 퀸이라는 (두 사람의) 작가와 바나비 로스라는 (두 사람의) 작가 사이에는 어느 모로 보나 아무런 연관성을 찾아볼 수 없었다. 두 작가의 저서들은 각기 다른 출판사에서 간행되었고, 두 작가 주위에 의도적으로 갖가지 장막을 둘러놓았기 때문이다. 심지어 이중의 익명으로 숨겨져 있던 시절, 공식 석상에서 두 젊은이는 각자 도미노 마스크*가면무도회 등에서 사용하는 얼굴의 위쪽 반을 가리는 가면–옮긴이*를 쓰고서 한 연단에 올라서서 상대를 적대감 어린 눈초리로 노려본 적도 있었다. 한 사람은 엘러리 퀸, 또 한 사람은 바나비 로스 행세를 하며 서로가 추리 작가로서의 불타는 경쟁심을 가지고 있음을 연출해 보였던 것이다. 하지만 뉴저지 주의 메이플우드에서 일리노이 주의 시카고에 이르기까지 수많은 강연회장에서 호기심 가득한 청중들을 앞에 두고 두 사람이 주고받은 말들은 결코 겉치레만은 아니었다. 그러한 기만책으로 두 작가는 다른 개성을 가진 인격체로 비쳐질 수 있었다.

하지만 그러는 중에도 진실을 밝힐 수 있는 교묘한 단서 하나가 존재하고 있었다. 만약 예리한 눈을 가진 '안락의자 탐정'이 그 점을 깨달았다면, 엘러리 퀸과 바너비 로스의 관계를 쉽사리 알아내 그들이 지난 구 년 동안 세인들에게 짓궂게 속임수를 써왔다는 사실을 여지없이 폭로했을 것이다.

즉,《로마 모자 미스터리》(엘러리 퀸 시리즈의 최초 작품)의 서문을 관심 있게 살펴보면 다음과 같은 주목할 만한 기록을 발견할 수 있다.

*그의 범죄 수사 경력은 화려하다. 예를 들면, 현재는 고전이 되어버린 바너비 로스 살인 사건에서 빛나는 공을 세워 "리처드 퀸은 다마카 히에로, 브리용, 크리스 올리버, 르노, 제임스 레딕스 등과 같은 유명한 수사관들과 어깨를 나란히 한다."라는 평가를 받기도 했다.*

두 젊은이가 새로운 필명을 만들어야 할 필요성을 느꼈을 때 '바너비 로스'라는 이름을 택한 것은 바로 이 미심쩍은 인용문 때문이었다. 따라서 바너비 로스가 태어난 것은 엘러리 퀸 시리즈 제1탄의 서문이 쓰였던 1928년이지만, '두 아버지의 손에 의해 정식으로 세례를 받고 본적을 갖춘 것'은 1931년이 되는 셈이다.

그래서 결국 예나 지금이나 그리고 앞으로도 영원히 바너비 로스는 엘러리 퀸이며, 반대로 엘러리 퀸은 바너비 로스이기도 한 것이다.

드루리 레인에 대해 한마디 하자면, 반쯤은 연극하는 기분으로 사건에 참견하는 속임수의 천재이다. 어떤 한 인물(굳이 그 이름을 밝히고 싶진 않다.)을 제외하고는 아마도 예나 지금이나 가장 탁월한 추리력의 소유자인 이 노인을 우리는 언제나 애정 어린 시선으로 지켜보아왔다.

그의 형제(마찬가지로 책략가인 두 아버지가 그를 뭐라고 부를까?)와 마찬가지로 드루리 레인은 '연역 추리파'이다. 즉 독자들에 대해 공명정대한 태도를 취하는 부류에 속한다. 그러므로 이 《X의 비극》을 비롯하여 이어지는 일련의 '비극'들에서도 결말에 이르기 전에 미리 모든 단서를 독자들에게 제시할 것이다.

그러면, 이 엄숙한 부활의 시간에 즈음하여…… 드루리 레인 만세!

1940년 9월 13일 금요일

뉴욕에서

엘러리 퀸

"Ellery Queen"

## 연극 순서

## 제2막

**제3막**

## 등장인물

**할리 롱스트리트** *주식 중개인*

**존 드위트** *주식 중개인*

**펀 드위트** *존 드위트의 부인*

**진 드위트** *존 드위트의 딸*

**크리스토퍼 로드** *진 드위트의 약혼자*

**프랭클린 에이헌** *존 드위트의 친구*

**체리 브라운** *여배우*

**폴룩스** *배우, 독심술사*

**루이 임피리얼** *스위스인 사업가*

**마이클 콜린스** *공무원*

**라이어넬 브룩스** *변호사*

**찰스 우드** *전차 차장*

**안나 플랫** *롱스트리트의 비서*

**후안 아호스** *우루과이 영사*

**브루노** *지방 검사*

**섬** *경감*

**실링** *검시관*

**드루리 레인** *햄릿 저택의 주인, 원로 배우*

***케이시*** *드루리 레인의 분장사 겸 하인*

***폴스태프*** *드루리 레인의 집사*

***드로미오*** *드루리 레인의 운전사*

***크로포트킨*** *연출가*

***호프*** *무대장치가*

***증인들, 경찰들, 공무원들, 하인들, 안내원들***

***배경*** *뉴욕 시와 그 부근*

***시간*** *현대*

## *제1막: 제1장*

*햄릿 저택*

*9월 8일 화요일 오전 10시 30분*

눈 아래 저 멀리서 우울한 안개에 싸인 허드슨 강이 희미하게 빛나고 있었다. 그 강 위로 흰 돛을 단 돛단배 한 척이 미끄러지듯 나타났고 평화로워 보이는 증기선 한 척이 천천히 상류로 올라갔다.

그들이 탄 자동차는 좁고 구불구불한 길을 흔들림 없이 올라가고 있었다. 차에 탄 두 사내는 바깥으로 고개를 내밀고 위를 올려다보았다. 상공에는 믿기 어려운 중세풍의 망루와 돌로 쌓은 성벽과 총안(銃眼), 기묘한 모양을 한 교회의 첨탑 같은 것들이 구름 사이로 모습을 드러냈다. 첨탑의 끝은 울창한 푸른 수풀 위로 솟아나와 있었다.

두 사내는 머쓱한 표정으로 서로를 마주 보았다.

"'코네티컷 양키'*마크 트웨인의 소설 《아서 왕 궁전의 코네티컷 양키》에 등장하는 영국의 한 지각 있는 양키―옮긴이*라도 된 듯한 기분이 드는군요."

약간 흥분한 어조로 한 사내가 그렇게 중얼거렸다.

그러자 크고 건장한 체격의 다른 한 사내가 쩌렁쩌렁한 목소리로 말을 받았다.

"그럼 우리는 갑옷을 입은 기사인 셈인가요?"

차는 낡고 고풍스러운 다리 옆에서 덜컥 멈춰 섰다. 근처에 있는 초가지붕이 얹힌 오두막에서 혈색이 좋고 키가 작은 노인이 나와서는 문 위에 매달려 있는 나무로 된 표지판을 묵묵히 손으로 가리켰다. 그 표지판에는 옛 글씨체로 다음과 같이 쓰여 있었다.

*출입 금지*
*햄릿 저택*

체구가 큰 사내 쪽이 차창 밖으로 고개를 내밀고 소리쳤다.

"드루리 레인 씨를 만나러 왔소!"

"잠깐 기다리십시오."

작은 노인이 종종걸음으로 다가왔다.

"그런데 통행증은 가지고 계신가요?"

순간 두 방문객은 멍한 표정을 지었다. 한 사내가 어깨를 으쓱했다. 체구가 큰 사내가 자르듯이 말했다.

"레인 씨는 지금쯤 우리가 도착하길 기다리고 계실 거요!"

"아, 그러신가요?"

그 다리지기 노인은 희끗한 머리를 긁적이더니 오두막 안으로 사라졌다. 노인은 이내 돌아와서 말했다.

"죄송합니다. 자, 지나가시지요."

노인은 바삐 다리로 가더니 요란스러운 소리를 내면서 철문을 열고는 한쪽으로 물러섰다. 차는 다리를 지나 속도를 높이며 깨끗한 자갈길 위를 달렸다.

차는 푸른 떡갈나무 숲을 잠시 달린 뒤에 확 트인 공터로 빠져나갔다. 그러자 마치 잠자는 거인 같은 대저택이 모습을 드러냈다. 자그마한 화강암 벽에 허드슨 언덕라고 쓰인 문패가 박혀 있었다. 차가 다가가자 쇠고리가 달린 육중한 문이 소리를 내며 열렸다. 문 곁에서 또 다른 노인이 모자를 벗어 인사를 하고는 싱글벙글 웃으며 섰다.

이어서 차는 잘 가꾸어진 울긋불긋한 정원 사이로 난 구불구불한 길로 들어섰다. 그 정원은 가지런히 정돈된 울타리가 주차장과 명확한 경계를 이루고 있었고, 일정한 간격으로 상록수가 심어져 있었다. 좌우로는 각각 보도가 나 있었으며, 정원에서 약간 떨어진 곳에는 뾰족지붕 양식의 오두막들이 동화에 나오는 집들처럼 드문드문 세워져 있었다. 화단 중앙에 위치한 아리엘 *셰익스피어의 《템페스트》에 나오는 공기의 요정-옮긴이* 석상에서는 맑은 물이 똑똑 떨어지고 있었다……

이윽고 두 방문객은 본거지에 이르렀고, 그곳에는 또 다른 노인이 그들을 기다리고 있었다. 곧 해자에서 엄청나게 큰 다리가 소리를 내면서 내려와 번쩍이는 물 위로 걸쳐졌다. 이내 다리 저편에서 떡갈나무와 쇠로 된 6미터 정도 높이의 육중한 문이 열렸다. 거기에는 얼굴이 몹시 불그레하고 키가 작은 사내가 번쩍이는 제복을 입고 서 있었다. 사내는 마치 비밀스러운 연극이라도 즐기는 듯이 싱글거리며 오른발을 뒤로 빼내고 인사를 했다.

두 방문객은 어안이 벙벙한 표정으로 차에서 나와 발소리를 내면서 쇠로 된 다리를 건넜다.

"브루노 지방 검사님과 섬 경감님이시죠? 어서 오십시오."

배가 불룩 나온 그 늙은 하인은 아까처럼 미용 체조 같은 인사를 되풀이했다. 그러고는 앞장서서 활기차게 16세기의 세계로 나아갔다.

두 방문객은 마치 중세 영주 저택의 응접실인 듯한 드넓은 방으로 들어섰다. 천장에는 거대한 대들보가 있었고, 번쩍이는 철갑을 두른 기사들과 못에 걸린 골동품들이 그들을 맞이했다. 방 안쪽 벽에는 발할라도 상대가 안 된다는 듯이 거대한 희극 가면이 이쪽으로 짓궂은 눈길을 보내고 있었다. 그 맞은편 벽에는 우거지상을 짓고 있는 비극 가면 한 쌍이 있었다. 모두 오래된 떡갈나무 조각품들이었다. 천장에는 커다란 철제 샹들리에가 가면들 사이로 늘어져 있었는데, 커다란 양초들이 꽂혀 있는 걸로 보아 전기 배선 같은 것은 되어 있지 않은 듯했다.

안쪽 벽에 있는 문이 열리더니 과거에서 빠져나온 듯한 괴상한 꼽추 노인이 나타났다. 노인은 머리가 벗어진 데다 구레나룻을 기르고 있었으며, 주름이 가득한 얼굴에 대장장이처럼 후줄근한 가죽 앞치마를 두르고 있었다. 지방 검사와 경감은 서로의 얼굴을 마주 보았다. 경감이 중얼거렸다.

"어째 노인들뿐일까요?"

꼽추 노인은 성큼성큼 다가와서 인사를 했다.

"잘 오셨습니다. 두 분께서 햄릿 저택에 오신 걸 환영합니다."

노인은 평소에는 말을 잘 하지 않는 듯이 부자연스러운 어투로 말했다. 그러고는 제복을 입은 노인 쪽을 바라보더니 다시 입을 열었다.

"이제 됐네, 폴스태프셰익스피어 극에 등장하는 기지가 넘치는 뚱보 기사-옮긴이."

그 말에 브루노 지방 검사는 눈이 더욱 휘둥그레졌다. 검사가 짧게 신음하듯 말했다.

"폴스태프라니……. 아냐, 그런 이름일 리가 없지!"

꼽추 노인은 성가신 듯이 구레나룻을 곤두세웠다.

"그 말씀이 옳습니다. 저 늙은이는 제이크 핀나라는 이름의 배우죠. 하지만 드루리 씨께서 그렇게 부르시기 때문에……. 자, 저를 따라오시지요."

노인은 발소리가 울리는 마루를 지나 자신이 방금 나왔던 작은 입구로 그들을 안내했다. 노인이 벽에 손을 대자 문이 스르륵 열렸다. 유령이라도 출몰할 것 같은 이 궁전에 엘리베이터라니! 두 방문객은 어처구니가 없는 듯 고개를 설레설레 저으며 노인을 따라 엘리베이터에 올라탔다. 엘리베이터는 재빨리 올라가더니 조용히 멎었다. 곧 작은 문이 열리자 꼽추 노인이 말했다.

"드루리 레인 씨의 방입니다."

너무나도 웅장하고 고풍스러운 방이었다……. 모든 것들에서 예스러운 정취가 물씬 풍겨 마치 엘리자베스 여왕 시절의 영국을 떠올리게 했다. 가죽과 떡갈나무로 만들어진 것, 떡갈나무와 돌로 만들어진 것……. 폭 3.5미터쯤 되는 벽난로에서는 작은 불길이 타오르고 있었고 그 위쪽에는 세월과 연기로 인해 청동색으로 변해버린 들보가 끼워져 있었다. 날씨가 조금 쌀쌀했던 탓에 브루노 검사는 갈색 눈을 재빨리 움직여 반가운 듯이 그 불길을 바라보았다.

꼽추 노인의 기묘한 몸짓에 따라 두 방문객은 크고 고풍스러운 의자에 앉으며 다시금 놀라움의 시선을 주고받았다. 노인은 구레나룻을 쓰다듬으면서 벽 가장자리에 조용히 서 있었다. 이윽고 노인은 몸을 조금 움직이더니 분명한 어조로 말했다.

"드루리 레인 씨가 오십니다."

두 방문객은 무심결에 자리에서 일어섰다. 문턱 쪽에서 키가 큰 사내가 두 사람을 바라보고 서 있었다. 꼽추 노인은 가죽처럼 질긴 얼굴에 기묘한 웃음을 띠며 인사를 했다. 지방 검사와 경감도 엉겁결에 고개를 숙였다.

드루리 레인은 성큼성큼 방 안으로 들어와 핏기는 없지만 굳세 보이는 손을 내밀었다.

"두 분 모두 잘 오셨습니다. 어서 앉으시지요."

브루노는 너무도 평온해 보이는 상대의 짙은 초록빛의 두 눈을 지그시 바라보았다. 그리고 자신이 입을 열자마자, 그 두 눈이 날카롭게 자신의 입술로 향하는 것을 깨닫고는 내심 깜짝 놀랐다.

"이렇게 만나주셔서 감사합니다, 레인 씨."

그렇게 말하고 나서 브루노는 말을 더듬었다.

"그리고…… 저어, 뭐라고 말씀드려야 좋을지 모르겠군요……. 아무튼, 실로 놀라운 저택입니다."

"처음 볼 때는 놀랄 만할 겁니다, 브루노 씨. 기능적인 건축들만 늘 보아온 20세기 사람들의 눈에는 이 시대착오적인 건축이 분명 놀라울 테니까요."

이 노배우의 목소리는 그의 두 눈처럼 매우 맑았다. 그뿐만 아니라 브루노에게는 이제껏 들어본 일이 없을 만큼 성량도 풍부하게 느껴졌다.

"좀 더 이 저택에 익숙해지면 당신도 나처럼 이곳을 사랑하게 될 겁니다. 지난날의 연극 동료 중 한 명이 말하길, 이곳 햄릿 저택은 저 아름다운 언덕을 프로시니엄 아치*무대와 객석을 구분하는 액자 모양의 칸막이-옮긴이*로 한 무대 배경 같다고 했습니다. 그러나 제게 이곳은 살아서 숨 쉬고 있으며, 지난날 영국에서 가장 좋았던 시대의 한 부분을 재현해냈다고 생각합니다……. 퀘이시!"

꼽추 노인이 노배우 곁으로 다가왔다. 레인은 노인의 등에 있는 혹을 어루만지며 말했다.

"이 친구는 퀘이시라고 합니다. 저하고는 아주 가까운 사이지요. 더욱이 솜씨가 천재적이라고 할 만합니다. 사십 년 동안이나 저의 분장 담당자였습니다."

퀘이시는 칭찬에 대한 답례인지 또다시 허리를 굽혔다. 두 방문객은 이 야릇하면서도 온화한 분위기 속에서, 완전히 다른 성격을 지닌 두 인물 사이에 흐르는 깊고 해묵은 유대감을 느낄 수 있었다. 그러는 중에 브루노와 섬 경감은 동시에 말을 꺼냈다. 레인의 눈이 한쪽 입술에서 또 한쪽 입술로 재빨리 움직였다. 그 얼굴에 희미한 미소가 떠올랐다.

"한 분씩 말씀해주시지 않겠습니까? 저는 귀가 들리지 않아서요. 한 번에 한 사람의 입술밖에 읽을 수가 없답니다. 최근에 익힌 이 독순술을 조금은 자랑스럽게 여기고는 있습니다만."

두 방문객은 차례로 사과의 말을 했다. 그들이 의자에 앉는 동안 레인은 그 어떤 의자보다도 고풍스러운 의자를 난로 앞에서 끌어와 손님들 앞에 놓고 앉았다. 섬 경감은 불빛이 상대 쪽으로 비치고 자신 쪽은 그늘이 지도록 레인이 의자를 배치했음을 알 수 있었다. 퀘이시는 뒤로 물러나 있었다. 섬 경감이 힐끗 보니, 그 노인은 안쪽 벽에 놓인 의자에 울퉁불퉁한 갈색 괴물 석상처럼 웅크리고 가만히 앉아 있었다.

브루노가 헛기침을 하며 입을 열었다.

"레인 씨, 저희가 이런 식으로 들이닥쳐서 좀 뻔뻔스럽지 않나 생각되는군요. 지난번의 크래머 사건을 놀라운 편지로 해결해주셨기에 이번에도 신세를 지려고 전보를 쳤습니다."

"사실은 그다지 놀라운 편지도 아니었습니다, 브루노 씨."

느긋하면서도 낭랑한 목소리가 왕좌와도 같은 의자 안쪽에서 울려 왔다.

"제가 한 일은 과거에도 전례가 있었던 일입니다. 에드거 앨런 포가 메리로저스 살해 사건의 해결책을 제시하려고 뉴욕의 각 신문사 앞으로 써 보낸 일련의 편지들을 기억하실 테죠? 크래머 사건의 경우는 제가 보기엔 전혀 사건 해결에 도움이 될 것 같지 않은 세 가지 사실 때문에 진상이 흐려져 있었던 것입니다. 유감스럽게도 그 세 가지 사실이 당신들의 판단에 방해가 된 거죠. 그건 그렇고, 롱스트리트 살인 사건을 상의하려고 오신 거겠죠?"

"그렇습니다, 레인 씨. 우리는…… 물론 몹시 바쁘시다는 건 압니다만."

"무대에 잠깐 얼굴을 비칠 틈도 없을 정도로 바쁜 건 아니랍니다."

그 목소리에서 왠지 모를 생기가 느껴졌다.

"무대를 은퇴하고서야 비로소 인생 그 자체가 얼마나 극적인가를 알게 되었습니다. 무대 위에선 제약이 있고 속박이 있습니다. 머큐시오《로미오와 줄리엣》 속의 인물-옮긴이의 꿈 해석에 따르면, 극 중 인물이란 '공상에 불과한 것에서 생겨난 쓸데없는 관념의 산물'인 것입니다."

두 방문객은 레인의 운치 있는 목소리에 어떤 신비스러움을 느꼈다.

"하지만 현실의 사람들은 그렇지 않습니다. 그들의 감정이 격동하면 무대 이상의 비극이 생깁니다. 그들은 결코 '공기보다도 희박하고, 바람보다도 불안정한 존재' 따위가 아닙니다."

지방 검사가 천천히 입을 뗐다.

"그렇습니다. 정말이지 그 점을 실감하고 있습니다."

"격정에서 야기된 흉악 범죄 얘기입니다만, 범죄란 인간 비극의 극치죠. 살인은 그 가운데서도 최고의 것이고요. 평생 동안 저는 여러 저명한 남녀 배우들과 함께 일해왔습니다만……."

레인은 슬픈 듯이 미소 지었다.

"모제스카, 에드윈 부스, 아다 리언, 기타 여러 명우들과 더불어 저는 무대 위에서 최고의 인위적인 감동을 연출해왔습니다. 그런데 지금은 그러한 감동을 현실에서 연출했으면 어떨까 생각합니다. 저는 여기에 독자적인 기량을 발휘할 수 있다고 생각합니다. 무대에선 수도 없이 사람을 죽였습니다. 살인을 계획할 때의 고민이며 양심의 가책 따위를 연출했습니다. 악역으로는 맥베스 역도 했고 햄릿 역도 했습니다. 하지만 지금은, 난생처음 보기 때문에 별것 아닌 것에도 놀라는 어린애처럼 이 세상이 맥베스나 햄릿으로 가득 차 있는 것에 놀라고 있습니다. 진부한 얘기입니다만 사실이 그렇습니다……. 그동안은 작가의 뜻대로 움직여 왔습니다. 하지만 이제부터는 제 뜻대로 움직이며 보다 더 극적인 것을 창출하고 싶습니다. 모든 일이 순조롭게 풀리고 있습니다. 이 불행한 재앙에도 불구하고 말이죠."

레인은 손가락을 하나 세워 자신의 귀를 건드렸다.

"오히려 주의 집중이 잘되게 해주지요. 눈만 감으면 아무런 방해도 받지 않고 소리 없는 세계로 빠져들 수가 있으니까요."

문득 섬 경감은 깜짝 놀라며 눈을 깜박거렸다. 현실적인 성격인 자신이 레인의 얘기를 듣는 동안 여느 때와는 다른 기분에 빠져드는 것 같았다. '얘기에 취한 나머지 나도 모르게 영웅 숭배에 빠져버린 게 아닐까?' 섬 경감은 속으로 자신을 비웃기까지 했다.

"제가 한 얘기를 이해하시겠습니까?"

레인이 말을 이었다.

"저에게는 이해력도 있고 경험도 있습니다. 직관력도 있으며 관찰력도 있습니다. 추론하고 탐정하는 능력도 있습니다."

브루노는 헛기침을 했다. 신경 쓰이는 레인의 두 눈이 브루노의 입술에 못 박혔다.

"저어 레인 씨, 우리가 들고 온 문제는 평범한 것이어서……. 그러니까, 당신의 탐정으로서의 높은 포부에는 도저히 어울리지 않을 거라고 생각되는군요. 정말이지 평범한 살인 사건이어서……."

레인은 장난기 넘치는 어조로 말을 받았다.

"제가 두 분이 제대로 알아들을 수 있게 말씀을 드리지 못한 것 같군요. '평범한 살인 사건'이라고요? 하지만 그거야 당연하지 않습니까? 어째서 제가 별난 사건만을 원한다고 생각하십니까?"

그러자 섬 경감이 끼어들었다.

"평범하든 별나든 간에 어쨌거나 골치 아픈 사건임에는 틀림없습니다. 그리고 브루노 씨는 당신이 틀림없이 흥미를 느끼리라 생각한 거고요. 이번 사건에 대한 신문기사들은 읽어보셨겠지요?"

"읽어봤습니다. 하지만 그 기사들은 모두 무의미하고 혼란스럽기만 하더군요. 저는 아주 새로운 기분으로 이 문제에 접근하고 싶습니다. 그러니 제게 상세히 설명을 해주셨으면 합니다, 경감님. 관련 인물들에 관해 얘기해주십시오. 그리고 상황도 들려주시기 바랍니다. 얼핏 보기에는 관련이 없고 무의미해 보이는 것이라도 빠짐없이 얘기해주셨으면 합니다. 아무튼 모든 것을 얘기해주십시오."

브루노와 섬은 시선을 교환했다. 브루노가 고개를 끄덕이자, 이제부터 얘기를 시작한다는 투로 섬 경감의 못생긴 얼굴이 일그러졌다.

이어서 주위의 드넓은 벽이 희미해졌다. 벽난로의 불길은 신의 손길이 매만진 듯이 가늘어졌다. 그리고 햄릿 저택이나 드루리 레인, 골동품이나 해묵은 시대나 해묵은 인물들의 기세도 경감의 굵고 탁한 목소리 아래로 모두 녹아들어 가라앉고 말았다.

## 제2장

*그랜트 호텔의 스위트룸*

*9월 4일 금요일 오후 3시 30분*

지난주 금요일 오후(이하는 섬 경감이 얘기한 사실과 이따금 브루노 지방 검사가 보충 설명을 한 이번 사건의 줄거리이다.) 뉴욕 42번 스트리트와 8번 애버뉴의 모퉁이에 위치한 철근 콘크리트 건물인 그랜트 호텔의 한 객실에서 두 남녀가 서로 부둥켜안고 있었다.

사내는 할리 롱스트리트라는 이름의 키 크고 억센 체격을 가진 방탕한 중년 신사였다. 그는 얼굴이 지나치게 붉었는데 올이 굵은 트위드 양복을 입고 있었다. 여자는 체리 브라운이라는 뮤지컬 배우였다. 그녀는 라틴계의 얼굴 생김새에 갈색 머리카락과 검게 빛나는 두 눈과 아치형의 입술을 가진 분방하고 바람기가 다분한 여자였다.

롱스트리트가 젖은 입술로 여자에게 키스하자 여자는 그의 품 안으로 바싹 다가붙었다.

"그 사람들이 안 왔으면 좋겠어요."

"그럼 이 늙은 사내의 품도 그다지 나쁘지는 않은 모양이군."

그는 그녀를 휘감았던 팔을 풀고는 기운을 자랑하듯 이미 한물간 알통을 불끈 만들어 보였다.

"하지만 모두 올걸……. 틀림없다고. 아무튼 조니 드위트라는 녀석은 말이야……. 내가 하라면 뭐든지 하는 녀석이니까!"

"그렇지만 어째서 그 사람의 꼴 보기 싫은 친구들까지 오라고 한 거죠? 더군다나 오고 싶어 하지도 않는 사람들을 말이에요."

"그 멍청한 녀석이 쩔쩔매는 꼴을 보고 싶어서야. 그 녀석은 내 자랑스러운 힘을 질투하고 있다고. 그런 녀석을 그냥 둘 순 없지."

그는 느닷없이 여자를 무릎 위에서 내려놓고 방을 가로질러 가더니 벽 선반에 가지런히 놓인 병들 중 하나를 집어 들고는 잔에 술을 따랐다. 여자는 고양이처럼 나른한 표정으로 사내를 바라보았다.

"때때로 당신을 이해할 수 없어요. 그 사람을 못살게 굴어서 좋을 게 뭐가 있는지 모르겠어요."

그녀는 하얀 어깨를 으쓱해 보이고는 다시 말을 이었다.

"하지만 그거야 뭐, 당신이 알아서 할 일이겠죠. 아무튼 실컷 마셔요!"

롱스트리트는 뭐라고 중얼중얼하더니 고개를 젖히고 술을 들이켰다. 그가 잠깐 동안 고개를 젖힌 자세로 있을 때 여자가 시큰둥하게 덧붙였다.

"드위트 부인도 오나요?"

사내는 위스키 잔을 벽 선반에 내려놓았다.

"왜? 오면 안 되나? 제발, 그 여자 얘긴 하지 말라고, 체리. 벌써 몇 번이나 말했잖아. 난 그 여자하곤 아무 일도 없었다니까."

"난 아무렇지도 않아요."

그녀는 웃었다.

"하지만 당신은 예사로 남의 부인을 가로챌 수 있는 사람이죠. 그건 그렇고, 그 사람들 말고는 또 누가 오죠?"

그는 씁쓰레한 표정을 지었다.

"아주아주 멋진 놈들이지. 무엇보다 드위트 녀석이 그 엄숙한 얼굴을 내미는 꼴은 정말 볼만할걸! 그리고 드위트의 단짝이자 웨스트 잉글우드에 사는 에이헌이란 놈이 오지. 흡사 할망구 같은 녀석인데, 언제나 배가 더부룩하다고 투덜거리지. 배가 말이야!"

그는 움푹 꺼진 자기 배를 멀뚱하게 내려다보았다.

"놈들같이 고지식한 신앙인들께선 늘 배 속이 거북한 모양이지. 하지만 이 롱스트리트님께선 그런 데가 하나도 없다고! 아, 그리고 진 드위트 아가씨도 오시겠지. 물론 그 계집애도 날 미워해. 아마 아버지에게 이끌려 올 거야. 아무튼 재미있는 파티가 될걸. 특히 그 계집애의 남자 친구인 프랭크 메리웰길버트 패튼의 소설 속 주인공—옮긴이, 크리스토퍼 로드가 나타나면 말이야."

"그는 정말 멋진 사람이죠, 할리."

롱스트리트는 눈을 번뜩였다.

"그래 정말 멋지지. 게다가 속되고 주제넘기까지 하고 말이야. 그런 애송이 녀석이 회사에 눌어붙어 있다니. 그때 드위트더러 내쫓으라고 했어야 하는 건데……. 뭐 아무튼 좋아."

그는 한숨을 쉬었다.

"그리고 또 올 녀석이 있어. 괴상한 놈이지. 스위스의 바람둥이야."

그는 대수롭지 않은 듯이 웃었다.

"루이 임피리얼이라는 녀석이지. 내가 말한 적 있을 거야. 드위트의 친군데 사업차 이 나라에 와 있지……. 그리고 마이크 콜린스도 올 거야."

그때 초인종 소리가 들렸고, 체리가 벌떡 일어나 문 쪽으로 달려갔다.

"어머, 폴룩스 선배님! 어서 들어와요."

도착한 사람은 야단스러운 옷차림을 한 거무스레한 얼굴의 꽤 나이 든 사내였다. 숱이 적은 머리에는 포마드를 번지르르하게 바르고, 특히 콧수염을 짙게 기르고 있었다. 그는 팔을 둘러 여자의 몸을 잠시 얼싸안았다. 롱스트리트가 그들에게 다가가며 목구멍에서부터 협박하는 듯한 소리를 냈다. 그러자 체리 브라운은 얼굴을 붉히며 방문객을 밀어내고는 머리를 매만지기 시작했다.

"기억하시죠? 동료인 폴룩스예요."

그녀는 들뜬 목소리로 말을 이었다.

"폴룩스예요, 위대한 폴룩스라고요. 하루에 두 번 흥행으로 명성을 떨친 세기적인 독심술사죠. 자, 두 사람 서로 악수하세요."

폴룩스는 나긋나긋한 손길로 그녀가 시키는 대로 하고 나서 곧바로 벽 선반 쪽으로 향했다. 롱스트리트는 어깨를 으쓱하더니 자기 자리로 돌아갔다. 그러나 곧 다시 초인종이 울렸고, 체리가 문을 열고 손님들 한 무리를 안으로 맞아들였다.

머리와 콧수염이 희끗희끗한 작고 마른 체구의 중년 사내가 먼저 망설이듯이 안으로 들어왔다. 롱스트리트의 표정이 갑자기 밝아졌다. 그는 자못 친절한 몸짓을 보이며 성큼성큼 다가가 인사를 하고는 작은 사내의 손을 꽉 쥐었다. 존 드위트는 얼굴을 붉히며 도저히 역겨워서 견딜 수 없다는 듯이 눈을 반쯤 감았다. 이 두 사람은 덩치부터 정반대였다. 드위트는 조심스러운 몸가짐에 얼굴에는 세파에 시달려 생긴 듯한 주름이 잡혀 있었으며, 언제나 기분이 동요하는 듯 보였다. 그에 비해 롱스트리트는 묵직한 체격에 자신감이 지나쳐서 뻔뻔스럽고 오만해 보이는 느낌을 주었다.

거구의 롱스트리트가 다른 사람들을 맞이하려고 드위트의 곁을 지나치자 드위트는 황급히 몸을 움츠리며 옆으로 비켰다.

"펀, 정말 잘 와주었소!"

이것은 여자로서의 매력이 한물간 약간 살찐 스페인계 여자에게 던진 말이었다. 그녀는 드위트의 부인이었는데, 야단스레 화장을 한 얼굴에는 지난날의 아름다움이 희미하게 남아 있었다. 그녀의 딸 진 드위트는 아담한 몸매에 약간 볕에 그을린 듯한 피부를 가진 여자였다. 그녀는 쌀쌀맞은 태도로 고개를 끄덕이더니 함께 들어온 키가 큰 금발 청년 크리스토퍼 로드 곁에 바짝 붙었다. 롱스트리트는 크리스토퍼 로드는 완전히 무시해버리고서 에이헌과 악수를 나누고는, 큰 체격에 잔뜩 옷을 껴입은 중년의 라틴계 사내 임피리얼과도 악수를 나누었다.

"마이크!"

롱스트리트는 입구 쪽으로 황급히 뛰어가, 볼품없는 걸음걸이로 나타난 어깨가 넓은 사내의 등을 두드렸다. 마이클 콜린스는 탐욕스러운 눈매에 언제나 적의를 가득 드러내고 있는 건장한 체구의 아일랜드인이었다. 콜린스는 뭐라고 중얼중얼 인사말을 하더니 곧이어 탐색하는 눈길로 실내에 모인 사람들을 둘러보았다. 롱스트리트가 콜린스의 팔을 잡으며 눈을 빛냈다.

"이 파티를 망치진 말아주게나, 마이클."

롱스트리트가 쉰 목소리로 말을 이었다.

"드위트에게 말해서 잘 수습할 테니까 말이야. 저쪽에 가서 한잔하게……. 그러는 게 좋겠어."

콜린스는 롱스트리트가 잡은 팔을 뿌리치고서 아무 말도 하지 않은 채 터덜터덜 벽 선반 쪽으로 걸어갔다.

웨이터들이 들어왔다. 호박빛 술잔들에서 얼음이 부딪치는 소리가 났다. 드위트 집안사람들은 대부분 입을 다물고 있었다. 예의를 차리고 있는 듯했지만 어딘지 거북해 보였다. 드위트는 의자 가장자리에 앉아 창백하고 무표정한 얼굴을 하고는 길쭉한 술잔에 담긴 술을 기계적으로 마시고 있었다. 그러나 술잔을 쥔 손가락은 핏기가 없었다.

롱스트리트는 체리 브라운을 잡아채듯 끌어냈다. 이어서 갑자기 얌전 떨며 수줍어하는 그녀를 커다란 한쪽 팔로 당겨 안더니 손님들의 주의를 끌 듯 큰 소리로 말했다.

"친구 여러분! 오늘 여러분이 여기에 모인 까닭은 제가 새삼 말하지 않더라도 여러분이 더 잘 알고 계실 겁니다. 오늘은 이 늙은 할리 롱스트리트한텐 너무도 기쁜 날입니다. 아니, 사실상은 드위트 앤드 롱스트리트 사 전체에 있어서, 또한 회사의 동료와 후원자들에게 있어서도 마찬가지라 할 수 있습니다."

그의 목소리가 약간 흐릿해졌다. 얼굴은 전보다 더 벽돌색이 되었고 눈은 바늘처럼 가늘어졌다.

"자, 여러분께 소개합니다……. 장래의 롱스트리트 부인입니다!"

판에 박힌 술렁거림이 일었다. 드위트는 자리에서 일어나 어색하게 여배우

쪽에 인사를 하고는 형식적으로 롱스트리트의 손을 잡았다. 이어서 루이 임피리얼이 성큼성큼 다가가 정중한 태도로 허리를 굽히고 군대식으로 발뒤꿈치 소리를 내면서 매니큐어를 바른 여배우의 손등에 입술을 갖다 댔다. 남편 곁에 앉아 있던 드위트 부인은 손수건을 꽉 쥔 채 창백해진 얼굴에 미소를 떠올리려고 애썼다. 폴룩스는 비틀거리며 벽 선반 쪽에서 걸어 나와 서투른 동작으로 체리의 허리를 끌어안았고, 이어 롱스트리트가 그를 사정없이 밀쳐버렸다. 그러자 폴룩스는 술 취한 목소리로 혼자 뭐라고 중얼거리더니 벽 선반 쪽으로 걸어갔다.

여자들은 여배우의 왼손에서 빛을 뿜는 커다란 다이아몬드를 부러운 눈빛으로 바라보았다. 다시 웨이터 몇 명이 식탁과 식기류를 가지고 방 안으로 들어왔다.

모두 가볍게 식사를 했다. 폴룩스가 어설프게 라디오의 다이얼을 맞췄다. 음악이 흘러나왔고 멋쩍은 춤판이 이어졌다. 흥에 겨워 춤을 추는 것은 롱스트리트와 체리 브라운뿐이었다. 이 거구의 사내는 어린애처럼 장난치며 진 드위트를 껴안으려 들었다. 금발의 크리스토퍼가 그들 사이에 냉담하게 끼어들자 두 사람은 춤을 추며 사라져갔다. 롱스트리트는 키들키들 웃었다. 체리가 그의 팔꿈치에 달라붙으며 달콤하면서도 못마땅한 표정을 지어 보였다.

5시 45분이 되자, 롱스트리트는 라디오를 끄고 흥분된 목소리로 외쳤다.

“웨스트 잉글우드의 제 집에 가벼운 만찬회가 준비되어 있답니다. 말씀드린다는 걸 깜박 잊었어요. 어때요, 뜻밖이죠? 놀랐을 겁니다!”

그는 울부짖듯이 계속해서 말했다.

“여러분 모두를 초대합니다. 제 집으로 가십시다. 마이크, 자네도 가자고. 그리고 이봐, 폴룩스라고 했던가? ……자네도 따라오게. 거기 가서 독심술인지 뭔지를 펼쳐보게나.”

이어서 롱스트리트는 진지한 표정으로 손목시계를 들여다보았다.

“지금 바로 출발하면 기차 시간에 맞출 수 있겠군요. 자, 가십시다, 모두!”

드위트가 어눌한 목소리로 저녁에는 고객과 약속이 있어서 곤란하다고 난색을 표했다. 그러자 롱스트리트가 두 눈을 부릅떴다.

"난 분명히 모두라고 했네!"

임피리얼은 어깨를 으쓱하며 싱글거렸다. 크리스토퍼 로드는 경멸하는 눈빛으로 롱스트리트를 바라보다가 드위트 쪽으로 고개를 돌렸다. 그의 눈에는 곤혹스러운 빛이 희미하게 스쳤다.

5시 50분 정각에 그들 모두는 음식 찌꺼기며 술병 따위를 너절하게 어질러 놓고서 체리 브라운의 스위트룸을 나섰다. 그들은 엘리베이터를 타고 아래층 로비로 나갔다. 롱스트리트가 한 종업원에게 큰 소리로 석간신문을 가져오고 택시를 잡아달라고 지시했다.

그런 뒤에 그들은 42번 스트리트 쪽의 호텔 출구를 통해서 보도로 나왔다. 도어맨이 택시를 잡으려고 기를 쓰고 호루라기를 불어댔다. 거리는 속도를 내지 못하는 차들로 가득 차 있었다. 머리 위로는 먹구름이 몰려왔고 하늘은 어두워지고 있었다. 몇 주 동안 건조하고 무더운 날씨가 계속됐기 때문에 갑자기 엄청난 비가 쏟아졌다. 갑작스레 내리는 세찬 빗발에 행인들과 차들은 북새통을 이루었다.

도어맨은 열심히 호루라기로 택시를 부르다가 실망한 듯 우스꽝스러운 표정을 지으며 어깨 너머로 롱스트리트를 돌아다보았다. 일행은 허둥지둥 8번 애버뉴 모퉁이에 있는 어느 보석상의 차양 밑으로 뛰어들었다.

그때 드위트가 롱스트리트 곁으로 바싹 다가갔다.

"잊기 전에 말해두겠네. 웨버의 불평 말인데, 내 제안대로 해야 한다고 생각하지 않나?"

드위트는 그렇게 말한 뒤에 롱스트리트에게 봉투를 하나 내밀었다.

롱스트리트는 오른팔로 체리 브라운의 허리를 껴안고 있었다. 그는 웃옷의 왼쪽 주머니에서 은테 안경을 꺼낸 뒤에 그녀한테서 떨어져 안경을 코에 걸치고는 안경집을 원래의 주머니에 쑤셔 넣었다. 드위트가 눈을 반쯤 감고 기다리는 동안 롱스트리트는 봉투에서 타이핑된 편지를 꺼내 대충 읽어나갔다.

롱스트리트는 코웃음을 쳤다.

“안 될 말이야.”

그는 편지를 드위트에게 툭 던졌다. 하지만 편지는 잡으려던 드위트의 손에서 벗어나 비에 젖은 인도에 떨어지고 말았다. 죽은 사람처럼 창백해진 드위트가 몸을 굽혀 편지를 주워 들고는 말했다.

“웨버가 어떻게 생각하든 상관없어. 내 생각은 변함이 없네. 그뿐이야. 그 문제로 나를 더 괴롭히지 말게.”

그때 폴룩스가 느닷없이 소리쳤다.

“전차가 오고 있소! 저걸 타자고요!”

그들 앞의 혼잡스러운 거리를 헤치며 앞부분이 빨갛고 들창코처럼 생긴 전차 한 대가 미끄러지듯 들어왔다. 롱스트리트는 안경을 재빨리 벗어 안경집에 넣고는 그것을 왼쪽 주머니에 쑤셔 넣었다. 하지만 손은 빼지 않고 그대로 주머니에 넣은 채로 두었다. 체리 브라운이 그 거구의 몸에 바싹 다가붙었다. 롱스트리트가 오른손을 흔들며 외쳤다.

“택시는 글렀어! 전차를 타자고!”

전차가 삐걱거리며 정류장에 멈춰 섰다. 비에 흠뻑 젖은 군중 한 무리가 열린 뒤쪽 문으로 미친 듯이 달려들었다. 롱스트리트 일행도 떼를 지어 몰려가 그들과 함께 북새통을 이루었는데, 그 와중에도 체리 브라운은 롱스트리트의 왼팔에 매달려 있었다. 롱스트리트의 왼손은 여전히 주머니에 찔러 넣은 상태였다.

일행이 전차의 발판 가까이에 이르렀을 때 차장이 쉰 목소리로 외쳤다.

“빨리들 타세요!”

비가 일행의 옷을 흠뻑 적셨다.

드위트는 에이헌과 임피리얼의 건장한 몸 사이에서 볼품사납게 짓눌려 있었다. 그들 모두는 전차에 올라타려고 안간힘을 썼다. 그러는 중에도 임피리얼은 기사도 정신을 발휘해 드위트 부인을 태우려고 했다. 그리고 에이헌 쪽으로 고개를 내밀고는 재미있다는 듯이 두 눈을 찡긋해 보이며 중얼거렸다.

"이렇게 기묘한 파티는 난생처음이야……. 정말, 죽여주는군!"

## 제3장

*42번 스트리트의 전차 안*

*9월 4일 금요일 오후 6시*

롱스트리트 일행은 전차의 뒤쪽 승강구에 있었다. 그들은 붐비는 사람들의 후텁지근한 열기에 숨이 막힐 지경이어서 억지로 사람들을 비집고 차창이 있는 칸 쪽으로 밀고 들어갔다. 롱스트리트는 차내로 향한 문의 안쪽 발판 가까이에 우뚝 서 있었다. 체리 브라운은 가능한 한 일행과 떨어지지 않으려고 했기 때문에 이때만은 롱스트리트의 왼팔에서 손을 떼고 있었다.

차장은 악을 쓰듯 외치며 손님들을 차 안으로 밀어 넣고 가까스로 노란 이중문을 닫았다. 전차 안은 그야말로 미어터질 듯했다. 승객들이 요금을 손에 들고 휘둘러 보였지만, 차장은 문이 제대로 닫힐 때까지 거들떠보지도 않았고 곧 운전사에게 발차 신호를 했다. 끝내 전차에 타지 못한 손님들은 바깥에 남겨져 비를 맞으며 처량한 모습으로 웅성댔다.

전차의 진동에 따라 흔들리면서 롱스트리트는 1달러짜리 지폐를 움켜진 오른손을 위쪽 승강구 근처에 있는 동료들 머리 위로 흔들어 보였다. 차 안은 비 때문에 창문이 모두 닫혀 있어 그 안에 있는 사람들의 열기와 습기로 숨이 콱콱 막힐 지경이었다.

차장은 여전히 뭐라고 떠들어대면서 몸을 뒤틀어 롱스트리트의 손에서 낚아채듯 지폐를 받았다. 차 안의 사람들은 서로 밀쳐대며 야단법석이었다. 롱스트리트는 성난 곰처럼 투덜댔다. 그는 간신히 거스름돈을 받고 나서 동료들의 뒤를 따라 어깨로 사람들 틈을 비집고 나아갔다. 그는 차 안의 중간쯤에서 일행들 앞에 체리 브라운이 있는 것을 보았다. 체리는 롱스트리트의 오른팔에 바싹 매달렸다. 롱스트리트는 가죽 손잡이를 잡았다.

전차는 9번 애버뉴를 향해 세차게 퍼부어대는 빗발 속을 느릿느릿 나아갔다.

롱스트리트는 왼손을 주머니에 찔러 넣고 안경집을 더듬었다. 그 순간, 그는 갑자기 볼멘소리를 지르며 은제 안경집을 쥐었던 손을 허겁지겁 빼냈다. 체리가 물었다.

"왜 그래요, 할리?"

롱스트리트는 의아한 표정을 지으며 왼손을 살펴보았다. 손바닥과 손가락 여러 군데에 피가 번져 있었다. 롱스트리트의 두 눈에선 동요가 일었다. 이어서 그는 무거운 안면 근육을 실룩거리면서 코에 걸린 짧은 한숨을 토했다.

"긁힌 게 분명한데…… 대체 어디에 긁힌 거야……?"

그는 탁한 목소리로 그렇게 중얼거렸다. 전차가 비틀비틀 흔들리더니 멈춰 섰다. 사람들은 어쩔 수 없이 몸이 앞으로 쏠리는 것을 느꼈다. 롱스트리트는 본능적으로 손잡이를 왼손으로 더듬었고, 체리는 몸을 지탱하려고 그의 오른팔을 단단히 부여잡았다. 전차는 다시 몇 미터쯤을 더 나아갔다. 롱스트리트는 손수건을 꺼내 피가 배어 나오는 손에 대고 힘껏 눌렀다가 그 손수건을 바지에 다시 넣었다. 그러고는 안경집에서 안경을 빼내고는 안경집은 다시 주머니에 넣었다. 그런 뒤에 그는 오른쪽 겨드랑이 사이에 끼고 있던 신문을 펼치려 했다. 그러나 그러한 동작은 모두 희미한 의식 속에서 이루어진 것이었다.

전차는 9번 애버뉴에서 멈춰 섰다. 손님들이 닫힌 차 문을 요란하게 두들겨댔으나 차장은 고개를 저었다. 더욱 세차게 퍼부어대는 빗발 속을 전차는 다시 느릿느릿 나아가기 시작했다.

롱스트리트는 갑자기 손잡이를 놓고 신문을 떨어뜨리면서 이마에 손을 가져갔다. 그러고는 숨을 헐떡이면서 고통에 찬 신음을 내뱉었다. 체리 브라운은 걱정스러운 낯으로 그의 오른팔을 꽉 붙잡으며 도움을 청하듯이 주위를 둘러보았다.

전차는 9번 애버뉴와 10번 애버뉴 사이에서 심한 교통 체증에 걸려 가다가 서다가를 되풀이했다.

롱스트리트는 숨을 헐떡거리며 몸에 경련을 일으키더니 놀란 어린애처럼 두 눈을 부릅떴다. 그러고는 마치 바늘에 찔린 풍선처럼 바로 앞에 앉아 있던 젊은 여자의 무릎께에 털썩하고 쓰러졌다. 립스틱을 진하게 바르고 상당히 아름다운 갈색 머리의 여자였다. 롱스트리트의 왼쪽에 서 있던 건장한 체격의 중년 남자가 그 젊은 여자 위로 몸을 기울이며 뭐라고 얘기하더니 롱스트리트의 축 늘어진 팔을 힘껏 잡아당기며 소리쳤다.

"일어나라고, 이 얼간아! 여기가 어딘 줄 아는 거야!"

그러나 롱스트리트의 몸은 그 젊은 여자의 무릎께에서 점차 미끄러지며 그대로 남녀의 발밑 바닥에 고꾸라지고 말았다.

체리가 외마디 비명을 질렀다.

순간 쥐 죽은 듯한 침묵이 흐르더니 이윽고 승객들이 고개를 내밀며 웅성거리기 시작했다. 롱스트리트 일행이 승객들을 헤치고 다가왔다.

"무슨 일이오?"

"롱스트리트로군요!"

"쓰러졌어요!"

"술을 너무 마셔서인가요?"

"여자를 돌봐줘……. 저러다 기절하겠어!"

여배우가 비틀거리자 마이클 콜린스가 얼른 그녀를 붙잡아 일으켰다.

화장을 짙게 한 젊은 여자와 그녀와 함께 있던 건장한 체격의 중년 사내는 너무 놀란 나머지 얼굴이 새파랗게 질린 채 아무 말도 하지 못했다. 그 젊은 여자는 자리에서 벌떡 일어나 남자의 팔에 매달리며 겁에 질린 표정으로 바닥에 쓰러진 롱스트리트를 내려다보았다.

젊은 여자가 갑자기 외마디 소리를 지르며 말했다.

“어머나! 누가 좀 어떻게 손을 써보세요! 저 눈을 보라고요! 이 사람은…… 이 사람은…….”

그녀는 몸을 떨며 함께 있던 남자의 가슴에 얼굴을 파묻었다.

드위트는 작은 두 손을 꼭 쥔 채 돌처럼 서 있었다. 에이헌과 크리스토퍼 로드가 롱스트리트의 육중한 몸을 들어서 젊은 여자가 앉았던 자리에 앉혔다. 그러자 옆자리에 앉아 있던 중년의 이탈리아인이 재빨리 일어나 롱스트리트를 누일 수 있게 도와주었다. 롱스트리트는 두 눈을 커다랗게 뜬 채 입을 약간 벌리고 약하게 숨을 헐떡였는데, 그 입술 사이로 거품이 조금씩 새어 나오고 있었다.

소란은 점점 커져서 이제 차 앞쪽까지 번져갔다. 곧 고함치는 듯한 명령 소리에 이어서 경사 완장을 두른 건장한 체격의 경관이 많은 승객들을 헤치고 나타났다. 마침 경관이 앞쪽 운전석 근처에 타고 있었던 것이다. 이때 이미 전차는 멈춘 뒤였고 운전사와 차장도 허둥지둥 현장으로 달려왔다.

경사는 롱스트리트 일행을 거칠게 옆으로 밀어젖힌 뒤 롱스트리트 위로 허리를 굽혔다. 롱스트리트의 몸은 점점 뻣뻣해지더니 이윽고는 완전히 굳었다. 경사는 허리를 펴고서 잔뜩 찌푸린 얼굴로 말했다.

“맙소사, 죽었소!”

경사는 죽은 자의 왼손을 힐끗 보았다. 손바닥이며 손가락에는 마치 바늘에 찔린 듯이 부풀어 오른 상처가 거의 같은 비율로 열 군데가 넘게 나 있었고 그 상처마다 응고된 핏방울이 맺혀 있었다.

“살인 사건인 모양이오! 모두들 접근하지 마시오!”

경사는 의심스러운 눈길로 죽은 자의 일행을 둘러보았다. 일행은 이제 한 덩어리가 되어 서로를 방어하고 있는 듯이 보였다.

경사가 큰 소리로 말했다.

“누구든 이 차에서 내려선 안 돼요. 아시겠죠? 그냥 그대로 있어야만 해요! 이봐요, 운전사 양반!”

경사는 위압적인 태도로 운전사에게 지시했다.

"이 전차를 절대로 움직이지 마시오. 당신 자리에 돌아가서 다른 지시가 있을 때까지 기다리시오. 그리고 차 문이나 차창을 절대로 열어선 안 돼요. 알겠소?"

운전사가 제자리로 가자 경사가 다시 소리쳤다.

"이봐요, 차장! 10번 애버뉴 모퉁이에 가서 교통순경더러 관할서에 전화하라고 하시오! 그리고 경찰 본부의 섬 경감한테도 반드시 연락을 취하라고 해요. 알겠소? 자 그럼, 내보내주겠소……. 누구든 문이 열리는 틈을 타서 도망가려고 했다간 혼날 줄 아시오."

경사는 차장을 데리고 뒤쪽 승강구로 가서 직접 레버를 작동해 이중문을 열었고, 차장이 빗속으로 뛰어내리자마자 곧바로 문을 다시 닫았다. 차장은 10번 애버뉴 쪽으로 달려갔다. 경사는 승강구에서 굳은 표정을 짓고 있는 키 큰 승객을 노려보며 말했다.

"아무도 이 문에 손대지 못하도록 지켜요, 알겠소?"

그 승객은 기쁜 듯이 고개를 끄덕였고, 경사는 롱스트리트의 시체가 있는 현장으로 되돌아갔다.

전차의 뒤에서는 마구 지껄여대는 소리와 길이 막혀버린 차들에서 울려대는 경적 소리로 큰 혼란을 빚고 있었다. 겁에 질린 승객들의 눈에 비가 죽죽 흘러내리는 차창에 얼굴을 갖다 대고 안을 들여다보려는 사람들이 비쳤다.

차 문을 지키던 키 큰 승객이 외쳤다.

"이봐요, 경사님! 순경이 문을 열라고 하는데요!"

"잠깐 기다리시오!"

경사가 무거운 발걸음으로 되돌아왔다. 그리고 직접 문을 열고서 교통순경을 차 안으로 맞아들였다. 순경은 경례를 하고 말했다.

"9번 애버뉴 근무조입니다. 무슨 일이십니까, 경사님? 도움이 필요하십니까?"

"살인 사건인 것 같네."

경사는 문을 닫고 키 큰 승객에게 계속 잘 부탁한다고 눈짓을 했다. 그러자 그 승객이 다시 한 번 고개를 끄덕여 보였다.

"자네가 해줘야 할 일이 있네. 관할서와 섬 경감에겐 지금쯤 연락이 갔을 거네. 그러니 자네는 저 앞쪽 차 문으로 가서 한 사람도 타고 내리지 못하도록 지키게. 절대로 방심해선 안 되네."

두 사람은 앞으로 나아갔다. 교통순경은 승객들 사이를 헤치며 가까스로 앞쪽 승강구에 이르렀다.

경사는 양손을 허리춤에 댄 채 롱스트리트의 시체를 내려다보다가 주위를 둘러보았다.

"흠……, 가장 먼저 발견한 사람은 누구요?"

경사는 연이어 질문을 해댔다.

"원래 이 자리에 함께 앉아 있었던 사람은 누구요?"

젊은 여자와 중년의 이탈리아인이 동시에 입을 열었다.

"한 사람씩 차례로 말해요. 당신 이름은 뭐죠?"

젊은 여자는 떨리는 목소리로 대답했다.

"제 이름은 에밀리 주이트라고 해요. 저는 속기 타이피스트인데 일을 마치고 귀가하는 길이에요. 그런데 이 사람이…… 조금 전에 제 무릎에 쓰러졌어요. 그래서 저는 일어나서 자리를 양보해줬어요."

"무솔리니, 당신은?"

"안토니오 폰타나라고 합니다. 난 아무것도 보지 못했어요. 이 사람을 누이려고 자리를 양보해줬을 뿐입니다."

"그럼, 이 죽은 사람은 쓰러지기 전까지는 계속 서 있었소?"

그때 드위트가 매우 침착한 태도로 몇 걸음 앞으로 나왔다.

"경사님, 제가 이 일에 대해 정확히 말씀드릴 수 있습니다. 이 사람은 할리 롱스트리트라고 하며 저와는 사업상의 공동 경영자 관계입니다. 그러니까 우리 일행은 파티에…….”

“파티라고 했소? 흥…….”

경사는 언짢은 얼굴로 일행을 둘러보았다.

“그러니까 무슨 즐거운 모임이라도 있었다, 그건가요? 그 얘기는 나중에 하는 게 좋겠소. 섬 경감이 들어줄 거요. 아, 저기 차장이 순경을 데리고 왔군.”

경사는 뒤쪽 승강구로 급히 돌아갔다. 차장의 모자챙에서 빗물이 뚝뚝 떨어졌다. 그가 뒤쪽 차 문을 두드렸고 그 곁에는 한 순경이 서 있었다. 이번에도 경사가 직접 차 문을 열었고 두 사람이 안으로 들어오자마자 문을 닫았다.

새로 온 순경이 모자에 손을 올려다 붙이며 경례를 했다.

“모로라고 합니다. 10번 애버뉴 근무조입니다.”

경사는 다급하게 대꾸했다.

“좋아, 난 더피 경사라네. 18분서 소속일세. 그런데 본부엔 연락했나?”

“네, 관할서에도 연락했습니다. 섬 경감님과 관할서원들이 곧 도착할 겁니다. 섬 경감님께선 전차를 42번 스트리트와 12번 애버뉴의 모퉁이에 있는 그린 선(線) 차고에 대라고 하셨습니다. 거기서 경사님과 만나 뵙겠답니다. 그리고 시체엔 손대지 말라고 하시더군요. 구급차도 호출해놓았습니다.”

“구급차는 필요 없을 거야, 모로 순경. 이제부터는 자네가 이 차 문 앞에 서서 아무도 내리지 못하게 지키게.”

더피는 그때까지 차 문을 지키던 키 큰 승객 쪽을 돌아보았다.

“아무도 나가려고 한 사람은 없었겠죠? 물론 문도 전혀 열지 않았겠죠?”

“예.”

주위의 몇몇 손님들도 한목소리로 그렇게 대답했다. 더피는 승객들 틈을 헤치며 전차의 앞쪽으로 나아갔다.

“운전사 양반, 종점까지 가주시오! 이 전차를 그린 선의 차고에 갖다 대는 거요. 자, 어서 출발합시다!”

운전사는 붉은 얼굴의 아일랜드인이었다. 그는 난처한 듯 중얼거렸다.

"거긴 이 차의 차고가 아닌데요. 이 전차는 3번 애버뉴 선입니다. 그래서……."

"가라고 했잖소!"

더피 경사는 짜증난 투로 말하고는 9번 애버뉴의 교통순경 쪽으로 돌아섰다.

"자네가 호루라기를 불어서 길을 터주게……. 자네 이름은?"

"시텐필드, 8638번입니다."

"자네는 그 문을 맡아주게, 시텐필드 순경. 나가려던 사람은 아무도 없었겠지?"

"그렇습니다, 경사님."

"운전사 양반, 시텐필드 순경이 여기 올 때까지 나가려던 사람은 없었겠죠?"

"없었습니다."

"좋아요. 그럼 출발하시오."

전차가 덜컹거리며 움직이기 시작하자 경사는 시체 곁으로 돌아갔다. 체리 브라운은 훌쩍거리고 있었고 폴룩스가 그녀의 손을 가볍게 토닥거려 주었다. 드위트는 마치 롱스트리트의 시체를 지키고 있기라도 하는 듯이 바짝 긴장된 표정을 하고 서 있었다.

전차는 뉴욕 그린 선의 드넓은 차고로 요란한 소리를 내면서 들어갔다. 숱한 사복형사들이 전차가 들어서는 모습을 말없이 지켜보고 있었다. 전차 밖에서는 기세 좋게 퍼부어대는 빗발이 요란한 소리를 냈다.

희끗희끗한 머리와 큰 턱, 거기에 예리한 잿빛 눈을 가진 거구의 사내는 전체적으로 보면 못생긴 얼굴이 오히려 호감이 가는 그런 사람이었다. 경감이 뒤쪽 차 문을 두드렸다. 전차 안의 모든 승객들이 더피 경사를 소리쳐 불렀다. 더피가 뒤쪽 승강구로 와서 기웃거리듯 밖을 내다보다가 섬 경감의 거구를 확인하고선 문손잡이를 당겼다. 쌍여닫이문이 접히며 열렸다. 섬 경감은 전차에 올라타자 곧바로 더피에게 문을 닫으라는 신호를 하고, 밖에서 대기하고 있는 형사들한테도 신호를 보낸 뒤에 천천히 사고 현장으로 다가갔다.

경감은 죽은 사내를 물끄러미 내려다보며 말했다.

"이봐, 더피. 어떻게 된 거지?"

경사는 섬 경감의 귓전에 대고 작은 목소리로 얘기했다. 섬 경감은 조금도 표정을 바꾸지 않고 경사의 얘기를 끝까지 들었다.

"롱스트리트라고? 주식 중개인이라? ……흠, 에밀리 주이트 양이 누구지?"

젊은 여자가 긴장한 동행인의 에스코트를 받으며 앞으로 나왔다. 그는 호전적인 눈길로 경감을 쏘아보았다.

"이 사내가 쓰러지는 것을 보셨다는데 혹시 쓰러지기 전에 이상한 점은 없었습니까?"

"네, 있었어요. 안경을 꺼내려고 주머니에 손을 집어넣는 것을 보았는데, 아마 그때 손이 어디에 긁혔던 모양이에요. 주머니에서 손을 꺼냈을 때 피가 나는 것을 보았으니까요."

젊은 여자는 흥분한 목소리로 대답했다.

"어느 쪽 주머니였나요?"

"웃옷 왼쪽 주머니였어요."

"어디쯤에서 그런 일이 있었습니까?"

"그러니까, 전차가 9번 애버뉴에서 멈춰 서기 직전이었어요."

"대략 지금부터 얼마쯤 전이었나요?"

"글쎄요, 아마……."

그녀는 곰곰이 생각에 잠기는 표정을 지었다.

"전차가 다시 출발해 여기까지 도착하는데 오 분쯤 걸렸고, 이 사람이 쓰러지고 나서 전차가 다시 움직였을 때까지가 이삼 분쯤 걸렸던 것 같으니까…….”

“아무튼 이 사람이 쓰러지고 나서 아직 십오 분 이상은 경과하지 않았겠군요? 그런데 왼쪽 주머니라…….”

섬 경감은 무릎을 꿇고 자신의 바지 뒷주머니에서 손전등을 꺼내 죽은 사내의 겉주머니를 한껏 벌리고는 안으로 불빛을 비쳤다. 그는 만족한 듯이 중얼거렸다. 이어서 손전등을 바닥에 내려놓은 뒤 큼직한 주머니칼을 꺼내 실밥 선을 따라 주머니를 신중히 잘라냈다. 손전등의 불빛 아래 물건 두 개가 비춰졌다.

섬 경감은 잘라낸 주머니에서 그 물건들을 꺼내지 않고 손대지 않은 채로 그대로 조사했다. 하나는 은제 안경집이었다. 경감은 시체의 얼굴로 시선을 옮겼다. 죽은 자는 안경을 끼고 있었다. 보랏빛을 띤 코에 안경이 약간 비스듬하게 걸려 있었다.

경감은 다시 주머니 쪽으로 눈길을 돌렸다. 두 번째 물건은 기묘한 것이었다. 그것은 지름이 3센티미터쯤 되는 작은 코르크 알이었는데, 적어도 쉰 개쯤은 될 듯한 평범한 바늘이 꽂혀 있었다. 각각의 바늘 끝이 코르크 알에서부터 5밀리미터쯤 튀어나와 있었으므로 이 흉기 전체의 지름은 4센티미터쯤이 되는 셈이었다. 모든 바늘 끝에는 짙은 갈색 물질이 묻어 있었다. 섬 경감은 주머니칼 끝으로 코르크를 찌른 뒤에 뒤쪽으로 돌려서 살펴보았다. 뒤쪽의 바늘 끝에도 똑같은 것이 묻어 있었다. 타르처럼 끈적끈적한 물질이었다. 경감은 몸을 앞으로 굽혀 냄새를 맡아보았다.

“지독한 담배 냄새야.”

경감은 어깨 너머로 지켜보고 있는 더피에게 작은 목소리로 덧붙였다.

“일 년분의 봉급을 거저 준다 해도 맨손으로는 못 만지겠어.”

경감은 몸을 바로 세우고 자신의 주머니를 뒤져 핀셋과 담뱃갑을 꺼냈다. 그리고 담뱃갑에서 담배를 모두 빼내 주머니에 넣었다. 핀셋으로 바늘이 꽂힌 코르크를 롱스트리트의 주머니에서부터 조심스레 들어 올려 그것을 자신의 빈 담뱃갑에다 옮겼다. 그런 뒤에 경감은 나직하게 더피 경사에게 뭔가 말했다. 그러자 경사는 곧 어디론가 가더니 이내 신문지를 구해서 돌아왔다. 경감은 대여섯 장이나 되는 신문지에 그 담뱃갑을 싸서 더피에게 내밀었다.

"이건 다이너마이트나 다름없네, 경사. 자네가 책임지고 조심해서 다루게."

경감은 엄한 표정으로 그렇게 말하고 자리에서 일어났다. 더피 경사는 긴장한 채 똑바로 서 있었다. 그러고는 손을 쭉 뻗어 꾸러미를 받아 들었다.

섬 경감은 롱스트리트 일행의 긴장된 시선을 무시하고 앞쪽으로 나아갔다. 운전사와 입구 근처에 서 있는 승객들에게 먼저 질문을 했다. 그런 뒤에 뒤쪽으로 돌아가 차장과 뒤쪽 승강구의 승객들에게도 같은 질문을 반복했다. 그러고 나서 제자리로 돌아온 경감은 더피에게 말했다.

"다행이군. 8번 애버뉴를 출발한 뒤로 이 전차에서 내린 승객은 아무도 없는 모양이야. 피살자가 승차하고 난 뒤 줄곧 말이야……. 흠, 모로와 시텐필드를 자기들 부서로 돌려보내도록 하게. 이곳에도 인원은 많이 있으니까 말이야. 바깥에다 경계선을 치도록 하고 손님들을 죄다 내리게 해야겠어."

더피는 섬뜩한 꾸러미를 든 채 뒤쪽 승강구로 가서 전차에서 내렸고, 이어서 차장이 곧바로 문을 닫았다.

오 분 뒤에 다시 뒤쪽 문이 열렸다. 전차 밖으로 튀어나온 철제 발판에서부터 차고의 바닥으로 건너가는 계단까지 순경과 형사가 두 줄로 늘어섰다. 섬 경감은 롱스트리트 일행을 따로 모아 먼저 내리도록 했다. 그들은 한 줄로 전차에서 묵묵히 내린 뒤에 경계선을 지나 건물 2층에 있는 별실로 호송되었다. 별실의 문이 닫히자 경관 한 명이 바깥에서 경비를 섰다. 실내에선 형사 두 명이 일행을 감시하고 있었다.

롱스트리트 일행을 내보낸 뒤에도 섬 경감은 전차의 나머지 승객들이 모두 내릴 때까지 지휘했다. 다른 승객들도 길게 줄을 지어 경계선을 지난 뒤 여섯 명가량의 형사들에게 호송되어 2층의 큰 방으로 들어갔다.

섬 경감은 텅 빈 전차 속에 혼자 서 있었다. 좌석에 누워 있는 시체는 눈부신 불빛 아래 일그러진 얼굴을 하고 괴상하리만치 두 눈을 크게 뜨고 있었다. 경감은 전차 밖에서 들려오는 구급차 소리에 정신을 차렸다. 흰 제복을 입은 두 젊은이가 차고 쪽으로 급히 달려왔고 땅딸막한 체구의 사내가 그 뒤를 따랐다. 그 사내는 유행이 지난 금테 안경을 코에 걸치고 구식의 작은 잿빛 모자를 쓰고 있었다. 그 모자챙의 뒤쪽은 위로 말려 있었고 앞쪽은 아래로 내려져 있었다.

경감은 뒤쪽 승강구의 손잡이를 움직여 차 문을 열고 고개를 밖으로 내밀었다.

"실링 선생, 여기요!"

땅딸막한 체구의 사내는 뉴욕 카운티의 검시관으로, 두 조수의 안내에 따라 숨을 몰아쉬며 들어왔다. 실링 검시관이 시체 위로 허리를 굽힐 때 섬 경감은 주의 깊게 왼쪽 주머니에서 은제 안경집을 들어냈다.

실링 검시관이 허리를 펴며 물었다.

"이 시체를 어디로 옮기는 게 좋겠소, 경감?"

"2층입니다."

그렇게 말하는 경감의 두 눈은 심술궂은 장난기로 번득였다. 그는 다시 무표정한 얼굴로 말을 이었다.

"일행이 있는 별실로 운반해주십시오. 그렇게 되면 아마 일이 재미있어질 테죠."

실링 검시관이 시체의 운반을 지시하는 동안 경감은 전차에서 뛰어내렸다. 경감은 형사 한 명을 불러서 지시했다.

"지금 당장 자네가 해줘야 할 일이 있네. 이 전차 안을 샅샅이 조사해주게. 티끌 한 조각도 빠짐없이 주워 모으게. 그리고 롱스트리트 일행과 다른 승객들이 경계선을 거쳐서 지나간 통로도 조사해주게. 누군가가 일부러 버린 것이 있는지를 알고 싶은 걸세. 알았지! 잘 좀 조사해보게나, 피바디."

피바디 경위는 싱긋 웃으며 돌아섰다. 섬 경감이 말했다.

"함께 가세, 경사."

더피는 여전히 신문지에 싼 흉기를 조심스레 손에 들고 서 있다가 멋쩍게 웃고 나서는 경감의 뒤를 따라 2층으로 통하는 층계를 올라갔다.

## 제4장

*차고 건물의 별실*

*9월 4일 금요일 오후 6시 40분*

차고에 딸린 건물의 2층 별실은 넓고 휑뎅그렁하며 음산한 기운이 감도는 방이었다. 사방 벽 쪽에는 벤치가 줄줄이 놓여 있었다. 롱스트리트 일행은 저마다 처량하고 긴장된 태도로 앉아 있었는데, 모두 한결같이 입을 다물고 있었다.

실링 검시관은 들것으로 시체를 나르는 두 조수에 앞서 섬 경감과 더피 경사를 따라 방으로 들어갔다. 그는 방 한쪽에 칸막이를 치게 한 다음 그 안쪽에 들것을 놓게 했다. 그러고는 조수 두 명과 함께 소리 하나 내지 않고 매우 능숙하게 작업을 해나갔다. 롱스트리트 일행은 마치 무언의 명령이라도 받은 듯이 시종일관 칸막이 쪽에는 눈길을 주지 않았다. 체리 브라운이 폴룩스의 떨리는 어깨에 기대어 흐느끼기 시작했다.

섬 경감은 양손을 굳건하게 뒷짐 지고 서서 무관심하달 수도 있을 정도의 침착한 태도로 롱스트리트 일행을 둘러보았다.

"여러분, 일행이 모두 이 방에 모이셨을 줄 압니다."

경감은 상냥하게 말을 이었다.

"이제부터 우리는 이 사건에 대해 차분하게 얘기를 나눌 수가 있을 것 같군요. 지금 여러분께서는 다소 흥분해 계시긴 해도 두세 가지 질문에 대답을 못할 정도는 아니실 테죠?"

일행은 경감을 올려다보며 마치 초등학생처럼 얌전히 앉아 있었다.

"경사, 여기에 계신 어느 분께서 죽은 자가 할리 롱스트리트라고 신원을 확인해주었다면서? 그분이 어느 분이신가?"

더피 경사는 아내 곁의 의자에 앉아 미동조차 하지 않고 있는 존 드위트를 가리켰다. 지적을 당하고서야 드위트는 몸을 움직였다.

"알겠네."

이어서 섬 경감이 드위트를 바라보며 말했다.

"자 그럼, 전차 안에서 경사에게 얘기하려던 것을 지금 제게 얘기해주시지요. 조너스, 모두 받아 적게."

경감은 문 쪽에 몰려 있는 형사들 중 한 명에게 지시했다.

"먼저 성함을 밝혀주시지요."

"존 드위트라고 합니다."

그 태도와 목소리에서 결의와 자신감이 엿보였다. 섬 경감은 일행 중 몇몇의 얼굴에 언뜻 놀라는 빛이 스치는 것을 놓치지 않았다. 드위트의 그런 태도에 그들은 다소 기운을 얻은 모양이었다.

"고인은 나와 함께 회사를 공동으로 경영했습니다. 회사의 이름은 드위트 앤드 롱스트리트 사라고 합니다. 월가에서 주식 중개업을 전문으로 하는 회사죠."

"이 숙녀분들과 신사분들은요?"

드위트는 침착하게 일행들을 소개했다.

"어떤 이유로 그 전차를 타신 겁니까?"

드위트는 냉담하지만 정확한 어조로 42번 스트리트 횡단 전차에 승차한 것부터 약혼 파티, 파티의 모습, 롱스트리트의 자택 초대, 호텔 출발, 갑작스레 내린 세찬 비, 전차를 타기로 결정하기까지의 경위를 설명했다.

경감은 잠자코 듣고만 있다가 드위트가 얘기를 마치자 미소를 떠올리며 말했다.

"잘 알겠습니다, 드위트 씨. 그런데 아까 전차 안에서 제가 롱스트리트의 주머니에서 꺼낸 바늘이 꽂힌 그 기묘한 코르크 말입니다만, 전에 보신 일이 있으십니까? 아니면 그런 물건이 있다는 사실을 들은 적이라도?"

드위트는 고개를 가로저었다.

"다른 분들도 마찬가지입니까?"

모두 한결같이 고개를 끄덕였다.

"알겠습니다. 그럼 드위트 씨, 이제부터 제가 하는 말을 잘 듣고 대답해주시기 바랍니다. 당신과 롱스트리트와 다른 사람들이 42번 스트리트와 8번 애버뉴 모퉁이의 보석상 차양 아래에서 비를 피하는 동안, 당신이 롱스트리트에게 편지 한 통을 보여주었고, 롱스트리트가 왼손을 왼쪽 주머니에 넣었고, 안경집을 빼내 안경을 꺼냈고, 안경집을 다시 넣으려고 한 손을 주머니에 넣은 일이 있다고 했습니다. 그런데 그때 당신은 그의 왼손에 어떤 이상이 생긴 것을 알아차리지 못하셨나요? 그가 비명을 지르지 않던가요? 혹은 주머니에서 손을 급히 빼내지 않던가요?"

"전혀 그렇지 않았습니다. 아마도 당신은 흉기가 그의 주머니에 들어간 정확한 시간을 알고 싶은 거겠죠? 하지만 그때는 절대로 들어 있지 않았던 게 분명합니다, 경감님."

드위트는 침착하게 대답했다.

경감은 다른 사람들 쪽을 향했다.

"여러분 가운데서도 그때 이상한 사실을 깨달은 분은 안 계십니까?"

체리 브라운이 울먹이는 목소리로 말했다.

"그런 일은 없었어요. 저는 그이 곁에 있었으니까 그이가 그때 바늘에 찔렸다면 금세 알 수 있었을 거예요."

"좋습니다. 그럼 드위트 씨, 롱스트리트가 편지를 읽은 뒤 다시 주머니에 손을 넣어 안경집을 꺼내 안경을 집어넣고서, 다시 그러니까 네 번째인 셈이죠, 주머니에 손을 넣어 마지막으로 안경집에서 손을 뗐을 때, 그때도 비명을 질렀거나 바늘에 찔린 기색을 보이지 않았나요?"

드위트가 결연하게 말했다.

“맹세코 말할 수 있습니다, 경감님. 비명을 지르지도 않았고 아무런 이상한 기색도 보이지 않았습니다.”

다른 일행들도 모두 그 말에 동의한다는 뜻으로 고개를 끄덕였다. 섬 경감은 구두 뒤꿈치로 서서 가볍게 몸을 움직였다. 경감은 여배우 쪽으로 몸을 틀며 말머리를 돌렸다.

“브라운 양, 드위트 씨의 얘기에 따르면, 편지를 돌려준 직후에 롱스트리트는 당신과 함께 전차 쪽으로 뛰어갔고 그때부터 비를 맞으며 전차를 탈 때까지 당신은 롱스트리트의 팔에 매달려 계셨다는데, 그게 사실입니까?”

여배우는 약간 몸을 떨며 입을 열었다.

“네. 저는 그이의 왼팔에 바싹 붙어 있었어요. 그리고 그이는 왼손을 주머니에 찔러 넣고 있었고요. 우리는 뒤쪽 승강구에 오를 때까지 쭉 그렇게 하고 있었어요.”

“승강구에 올라타고서는 손을 보았나요? ……그의 왼손 말입니다.”

“네. 잔돈을 꺼내려고 조끼 주머니로 손을 옮겨 넣을 때였어요. 하지만 잔돈이 없었어요. 우리가 전차에 막 올라탄 뒤에 그랬죠.”

“그때 그의 손은 아무렇지도 않았나요? 상처를 입었거나 피가 나진 않았나요?”

“네, 전혀 아무렇지도 않았어요.”

“드위트 씨, 롱스트리트에게 보였던 편지를 잠깐 보여주십시오.”

드위트는 가슴께의 주머니에서 흙탕물에 더럽혀진 봉투를 꺼내 경감에게 건네주었다. 경감은 편지를 읽어나갔다. 그 편지는 웨버라는 이름의 고객이 보낸 일종의 항의 서한으로, 어느 날 어느 시각에 어떤 값으로 주식을 팔아줄 것을 의뢰했는데, 드위트 앤드 롱스트리트 사가 지시에 따르지 않았기 때문에 막대한 손실을 입었다고 불만을 토로하는 내용이었다. 결국 피해 당사자인 웨버는 회사 측에 직무태만의 죄가 있음을 주장하며 그 손실에 대한 배상을 요구하고 있었다. 섬 경감은 아무 말도 하지 않고 편지를 드위트에게 돌려주었다.

"그럼, 이제까지의 사실들이 대체로 정확하다는 건가요?"

"그렇습니다. 흉기는 롱스트리트가 전차에 올라탄 뒤 누군가가 주머니에 넣은 것입니다."

드위트가 담담한 어조로 대답했다.

그러자 경감은 무표정한 얼굴로 흰 이를 드러내 보였다.

"틀림없군요. 모퉁이에서 비를 피하는 동안에도 그는 주머니에 손을 네 번이나 넣었습니다. 그리고 전차를 타려고 일행이 거리를 가로질렀을 때, 당신은 롱스트리트 왼쪽에 브라운 양이 바싹 붙어 있는 것과 롱스트리트가 왼손을 문제의 왼쪽 주머니에 넣고 있는 것을 보았습니다. 만약 그때 무언가 이상한 일이 일어났다면 당신이나 브라운 양이 눈치채지 못했을 리가 없었을 겁니다. 또 전차 안에서 브라운 양이 그의 손을 보았을 때도 아무런 일이 없었습니다. 그러한 사실로 미루어 볼 때, 적어도 전차에 오르기 전에는 바늘이 꽂힌 그 코르크가 그의 주머니에 들어 있지 않았던 게 됩니다."

섬 경감은 턱을 어루만지며 생각에 잠겼다. 그런 뒤에 고개를 저으며 일행들 앞을 큰 걸음으로 서성이다가 이윽고 각자 전차 안에서 롱스트리트와 어떤 위치에 서 있었는지를 물었다.

경감은 일행들이 몇몇으로 나뉘어 흩어져 있었고 전차가 덜컹거리거나 승객들이 부단하게 움직일 때마다 흔들리거나 자리를 이동했음을 알았다. 이윽고 경감은 입을 다물었지만 실망한 듯한 기색은 조금도 보이지 않았다.

"브라운 양, 롱스트리트는 어째서 전차 안에서 안경을 꺼냈나요?"

체리 브라운이 힘없이 대답했다.

"신문을 읽기 위해서였겠죠."

드위트가 끼어들며 덧붙였다.

"롱스트리트는 언제나 선착장으로 가는 도중에는 석간의 주식란을 읽었습니다."

경감이 고개를 끄덕인 뒤 다시 물었다.

"그럼 롱스트리트가 비명을 지르며 손을 들여다본 것은 안경을 꺼냈을 때였나요, 브라운 양?"

"네. 깜짝 놀라며 어리둥절해했어요. 하지만 그뿐이었어요. 그때 전차가 몹시 흔들렸기 때문에 어째서 상처가 났는지 주머니를 살펴볼 새도 없이 그이는 손잡이를 잡았어요. 그는 긁힌 게 분명하다고 했어요. 그러면서 몹시 비틀거리는 것 같았어요."

"그런데 안경을 쓰고서 주식란을 읽기는 했나요?"

"신문을 펼치려고 했지만 결국은 그러지 못했어요. 그러니까, 그이는…… 제가 무슨 일이 일어났는지를 미처 깨닫기도 전에 쓰러지고 말았어요."

섬 경감은 미간을 찌푸렸다.

"날마다 그는 저녁 전차 안에서 주식란을 읽나요? 아니면 그때 신문을 펼치려 한 것은 뭔가 특별한 이유라도 있었기 때문인가요, 브라운 양? 그토록 붐비는 전차 안에서 신문을 펼친다는 건 좀 예의에 어긋나는 일인 것 같아서 말입니다……."

또다시 드위트가 냉담한 어투로 끼어들었다.

"그렇지 않습니다. 경감님은 롱스트리트를 모르기 때문에 그런 말씀을 하시는 겁니다. 그는 뭐든 자기가 하고 싶은 것은 하고 마는 친구죠. 경감님이 말씀하시는 것 같은 특별한 이유 따위가 그에게는 있을 리가 없습니다."

그러나 체리 브라운은 눈물 자국이 채 마르지 않은 얼굴로 뭔가 깊은 생각에 잠기는 눈치였다. 그러더니 말문을 열었다.

"이제야 생각이 났는데 아마도 거기엔 특별한 이유가 있었던 것 같아요. 그이는 오늘 오후에 신문을 샀어요. 아마도 최종판은 아니었던 것 같은데……. 어떤 주식에 대해 알아보았거든요. 틀림없이……."

경감은 여배우에게 기운을 불어넣듯이 힘주어 말했다.

"바로 그거예요, 브라운 양. 그건 어느 회사의 주식이었죠?"

"아마 그건…… 인터내셔널 메탈스의 주식이었던 것 같아요."

체리 브라운은 마이클 콜린스가 앉아 있는 벤치 쪽을 힐끗 훔쳐보며 말을 이었다. 그는 화가 난 표정으로 더러운 방바닥을 노려보고 있었다.

"그리고 인터내셔널 메탈스의 주가가 크게 폭락했음을 알게 되자 할리는 콜린스 씨가 급히 도움을 청할 거라고 말했어요."

"흐음, 콜린스 씨라?"

거구의 아일랜드인이 신음하는 듯한 소리를 냈다. 섬은 호기심 어린 시선으로 그 사내를 바라보았다.

"그럼 당신도 롱스트리트의 고객이었군요? 세무서 일만으로도 아주 바쁘실 줄 알았는데……. 콜린스, 이 사건과 어떤 연관이 있소?"

콜린스는 이를 드러내며 마뜩잖은 듯 말했다.

"당신이 상관할 문제가 아니오, 경감. 하지만 굳이 알고 싶다면 말하겠소. 롱스트리트가 인터내셔널 메탈스의 주식을 대량으로 구입하라고 일러줬소. 나를 위해 그 주의 상황을 관찰해왔다고 하면서 말이오. 그런데 제길, 오늘 바닥시세로 폭락하고 말았소."

드위트가 놀란 표정을 지으며 콜린스를 바라보았다. 그 모습을 본 섬 경감이 물었다.

"드위트 씨, 이 거래에 대해서 알고 있었습니까?"

"전혀 몰랐던 일입니다."

드위트는 정면으로 경감을 바라보며 말을 이었다.

"롱스트리트가 그 주식을 사라고 권했다니 정말 놀랍습니다. 지난주에 나는 그 주식이 폭락할 것을 내다보고 개인적으로 몇몇 고객들에게는 절대로 그 주식을 사지 말라고 충고했을 정도였으니까요……. 콜린스 씨, 그 주식이 폭락한 걸 처음으로 안 게 언제였습니까?"

"오늘 오후 1시 무렵이었소. 하지만 드위트, 롱스트리트의 일 처리를 당신이 모르고 있었다는 건 대체 어찌 된 노릇이오? 어떻게 그런 엉터리 경영을 할 수가 있소? 이제 나는…….”

“진정하시오.”

섬 경감이 말을 이었다.

“진정하고 내 질문에 답해요. 당신은 메탈스 주의 폭락을 알게 된 오늘 1시부터 호텔에 가기 전까지 그사이에 롱스트리트와 만나 얘기를 나누었겠군요?”

“그렇소.”

콜린스가 무뚝뚝하게 대답했다.

“어디서 만났습니까?”

“드위트 앤드 롱스트리트 사의 타임스 스퀘어 출장소에서 이른 오후에 만났소.”

섬 경감은 다시 구두 뒤꿈치로 서서 가볍게 몸을 움직였다.

“싸우진 않았소?”

콜린스가 불쑥 소리쳤다.

“이런 제기랄! 농담하지 마시오, 경감! 내게 살인죄라도 덮어씌울 작정이오?”

“묻는 말에나 답하시오!”

“제길, 그런 일은 없었소.”

그때 체리 브라운이 외마디 소리를 질렀다. 섬 경감이 재빨리 돌아다보았다. 그러나 땅딸막한 체구의 실링 검시관이 셔츠의 소매를 걷어붙인 채 명랑하게 칸막이 뒤에서 나오는 모습이 눈에 띄었을 뿐이었다. 그리고 죽은 롱스트리트의 경직된 얼굴이 언뜻 보였다…….

“경감, 그 물건을 주시오……. 그 코르크인지 뭔지 흉기로 쓰였다는 것 말이오.”

실링 검시관이 말을 꺼내자마자 섬 경감은 더피 경사에게 눈짓을 했다. 더피는 안도의 한숨을 내쉬며 꾸러미를 검시관에게 넘겼다. 실링은 꾸러미를 건네받고는 콧노래를 흥얼대며 다시 칸막이 뒤로 사라졌다.

체리 브라운은 자리에서 일어나 있었는데, 두 눈을 크게 뜬 채 얼굴을 몹시 일그러뜨리고 있었다. 그녀는 처음에 받은 충격에서는 이미 벗어난 듯했으나, 흙빛으로 굳어진 롱스트리트의 시체를 보고는 약삭빠르다고 할 만한 히스테리를 일으켰다. 일부러 그러는 것 같기도 했다. 그러고 나서 그녀는 갑자기 드위트 쪽으로 손을 뻗더니 덤벼들었다. 그녀는 드위트의 멱살을 잡고는 그의 창백해진 얼굴에 대고 날카롭게 소리쳤다.

"당신이 죽였어! 당신이 그이를 해치운 거야!"

사내들은 모두 놀란 표정으로 자리에서 일어났다. 섬 경감과 더피 경사가 달려들어 흥분한 그녀를 드위트한테서 떼어냈다. 그러는 동안에도 드위트는 줄곧 돌처럼 묵묵히 서 있었다. 진 드위트의 표정이 싸늘해졌다. 그녀는 입술을 굳게 다물고 호랑이 같은 기세로 여배우를 향해 달려들었다. 크리스토퍼 로드가 그녀의 앞을 가로막으며 낮은 목소리로 그녀를 달랬다. 그녀는 다시 자리에 앉아 걱정스러운 얼굴로 부친을 바라보았다. 임피리얼과 에이헌은 엄숙한 표정으로 드위트의 양쪽에 호위병처럼 자리를 차지하고 있었다. 콜린스는 불만에 가득 찬 얼굴을 하고 자기 자리에 앉았다. 폴록스는 자리에서 일어나 빠른 어조로 체리 브라운의 귀에 대고 뭔가를 속삭였다. 체리는 점차 흥분을 가누는가 싶더니 이어서 흐느끼기 시작했다……. 드위트 부인만이 미동도 하지 않은 채 차가운 눈빛으로 이 광경을 지켜보고 있었다.

섬 경감은 흐느끼는 여배우를 내려다보았다.

"왜 그런 말을 했나요, 브라운 양? 어째서 드위트 씨가 그를 죽였다고 하신 겁니까? 드위트 씨가 롱스트리트의 웃옷 주머니에 그 코르크를 넣는 것을 보았습니까?"

"아뇨, 그렇진 않아요."

그녀는 흐느끼듯 대답하고는 고개를 가로저었다.

"몰라요, 모르겠어요. 저 사람이 할리를 싫어했다는 것을, 독사를 대하듯 싫어했다는 걸 알고 있었을 뿐이에요……. 할리가 여러 차례 그렇게 말했어요."

섬 경감은 맥 빠지는 표정을 지으며 상체를 일으켜 세우고는 더피 경사에게 의미 있는 눈짓을 보냈다. 더피는 노트에 메모를 하던 형사에게 손짓을 했고, 그 형사가 문을 열자 또 다른 형사 하나가 들어왔다. 폴룩스가 체리에게 몸을 구부리고 그 특유의 주문을 외는 듯한 어조로 위로의 말을 하고 있을 때에 섬 경감이 쩌렁쩌렁한 목소리로 말했다.

"내가 돌아올 때까지 여러분은 모두 여기서 기다리시오."

그런 뒤에 경감은 노트를 가진 조너스 형사와 함께 열린 문을 통해 성큼성큼 밖으로 나갔다.

## 제5장

*차고 건물의 큰 방*

*9월 4일 금요일 오후 7시 30분*

섬 경감은 곧바로 차고 건물의 큰 방으로 향했다. 경감은 거기에서 갖가지 기묘한 광경과 마주쳤다. 그 방에 수용된 남녀들은 제각각 서 있거나 앉아 있거나, 걸어 다니거나 지껄이거나, 초조해하거나 겁에 질려 있거나, 불쾌한 표정을 짓는 것같이 다양한 태도를 보였다. 경감은 경비를 서고 있는 한 형사에게 쓴웃음을 지어 보이고는 크게 발소리를 울려서 모두가 자기를 주시하게끔 했다. 그러자 사람들 모두 경감 쪽으로 몰려들었다. 숨을 헐떡이는 사람, 불만을 토하는 사람, 비난을 퍼붓는 사람, 질문을 해대는 사람, 욕을 내뱉는 사람…….

"물러서시오!"

경감이 버럭 소리를 질렀다.

"알겠습니까? 불평이나 넋두리나 변명은 받아들이지 않겠어요. 여러분이 협조해주셔야만 그만큼 빨리 여기서 나갈 수 있습니다. 주이트 양, 아가씨부터 먼저 시작하기로 하죠. 아가씨는 누군가가 살해된 자의 주머니에 무언가 집어넣는 것을 보지 못했나요? 그러니까 살해된 자가 당신 앞에 서 있었을 때 말이오."

그녀는 입술을 핥으면서 말했다.

"저는 그때 함께 탔던 분과 얘기를 하는 데 정신이 팔려 있었어요. 게다가 전차 안이 굉장히 무더워서……."

섬 경감이 버럭 소리를 질렀다.

"묻는 말에나 대답하세요! 봤나요, 못 봤나요?"

"모, 못 봤어요."

"만약에 누군가가 죽은 자의 주머니에 무언가를 집어넣었다면 당신이 알아차릴 수 있었다고 생각합니까?"

"아뇨, 그렇게는 생각하지 않아요. 그때 저는 일행과 얘기를 하고 있었기 때문에……."

섬 경감은 돌연 그녀 곁의 덩치 큰 사내 쪽으로 돌아섰다. 사내는 희끗한 머리와 묵직한 얼굴에 적의를 가득 담고 있었다. 롱스트리트가 전차 속에서 쓰러졌을 때 팔을 낚아챘던 사내였다. 스스로 자신을 소개한 바에 따르면 그는 로버트 클라크슨이라는 이름의 서기였다. 하지만 그는 자신이 롱스트리트의 옆에, 그것도 왼쪽에 있었음에도 불구하고 아무것도 눈치채지 못했다고 진술했다. 클라크슨의 푼더분한 얼굴에서 적의가 사라지자 이번에는 갑자기 불안에 사로잡혔는지 안색이 창백해지며 벌어진 입술이 우스꽝스럽게 경련을 일으켰다.

중년의 이탈리아인 안토니오 폰타나는 거무스름한 피부에 짙은 콧수염을 기른 이발사인데, 그는 일과를 마치고 귀가하던 도중이었다고 했다. 그러나 그 또한 별달리 도움이 되지는 못했다. 이탈리아 신문인 〈일 포폴로 로마노〉를 전차 안에서 줄곧 읽고 있었다고 했다.

이어서 신문을 받은 이는 찰스 우드라는 이름의 차장으로, 근무 번호는 2101번이며 오 년 전부터 제3번 애버뉴 철도 회사에서 근무해왔다. 그는 큰 키에 실팍해 보이는 체격을 지닌 붉은 머리의 사내로 나이는 아마도 쉰 살쯤 되어 보였다. 그는 죽은 자의 얼굴을 기억하고 있다고 말했다. 죽은 자가 8번 애버뉴에서 승차한 사람들 중의 한 명이라는 것과 그자가 전차에 올라탔을 때의 일도 기억한다고 말했다. 그리고 죽은 자가 1달러짜리로 열 명분의 요금을 지불한 사실도 말했다.

"그 사람들이 전차에 올라탔을 때 뭔가 이상한 점을 느끼지는 못했소?"

"아뇨. 그때는 전차 안이 워낙 만원이라서 차 문을 닫는 것과 차비를 받는 것 외에는 신경을 쓸 틈이 없었는걸요."

"전에도 전차 안에서 그 사내를 본 일이 있소?"

"예, 있습니다. 그는 자주 그 시간대에 전차를 이용하곤 했습니다. 오래된 단골 승객이었죠."

"이름은 알고 있나요?"

"아뇨, 모릅니다."

"죽은 자의 일행들 중에도 단골 승객이 있었소?"

"예. 키가 작고 빈약한 체격에 머리가 희끗한 사내인데, 죽은 사람과는 자주 함께 탔었죠."

"이름은 알고 있소?"

"아뇨, 모릅니다."

섬 경감은 천장을 노려보았다.

"이제부터 잘 생각해보고 대답해주시오, 우드 씨. 이건 중대한 문제요. 난 다만 틀림없는 사실을 알고 싶은 거요. 당신 말대로 그 일행들은 8번 애버뉴에서 탔어요. 그리고 당신은 차 문을 닫았소. 여기까지는 됐어요. 그런데, 그 다음 정류장에서 타거나 내린 사람은 없었소?"

"없었습니다. 만원이라서 9번 애버뉴 모퉁이에선 문조차 열지 않았습니다. 그러니까 탄 사람은 없습니다. 물론 뒷문 쪽에선 내린 사람도 없고요. 하지만 앞쪽은 모르겠어요. 그건 운전사인 기네스가 알고 있을 겁니다."

경감은 여러 사람들 속에서 어깨가 넓은 아일랜드인 운전사를 찾아냈다. 운전사 기네스의 근무 번호는 409번이었으며 그는 팔 년 동안 이 철도 회사에서 일해왔다고 했다. 그리고 죽은 자를 전에 보았던 기억은 나지 않는다고 말했다.

"아무래도 찰스처럼 승객을 직접 상대하지는 않으니까요."

운전자 기네스가 덧붙였다.

"전혀 본 기억이 없다는 건가요?"

"글쎄요. 얼굴이 약간 낯익은 듯한 느낌도 없지는 않군요. 하지만 뭐, 그런 정도일 뿐입니다."

"8번 애버뉴를 지난 뒤에 앞문으로 내린 사람은 없었소?"

"차 문을 열지도 않았는걸요. 아시다시피 이 노선의 승객들 대부분은 종점까지 가서는 그곳 선착장에서 저지행 배로 갈아탄답니다. 아무튼 그 뒤의 일은 더피 경사님이 잘 알고 계실 겁니다. 저와 함께 앞쪽에 있었으니까요……. 아마 경사님은 비번이셨나 보죠? 마침 함께 타고 계셨으니 운이 좋았지요."

섬 경감은 악의 없이 얼굴을 찌푸렸다.

"그렇다면 8번 애버뉴를 지난 뒤로 차 문은 앞뒤 어느 쪽이나 열린 적이 없는 셈이군요?"

"그렇습니다."

기네스와 우드가 함께 대답했다.

"알겠소. 물러가서 기다려주시오."

경감은 방향을 바꾸어 다른 사람들에게 질문하기 시작했다. 하지만 롱스트리트의 주머니에 누군가가 물건을 집어넣거나 그 밖에 수상쩍은 행동을 하는 것을 본 사람은 아무도 없는 것 같았다. 승객 두 사람이 애매한 진술을 했지만 흥분한 정신 상태에서 아무 이유 없이 짐작한 것이 분명했기 때문에 경감은 씁쓸한 표정을 지으며 무시해버렸다. 경감은 조너스 형사에게 이곳에 모인 사람들 모두의 이름과 주소를 기록할 것을 지시했다.

그때 두툼한 마대 자루를 짊어진 피바디 경위가 숨을 몰아쉬며 실내로 들어섰다.

"뭔가 수확이 있었나, 경위?"

섬 경감이 물었다.

"잡동사니들뿐입니다. 보십시오."

경위는 마대 자루 안의 물건들을 바닥에다 쏟아부었다. 종잇조각, 낡고 찢어진 신문지, 빈 담뱃갑, 심이 부러진 몽당연필, 타다 남은 성냥개비, 짓뭉개진 초콜릿 덩어리, 너덜너덜한 전차 시각표……. 모두가 흔해 빠진 잡동사니들뿐이었다. 코르크나 바늘 또는 그것들과 관계가 있을 법한 것은 아무것도 눈에 띄지 않았다.

"전차 안을 샅샅이 뒤졌습니다. 경계선 주위와 통로 쪽도 모조리 말입니다. 그러니까 이 사람들은 전차에서 내릴 때 몸에 지니고 있던 것을 아직 그대로 지니고 있다고 볼 수 있습니다."

섬 경감의 잿빛 눈이 번득였다. 그는 뉴욕 경시청에서 가장 알아주는 경감이었다. 그는 유연한 근육질의 체격, 뛰어난 순발력, 풍부한 상식, 권위가 깃든 음성을 지녔고 문자 그대로 출세 가도를 달리고 있었다. 그는 경찰관으로서의 직무를 굳건히 수행하는 행동력 있는 사내였다.

"해야 할 일이 아직 한 가지 남아 있네."

경감은 턱을 약간 움직이면서 말했다.

"이 방에 있는 사람들을 모조리 수색하는 거네."

"뭘 찾아야 하는 겁니까?"

"코르크나 바늘 외에도 뭔가 그 사람한테 걸맞지 않은 것은 뭐든 찾게. 불평하는 자들에겐 억세게 밀어붙이게. 자, 당장 시작하지."

피바디 경위는 싱긋 웃더니 방을 나갔다. 그러고는 이내 형사 여섯 명과 여순경 두 명을 데리고 돌아왔다. 그는 벤치 위에 올라서서 외쳤다.

"자, 줄을 서세요, 여러분! 여자분들은 이쪽으로, 남자분들은 저쪽으로! 떠들어도 소용없습니다. 협조해주셔야 빨리 돌아갈 수 있습니다."

십오 분 동안 섬 경감은 벽에 기댄 채 담배를 피우며 눈앞에서 벌어지고 있는 심각하다기보다는 우스꽝스러운 장면을 지켜보았다. 여순경들이 야무진 손으로 거침없이 몸을 더듬으며 주머니를 들추고 지갑을 뒤지고 모자 안감이며 구두 바닥을 살필 때마다 여자들은 날카로운 목소리로 아우성쳤다. 그와는 달리 남자들 쪽은 고분고분한 태도였다. 한 사람씩 몸수색에서 벗어날 때마다 조너스 형사가 이름과 근무처와 집 주소를 물어서 받아 적었다.

때때로 섬 경감은 날카로운 시선으로 방을 나서는 사람들을 훑어보았다. 조너스한테서 물러나는 한 사내를 경감이 위압적인 태도로 불러 세웠다. 그 사내는 체구가 작고 안색이 나쁜 사무원 타입으로, 빛바랜 외투를 걸치고 있었다. 경감은 사내를 한쪽으로 데리고 가 외투를 벗으라고 명령했다. 헐렁한 갈색 트렌치코트를 벗는 사내의 입술은 파랗게 질려 있었다. 경감이 외투를 구석구석 조사하고 난 뒤 아무 말 없이 돌려주자 사내는 안도의 한숨을 내쉬고는 허겁지겁 방을 빠져 나갔다.

방은 어느새 텅 비고 말았다.

"수고한 보람이 없군요, 경감님."

피바디 경위가 낙담한 투로 말했다.

"방 안을 뒤져보게."

피바디와 형사들은 방 안 구석구석과 벤치 아래를 뒤지며 열심히 쓰레기들을 모았다. 섬 경감은 마대 자루에서 나온 쓰레기 더미 앞에 무릎을 꿇고 앉아 일일이 손으로 그것들을 들추었다.

그런 뒤에 경감은 피바디를 쳐다보며 어깨를 으쓱해 보이고는 냉큼 그 방을 나갔다.

## 제6장

*햄릿 저택*

*9월 8일 화요일 오전 11시 20분*

"부디 이해해주시기 바랍니다, 레인 씨."

섬 경감의 얘기가 거기까지 이르렀을 때 브루노 지방 검사가 끼어들며 입을 열었다.

"섬 경감은 아주 사소한 부분까지도 죄다 말씀드리고 있는 겁니다. 우리가 나중에 알아낸 것도 적지 않습니다만, 대개는 앞의 이야기를 방증하는 것들이며 또한 그다지 중요하지 않은 것들이어서 별로 신경 쓰지 않았습니다……."

"브루노 씨, 중요치 않은 것은 아무것도 없습니다. 아무리 하찮은 것에도 진실은 포함되어 있는 법입니다! 하지만 이제까지 들려주신 얘기는 참으로 훌륭했습니다."

드루리 레인이 말하며 커다란 안락의자에 파묻은 몸을 움직이고는 벽난로 쪽으로 긴 다리를 뻗었다.

"얘기를 계속하시기 전에 잠깐 기다려주시지요, 경감님."

두 방문객은 흔들리는 불꽃으로 진 그늘 속에서 레인이 지그시 두 눈을 감는 것을 보았다. 그는 무릎 위에서 양손을 가볍게 쥐었다. 희고 단아한 얼굴에는 미세한 움직임도 없었다. 지나간 시대의 정적이 흡사 딴 세상을 이루고 있는 듯한 실내의 높고 어두운 사방 벽에 드리워져 있었다.

퀘이시가 어두운 구석에서 낡은 양피지가 바삭거리는 것 같은 소리를 냈다. 브루노와 섬 경감은 그쪽으로 고개를 돌렸다. 꼽추 노인이 한쪽에서 낮은 소리로 키득키득 웃고 있었다.

두 방문객은 서로의 얼굴을 마주 보다가 성량이 풍부하고도 신중한 드루리 레인의 목소리가 들려오자 문득 정신을 차렸다.

"경감님, 이제까지의 얘기 가운데 좀 더 확실히 알고 싶은 것이 한 가지 있습니다."

"그것이 뭡니까, 레인 씨?"

"당신의 얘기에 따르면, 전차가 7번 애버뉴와 8번 애버뉴 사이를 달리고 있었을 때 비가 퍼붓기 시작했고, 롱스트리트 일행이 8번 애버뉴에서 전차에 탑승했을 때 차창은 완전히 닫혀 있었다고 했습니다. 그런데 그때 확실히 모든 차창이 닫혀 있었던가요?"

섬 경감이 뜻밖이라는 듯이 멍한 표정을 지었다.

"물론입니다, 레인 씨. 틀림없습니다. 더피 경사도 분명히 그렇게 말했습니다."

"좋습니다. 결국 모든 차창이 그때 이후 빈틈없이 닫혀 있었다는 거군요?"

"확실합니다, 레인 씨. 게다가 전차가 차고에 닿을 무렵엔 비가 더욱 세차게 쏟아졌습니다. 비가 내리기 시작한 뒤로 모든 차창은 완전히 닫혀 있었습니다."

"이젠 충분합니다, 경감님."

눈썹 아래로 드루리 레인의 움푹 파인 두 눈이 반짝 빛났다.

"자 그럼, 얘기를 계속하시지요."

## 제7장

***차고 건물의 별실***

***9월 4일 금요일 오후 8시 5분***

섬 경감의 얘기에 따르면, 전차 안의 다른 승객들이 돌아가고 나서부터 상황은 급속히 진전되었다.

큰 방에서 나온 섬 경감은 롱스트리트 일행이 처량한 모습으로 기다리고 있는 별실로 다시 들어섰다. 루이 임피리얼은 그야말로 신사다운 태도로 자리에서 곧바로 일어나더니 절도 있는 군대식 동작으로 뒤꿈치를 울리며 깍듯이 인사를 했다. 그런 뒤에 임피리얼은 더없이 정중한 태도로 말했다.

"경감님, 제 억측인지는 모르겠지만 모두 먹을 만한 것을 원하고 있다고 생각합니다. 아주 간단한 음식이라도 좋습니다. 하다못해 여자분들에게만이라도 준비해주어야 한다고 생각합니다."

경감은 방 안을 둘러보았다. 드위트 부인은 의자에 앉아 반쯤 눈을 감은 채 굳은 표정으로 앉아 있었다. 진 드위트는 로드의 넓은 어깨에 기대어 있었다. 두 사람 모두 안색이 창백해 보였다. 드위트와 에이헌은 나직한 목소리로 열의 없이 얘기를 주고받고 있었다. 폴룩스는 상체를 앞으로 구부리고 앉아 맞잡은 양손을 무릎 사이에 끼우고 끊임없이 체리 브라운에게 뭔가를 속삭이고 있었다. 체리는 긴장된 표정으로 이를 악물고 있었으므로 평소의 아름다움은 전혀 찾아볼 수 없었다. 마이클 콜린스는 양손으로 얼굴을 감싸고 있었다.

"좋습니다, 임피리얼 씨. 딕, 아래에 내려가서 뭔가 먹을 것을 준비해 이분들께 갖다 드리게."

형사 한 사람이 임피리얼이 쥐어준 지폐를 받아 들고 방을 나갔다. 스위스인은 그로써 자기 임무를 다한 듯 매우 만족스러운 태도로 의자에 돌아가 앉았다.

"실링 선생, 소견을 들려주시겠습니까?"

검시관인 실링은 칸막이 앞에 서서 웃옷을 입고 있었다. 낡은 모자가 벗어진 머리 위에 기묘한 모양으로 얹혀 있었다. 검시관은 손가락으로 경감을 불렀다. 섬 경감은 방을 가로질러 그에게로 갔다. 그리고 두 사람은 칸막이 뒤로 들어가서 시체를 내려다보며 멈춰 섰다. 구급차를 타고 온 젊은 조수 한 명이 시체 곁의 벤치에 앉아 열심히 보고서를 작성하고 있었다. 또 다른 조수는 손톱을 깎으면서 가늘게 휘파람을 불었다.

실링 검시관이 즐거운 듯이 말했다.

"그런데 말이오, 경감……. 아주 멋진 수법이오. 참으로 멋져요. 호흡기 마비에 의한 사망인데 그거야 뭐 아무것도 아니오."

검시관은 왼손을 펴 들더니 오른손으로 왼손의 손가락 하나를 구부리며 말을 이었다.

"첫째, 독물이오."

실링은 그렇게 말하고 의자 쪽으로 턱짓을 해보였다. 노출된 흉기가 롱스트리트의 굳어진 발 쪽에 아무렇게나 놓여 있었다.

"코르크 알 둘레에 꽂힌 바늘 수는 모두 쉰셋인데, 코르크에서 돌출된 바늘 끝과 바늘귀엔 니코틴이 발라져 있소……. 농축된 니코틴 액인 것 같소."

"어쩐지 역한 담배 냄새가 난다 했어요."

섬 경감이 중얼거렸다.

"그랬을 거요. 갓 추출된 순액은 무색무취로 끈적끈적하오. 하지만 물에 담그거나 그냥 내버려두면 이내 암갈색으로 변하면서 담배 냄새가 난다오. 이 맹독이 직접적인 사인임이 분명하오. 물론 해부를 해서 달리 사인이 있는지 확인해봐야겠지만 말이오. 독물은 바늘에 손바닥과 손가락이 스물한 군데나 찔려 직접 체내로 들어갔소. 곧바로 혈관으로 들어간 셈이오. 듣기로는 이삼 분 동안은 견딘 것 같은데, 아마도 그건 이 사내가 골초여서 보통 사람보다 니코틴에 대한 저항력이 더 컸기 때문일 거요. 둘째는 흉기 그 자체요."

실링이 두 번째 손가락을 구부려 보였다.

"이거야말로 경찰 박물관의 표본으로 삼을 만하오, 경감. 실로 대수롭지 않고 간단해 보이지만 독창적이며 끔찍한 흉기라오. 가히 천재적인 작품이라고 할 만해요. 셋째로는 독물의 출처에 관한 것인데……."

세 번째 손가락이 구부러졌다.

"경감에겐 유감인 얘기지만, 그것이 합법적인 곳에서 입수된 것이 아니라면 그 출처를 알 수 없을 것 같소. 순수한 니코틴은 구입하기가 어렵고, 내가 범인이라고 하더라도 약국에선 안 살 거요. 물론 엄청난 양의 담배에서 추출할 수도 있소. 보통의 담배엔 니코틴이 4퍼센트가량 들어 있으니까 말이오. 하지만 그렇기는 해도 니코틴 제조 전문가를 어떻게 구할 수 있겠소? 가장 좋은 방법은……."

그렇게 말하며 실링 검시관은 잘 알려진 살충액의 이름을 들었다.

"그걸 구입하면 그다지 고생하지 않고 니코틴을 추출해낼 수 있소. 본디 함유량은 35퍼센트인데, 증류하면 이 바늘에 발라져 있는 것 같은 수지의 끈적끈적한 것으로 추출할 수 있소."

"어쨌든 일반적인 입수 경로를 조사해봐야겠군요."

이어서 경감은 시무룩한 표정으로 질문을 했다.

"이 독성이 몸 안에 퍼지는 데는 얼마나 걸립니까?"

실링 검시관은 입을 오므렸다.

"보통의 경우라면 이삼 초밖에 안 걸릴 거요. 하지만 만약 이 니코틴이 순액이 아니고, 게다가 롱스트리트가 평소에 골초였다면 이삼 분은 걸렸을 거요. 실제로 그쯤의 시간이 걸렸다니 맞을 거요."

"직접적인 사인이 니코틴인 것만은 틀림없겠죠? 뭔가 다른……?"

"글쎄……. 나도 그리 속이 깨끗한 편은 아니지만, 경감, 이 사내는 건강 상태가 몹시 엉망이오. 아무튼 지독해요. 하지만 내장에 대해서는 해부한 뒤에 얘기하기로 합시다. 해부는 내일 할 거요. 자, 그럼 이상이오. 내 조수들한테 이 사내를 밖에 세워둔 차로 운반하라고 하겠소."

경감은 바늘이 꽂힌 코르크를 담뱃갑에 넣어 신문지로 싼 뒤 들고서 롱스트리트 일행 쪽으로 돌아갔다. 더피 경사에게 그 흉기를 돌려주고 나서 실링 검시관의 조수들이 모포로 싼 시체를 운반하는 데 방해가 되지 않게 한쪽으로 비켜섰다. 조수들 뒤로 실링이 싱글싱글 웃으며 따라 나갔다.

시체가 실려 나가자 방 안은 다시금 죽음과도 같은 침묵이 찾아들었다. 음식을 사러 나갔던 형사는 이내 돌아온 모양이었다. 일행은 샌드위치를 베어 물고 천천히 턱을 어기적거리거나 커피를 홀짝이며 마시고 있었다.

경감은 드위트에게 말을 걸었다.

"당신은 롱스트리트와는 공동 경영자 사이니까 아마 그 사람의 일상생활을 가장 잘 알고 계실 테죠? 차장은 자주 차 안에서 롱스트리트를 본 기억이 있다고 하는데, 이 점에 대해선 어떻게 생각합니까?"

드위트는 언짢은 표정을 지으며 대답했다.

"일상적인 업무 면에서 롱스트리트는 매우 규칙적이었어요. 특히 퇴근 시간은 말이죠. 분명히 말해서, 그는 장시간의 노동이라든가 힘이 드는 일은 좋아하질 않았습니다. 귀찮은 일은 거의 나한테 맡겼죠. 본사는 월가의 상점 거리에 있는데, 그곳에서의 일이 끝나면 우리는 언제나 스퀘어의 출장소로 돌아갔다가 거기서 웨스트 잉글우드로 갑니다. 롱스트리트는 대체로 6시 조금 전에는 언제나 출장소를 나섭니다. 항상 저지행 기차를 타요. 같은 차죠. 오늘도 습관 때문에 여느 때의 기차 시각에 닿을 수 있도록 파티를 일찍 끝내고 호텔을 나선 거라고 생각됩니다. 평소와 같은 전차를 탄 것도 그 때문이겠지요."

"당신도 자주 그 전차를 탔던 까닭을 이제야 알겠군요."

"그렇습니다. 회사에 늦게까지 있지 않을 경우에는 흔히 롱스트리트와 함께 웨스트 잉글우드로 돌아갔으니까요."

섬 경감은 한숨을 쉬었다.

"당신들은 모두 업무상의 일에도 자가용을 사용하지 않는 모양인데, 거기엔 특별한 이유라도 있나요?"

드위트는 쓴웃음을 지었다.

"뉴욕의 교통상황으로는 그러는 게 손해니까요. 하지만 잉글우드 역에는 자동차가 대기하고 있지요."

"다른 면에서도 롱스트리트는 규칙적이었습니까?"

"사소한 것에도 퍽이나 규칙적이었습니다. 사생활 면에선 무모하고 미덥지 못했지만요. 하지만 이미 말씀드린 것처럼 그는 언제나 같은 신문을 읽었고 언제나 주식란을 살펴보곤 했어요. 일하는 날에는 같은 종류의 양복을 입었고 시가나 담배의 종류도 정해져 있었습니다. 지독히도 많이 피워댔지요……. 아무튼 그는 사소한 것까지 거의 일정한 습관대로 행동했습니다."

그쯤에서 드위트는 두 눈을 차갑게 빛냈다.

"한낮에 되어서야 회사에 나온다는 점에서도 말입니다."

경감은 아무렇지도 않은 눈길로 드위트를 바라본 뒤에 담배에 불을 붙여 물었다.

"그는 글을 읽을 때는 안경을 써야만 했나요?"

"그렇습니다. 특히 잔글자를 읽을 때 말입니다. 그러나 그는 겉치레에 신경을 쓰는 사내여서 안경이 자신의 남성미를 떨어뜨린다고 생각했어요. 그래서 안경을 쓰지 않으면 불편한데도 외출이나 교제 때엔 절대로 안경을 쓰지 않았습니다. 그렇지만 글을 읽을 때는 안 쓸 수가 없었지요."

경감은 은근하게 드위트의 어깨에 한 손을 얹었다.

"드위트 씨, 툭 터놓고 말씀드리죠. 당신도 들었다시피 브라운 양은 롱스트리트를 죽인 것이 당신이라고 비난했어요. 물론, 별 뜻이 없는 말이라는 건 압니다. 하지만 브라운 양은 당신이 그를 미워하고 있었다고 힘주어 말했습니다. 그게 사실입니까?"

드위트는 몸을 움직여 경감의 두툼한 손을 자신의 어깨에서 떨쳐낸 다음 냉담한 표정으로 말했다.

"당신 말씀대로 툭 터놓고 말하는 식이 될는지 어떤지는 모르겠지만, 나는 그 친구의 죽음과는 아무런 관계가 없습니다. 나는 결백합니다."

경감은 드위트의 맑은 눈을 한동안 물끄러미 들여다보았다. 그런 뒤에 어깨를 으쓱하고는 다른 사람들 쪽으로 몸을 돌렸다.

"여러분, 내일 아침 9시에 드위트 앤드 롱스트리트 사의 타임스 스퀘어 출장소로 나와주시기 바랍니다. 좀 더 물어볼 게 있으니 한 분도 빠짐없이 모여 주셔야겠습니다."

일행은 맥없이 일어나서 느릿느릿 문 쪽으로 걸어 나갔다.

"잠깐 기다려주십시오."

경감은 그들을 멈춰 세운 뒤 말을 이었다.

"대단히 죄송합니다만, 여러분 모두 몸수색을 받고 가시기 바랍니다. 더피 경사, 여자분들을 위해 여순경 한 명을 불러오게."

일행은 한숨을 내쉬었고 드위트가 화난 목소리로 항의했다. 경감이 미소 지으며 말했다.

"누구든 감추고 있는 건 없으시겠죠?"

앞서 큰 방에서 행해졌던 일이 지금 또다시 경감의 눈앞에서 되풀이되었다. 남자들은 침착성을 잃었고 여자들은 얼굴을 붉히거나 화를 냈다. 드위트 부인은 그동안의 오랜 침묵을 깨고 빠른 어조의 스페인어로 경감의 넓은 가슴팍에 대고 대들었다. 경감은 눈썹을 치켜세우고 여순경에게 단호하게 손짓했다.

"성함과 주소를 말씀해주십시오."

몸수색을 당한 일행들이 나가려고 할 때 문 쪽에 있는 조너스의 나른한 목소리가 들렸다.

더피는 낙심한 표정을 지었다.

“도움이 될 만한 건 전혀 없었습니다. 바늘이나 코르크는 물론, 그럴듯한 것은 전혀 없었습니다.”

경감은 방 한가운데 우뚝 버티고 서서 눈썹을 찌푸리며 입술을 깨물었다. 곧이어 그는 엄한 목소리로 명령을 내렸다.

“방 안을 뒤져봐!”

방 안 구석구석 수색이 행해졌다.

섬 경감은 부하들에게 둘러싸여 차고를 떠날 때에도 여전히 미간을 찌푸리고 있었다.

## 제8장

**드위트 앤드 롱스트리트 사**

**9월 5일 토요일 오전 9시**

토요일 아침, 섬 경감이 드위트 앤드 롱스트리트 사의 출장소에 들어섰을 때 긴장된 분위기는 그다지 감돌지 않았다. 직원들과 고객들이 바람처럼 들어선 경감을 놀란 눈빛으로 쳐다보았다. 하지만 어쨌든 회사의 업무는 평소대로 진행되고 있음을 알 수 있었다. 경감의 부하들이 먼저 도착해 있었으나 업무에 방해가 되지 않도록 조심해서 움직이고 있었다.

존 드위트의 명패가 붙어 있는 뒤쪽 별실에는 전날 저녁 모였던 롱스트리트 일행이 모두가 피바디 경위의 빈틈없는 감시를 받고 있었다. 더피 경사는 푸른 옷을 걸친 그 큼직한 등을 할리 롱스트리트의 명패가 붙은 유리문에 기대고 있었다. 이 유리문을 통해 옆방으로 갈 수 있었다. 경감은 부하들 전원을 향해 무뚝뚝하게 인사를 한 뒤 조너스를 손짓으로 불러서 함께 롱스트리트의 방으로 들어갔다. 거기에는 사람들의 눈길을 끌 만한 젊은 아가씨가 의자 가장자리에 초조하게 걸터앉아 있었다. 훤칠한 키에 탄력 있는 몸매의 미인이었지만 어쩐지 천박한 느낌이 드는 여자였다.

경감은 실내의 큼직한 책상 앞에 놓인 회전의자에 털썩 앉았다. 조너스는 한쪽 구석에 앉아 메모할 준비를 갖추었다.

"당신이 롱스트리트의 비서인가요?"

"네, 안나 플랫이라고 해요. 사 년 반 동안 롱스트리트 씨의 비서 일을 해왔습니다."

안나 플랫의 곧은 콧날 끝이 묘하게 빨갰고 두 눈은 젖어 있었다. 그녀는 그 눈에 구겨진 손수건을 갖다 댔다.

"정말 끔찍한 일이에요!"

"맞습니다."

경감은 우울한 미소를 지으며 말을 이었다.

"하지만 눈물은 이제 그치세요. 그리고 제가 묻는 몇 가지 질문에 대답해주세요. 당신은 죽은 사장에 관해서 잘 알고 있을 테죠? 사생활까지 말입니다. 롱스트리트와 드위트의 사이는 어땠나요?"

"그다지 좋지가 않았습니다. 늘 다투곤 했지요."

"그럴 경우 대개는 어느 쪽이 이겼죠?"

"물론 롱스트리트 씨였죠! 드위트 씨는 롱스트리트 씨가 일을 그르친다고 생각될 때는 늘 투덜거리셨지만 결국은 지고 말았어요."

"롱스트리트는 드위트를 어떻게 대했습니까?"

안나 플랫은 양손을 꿈적거렸다.

"사실대로 말씀드리죠. 롱스트리트 씨는 언제나 드위트 씨를 못살게 굴었어요. 드위트 씨가 사업적인 면에서 자신보다 뛰어났기 때문에 그것이 늘 마음에 안 들었던 거죠. 그래서 드위트 씨를 못살게 굴었고, 비록 회사에 손해가 날지라도 자기주장을 굽히지 않았어요."

경감은 그녀를 머리에서부터 발끝까지 훑어보았다.

"당신은 멋진 아가씨로군요, 플랫 양. 편안하게 얘기해봅시다. 드위트는 롱스트리트를 미워했나요?"

그녀는 다소곳이 시선을 떨구었다.

"그럴 거라고 생각해요. 그 이유도 알고 있어요. 공공연한 스캔들이지만 롱스트리트 씨는……."

그 대목에서 비서의 목소리가 굳어졌다.

"드위트 씨의 부인과 상당히 깊은 사이였습니다……. 드위트 씨도 아마 알고 계실 거예요. 물론 롱스트리트 씨나 다른 누구한테서도 드위트 씨가 거기에 대해 언급했다는 걸 듣지는 못했지만 말이에요."

"그럼 롱스트리트가 드위트 부인을 사랑했단 말인가요? 그렇다면 어째서 브라운 양과 약혼을 하게 된 거죠?"

"롱스트리트 씨는 자기 자신밖에는 사랑하지 않았던 사람이에요. 하지만 늘 여자 문제가 복잡했죠……. 드위트 씨 부인도 그중의 한 명이랄 수 있겠죠. 아마 여자란 대개가 그렇겠지만, 드위트 씨 부인도 롱스트리트 씨가 자신에게만 몰두하고 있다고 생각했을 거예요. 하지만 이런 일이 있었죠."

그녀는 마치 날씨를 화제 삼아 얘기하는 듯한 말투로 이야기를 계속했다.

"이 얘기가 아마 도움이 되실 거예요. 롱스트리트 씨는 언젠가 바로 이 방에서 진 드위트 양에게 치근댄 적이 있었죠. 그런데 그때 마침 로드 씨가 들어왔다가 그 장면을 보고선 롱스트리트 씨를 때려눕혀 큰 소동이 벌어졌답니다. 그러나 드위트 씨가 달려온 뒤 그들이 저를 내보냈기 때문에 뒷일은 어찌되었는지 몰라요. 아마 그럭저럭 수습이 된 모양이더군요. 그게 두 달쯤 전의 일이었죠."

경감은 냉정하게 그녀를 평가했다. 그녀는 실로 더할 나위 없는 증인이었다.

"많은 도움이 되군요, 플랫 양. 정말 고마워요. 그런데 롱스트리트가 드위트의 약점이라도 잡고 있었다고 생각하나요?"

그녀는 머뭇거렸다.

"거기까지는 모르겠어요. 하지만 이따금 롱스트리트 씨가 드위트 씨에게 많은 돈을 요구했던 사실은 알고 있어요. '개인적으로 빌리는 것'이라며 야비하게 웃으면서 매번 받아 챙기곤 했어요. 실은 일주일 전에도 드위트 씨에게 2만 5천 달러를 빌려달라고 했답니다. 그때 드위트 씨는 거의 미칠 듯이 괴로워 보여서 저는 그가 기절이라도 하는 게 아닐까 걱정이 될 정도였어요."

"그럴 만도 했겠군요."

경감이 중얼거렸다.

"그래서 이 방에서 큰 소동이 벌어졌죠. 하지만 언제나 그랬듯 드위트 씨가 지고 말더군요……."

"위협조의 얘긴 없었나요?"

"드위트 씨는 '더는 도저히 못 하겠다.'라고 했어요. 중대한 결단을 내리지 않는다면 사업이 망할 거라고도 말했죠."

"1천 달러짜리 지폐로 스물다섯 장이라……?"

경감이 말을 이었다.

"롱스트리트는 그렇게 많은 현금으로 대체 뭣을 했을까요? 이 회사에서만도 굉장한 수입이 있었을 게 분명한데 말이오."

안나 플랫의 갈색 눈이 빛났다.

"아마도 롱스트리트 씨만큼 돈 씀씀이가 헤펐던 사람은 없을 거예요."

그녀는 심술궂은 어조로 말을 이었다.

"그는 노름과 사치에다 경마며 투기를 일삼았어요. 대개는 몽땅 털려버리고 말았죠. 그리고 자기 돈을 금세 다 써버린 뒤엔 드위트 씨한테 가서 손을 내밀곤 했어요. 말이 빌리는 거지 단 1센트도 갚는 걸 못 봤어요. 정말이에요. 게다가 수표를 지나치게 많이 발행했기 때문에 저는 뻔질나게 은행 측에다 전화를 넣어야 했어요. 그는 공채나 부동산 증서 같은 건 이미 옛날에 돈으로 바꿔버렸어요. 1페니도 남아 있지 않을 게 분명해요."

경감은 생각에 잠기며 유리가 깔린 책상 모서리를 손끝으로 토닥거렸다.

"결국 드위트는 한 푼도 돌려받지 못했고, 롱스트리트는 그의 단물만 빨아먹었다는 거로군요? 알 만하오!"

경감이 그녀를 빤히 쳐다보자 그녀는 갑자기 당황해하며 얼른 눈길을 떨구었다.

경감은 미소를 떠올리며 말했다.

"플랫 양. 당신이나 나나 어엿한 성인이오. 그러니 우리 툭 털어놓고 얘기해봅시다. 당신과 롱스트리트 사이에도 무슨 일이 있었죠? 당신은 상사의 말이라면 거역하지 않을 비서로 보이는데 말이오."

"무슨 말씀을 하시는 거예요!"

그녀는 펄쩍 뛰며 자리에서 일어났다.

"자, 앉아요, 앉으세요."

그녀가 의자에 다시 앉자 경감은 씩 웃었다.

"아무 일도 없었다고는 말하지 못하겠죠? 그래, 그와는 얼마나 함께 살았나요?"

"함께 살지는 않았어요!"

그녀는 소리쳤다.

"이 년쯤 사귀었을 뿐이에요. 당신이 경찰관이라는 이유만으로 제가 여기에 앉아 있어야 하는 건가요? 모욕을 당해도 괜찮단 말인가요? 나도 어엿한 숙녀라는 걸 잊지 마세요!"

"아, 알았어요. 그러니 진정하세요."

경감은 달래며 말을 이었다.

"부모님과는 함께 지내나요, 플랫 양?"

"부모님은 북부 지방 시골에 계세요."

"그럴 줄 알았습니다. 롱스트리트는 당신에게도 결혼 약속을 한 일이 있었겠죠? 틀림없이 그랬을 테죠. 아마 다른 여자와 잘되지 않아서 그랬겠죠. 그런 뒤에는 드위트 부인한테로 옮겨 갔고 당신은 버림을 받았을 거고요. 그렇지 않나요?"

"그건……."

그녀는 타일로 된 바닥을 일그러진 표정으로 노려보면서 입속말로 우물거렸다.

"……그래요."

"그렇긴 해도 당신은 무척 쾌활한 아가씨로군요."

경감은 감탄스러운 시선으로 그녀를 바라보며 말을 이었다.

"정말이오. 롱스트리트 같은 사내에게 버림을 받고서도 계속 그의 비서로 근무를 하고 있다니…… 정말 놀랍소."

그녀는 아무 말도 하지 않았다. 경감이 던지는 유도신문에 호락호락 걸려들지만은 않는 영리한 아가씨였다. 경감은 나직하게 콧노래를 흥얼거리면서 얌전하게 앉아 있는 단발머리 아가씨를 지그시 바라보았다. 경감은 목소리를 가다듬고 화제를 바꾸어 다시 얘기를 진행했다. 경감은 금요일 오후에 롱스트리트가 사무실을 나와 호텔 그랜트에 있는 체리 브라운의 방으로 가기 전에 마이클 콜린스가 분노로 달아오른 얼굴을 하고 사무실로 뛰어들어 롱스트리트를 사기꾼이라고 몰아세웠다는 사실을 그녀한테서 들을 수 있었다. 그때 드위트는 외출 중이었다. 안나 플랫의 얘기에 따르면, 콜린스는 롱스트리트가 자신에게 인터내셔널 메탈스에 투자할 것을 권한 데 대해 격렬히 비난을 퍼부었다. 또 콜린스는 자신이 손해 본 5만 달러를 변상하라고 거칠게 요구했다. 롱스트리트는 곤경에 처한 듯했지만 아일랜드인을 달랬다.

"걱정 말게, 마이클. 한 번 더 나를 믿어주게. 내가 드위트에게 어떻게든 해보도록 할 테니까 말이야."

그러자 콜린스는 롱스트리트가 곧바로 드위트와 이 문제를 처리할 것을 요구했다. 그러나 드위트는 외출 중이었다. 롱스트리트는 그날 저녁에 있을 자신의 약혼 파티에 콜린스를 초대했고, 자신은 그 자리에서 기회를 만들어 드위트와 이 문제를 의논하겠다고 약속했다.

안나 플랫의 얘기는 그것이 전부였다. 경감은 그녀를 내보내고 드위트를 방으로 불러들였다.

드위트는 안색이 창백했지만 마음을 굳게 먹은 듯 침착해 보였다. 경감은 곧바로 질문에 들어갔다.

"어젯밤 당신에게 물었던 것을 다시 묻겠습니다. 꼭 대답을 들어야겠습니다. 당신은 어째서 롱스트리트를 미워했나요?"

"강압적인 질문은 곤란합니다, 경감."

"그럼 대답을 하시지 않겠다는 건가요?"

드위트는 굳게 입을 다물고 있었다.

"좋습니다, 드위트 씨."

경감이 말을 이었다.

"하지만 당신은 지금 큰 실수를 저지르고 있다는 걸 아셔야 합니다. 부인과 롱스트리트의 사이는 어땠습니까? ……좋은 친구 사이였나요?"

"그렇소."

"그리고 따님과 롱스트리트…… 그 두 사람 사이에 뭔가 불쾌한 일은 없었던가요?"

"모욕적인 말은 삼가시오!"

"그럼, 당신 가족과 롱스트리트는 사이가 아주 좋았단 말입니까?"

"이것 봐요!"

드위트는 소리를 버럭 지르며 자리에서 일어났다.

"대체 당신이 노리는 게 뭐요?"

경감은 싱긋 웃으며 커다란 한쪽 발로 드위트의 의자를 찼다.

"진정하고 자리에 앉아요……. 당신과 롱스트리트는 서로가 대등한 공동 경영자였소?"

드위트는 자리에 앉긴 했지만 눈에는 핏발이 서 있었다.

"그렇소."

드위트는 애써 흥분을 억누르는 목소리로 대답했다.

"당신들은 언제부터 함께 사업을 했죠?"

"십이 년 전부터요."

"어떻게 해서 동업을 하게 된 건가요?"

"전쟁 전에 함께 남미에서 한몫 잡았기 때문이오. 광산 사업을 했었소. 그 뒤 미국에 돌아와서 함께 주식 중개업을 하게 된 거요."

"사업은 잘되었나요?"

"상당히 잘되었소."

경감은 여전히 즐거운 듯한 태도로 질문을 했다.

"그런데 어째서…… 두 사람 모두 성공했고 처음부터 재산도 있었으면서, 어째서 롱스트리트는 자주 당신에게 돈을 빌렸나요?"

드위트는 잠깐 뜸을 들이더니 되물었다.

"누가 그런 말을 하던가요?"

"질문을 하는 것은 이쪽이오, 드위트 씨."

"별것 아닌 얘기입니다. 가끔 그에게 돈을 빌려주긴 했지만 순전히 개인적인 문제였던 데다…… 액수도 대수롭지 않았고……."

"2만 5천 달러가 대수롭지 않은 액수란 말입니까?"

드위트는 불에라도 덴 듯 의자에서 몸을 움찔하며 뒤틀었다.

"어쨌든 그건 사적으로 편의를 봐준 것뿐이오."

"드위트 씨. 속이 뻔히 보이는 거짓말은 그만하시오. 당신은 롱스트리트에게 거액의 돈을 주어왔소. 돌려받지도 못하면서 말이오. 아니, 당신은 아마도 처음부터 갚을 걸 기대하지도 않았을 거요. 그 이유를 알고 싶은 거요. 대체……."

드위트는 화를 내며 의자에서 튕기듯이 일어났다. 그는 일그러지고 핏기가 가신 얼굴로 소리쳤다.

"이건 명백한 월권행위요! 이 문제는 롱스트리트의 죽음과 전혀 관계가 없소. 알겠소? 그리고 나는……."

"연극은 그만두시오. 나가서 기다려요."

드위트는 입을 벌린 채로 숨을 헐떡였다. 이윽고 그는 흥분을 억누르며 방에서 나갔다. 경감은 난감한 표정으로 그의 뒷모습을 바라보았다. 저 사내는 앞뒤가 맞지 않는 말을 하고 있다……. 경감은 드위트 부인을 불렀다.

드위트 부인과의 얘기는 짧았고 이렇다 할 성과도 없이 끝이 났다. 여성적인 매력은 한물간 이 여자는 거칠고 도전적인 데가 있었다. 그녀도 남편과 마찬가지로 별난 데가 있는 사람이었다. 집념이 강한 데다 뒤틀린 생각을 가슴에 품고 있는 듯한 여자였다. 그녀는 아무것도 모른다고 딱 잘라 부정했다. 롱스트리트와는 단순히 친교를 맺는 관계 이상은 아니라고 잡아뗐다. 롱스트리트가 그녀의 딸인 진 드위트에게 예사롭지 않은 관심을 갖고 있었다는 말을 경감이 넌지시 비치자 비웃듯이 말했다.

"그 사람은 언제나 성숙한 여자에게 더 관심을 가졌어요!"

이어서 그녀는, 체리 브라운은 교활하고 저급한 여배우이며 그 잘난 얼굴에 롱스트리트가 홀딱 반해버린 일 외에는 아무것도 아는 바가 없다고 말했다. 경감이 남편인 드위트가 협박당하고 있는 듯한 느낌을 받지는 않았느냐고 묻자 강하게 부인했다.

"천만에요! 그건 당치도 않아요."

경감은 속으로 드위트 부인을 욕했다. 경감은 그녀가 심술궂고 뒤틀린 성격의 여자임이 분명하다고 생각했다. 경감은 그녀에게 쉴 새 없이 질문을 퍼붓기도 하고 위협하거나 달래기도 했다. 그러나 그녀와 드위트가 육 년 전에 결혼했고, 진 드위트가 드위트의 전처소생이라는 사실 이외에는 아무것도 새로운 사실을 캐낼 수가 없었다. 경감은 그녀를 내보냈다.

드위트 부인은 자리에서 일어나기 전에 핸드백에서 휴대용 화장 케이스를 꺼내 열고서는 이미 진하게 화장을 한 얼굴에 다시 분을 바르기 시작했다. 하지만 손이 떨리는 바람에 케이스의 거울이 바닥에 떨어져 산산조각이 나고 말았다. 그녀는 침착성을 잃었고 립스틱을 바른 얼굴이 창백해졌다. 손으로 가슴에 성호를 긋고 겁먹은 눈빛으로 중얼거렸다.

"마드레 데 디오스성모 마리아시여-옮긴이!"

그런 뒤 그녀는 제정신으로 돌아왔다. 그녀는 뒤가 켕기는 듯한 눈으로 섬 경감을 힐끗 바라보고선 깨진 거울을 피해 종종걸음으로 방을 나갔다. 경감은 웃음을 띤 채 거울 조각들을 주워서 책상 위에 던져 올렸다.

경감은 문으로 가서 프랭클린 에이헌을 불러들였다.

에이헌은 커다란 몸집을 가진 사내로 나이보다 젊어 보였다. 그는 몸을 반듯하게 세우고 들어왔다. 유쾌한 기색이 입가에 엿보였다. 두 눈은 부드럽고 밝은 빛을 띠고 있었다.

"앉으시지요, 에이헌 씨. 드위트 씨를 아신 건 언제부터였나요?"

"제가 웨스트 잉글우드에 살고부터죠. 그러니까 사귄 지 육 년째로군요."

"롱스트리트에 대해선 얼마나 아십니까?"

"그리 잘 알지는 못합니다. 모두 같은 동네에 살고 있기는 했지만, 저는 은퇴한 엔지니어라서 두 사람 중 어느 쪽과도 사업상의 교제는 없었어요. 하지만 드위트와 전 쉽게 서로 뜻이 맞았습니다. 어떻게 들릴지는 모르겠습니다만, 저는 롱스트리트와는 전혀 성격이 맞지 않았습니다. 그 친구는 사기꾼이나 다름없었어요. 큰소리를 잘 치고 활달해 보이긴 해서 어떻게 보면 사내답다고도 할 수 있겠죠. 하지만 뱃속 깊이 썩어 있었어요. 누가 그를 죽였는지는 모르겠지만 자업자득입니다!"

"어쨌든, 좋습니다. 어젯밤 체리 브라운 양이 드위트 씨를 비난한 것에 대해선 어떻게 생각합니까?"

경감은 무뚝뚝하게 물었다.

"말도 안 되는 얘기지요."

에이헌은 다리를 포개고 경감을 응시하며 말을 이었다.

"터무니없는 얘기예요. 히스테리가 심한 여자들이 흔히 내뱉는 헛소리에 지나지 않아요. 존 드위트와는 육 년 동안 사귀어왔어요. 그 사람은 결코 그런 짓을 할 사람이 아닙니다. 드위트는 남의 잘못에는 관대한, 문자 그대로 신사라 할 수 있습니다. 그가 살인을 할 수 있다고는 생각조차 할 수 없어요. 그의 가족을 제외하고는 나만큼 그 사람을 잘 알고 있는 사람은 없다고 말할 수 있을 겁니다. 드위트와는 일주일에 서너 번 체스를 두는 사이랍니다."

"체스라고요?"

경감은 흥미를 느낀 듯이 그렇게 반문하며 말을 이었다.

"그것 괜찮군요. 당신은 체스를 잘합니까?"

에이헌은 어이없는 표정으로 웃었다.

"그것참! 당신은 신문도 안 봅니까? 당신은 지금 체스 챔피언과 얘기를 하고 있는 겁니다. 삼 주일 전에 저는 대서양 선수권 대회에서 우승을 했죠."

"정말입니까?"

섬 경감이 외쳤다.

"챔피언을 만나다니 영광이군요. 잭 뎀프시*권투 헤비급 챔피언–옮긴이*와 악수를 한 일은 있지만요……. 그런데 드위트의 솜씨는 어떤가요?"

에이헌은 상체를 앞으로 내밀고 열심히 얘기하기 시작했다.

"아마추어로선 정말 대단한 솜씨입니다. 전부터 저는 그에게 대회에 나가볼 것을 진지하게 권해왔지요. 하지만 드위트는 수줍음을 잘 타는 숫기 없는 사내라서 말입니다. 굉장히 소극적인 성격이지요. 하지만 두뇌 회전은 더할 나위 없이 빠르죠. 대체로 직감적으로 게임을 하죠. 우린 정말이지 재미있는 게임을 펼친답니다."

"그는 신경이 예민하겠군요?"

"굉장하죠. 매사에 민감해요. 그는 휴식이 필요한 사람이에요. 롱스트리트 때문에 몹시도 괴로웠을 거라고 생각합니다. 물론 그와 그런 얘기를 한 일은 없습니다. 어쨌든 롱스트리트가 죽었으니 이제야말로 드위트는 분명히 새롭게 바뀔 겁니다."

"그렇겠군요. 협조해주셔서 감사합니다, 에이헌 씨."

경감이 얘기를 끝맺었다.

에이헌은 경쾌하게 자리에서 일어났다. 그는 자신의 큼직한 은시계를 들여다보았다.

"때마침 위장약 먹을 시간이로군요."

에이헌은 경감에게 환하게 웃어 보이며 말을 이었다.

"위가 좋지 않아서 말입니다……. 저는 채식주의자죠. 엔지니어로 일하던 젊은 시절에 쇠고기 통조림을 너무 먹은 탓이지요. 그럼 실례하겠습니다."

에이헌은 활달한 걸음걸이로 방을 나갔다. 경감은 조너스에게 코를 찡긋해 보이며 말했다.

"저런 친구가 위장병이라면 나는 미합중국 대통령이겠군. 괜한 신경과민이 분명해."

경감은 문으로 가서 체리 브라운을 들어오게 했다.

책상을 사이에 두고 경감과 마주 앉은 여배우는 어제와는 전혀 다른 모습이었다. 예전과 다름없는 명랑한 성격을 되찾은 것 같이 보였다. 얼굴엔 정성들여 화장을 했고, 눈꺼풀에는 푸르스름한 아이섀도를 발랐으며 유행하는 검은 옷을 입었다. 대답도 시원시원했다. 그녀는 다섯 달 전쯤 어느 댄스파티에서 롱스트리트를 만났다. 그리고 그때부터 롱스트리트는 몇 달 동안 체리를 따라다녔고 이윽고 두 사람은 약혼을 발표하기에 이른 것이었다. 롱스트리트는 약혼한 뒤에는 체리에게 유리하게끔 곧바로 유언장을 고쳐 쓰겠다고 약속했고, 체리는 특히 이 점을 굳게 믿었다. 그녀는 롱스트리트가 큰 부자여서 몇백만 달러를 남겨놓은 줄로 순진하게 믿고 있는 듯했다.

그녀는 책상 위에 올려놓은 깨진 거울 조각들을 보고선 약간 미간을 찌푸리더니 이내 고개를 돌렸다.

그녀는 어젯밤에 드위트를 비난한 것은 일종의 히스테리에서 비롯된 것임을 인정했다. 전차 안에서는 정말로 아무것도 보지 못했으며, 단지 여성적인 직감에서 그를 비난한 것뿐이라고 했다. 경감은 씁쓸한 표정을 지었다.

"그렇지만 할리가 저에게 드위트가 자기를 미워한다고 자주 말했던 것은 사실이에요."

체리 브라운은 감미롭고도 조심스러운 목소리로 그렇게 말했다. 섬 경감이 그 이유를 묻자 그녀는 다만 어깨를 으쓱했는데 그 모습이 귀여워 보였다.

이윽고 경감이 그녀를 위해 직접 문을 열어주자 그녀는 몹시 애교스러운 눈웃음으로 호의에 답했다.

크리스토퍼 로드가 의젓한 태도로 방으로 들어왔다. 경감이 그의 앞에 우뚝 서자 두 사람은 서로를 뚫어지게 바라보았다. 로드는 자신이 롱스트리트를 때려눕힌 일이 있으며, 거기에 대해 조금도 후회하지 않는다고 분명히 말했다. 그 작자는 뱃속까지 썩어 있었던 만큼 그렇게 당한 것도 자업자득이라고 덧붙였다. 그 일이 있은 후, 로드는 자신의 직속 상사인 드위트에게 사표를 제출했으나 드위트가 그를 타일렀다. 또 로드는 자신이 진심으로 드위트를 좋아할뿐더러, 달리 생각해볼 때 만약 롱스트리트가 또다시 진에게 치근덕거린다면 자신이 그녀를 보호해주어야 할 것 같아서 사표를 거두는 것에 동의했다고 한다.

"소공자 역을 떠맡겠다는 거로군."

경감이 중얼거리고는 말을 이었다.

"그런데 드위트 씨는 꽤 성깔이 있어 보이던데, 어째서 자기 딸이 상처를 입을 수도 있는 그런 일을 그렇게 흐지부지하게 넘기고 말았을까?"

로드는 큼직한 두 손을 주머니에 찔러 넣고선 짤막하게 대답했다.

"저로서도 도무지 모르겠어요, 경감님. 전혀 그분답지가 않아요. 롱스트리트와 관련된 일을 제외하면, 그분은 매사에 예민하고 빈틈이 없으며 결단력이 있는 뛰어난 분입니다. 월가에서도 가장 일처리가 뛰어난 중개인 중 한 사람이죠. 딸의 행복과 평판에 대해서도 굉장히 신경을 쓰시고요. 딸에게 손을 대려고 한 그 늙은 고릴라 같은 놈에게는 당연히 한 방 먹여줬어야 마땅한데 오히려 그분은 흐지부지 덮어버리고 말았거든요. 저로서도 전혀 그 이유를 알 수가 없어요."

"그렇다면 결국 드위트 씨가 롱스트리트를 대할 때는 전혀 그의 성격과 맞지 않았다는 거로군?"

"정말이지 그분답지가 않았습니다."

이어서 로드는 자신은 그 까닭은 모르지만, 드위트와 롱스트리트는 그들 각자의 방에서 자주 다퉜다고 했다. 경감이 드위트 부인과 롱스트리트의 관계를 묻자 이 금발의 청년은 점잖게 허공을 바라볼 뿐이었다. 그리고 마이클 콜린스에 대해 물었을 때는 자신은 드위트 밑에서 일하고 있기 때문에 그와 롱스트리트와의 관계에 대해선 잘 알지 못한다고 대답했다. 롱스트리트가 콜린스에게 개인적으로 주식에 관한 조언을 한 사실을 드위트가 과연 몰랐을 수가 있느냐는 질문에, 로드는 롱스트리트가 한 짓이라면 충분히 그럴 수 있는 일이라고 대답했다.

경감은 책상 가장자리에 걸터앉았다.

"롱스트리트는 그런 일이 있은 뒤에도 진 드위트에게 치근덕거렸나?"

"네. 그때는 제가 그곳에 없었습니다만 나중에 안나 플랫 양이 얘기해주었습니다. 진이 롱스트리트를 밀쳐내고 사무실에서 뛰쳐나간 모양입니다."

로드는 불쾌한 표정을 지으며 대답했다.

"그 얘기를 듣고서 자네가 가만있지는 않았겠군?"

"물론이죠. 롱스트리트한테 가서 거칠게 항의했습니다."

"싸움이 벌어졌겠군?"

"네……. 심하게 다투었습니다."

"알겠네. 그만 나가보게."

경감은 갑자기 그렇게 얘기를 끝맺었다.

"그리고 드위트 양을 들여보내게."

그러나 진 드위트는 조너스 형사의 노트에 기록된 이제까지의 증언에 아무것도 더 보태주지 않았다. 그녀는 열심히 부친을 옹호할 뿐이었다. 섬 경감은 씁쓸한 표정으로 그녀의 얘기를 듣고 나서 그녀를 옆방으로 돌려보냈다.

"임피리얼 씨!"

그 스위스인은 워낙 덩치가 커서 입구가 꽉 찰 정도였다. 그는 완벽하다고 할 정도로 단정한 차림새를 하고 있었다. 그의 잘 다듬어진 반다이크 수염*끝이 뾰족한 수염—옮긴이*은 적어도 조너스에게는 강한 인상을 준 듯했다. 조너스는 경외심 어린 눈길로 이 사내를 바라보았다.

임피리얼의 밝은 두 눈이 책상 위에 놓인 깨진 거울 조각에 쏠렸다. 꺼림칙한 듯이 잠깐 얼굴을 찌푸리고 나서 섬 경감 쪽으로 고개를 돌리며 정중히 인사를 건넸다. 그는 드위트가 스위스 알프스 지방을 여행할 때 만나 사 년 동안 좋은 친구로 지내왔다고 했다.

"드위트 씨는 아주 친절한 분이십니다. 사업상의 일로 이 나라를 방문하기는 이번이 네 번째인데 체재 중에는 늘 드위트 씨 댁에서 신세를 지고 있지요."

그는 가지런한 치아를 드러내 보이며 말했다.

"당신네 회사의 이름은 뭡니까?"

"스위스 프리시전 인스트루먼츠 컴퍼니입니다. 저는 그곳의 총지배인이죠."

"알겠습니다, 임피리얼 씨. 그런데 이번 사건에 대해 무언가 도움이 될 만한 의견은 없으신가요?"

임피리얼은 갓 씻은 것처럼 깨끗한 양손을 펼쳐 보이며 대답했다.

"전혀 없습니다, 경감님. 롱스트리트 씨에 대해선 그저 피상적으로 알고 있는 정도이니까요."

경감은 임피리얼을 내보냈다. 스위스인이 나가자 그는 굳은 표정으로 소리쳤다.

"콜린스!"

체구가 큰 아일랜드인이 볼품없는 걸음걸이로 들어왔다. 양쪽 입술 끝이 불만스러운 듯이 축 처져 있었다. 경감의 질문에 대답할 때는 불쾌해하는 빛이 역력했고 퉁명스러웠으며 시원스럽지도 못했다. 경감은 그의 곁으로 다가가서 거칠게 팔을 움켜잡았다.

"나는 당신이 정치꾼의 끄나풀이라는 걸 잘 알고 있소!"

경감이 거친 어조로 말을 이었다.

"당신에게 이 말을 해줄 때를 기다리고 있었지. 당신이 오늘 이곳으로 증언하러 오지 않으려고 어젯밤에 잔재주를 피운 것을 나는 잘 알고 있단 말이오. 당신은 형편없는 저질 공무원이라고! 어젯밤에 당신은 롱스트리트를 이곳에서 만났을 때 싸움 따윈 하지 않았다고 말했소. 어젯밤엔 그냥 넘어갔지만 오늘은 그런 거짓말은 통하지 않소. 진실을 말하시오, 콜린스!"

콜린스는 분노를 억누르느라 부들부들 떨고 있었다. 그는 거칠게 경감의 손을 뿌리쳤다.

"꽤 잘난 경찰관이로군!"

콜린스가 고함치며 말을 이었다.

"내가 뭘 어쨌다는 거요? 그 친구에게 키스라도 했을 것 같소? 물론 화를 냈지. 그런 더러운 녀석은 지옥에나 굴러떨어져야 해! 그 녀석 때문에 난 파산했단 말이오!"

경감은 조너스에게 씩 웃어 보였다.

"방금 들은 얘기를 잊지 말고 적어두게나, 조너스."

경감은 부드럽게 아일랜드인을 바라보았다.

"그러니까 당신은 그자를 처치할 이유가 있는 셈이로군?"

콜린스는 차갑게 웃었다.

"정말 못 봐주겠군! 바늘이 잔뜩 꽂힌 코르크를 미리 준비해놓고서 주식이 떨어지길 기다리기라도 했다는 거요? 당신은 동네 순찰이나 도는 게 나을 것 같소, 경감. 당신한테 이번 사건은 역부족이오."

경감은 그 말을 무시하고 다만 이렇게 말했다.

"롱스트리트가 당신한테 귀띔한 사실을 어째서 드위트는 몰랐을까?"

콜린스는 불쾌한 듯이 대꾸했다.

"그건 오히려 내가 알고 싶은 거요. 어쨌든 형편없는 엉터리 회사야! 하지만 이것만은 분명히 말할 수 있소, 경감."

콜린스는 목의 힘줄을 세우며 고개를 앞으로 내밀었다.

"드위트에게 손해 본 것을 받아내고야 말 거요! 그렇게 하지 않곤 못 배기지.”

경감은 중얼거리듯 말했다.

“이것도 적어두게, 조너스. 이자는 스스로 제 목에 밧줄을 걸려 하는군……. 콜린스, 당신은 인터내셔널 메탈스에 5만 달러나 투자했소. 도대체 그 많은 돈이 어디서 났소? 당신의 쥐꼬리만 한 봉급으로 5만 달러나 되는 거금을 쏟아 넣을 수는 없었을 텐데 말이오.”

“남의 일에 참견 말라고, 경감! 함부로 입을 놀리면 더는 가만있지 않겠소!”

경감의 커다란 손이 콜린스의 멱살을 움켜잡고 잡아당겼다. 그러자 콜린스와 경감과의 얼굴 사이는 한 뼘도 안 될 정도로 좁혀졌다.

“그 더러운 입을 조심하지 않으면 당신이야말로 목뼈가 부러질 줄 알라고! 자, 당장 꺼져버려!”

경감은 화가 나서 으르렁거리는 목소리로 말했다.

경감이 콜린스를 밀어젖히자 콜린스는 화가 나서 씩씩거리며 거친 발걸음으로 방을 나갔다. 경감은 흥분한 몸을 추스르며 욕을 해대고 나서 찌를 듯한 콧수염을 기른 폴룩스를 불러들였다.

이 배우는 여윈 늑대 같은 이탈리아인의 얼굴을 하고 있었다. 경감은 잔뜩 주눅이 들어 있는 그를 화가 난 눈으로 노려보았다.

“잘 들으시오!”

경감이 커다란 손가락을 그의 옷깃 아래에 찔러 넣었다.

“당신과 꾸물거릴 시간은 없소. 이 사건에 대해 뭔가 짚이는 게 있소?”

폴룩스는 책상 위에 놓인 깨진 거울 조각을 힐끗 보더니 이탈리아어로 혼잣말을 투덜거렸다. 그는 경감을 두려워하면서도 도전적인 태도를 보이기도 했다. 그는 단조로운 연극 대사를 읊조리듯 말했다.

“아무것도 모릅니다. 어제도 체리나 나에게서 아무것도 알아내지 못했을 텐데요.”

"전혀 아무것도 모른다, 그 말인가? 젖먹이 갓난애처럼?"

"여보세요, 경감님. 그 롱스트리트란 자가 그렇게 된 건 그자의 운명입니다. 체리의 앞날을 생각해볼 때는 차라리 잘된 일이고 말입니다. 그자는 브로드웨이에서도 이름난 건달로 알려져 있으니까요. 그를 아는 사람들은 이렇게 될 줄 내다보고 있었을 겁니다. 다 자업자득인 셈이죠. 정말입니다."

"당신은 체리 브라운 양을 잘 알고 있소?"

"물론이죠. 제 동료였으니까요."

"그녀를 위해 뭔가를 해줄 작정이오?"

"무슨 뜻이죠?"

"아무 뜻도 없소. 나가도 좋소."

폴룩스가 종종걸음으로 방을 나갔다. 그러자 조너스가 벌떡 일어나서는 방안을 걸으며 거드름 피우는 폴룩스를 흉내 내 보였다. 경감이 문으로 가서 소리쳤다.

"드위트 씨! 잠깐만 다시 봅시다."

이제 드위트는 냉정을 되찾은 상태였다. 그는 마치 아무 일도 없었다는 듯이 행동했다. 문턱을 넘어서면서 그의 재빠른 시선이 책상 위에 놓인 깨진 거울 조각에 멎었다.

"누가 깨뜨린 겁니까?"

그는 날카롭게 물었다.

"모르셨습니까? 댁의 부인이 그랬습니다."

드위트는 앉으며 한숨을 쉬었다.

"정말 재수가 사납군요. 뒷일은 뻔합니다. 아내는 이 깨진 거울 문제로 몇 주일이나 신경질을 부릴 게 틀림없습니다."

"부인께선 미신을 믿나요?"

"대단합니다. 반쯤은 스페인 사람의 피가 섞여 있거든요. 장모가 스페인 사람입니다. 장인은 프로테스탄트인 데다가 장모 자신은 교회에서 이탈했으면서도 딸을 가톨릭으로 키웠지요. 그래선지 아내에겐 문제가 있어요."

경감은 깨진 거울 조각 하나를 책상 위에서 가볍게 튕겼다.

"당신은 그런 것을 믿지 않으리라고 생각합니다. 매우 실질적이고 빈틈없는 사업가라고 들었으니까요, 드위트 씨."

드위트는 자못 격의 없는 솔직한 시선으로 경감을 바라본 뒤에 부드럽게 말했다.

"제 친구들이 그렇게 말했나 보군요? 물론 그런 터무니없는 미신 따윈 믿지 않죠."

"드위트 씨, 제가 당신을 부른 것은 제 부하들이나 검찰청의 수사관들에게 협조를 부탁드리기 위해서입니다."

"그 점이라면 염려 마십시오."

"우린 롱스트리트의 개인적인 우편물은 물론 그의 사업 관계까지 조사해야 합니다. 은행 계좌며 그 밖의 모든 거래 관계를 말입니다. 이곳에 와 있는 제 부하들에게 가능한 한 협조해주셨으면 합니다."

"염려 마십시오."

"감사합니다."

섬 경감은 옆방에서 기다리고 있는 사람들을 모두 돌아가게 했다. 그리고 피바디 경위와 브루노 지방 검사의 조수 중 신중해 보이는 한 젊은이에게 뭔가를 재빨리 지시했다. 그런 뒤에 경감은 드위트 앤드 롱스트리트 사에서 무거운 발걸음으로 걸어 나갔다. 몹시 울적해 보이는 얼굴이었다.

## 제9장

### 햄릿 저택

*9월 8일 화요일 오후 12시 10분*

퀘이시는 벽난로에다 작은 통나무를 던져 넣었다. 벽난로는 불꽃을 뿜어내기 시작했다. 브루노 지방 검사는 일렁이는 불빛을 받고 있는 레인의 얼굴을 물끄러미 바라보았다. 레인은 희미한 미소를 떠올리고 있었다. 섬 경감은 심각한 표정으로 묵묵히 앉아 있었다.

"그게 전부입니까, 경감님?"

경감은 무뚝뚝하게 고개를 끄덕였다.

그러자 레인은 눈꺼풀을 떨구었다. 순간 근육의 긴장이 풀리는 듯하더니 마치 잠에라도 빠져드는 듯이 보였다. 경감은 우물쭈물했다.

"그러니까 제 얘기 중에 뭔가 석연찮은 구석이라도 있단 말씀인가요……?"

그 목소리에는 설사 뭔가 빠트린 부분이 있다고 해도 그것은 그다지 중요하지 않다는 주장이 담겨 있었다. 섬 경감에게는 어딘가 냉소적인 면이 있었다.

늘씬하고 조용한 명배우가 계속 움직이지 않자 브루노가 키득키득 웃었다.

"그는 당신 얘기를 들을 수 없어요, 섬. 눈을 감고 있으니까 말이오."

경감은 맥 풀리는 표정을 지었다. 그는 튀어나온 턱을 긁적이며 엘리자베스 왕조풍의 등받이가 높은 의자에서 몸을 내밀며 자세를 고쳐 앉았다.

드루리 레인은 눈을 뜨고 재빨리 두 방문객을 보더니 브루노가 깜짝 놀랄 정도로 갑작스레 자리에서 일어섰다. 레인은 몸을 반쯤 옆으로 틀었다. 벽난로의 불빛이 그의 예리하고 단정한 옆얼굴에 그늘을 드리웠다.

“몇 가지 묻고 싶은 것이 있군요, 경감님. 실링 검시관의 부검 결과 새로 발견된 흥미로운 점은 없었나요?”

“아무것도 없습니다.”

경감은 풀이 죽은 목소리로 대답했다.

“니코틴 분석 결과는 앞서 말씀드린 대로였습니다. 하지만 독물과 그 출처 조사는 전혀 진척되지 않고 있습니다.”

“게다가…….”

브루노가 덧붙였다. 레인은 본능적으로 고개를 그쪽으로 돌렸다.

“코르크나 바늘의 출처 또한 마찬가지입니다. 적어도 현재 단계로서는 찾아내질 못하고 있습니다.”

“실링 검시관의 부검 보고서 사본을 갖고 계십니까, 브루노 씨?”

지방 검사는 공문서 같은 서류를 꺼내 레인에게 건네주었다. 레인은 그것을 벽난로에 가까이 가지고 가서는 허리를 굽히고 들여다보았다. 읽어 내려감에 따라 레인의 두 눈이 묘하게 빛났다. 그는 크게 소리를 내어 빠르게 읽기도 하고 소리 없이 읽기도 했다.

“질식사……. 혈액의 특징은 거무스름하다는 것. 흠…… 중추신경, 특히 호흡중추 마비, 강력한 니코틴 중독의 결과가 분명함……. 폐와 간장의 충혈…… 뇌의 충혈이 현저함. 흠, 폐의 증상으로 볼 때 피해자는 담배에 대한 강력한 내성이 있음을 알 수 있음. 분명히 담배를 많이 피우는 자임. 이 내성 때문에 비흡연자는 즉사 또는 일 분 이내에 사망을 초래하는 표준 치사량임에도 불구하고 사망 시간이 연장되었음……. 육체상의 특징은 사망 직전에 쓰러지면서 생긴 듯한 좌측 무릎 종지뼈의 가벼운 타박상……. 구 년 경과된 맹장염 수술 흔적, 이십 년쯤 또는 그 이상 경과된 듯한 오른손 약지 끝 절단……. 당 수치도 정상. 뇌에 알코올 이상 함유. 신체로 말하자면, 한때는 건강한 체격과 체질을 가졌고 뛰어난 저항력을 가졌을 테지만, 그 후 지나친 방탕으로 건강을 해친 중년 남자의 신체임……. 흠, 신장 186센티미터, 사후

체중 96킬로그램…….”

레인은 중얼거리고 나서 서류를 지방 검사에게 돌려주었다.

“고맙습니다.”

레인은 성큼성큼 벽난로 앞으로 돌아가 커다란 떡갈나무 선반에 몸을 기댔다.

“차고 건물의 별실에선 아무것도 찾아내지 못했던가요?”

“그렇습니다.”

“웨스트 잉글우드의 롱스트리트 자택도 빠짐없이 수색했을 테죠?”

“물론입니다.”

경감은 우물쭈물했다. 그 두 눈에는 장난기가 어려 있었고 반쯤은 익살스러운 따분함이 나타나 있었다.

“도움이 될 만한 건 아무것도 없었습니다. 편지를 많이 발견했습니다만, 롱스트리트의 여자 친구들한테서 온 것으로 대개 3월 이전의 것이었습니다. 영수증, 청구서같이 흔해 빠진 것들뿐이었죠. 하인들한테서도 아무런 단서를 얻지 못했습니다.”

“시내에 아파트를 빌리고 있었다던데 조사해봤나요?”

“물론입니다. 그냥 넘길 수 없는 곳이죠. 그리고 옛날의 정부들도 전부 조사해보았지만 아무것도 나오지 않았습니다.”

레인은 신중히 방문객들을 바라보았다. 맑고 사려 깊은 눈이었다.

“경감님, 당신은 바늘이 꽂힌 코르크가 롱스트리트의 주머니에 들어간 것이 전적으로 전차를 타고 난 뒤의 일이지, 그 이전은 아니라는 것을 확신하십니까?”

경감은 곧바로 대답했다.

“그 점이 우리가 전적으로 확신하는 유일한 것입니다. 전혀 의심의 여지가 없습니다. 실은 그 코르크를 보고 싶어 하실 것 같아서 가지고 왔습니다.”

“그것참 고맙습니다, 경감님! 정말 사려 깊으시군요.”

성량이 풍부한 그 목소리에는 열의가 담겨 있었다. 경감은 웃옷의 주머니에서 단단히 포장한 작은 유리병을 꺼내 레인에게 건네주었다.

"뚜껑은 열지 말고 보십시오, 레인 씨. 매우 위험하니까요."

레인은 병을 벽난로의 불에 비치면서 오랫동안 내용물을 들여다보았다. 코르크 알에서 튀어나온 바늘 끝과 바늘귀에 거무스름한 물질이 칠해져 있었는데, 코르크 알은 그 자체로는 아무런 의미가 없는 듯이 보였다. 레인은 미소를 떠올리며 병을 경감에게 돌려주었다.

"물론 손으로 만든 흉기이며 게다가 실링 검시관의 말처럼 실로 천재적인 작품이로군요……. 승객들이 전차에서 내려 차고 건물에 수용되기 직전에도 여전히 비가 몹시 내리고 있었나요?"

"그렇습니다. 억수처럼 쏟아지고 있었지요."

"그럼, 경감님. 승객 중에 노동자 같은 사람은 없었습니까?"

섬 경감은 눈을 크게 떴다. 브루노 지방 검사도 놀라며 미간을 찌푸렸다.

"무슨 뜻입니까? ……노동자라뇨?"

"하수도공, 건축공, 미장공, 벽돌공…… 뭐 그런 사람들 말입니다."

경감은 어리둥절한 표정을 지었다.

"아뇨, 없었습니다. 모두 회사원이었습니다. 그런데 어째서 그런 말씀을……."

"그리고 전원을 샅샅이 조사하셨단 말씀이시죠?"

"물론입니다."

경감은 단호한 목소리로 말했다.

"이해하시기 바랍니다, 경감님. 당신 부하들의 능력을 의심해서 드린 말은 결코 아닙니다. 확인 삼아 다시 한 번 묻겠습니다. 전차의 승객, 전차 안, 혹은 모두 떠난 뒤의 차고 건물의 방들에서는 무엇 하나 이상한 점을 발견할 수 없었다는 거죠? 전혀 말입니다."

"분명히 말씀드렸다고 생각합니다만, 레인 씨."

경감은 무뚝뚝하게 대답했다.

"그렇긴 해도…… 날씨라든가 계절이라든가 관계자들의 신분 따위를 고려해볼 때 어쩐지 그 자리에 어울리지 않는 듯한 점들은 눈에 띄지 않았나요?"

"무슨 말씀이신지……?"

"예컨대 외투나 야회복이나 장갑 따위의 물건은 없었나요?"

"아, 알겠습니다! 하긴, 레인코트를 입은 사내가 있었습니다. 하지만 제가 직접 조사해봤는데 말씀드린 대로 이상한 점은 없었습니다. 그 밖에 당신이 말씀하시는 것 같은 그런 물건은 없었습니다. 그건 제가 확실히 보증할 수 있습니다."

드루리 레인의 두 눈이 번쩍 빛났다. 그는 열심히 두 방문객을 번갈아가며 바라보았다. 그가 온몸을 쭉 펴자, 고풍스러운 벽에 드리워진 그림자가 마치 그를 덮칠 것만 같았다.

"브루노 씨, 검찰청의 의견은 어떻습니까?"

브루노 지방 검사는 씁쓰레한 미소를 떠올렸다.

"레인 씨, 아직은 특별히 이렇다 할 결정적인 의견이 없는 게 사실입니다. 이번 사건은 많은 관계자들이 제각기 동기가 있다고 볼 수 있으므로 무척 복잡합니다. 드위트 부인을 예로 들면 그녀는 분명히 롱스트리트의 정부였고, 롱스트리트가 자기를 버리고 체리 브라운과 약혼한 것에 대해 원망했을 겁니다. 편 드위트의 모든 행동은 확실히 별난 데가 있습니다. 그리고 마이클 콜린스는 공무원으로서의 평판이 그다지 좋지 않은 데다가 교활하고 성급한 자입니다. 분명히 동기가 있다고 볼 수 있습니다. 로드 또한 애인을 지키려고 어쭙잖은 의협심으로 살인을 저질렀을지도 모릅니다."

브루노는 한숨을 쉬고 난 뒤 말을 이었다.

"하지만 전체적인 면에서 생각해보면 섬 경감이나 저나 아무래도 드위트 쪽이 가장 의심스럽습니다."

"드위트라……."

레인은 사려 깊은 목소리로 중얼거렸다. 그는 눈 한 번 깜빡이지 않은 채 지방 검사의 입술을 지켜보고 있었다.

"계속하시지요."

브루노 지방 검사는 초조한 듯이 눈썹을 모았다.

"그러니까 문제는…… 다른 용의자는 물론 드위트에게도 직접적인 증거가 전혀 없다는 점이죠."

이어서 경감이 불만스러운 투로 말을 받았다.

"롱스트리트의 주머니에 흉기를 집어넣는 일은 누구에게나 가능했다고 볼 수 있죠. 롱스트리트 일행뿐만 아니라 승객이라면 누구건 그렇게 할 수 있었단 말씀입니다. 그러나 모두 신문해보았지만 그 일행들 외에 롱스트리트와 관계가 있는 다른 승객은 한 사람도 없었습니다. 단서가 될 만한 게 전혀 없습니다."

"그래서……."

지방 검사가 나서며 결론을 맺었다.

"경감과 제가 이렇게 찾아뵌 것입니다, 레인 씨. 크래머 사건에서도 저희가 미처 알아내지 못했던 점을 지적하셨죠. 그 놀라운 분석력으로 미루어 볼 때 이번에도 다시 한 번 그 실력을 발휘해주시리라고 생각했으니까요."

레인은 손을 내저었다.

"크래머 사건 따윈 초보적인 것이었죠, 브루노 씨."

레인은 생각에 잠긴 표정으로 두 방문객을 바라보았다. 무겁고 답답한 침묵이 그들을 에워쌌다. 구석에 앉아 있는 퀘이시는 열심히 주인을 지켜보고 있었다. 브루노 지방 검사와 섬 경감은 슬쩍 시선을 주고받았다. 두 사람 모두 실망한 듯했다. 경감은 비웃는 듯한 엷은 미소를 띠고 있었다. 마치 속으로는 '그것 보시오, 내가 이럴 거라고 하지 않았소!'라고 말하는 것 같았다. 브루노는 가볍게 어깨를 으쓱해 보였다. 드루리 레인의 맑게 울리는 목소리에 두 사람은 동시에 흠칫 고개를 들었다.

"그런데 말씀이죠."

레인은 부드럽고 즐거운 듯한 표정으로 두 사람을 바라보며 말을 이었다.

"이제부터 무엇을 해야 할지는 잘 알고 계시리라 봅니다."

이 조용한 말은 충격적인 효과가 있었다. 브루노는 저도 모르게 입이 벌어졌다. 섬 경감은 크게 한 방 얻어맞고 정신을 차리려는 권투선수처럼 고개를 가볍게 흔들었다.

"잘 알고 있다니요?"

경감은 펄쩍 뛰다시피 일어나며 외쳤다.

"레인 씨, 그렇다면 당신은……!"

레인은 조용히 말을 꺼냈다.

"진정하시지요, 경감님. 햄릿 부왕의 망령처럼 당신은 '죄지은 자처럼 무서운 부름'에 떨고 있군요. 이제부터 무엇을 해야 할지는 정해진 거나 다름없습니다. 경감님이 말씀하신 게 모두 사실이라면 이 범죄의 출처는 단 한 곳입니다."

"정말 놀랍군요."

경감은 신음했다. 그는 믿기지 않는다는 듯이 축 처진 두 눈으로 지그시 레인을 바라보았다.

"그러니까, 곧…… 섬 경감의 단순한 사실 설명만으로 당신은 누가 롱스트리트를 죽였는지를 아셨단 말씀인가요?"

지방 검사가 낮고 긴장된 목소리로 물었다.

레인의 매부리코가 움직였다.

"알 것 같습니다……. 믿으실 수밖에 없을 겁니다, 브루노 씨."

"네에!"

두 방문객은 동시에 긴장된 목소리를 토해냈다. 곧이어 조용해진 그들은 의미 있는 시선을 교환했다.

"믿어지지 않으실 테지만, 저 또한 근거가 있는 것은 아닙니다."

레인의 목소리는 매력적인 설득조로 바뀌어 있었다. 그는 경우에 따라 목소리를 자유자재로 구사했다.

"그럴 만한 이유에서, 지금 시점에서는 이 사건의 범인, 이제부터 이 인물을 X라고 부르기로 하죠. 아무튼 범인의 정체를 당신들에게 밝힐 수가 없습니다. 공범이 있는 듯도 하고요."

브루노 지방 검사는 날카로운 어조로 입을 열었다.

"하지만, 레인 씨. 우물쭈물하다가는 결국……."

드루리 레인은 꼼짝도 하지 않고 인디언처럼 붉은빛이 감도는 불빛 속에 서 있었다. 온화한 기색은 사라지고 얼굴은 파로스 섬*에게 해에 있는 대리석의 산지–옮긴이*의 대리석으로 새겨진 조각상처럼 뚜렷했다. 입술은 거의 움직이지 않았으나 목소리는 놀라울 만큼 분명했다.

"우물쭈물이라뇨? 물론 위험하지요. 하지만 범인의 정체를 미리 경솔하게 말해버렸을 경우에 비하면 그 절반도 위험하지 않다는 걸 아셔야 합니다."

경감은 불만스러운 표정으로 버티고 서 있었다. 넌더리가 난 듯해 보였다. 브루노는 멍하니 입을 벌리고 있었다.

"지금은 독촉하지 말아주십시오. 그런데 당신들에게 부탁드리고 싶은 것이 있습니다만……."

두 방문객의 얼굴에서 여전히 불신의 빛이 가시지 않자 레인의 목소리에도 초조한 기색이 엿보였다.

"우편으로든 인편으로든 피살자의 모습이 똑똑히 찍힌 사진을 보내주시지 않겠습니까? 물론 살아 있을 때의 모습으로 말입니다."

"뭐, 좋습니다."

브루노가 우물거리듯이 말했다. 지방 검사는 실쭉해진 초등학생처럼 괜스레 다리를 고쳐 앉았다.

레인은 억양 없는 목소리로 덧붙였다.

"브루노 씨, 그리고 이번 사건의 진전 상황에 대해서도…… 계속해서 알려 주십시오. 만약……."

여기서 레인은 충분히 사이를 두었다가 말을 다시 이었다.

"저와 의논한 것을 후회하지 않으신다면 말입니다."

레인은 잠깐 두 사람을 쳐다보았고 전처럼 온화한 빛을 두 눈에 떠올렸다.

두 방문객은 그렇지 않다는 투의 말을 모호하게 중얼거렸다.

"제가 있을 때건 없을 때건 퀘이시가 전화를 받을 겁니다."

레인은 벽난로의 연기에 그을린 선반 위로 손을 뻗어 초인종 줄을 당겼다. 얼굴이 벌겋고 배가 불룩 나온 키가 작은 노인이 제복 차림으로 요정처럼 불쑥 방으로 들어왔다.

"두 분께서는 저와 함께 식사를 하시지 않으시겠습니까?"

두 방문객은 완강하게 사양했다.

"그럼, 브루노 씨와 섬 경감을 차까지 모셔다 드리게, 폴스태프. 그리고 두 분께서 햄릿 저택을 찾아오시면 환영해드리는 것을 잊지 말게나. 한 분이시든 혹은 두 분이 함께 오시든 곧바로 나에게 알려주게……. 그럼 안녕히 가십시오, 브루노 씨, 그리고 섬 경감님."

레인은 상체를 가볍게 숙이며 인사를 했다.

브루노 지방 검사와 섬 경감은 묵묵히 하인의 뒤를 따랐다. 문 근처에 이른 두 사람은 마치 같은 실에 묶여 당겨지듯이 동시에 걸음을 멈추고 뒤를 돌아보았다. 드루리 레인은 낡은 벽난로 앞에서 고풍스러운 가구들에 둘러싸여 선 채로 정중한 작별의 미소를 떠올리고 있었다.

## *제2막: 제1장*

*지방 검찰청*

*9월 9일 오전 9시 20분*

이튿날 아침, 브루노 지방 검사와 섬 경감은 브루노의 책상을 사이에 두고 자리를 마주했다. 그들은 골치 아픈 수수께끼를 앞에 두고서 서로의 눈을 쳐다보며 난처한 표정을 짓고 있었다. 모처럼 정돈된 서류들이 지방 검사의 손에 의해 어지럽게 흩어지고 말았다. 섬 경감의 뭉툭한 코는 창밖의 추위와 수사 상황이 호전되고 있지 않음을 잘 나타내주었다.

경감이 낮게 투덜거리며 말했다.

"이거야 원! 정말이지 두 손 다 들었소. 오늘 아침은 독물이고 코르크고 바늘이고 뭐고, 다 막다른 골목에 부딪히고 말았소. 니코틴은 구입한 것이 아니라 범인이 직접 손으로 만든 것이거나 실링 검시관이 말했던 살충제인가 뭔가에서 뽑아낸 것 같소. 어디에서도 단서라곤 찾을 길이 없소. 게다가 드루리 레인 씨를 만나느라고 괜한 시간만 낭비한 것 같소."

브루노는 그 의견에 반대했다.

"그렇지 않소, 섬. 난 그렇게는 생각하지 않아요. 그러니 그런 말은 마시오."

브루노는 두 손을 펼쳐 보였다.

"당신은 그 사람을 과소평가하고 있소. 사실 별난 데가 있는 사람이긴 하지. 그런 곳에 살면서 과거의 유령들에게 둘러싸여 셰익스피어 얘기나 읊어대고 말이오."

"그렇소! 내가 얘기하자면……."

섬 경감은 얼굴을 잔뜩 찌푸리며 말을 이었다.

"그는 증기 덩어리 같은 사람이오. 게다가 우리를 그 속에 가두려고 했단 말이오. 롱스트리트의 살인범을 알고 있다는 따위의 되지도 않는 소리나 지껄이면서 말이오."

"아니, 이봐요, 섬! 그건 그렇지가 않아요."

지방 검사가 항의했다.

"어쨌든 그는 자신의 입으로 내뱉은 말을 발뺌할 수 없다는 걸 알고 있소. 결국은 그 말을 실제로 증명해야만 한다는 것을 안단 말이오. 틀림없소. 그는 자신이 무슨 말을 했는지를 분명히 알아요. 실제로 단서를 잡고 있겠지만, 뭔가 특별한 까닭이 있어서 지금은 말할 수가 없는 걸 거요."

경감은 책상을 탕 내리쳤다.

"그럼, 나나 당신이나 둘 다 얼간이란 말인가? 어떻게 생각하오? 그가 단서를 잡았다고요? 대체 어떤 단서를 말이오? 그런 게 있을 리가 없소! 당신도 어제는 그렇게 생각하지 않았소."

"생각이란 바뀔 수도 있는 거요."

브루노는 자르듯이 말했다. 그런 뒤에 그는 다시 조용히 말을 이었다.

"크래머 사건 때 우리가 미처 깨닫지 못하고 지나쳤던 것을 그 사람이 얼마나 솜씨 좋게 짚어 냈는가를 잊어서는 곤란하오. 이 골치 아픈 사건 해결을 위해 조금이라도 도움을 받을 수만 있다면 나는 그걸 놓치고 싶지가 않아요. 게다가 협력을 부탁해놓고서 이제 와서 그걸 없었던 일로 할 수는 없는 노릇 아니오. 그러니까 섬, 갈 때까지 가봅시다. 그렇게 한다고 손해 볼 것도 없잖소……. 그런데, 무슨 새로운 보고라도 받았소?"

경감은 이빨로 담배를 질끈 깨물었다.

"콜린스가 또 말썽을 피웠소. 콜린스가 토요일 이후에 세 번이나 드위트를 찾아간 걸 부하가 알아냈소. 물론 드위트에게 돈을 뜯어내려는 거죠. 정말 녀석은 골칫덩어리요. 하긴, 이건 드위트가 걱정할 문제지만……."

브루노는 무심코 눈앞에 놓여 있는 편지를 뜯기 시작했다. 그는 처음 두 통을 사무용 서류바구니에 던져 넣었다. 세 번째로 싸구려 봉투에서 꺼낸 편지를 읽다가 그는 외마디 소리를 지르며 자리에서 벌떡 일어났다. 브루노가 묵묵히 편지를 읽어 내려감에 따라 경감의 눈이 가늘어졌다.

"기쁜 소식이오, 섬!"

브루노는 외치며 흥분한 목소리로 말을 이었다.

"이건 분명히 멋진 돌파구요! ……뭐야! 무슨 일이지?"

브루노는 방 안으로 들어온 비서에게 소리쳤다. 비서가 명함 한 장을 내밀자 브루노는 그것을 낚아채서 들여다보았다.

"그 친구가?"

그는 완전히 바뀐 듯한 목소리로 중얼거렸다.

"좋아, 바니. 그를 들여보내……. 섬, 여기에 그냥 있으시오. 이 편지에는 놀라운 것이 쓰여 있어요. 하지만 우선 그 스위스인이 무슨 볼일로 왔는지 만나보도록 합시다. 임피리얼이 찾아왔소."

비서의 안내를 받으며 거구의 스위스인 사업가가 미소를 머금은 채 들어왔다. 임피리얼은 여느 때와 같이 말끔한 옷차림을 하고 있었는데, 옷깃에는 싱싱한 꽃을 꽂았고 옆구리에는 지팡이를 끼고 있었다.

"안녕하십니까, 임피리얼 씨? 무슨 일로 오셨는지요?"

브루노는 신중하게 말했다. 방금 읽었던 편지는 이미 어디론가 치워져 있었다. 그는 양손으로 책상 가장자리를 움켜잡고 있었다. 경감도 스위스인에게 인사를 했다.

"안녕하세요, 검사님. 그리고 경감님?"

임피리얼은 브루노의 책상 곁에 있는 가죽 의자에 천천히 앉았다.

"잠시 동안만 시간을 내주시기 바랍니다, 브루노 씨."

임피리얼은 정중한 어조로 말을 이었다.

"저는 이제 미국에서 사업에 관한 용무를 마치고 스위스로 돌아갈 채비를 하고 있죠."

"그런가요?"

그렇게 말하며 브루노는 슬쩍 경감을 바라보았다. 경감은 임피리얼의 넓적한 등을 노려보고 있었다.

"이미 오늘 밤의 배표를 사놓았습니다."

스위스인은 눈썹을 찌푸리며 말을 이었다.

"그래서 짐을 운반하도록 운송점에 일러놓았는데, 당신네들 부하들이 날더러 떠나서는 안 된다고 하더군요."

"드위트 씨의 댁에서 떠나는 것 말씀인가요?"

임피리얼은 약간 초조한 기색을 보이며 고개를 저었다.

"아니죠, 이 나라를 떠나서는 안 된다는 겁니다. 그리고 내 짐도 움직여서는 안 된다는 거죠. 이건 정말 곤란합니다, 브루노 씨! 나는 사업가입니다. 나는 베른의 본사로 빨리 돌아가야만 합니다. 어째서 못 가게 하는 겁니까? 이건 정말……."

브루노는 책상을 가볍게 두드렸다.

"자, 들어보세요, 임피리얼 씨. 당신네 나라에서의 사정은 어떤지 모르겠지만 당신은 지금 미국 경찰의 살인 사건 수사와 관련되어 있다는 것을 아셔야 합니다. 이건 살인 사건의 수사란 말입니다."

"아, 알고 있습니다. 하지만……."

"하지만이 아닙니다, 임피리얼 씨."

브루노는 자리에서 일어섰다.

"정말 유감입니다만, 할리 롱스트리트 살인 사건이 해결되든가 아니면 적어도 어떤 공식적인 결정이 내려지기까지는 이 나라에 머물러주셔야만 합니다. 물론 드위트 씨의 집에서 나와 다른 곳으로 숙소를 옮기는 것은 상관없습니다. 우리가 그것까지 못 하게 할 수는 없겠죠. 하지만 소환에 응할 수 있을 만한 곳에 계셔야만 합니다."

임피리얼은 일어서며 몸을 꼿꼿이 폈다. 그의 얼굴은 쾌활한 빛을 잃고서 일그러져 있었다.

"하지만 사업에 지장이 있단 말입니다!"

브루노는 어깨를 으쓱했다.

"좋습니다!"

임피리얼은 거친 동작으로 모자를 썼다. 그 얼굴은 드루리 레인 저택의 벽난로 불처럼 시뻘겠다.

"영사에게 직접 부탁해서 조처를 취하겠어요. 아시겠습니까? 나는 스위스의 시민이니까 당신들에게 억류당해야 할 이유가 없어요! 안녕히 계시오!"

그는 고개를 까딱해 보이고 나서 거칠게 문 쪽으로 걸어갔다. 브루노는 미소 지었다.

"그렇더라도 뱃삯은 환불받아 두시는 게 좋을 겁니다, 임피리얼 씨. 그렇지 않으면 손해를 볼 테니까요."

그러나 임피리얼은 대꾸도 않고 나가버렸다.

"자 그럼, 앉으시오, 섬. 그리고 이걸 보시오."

브루노는 주머니에서 편지를 꺼내 경감 앞에 펼쳐 보였다. 경감은 즉시 편지의 아래쪽을 힐끗 보았다. 서명은 없었다. 줄이 쳐진 싸구려 편지지에 색이 바랜 검정 잉크로 쓰여 있었는데 일부러 필적을 바꾼 것 같지는 않았다. 브루노 지방 검사 앞으로 보낸 것이었다.

*나는 롱스트리트란 자가 살해되었을 때 그 전차에 타고 있었던 사람 중 한 사람이오. 그를 살해한 범인에 대해 나는 어떤 사실을 알고 있소. 나는 이 정보를 당신에게 전해드리고 싶소만 내가 알고 있다는 것을 범인이 눈치챌지도 모르기 때문에 몹시 두렵소. 이미 눈치를 챘을지도 모른다는 생각도 드오.*

*하지만 수요일 밤 11시에 당신이 직접 나와 만나든가 아니면 누군가를 보내준다면 그때 나는 내가 알고 있는 것을 죄다 얘기해주겠소. 그 시간에 위호켄 선착장의 대합실에서 기*

*다리겠소. 내가 누구인가는 그때 알게 될 거요. 내 쪽에서 밝히겠소. 제발 나의 안전을 위해 비밀을 지켜주시오. 이 편지에 대해서는 외부인에게 절대로 말하지 말아주시오. 내가 얘기한 것을 범인이 눈치채게 되면 나는 나라에 대한 의무를 다한 탓으로 살해되고 말 것이오.*
*제발 나를 보호해주시오. 수요일에 만나보면 나를 만나기를 잘했다고 생각할 거요. 이건 중대한 문제요(이 부분에 선명하게 밑줄이 쳐져 있었다). 그때까지 스스로 내 몸을 지킬 작정이오. 경관과 만나는 것이 남들 눈에 띄지 않았으면 해서 약속 시간을 밤으로 정한 것이오.*

경감은 신중하게 편지를 다루었다. 그는 편지를 책상 위에 내려놓고 봉투를 지그시 살펴보았다.

"뉴저지 주의 위호켄 우체국 소인이군요. 어젯밤이고…… 더러운 손자국 투성이군. 그 전차를 타는 저지 주민의 한 사람이겠군. 이거 도대체 어떻게 생각해야 좋을지 모르겠군요, 브루노. 장난 편지인 것도 같고 그렇지 않은 것 같기도 하고……. 어떻게 생각하오?"

브루노는 천장을 올려다보며 입을 열었다.

"글쎄, 뭐라고 말하기가 힘들군요. 단서가 될 것 같기도 하고……. 어쨌든 만일을 위해서 가보겠소."

그는 기세 좋게 일어나 방 안을 서성거렸다.

"괜찮은 예감이 드는군요, 섬. 이자가 누군지는 모르지만 편지에 자기 이름을 밝히지 않았다는 사실이 그럴듯하단 말이오. 앞뒤도 맞지 않고 스스로는 대단히 중요한 인물이라도 된 듯 으스대고 있지만, 결국에는 자신이 비밀을 폭로하면 위험이 닥칠까봐 벌벌 떨고 있는 거요. 더욱이 진부한 말만 늘어놓고 장황하게 같은 말을 되풀이하며 겁을 집어먹고 있어요. '만나자(meet)'는 단어의 철자에서는 t의 옆으로 긋는 작대기가 빠져 있고……. 정말이지, 이건 생각할수록 마음에 드는군요."

"글쎄……."

섬 경감은 좀 미심쩍어했다. 하지만 곧 밝은 표정을 지었다.

"아무튼 드루리 레인의 도움 없이도 우리가 잘 해낼 수 있겠소. 그 사람의 어쭙잖은 조언 따위는 필요 없을 거요."

"어쨌든 잘됐소, 섬. 어쩌면 쉽게 기소할 수 있을지도 몰라요."

브루노는 만족스러운 듯이 두 손을 비벼댔다.

"그럼 당장에 강 건너 허드슨 카운티의 지방 검사인 렌넬스에게 연락을 취해주시오. 그리고 저지 경찰에다 만반의 태세를 갖추고 위호켄 터미널을 감시하도록 일러주시오. 어쨌든 관할권 문제로 일을 그르칠 순 없으니까 말이오. 그리고 모두 사복을 입으라고 하시오. 섬, 당신도 갈 테요?"

"두말하면 잔소리 아니겠소!"

경감은 즐거운 듯이 큰 소리로 외쳤다.

경감이 방을 나가자 브루노 검사는 책상 위의 수화기를 들고 교환원에게 햄릿 저택을 불러달라고 했다. 그는 벨 소리가 울릴 때까지 느긋하게 기다렸다.

"여보세요, 햄릿 저택인가요? 드루리 레인 씨는 계십니까? 저는 브루노 지방 검사입니다. 여보세요? 누구시죠?"

그러자 높게 떨리는 목소리가 들려왔다.

"퀘이시입니다. 레인 씨께서는 마침 바로 제 곁에 계십니다."

"아 참! 귀가 안 들린다고 했죠?"

브루노가 말을 이었다.

"그럼, 레인 씨에게는 뉴스가 있다고 전해주시오."

퀘이시가 전언을 한 마디 한 마디 되풀이하는 것이 들렸다.

퀘이시의 카랑카랑한 목소리가 이어졌다.

"알았다고 하시는군요. 그럼, 하실 말씀은요?"

"살인범을 알고 있는 것은 레인 씨뿐만이 아니라고 전해주시오."

브루노는 의기양양하게 말했다.

퀘이시가 레인에게 이 말을 되풀이하는 동안 브루노는 열심히 귀를 곤두세웠다. 그리고 놀랄 만큼 또렷하게 레인의 말을 들을 수 있었다.

"브루노 씨에게 그건 정말 문자 그대로 뉴스라고 전해주게. 그리고 범인의 자백을 받아냈느냐고도 물어보게."

브루노는 퀘이시에게 익명의 편지 내용을 들려주었다. 전화 저편의 상대는 잠자코 듣고 있었는데, 이윽고 느긋하고 침착한 레인의 목소리가 들려왔다.

"직접 통화를 할 수 없는 것이 매우 유감이라고 브루노 씨에게 전하게. 또 오늘 밤 약속 장소에 내가 나가도 좋겠느냐고 물어보게."

"상관없습니다."

이어서 브루노는 퀘이시에게 물었다.

"이봐요……. 퀘이시, 레인 씨께서 놀라신 것 같지 않나요?"

브루노는 상대가 낮고 묘하게 웃는 소리를 들을 수 있었다. 마치 살찐 유령이 소리 죽여 웃는 듯한 웃음소리였다. 이윽고 웃음을 참느라 목소리를 떨면서 퀘이시가 말했다.

"아뇨, 사태의 추이를 매우 즐기고 계시는 듯합니다. 레인 씨는 언제나 의외의 일을 기대한다고 자주 말씀하시지요. 그러니까 레인 씨는……."

그러나 브루노 지방 검사는 "그럼 이만!" 하고는 재빨리 수화기를 내려놓았다.

## 제2장

*위호켄 선착장*

*9월 9일 수요일 오후 11시 40분*

뉴욕 중심가의 불빛은 맑게 갠 날 밤이면 검은 하늘을 배경으로 화려한 빛의 물결을 수놓는다. 하지만 수요일 밤에는 대낮부터 드리워진 안개의 장막에 싸여서 밤인데도 불빛을 잘 볼 수 없을 정도였다. 뉴저지 주 쪽의 부두에서는 이따금 보이다 말다 하는 전등 빛과 강 위의 음울한 안개 말고는 아무것도 보이지 않았다. 뱃머리에서 선미까지 하부 갑판에 휘황하게 불빛을 밝힌 배들이 갑자기 어딘가에서 불쑥 나타났다. 작은 배들이 유령처럼 강을 오르내리고 있었다. 그 배들은 안전을 위해 근처의 다른 배들에게 경적을 울렸지만 그 소리조차도 안개 속에 파묻히는 것 같았다.

위호켄 선착장 뒤쪽에 있는 커다란 차고 같은 건물의 대합실에는 사내들 열두 명이 모여 있었다. 사내들은 대부분 묵묵히 주위를 관찰하고 있었다. 그들의 한가운데에서 키 작은 나폴레옹 같은 모습의 브루노 지방 검사가 손목시계를 십 초 간격으로 들여다보며 초조한 듯이 실내를 서성거렸다. 섬 경감은 출입문 쪽과 어쩌다가 들어오는 사람들을 예리한 눈으로 점검했다. 실내는 아주 한산했다.

형사들한테서 좀 떨어진 자리에 드루리 레인이 혼자 조용히 앉아 있었다. 배나 기차를 기다리는 손님들은 레인의 이색적인 차림새에 놀라거나 때로는 신기해하는 눈길을 보냈다. 레인은 실로 침착한 모습으로 앉아 무릎 사이에 끼운 육중한 지팡이를 양손으로 움켜쥐고 있었다. 길고 검은 인버네스*망토가 달린 외투–옮긴이*를 입고 있었는데 망토가 어깨에 늘어져 있었다. 탐스러운 모발 위에는 곧은 챙이 달린 검은 펠트 모자가 얹혀 있었다. 섬 경감은 이따금 그 옷차림을 보면서, 복장과 모발로 미루어 볼 때는 몹시 나이가 든 것처럼 생각되는 데 비해 얼굴이며 몸매가 이 정도로 젊어 보이는 사람은 본 일이 없다는 생각을 했다. 이목구비가 뚜렷한 늠름하고도 온화해 보이는 얼굴은 서른다섯 살쯤 된 남자의 모습이라고도 할 만했다. 또 그 냉정한 모습은 강렬할 뿐더러 인상적이었다. 그는 통행인들의 호기심 어린 시선을 무시하는 것이 아니라 전혀 의식하지 않는 듯했다.

레인의 반짝이는 두 눈은 브루노 지방 검사의 입술에 쏠려 있었다.

브루노가 그의 곁으로 급히 다가와 앉았다. 그가 초조한 표정으로 말했다.

"이미 사십오 분이나 지났습니다. 일부러 나와주셨는데 헛걸음을 하게 해드린 것 같습니다. 저희는 밤을 새더라도 버틸 작정입니다만, 솔직히 말씀드리자면 어리석은 짓을 하고 있는 듯한 생각이 들기도 합니다."

레인은 그 특유의 낭랑하게 울리는 목소리로 대꾸했다.

"좀 걱정이 되기 시작하시나 보군요, 브루노 씨. 하지만 늦는 데는 그럴 만한 이유가 있겠죠."

"그럼 당신이 생각하시기로는……."

브루노는 미간을 찌푸리며 말을 했다. 그때 밖에서 들려오는 거칠고 당황스러운 외침 소리에 실내 저편의 섬 경감과 더불어 몸을 긴장시켰다.

"무슨 소동입니까, 브루노 씨?"

레인이 부드럽게 물었다.

브루노는 상체를 앞으로 내밀며 귀를 기울였다.

"당신에게는 들리지 않았을 테지만…… 레인 씨, '사람이 떨어졌다!'라고 외치는 소리였습니다!"

드루리 레인은 재빨리 일어섰다. 섬 경감이 큰 소리로 울부짖듯이 외쳤다.

"선창에서 사고가 났소! 가봐야겠소!"

브루노도 무심결에 벌떡 자리에서 일어났다.

"섬, 난 부하들과 여기 있겠소. 일종의 유인책인지도 모르니까요. 게다가 그자가 올지도 모르고."

섬 경감은 이미 문 쪽으로 달려가고 있었다. 드루리 레인은 재빨리 그 뒤를 따라갔다. 이어서 형사 여섯 명가량이 우르르 실내를 빠져나갔다.

그들은 틈이 벌어진 판자 바닥을 건넌 뒤 외침 소리가 들려온 방향을 파악하려고 멈춰 섰다. 지붕이 붙은 선착장으로 여객선이 막 들어와서는 배의 옆구리를 부두 말뚝에 부딪히며 철판으로 된 상륙용 계단을 갖다 대려 하고 있었다. 섬 경감을 비롯해 레인과 형사들이 그곳에 이르렀을 때에는 이미 몇몇 사람들이 배에서 뛰어내리고 있었다. 한편 급히 터미널에서 빠져나가는 사람들도 있었다. 상부 갑판 위에 있는 조타실에는 금색 글씨로 '모호크'라는 배 이름이 쓰여 있었다. 하부 갑판의 북쪽, 활 모양으로 굽은 뱃전의 난간에서는 승객들이 몹시 북적대고 있었고, 우현의 벽에 나 있는 창에서도 승객들이 안개에 깔린 깊은 어둠 속을 내려다보고 있었다.

선원 세 사람이 승객들을 헤치고 뱃전으로 가려고 애를 썼다. 드루리 레인은 경감의 뒤를 따르면서 문득 금장 손목시계를 보았다. 11시 40분이었다.

섬 경감은 갑판으로 뛰어올라 뼈와 가죽뿐인 듯한 늙은 선원의 멱살을 움켜잡았다.

"경찰이오! 무슨 일이 일어난 거요?"

경감이 소리치자 선원은 흠칫하고 겁을 내는 듯했다.

"남자가 배에서 떨어졌습니다. 이 모호크호가 선착장로 미끄러져 들어가는 순간, 최상부 갑판에서 떨어진 모양입니다."

"그게 누군지 알고 있소?"

"아뇨, 모릅니다."

"레인 씨, 같이 가시죠. 부두 직원들이 떨어진 사람을 끌어올릴 겁니다. 그러니 우린 떨어진 지점으로 가봅시다."

경감이 말했다.

두 사람은 뱃전의 사람들을 비집고 나서며 선실 문 쪽으로 향했다. 순간 경감이 짧게 외마디 소리를 내며 멈춰 서더니 한 손을 쳐들었다. 하부 갑판 남쪽에서 왜소한 체구의 한 사내가 선착장으로 내리려는 중이었다.

"이봐요, 드위트 씨! 잠깐 기다리시오!"

외투로 단단히 몸을 감싼 드위트가 고개를 들고서 잠시 어리둥절해하더니 섬 경감 쪽으로 발길을 돌렸다. 그의 얼굴은 몹시 창백했고 조금 숨이 가쁜 듯했다.

"경감님이시군요! 그런데 여기는 어쩐 일이십니까?"

드위트는 천천히 말했다.

"볼일이 좀 있어서요."

경감은 느긋한 목소리로 말했으나 왠지 두 눈은 흥분으로 빛났다.

"그런데 당신은 웬일이시죠?"

드위트는 왼손을 외투 주머니에 찔러 넣으며 몸을 떨었다.

"집에 돌아가는 길이죠. 그런데 대체 무슨 일이 일어난 겁니까?"

"궁금하시면 함께 가십시다."

경감은 상냥하게 말을 이었다.

"그 전에 드루리 레인 씨를 소개하죠. 유명한 배우신데 지금은 우리를 도와주고 계시죠. 레인 씨, 이쪽은 드위트 앤드 롱스트리트 사의 공동 경영자인 드위트 씨입니다."

드루리 레인은 반가운 표정을 지으며 고개를 끄덕였다. 드위트의 어리둥절한 눈길이 배우의 얼굴에 못 박혔다. 이내 그의 두 눈에는 존경의 빛이 확연히 떠올랐다.

"정말 영광입니다!"

경감은 굳은 표정을 지었고 뒤를 따르던 형사들은 끈기 있게 기다렸다. 경감은 목을 길게 빼며 누군가를 찾는 듯하더니 이윽고 어깨를 으쓱했다.

"자, 갑시다."

경감은 날카롭게 말하고는 저돌적인 기세로 사람들 틈을 헤치고 나아갔다.

선실 내부는 혼란에 빠져 있었다. 경감은 배 한가운데에 있는 놋쇠를 댄 계단을 뛰다시피 올라갔고 다른 사람들도 서둘러 뒤따랐다. 그들은 타원형 모양의 상부 선실에 올라가 북쪽으로 난 문들 중 하나를 통해 어두운 상부 갑판으로 나갔다. 형사들은 손전등을 비추며 갑판을 조사하기 시작했다. 배의 중앙과 뱃머리 사이를 대충 훑어보던 중에 경감은 뱃전 쪽의 널찍한 갑판에서 몇 미터 떨어진 곳인 상부 조타실 바로 뒤쪽에서 길게 긁힌 듯한 자국을 발견했다. 형사들이 한꺼번에 손전등을 그 지점에 비췄다. 긁힌 자국은 십자형의 철제 난간에서 갑판을 뒤쪽으로 가로질러 선실 밖의 북서쪽 구석에 있는 칸막이 쳐진 작은 방으로 이어졌다. 이 작은 방의 서쪽과 남쪽 벽은 선실의 바깥쪽이었다. 북쪽 벽은 얇은 판자로 되어 있었다. 동쪽에는 벽이 없었다. 손전등의 불빛이 그 속으로 파고들었다. 갑판의 긁힌 자국은 그 방 안쪽에서 시작된 것이었다. 그 속에는 자물통이 달려 있는 도구 상자가 한쪽 벽에 고정되어 있었다. 구명구 몇 개와 빗자루와 양동이가 하나씩 그리고 그 밖의 자질구레한 물건들이 있었다. 쇠사슬이 활짝 트인 쪽의 중간쯤에 걸쳐져 있었다.

"상자 안을 조사해보자고. 열쇠를 얻어 와서 저 상자를 열어보게. 뭔가 있을지도 몰라."

형사 두 명이 달려갔다.

"그리고 짐, 아래로 내려가서 승객들 전원을 내리지 못하도록 하게."

섬 경감과 레인은 드위트를 데리고 난간까지 갔다. 난간 아래의 갑판 바닥이 뱃전 쪽으로 80센티미터쯤 뻗어 나와 있었다. 경감은 손전등을 들고 갑판의 긁힌 자국을 면밀히 살펴보았다. 잠시 뒤에 그는 레인을 올려다보았다.

"여기 묘한 게 있군요, 레인 씨. 구두 뒤꿈치 자국입니다. 갑판 위로 무거운 물건을 끌었나 봅니다. 시체일까……. 빌어먹을! 아무튼 구두 뒤꿈치에 긁힌 자국입니다. 살인 사건일지도 모르겠군요."

드루리 레인은 손전등 빛의 어슴푸레한 반사광 속에 떠오른 경감의 입술을 열심히 보고 있었다.

그들은 난간에 기대어 혼란스러운 아래쪽의 광경을 내려다보고자 했다. 경감은 곁눈질로 드위트를 관찰했다. 이 왜소한 체구의 주식 중개업자는 왠지 풀이 죽어 있는 듯했다.

경찰 보트가 선착장 끝에 와 멎었다. 경관들이 서둘러 미끈미끈한 말뚝 꼭대기로 기어 올라갔다. 강렬한 탐조등 두 개가 갑자기 빛을 내뿜어 선착장을 밝게 비추기 시작하자 안개 속에서도 선착장이 뚜렷이 떠올랐다. 상부 갑판도 훤히 밝아졌다. 탐조등의 불빛이 하부 갑판 아래까지 밝게 비추어 그곳의 광경도 속속들이 떠올랐다. 하부 갑판 바닥은 바깥쪽으로 불룩 나와 있어서 부두의 헐거워진 축축한 말뚝들과 서로 부딪치고 있었다. 그 나무로 된 말뚝들 아래로는 아무것도 보이지 않았다. 선착장 직원들과 선원들이 말뚝 위에 올라서거나 무릎을 굽힌 자세로 어둑어둑한 상부 조타실을 향해 큰 소리로 무언가를 지시했다. 배 안에서는 일순 우르릉하는 기계음이 났다. 배는 조금씩 옆으로 미끄러지며 북쪽 부두를 떠나 남쪽 부두로 움직였다. 조타실의 선장과 타수는 시체가 떠 있는 것이 분명한 물 위의 지점으로부터 배를 떨어뜨리려고 안간힘을 썼다.

"엉망으로 짓이겨졌을 테지."

경감은 심드렁한 목소리로 말했다.

"배가 말뚝에 닿기 직전에 떨어졌으니까 말이야. 배와 말뚝 사이에서 아마 박살이 났을걸. 그러고 나서 배가 움직였으니까 저 튀어나온 판자 아래로 미끄러져 들어갔겠지. 일이 성가시게 됐군. 아, 물이 보이기 시작하는군!"

배가 힘겹게 옆으로 비켜나자 기름이 둥둥 떠 있는 거무스름한 수면이 나타났다. 수면에는 거품이 부글부글 일고 있었다. 말뚝 위 어둠 속에서 불쑥 쇠갈퀴가 나타났다. 경관들과 선원들이 보이지 않는 시체를 수색하기 시작한 것이었다.

드위트는 경감과 레인 사이에 서서 아래에서 이루어지는 음산한 작업을 넋을 잃고 내려다보았다. 한 형사가 경감의 곁으로 다가왔다.

"뭐지?"

경감이 퉁명스럽게 물었다.

"도구 상자 속에는 아무것도 없습니다, 경감님. 그 방의 다른 곳에도 이렇다 할 것이 없었습니다."

"좋아. 갑판 위에 긁힌 구두 자국을 밟지 않도록 주의하라고."

얘기를 하는 도중에도 경감의 시선은 엉뚱한 방향으로 향해 있었다. 그는 힐끔힐끔 드위트를 관찰했다. 이 키 작고 나약해 보이는 사내는 왼손으로 밤안개에 젖은 축축한 난간을 움켜잡고 있었다. 오른손은 팔꿈치를 구부려 난간에 그냥 올려놓은 채였다.

"어떻게 된 거죠, 드위트 씨? 손을 다치신 것 같군요?"

드위트는 천천히 경감 쪽을 돌아보고 나서 희미하게 미소 지으며 자신의 오른손을 내려다보았다. 그런 뒤에 그 오른손을 뻗어 경감에게 내밀어 보였다. 레인도 그 손을 들여다보았다. 4센티미터가량의 상처가 집게손가락 첫 마디에 세로로 나 있었다. 상처에는 얇은 딱지가 앉아 있었다.

"클럽 체육관의 운동 기구에 다친 겁니다. 저녁 식사 전이었죠."

"허, 참!"

"클럽의 모리스 박사가 치료를 해주었습니다. 주의하라고 하더군요. 조금 아프긴 합니다."

아래쪽에서 갑자기 떠들썩한 소리가 들렸기 때문에 드위트와 섬 경감은 몸을 틀어 난간에 기댔다. 드루리 레인은 두 사람의 태도에 놀라며 그 또한 아래를 내려다보았다.

"찾았어!"

"조심하라고!"

로프가 말뚝들 사이로 내려졌고 거무스름한 수면 아래의 물체가 쇠갈퀴에 걸리는 듯싶었다.

삼 분쯤 지나자 수면 위로 축 처진 덩어리가 물을 줄줄 흘리며 떠올랐다. 그러자 이어서 몇 사람인가의 비명이 하부 갑판에서 들렸다. 의미 없는 중얼거림과 혼란스러운 외침이었다.

"아래로 갑시다!"

경감이 외쳤다. 세 사람은 함께 문으로 뛰어갔다. 드위트가 맨 먼저 갑판을 지나 문의 손잡이를 잡았으나 이내 그는 고통스러운 신음을 내질렀다.

"왜 그러십니까?"

경감이 다급하게 물었다. 드위트는 얼굴을 찌푸리며 오른손을 보았다. 경감과 레인도 그 상처에서 피가 줄줄 흐르는 것을 보았다. 상처가 짓뭉개지고 딱지가 몇 군데 터져 있었다.

"문을 열 때 오른손을 쓰지 말았어야 했는데……. 상처가 터지고 말았어요. 주의해야 한다고 모리스 박사가 말했는데 말입니다."

드위트는 신음했다.

"하지만 그렇다고 죽지는 않아요."

경감은 무뚝뚝하게 한마디 던지고는 드위트의 곁을 지나 계단을 뛰어 내려가기 시작했다. 도중에 경감이 뒤돌아보니 드위트가 가슴 주머니에서 손수건을 꺼내 오른손을 느슨히 싸매고 있었다. 드루리 레인은 외투 속에 턱을 파묻은 채로 있었다. 그의 눈은 그늘에 가려 보이지 않았으나 명랑하게 뭔가를 말하고 있었다. 이어서 두 사람은 경감의 뒤를 따라 계단을 내려갔다.

세 사람은 하부 선실을 지나 구조대원들이 범포를 펼쳐놓은 앞쪽 갑판에 이르렀다. 그 범포 위에는 아까의 그 덩어리가 놓여 있었는데, 흠뻑 젖은 채 악취가 나는 물이 고인 웅덩이에 잠겨 있었다. 이미 그것은 인간의 형상을 잃은 채, 짓이겨지고 피투성이가 되어 도무지 알아볼 수 없을 정도로 엉망이었다. 머리와 얼굴은 곤죽이 되어 있었다. 누워 있는 모양으로 볼 때 등뼈가 꺾인 듯했다. 한쪽 팔이 기묘할 정도로 납작해서 마치 불도저로 짓이긴 것 같았다.

드루리 레인의 얼굴은 전보다도 더 창백해져 있었다. 이 끔찍한 모습의 시체를 보고 있는 것만으로도 상당히 애를 먹고 있는 듯했다. 피비린내 나는 참상들에는 어지간히 익숙해져 있는 섬 경감조차도 혐오감이 이는 것을 막을 수 없어 한숨을 내쉬었을 정도였다. 드위트로 말하자면, 그는 어렴풋이 신음을 하더니 이내 고개를 돌렸다. 그 얼굴은 핏기가 싹 가셨을 정도로 창백했다. 그들 주위에는 선착장의 직원들, 선장, 조타수, 사복형사들, 제복을 입은 경관들이 모두 묵묵히 시체를 내려다보고 있었다.

배의 남쪽 끝 선실에서 흥분한 외침 소리가 들렸다. 승객들이 길쭉한 방에 억류된 채 감시받고 있었던 것이다.

시체는 엎어져 있었으나 하반신은 부자연스러운 형태로 한쪽으로 뒤틀린 채 위를 향하고 있었다. 머리는 괴기스러운 모양으로 갑판에 비스듬히 놓여 있었다. 범포에는 앞 챙이 달린 검은 모자가 놓여 있었는데, 그것도 물에 흠뻑 젖은 채였다.

경감은 무릎을 꿇고 한 손으로 시체의 몸통을 눌러보았다. 젖은 밀가루 부대처럼 물렁하고 탄력이 없었다. 경감은 시체를 옆으로 돌렸다. 형사 한 명이 그를 거들어 시체가 위를 향하게 했다. 붉은 머리에 체구가 건장한 사내의 시체였다. 얼굴이 짓뭉개져 있는 탓에 누구인지 알아볼 수는 없었다. 그런데 갑자기 경감이 놀란 표정으로 중얼거렸다. 죽은 자는 짙은 청색의 웃옷을 입고 있었다. 황동 단추가 두 줄로 달린 제복이었는데 주머니는 검은 가죽 테로 둘러쳐져 있었다. 경감은 잡아채듯이 갑판에서 모자를 움켜잡았다. 그것은 차장의 모자였다. 앞 챙 위에는 2101이라는 번호와 함께 '제3애버뉴 철도'라는 각인이 새겨져 있었다.

"이럴 수가……!"

경감은 뭔가를 말하려다 말고 입을 다물었다. 힐끗 드루리 레인 쪽을 쳐다보니 그도 상체를 굽히고 그 모자를 내려다보고 있었다.

경감은 모자를 놓고 이번에는 시체의 가슴 안주머니에 손을 찔러 넣었다.

이어서 물에 흠뻑 젖은 낡은 가죽 지갑이 나왔다. 경감은 그것을 샅샅이 뒤져 본 뒤 벌떡 일어나며 험상궂은 얼굴을 빛냈다.

"바로 이 친구야!"

그는 외치고 나서 재빨리 주위를 둘러보았다.

브루노 지방 검사의 땅딸막한 모습이 외투 자락을 펄럭이며 터미널에서부터 선착장으로 바삐 걸어오고 있었다. 사복형사들이 그 뒤에서 허둥지둥 따라왔다.

경감은 몸을 틀어 한 형사에게 말했다.

"승객들을 억류하고 있는 선실의 경비를 더욱 엄중히 하라고 전하게!"

경감은 크게 팔을 뻗어 물에 젖은 지갑을 휘둘렀다.

"브루노! 빨리 오시오! 우리가 찾던 사내가 여기 있소!"

지방 검사는 있는 힘껏 달려왔다. 그는 배에 이르자 시체 주위에 모여 있는 사람들과 레인과 드위트를 급히 둘러보았다.

검사는 헐떡이며 말을 꺼냈다.

"그런데…… 누구란 말이오, 편지를 보낸 사람이……?"

"바로 이자요."

경감은 쉰 목소리로 말하고는 시체를 발로 툭툭 건드렸다.

"누군가가 한발 앞서 이렇게 만들어버린 거요!"

브루노는 다시금 시체를 내려다보다가, 웃옷의 황동 단추와 갑판에 있는 챙이 달린 모자를 보고는 눈이 휘둥그레졌다.

"차장……!"

브루노는 찬바람에도 아랑곳없이 모자를 벗고 비단 손수건을 꺼내 땀을 닦았다.

"정말이오, 섬?"

경감은 대답 대신 지갑에서 물에 젖어 흐늘흐늘해진 카드를 빼내 지방 검사에게 건네주었다. 드루리 레인은 재빨리 브루노의 뒤로 다가가 어깨 너머로 그것을 들여다보았다.

제3애버뉴 철도 회사가 발행한 네 귀퉁이가 둥그스름한 신분증으로 2101이라는 번호가 찍혀 있었고 아래에는 서명이 기재되어 있었다.

서명은 갈겨쓴 것이었지만 분명하게 알아볼 수 있었다. 그것은 찰스 우드라고 쓰여 있었다.

## 제3장

*위호켄 터미널*

*9월 9일 수요일 오후 11시 59분*

위호켄 터미널에 있는 서해안선의 대합실은 낡고 바람이 잘 통하는 2층 건물로 마치 거인국에서 옮겨다 놓은 창고 같았다. 천장에는 철제 빔들이 노출되어 있었는데, 하나하나가 서로 거칠게 엇갈려 있었다. 높다란 2층 벽은 난간으로 에워싸인 플랫폼으로 이어졌다. 이 플랫폼 끝에는 작은 사무실들로 통하는 복도가 나 있었다.

물에 불은 찰스 우드의 시체는 범포로 만들어진 들것에 실려 아직도 물을 뚝뚝 흘리면서 텅 빈 대합실과 2층의 플랫폼을 지나 역장실로 옮겨졌다. 대합실 쪽은 뉴저지 주 경찰이 통제하고 있었다. 모호크호의 남쪽 선실에 억류당해 있던 손님들은 경관에게 호위되어 대합실로 보내졌다. 그들은 거기서 형사들의 감시 아래 섬 경감과 브루노 지방 검사의 신문을 초조한 심정으로 기다렸다.

모호크호는 경감의 명령으로 부두에 매어져 있었다. 선착장 직원들이 긴급회의를 열어 배의 운항 예정을 변경한 탓에 배 몇 척이 안개 속에서 이동하고 있었다. 기차의 운행은 예정대로 행해도 좋도록 허락되었지만, 임시 매표소가 차고에 설치되었고 승객들은 부두 쪽 대합실을 이용해야만 했다. 승객들이 모두 빠져나간 모호크호는 불을 밝힌 가운데 형사들과 순경들로 붐볐다. 직원이나 경찰이 아닌 자는 승선할 수 없었다. 2층의 역장실에서는 몇몇 사람들이 시체를 둘러싸고 서 있었다. 브루노 지방 검사는 전화를 걸기에 바빴다. 처음으로 전화를 한 곳은 허드슨 카운티의 렌넬스 지방 검사의 집이었다. 브루노는 죽은 사내가 뉴욕에서 자신이 맡고 있는 할리 롱스트리트 살인 사건의 증인이었음을 짧게 설명했다. 그리고 뉴저지 주에서 일어나긴 했지만 찰스 우드 살인 사건의 예비 조사를 자기에게 맡겨달라고 했다. 렌넬스가 흔쾌히 동의하자 브루노는 곧 뉴욕 경찰청에 연락을 취했다. 섬 경감도 전화를 걸어 본부의 형사들을 더 보내라고 명령했다.

드루리 레인은 조용히 의자에 앉아 브루노의 입술이며, 한쪽 구석에 굳게 입을 다물고 쥐 죽은 듯이 앉아 있는 존 드위트의 창백한 얼굴이며, 섬 경감의 냉혹하고도 거친 움직임을 지켜보았다.

경감이 수화기를 놓았을 때 레인이 브루노를 불렀다.

"브루노 씨."

지방 검사는 시체의 발께로 가서 굳은 표정으로 시체를 내려다보다가 레인 쪽으로 고개를 돌렸다. 그 두 눈은 묘한 기대감으로 빛나고 있었다.

드루리 레인이 입을 열었다.

"브루노 씨, 찰스 우드의 서명은 자세히 조사해보셨습니까? ……신분증의 서명 말씀입니다."

"무슨 뜻이죠?"

레인은 부드럽게 설명하기 시작했다.

"익명의 편지를 보낸 자의 신원을 분명히 확인하기 위해서는 그렇게 하는 것이 가장 중요하다고 생각합니다. 경감님은 우드의 서명과 편지의 필적이 동일인의 것이라고 생각하시는 듯합니다. 물론 경감님의 의견도 지당하다고 생각합니다만, 그 점을 전문가가 보증해준다면 저로서는 더욱 안심이 되겠습니다."

경감은 씁쓸한 미소를 떠올렸다.

"동일인의 필적입니다, 레인 씨. 걱정 마십시오."

경감은 그렇게 말한 뒤에 우드의 시체 옆에 무릎을 꿇고서 양복점의 마네킹을 취급하는 것보다도 더 태연한 손놀림으로 시체의 주머니를 뒤졌다. 그러더니 곧 구겨지고 물에 젖은 종이쪽지 두 장을 찾아냈다. 한 장은 제3애버뉴 철도 회사의 사고 보고서였는데, 이날 오후에 있었던 자동차와의 충돌 사고 사실이 서명과 함께 자세히 적혀 있었다. 또 한 장은 우표에 소인이 찍힌 겉봉이 봉해진 편지였다. 경감은 봉투를 뜯고 내용물을 읽고 나서 브루노에게 건네주었다. 브루노는 그것을 읽고 나서 레인에게 보였다. 운전 기술에 관한 통신 교재를 보내달라는 내용의 편지였다. 레인은 양쪽의 필적과 서명을 조사했다.

"브루노 씨, 그 서명이 없는 편지를 갖고 계신가요?"

브루노는 지갑을 뒤져 편지를 꺼냈다. 레인은 근처에 있는 책상 위에 종이 석 장을 펼치고 눈도 깜박하지 않고 열심히 조사했다. 이윽고 그는 미소를 떠올리며 그것들을 브루노에게 돌려주었다.

"미안합니다, 경감님. 석 장 모두 틀림없는 동일인의 필적입니다. 사고 보고서도, 통신 교재 요청에 관한 편지도 우드가 쓴 것이 확실하니까 그것들과 필적이 같은 이상 그 익명의 편지를 쓴 것도 우드임이 틀림없을 겁니다……. 그렇긴 하더라도 전문가가 경감님의 의견을 보증할 필요는 있을 테죠."

섬 경감은 불만스레 뭔가를 중얼거리더니 다시금 시체 곁에 무릎을 꿇었다. 브루노 지방 검사는 종이쪽지 석 장을 지갑에 넣고서 또다시 전화기가 있는 쪽으로 갔다.

"실링 선생을 부탁합니다……. 실링 선생입니까? 브루노입니다. 위호켄 역에 있어요. 역장실이죠…… 그렇죠. 부두 뒤에 있는……. 급히 좀 와주십시오. ……네에? 그럼 그 일을 마치시고 되도록 빨리 좀 와주십시오. 4시라고요. 그럼 할 수 없군요. 허드슨 카운티 시체 안치소에 시체를 운반해놓을 테니 거기서 검시해도 좋습니다…… 그렇죠, 그렇죠, 당신이 와주시면 좋겠습니다. 찰스 우드의 시체입니다. 롱스트리트 사건의 전차 차장이죠. 알겠습니다, 그럼."

"한 가지 더 말씀드리고 싶군요, 브루노 씨. 찰스 우드가 모호크호에 승선하기 전에 선착장 직원이나 철도원 중 누군가와 얘기를 나누었거나 혹은 눈에 띄었을 수도 있지 않을까요?"

드루리 레인은 의자에 앉은 채 말했다.

"과연 그렇겠군요, 레인 씨."

브루노는 수화기를 들고 뉴욕 쪽의 선착장을 불러냈다.

"뉴욕 카운티의 브루노 지방 검사요. 지금 위호켄 역에서 걸고 있소. 살인 사건이 발생해서 그러는데…… 벌써 알고 있었소? ……즉시 좀 협조해줘야 할 일이 있어요…… 고맙소. 오늘 밤 '제3애버뉴 철도'의 42번 스트리트 선의 차장인 등록번호 2101번 찰스 우드를 보았거나 얘기를 나눈 일이 있는 선착장 직원이 있거든 보내주기 바라오……. 그리고 근무 중인 철도 경비원도 한 사람 보내주시오. 곧 경찰 보트를 그쪽으로 보내겠소."

브루노는 수화기를 내려놓은 뒤, 형사 한 명을 파견해서 모호크호 근처의 말뚝에 매인 경찰 보트의 책임자에게 명령을 전하게 했다.

지방 검사는 두 손을 문지르며 말했다.

"자, 그럼……. 레인 씨, 섬 경감이 시체를 조사하는 동안에 저와 함께 아래로 내려가주시지 않겠습니까? 처리해야 할 일이 잔뜩 쌓여 있습니다."

레인은 자리에서 일어섰다. 그는 한구석에 조용히 웅크리고 있는 드위트를 이제껏 곁눈으로 보고 있던 중이었다. 레인은 부드러운 바리톤 음성으로 말했다.

"드위트 씨도 함께 움직이는 게 좋지 않을까요? 이곳 광경은 아무래도 드위트 씨에겐 불쾌할 테니까요, 브루노 씨."

브루노의 두 눈이 테 없는 안경 뒤에서 반짝 빛났다. 이어서 그는 미소를 떠올렸다.

"물론입니다. 자, 함께 내려가시죠, 드위트 씨."

머리칼이 희끗희끗한 왜소한 체구의 주식 중개인은 인버네스 외투를 입은 레인에게 감사하는 표정을 지어 보였다. 드위트는 두 사람을 따라서 역장실을 나갔다. 세 사람은 플랫폼을 지나 아래층 대합실로 내려갔다.

그들이 나타나자 모두 잠잠해졌다. 지방 검사는 사람들을 향해 한 손을 들어 보였다.

"모호크호 조타수는 이리로 나와주시오. 잠깐 할 얘기가 있소. 선장도 마찬가지요."

조타수와 선장은 승객들 무리에서 무거운 걸음으로 걸어 나왔다.

"조타수 샘 애덤스라고 합니다."

조타수는 땅딸막하고 굳세 보이는 사내로 짧고 검은 머리에 황소 같은 얼굴을 하고 있었다.

"잠깐 기다리시오. 조너스, 어디 있지? 조너스!"

섬 경감의 서기 노릇을 하고 있는 형사는 수첩을 들고서 급히 나타났다.

"이제부터의 증언들을 기록하게……. 그래 애덤스, 그 시체의 확실한 신원을 알고 싶어서 묻는 거요. 갑판으로 끌어올린 시체를 당신도 보았겠죠?"

"네, 봤습니다."

"전에도 그 사내를 본 일이 있소?"

"셀 수 없을 정도죠."

조타수는 짐짓 의미심장하게 바지를 끌어올렸다.

"제게는 친구 같은 사내였죠. 머리가 엉망으로 부서졌지만 전차 차장인 찰스 우드라는 건 성서를 앞에 두고 맹세해도 좋습니다."

"어째서 그렇다고 생각하오?"

애덤스 조타수는 모자를 들어 올리고 머리를 긁었다.

"어째서라뇨? 그거야 그냥 알 수 있죠. 체구도 같고, 붉은 머리칼도 같고, 옷도 똑같고……. 꼭 짚어서 설명할 수는 없지만 아무튼 틀림없습니다. 게다가 저는 오늘 밤 배 위에서 그 친구와 얘기를 나눴거든요."

"그 친구를 만났단 말이오? 어디서? 조타실에서요? 그건 규칙 위반이 아니오? 아니, 좋소. 아무튼 죄다 얘기해주시오, 애덤스."

조타수는 헛기침을 하고 나서 근처에 있는 타구에 가래침을 뱉었다. 그런 뒤에 옆에 서 있는 선장을 힐끗 보았다. 그는 큰 키에 비쩍 마르고 햇볕에 그을린 얼굴을 한 선장에게 난처한 듯한 표정을 지어 보이며 입을 열었다.

"말씀드리죠. 저는 그 찰스 우드란 친구를 꽤 오래전부터 알고 지냈죠. 저는 이 항로에서 구 년 가까이 근무하고 있습니다……. 그렇죠, 선장님?"

선장은 무겁게 고개를 끄덕이고는 기막히게 정확한 솜씨로 타구에 침을 뱉었다.

"우드는 이곳 위호켄에 살고 있는 모양입니다. 전차 근무를 마치면 언제나 10시 45분 배를 탔으니까요."

"잠깐만……."

브루노는 의미 있는 시선으로 레인을 바라보며 고개를 끄덕였다.

"오늘 밤도 10시 45분에 배를 탔었소?"

조타수는 씁쓸한 표정을 지어 보이며 대답했다.

"그렇지 않아도 바로 거기에 대해 말하려던 참이었습니다. 네, 확실히 탔습니다. 어쨌든 몇 해 전부터 그 친구는 습관처럼 상부 승객용 갑판에 올라가 밤의 한때를 보냈다고나 할까요."

브루노가 얼굴을 찌푸리자 애덤스는 허둥지둥 말을 이었다.

"아무튼 찰스 우드가 올라와 인사를 하지 않으면 저는 아무래도 허전한 기분이 들곤 했죠. 물론 그 친구가 비번 때라든가 뉴욕에 묵는 날 밤에는 만날 수가 없었지만, 거의 언제나 모호크호를 탔었죠."

"그거 정말 재미있군요. 정말 재미있는 얘기지만 좀 빨리 말해줄 수 없겠소? 애덤스, 당신도 알다시피 지금 연재소설을 듣자고 이러는 건 아니니까 말이오."

지방 검사가 어쩔 수 없다는 듯이 재촉했다.

"예, 그러죠."

조타수는 자세를 바로 했다.

"예, 오늘 밤 우드는 10시 45분에 언제나처럼 우현의 상부 승객용 갑판으로 올라와서 제게 '아호이*항해 중 다른 배나 사람의 주의를 끌기 위해 외치는 소리—옮긴이* 샘!' 하고 말을 걸었죠. 제가 뱃놈이기 때문에 언제나 '아호이'라는 말을 제 이름 앞에 갖다 붙이며 부르는 거죠. 장난을 좋아하는 친구거든요."

브루노가 다시 찌푸린 표정을 짓자 애덤스는 금세 정색을 하며 서둘러 말을 이었다.

"아, 알겠습니다……. 그래서 저도 '아호이'라고 대꾸해주고 나서 '끔찍스러운 안개로군, 찰스. 우리 할머니의 지독한 아일랜드 사투리처럼 말이야!' 하고 말해줬죠. 그러자 그 친구는 제게 큰 소리로 떠들어댔어요. 바로 지금 당신과 저와의 간격만큼 사이를 두고 그 친구의 얼굴이 보였습니다. 조타실 바로 곁에 있었기 때문에 방 안 불빛이 그 친구의 얼굴을 비췄거든요. 그 친구는 '정말이야, 샘. 정말 지독한 밤이야.'라고 하더군요. 그래서 제가 '자네 근무 중엔 어땠나, 찰스?' 하고 물었더니 '글쎄, 그럭저럭 견딜 만했네.' 하고 그 친구가 말했어요. 그러고 나서는 '오후에 시보레하고 부딪쳤다네. 그래서 기네스가 잔뜩 화가 나서 상대 노파에게 욕을 퍼부었다네.' 하고 말했습니다."

그때 선장이 삐쭉한 팔꿈치로 조타수의 통통한 옆구리를 쿡 찔렀다. 애덤스는 깜짝 놀라며 움츠러들었다.

"헛소리 말라고, 샘. 앞으로는 키를 잡고 딴짓을 했다간 그냥 안 둘 테다!"

선장은 속이 텅 빈 듯한 저음의 목소리로 말했다.

애덤스는 선장을 돌아다보았다.

"또 옆구리를 찌르깁니까?"

브루노가 엄한 목소리로 둘 사이에 끼어들었다.

"그만들 두시오! 둘 다 그만두시오. 당신이 모호크호의 선장이오?"

"그렇습니다. 서터라고 합니다. 이 강에서만 이십일 년 동안 배를 몰았습니다."

키가 크고 비쩍 마른 사내가 굵은 목소리로 대답했다.

"이 조타수가 찰스와 얘기하는 동안 당신도 조타실에 있었소?"

"물론이죠. 그곳이 제 일터니까요. 게다가 오늘처럼 안개가 낀 밤에는 더욱 자리를 떠서는 안 되죠."

"우드가 애덤스와 얘기하고 있을 때 그 우드라는 사내를 봤소?"

"그렇습니다."

"분명히 10시 45분경이었소?"

"맞습니다."

"애덤스와 우드가 얘기를 마친 뒤에도 다시 우드를 보았소?"

"아뇨. 그 뒤에 본 것은 강에서 건졌을 때죠."

"죽은 자는 우드가 확실하오?"

"아직 드릴 말씀이 더 있는데요."

조타수인 애덤스가 호소하는 듯한 목소리로 끼어들었다.

"그 친구는 또 다른 얘기도 했습니다. 오늘 밤엔 꾸물거릴 틈이 없다고 했습니다. 저지에서 누굴 만날 약속이 있다면서 말입니다."

"틀림없겠죠? 당신도 그걸 들었소, 서터 선장?"

"이런 얼빠진 녀석도 때로는 진실을 말할 때가 있답니다. 그리고 그건 우드가 틀림없어요. 여러 번 본 적 있으니 확실합니다."

"애덤스, 우드한테서 꾸물거릴 틈이 없다는 얘기를 들었다고 했는데, 그렇다면 보통 때는 항상 꾸물거렸단 말이오?"

"늘 그렇지는 않았지만 기분이 좋을 땐, 특히 여름철엔 배로 두 번 왕복한 일도 있었죠."

"알겠소. 두 사람 모두 수고했어요. 물러들 가 있어요."

선장과 조타수는 돌아서려다가 드루리 레인의 명령조의 목소리에 멈춰 섰다. 브루노는 턱을 어루만졌다.

"잠깐이면 됩니다만, 브루노 씨. 제가 이 사람들에게 질문해도 괜찮겠습니까?"

"물론이죠, 레인 씨. 무엇이든 언제라도 좋으실 대로 하십시오."

"고맙습니다. 그럼 애덤스 씨…… 그리고 서터 선장."

두 선원은 입을 벌리고 레인의 망토며 검은 모자며 묘한 지팡이를 차례로 바라보았다.

"당신들은 우드가 얘기를 하며 서 있던 상부 갑판에서 그가 떠나는 것을 보았습니까?"

"봤고말고요. 신호에 따라 배를 움직이기 시작했을 때였습니다. 우드는 손을 흔들어 보이더니 상부 승객용 갑판의 차양 아래로 돌아갔죠."

애덤스가 곧 대답했다.

"맞습니다."

서터 선장이 큰 소리로 맞장구를 쳤다.

"밤에 불이 켜져 있을 때에는 조타실에서 상부 갑판이 정확히 얼마만큼 보이나요?"

서터 선장은 다시 타구에 침을 뱉으며 대답했다.

"그다지 잘 보이진 않죠. 승객용 갑판의 차양 위쪽은 전혀 안 보여요. 더욱이 안개라도 낀 밤에는 조타실 불빛이 반사되는 바깥쪽은 해저처럼 캄캄하니까요."

"그러니까 10시 45분에서 11시 40분까지는 상부 갑판에 사람이 있는 모습은 보지도 듣지도 못했겠군요?"

"안개 낀 밤에 배를 타고 강을 건너본 적 있습니까? 그러니까 제 얘기는 다른 배하고 부딪치지 않게 하는 것만으로도 무척 힘이 든다는 겁니다."

선장이 불만스러운 목소리로 말했다.

"그렇겠군요."

드루리 레인은 원래 있던 자리로 돌아갔다. 브루노는 눈썹을 찌푸리며 고갯짓으로 두 사람을 물러가게 했다.

지방 검사는 대합실 벤치 위에 올라서서 큰 소리로 말했다.

"상부 갑판에서 사람이 추락하는 것을 목격한 사람은 모두 이쪽으로 나와 주십시오!"

승객 여섯 명이 서로의 얼굴을 쳐다보며 망설이다가 이윽고 브루노의 엄한 시선 아래로 쭈뼛쭈뼛 모여들었다. 그 여섯 사람은 약속이라도 한 듯이 모두 한꺼번에 입을 열기 시작했다.

"한 사람씩 말씀하시오, 한 사람씩!"

브루노는 날카롭게 소리치며 벤치에서 내려섰다. 그런 다음 땅딸막한 금발의 사내에게 시선을 던졌다.

"당신부터 대답해주시오. 이름이 뭐죠?"

"아우구스트 하브마이어라고 합니다."

땅딸막한 사내는 겁먹은 목소리로 대답했다. 그는 목사처럼 둥근 모자를 쓰고 가느다란 검은색 넥타이를 매고 있었는데, 옷차림은 초라하고 지저분했다.

"인쇄공입니다……. 집으로 돌아가는 중이었죠."

"인쇄공인데 귀가하던 도중이었단 말이군요."

브루노는 발뒤꿈치로 서서 몸을 흔들었다.

"좋아요, 하브마이어 씨. 그런데 배가 선착장에 들어갈 때 상부 갑판에서 사람이 떨어지는 걸 봤단 말이죠?"

"네, 봤습니다."

"그때, 당신은 어디에 있었소?"

그는 두꺼운 입술을 핥으면서 말했다.

"선실에 앉아 있었습니다. 그러니까 선실의 창 맞은편 벤치에 앉아 있었습니다. 배가 마침 선착장의 그 커다란 막대기 사이로 막 들어가려고 할 때……."

"말뚝 말이죠?"

"그렇습니다, 말뚝 쪽으로 말입니다. 그때 크고 검은 것이……. 사람 얼굴처럼 보였지만 분명치는 않았습니다. 상부 갑판 쪽에서 맞은편 창밖으로 떨어졌어요. 그러더니 으드득하며…….”

하브마이어는 떨리는 윗입술에서 떨어지는 구슬 같은 땀방울을 닦았다.

“너무나 갑작스러운 일이어서…….”

“당신이 본 것은 그게 다인가요?”

“네, 제가 ‘사람이 떨어졌다!’ 하고 큰 소리로 외치자 다른 사람들도 보고 있었던 모양인지 모두 함께 외쳐대기 시작했죠…….”

“당신은 이제 됐소, 하브마이어 씨.”

땅딸막한 금발의 사내는 안도의 한숨을 쉬며 물러갔다.

“그럼, 다른 사람들도 지금 이 사람과 마찬가지입니까?”

브루노가 그렇게 묻자 모두가 한꺼번에 합창을 하듯이 그렇다고 했다.

“누군가 다른 것을 보았거나 떨어질 때의 얼굴을 본 사람은 없습니까?”

아무도 대답하지 않았다. 모두 의아한 표정으로 서로의 얼굴을 둘러볼 뿐이었다.

“좋습니다……. 조너스! 이 사람들의 이름과 직업과 주소를 적어두게.”

조너스 형사는 사람들 속으로 들어가 매우 신속하게 승객 여섯 명을 신문했다. 하브마이어가 첫 번째로 입을 열어 주소를 말하고는 도망치듯 뒤쪽으로 물러났다. 두 번째 사내는 지저분한 차림의 키 작은 이탈리아인이었는데, 오래 입어 반들반들한 검은 옷에 검은 제모를 쓰고 있었다. 그는 주세페 살바토레라는 구두닦이였다. 그때는 어느 손님의 구두를 닦던 중이었고 창 쪽을 향하고 있었다고 했다. 세 번째는 군데군데 흙이 묻은 키 작은 아일랜드인 노파였다. 그녀는 타임스 스퀘어에 있는 한 사무실에서 잡역부로 일하고 있으며 이름은 마서 윌슨이라고 하는데, 일을 마치고 집으로 돌아가던 중이라고 했다. 그녀는 하브마이어의 곁에 앉아 있다가 같은 광경을 목격한 것이었다. 네 번째는 큰 체구에 화려한 격자무늬의 옷을 입은 헨리 닉슨이라는 이름의 사내였다. 그는 싸구려 보석을 팔러 다니는 세일즈맨이었는데, 사건이 일어났던 당시에는 선실 안을 서성거리고 있었다고 했다. 나머지 두 명은 젊은 아가씨들이었다. 메이 코엔과 루스 토비아스라는 이름의 여사무원들로 브로드웨이에서 뉴저지 주의 집으로 돌아가던 중이었는데, 그 당시에는 하브마이어와 윌슨 부인 근처의 의자에서 막 일어선 참이었다고 했다.

승객 여섯 명 중 어느 누구도 배에 탄 뒤 차장 제복을 입은 붉은 머리 사내를 본 일이 없다는 사실을 브루노는 알게 되었다. 여섯 사람 모두는 뉴욕 쪽에서 11시 30분 배에 승선했다고 귀가 아플 정도로 주장하였다. 모두가 상부 갑판에는 가지 않았다고 했고 윌슨 부인도 그렇다고 증언했는데, 그 이유는 승선 시간이 너무 짧은 데다 날씨도 지독히 나빴기 때문이라고 했다.

브루노는 그 여섯 사람을 대합실 저편에 몰려 있는 여느 승객들 쪽으로 돌려보내며 자신도 그들을 따라가서 나머지 승객들에게도 짧게 신문을 했다. 그러나 차장의 옷차림을 한 붉은 머리의 사내를 보았다는 승객은 없었다. 또 상부 갑판으로 간 사람도 없었다. 승객들 모두가 편도 표를 샀고 11시 30분에 뉴욕에서 승선했다고 주장했다.

브루노와 레인 그리고 드위트는 다시 2층의 역장실로 돌아갔다. 부하에게 둘러싸인 섬 경감이 의자에 앉아 사나운 눈초리로 엉망이 된 찰스 우드의 시체를 노려보고 있었다. 세 사람이 들어서자 경감은 흠칫하며 일어나더니 드위트를 보고는 무슨 말인가를 하려는 듯 입을 열려고 했다. 그러다가 이내 생각을 고쳤는지 다시 입을 다물어버리고는 가로놓인 시체 앞에서 뒷짐을 진 채 왔다 갔다 서성거리기 시작했다.

경감이 낮은 소리로 말했다.

"브루노 검사, 조용히 얘기했으면 하는 게 있어요."

지방 검사의 코끝이 벌름거렸다. 그가 경감 쪽으로 다가갔고 이어서 두 사람은 수군수군 얘기를 주고받았다. 경감과 얘기를 나누면서 브루노는 이따금 드위트의 얼굴을 탐색하듯이 힐끔거렸다. 결국 브루노는 단호히 고개를 끄덕이고는 성큼성큼 경감에게서 떨어져 나가 책상에 몸을 기대었다.

경감은 발소리를 쿵쾅거리며 걸어가서 잔뜩 찌푸린 얼굴로 드위트에게 질문을 던졌다.

"드위트 씨, 당신은 오늘 밤 몇 시에 모호크호를 탔습니까? 어떤 배를 탔지요?"

드위트는 정색을 하며 경감을 바라보았다. 그는 몹시 화가 난 표정으로 말했다.

"섬 경감, 그 질문에 대답하기 전에 대체 당신이 무슨 권리로 내 행동에 대해 캐묻는 건지 알고 싶군요."

"제발 시간 낭비를 하지 않게 해주셨으면 좋겠군요, 드위트 씨."

지방 검사가 조금 딱딱한 어조로 말했다.

드위트는 눈을 깜박였다. 이어서 그 두 눈이 드루리 레인의 얼굴을 바라보며 무언의 호소를 하는 듯했다. 그러나 명배우의 얼굴에는 격려의 빛도 비난의 빛도 떠오르지 않았다. 드위트는 어깨를 움츠리고는 다시 경감을 바라보며 말했다.

"좋습니다. 11시 30분 배를 탔습니다."

"11시 30분이라고요? 그렇게 늦은 시간에 귀가하게 된 것은 무슨 까닭입니까?"

"시내에 있는 증권거래소 클럽에서 저녁 시간을 좀 보냈소. 아까 만났을 때 말씀드렸을 텐데요."

"참, 그랬었죠."

경감은 담배를 입속 깊이 밀어 넣어 물고는 말을 이었다.

"강을 건너는 십 분 사이에 모호크호의 상부 승객용 갑판에 간 일이 있나요?"

드위트는 입술을 깨물었다.

"이번에도 나를 용의자로 모는 겁니까, 경감님? 가지 않았어요."

"배 안에서 찰스 우드 차장을 만나지는 않았습니까?"

"천만에요."

"만일 만났다면 그를 알아보았을 테죠?"

"그야 물론이지요. 전차 안에서 여러 번 본 적이 있으니까요. 더욱이 롱스트리트 사건 때문으로도 더욱 인상에 남았으니까요. 하지만 오늘 밤에는 절대로 보지 못했습니다."

경감은 종이 성냥을 꺼내 몹시 조심스레 담배에 불을 붙였다.

"전차 속에서 우드를 만나면 언제나 말을 걸곤 했습니까?"

"허 참, 경감님이라면 어떻게 하셨겠소?"

드위트는 즐기는 투로 되물었다.

"말을 걸었나요, 걸지 않았나요?"

"안 걸었습니다."

"그렇다면 그를 보면 알아보긴 하지만 얘기를 나눈 일도 없고 더욱이 오늘 밤은 보지도 못했다는 거군요……. 좋습니다, 드위트 씨. 그런데 아까 배에서 저와 만났을 때 당신은 내리려는 중이었어요. 당신은 뭔가 사건이 일어났다는 걸 분명히 알고 계셨을 겁니다. 그때 무슨 일이 일어났는지 알아보고 싶은 생각은 들지 않으셨나요?"

드위트의 입술에서 미소가 사라졌다. 얼굴은 긴장되었고 몹시 지친 듯이 보였다.

"그러고 싶은 생각은 들지 않았어요. 지쳐 있었기 때문에 서둘러 집으로 돌아가 쉬고만 싶었죠."

"지쳐 있었기 때문에 서둘러 집으로 돌아가 쉬고만 싶었다고요?"

경감은 과장된 몸짓을 섞어가며 말을 이었다.

"아주 그럴듯한 이유로군요……. 드위트 씨, 담배는 피우십니까?"

드위트는 눈을 크게 떴다.

"담배라고요?"

그는 화가 난 듯이 되묻고는 지방 검사 쪽으로 고개를 돌렸다.

"브루노 검사님!"

그는 큰 소리로 외치고 말을 이었다.

"정말 어처구니가 없군요. 이런 쓸데없는 질문에도 대답을 해야만 하는 겁니까?"

"어서 그 질문에 대답하도록 하시오."

브루노는 냉정한 목소리로 말했다.

드위트는 드루리 레인을 힐끗 보고서는 맥 빠진 눈길을 되돌렸다.

"그래요……. 피웁니다."

드위트는 천천히 대답했다. 피로한 기색이 완연해 눈꺼풀 밑이 가볍게 떨렸다.

"궐련인가요?"

"아뇨, 시가를 피웁니다."

"지금도 가지고 있습니까?"

드위트는 대답 대신 묵묵히 웃옷의 가슴 주머니 안에서 금빛 글씨가 선명히 새겨진 값진 가죽 담뱃갑을 꺼내 경감에게 건네주었다. 경감은 가죽 담뱃갑의 뚜껑을 열고서 속에 든 시가 세 개비 중에서 한 개비를 꺼내 자세히 조사했다. 시가에는 'J. O. DeW.'라는 글씨가 찍혀진 금빛 띠가 둘러져 있었다.

"개인용이로군요, 드위트 씨?"

"그렇소. 아바나의 휀거스 사에다 개인용으로 특별히 주문하고 있죠."

"띠도 말입니까?"

"그렇소."

"휀거스 사에서 띠도 둘러준단 말입니까?"

경감은 끈덕지게 물었다.

"정말 쓸데없는 질문을 하시는군요."

드위트는 짜증을 내며 말을 이었다.

"그런 무의미한 질문을 해서 어쩌자는 겁니까? 당신 머릿속은 몹시 음산하고 어리석은 생각들로 꽉 차 있는 것 같군요. 그래요, 휀거스 사가 띠를 두르고 그걸 또 박스에 넣어서는 배편으로 보내주고 있소. 대체 그게 어떻다는 거요?"

경감은 대꾸도 하지 않은 채 시가를 담뱃갑에 넣어서는 그대로 자신의 주머니 깊숙이 넣어버렸다. 담뱃갑을 이런 식으로 어이없이 빼앗겨버린 드위트는 안색이 흐려졌으나 그 작은 몸을 도전적으로 뒤로 젖히기만 할 뿐 아무 말도 하지 않았다.

경감이 상냥하게 말했다.

"한 가지 더 묻겠어요, 드위트 씨. 이 시가를 우드 차장에게 준 일이 있나요? 전차 속이든 혹은 그 밖의 어디서든 말입니다."

"아, 그 때문이군요. 이제야 알겠어요."

드위트는 신중한 목소리로 말했다.

모두 굳게 입을 다문 채 침묵을 지켰다. 섬 경감이 물고 있던 담배도 이젠 꺼졌다. 그는 사나운 눈초리로 주식 중개인을 지켜보고 있었다.

"그러니까, 결국……."

드위트는 감정을 억제하며 말을 이었다.

"지금 나를 수세에 몰고 있는 거군요? 그렇잖습니까, 경감님? 꽤 기막힌 수법을 쓰시는군요. 하지만 우드 차장에게 이 시가를 준 일은 없어요. 전차 속에서든 그 밖의 어디에서든 말입니다."

"좋습니다, 드위트 씨. 아주 깔끔한 답변입니다."

경감은 껄껄 웃고 나서 말을 이었다.

"그런데 말씀입니다, 나는 이 시체의 조끼 주머니에서 당신의 이니셜이 찍혀 있는 특제 시가를 찾아냈는걸요!"

드위트는 마치 이 일을 예상이라도 했던 것처럼 씁쓸한 얼굴로 가볍게 끄덕였다. 그는 뭔가를 말하려다 그만두더니 다시 입을 열고는 침울한 어조로 말했다.

"그렇다면 내가 이 사내의 살해범으로 체포된다는 말씀인가요?"

거기까지 말하고 그는 허탈하게 웃었다.

"지금 내가 꿈을 꾸고 있는 건 아니겠죠? 죽은 이 사내가 내 시가를 가지고 있었다니!"

드위트는 근처에 있는 의자에 무너지듯 주저앉았다.

"어느 누구도 당신을 체포한다고는 하지 않았어요, 드위트 씨……."

브루노가 냉정한 어조로 말했다.

이때 사람들 한 무리가 경찰서장 제복을 입은 사내에게 이끌려 입구에 나타났다. 브루노는 말을 멈추고 서장에게 눈인사를 했다. 이내 서장은 고개를 끄덕이고는 사라졌다.

"들어오십시오."

경감은 자못 상냥한 목소리로 말했다.

새로 온 사람들은 겁먹은 표정으로 슬금슬금 들어왔다. 그중 한 사람은 롱스트리트가 살해되었을 때 전차를 운전했던 아일랜드인인 패트릭 기네스 운전사였다. 두 번째로 들어온 사람는 초라한 옷차림에 챙이 달린 모자를 쓴 여윈 노인으로 피터 힉스라는 이름의 뉴욕 쪽 선착장 직원이었다. 세 번째 사람은 햇볕에 그을린 차량 검사원이었데, 그가 근무하는 역은 42번 스트리트 선과 맞붙은 선착장 터미널 밖에 있는 전차의 종착역이었다.

그들 뒤로는 형사 몇 명이 서 있었는데 피바디 경위도 그 속에 섞여 있었다. 더피 경사의 넓은 어깨도 피바디의 뒤쪽으로 슬쩍 엿보였다. 모두의 시선이 본능적으로 범포에 누워 있는 시체로 집중되었다.

기네스는 우드의 시체를 한번 힐끗 보고선 마른 침을 꿀꺽 삼키며 고개를 돌려버렸다. 속이 메스꺼운 듯했다.

"기네스 씨, 이 시체가 누구인지 공식적으로 확인해주시오."

브루노의 요청에 기네스는 더듬거렸다.

"저어, 저 머리는…… 분명히 찰스 우드예요."

"틀림없소?"

기네스는 떨리는 손으로 시체의 왼쪽 다리를 가리켰다. 바지는 배와 말뚝 사이에 끼여 찢겨 있었다. 왼쪽 다리는 구두와 양말만 신은 채 그대로 드러나 있었는데, 긴 상처 자국의 일부가 장딴지에 나 있었다. 나머지는 검은 양말에 가려져 보이지 않았다. 기묘하게 일그러지고 뒤틀린 모양의 상처는 갓 생긴 듯이 생생해 보였다.

기네스는 쉰 목소리로 말했다.

"저 상처는…… 저도 몇 번이나 본 일이 있습니다. 찰스는 회사에 갓 들어왔을 때부터 저 상처를 제게 보여줬죠. 같은 노선에서 함께 일하기 전부터 말입니다. 아주 옛날에 사고로 다친 상처라고 하더군요."

경감은 양말을 벗기고 끔찍한 상처 자국을 전부 드러냈다. 그 상처 자국은 발목 바로 위에서부터 무릎 바로 아래에까지 나 있었는데, 장딴지 중간쯤에서 휘어져 있었다.

경감이 물었다.

"이 상처 자국이 당신이 본 것과 분명히 똑같소?"

"그 상처가 분명합니다."

기네스는 힘없이 대답했다.

경감은 일어서며 무릎을 털었다.

"좋아요, 기네스 씨. 그럼 이번에는 힉스 씨에게 묻겠소. 오늘 밤 우드의 행동에 대해 뭔가 할 얘기가 있나요?"

말랐지만 굳세 보이는 늙은 선착장 직원이 고개를 끄덕였다.

"물론이죠. 찰스에 대해서라면 잘 알고 있죠. 거의 매일 밤 배를 타는 데다 대개는 저와 얘기를 나누다 가곤 했으니까요. 오늘 밤도 10시 30분 정도에 선착장 터미널에 들어와서 저와 잠시 얘기를 나누었죠. 그러고 보니, 그 친구는 그때 좀 초조해하고 있었던 것 같아요. 그저 잠깐 동안 얘기를 나누었을 뿐이지만요."

"그때가 10시 30분이었던 게 틀림없나요?"

"틀림없습니다. 시간에 대해서라면 두말하면 잔소리죠. 선착장 직원인 우리는 언제나 시간표대로 움직이니까요."

"무슨 얘기를 했나요?"

"글쎄…… 무슨 얘기를 했더라?"

힉스는 가죽 같은 입술로 쩝쩝 입맛을 다셨다.

"아, 그래요! 이제 생각이 납니다. 그 친구가 가방을 들고 있기에 어젯밤엔 뉴욕에서 묵었느냐고 물었습니다. 그 친구는 이따금 뉴욕에서 묵곤 했고 그럴 때면 좋은 옷을 가방에 넣고 다녔거든요. 하지만 그 친구는 그게 아니라고 했습니다. 전에 쓰던 가방의 손잡이가 망가져서 오늘 시간이 비었을 때 중고 가방을 샀다고 하더군요. 그러고 나서는……."

"어떤 가방이었죠?"

경감이 물었다.

힉스는 입을 오므렸다.

"어떤 가방이라뇨? 어디서든 살 수 있는 흔해 빠진 검은 싸구려 손가방이었죠. 모양은 네모난 거고요."

경감은 피바디 경위에게 몸짓으로 신호했다.

"아래층 대합실 손님 중에 힉스 씨가 말한 것 같은 가방을 휴대한 사람이 있는지 알아보게. 그리고 그런 가방이 모호크호에 있는지도 조사해보게. 상부 갑판과 조타실은 물론이고 그 밖에 곳도 남김없이 조사해보게. 그리고 또 경찰 보트에 있는 친구들더러 물속을 뒤져보라고 하게. 배 밖으로 던져버렸거나 혹은 떨어졌는지도 모르니까 말이야."

피바디는 재빨리 밖으로 나갔다. 경감은 다시 힉스에게로 고개를 돌렸다. 그러나 경감이 입을 열기 전에 드루리 레인이 먼저 부드럽게 말을 꺼냈다.

"죄송합니다, 경감님……. 힉스 씨, 우드가 당신과 이야기하는 동안 시가를 피운 적 있나요?"

힉스는 느닷없는 질문에 약간 놀란 듯했으나 이내 대답했다.

"물론입니다. 실은 오늘 밤만 해도 제가 한 개비 달라고 부탁했었죠. '크레모'를 피우고 있는 걸 보고선 견딜 수가 없어서 말입니다. 그랬더니 그 친구는 주머니를 뒤져……."

"조끼 주머니였을 테죠?"

레인이 그렇게 물었다.

"예, 처음엔 조끼 주머니를 뒤졌죠. 하지만 거기에 없자 곧바로 다른 주머니도 뒤졌습니다. 그러더니 이렇게 말하더군요. '이런, 하나도 남은 게 없군요, 피트. 이게 마지막이었던 모양이네요.'라고 말입니다."

"꽤 괜찮은 질문이군요, 레인 씨."

경감은 마지못한 듯이 말하고는 힉스 쪽을 향했다.

"분명히 그 시가는 '크레모'였단 말이죠? 게다가 다른 종류의 시가는 전혀 갖고 있지 않았고요?"

"방금 이분께 말씀드린 대로라니까요."

힉스는 불만스러운 듯이 말했다.

드위트는 고개를 들지 않았다. 그는 마치 돌이라도 된 것처럼 꼼짝 않고 의자에 앉아 있었다. 그 눈을 보면 그가 이제까지의 대화를 듣고 있었는지조차도 의심스러울 정도였다. 그의 눈은 금방이라도 튀어나올 듯이 핏발이 서 있었다.

섬 경감이 말을 이었다.

"기네스 씨, 우드는 오늘 밤 일을 마쳤을 때 그 가방을 가지고 있었소?"

"예, 갖고 있었어요. 힉스 씨가 말한 대로입니다. 우드는 밤 10시 30분에 일을 마쳤습니다. 그리고 그는 낮부터 내내 그 가방을 전차 안에 놔뒀어요."

기네스는 기운 없는 목소리로 대답했다.

"우드가 어디에 살고 있는지 알고 있소?"

"이곳 위호켄의 2075번지에 있는 하숙집입니다."

"친척은 있나요?"

"없는 것 같았어요. 혼자 사는 데다가 친척이 있다는 얘기도 들어본 일이 없어요."

"참! 그때 이런 일이 있었습니다."

선착장 직원인 힉스가 불쑥 끼어들었다.

"저하고 얘기하던 중에 갑자기 찰스가 차에서 내린 키 작은 노인을 손가락으로 가리키더군요. 그래서 보니까, 옷을 꽤 껴입은 그 노인은 매표소로 들어가 배표를 사더군요. 그런 뒤 표를 박스에 던지고는 대합실로 들어가 다른 사람들 눈에 띄지 않으려는 듯이 한쪽 구석 자리에 앉아 배를 기다리더군요. 그때 찰스가 몰래 귓속말로 제게 가르쳐주기를 저 노인은 주식 중개인인 존 드위트란 자인데, 자신이 일하는 전차 안에서 일어난 살인 사건과 관련이 있다고 했습니다."

"뭐라고요! 그리고 그때가 10시 30분경이었단 말이죠?"

경감이 흥분한 듯 말하며 드위트를 노려보았다. 드위트는 흠칫 놀라는 듯했으나 앉은 채로 상체를 앞으로 내밀고선 의자의 팔걸이를 양손으로 잡았다.

"힉스 씨, 얘기를 계속하세요."

"뭐 그러죠. 그러니까……."

힉스는 화가 날 정도로 천천히 말했다.

"찰스는 그 노인을 보더니 초조해하는 것 같았습니다."

"그때 드위트 씨도 찰스 우드를 보았나요?"

"아마 보지 못했을 겁니다. 그 노인은 줄곧 구석에 혼자 처박혀 있었으니까요."

"그 밖에 다른 일은 없었나요?"

"10시 40분에 배가 들어왔기 때문에 난 일을 해야만 했죠. 그때 드위트 노인이 입구로 들어가는 걸 봤습니다. 찰스도 작별 인사를 하고 그리로 들어갔고요."

"틀림없이 10시 45분발 배였단 말이죠?"

"나 원 참! 도대체 몇 번을 말해야 합니까!"

힉스는 짜증이 난 모양이었다.

"힉스 씨, 잠깐 비켜보시죠."

경감은 선착장 직원을 밀어젖히고 초조한 듯이 외투 자락을 만지작거리고 있는 드위트를 노려보았다.

"드위트 씨! 이쪽을 봐주시오."

드위트는 천천히 고개를 들었다. 그의 두 눈에는 경감도 깜짝 놀랄 정도로 곤혹스러운 빛이 서려 있었다.

"힉스 씨, 찰스 우드가 손가락으로 가리킨 것은 저 사람일 테죠?"

"맞아요. 저 사람이에요. 틀림없습니다."

"좋아요. 힉스 씨, 기네스 씨 그리고 당신…… 차량 검사원이라고 했죠? 이제 당신들은 됐어요. 아래층에 가서 기다리도록 하시오."

세 사내는 미련이 남기라도 하는 듯이 방 안을 힐끔거리며 미적미적 밖으로 나갔다. 드루리 레인은 갑자기 자리에 앉더니 지팡이에 몸을 기대고 우울한 눈매를 한 드위트의 말끔한 옷차림을 바라보았다. 레인의 맑은 두 눈 깊숙한 곳에 희미한 당혹감, 즉 판단하기 난처한 의문 같은 것이 깃들어 있었다.

"자 그럼, 존 드위트 씨."

경감은 으르렁거리는 투로 말하며 드위트 앞에 버티고 섰다.

"당신이 10시 45분 배를 타는 것을 본 사람이 있는데도 당신은 아까 11시 30분 배를 탔다고 했어요. 그 이유를 설명해주실까요?"

그때 브루노가 가볍게 몸을 틀며 진지한 얼굴로 끼어들었다.

"드위트 씨, 지금부터 당신이 하시는 말씀이 불리하게 작용될 수도 있음을 미리 알려드리는 바입니다. 당신의 진술은 빠짐없이 기록될 것입니다. 답변하기 싫으시면 그렇게 하셔도 좋습니다."

드위트는 마른침을 삼키고, 가는 손가락을 목깃 안에 집어넣더니 애써 미소를 떠올리려 했다. 드위트는 자리에서 일어나며 대답했다.

"이거 난처하게 돼버렸군요. 그렇습니다, 여러분. 실은 제가 거짓말을 했습니다. 10시 45분 배를 탔던 게 사실입니다."

"받아 적어겠지, 조너스?"

경감이 외치듯이 묻고서 다시 드위트 쪽으로 고개를 돌렸다.

"어째서 거짓말을 했죠?"

"그건…… 대답할 수 없습니다. 10시 45분 배에서 어떤 사람과 만나기로 약속이 돼 있었어요. 하지만 그 일은 완전히 개인적인 것입니다. 이 사건과는 아무런 관련이 없어요."

"그럼, 10시 45분 배에서 누군가와 만날 약속이 있었다면서 어째서 11시 40분까지 서성댔던 거요?"

"섬 경감님. 제발 그런 말투는 삼가주십시오. 만약 계속 그런 투로 말씀하신다면 저는 더는 아무 말도 하지 않겠습니다."

경감은 화를 내려다가 브루노가 재빨리 눈짓을 보내자 숨을 깊이 들이켰다. 그런 뒤에는 말투를 보다 부드럽게 바꿨다.

"알겠습니다. 자 그럼, 그 이유를 말씀해주실까요?"

"그렇다면 좋습니다. 그 이유는 만나기로 했던 사람이 약속 시간에 나타나지 않았기 때문에 두 번이나 배를 타며 기다렸던 겁니다. 하지만 그래도 나타나지 않아서 11시 45분에는 단념하고 집으로 돌아가기로 한 겁니다."

경감은 키득키득 웃었다.

"우리가 그걸 믿을 거라고 생각하십니까? 당신이 만나기로 했던 사람이 누구란 말입니까?"

"죄송하지만, 그건 말씀드릴 수 없어요."

브루노가 드위트에게 비난하는 투로 말하기 시작했다.

"알고 있습니까, 드위트 씨? 당신은 지금 자신을 곤경 속으로 몰아넣고 있습니다. 당신의 얘기는 매우 근거가 희박하다는 걸 알아야 합니다. 특별한 증거가 없는 한 지금의 당신 얘기는 받아들일 수 없습니다."

드위트는 팔짱을 끼고서 묵묵히 벽을 노려보았다.

경감이 재촉했다.

"그러니까 어떻게 해서 약속이 이루어졌는지를 말씀해주십시오. 편지로 한 약속이라면 그게 증거가 될 테고 구두로 한 약속이라면 증인이 있을 게 아닙니까?"

"약속은 오늘 아침 전화로 했습니다."

"그러니까 수요일 아침이란 말씀이죠?"

"그렇습니다."

"저쪽에서 전화가 걸려온 건가요?"

"그렇습니다. 월가의 제 사무실에서 전화를 받았죠. 하지만 우리 회사의 교환원은 외부에서 걸려오는 전화는 따로 메모해두질 않습니다."

"어쨌든 당신은 전화를 건 상대가 누군인지는 알고 있을 테죠?"

드위트가 대답을 하지 않자 경감이 질문을 이었다.

"그리고 배에서 빠져나가려고 했던 유일한 이유는 기다리다가 지쳐서 웨스트 잉글우드로 돌아가고 싶었기 때문이라는 건가요?"

"아마도 그걸 믿어주지는 않을 테죠……."

드위트가 중얼거리듯 말했다. 그러자 경감이 화가 난 듯 언성을 높였다.

"그걸 말이라고 하시오!"

이어서 섬 경감은 브루노 지방 검사의 한쪽 팔을 낚아채듯 잡아 이끌며 방 한쪽 구석으로 데리고 갔다. 두 사람은 낮고도 격한 어조로 얘기를 나누었다.

드루리 레인은 한숨을 내쉬고는 두 눈을 감았다.

그때 피바디 경위가 승객 여섯 명을 데리고 대합실에서 돌아왔다. 형사들이 그 뒤를 따라 검은 싸구려 손가방을 다섯 개나 들고는 역장실로 들어왔다.

"어떻게 됐나?"

경감은 피바디에게 빠른 어조로 물었다.

피바디는 싱긋 웃으며 대답했다.

"문제의 가방과 비슷한 걸 몇 개 가져왔습니다. 그리고 이 사람들은 가방을 빼앗겨서 화가 난 가방 주인들이죠."

"모호크호 쪽에선 찾지 못했나?"

"거기엔 가방 비슷한 것도 없었습니다. 경찰 보트 친구들도 아직까지는 찾아내지 못하고 있습니다."

경감은 문 쪽으로 가서 외쳤다.

"힉스 씨! 기네스 씨! 이리로 와주시오!"

선착장 직원과 전차 운전사는 계단을 뛰어 올라와 급히 방으로 들어섰는데 깜짝 놀란 듯한 모습들이었다.

"힉스 씨! 이 가방들을 살펴봐주시죠. 이 중에 우드의 가방이 있는지 말이오."

힉스는 마루 위의 가방들을 자세히 살펴보았다.

"글쎄요, 모두 그게 그거 같아서 뭐라고 말씀드릴 수가 없군요."

"기네스 씨는 어떻소?"

"저도 마찬가지입니다. 전부 비슷비슷하게 생겨서……."

"좋아요. 물러가 있으시오."

두 사람은 밖으로 나갔다. 경감은 털썩 자리에 앉아 그 가방들 중의 하나를 열어보았다. 잡역부 노파 마서 윌슨 부인이 낮게 뭐라고 투덜거리더니 코를 실룩거리기 시작했다. 경감은 더러운 작업복 뭉치와 도시락, 문고본인 소설책을 꺼냈다. 실망한 경감은 다음 가방을 집었다. 세일즈맨인 헨리 닉슨이 화를 내며 항의를 했다. 경감은 엄한 표정을 지어 보이며 그 항의를 묵살하고 가방을 열어 젖혔다. 그 속에는 싸구려 보석들과 하찮은 장신구, 자신의 이름이 인쇄된 주문장 따위가 가득 들어 있었다. 경감은 그 가방을 옆으로 팽개치고 다음 가방을 뒤졌다. 그 속에선 더러운 바지 한 벌과 공구류 몇 개가 나왔다. 경감은 고개를 들어 불안한 듯이 자신을 지켜보는 모호크호의 조타수 샘 애덤스를 바라보았다.

"당신 거요?"

"그렇습니다."

경감은 나머지 가방 두 개도 마저 조사했다. 하나는 거구의 흑인 부두 노동자인 엘리아스 존스의 것으로 옷가지와 도시락이 들어 있었다. 다음 가방에는 아기 기저귀 세 개와 반쯤 들어 있는 우유병, 싸구려 책, 안전핀 한 통 그리고 작은 담요가 들어 있었다. 토머스 코코란이라는 젊은 부부의 가방이었다. 남편은 잠이 든 갓난아기를 안고 있었다. 경감이 씩씩거리자 잠이 깬 아기가 눈을 동그랗게 뜨고 쳐다보다가 아빠의 품에서 몸을 꿈틀거리더니 이내 작은 머리를 아빠의 어깨에 파묻고 울어대기 시작했다. 아기의 요란한 울음소리가 역장실에 울려 퍼졌다. 형사 한 명이 킥킥거리며 웃었다. 경감은 씁쓰레한 미소를 지으며 승객 여섯 명에게 각기 가방을 돌려주고는 물러가게 했다. 드루리 레인은 누군가가 시체 위에 빈 자루 몇 장을 급히 덮는 것을 재미있다는 듯이 바라보고 있었다.

경감은 부하 한 명을 아래층으로 보내 전차 운전사 기네스와 차량 검사원과 선착장 직원인 피터 힉스를 돌려보내게 했다. 순경이 한 명 들어와서 피바디 경위에게 무엇인가 보고를 했다. 피바디는 한숨을 내쉬며 말했다.

"경감님, 강에서도 무엇 하나 찾아내지 못했습니다."

"쉽게 찾기는 글렀나 보군!"

더피 경사가 숨을 헐떡이며 발소리도 요란하게 계단을 올라왔다. 불그레한 손에는 무엇인가 휘갈겨 쓴 듯한 쪽지를 쥐고 있었다.

"아래층에 있는 사람들 전원의 이름과 주소입니다, 경감님."

브루노도 급히 다가가 경감의 어깨 너머로 승객의 명단을 들여다보았다.

두 사람은 함께 그 명단에서 무엇인가를 찾고 있는 듯했다. 이윽고 두 사람은 고개를 끄덕이며 은근한 눈짓을 주고받았고, 지방 검사의 입가에는 긴장이 감돌았다.

검사가 차갑게 입을 열었다.

"드위트 씨, 롱스트리트가 살해당했을 때 전차에 타고 있던 승객들 중에서 오늘 밤 배에 탔던 사람은 당신뿐이라는 것은 아무래도 흥미로운 사실이로군요!"

드위트는 눈을 껌뻑거리며 멍청한 표정으로 브루노를 올려다보았다. 하지만 이윽고 몸을 가볍게 떨고는 고개를 떨구었다.

드루리 레인이 차분한 목소리로 입을 열었다.

"브루노 씨, 당신이 말씀하시는 것은…… 아마도 사실일 겁니다. 하지만 입증은 불가능할 듯싶군요."

"네에? 어째서죠?"

경감이 고함치듯 말했다. 브루노는 미간을 찌푸렸다.

레인은 낮은 소리로 말을 이었다.

"경감님. 그 소동이 일어난 뒤 당신과 제가 모호크호에 다가갔을 때 우리는 승객 몇 명이 배에서 내리는 것을 보지 않았습니까? 그렇다면 그 사람들도 계산에 넣어야 하지 않을까요?"

"그 사람들을 찾으면 될 게 아닙니까?"

경감은 못마땅한 듯이 윗입술을 삐죽 내밀었다.

"그 사람들을 찾아내면 될 게 아니냐, 그 말입니다!"

경감은 자신 있는 투로 되풀이했다.

드루리 레인은 미소를 떠올렸다.

"그런 일을 합법적으로 밝힐 자신이 있으십니까? 과연 한 명도 빠짐없이 찾아냈다는 걸 밝힐 수가 있을까요?"

브루노는 경감에게 무엇인가를 속삭였다. 드위트가 또다시 감사의 뜻이 담긴 눈길로 드루리 레인을 바라보았다. 경감이 육중한 몸을 크게 흔들면서 더피 경사에게 무언가 명령을 내리자 경사는 곧바로 밖으로 나갔다.

경감은 손짓으로 드위트를 불렀다.

"함께 아래층으로 내려갑시다."

주식 중개인은 묵묵히 자리에서 일어나 경감보다 먼저 방 밖으로 나갔다.

삼 분쯤 뒤에 두 사람은 다시 역장실로 돌아왔다. 드위트는 입을 굳게 다물고 있었고 경감은 불만스러운 표정이었다.

경감이 브루노에게 속삭였다.

"틀렸소. 드위트의 꼬투리를 잡을 수 있을 정도로 그의 행동을 제대로 기억하고 있는 승객이 한 명도 없었소. 드위트가 구석에 혼자 있는 것을 본 듯하다는 자가 한 명 있긴 했지만, 드위트 자신은 그 엉터리 같은 약속을 핑계로 사람들 눈에 띄지 않으려고 그렇게 있었다고 주장하고 있소. 빌어먹을!"

"하지만 그게 오히려 우리에게 유리하오, 섬. 그 때문에 그에겐 우드의 시체가 상부 갑판에서 던져졌을 때의 알리바이가 없는 셈이니까요."

브루노가 대꾸했다.

"거기에다 드위트가 상부 갑판에서 내려오는 걸 보았다는 증인이 나오기만 하면 그만인데……. 그런데, 지금 당장은 드위트를 어떻게 처리하는 게 좋겠소?"

브루노는 고개를 저었다.

"오늘 밤은 그냥 돌려보냅시다. 행동을 취하기 전에 우린 좀 더 확실한 증거를 잡아야 해요. 두 명쯤 따라붙게 해서 감시하는 게 좋겠소. 설마 도망치지야 않겠지만요."

"그렇게 합시다."

경감은 드위트 쪽으로 성큼성큼 걸어가서 그를 지그시 바라보며 말했다.

"오늘 밤은 그만 돌아가도 좋습니다, 드위트 씨. 하지만 검사하고는 언제든 연락이 닿을 수 있어야 합니다."

드위트는 말없이 자리에서 일어나 기계적인 동작으로 외투의 먼지를 털고는 희끗한 머리에 모자를 썼다. 그런 뒤에 주위를 둘러보며 한숨을 내쉬고는 무거운 발걸음을 이끌고 역장실을 나갔다. 경감이 즉시 집게손가락을 세워 신호를 하자 형사 두 명이 급히 드위트의 뒤를 따라붙기 시작했다.

브루노 지방 검사는 외투를 걸쳤다. 방 안은 담배를 피우는 사내들의 얘기 소리로 떠들썩했다. 섬 경감은 시체를 내려다보고 서 있다가 허리를 굽히고서 으깨진 두개골을 덮은 빈 자루를 걷어버렸다.

"이 바보 같은 친구! 그 얼빠진 편지에다 롱스트리트를 죽인 자가 누구라고 써놓기라도 했어야 할 게 아닌가!"

경감이 혼잣말로 중얼거렸다.

브루노는 방을 가로질러 섬 경감에게 다가가 그의 다부진 팔을 건드렸다.

"섬, 그러다 머리가 이상해지겠소. 상부 갑판 쪽은 사진을 찍었소?"

"부하들이 지금 찍고 있는 중이오……."

그때 더피 경사가 숨을 헐떡이며 들어왔다.

"뭔가, 더피?"

더피는 묵직한 머리를 가로저으며 말했다.

"사건 직후에 빠져나간 승객에 대해선 전혀 알 수 없습니다. 몇 명쯤인지조차도 말입니다."

한참 동안 아무도 입을 열지 않았다.

"아아, 이런 빌어먹을 사건은 냅다 걷어차 버렸으면 좋겠어!"

경감이 멋쩍은 침묵 속에서 외쳤다. 그는 자신의 꼬리를 물려고 안달이 난 개처럼 몸을 빙 돌렸다.

"나는 부하들 몇을 데리고 우드의 하숙집으로 가봐야겠소. 브루노, 당신은 이제 집으로 돌아갈 거죠?"

"그럴 생각이오. 실링 검시관이 이번 검시도 잘해줬으면 좋겠군요. 나는 레인 씨와 함께 돌아가겠소."

검사는 돌아서서 모자를 찾아 쓴 뒤 레인을 찾느라고 두리번거렸다. 브루노는 어리둥절한 표정을 지었다.

드루리 레인은 이미 사라진 뒤였다.

## 제4장

*섬 경감의 사무실*

*9월 10일 오전 10시 15분*

경찰 본부의 섬 경감 사무실에는 커다란 몸집의 사내가 혼자 의자에 앉아 있었다. 그는 잡지를 뒤적이기도 하고 손톱을 깎기도 하고 시가의 끝을 질끈 깨물기도 하고 창밖의 흐릿한 하늘을 내다보기도 하는 등 안절부절못했다. 문이 열리자 사내는 놀란 듯이 자리에서 벌떡 일어났다. 섬 경감의 엄한 얼굴은 창밖의 날씨처럼 음울했다.

경감은 성큼성큼 사무실 안으로 들어오더니 모자와 외투를 옷걸이에 팽개치듯이 내던지고는 책상 뒤의 회전의자에 털썩 주저앉아 뭐라고 혼잣말을 중얼거렸다. 그는 자기 앞으로 조심스레 걸어 나오는 덩치 큰 사내를 완전히 무시하고 있는 듯했다.

경감은 우편 봉투를 뜯고 인터폰으로 몇 가지 명령을 내린 다음 남자 비서에게 편지 두 통을 받아 적게 했다. 그런 뒤에야 경감은 눈앞에서 머뭇거리고 있는 살팍진 사내에게 무뚝뚝하게 눈길을 보냈다.

"왜 그래, 모셔? 뭔가 할 말이라도 있나? 날이 저물기 전에 또 한 바퀴 더 돌아야 하잖아?"

모셔는 더듬거렸다.

"제가…… 모두 말씀드리지요……. 그러니까…… 저……."

"빨리 말하게, 모셔. 일에 관해 얘기하려는 거겠지."

덩치 큰 사내는 침을 삼켰다.

"명령대로 어제 하루 드위트의 뒤를 밟았죠. 밤중까지 내내 시내에 있는 증권거래소 클럽에서 시간을 보내더군요. 그러다가 10시 10분에 그곳에서 나와 택시를 잡더니 운전사더러 선착장으로 가자고 이르더군요. 그래서 저도 다른 택시를 잡아타고 곧바로 미행을 했습니다. 그런데 8번 애버뉴에서 42번 스트리트로 커브를 돌 때 그만 제가 탄 차가 다른 차와 부딪쳐 한바탕 큰 소동이 벌어지고 말았습니다. 저는 뛰쳐나가 다른 차로 갈아타고 42번 스트리트를 마구 달렸지만 드위트가 탄 차는 보이지 않더군요. 선착장에 간 것이 뻔하다고 생각되어 그대로 42번 스트리트를 달려서 선착장으로 갔는데 하필이면 그때 마침 배가 막 떠난 참이었습니다. 그래서 다음 배가 올 때까지 이 분쯤을 기다려야만 했죠. 아무튼 그렇게 해서 가까스로 위호켄에 닿아 서쪽 기슭의 대합실로 달려가 보았지만 드위트의 모습은 보이지 않더군요. 시간표를 보니 웨스트 잉글우드행 기차가 막 떠난 뒤였습니다. 그 뒤로는 한동안 떠나는 기차가 없었습니다. 저는 드위트가 틀림없이 그 웨스트 잉글우드행 열차를 탔을 거라고 생각했습니다. 그래서 저는 곧바로 떠나는 버스 편으로 웨스트 잉글우드로 갔던 겁니다만……."

"운이 나빴던 거야."

섬 경감은 부하의 실책을 너그럽게 덮어주었다.

"그래서 어떻게 됐나, 모셔?"

형사는 안도의 긴 한숨을 내쉬고는 얘기를 계속했다.

"제가 탄 버스가 그 기차보다 먼저 도착해 기차가 올 때까지 기다렸지요. 하지만 기차가 도착한 뒤에도 드위트의 모습은 보이지 않았어요. 어떻게 해야 좋을지 모르겠더군요. 결국 못 보고 놓쳐버렸거나 아니면 제가 탔던 택시가 사고가 난 틈에 다른 곳으로 내뺐을 거라고 판단했습니다. 그래서 본부에다 보고하려고 전화를 걸었더니 아래층의 킹이 전화를 받아 경감님은 사건 관계로 출동 중이시니 그곳에서 잠복한 채 상황을 살피라고 하더군요. 그래서 저는 드위트의 집 부근에서 잠복근무에 들어갔습니다. 새벽 3시쯤 되었을 때서야 드위트가 차를 타고 돌아오더군요. 그리고 그 뒤를 그린버그와 오할람이 미행해 와서는 제게 선착장에서 벌어진 살인 사건과 그 밖의 일들을 얘기해줬습니다."

"알겠네. 나가서 그린버그와 오할람한테서 임무를 인계받게."

모셔가 나가고 나서 잠시 뒤에 브루노 지방 검사가 성큼성큼 섬 경감의 사무실로 들어왔다. 그의 얼굴에는 피로한 기색이 역력했다.

"지난밤에 헤어진 뒤엔 어떤 일이 있었소?"

"허드슨 카운티의 렌넬스 지방 검사가 당신이 돌아간 직후에 그 역으로 왔었소. 그래서 그의 부하들과 함께 우드의 하숙집에 가봤어요. 하지만 단서가 될 만한 건 하나도 없었소. 죄다 쓸데없는 잡동사니들뿐이었소. 하긴 우드의 필적을 몇 개 찾아내긴 했어요. 참, 프릭이 그 익명의 편지와 우드의 필적을 대조해보겠다고 했는데 만나봤소?"

"아침에 만나봤어요. 프릭의 얘기로는 익명의 편지와 그 밖의 다른 필적들이 동일인의 것이 틀림없다고 하더군요. 그러니 투서의 주인공이 찰스 우드라는 것에는 의문의 여지가 없는 셈이오."

"게다가 우드의 방에서 찾아낸 필적도 내가 보기엔 같은 것인 듯하오. 여기 있으니 프릭에게 추가로 감정하도록 하죠. 그래야만 그 잘난 레인 씨가 만족해하시겠지. 성가신 늙으니 같으니!"

경감은 책상 너머로 긴 봉투를 던졌다. 브루노는 그것을 큼직한 지갑 속에 챙겨 넣었다.

"그리고 방에 있던 잉크병과 편지지도 가져왔소."

"필적이 일치한다는 게 그다지 중요한 건 아니지. 잉크도 종이도 검사를 끝냈는데 모두 같은 것이었소."

지방 검사가 지친 듯이 말했다.

경감은 책상 위의 서류를 아무렇게나 뒤지며 대꾸했다.

"잘됐군요. 오늘 몇 가지 추가 보고서가 들어와 있어요. 마이클 콜린스에 관한 것이 그중 하나요. 토요일 이후에 드위트를 몰래 찾아간 사실을 알고 있다고 부하가 다그쳤다는군요. 그랬더니 콜린스는 드위트를 찾아간 사실을 인정했답니다. 롱스트리트 때문에 주식에서 손해 본 돈을 받아내려고 드위트를 만났다는데 드위트가 차갑게 무시해버린 모양이오……. 이런 일로 그 늙은이를 비난할 수야 없겠죠."

"오늘은 드위트에 대한 생각이 달라진 거요?"

브루노는 그렇게 말하며 한숨을 내쉬었다.

경감은 성난 목소리로 말했다.

"천만에요! 또 다른 보고도 있단 말이오. 토요일 이래 드위트가 찰스 우드의 전차에 타는 걸 내 부하가 두 번이나 목격했어요. 모셔라는 부하인데, 그가 어젯밤에도 드위트를 미행했소. 안타깝게도 미행하던 중에 택시가 사고 나는 바람에 놓쳐버리긴 했지만 말이오."

"그거 재미있군요. 한편으론 매우 씁쓸하긴 하지만 말이오. 만약에 모셔가 끝까지 드위트를 미행할 수 있었다면 상황은 크게 달라졌겠군요. 어쩌면 살인을 직접 목격할 수 있었을지도 모르고요."

"하지만 나로선 드위트가 토요일 이래 두 번이나 우드의 전차에 탔다는 보고 쪽이 더 흥미로운데요."

경감은 여전히 성난 목소리로 말을 이었다.

"롱스트리트를 죽인 범인을 우드가 어떻게 알아냈을 것 같소? 살인 사건이 일어났던 날까지는 우드도 그걸 몰랐던 게 분명하오. 알고 있었다면 뭔가 한마디 했을 테죠. 브루노, 드위트가 그 전차에 두 번 탔다는 보고는 중요한 거요!"

브루노는 생각에 잠긴 표정으로 말을 했다.

"그렇다면 당신 얘기는 결국…… 우드가 뭔가를 들었을 거라 그 말이오? ……맞았어! 그러니까 모셔는 드위트가 전차 안에서 제삼자인 누군가와 함께 어울리는 걸 보았던 게 아니오?"

"그렇게 쉽사리 일이 풀릴 리야 있겠소. 전차 안에서 드위트는 혼자였던 모양이오."

"어쩌면 드위트가 떨어뜨린 어떤 물건을 우드가 발견한 걸까……. 섬, 이건 정말 조사해볼 만해요."

브루노는 미간을 모으며 말을 이었다.

"그자가 편지를 쓸 때 그렇게까지 겁을 집어먹진 말았어야 하는 건데! ……하긴 이젠 엎질러진 물인 셈이지. 그 밖에 달리 알아낸 것은 없소?"

"그뿐이오. 롱스트리트의 사무실 쪽 편지나 서류에 대해선 뭔가 새로운 게 없었소?"

"없소. 하지만 뭔가 흥미로운 걸 찾아내도록 손을 써놓긴 했지요."

지방 검사가 말을 이었다.

"그런데 섬, 롱스트리트의 유언장 따윈 전혀 없다는 사실을 알고 있소?"

"하지만 체리 브라운이 말하기로는……."

"그게 롱스트리트의 수법인 모양이오. 그자는 남을 위하는 척하면서 실은 자신의 이익밖에 모르는 자였던 거요. 사무실과 집, 임대한 아파트, 사서함, 클럽의 로커까지 죄다 뒤져봤어요. 하지만 유언장이 있을 법한 증거는 아무것도 나오지 않았소. 롱스트리트의 엉터리 변호사인 네그리도 롱스트리트가 유언장을 작성한 일은 없다고 했고요."

"체리 브라운을 속였던 거로군요. 다른 여자들과 마찬가지로 말이오. 그런데 롱스트리트에겐 친척이 아무도 없소?"

"전혀 없소. 아무튼 롱스트리트의 있지도 않은 재산이 또 한바탕 문제를 일으킬 것 같군요. 그자가 남긴 건 빚더미뿐이오. 유일하게 가치가 있는 거라곤 드위트 앤드 롱스트리트 사의 주식뿐이오. 물론 드위트가 그걸 사들이면 우리도 뭔가를 더 알게 될지도 모르겠지만"

브루노는 얼굴을 찌푸렸다.

"어서 오십시오, 실링 선생."

그때 마침 실링 검시관이 섬 경감의 방으로 들어왔다. 아무도 확인해보진 않았지만 그는 대머리임이 분명해 보이는 머리 위에다 기묘한 모자를 쓰고 있었는데, 두 눈가에는 과로 때문인지 불그레한 기미가 끼어 있었고 안경 속의 두 눈동자는 개개풀어져 있었다. 게다가 더러운 상아 이쑤시개로 연신 이를 쑤시고 있었다.

"안녕하시오, 두 분. '실링 선생은 밤샘을 하셨군요?'라고 물어봐주지 않겠소? 묻지 않는군. 그럴 줄 알았소."

검시관은 한숨을 쉬며 딱딱한 의자에 몸을 파묻었다.

"4시가 지나서야 허드슨 카운티의 시체 안치소에 갈 수가 있었단 말이오."

"검시 보고서는 끝냈습니까?"

실링은 가슴팍 주머니에서 긴 종이쪽지를 꺼내 경감 앞의 책상에다 던지고는 의자 등받이에 머리를 기대더니 이내 잠이 들어버렸다. 천진스러운 얼굴이 약간 일그러지며 토실토실한 주름이 생겼다. 멍하니 벌어진 입에는 이쑤시개가 그대로 걸려 있었다. 이윽고 그는 대책 없이 코를 골기 시작했다.

경감과 지방 검사는 깔끔하게 정리되어 있는 보고서를 재빨리 읽어보았다.

"아무것도 없군요."

경감이 중얼거렸다.

"흔해 빠진 잠꼬대에 불과해요. 여봐요, 선생!"

경감이 소리치자 실링의 둥글고 작은 눈이 가까스로 떠졌다.

"여기는 호텔 방이 아니란 말입니다. 졸리면 돌아가세요. 앞으로 스물네 시간쯤은 살인이 일어나지 않도록 해드릴 테니까요."

실링은 끙끙거리며 의자에서 몸을 일으켰다.

"제발 그렇게 좀 해주시오."

그는 비틀거리며 문 쪽으로 향하다가 이내 멈췄다. 눈앞에서 문이 열리더니 드루리 레인이 미소 띤 얼굴로 자기를 내려다보며 멈춰 선 것이었다. 실링은 놀라서 잠깐 멍하니 바라보다가 곧 격양된 목소리로 변명 비슷한 말을 늘어놓으며 옆으로 비켜섰다. 레인이 방 안으로 들어서자 의사는 커다랗게 하품을 하면서 방을 나갔다.

섬 경감과 브루노 지방 검사는 자리에서 일어났다. 브루노는 쓴웃음을 지었다.

"어서 오십시오, 레인 씨. 어젯밤에는 감쪽같이 사라져버리셨더군요. 어딜 가셨었나요?"

레인은 의자에 앉아 무릎 사이에 끼운 지팡이를 움켜잡았다.

"배우에게는 연극을 기대하셔야죠, 브루노 씨. 효과적인 무대 진행을 위한 첫 번째 원칙은 극적인 퇴장이랍니다. 유감스럽게도 어제의 제 퇴장에서 마음에 걸렸던 점은 없었습니다. 보아야 할 것은 모두 보았고 더 할 일도 없었기에 제 은신처 햄릿 저택으로 돌아갔을 뿐입니다……. 그런데 경감님, 좀 흐린 아침입니다만 기분은 어떠신가요?"

"뭐 그저 그렇군요."

경감은 형식적으로 대꾸하고는 말을 이었다.

"나이 드신 명배우께서 꽤 이른 아침에 나오셨군요. 서투른 배우라면……. 아 참, 실례했습니다. 그러니까 배우들은 늦게까지 주무시는 것으로 알고 있었습니다만."

"좀 심한 말씀을 하시는군요, 경감님."

드루리 레인의 맑은 두 눈이 깜박거렸다.

"성배를 찾던 시대가 흘러가버린 뒤로 저야말로 가장 활동적인 직업인 중 한 사람이랍니다. 오늘 아침에도 6시 30분에 일어나 여느 날과 마찬가지로 아침 식사를 하기 전에 3킬로미터쯤 수영을 했으니까요. 그러고 나서 왕성한 식욕을 채운 다음, 퀘이시가 자랑스럽게 여기는 어제 만든 새 가발을 점검했고, 이어서 연출가인 크로포트킨과 무대장치가인 프리츠 호프와 연극 일을 의논했으며, 또 배달 온 우편물 한 다발을 읽었습니다. 게다가 셰익스피어와 관계가 있는 1586년과 1587년에 대해 흥미로운 연구를 하기도 했고요. 대충 그렇게 시간을 보내다가 지금 10시 30분에는 여기에 와 있는 거랍니다. 평일 아침치고는 좀 대단하죠, 경감님?"

경감은 억지로 쾌활한 듯이 대꾸했다.

"정말 대단하십니다. 그렇긴 해도 당신 같은 분들, 그러니까 은퇴한 사람들은 현실에 부딪쳐야 하는 우리 같은 사람들과는 달리 머리를 썩일 일은 없을 테죠. 예컨대…… 누가 우드를 죽였는가 따위로 말입니다. 아니, 이제 그만 두죠, 레인 씨. 이제는 그 X에 관한 얘기는 묻지 않기로 하겠습니다. 누가 롱스트리트를 살해했는지 당신은 이미 알고 계시니까요."

노배우는 낮은 목소리로 대답했다.

"섬 경감님, 브루투스의 말을 빌려서 대답해드리죠. '인내를 가지고 듣겠다. 그리고 이런 중대한 문제는 가능한 한 시간을 두고서 대답하겠다. 그때까지는 나의 친구여, 잘 생각해보는 게 좋지 않겠는가?'라고 말입니다."

레인은 소리 죽여 웃고 난 뒤에 말을 이었다.

"우드의 시체에 대한 검시 보고서를 가지고 계십니까?"

섬 경감과 브루노 지방 검사는 서로를 마주 보고 웃었고, 조금은 기분이 밝아졌다. 경감은 책상 위에 놓인 실링 검시관의 보고서를 집어서 묵묵히 레인에게 건네주었다.

드루리 레인은 그것을 받아들고 진지한 표정으로 열심히 읽어나갔다. 간결한 기록이었으나 신중한 독일풍의 장식체 글씨로 쓰여 있었다. 레인은 이따금 읽기를 멈추고는 눈을 감고 조용히 생각에 잠기곤 했다.

검시 보고서에 따르면, 우드는 물속에 던져졌을 때 숨이 끊어진 상태는 아니었지만 의식을 잃은 상태이긴 했다. 물속에 가라앉은 뒤에 적어도 몇 초 동안은 숨이 끊어지지 않았다는 사실은 우드의 폐에 소량의 물이 들어 있었던 것으로 알 수 있으며, 그 전에 의식을 잃었다는 것은 으깨지지 않은 머리 부분에 명백한 타박상 흔적이 있다는 것으로 알 수 있다고 했다. 결론적으로 말하자면, 우드는 둔기에 맞은 뒤 정신을 잃었고, 배에서 물속으로 던져진 뒤에도 잠깐 동안 살아 있다가 결국은 모호크호와 말뚝 사이에 끼어 죽은 것이었다.

이어서 보고서에는 다음과 같이 쓰여 있었다. 폐 속의 니코틴 흔적으로 볼 때 담배를 많이 피우는 사람은 아니라고 할 수 있다. 왼쪽 발의 상처는 적어도 이십 년 전의 것으로 추측된다. 그것은 중간에서 구부러진 형태의 깊은 상처로, 비전문가의 손에 의해 어설프게 치료된 것으로 여겨진다. 혈액 속에 소량의 당분이 검출되나 당뇨병으로 판정할 정도는 아니다. 알코올 중독의 증거들을 분명히 찾아볼 수 있는 것으로 볼 때 평소 독한 술을 마셔왔을 것으로 여겨진다. 시체는 붉은 머리에 체격이 다부진 중년 남자의 모습이다. 그리고 굵은 손마디와 고르지 않은 손톱 모양으로 미루어 볼 때 생전에 손을 사용하는 노동에 종사했을 것으로 추측된다. 오른쪽 손목에 상당히 오래된 골절상의 흔적이 있는데 잘 아물어 있다. 왼쪽 둔부에 작은 점이 있으며, 이 년 전쯤에 맹장염 수술을 한 자국이 있다. 늑골에 금이 간 흔적이 있으나 최소한 칠 년 전의 것으로 충분히 아문 상태이다. 190센티미터쯤의 키에 몸무게는 91킬로그램이다.

드루리 레인은 보고서를 끝까지 훑어보고 나서 미소를 지으며 경감에게 돌려주었다.

"뭔가 도움이 될 만한 걸 찾으셨나요, 레인 씨?"

브루노가 물었다.

"실링 검시관은 아주 꼼꼼하게 일을 처리하는 분이시군요. 정말이지 훌륭한 보고서입니다. 그처럼 엉망이 된 시체에서 이토록 빈틈없는 검시 보고서를 작성할 수 있다는 것은 정말 대단한 일이죠. 그런데 존 드위트에 대한 혐의는 오늘 아침에는 어떻게 생각하시는지요?"

"흥미가 있으십니까?"

"물론입니다, 경감님."

"어제 그가 취했던 행동은…… 현재 검토 중입니다."

브루노가 서둘러 끼어들었다. 마치 이것이 질문에 대한 대답이라는 투였다.

"설마 제게 뭔가를 숨기고 계시는 건 아니겠죠, 브루노 씨?"

레인은 어깨의 망토를 바로잡으며 자리에서 일어났다.

"아니, 그럴 리야 절대 없으시겠죠……. 경감님, 롱스트리트의 사진을 보내주셔서 고맙습니다. 막이 내리기 전에 그것이 뭔가 도움이 될지도 모르겠습니다."

경감은 일순 기쁜 표정을 지었다.

"그것참 다행이로군요. 그런데 레인 씨, 브루노 검사와 저는 아무래도 드위트가 가장 유력한 용의자라고밖에는 말씀드릴 수 없을 것 같습니다."

"정말입니까?"

레인의 청회색 두 눈이 재빨리 경감한테서 지방 검사한테로 움직였다. 그리고 눈빛이 흐려지더니 레인은 지팡이를 꽉 움켜쥐며 말했다.

"자 그럼, 수고들 하십시오. 저도 오늘은 할 일이 많아서 이만 실례해야겠군요."

레인은 성큼성큼 방을 가로질러 문 쪽에 이르더니 뒤돌아보았다.

"하지만 아직은 드위트에 대해 특별한 행동을 취하지 않으시는 게 좋을 듯싶습니다. 우리는 지금 아주 어려운 시점에 놓여 있습니다. 감히 '우리'라는 표현을 쓸 수 있다면 말입니다."

그렇게 말하고 레인은 가볍게 고개를 숙인 뒤에 덧붙였다.

"부디 믿어주셨으면 합니다."

레인이 방 밖으로 나가 조용히 문을 닫고 사라지자 두 사람은 무심결에 고개를 설레설레 흔들었다.

## 제5장

*햄릿 저택*

*9월 10일 목요일 오후 12시 30분*

만약 섬 경감과 브루노 지방 검사가 목요일 정오에서 삼십 분쯤 지난 시각에 햄릿 저택에 있었다면 두 사람은 모두 자신들의 두 눈을 의심했을 것이다.

왜냐하면 자신들이 이제껏 보아온 모습과 비슷한 데라곤 절반밖에 없는 기묘한 모습의 레인을 보게 되었을 것이기 때문이다. 레인은 두 눈과 말투만 여느 때의 그와 같을 뿐, 퀘이시 노인의 교묘한 손재주에 의해 차림새와 얼굴은 평소의 그와는 전혀 다른 모습으로 바뀌고 있는 중이었다.

드루리 레인은 딱딱하고 등받이가 곧은 의자에 단정히 앉아 있었다. 그의 앞에는 여러 각도에서 그의 모습을 비춰주는 삼면경이 놓여 있었고 밝고 푸르스름한 전등 빛이 그의 얼굴을 비추고 있었다. 외부의 광선이 이 기묘한 방 안으로 비쳐들지 못하도록 창문 두 곳은 검은 커튼으로 가려져 있었다. 꼽추 노인은 립스틱과 분가루가 묻은 가죽 앞치마를 두른 채 주인 앞의 긴 의자에 무릎을 꿇고 있었다. 퀘이시의 오른쪽에 있는 육중한 탁자에는 안료와 분가루, 립스틱, 접시, 아주 가는 붓 그리고 다양한 색의 머리칼 다발과 함께 한 사내의 인물 사진도 놓여 있었다.

두 사람은 중세 활인화그림 속의 사람처럼 보이도록 분장을 하는 구경거리—옮긴이 속의 인물처럼 강한 조명 아래에 앉아 있었다. 작업대며 잡동사니들이 널브러져 있는 넓은 방 안은 파라셀수스의 실험실 같았다. 열려 있는 고풍스러운 벽장 안의 선반에는 갖가지 기묘한 물건들이 얹혀 있었다. 바닥에는 짧은 머리칼 다발들이 흩어져 있었고 다양한 색깔의 퍼티 조각들이 노인의 발뒤꿈치에 밟혀 짓이겨져 있었다. 전기 재봉틀을 본뜬 듯한 이상한 장치가 방 한쪽에 놓여 있었다. 그리고 한쪽 벽을 따라 쳐져 있는 굵은 철사들에는 크기나 모양, 색깔들이 각기 다른 적어도 쉰 개가 넘는 가발들이 매달려 있었다. 다른 쪽 벽의 움푹 파인 곳에는 실물 크기의 사람 머리 석고상들이 적당한 자리에 잔뜩 놓여 있었다. 그것들은 흑인, 몽고인, 코카서스인같이 다양한 인종이었으며 대머리인 것, 차분한 표정의 얼굴, 공포에 일그러진 얼굴, 기쁨, 놀라움, 슬픔, 고통, 비웃음, 분노, 결의, 애정, 체념, 악의와 같이 다양한 표정을 하고 있었다.

작업실 안에는 크기와 모양이 다른 여러 가지 전등이 있었지만, 레인의 머리 위에 있는 커다란 전등만이 빛을 내고 있었다. 그 전등 빛이 만들어낸 커다란 그늘에는 불가사의한 이야기가 간직되어 있는 듯했다. 레인은 꼼짝도 하지 않고 앉아 있었다. 손과 발이 모두 커다랗게 비치는 그의 그림자 또한 벽에서 꼼짝도 하지 않았다. 그와는 반대로 퀘이시는 잽싸게 움직이고 있었다. 마치 검은 액체가 흘러 다니는 듯, 퀘이시의 그림자는 벽 위에서 레인의 그림자와 맞붙기도 하고 떨어지기도 했다.

모든 광경이 음산한 연극의 장면들을 연상하게끔 했다. 방 한쪽에서 김을 뿜고 있는 물통들은 마치 현실 세계의 것이 아닌 듯했다. 김은 마치 세 마녀의 커다란 솥에서 솟아오르듯 벽을 타고 올라갔다. 그 광경은《맥베스》의 장면들처럼 기분 나쁘고 불가사의한 느낌을 주기에 족했다. 벽에 비친 갖가지 그림자들을 옛 이야기에 비유한다면, 움직이지 않는 길쭉한 그림자는 마술에 걸린 사람의 그림자이고 잽싸게 움직이는 그림자는 꼽추 스벤갈리나 난쟁이 메스머, 반짝이는 옷을 입지 않은 멀린이라 할 수 있을 터였다.

사실 이 꼽추 노인은 안료와 파우더와 손재주를 이용해 여느 때처럼 주인의 얼굴을 바꿔놓고 있을 뿐이었다. 레인은 삼면경에 비치는 자신의 모습을 살펴보았다. 그는 그다지 눈에 띄지 않는 데다 꽤 낡은 느낌이 드는 외출복을 입고 있었다. 퀘이시는 뒤로 물러나 앞치마에 손을 닦았다. 그리고 작은 두 눈으로 레인의 얼굴을 자세히 훑어보며 잘못된 곳이 없는지 살폈다.

“눈썹이 좀 굵은 것 같은데……. 게다가 자연스럽지 않은 것 같네, 퀘이시.”

레인은 그렇게 말하고는 긴 손가락으로 가볍게 눈썹을 매만졌다.

퀘이시는 거뭇한 얼굴을 작은 도깨비처럼 찌푸리며 목을 젖히고는 마치 모델의 비율을 재는 초상화가 같은 태도로 한쪽 눈을 지그시 감았다.

“그런 것도 같군요. 게다가 왼쪽 눈썹도 좀 처져 있고요.”

쉰 목소리로 그렇게 말한 뒤에 퀘이시는 허리 벨트에 끈으로 매달아놓은 작은 가위를 꺼내 들고 조심스러운 손놀림으로 천천히 레인의 인조 눈썹을 자르기 시작했다.

“자아, 이젠 어떻습니까?”

레인은 고개를 끄덕였다. 퀘이시는 다시 살색의 퍼티 파우더를 한쪽 손바닥에 잔뜩 바르고는 주인의 턱을 매만졌다…….

오 분 뒤쯤 퀘이시는 뒤로 물러서서 가위를 내려놓은 뒤에 작은 두 손을 엉덩이 근처에 갖다 대며 뒷짐 진 자세로 섰다.

“아까보단 한결 낫지 않습니까, 주인님?”

노배우는 자신의 얼굴을 지그시 바라보았다.

“캘리밴(템페스트)에 등장하는 반인반수의 하인-옮긴이, 이번 일은 아주 중요하다네.”

퀘이시는 요정처럼 싱긋 웃었다. 드루리 레인은 만족스러운 눈치였다. 레인은 퀘이시의 작업을 특별히 인정했을 때에만 그를 캘리밴이라고 불렀다.

“하지만…… 이만하면 됐네. 이번엔 머리 쪽이야.”

퀘이시가 방 저쪽으로 가더니 전등을 켜고는 철사에 걸려 있는 가발들을 살폈다. 레인은 의자에서 자세를 편하게 취하더니 뭔가 할 말이 있다는 듯 낮은 목소리로 불렀다.

“캘리밴, 우리는 근본적으로 의견이 안 맞는 게 아닐까?”

“네?”

퀘이시는 돌아보지도 않고서 되물었다.

"분장의 진정한 역할에 대해서 말인데, 자네의 기막힌 솜씨 어딘가에 잘못이 있다면 그것은 자네가 지나치게 완벽을 기하려고 하기 때문이 아닐까?"

퀘이시는 철사에 걸린 덥수룩한 반백의 가발을 고른 뒤 전등을 끄고는 주인의 곁으로 되돌아왔다. 그리고 레인의 앞에 있는 긴 의자에 앉아 특이한 모양의 빗을 꺼내 들고 가발을 손질하기 시작했다.

"지나치게 완벽한 분장 따위는 없습니다요, 주인님. 세상은 엉터리 전문가들로 가득할 뿐이지요."

퀘이시가 말했다.

"자네의 솜씨를 탓하려는 건 아니네."

레인은 노인의 재빠른 손놀림을 지켜보며 말을 이었다.

"하지만 분장에서 세부적인 면은 그다지 중요하지 않다네. 말하자면 그런 건 소도구에 지나지 않지."

퀘이시는 불만스러운 표정을 지었지만 레인은 개의치 않고 말을 계속했다.

"정말이네. 평범한 사람들은 사물의 전체를 바라보는 본능이 있어. 자네는 그런 본능을 고려하지 않고 있네. 보통의 경우 사람들은 세부적인 면이 아닌 전체적인 면으로 사물을 바라보는 법이라네."

"하지만 말입니다, 그 세부적인 면도 중요합니다! 만약 세부적인 면에서 뭔가가 잘못되면 전체적인 면에도 영향을 끼치는 법이죠. 그렇게 되면 사람들은 어디가 잘못되었나 하고 그 부분을 찾습니다. 그러니까 세부적인 면에 완벽을 기해야 하는 건 당연합니다!"

퀘이시는 흥분한 듯이 큰 소리로 말했다.

"확실히 옳은 말이네, 캘리밴."

레인의 목소리에는 온화함이 깃들었고 애정이 담겨 있었다.

"그렇긴 하지만 자네는 아직도 내가 말하고자 하는 바를 제대로 이해하지 못하는 것 같군. 사람들이 이상하게 여길 정도로 분장의 세부적인 면이 조잡

해도 좋다고는 결코 말할 수 없네. 그것은 분명한 사실이네. 분명 세부적인 면에도 완벽을 기해야겠지. 하지만 세부적인 면들이 모두 그래야 할 필요는 없다네. 알겠나? 분장이 아주 꼼꼼하다는 것은 모든 파도를 세세히 그려놓은 바다의 풍경이나 모든 잎사귀의 윤곽을 선명하게 그려놓은 나무와도 같은 거네. 모든 파도, 모든 잎사귀, 사람 얼굴의 주름살을 모두 하나하나 꼼꼼하게 그리는 것은 자칫 그림을 엉망으로 만들기 쉬운 법이라네."

"뭐 그야 그렇죠."

퀘이시가 마지못해 말했다. 그는 가발을 불빛 가까이에서 살펴보더니 고개를 젓고는 빗을 든 손을 경쾌하게 움직였다.

"그러니까 결론적으로 말하자면 안료나 파우더나 그 밖의 다른 도구들은 분장 그 자체가 아니라 분장다운 것을 창출하려고 있는 것이라 할 수 있네. 얼굴의 어느 부분을 특별히 강조해야 하는지에 대해선 알고 있겠지? 만일 나를 에이브러햄 링컨으로 변장시키려 한다면 점과 턱수염과 입술을 강조하고 다른 곳을 강조하려는 충동은 억제해야 할 거네. 성격을 완벽히 묘사하거나 다른 사람이 인정할 만한 리얼리즘이 있으려면 확실히 생명과 동작 그리고 몸짓이 필요하네. 예컨대 아무리 꼼꼼하게 그 어떤 모양이나 빛깔로 실물과 닮게 만들더라도 밀랍 인형은 생명이 없는 물질이라는 것은 분명한 사실이지. 하지만 그 인형이 부드럽게 팔을 움직이고 밀랍으로 만들어진 입술을 움직여 다양하게 말을 하고 유리로 된 눈동자도 자연스레 움직인다면 어떨까? 자네도 내가 무얼 말하려는 건지는 알 수 있을 거야."

"이제 알겠습니다."

퀘이시는 다시 한 번 가발을 밝은 불빛 쪽으로 들어 올리면서 말했다.

드루리 레인은 슬며시 눈을 감았다.

"내가 느끼는 연극의 영원한 매력은 바로 거기에 있다네……. 동작이나 목소리, 몸짓으로 생명을 불어넣는 것, 실재하는 듯한 인물을 창출해내는 거지. 벨라스코근대 미국의 극작가, 배우, 연출가-옮긴이는 아무도 없는 무대에서조차도 이 인생을 재현하는 기술을 유감없이 잘 발휘했네. 예컨대 벽난로의 불꽃 따위에 의지하지 않고서도 온화한 분위기가 흐르는 무대를 연출하곤 했지. 무대장치가가 준비한 효과에 만족하지 않고도 평화롭고 안온한 분위기를 멋지게 연출해낸 거야. 그는 막이 오르기 전에 고양이를 묶어놓고는 움직이지 못하도록 했어. 그러다가 막이 올라가기 직전에 줄을 풀어주었지. 그리고 막이 올라가서 낯익은 장면이 나타나자 고양이는 무대에서 몸을 일으키고 울음소리를 낸 뒤 기지개라도 켜듯이 벽난로 앞으로 네 다리를 쭉 뻗었네. 곧 관객들은 대사 한마디도 듣지 않고서도 고양이의 이 간단한 동작만을 보고 곧바로 그것이 평화롭고 아늑한 실내 장면임을 알 수 있었던 셈이네. 아마도 그때 벨라스코가 고용했던 무대장치가의 기술만으로는 결코 그 장면의 분위기를 그토록 잘 연출할 수는 없었을 거야."

"재미있는 일화로군요."

퀘이시는 주인에게 바짝 다가붙고는 레인의 잘생긴 머리에 능숙한 손놀림으로 가발을 씌웠다.

레인이 말을 이었다.

"정말 대단한 사람이었다네, 퀘이시. 인공적인 연극에 숨결을 불어넣는 일이라……. 특히나 엘리자베스 여왕 시대의 연극은 몇십 년 동안 각본과 배우의 연기에만 의지해왔다네. 모든 연극은 장치가 없는 빈 무대에 올려졌지. 단역 배우 한 명이 나뭇가지 하나를 들고서 무대를 살금살금 걷는 것만으로도 버남 숲이 던시네인 성으로 다가온다는 것을 나타내기에 충분했다네. 몇십 년 동안이나 관객들은 단지 그것만으로도 모든 상황을 이해했지. 나는 이따금 현대의 무대 기술이 너무 지나치지 않나 하고 생각한다네. 그런 점은 오히려 연극에 장애가 되지……."

"주인님, 다 마쳤습니다."

퀘이시가 배우의 정강이를 가볍게 쿡 질렀다. 그러자 레인은 눈을 떴다.

"끝났습니다, 주인님."

"알겠네. 거울에서 좀 비켜보게."

오 분 뒤에 의자에서 일어난 그는 차림새나 용모, 태도와 분위기로 볼 때 이미 드루리 레인이 아닌 전혀 다른 사람이 되어 있었다. 그는 성큼성큼 방을 가로질러 가서는 방 한가운데 있는 전등을 켰다. 그런 뒤에 가벼운 외투를 걸치고 이제까지와는 다른 반백 머리에 회색 중절모를 썼다. 그의 아랫입술은 앞으로 튀어나와 있었다.

퀘이시는 재미있다는 듯이 배를 잡고 웃음을 터뜨렸다.

"드로미오*셰익스피어 작품에 나오는 쌍둥이-옮긴이*에게 준비가 됐다고 전해주게. 자네도 준비하고."

그는 이미 목소리마저 달라져 있었다.

# 제6장

*위호켄*

*9월 10일 목요일 오후 2시*

섬 경감은 위호켄에 도착하자 배에서 내려 주위를 둘러보았다. 뉴저지 주의 순경 한 명이 인기척이 없는 모호크호의 승강구 근처에서 한가하게 경비를 서고 있다가 그를 보자 차렷 자세를 취하며 경례를 했다. 경감은 가볍게 고개를 끄덕여 보인 뒤에 선착장의 대합실을 지나서 밖으로 나갔다.

그는 선착장으로 이어지는 자갈길을 지나 부두와 방파제에서부터 깎아지를 듯이 솟아 있는 절벽 꼭대기로 통하는 경사가 급한 비탈길을 터벅터벅 오르기 시작했다. 비탈길 위에서 자동차 몇 대가 천천히 아래로 내려와 경감을 스치며 지나갔다. 경감은 몸을 틀고 서서는 눈 아래로 아득히 펼쳐진 강과 그 너머로 솟아 있는 빌딩의 첨탑들을 지그시 바라보았다. 그러고는 다시 계속해서 비탈길을 올라갔다.

꼭대기에 이르자 경감은 교통순경 한 명에게 무뚝뚝한 바리톤 음성으로 길을 물었다. 그는 넓은 진입로를 가로지르고 조용하고 고풍스러운 가로수 길을 지나 이윽고 번화한 교차점에 이르렀다. 그곳이 바로 그가 찾는 곳이었다. 그는 북쪽으로 꺾어 들어갔다.

가까스로 목적지인 2075번지의 집을 찾았다. 목조건물인 그 집은 우유 판매점과 자동차 부품점 사이에 자리 잡고 있었다. 오랜 세월 탓인지 페인트가 벗겨져 너덜너덜했고 군데군데 손볼 곳이 있는 낡은 가옥이었다. 현관에는 고물이 다 된 흔들의자 세 개와 금방이라도 찌그러질 것만 같은 벤치 하나가 놓여 있었다. 문 앞 신발 깔개에 쓰여 있는 '방문객 환영'이라는 글씨는 거의 지워져 있었다. '남자분을 위한 방 있음'이라고 쓰인 노란 간판 하나가 현관 기둥에 걸려 있었다.

경감은 잠깐 거리를 둘러본 뒤 옷매무새와 모자를 점검하고는 삐걱거리는 계단을 올라가 '관리인실'이라고 표시된 방의 초인종을 눌렀다. 찌그러진 벌집 같은 방에서 어렴풋이 초인종 소리가 들리더니 슬리퍼 끄는 소리가 났다. 문이 조금 열리면서 그 틈새로 여드름투성이의 코끝이 튀어나왔다. 이어서 드세 보이는 여자 목소리가 들렸다.

"어떻게 오셨나요?"

그 물음 뒤에는 크게 헐떡이는 소리와 숨죽인 웃음소리가 들렸다. 문이 완전히 열리면서 허름한 차림을 한 비대한 중년 여인이 모습을 드러냈다. 건물과 마찬가지로 지저분한 느낌을 주는 여자였다.

"경찰이신가요? 어머나, 섬 경감님! 미안해요, 얼른 알아보질 못해서……."

여자는 억지 미소를 지어 보이며 열심히 지껄여댔으나 그 모습은 천박해 보일 뿐이었다. 그녀는 마구 수다를 떨며 옆으로 비켜서더니 무덤 같은 방으로 경감을 안내했다.

"정말 너무하시네요! 신문기자와 큼직한 카메라를 둘러멘 분들이 오전 내내 들락거리는 통에 저희는 도무지……."

여자는 계속 떠들어댔다.

"위층에는 누군가가 있소?"

경감이 물었다.

"여태까지도 버티고 있답니다, 경감님! 담뱃재로 카펫을 엉망으로 만들어 놓고서 말예요."

여자는 계속 격앙된 어조로 말을 이었다.

"오늘 오전에 저는 사진을 네 번이나 찍혔다고요……. 그런데, 경감님께선 그 가엾은 남자의 방을 한 번 더 보시려고 오신 건가요?"

"위층으로 안내해주시오."

경감은 무뚝뚝하게 말했다.

"아, 네!"

여자는 다시금 억지 미소를 떠올리고는 투박한 손가락으로 지저분한 스커트를 제법 솜씨 좋게 잡아 올리더니 얇은 카펫이 깔린 계단을 휘청거리듯이 올라갔다. 경감은 혼잣말을 중얼거리면서 따라 올라갔다. 위로 올라가자 불도그처럼 생긴 사내가 앞을 가로막았다.

"누구요, 머피 부인?"

사내는 어두컴컴한 계단 쪽을 내려다보면서 물었다.

"떠들지 말게. 나야."

경감은 퉁명스러운 목소리로 말했다. 사내는 미소를 떠올리며 싱긋 웃었다.

"죄송합니다. 잘 보이지가 않았어요. 아무튼 잘 오셨습니다. 지루해서 죽을 지경이었거든요."

"어젯밤 이후로 별일 없었나?"

"예, 아무런 일도 없었습니다."

사내는 2층 홀을 지나 뒤쪽 방으로 경감을 안내했다. 관리인인 머피 부인이 미적미적 따라왔다. 경감은 열려 있는 문에서 멈춰 섰다.

작고 음산한 방이었다. 빛바랜 천장에는 금이 가 있었고 벽은 낡고 더러웠으며 바닥에는 닳아 빠진 카펫이 깔려 있고 가구들도 죄다 낡아 빠진 것이었다. 세면대의 수도 파이프에는 녹이 슬어 있었고 하나뿐인 창문의 무명 커튼도 아주 오래된 것이 분명했다. 그러나 방 안의 냄새는 산뜻한 것으로 미루어 보아 평소에 청소를 잘하고 지내는 듯했다. 방 안의 가구로는 유행이 지난 철제 침대와 찌그러진 서랍장, 대리석이 박혀 있는 작고 견고한 탁자, 철사로 수리한 의자, 옷장 따위가 있었다.

방 안으로 들어선 경감은 곧바로 옷장으로 다가가 이중으로 된 문을 열었다. 옷장 안에는 낡은 옷 세 벌이 단정히 걸려 있었다. 옷장 바닥에는 구두 두 켤레가 놓여 있었는데, 한 켤레는 아주 새것이었고 또 한 켤레는 낡은 것이었다. 위쪽 선반에는 밀짚모자가 종이봉투에 들어 있었고 비단 끈을 두른 펠트 모자가 땀으로 얼룩져 있었다. 경감은 재빨리 양복 주머니를 뒤져보기도 하고 구두와 모자를 살펴보기도 했지만 관심을 끌 만한 것을 아무것도 찾지 못하고는 실망한 듯이 굵은 눈썹을 찌푸리며 옷장 문을 닫았다.

"틀림없겠지?"

경감은 문 쪽의 머피 부인 곁에 서서 자신을 바라보고 있는 형사에게 중얼거리듯이 되물었다.

"어젯밤 이후로는 아무도 손댄 사람이 없단 말이지?"

형사는 고개를 끄덕였다.

"결코 근무를 게을리하지는 않았습니다, 경감님. 어젯밤 경감님이 나가신 이후로 누구도 손을 댄 사람은 없습니다."

싸구려 밤색 가방 하나가 옷장 옆에 놓여 있었는데 손잡이는 떨어져 나간 채였다. 경감이 그 가방을 열어보았지만 속은 텅 비어 있었다.

경감은 서랍장 앞으로 다가가 견고하고 묵직한 서랍들을 조사했다. 서랍 속에는 낡았지만 깨끗한 속옷 두세 벌이 들어 있었고 세탁된 손수건이 쌓여 있었다. 부드러운 칼라를 댄 줄무늬 셔츠가 여섯 장, 구겨진 넥타이가 두세 개 그리고 세탁된 양말 몇 켤레가 둘둘 말려 있었다.

경감은 서랍장에서 물러섰다. 밖은 쌀쌀한 날씨였지만 방 안은 밀폐되어 있었기 때문에 경감은 후끈거리는 얼굴을 손수건으로 닦아야 했다. 그는 방 한복판에 버티고 서서 얼굴을 찌푸리다가 대리석이 박힌 작은 탁자 쪽으로 갔다. 잉크병과 잉크가 말라붙은 펜, 싸구려 편지지 쪽은 거들떠보지도 않았다. 그러나 마분지로 만든 로열 벵골 시가 상자만은 들어 올려서 그 안을 자세히 조사했다. 상자 안에는 시가가 딱 한 개비 남아 있었는데 손가락으로 집자 그대로 부서지고 말았다. 경감은 시가 상자를 내려놓고 더욱더 미간을 찌푸리고는 다시 한 번 방 안을 둘러보았다.

구석에 있는 세면대 위에는 몇 가지 물건들이 놓여 있는 선반이 있었다. 경감은 성큼성큼 그쪽으로 다가가서 선반을 내려다보았다. 찌그러진 자명종 시계는 바늘이 멎은 상태였다. 경감은 위스키가 사 분의 일쯤 들어 있는 연붉은색 병의 마개를 열고 냄새를 맡아보았다. 그리고 컵 하나와 칫솔, 녹슨 금속제 면도기 상자와 화장품 몇 가지, 아스피린이 담겨 있는 작은 병, 낡은 구리 재떨이 따위가 있었다. 경감은 재떨이에서 시가 꽁초를 집어 들고 재에 떨어져 있는 찢어진 라벨을 조사했다. 크레모 시가였다. 경감은 생각에 잠긴 얼굴로 뒤돌아보았다.

심술궂은 듯한 작은 두 눈으로 열심히 경감의 동태를 살피고 있던 머피 부인이 느닷없이 콧소리로 말했다.

"방이 이런 꼴이라 정말 미안해요. 이분이 청소를 못 하게 해서……."

"아니, 괜찮아요."

경감은 그렇게 말하고는 문득 뭔가 마음에 걸리는 게 있는 듯한 표정을 지으며 그녀에게 물었다.

"그런데 머피 부인, 우드를 찾아왔던 여자 손님은 없었습니까?"

머피 부인은 코웃음을 치며 여드름투성이 턱을 내밀었다.

"당신이 경찰관만 아니었다면 머리에 한 방 먹였을 거예요! 이 집에서 절대로 그런 일은 있을 수가 없다고요! 우리 집은 규율이 엄격하기로 소문난 집이에요. 하숙인들에게는 맨 먼저 이렇게 주의를 주지요. '여자 친구들을 불러들여서는 안 됩니다.'라고요. 부드럽지만 딱 부러지게 말하죠. 이 머피 부인의 하숙집에서는 절대로 볼지각한 행동은 용납될 수 없어요!"

"흐음."

경감은 방 안에 하나밖에 없는 의자에 털썩 걸터앉았다.

"그러니까 결국 여자는 온 적이 없었다는 거로군요……. 그렇다면 친척인 경우는 어떻습니까? 가령 누나라든가 여동생이 찾아온 일은 없었나요?"

머피 부인은 재빨리 대답했다.

"그렇다면 문제가 다르죠. 그런 경우라면 나무랄 순 없지요. 우리 집의 하숙인들 중에도 여자 형제가 찾아오는 사람이 몇 명 있어요. 또 친척 아주머니나 여자 사촌들이 방문하는 경우도 있죠. 하지만 우드 씨는 그런 일도 없었던 것 같군요. 저는 언제나 우드 씨야말로 누구보다도 모범적인 하숙인이라고 생각했답니다. 오 년이나 한집에서 살았지만 한 번도 말썽을 부린 일이 없었어요. 아주 조용하고 예의 바른 그야말로 신사였어요. 손님은 한 번도 찾아온 일이 없었어요. 어쨌든 그 사람하고도 얼굴을 마주치는 일이 드물 정도였어요. 오후부터 밤까지 뉴욕의 전차에서 근무했으니 말예요. 물론 저희 하숙집은 식사까지는 제공하지는 않아서 하숙인들은 모두 밖에서 식사를 하니까 우드 씨가 어떻게 식사를 하고 지냈는지도 전혀 몰라요. 그렇지만 그 가엾은 우드 씨는 언제나 제때에 방값을 꼬박꼬박 치렀고 제게 폐를 끼친 일도 없었을 뿐더러 술에 취해 돌아온 일도 없었답니다. 그야말로 집에 있는지 없는지조차도 알 수 없을 정도로 얌전한 하숙인이었죠. 그래서 저는……."

그러나 섬 경감은 의자에서 일어나 우람한 등이 여자 쪽으로 향하게 몸을 틀어버렸다. 그녀는 수다를 떨다가 말고는 두꺼비처럼 눈을 껌벅거렸다. 그러더니 한차례 눈을 흘기고선 형사 앞을 지나 방 밖으로 휑하니 나가버렸다.

"닳아빠진 할망구 같으니라고!"

형사는 기둥에다 대고 빈정거렸다.

"여자 형제나 친척 아주머니 같은 사람을 드나들게 하는 하숙집이야 얼마든지 있고말고."

형사는 야릇한 표정을 지으며 킥킥거렸다.

그러나 경감은 웃지 않았다. 그는 방 안을 돌아다니며 한쪽 발로 닳아 빠진 카펫을 툭툭 건드려보았다. 그러던 중 카펫의 가장자리 한쪽이 약간 불룩해 있는 것을 발견하고 경감은 눈을 빛냈다. 하지만 카펫을 젖혀보니 바닥의 판자가 뒤틀려서 조금 위로 올라와 있을 뿐이었다. 경감은 침대 쪽으로 가까이 가서 잠시 망설이더니 털썩 무릎을 꿇고 침대 아래로 기어 들어가 장님처럼 무턱대고 바닥을 더듬기 시작했다. 형사가 말을 걸었다.

"경감님, 거들어드릴까요?"

그러나 경감은 대꾸도 않고서 카펫을 잡아당겼다. 형사는 바닥에 엎드려 침대 밑으로 손전등을 비췄다. 경감은 의기양양하게 중얼거렸다.

"있다!"

형사가 카펫 끝을 젖히자 경감은 얇고 노란 표지의 작은 수첩을 움켜잡았다. 두 사람은 먼지를 뒤집어쓰고 침대 아래에서 기어 나왔고, 그 먼지를 터느라 또 한 번 애를 먹어야 했다.

"은행 통장이군요, 경감님?"

그러나 경감은 아무 대답도 하지 않고서 급히 통장을 넘겨보았다. 통장에는 몇 해 전부터 조금씩 예금한 금액들이 기재되어 있었다. 예금을 인출한 일은 한 번도 없었고, 한 번에 10달러 이상의 예금을 한 일도 없었다. 대부분이 5달러였다. 기재된 예금 총액은 945달러 63센트였다. 그리고 통장 한가운데에는 깨끗이 접혀 있는 5달러짜리 지폐가 한 장 들어 있었는데, 그것은 아마도 찰스 우드가 죽는 바람에 미처 예금하지 못한 돈이 분명한 듯했다. 경감은 통장을 주머니에 넣고 형사 쪽으로 몸을 돌리며 물었다.

"언제 비번인가?"

"내일 새벽 4시입니다. 그때 근무 교대입니다."

"그럼 내일 오후 2시 30분에 본부로 전화하도록 하게. 그때 자네에게 특별히 지시할 일이 있으니까 말이야. 알겠나?"

"알겠습니다. 정확히 2시 30분에 전화하겠습니다."

섬 경감은 방을 나가 밟을 때마다 돼지 새끼처럼 끽끽대는 계단을 내려가서 그 집을 나왔다. 머피 부인이 기세 좋게 현관을 쓸고 있었다. 그녀는 연기처럼 자욱한 흙먼지 속에서 여드름으로 빨갛게 된 코를 킁킁거리면서 경감이 지나가는 길을 내주느라 한쪽으로 비켜섰다.

거리로 나온 경감은 예금 통장의 겉면을 들여다본 다음 주위를 한번 둘러보고는 큰길을 가로질러 남쪽으로 걸어갔다. 세 블록을 지났을 때 찾던 건물이 나타났다. 인조 대리석으로 지은 작은 은행이었다. 경감은 안으로 들어가 'S~Z'란 팻말이 붙은 출납 창구로 갔다. 나이가 지긋한 남자 직원이 고개를 들었다.

"이 창구의 담당자요?"

경감이 물었다.

"그렇습니다만, 무슨 용건이신가요?"

"이 부근에 살았던 찰스 우드라는 전차 차장이 살해당한 사건에 관한 신문 기사를 읽으셨을 테죠?"

담당 직원은 이내 고개를 끄덕였다.

"나는 그 사건을 담당하고 있는 강 건너 뉴욕 경찰 본부 살인과의 섬 경감이오."

직원은 알겠다는 듯이 다시 고개를 끄덕이며 말했다.

"아, 그러시군요! 우드 씨는 저희 은행의 고객이셨죠, 경감님. 오늘 조간에 실린 그 사람의 사진을 봤을 때는 정말이지 깜짝 놀랐습니다."

경감은 주머니에서 우드의 예금 통장을 꺼냈다.

"그럼 저기……."

창살 안의 금속 명패를 힐끗 보고서 경감은 말을 이었다.

"애슐리 씨, 이 창구를 맡은 지는 얼마나 됩니까?"

"이 창구에서만 팔 년 동안 일했습니다."

"그렇다면 계속해서 우드를 상대했겠군요?"

"그렇습니다."

"이 통장을 보니 우드는 일주일에 한 번씩은 예금을 한 것 같은데, 그렇다고 딱히 무슨 요일을 정해놓은 것 같지는 않군요. 아무튼 예금주인 그에 대해서 무엇이든 좋으니 기억나시는 대로 얘기해주었으면 좋겠소."

"얘기할 만한 게 별로 없군요. 말씀하신 것처럼 우드 씨는 매주 한 번 이곳을 다녀갔습니다. 제가 기억하기로는 단 한 번도 거른 일이 없었습니다. 게다가 거의 같은 시간대에 왔어요……. 1시 30분이나 2시경이었죠……. 신문 기사를 보고서 그 시간대가 뉴욕으로 일을 하러 가기 직전이었다는 걸 알게 되었습니다."

섬 경감은 눈썹을 찌푸렸다.

"우드는 언제나 직접 예금을 하러 왔었나요? 그 점을 분명히 알고 싶소. 그리고 언제나 혼자였나요?"

"그렇습니다. 다른 사람과 같이 온 일은 한 번도 없습니다."

"고맙소."

경감은 은행에서 나와 길을 거슬러 머피 부인의 하숙집 근처로 되돌아갔다. 우유 판매점에서 세 집 건너에 문구점이 있었다. 경감은 안으로 들어갔다.

졸음이 가득한 얼굴의 주인 노인이 느릿느릿 다가왔다.

"머피 부인의 하숙집에 살았던 찰스 우드라는 사내를 알고 있소? 어젯밤 선착장에서 살해당한 사람이오만."

노인은 흥분한 듯이 두 눈을 깜박거렸다.

"물론이죠! 우리 가게 손님이었죠. 시가나 종이 등을 사곤 했어요."

"주로 어떤 시가를 사 갔죠?"

"크레모와 로열 벵골입니다. 대개 이 두 가지였죠."

"얼마나 자주 여길 들렀죠?"

"거의 날마다 낮에 왔습니다. 그러니까 일하러 가기 전이었죠."

"알겠어요. 그런데, 누군가와 함께 이곳에 들른 일은 없었소?"

"없었습니다. 항상 혼자 왔어요."

"필기구도 여기에서 사 갔단 말이죠?"

"그렇습니다. 자주는 아니지만 종이며 잉크 따위를 사 갔죠."

경감은 웃옷의 단추를 채우기 시작했다.

"이 가게를 이용한 것은 언제부터였나요?"

주인 노인은 지저분한 흰머리를 긁적거렸다.

"아마 네댓 해쯤 된 것 같습니다. 근데 댁은 신문기자인가요?"

그러나 경감은 묵묵히 가게를 나왔다. 그는 보도에서 잠시 멈춰 섰다. 몇 집 건너에 잡화점이 있는 것을 본 경감은 무거운 발소리를 내면서 그곳으로 향했다. 하지만 거기서도 우드가 단골손님으로 옷가지를 사 갔다는 것밖에 알아내지 못했다. 그리고 언제나 혼자 들른 것은 이곳에서도 마찬가지였다.

한층 더 얼굴을 찌푸리며 가게에서 나온 경감은 차례로 근처의 세탁소, 구두 수선점, 신발 가게, 식당, 약국 등을 돌아다니며 탐문해보았다. 하지만 어느 가게에서도 우드를 몇 해 동안 지출 액수는 작지만 꾸준히 들르는 착실한 단골손님으로 기억할 뿐이었다. 게다가 어느 곳에서나 그가 누군가와 함께 들른 것을 본 일은 없다는 한결같은 대답뿐이었다. 식당에서조차도 마찬가지였다.

약국에서 경감은 몇 가지 질문을 더 했다. 그러나 약사는 우드의 요청으로 약을 조제한 기억은 없다고 했다. 만약 몸이 아파서 이곳에 있는 의사의 처방을 받았더라도 약은 뉴욕에서도 조제할 수 있으니 아마 그랬을 것 같다고 했다. 경감의 부탁으로 약사는 인근 다섯 블록 내에 있는 내과의사 열한 명과 치과의사 세 명의 명단을 작성해주었다.

경감은 순서대로 탐문해나갔다. 그는 모든 의사에게 같은 식으로 같은 질문을 되풀이했다.

"어젯밤 위호켄 선착장에서 찰스 우드라는 42번 스트리트의 전차 차장이 피살됐다는 소식을 신문에서 읽으셨겠죠? 그는 이 부근에 살고 있던 사람입니다. 그리고 저는 이 사건의 수사를 맡고 있는 섬 경감이라고 합니다. 현재 피살자의 사생활이나 교우 관계, 방문객들에 대해 알아보고 있는 중입니다. 우드가 이곳으로 진찰을 받으러 왔다든가 몸이 아파서 왕진을 요청한 일은 없었나요?"

의사 중 네 명은 이 살인 사건 기사를 읽지 못했고 우드에 관해서도 전혀 알지 못한다고 했다. 나머지 일곱 명은 신문기사를 읽긴 했지만 우드를 만난 일도 없고 뉴스를 접하기 전까지는 우드라는 사람에 대해서는 전혀 아는 바가 없다고 했다.

경감은 턱을 바짝 죄며 실망한 표정을 지었으나 계속해서 명단에 적혀 있는 치과의사 세 명을 찾아 나섰다. 첫 번째 집에서는 삼십오 분이나 기다린 끝에 가까스로 치과의사를 만날 수 있었다. 진료실 한구석에서 만난 그 치과의사는 경감이 신분증을 보여주기 전까지는 질문에 응할 수 없다고 버텼다. 그 치과의사의 눈빛에서 무언인가 기대할 수 있겠다고 판단한 경감은 엄한 표정을 지으며 위협하듯이 다그쳤다. 치과의사는 마지못해 중얼중얼 대답했지만 결국 찰스 우드에 대해서는 아무것도 모른다는 대답이었다. 경감의 기대는 마치 물거품처럼 꺼져버리고 말았다.

나머지 두 치과의사도 찰스 우드에 대해 아무것도 모르기는 마찬가지였다.

경감은 크게 한숨을 쉬고는 비탈 위의 넓은 진입로로 되돌아가 선착장으로 향하는 구부러진 비탈길을 다시 내려가서 뉴욕행 배를 탔다.

### 뉴욕

섬 경감은 뉴욕에 닿자마자 곧바로 제3애버뉴 철도 회사로 향했다. 그는 고뇌에 찬 표정으로 번잡한 거리를 헤치며 걸었다.

커다란 건물 안으로 들어가 인사과장에게 면회를 청하자 잠시 뒤에 넓은 사무실로 안내되었다. 인사과장은 까다로워 보이는 인상의 사내로 얼굴에는 깊은 주름이 파여 있었다. 그는 재빨리 걸어 나오며 한 손을 내밀었다.

"섬 경감님이시죠?"

그는 다소 흥분한 어조로 물었다. 경감은 끄덕였다.

"앉으십시오, 경감님."

과장은 먼지투성이 의자를 끌어내며 경감을 억지로 앉히다시피 했다.

"찰스 우드에 관한 일로 오셨겠죠? 그 친구는 정말 안됐어요."

과장은 책상 뒤에 앉아 시가의 끝을 잘랐다. 경감은 차가운 표정으로 상대를 쳐다보았다.

"현재 피살자의 신변을 조사하고 있는 중입니다."

경감은 굵은 목소리로 그렇게 말했다.

"정말이지 끔찍한 일입니다. 하지만 저로서도 도무지 영문을 알 수 없군요. 찰스 우드는 모범적인 직원이었죠. 조용한 성격에 착실하고 믿을 만한 사람이었어요. 그야말로 어느 한 군데 나무랄 데 없는 직원이었죠."

"그러니까 한 번도 말썽 따윈 일으킨 일이 없었다는 말씀이군요, 클로프 씨?"

과장은 진지한 얼굴로 상체를 앞으로 내밀었다.

"경감님, 분명히 말씀드립니다만 그는 우리 회사의 보배였습니다. 근무 중에 술을 마신 일도 없었고, 이곳에 있는 모두가 그를 좋아했습니다. 근무 성적도 우수한 모범 직원이어서 사실은 좀 더 나은 자리에 앉혀도 좋을 정도였습니다. 그래서 얼마 뒤엔 검사계로 승진시키려는 참이었죠……."

"그야말로 말 잘 듣는 일꾼이었단 말씀이죠, 클로프 씨?"

"그런 뜻으로 드린 말씀은 아닙니다, 경감님. 어쨌거나 성실하고 믿을 만한 사람이었습니다. 인사 기록을 보시겠습니까? 우리 회사에 들어온 뒤로는 한 번도 결근한 일이 없었죠. 승진하려고 꽤 노력했나 봅니다. 그러니 저희로서도 되도록이면 밀어주려고 했죠. 게다가 그게 우리 회사의 방침과도 일치하고요. 우리 회사 방침은 승진에 대한 의욕을 보이는 직원은 뒤를 밀어준다는 주의죠."

경감은 가벼운 헛기침을 하며 계속 과장의 얘기를 들었다.

"정말이지 지각이나 조퇴 한 번 없었습니다. 휴가도 사양하고 근무수당을 챙겼죠. 그리고 다른 차장이나 운전사 친구들은 언제나 가불을 해달라고 떼를 쓰는 게 보통인데 찰스 우드만큼은 그런 일이 전혀 없었습니다. 오히려 저금을 하고 있었어요. 언젠가 제게도 한번 예금 통장을 보여준 적이 있었습니다."

"이 회사에서는 얼마 동안 근무했습니까?"

"오 년입니다. 근무 기록을 보여드리죠."

클로프는 의자에서 벌떡 일어나 문 쪽으로 달려가더니 밖으로 고개를 내밀고는 외쳤다.

"이봐, 존, 찰스 우드의 근무 기록을 가져다주게!"

잠시 뒤에 그가 긴 서류를 들고 책상으로 돌아왔다. 경감은 책상에 팔꿈치를 괴고는 기록을 훑어보기 시작했다.

"여기를 보시죠."

클로프는 손가락으로 서류의 한곳을 짚으며 말을 이었다.

"오 년쯤 전에 입사해서 동부 3번 애버뉴 선에서 일하기 시작했는데, 삼 년 반 전부터 자원해서 운전사인 팻 기네스와 함께 지금의 노선으로 옮겼네요. 위호켄에 살았기 때문에 그 노선이 편리했던 거죠. 어떻습니까? 잘못을 저지른 기록은 어디에도 없지 않습니까?"

경감은 잠깐 동안 생각에 잠기더니 과장을 바라보며 물었다.

"그런데 클로프 씨, 그의 사생활은 어땠나요? 뭐든 말씀해주시죠. 예컨대 친구나 친척이나 동료에 대해서 말입니다."

클로프는 고개를 저었다.

"그런 것은 잘 모르겠습니다만, 사생활 면에서도 그다지 나쁜 소문을 들은 기억은 없습니다. 사람들과는 잘 지내긴 했지만, 제가 알기로는 함께 외출하는 일은 없었던 것 같습니다. 아마 가장 친한 친구라면 기네스였을 겁니다. 잠깐만 기다려주십시오."

그렇게 말하고서 과장은 서류를 뒤집었다.

"보시죠, 입사지원서입니다……. 친척은 없는 걸로 되어 있군요. 이걸로 질문에 대한 답이 되리라고 봅니다만."

"좀 더 확실한 걸 알고 싶소."

경감은 중얼거리듯이 말했다.

"아마도 기네스라면……."

"그럴 것 없소. 필요할 땐 내가 직접 기네스를 만날 테니까요."

경감은 자신의 중절모를 집어 들며 말을 이었다.

"그럼, 이만 가봐야겠어요. 협조해주셔서 고마웠소."

인사과장은 경감의 손을 힘껏 잡고서 문밖까지 따라 나와 거듭 협조하겠다고 강조했다. 경감은 과장의 손을 뿌리치고 작별 인사를 나누었고, 이윽고 거리의 모퉁이를 돌았다.

경감은 누군가를 기다리는 듯이 그 모퉁이에 서서 몇 번이나 손목시계를 들여다보았다. 십 분이 지나자 차창에 커튼이 드리워진 길쭉하고 검은 링컨 리무진이 경감 앞에 미끄러지듯이 다가와 멈춰 섰다. 제복을 입은 깡마른 젊은 운전사가 이를 드러내고 웃으며 비상 브레이크를 걸고는 차에서 뛰어나와 뒤쪽 문을 열고 곁에 섰다. 그는 여전히 싱글거리고 있었다. 섬 경감은 재빨리 거리를 둘러보고는 차에 올라탔다. 구석 자리에 웅크리고 앉은 퀘이시 노인은 여느 때보다도 더욱 요정 같은 표정을 지은 채 태평스레 잠을 자고 있었다.

운전사는 문을 닫고 운전석 쪽으로 돌아가 자기 자리에 올라탔고 이내 차는 경쾌하게 출발했다. 퀘이시는 흠칫 눈을 뜨더니 정신을 차렸다. 그는 섬 경감이 깊은 생각에 잠긴 채 곁에 꼼짝도 않고 앉아 있는 것을 보았다. 괴물 석상 같은 꼽추 노인 퀘이시는 갑자기 미소를 떠올리며 허리를 굽혀 차 바닥에 장치된 칸막이를 열었다. 그리고 그 속에서 커다란 금속 상자를 들어내며 허리를 폈다. 상자 뚜껑 안쪽에는 거울이 붙어 있었다.

섬 경감은 넓은 어깨를 흔들었다.

"오늘은 정말 바쁜 하루였다네, 퀘이시."

그렇게 말한 뒤에 경감은 모자를 벗고 퀘이시가 꺼낸 상자 안에 한 손을 집어넣고 안을 뒤지더니 무엇인가를 꺼냈다. 그러고는 익숙한 동작으로 얼굴에 크림 같은 용액을 바르고서 문지르기 시작했다. 퀘이시는 그 앞에 거울을 받쳐주고 부드러운 천 조각을 내밀었다. 경감은 번들거리는 얼굴을 그 천으로 문질렀다. 그러자 잠시 뒤에 섬 경감의 얼굴은 온데간데없이 사라져버리고 그 대신 퍼티 파우더 같은 것이 조금 붙어 있긴 했지만 드루리 레인의 단정하고 날카로운 얼굴이 미소를 지으며 나타났다.

## 제7장

*웨스트 잉글우드의 드위트 저택*

*9월 11일 금요일 오전 10시*

금요일 아침, 반짝이는 햇살 아래 길쭉하고 검은 링컨 리무진이 포플러가 늘어서 있는 조용한 주택가를 나아가고 있었다. 붉게 물든 포플러 잎들은 햇살을 받으며 금방이라도 떨어질 듯이 달려 있었다.

드루리 레인은 차창 밖을 내다보면서, 웨스트 잉글우드는 아직 고급 주택가로는 틀이 잡히지 않지만 건축상으로는 나무랄 데가 없는 동네라고 퀘이시에게 감상적인 평을 했다. 집들마다 대지가 널찍한 데다가 저마다 독특한 건축미를 뽐내고 있었다. 퀘이시는 아무리 그래도 햄릿 저택에 비할 바는 못 된다고 퉁명스레 말했다.

그들이 탄 차는 손질이 잘된 아담한 저택 앞에 멈춰 섰다. 현관이 여러 군데 있는 식민지풍의 하얀 저택 주위에는 넓은 잔디가 깔려 있었다. 레인은 여전히 인버네스 외투 차림에 검은 모자를 쓰고 지팡이를 쥔 모습으로 차에서 내리더니 퀘이시를 손짓해 불렀다.

"저도 들어가야 합니까?"

퀘이시는 내키지 않는 듯이 물었다. 자랑으로 여기는 가죽 앞치마를 걸치고 있지 않았기 때문에 왠지 자신이 없는 투였다. 그는 중산모를 쓰고 벨벳 칼라가 달린 짧은 외투에 갓 맞춘 구두를 신고 있었는데, 차에서 내려섰을 때 얼굴을 찌푸리는 걸로 보아 구두 끝이 거북한 모양이었다. 퀘이시는 신음하면서 레인의 뒤를 따라 현관으로 향했다.

키 큰 노인이 그들을 맞아들여 잘 닦인 복도를 지나 식민지풍의 우아한 거실로 안내했다.

레인은 자리에 앉았고 퀘이시는 그 뒤에서 머뭇거렸다. 레인은 주위를 둘러보면서 묵묵히 고개를 끄덕였다.

"드루리 레인입니다. 주인분들은 안 계십니까?"

레인이 집사에게 말했다.

"네, 지금은 아무도 안 계십니다. 드위트 씨는 뉴욕에 계시고, 따님께서는 쇼핑을 나가셨습니다. 그리고 드위트 부인께서는……."

노인은 문득 헛기침을 했다.

"진흙 마사지라는 걸 받으러 가신 모양입니다. 그래서……."

드루리 레인은 미소를 떠올렸다.

"아, 좋습니다. 그런데 당신은……?"

"조겐스라고 합니다. 오랫동안 드위트 씨를 모셔온 이 댁의 집사입니다."

레인은 천을 씌운 의자에 몸을 편하게 고쳐 앉았다.

"마침 잘됐군요. 조겐스 씨, 잠깐 물어볼 말이 있습니다만."

"제게 말씀입니까?"

"롱스트리트 사건 담당인 브루노 지방 검사 아실 테죠? 그분이 제게 독자적으로 조사할 수 있는 권한을 인정해주셨습니다. 그래서 저는……."

순간 노인의 얼굴에서 굳은 표정이 사라졌다.

"실례지만, 당신이 바로 연극배우이신 드루리 레인 씨입니까?"

레인은 조금 묘하게 초조한 태도로 말했다.

"맞아요, 그렇습니다. 관심을 가져주셔서 감사합니다. 그런데 몇 가지 질문을 했으면 싶습니다. 되도록 정확하게 대답해주셨으면 합니다. 그러니까 드위트 씨는……."

조겐스는 다시 굳은 표정을 지었다.

"드위트 씨에 관해서는 제가 함부로 말씀드릴 수 없습니다."

"정말 훌륭하신 태도입니다, 조겐스 씨."

레인은 집사를 뚫어지게 쳐다보며 말을 이었다.

"하지만 제가 여기에 오게 된 이유가 바로 드위트 씨를 돕기 위해서라는 걸 분명히 말씀드릴 수 있습니다."

조겐스는 희미하게 안도의 미소를 지었다.

"지금 드위트 씨는 저 끔찍스러운 롱스트리트 살인 사건에 휘말려 있습니다. 피살자와 가까운 관계라는 이유로 말입니다. 그 두 분의 관계를 분명히 알 수 있다면 롱스트리트를 죽인 범인을 체포하는 데 도움이 될 정보를 얻을 수 있을 것입니다. 롱스트리트는 이곳을 자주 방문했습니까?"

"아뇨, 좀처럼 그런 일은 없었습니다."

"무슨 이유라도 있나요, 조겐스 씨?"

"잘은 모르겠습니다. 아가씨께서는 롱스트리트 씨를 좋아하지 않았죠. 그리고 솔직히 말씀드리자면 드위트 씨께서도 롱스트리트 씨에게 억눌리고 있는 것 같았고……."

"그렇군요. 그런데 드위트 부인은 어땠습니까?"

순간 집사는 말을 더듬었다.

"저어……."

"얘기하기가 곤란한가 보군요?"

"네, 아무래도 말씀드리지 않는 게 좋을 것 같습니다."

"과연 훌륭하십니다……. 퀘이시, 힘들게 서 있지 말고 거기 앉게."

퀘이시는 주인 곁에 앉았다.

"조겐스 씨, 드위트 씨를 모신 지 얼마나 되시나요?"

"십일 년이 넘습니다."

"드위트 씨는 사교적인 분이신가요? 그러니까 사람들 사귀기를 좋아하시는 편입니까?"

"글쎄요……. 그렇지는 않으신 것 같습니다. 이 동네에 사시는 에이헌 씨가 유일한 친구분이랄 수 있죠. 하지만 드위트 씨를 깊이 사귀어보면 실은 아주 성격이 밝으신 분이라는 걸 알 수 있습니다."

"그런데 이 댁엔 늘 드나드는 손님은 없나요?"

"거의 없습니다. 물론 임피리얼 씨가 요즘 와 계시지만 그분 또한 특별한 손님이랄 수 있죠. 이제껏 서너 번 오셨을 뿐입니다. 드위트 씨는 손님을 초청하는 경우가 아주 드문 편입니다."

"아주 드물다고 하셨죠? 그럼 이따금 묵게 되는 손님은 아주 특별한 손님이겠군요? 아마 사업상의 손님일 테죠?"

"그렇습니다. 하지만 그런 분도 그리 많지는 않답니다. 아주 오랜만에 어쩌다 한 번 정도죠. 최근에는 남미에서 사업 관계로 오셨다가 묵고 가신 분이 계셨습니다."

드루리 레인은 무언가 생각에 잠기는 듯했다.

"얼마쯤 전이었나요?"

"한 달쯤 묵으셨다가 한 달 전쯤에 떠나셨습니다."

"전에도 이곳에 온 일이 있는 사람이었나요?"

"제가 기억하기로는 오신 일이 없었습니다."

"남미라……. 남미의 어느 곳인지 아십니까?"

"그건 모르겠습니다."

"정확히 언제 떠났습니까?"

"8월 14일로 기억하고 있습니다만."

레인은 잠깐 동안 잠자코 있었다. 다시 입을 열었을 때는 매우 흥미를 느낀 듯한 목소리로 천천히 질문했다.

"그 남미 사람이 이곳에 머무는 동안에 롱스트리트가 이곳에 온 일이 있었습니까?"

조겐스는 곧바로 대답했다.

"그렇습니다. 그때는 자주 드나들었습니다. 마퀸차오 씨가 오신 다음 날 밤엔 밤새 계셨죠. 그분의 성함이 펠리페 마퀸차오라고 합니다. 드위트 씨와 롱스트리트 씨, 마퀸차오 씨께선 한밤중이 넘어서까지 서재에 함께 계셨습니다."

"물론, 무슨 얘기를 나누는지는 듣지 못했을 테죠?"

조겐스는 흠칫 놀라는 듯했다.

"그야 물론이죠!"

"당연한 얘기를 제가 물었군요."

그러더니 드루리 레인은 중얼거렸다.

"펠리페 마퀸차오라……? 외국인 같군요. 그는 어떤 사람이었나요? 그에 관해 얘기해주실 수 있겠습니까?"

집사는 헛기침을 했다.

"물론 외국인이었습니다. 스페인 사람 같더군요. 거무스름한 피부에 키가 크고 짧고 검은 콧수염을 기른 분이었습니다. 흑인이나 인디언처럼 얼굴이 매우 거무스름했습니다. 그리고 좀 특이한 신사분이었죠. 말수가 적었고 집에 머무는 시간도 그리 많지 않았습니다. 이 댁 분들과 식사를 함께 하시는 일도 거의 없었고요. 새벽 4시나 5시까지 돌아오시지 않거나, 아예 들어오시지 않는 날도 있었습니다."

레인은 미소를 떠올렸다.

"그렇게 별나게 행동을 하는 손님에 대해 드위트 씨는 어떤 반응을 보였습니까?"

집사는 난처한 표정을 지었다.

"드위트 씨는 마퀸차오 씨의 출입에 대해서는 개의치 않는 것 같았습니다."

"그 사람에 대해 달리 알고 계시는 것이 있으십니까?"

"글쎄요……. 스페인 억양으로 영어를 구사하셨죠. 짐이라곤 커다란 여행가방 하나밖에 없었습니다. 밤이 되면 드위트 씨와 때로는 롱스트리트 씨와도 함께 모여 몇 번인가 은밀한 회의를 하는 듯했습니다. 드위트 씨께서는 다른 손님이 찾아와도 거의 의례적으로만 마퀸차오 씨를 소개하는 데 그쳤습니다."

"에이헌 씨도 그 사람을 알고 있는 듯했습니까?"

"아뇨."

"임피리얼 씨는요?"

"임피리얼 씨는 그 당시엔 이 댁엔 안 계셨습니다. 마퀸차오 씨가 떠나고 나서 얼마 뒤에 도착하셨으니까요."

"그 남미 손님이 이 댁에서 떠난 뒤에 어디로 갔는지 알고 있습니까?"

"그건 모릅니다. 손수 여행 가방을 들고 나가셨지요. 드위트 씨를 제외하면 이 집에서 저보다 더 그 손님에 대해 알고 있는 사람은 없을 겁니다. 아가씨나 드위트 부인께서도 저보다는 모르실 거라고 생각합니다."

"그런데 남미 사람이라는 건 어떻게 아셨죠?"

조겐스 집사는 양피지 같은 쭈글쭈글한 손을 입으로 가져가며 기침을 했다.

"제가 있는 자리에서 드위트 부인이 드위트 씨께 물어보시더군요. 그때 드위트 씨께서 그렇게 말씀하셨습니다."

드루리 레인은 고개를 끄덕이며 눈을 감았다. 이윽고 눈을 다시 뜨고선 명확한 어조로 물었다.

"최근 몇 해 동안에 남미에서 온 듯한 손님은 달리 더 없었습니까?"

"없었습니다. 이 댁 손님들 가운데서는 마퀸차오 씨가 유일하게 스페인계 손님이었습니다."

"알겠습니다, 조겐스 씨. 대단히 고마웠습니다. 그리고 또 한 가지 더 부탁드릴 게 있습니다. 드위트 씨에게 전화해서 제가 급한 용무로 오늘 점심 식사를 함께했으면 한다고 전해주셨으면 합니다."

"잘 알겠습니다."

조겐스는 작은 탁자 쪽으로 가서 침착하게 다이얼을 돌린 뒤에 드위트를 불러냈다.

"주인님이신가요? 조겐스입니다. ……그렇습니다. 드루리 레인 씨께서 지금 와 계십니다. 오늘 점심을 함께했으면 좋겠다고 하십니다만. 급한 용무가 있으시답니다……. 그렇습니다. 드루리 레인 씨께서는 급한 용무라고 하셨습니다……."

조겐스는 레인을 힐끗 돌아다보며 말했다.

"정오에 증권거래소 클럽에서 만나면 좋겠다고 하십니다만?"

레인의 눈이 빛났다.

"정오에 거래소 클럽이라……? 네, 좋습니다."

레인과 퀘이시는 밖으로 나와 리무진에 올라탔다. 레인은 거북스러운 듯이 기를 쓰고 칼라를 잡아당기고 있는 퀘이시에게 말했다.

"방금 생각한 건데 말일세, 퀘이시. 자네는 뛰어난 관찰력을 지니고 있으면서도 오랫동안 썩히고 있는 것 같아. 어때, 임시로 탐정이 되어보지 않겠나?"

"무슨 말씀을 하시든, 주인님. 지금은 이놈의 빌어먹을 칼라 때문에……."

차가 움직이기 시작했다. 결국 퀘이시는 주름진 목에서 거칠게 칼라를 떼어냈다. 레인은 키득키득 웃었다.

"뭐 대단한 일은 아니라네. 하찮은 일을 시켜서 미안하네만, 자네는 아직 이 방면으로는 초보자이니까……. 오늘 오후 나는 여러 가지로 바빠서 그러니 그동안에 자네가 뉴욕에 있는 모든 남미 지역의 영사관과 연락을 취해주길 바라네. 남미 사람으로 키가 크고 거무스름한 피부에 수염을 길렀으며 어쩌면 인디언이나 흑인의 피가 섞여 있는지도 모르는 펠리페 마퀸차오라는 사람을 만난 일이 있는 영사관 직원을 찾아내는 일이네. 퀘이시, 말 안하더라도 알겠지만 이 일은 신중히 해야 하네. 내가 이쪽을 알아보고 있다는 걸 섬 경감이나 브루노 검사에게는 알리고 싶지 않단 말이네. 알겠나?

"마퀸차오?"

퀘이시는 격양된 목소리로 말했다. 그는 노인 특유의 갈색 손가락으로 턱수염을 휘감으며 말을 이었다.

"대체 철자가 어떻게 되죠?"

드루리 레인은 퀘이시의 질문은 안중에도 없고 자기의 생각에만 몰두해 있는 듯이 말을 이었다.

"그 이유는 말일세, 섬 경감과 브루노 검사가 존 드위트의 집사를 신문하는 데까지 생각이 미치지 못한다면 일부러 가르쳐주어도 소용없기 때문이네."

"그 집사는 말이 너무 많더군요."

퀘이시는 마치 한평생을 듣기만 하면서 살아온 사람처럼 자못 엄숙하게 말했다.

"아냐. 결코 만만히 봐선 안 될 사람이네."

드루리 레인은 중얼거리듯이 말을 이었다.

"오히려 그는 말이 너무 적었네."

## 제8장

**증권거래소 클럽**

**9월 11일 금요일 정오**

드루리 레인의 등장은 충분히 사람들의 눈길을 끌 만큼 장중하기는 했지만 결코 미리 계획된 것이 아님은 분명했다. 월가의 증권거래소 클럽의 딱딱한 공기 속으로 들어서는 것만으로도 그는 단번에 열광적인 분위기를 조성해 냈다. 라운지에서 골프를 화제 삼아 열심히 얘기하던 사내 세 명은 레인의 모습을 보자 스코틀랜드 게임에 관한 화제는 슬그머니 자취를 감추고 말았다. 흑인 종업원은 인버네스 외투 차림의 레인을 보자 놀라서 눈을 둥그렇게 떴다. 책상 뒤에 앉아 있던 사무원도 깜짝 놀라며 펜을 떨어뜨렸다. 소문은 순식간에 퍼져 나갔다.

사내들은 레인의 곁을 괜히 어슬렁거리면서 그의 이색적인 차림새를 신기한 듯이 곁눈질했다.

레인은 짧은 한숨을 쉬면서 로비에 있는 의자에 앉았다. 그러자 머리가 희끗한 사내가 급히 달려와서 그에게 최대의 경의를 표하며 깊숙이 허리를 굽혔다.

"어서 오십시오, 레인 씨."

레인은 가벼운 미소를 떠올렸다.

"이렇게 찾아주셔서 정말 영광입니다. 제가 이곳의 지배인입니다. 필요한 일이 있으시면 무엇이든 말씀만 하십시오. 시가가 필요하신가요?"

"아니, 괜찮습니다. 성대를 보호해야만 하니까요."

레인은 손을 내저었다. 능숙한 어조로 명랑하게 말했지만 말투는 몹시 기계적이었다.

"드위트 씨와 약속이 되어 있습니다만, 아직 안 오신 모양이죠?"

"드위트 씨 말입니까? 죄송하지만, 아직 안 오셨습니다……."

지배인은 드위트가 드루리 레인을 기다리게 하는 것이 괘씸하기 이를 데 없다는 투로 말했다.

"기다리시는 동안이나마 시중을 들어드리겠습니다."

"무척 친절하시군요."

레인은 의자에 등을 기대며 이제 그만 혼자 있고 싶다는 듯이 눈을 감았다. 지배인은 몹시 우쭐한 기분으로 뒤로 물러나며 넥타이를 매만졌다.

이때 작은 체구의 드위트가 급히 로비로 들어섰다. 드위트의 얼굴은 몹시 창백했다. 불안과 긴장이 어우러진 절박한 느낌이 얼굴에 잘 나타나 있었다. 그는 표정을 바꾸지 않은 채 지배인의 미소 띤 얼굴에 알은체를 하고선 저쪽에 있는 레인에게 부러운 듯한 시선을 보내면서 서둘러 다가갔다.

"드위트 씨께서 오셨습니다."

지배인이 말했다.

그러나 레인이 아무런 반응을 보이지 않자 그는 다소 기분이 상한 모양이었다. 드위트는 지배인에게 물러가라고 손짓을 하고는 레인의 단단한 어깨를 가볍게 두드리자 그제야 노배우는 눈을 떴다.

"아, 드위트 씨!"

레인은 반가운 표정으로 곧바로 자리에서 일어섰다.

"기다리시게 해서 죄송합니다, 레인 씨. 다른 약속을 거절하느라…… 그만 늦어버렸습니다."

드위트는 부자연스러운 어조로 말했다.

"뭐, 괜찮습니다."

레인은 인버네스 외투를 벗으면서 말했다. 제복 차림의 흑인이 급히 뛰어와서는 레인의 인버네스 외투와 모자와 지팡이, 게다가 드위트의 외투와 모자까지 참으로 익숙한 솜씨로 받아 들었다. 두 사람은 지배인의 안내를 받으며 로비에서 클럽의 식당으로 들어갔다. 식당에서는 웨이터들의 우두머리쯤으로 보이는 이가 직업적인 무표정을 거두고 미소를 지으며 드위트의 요구에 따라 식당 안 별실로 그들을 안내했다.

가벼운 점심 식사가 이어졌다. 드위트는 등심 살코기를 먹는 둥 마는 둥 하는 동안 드루리 레인은 로스트비프의 큼직한 덩어리를 거뜬히 먹어치웠다. 그동안 레인은 심각한 얘기는 한 마디도 하려 들지 않았다. 드위트는 레인이 자신을 만나려고 한 목적을 알아내려고 애썼다. 하지만 그때마다 레인은 가벼운 기분으로 식사를 하지 않으면 소화가 잘 되지 않는다는 핑계로 화제를 돌리기 일쑤였다. 드위트는 억지 미소를 지어 보였고, 레인은 경쾌하고 유창하게 얘기를 계속했다. 마치 영국식 고기 요리를 맛보느라 바빠서 정작 중요한 얘기는 안중에도 없는 듯했다. 레인은 드위트에게 자신이 무대에 처음 섰을 무렵의 뒷얘기를 해주거나 저명한 연극배우인 오티스 스키너, 윌리엄 파버샴, 부스, 피스크 부인, 에텔 배리모어 등에 관한 인상적인 일화를 들려주기도 했다.

식사가 계속됨에 따라 노배우의 이야기 솜씨에 드위트의 굳은 표정도 한결 부드러워졌다. 드위트가 흥미로운 표정으로 귀를 기울이자 레인도 편안하게 얘기를 계속했다.

커피를 마시고 나서 드위트가 시가를 권했으나 레인은 정중하게 거절하며 말했다.

"드위트 씨, 알고 보니 당신은 무뚝뚝하지도 않고 뭐, 병적인 분도 아니시군요."

드위트는 흠칫하고 놀랐으나 달리 말은 하지 않고 시가 연기만을 내뿜었다.

"정신과 의사를 찾아가서 물어볼 필요도 없이, 당신의 얼굴이나 최근의 행동만으로 미루어 보더라도 좋지 않은 그늘이 엿보이군요. 아마도 만성 우울증이신 것 같은데 선천성은 아니시겠죠?"

"과거에 힘겨운 생활을 했던 때가 있었기 때문입니다."

드위트는 중얼거리듯이 대꾸했다.

"제 생각이 옳았군요."

레인의 목소리는 사람을 설득하려는 어조로 바뀌고 있었다. 레인은 긴 손을 테이블보 위에 얹어놓고는 조금도 움직이지 않았다. 드위트의 시선은 그 손에 못 박혀 있었다.

"드위트 씨, 제가 이렇듯 당신과 한 시간이나 얘기를 나눈 가장 큰 이유는 당신과 친해지고 싶었기 때문입니다. 당신을 좀 더 알고 싶습니다. 그리고 어설픈 방법인지도 모르겠습니다만, 제 나름대로 당신을 도와드리고 싶기 때문입니다. 당신은 실제로 여러 가지 도움이 필요하신 것 같아서……."

드위트는 시선을 들지 않고 어두운 표정으로 말했다.

"친절하신 말씀 고맙게 생각합니다. 현재 제가 궁지에 몰려 있다는 것은 저도 잘 알고 있습니다. 브루노 지방 검사나 섬 경감도 저를 의심하고 있습니다. 저는 늘 감시를 당하고 있죠. 우편물에조차도 손을 뻗고 있는 것 같습니다. 그리고 당신만 하더라도 저희 집 하인들을 신문하셨지요……."

"그건 집사뿐입니다. 게다가 그것도 정말이지 당신을 위해서였습니다."

"……섬 경감도 집사를 신문했습니다. 당신도 아시겠지만, 저는 지금의 제 입장을 잘 알고 있습니다. 물론 당신은 경찰 측과는 좀 다르신 것 같기도 합니다만……. 그러니까 좀 더 인간적이라고나 할까요?"

드위트는 어깨를 으쓱한 뒤에 말을 이었다.

"놀라실지 모르겠습니다만, 수요일 밤부터 저는 당신에 대해서 상당히 많은 생각을 해봤습니다. 여러 차례 저를 변호해주시기도 했고……."

레인은 진지한 표정으로 얘기를 가로막았다.

"그렇다면 한두 가지 질문을 해도 괜찮겠습니까? 저는 이번 사건 수사에 공식적으로 관계하지는 않습니다. 동기는 어디까지나 개인적인 것이고 진실을 밝히고자 하는 것이 최후의 목적일 뿐이지요. 좀 더 앞으로 나아가기 위해서는 아직도 알아야만 할 일이 몇 가지 있습니다……."

드위트는 재빨리 고개를 들었다.

"앞으로 나아간다고요? 그렇다면 이미 무언가 알고 계신 게 있으신가요?"

"두어 가지 근본적인 문제를 알고 있습니다, 드위트 씨."

드루리 레인은 웨이터를 손짓해 불렀다. 웨이터는 흥분한 듯이 달려왔다. 레인은 커피를 한 잔 더 주문했다. 드위트의 시가는 이미 불이 꺼진 채로 손가락 끝에 매달려 있었다. 레인에게 정신이 팔려 있어 그것도 잊은 모양이었다. 레인은 희미하게 미소를 떠올렸다.

"무례를 범하는 게 아닌지 모르겠습니다만, 저는 어느 아름다운 귀부인이 한 말과는 다른 의견을 갖고 있습니다. 드위트 씨, 그건 어리석은 얘기죠! 세비네 부인*서간집으로 유명한 18세기 프랑스의 귀부인—옮긴이*은 불멸의 셰익스피어를 마치 커피의 향기와도 같이 덧없다고 했습니다."

레인은 부드러운 어조로 계속 말을 이었다.

"이것을 수사의 진전이라고 할 수 있다면, 저는 롱스트리트와 우드를 죽인 인물을 알고 있습니다."

순간 드위트는 레인에게 한 방 얻어맞기라도 한 듯이 얼굴이 파랗게 질렸다. 손가락 사이에서 시가가 떨어졌다. 드위트는 레인의 맑은 시선을 받으며 눈을 깜박거렸고, 놀란 나머지 숨을 들이켜며 냉정을 되찾으려고 애썼다.

"롱스트리트와 우드를 죽인 범인을 알고 계신다고 하셨습니까?"

그는 목이 졸리는 양 가까스로 낸 듯한 목소리로 말을 이었다.

"그렇다면 레인 씨, 어째서 손을 쓰시지 않는 것입니까?"

"지금 손을 쓰고 있는 중입니다, 드위트 씨."

레인은 조용히 대답했다.

드위트는 꼼짝도 하지 않았다.

"유감이지만, 융통성 없는 정의를 상대로 하고 있는 거죠. 그 녀석을 납득시키려면 물적 증거가 필요하답니다. 도와주시지 않으시겠습니까?"

드위트는 곧바로 대답하지 않았다. 그의 얼굴은 고뇌에 차 있었다. 마주 앉은 이 색다른 검찰관의 무표정한 얼굴 저 밑바닥에 있는 것을 애써 찾아내려 하고 있었다. 레인이 얼마만큼 알고 있는지, 정확히 말해서 무엇을 알고 있는지를 찾아내려는 듯했다. 이윽고 드위트는 아까와 마찬가지로 긴장한 목소리로 말했다.

"제가 할 수만 있는 일이라면……."

"그만한 용기가 있으신가요, 드위트 씨?"

모든 것이 멜로드라마 같아서 약간은 조잡스러운 느낌이 없지 않았다. 노배우의 마음속 깊은 곳에서는 어떤 혐오감과도 같은 것이 꿈틀거렸다.

드위트는 계속해서 잠자코 있었다. 드위트는 그 속에서 살인자의 이름을 찾기라도 하려는 듯이 다시금 레인의 눈을 지그시 들여다보았다. 그런 뒤에 불안스레 떨리는 손으로 성냥을 긋고는 꺼진 시가에 불을 붙였다.

"가능한 한 말씀드리겠습니다, 레인 씨. 그렇지만 그 뭐랄까, 저는 마치 두 손을 묶인 것 같은 형편이라서 아무래도 말씀드릴 수 없는 것이 한 가지 있습니다……. 그러니까 수요일 밤에 만나기로 약속이 되어 있던 사람에 관한 부분입니다만."

레인은 가볍게 고개를 가로저었다.

"드위트 씨, 이 사건에서 가장 흥미 있는 점을 한 가지 빠뜨리신다면 일은 점점 복잡하게 됩니다. 그렇지만 어쨌든 그 점은 접어두도록 하죠."

레인은 잠깐 뜸을 들이며 말을 이었다.

"현재로서 제가 알고 있는 것을 말씀드리지요. 당신과 롱스트리트는 남미에서 광산업으로 재산을 모았고 이곳 미국으로 돌아와서는 적지 않은 자본이 드는 주식 중개업을 시작했다는 사실입니다. 그러고 보면 당신들은 광산업으로 한몫 크게 잡으셨던 것 같습니다. 그게 전쟁 전의 일이라고 알고 있습니다만?"

"그렇습니다."

"그 광산은 남미의 어느 나라에 있는 것이었나요?"

"우루과이랍니다."

"우루과이라……?"

레인은 두 눈을 반쯤 감으며 말을 이었다.

"그럼 마퀸차오 씨도 우루과이 사람입니까?"

드위트는 놀라서 입이 벌어졌다. 그리고 의혹 어린 눈길로 레인을 바라봤다.

"마퀸차오에 대해선 어떻게 아셨죠? 물론 조겐스가 말했을 테죠. 정말 어쩔 수 없는 늙은이로군. 미리 주의를 주었어야 했는데……."

드위트가 투덜대자 레인이 날카롭게 말했다.

"그렇지 않습니다, 드위트 씨. 조겐스는 나무랄 데 없는 사람입니다. 충실한 당신의 하인입니다. 당신에게 도움이 된다고 생각했기 때문에 제게 가르쳐준 것뿐입니다. 그런 점은 당신도 본받았으면 좋겠군요. 적어도 제 의도를 의심하는 게 아니라면 말입니다."

"그럴 리가 있겠습니까. 아무튼 실례했습니다……. 그렇습니다. 마퀸차오는 분명히 우루과이 사람입니다."

드위트는 괴로워하는 듯했다. 그 눈은 한동안 침착성을 잃고서 이리저리 헤매다가 가까스로 본디의 냉정함을 되찾았다.

"하지만 레인 씨, 마퀸차오에 대해서는 더는 묻지 말아주셨으면 합니다."

"그러나 묻지 않을 수가 없군요."

레인의 두 눈에는 아무런 저의도 엿보이지 않았다.

"마퀸차오는 누구입니까? 그는 어떤 일을 하는 사람입니까? 그리고 댁에 머무는 동안에 했던 별난 행동에는 어떤 뜻이 있는 거죠? 이 질문들만큼은 꼭 대답해주셔야겠습니다."

드위트는 테이블보 위에다 숟가락으로 의미 없는 무늬를 그리면서 낮은 목소리로 말했다.

"굳이 들어야겠다면 말씀드리죠. 하지만 대단한 얘기는 못 됩니다. 순전히 사업 관계로 만났던 거죠. 그러니까 마퀸차오는 남미에 있는 공익사업 용지의 시찰원인데 공채 발행을 취급해달라고 우리 회사로 찾아왔던 것입니다. 그건 완전히 합법적인 사업이죠. 그래서 저는……."

"그래서 당신은 롱스트리트와 그 공채 발행을 돕기로 했단 말입니까?"

레인은 무표정하게 물었다.

"네, 뭐 고려해보기로 했죠."

드위트의 숟가락은 테이블보 위에 기하학적인 도형을 그리느라 바쁘게 움직였다. 모서리, 곡선, 구형, 마름모꼴…….

"고려해보기로 하셨다고요?"

레인은 무뚝뚝하게 되물으며 질문을 이었다.

"그런데 어째서 그는 그렇게 오랫동안 댁에 머물러야 했습니까?"

"글쎄요. 저로서도 확실한 건 알 수 없습니다. 아마도 다른 금융 기관과도 교섭을 하느라 그렇게 된 게 아닌가 싶습니다만……."

"그의 주소를 가르쳐주실 수 있습니까?"

"실은 저도 정확히는 모릅니다. 그는 여기저기를 여행하는 중입니다. 게다가 한곳에 오래 머물지도 않고 말입니다……."

레인은 갑자기 킥킥 웃었다.

"당신은 그다지 거짓말에 능숙하지 못하시군요, 드위트 씨. 아무래도 얘기를 계속하는 것은 헛수고 같습니다. 저까지 당혹스러워지는 듯한 거짓말로 당신이 혼란에 빠지기 전에 이쯤에서 얘기를 그만두기로 하죠. 그럼 이쯤에서 저는 물러가죠, 드위트 씨. 사람을 판단할 수 있는 능력이 있다고 자부하던 저로서는 당신의 태도로 말미암아 호된 경험을 한 듯하군요."

레인은 자리에서 일어났다. 웨이터가 얼른 달려와서 의자를 뒤로 당겨주었다. 레인은 그에게 미소를 지어 보인 다음, 고개를 떨구고 있는 드위트를 바라보며 여느 때와 다름없는 상냥한 목소리로 말했다.

"하지만 언제라도 생각이 달라지시면 제가 살고 있는 허드슨 강기슭의 햄릿 저택으로 와주십시오. 그럼 이만 실례하겠습니다."

마치 사형 선고라도 받은 양 침울한 모습으로 있는 드위트를 남겨두고 레인은 그 자리를 떠났다.

웨이터를 앞세우고 테이블 사이를 빠져 나가다가 레인은 잠깐 멈춰 서서 혼자 빙긋이 미소 짓고는 다시 걸음을 옮겨 식당을 나왔다. 드위트가 아직 앉아 있는 테이블에서 그다지 멀지 않은 자리에 한 사내가 식사를 하고 있었다. 사내의 얼굴은 벌겠고 기분이 나빠 보였다. 그는 레인과 드위트가 얘기를 나누는 동안 내내 앞으로 몸을 내밀고 귀를 곤두세우며 염치도 없이 얘기를 엿들으려 했다.

로비에서 레인은 웨이터의 어깨를 두드렸다.

"드위트 씨와 내가 앉아 있던 테이블 근처에 있는 저 불그레한 얼굴의 사내는 이 클럽 회원인가요?"

웨이터는 당황스러운 표정을 지었다.

"아닙니다, 형사입니다. 배지를 내밀며 막무가내로 들어온 겁니다."

레인은 다시 미소를 떠올리며 웨이터 손에 지폐를 쥐여준 뒤에 느긋한 걸음걸이로 안내 데스크 쪽으로 갔다. 담당 직원이 벌떡 자리에서 일어났다.

드루리 레인이 말했다.

"먼저, 클럽 소속인 모리스 박사가 계신 곳으로 안내해주십시오. 그런 뒤에는 클럽 간사가 계신 곳도 안내해주시기 바랍니다."

## 제9장

*지방 검찰청*

*9월 11일 금요일 오후 2시 15분*

같은 날 오후 2시 15분에 드루리 레인은 활기찬 발걸음으로 센터 스트리트를 걷고 있었다. 한쪽으로는 경찰 본부의 거대한 담벼락이 솟아 있었고 또 한쪽으로는 뉴욕 변두리의 외국인 상점들이 즐비해 있었다. 레인은 뉴욕 카운티의 주임 검사가 있는 10층 건물인 137호 건물 앞에 이르러서 곧바로 안으로 들어갔다. 그는 복도를 거쳐 엘리베이터를 타고는 위층으로 올라갔다.

레인의 표정은 언제나 그렇듯이 잘 억제되어 감정이 드러나지 않았다. 그는 무대에서 평생 동안 쌓아온 훈련 덕분에 곡예사가 사지를 마음대로 다루듯이 얼굴 근육을 다룰 수 있었던 것이다. 그러나 지금은 아무도 그를 눈여겨보지 않았기 때문에 레인의 두 눈 속에는 무언가 의미가 담긴 번득임이 일었다. 마치 숲속에 몸을 숨기고 엽총을 겨누고 있는 사냥꾼처럼 예리한 활기와 냉철한 이성이 빚어내는 묘한 흥분과 기대감이 뒤섞인 번득임이었다. 누구든 이 두 눈을 들여다본다면 이 두 눈의 주인이 불구의 몸으로 불편한 생활을 하고 있다고는 도저히 상상도 할 수가 없을 것이다. 그 무엇인가가 그의 자아를 눈뜨게 하고, 신선한 활력으로 그 존재를 자극하고, 자신감과 활기와 날렵함으로 가득 찬 새로운 물줄기로 생명의 흐름을 이끌었던 것이다.

그러나 그가 브루노 지방 검사의 사무실에 딸린 대기실 문을 열고 들어섰을 때는 그 번득임은 사라지고 여느 때처럼 예스러운 옷차림을 한 나이보다 젊어 보이는 인물로 돌아가 있었다.

직원이 당황한 듯이 인터폰에 대고 전했다.

"네 알겠습니다, 브루노 검사님."

그러고 나서 직원은 뒤돌아보았다.

"앉으십시오. 브루노 검사님께서 대단히 죄송하다고 전해달라고 하십니다. 지금 경찰청장님과 회의 중이십니다. 잠시 기다려주시겠습니까?"

레인은 고개를 끄덕이고는 자리에 앉아 턱을 지팡이 손잡이 위에 올려놓았다.

레인이 눈을 감고 조용히 십 분쯤 기다렸을 때, 브루노의 전용실 문이 열리며 브루노에 뒤이어 건장한 체격에 키가 큰 경찰청장이 따라 나왔다. 직원은 벌떡 자리에서 일어났으나 레인은 졸고 있는 듯 앉은 채로 있었다. 브루노는 웃으면서 레인의 어깨를 툭 건드렸다. 차분한 잿빛 눈을 뜨더니 레인은 곧 자리에서 일어났다.

"브루노 씨."

"안녕하십니까, 레인 씨?"

브루노는 신기한 듯이 레인을 바라보고 있는 경찰청장에게 몸을 틀며 말했다.

"이쪽은 레인 씨입니다. 그리고 이쪽은 버비지 청장님이시고요."

"뵙게 되어 영광입니다, 레인 씨."

청장은 쩌렁쩌렁한 목소리로 그렇게 말하며 레인의 손을 잡고 크게 흔들었다.

"레인 씨, 저도 언젠가 당신을 뵌 적이 있지요."

"버비지 청장님, 그렇게 말씀하시니 마치 제가 화려했던 과거의 그늘 속에 살고 있는 듯이 여겨지는군요."

레인은 자연스러운 미소를 떠올리며 대꾸했다.

"당치도 않습니다! 지난날과 조금도 변하시지 않으셨어요. 여전히 멋지십니다. 브루노 검사가 당신의 새로운 재능에 대해서 얘기를 해주었습니다. 선생께서 자신 안에서 어떻게 그런 재능을 발견하셨는지는 브루노 검사로서도 알 수 없는 새로운 사실인 모양이더군요."

청장은 머리를 크게 흔들고는 말을 이었다.

"저희로서는 알 수 없을 테죠. 섬 경감도 여러 가지로 얘기해주긴 했습니다만."

"늙은이의 주책이죠. 하지만 버비지 씨, 브루노 검사는 정말 도량이 넓은 분입니다."

순간 레인의 눈가에 주름이 모아졌다.

"이제야 생각났습니다만 당신의 이름은 참으로 멋지군요. 리처드 버비지라고 하면, 당시 가장 유명한 배우로 셰익스피어의 생애에서 가장 친했던 세 명의 친구 중 한 사람이었죠."

청장은 마냥 기쁜 표정을 지었다.

레인은 버비지 청장과 잠시 얘기를 나누고서 헤어졌다. 그러고는 브루노를 따라 그의 방으로 들어갔다. 섬 경감이 수화기를 들고서 전화통을 잡아먹을 듯한 모습으로 미간을 잔뜩 찌푸리고 있었다. 그는 인사말 대신에 굵은 눈썹을 움직였는데, 여전히 귀는 수화기에 대고 있었다. 레인은 경감 앞에 자리를 잡고 앉았다.

"지금 듣고 있네."

경감이 말했다. 이어서 수화기에서 흘러나오는 말을 듣는 동안 경감은 얼굴이 점차 벌게지며 주체할 수 없는 분노가 당장에라도 폭발할 듯했다.

"이봐, 누굴 바보로 만들 셈인가! 분명히 말하라고. 입 닥쳐! 내가 자네에게 지시할 게 있다고 오늘 오후 2시 30분에 전화를 걸라고 했다고? 머리가 어떻게 된 모양이군! 아니면 술에라도 취한 건가? ……뭐라고, 내가 분명히 그렇게 말했다고? 이봐, 잠깐 기다려."

섬 경감은 몸을 틀며 브루노를 바라보았다.

"이 얼빠진 녀석은 내 부하인데 확실히 머리가 좀 돈 모양이오, 녀석은……."

이봐, 이보라고! 내가 카펫을 들어 올리는 걸 도와줬다고? 무슨 카펫을 말인가? 이런 얼빠진 녀석이! 잠깐 기다려."

경감은 상대에게 소리 질렀고 다시 브루노에게 말했다.

"도무지 터무니없는 소리를 지껄이고 있소. 어제 내가 위호켄에 있는 우드의 하숙방을 조사했다는 거요. 가만있자, 그러고 보니 전혀 헛소리만은 아닌지도 모르겠군. 누군가가 장난을 친 것인지도 모르니까……."

그렇게 말하며 경감은 드루리 레인에게로 눈길을 돌렸다. 레인은 상냥하고 장난기 어린 표정으로 경감을 바라보고 있었다. 경감의 턱은 축 늘어져 있었지만 열띤 두 눈에서는 지적인 눈빛이 번득였다. 이어서 쓴웃음이 그의 얼굴에 번지더니 경감은 전화에 대고 신음하듯이 말했다.

"알겠네. 지금 한 말은 취소하지. 그 방이나 잘 지키게."

경감은 수화기를 내려놓고 레인 쪽을 돌아보며 책상 위에다 탕 하고 소리 나게 팔꿈치를 갖다 댔다. 브루노는 놀라서 두 사람을 번갈아 보았다.

"그러니까 레인 씨께서 나로 변장했단 말씀이군요?"

"경감님, 이제까지 저는 당신에게 유머 감각이 있는지 의심하고 있었습니다. 하지만 앞으로는 영원히 그 의심마저 없애버려야겠군요."

레인은 엄숙하게 대꾸했다.

"대체 무슨 일이 있었던 거요?"

브루노의 질문에 경감은 담배를 고쳐 물며 말했다.

"부하 녀석 얘기로는, 그러니까 어제 내가 위호켄의 하숙집에 가서 머피 부인을 만났고 우드의 방을 수색해 카펫 아래에서 은행 통장을 찾아냈다는 거요. 그리고 그걸 내 밑에서 자그마치 육 년 동안이나 일한 그 녀석이 거들어줬다 그 말이오. 그런 뒤에 나는 밖으로 나가버렸다고 하더군요. 이를테면 기적이 일어난 거죠. 왜냐하면 위호켄에 있는 동안, 나는 동시에 이 센터 스트리트의 내 사무실에서 당신과 얘기를 하고 있었으니 말이오!"

브루노는 레인을 보자 웃어대기 시작했다.

"그건 좀 심하군요, 레인 씨, 게다가 위험하기도 하고요."

"천만에요. 전혀 위험하진 않아요."

레인은 부드럽게 말을 이었다.

"제 친구는 당대 최고의 분장사니까요, 브루노 씨……. 그리고 경감님, 당신에겐 사과를 드리지요. 하지만 어제 제가 당신으로 변장한 데에는 중대하고 확고한 이유가 있었기 때문입니다. 당신 부하에게 전화를 걸라고 한 것은 좀 유치한 장난이었지만 말입니다."

"다음에 변장할 때는 내게도 꼭 좀 보여주십시오. 아무래도 위험하니까요……."

경감은 중얼거리듯이 말을 이었다.

"뭐 그건 그렇고, 그 예금 통장이나 넘겨주십시오."

레인은 웃옷 안주머니에서 통장을 꺼내 경감에게 건넸다. 경감은 그것을 받아 들고 안을 살폈다.

"경감님, 가까운 시일 안에 더욱 놀랄 만한 인물을 당신에게 보여드리게 될지도 모르겠습니다."

경감은 예금 통장에 끼어 있던 5달러짜리 지폐를 집어내며 싱긋 웃었다.

"아무튼 당신은 정직한 분이시군요."

그렇게 말하고서 경감은 통장을 브루노에게 던져주었다. 브루노는 그것을 들춰본 뒤 서랍에 넣었다.

"오늘 제가 이렇게 찾아온 것은 우리의 친애하는 경감님께서 당황하는 것을 보자는 것이 아닙니다. 실은 부탁드릴 일이 두어 가지 있어서입니다. 첫째는 우드가 살해되었을 때 배에 탔던 승객 명단의 사본을 얻고자 합니다."

브루노는 책상 맨 위 서랍을 뒤지더니 레인에게 얇은 종이 다발을 건네주었다. 레인은 그것을 접어서 주머니에 넣었다.

"그리고 또 한 가지 부탁은 지난 몇 달 동안에 신고된 행방불명자 전원에 관한 빈틈없는 기록을 얻었으면 합니다. 그리고 앞으로 신고되는 행방불명자에 관한 것도 그때그때 입수할 수 있었으면 좋겠습니다. 어떻습니까, 들어주실 수 있겠습니까?"

경감과 지방 검사는 서로 마주 보았다. 브루노는 어깨를 으쓱했고, 경감은 맥이 빠진 표정을 지으며 수화기를 들어 실종조사계에 지시했다.

"완전한 기록을 받아 보시게 될 겁니다, 레인 씨. 그때그때 햄릿 저택으로 보내드리지요."

"고맙습니다, 경감님."

브루노는 뭔가를 망설이는 듯이 헛기침을 몇 번 했다. 레인은 호기심 어린 두 눈으로 브루노를 바라보았다.

지방 검사가 입을 열었다.

"지난번에…… 당신은 우리가 결정적인 행동을 취하고자 할 때는 미리 알려달라고 하셨죠?"

"결정이 된 건가요? 어떻게 말입니까?"

레인이 물었다.

"존 드위트를 찰스 우드 살인 사건의 범인으로 체포하기로 결정했습니다. 경감과 저는 기소할 수 있는 충분한 단서가 있다는 점에서 의견 일치를 보았습니다. 청장님도 이 결정에 동의했습니다. 우선 기소는 틀림없을 겁니다."

레인의 표정이 진지해졌다. 매끄러운 양 볼에 긴장감이 감돌았다.

"그렇다면 당신과 섬 경감님께서는 드위트가 롱스트리트를 죽였다고 믿는 거로군요?"

"물론입니다. 당신의 말을 빌리면 이 X라는 인물은 전체의 배후에 있습니다. 두 범행이 동일인에 의해 행해진 데에는 의심할 여지가 없죠. 범행 동기 또한 장갑처럼 딱 들어맞고요."

섬 경감이 대답했다.

레인이 잠자코 듣다가 입을 뗐다.

"그럴듯하군요, 경감님. 정말이지 그럴듯합니다, 경감님. 그런데 언제 행동을 취하실 예정인가요, 브루노 씨?"

"서두를 필요는 없겠지요. 존 드위트는 도망칠 수 없을 테니까요. 하지만 내일 중으로 체포할 작정입니다. 적어도 그동안에 우리 생각을 바꿀 만한 일이 일어나지 않는다면 말입니다."

"그렇게 할 수밖에는 없으신가요?"

"그렇습니다."

브루노는 얼굴을 일그러뜨리며 미소 지었다.

"레인 씨, 경감과 제가 햄릿 저택으로 당신을 찾아가서 롱스트리트 사건의 줄거리를 대충 말씀드렸을 때, 당신은 어떤 해답을 얻었다고 하셨습니다. 그렇다면 우리가 이번에 드위트를 체포하는 것은 당신의 그 해답과 일치합니까?"

노배우는 생각에 잠긴 목소리로 입을 열었다.

"다소 유감스럽군요. 아무래도 좀 성급한 결정 같습니다……. 기소할 수 있는 단서가 있다고 하셨는데, 얼마만큼 강력한 단서입니까?"

"드위트의 변호사가 얼마간은 불면증에 시달려야 할 정도의 힘은 있죠."

지방 검사는 그렇게 응수하며 말을 이었다.

"드위트의 공판이 시작되면 검찰 측은 대강 이렇게 주장할 것입니다. 확인할 수 있었던 한에서 그는 우드와 같은 시간에 승선해 두 번 왕복한 뒤 살인이 일어난 시간까지 모호크호에 있었던 유일한 인물입니다. 이것은 매우 중요한 사실입니다. 게다가 그는 살인 사건이 발생한 직후에 배에서 빠져 나가려 했던 사실을 인정했습니다. 또 배를 타고 두 번 왕복했으면서도 처음엔 그 사실을 숨겼는데, 우리는 이 점도 강조할 겁니다. 물론 그가 나중에 그 이유를 댔지만 신빙성이 약할 뿐만 아니라 전혀 입증할 수도 없는 것이었죠. 무엇보다 누군가를 만날 약속이 되어 있었다고 하면서도 그것을 뒷받침할 진술을 스스로 거부하고 있다는 것은 어처구니없는 얘기입니다. 그것이 날조된 구실에 지나지 않는다는 것은 두 가지 사실로 더욱 명백해집니다. 곧 그 약속 상대가 나타나지 않았다는 사실과 약속이 이루어진 전화 기록을 확실히 알아낼 수 없었다는 사실입니다. 따라서 전화니 약속 상대니 하는 것은 드위트가 지어낸 얘기라는 느낌이 강합니다. 어떻습니까, 레인 씨? 이러한 주장을 어떻게 생각하십니까?"

"과연 그럴듯한 얘기지만 거의 모두 직접 증거는 못 되는군요. 아무튼 계속해서 말씀해보시죠."

브루노의 얼굴이 예민하게 떨렸으나 그는 천장을 올려다보고는 다시금 얘기하기 시작했다.

"살인 현장인 상부 갑판으로 접근하는 것은 드위트에게는 어려운 일이 아니었을 것입니다. 물론 배에 타고 있던 자라면 누구라도 가능한 일이지만, 문제는 10시 55분 이후 드위트의 행방을 확인해줄 수 있는 증인이 없다는 것입니다. 게다가 피살자의 몸에서 나온 시가는 드위트 자신이 자신의 것이라고 인정했습니다. 띠에 새겨진 이니셜로 보더라도 그의 것임이 틀림없죠. 그런데 그는 어디서도 우드에게 시가를 준 일은 없었다고 진술했습니다. 일단 자신을 방어하고 볼 작정으로 그렇게 말한 모양인데, 사실은 이것도 우리에게 있어서는 유리한 논증의 근거가 됩니다. 살인 사건 이전에 어딘가 다른 곳에서 우드에게 시가를 줬다고 말하면 시체에서 시가가 나온 이유를 설명할 수 있겠지만, 그는 그런 여지를 스스로 배제한 셈이니까요."

레인은 가볍게 양손을 마주치며 침묵의 갈채를 보냈다.

"더욱이 우드는 배에 타기 전에는 그 시가를 갖고 있지 않았다는 사실이 밝혀졌으므로 그것은 배 안에서 받은 것임이 분명합니다."

"받은 것이란 말입니까, 브루노 씨?"

브루노는 입술을 깨물었다.

"적어도 그것이 타당한 해석이겠지요."

브루노가 설명을 덧붙였다.

"시가로 추정해보건대 저는 드위트가 배 안에서 우드를 만나 얘기를 나누었을 거라고 생각합니다. 그렇게 생각하면 드위트가 두 번 왕복한 사실이나, 우드와 드위트가 승선하고 나서 우드가 살해될 때까지의 경과 시간도 설명이 되는 셈입니다. 그리고 문제의 시가는 얘기를 나누는 과정에서 드위트가 권했거나 우드 쪽에서 달라고 했을 테죠."

"잠시만요, 브루노 씨. 그렇다면 결국 드위트는 자신에게 혐의가 돌아올 기막힌 증거물을 상대방의 몸에 남긴 것도 잊고 살인을 했다는 말씀인가요?"

레인이 상냥하게 물었다.

그 말에 브루노는 싱긋 웃었다.

"그렇습니다, 레인 씨. 인간이란 살인을 할 때에는 자기도 모르게 다소 어리석은 짓을 하기 마련입니다. 틀림없이 드위트는 잊어버렸을 겁니다. 아마도 몹시 흥분해 있었기 때문이겠지요."

브루노가 말을 이었다.

"다음은 동기의 문제입니다. 물론 드위트가 우드를 죽인 이상 롱스트리트 살인 사건과 연관 지어 생각해야 합니다. 여기에 대해서 직접 증거로 들 수 있는 것은 아무것도 없습니다만, 동기로 볼 때 관련이 있음은 명백한 사실입니다. 우드는 롱스트리트의 살해범을 알고 있다는 내용의 편지를 우리에게 보냈고, 그것을 밀고하려 가는 도중에 살해된 겁니다. 곧 그는 누군가에 의해 입이 봉해진 것입니다. 그의 입을 봉해야만 했던 인물은 오직 한 사람, 다름 아닌 롱스트리트의 살해범일 뿐입니다. 그러므로 배심원 여러분."

브루노는 장난스러운 어조로 말을 계속했다.

"드위트가 우드를 죽였다면 롱스트리트를 죽였던 것 또한 그가 되는 셈입니다."

그때 섬 경감이 끼어들었다.

"이것 봐요, 브루노. 레인 씨는 당신의 얘기 따위는 전혀 믿지 않는 눈치요. 결국 시간 낭비인 셈이오……."

"경감님!"

레인은 가볍게 비난하는 투로 말을 이었다.

"제 태도를 오해하지 마시기 바랍니다. 브루노 씨는 필연적인 결론을 지적하고 계십니다. 그 점에는 저 또한 전적으로 같은 의견입니다. 찰스 우드를 죽인 자가 롱스트리트의 살해범이라는 데에는 의심의 여지가 없습니다. 물론 이러한 결론에 이른 브루노 씨의 논법이 맞고 틀리고는 별개의 문제입니다만."

"그럼, 당신도 드위트가……!"

브루노가 놀라며 말했다.

"아무튼 얘기를 계속해주시지요."

브루노는 얼굴을 찌푸렸고 경감은 의자에서 고쳐 앉으면서 레인의 잘난 옆얼굴을 노려보았다.

어색한 침묵을 깨며 지방 검사가 말을 이었다.

"드위트가 롱스트리트를 살해한 동기는 지극히 분명합니다. 그 두 사람 사이에는 드위트 부인의 스캔들, 롱스트리트가 진 드위트에게 치근덕거렸던 일, 그리고 무엇보다 중요한 사실로 롱스트리트가 오래전부터 무엇인가를 구실로 드위트를 협박하고 있었던 일 따위가 원인이 되어 적의가 감돌고 있었습니다. 그리고 굳이 동기를 따지지 않고서도 분명히 말할 수 있는 일이 있습니다. 그것은 드위트가 어느 누구보다도 롱스트리트의 습관을 잘 알고 있었다는 겁니다. 전차 안에서 석간신문의 주식란을 읽는 것과 또 그러기 위해서는 안경을 꺼내야 한다는 것 말입니다. 그렇기 때문에 그는 독바늘이 꽂힌 코르크 알에 롱스트리트가 언제 손이 찔릴지 정확히 계산할 수 있었을 것입니다. 그럼 롱스트리트를 살해한 것이 드위트라는 것을 우드는 어떻게 알았을까요? 그건 두 범행 사이에 드위트가 적어도 두 번은 우드가 일하는 전차를 탔다는 사실로 미루어 짐작할 수 있습니다."

"그게 정확한 단서가 될 수 있을까요. 브루노 씨?"

레인이 묻자 브루노는 얼굴을 찌푸리며 대답했다.

"물론 그 점을 확신할 순 없습니다. 드위트는 우드가 일하는 전차를 탔을 때 두 번 다 혼자였습니다. 하지만 우드가 어떻게 알게 되었느냐 하는 것까지 해명해야 할 필요는 없다고 생각합니다. 그가 알았다는 사실만으로도 논증을 펼치기에 충분하니까요. 결국 요점을 말하자면 검찰 측이 주장하는 가장 강력한 논거는 바로 이것입니다. 롱스트리트가 살해되었을 때 그 전차 속에 있었고 우드가 살해되었을 때 또한 그 배 안에 있었던 인물은 현재까지 밝혀진 범위 안에서는 드위트뿐이라는 것입니다!"

"그야말로 기막힌 논증이오."

섬 경감이 성난 목소리로 대꾸했다.

"법적인 견지에서 보아도 흥미로운 것이지요."

지방 검사는 깊이 생각에 잠긴 표정으로 대꾸하고는 말을 이었다.

"시가에 대한 사실이 강력한 증거라 할 수 있죠. 그 밖에 드위트에 관한 추정이나 상황 판단으로 보더라도 배심원들이 기소평결을 내릴 것은 확실합니다. 그렇게 되면 적어도 제가 큰 실수를 하지 않는 한 드위트도 느긋하게 있을 수만은 없겠지요."

"영리한 변호사라면 교묘하게 반박할 수 있을 겁니다."

레인이 부드럽게 의견을 표시했다.

"그 말씀은 드위트가 롱스트리트를 죽였다는 직접적인 증거가 하나도 없다는 뜻인가요? 그러니까 누군가가 드위트를 모호크호로 유인했고, 드위트는 어떤 이유가 있어서 그 상대를 밝힐 수 없으며, 그 시가는 계획적으로 우드의 시체에 넣어졌다. 곧 드위트는 우드의 살해범이라는 누명을 뒤집어쓰고 있다는 그런 말씀인가요?"

브루노는 미소를 떠올리고는 계속해서 말을 이었다.

"물론 변호인 측은 그렇게 주장할 테죠, 레인 씨. 하지만 변호인 측이 드위트를 불러냈다는 그 사람을 살아 있는 증인으로 내세우지 못한다면 이것은 문제가 되지 않습니다. 그런 주장을 해봤자 아무 소용도 없죠. 드위트는 입을 다물고 아무것도 말하려 하지 않으니 말입니다. 드위트가 태도를 근본적으로 바꾸지 않는 한 지극히 불리할 뿐입니다. '심리학'조차도 우리 편이라고 할 수 있죠."

"자, 이제 우리 얘기는 그쯤으로 끝냅시다. 그럼, 레인 씨. 이제는 당신 의견을 들려주시지 않겠습니까?"

섬 경감이 뜨악한 표정으로 말했다. 그의 말투는 더할 나위 없이 도전적이었다.

레인은 눈을 감고 미소 지었다. 이윽고 그가 눈을 떴을 때 그 두 눈에서는 강한 빛이 번득였다. 그는 의자에 앉은 채 몸을 뒤틀고 두 사람 쪽을 보면서 말했다.

"아무래도 당신들은 숱한 연출가가 희곡과 그 해석에 관해 범하는 것과 똑같은 오류를 죄와 벌에 관한 태도에서 범하고 계신 것 같군요."

경감은 노골적으로 키득키득 웃어댔다. 브루노는 찌푸린 표정으로 의자에 등을 기댔다.

레인은 두 손을 지팡이 꼭대기에 포개서 얹고는 부드럽게 말했다.

"그 오류란 대체로 이런 것입니다. 당신들이 문제에 접근하는 방법은 마치 우리가 어렸을 때 뒷걸음질을 치면서 몰래 서커스장의 텐트 안으로 들어가려고 하는 것과 마찬가지입니다. 이렇게 말하면 이해가 잘 안 가시겠지요? 그렇다면 희곡에 비유해 설명하는 게 나을지도 모르겠군요."

레인이 잠시 뜸을 들인 뒤에 말을 이었다.

"이른바 무대 예술가라 불리는 우리는 주기적으로 햄릿을 다시 공연한다는 연출가의 발표를 접할 때마다 새삼 이 작품이 불후의 명작임을 느낍니다. 하지만 좋게 말해 엉뚱한 연출가가 맨 먼저 하는 일이 뭔지 아십니까? 그는 우선 분주하게 변호사들과 의논해서 실로 놀랄 만한 법률 문서를 작성합니다. 거기에는 완전히 엉망으로 난도질한 고전극에 그 유명한 배리모어나 햄던이 주연으로 출연한다는 사실이 적혀 있습니다. 교묘하게 시류를 탄 선전이죠. 주안점은 전적으로 배리모어나 햄던에게 두고, 인기를 끄는 것도 어디까지나 배리모어나 햄던이지요. 대중들의 반응 또한 마찬가지입니다. 대중들은 배리모어나 햄던이 열연하는 것은 보지만 희곡 그 자체의 뛰어난 매력은 완전히 간과하고 맙니다."

레인은 얘기를 계속했다.

"게디스는 이렇듯 스타에게만 치우치는 폐단을 바로잡으려고 뛰어난 신인배우 매시에게 햄릿 역을 시켰습니다. 하지만 이 모험적인 시도도 다른 의미에서 희곡을 망쳐버렸습니다. 게디스는 예술가의 영감에 따라 매시가 아직 햄릿 역을 연기해본 일이 없다는 점에 착안했습니다. 게다가 희곡의 해석자로서 명성을 얻기 위한 것이 아니라 자기 자신을 위해서도 흥미로운 햄릿을 보여주고 싶어 했죠. 이런 극작가의 본디 의도는 어느 정도 되살릴 수 있었습니다. 그러나 한편으로 대사를 멋대로 손질하고 매시를 엉뚱한 방향으로 지도하여 햄릿을 사색형이 아닌 스포츠맨형으로 만들어버렸습니다. 햄릿을 솜털이 보송보송한 청년으로 만들어 희곡을 망쳐버렸던 것입니다."

레인은 한숨을 쉬고서 얘기를 계속했다.

"이렇듯 스타 편중주의는 모든 시대를 통틀어 가장 위대한 극작가에게 냉혹하기만 합니다. 영화에서도 같은 경향을 볼 수 있습니다. 조지 알리스는 역사물의 주연으로 출연했죠. 하지만 관객들은 신기하게도 목소리와 육체를 가지고 되살아난 디즈레일리를 보려고 모여드는 것일까요? 아니면 알렉산더 해밀턴을 보기 위해서일까요? 그렇지 않습니다. 관객들은 새로운 배역을 멋지게 소화해내고 있는 조지 알리스를 보려고 몰려드는 것입니다."

레인은 쉬지 않고 얘기를 이어갔다.

"이처럼 주안점은 그릇된 곳에 놓여 있고 접근 방법은 잘못되어 있습니다. 당신들의 근대적인 범죄 수사 방법 또한 무턱대고 알리스를 떠받들거나 햄릿 역을 배리모어에게 맡기는 것처럼 주안점이 엉뚱한 곳에 놓인 불합리한 방법일 뿐입니다. 연출가는 셰익스피어가 조화롭게 만들어놓은 작품의 특징에 배리모어가 적합한지 어떤지는 생각해보지도 않고, 햄릿을 왜곡하고 깎아내고 조화를 깨뜨려 배리모어에게 적합하도록 뜯어고칩니다. 경감님과 지방 검사님도 이와 비슷한 오류를 범하고 있습니다. 당신들은 범죄의 확실한 특징을 조사하여 존 드위트가 적합한지 여부를 판단하지 않고, 멋대로 범죄 쪽을 왜곡하고 깎아내고 조화를 깨뜨려 존 드위트에게 적합하도록 뜯어고치고 있는 것입니다. 가설을 지나치게 끼워 맞추려 하다 보니 설명할 수 없는 크고 작은 갖가지 사실들이 애매하게 남아 있는 겁니다. 언제나 확실한 사실만을 취합해서 범죄 그 자체를 고찰하는 입장에 서서 문제를 풀어 나가야만 합니다. 만약 어떤 가설이 아직 해결되지 않은 사실과 모순된다면 그것은 그 가설이 잘못되어 있는 탓입니다. 아시겠지요?"

"얘기 잘 들었습니다, 레인 씨."

브루노는 미간을 찌푸렸지만 그 태도는 미묘하게 바뀌고 있었다. 그는 말을 이었다.

"실로 멋진 비유이고 근본적으로 그것이 진실임을 의심치 않습니다. 하지만 도대체 우리가 그러한 방법을 쓸 수 있는 기회가 얼마나 되겠습니까? 우리는 행동해야만 합니다. 현재 우리는 상사와 신문, 대중한테서 압박을 받고 있습니다. 어느 정도 모호한 점이 있더라도 그것은 우리가 잘못된 게 아니라 증인들이 말을 하지 않았거나 혹은 사건과는 관계가 없는 하찮은 것이기 때문입니다."

"그 의견에는 논란의 여지가 있군요……. 하지만 브루노 씨."

레인이 갑작스레 말했다. 레인은 다시금 침착하고 불가사의한 표정을 지으며 말을 이었다.

"이 유쾌한 토론은 이제 그만 끝내고 저도 법적 조치를 취하는 일에 동의하겠습니다. 아무튼 찰스 우드의 살해범으로 드위트 씨를 체포하십시오."

레인은 자리에서 일어나 미소를 짓고서 고개 숙여 인사를 한 뒤에 서둘러 방에서 나갔다.

브루노는 복도의 엘리베이터 앞까지 레인을 배웅하고는 시무룩한 얼굴로 돌아왔다. 섬 경감은 의자에 앉은 채로 상대방을 바라보고 있었으나 그 얼굴에서 여느 때의 거친 표정은 찾아볼 수 없었다.

"섬, 어떻게 생각하오?"

"달리 도리가 없지 않소? 처음에는 늙은이의 허풍이라고 생각했는데 듣고 보니……."

경감은 일어서서 방 안을 서성이며 말을 이었다.

"아무래도 지금의 연설은 늙은이의 단순한 잠꼬대만은 아닌 것 같소. 하지만 잘 모르겠소……. 그런데 재미있는 보고를 받았소. 레인이 오늘 드위트와 점심을 함께했다고 하오. 조금 전 당신이 레인을 배웅하러 나간 사이에 모셔가 보고를 했지요."

"드위트와 점심을 했다고요? 하지만 레인은 그런 말은 한 마디도 내뱉지 않았잖소?"

지방 검사는 중얼거리듯이 말을 이었다.

"드위트에 관해 뭔가 숨기는 것이 있는지도 모르겠군."

"그렇다고 드위트와 작당을 해서 무슨 음모를 꾸미는 것 같지는 않소. 모셔의 얘기로는 레인이 돌아간 뒤에 드위트는 마치 주인에게 야단맞은 개처럼 침울해 있었다니까 말이오."

경감은 심각한 표정으로 말했다.

브루노는 한숨을 쉬고서 회전의자에 걸터앉았다.

"하기는 뭐, 결국은 그도 우리 편이겠죠. 어쨌든 레인이 뭔가를 알아낼 가능성이 조금이라도 있다면 우리는 그에게 단단히 달라붙어서 마시기 싫은 약이라도 참고 마실 수밖에 없소. 그렇긴 해도……."

그는 또다시 얼굴을 찌푸리며 말을 이었다.

"그런 약은 너무 쓰단 말이오!"

## 제10장

*햄릿 저택*

*9월 11일 금요일 오후 7시*

드루리 레인이 걸을 때마다 창백한 그의 뺨이 몹시 흔들렸다. 그는 코사크 사람처럼 생긴 깡마른 사내를 데리고 햄릿 저택 안에 있는 자신의 전용 극장으로 들어갔다. 극장은 큰 홀과 나란히 난 복도를 따라가서 멋진 유리 벽을 지나 드나들게 되어 있었다. 이곳은 여느 극장처럼 온통 번쩍이는 금빛으로 치장된 것이 아니라 주로 청동과 대리석으로 꾸며져 있었다. 그 중앙에는 멋진 조각상들이 서 있었다. 유명한 가워 경(卿) 기념비의 청동 복제품이 대좌 위에 있는 셰익스피어의 좌상을 에워싸고 있었고, 한 단 낮은 둘레에는 각각 맥베스 부인, 햄릿, 할 왕자, 폴스태프의 상이 서 있었다. 극장 맞은편에는 묵직한 청동 문이 있었다.

레인은 줄곧 몸짓을 섞어가며 얘기를 해대는 동행인의 입을 열심히 보면서 큰 키를 억지로 굽히듯 몸을 구부려 그 문을 열었다. 이어서 그들은 극장 안으로 들어갔다. 그 극장 안에는 특별석도, 로코코 양식의 장식도, 높은 천장에서 늘어져 있는 호화로운 크리스털 샹들리에도, 발코니도, 눈길을 끌 만큼 웅장한 벽화도 없었다.

무대 위에서는 더러운 작업복 차림에 머리가 벗어진 젊은이가 사다리 위에 올라가 기묘한 인상주의 배경 그림의 한복판에 힘차고 분방한 손놀림으로 붓질을 하고 있었다. 그 배경 그림의 양쪽으로는 묘하게 찌그러진 집들이 있는 뒷골목이 그려져 있었다. 레인은 객석 맨 뒤에서 걸음을 멈추고는 젊은이의 작품을 감상하면서 입을 열었다.

"훌륭하네, 프리츠! 정말 마음에 드네."

텅 빈 극장임에도 불구하고 레인의 목소리는 조금도 메아리치지 않았다.

레인은 맨 뒷줄의 좌석에 앉으면서 함께 온 사내에게 말했다.

"그런데 안톤 크로포트킨. 자네는 자네 나라 사람들의 작품이 지닌 잠재적인 가치를 과소평가하려는 경향이 있네. 그 그로테스크한 것 아래에는 진짜 러시아적인 정열이 숨어 있단 말이네. 이번 희곡을 영어로 번역한다면 그런 슬라브적 정열은 약해지고 만다네. 그리고 자네가 열심히 주장하듯이 앵글로색슨의 배경에 맞추어 희곡을 고쳐 쓴다고 하더라도……."

그때 청동 문이 소리를 내며 안쪽으로 열리더니 꼽추 노인 퀘이시의 작은 모습이 극장 안으로 뒤뚱뒤뚱 들어왔다. 크로포트킨이 몸을 틀자 레인은 그 러시아 젊은이의 시선을 좇았다.

"퀘이시로군. 자네가 극의 신성함을 더럽혀보겠다 그건가?"

레인이 정겨운 목소리로 물으며 두 눈을 가늘게 떴다.

"지친 것 같군. 불쌍한 콰지모도, 무슨 문제가 생겼나?"

퀘이시는 크로포트킨을 보고 무뚝뚝하게 알은체를 하고는 레인에게로 다가갔다. 그는 화가 난 듯이 말했다.

"아주 버거운 하루였습니다. 정말이지 지쳐버렸어요!"

레인은 마치 어린애를 달래듯이 꼽추 노인의 손을 가볍게 토닥거렸다.

"그래서 일은 잘됐나?"

퀘이시의 가죽 같은 얼굴에서 하얀 이가 번득였다.

"잘될 리가 있습니까? 도대체 남미 영사들이란 한마디로 어처구니가 없어요. 한 사람도 시내에 없더군요……. 덕분에 저는 전화통에 매달려서 세 시간 동안 꼬박 헛고생만 했습니다."

"이보게, 퀘이시. 자넨 수도승의 인내심을 배울 필요가 있겠군. 우루과이 영사와도 통화해봤나?"

"우루과이? 우루과이라고요?"

노인은 격앙된 목소리로 말을 이었다.

"기억이 안 나는군요. 우루과이라? 그것도 남미 쪽 나라인가요?"

"그렇다네. 부딪혀보게. 틀림없이 잘 풀릴 걸세."

퀘이시는 얼굴을 찌푸리고 밉살스러운 표정을 짓더니 덩치 큰 러시아 젊은이의 옆구리를 괜히 꾹 찌르고는 재빨리 극장에서 나갔다.

"밥맛없는 늙은이 같으니라고! 대체 무슨 일로 남의 옆구리를 찌르고 야단이야!"

십 분쯤 지나 레인과 크로포트킨과 프리츠가 새로운 희곡에 대해 한창 토론하고 있을 때 퀘이시가 싱글거리며 극장으로 돌아왔다.

"정말 멋진 제안이었습니다, 주인님. 우루과이 영사는 10월 10일 토요일까지는 돌아오지 않는다는군요!"

크로포트킨은 자리에서 일어나더니 발소리도 요란하게 통로를 지나 사라졌다. 레인은 미간을 찡그리면서 중얼거리듯이 말했다.

"운이 나쁘군. 역시 휴가라던가?"

"그렇습니다. 현재 본국에 있답니다. 게다가 영사관에는 제대로 대답을 해줄 수 있는 사람, 아니 대답할 마음이라도 있는 사람은 한 사람도 없는 듯했습니다. 영사의 이름은 후안 아호스라고 하더군요. 철자는 A-J-O-S……."

그때 프리츠가 생각에 잠긴 얼굴로 끼어들었다.

"사실을 말씀드리자면…… 레인 선생님, 저는 이 작품에서 한 가지 실험을 해보고 싶습니다."

"아호스는……."

퀘이시는 눈을 깜박이면서 도중에 끊긴 자기 얘기를 이으려 했다.

"어떤 실험을 말인가, 프리츠?"

레인이 물었다.

"무대의 측면을 칸막이로 막아보면 어떻겠습니까? 기술적으로는 그다지 어렵지 않습니다만."

"방금 전화가 걸려 왔습니다……."

퀘이시는 열심히 자기 얘기를 하려고 했으나 레인은 프리츠의 얼굴만 보고 있을 뿐이었다.

"한번 생각해볼 만도 하군, 프리츠. 그러니까 자네는……."

그때 퀘이시가 레인의 한쪽 팔을 잡아당겼다. 레인은 그제야 고개를 돌렸다.

"아, 퀘이시로군! 아직 할 말이 더 남았나?"

"그래서 지금 말씀드리려는 것 아닙니까."

퀘이시가 불만스러운 표정으로 말을 이었다.

"섬 경감이 방금 존 드위트를 체포했다고 전화로 알려 왔습니다."

레인은 관심 없다는 듯이 한 손을 내저었다.

"어리석은 노릇이지. 하지만 뭔가엔 도움이 되겠지. 그 밖에 다른 얘기는 없었나?"

꼽추 노인은 손바닥으로 벗어진 머리를 쓰다듬었다.

"서둘러 기소하고 싶지만 재판소가 10월까지는 쉬기 때문에 공판까지는 한 달가량 걸릴 것 같답니다."

"그렇다면 후안 아호스가 느긋하게 휴가를 즐기게 놔둬도 되겠군. 자네도 이젠 좀 쉬어야겠지, 캘리밴……. 자 그럼, 프리츠. 자네의 영감을 검토해보기로 하세."

## 제11장

*라이먼, 브룩스 앤드 셸던 법률 사무소*

*9월 29일 화요일 오전 10시*

펀 드위트 부인은 꼬리를 도사린 암표범처럼 응접실에서 서성대고 있었다. 표범 무늬 옷에 표범 무늬 모자를 쓰고 표범 무늬가 있는 기묘한 구두를 신었다. 그녀의 검은 두 눈동자에는 악의에 찬 암표범의 잔인한 빛이 번득였다. 공들여 화장한 나이 든 얼굴은 몇 세기에 걸쳐 잔혹한 역사를 간직한 미개 부족의 토템 가면과도 같았다. 게다가 그 화장 아래의 얼굴에서는 강렬한 공포의 빛이 새어나오고 있었다.

법률 사무소의 직원이 응접실 문을 열고 브룩스가 들어오라고 한다고 전할 때, 드위트 부인은 차분히 의자에 앉아 있었다. 이제까지의 동작은 다만 자신의 관능미를 북돋우기 위한 연기에 지나지 않았던 것이다. 그녀는 미소를 띠면서 표범 무늬 핸드백을 집어 들고서 직원을 따라 법률 서적이 가득 꽂힌 책장이 즐비한 긴 복도를 지나 '브룩스 전용'이라고 적힌 개인 사무실 문 앞에 이르렀다.

라이어넬 브룩스는 그 이름에 걸맞게 사자 같은 풍채의 사내였다. 희끗해지기 시작한 금빛 머리칼은 거칠게 헝클어져 있었다. 수수한 옷차림이었으며 그 두 눈에는 무언가 고민하는 듯한 어두운 빛이 서려 있었다.

"앉으십시오, 부인, 기다리게 해서 죄송합니다."

부인은 딱딱한 태도로 앉았고 브룩스가 담배를 권하자 거절했다. 브룩스는 책상 끝에 걸터앉아 시선을 돌리면서 불쑥 말을 시작했다.

"어째서 오시라고 했는지 아마 궁금하셨을 겁니다. 매우 심각한 용건이라

저로서도 어떻게 말씀드려야 좋을지 곤란하군요. 하지만 드위트 부인, 저는 다만 중간에서 드위트 씨의 뜻을 전해드릴 뿐이라는 점을 부디 이해해주시기 바랍니다."

"네, 알겠어요."

부인은 붉게 칠한 입술을 거의 움직이지 않다시피 하며 대답했다. 브룩스는 결심을 굳힌 듯이 말을 꺼냈다.

"저는 현재 구류 중이신 드위트 씨를 날마다 만나 뵙고 있습니다. 물론 살인 혐의를 받고 있기 때문에 법률상 보석은 허용되지 않습니다. 그분은 이번 구류를…… 뭐랄까요, 철학적 냉정함으로 견디고 계십니다. 그러나 이것은 제가 말씀드리고자 하는 용건과는 관계가 없습니다. 실은 어제 드위트 씨한테서 당신에게 다음과 같은 내용을 전해달라는 부탁을 받았습니다. 드위트 씨께서는 이번 살인 혐의가 벗겨져 석방되면 곧바로 당신에게 이혼 소송을 제기하시겠답니다."

그녀의 두 눈에는 조금의 동요도 일지 않았다. 뜻밖의 충격을 받은 것 같은 기색은 전혀 찾아볼 수 없었다. 다만 스페인계의 커다란 두 눈 깊은 곳에서 무언가 끓어오르는 것이 있었다. 브룩스는 서둘러 얘기를 진행했다.

"드위트 부인, 만일 당신께서 별다른 문제를 일으키지 않고 조용히 이혼에 합의하신다면 드위트 씨께서는 앞으로 당신이 독신으로 지내는 한 일 년에 2만 달러씩 지급해드리겠다고 하셨습니다. 부인, 아무래도 이번 경우는……."

브룩스는 발을 바닥에 내리고 책상 뒤쪽으로 돌아가며 말을 이었다.

"상황이 상황이니만큼, 드위트 씨는 매우 관대한 제안을 하는 거라고 생각됩니다."

"만약 제가 맞소송을 하면요?"

드위트 부인은 차가운 목소리로 말했다.

"한 푼도 받지 못하고 헤어져야 할 겁니다."

여자는 미소 지었다. 그러나 두 눈 깊숙한 곳의 불꽃은 사라지지 않은 채 입술만 뒤틀렸기 때문에 미소는 추악해지고 말았다.

"브룩스 씨, 당신이나 드위트나 지나치게 낙관적인 듯싶군요. 이혼에는 위자료라는 게 있는 줄로 아는데요?"

브룩스는 의자에 앉아 침착하게 담배에 불을 붙였다.

"하지만 부인, 위자료는 한 푼도 받으실 수 없습니다."

"변호사인 당신이 대체 무슨 말씀을 하시는 건가요?"

그녀의 화장한 양 볼이 불길처럼 타올랐다.

"버림받은 아내는 당연히 위자료를 받을 자격이 있다고요!"

브룩스는 그녀의 찢어질 듯한 금속성의 목소리에 움찔했다. 인간미라고는 전혀 느껴지지 않는 완전히 기계적인 말투였다.

"하지만 당신은 버림받은 아내에 해당하지 않습니다, 부인. 만일 이 제의에 반대해서 재판을 하게 된다면 법정의 동정은 당신 쪽보다는 드위트 씨 쪽으로 기울 겁니다. 적어도 이건 확실합니다."

"좀 더 분명히 말씀해주세요."

브룩스는 어깨를 으쓱했다.

"원하신다면 말씀해드리죠……. 부인, 뉴욕 주에는 이혼의 소인(訴因)으로 인정되는 게 오직 한 가지 있습니다. 드위트 씨는 증거를 쥐고 계십니다. 제 입으로 말씀드려야 한다는 게 유감입니다만, 그것은 바로 부인의 부정입니다!"

그 말을 듣고도 그녀는 매우 침착했다. 왼쪽 눈꺼풀이 조금 늘어졌을 뿐이었다.

"어떤 증거가 있죠?"

"한 증인이 선서를 하고 서명 진술서를 작성했습니다. 그중에는 올해 2월 8일 아침, 교외로 주말여행을 간다고 한 당신이 할리 롱스트리트와 함께 그의 아파트에 있는 것을 봤다는 증언이 포함돼 있습니다. 그 증언에 따르면, 오전 8시경 당신은 얇은 잠옷 차림이었고 롱스트리트 씨는 파자마 차림이었는데 증인이 목격한 바로는 당신들이 명백한 불륜 관계였다는 것입니다. 좀 더 자세히 말씀드릴 수도 있습니다, 부인. 증인은 더 자세한 부분까지도 진술했으니까요."

"됐어요. 그걸로도 충분해요."

그녀는 낮은 목소리로 말했다. 두 눈 속의 불꽃이 흔들렸다. 긴장이 무너지자 비로소 인간적인 모습이 드러나며 그녀는 소녀처럼 몸을 떨기 시작했다. 그러다가 불쑥 고개를 쳐들고서 말했다.

"그 비열한 증인이 대체 누구죠? 여자인가요?"

"저에겐 그걸 말씀드릴 수 있는 권한이 없습니다, 부인. 당신이 무슨 생각을 하시는지 알겠습니다. 당신은 지금 제 얘기를 단순한 협박이나 속임수라고 생각하시는 거죠?"

브룩스는 긴장한 채 차가운 어조로 말을 이었다.

"우리는 분명히 그 진술서를 갖고 있으며 그것을 뒷받침할 증인도 확보하고 있습니다. 그 증인은 전적으로 믿을 수 있는 사람이지요. 게다가 롱스트리트의 아파트에서 일어난 그 일은 아마 그것이 마지막이었을 테지만 결코 그때가 처음은 아니었다는 사실도 입증할 수 있습니다. 부인, 거듭 말씀드리지만 상황이 상황이니만큼 드위트 씨의 제의는 지극히 관대한 것이라 볼 수 있습니다. 이런 일들을 많이 취급해본 제 경험으로 미루어 볼 때 이 제의를 받아들이는 게 현명하다고 생각됩니다. 당신이 이의 없이 드위트 씨의 제의에 응하신다면, 독신으로 지내시는 한 언제까지나 일 년에 2만 달러의 금액이 들어오는 겁니다. 잘 생각해보시기 바랍니다."

브룩스는 단호한 태도로 의자에서 일어서며 그녀를 내려다보았다. 그녀는 깍지 낀 손을 무릎 위에 올려놓고 바닥을 내려다보며 앉아 있었다. 그러다가 이윽고 말없이 의자에서 일어나 문 쪽으로 걸어갔다. 브룩스는 문을 열어주고 응접실까지 함께 가서 엘리베이터의 버튼을 눌렀다. 두 사람은 묵묵히 엘리베이터를 기다렸다. 이윽고 엘리베이터가 도착하자 브룩스는 천천히 말했다.

"이틀 내로 답변해주셨으면 합니다……. 변호사를 통해서 대신 전하셔도 좋습니다."

그러나 그녀는 마치 브룩스 따위는 안중에도 없다는 태도로 그의 곁을 지나치며 엘리베이터에 올라탔다. 엘리베이터 보이가 이를 드러내고 히죽 웃었다. 브룩스는 그 자리에 선 채로 생각에 잠겼다.

젊은 동료 로저 셸던이 응접실 문밖으로 곱슬머리를 내밀고는 물었다.

"돌아갔나요? 어떻게 됐습니까?"

"기가 막힐 노릇이네. 태연히 듣고 있더군. 보통 담이 센 여자가 아니야."

"그렇다면 오히려 드위트에게는 잘된 셈이군요. 울고불고 난리를 치진 않을 테니까요. 그런데 여자 쪽에서 맞대응할 것 같습니까?"

"그건 모르겠네. 그보다도 증인이 안나 플랫이라는 것을 눈치챈 것 같은 느낌이 드네. 플랫 양도 그날 아침 침실을 들여다보았을 때 부인에게 들킨 것 같다고도 했고 말이야."

그는 잠깐 입을 다물다가 다시 중얼거리듯이 말했다.

"이봐, 로저. 아무래도 느낌이 좋지 않아. 안나 플랫을 누구한테 감시하게 하는 게 좋을 것 같네. 그녀를 믿고 있을 수만은 없어. 드위트 부인이 그녀를 매수한다면 그녀가 증인석에서 진술을 부인하는 것쯤은 당연한 일일 테니까 말이야."

두 사람은 복도를 지나서 브룩스의 방까지 걸어갔다. 셸던이 말했다.

"벤 칼람에게 지시해놓죠. 그 사람이 이런 일은 잘하니까요. 그런데 라이먼이 맡은 드위트 사건 쪽은 어떻답니까?"

브룩스는 머리를 저었다.

"어렵다네. 정말 어려운 일이야. 그는 대단한 골칫거리를 떠맡은 셈이지. 사실 드위트의 석방 가능성이 얼마나 희박한지 알기만 한다면, 드위트 부인은 이혼 소송 따위에는 신경 쓸 필요도 없겠지. 이혼당하는 것보다 미망인이 될 가능성이 훨씬 더 크니까!"

# 제12장

## 햄릿 저택

### 10월 4일 일요일 오후 3시 45분

드루리 레인은 허리춤에 양손을 가볍게 걸치고서 주위에 감도는 꽃향기를 맡으며 영국식 정원을 거닐고 있었다. 그의 곁에는 누런 얼굴에 누런 이를 우물거리면서 퀘이시가 따르고 있었다. 퀘이시는 여느 때처럼 침묵을 지키고 있었다. 그도 그럴 것이 주인이 입을 꾹 다물고 있었기 때문이다. 게다가 퀘이시는 이제껏 주인의 기분에 맞춰 행동해왔다.

"여보게 퀘이시, 내가 짜증을 내는 것 같더라도 개의치 말게나."

레인은 퀘이시의 울퉁불퉁한 머리를 보려고도 하지 않은 채 중얼거렸다.

"때때로 나 역시 초조해진다네. 우리의 위대한 스승 셰익스피어는 서두르지도 않을 뿐더러 서둘러서도 안 될 '시간'이라는 것에 관한 많은 명언을 남기셨지. 예컨대……."

레인은 웅변조로 말을 이었다.

"'시간은 모든 죄인을 심판하는 재판관, 모든 걸 시간에 맡기도록 합시다.' 이것이야말로 아름다운 로절린드의 대사 중에서도 으뜸가는 진실이다. 그리고 '시간은 교활하게 숨긴 것을 폭로하고, 과오를 폭로하며, 비웃는 자를 끝내 부끄럽게 만든다.' 이건 썩 멋들어진 말은 아니지만 어김없이 핵심을 찌르고 있지. 그리고 '시운의 변천이 복수를 초래하도다.'라고도 했는데, 이것 또한 진실이라네……."

두 사람은 기묘한 형태를 한 고목나무 앞에 이르렀다. 그 고목은 가지가 많이 달린 회색의 굵은 줄기 두 개로 갈라져 있었고 그들의 머리쯤 높이에는 기괴한 혹이 솟아올라 있었다. 두 가닥의 나무 밑동 사이는 움푹 파여서 마치 의자처럼 되어 있었다. 레인은 거기에 걸터앉으며 퀘이시에게도 곁에 앉으라고 손을 내밀었다.

레인이 중얼거리듯이 말했다.

"퀘이시 나무……. 그래, 이건 자네의 육체적 결함에 바친 기념물이었지……."

레인은 눈을 반쯤 내리감았다. 퀘이시는 근심스러운 듯이 상체를 앞으로 내밀면서 레인 곁에 걸터앉았다.

"걱정이 되시나 보군요."

퀘이시는 중얼거리고 나서 괜히 경솔하게 말을 내뱉었다는 듯이 자신의 구레나룻을 당겼다. 드루리 레인은 흘낏 곁눈질을 하면서 말했다.

"그렇게 생각하나? 그렇다면 자네는 나보다도 더 나를 잘 알고 있다고 할 수 있지……. 하지만 여보게 퀘이시, 이렇게 시간이 가기를 기다려야 한다는 건 그다지 유쾌한 일은 아니로군. 우리는 지금 정체 상태에 빠져 있네. 도무지 아무런 변화도 일어나지 않고 있네. 그리고 과연 앞으로도 그 어떤 변화가 일어날지 스스로도 의심스러운 지경이네. 우린 지금 스핑크스와도 같이 불가사의한 인간의 변화상을 지켜보고 있는 거라네. 전에는 감춰진 공포에 떨던 존 드위트가 이제는 감춰진 어떤 힘에 따라 굳센 사내가 되어버렸네. 도대체 어떤 강장제를 먹었기에 그의 영혼이 무쇠처럼 굳건해진 걸까? 어제 그를 만났는데 그는 마치 요가 수도자처럼 보였네. 너무나도 초연하고 침착하며 한 점 고뇌도 없어 보이는 그 모습은 마치 동양의 밀교 신자들이 평안한 경지에 이르러 죽음을 기다리고 있는 듯이 보였다네. 참으로 이상한 일이야."

"아마도 석방될 겁니다."

퀘이시가 삐걱거리는 목소리로 말했다. 레인이 곧바로 대꾸했다.

"어쩌면. 체념의 태도는 로마적인 극기심에서 비롯된 것인지도 모르지. 그 사내의 본질에는 무쇠 세포가 감추어져 있었다고 볼 수 있지. 흥미로운 성격이야. 그 밖의 일은 전혀 알 수 없어. 그러니 나로선 아무것도 할 수가 없단 말이네. 멍청한 연극 해설자 노릇밖에는 말이야……. 실종조사계 친구들은 매우 친절했지만 그 보고서는 포프가 말하는 표절 시인만큼도 쓸모가 없어. 천진한 구석이 있는 섬 경감은 고지식한 끈기로 지옥의 배를 탄 승객 전원의 사생활을 조사했지만 주소와 신원은 말할 것도 없고 배후 관계도 모두 의심할 여지가 없다는 보고를 해왔네. 이것 또한 막다른 골목이야. 하긴 어차피 별 의미는 없지! 현장에서 모습을 감춘 사람들을 파악할 길이 없으니까 말이야……. 어디든지 등장하는 마이클 콜린스는 파프누티우스*광야에서 평생을 보내며 은둔 생활을 한 성직자-옮긴이*의 동굴을 찾아가는 회개자 같은 열의를 갖고 법의 무덤에 있는 드위트를 방문하고 있지. 하지만 아직 영혼의 구원은 얻지 못했다네, 퀘이시……. 브루노 지방 검사는 또 한 번 당황했는지 라이어넬 브룩스 변호사를 통해 이렇게 알려 왔다네. 드위트 부인은 둥지 속에 틀어박힌 채 당장으로선 남편의 제의에 대해 가타부타 결정을 내릴 것 같지는 않다고 말이네. 정말이지 그녀는 약삭빠르고 위험한 여자라네, 퀘이시……. 그리고 비록 수상쩍은 무대에 서긴 하지만 나와는 동료라고도 할 수 있는 체리 브라운 양은 줄곧 지방 검사 사무실에 나타나 드위트를 기소하는 데 협력하겠다고 하지만, 조심스럽게 교태를 부리는 것 외에는 검찰관에게 달리 제공할 수 있는 게 없네. 하기야 증인석에서 그 미끈한 종아리를 내보이거나 가슴팍을 살짝 엿보인다면 그것 또한 유력한 자료가 될 수 있을 테지……."

주인에 대한 경외심으로 침묵하고 있던 퀘이시가 감연히 입을 열었다.

"주인님, 이것이 4월경의 일이라면…… 저는 주인님께서 햄릿의 독백을 연습하시는 중이라고 생각했을 겁니다."

드루리 레인은 한숨을 내쉬면서 말을 계속했다.

"게다가 가엾은 찰스 우드는…… 뉴저지 주에 영원한 유산으로 945달러 63센트를 남겼다네. 권리를 주장하는 자가 한 사람도 나타나지 않았기 때문이지. 미처 예금을 하지 못하고 통장 사이에 끼워뒀던 5달러 지폐는 보관소에서 곰팡내가 짙어갈 뿐이겠지……. 아, 퀘이시. 우리는 실로 놀라움으로 가득 찬 시대를 살고 있다네!”

## 제13장

***프레더릭 라이먼의 집***

***10월 8일 목요일 오후 8시***

드루리 레인의 리무진이 웨스트엔드 애버뉴에 있는 어느 아파트 앞에서 멎자 도어맨이 차에서 내린 노배우를 맞으며 로비로 안내했다.

"라이먼 씨를 부탁합니다."

도어맨은 인터폰에 대고 레인이 도착했음을 알렸다. 이어서 레인은 엘리베이터로 안내되어 16층에서 내렸다. 그러자 한 일본인이 이를 드러내며 한껏 웃는 얼굴로 인사를 하고서는 복층식 아파트 안으로 안내했다. 중키에 정장 차림을 한 꽤 잘생긴 사내가 레인을 맞이했다. 둥근 얼굴에 턱 밑에는 흰 상처 자국이 나 있었고 이마는 넓었고 머리숱은 적었다. 일본인이 레인의 외투와 모자를 받아 들었다. 두 사람은 악수를 나누었다.

"당신의 명성은 일찍부터 듣고 있었습니다, 레인 씨."

서재의 안락의자로 레인을 안내하며 라이먼이 말했다.

"이렇게 방문해주셔서 정말 영광입니다. 드위트 사건에 관심을 갖고 계시다는 것은 라이어넬 브룩스한테서 이미 들어서 잘 알고 있습니다."

그는 서류와 법률 서적이 쌓여 있는 널찍한 책상 뒤의 자리로 돌아가 앉았다.

"이번 일에 꽤 어려움이 많으실 테죠, 라이먼 씨?"

라이먼은 의자에 비스듬히 기대앉은 채 초조한 듯이 턱의 상처 자국을 매만지기 시작했다.

"어려움이라고요?"

그는 우울한 표정을 지으며 책상 위를 둘러보았다.

"도무지 손을 쓸 수가 없는 형편입니다, 레인 씨. 저로서는 최선을 다하고 있지만 말입니다. 저는 몇 번이나 드위트에게 태도를 바꾸지 않는 한 달리 방법이 없다는 걸 거듭 강조했습니다. 하지만 그는 여전히 입을 열려고 하지 않습니다. 이미 공판이 시작되어 며칠이 지났는데도 드위트에게서는 무엇 하나 들을 수가 없으니 정말로 답답한 노릇입니다."

레인은 이해가 간다는 듯이 한숨을 내쉬었다.

"라이먼 씨, 당신은 유죄 판결이 내려지리라 보십니까?"

라이먼은 잔뜩 얼굴을 찌푸렸다.

"이대로 간다면 도리가 없지 않습니까?"

그는 두 손을 벌려 보이고는 말을 이었다.

"브루노는 최상의 설득력을 발휘해서 논고를 펼치고 있습니다. 그는 굉장히 뛰어난 검사죠. 게다가 아주 강력한 상황 증거를 배심원들에게 제시하고 있습니다. 저는 선량하고 진실한 배심원들 열두 명의 모습을 지켜보았는데 그들은 확실히 브루노의 주장에 공감하는 듯했습니다. 그에 비해 이쪽은 참으로 모든 상황이 불리하기만 합니다."

레인은 변호사 눈 아래에 그늘이 지는 것을 보았다.

"라이먼 씨, 드위트가 그 문제의 전화를 건 장본인의 정체를 밝히지 않으려는 것이 겁을 먹고 있기 때문이라고 보십니까?"

"모르겠습니다."

라이먼이 초인종을 누르자 일본인이 손에 쟁반을 받쳐 들고 조용히 들어왔다.

"레인 씨, 무얼 좀 드시지요. 크림 코코아나 아니스 술을 좀 드시겠습니까?"

"그보다는 블랙커피나 한잔 마시고 싶군요."

일본인이 물러갔다.

라이먼은 눈앞에 종이를 한 장 집어 들며 말을 이었다.

"솔직히 말씀드리자면……, 드위트는 처음부터 애를 먹이고 있습니다. 그가 아예 체념하고 있는 건지, 아니면 뭔가 달리 빠져나갈 방법이라도 있다는 건지 저로서는 도무지 알 수가 없습니다. 만약 체념하고 있다면 그는 이미 자기의 운명을 확정해버린 셈입니다. 하지만 저는 최선을 다했습니다. 아시고 계시겠지만, 오늘 오후 브루노는 검사 측의 논고를 모두 마쳤습니다. 내일부터는 제가 변론을 시작하게 되죠. 오늘 폐정 후에 판사실에서 그림 판사를 만났는데 말을 잘 않더군요. 브루노 쪽은 아주 자신만만한 것 같았습니다. 이미 이긴 거나 다름없다고 큰소리치는 것을 저희 직원 중 한 사람이 듣기도 했답니다. 그렇지만 저는 변호사 일을 하며 얻은 경험에 따라 언제나 이렇게 생각하고 있습니다. '*Bei so grosser Gefahr kommt die leichteste Hoffnung in Anschlag.* (커다란 위기에 맞닥뜨렸을 때에는 아무리 사소한 희망이라도 놓쳐서는 안 된다.)'라고 말입니다."

"셰익스피어에 견줄 만한 게르만 정신주의로군요. 그래서 어떤 변론을 계획하고 계십니까?"

레인이 중얼거리듯이 말했다.

"브루노의 논고의 이면을 공격하는 수밖에 달리 방법이 없습니다. 곧, 모든 것은 미리 계획된 모함이라고 항변하는 것입니다."

라이먼이 말을 이었다.

"저는 이미 반대신문 때에도 어떤 한 가지 점을 들어서 브루노의 약점을 찔렀습니다. 롱스트리트 사건 뒤에 드위트가 두 번이나 우드의 전차에 탔다는 점을 인정하더라도 그것만으로 우드가 어떻게 해서 드위트의 범죄 사실을 알게 되었는지는 설명이 되지 않는다는 점입니다. 이 점을 들어서 배심원들 앞에서 브루노를 몰아세웠죠. 요컨대 드위트가 그 전차에 탔던 것은 습관적인 행동이었을 뿐이라는 거죠. 그리고 이 점은 배심원들도 전적으로 납득하는 눈치였습니다. 하지만 이러한 브루노의 약점에도 불구하고 우드의 시체에서 나온 시가라는 직접 증거만은 어쩔 도리가 없었습니다. 이게 골칫거리죠."

레인은 일본인이 건네주는 커피 잔을 받아 들고 생각에 잠긴 채로 마셨다. 라이먼은 리큐어 잔을 만지작거리다가 어깨를 으쓱하고는 말했다.

"그뿐만이 아닙니다. 드위트의 가장 나쁜 적은 다름 아닌 그 자신이라고 말할 수 있습니다. 어디에서도 우드에게 시가를 준 일이 없다고 경찰에 말하지만 않았더라도 충분히 배심원들을 납득시킬 수 있을 만한 변호를 펼칠 수가 있었을 겁니다. 더욱이 그날 밤의 얼빠진 거짓말이라니……. 정말이지 한심합니다."

그는 작은 술잔의 술을 홀짝거리며 마셨다.

"처음엔 배를 한 번 탔을 뿐이라고 해놓고선 나중에 가서 두 번 왕복했음을 인정했고, 전화로 불러낸 인물이 있다는 미심쩍은 얘기도 했고……. 솔직히 말해서 법정에서 이 점을 비웃은 브루노를 탓할 수는 없습니다. 드위트라는 인간을 잘 모른다면 나 또한 그 사실을 믿지 못할 테니까요."

레인이 부드럽게 말을 시작했다.

"하지만…… 그 증거 앞에서는 드위트에 대한 당신의 개인적 평가를 배심원들에게 납득시킬 수 없으시다는 말씀이시죠? 지당한 말씀이십니다……. 라이먼 씨, 오늘 밤의 얘기로 미루어 볼 때 당신이 최악의 사태를 예상하고 계신 것은 분명한 듯하군요. 하지만 어쩌면……."

레인은 미소를 머금은 채 커피 잔을 내려놓고 말을 이었다.

"우리가 힘을 합친다면 괴테의 그 '사소한 희망'을 이용할 수 있을지도 모릅니다."

라이먼은 고개를 가로저었다.

"말씀은 감사합니다만 그 방법을 모르겠군요. 법률적으로 말해서 제가 할 수 있는 최선의 방도는 브루노의 상황 증거에다 가능한 한 많은 의문을 제기하여 그 결과에 미심쩍은 점이 있다는 이유로 배심원이 무죄 평결을 내리도록 만드는 것뿐입니다. 쉽지 않은 일이지만 이것이 최선의 공격 방법입니다.

드위트가 한사코 입을 다물고 있는 이상, 그의 무죄를 입증하고자 아무리 떠들어봤자 공연한 시간 낭비일 뿐이겠죠."

레인은 두 눈을 감았다. 라이먼은 입을 다물고서 상대방의 잘생긴 머리를 신기한 듯이 바라보았다. 노배우는 눈을 떴다. 라이먼은 그 잿빛의 두 눈동자 깊숙한 곳에서 놀라움의 빛이 번득이는 것을 확인했다.

레인이 말했다.

"라이먼 씨, 이것은 정말이지 저로서는 놀랄 만한 일입니다. 이 사건을 조사하고 있는 예리한 두뇌의 소유자들이 모두 저 보잘것없어 보이는 베일을 꿰뚫어 보고 그 아래에 가로놓여 있는 진실을 잡으려고 하지 않으니까요. 적어도 내게는 사진처럼 명료해 보이는데 말입니다."

어떤 빛이 라이먼의 얼굴에 떠올랐다. 그것은 다름 아닌 희망의 빛, 어렴풋한 기대의 빛이었다.

라이먼은 재빨리 질문을 했다.

"그러시다면, 저희가 전혀 모르는 중요한 사실을 파악하고 계신다는 말씀인가요? 드위트의 무죄를 입증할 수 있는 그 어떤 것을 말입니까?"

레인은 양손을 마주 잡았다.

"라이먼 씨, 당신은 드위트가 우드를 죽이지 않았다고 진심으로 믿습니까?"

"그건 좀 달갑잖은 질문이군요."

변호사는 불만인 듯이 중얼거렸다.

레인은 머리를 흔들고는 미소를 지었다.

"좋습니다. 그럼 그 점은 별개로 하고…… 방금 제가 언급한 사진처럼 명료해 보이는 진실에 대해 말씀드리겠습니다. 당신은 제가 마치 새로운 사실이라도 발견한 듯 그 자리에서 결론지으셨죠? 라이먼 씨, 제가 알고 있는 것은 섬 경감이든 브루노 검사든 또한 당신 자신이든, 그 사건이 일어난 밤에 관한 사실들과 상황들을 빈틈없이 조사한다면 알 수 있는 것일 뿐입니다. 드위트는 상당히 영리한 두뇌를 가졌으므로 조건만 다르다면, 아마도 자기 자신이 이 사건의 중심인물이 아니었다면 진실을 간파했으리라 생각합니다."

라이먼은 더 참지 못하고 의자에서 벌떡 일어났다.

"제발 어서 말씀해주십시오, 레인 씨! 대체 그게 뭐란 말입니까? 아아…… 저는 이제야 다시 희망을 품기 시작했습니다!"

그는 흥분해서 외쳤다.

레인은 싱긋 미소 지었다.

"앉으시지요, 라이먼 씨. 그럼 잘 들으시기 바랍니다. 뭣하시다면, 메모를 하시는 것도 좋겠지요."

"잠깐만 기다려주십시오, 잠깐만요!"

라이먼은 선반 쪽으로 달려가서 기묘하게 생긴 기계를 안고서 곧 돌아왔다.

"구술용 녹음기를 가져왔습니다. 마음껏 얘기해주십시오, 레인 씨. 그러면 제가 그걸 밤새 검토해서 내일 아침엔 한번 그 위력을 발휘해보겠습니다!"

라이먼은 책상 서랍에서 검은 밀랍 원통을 꺼내 기계에 장치하고서 레인에게 송화기를 건넸다. 레인은 녹음기를 향해 조용히 말하기 시작했다. 9시 30분에 레인이 돌아갔다. 라이먼은 흥분을 감추지 못했다. 번쩍이는 두 눈에서 피로한 기색은 전혀 찾아볼 수 없었고 그의 손은 어느새 전화기를 움켜잡고 있었다.

# 제14장

**형사재판소**

***10월 9일 금요일 오전 9시 30분***

작은 키의 노인인 그림 판사가 검은 법복을 몸에 두른 채 위엄 있게 법정 안으로 들어서자 정리가 나무망치를 두드렸다. 이어서 개정을 알리는 소리가 들리고 사람들의 움직임이며 속삭임이 멎자 법정 밖의 복도에까지 미친 정숙한 분위기 속에서 찰스 우드 살해 용의자인 존 드위트의 다섯 번째 공판이 시작되었다.

법정은 방청객들로 가득 차 있었다. 판사석 앞의 울타리 안에는 법정 속기사의 책상 양옆으로 테이블 두 개가 있었다. 그 한쪽에는 브루노 지방 검사와 섬 경감 그리고 부하들 몇 명이 앉아 있었고, 또 한쪽에는 프레더릭 라이먼, 존 드위트, 라이어넬 브룩스, 로저 셸던 그리고 법률사무소 직원들 여남은 명이 앉아 있었다. 그리고 울타리 너머 방청석의 가득 들어찬 인파 속에는 군데군데 낯익은 얼굴들이 자리하고 있었다. 배심원석에서 그다지 멀지 않은 한쪽 구석에 드루리 레인이 꼽추 노인 퀘이시와 함께 앉아 있었다. 법정 다른 쪽에는 프랭클린 에이헌, 진 드위트, 크리스토퍼 로드, 루이 임피리얼, 드위트의 집사인 조겐스가 무리 지어 앉아 있었다. 그들과 그다지 떨어지지 않은 곳에는 검은 상복 차림의 체리 브라운과 음울한 표정의 폴룩스가 자리했다. 마이클 콜린스는 입술을 깨물고 혼자 앉아 있었다. 롱스트리트의 비서 안나 플랫도 외따로 있었다. 그리고 훨씬 뒤쪽의 좌석에는 베일로 얼굴을 가린 펀 드위트 부인이 불가사의한 표정을 하고서 꼼짝도 않고 앉아 있었다.

준비가 갖춰지자 원기를 회복한 라이먼이 힘차게 자리에서 일어나 테이블 뒤에서 걸어 나왔다. 그는 자못 유쾌한 듯이 배심원석을 한번 둘러보고 지방 검사를 향해 싱긋 웃고 난 뒤에 입을 열었다.

"재판장님, 변호인 측의 첫 번째 증인으로 피고인 존 드위트 씨를 신청하는 바입니다!"

브루노가 놀란 눈을 하고서 의자에서 엉거주춤 일어섰다. 법정 안에 웅성거림이 번지자 섬 경감은 당황한 듯이 고개를 흔들었다. 지금까지 자신감에 차서 침착하게 앉아 있던 지방 검사의 얼굴에 희미한 불안의 빛이 스쳤다. 그는 섬 경감 쪽으로 고개를 돌리며 한 손으로 입을 가리고는 속삭였다.

"라이먼이 대체 무슨 꿍꿍이속으로 저러는지 모르겠소. 살인 사건 재판에서 피고를 증인으로 끌어내다니! 이건 우리 쪽에 공격의 기회를 주는 거나 다름없잖소."

섬은 어깨를 으쓱해 보였다. 브루노는 의자에서 자세를 고쳐 앉으며 중얼거렸다.

"분명히 뭔가 노리는 게 있는 모양이오."

존 드위트는 침착한 목소리로 선서를 격식대로 끝마친 뒤에 이름과 주소를 말하고는 증인석에 앉아 두 손을 맞잡고 질문을 기다렸다. 법정은 쥐 죽은 듯이 조용해졌다. 드위트의 작은 체구와 너무나 침착해서 거의 무관심에 가까운 태도는 몹시도 불가사의해 보였다. 배심원들은 모두 앞으로 몸을 내밀었다.

라이먼이 다정한 어조로 말했다.

"당신의 나이는 몇 살입니까?"

"쉰한 살입니다."

"직업은요?"

"주식 중개업입니다. 롱스트리트 씨가 사망하기 전에는 드위트 앤드 롱스트리트 사의 공동 대표였습니다."

"드위트 씨, 9월 9일 수요일 밤 당신이 사무실을 나와서 위호켄 선착장에 도착하기 전까지의 일을 법정과 배심원 여러분께 말씀해주십시오."

드위트는 거의 평상시에 대화하는 것처럼 말해나갔다.

"저는 5시 30분에 타임스 스퀘어 출장소를 나와 지하철을 이용해서 월가의 증권거래소 클럽으로 갔습니다. 저녁 식사 전에 가벼운 운동을 할 생각으로 체육관으로 갔지요. 수영이나 할까 하고요. 그런데 체육관에서 운동 기구에 오른손 집게손가락을 다치고 말았습니다. 피가 났고 길고 흉한 상처가 생겼지요. 클럽 의사인 모리스 박사가 곧 응급처치로 피를 멎게 해주고는 상처를 소독해주었습니다. 모리스 박사가 손가락에 붕대를 감아주려고 했지만 저는 그럴 것까지는 없다고 생각해서……."

"잠깐만요, 드위트 씨."

라이먼이 부드럽게 말을 가로막았다.

"손가락에 붕대를 감을 것까지는 없다고 생각하신 것은 당신이 체면에 신경을 쓰는 분이시기 때문에……."

그때 브루노가 펄쩍 뛰듯이 일어나더니 유도신문이라고 큰 소리로 이의를 제기했다. 그림 판사가 그 이의를 인정했다. 라이먼은 미소 지으며 말했다.

"그럼 붕대를 감지 않은 데에는 뭔가 다른 이유가 있었습니까?"

"그렇습니다. 그날 밤엔 늦게까지 클럽에 있을 작정이었습니다. 그래서 모리스 박사의 응급처치로 지혈도 되었는데 굳이 보기 흉하게 붕대를 감아 불편을 느끼고 싶지 않았던 것입니다. 게다가 붕대를 감고 있으면 무슨 일인지 묻는 친구들의 질문에 일일이 대답해야 하죠. 저는 그런 일에는 꽤 예민한 성격이거든요."

브루노가 다시 자리에서 일어났다. 떠들썩하게 한바탕 논쟁이 벌어졌다. 이윽고 그림 판사는 지방 검사를 자리에 앉게 하고 라이먼에게 질문을 계속하도록 몸짓으로 일렀다.

"드위트 씨, 말씀을 계속해주십시오."

"모리스 박사는 제게 손가락을 굽히거나 부딪치면 상처가 터져 다시 출혈이 있을 테니 주의하라고 말했습니다. 그래서 저는 수영을 포기하고서 약간 불편한 손놀림으로 옷을 입고 저녁 식사를 함께 하기로 약속한 친구 프랭클린 에이헌과 클럽의 식당으로 갔습니다. 우리는 식사를 마친 뒤에 제가 아는 다른 사업상의 친구들과 함께 클럽에서 시간을 보냈습니다. 콘트랙트 브리지를 한판 하지 않겠느냐고들 했지만, 저는 손가락을 다친 탓에 거절해야만 했지요. 그러다가 10시 10분에 클럽을 나와 택시로 42번 스트리트 끝머리에 있는 선착장 터미널로 갔습니다……."

다시 브루노가 자리에서 일어나 그 증언은 '부적절, 무관계, 불필요'한 것이라고 강하게 이의를 제기하며 피고의 증언 전부를 기록에서 삭제할 것을 요구했다.

라이먼이 말했다.

"재판장님, 방금 진술한 피고의 증언은 적절하고 또한 관련성이 있으며 고발된 범죄에 대해 피고의 무죄를 입증할 수 있는, 변론 전개상 매우 중요한 것입니다."

다시 한 번 잠시 동안의 논쟁이 벌어졌다. 그림 판사는 지방 검사의 이의를 기각하고 라이먼에게 질문을 계속하게 했다. 그러나 라이먼은 브루노 쪽으로 돌아보며 상냥하게 말했다.

"브루노 검사, 증인에게 묻고 싶은 것이 있으시면 말씀하십시오."

브루노는 잠깐 망설이며 얼굴을 찌푸렸으나, 이윽고 자리에서 일어나더니 사나운 기세로 드위트를 공격하기 시작했다. 브루노는 십오 분 동안 법정을 들끓게 하며 드위트를 공격하여 진술을 뒤흔들어 롱스트리트와 관련된 사실을 캐내려고 안간힘을 썼다. 이 공격들에 라이먼은 가차 없이 이의를 제기했고 그때마다 판사의 지지를 얻었다. 마침내 그림 판사의 힐책을 받은 뒤에야 지방 검사는 맥 빠진 표정으로 자리에 앉으며 이마의 땀을 닦았다.

드위트는 그 어느 때보다도 창백한 얼굴로 증언대에서 내려와 변호인 측 테이블의 자기 자리로 되돌아갔다.

"변호인 측의 두 번째 증인으로 프랭클린 에이헌 씨를 신청합니다."

라이먼의 발언에 드위트의 친구는 그때까지 앉아 있던 사람들 무리 속에서 멍한 표정으로 일어났다. 그는 서둘러 통로를 나와 방청석의 칸막이를 지나 증언대로 나갔다. 선서를 끝낸 그는 벤저민 프랭클린 에이헌이라고 정식 이름을 밝힌 뒤에 웨스트 잉글우드의 자기 주소를 말했다. 라이먼은 두 손을 주머니에 찔러 넣고서 부드럽게 물었다.

"에이헌 씨, 당신은 어떤 직업에 종사하고 계십니까?"

"은퇴한 엔지니어입니다."

"피고에 대해서 잘 아십니까?"

에이헌은 드위트 쪽을 보면서 싱긋 미소 지었다.

"네, 육 년 동안 사귄 친구입니다. 우리는 한동네에 살고 있고 그는 저의 가장 친한 친구입니다."

"에이헌 씨, 질문에만 대답해주시기 바랍니다……. 그럼, 9월 9일 수요일 밤, 거래소 클럽에서 피고와 만나셨습니까?"

라이먼이 날카롭게 말했다.

"네, 만났습니다. 드위트 씨가 한 말은 모두 사실입니다."

"에이헌 씨, 제발 질문에만 대답해주십시오."

라이먼은 또다시 날카롭게 말했다.

의자의 팔걸이를 움켜잡고 있던 브루노는 묵묵히 몸을 뒤로 기대어 마치 전에는 한 번도 본 적 없다는 듯이 에이헌의 얼굴을 바라보았다.

"그날 밤 저는 거래소 클럽에서 드위트 씨를 만났습니다."

"몇 시에, 어디에서 그를 처음 만났습니까?"

"7시 조금 전쯤 식당 휴게실에서 만났습니다. 그래서 곧바로 식사를 하러 안으로 들어갔습니다."

"그럼 당신은 그때부터 10시 10분까지 줄곧 피고와 함께 있었습니까?"

"그렇습니다."

"피고는 방금 자신의 증언대로 10시 10분에 당신과 헤어져 클럽을 나갔습니까?"

"그렇습니다."

"에이헌 씨, 당신은 드위트 씨의 친구이니만큼 그가 체면에 신경을 쓰는 성격인지 아닌지를 아시죠?"

"물론입니다. 어렵잖게 말할 수 있죠. 그는 체면에 신경을 쓰는 성격입니다."

"그렇다면 그가 손에 붕대를 감지 못하게 한 건 그의 성격으로 미루어 볼 때 당연하겠군요?"

"물론이죠!"

에이헌이 순순히 대답하자마자 브루노가 자리에서 일어나 이 질문과 답변에 이의를 제기했다. 판사는 그 이의를 인정했고 기록은 양쪽 모두에서 삭제되었다.

"그날 밤 식사 도중에 드위트 씨가 손가락을 다친 것을 알았습니까?"

"네, 식당에 들어가기 전부터 알게 되어 제가 그 이유를 물어봤습니다. 드위트 씨는 체육관에서 다쳤다고 하면서 다친 손가락을 제게 보여주었습니다."

"손가락을 보셨단 말씀이죠? 그럼, 그때 그 손가락의 상처 상태는 어땠습니까?"

"갓 생긴 듯했고 보기 흉한 모양이었습니다. 손가락 안쪽으로 4센티미터쯤의 길이로 깊은 상처가 나 있었습니다. 피는 이미 멎어 있었고요……. 그러니까 상처의 피가 멎어서 갓 생긴 딱지가 나 있었죠."

"식사 중에나 또는 그 뒤에 혹시 그 상처와 관계된 일이 일어나지 않았습니까?"

에이헌은 턱을 어루만지며 잠자코 생각에 잠겼다. 그러다가 문득 고개를 들었다.

“드위트 씨는 그날 밤 내내 그 다친 오른손을 약간 거북해하는 듯했습니다. 그리고 식사 때에도 왼손밖에 쓰지 못했습니다. 웨이터가 드위트 씨의 고기를 대신 썰어주어야만 했죠.”

“브루노 검사, 이제 질문하시죠.”

브루노는 증인석 앞을 큰 걸음으로 서성거렸다. 에이헌은 조용히 기다렸다. 브루노는 턱을 내밀고 적의 어린 시선으로 에이헌을 바라보며 말했다.

“방금 당신은 피고의 가장 친한 친구라고 증언했습니다. ‘가장 친한 친구’라고 말입니다. 그런데 에이헌 씨, 가장 친한 친구를 위해 위증을 하시지는 않으시겠죠?”

배심원석에서 누군가 소리 죽여 웃었고 그와 동시에 라이먼이 웃으면서 자리에서 일어나 이의를 제기했다. 그럼 판사는 그 이의를 인정했다.

브루노는 ‘자, 아무튼 내가 무슨 얘기를 하고 싶었는지는 모두 머릿속에 넣었겠죠?’ 하는 투로 배심원들을 둘러보았다. 그런 그는 에이헌 쪽으로 몸을 틀었다.

“그날 밤 10시 10분에 당신과 헤어지고 나서 피고가 어디로 가려 했었는지 알고 계셨습니까?”

“몰랐습니다.”

“당신이 피고와 함께 나가지 않은 것은 어떤 이유에서였습니까?”

“드위트 씨가 누구와 만날 약속이 있다고 했기 때문입니다.”

“누구를 말입니까?”

“거기에 대해선 말하지 않았습니다. 물론 저도 묻지 않았고요.”

“피고가 클럽을 나간 뒤에 당신은 무엇을 했습니까?”

라이먼이 다시 자리에서 일어나 지겨운 듯 씁쓰레하게 웃으면서 이의를 제기했다. 그럼 판사가 다시 이의를 인정했다. 브루노는 약간 못마땅한 몸짓으로 증인을 놓아주었다.

라이먼은 자신에 넘친 모습으로 앞으로 나갔다.

"세 번째 증인으로……."

그는 일부러 느긋하게 검찰 측의 테이블로 시선을 옮기며 말을 이었다.

"섬 경감을 신청합니다."

섬 경감은 흡사 사과를 훔치다가 들킨 소년처럼 몸을 흠칫 움츠렸다.

그는 브루노를 보았다. 브루노가 고개를 설레설레 흔들었다. 경감은 발소리도 요란하게 앞으로 나아가며 라이먼을 노려보았고, 선서를 하고 나서 증인석에 앉은 뒤에는 불만스러운 표정으로 기다렸다.

라이먼은 마치 이 상황을 즐기고 있는 것처럼 보였다. '어떻습니까? 저는 저의 의뢰인의 변호를 위해서라면 저 위대한 섬 경감을 불러내는 것조차 조금도 두렵지가 않단 말입니다.'라고 말하는 듯이 미소 띤 표정으로 배심원들을 둘러보았다. 그는 장난치듯이 섬을 향해 손가락을 흔들었다.

"섬 경감님, 당신은 찰스 우드의 시체가 발견되었을 때 모호크호의 수사를 담당하셨죠?"

"그렇소!"

"시체가 강에서 올라오기 직전에 당신은 어디에 있었습니까?"

"배 북쪽인 상부 갑판 난간에 있었소."

"그때 혼자 있었습니까?"

"아뇨!"

섬은 이를 악물고 울부짖듯이 대답했다.

"그럼 누구와 함께 있었습니까?"

"피고와 드루리 레인 씨와 함께 있었소. 갑판에는 부하도 몇 명인가 있었지만 나와 함께 난간 쪽에 있었던 사람은 피고와 레인 씨뿐이었소."

"그때 당신은 드위트 씨의 손가락 상처를 보았습니까?"

"그렇소!"

"어떻게 보게 되었습니까?"

"그때 그는 난간에 기대 있었는데 왼손으로 난간을 꽉 쥔 채 오른손은 팔꿈치를 구부려 난간에 그냥 올려놓고 있었소. 아무래도 그 모양이 거북스러워 보여서 내가 물었더니 그가 말하길 그날 밤 클럽에서 다쳤다고 했소."

"그 상처를 주의해서 보았습니까?"

"'주의해서'라니, 무슨 뜻이죠? 상처는 보았소. 방금 그렇게 대답했잖소?"

"아아 경감님, 화는 내지 마십시오……. 그때 보았던 상처의 모양을 설명해주실 수 있겠습니까?"

섬은 순간 당황한 눈길로 아래쪽에 있는 지방 검사를 내려다보았다. 그러나 브루노는 턱을 괴고서 귀를 기울이고만 있었다. 섬이 어깨를 으쓱하고는 대답했다.

"다친 손가락은 약간 부풀어 있었고 상처는 갓 생긴 듯했소. 말라붙은 딱지가 상처 전체를 덮고 있었소."

"상처 전체를 말입니까, 경감님? 그러니까 딱지는 완전히 하나였고 한 군데도 터진 곳이 없었단 말씀이죠?"

섬의 찌푸린 얼굴에 놀라는 빛이 떠올랐다. 그의 목소리에서 적의가 사라졌다.

"그렇소. 꽤 잘 굳어 있는 듯이 보였어요."

"그럼 그 상처는 어지간히 아물어 있었다는 건가요?"

"그렇소."

"그럼 당신이 본 상처는 아주 갓 생긴 상처는 아니었겠군요? 곧, 그 난간 쪽에서 보기 직전에 찢어지거나 해서 생긴 상처는 아니었단 말씀이시죠?"

"질문의 의도를 잘 모르겠습니다. 의사가 아니라서 말입니다."

라이먼은 윗입술을 당기며 웃었다.

"좋습니다, 경감님. 그럼 질문의 방법을 바꾸기로 하죠. 당신이 본 상처는 갓 입은 새 상처였습니까?"

경감은 몸을 꿈틀거리며 말했다.

"그건 어리석은 질문이오. 딱지가 생겨 있었다고 했는데 갓 입은 상처일 수야 없지 않소?"

라이먼이 싱긋 웃었다.

"그렇습니다, 저는 바로 그 점을 듣고 싶었던 겁니다……. 그럼 이제부터는 당신이 드위트 씨의 상처를 보고 난 뒤에 일어난 일에 대해 법정과 배심원 분들께 말씀해주시기 바랍니다."

"마침 그때 시체가 쇠갈퀴에 걸렸기 때문에 우리는 하부 갑판으로 통하는 문으로 뛰어갔소."

"그때 드위트 씨의 상처와 관계된 일이 뭔가 일어나지 않았던가요?"

"일어났소. 피고가 먼저 문에 이르러서 손잡이를 잡았는데 그 순간 피고는 작은 신음을 내질렀어요. 그래서 보니까 다친 손가락의 상처가 터져 피가 흐르고 있더군요."

섬은 시무룩한 표정으로 대답했다.

라이먼은 몸을 앞으로 내밀고 섬의 건장한 무릎을 툭툭 가볍게 치면서 한 마디 한 마디 힘주어 말했다.

"피고가 단지 문의 손잡이를 잡았을 뿐인데도 딱지가 터져서 상처에서 피가 흘러나왔단 말씀이죠?"

섬이 머뭇거리자 브루노는 절망적으로 고개를 흔들었다. 그 눈에는 비통한 빛마저 떠올라 있었다.

"그렇소."

섬이 우물거리듯이 대답했다.

라이먼은 틈을 주지 않고 질문을 계속했다.

"피가 흐르기 시작한 뒤에도 그 상처를 보았나요?"

"드위트는 잠깐 동안 손수건을 찾느라 손을 든 채로 있었소. 그래서 보니까 딱지가 군데군데 터지고 그 터진 틈새에서 피가 흐르고 있었어요. 그래서 그는 손수건으로 손을 싸맸고 그런 뒤에 우리는 하부 갑판에 도착했소."

"경감님, 당신은 그때 본 피가 흐르는 상처가 그 직전에 난간 쪽에서 본 터지지 않은 상처와 완전히 동일한 것임을 증언하실 수 있겠습니까?"

"그렇소."

섬은 체념한 듯이 대답했다.

그러나 라이먼은 집요하게 질문을 계속했다.

"그렇다면 새로운 상처는 하나도 없었다는 겁니까? 긁힌 정도의 상처도 말입니다."

"그렇소."

"이것으로 됐습니다, 경감님……. 자, 브루노 검사, 반대신문을 하시죠."

그렇게 말한 뒤에 라이먼은 배심원들에게 의미 있는 미소를 지어 보이고서 물러났다. 브루노는 초조한 듯이 고개를 내저었고 섬은 증인석에서 내려왔다. 브루노의 표정에는 '혐오', '경악', '이해'라고 할 만한 감정이 복잡하게 뒤섞여 있었다. 라이먼이 다시 앞으로 나오자 흥분해서 몸을 앞쪽으로 내밀고 있던 방청객들은 서로 수군덕거렸고 신문기자들은 기록하느라 정신이 없었다. 정리는 큰 소리로 정숙할 것을 명했다. 브루노 지방 검사는 슬그머니 고개를 돌리며 누군가를 찾는 듯이 법정을 둘러보았다.

라이먼은 침착하고 자신에 찬 태도로 모리스 의사를 증언대로 불러냈다. 거래소 클럽 소속의 근엄한 중년 사내인 의사는 방청석에서 나와 선서를 하고 휴 모리스라는 이름과 주소를 말한 뒤에 증인석에 앉았다.

"당신은 의사이시죠?"

"그렇습니다."

"근무처는요?"

"증권거래소 클럽에서 전속 의사로 근무합니다. 벨뷔 병원의 파견 의사이기도 하고요."

"의사로서의 경력은 어떻게 되십니까?"

"뉴욕 주에서 의사 면허를 받은 이래로 이십일 년 동안 일해오고 있습니다."

"피고를 잘 아십니까?"

"그렇습니다. 그가 거래소 클럽의 회원이 된 이래 지금까지 십 년 동안을 알고 지냈습니다."

"모리스 씨, 당신도 이미 9월 9일 밤 운동 기구에 오른손 집게손가락을 다친 드위트 씨의 상처에 관해 앞서 나온 증인들의 증언을 들으셨을 겁니다. 체육관에서 일어났던 일에 대한 이제까지의 증언들은 당신의 지식과 소신에 비추어 볼 때 모든 점에서 정확한 것입니까?"

"그렇습니다."

"피고가 붕대를 거절하자, 다친 손가락에 주의를 주신 것은 어떤 이유에서였습니까?"

"다친 손가락을 갑자기 구부리게 되면 아물려던 상처가 다시 터질 수 있는 상태였기 때문입니다. 그 상처는 집게손가락의 위쪽 관절에까지 뻗어 있었습니다. 예컨대 그날 밤이었다면 그냥 손을 쥐는 것만으로도 상처의 양쪽이 부풀어 아물어가던 상처의 딱지가 터지고 말았을 겁니다."

"결국 손에 붕대를 감으려고 하신 것은 그런 이유에서였군요?"

"그렇습니다. 상처의 부위도 노출되어 있어 터지기 쉬웠으므로 약을 적신 붕대를 감아두면 설사 상처가 터진다고 하더라도 곪는 것을 방지할 수 있죠."

"잘 알겠습니다, 모리스 씨."

라이먼은 재빨리 말을 이었다.

"그런데 모리스 씨, 앞서 증언한 섬 경감이 배의 난간 앞에서 본 상처와 딱지의 상태를 설명하는 것을 들으셨을 테죠? 그래서 여쭤보는 겁니다만, 섬 경감이 처음 본 그런 상처가 십오 분 전에 터져 있었을 수도 있는 것입니까?"

"그 말씀은 곧, 십오 분 전에 터져 있던 상처가 경감이 설명한 그런 상태로 될 수 있겠느냐는 질문이십니까?"

"그렇습니다."

"그런 일은 절대로 일어날 수 없습니다."

의사는 힘주어 대답했다.

"어째서 그렇습니까?"

"설사 상처가 터졌던 것이 한 시간 전이라 하더라도 섬 경감님이 말씀하신 것처럼 딱지가 온전하게 하나로 이어져서 완전히 말라붙어 있을 수는 없는 노릇입니다."

"그렇다면 섬 경감의 설명으로 미루어 볼 때 당신이 클럽에서 치료하신 그 상처는 피고가 문의 손잡이를 잡기 전까지는 터지지 않았다고 생각하십니까?"

그때 브루노가 사나운 기세로 이의를 제기했다. 그러나 그와 동시에 모리스 의사가 침착하게 대답했다.

"그렇게 생각합니다."

격렬한 논쟁이 오가는 동안 라이먼은 상당한 반응을 일으키며 수군대는 배심원들을 의미 있는 눈길로 둘러보았다. 라이먼은 조용히 회심의 미소를 지었다.

"모리스 씨, 섬 경감이 피고의 상처를 보기 몇 분 전에, 피고가 상처에 손상을 입지 않고서 91킬로그램의 물체를 잡아 올려 그걸 난간 너머로, 그것도 폭이 80센티미터 가까이나 되는 벼랑 저쪽으로 내던질 수 있었을까요?"

다시 브루노가 벌떡 일어나 분노에 찬 목소리로 이의를 제기했다. 그러나 판사는 전문적인 의견을 구하는 방금 질문은 변호인 측의 논증과 관계가 있는 것으로 간주하고 브루노의 이의를 기각했다.

모리스 의사가 말했다.

"그건 절대로 불가능합니다. 상처가 터지지 않고서 방금 얘기하신 것과 같은 그런 일이 일어날 수는 없다고 봅니다."

라이먼은 명백한 승리의 미소를 떠올리며 당당하게 브루노를 바라보았다.

"브루노 검사, 반대신문을 하시죠."

법정 안은 흥분에 싸였고, 브루노는 아랫입술을 지그시 깨물고는 의사를 노려보았다. 검사는 우리에 갇힌 맹수처럼 증언대 앞을 서성거렸다.

그림 판사가 법정 안에 정숙을 명하며 나무망치를 두드렸다. 브루노는 법정이 조용해질 때까지 기다렸다가 입을 열었다.

"모리스 씨, 당신은 선서를 하셨고 전문적인 지식과 경험에 입각해 앞서와 같은 증언을 하셨습니다. 곧 피고의 상처가 앞서 섬 경감이 설명한 것과 같이 아문 상태였다면 피고가 상처에 손상을 입지 않고 오른손을 사용해 91킬로그램의 물체를 난간 너머로 던질 수는 없다고……."

"재판장님, 이의가 있습니다. 검사의 질문은 증인이 긍정한 질문과 일치하지 않습니다. 증인이 긍정한 앞서의 질문에는 80센티미터 정도의 튀어나온 부분이 있다는 말이 있었습니다."

라이먼이 침착하게 말했다.

"질문을 정정하시오, 검사."

그림 판사가 말했다.

브루노는 거기에 응했고, 모리스 의사가 부드럽게 대답했다.

"그 질문에 이미 저는 그렇게 생각한다고 대답했습니다. 그러한 제 의견에 제 명예를 걸어도 좋습니다."

변호인 측 자리로 돌아온 라이먼은 브룩스에게 속삭였다.

"브루노 저 친구 불쌍하게 됐군. 저렇게 당황하는 꼴은 이제껏 본 일이 없단 말이야. 그 점을 반복할수록 배심원들에게 점점 더 강한 인상만 주게 될 텐데 말이야!"

그러나 브루노는 아직 꺾이지 않았다. 그는 사나운 기세로 물었다.

"그런데 모리스 씨, 당신은 어느 쪽 손을 말씀하셨던가요?"

"물론, 손가락을 다친 오른손이지요."

"그러나 앞서 설명한 행동을 하는 데 있어서 만약 피고가 왼손을 사용했다면 오른손의 상처는 터지지 않았을 테죠?"

"물론 오른손을 쓰지 않았다면 상처는 터지지 않았을 겁니다."

브루노는 배심원석을 지그시 바라보았다. 마치 이렇게 주장하는 듯했다. '자, 아시겠죠, 여러분? 이 야단스러운 소동도 결국에는 아무런 의미가 없단 말입니다. 드위트는 왼손을 사용한 거니까요.' 그는 모호한 미소를 떠올리며 자리로 돌아가 앉았다. 그러자 모리스 의사는 증언대에서 내려서려고 했다. 하지만 라이먼이 재빨리 증인의 재신문을 요청했다. 의사는 재미있다는 듯이 다시 자리에 앉았다.

"모리스 씨, 방금 검사는 피고가 왼손만으로 시체를 처리했을 거라고 암시했습니다. 그렇다면 당신의 견해로는 피고가 왼손만을 사용해 오른손의 상처에 신경을 쓰면서, 의식을 잃은 데다 91킬로그램이나 나가는 찰스 우드의 몸을 들어 올리고, 게다가 난간 너머 튀어나온 부분 저편으로 내던져 배에서 떨어뜨릴 수 있었다고 생각하십니까?"

"그렇게 생각하지 않습니다."

"어째서입니까?"

"저는 의사로서 드위트 씨에 대해 잘 알고 있습니다. 우선 첫 번째로 그가 오른손잡이라서 왼손의 힘은 여느 오른손잡이들의 경우와 마찬가지로 훨씬 약하다는 것을 알고 있습니다. 또 키가 작고 가냘파 체중은 불과 52킬로그램밖에 안 되는 힘이 약한 사람이라는 걸 알고 있습니다. 이런 사실로 미루어 볼 때 52킬로그램의 사람이 단지 한 손만으로, 그것도 약한 쪽의 손을 사용하여 지금 말씀하신 대로 91킬로그램의 몸을 처리한다는 것은 불가능하다고 할 수 있습니다."

법정 안의 흥분은 걷잡을 수 없을 정도였다. 신문기자 몇 명이 법정 밖으로 뛰쳐나갔다. 배심원들도 고개를 끄덕이며 흥분한 어조로 얘기를 주고받았다. 브루노가 자리에서 일어나 달아오른 얼굴로 뭐라고 외쳐댔으나 아무도 그에게 주목하지 않았다. 가까스로 소란이 진정되었을 때, 브루노는 쉰 목소리로 보다 정확한 의학적 의견을 알아보기 위해 두 시간의 휴정을 요구했다.

그럼 판사가 외쳤다.

"앞으로 남은 공판 중에 이처럼 수치스러운 소란을 되풀이할 경우에는 전원 퇴정을 명하고 입구를 폐쇄하겠소! 휴정 요구에 동의하여 오후 2시까지 휴정하겠습니다."

나무망치를 두드리는 소리가 났다. 모두 기립하여 그림 판사가 자기 방으로 물러가길 기다렸다. 다시 큰 소란이 일었다. 바닥을 울리는 구두 소리와 서로 격론을 하는 떠들썩한 소음이 소용돌이쳤다. 배심원들이 퇴정했다. 드위트는 여느 때와는 달리 평정을 잃고서 숨을 몰아쉬며 의자에 앉아 있었다. 그 창백한 얼굴에는 아직도 믿기지 않는 듯한 표정이 엿보였지만 그 가운데에서도 안도의 빛이 떠올라 있었다. 브룩스는 프레더릭 라이먼의 손을 잡고서 펌프질하듯이 위아래로 흔들며 성공적인 변론을 축하했다.

"몇 년 동안 이토록 눈부신 변론은 들어본 적이 없었네, 프레드!"

소용돌이치는 혼란 속에서 검찰 측 테이블 앞에 앉은 브루노 지방 검사와 섬 경감은 반쯤은 우스꽝스러운 부아를 억누르며 서로 마주 보았다. 신문기자들이 변호인 측의 테이블을 둘러쌌다. 정리 한 사람이 기자들에게 에워싸인 드위트를 보호하느라 애를 먹고 있었다.

섬 경감이 앞으로 몸을 기울이며 신음하듯이 말했다.

"브루노, 꼴이 말이 아니게 됐소. 아무래도 당신은 좋은 웃음거리가 된 거 같군요."

"그건 당신도 마찬가지라고, 섬! 당신 또한 좋은 웃음거리라고. 어쨌든 증거를 수집하는 것은 당신 역할이었으니까. 그리고 난 그것을 제출했을 뿐이지."

브루노가 뜨악하게 대꾸했다.

"그건 나도 부정하지 않겠소."

경감은 미간을 찌푸리며 말을 이었다.

"아무튼 우리는 두 사람 다 뉴욕에서 으뜸가는 바보가 된 셈이오."

브루노는 서류를 가방에 아무렇게나 쑤셔 넣으며 화가 잔뜩 난 목소리로 말했다.

“당신은 누구보다 사건 내용을 잘 알고 있었으면서도 그런 빤한 진실에 한 번도 달려들려고 하지 않았소.”

“그거야 나도 할 말이 없소. 나도 정말 멍청한 놈이오. 하지만 당신도 마찬가지요. 그날 밤 드위트가 손수건으로 손을 싸매고 있는 걸 보고서도 무엇 하나 물어보지 않았으니.”

경감이 낮고 무거운 목소리로 대꾸했다.

갑자기 브루노가 가방을 떨어뜨리며 두 눈을 빛냈다.

“이것이 프레더릭 라이먼의 머리에서 나왔을 리 없어! 빌어먹을, 이번 일은 뻔하오! 이건 틀림없이…….”

경감도 성난 목소리로 맞장구를 쳤다.

“맞았소! 물론 레인이오. 제기랄! 보기 좋게 우릴 한 방 먹였소. 하긴 이것도 그 늙은이를 믿지 않았던 탓이겠지만 말이오.”

두 사람은 의자에 앉은 채로 몸을 돌려 썰렁해진 법정을 둘러보았다. 레인의 모습은 어디에도 보이지 않았다.

브루노가 허전한 듯한 목소리로 말했다.

“도망쳐버렸군. 저기에 있었는데……. 섬, 어쨌든 이번 일은 우리의 실수요. 레인은 처음부터 말렸으니까요.”

그는 문득 어리둥절한 표정으로 중얼거렸다.

“하지만…… 그도 나중에는 우리가 드위트를 기소하길 바라는 눈치였잖소? 그러면서도 그동안 줄곧 이 결정적인 비책을 숨기고 있었다니. 어쨌든 이상해요.”

“나도 마찬가지요.”

“대체 어째서 드위트의 목숨을 담보로 하는 이런 위험한 짓을 한 걸까요?”

“그건 그렇지가 않소. 그 결정적인 비책이 있었으니 걱정할 게 없었을 거요. 곧 드위트를 구해낼 수 있다고 확신했던 거지. 하지만 어쨌든 이 점만큼은 분명히 말해두겠소."

경감은 냉담하게 말하더니 자리에서 일어나 원숭이 같은 두 팔을 벌리고 털북숭이의 마스티프처럼 몸을 부르르 떨며 말을 이었다.

"이제부터 이 섬 경감은 드루리 레인 할아범의 말씀이라면 얌전히 듣기로 하겠소! 특히 X의 사건에 관해서는 더더욱 말이오!"

## 제3막: 제1장

*리츠 호텔의 스위트룸*

*10월 9일 금요일 오후 9시*

드루리 레인은 파티의 주인공인 존 드위트의 얼굴을 가만히 지켜보고 있었다. 드위트는 친구들 한 무리에 둘러싸여 밝게 얘기를 나누고 있었는데, 거리낌 없는 농담이 던져질 때마다 재치 있게 받아넘기곤 했다.

게다가 드루리 레인은 연구에 연구를 거듭한 결과 마침내 찾고자 하는 것을 발견한 과학자처럼 아늑한 내적 만족감을 느끼고 있었다. 존 드위트가 성격 연구의 재료로 상당히 흥미로운 윤곽을 드러냈기 때문이다. 여섯 시간 사이에 그는 차갑고 딱딱한 갑옷으로 무장한 인간에서 생기 있고 재치에 넘치는 사람, 총명한 동료, 상냥한 파티의 주인공이 되어 있었다. 목소리가 그르렁거리는 노인 배심원장이 여윈 턱을 빠르게 떨면서 감옥의 빗장을 여는 '무죄'라는 주문을 외친 순간, 드위트는 가냘픈 가슴을 펴고 안도의 한숨을 내쉼과 동시에 침묵의 갑옷을 벗어던져 버린 것이었다.

결코 그는 오늘 밤만은 내성적인 인간이 아니었다! 이제부터 축하의 인사말과 웃음소리와 술잔 부딪치는 소리로 가득 찬 석방 축하연이 시작되기 때문이다.

사람들은 리츠 호텔의 스위트룸에 모여 있었다. 한쪽 방에는 접시와 술잔과 꽃들이 놓인 길쭉한 테이블이 준비되어 있었다. 진 드위트의 얼굴은 싱싱한 장밋빛으로 물들어 있었고 그녀 옆에는 크리스토퍼 로드가 서 있었다. 프랭클린 에이헌은 친구 드위트의 가냘픈 몸을 내려다보며 서 있었고, 멋쟁이 루이 임피리얼, 라이먼과 브룩스도 있었다. 그리고 드루리 레인이 그들과 떨어진 곳에 홀로 서 있었다.

드위트가 양해를 구하고서 잡담을 주고받던 동료들한테서 빠져나왔다. 방 한쪽 구석에서 두 사내가 마주 보았다. 드위트는 어디까지나 겸손한 태도였고 레인은 쾌활하고 자연스러운 표정이었다.

"레인 씨, 죄송합니다. 좀처럼 빠져나오기가 힘이 들어서요. 아무튼 뭐라고 감사의 말씀을 드려야 좋을지 모르겠습니다."

레인은 가볍게 웃었다.

"라이먼 씨 같은 입이 무거운 변호사도 때로는 충동적으로 쓸데없는 말을 하는 모양이군요."

"우선 앉으시지요, 레인 씨……. 그렇습니다. 프레더릭 라이먼에게서 들었습니다. 찬사를 받아야 할 사람은 자신이 아니라 당신이라고 하더군요. 정말 놀라운 솜씨로 진실을 파헤쳐주셨습니다. 정말 훌륭하십니다."

드위트의 날카로운 눈에 흥분의 빛이 떠올랐다.

"누구든 생각해낼 수 있는 일이죠."

"아닙니다. 결코 누구나 할 수 있는 일은 아닙니다, 레인 씨."

드위트는 행복한 한숨을 쉬었다.

"오늘 밤 당신이 저의 초대에 응해주신 것을 제가 얼마나 큰 영광으로 여기고 있는지 아마 모르실 겁니다. 당신이 이런 모임에는 관심이 없으시고 좀체 참석을 하지 않으신다는 것은 저도 잘 알고 있지요."

"그렇습니다."

레인이 미소를 떠올리며 말을 이었다.

"하지만 드위트 씨, 이번에는 사정이 좀 다릅니다. 분명히 저는 참석했습니다. 그러나 제가 이 자리에 참석한 것은 단순히 즐거운 모임이나 당신의 간곡한 초대에 이끌려서만은 아닙니다."

그 어떤 어두운 그림자가 드위트의 얼굴을 스쳤으나 다음 순간 이내 사라졌다.

"실은 문득 이런 생각이 들었기 때문입니다……."

레인은 여느 때와는 달리 훨씬 약한 목소리로 말을 이어갔다.

"당신이 제게 어떤 얘기를 털어놓고 싶어 할지도 모른다고 말입니다."

드위트는 곧바로 대답하지 않았다. 그는 주위를 돌아보았다. 명랑한 애기 소리에 귀를 기울였고, 나긋나긋하고 아름다운 자기 딸의 모습을 바라보았으며, 방 저편에서 들려오는 에이헌의 조용한 웃음소리를 들었다. 야회복 차림의 웨이터가 연회장의 미닫이문을 열었다.

드위트는 고개를 돌려서 한 손을 슬며시 두 눈에 갖다 댔다. 그러고는 눈꺼풀을 누르며 생각을 정리하려는 듯이 꼼짝도 하지 않았다.

"저어…… 레인 씨, 당신은 정말 예사롭지 않은 분이시군요."

그는 눈을 뜨고 배우의 엄숙한 얼굴을 뚫어지게 바라보더니 말을 이었다.

"레인 씨, 당신에게 모든 걸 맡기기로 하겠습니다. 그러는 수밖에는 방법이 없을 것 같군요."

그 목소리에는 굳은 결의가 담겨 있었다.

"그렇습니다. 사실 당신에게 긴히 말씀드리고 싶은 것이 있습니다."

"과연 그러셨군요."

"하지만 지금은 말씀드릴 수가 없습니다."

드위트는 강하게 고개를 저었다.

"길고도 따분한 얘기이니까요. 그걸로 모처럼 맞는 이 밤을 엉망으로 만들고 싶진 않습니다. 당신이나 저 자신, 두 사람 모두를 위해서 말입니다."

그의 잿빛 손에 경련이 일었다.

"오늘 밤은 저로서는 특별한 밤입니다. 저는 끔찍한 운명에서부터 가까스로 벗어났습니다. 진이…… 제 딸이……."

레인은 천천히 고개를 끄덕였다. 그는 드위트의 공허한 눈에 비친 것은 진의 모습이 아니라 펀 드위트의 모습이 틀림없으리라고 생각했다. 비탄의 원인은 아마도 자신의 아내가 이곳에 없다는 사실 때문이리라. 드위트는 그 특유의 강한 인내심으로 배신한 아내를 아직도 사랑하고 있음이 틀림없다고 레인은 속으로 생각했다.

드위트는 천천히 일어섰다.

"부디 오늘 밤은 저 친구들과 어울려주셨으면 합니다. 나중에 모두 함께 웨스트 잉글우드의 제 집으로 가기로 되어 있답니다. 간단한 축하가 준비되어 있으니까요……. 만약 주말을 저희와 함께 지내주신다면 필요로 하시는 건 무엇이든 마련하겠습니다. 브룩스도 오늘 밤은 저희 집에 묵기로 했답니다. 잠자리는 조금도 불편하지 않게 해드릴 수 있습니다."

이어서 드위트는 전혀 다른 말투로 덧붙였다.

"그리고 내일 아침이 되면 단둘이 있을 수 있습니다. 그때, 저는 당신이 오늘 밤 마법과도 같은 직관으로 제가 말하리라 예상하신 그 얘기를 모두 들려드리겠습니다."

레인은 일어나서 드위트의 어깨에 가볍게 손을 얹었다.

"잘 알겠습니다. 모든 것을 잊으십시오. 적어도 내일 아침까지는 말입니다."

"언제나 내일 아침이란 있는 거겠죠?"

드위트는 중얼거렸다. 그들은 발걸음을 옮겨 다른 사람들 틈에 섞였다. 레인은 어쩐지 명치 근처가 메슥거렸다. 따분하군……. 당장에 그는 지루함을 느꼈다. 그는 사람들 속에서 미소를 떠올리고 있었지만 야회복 차림의 웨이터가 사람들을 연회장으로 안내하는 동안 문득 그의 머리 한구석에 작은 빛이 반짝이기 시작했다. 그는 생각에 잠겼다.

'내일이 오고, 내일이 오고 또 내일이 와서…… 이 세상 최후의 한순간까지…….' 빛이 밝게 흔들렸다. '……티끌로 돌아가는 죽음의 날까지.'*《맥베스》의 유명한 대사-옮긴이* 그는 한숨을 쉬었고, 자신의 팔에 라이먼의 팔이 감기는 것을 깨닫고는 다시 미소를 떠올리며 사람들을 따라 연회장으로 향했다.

즐거운 파티였다. 에이헌은 미안해하면서 채소 요리를 특별 주문했는데,

이미 토케이 포도주에 입을 대고 있었다. 그러고는 임피리얼에게 어느 체스 시합에 대해 열심히 설명했다. 그러나 임피리얼은 그 얘기에는 거의 무관심했고 테이블 너머로 진 드위트에게 재치 있는 말을 속삭이는 데에만 열심이었다. 라이어넬 브룩스의 금발 머리는 방 한쪽의 종려나무 잎사귀 그늘에서 현악단이 연주하는 매끄러운 선율에 따라 가볍게 흔들리고 있었다.

크리스토퍼 로드는 옆자리의 진을 곁눈질하면서 하버드 대학 축구팀의 예상 성적에 대해 이야기했다. 드위트는 조용히 앉은 채 사람들의 이야기 소리, 바이올린의 선율, 방, 식탁, 요리, 안온함 따위의 모든 것을 즐기고 있었다. 레인은 그런 드위트를 자세히 지켜보고 있었다. 그리고 포도주로 얼큰해진 라이먼이 자신에게 일어나서 뭐든 한마디 해달라는 요청을 해왔을 때는 가볍게 뿌리쳤다.

식사가 끝나고 커피와 흡연을 즐기는 시간이 되자 프레더릭 라이먼이 갑자기 일어나더니 손뼉을 치며 사람들을 주목하게 했다. 그는 술잔을 들어 올리며 말했다.

"평소와 같으면 저는 건배 따위의 습관은 경멸합니다. 그것은 치마 속에 풍성한 틀을 대고 어릿광대들이 판을 치던 지난 시대의 낡아 빠진 유물이기 때문이지요. 하지만 오늘 밤은 건배를 할 멋진 명분이 있습니다. 한 사람의 석방을 축하하는 자리이기 때문이죠."

그는 환한 미소를 띤 표정으로 드위트를 내려다보았다.

"존 드위트의 영원한 건강과 행운을 위하여!"

모두 술잔을 비웠다. 드위트가 몸을 비틀거리며 자리에서 일어났다.

"저는……."

그의 목소리는 서두에서 끊겼다. 드루리 레인은 미소를 짓고 있었지만 메슥거리는 가슴의 증세는 더욱 심해졌다.

"프레드와 마찬가지로 내성적인 사람입니다."

별 이유도 없이 사람들이 웃었다.

"하지만 여러분께 이 자리에 있는 한 분을 소개하고자 합니다. 지난 몇십 년 동안 몇백만이나 되는 지식인들에게는 동경의 대상이었고 수많은 관중 앞에 서면서도 그 누구보다도 수줍음을 잘 타시는 분, 바로 드루리 레인 씨입니다!"

모두 다시금 술잔을 비웠다. 레인은 다시 미소를 지어 보였지만 사실은 어디론가 멀리 도망가버리고 싶은 심정이었다. 그는 자리에 앉은 채로 울림이 좋은 바리톤의 목소리로 말했다.

"이런 경우를 당하고도 어렵잖게 이겨내는 분들이 저는 정말 부럽습니다. 무대 위에서는 냉정을 잃지 않습니다만, 이 같은 자리에서 침착성을 유지할 수 있는 기술은 아직껏 익히지 못한 탓에……."

"제발 부탁합니다, 레인 씨!"

에이헌이 소리를 질렀다.

"어쩔 수 없군요."

레인은 자리에서 일어났다. 그의 두 눈이 이제까지의 따분함을 물리치고 빛을 발하기 시작했다.

"뭔가 설교조의 말씀을 드려야 할 것 같은데, 제가 전문으로 취급하는 것은 승려의 경문이 아니라 대본이기 때문에 아무래도 제 설교에는 연극 용어가 튀어나오고 말 듯합니다."

레인은 자신의 옆에서 조용히 귀를 기울이고 앉아 있는 드위트에게로 고개를 돌리고 말했다.

"드위트 씨, 당신은 인간의 감정에 가장 상처를 받을 무서운 경험을 했습니다. 생사를 결정짓는 것이지만 오류가 있을 수도 있는 평결을 피고석에 앉아 끝없는 세월을 보내는 것 같은 심정으로 묵묵히 기다렸습니다. 이것은 확실히 이 사회의 가장 불가사의한 형벌입니다. 그와 같은 고통에 처해도 위엄을 잃지 않고 견뎌낼 수 있었다는 것은 너무나도 장한 일입니다. 저는 프랑스의 저술가 시에예스가 공포정치 시대에 무엇을 했는가라는 질문을 받고서 대답한 약간 익살스러우면서도 비극적인 말이 생각납니다. 그가 한 대답은 '살아 있었다.'였습니다. 이것이야말로 기개와 달관을 지닌 인간이 아니면 해낼 수 없는 대답이 아닐까요?"

레인은 깊이 한숨을 들이켜고 전혀 표정을 바꾸지 않은 채로 모두를 둘러보았다.

"아마도 인내하는 용기보다 더 위대한 미덕은 없을 것입니다. 이 말이 진부하다는 것 자체가 이 말이 진리임을 보증하는 것입니다."

모두 한결같이 조용했는데 그중에서도 드위트는 손가락 하나 움직이지 않았다. 그는 이 의미심장한 말이 파도처럼 자신의 몸속으로 스며들어 자기 몸의 일부가 되는 것을 느끼고 있는 듯했다. 그러한 말들이 오직 자신에게로만 향하고 자신에게만 의미를 지니고 또한 자신만을 위로해주고 있다고 느끼는 듯했다.

드루리 레인은 머리를 들어 올리며 말을 이었다.

"저의 버릇대로 오랜 옛날부터 내려오는 훌륭한 금언을 끌어내어 이 명랑한 모임에 어두운 그늘을 드리우더라도 용서해주시리라 믿습니다. 어차피 저로 하여금 지껄이게 만든 것은 여러분이니까요……."

그는 목소리에 힘을 주며 이야기를 진행했다.

"셰익스피어의 작품 가운데에서 그 진가를 충분히 인정받지 못하는 작품의 하나인《리처드 3세》에는 악인의 이면에 자리 잡고 있는 선에 대해 묘사한 구절이 있습니다. 그 깊은 통찰력은 얄밉다는 생각이 들 정도입니다."

그는 고개를 숙이고 있는 드위트의 머리를 천천히 내려다보았다.

"드위트 씨, 지난 몇 주일 동안의 경험은 다행히도 당신에게서 살인 혐의를 거두게 해주었습니다. 하지만 그것으로 큰 문제가 해결된 것은 아닙니다. 왜냐하면 우리 주변 어딘가에는 이미 두 사람의 목숨을 지옥으로 보낸, 아니 살해된 사람들을 위해서는 천국이라고 말하고 싶습니다만, 여하튼 그러한 살인자가 정체를 감춘 채 숨어 있기 때문입니다. 그런데 이 살인자의 성격이나 그의 영혼에 대해 생각해본 사람이 우리 중 몇이나 있을까요? 비록 진부한 생각일지는 몰라도 그 인간에게도 영혼이 있고 우리의 정신적 안내자들의 말을 믿는다면 그의 영혼 또한 불멸의 것입니다. 우리 대부분은 살인자를 보통의 인간과는 다른 괴물로 생각하고 있습니다. 우리 자신의 마음속 깊숙한 곳에도 아주 사소한 자극에 따라 살인을 저지를 수 있는 약점이 도사리고 있음을 깨닫지 못하는 것입니다……."

방 안의 공기를 무겁게 만드는 침묵이 감돌았다. 레인은 주저 없이 얘기를 계속했다.

"그럼, 여기서 셰익스피어의 가장 흥미로운 극적 인물인 피에 굶주린 불구자 리처드 3세를 작자가 어떻게 관찰했는지 살펴보기로 합시다. 인간의 탈을 쓴 귀신이 있다면 그것은 바로 리처드 3세일 것입니다. 그런데 모든 것을 꿰뚫어 볼 수 있는 안목을 지닌 셰익스피어는 대체 그의 무엇에 주목했던 걸까요? 리처드 3세 자신의 통렬한 독백 속에서 그걸 찾아보기로 하죠……."

갑자기 레인은 태도와 표정과 목소리를 바꾸었다. 그 변화가 너무도 교묘하고 느닷없어서 모두 공포에 가까운 기분에 휩싸이며 그를 지켜보았다. 교활, 잔혹, 거칠게 날뛰는 사악한 마음, 오랜 세월에 걸친 극도의 실망이 이제까지의 유쾌한 얼굴을 불길한 주름과 그림자로 덮어버렸다. 드루리 레인은 이제까지와는 전혀 다른 끔찍한 인물 속으로 완전히 용해돼버리고 말았다. 일그러진 입이 벌어지더니 멋진 목청에서 잔뜩 목이 조인 듯한 목소리가 새어 나왔다.

"다른 말(馬)을 달라. 이 상처를 묶어다오! 아아, 살려주십시오, 하느님!"

그 목소리는 고통에 겨운 목구멍에서 찢어질 듯이 쥐어짜는 애처로운 외침으로 높아졌다. 그러다가 갑자기 그 목소리는 억양이 약해지더니 격정도 없고 절망도 없는, 거의 들리지 않을 정도로 낮아졌다.

"아아, 꿈이었구나……."

모두 매혹당한 채 멍청히 넋을 잃고 있었다. 그 목소리는 중얼거리는 투로,

그러나 명료하게 계속되었다.

"'아아 겁쟁이 양심 같으니, 어째서 이다지도 나를 괴롭히느냐. 등불이 파랗구나. 한밤중인 모양이다. 식은땀으로 온몸이 떨려온다. 뭘 겁내는 거지? 나 자신을? 나 이외에는 아무도 없잖아. 리처드는 리처드를 사랑하지. 나는 곧 나니까. 어디 살인자라도 와 있단 말인가? 바보같이……. 아니지 그래, 내가 바로 살인자야. 그럼 도망쳐야지……. 뭐라고, 내가 내 자신으로부터? 그렇지, 커다란 이유가 있지……. 복수가 두렵거든. 뭐, 내가 나를 복수한다고? 아아, 나는 나를 사랑하는데. 어째서냐고? 내가 나 자신에게 뭐 잘해준 것이라도 있기 때문인가? 아아, 그게 아냐! 나는 저 가증스러운 죄악을 저질러온 나 자신을 미워하고 있다고! 나는 악인이야. 그런데도 아닌 척 시치미를 떼고 있지. 자기 얘기를 좋게 말하려는 어리석은 놈이라고. 이 멍청아, 우쭐대지 마라……."

흐트러진 어조로 당장에라도 끊어질 듯이 헤매던 목소리가 느닷없이 다시 높아지면서 비극적인 자책의 외침으로 끓어올랐다.

"내 양심은 천 갈래의 혀를 가졌고, 그 혀 하나하나가 갖가지 얘기를 하지. 그런데 한결같이 나를 악인이라고 아우성치고 있어. 위선이야. 더할 나위 없는 위선이라고. 온갖 죄가, 무거운 죄 가벼운 죄 할 것 없이 온갖 죄가, 유죄 유죄! 하고 외쳐대면서 법정으로 한꺼번에 밀어닥치고 있어. 이젠 끝장이야……. 나를 사랑하는 자는 아무도 없어. 내가 죽더라도 누구 하나 나를 동정하지 않을 거야. 그렇지, 남이 뭣 때문에 나를 동정한단 말인가. 나조차도 나 자신에게는 아무런 동정도 느낄 수가 없는데!"

누군가가 한숨을 쉬었다.

## 제2장

*위호켄 역*

*10월 9일 금요일 오후 11시 55분*

이제 몇 분만 있으면 자정이 될 무렵이었다. 드위트 일행은 위호켄의 서해안선 종착역으로 들어섰다. 창고 같은 잿빛 대합실에는 노출된 철제 빔들이 종횡으로 천장을 가로지르고 있었고, 플랫폼은 벽을 따라 높게 이어져 있었다. 대합실 내에는 사람 그림자가 드물었다. 역 구내로 통하는 출입구 가까이 있는 수화물 취급소에서는 담당 직원이 꾸벅꾸벅 졸고 있었으며, 매점 안에서는 한 사내가 하품을 하고 있었다. 등받이가 달린 긴 벤치는 모두 텅 비어 있었다.

일행은 명랑하게 웃고 떠들며 안쪽으로 들어갔다. 호텔에서 미리 양해를 구하고 자기 아파트로 돌아간 프레더릭 라이먼 외에는 모두 변함없는 얼굴들이었다. 진 드위트와 로드가 매점으로 달려가자 임피리얼이 웃으면서 그들 뒤를 따랐다. 로드는 커다란 사탕 한 상자를 사서 과장된 동작으로 인사를 하며 진에게 내밀었다. 임피리얼도 거기에 지지 않으려는 듯이 잡지를 한 아름 사서는 구두 뒤꿈치 소리를 울리면서 달려가 그녀에게 선사했다. 모피로 몸을 감싼 진은 눈을 반짝이면서 화사한 얼굴에 미소를 머금었다. 그리고 양손을 각기 하나씩 두 사내의 한쪽 팔에 걸치며 그들을 벤치 쪽으로 이끌었다. 세 사람은 벤치에 앉아 지껄이기도 하고 초콜릿을 먹기도 했다.

나머지 네 사람은 매표소 창구 쪽으로 어슬렁어슬렁 걸어갔다. 드위트는 매점 위의 큰 시계를 올려다보았다. 시계 바늘이 12시 4분을 가리키고 있었다.

드위트가 밝은 목소리로 말했다.

"흠, 다음 기차가 출발하는 것은 12시 13분이니까…… 아직은 시간이 좀 남았군요. 그럼, 잠깐 실례하겠습니다."

매표소 창구 앞에서 레인과 브룩스는 드위트와 에이헌 뒤에 한 걸음 물러나 있었다. 에이헌은 드위트의 팔을 잡으며 말했다.

"이봐요, 존. 내가 내겠소."

드위트는 웃으면서 에이헌의 팔을 뿌리치고 매표소 직원에게 말을 걸었다.

"웨스트 잉글우드, 편도로 여섯 장 주시오."

"존, 우린 모두 일곱 사람이에요!"

에이헌이 옆에서 말했다.

"알아요. 하지만 난 50회 회수권을 갖고 있으니까 괜찮소."

역무원이 창구에서 기차표 여섯 장을 내밀었을 때 드위트의 표정이 갑자기 어두워졌다. 하지만 곧 미소 지으며 아무렇지도 않은 듯이 말했다.

"당국에다 지난 회수권의 손해 배상을 청구해야겠소. 기한이 지나버렸소. 내가 이번 일로 교도소에 있는 바람에……."

그는 도중에 말을 문득 끊고서 역무원에게 말했다.

"50회 회수권을 주시오."

"성함은요?"

"존 드위트, 웨스트 잉글우드까지요."

"알겠습니다, 드위트 씨."

직원은 상대의 얼굴을 보려고도 하지 않은 채 바삐 일손을 움직였다. 이윽고 날짜가 찍힌 길쭉한 회수권 다발을 창구에서 내밀었다. 드위트가 지갑에서 50달러 지폐를 꺼낼 때 진의 맑은 목소리가 울렸다.

"아버지, 기차가 오고 있어요!"

직원이 재빨리 거스름돈을 내주자 드위트는 그걸 바지 주머니에 쑤셔 넣고 기차표 여섯 장과 회수권을 손에 든 채로 함께 있던 세 사람을 뒤돌아보았다.

"뛰어야 할까요?"

라이어넬 브룩스가 물었다. 네 사람은 서로의 얼굴을 바라보았다.

"아뇨, 아직 시간은 충분합니다."

드위트는 그렇게 대답하며 기차표와 새 회수권을 조끼의 왼쪽 윗주머니에 넣고서 웃옷의 단추를 채웠다.

그들은 대합실을 빠져나가 진, 로드, 임피리얼과 합류해 지붕이 덮인 역 구내의 싸늘한 공기 속으로 나아갔다. 12시 13분발 구간 열차가 들어왔다. 일행은 쇠창살로 된 개찰구를 지나 긴 콘크리트 플랫폼을 나아갔다. 다른 승객들 몇몇이 띄엄띄엄 그들 뒤를 따라왔다. 맨 뒤쪽 객차에는 등불이 꺼져 있었으므로 그들은 계속 걸어가 뒤쪽에서 두 번째 객차에 올라탔다.

여남은 명의 다른 승객들도 같은 객차 안에 각각 자리를 잡고 앉았다.

## 제3장

*위호켄-뉴버그 구간 열차*

*10월 10일 토요일 오전 12시 20분*

일행은 두 그룹으로 나누어 앉았다. 진과 로드 그리고 기사도에 충실한 임피리얼은 객차의 꽤 앞쪽에 앉아서 잡담에 여념이 없었고, 드위트와 레인과 브룩스와 에이헌은 객차의 중간쯤 좌석에 서로를 마주 보며 묵묵히 앉아 있었다.

열차가 아직 위호켄 역을 출발하지 않고 있을 때, 드위트의 얼굴을 멍하니 바라보고 있던 변호사가 맞은편에 앉은 드루리 레인한테로 고개를 돌리고는 불쑥 말했다.

"저어, 레인 씨. 오늘 밤 당신이 들려주신 말씀 가운데 몹시 흥미로운 부분이 있습니다. 죽음의 형벌을 내릴 것인가, 아니면 석방하여 새로운 인생을 부여할 것인가 하는 배심의 평결을 피고석에서 기다리는 그 짧은 한순간을 '끝없는 세월'이라고 압축해 말씀하셨죠. 끝없는 세월이라! 정말 멋진 말이에요, 레인 씨."

"과연 적절한 말입니다."

드위트가 맞장구쳤다.

브룩스는 드위트의 침착하기만 한 얼굴을 힐끗 훔쳐보았다.

"당신도 그렇게 생각하십니까?"

"그때 저는 언젠가 읽었던 어떤 소설이 생각났습니다. 앰브로즈 비어스의 작품이었다고 생각합니다. 무척 이색적인 얘기였습니다. 교수형을 당하는 사내를 묘사한 것이었는데, 숨이 끊어지기 직전의 그 뭐랄까, 분자적이라고도 할 수 있는 그 짧은 한순간에 이 사내의 머릿속에는 자신의 일생 동안에 일어났던 온갖 일들이 생생히 떠오르는 거였죠. 그러니까 '문학'에는 당신이 말씀하신 바로 그 '끝없는 세월'이란 사고방식이 있습니다. 아마 그 밖의 많은 작가들도 그걸 다루었을 겁니다."

"그 작품은 저도 읽은 기억이 나는군요."

레인이 대답했다. 브룩스 옆에서 드위트가 고개를 끄덕였다.

"시간에 관한 문제는 몇 년 전부터 학자들이 주장하고 있듯이 상대적인 것입니다. 예컨대 꿈이란 잠에서 깨어났을 때에는 밤새도록 꾼 듯한 생각이 들지만 어떤 심리학자들의 주장에 따르면 실은 잠들어 있는 반무의식의 상태와 잠에서 깨어나 의식을 되찾을 때의 경계 선상에서 한순간에 꾸는 것이라고 합니다."

"그건 저도 들은 일이 있습니다."

에이헌이 말했다. 그는 드위트와 브룩스의 맞은편에 앉아 있었다.

브룩스가 다시 드위트를 바라보면서 말을 이었다.

"그런데 내가 정말 알고 싶은 것은…… 그 묘한 심리 현상이 당신의 경우에는 어떠했는가 하는 것이오, 존. 우리 중 대부분이 그렇겠지만, 오늘 평결을 받기 직전에 당신이 무슨 생각을 했는지가 궁금했어요."

"아마도, 드위트 씨는 말하고 싶지 않으시겠죠."

드루리 레인이 부드럽게 말했다.

"아뇨, 그렇지 않습니다."

주식 중개인의 두 눈은 빛났고 얼굴에는 생기가 돌았다.

"그 순간 저는 저의 전 생애에 걸쳐서 가장 놀라운 경험을 했습니다. 그건 비어스의 이야기와 방금 레인 씨가 말씀하신 꿈에 대한 이야기를 모두 입증할 수 있는 경험이라 할 수 있습니다."

"설마, 그 순간에 당신의 전 생애가 뇌리를 스치고 지나갔다는 것은 아니겠죠?"

에이헌이 매우 회의적인 표정으로 말했다.

"이건 정말 엉뚱하고도 기묘한 얘기입니다만……."

드위트는 빠른 어조로 말하면서 녹색 쿠션에 등을 기댔다.

"한 사람의 정체를 알게 되었던 겁니다. 구 년쯤 전에 저는 뉴욕에서 어떤 살인 사건을 재판하는 배심원으로 선발된 일이 있었습니다. 그때 피고는 덩치는 컸지만 보잘것없는 노인이었습니다. 그는 어느 싸구려 하숙집에서 한 여자를 찔러 죽인 혐의를 받고 있었습니다. 일급 살인 사건으로 담당 지방 검사는 이 사건이 계획적 범행이었음을 확실히 입증했고, 이 사내의 범죄 행위에 대해서도 의문의 여지가 없었습니다. 그러나 그 짧은 공판이 이루어지는 동안 내내, 그리고 그 뒤 배심원실에서 그의 운명을 토의하고 있을 때에도 저는 어딘가에서 그 피고와 만난 일이 있었던 것 같은 기분이 들었습니다. 이럴 경우에는 누구나 다 그럴 테지만, 저 또한 기를 쓰고 머리를 쥐어짜서 그의 정체를 떠올리려 해보았습니다. 하지만 그가 누구인지, 어디서, 언제 만났는지 무엇 하나 생각이 나지 않았습니다."

강하게 증기를 내뿜는 소리가 나고 크게 한 번 흔들리더니 기차는 덜컹거리며 출발하기 시작했다. 드위트는 약간 목소리를 높였다.

"얘기하자면 길지만 간단히 말씀드리죠. 제출된 증거로 보아 이 사내가 유죄라는 대체적인 의견에 동조해서 저도 유죄 표를 던졌고, 배심의 평결이 있은 뒤에 사내는 그대로 형을 선고받아 처형되었습니다. 그 이후 나는 그 사건을 까맣게 잊고 있었습니다."

기차는 정거장을 벗어나기 시작했다. 드위트가 얘기를 잠시 멈추고서 입술을 축이는 동안 누구 한 사람도 입을 열지 않았다.

"그런데 묘한 일이 일어난 겁니다. 제 기억으로는 그 후 구 년의 세월이 흐르는 동안 저는 그 사내에 대해서나 그 사건에 대해서 두 번 다시 생각한 적이 없습니다. 그런데 오늘 배심원장이 제게는 너무나도 중대한 평결을 내리려 할 때, 그러니까 곧 재판장의 질문 마지막 음절과 배심원장의 답변 첫마디 사이의 그 터무니없을 만큼 짧은 순간이었습니다. 돌연 이렇다 할 이유도 없이, 지금은 흙이 되었을 그 사내의 얼굴이 떠올랐고 그와 동시에 그 사내가 누구였는지 그리고 저와는 어디에서 만났는가 하는 의문이 죄다 풀렸던 것입니다. 그 일을 완전히 잊고서 구 년이나 지난 뒤에 말입니다."

"그래, 그는 누구였습니까?"

브룩스가 호기심 어린 표정으로 물었다.

드위트가 미소를 머금었다.

"아까도 말했듯이 기묘한 일입니다. 이십 년 전쯤에 남미를 떠돌아다닐 무렵, 저는 베네수엘라의 사모라 지방에 있는 바리나스라는 곳에 머무른 일이 있었지요. 그런데 어느 날 밤, 숙소로 돌아가던 중에 어두운 골목길을 지나다가 사나운 격투가 벌어지는 소리를 듣게 되었습니다. 그 무렵의 저는 나이도 젊었고 지금보다는 훨씬 대담했죠. 게다가 저는 권총을 가지고 있었습니다. 저는 가죽 케이스에서 권총을 뽑아 들고서 소리가 나는 골목 안쪽으로 달려갔습니다. 그랬더니 허름한 옷을 입은 두 혼혈아가 한 백인 사내를 습격하고 있는 중이었습니다. 혼혈아 중 한 명이 백인 사내의 머리 위로 단검을 치켜들기에 저는 권총을 쏘았습니다. 총알은 빗나갔지만 두 노상강도는 겁이 났던 모양인지 이미 몇 군데나 상처를 입고 쓰러져 있는 백인 사내를 남겨둔 채 그대로 도망쳐버렸습니다. 심한 상처를 입었을 거라고 생각하면서 그 백인 사내에게 다가갔습니다. 그러자 그는 몸을 일으켜 더러워지고 피로 얼룩진 면바지를 손으로 툭툭 털며 고맙다는 내용의 말을 무뚝뚝하게 우물거렸습니다. 그러고는 다리를 절면서 어둠 속으로 사라졌습니다. 저는 그때 그 사내의 얼굴을 언뜻 보았을 뿐입니다. 그러니까 이십 년 전에 제 손으로 생명을 구해주었던 사내가 그로부터 십 년쯤 뒤에 제 손으로 전기의자로 보냈던 바로 그 사내였던 것입니다. 이것을 하늘의 섭리라고 해야 할까요?"

잠시 이어진 침묵을 깨며 드루리 레인이 말했다.

"두고두고 음미할 가치가 있는 얘기입니다."

기차는 군데군데 불빛이 흩어져 있는 암흑 속을 돌진하고 있었다. 위호켄의 교외였다.

드위트가 계속해서 말을 이어갔다.

"그런데 이상한 것은 이 감질났던 수수께끼가 풀린 것이 하필이면 나 자신의 생명이 위기에 처했을 때였다는 점입니다! 게다가 그 사내의 얼굴은 그토록 오래전에 딱 한 번 봤을 뿐인데 말입니다."

"정말 놀라운 얘기입니다."

브룩스가 말했다.

"인간의 두뇌는 죽음 직전에 더욱 놀라운 일을 해낸답니다."

레인은 잠시 뜸을 들이다가 말을 이었다.

"여덟 달 전쯤에 저는 오스트리아 빈에서 일어났던 살인 사건을 상세히 다룬 기사를 신문에서 읽었는데 이런 내용이었습니다. 어느 사내가 호텔 방에서 사살된 채 발견되었습니다. 그리고 빈 경찰은 어렵잖게 피해자의 정체를 알 수 있었습니다. 피해자는 과거에 경찰의 정보원으로 일한 적이 있는 범죄조직 출신의 사내였습니다. 범죄의 동기는 명백히 복수였으며 아마도 이 사내의 밀고로 혼이 났던 어떤 범죄자의 소행으로 여겨졌습니다. 신문기사에 의하면, 피해자는 죽기 전 몇 달 동안이나 그 호텔에 체류해 있었는데 거의 방 밖으로는 나가지 않았고 식사도 방으로 날라다 먹었을 정도였다고 했습니다. 누군가가 두려워서 숨어 있었던 것이 분명했습니다. 피살된 시체가 발견되었을 때는 마지막으로 먹다 남은 음식이 탁자 위에 그대로 놓여 있었습니다. 그리고 피해자는 그 탁자에서 2미터쯤 떨어진 곳에서 총에 맞았고 그것이 치명상이 되었습니다만 그 자리에서 즉사한 것은 아니었습니다. 그 사실은 총에 맞은 지점에서부터 시체가 쓰러져 있던 탁자 아래까지 양탄자 위에 핏자국이 이어져 있는 것으로 확인되었습니다. 그런데 현장의 상황에는 이상한 점이 한 가지 눈에 띄었습니다. 탁자 위의 설탕 통이 엎어졌고 설탕이 식탁보 위에 흩어져 있었는데, 피살된 사내의 손에도 설탕이 한 움큼 가득 쥐어져 있었던 것입니다."

"재미있군요."

드위트가 중얼거렸다.

"그 상황만을 설명하기는 쉬울 듯했습니다. 사내는 탁자에서 2미터쯤 떨어진 지점에서 총을 맞은 뒤에 탁자 쪽으로 기어가 필사적으로 몸을 일으켜 설탕 통의 설탕을 간신이 움켜쥔 다음에야 죽은 것입니다. 하지만 그 사내는 어째서 그런 행동을 취했을까요? 그 설탕에는 대체 어떤 뜻이 담겨 있는 걸까요? 죽기 직전에 사내가 취한 필사적인 행동을 어떻게 설명해야 좋은 걸까요? 그 빈에서의 통신은 '빈 경찰은 어리둥절해했다.'라는 말로 끝을 맺고 있었습니다."

드루리 레인은 사람들에게 미소 지으며 계속 말했다.

"저는 이 도전적인 의문에 대한 해답이 떠올랐으므로 곧바로 빈에 편지를 보냈습니다. 그리고 이삼 주쯤 지나서 그곳 경찰 책임자가 보낸 답장이 도착했는데, 범인은 내 편지가 도착하기 전에 체포되었지만 피해자와 설탕의 문제는 제 편지에 의해서 비로소 밝혀졌다는 내용이 쓰여 있었습니다."

"그 편지에다 어떤 해답을 적어 보내셨습니까? 저라면 도저히 그 정도의 사항만으로는 답을 낼 수 없겠는데요."

에이헌이 물었다.

"저도 그렇습니다."

브룩스도 그렇게 덧붙였다.

드위트는 입을 묘하게 일그러뜨린 채 심각한 표정을 짓고 있었다.

"드위트 씨, 당신은 어떻게 생각하십니까?"

레인이 다시 미소를 떠올리며 물었다.

"설탕 그 자체가 무엇을 의미하는 건지는 모르겠지만 한 가지 점만은 분명하다고 생각합니다. 죽어가던 그 사내의 행동은 살인자의 정체에 대한 단서를 남기기 위한 것이었다는 점입니다."

레인이 찬사를 보내고서 얘기를 계속했다.

"훌륭합니다! 맞았습니다, 드위트 씨. 그럼 지금부터 설명해드리죠. 잘 들으세요. 그 설탕은 설탕 그 자체로써의 단서였을까요? 곧, 피해자는 범인이 단것을 좋아하는 사람임을 가리키려 했을까요? 아니면 범인이 당뇨병 환자라는 의미일까요? 물론 그렇지 않습니다. 저는 그렇게 생각하지 않았습니다. 왜냐하면 이 단서는 의심할 여지없이 경찰에 알리려고 남긴 것입니다. 그리고 죽어가는 피해자의 입장에서 보면 경찰이 그것을 추리하면 충분히 밝혀낼 가망이 있는 단서를 남겼으리라 생각되기 때문입니다. 한편, 설탕은 이 밖에도 달리 어떤 것을 나타낼 수 있었을까요? 분말 설탕과 비슷하게 생긴 것은 무엇일까요? 그렇습니다. 그것은 백색의 결정 물질입니다! 그래서 나는 빈 경찰의 책임자에게 이렇게 써 보냈습니다. 설탕은 범인이 당뇨병 환자임을 가리키기 위한 것인지도 모르지만 더욱 가능성 있는 해석은 범인이 코카인 상용자라는 것을 가리키기 위한 것일 거라고 말입니다."

모두 레인을 뚫어지게 바라보고 있었다. 드위트가 가볍게 허벅지를 치면서 말했다.

"그렇지, 코카인 또한 하얀 결정 분말이지!"

레인이 계속 얘기했다.

"체포된 범인은, 이곳 미국의 대중지에도 곧잘 코카인 중독자로서 우스꽝스러운 화젯거리를 제공하는 사람 중의 하나였습니다. 답장을 보낸 그곳 경찰의 책임자는 그 사실을 알려주며 제게 거창한 찬사를 잔뜩 늘어놓더군요. 하지만 저는 그 수수께끼를 해결한 것이 그다지 대단한 일이라고는 생각하지 않습니다. 그보다도 제가 흥미를 느낀 것은 피살된 사내의 심리입니다. 그 사내가 남들보다 뛰어난 지능을 갖고 있었다고는 생각되지 않습니다. 그런데도 그의 두뇌 어딘가에서 절묘한 생각이 번득였던 것입니다. 그리고 그는 죽기 직전의 아주 짧은 순간에 범인에 대해서 자신이 남길 수 있는 유일한 단서를 남겼던 것입니다. 곧, 이처럼 죽기 직전의 비할 바 없이 성스러운 순간에 인간의 두뇌는 한없이 비약하는 것입니다."

"맞습니다, 정말 그렇습니다. 정말 재미있는 이야기였습니다, 레인 씨. 하지만 당신은 앞서의 그 추리를 대단한 것이 못 된다고 말씀하셨지만, 당신에게는 사물의 표면에서 내부를 꿰뚫어 볼 수 있는 비범한 재능이 있다고 생각합니다."

드위트가 말했다.

에이헌도 입을 열었다.

"만약 빈에 계셨더라면 경찰의 골칫거리를 무척이나 흡족하게 해결해주셨겠죠."

노스 버건의 거리가 어둠 속으로 사라졌다.

레인은 한숨을 쉬었다.

"저는 곧잘 이런 생각을 한답니다. 만약 인간이 자신의 생명을 노리는 상대와 직면했을 때, 아무리 모호한 것일지라도 상대의 정체를 나타낼 수 있는 단서를 남길 수만 있다면 죄와 벌의 문제도 무척 간단해질 수 있을 거라고 말입니다."

"아무리 모호한 것이라도 말입니까?"

브룩스가 따지듯이 물었다.

"물론입니다, 브룩스 씨. 어떤 단서라도 전혀 없는 것보다는 낫지 않겠습니까?"

그때 모자챙을 깊이 눌러쓴 크고 억세게 생긴 사내가 객차의 앞쪽 문으로 들어섰다. 창백하고 초췌한 얼굴의 사내는 얘기를 나누고 있는 네 사람들 쪽으로 비틀거리며 다가오더니 녹색 바둑무늬 천을 씌운 좌석 등받이에 털썩 기대앉고는 기차의 흔들림에 몸을 맡긴 채 다른 사람들의 어깨 너머로 존 드위트를 노려보았다.

레인은 얘기를 멈추고서 당혹한 듯이 그 사내를 흘끗 바라보았다. 이윽고 드위트는 불쾌한 듯한 목소리로 말했다.

"콜린스 씨."

노배우는 새로운 흥미를 갖고서 그 사내를 바라보았다. 브룩스가 말했다.

"취했군요, 콜린스 씨. 왜 그러시오?"

"당신에겐 볼일이 없소, 엉터리 변호사 양반."

콜린스는 혀 꼬부라진 목소리로 말했다. 그의 두 눈은 핏발이 서리고 광기를 띠고 있었다. 그는 두 눈의 초점을 가까스로 드위트에게 맞추며 정중한 태도를 보이려고 애쓰며 말했다.

"드위트 씨, 당신과 단둘이서 얘기하고 싶소."

콜린스는 모자챙을 젖혀 올리면서 애써 미소를 지어 보이고자 했다. 하지만 그것은 역겨운 억지 미소로만 보였다. 드위트는 연민과 혐오가 뒤섞인 표정으로 상대의 얼굴을 바라보았다.

두 사내가 번갈아가며 말을 하는 탓에 레인의 잿빛 두 눈은 콜린스의 험상궂은 얼굴에서 드위트의 섬세하게 주름진 얼굴로 바쁘게 오가야 했다.

"잘 들어요, 콜린스 씨."

드위트는 약간 음성을 낮추고 말했다.

"몇 번이나 말했다시피 그 건에 대해서는 무엇 하나 해줄 수 없소. 그건 당신도 잘 알고 있을 거요. 그런데 어째서 이렇게 헤살을 놓는 거요? 설마 당신이 지금 우리를 방해하고 있다는 것을 모르지는 않겠죠? 아신다면 점잖게 돌아가시오."

콜린스의 입이 힘없이 일그러지더니 핏발 선 두 눈에 눈물이 맺혔다. 그는 중얼거리듯이 말했다.

"이봐요, 드위트 씨. 당신이 꼭 들어줘야 할 얘기가 있소. 이 일이 나에겐 얼마나 중대한 일인지 당신은 모를 거요. 이건 죽느냐 사느냐의 문제요."

드위트는 망설였다. 다른 사람들은 제각기 시선을 다른 곳으로 돌렸다. 콜린스의 애처로운 모습과 비굴한 태도는 차마 보기에도 딱했던 것이다. 콜린스는 드위트가 망설이는 것을 보자 한 가닥 희망을 걸고서 필사적으로 애걸

했다.

“약속하겠소. 단둘이서 얘기하게만 해준다면 다시는 성가시게 굴지 않기로 맹세하겠소. 이번이 마지막이오. 제발 부탁이오!”

드위트는 냉정한 시선으로 상대의 얼굴을 바라보며 말했다.

“정말입니까, 콜린스 씨? 다시는 성가시게 굴지 않겠지요? 이렇게 쫓아다니며 귀찮게 구는 일도 없을 테고요?”

“그렇소. 믿어주시오!”

핏발이 선 두 눈에 불타오른 한 가닥 희망의 빛은 처절했다. 드위트는 한숨을 쉬고 자리에서 일어나 함께 있던 세 사람에게 양해를 구했다. 그리고 두 사내는 객차 뒤쪽을 향해 통로를 걸어갔다. 드위트는 고개를 숙이고 걸었고, 콜린스는 외면하는 드위트의 얼굴을 들여다보며 몹시 빠른 어조로 몸짓까지 섞어가며 호소하는 투로 열심히 지껄였다. 그러던 중 갑자기 드위트는 걸음을 멈추더니 콜린스를 통로에 남겨놓은 채 일행 세 명이 있는 쪽으로 돌아갔다.

일행들 쪽으로 돌아온 드위트는 조끼 왼쪽 윗주머니에 손을 넣더니 새로 구입한 회수권 다발은 그냥 두고 기차표 여섯 장을 꺼내 에이헌에게 건네주며 말했다.

“차장이 오면 보여줘요. 저 사람하고 헤어지려면 시간이 좀 걸릴지도 모르니까요. 내 것은 나중에 보이겠소.”

에이헌이 고개를 끄덕였다. 드위트는 콜린스가 처량한 모습으로 서 있는 객차 뒤쪽으로 돌아갔다. 드위트가 다가가자 콜린스는 갑자기 기운을 내며 장황하게 호소하기 시작했다. 그들이 출입구를 지나 뒤쪽 승강구 쪽으로 나가는 모습이 잠깐 희미하게 엿보였다. 이어서 나머지 세 사람은 콜린스와 드위트가 맨 뒤에 붙은 어두운 객차의 앞쪽 승강구 쪽으로 건너가는 것을 마지막으로 아무것도 볼 수 없었다.

“콜린스는 불장난을 하다가 손가락을 크게 덴 꼴이죠. 이젠 틀렸어요. 저런 친구를 도와준다면 드위트는 바보예요."

브룩스가 말했다. 에이헌도 말을 이었다.

"롱스트리트의 터무니없는 조언 때문에 입은 손실을 아직도 드위트에게서 보상받으려는 생각인 모양이군요. 하지만 어쩌면 드위트가 그를 딱하게 여겨 무슨 대책을 세워줄지도 모르겠군요. 오늘 밤은 기분도 좋은 데다 목숨을 건졌다는 커다란 기쁨 때문에 롱스트리트가 저지른 실수를 대신 보상해줄 마음이 들만도 하니까요."

드루리 레인은 아무 말도 하지 않았다. 그는 고개를 돌려 뒤쪽 승강구 쪽을 바라보았지만 이미 두 사내의 모습은 보이지 않았다. 그때 앞 출입구에서 차장이 들어와 차표를 검사하기 시작했으므로 모두 다시 자세를 바로 앉으며 긴장을 풀었다. 앞쪽에 앉은 로드가 중간에 앉은 일행이 차표를 가지고 있다고 차장에게 말하고는 뒤를 돌아보며 손으로 가리켰다. 그러나 드위트의 모습이 보이지 않자 놀라는 눈치였다. 차장이 다가왔다. 에이헌이 차장에게 차표 여섯 장을 건네주면서 일행 중 한 사람은 잠시 자리를 비웠으나 곧 돌아올 거라고 설명했다.

"알겠습니다."

차장은 그렇게 말하면서 차표에 펀치 자국을 내어 그것을 에이헌이 앉아 있는 위쪽의 차표꽂이에 끼우고선 그대로 뒤쪽으로 나아갔다.

세 사람은 별 내용이 없는 잡담을 주고받았는데 곧 그 화제도 바닥이 나고 말았다. 에이헌이 양해를 구하고서 자리에서 일어나더니 두 손을 주머니에 찔러 넣은 채 통로를 서성대기 시작했다. 레인과 브룩스는 유언에 관한 얘기에 열중하기 시작했다. 레인은 지난날 셰익스피어 극 공연으로 유럽을 순회하고 있을 당시에 겪었던 기묘한 예를 한 가지 들었고, 브룩스는 모호한 유언이 성가신 법률문제를 일으킨 몇 가지 예를 들었다.

기차는 요란한 소리를 내며 달리고 있었다. 레인은 두 번이나 고개를 돌려 뒤를 돌아보았다. 하지만 드위트나 콜린스의 모습은 보이지 않았다. 노배우의 이마에 희미하게 주름이 잡혔다. 브룩스와의 대화가 잠깐 끊긴 동안 레인은 지그시 생각에 잠겼다. 그러나 곧 자신의 어리석은 생각을 떨쳐버리려는 듯이 고개를 젓고는 다시 입을 열었다.

그들이 탄 구간 열차는 해컨색 교외의 보고타 역에 휘청거리듯이 멈춰 섰다. 레인은 창밖을 내다보았다. 기차가 다시 움직이기 시작했을 때 그의 이마에는 아까보다 더 깊은 주름이 잡혀 있었다. 그는 자신의 시계를 들여다보았다. 바늘은 12시 36분을 가리키고 있었다. 브룩스가 이상하다는 듯이 그를 지켜보았다.

레인이 갑자기 자리에서 일어섰다. 너무나 갑작스러운 동작이어서 브룩스는 자신도 모르게 깜짝 놀라는 소리를 입 밖으로 뱉어냈다.

"죄송합니다, 브룩스 씨."

레인이 재빨리 말을 이었다.

"아마 제 신경이 좀 예민해져서 그런 건지도 모르겠습니다만 아무래도 드위트 씨가 돌아오지 않는 것이 몹시 마음에 걸리는군요. 저쪽에 좀 가보고 오겠습니다."

"뭔가 불상사라도 생겼다고 보십니까?"

브룩스가 놀라며 되물었다. 그도 자리에서 일어나 레인과 함께 성큼성큼 통로를 걸어 나갔다.

"정말이지 별일 없기를 바랍니다만."

두 사람은 초조한 듯이 서성대는 에이헌의 옆을 지나갔다.

"무슨 일이십니까?"

에이헌이 묻자 브룩스가 빠른 어조로 말했다.

"레인 씨께서는 드위트 씨가 돌아오지 않는 게 이상하답니다."

"당신도 같이 갑시다, 에이헌 씨."

레인이 앞장선 채 세 사람은 뒤쪽 출입구를 빠져나가 곧바로 그 자리에서 멈춰 섰다. 하지만 승강구 쪽에는 아무도 없었다. 세 사람은 흔들리는 차량 연결기를 지나 마지막 객차의 승강구 쪽으로도 가보았지만 거기에도 아무도 없기는 마찬가지였다.

세 사람은 얼굴을 마주 보았다. 에이헌이 중얼거렸다.

"이상하군요. 대체 어디로 갔을까요? 저는 두 사람 중 누구도 돌아오는 것을 못 봤는데요. 당신들도 마찬가지일 테죠?"

"특별히 신경을 쓰고 있지는 않았지만 아무튼 돌아오지 않았던 건 분명한 것 같소."

레인은 두 사람의 말에는 아무런 주의도 기울이지 않았다. 그는 한쪽 문으로 다가가 위쪽의 유리를 통해 빠르게 뒤로 밀려가는 어두운 교외 풍경을 내다보았다. 이윽고 그쪽에서 물러 나온 레인은 어두워서 거의 아무것도 분간할 수 없을 것 같은 맨 뒤 객차의 문으로 다가가 유리창 너머로 내부를 들여다보았다. 이 객차는 종점인 뉴버그까지 끌고 가는 여분의 차량으로 내일 아침 러시아워 때에 위호켄행 객차로 사용하려는 것이 분명했다. 레인은 긴장된 얼굴로 분명하게 말했다.

"저는 이 안으로 들어가보겠습니다, 브룩스 씨. 문이 닫히지 않도록 해주십시오. 안이 몹시 어두우니까요."

레인은 문의 손잡이를 잡고 밀었다. 문은 쉽게 열렸다. 잠겨 있지 않았다. 아무런 조명도 없는 어둠에 익숙해지려고 세 사람은 눈을 가늘게 떴다. 그동안 실로 아무것도 보이지 않았다. 레인이 갑자기 옆으로 고개를 돌렸고, 순간 그는 숨을 들이켰다.

문의 왼쪽에 칸막이 방이 있었다. 여느 객차의 입구에서나 흔히 볼 수 있는 작은 칸막이 방이었다. 객차의 앞쪽 벽과 차내의 맨 앞좌석의 등이 닿는 벽이 두 개의 칸막이 역할을 하고 있었고, 바깥쪽에는 보통의 객실 창이 있었으며, 그 맞은편인 레인이 서 있는 쪽에는 칸막이가 없었다. 이 칸막이 방에는 차내의 다른 부분과 마찬가지로 긴 좌석 두 개가 마주 보게 놓여 있었다. 앞쪽 벽과 마주보는 좌석의 창가 쪽 쿠션에 앉아 고개를 한껏 숙이고 있는 사람은 존 드위트였다.

레인은 어둠 속에서 눈을 가늘게 떴다. 주식 중개인은 마치 잠들어 있는 듯이 보였다. 레인은 브룩스와 에이헌에게 등을 떠밀리다시피 해서 두 좌석 사이로 들어가 드위트의 어깨를 가만히 눌러보았다. 하지만 응답이 없었다.

"드위트 씨!"

레인은 날카로운 목소리로 부르며 움직이지 않는 몸을 흔들었다. 역시 응답이 없었다. 하지만 이번에는 드위트의 머리가 조금 흔들리며 두 눈이 보였다. 그리고 곧 다시 아까처럼 꼼짝도 하지 않았다.

그 두 눈은 어둠 속에서도 공허하게 떠 있는 죽은 사람의 눈이었다. 레인은 허리를 굽히고 그의 심장 부근을 더듬었다.

레인은 허리를 펴고서 손가락을 비비며 칸막이 방에서 나갔다. 에이헌은 후들후들 떨면서 꼼짝도 하지 않는 드위트의 으스스한 모습을 바라보고 있었다. 이윽고 브룩스가 떨리는 목소리로 말했다.

"죽었군요."

레인이 말했다.

"제 손에 피가 묻었습니다. 브룩스 씨, 문을 잡고 계시기 바랍니다. 불빛이 필요하니까요. 적어도 전등을 켤 때까지는 그렇게 하고 계셔야 합니다."

그는 에이헌과 브룩스의 옆을 지나 승강구 쪽으로 나갔다.

"두 분 모두 시체에 손을 대서는 안 됩니다."

레인은 엄하게 주의를 주었다. 두 사람 모두 본능적으로 몸을 움츠린 채 공포에 질린 듯이 시체에서 눈을 떼지 못했다.

레인은 머리 위를 둘러보다 찾고 있던 것을 발견하고는 긴 팔을 위로 뻗었다. 그는 손에 쥔 것을 힘주어 몇 번 당겼다. 그것은 비상신호기였다. 요란스러운 브레이크 소리와 함께 기차는 돌연 엎어질 듯이 미끄러지더니 차체를 떨며 급정거했다. 에이헌과 브룩스는 쓰러지지 않으려고 상대의 몸을 꽉 붙잡았다.

레인은 차량 연결기를 지나 불빛이 환한 앞쪽 객차의 문을 열고서 잠시 동안 그곳에 가만히 서 있었다. 임피리얼은 지금은 혼자 앉아 졸고 있었고 로드와 진은 머리가 맞닿을 만큼 바짝 붙어 앉아 있었다. 다른 승객들은 대부분 졸고 있거나 책을 읽고 있었다. 앞쪽 출입구의 문이 벌컥 열리더니 차장 두 명이 레인을 향해 달려왔다. 곧바로 승객들은 잠에서 깨어나기도 하고 읽고 있던 잡지며 신문을 무릎 위에 내려놓았다. 심상치 않은 사태가 발생했음을 깨달은 것이었다. 진과 로드가 깜짝 놀라며 고개를 들었다. 임피리얼이 의아한 표정을 지으며 자리에서 일어났다.

차장 두 명이 달려왔다.

"누가 비상신호기를 당겼습니까? 대체 무슨 일입니까?"

앞장선 체구가 작고 성급해 보이는 늙은 차장이 소리치듯이 질문을 해댔다.

"차장, 중대한 사고가 발생했어요. 함께 가십시다."

레인이 목소리를 낮추어 말했다.

진과 로드와 임피리얼이 달려왔다. 다른 승객들도 어리둥절한 표정으로 질문을 해대며 모여들었다.

"진 양, 당신은 오지 않는 편이 좋아요. 로드 씨, 드위트 양을 데리고 자리로 돌아가주세요. 임피리얼 씨도 여기에 그대로 계십시오."

레인은 의미 있는 시선을 로드에게 던졌다. 로드는 얼굴빛이 변했으나 곧 어쩔 줄 모르는 진의 손을 잡아끌듯이 하며 제자리로 돌아갔다. 덩치가 큰 또 다른 차장이 몰려드는 승객을 뒤로 밀어내며 말했다.

"자리로 돌아가세요, 아무 말씀도 마시고. 자, 어서 각자 자리로 돌아가세요."

레인은 두 차장을 데리고 맨 뒤쪽 객차로 돌아갔다. 브룩스와 에이헌은 아까와 같은 자세 그대로 화석처럼 꼼짝도 하지 않고서 드위트의 시체에 시선을 못 박고 있었다. 한 차장이 뒤쪽 차량의 벽 스위치를 누르자 전등이 켜지며 어두웠던 차내의 모습이 한꺼번에 환하게 떠올랐다. 세 사람은 앞을 가로막듯이 서 있는 브룩스와 에이헌을 밀어내며 차내에 들어갔다. 키가 큰 차장이 문을 닫았다.

체구가 작고 나이가 더 들어 보이는 듯한 늙은 차장이 칸막이 방에 들어가 몸을 굽히자 조끼의 사슬에 매달린 무거운 금시계가 드리워졌다. 그는 메마른 손가락으로 죽은 사람의 왼쪽 가슴을 가리키며 외치듯이 말했다.

“탄환 자국이에요. 살인입니다!”

차장은 허리를 펴고는 레인을 바라보았다. 레인이 조용히 말했다.

“아무 데도 손을 대지 말아야 합니다, 차장 양반.”

레인은 지갑에서 명함을 꺼내 늙은 차장에게 주었다.

“저는 최근에 일어난 몇 가지 살인 사건의 수사 고문으로 관계하고 있습니다. 그러므로 이번 사건에도 권한이 있다고 생각합니다.”

늙은 차장은 수상쩍다는 듯이 명함을 들여다보았다. 그는 이윽고 명함을 레인에게 되돌려주고 나서 모자를 벗고는 새하얀 머리를 긁적거렸다.

그는 퉁명스러운 목소리로 말했다.

“글쎄요. 난 잘 모르겠소. 그게 사실인지 아닌지 내가 어떻게 안단 말입니까. 나는 이 열차의 선임 차장인 만큼 언제 무슨 일이 일어나든 내가 책임자라는 것은 법적으로도…….”

브룩스가 불쑥 끼어들었다.

“이것 봐요. 이분은 드루리 레인 씨란 말이오. 롱스트리트와 우드의 살인 사건을 돕고 계시는 분이라고요. 당신도 신문을 보았으면 알 게 아니오.”

“그렇습니까?”

노인은 턱을 문질렀다. 브룩스는 격앙된 목소리로 계속했다.

“이 피살자가 누군지 알기나 하시오? 롱스트리트의 동업자인 존 드위트란 말이오.”

“뭐라고요?”

차장은 소리쳤다. 그는 반쯤 가려진 드위트의 얼굴을 의아한 듯이 들여다보더니 이윽고 고개를 끄덕였다.

"그러고 보니 기억이 나는군요. 이 사람은 낯이 익어요. 오래전부터 이 열차를 이용한 사람이죠. 알겠습니다, 레인 씨. 모든 걸 당신에게 맡기겠어요. 그럼 우리는 어떻게 할까요?"

이 대화가 오가는 동안 레인은 묵묵히 서 있었는데 그의 두 눈은 초조한 듯이 반짝이고 있었다. 레인이 소리쳤다.

"곧바로 출입문과 창문을 모두 닫고 감시하도록 하십시오. 그리고 기관사에게는 가장 가까운 역까지 곧장 열차를 몰고 가라고 전하십시오."

"가장 가까운 역은 티넥입니다."

키 큰 차장이 끼어들며 말하자, 레인이 대꾸했다.

"어디라도 좋습니다. 아무튼 전속력으로 달리라고 하십시오. 그리고 뉴욕 경찰에 전화해서 섬 경감에게 알리도록 하십시오. 본부나 자택에 있겠죠. 가능하면 뉴욕 지방 검사인 브루노 씨에게도 연락을 취하도록 하십시오."

"역장에게 그렇게 전하죠."

늙은 차장은 심각한 표정으로 말했다.

"좋습니다. 자, 티넥에 도착하면 아무튼 필요한 조처를 취해서 이 열차를 대피선에 넣도록 하십시오. 그런데 차장, 당신의 이름은?"

"팝 보텀리라고 합니다. 그럼 레인 씨, 지시대로 하겠습니다."

노인은 진지한 표정으로 대답했다.

"아셨지요, 보텀리 씨? 곧 그렇게 해주십시오."

레인이 다짐 삼아 덧붙였다.

두 차장은 문으로 향했다. 보텀리가 부하 차장에게 말했다.

"나는 기관사에게 알리러 갈 테니 자네는 출입구 쪽을 맡게. 알았지, 에드?"

"염려 마십시오."

두 사람은 차내에서 나가 앞 객차의 출입구에서 웅성거리고 있는 승객을 헤치며 달려 나갔다. 차장들이 나가버리자 침묵이 찾아들었다. 에이헌은 갑자기 기운이 빠진 듯이 통로 맞은편에 있는 화장실 문에 몸을 기댔고 브룩스도 출입문에 등을 기댔다. 레인은 어두운 표정으로 드위트의 시체를 살펴보았다.

레인이 말했다.

"에이헌 씨, 내키지 않으시겠지만 드위트 씨의 절친한 친구분이셨으니 그의 딸인 진 양에게 이 일을 얘기해주십시오."

잔뜩 긴장해 있던 에이헌은 입술을 축이더니 묵묵히 객차에서 나갔다. 브룩스는 다시 문에 등을 기댔고 레인은 시체 옆에 보초처럼 서 있었는데 두 사람 모두 입을 다문 채 꼼짝도 하지 않았다. 앞쪽 객차에서 어렴풋한 비명 소리가 들려왔다.

잠시 뒤에 열차가 육중한 강철의 몸을 떨면서 서서히 움직이기 시작했을 때에도 두 사람은 계속 같은 자세로 서 있었다.

밖은 캄캄했다.

### *그 후, 티넥의 대피선*

열차는 눈부신 전등을 밝힌 채 티넥 역 구내의 녹슨 대피선의 어둠 속에 거대한 벌레처럼 누워 있었다. 하지만 정거장은 바쁘게 뛰어다니는 사람들의 그림자로 활기를 띠었다. 어둠 속에서 자동차 한 대가 요란한 엔진 소리를 내며 질주해 와서는 선로 옆에 급정거했다. 이어서 그 속에서 덩치 큰 사내들 몇 명이 급히 뛰쳐나오더니 멈춰 선 열차 쪽으로 곧장 달려갔다. 섬 경감, 브루노 지방 검사, 실링 검시관 그리고 형사 몇 명이 도착한 것이었다.

그들은 밝은 불빛을 받으며 열차 밖에서 웅성거리고 있는 승무원들과 기관사와 역 직원으로 보이는 한 무리의 사람들 옆을 바삐 지나쳤다. 도중에 한 사내가 랜턴을 들이대자 섬 경감은 얼굴에 비치는 불빛을 손으로 막았다. 이윽고 그들 일행은 맨 뒤쪽 차량의 닫힌 승강구에 이르렀고 섬 경감은 단단한 주먹으로 문을 두들겼다.

“왔어요!”

누군가가 그렇게 말하는 소리가 안쪽에서 어렴풋이 들리더니 보텀리 차장이 문을 당겨 열고 문짝을 측면에 고정했다. 이어서 개폐식 승강구 발판을 당겨 올리자 철제 층계가 나타났다.

“경찰이십니까?”

“시체는 어디 있소?”

경감의 뒤를 따라 일행은 층계를 올라갔다.

“여깁니다. 맨 뒤 차량입니다.”

경감 일행은 맨 뒤 차량으로 몰려 들어갔다. 레인은 아직도 움직이지 않고 있었다. 사람들의 시선이 시체의 얼굴에 모아졌다. 옆에는 관할 경찰관과 티넥의 역장과 키 큰 차장이 서 있었다.

“피살되었다고요? 레인 씨, 도대체 어떻게 된 일입니까?”

섬 경감이 레인을 바라보며 질문을 했다.

레인이 몸을 조금 움직이며 대답했다.

“돌이킬 수 없는 일이 벌어졌습니다, 경감. 실로 대담한 범죄예요. 정말 대담합니다.”

윤곽이 뚜렷한 레인의 얼굴이 다소 초췌해 보였다.

모자를 뒤로 젖혀 쓰고 외투의 앞자락을 풀어 헤친 실링 검시관이 시체 곁으로 다가가 무릎을 꿇었다.

“만졌습니까?”

실링은 바삐 시체를 더듬어보면서 말했다.

“레인 씨, 당신에게 묻는 겁니다.”

브루노가 덧붙였다. 레인은 기계적으로 대답했다.

"몸을 흔들어보았습니다. 그랬더니 그의 머리가 옆으로 기울었다가 다시 제자리로 돌아갔습니다. 이어서 몸을 구부리고 심장 근처를 만져보니 제 손에 피가 묻어나더군요. 그 밖에는 전혀 손대지 않았습니다."

모두 입을 다문 채 실링 검시관을 지켜보았다. 실링은 탄환 자국의 냄새를 맡아본 뒤 웃옷을 잡아당겼다. 탄환은 왼쪽 가슴 주머니가 있는 곳에서 웃옷을 뚫고 곧장 심장에 들어가 있었다. 웃옷이 가벼운 소리를 내며 찢어졌다.

"웃옷, 조끼, 와이셔츠, 내의를 거쳐 심장을 곧바로 꿰뚫었소. 실로 깨끗한 상처요."

실링 검시관이 말했다. 옷들에는 그다지 피가 많이 묻어 있지 않았다. 어느 옷에나 탄환 자국 둘레에만 불규칙한 모양으로 붉게 젖은 테두리가 나 있을 뿐이었다.

"죽은 지 약 한 시간쯤 지난 것 같소."

실링이 말을 잇고서 손목시계를 들여다보았다. 이어서 시체의 팔과 다리의 근육을 만져보았고, 조심스럽게 무릎 관절을 구부리려고 했다.

"그렇소. 사망 시각은 12시 30분. 그보다 몇 분쯤 이전이 될지도 모르지만 거기까지는 정확히 알 수 없어요."

모두 드위트의 얼어붙은 듯한 얼굴을 뚫어지게 바라보고 있었다. 그 얼굴은 일그러지고 뒤틀려 있는 탓에 몹시 흉하고 부자연스러운 표정이 되어 있었다. 그 표정의 의미를 이해하기란 어렵지 않았다. 그것은 노골적인 공포였다. 눈꼬리는 치켜 올라가 있었고 턱 근육에는 긴장된 주름이 잡혀 있었는데, 그 주름들 한 가닥 한 가닥에 기력을 잃게 하는 절망의 독소가 스며들어 있는 듯했다.

실링 검시관이 가볍게 소리를 질렀다. 모두의 시선은 그 끔찍한 시체의 얼굴에서부터 검시관이 손으로 들어 올리며 가리키고 있는 시체의 왼손으로 일제히 모아졌다.

"이 손가락을 보시오."

실링이 말했다. 모두 그것을 보았다. 가운뎃손가락이 집게손가락 위에 겹쳐져서 기묘한 모양으로 딱딱하게 얽혀 있었고 엄지손가락과 나머지 두 손가락은 안쪽으로 구부러진 채 굳어 있었다.

"대체 이건 또 뭐람."

섬 경감이 성난 목소리로 말했다. 브루노는 눈을 크게 뜨면서 몸을 굽혔다. 브루노가 신음하듯이 외쳤다.

"맙소사! 도대체 내 머리나 눈이 어떻게 된 건가? 아니면 이게 대체 뭐야? 허 참."

그는 웃음을 터뜨리며 거듭 말을 이었다.

"이건 말도 안 돼! 지금이 중세 유럽도 아니고……. 이건 악마의 눈을 피하려고 한 표시잖아!"

모두 잠자코 있었다. 이윽고 섬 경감이 중얼거렸다.

"이건 마치 탐정소설 같잖아. 그렇다면 틀림없이 이곳 화장실에는 기다란 이빨을 가진 중국인 녀석이 숨어 있겠군!"

하지만 아무도 웃지 않았다. 실링 검시관이 말했다.

"이게 무얼 의미하는 건지는 알 수 없지만 아무튼 이렇게 되어 있군요."

이어서 실링은 얽힌 손가락들을 풀고자 얼굴이 시뻘게지도록 끙끙거렸다. 이윽고 그는 어깨를 으쓱했다.

"사후 경직 상태요. 널빤지처럼 딱딱해져 있소. 드위트는 가벼운 당뇨병 증세가 있었던 모양이오. 아마 본인도 모르고 있었겠지만 말이오. 이렇게 빨리 사후 경직이 온 것은 그 때문이오."

실링은 곁눈질로 올려다보면서 말했다.

"경감, 손가락을 이렇게 한번 겹쳐보시오."

모두 동시에 경감을 바라보았다. 경감은 묵묵히 오른손을 내밀어 가까스로 가운뎃손가락을 집게손가락 위로 겹쳐 보였다.

"그대로 꾹 누르시오, 경감. 드위트가 하고 있는 것처럼 말이오. 그렇게 잠시만 있어요."

경감은 힘주어 손가락을 눌렀다. 그의 얼굴이 다소 불그레해졌다.

검시관이 무뚝뚝하게 말했다.

"꽤 힘이 들지요, 경감? 이런 이상야릇한 경험은 처음이오. 죽은 뒤에도 떨어지지 않을 만큼 단단히 얽혀 있으니 말이오."

"이게 악마의 눈을 피하려고 한 표시라는 해석을 받아들일 수야 없지. 마치 삼류 소설 같잖소. 그건 정말 말도 안 되는 얘기요."

경감이 손가락을 풀면서 말했다.

"그럼 달리 설명을 한번 해보시오."

브루노가 말하자 경감이 끙끙거리며 대답했다.

"흐음, 어쩌면 범인이 직접 드위트의 손가락을 이렇게 만들었는지도 모르지요."

"바보 같은 소리 마시오. 그거야말로 말도 안 되는 소리예요. 도대체 범인이 무슨 이유로 이런 짓을 한단 말입니까?"

브루노가 외치듯이 말했다.

경감은 대충 얼버무리고 나서 곧 레인 쪽으로 고개를 돌리며 물었다.

"뭐, 그야 곧 알게 될 테죠……. 레인 씨의 생각은 어떻습니까?"

"이 사건에서 우린 제타토르라도 찾아야 할까요?

레인은 몸을 움직였다. 그러고는 몹시 피로한 표정으로 말을 이었다.

"아무래도 존 드위트 씨는 오늘 밤에 제가 들려준 대수롭잖은 얘기를 몹시 진지하게 받아들인 것 같습니다."

경감은 그 설명을 들어보려 했으나 실링이 휘청거리며 일어나는 바람에 입을 다물었다. 검시관이 말했다.

"자, 이제 이곳에서의 내 일은 끝났소. 딱 한 가지 분명히 말할 수 있는 게 있소. 그는 즉사한 거요."

레인은 오랜만에 활발한 동작을 보이며 검시관의 팔을 붙잡았다.

"즉사한 것이 분명하단 말이죠?"

"네, 틀림없어요. 탄환은 아마 38구경일 텐데, 그게 심장의 우심실을 관통했습니다. 그리고 외부적으로 볼 때는 그게 유일한 상처이고요."

"머리는 아무 이상이 없습니까? 그 밖의 폭행 흔적이라든가 타박상 같은 것은?"

"그 밖에는 아무런 이상이 없습니다. 심장에 한 방 맞고 즉사한 겁니다. 단지 그뿐입니다. 실제로도 이 한 방이면 즉사하기에 충분하죠. 정말 이렇게 깔끔한 한 방은 몇 달 만에 처음 봅니다."

"그렇다면 드위트 씨가 죽음의 고통에 몸부림치다가 손가락을 이런 모양으로 꼬았다고 할 수는 없겠군요?"

실링 검시관은 약간 흥분한 투로 대꾸했다.

"들어보세요, 레인 씨. 제가 방금 즉사했다고 하지 않았습니까? 그런데 어떻게 죽음의 고통이 있을 수 있겠어요? 총알이 심실을 꿰뚫으면 등불이 꺼지듯이 순식간에 숨통이 끊어지고 맙니다. 그로써 인생은 끝장나는 거죠. 인간은 모르모트와는 다르니까요."

레인은 웃지 않았다. 그는 섬 경감을 돌아보았다.

"경감님, 성미 급한 의사 양반의 의견 덕분에 한 가지 흥미로운 점이 분명해졌습니다."

"그게 무슨 뜻이죠? 이 사내가 즉사한 것이 어떻다는 겁니까? 즉사한 시체는 이제껏 수도 없이 보았습니다만 새로운 점은 아무것도 없었습니다."

"하지만 여기에는 새로운 점이 있습니다."

레인은 그렇게 말했다. 브루노가 궁금한 듯한 표정을 지었지만 레인은 그 이상 아무 말도 하지 않았다.

경감은 고개를 흔들고는 실링 검시관의 옆을 지나 앞으로 나갔다. 그리고 시체 위로 몸을 굽히더니 천천히 옷가지를 조사하기 시작했다. 레인은 경감의 얼굴과 시체가 보이는 곳으로 위치를 옮겼다.

"이게 뭐지?"

경감이 중얼거렸다. 그는 드위트의 웃옷 안주머니에서 묵은 편지 몇 통과 수표장, 만년필, 시간표 그리고 철도 회수권 두 다발을 찾아냈다.

레인이 조용히 말했다.

"그건 그가 구류당해 있는 동안에 기한이 끝나버린 50회 회수권 다발이고, 또 하나는 오늘 밤 우리가 열차에 오르기 전에 새로 구입한 회수권 다발입니다."

경감은 고개를 끄덕이고 묵은 회수권 다발의 펀치 자국이 난 면들을 펼쳤다. 각 장의 모서리 부분이 접혀 있었고 겉장이나 안쪽 모두 낙서가 가득했다. 그 낙서들은 펀치 자국 주위며 인쇄 활자 위에 덧쓴 것인데 어느 것이나 모두 기하학적인 도형들이라서 드위트의 꼼꼼한 성격을 잘 드러내주었다. 회수권은 대부분이 찢겨 있었다. 경감은 새 회수권 다발을 조사했다. 그것은 한 번도 사용하지 않은 것으로, 펀치 자국이 없이 드위트가 역에서 구입한 그대로라고 레인이 말했다..

"이 열차의 차장은 누구요?"

섬 경감이 질문하자 곧바로 푸른 차장 제복을 입은 노인이 대답했다.

"접니다. 이름은 팝 보텀리. 이 열차의 선임 차장입니다. 무슨 용무이십니까?"

"이 사내를 알고 있소?"

"글쎄요……. 당신들이 도착하기 전에 여기 계시는 레인 씨에게는 낯이 익은 것 같은 얼굴이라고 말씀드렸습니다만 아, 이제 생각이 났습니다. 이 사람은 몇 년 전부터 이 열차를 이용한 것 같아요. 아마 웨스트 잉글우드에 사는 사람일 겁니다."

보텀리는 말끝을 길게 끌며 대답했다.

"오늘 밤에도 열차 안에서 보았소?"

"보지 못했습니다. 제가 검표하러 다녔던 객차에는 타지 않았어요. 에드,

자네는 어떤가?"

"아뇨, 오늘 밤에는 보지 못했는걸요."

체격이 건장한 부하 차장이 조심스레 말을 이었다.

"저도 이 사람은 잘 알고 있지만 오늘 밤에는 보지 못했습니다. 이 앞 객차에 갔을 때 일행이 몇 분 있었는데, 그 가운데 키가 큰 분이 승차권을 여섯 장 내놓으며 동행이 또 한 사람 있는데 잠시 자리를 비웠다고 하더군요. 하지만 그 뒤에도 보지 못했습니다."

"결국 검표를 못 했단 얘기군요?"

"어디 있는지 몰랐으니까요. 아마도 화장실에 갔을 거라고 생각했죠. 설마 이런 캄캄하고 텅 빈 객차 안에 있을 줄은 생각지도 못했습니다. 여긴 아무도 들어오지 않는 곳이니까요."

"드위트를 안다고 했죠?"

"네, 이름이 드위트라는 것까지는 몰랐지만 이 열차를 자주 이용했기 때문에 얼굴은 기억하고 있습니다."

"얼마나 자주 이용했소?"

에드라 불렸던 차장은 모자를 벗고서 벗어진 이마를 가볍게 두드리면서 골똘히 생각에 잠겼다.

"딱히 얼마나 자주 탔는지는 기억이 나지 않는군요. 종종 이용했다고밖에 말씀드릴 수 없군요."

팝 보텀리가 활기찬 작은 몸을 내밀었다.

"아, 그건 알 수 있을 것 같습니다. 저하고 이 친구는 날마다 야간 근무를 하거든요. 그러니까 이 사람이 우리 열차에 몇 번 탔는지 쯤은 알 수 있습니다. 그 묵은 회수권 다발을 좀 보여주십시오."

그는 모서리 부분이 접힌 회수권 다발을 경감의 손에서 낚아채듯이 가져가서는 그것을 펼친 뒤에 다시 경감에게 내밀며 보여주었다. 다른 사람들도 다가가서 경감의 어깨 너머로 그것을 들여다보았다.

보텀리는 차표를 뜯어내고 남은 반쪽을 가리키면서 수다스럽게 설명했다.

"자, 보십시오. 손님이 한 번 승차할 때마다 차표를 한 번씩 뜯어내는데, 만일을 위해 차표와 남은 반쪽의 두 군데에 펀치를 찍죠. 그러므로 제가 찍은 이 둥근 모양의 펀치 자국 수와 에드가 찍은 십자 모양의 펀치 자국의 수를 더하기만 하면 됩니다. 그러면 이 사람이 이 열차를 몇 번 탔는지 알 수 있죠. 어쨌거나 이 열차의 차장은 우리 두 사람뿐이니까요. 아시겠습니까?"

경찰은 묵은 회수권 다발을 자세히 조사했다.

"꽤 재치가 있군요. 전부 펀치 자국이 마흔 개 나 있소. 마흔 개 중 절반은 뉴욕행일 테죠. 펀치 자국이 다른 걸 보니 말이오."

"그렇습니다. 아침 열차는 차장이 다르죠. 그리고 차장은 제각기 다른 펀치를 갖고 있거든요."

늙은 보텀리 차장이 대답했다. 경감은 재빨리 계산하고는 말했다.

"알겠소. 그러니까 웨스트 잉글우드로 돌아가는 것이 스무 회, 그 스무 회 중 당신들 두 사람의 펀치 자국이 열세 개 있군요. 그러니까 열세 번 승차한 셈이겠군요. 그럼 결국 6시경의 보통 통근 열차 쪽보다 이 열차를 이용한 적이 많았던 셈이군요."

"흐흠, 나도 이만하면 탐정 못지않은걸요. 이봐요들, 아셨겠죠? 펀치는 거짓말을 하지 않는단 말씀이에요."

노인이 싱글거리며 말했다.

그가 우쭐대며 크게 웃는 소리에 브루노가 얼굴을 찌푸리며 말했다.

"범인은 틀림없이 보통의 통근 열차보다 이 열차를 더 자주 이용하는 드위트의 습관을 알고 있었던 거예요."

"아마도 그럴 테죠."

섬 경감은 넓은 어깨를 뒤로 젖히며 말을 이었다.

"그럼 이쯤에서 다른 사항들도 알아보도록 해야겠군요. 레인 씨, 오늘 밤 여기에서 대체 무슨 일이 일어났습니까? 그리고 드위트는 어째서 이 객차에 오르게 된 겁니까?"

레인은 고개를 저었다.

"무슨 일이 일어났는지는 저도 모릅니다. 다만 열차가 위호켄을 떠난 지 얼마 되지 않았을 때 마이클 콜린스가……."

"마이클 콜린스라고요?"

섬 경감이 외쳤다. 브루노 지방 검사가 가까이 다가왔다.

"그럼 이 사건에 콜린스가 관련되어 있단 말입니까? 왜 진작 말씀하시지 않으셨죠?"

"아아 경감님, 좀 진정하시지요. 콜린스가 열차에서 빠져나갔는지 어쨌는지는 모르겠습니다. 다만 드위트의 시체를 발견하자마자 차장들로 하여금 아무도 열차에서 빠져나가지 못하게 하도록 조처했습니다. 비록 시체를 발견하기 전에 그가 열차에서 빠져나갔다고 하더라도 도망치지는 못합니다."

섬은 못마땅한 듯이 투덜거렸고 레인은 침착한 어조로 콜린스가 마지막으로 드위트와 담판을 지으려고 간청했을 때의 상황을 들려주었다.

"그래서 두 사람은 이 객차 안으로 들어왔다는 거죠?"

섬이 캐묻자 레인이 대꾸했다.

"그렇게 말하지는 않았습니다, 경감님. 그랬을지도 모르겠지만 이건 어디까지나 당신의 상상입니다. 우리가 마지막으로 두 사람을 본 것은 그들이 앞 객차의 뒤쪽 승강구를 지나 이 객차의 앞쪽 승강구 쪽으로 건너가는 것뿐입니다."

"뭐, 좋습니다. 그거야 곧 알게 되겠죠."

경감은 몇몇 형사들에게 열차 안을 수색해 행방이 묘연한 마이클 콜린스를 찾도록 지시했다.

"시체는 여기 놔둘 거요, 경감?"

실링 검시관이 물었다. 섬은 묻는 말에 무뚝뚝하게 대답했다.

"뭐, 그냥 내버려두죠. 그럼 저쪽으로 가서 신문을 좀 해봅시다."

시체 옆에 한 형사를 남겨두고 모두 줄을 지어 죽음의 차량에서 빠져나갔다.

진 드위트는 의자에 주저앉아 로드의 어깨에 기댄 채 흐느껴 울고 있었다. 에이헌, 임피리얼, 브룩스 세 사람은 놀란 표정을 한 채 몹시 긴장하고 있었다.

다른 승객들은 이미 앞쪽 차량으로 옮겨가고 있었다.

실링 검시관이 조용히 통로를 걸어가 훌쩍거리고 있는 진 드위트를 내려다보더니 말없이 자기 가방을 열어 작은 병을 꺼냈다. 그리고 로드에게 물을 한 컵 가져오게 하고는 마개를 연 작은 병을 진의 코에 갖다 댔다. 그녀는 숨이 막힌 듯이 움찔거리면서 눈을 깜박거리더니 몸을 떨면서 고개를 돌렸다. 로드가 물을 가지고 돌아오자 그녀는 목마른 어린애처럼 게걸스럽게 마셔댔다. 실링은 그녀의 머리를 가볍게 두드리며 무언가를 삼키게 했다. 이윽고 그녀는 잠잠해졌고 눈을 감고 로드의 무릎에 머리를 두고 누웠다.

섬 경감은 녹색 벨벳 천을 씌운 좌석에 앉더니 다리를 뻗었다. 브루노 지방검사는 그 옆에 선 채 브룩스와 에이헌을 손짓으로 불렀다. 두 사람은 지친 듯한 몸짓으로 자리에서 일어났는데 긴장한 탓에 얼굴이 창백해져 있었다. 브루노 지방 검사의 질문에 브룩스는 호텔에서의 파티와 위호켄으로 가는 도중의 일, 역에서의 일, 기차를 탔을 때의 일, 콜린스가 다가왔던 일 등을 짤막하게 설명했다.

"드위트는 어떤 상태였습니까? 기분이 좋았나요?"

브루노가 물었다.

"더할 수 없이 기분이 좋아 보였습니다. 그렇게 즐거워하는 모습은 저도 처음 봤습니다. 공판, 불안을 넘겨 가까스로 평결을 받고 전기의자 신세를 면하게 되자마자 이런 일이 생기다니."

에이헌 나직하게 말하더니 몸을 떨었다. 순간 분노의 빛이 브룩스의 얼굴에 번졌다.

"이거야말로 드위트의 결백을 증명하는 가장 뚜렷한 증거가 아닐까요, 브루노 씨? 만약 당신이 그따위 터무니없는 혐의로 체포하지 않았더라면 그는 아마 무사했을지도 모릅니다!"

브루노는 잠깐 동안 침묵하다가 다시 질문했다.

"드위트 부인은 어디 있습니까?"

"그녀는 우리와 함께 어울리지 않았습니다."

에이헌이 쌀쌀하게 대답했다.

"아마도 이번 사건은 그녀에겐 좋은 소식이겠죠."

브룩스가 그렇게 말했다.

"무슨 뜻입니까?"

"이젠 이혼당할 일이 없을 테니까요."

브룩스는 차가운 어조로 대답했다. 브루노 지방 검사와 섬 경감은 시선을 교환했다.

"그럼 그녀는 처음부터 이 열차에는 타지 않았단 말입니까?"

"제가 알고 있는 한은 그렇습니다."

브룩스는 고개를 돌렸다. 에이헌도 고개를 가로저었다. 브루노는 레인을 보았고 레인은 어깨를 으쓱했다.

그때 형사 한 명이 다가와서 콜린스는 어디에도 보이지 않는다는 보고를 했다.

"이봐! 아까의 그 차장들은 어디 있지?"

경감은 푸른 제복의 사내들을 손짓해서 불렀다.

"보텀리 씨, 키가 크고 얼굴이 불그레한 아일랜드인을 보지 못했소? 오늘 밤 검표할 때 본 기억이 없소?"

"그 사내는 펠트 모자를 깊숙이 눌러쓰고 두터운 외투를 입었는데 좀 취해 있었어요."

레인이 경감에 이어 조용히 말했다.

보텀리 차장은 고개를 저었다.

"그런 사내를 검표한 적은 없어요. 자넨 어떤가, 에드?"

부하인 키 큰 차장도 머리를 가로저었다.

섬 경감이 자리에서 일어났다. 그는 요란한 발걸음으로 앞 차량으로 가더니 드위트 일행과 같은 객차 안에 있었던 몇몇 승객들에게 큰 소리로 질문하기 시작했다. 하지만 콜린스나 그의 행동을 기억하는 사람은 아무도 없었다. 섬 경감이 자리로 다시 돌아와 앉으며 물었다.

"콜린스가 다시 돌아와서 이 객차 안을 지나가는 것을 본 사람은 없습니까?"

"그가 이곳으로 다시 돌아오지 않았던 것은 확실합니다, 경감님. 아무래도 뒤쪽의 두 승강구 중 한 곳으로 빠져나간 게 분명합니다. 문을 열고 뛰쳐나가는 건 어려운 일이 아니죠. 아마 콜린스는 드위트와 함께 사라진 뒤 이 비극이 일어나기 전 어딘가에서 기차가 정차했을 때 빠져나간 듯합니다."

레인이 대답했다.

섬 경감은 늙은 차장에게서 열차 시간표를 받아 다른 열차 시각을 조사해보았다.

시간표를 조사한 결과 콜린스는 리틀 페리, 리지필드 파크, 웨스트뷰 혹은 보고타에서도 정차 중인 열차에서 빠져나갈 수 있었다는 결론이 나왔다.

"좋아."

경감은 그렇게 말하며 부하 한 명에게 지시했다.

"두 명쯤 데리고 이 역들의 선로를 조사해봐. 콜린스의 뒤를 쫓으란 얘기야. 이 역들 중의 어딘가에서 내려 뭔가 단서를 남겨놓았는지도 몰라. 보고는 전화로 티넥 역으로 하게."

"알겠습니다."

"시간상 뉴욕으로 돌아가는 열차는 탈 수 없었을 거야. 그러니 역 근처의 택시 운전사들에게 탐문하는 걸 잊지 말라고."

형사는 떠났다.

섬 경감은 두 차장 쪽을 바라보며 말했다.

"잘 생각해보시오. 리틀 페리나 리지필드 파크나 웨스트뷰나 혹은 보고타에서 내린 사람은 없었소?"

차장들은 그 역들마다 몇몇 승객들이 내렸다고 대답했으나, 내린 사람들의 수나 인상에 대해서는 전혀 기억하지 못했다.

"얼굴을 보면 몇 사람쯤은 기억이 날지도 모르겠군요. 하지만 늘 타고 다니는 승객들이라도 이름까지는 알 수 없는 노릇이죠."

보텀리 차장이 느린 어조로 말하자 거기에 에드 톰슨 차장이 덧붙였다.

"하물며 다른 사람들이야 더 말할 것도 없고요."

"이봐요 섬, 콜린스든 누구든 역에서 열차가 정차했을 때 누구의 눈에도 띄지 않게 열차에서 빠져나갈 수는 있었을 거요. 열차가 역에 멈추기를 기다렸다가 플랫폼 쪽이 아닌 선로 쪽의 문을 열고 뛰어내린 다음 아래에서 문을 닫기만 하면 되니까요. 그리고 어쨌거나 이 열차에는 차장이 둘밖에 없으니까 내리는 사람을 모조리 살필 수는 없었을 거요."

브루노가 말했다.

경감이 성난 목소리로 맞장구쳤다.

"물론이오. 누구든 마음만 먹으면 가능한 일일 테죠. 제기랄! 범인이 권총을 들고 시체를 내려다보면서 우뚝 서 있는 광경을 좀 보고 싶군. 그런데 그 권총은 어디 있는 거지? 더피, 뒤 차량에서 권총을 찾아냈나?"

경사는 고개를 저었다.

"열차 안을 샅샅이 뒤져봐. 놈은 권총을 남기고 갔을지도 몰라."

그때 레인이 끼어들었다.

"경감님, 열차가 지나온 선로 주변도 수색하게 하는 것이 좋을 것 같군요. 범인이 열차 밖으로 권총을 내던져 선로 주변 어딘가에 떨어져 있을 수도 있으니까요."

"그렇군요. 더피, 선로 주변도 수색해보게!"

경사는 무거운 발걸음으로 사라졌다.

경감은 골치가 아픈 듯이 한 손을 이마로 가져갔다.

"이제부터가 큰일이군요."

그는 드위트 일행 여섯 명을 노려본 뒤 말을 이었다.

"임피리얼 씨! 이쪽으로 좀 와보시죠."

스위스인은 자리에서 일어나 느릿느릿 걸어왔다. 눈가에는 피로한 기색이 역력했고 수염도 지저분하게 헝클어져 있었다.

경감은 빈정대는 투로 물었다.

"뭐, 형식적인 질문이니 안심해도 좋아요. 당신은 열차 안에서 뭘 하고 있었나요? 어디에 앉아 있었죠?"

"한동안 드위트 양과 로드 씨와 함께 있었는데 방해가 되는 것 같아서 자리를 옮겼습니다. 그런 뒤에는 깜박 잠이 들었고요. 그리고 잠에서 깨어나 보니 레인 씨는 출입구에 서 있었고 차장 두 사람이 내 자리를 지나치며 달려가더군요."

"잠을 잤다고요?"

경감이 되묻자 임피리얼은 눈썹을 치켜세우며 날카롭게 대답했다.

"그렇습니다. 거짓말을 한다고 보십니까? 배와 기차를 번갈아 타는 바람에 골치가 아팠다고요."

경감이 비웃듯이 말을 이었다.

"아, 알았어요. 알았다고요. 그렇다면 다른 사람들이 뭘 하고 있었는지는 모르겠군요?"

"죄송하지만 나는 잠을 자고 있었으니까요."

경감은 스위스인의 곁을 지나 로드가 진을 안고 있는 좌석으로 다가가 몸을 굽히고는 진의 어깨를 툭툭 건드렸다. 로드가 불쾌한 표정으로 올려다보았고 진은 눈물로 얼룩진 얼굴을 들었다.

"죄송하지만 드위트 양, 몇 가지 질문에 응해준다면 도움이 될 것 같소만."

경감이 무뚝뚝한 목소리로 그렇게 말했다.

"대체 왜 그러시오! 그녀는 지금 몹시 지쳐 있단 말이오!"

로드가 거칠게 항의했다. 경감이 노려보자 로드는 마지못해 입을 다물었다. 진 드위트가 가냘픈 목소리로 말했다.

"뭐든 말씀드리죠, 경감님. 범인을 찾아내기 위한 거라면 뭐든지 말이에요. 그러니 반드시 범인을 찾아내주세요."

"그건 내게 맡겨요, 드위트 양. 자 그럼, 열차가 위호켄 역을 떠난 뒤로 당신과 로드 군은 무얼 하고 있었나요?"

그녀는 질문의 뜻이 선뜻 이해가 되지 않는지 멍한 표정으로 경감을 쳐다보았다.

"우리는 잠시도 떨어져 있지 않았어요. 처음엔 임피리얼 씨도 함께 계셨지만 도중에 그분은 어디론가 가셨어요. 그리고 우리는 계속 얘기를 나누었어요. 아버지가 변을 당하는 줄도 모르고 말예요."

그녀는 입술을 깨물었고 두 눈에 눈물이 넘쳐흘렀다.

"알겠습니다. 그러고는요?"

"로드가 저를 여기에 남겨두고 어디론가 갔었어요. 그래서 저는 잠시 동안 혼자 있었어요."

"당신을 혼자 놔두고 말입니까? 그랬었군요. 그런데 그가 어디로 가던가요?"

경감은 진에게 질문하며 로드를 힐끔 바라보았지만 그는 잠자코 앉아 있을 뿐이었다.

"저 문밖으로 나갔어요."

그녀는 객차의 앞쪽 문을 멍하니 손가락질했다.

"어디로 간다고 말하지는 않았어요. 아니, 말했던가요, 로드?"

"아냐, 말하지 않았어."

"임피리얼 씨가 당신들 곁을 떠난 뒤로는 그를 다시 본 적이 없었습니까?"

"아뇨, 로드가 자리를 비운 뒤에 한 번 본 적이 있어요. 뒤를 돌아보니 몇 칸 뒤의 좌석에서 잠들어 계시더군요. 또 에이헌 씨께서 서성대고 계시는 것도 보았습니다. 그런 뒤에 로드가 돌아왔고요."

"그게 언제쯤이었나요?"

그녀는 한숨을 쉬었다.

"잘 생각이 나지 않는군요."

경감은 허리를 폈다.

"로드 군, 자네하고 저쪽에서 얘기를 좀 나누고 싶군. 저어, 임피리얼 씨! 아니, 실링 선생이라도 좋아요. 여기서 잠깐 드위트 양을 돌봐주시지 않겠습니까?"

로드가 내키지 않는 얼굴로 일어서자 땅딸막한 체구의 실링 검시관이 대신 그 자리에 앉았다. 실링은 즉시 스스럼없는 어조로 진 드위트에게 말을 건네기 시작했다.

두 사내는 통로를 걸어갔다. 경감이 입을 열었다.

"자 그럼, 로드 군. 솔직하게 얘기해주게. 어딜 갔었나?"

로드는 침착한 어조로 대답했다.

"그럴 만한 사정이 있었습니다, 경감님. 기차를 타기 전에 그러니까 배로 강을 건널 때 배 안에서부터 좀 신경이 쓰였던 일이 있었습니다. 체리 브라운과 그 괴상한 남자 친구 폴룩스가 같은 배에 타고 있는 걸 보았거든요."

"정말인가?"

경감은 천천히 고개를 끄덕이고는 브루노 쪽을 바라보며 말을 이었다.

"브루노, 잠깐 이리로 좀 와보시오."

지방 검사가 다가왔다.

"로드 군이 일행들과 함께 오던 중에 배 안에서 체리 브라운과 폴룩스를 보았다고 하오."

브루노는 휘파람을 불었다. 로드가 계속해서 말했다.

"그뿐만이 아닙니다. 선착장 터미널에서도 또 한 번 보았습니다. 그때 두 사람은 뭔가 말다툼을 하고 있는 듯했습니다. 그 뒤로 나는 줄곧 주의를 기울였습니다. 어쩐지 몹시 수상쩍은 생각이 들었기 때문이죠. 하지만 역 대합실에선 보지 못했습니다. 열차에 올라탈 때에도 그 두 사람이 타는 걸 보지 못했지만 그래도 계속 주의를 기울였습니다. 열차가 움직이기 시작하자 갑자기 걱정이 되었기 때문입니다."

"어째서?"

로드는 얼굴을 찌푸리며 대답했다.

"그 브라운이란 여자는 닳을 대로 닳은 여자죠. 롱스트리트 사건을 조사당할 땐 드위트 씨에게 미친 듯이 비난을 퍼부었잖아요. 그걸로 보아 드위트에게 무슨 짓을 저지를지 모를 것 같았어요. 아무튼 그래서 진한테 양해를 구하고 잠깐 자리를 비웠던 겁니다. 그 두 사람이 기차에 타지 않았다는 걸 분명하게 확인하고 싶었기 때문입니다. 그러나 역시 살펴본 결과 두 사람은 기차에 없었습니다. 그래서 안심하고 자리로 돌아왔지요."

"저 맨 뒤 객차도 둘러보았나?"

"아뇨! 설마 그런 데에 있으리라고는 생각조차 못 했으니까요."

"그때는 열차가 어디쯤 달리고 있을 때였나?"

"알 게 뭡니까. 그런 걸 기억할 필요는 없었으니까요."

로드는 어깨를 으쓱했다.

"자네가 자리로 돌아왔을 때 다른 사람들은 뭘 하고 있던가?"

"그러니까, 에이헌 씨는 여전히 서성대고 있었던 것 같아요. 그리고 레인 씨와 브룩스 씨는 얘기를 나누고 있었던 것 같군요."

"그때 임피리얼 씨가 뭘 하고 있었는지는 보지 못했나?"

"글쎄요, 기억이 나지 않는군요."

"이제 됐네. 어서 드위트 양에게로 돌아가게. 자넬 기다리고 있을 테니까."

로드가 서둘러 사라진 뒤에 브루노 지방 검사와 섬 경감은 잠시 나직한 목소리로 얘기를 나누었다. 이윽고 경감은 앞쪽 문을 지키고 있는 형사를 불렀다.

"더피에게 열차 안에 체리 브라운과 폴룩스가 타고 있는지 조사해보라고 전하게. 더피가 그들의 얼굴을 알고 있을 거네."

형사가 떠난 지 얼마 뒤에 더피 경사의 육중한 체구가 차내로 들어왔다.

"경감님, 없습니다. 그들과 비슷한 사람들을 봤다는 사람도 없습니다."

"알겠네, 더피. 이제야말로 자네가 맡아야 할 일이 생겼네. 즉시 누구든 보내. 아니, 자네가 직접 하는 게 좋겠어. 곧바로 시내로 돌아가서 두 사람의 발자취를 캐보도록 하게. 여자는 그랜트 호텔에 머물고 있네. 만약 거기에 없으면 폴룩스의 소굴인 나이트클럽 몇 군데를 뒤져보라고. 어쩌면 술집 같은 데 있을지도 모르지. 아무튼 뭔가 알아냈으면 전화를 해줘. 그리고 필요하다면 밤샘이라도 할 각오를 하게."

더피 경사는 이를 드러내어 웃어 보이더니 기운차게 몸을 흔들며 나갔다.

"자, 그럼 브룩스를 만나볼까."

경감과 지방 검사는 통로로 되돌아왔다. 브룩스와 레인은 함께 앉아 있었다. 브룩스는 차창으로 역 구내를 바라보고 있었고 레인은 좌석 등받이에 머리를 기대고 눈을 감고 있었다. 경감이 맞은편 좌석으로 다가가 앉자 레인은 눈을 떴는데 그 두 눈에서 이상하리만큼 강렬한 빛이 뿜어져 나왔다. 브루노는 잠깐 망설이다가 이내 앞쪽으로 되돌아가는가 싶더니 곧장 앞 차량으로 나아갔다.

"어떻습니까, 브룩스 씨? 저는 지금 녹초가 될 지경인데 말입니다. 이 지긋지긋한 사건 덕분에 자다 말고 달려왔으니까요. 그런데 브룩스 씨."

섬 경감이 나른한 어조로 말했다.

"네, 말씀하세요."

"당신은 열차 안에서 뭘 하고 계셨습니까?"

"드위트와 콜린스가 어떻게 된 건지 보고 와야겠다며 레인 씨가 자리에서 일어설 때까지 죽 이 자리를 떠나지 않았습니다."

경감이 레인 쪽을 바라보자 레인은 고개를 끄덕였다.

"뭐, 좋습니다."

그렇게 말한 뒤에 경감은 고개를 돌렸다.

"에이헌 씨!"

에이헌은 자기 이름이 불리자 무거운 걸음걸이로 다가왔다.

"열차가 출발한 이후로 줄곧 당신은 뭘 하고 계셨습니까?"

에이헌은 멋쩍은 듯이 웃었다.

"옛날에 했던 술래잡기라도 하는 겁니까, 경감님? 뭐, 달리 이렇다 할 만하게 뭘 하진 않았습니다. 레인 씨와 브룩스 씨와 함께 한동안 이런저런 얘기를 나누다가 갑갑해 자리에서 일어나 통로를 왔다 갔다 했을 뿐입니다."

"그때 누군가 뒤쪽 문으로 빠져나가는 걸 보지는 못했습니까?"

"솔직히 말해서 저는 망을 보고 있었던 건 아니었으니까요. 그런 뜻으로 물으신 거라면 수상쩍은 것은 아무것도 보지 못했습니다, 경감님."

"그럼 수상쩍지 않은 것은 보았다는 얘기입니까?"

경감이 격앙된 목소리로 물었다.

"아뇨, 아무것도 보지 못했습니다. 수상쩍지 않은 것도 말입니다, 경감님. 실은 그때 저는 독특한 갬빗*체스에서 작은 말을 버림으로써 유리한 국면으로 이끄는 초반의 수—옮긴이*에 관해 생각하고 있었습니다."

"뭐라고요?"

"갬빗, 체스에서의 수죠."

"아 참, 당신은 체스의 명수죠. 좋습니다, 에이헌 씨."

경감이 돌아보자 레인이 눈에 호기심을 띠고 그를 바라보고 있었다.

"경감님, 다음은 말할 것도 없이 저를 신문하실 테죠?"

레인의 말에 경감은 나직하게 웃어 보였다.

"당신이 이 열차 안에서 무언가를 보셨다면 벌써 얘기하셨겠죠. 아무것도 못 보셨을 겁니다. 그 점이 실로 애석하군요, 레인 씨."

"정말이지 이렇게 부끄럽고 면목이 없기는 처음입니다. 이런 끔찍한 사건을 코앞에서 일어나게 내버려두었으니."

레인은 고개를 숙이고 자신의 손을 물끄러미 내려다보았다.

"이렇게 가까이에서 말입니다."

레인은 고개를 들었다.

"불행히도 브룩스 씨와 너무 유쾌하게 얘기를 나누던 중이어서 그만 신경을 쓰지 못했습니다. 그러나 차츰 걱정이 되기 시작했어요. 그래서 결국은 저 어두운 객차를 조사하지 않고는 못 배기게 되었던 거죠."

"이 차 안의 상황도 제대로 신경 쓰지는 못하셨겠죠?"

"면목 없게 되었습니다만 그렇습니다, 경감님."

섬 경감은 자리에서 일어섰다. 브루노 지방 검사가 다시 차내로 돌아와서 통로 맞은편 좌석에 등을 기댔다.

브루노가 말했다.

"다른 승객들도 심문해봤지만, 이 차량에 타고 있었던 승객들 모두가 아무것도 기억하지 못해요. 통로를 누가 지나갔고 누가 지나가지 않았는지 전혀 기억나지 않는다는 거요. 저렇게 무심한 사람들은 처음 봤소. 물론 다른 차량에 있었던 사람들이야 말할 것도 없었소. 빌어먹을!"

"어쨌든 승객들 명단은 작성해둡시다."

경감은 부하들 쪽으로 가서 명령을 내리기 시작했다. 그가 돌아올 때까지 모두 침묵했다. 레인은 생각을 집중할 때는 늘 그렇듯이 눈을 감고 앉아 있었다.

형사 한 명이 경감에게로 달려와 흥분한 듯이 얘기했다.

"경감님, 단서를 잡았답니다. 동료 한 명한테서 방금 콜린스의 행적을 알아냈습니다. 전화가 왔습니다!"

단조롭던 공기가 순식간에 긴장으로 팽팽해졌다. 섬이 소리쳤다.

"좋았어! 그래, 뭐라고 말하던가?"

"리지필드 파크 역에서 콜린스가 택시를 잡아타고 뉴욕 쪽으로 가는 걸 본 사람이 있었답니다. 그래서 틀림없이 집으로 돌아갔을 거라고 생각하고 행동을 취했더니 역시 집에 도착해 있었다고 합니다. 택시로 곧장 귀가한 것 같답니다. 운전사는 아직 돌아오지 않았지만 곧 찾을 수 있을 거라는군요. 지금 동료들이 콜린스의 아파트 앞을 지키고 있는 중인데 명령을 기다리고 있답니다."

"좋아, 아주 잘됐군. 전화는 아직 끊지 않았겠지?"

"네, 아직 연결되어 있습니다."

"도망치려고 하기 전에는 그냥 감시만 하라고 전하게. 한 시간쯤 안으로 내가 거기에 도착할 테니까. 하지만 그 아일랜드 녀석을 놓치게 되면 사표를 쓸 각오를 하라고 이르게!"

형사는 서둘러 열차에서 나갔다. 경감은 기쁜 듯이 커다란 발로 바닥을 두드렸다. 다른 형사가 들어왔다. 경감은 기대하는 표정으로 그를 바라보며 물었다.

"그래, 어떻게 됐나?"

형사는 고개를 가로저었다.

"권총은 아직 찾지 못했습니다. 열차 안에는 어디에도 없습니다. 승객들도 모조리 조사해봤지만 헛수고였습니다. 선로 주변을 수색하고 있는 동료들에게서도 아직 아무런 소식이 없습니다. 열심히 수색하고는 있지만 밖이 워낙 어두워서."

"계속 수고하는 수밖에 없겠지. 아니, 더피!"

경감은 몹시 놀라는 표정을 지었다. 뉴욕에 있어야 할 더피 경사가 불쑥 객차 안으로 들어섰기 때문이었다.

“대체 어찌된 건가, 더피?”

더피는 모자를 벗고 이마의 땀을 닦았다. 하지만 얼굴은 이를 드러내며 웃고 있었다.

“경감님, 약간의 추리력을 발휘해봤습니다. 브라운이란 여자가 그랜트 호텔에 묵고 있다면 거기까지 가기 전에 전화로 먼저 확인해보는 게 좋겠다는 생각이 들었죠. 경감님이 곧 여기를 떠날 것 같았기에 되도록이면 그 전에 뭔가 보고를 드려야겠다고 생각해서죠.”

“좋아, 그래서?”

“분명히 있답니다, 경감님! 호텔에 있답니다. 폴룩스 녀석과 함께요!”

더피는 큰 소리로 말했다.

“그래, 언제 돌아왔다던가?”

“프런트 직원 얘기로는 제가 전화를 걸기 조금 전에 돌아와 함께 방으로 올라갔답니다.”

“그럼 아직도 그대로 있겠군?”

“그렇습니다.”

“좋아, 잘됐어. 콜린스에게 가는 도중에 들러보겠네. 자네는 먼저 가서 거길 지키고 있게. 택시를 잡아타고 가도록 하게.”

더피 경사는 객차 밖으로 나가려다 낯선 얼굴의 사내들과 마주쳤다. 그들은 보통 키에 담황색 머리의 사내를 뒤따라 객차 안으로 급히 들어서는 중이었다.

“이봐요! 어디를 가는 거요?”

더피가 소리쳤다.

“비키시오! 나는 이곳의 지방 검사요.”

더피는 투덜대며 객차 밖으로 뛰쳐나갔다. 브루노가 급히 앞으로 나서며 담황색 머리의 사내와 가볍게 악수를 나누었다. 그는 버건 카운티의 지방 검사인 콜이라고 자신을 소개했다. 그는 브루노의 메시지를 받고서 자다가 허겁지겁 달려왔다며 가볍게 푸념했다. 브루노는 콜을 맨 뒤의 객차로 안내했고 그곳에서 콜은 이미 완전히 경직된 드위트의 시체를 살폈다. 두 검사는 정중한 태도로 법적 관할권에 관해 논의하기 시작했다. 브루노는 드위트가 살해된 곳은 버건 카운티가 분명하지만 이 사건은 의심할 여지없이 허드슨 카운티의 우드 살해 사건 및 뉴욕 카운티의 롱스트리트 살해 사건과 관련이 있음을 지적했다. 두 사람은 서로를 노려보았다.

그러나 결국 콜이 지고 말았다.

"다음 사건은 아마도 샌프란시스코 쪽이 될지도 모르겠군요. 뭐 좋아요, 브루노 씨. 아무튼 이번 사건은 당신에게 양보하겠소. 그리고 가능한 한 협력도 해드리겠소."

두 사람은 발길을 되돌렸다. 갑자기 열차는 소동의 중심이 되었다. 뉴저지주 병원의 구급차에서 인턴 두 명이 뛰쳐나와 실링 검시관의 지휘 아래 드위트의 시체를 열차 밖으로 들어냈다. 잠시 뒤에 실링은 지친 모습으로 손을 흔들며 구급차와 함께 사라졌다.

열차 안의 한곳에 모인 승객 전원은 섬 경감의 엄한 지시에 따라 주소와 성명을 밝힌 다음에야 풀려났다. 그런 뒤에 그들은 급히 마련된 임시 열차 편으로 티넥 역을 떠났다.

"잊지 말기 바랍니다. 현장이 발견되기 이전에 내린 승객들을 찾는 일 말이에요."

브루노는 콜과 함께 앞 객차에 서서 얘기를 나누다가 다짐 삼아 그렇게 덧붙였다. 콜 검사는 어두운 표정으로 말했다.

"물론 해보는 데까지는 해보겠소만, 솔직히 말해서 결과는 기대하지 않는 게 좋을 것 같군요. 죄가 없는 사람들이야 출두하겠지만 범인의 경우엔 그들 속에 끼어 있었다고 하더라도 나서지 않을 게 뻔하니까요."

"또 한 가지 더 부탁할 게 있어요, 콜 씨. 범인이 권총을 열차 밖으로 버렸을지도 모른다는 생각에서 지금 섬 경감의 부하들이 선로 주변을 수색하고 있어요. 당신들 쪽에서 교대 팀을 보내 수색이 계속될 수 있도록 해주지 않겠소? 이제 곧 날이 밝을 테니까 수색하기도 한결 쉬워질 겁니다. 물론 드위트의 일행도 다른 승객들과 마찬가지로 조사해봤지만 권총은 나오지 않았어요."

콜은 고개를 끄덕인 뒤 열차에서 나갔다.

모두 원래의 객차에 모여 있었다. 섬 경감은 외투에 팔을 끼우느라 끙끙댔다. 그러고는 레인에게 말을 건넸다.

"그런데 레인 씨, 이번 사건을 어떻게 보십니까? 이제까지의 생각에는 변함이 없으신 겁니까?"

"그러니까 당신은 지금도 여전히 누가 롱스트리트와 우드를 살해했는지 알고 있다고 생각하십니까?"

브루노도 끼어들어 그렇게 질문을 보탰다.

레인은 드위트의 시체를 발견한 이래 처음으로 미소를 떠올렸다.

"저는 롱스트리트와 우드를 살해한 범인뿐만 아니라 드위트 씨를 살해한 범인도 누구인지 알고 있습니다."

두 사람은 할 말을 잃고서 레인의 얼굴을 뚫어지게 바라보았다. 이어서 섬은 레인을 만난 이래 두 번째로, 강렬한 펀치를 맞은 권투 선수처럼 머리를 설레설레 내저으며 말했다.

"정말이지 당신에겐 두 손 들었습니다."

"하지만 레인 씨, 무슨 수를 써야 하지 않겠습니까?"

브루노가 항의조로 말을 이었다.

"알고 계신다면 얘기를 해주십시오. 그놈을 잡아야 하지 않겠습니까? 언제까지나 이러고 있을 수만은 없습니다. 대체 범인은 누구입니까?"

레인의 얼굴이 갑자기 흐려졌다. 대답하는 목소리에도 난처한 기색이 엿보였다.

"유감스럽지만 아직은 대답해드릴 수가 없군요. 이해가 안 되시더라도 저를 믿으셔야만 합니다. 지금 X의 정체를 밝히는 것은 아무런 도움도 될 수 없습니다. 좀 더 참아야 합니다. 제가 위험한 도박을 하고 있는지도 모르겠습니다만, 자칫 서두른다면 일을 망칠 뿐입니다."

브루노는 신음했다. 그는 도리 없다는 표정으로 섬 경감을 바라보았다. 경감은 집게손가락을 입에 물고서 생각에 잠겨 있다가 문득 결심한 듯이 레인의 맑은 눈을 바라보며 말했다.

"알겠습니다, 레인 씨. 무엇이든 말씀대로 따르겠습니다. 저는 제 입장에서 힘껏 애를 써보겠습니다. 그건 브루노 검사도 마찬가지일 겁니다. 만약 당신을 믿었다가 실패하게 되더라도 사내답게 책임을 지겠습니다. 어쨌든 우리는 완전히 진퇴양난에 빠졌으니까요."

레인은 가볍게 얼굴을 붉혔다. 이것이 그가 처음으로 드러내 보인 감정적인 응답의 표시였다.

"하지만 그 미치광이 같은 살인자를 그냥 놔두었다간 또 다른 살인이 일어날지도 모릅니다."

브루노가 마지막으로 필사적인 공격을 가하듯이 말했다.

"브루노 씨, 그 점이라면 자신 있게 말씀드릴 수 있습니다."

레인은 냉정한 확신에 가득 찬 목소리로 말을 이었다.

"이제 살인은 더 일어나지 않습니다. X는 목적을 달성했으니까요."

## 제4장

*뉴욕으로 돌아가는 길*

*10월 10일 토요일 오전 3시 15분*

브루노 지방 검사와 섬 경감 그리고 부하들 한 무리는 경찰차 몇 대에 나눠 타고 티넥 역의 대피선에서 뉴욕으로 출발했다.

오랫동안 두 사람은 입을 다문 채 머릿속에서 소용돌이치는 갖가지 생각에 잠겨 있었다. 캄캄한 저지 시의 전원 지대가 흐르듯이 스쳐 지나갔다.

브루노 지방 검사가 입을 열었다. 그러나 그 말은 요란한 배기음에 묻혀버렸다.

"뭐라고요?"

경감이 소리쳐 물었고 이어서 두 사람은 머리를 모았다.

브루노는 경감의 귓가에다 바싹 대고 크게 소리쳤다.

"레인이 드위트를 죽인 범인을 어떻게 알아냈을 거라고 생각하오?"

"롱스트리트와 우드 살해범을 알아낸 것과 같은 식일 테죠."

경감이 큰 소리로 말했다.

"만약 그가 정말로 알고 있다면……."

"아니, 분명히 알고 있소. 그는 자신 있는 투였소. 우리로서는 짐작도 안 가는데 말이오……. 하지만 어떤 식으로 생각하고 있는지는 알 것 같소. 아마도 범인은 처음부터 롱스트리트와 드위트 그 두 사내의 목숨을 노리고 있었다, 뭐 그런 식일 거요. 그리고 중간에 우드 사건이 끼어든 것은 그때 상황 때문에 벌어진 일이고요. 곧 범인이 우드의 입을 봉하려고 어쩔 수 없이 죽였다는 말이지요."

"그러니까 동기는 상당히 옛날로 거슬러 올라간다 그 말이군."

브루노는 천천히 고개를 끄덕이며 말했다.

"아무래도 그런 것 같소. 그래서 레인은 살인이 더는 일어나지 않는다고 장담했던 게 틀림없소. 범인의 입장에선 롱스트리트와 드위트가 처치되었으니까 일은 끝났다, 뭐 그런 얘기겠죠."

"아무튼 드위트에게는 생전에 미안하게 됐소."

브루노는 반쯤 혼잣말로 중얼거렸다. 경감도 같은 생각이었다. 드위트, 무언가 원인을 알 수 없는 일로 희생당한 사내……. 질주하는 차 안에서 두 사람은 침묵을 지키고 있었으나 서로의 기분은 결코 다르지 않을 것이었다.

잠시 뒤에 경감이 모자를 벗고서 이마를 툭툭 두드려대기 시작했다. 브루노는 어이가 없는 듯 그를 쳐다보며 물었다.

"왜 그러시오? 기분이 안 좋소?"

"드위트가 수수께끼로 남긴 그 손가락 모양을 생각하고 있는 거요."

"아, 그것 말이오?"

"묘한 일이에요, 브루노. 정말이지 묘한 일이오. 뭐가 뭔지 도무지 모르겠소."

"하지만 드위트가 일부러 손가락을 그렇게 하고 죽었다는 걸 어떻게 알 수 있소? 아무런 의미가 없는 것인지도 몰라요. 그저 우연히 그렇게 된 것일 수도 있소."

브루노가 말을 이었다.

"그럴 리가 없소. 우연이라니, 말도 안 돼요! 내가 손가락을 그런 식으로 만들어보는 걸 당신도 보았지 않소? 겨우 삼십 초 동안을 그렇게 하고 있었는데도 꽤 애를 먹었소. 경련이 나서 손가락을 그런 모양으로 하고 있을 수가 없어요. 당치도 않지. 실링도 그렇게 생각했기에 나더러 실험을 해보라고 한 거요. 참, 그렇지!"

경감은 자세를 고쳐 앉으며 지방 검사의 얼굴을 수상쩍은 듯이 쳐다보았다.

"당신은 분명히 악마의 눈이라는 묘한 말을 하면서 꽤 의미심장한 표정을 지었는데!"

브루노는 멋쩍은 듯이 웃었다.

"생각해보니 아무래도 그럴 리는 없을 것 같소. 어쨌든 있을 수 없는 일이니까요. 너무나 공상적이고 전혀 현실성이 없는 얘기였소."

"그럴 테죠. 아무튼 도무지 이유를 알 수 없는 노릇이오."

"하지만 또 누가 알겠소? 가령 말이오, 섬……. 물론 내가 믿고 있는 건 아니지만……"

"알아요, 알겠다고요."

"그럼, 그 겹쳐진 손가락 모양이 정말 악마의 눈을 피하려고 한 주술이었다고 가정해봅시다. 모든 가능성을 죄다 생각해보는 것도 나쁘지는 않으니까. 드위트는 총에 맞아 즉사한 거요. 그렇다면 한 가지 사실만은 분명히 말할 수 있소. 곧, 그 손가락 모양은 드위트가 총에 맞기 전에 고의로 그렇게 만든 게 틀림없다는 거요."

"하지만 현장에서도 내가 말했다시피, 드위트가 죽은 뒤에 범인이 일부러 손가락을 그렇게 만들어놓았는지도 모르는 일이오."

경감이 불만스러운 듯이 대꾸했다.

"그럴 리가 없소!"

브루노는 소리치며 말을 이었다.

"먼저 피살된 두 사람에게는 그런 짓을 하지 않았는데 어째서 이번만은 그런 짓을 했단 말이오?"

"뭐, 그거야 좋을 대로 생각하시오. 난 다만 정공법으로 생각할 뿐이오. 형사답게 모든 가능성과 잡동사니를 긁어모아서 말이오."

경감은 여전히 퉁명스럽게 말했다.

브루노는 그 말을 무시하고 자기 의견을 말했다.

"만약 드위트가 고의로 그런 표시를 남겼다면 그는 범인을 알고 있었던 게 틀림없어요. 그래서 범인의 정체를 알리려는 단서를 남기려고 했던 거요."

"거기까지는 좋아요. 하지만 그런 건 어린애라도 알 수 있죠, 브루노!"

지방 검사가 말을 계속했다.

"잠자코 들어봐요. 아직 얘기가 끝나지 않았으니 말이오. 그리고 또 악마의 눈에 관해 얘기하자면, 드위트는 미신을 믿는 사람이 아니었소. 그 자신이 당신에게 그렇게 말한 적도 있고 말이오. 섬, 그러니까 이건……."

경감은 느닷없이 자세를 고쳐 앉으며 말을 했다.

"아, 알겠소! 드위트는 범인이 미신을 믿는 자라는 걸 나타내려고 그런 표시를 남긴 거요! 흠, 이건 그럴듯하군! 드위트에게도 척 들어맞고요. 드위트는 영리한 사내였소. 재빠르고 빈틈없는 장사꾼이었고……"

"레인도 그렇게 생각할 것 같소?"

브루노가 생각에 잠기면서 물었다.

"레인?"

그 순간 경감의 흥분은 찬물 세례를 받은 듯이 가라앉고 말았다. 그는 굵은 손가락으로 거칠게 턱을 문질렀다.

"글쎄, 지금 생각해보니 그렇게 자신할 수만은 없을 것 같소. 아무래도 미신이라는 건……."

브루노가 한숨을 쉬었다.

오 분쯤 지나자 경감이 문득 생각이 난 듯이 물었다.

"대체 제타토르라는 게 뭐요?"

"한 번 노려보는 것만으로도 사람을 해칠 수 있는 주술사라오. 아마 나폴리의 전설에 등장하는 인물일 거요."

다시금 두 사람은 무거운 침묵에 빠져들었고 차는 계속해서 질주했다.

## 제5장

*웨스트 잉글우드의 드위트 저택*

*10월 10일 토요일 오전 3시 40분*

차가운 달빛 아래 웨스트 잉글우드가 곤히 잠들어 있을 무렵, 대형 경찰차 한 대가 동네 한가운데를 지나 시들어가는 가로수가 이어진 옆길로 접어들고 있었다. 주(州) 경관이 탄 오토바이 두 대가 그 차의 양옆에서 호위하며 달리고 있었고 그 뒤로는 형사들을 가득 태운 소형차 한 대가 따라붙고 있었다.

그 행렬은 잔디밭 사이를 빠져나가 드위트의 집으로 이어지는 주차장 입구에서 멈추었다. 대형차에서는 크리스토퍼 로드의 부축을 받고 있는 진 드위트와 프랭클린 에이헌, 루이 임피리얼, 라이어넬 브룩스, 드루리 레인이 내렸는데 모두 입을 굳게 다물고 있었다.

오토바이를 탄 경관들은 엔진을 끄고 오토바이를 세운 뒤 안장에 걸터앉아 한가하게 담배를 피우기 시작했다. 소형차에서 형사들이 우르르 내리더니 큰 차에서 내린 일행을 에워쌌다.

그중 한 형사가 위압적인 태도로 말했다.

"모두 집 안으로 들어가시오. 콜 지방 검사의 명령이니 모두 한데 모여 있어요."

에이헌이 투덜거렸다. 자신은 바로 이웃에 살고 있으므로 아침까지 드위트의 집에 남아 있어야 할 이유가 없다는 것이었다. 다른 사람들은 드위트의 집 현관 쪽으로 천천히 걸음을 옮기기 시작했지만 레인은 그 자리에 선 채 머뭇거렸다. 거만한 형사가 고갯짓을 하자 다른 형사 한 명이 에이헌의 곁으로 다가갔다. 에이헌은 어깨를 으쓱하고는 일행의 뒤를 따랐다. 레인은 엷은 미소를 지으면서 에이헌 뒤를 따라 어두운 길을 걸어 나갔다. 일행들 뒤에서 형사들이 무거운 걸음걸이로 따라왔다.

반쯤 옷을 걸친 조겐스가 현관문을 열고 그들을 맞아들이며 어리둥절한 표정을 지었다. 하지만 아무도 그에게 설명하는 사람이 없었다. 일행은 형사들과 함께 식민지 시대 양식의 거실로 들어가 저마다 절망하고 지친 표정으로 의자에 몸을 파묻었다. 조겐스는 한 손으로 단추를 마저 채우면서 또 한 손으로는 전등을 켰다. 드루리 레인은 한숨을 내쉬고 자리에 앉고서는 지팡이를 움켜쥔 채 눈을 빛내며 다른 사람들을 둘러보았다.

조겐스가 머뭇거리며 진 드위트에게 다가갔다. 그녀는 로드의 팔에 감싸인 채 소파에 비스듬히 앉아 있었다. 집사는 조심스레 물었다.

"실례합니다만, 진 아가씨……."

"무슨 일이죠?"

그렇게 묻는 그녀의 목소리가 여느 때와는 너무나 다른 어조여서 노인은 자기도 모르게 움찔했지만 계속 말했다.

"무슨 일이 있었습니까, 아가씨? 그리고 이분들은……. 실례지만, 주인님께서는 어디에 계시는 건지요?"

"조겐스, 저리로 물러가 있게."

로드가 언짢은 투로 말했다.

진이 뚜렷한 목소리로 말을 이었다.

"돌아가셨어, 돌아가셨단 말이야."

조겐스는 새파랗게 질리며 무언가에 홀린 듯이 허리를 굽힌 자세로 그대로 움직이지 않았다. 이윽고 이 끔찍스러운 소식을 확인이라도 하려는 듯이 두리번두리번 주위를 둘러보았다. 하지만 사람들은 고개를 돌려버리거나 혹은 오늘 밤의 끔찍한 사건으로 인해 감정이 메마른 듯이 무표정한 눈길을 보낼 뿐이었다. 그는 아무 말도 하지 않은 채 그 자리에서 물러나려고 했다.

그러자 그 앞을 주임 형사가 막아서며 물었다.

"드위트 부인은 어디 있소?"

늙은 집사는 눈물 어린 흐릿한 눈으로 멍하니 상대를 쳐다보았다.

"드위트 부인? 사모님 말씀인가요?"

"그렇소. 지금 어디 있소?"

집사는 몸을 긴장시켰다.

"2층에서 주무시고 계시는 것 같습니다만."

"그녀는 밤새 계속 집에 있었소?"

"아뇨, 그렇지는 않았던 것 같습니다."

"어디를 다녀온 거요?"

"그건 모르겠는데요."

"언제 돌아왔소?"

"제가 자고 있을 때 돌아오셨습니다. 열쇠를 잊으셨는지 제가 내려갈 때까지 계속 벨을 눌렀어요."

"흠, 그래서요?"

"아마도 그때가 지금부터 한 시간 반쯤 전이었을 겁니다."

"정확히는 모른단 말이오?"

"예."

"잠깐 기다리시오."

형사는 진 드위트를 바라보았다. 그녀는 자세를 바로 한 채 두 사람의 대화에 열심히 귀를 기울이고 있었다. 형사는 그러한 그녀의 태도를 의아하다는 듯 보았다. 그는 예의를 갖춰 말하려고 했지만 결국은 어색한 꼴로 입을 열고 말았다.

"저어…… 아가씨, 오늘 밤에 일어난 일을 당신이 직접 드위트 부인께 말씀드리지 않겠습니까? 알려드리기도 해야겠고 또 저도 물어볼 말이 있어서요. 콜 지방 검사의 명령이니까요."

"날더러 말하라고요?"

진 드위트는 고개를 치켜들고 신경질적으로 웃으며 거듭 물었다.

"날더러 말인가요?"

로드가 부드럽게 그녀를 흔들면서 그녀의 귓가에 뭐라고 속삭였다. 그러자 날카롭던 눈빛이 사라지며 그녀는 몸을 떨었다. 그러고는 거의 속삭이듯 말했다.

"조겐스, 드위트 부인을 깨워서 내려오라고 하세요."

형사가 기세 좋게 말을 막았다.

"아니, 됐습니다. 제가 가겠습니다. 이봐요, 방으로나 안내해주시오."

조겐스는 발을 끌며 거실에서 나갔고 그 뒤를 형사가 따라갔다. 아무도 입을 열지 않았다. 에이헌이 자리에서 일어나 방 안을 서성거리기 시작했다. 외투를 입은 채로 있던 임피리얼은 더욱 단단히 옷깃을 여몄다.

"불을 피우는 것이 좋겠군요."

드루리 레인이 상냥한 어조로 말했다.

에이헌은 문득 멈춰 서더니 실내를 둘러보았다. 그리고 그제야 추위를 느낀 듯이 갑자기 몸을 떨었다. 이어서 그는 난처한 듯이 주위를 둘러보면서 잠시 망설이다가 벽난로 앞으로 가서 무릎을 꿇더니 떨리는 손으로 불을 지피기 시작했다. 마침내 장작더미에 불꽃이 탁탁 튀는 소리가 나기 시작했고 불꽃의 그림자가 벽에 어른거렸다. 만족할 만큼 불길이 일자 에이헌은 일어나서 무릎을 털고 다시금 서성거리기 시작했다. 임피리얼은 외투를 벗었다. 멀리 한쪽 구석의 안락의자에 깊숙이 몸을 파묻고 앉아 있던 브룩스는 의자를 불 가까이로 끌고 갔다.

갑자기 모두 고개를 들었다. 문간 쪽에서 당황한 목소리가 따뜻한 방 안 공기를 흔들며 들려왔던 것이다. 그들은 어색하고 부자연스러운 자세로 그쪽으로 고개를 돌렸다. 그러고는 모두 조각처럼 기묘하고 무심한 표정으로 무슨 일인가가 일어나기를 기다리며 지켜보았다. 이윽고 드위트 부인이 미끄러지듯 거실로 들어섰고 뒤이어 형사와 아직도 겁먹은 듯 멍해 보이는 조겐스가 들어왔다.

그녀의 미끄러지는 듯한 걸음걸이는 다른 사람들의 모습과 마찬가지로 부자연스럽고 꿈의 속도처럼 비현실적이었지만, 그럼에도 불구하고 사람들은 그녀의 출현 덕분에 불길했던 그날 밤의 공포와 속박에서 해방되었다. 모두 여유가 생긴 듯했다. 임피리얼이 자리에서 일어나 예의 바르게 머리를 숙였다. 에이헌은 가볍게 인사를 하면서 뭐라고 중얼거렸다. 로드는 진의 어깨를 껴안은 팔에 힘을 주었다. 브룩스는 난로 앞으로 다가갔다. 오직 드루리 레인 혼자만이 그대로의 자세를 유지하고 있었는데 귀머거리답게 긴장한 태도로 고개를 쳐들고 소리가 나는 어떤 작은 움직임도 놓치지 않고 간파하겠다는 듯이 예리하게 눈을 빛내고 있었다.

펀 드위트는 이국적인 가운을 잠옷 위에 급히 걸친 모습이었다. 여전히 윤기가 흐르는 검은 머리가 어깨 위에서 매끄럽게 넘실대고 있었다. 그녀는 대낮의 햇살 아래에서 볼 때보다 한층 아름다웠다. 얼굴 화장은 지워졌으나 난로에서 새어 나오는 불빛이 나이의 흔적을 희미하게 했다. 그녀는 불안한 표정으로 멈춰 서더니 조겐스와 비슷한 시선으로 주위를 둘러보았다. 그러다가 진의 모습을 발견하자 두 눈을 기묘하게 좁히고서 실내를 가로질러 가 힘없이 늘어져 있는 의붓딸의 몸 위로 허리를 굽혔다.

"진……, 난…… 정말이지……."

그녀는 속삭였다.

하지만 진은 고개도 들지 않고 계모를 보려고도 하지 않은 채 차가운 목소리로 대답했다.

"제발 저리로 가세요."

펀 드위트는 진에게 따귀라도 얻어맞은 듯이 뒷걸음질 쳤다. 그러고는 곧장 말도 없이 거실에서 나가려고 했다. 그녀의 뒤에 서서 잠자코 지켜보고 있던 형사가 그녀의 앞을 가로막으며 말했다.

“부인, 몇 가지 여쭤볼 말씀이 있습니다.”

그녀는 별수 없이 멈춰 섰다. 임피리얼이 급히 의자를 가져다주자 그녀는 거기에 앉아 난롯불을 바라보았다.

무겁고 답답한 침묵 속에서 형사가 헛기침을 했다.

“오늘 밤 몇 시에 돌아오셨습니까?”

그녀는 숨을 들이마셨다.

“그건 왜 물으시죠? 왜죠? 설마 당신은…….”

“질문에 대답해주십시오.”

“2시 조금 지나서였어요.”

“그럼 두 시간쯤 전이로군요?”

“그래요.”

“그런데 어딜 갔다 오신 겁니까?”

“그냥 드라이브를 하고 왔을 뿐이에요.”

“드라이브라고요?”

형사의 목소리에는 노골적인 의혹이 스며들어 있었다.

“누구와 함께 있었습니까?”

“혼자였어요.”

“몇 시에 집에서 나갔습니까?”

“저녁 식사 뒤에 한참 있다가 나갔어요. 그러니까 7시 30분쯤일 거예요. 나는 내 차를 타고 드라이브를…….”

그녀는 목소리를 길게 끌었다. 형사는 끈기 있게 기다렸다. 그녀는 마른 입술을 축이고는 다시 얘기를 계속했다.

“뉴욕까지 그냥 드라이브를 했어요. 그러다가 성당 앞에 차를 세웠죠……. 성 요한 성당이었어요.”

“암스테르담 애버뉴와 110번 스트리트의 모퉁이군요?”

“그래요. 거기서 차를 세우고는 성당으로 들어갔어요. 그리고 성당 안에서 한참 동안 앉아서 생각을 하면서…….”

“대체 그게 무슨 말씀이십니까, 부인? 일부러 뉴욕의 고지대까지 차를 몰고 가서 두 시간이나 성당에 앉아 있었단 말씀입니까? 몇 시에 그 성당에서 나왔습니까?”

형사는 거친 어조로 말했다.

그녀는 앙칼진 목소리로 대꾸했다.

“대체 그게 어쨌다는 건가요? 결국 내가 그이를 죽이기라도 했다는 건가요? 흥, 그런 모양이군요……. 알겠어요, 모두 그렇게 생각하나 보군요. 이렇게들 둘러앉아 나를 지켜보면서 심판하고 있는 거로군요…….”

그녀는 더는 참지 못하겠다는 듯이 흐느끼기 시작했다. 그녀의 풍만한 어깨 부근이 일렁거렸다.

“몇 시에 성당에서 나왔습니까?”

그녀는 잠깐 동안 더 흐느끼고는 눈물을 참으면서 가까스로 대답했다.

“10시 30분이나 11시경이었어요……. 정확한 시간은 모르겠어요.”

“그런 뒤에 무얼 했습니까?”

“계속해서 드라이브를 했을 뿐입니다.”

“저지로는 어디를 지나서 돌아왔습니까?”

“42번 스트리트의 선착장으로 해서 돌아왔어요.”

형사는 어이없다는 듯이 휘파람을 불고는 그녀를 바라보았다.

“일부러 뉴욕의 그 끔찍한 교통 체증 속을 지나서 돌아왔단 말씀인가요? 어째서입니까? 어째서 125번 스트리트의 선착장으로 해서 돌아오지 않으셨나요?”

그녀는 대답이 없었다.

형사가 눈을 빛내며 말했다.

“이건 꼭 설명해주셔야겠습니다.”

그녀의 눈빛이 흐릿해졌다.

"설명이라고요? 아무것도 설명할 게 없어요. 어째서 그렇게 돌아오게 되었는지는 나도 모르겠어요. 다만 차를 몰다가 그렇게 되었을 뿐이에요. 생각에 몰두해서……."

"생각에 몰두하셨다고요? 대체 무엇에 관한 생각이었습니까?"

형사는 거듭 눈을 빛내며 물었다.

그녀는 의자에서 일어나며 가운을 여미며 말했다.

"도가 좀 지나친 것 같군요. 무슨 생각을 하든 그건 내 자유란 말이에요. 자, 비키세요. 이제 내 방으로 돌아가겠어요."

형사가 그녀 앞으로 바싹 다가서는 바람에 그녀는 멈칫하며 멈춰 섰다. 그녀의 뺨에서 핏기가 가셨다.

"안 됩니다. 당신은……."

그 순간 형사의 말을 막으며 드루리 레인이 쾌활하게 말했다.

"제 생각엔 부인의 말씀이 옳으신 것 같군요. 부인께선 아무래도 좀 흥분해 계신 듯하니 가급적이면 질문은 내일 아침으로 미루는 게 좋을 것 같습니다만."

형사는 뚫어지게 레인의 얼굴을 보고 나서 헛기침을 하며 그녀에게서 물러섰다.

"알았습니다."

형사는 불만스러운 표정으로 마지못해 덧붙였다.

"실례했습니다, 부인."

펀 드위트가 사라지자 모두 다시 무관심한 분위기에 빠져 들었다.

4시 15분쯤에 누군가가 살짝 들여다보았다면 드루리 레인이 기묘한 일을 하는 것을 보았을 것이다.

그는 혼자 드위트의 서재에 있었는데 외투는 의자 위에 내던져진 채였다. 늘씬한 체구가 일정한 순서에 따라서 방 안을 오갔고 시선은 이쪽저쪽으로 바삐 움직였고 손은 끊임없이 주변을 더듬었다. 방 한가운데에는 조각이 새겨진 커다랗고 고풍스러운 호두나무 책상이 놓여 있었다. 레인은 책상의 서랍을 차례로 열어보며 서류를 들추며 기록이나 문서를 차근차근 조사해나갔다. 그는 거기서 만족할 만한 것을 발견하지 못한 것이 분명했다. 책상 앞을 떠나 다시 세 번째로 벽에 있는 금고 쪽으로 향했기 때문이다.

그는 다시 금고의 손잡이를 만져보았지만 여전히 열 수가 없었다. 그는 단념하고 방향을 바꾸어 책상 앞으로 가서 한 단씩 천천히 주의 깊게 조사하기 시작했다. 책장과 책 사이를 들여다보거나 여기저기서 책을 빼내 펼쳐보기도 했다.

책장을 죄다 살펴보고 난 뒤에 그는 우뚝 서서 생각에 잠겼다. 그러더니 예리하게 번쩍이는 눈길로 다시 금고 쪽으로 향했다.

그는 서재의 입구로 다가가 문을 열고 밖을 내다보았다. 형사 한 명이 복도에서 서성거리고 있다가 인기척을 듣고서 재빨리 돌아다보았다.

"집사는 아직 아래층에 있습니까?"

"알아보겠습니다."

형사가 내려가더니 잠시 뒤에 발을 질질 끌며 걷는 조겐스를 데리고 돌아왔다.

"부르셨습니까, 레인 씨?"

드루리 레인은 서재 문의 옆 기둥에 기대었다.

"조겐스 씨, 금고의 다이얼 번호를 아십니까?"

조겐스는 펄쩍 뛸 듯이 놀랐다.

"제가요? 당치도 않으신 말씀입니다!"

"그럼 부인께서는 아시나요? 혹은 진 양이라도?"

"아마 모르실 겁니다."

"그것참 묘하군요."

형사는 복도 저쪽으로 어슬렁거리며 멀어져갔고, 레인은 쾌활한 어조로 말을 이었다.

"그건 어째서 그렇습니까?"

"네, 실은 드위트 씨께서는…… 저어……."

집사는 난처한 듯이 말을 이었다.

"좀 이상한 일이긴 합니다만, 드위트 씨께서는 오랫동안 저 금고를 혼자서만 사용해오셨기 때문입니다. 또 다른 금고가 2층 침실에도 있기 때문에 사모님이나 아가씨는 거기에다 보석류를 보관해두시지요. 그러니까 결국 이 서재의 금고 번호를 아시는 분은 현재로선 드위트 씨의 변호사이신 브룩스 씨뿐인 것 같습니다."

"브룩스 씨라……?"

드루리 레인은 생각에 잠기는 투로 말을 이었다.

"그럼 그분을 불러주시겠습니까?"

조겐스는 물러갔다. 그리고 잠시 뒤에 반백의 금발을 헝클어뜨리고 수면 부족으로 눈이 충혈된 라이어넬 브룩스와 함께 되돌아왔다.

"레인 씨, 무슨 일이십니까?"

"네, 이 방에 있는 금고의 다이얼 번호를 아는 분이 현재로선 당신뿐이라고 해서 말입니다."

브룩스의 두 눈에 경계하는 빛이 어렸다.

"가르쳐주실 수 없겠습니까?"

레인의 부탁에 변호사는 턱을 어루만졌다.

"좀 미묘한 부탁이로군요, 레인 씨. 도덕적으로 볼 때 가르쳐드려도 괜찮을는지 모르겠습니다. 더욱이 법률적으로도……. 아무래도 제 입장이 좀 난처하군요. 다이얼 번호는 꽤 오래전에 드위트 씨한테 들어서 알고는 있습니다만, 드위트 씨가 제게 말하길 저 금고 안에는 가족들에게 보이고 싶지 않은 기록이 있으므로 만약에 자신에게 무슨 일이 일어나더라도 공적인 수속 없이는 금고를 열지 못하게 하고 싶다고 했습니다."

"놀랍군요, 브룩스 씨."

레인이 중얼거리듯이 말을 이었다.

"그런 얘기를 들으니 한층 더 열어보고 싶군요. 게다가 제겐 그럴 만한 권한이 있으니까요. 만약 지방 검사에게라면 가르쳐주실 수 있으실 테죠?"

레인은 미소를 지었으나 그 시선은 변호사의 턱 근육의 움직임을 살피고 있었다.

"유언장을 보시고 싶으시다면 그건 이제 전적으로 공적인 일이므로……."

브룩스가 힘없이 말했다.

"유언장을 보려는 게 아닙니다. 저 금고 안에 무엇이 들어 있는지 알고 계십니까? 아마도 이번 사건들의 모든 수수께끼를 풀 수 있는 열쇠가 될 만한 뭔가 중요한 것이 분명히 들어 있을 것입니다."

"아뇨, 저는 모릅니다! 뭔가 기묘한 것이 들어 있으리라고는 전부터 생각하고 있었습니다만, 물론 드위트 씨에게 물어보려고 했던 적은 없었습니다."

"제 생각으로는, 브룩스 씨……"

레인은 아까와는 전혀 다른 목소리로 말을 이었다.

"아무래도 제게 다이얼 번호를 가르쳐주시는 편이 좋으실 것 같군요."

브룩스는 망설이며 시선을 돌렸다. 그러나 이윽고 어깨를 으쓱하고는 일련의 숫자를 중얼거렸다. 레인은 진지하게 그 입술을 바라보고 나서 고개를 끄덕이더니 더는 아무 말도 하지 않고 서재 안으로 들어가 브룩스의 코앞에서 문을 닫아버렸다.

노배우는 급히 방을 가로질러 금고 앞으로 다가갔다. 잠시 동안 다이얼을 돌린 끝에 마침내 작고 묵직한 금고 문이 열리자, 그는 잠깐 기대 어린 눈빛을 빛내더니 조심스레 내부를 조사하기 시작했다.

십오 분 뒤에 드루리 레인은 금고 문을 닫고 다이얼을 빙글 돌린 다음 책상 앞으로 돌아왔다. 그의 손에는 작은 봉투가 들려 있었다.

레인은 책상 앞의 의자에 앉아 봉투의 겉봉을 살펴보았다. 보통 글씨체로 쓰인 수신인 칸에는 존 드위트의 이름이 적혀 있었고, 뉴욕 시 그랜드 센트럴 우체국의 소인이 찍혀 있었는데 날짜는 올해 6월 3일 자였다. 레인은 봉투를 뒤집어보았지만 발신인은 적혀 있지 않았다.

레인은 봉투가 뜯어진 곳에 조심스레 손가락을 밀어 넣어 편지지 한 장을 꺼냈다. 글씨는 봉투의 것과 같았고 잉크는 푸른색이었다. 윗부분에는 6월 2일의 날짜가 적혀 있었다. '잭!'이라고 존 드위트의 애칭을 당돌하게 부르며 편지는 시작되고 있었다.

*잭!*
*나한테서 편지를 받는 것도 이것이 마지막이 될 것이다.*
*누구에게나 좋은 때란 있기 마련이다. 이제 곧 내게도 그런 때가 온다.*
*빚을 갚을 각오를 하라. 자네가 첫 번째가 될지도 모른다.*

*6월 2일*

그리고 달리 맺는말도 없이 단지 '마틴 스토프스'라는 서명이 끝에 쓰여 있을 뿐이었다.

## 제6장

**그랜트 호텔의 스위트룸**

**10월 10일 토요일 오전 4시 5분**

더피 경사가 터무니없을 만큼 널찍한 등을 체리 브라운의 객실 문에 기대고서 근심스러운 표정의 뚱뚱한 사내와 조심스레 얘기를 나누고 있을 때였다. 섬 경감과 브루노 지방 검사 그리고 그들의 부하들이 그랜트 호텔의 12층 복도를 급한 걸음으로 걸어왔다.

더피는 근심스러운 표정의 사내를 호텔 보안원이라고 소개했다. 호텔 보안원은 섬 경감의 날카로운 눈빛을 보자 더욱 근심스러운 표정을 지었다.

"별 이상은 없었소?"

경감이 거친 어조로 물었다.

호텔 보안원이 우물우물 말을 했다.

"네, 조용합니다. 쥐 죽은 듯이 조용해요. 하지만 뭔가 잘못된 건 아닐 테죠, 경감님?"

"정말이지 아무 소리도 나지 않습니다. 둘이서 잠들어버린 것 같습니다."

더피 경사가 덧붙였다.

그러자 보안원이 금세 얼굴빛이 달라지며 말했다.

"저희 호텔에서는 절대 그런 짓은 용납되지 않습니다."

경감은 그 말을 무시하고서 마뜩잖게 물었다.

"이 방에는 또 다른 출입구가 있나?"

"저쪽에 문이 있죠."

더피가 건장한 팔을 들어 올리며 가리켰다.

"그리고 물론 비상구도 있습니다. 그쪽은 아래에서 감시하고 있습니다. 만약의 경우에 대비해 옥상에도 한 사람 배치해두었습니다."

"그렇게까지 할 필요는 없을 것 같은데. 도망치려고 하지는 않을 테니까 말이야."

브루노가 말했다.

"그거야 알 수 없는 일이오."

경감이 무뚝뚝하게 대꾸하며 말을 이었다.

"모두 준비는 됐겠지?"

경감은 복도의 앞뒤를 살펴보았다. 복도에는 그의 부하들과 호텔 보안원 말고는 아무도 없었다. 부하 두 명이 재빨리 옆의 문으로 다가갔다. 그쯤에서 경감은 문을 두드렸다.

방 안에서는 아무런 소리도 들리지 않았다. 경감은 문에 바짝 귀를 대고 잠시 안쪽의 동태를 살피다가 이번에는 마구 두드려댔다. 호텔 보안원이 항의를 하려다가 이내 생각을 바꾼 듯이 입을 다물고는 복도를 서성대기 시작했다.

한참 뒤에 낮게 속삭이는 듯한 인기척이 어렴풋이 경감 귀에 들려왔다. 그는 심술궂은 미소를 떠올리며 기다렸다. 이윽고 방 안 어딘가에서 전등 스위치 켜는 소리에 이어 희미한 발소리가 들려오더니 빗장이 풀리는 소리가 났다. 경감은 부하들에게 눈짓으로 주의를 주었다. 문이 겨우 5센티미터쯤 열렸다.

"누구세요? 무슨 일이죠?"

체리 브라운의 초조하고 흥분한 듯한 목소리가 들려왔다.

경감은 문틈으로 커다란 구두 끝을 들이밀고 비틀었다. 그러고는 육중한 손으로 문을 눌러대자 문은 마지못해 열렸다. 밝은 실내에는 엷은 비단 네글리제를 입고 작은 맨발에 공단 천으로 된 슬리퍼를 신은 체리 브라운이 실로 아름답게, 그러나 몹시 불안한 모습으로 서 있었다.

그녀는 경감의 얼굴을 보자마자 숨을 크게 들이마시면서 본능적으로 뒤로 물러섰다.

"어머나, 섬 경감님!"

그녀는 눈앞에 경감이 서 있다는 것이 믿기지 않는 듯이 몹시 가냘픈 목소리로 말을 이었다.

"대체 무슨 일이시죠?"

"아무것도 아니오. 아무것도 아니라고."

경감은 그렇게 말하면서 방 안을 둘러보았다. 그는 여배우가 머무는 스위트룸의 거실에 서 있었다. 실내는 꽤 지저분했다. 찬장 위에는 비어 있는 진 병과 조금 남은 위스키 병이 놓여 있었다. 테이블 위에는 담배꽁초가 흩어져 있었고 진주로 장식된 야회용 핸드백이 놓여 있었다. 그리고 더러워진 술잔들과 뒤집힌 의자가 하나 눈에 띄었다. 그녀는 경감의 얼굴에서 입구 쪽으로 시선을 돌렸다. 이어서 그녀는 복도에 있는 브루노 지방 검사와 무뚝뚝한 얼굴의 사내들을 보고서는 눈이 휘둥그레졌다.

침실로 통하는 문은 닫혀 있었다.

경감은 싱긋 미소 지으며 말했다.

"자, 브루노, 어서 들어오시오. 그리고 자네들은 밖에서 기다리게."

지방 검사는 실내로 들어서며 손을 뒤로 돌려 문을 닫았다.

그녀는 여성 특유의 침착성을 다소 되찾았다. 두 뺨에도 다시 생기가 돌아왔고 한 손으로는 아무렇지도 않은 듯이 머리칼을 쓸어 넘겼다.

"흥! 숙녀의 방으로 쳐들어오기엔 아주 좋은 시간이로군요, 경감님. 대체 이게 무슨 짓이죠?"

그녀는 싸늘하게 말했다.

"괜한 시간 낭비는 말자고요, 숙녀님."

섬은 쾌활한 어조로 말을 이었다.

"혼자 있는 거요?"

"그게 당신과 무슨 상관이죠?"

"혼자 있느냐고 물었소."

"쓸데없는 간섭은 마세요."

경감은 싱글거리면서 거실을 가로질러 또 다른 방문 쪽으로 향했고 그러는 동안 브루노는 벽에 기대선 채로 있었다. 여배우는 당황한 표정으로 작게 소리치면서 달려가서는 문에 등을 기대며 경감을 가로막았다. 그녀는 화가 나 있었다. 스페인계 특유의 두 눈이 이글이글 불타올랐다.

그녀가 외치듯 말을 이었다.

"정말 뻔뻔하시군요! 먼저 영장을 보여주세요! 그렇지 않고는……."

그 말이 채 끝나기도 전에 경감이 커다란 손을 그녀의 어깨에 얹고는 밀어젖혔다. 그러자 눈앞의 문이 열리더니 폴룩스가 전등 불빛에 눈을 깜박거리며 방에서 나왔다.

"이제 됐어, 됐다고."

폴룩스는 갈라지는 목소리로 말을 이었다.

"떠들어봤자 별수 없을 테니까……. 대체 무슨 일이죠?"

폴룩스는 온몸에 착 달라붙는 비단 잠옷을 입고 있었다. 낮 동안의 정성스러운 치장은 몽땅 사라지고 없었다. 듬성듬성한 머리카락은 머릿기름에 뭉쳐져 곤두서 있었고 바늘처럼 끝이 뾰족하던 콧수염도 무참히 풀이 꺾여 있었다. 튀어나온 두 눈 아래는 건강치 못한 거무스름한 기미로 그늘져 있었다.

체리 브라운은 고개를 치켜들고는 흐트러진 테이블 위에서 담배 한 개비를 골라내 불을 붙이더니 탐닉하듯 연기를 내뿜었다. 그러고는 그대로 테이블에 걸터앉아 다리를 흔들었다. 폴룩스는 단지 우뚝 서 있을 뿐이었지만 자신의 처량한 몰골이 마음에 걸리는 듯이 쭈뼛쭈뼛 번갈아가며 발을 뗐다 붙였다 했다.

경감은 체리 브라운에서 폴룩스에게로 시선을 돌리고는 즉시 이 사내를 냉정히 평가하기 시작했다. 아무도 입을 열지 않았다.

무거운 침묵을 깨며 경감이 입을 열었다.

"자, 두 사람 모두 오늘 밤에 어디에 있었는지 들어보기로 할까요?"

체리가 코웃음을 쳤다.

"그런 걸 알아서 어쩌자는 거죠? 그보다도 어째서 갑자기 우리 일에 관심을 갖게 되었는지가 궁금하군요."

경감은 사나운 불그레한 얼굴을 그녀 앞에 불쑥 내밀었다.

"이것 봐요, 숙녀님."

경감은 냉정하게 말을 이었다.

"당신과 나는 뜻이 잘 통할 것 같소……. 적어도 당신만 고집을 부리지 않는다면 말이오. 하지만 고집을 부린다면 당장에라도 그 귀여운 몸뚱어리를 마디마디 분질러드리겠소. 그러니 자, 대답하시오. 쓸데없는 고집은 그만 부리고!"

경감은 엄한 눈길로 그녀의 눈을 들여다보았다. 그녀는 가벼운 웃음소리를 내더니 말했다.

"글쎄요……. 오늘 밤엔 쇼가 끝나자 폴룩스를 만났고 그러곤 둘이서 이리로 왔죠."

"허튼수작 말라고!"

경감이 소리쳤다. 브루노는 폴룩스가 경감의 어깨 너머로 여자에게 눈짓을 보내는 것을 보았다.

"당신들이 이곳에 도착한 것은 2시 30분경이오. 그때까지 어디 있었소?"

"경감님, 왜 그렇게 화를 내시죠? 우리는 분명히 이곳에 왔어요. 하지만 쇼를 마치고 곧장 호텔로 돌아왔다고는 말하지 않았어요. 나는 뭐 그런 뜻으로 말한 게 아니라고요. 도중에 우리는 45번 스트리트의 술집에 들렀어요. 그런 다음에 이리로 온 거라고요."

"그럼 오늘 밤에 위호켄 선착장에서 배를 타지 않았단 말이오? 자정 조금 전에 말이오."

폴룩스가 신음했다.

"당신도 말이오!"

섬은 버럭 고함치며 말을 이었다.

"당신도 함께 있었소. 저지 쪽의 선착장에서 당신들 두 사람을 본 사람이 있다고!"

체리와 폴룩스는 체념한 듯이 서로 얼굴을 마주 보았다. 여자가 천천히 말했다.

"그게 어쨌다는 거죠? 그게 뭐 잘못되기라도 했단 말인가요?"

경감은 성난 목소리로 말했다.

"물론 잘못된 일투성이지. 둘이서 무얼 할 작정이었소?"

"어머나, 그냥 배를 타본 것뿐이라고요."

경감은 지겹다는 듯이 코웃음을 쳤다.

"정말 기가 막히는군. 당신들을 정말 멍청하군. 그따위 말을 내가 믿을 거라고 생각하오?"

경감은 한쪽 발로 바닥을 세게 내리쳤다.

"언제까지 이런 식으로 말장난을 할 거요? 짜증이 나서 더는 참을 수가 없군. 이것 보라고. 당신들은 그 배를 타고 저지 쪽에서 내린 뒤에 드위트 일행을 미행했단 말이야!"

그러자 폴룩스가 중얼거렸다.

"체리, 사실대로 말하는 게 좋겠어. 그러는 수밖에는 없다고."

체리 브라운이 경멸하는 눈길로 폴룩스를 노려보았다.

"흥! 이제 보니 겁쟁이로군요. 겁먹은 아이처럼 죄다 지껄여대겠단 말인가요? 우리는 아무것도 잘못한 게 없단 말이에요. 게다가 꼬리를 잡힌 것도 아니잖아요! 무엇 때문에 그런 우는소리를 할 필요가 있어요?"

"하지만 체리……."

폴룩스는 쩔쩔매면서 두 손을 벌렸다.

경감은 두 사람이 다투도록 그냥 내버려두었다. 그는 잠깐 동안 테이블 위에 놓여 있는 야회용 진주 핸드백을 바라보다가 마침내 집어 들고는 무게를 가늠하듯 생각에 잠겼다. 그러자 다투고 있던 두 남녀는 마치 마법에라도 걸린 듯이 말다툼을 딱 멎었다. 체리는 핸드백을 쥔 경감의 큰 손이 위아래로 움직이는 것을 초조하게 바라보았다.

"그거 이리 줘요."

그녀는 갈라지는 목소리로 말했다.

경감은 싱긋 웃으며 대꾸했다.

"꽤 무거운 물건이 들어 있는 것 같소만? 1톤쯤은 나가겠는걸. 대체 뭐가 들었기에……."

경감의 손이 백을 열고 안으로 파고들자 체리는 낮고도 동물적인 비명을 질러댔다. 폴룩스는 얼굴빛이 달라지며 발작적으로 한 발을 앞으로 내디뎠다. 브루노는 기대서 있던 벽에서 몸을 떼며 조용히 경감의 곁으로 다가갔다.

경감의 손끝에 진주조개로 장식된 작은 권총이 걸려 올라왔다. 그는 이 무기를 능숙하게 조작해서 내부를 살폈다. 탄환은 세 발이 들어 있었다. 경감은 연필에 손수건을 감아 총신 안으로 찔러 넣어 비빈 후 살펴봤다. 하지만 총신에서 빠져나온 손수건은 깨끗했다. 그러자 그는 총구를 코끝에 대고서 냄새를 맡아보았다. 그는 고개를 저으며 권총을 테이블 위에 내던졌다.

"휴대 허가증은 갖고 있어요."

여배우는 그렇게 말하고는 입술을 핥았다.

"보여주실까?"

그녀는 찬장 앞으로 가서 서랍을 뒤지더니 테이블이 있는 곳으로 되돌아왔다. 경감은 휴대 허가증을 확인하고 그녀에게 돌려주었다. 그녀는 다시 자리에 앉았다.

경감은 폴룩스에게 말머리를 돌렸다.

"자, 이번엔 당신 차례요. 확실히 하도록 하자고. 당신들은 드위트 일행을 미행했소. 이유가 뭐였지?"

"도무지…… 무슨 말씀을 하시는지 모르겠군요."

경감은 권총을 내려다보았다.

"이 권총 덕분에 귀여운 체리 양이 난처한 입장에 처하게 된다는 걸 모르시오?"

체리가 침을 삼켰다.

"그게 무슨 뜻이죠?"

폴룩스는 멍한 표정으로 물었다.

"존 드위트가 오늘 밤 서해안선 열차 안에서 총에 맞아 죽었소."

브루노 지방 검사가 말했다. 실내로 들어온 이래 그가 입을 연 것은 이번이 처음이었다.

"살해됐단 말이오."

"살해되었다고요?"

체리와 폴룩스는 동시에 그렇게 내뱉으며 겁에 질린 표정으로 서로의 얼굴을 마주 보았다.

"누가 죽였나요?"

체리가 속삭이듯 물었다.

"그걸 당신들이 모른다고?"

체리 브라운의 도톰한 입술이 떨리기 시작했다. 순간 폴룩스가 처음으로 느닷없는 행동을 취해 경감과 지방 검사를 놀라게 했다. 그는 경감이 미처 손을 쓸 사이도 없을 만큼 재빨리 테이블로 달려들어 권총을 낚아챘던 것이다. 브루노가 잽싸게 옆으로 비켜섰고, 경감의 한 손은 재빨리 뒷주머니로 갔으며, 여배우는 비명을 질러댔다. 하지만 폴룩스는 소동을 일으키려고 한 게 아니었다. 그는 조심스레 총신을 들고 있을 뿐이었다. 경감의 손도 뒷주머니에서 멈췄다.

"자, 보세요!"

폴룩스는 손잡이 쪽을 경감에게 돌려서 권총을 내밀며 말을 이었다.

"보세요, 경감님! 이 속에 든 탄환을 잘 보십시오. 이건 실탄이 아니란 말입니다. 공포탄이라고요!"

경감은 권총을 낚아챘다.

"하긴 그렇군."

경감이 중얼거렸다. 브루노는 체리 브라운이 마치 폴룩스를 처음 보는 사람처럼 바라보고 있음을 깨달았다.

너무 열심히 설명하려는 바람에 폴룩스는 말을 더듬었다.

"내가 지난주에 바꿔놨죠. 체리는 이제까지 모르고 있었던 셈이고요. 그러니까 저는…… 저는 체리가 실탄을 넣은 권총을 휴대하고 다니는 게 어쩐지 꺼림칙했던 겁니다. 여자란…… 여자란 아무래도 이런 일엔 조심성이 모자라니까요."

"그런데 어째서 세 발밖에 들어 있지 않은 거요, 폴룩스? 이 탄창의 비어 있는 한 곳에는 실탄이 들어 있었을지도 모르는 일 아니오?"

브루노가 질문했다.

"아닙니다, 절대로 들어 있지 않습니다!"

폴룩스가 외치듯이 말을 이었다.

"어째서 전부 채워 넣지 않았는지는 잘 모르겠습니다만 어쨌든 그것밖에 넣지 않았던 건 사실입니다. 게다가 우리는 오늘 밤 그 열차를 타지도 않았단 말입니다. 저지 쪽의 선착장까지 가긴 했지만 거기서 발길을 돌려서 다음 배로 뉴욕으로 돌아왔습니다. 안 그래, 체리?"

그녀는 말없이 고개를 끄덕였다.

경감은 핸드백을 다시 집어 들었다.

"기차표를 사지는 않았소?"

"물론이죠. 매표소 근처에도 가지 않았으니까요."

"하지만 드위트 일행의 뒤를 밟긴 했잖소?"

폴룩스의 왼쪽 눈꺼풀이 묘하게 떨리기 시작했다. 경련은 점차 심해졌지만 폴룩스는 거북이처럼 입을 다물고 있었다. 체리는 눈을 내리 깔고서 카펫을 내려다보고 있었다.

경감은 어두운 침실로 들어갔다. 잠시 뒤에 그는 빈손으로 나오더니 제멋대로 거실을 뒤지고 돌아다녔다. 아무도 입을 여는 사람은 없었다. 마침내 경감은 두 사람에게 등을 보이고 무거운 발소리를 내면서 문 쪽으로 향했다.

브루노가 말했다.

"두 사람 다 언제든 출두 명령에 응할 수 있게 해두시오. 그리고 쓸데없는 짓을 하면 곤란하다는 걸 명심하시오!"

이어서 브루노도 경감의 뒤를 따라 복도로 나갔다.

경감과 지방 검사가 나오자 기다리고 있던 부하들은 기대 어린 눈빛을 빛냈다. 그러나 경감은 머리를 젓고는 곧장 엘리베이터로 향했고, 브루노가 지친 표정으로 그 뒤를 따랐다.

"어째서 권총을 압수하지 않았소?"

브루노가 물었다.

경감은 집게손가락으로 엘리베이터의 버튼을 눌렀다.

"압수해봤자 무슨 소용이 있겠소?"

경감이 퉁명스레 답했다. 호텔 소속 보안원이 곧바로 뒤에 따라붙었는데 근심스러운 표정은 더욱더 심각해져 있었다. 더피 경사가 어깨로 그를 밀어냈다. 경감이 말을 덧붙였다.

"아무 소용없는 일이오. 실링 검시관은 피살자의 총상이 38구경에 의한 것인 듯하다고 했소. 그런데 아까의 그 권총은 22구경이었단 말이오."

## 제7장

*마이클 콜린스의 아파트*

*10월 10일 토요일 오전 4시 45분*

동트기 전의 어슴푸레한 여명 속에서는 이 도시가 뉴욕이라고 믿기지 않을 정도였다. 이따금 헤드라이트를 빛내며 돌아다니는 택시밖에는 아무것도 눈에 띄지 않는 산길처럼 어둡고 음산한 거리를 경찰차 한 대가 맹렬한 기세로 질주하고 있었다.

마이클 콜린스는 웨스트 78번 스트리트의 아파트에 틀어박혀 있었다. 경찰차가 보도 가장자리로 미끄러지듯 멈춰 서자 건물 그늘에서 한 사내가 뛰쳐나왔다. 차 안에서 섬 경감의 뒤를 이어 브루노와 형사들이 뛰어내렸다.

건물 그늘에서 뛰어나온 사내가 말했다.

"아직 집 안에 있습니다. 집에 돌아온 뒤로는 한 번도 밖으로 나오지 않았습니다."

경감이 고개를 끄덕였고 이어서 모두 로비로 뛰어들었다. 수위실에 앉아 있던 제복 차림의 노인이 놀라며 숨을 들이켰다. 형사들이 졸고 있던 엘리베이터 보이를 흔들어 깨웠고 보이는 서둘러 그들을 위층으로 안내했다.

그들이 8층에서 내리자 다른 형사가 나타나 의미 있는 손짓으로 한쪽 문을 가리켰다. 모두 말없이 둥글게 진을 쳤다. 브루노는 흥분한 나머지 한숨을 내쉬면서 시계를 보았다. 경감이 사무적인 어조로 말했다.

"빈틈은 없을 테지? 난폭하게 굴지도 모르니까 말이야."

경감은 문 앞으로 다가가 초인종을 눌렀다. 안쪽에서 벨이 울리는 소리가 희미하게 들렸다. 이내 발소리가 들리더니 사내의 갈라진 목소리가 들려왔다.

"누구요? 누구냐고?"

"경찰이오! 문을 여시오!"

경감이 큰 소리로 그렇게 외쳤다. 짧은 침묵이 흐른 뒤 이윽고 쥐어짜낸 듯한 외침이 들렸다.

"너희한테 잡힐 것 같으냐! 어림없어!"

이어서 발소리가 다시 들리는가 싶더니 얼어붙은 나뭇가지가 부러지는 듯한 날카로운 총성이 울려 퍼졌다. 그러고는 이내 무언가 둔탁하게 쓰러지는 소리가 들렸다.

모두 미친 듯이 움직이기 시작했다. 경감은 한 걸음 물러나 크게 숨을 들이마시고는 문짝에다 힘껏 몸을 내던졌다. 하지만 문이 단단했던 탓에 꿈쩍도 하지 않았다. 더피 경사와 건장한 형사 한 명이 경감과 함께 뒤로 물러섰다. 세 사내는 동시에 맹렬한 기세로 문을 향해 돌진했다. 문은 흔들렸으나 열리지는 않았다.

"다시 한 번!"

경감이 외쳤다. 결국 네 번째의 공격으로 문이 열렸고, 그들은 어둡고 긴 현관홀 안으로 돌진해 들어갔다. 현관홀 맞은편에 밝게 전등이 켜진 방으로 통하는 문이 있었다.

그 방과 현관홀 사이의 바닥에 잠옷 차림의 마이클 콜린스가 쓰러져 있었다. 오른손 곁에 내팽개쳐진 둔탁하고 검은 권총에서는 아직도 연기가 피어오르고 있었다.

경감은 무거운 발소리를 울리면서 그에게로 다가갔다. 그는 콜린스의 한쪽 옆에 황급히 무릎을 꿇고는 가슴에 귀를 갖다 댔다. 경감이 외쳤다.

"아직 살아 있다! 방으로 옮기게!"

형사들은 축 늘어진 사내의 몸을 불이 켜져 있는 거실로 운반해 긴 의자 위에 내려놓았다. 창백한 얼굴을 한 콜린스는 눈을 감고서 이를 드러낸 늑대처럼 입술이 오그라든 채 크게 숨을 헐떡이고 있었다. 머리의 오른쪽은 헝클어진 머리카락과 흘러내리는 피밖에는 아무것도 보이지 않았다. 얼굴의 오른쪽도 온통 피로 붉게 물들어 있었고, 피는 오른쪽 어깨에까지 흘러내려 잠옷을 붉게 물들였다. 경감이 상처를 만지자 이내 손끝에 피가 묻어났다.

"두개골을 관통하지는 않았소."

경감이 신음하듯 말을 이었다.

"머리 가장자리를 스쳤을 뿐이고 그 충격으로 기절한 모양이오. 바보 같은 녀석! ……의사를 부르게……. 이봐요, 브루노. 아마도 사건은 해결될 모양이오."

부하 한 명이 방을 뛰쳐나갔다. 경감은 성큼성큼 방을 가로질러 권총을 주워 올렸다.

"38구경이오. 이제 됐소."

경감은 만족스러운 표정을 지었다가 이내 얼굴이 흐려지며 말을 이었다.

"그런데 한 발밖에는 쏘지 않았는걸. 방금 자살하려고 쏜 것뿐이오. 그리고 총알은 어디로 간 거지?"

"이쪽 벽에 박혀 있습니다."

형사 한 명이 끼어들며 벽의 회반죽이 벗겨진 부분을 손으로 가리켰다.

경감이 총알을 파내려 할 때 브루노가 말했다.

"현관홀에서 거실 쪽으로 달려가며 쏜 모양이오. 그래서 총알은 곧장 방을 가로질러 벽에 박혔고, 총을 잘못 쏘고서 녀석은 곧바로 바닥에 쓰러진 거요."

경감은 짜부라진 총알을 파내면서 얼굴을 찌푸렸다. 이윽고 그는 총알을 주머니에 넣고는 권총을 조심스레 손수건에 싸서 한 형사에게 건네주었다. 8층 복도 쪽에서 떠들썩한 소리가 들렸다. 모두 뒤돌아보니 자다가 뛰쳐나온 듯한 구경꾼들 몇 명이 겁먹은 표정으로 집 안을 들여다보고 있었다.

형사 두 명이 밖으로 나가 구경꾼들과 실랑이를 하고 있을 때, 의사를 부르러 갔던 형사가 구경꾼들을 헤치고서 안으로 들어섰다. 잠옷 위에 가운을 걸치고 검은 가방을 든 점잖아 보이는 사내가 그 뒤를 따라 나타났다.

"의사 선생이신가요?"

경감이 물었다.

"그렇습니다. 이 아파트에 살고 있지요. 그런데 무슨 일입니까?"

형사들이 옆으로 물러서자 긴 의자 위에 꼼짝 않고 누워 있는 사내의 모습이 의사 눈에 들어왔다. 더는 아무 말도 묻지 않고서 의사는 쭈그리고 앉았다.

손을 재빨리 놀리면서 의사가 말했다.

"더운 물을 가져오세요!"

형사 한 명이 재빨리 욕실로 들어가 김이 오르는 물을 한 냄비 들고 왔다.

오 분쯤 치료하고 나서 의사는 일어섰다.

"조금 심한 찰과상을 입었을 뿐입니다. 곧 의식을 회복할 겁니다."

그는 상처를 탈지면으로 닦아내고 소독을 한 뒤 머리 오른쪽의 머리칼을 잘라냈다. 그런 뒤에 다시 한 번 상처를 닦아내고 나서 침착한 표정으로 상처를 꿰매고 머리에 붕대를 감았다.

"나중에 좀 더 치료를 받아야겠지만 지금 당장은 이것으로 충분할 겁니다. 깨고 나면 머리가 몹시 아파서 괴로워하겠지만 말입니다. 아, 깨어나는군요."

콜린스는 갈라지는 목소리로 힘없이 신음하며 몸을 떨었다. 눈동자가 움직이며 눈이 떠졌다. 의식이 회복됨에 따라 그의 두 눈에서는 놀라울 만큼 많은 눈물이 넘쳐났다.

"걱정할 것 없습니다."

의사는 가방을 닫으면서 무뚝뚝하게 말했다.

의사는 돌아갔다. 형사 한 명이 콜린스의 겨드랑이 아래에 손을 넣어 몸을 반쯤 일으켜 세우고는 목 밑으로 베개를 밀어 넣었다. 콜린스는 신음하며 핏기 없는 한 손을 머리로 가져가 붕대를 만져본 다음 다시 힘없이 긴 의자에 축 늘어졌다.

경감이 그의 곁에 앉으며 말했다.

"콜린스, 어째서 자살하려고 했소?"

콜린스는 바짝 마른 혀로 입술을 핥았다. 얼굴의 오른쪽에 마른 피가 가득 달라붙은 그의 모습은 굉장히 흉측할 뿐 아니라 우스꽝스러워 보였다.

"물 좀……."

콜린스는 입속말로 중얼거렸다.

경감이 고개를 들고 눈짓을 하자 형사 한 명이 컵에 물을 떠 와서 콜린스의 머리를 조심스레 받쳐 들었다. 이어서 그 아일랜드인은 벌컥벌컥 냉수를 들이켠 뒤 남은 물에다 코를 헹궜다.

"어떻소, 콜린스?"

경감이 묻자 콜린스는 헐떡이며 말했다.

"잡혔군, 마침내 잡히고 말았어. 어차피 다 틀렸어……."

"그럼 인정하는 거요?"

콜린스는 뭔가 말하려다 말고 고개를 끄덕였다. 그러더니 갑자기 놀란 듯이 여느 때처럼 흉포한 빛을 띤 두 눈을 치켜떴다.

"인정하다니, 뭘 말이오?"

경감은 퉁명스레 웃으며 말했다.

"이제 뻔한 연극은 그만두는 게 좋지 않겠소, 콜린스? 당신이 존 드위트를 죽인 게 분명하잖소!"

"내가 죽였다니……?"

콜린스는 공허하게 말을 내뱉었다. 이어서 그는 자리에서 몸을 일으키려 꿈틀댔으나 경감이 손으로 가슴을 누르자 미친 듯이 떠들어댔다.

"대체 무슨 말을 하는 거요? 내가 드위트를 죽였다니? 내가 말이오? 난 드위트가 죽은 사실조차 몰랐소! 당신들 머리가 어떻게 된 게 아니오? 아니면 나에게 죄를 뒤집어씌울 셈이오?"

경감은 순간 당혹스러운 표정을 지었다. 브루노가 몸을 움직였다. 콜린스의 시선이 그쪽으로 향했다. 브루노가 차분한 어조로 달래듯이 말했다.

"콜린스, 둘러댄다고 해서 조금도 당신에게 도움이 되지는 않아요. 아까 경찰이 왔다는 소리를 듣고 당신은 '너희한테 잡힐 것 같으냐!'라고 외치며 자살하려고 했잖소. 당신이 결백하다면 그런 말을 했을 리가 없어요. 그리고 조금 전에도 '마침내 잡히고 말았어.'라고 말했잖소. 그게 범행의 자백이 아니고 뭐란 말이오? 거짓말을 해도 소용이 없어요. 당신이 취한 행동 자체가 죄가 있음을 드러내고 있단 말이오."

"하지만 난 절대로 드위트를 죽이지 않았소!"

"그럼 어떻게 경찰이 올 것을 예상이라도 한 듯이 행동했소? 어째서 자살하려고 했소?"

경감이 엄하게 추궁했다.

"그건……."

콜린스는 아랫입술을 깨물며 브루노를 노려보았다.

"당신들이 알 바 아니오."

그는 뒤틀린 어조로 말을 이었다.

"아무튼 나는 살인 따윈 아무것도 모르오. 나하고 헤어질 때 드위트는 멀쩡했단 말이오."

그는 갑작스레 머리가 아파왔는지 신음하며 두 손으로 머리를 감쌌다.

"그럼 오늘 밤 드위트를 만난 사실은 인정하는 거요?"

"그래요, 분명히 만났소. 본 사람도 많소. 오늘 밤 열차 안에서 만났소. 그런데 정말 열차 안에서 살해되었단 말이오?"

"허튼수작 마시오. 어째서 뉴버그 구간 열차를 탔지?"

경감이 물었다.

"드위트의 뒤를 밟았기 때문이오. 그건 인정해요. 밤새 그를 뒤쫓았소. 드위트가 다른 사람들과 함께 리츠 호텔에서 나오는 걸 보고 그들 뒤를 밟아 역으로 갔던 거요. 나는 이미 오래전부터 드위트를 만나려고 애썼소. 심지어 드위트가 구류 중이었을 때에도 말이오. 아무튼 그때 나는 차표를 사서 기차를 탔소. 그리고 열차가 출발하자 곧바로 드위트의 자리로 찾아가 사정했단 말이오. 그때 드위트는 사내 세 명과 함께 있었소. 변호사인 브룩스 외에 두 사람, 그중 한 명은 에이헌이었소."

"그건 우리도 알고 있소. 그 객차에서 승강구로 나간 뒤엔 무얼 했소?"

콜린스는 핏발이 선 눈을 크게 떴다.

"롱스트리트 때문에 피해 본 것을 보상해달라고 간청했소. 롱스트리트는 날 속였소. 그리고 그건 드위트의 회사이기도 하니까 당연히 드위트 녀석에게도 책임이 있는 거요. 그리고 내게는 그 돈이 어떻게 해서든 필요했단 말이오. 그런데 녀석은 내 말을 들어주려고도 하지 않고 자기로선 도저히 어떻게 해줄 수 없다고 했소……. 빌어먹을, 그 녀석은 냉혹하기 이를 데 없었소."

억누르고 있던 분노가 목소리에 배어 나왔다.

"나는 무릎을 꿇다시피 하고 애걸을 했지만 소용이 없었어요."

"그때 당신들은 어디에 서 있었소?"

"다른 차량의 승강구에 있었소. 불이 켜 있지 않은 객차의 승강구였소……. 그래서 결국 난 기차에서 내리기로 마음먹었소. 단념하고 만 거죠. 기차가 리지필드 파크 역에 막 닿을 무렵이었소. 기차가 정차하자 난 선로 쪽 문을 열고 뛰어내렸소. 그리고 손을 뻗어 문을 다시 닫고 선로를 가로질러 갔소. 이미 그때는 뉴욕으로 돌아가는 열차가 끊겼다는 걸 알았기 때문에 택시를 잡아타고 곧장 집으로 돌아온 거요. 맹세컨대 그뿐이오."

그는 베개에 기대어 크게 숨을 몰아쉬었다.

"당신이 기차에서 내릴 때 드위트는 여전히 그 승강구에 있었소?"

경감이 물었다.

"그렇소. 날 보고 있었소. 빌어먹을 녀석……."

콜린스는 지그시 입술을 깨물었다.

"나는…… 나는 녀석에게 울화통이 치밀었소. 하지만 살인을 할 만큼 화가 나 있지는 않았소……. 절대로 그렇지는 않았소."

그는 말을 더듬었다.

"우리가 그 말을 믿을 거라고 생각하오?"

"어쨌든 나는 그를 죽이지 않았단 말이오!"

콜린스의 목소리가 비명처럼 드높아졌다.

"선로로 뛰어내린 다음 문을 닫을 때, 녀석이 손수건으로 이마를 닦는 걸 보았단 말이오. 그러고는 녀석이 손수건을 주머니에 넣고 캄캄한 객차 쪽의 문을 열고 안으로 들어가는 것도 보았소. 분명히 난 보았소. 거짓말이 아니오!"

"그가 자리에 앉는 것도 보았소?"

"그건 못 보았소. 이미 기차에서 내린 뒤였으니까."

"어째서 불이 켜져 있는 차량을 지나 차장이 열어주는 앞쪽의 문으로 내리지 않았소?"

"시간이 없었기 때문이오. 기차는 그때 이미 역에 정차해 있었단 말이오."

"당신은 그에게 울화통이 치민다고 했소. 그렇지 않소? 그건 그와 싸웠기 때문이 아니오?"

경감이 질문을 계속 해댔다.

그러자 콜린스가 언성을 높였다.

"어떻게 해서든 내게 덮어씌울 작정이오? 난 정말로 솔직히 얘기하고 있다고요, 경감. 물론 말다툼은 했소. 분명히 난 화가 나 있었으니 말이오. 화를 내지 않을 수가 없었소. 드위트 녀석도 화를 냈었소. 녀석은 틀림없이 그 캄캄한 객차 안으로 들어가 머리를 식힐 작정이었을 거요. 드위트도 몹시 흥분해 있었으니까 말이오."

"그때 권총을 가지고 있었소, 콜린스?"

"천만에요!"

"그러니까 당신은 그 캄캄한 객차 안에는 들어가지 않았다는 거요?"

경감이 물었다.

"들어가지 않았다고요!"

아일랜드인이 울부짖듯 말했다.

"역에서 차표를 샀다고 했는데 어디 한번 봅시다."

"홀에 있는 옷장 속의 외투 안주머니에 있소."

더피 경사가 홀의 옷장을 뒤져 이내 차표를 찾아서 가져왔다.

경감과 지방 검사는 그것을 들여다보았다. 서해안선의 편도 승차권으로 펀치 자국은 나 있지 않았다. 지정된 구간은 위호켄에서 웨스트 잉글우드까지였다.

"차장의 펀치 자국이 없는 건 어찌 된 까닭이오?"

경감이 물었다.

"내가 내릴 때까지 차장이 차표 검사를 하지 않았기 때문이오."

"뭐, 좋소."

경감은 몸을 일으키고선 두 팔을 벌리고 커다란 몸짓으로 하품을 했다. 체력이 다소 회복되었는지 콜린스는 몸을 고쳐서 앉은 자세를 취했다. 그는 잠옷 상의를 뒤져 담배를 꺼냈다.

"콜린스, 어쨌든 이걸로 일단락된 것 같은데 기분은 어떻소?"

콜린스는 입을 우물거렸다.

"조금 나아진 듯하오. 머리가 몹시 지끈거리긴 하지만."

"좋아요. 기분이 나아진 듯하다니 다행이오. 뭐 그렇다면 구급차를 부를 필요도 없겠군요."

"구급차?"

"그렇소. 자, 일어나서 옷을 입으시오. 우리와 함께 본부까지 가줘야겠소."

순간, 콜린스는 입에서 담배를 떨어뜨렸다.

"그럼…… 당신들은…… 당신들은 나에게 살인죄를 뒤집어씌우겠다는 거요? 난 죽이지 않았다고 말했잖소! 난 사실대로 말한 거란 말이오, 경감! ……맹세코……."

"아무도 당신을 드위트 살해범으로 체포하겠다고는 하지 않았소."

섬 경감은 브루노 지방 검사를 보며 눈을 찡긋하고는 말을 이었다.

"중요 증인으로서 함께 가자는 것뿐이오."

## 제8장

*우루과이 영사관*

*10월 10일 토요일 오전 10시 45분*

드루리 레인은 어깨 뒤로 망토를 검은 구름처럼 휘날리며 활기차게 인도에 지팡이를 내짚었다. 그는 바다 내음을 흠씬 들이켜면서 배터리 파크를 천천히 걸어가고 있었다. 물씬 풍기는 바다 내음 속에서 아침 햇살이 기분 좋게 얼굴을 비추었다. 그는 포대(砲臺) 벽 옆에서 발길을 멈추고는 갈매기 떼가 기름이 둥둥 떠 있는 수면 위로 날아 내려와 떠다니는 오렌지 껍질을 부리로 쪼아대는 광경을 바라보았다. 정기선 한 척이 수면에서 약간 기울어진 채로 천천히 물을 가르며 바다를 향해 나아가고 있었다. 허드슨 강의 유람선이 요란스러운 기적을 울렸다. 바람이 점차 강해지고 있었다. 드루리 레인은 다시 한 번 바다 내음을 한껏 들이켜며 심호흡을 하고는 망토를 단정히 여몄다.

그는 한숨을 쉬며 시계를 보더니 방향을 바꾸어 걸음을 옮겼다. 그는 공원을 가로질러 광장을 향해 걸어 나갔다.

십 분 뒤에 레인은 간소하게 꾸민 어느 방에 앉아 모닝코트를 입은 작은 체구의 거무스름한 라틴계 사내에게 책상 너머로 미소를 보내고 있었다. 그 사내의 옷깃에는 싱싱한 꽃송이가 반짝였다. 후안 아호스는 갈색 얼굴에 새하얗게 빛나는 치아에다 광채 나는 검은 눈과 우아한 콧수염을 가진 쾌활한 사내였다.

그는 유창한 영어로 말했다.

"실로 영광입니다, 레인 씨. 우리 영사관을 방문해주시리라고는 전혀 생각지도 못했습니다. 지금도 기억이 납니다. 제가 젊었던 수행원 시절에 당신은…….”

“정말 친절하시군요, 아호스 씨. 휴가에서 돌아오신 지 얼마 안 되어 몹시 바쁘신 줄로 압니다만 실은 좀 묘한 자격으로 이렇게 찾아뵙게 되었습니다. 최근에 이곳 뉴욕 근교에서 일어난 일련의 살인 사건 소식을 아마 당신도 우루과이에 계시는 동안 들으셨으리라 생각됩니다만?”

“살인 사건이라고 하셨습니까, 레인 씨?”

“그렇습니다. 어쩌면 흥미롭다고도 할 수 있는 살인 사건이 최근 세 건이나 일어났습니다. 그리고 저는 지방 검사가 맡고 있는 그 일련의 사건 수사에 비공식적으로 협력하고 있는 중입니다. 합당한지 어떤지는 아직 알 수 없습니다만 제가 조사한 바로는 한 가지 단서가 떠올랐습니다. 그래서 그것과 관련해 당신한테서 도움을 받을 수 있을 것 같아 이렇게 방문하게 된 것입니다.”

아호스는 미소를 떠올렸다.

“제 힘이 닿는 일이라면 무엇이든 도와드리겠습니다, 레인 씨.”

“펠리페 마퀸차오라는 이름을 들어보셨습니까? 우루과이 사람입니다만.”

단정하고 체구가 작은 영사의 눈이 매우 뚜렷이 반짝였다. 상대는 밝은 어조로 말했다.

“제대로 찾아오셨군요, 레인 씨. 마퀸차오에 대해 알고 싶단 말씀이죠? 그 예의 바른 사람이라면 만난 적도 있고 얘기를 나눈 적도 있습니다. 그런데 그의 어떤 점을 알고 싶으신지요?”

“만나게 된 동기와 흥미롭다고 생각되는 것이라면 무엇이든 좋으니 들려주셨으면 합니다.”

아호스는 두 손을 벌렸다.

“뭐 그러시다면 모두 말씀드리죠, 레인 씨. 수사에 도움이 될지 어떨지는 당신이 직접 판단하시고요……. 펠리페 마퀸차오는 우루과이 사법부의 요원 중 한 명으로 매우 유능한 인물입니다.”

레인의 눈썹이 치켜 올라갔다.

"마퀸차오는 몇 달 전에 본국에서 뉴욕으로 출장을 왔지요. 몬테비데오 형무소에서 탈출한 어떤 탈옥수의 행방을 수사하려고 우루과이 경찰로부터 파견됐습니다. 그 탈옥수는 마틴 스토프스라는 이름의 사내였죠."

드루리 레인은 몹시 나직한 목소리로 입을 열었다.

"마틴 스토프스라…… 점점 흥미가 당기는군요, 아호스 씨. 스토프스라는 영국식 이름의 사내가 우루과이 형무소에 수감된 데에는 어떤 사정이 있는 건가요?"

아호스는 옷깃에 꽂힌 꽃향기를 맡으면서 말했다.

"제가 알고 있는 내용은 마퀸차오를 통해 알게 된 것뿐입니다. 그는 제게 완전한 범죄 조서 사본도 보여주었고 자신이 알고 있는 사실도 들려주었죠."

"아호스 씨, 그 내용을 제게 들려주셨으면 고맙겠군요."

"말씀드리죠……. 1912년에 지질학적인 훈련과 상당한 기술 교육을 받은 마틴 스토프스라는 청년이, 그 고장 태생인 브라질계의 젊은 아내를 살해한 죄로 우루과이의 한 법정에서 종신형을 선고받았습니다. 그와 함께 광맥 시굴 작업을 하던 동료 세 명이 매우 유력한 증언을 했기 때문에 유죄 판결이 내려진 것입니다. 그들은 몬테비데오에서 정글을 지나 상당히 긴 계곡을 거슬러 올라가야 하는 깊은 오지의 광산에서 일하고 있었습니다. 그 동료들의 증언에 따르면 자신들은 스토프스가 아내를 죽이는 광경을 목격하고서 그를 때려눕혀 결박한 뒤에 간신히 보트로 계곡을 내려와서 경찰에 인도할 수 있었다는 겁니다. 당시 그들은 더위로 인해 더더욱 끔찍한 상태가 된 여자의 시체와 두 살 난 스토프스의 딸도 데리고 왔습니다. 흉기로 사용된 마체테도 제출되었지요. 스토프스는 아무런 항변도 하지 않았습니다. 일시적인 착란 증세를 일으켜 허탈 상태에 빠져 있었던 까닭에 항변을 할 수가 없었던 겁니다. 당연히 그는 유죄 판결을 받았고 감옥에 보내졌습니다. 그리고 그의 어린 딸은 재판소를 통해 몬테비데오의 수녀원에 맡겨졌답니다. 스토프스는 모범수였습니다. 차츰 착란 증세에서 회복되었고 현실을 받아들인 탓인지 교도관들을 성가시게 구는 일도 없었습니다. 하지만 다른 죄수들과 친하게 사귀는 것 같지는 않았죠."

"공판 중에 범행 동기는 밝혀졌나요?"

레인이 조용히 물었다.

"그것이 묘하게도 분명치가 않았습니다. 동기를 추측해볼 수 있는 거라곤 스토프스가 아내와 심한 말다툼을 하던 끝에 죽였다는 동료들의 증언뿐이었으니까요. 그의 동료 세 사람은 살인이 일어나기 직전까지는 오두막에 있지 않았는데, 비명을 듣고 달려가 보니 마침 스토프스가 마체테로 아내의 머리를 후려치고 있었다는 겁니다. 아마도 쉽게 흥분하는 성격의 사내였던 모양입니다."

"그래서 결국 어떻게 되었습니까?"

아호스는 한숨을 쉬었다.

"복역 후 십이 년째 되던 해에 스토프스는 대담하기 이를 데 없는 탈옥을 감행해 교도관들을 당황하게 만들었습니다. 분명히 오랜 세월에 걸쳐 신중하게 계획한 탈옥이었습니다. 이 부분에 관해 좀 더 자세히 얘기해드릴까요?"

"아닙니다. 그럴 필요는 없을 것 같군요."

"그야말로 그는 땅속으로 꺼져버린 듯이 감쪽같이 모습을 감췄습니다. 남미 전역을 샅샅이 뒤졌지만 행방은 묘연했습니다. 아마도 깊은 오지로 들어가 험한 정글 속을 헤매던 끝에 죽었으리라는 것이 일반적인 추측이었습니다. 이것이 제가 마틴 스토프스에 관해 말씀드릴 수 있는 전부입니다……. 브라질 커피라도 한잔 드시겠습니까, 레인 씨?"

"아니, 괜찮습니다."

"그럼 우루과이의 진미인 마테차를 내오도록 할까요?"

"아뇨, 괜찮습니다. 그보다도 마퀸차오 씨의 일과 관련된 다른 얘기가 더 있다면 듣고 싶군요."

"네, 한편 당국의 기록에 따르면 스토프스의 세 동료는 대전 중에 그 광산을 팔아버렸다는군요. 아주 좋은 자원이 나는 망간 광산이었나 봅니다. 더욱이 전시 중이라 군수품 제조에 쓰이는 망간은 매우 귀중했을 테죠. 아무튼 그들은 광산을 팔고서 큰 부자가 되어 이곳 미국으로 귀국했답니다."

"귀국했다고 하셨습니까, 아호스 씨?"

레인은 어조를 바꾸며 물었다.

"그럼 그들은 미국인이었군요?"

"아, 죄송합니다. 제가 그만 그 세 사람의 이름을 말씀드리는 걸 깜박 잊었군요. 그들의 이름은 할리 롱스트리트와 존 드위트 그리고…… 맞아요! 윌리엄 크로켓……."

"잠깐만요, 아호스 씨."

레인의 눈이 빛났다.

"최근 이곳에서 살해된 사내들 중 두 사람이 드위트 앤드 롱스트리트 사의 공동 경영자였다는 사실을 알고 계십니까?"

순간 아호스의 검은 눈이 휘둥그레졌다.

"그것참!"

영사가 외치고는 말을 이었다.

"정말 놀랍습니다. 그럼, 결국 그들의 예감이……."

"뭐라고요?"

레인은 재빨리 물었다. 영사는 두 손을 벌렸다.

"금년 7월 우루과이 경찰 앞으로 뉴욕의 소인이 찍힌 익명의 편지가 날아들었습니다. 그리고 나중에 드위트는 자신이 그걸 보냈음을 인정했습니다. 그 편지의 내용은 탈옥수 스토프스가 현재 뉴욕에 있으니 우루과이 당국이 수사하기 바란다는 것이었습니다. 물론 당국에서는 책임자가 바뀌긴 했지만 낡은 기록을 뒤져서 곧 진위 조사에 착수했는데, 마퀸차오가 그 담당자로 임명되었고 제가 협조하게 된 것입니다. 마퀸차오는 스토프스의 옛 동료 가운데 한 명이 이런 정보를 우루과이로 보낸 게 틀림없다는 판단을 내리고 먼저 그들의 행방을 조사했습니다. 그런 끝에 롱스트리트와 드위트가 뉴욕에 살고 있으며 그것도 상당한 부자라는 사실을 알게 된 것입니다. 마퀀차오는 윌리엄 크로켓의 행방도 알아내려고 노력했으나 이것은 실패로 끝나고 말았습니다. 그들 세 사람이 함께 미국에 돌아온 뒤에 크로켓은 외따로 떨어져 나갔던 것입니다. 동료들과 다퉜기 때문인지 아니면 자기 몫을 혼자서 마음대로 쓰고 싶었기 때문인지 어느 쪽인지는 알 수 없습니다. 혹은 그 둘 중 어느 쪽에도 해당되지 않는지도 모르고요. 물론 이 모든 것이 억측에 지나지 않습니다만."

"결국 그렇게 되어 마퀀차오 씨가 드위트와 롱스트리트에게 접근하게 된 것이로군요?"

레인은 부드럽게 다음 말을 재촉하였다.

"그렇습니다. 그는 드위트에게 접근해 얘기를 털어놓았고 그 편지도 보여주었습니다. 그러자 드위트는 한동안 망설이다가 결국은 자신이 그 편지를 보낸 장본인임을 인정했습니다. 그리고 또한 그는 마퀀차오에게 미국에 있는 동안 자기 집에 머물며 그곳을 일종의 수사본부로 이용하도록 권했습니다. 당연한 얘기지만 마퀀차오는 무엇보다도 스토프스가 뉴욕에 있다는 사실을 드위트가 어떻게 알았는지를 캐물었습니다. 그러자 드위트는 스토프스의 서명이 쓰여 있는 협박장을 보였던 것입니다……."

"잠깐만 기다려주시죠, 아호스 씨."

드루리 레인은 길쭉한 지갑을 꺼내더니 드위트의 서재 금고에서 발견한 편지를 꺼내 아호스에게 건네주며 말을 이었다.

"이게 그 편지인가요?"

영사는 크게 고개를 끄덕였다.

"맞습니다. 마퀀차오는 그 후 보고에서 이걸 저에게 보였고 사진으로 사본을 만든 뒤 드위트에게 돌려주었답니다. 드위트와 롱스트리트 그리고 우루과이 수사 요원인 마퀀차오, 그렇게 세 사람은 웨스트 잉글우드에서 여러 차례

협의를 했습니다. 물론 마퀸차오 혼자서는 아무래도 활동하는 데에 한계가 있기 때문에 즉시 미국 경찰의 협력을 요청할 작정이었습니다. 하지만 관련된 두 사람은 그렇게 하면 이 일이 신문에 나게 되어 결국에는 자신들의 옛날 신분만 알려질 게 뻔하다고 했죠. 살인 사건에 관한 과거사 따위가 드러나면 좋을 게 없다는 거죠. 그들은 그렇게 하소연하면서 미국 경찰에 알리는 일만은 피해야 한다고 주장했습니다……. 흔히 있는 경우죠. 마퀸차오는 어떻게 해야 좋을지 몰라서 저에게 의논하러 왔습니다. 결국 우리는 그 두 사람의 입장을 생각해서 그들의 희망대로 해주기로 정했습니다. 두 사람 모두 오 년쯤 전부터 이따금씩 그와 비슷한 편지를 받아왔으며 모두가 뉴욕의 소인이 찍혀 있었다고 했습니다. 그때마다 그들은 그 편지들을 모두 찢어버렸는데 그때까지 받은 편지보다도 훨씬 더 협박성이 강한 최후의 편지를 받게 되자 드위트는 몹시 불안해져서 그걸 보관해두었던 모양이었습니다. 그 뒤의 얘기는 간단히 말씀드리지요, 레인 씨. 마퀸차오는 성과 없는 수사로 한 달을 보낸 뒤에 저와 그 두 사람에게 수사가 실패로 끝났음을 알리고 결국은 완전히 그 일에서 손을 떼고 우루과이로 돌아간 겁니다."

레인은 생각에 잠긴 표정으로 물었다.

"그럼 그 크로켓이라는 인물의 행방은 전혀 알 수가 없었다는 겁니까?"

"마퀸차오가 드위트에게 들은 바에 따르면 그들 세 사람이 함께 우루과이를 떠나 미국으로 돌아온 뒤에 크로켓은 아무 말도 없이 혼자 어디론가 떠나버렸답니다. 그런 뒤에 크로켓은 주로 캐나다에서 이따금 두 사람 앞으로 편지를 보내왔다고 합니다. 하지만 지난 육 년 동안은 그 연락마저 뚝 끊기고 말았다는 겁니다."

"물론 그 모든 얘기는 죽은 두 사람한테서 나왔던 것이겠죠? 그런데 아호스 씨, 스토프스의 어린 딸이 그 후 어떻게 되었는지는 기록에 남아 있지 않았습니까?"

레인의 물음에 아호스는 고개를 가로저었다.

"어느 시기까지의 것밖에 없습니다. 왜인지는 모르겠지만 아무튼 여섯 살 때 그 몬테비데오의 수녀원을 떠났다는 사실만 알고 있습니다. 그 후 그 애가 어떻게 되었는지는 전혀 듣지 못했습니다."

드루리 레인은 한숨을 쉬며 일어나서는 책상 옆에 앉아 있는 작은 체구의 영사를 내려다보았다.

"당신은 오늘 '정의'를 위해 실로 적절한 도움을 주셨습니다."

아호스는 흰 치아를 드러내 보이며 싱긋 웃었다.

"그렇게 말씀해주시니 더할 수 없이 기쁘군요, 레인 씨."

"그리고 괜찮으시다면……"

레인은 망토의 깃을 가다듬으며 말을 이었다.

"한 번 더 도움을 주셨으면 합니다. 가능하시다면 본국에 전보를 쳐서 스토프스의 지문과 인물 사진 그리고 신상서 등을 전송받아 주셨으면 고맙겠습니다. 윌리엄 크로켓에 관해서도 흥미가 있으니 그의 것도 함께 입수할 수 있었으면 좋겠습니다."

"당장에 지시해놓겠습니다."

"귀국은 작긴 하지만 기업 정신이 왕성한 나라인 만큼 근대적 과학 설비가 잘 갖춰져 있으리라 봅니다."

레인이 미소 띤 얼굴로 그렇게 말했다. 그들은 문 쪽으로 걸어갔다.

아호스가 놀란 듯이 말했다.

"물론이죠! 어디에서도 볼 수 없는 훌륭한 장비들로 사진을 전송해 올 겁니다."

"그렇다면 더할 나위 없겠습니다."

드루리 레인은 그렇게 말하며 고개를 숙였다.

그는 거리로 나와 공원을 향해 걸었다.

"더할 나위 없겠어……."

그는 들뜬 기분으로 그렇게 혼잣말로 되풀이했다.

## 제9장

*햄릿 저택*

*10월 12일 월요일 오후 1시 30분*

섬 경감은 퀘이시의 안내를 받으며 구부러진 복도를 지나 숨겨져 있다시피 한 엘리베이터 앞으로 나갔다. 엘리베이터는 햄릿 저택의 주요 망루 안을 달나라행 로켓처럼 날아 올라가 꼭대기 근처의 작은 층계참에서 두 사람을 토해냈다. 경감은 퀘이시를 뒤따라 런던탑처럼 고풍스러운 돌계단을 굽이 돌며 오른쪽 끝에 쇠빗장이 걸린 떡갈나무 문에 이르렀다.

퀘이시는 걸쇠와 무거운 쇠빗장을 상대로 낑낑거리다가 가까스로 빗장을 벗기고는 노인답게 숨을 헐떡이면서 문을 밀쳐 열었다. 두 사람은 견고한 돌벽으로 둘러쳐진 망루의 정상에 발을 내디뎠다.

드루리 레인은 곰 가죽 위에서 거의 벌거벗은 모습으로 드러누워 두 팔로 눈을 가려 머리 위로 쏟아지는 햇살을 차단하고 있었다.

섬 경감은 갑자기 우뚝 섰고 퀘이시는 싱긋 웃으며 사라졌다. 경감은 드루리 레인의 모습을 보며 햇살에 그을린 활기찬 피부며 젊음이 넘치는 늠름한 근육에 놀라지 않을 수 없었다. 엷은 금빛의 솜털 외에는 체모가 눈에 띄지 않는 갈색의 매끄럽고 탄탄한 피부를 활짝 드러내놓고 늘씬하게 드러누워 있는 그의 모습은 한창 나이의 젊은이를 연상하기에 족했다. 하지만 아무래도 늘씬하고 탄탄한 육체에 흰 머리카락은 몹시 어울리지 않게 느껴졌다.

이 노배우가 체면치레로 갖춘 것이라곤 허리에 두른 흰 천 조각뿐이었다. 갈색의 양발도 그대로 드러내고 있었는데, 깔개 옆에는 사슴 가죽 슬리퍼가 놓여 있었다. 그 한쪽에는 푹신한 접의자가 놓여 있었다.

경감은 침울한 표정으로 고개를 내젓고는 외투 앞깃을 조금 여몄다. 10월의 공기는 싸늘했고 망루 위에는 바람이 꽤 세차게 불어대고 있었다. 그는 성큼성큼 앞으로 나아가 누워 있는 레인에게로 다가갔다. 다가가서 보니 레인의 피부는 매끄럽기만 할 뿐 전혀 소름이 돋아 있지 않았다.

빈틈없는 직관 같은 것이 작용했는지 레인은 눈을 떴다. 어쩌면 경감이 그를 내려다보며 다가섰을 때 그늘이 드리워졌기 때문인지도 몰랐다.

"경감님!"

레인은 곧 몸을 일으켜 앉으며 늘씬하고 탄탄한 두 다리를 끌어안았다.

"어서 오십시오. 이런 꼴이라 죄송합니다. 그 접의자를 이쪽으로 당겨서 앉으시지요."

그는 싱긋이 웃으며 말을 이었다.

"괜찮으시다면 그 거추장스러운 것들을 벗으시고 저와 함께 이 곰 가죽 위에서 일광욕을 하시는 게 어떻겠습니까?"

경감은 재빨리 의자에 앉으며 말했다.

"아뇨, 저는 이대로 있겠습니다. 이렇게 바람 부는 데서라면 사양할 수밖에요."

경감은 히죽 웃으며 말을 이었다.

"레인 씨, 쓸데없는 참견인 것 같습니다만 대체 올해 연세가 어떻게 되십니까?"

레인은 밝은 햇살 속에서 눈을 가늘게 떴다.

"예순입니다."

경감은 고개를 저었다.

"저는 쉰 넷입니다. 하지만 이거 부끄럽군요……. 정말이지, 부끄러워서 옷을 벗고 몸을 내보일 수가 없군요. 당신에 비하면 저 같은 건 축 처진 늙은이랍니다!"

"경감님, 그건 아마도 당신이 몸을 돌볼 시간이 없었기 때문이죠. 저에겐 시간과 기회가 있습니다. 여기서는…….”

그는 손짓으로 망루 아래의 장난감 같은 광경을 가리켰다.

“여기서는 마음에 내키는 대로 뭐든 할 수 있습니다. 제가 마하트마 간디식의 장식을 허리에 두르고 있는 이유는 퀘이시가 좀 수줍음을 타는 성격이라서 말입니다. 만약 제가 완전히 벌거숭이가 된다면 지독한 충격을 받기 때문이죠. 그 밖에 다른 이유는 아무것도 없습니다. 불쌍한 퀘이시! 스무 해 전부터 이 태양의 향연을 함께하자고 권해왔습니다만……. 그 친구가 가리개천 하나만 걸친다면 정말 볼만할 겁니다. 어쨌든 그는 상당히 나이가 들었으니까요. 아마도 자기 자신이 몇 살인지도 정확히는 모를 겁니다.”

경감은 한숨을 쉬며 입을 열었다.

“정말이지 당신처럼 놀라운 분은 처음 봤습니다. 그건 그렇고, 수사는 잘 진전되고 있습니다. 오늘은 그 후의 진전 상황을 보고하러 왔습니다. 특히 중요한 것이 한 가지 있습니다.”

“콜린스에 관한 것입니까?”

“그렇습니다. 토요일 새벽에 콜린스의 집에 들이닥쳤을 때의 일은 브루노 지방 검사한테서 들으셨겠죠?”

“네, 자살을 하려 했다니 참으로 어리석은 친구로군요. 그런데 그는 지금 구류 중입니까?”

“생명에 관계된 문제이니까요. 그런데 아무래도 저는 풋내기 형사 같은 기분이 듭니다. 저는 어둠 속을 헤매듯이 얘기하고 있지만 당신은 이미 모든 것을 훤하게 알고 있는 것 같으니 말입니다.”

경감은 굳은 표정을 지으며 말했다.

“경감님, 당신은 오랫동안 제게 반감을 품고 계셨습니다. 제가 알지도 못하면서 잘난 척한다고 생각하고 있었겠지요. 하긴 그것도 무리는 아니죠. 지금도 당신은 제가 침묵하고 있는 것이 어쩔 수 없는 사정 때문인지 아니면 단지 그럴듯한 속임수에 지나지 않는지 모르고 계십니다. 그런데도 불구하고 지금은 저를 믿고 있습니다. 이건 정말이지 분에 넘치는 영광입니다, 경감님. 아무튼 우리는 서로가 이 끔찍한 일련의 사건들에서 당분간은 도망칠 수가 없습니다. 적어도 해결이 될 때까지는 말입니다."

섬 경감이 우울한 듯이 말을 이었다.

"뭐 그야 그렇겠죠. 어쨌든 콜린스 쪽은 이렇습니다. 그 녀석의 소행을 조사해봤더니 녀석이 어째서 그토록 기를 쓰고 주식 손해를 메우려고 했는지를 알게 되었습니다. 소득세 담당이라는 직책을 악용해 주정부의 공금을 유용해 왔던 겁니다."

"정말입니까?"

"이건 분명합니다. 이제까지 유용한 액수가 10만 달러쯤인지 어쩌면 그 이상인지 아직 정확한 건 모릅니다. 아무튼 적은 액수는 아닙니다, 레인 씨. 녀석은 그런 공금을 빼내서 증권 투자를 했던 것입니다. 그런데 손해를 보게 되자 점점 더 헤어날 수 없는 수렁에 빠지게 되었고 결국에는 롱스트리트가 인터내셔널 메탈스의 주를 사라고 권하자 다시 5만 달러를 유용하게 되었던 것입니다. 그로서는 생사가 걸린 일대 도박이었던 것 같습니다. 아마도 그때까지의 손실액을 만회해 유용한 공금을 메우려는 속셈이었나 봅니다. 그러다가 결국 외부에서 문제를 눈치채게 되었고 장부를 조회하는 조사가 은밀히 시작되었던 모양입니다."

"콜린스가 직접 조사당하지는 않았단 말입니까? 어떻게 그럴 수 있었나요?"

경감은 입을 꾹 다물었다가 말했다.

"녀석으로서는 그다지 어려운 일은 아니었죠. 서류를 변조해서 몇 달 동안이나 발각되지 않도록 막아왔던 거죠. 그리고 또 뇌물로 싸구려 정치가들을 마구 이용하기도 했고요. 그러다가 결국엔 더는 손을 쓸 수도 없는 궁지에 내몰리게 된 셈이죠."

"인간성의 단면을 증명하는 멋진 실례로군요. 울컥하기 쉽고 외고집일뿐

더러 감정에 지배당하기 쉬운 사내였던 만큼 이제까지의 인생은 아마도 남을 짓밟으려는 충동의 연속이었을 겁니다. 따라서 그가 지나온 길에는 그의 책략에 의해 쓰러진 사람들의 시체가 무수히 널려 있을 테죠……. 브루노 씨의 얘기에 따르면 그는 무릎을 꿇고 애원을 했다더군요. 그도 결국은 패배자인 셈입니다, 경감님. 그도 완전히 짓밟히고 만 것입니다. 어떻게 보면 이로써 그는 사회에 대해 일찌감치 죗값을 치르기 시작한 것이기도 합니다."

레인은 중얼거리듯 말했다. 하지만 경감은 그다지 감명을 받은 것 같지 않았다.

"그럴지도 모르죠. 어쨌든 우리로서는 상당히 강력하게 그를 범인이라고 주장할 수 있습니다. 이것 또한 정황 증거뿐입니다만 그게 큰 걸림돌이 되지는 않으리라 봅니다. 동기 면에서 볼 때 롱스트리트에 대해서나 드위트에 대해서나 마찬가지로 아주 충분합니다. 녀석이 롱스트리트를 살해한 것은 그에게 속은 데 대한 복수라고 볼 수 있습니다. 그리고 드위트를 살해한 것은 롱스트리트에게 속아서 더는 어쩔 수 없는 최악의 궁지에 몰린 끝에 롱스트리트로 말미암은 손해를 보상해달라고 요구했다가 거절당하자 자포자기 상태에서 범행을 저지른 것이라고 볼 수 있습니다. 이렇듯 정황에 따라 두 공동경영자를 살해한 범인으로는 분명히 콜린스를 지목할 수 있습니다. 게다가 우드를 살해한 것에서도 모순이 나타나진 않습니다. 모호크호가 도착한 직후에 사라진 몇몇 승객 중의 한 사람이 그 녀석이었다고 하더라도 그다지 이상할 건 없으니까요. 현재 그날 밤 콜린스의 행적을 조사하고 있는 중입니다만 녀석은 알리바이를 대지 못하고 있습니다……. 그리고 공판을 하게 되면 우리가 녀석의 아파트에 들이닥쳤을 때의 수상쩍은 거동을 증거로 내세울 수 있습니다. 녀석이 외쳐댔던 말이며 자살을 기도한 점을 말입니다."

레인은 늘씬한 두 팔을 뻗치고 미소를 떠올렸다.

"법정에서 지방 검사의 뛰어난 말솜씨에 걸려들면 콜린스는 의심할 여지없이 범인으로 보이겠군요. 하지만 콜린스가 새벽 5시경에 경찰이 문을 두드리자 당황해서 이성을 잃고 자신의 공금 유용이 들통 나서 횡령죄나 중절도죄로 체포되는 줄로 지레짐작하고 그런 행동을 취했을 가능성은 없다고 보십니까? 그의 심리 상태를 고려해본다면 그가 외쳐댔던 말이나 자살을 시도한 점도 설명이 가능하지 않을까요?"

경감은 머리를 긁적였다.

"실은 오늘 아침에 콜린스에게 횡령에 대해 추궁했더니 바로 그러한 대답을 했습니다. 그런데, 그걸 어떻게 아셨습니까?"

"그거야 어린애라도 알 수 있는 일이죠."

"제가 보기에 당신은 콜린스가 진실을 말하고 있다고 생각하시는 것 같군요. 그러니까 곧 녀석이 범인이 아니라고 생각하시는 것 같습니다. 사실을 말씀드리자면 브루노가 당신에게 의견을 물어보자고 해서 이렇게 찾아온 것입니다. 물론 우리는 콜린스를 살인죄로 기소하고 싶습니다. 하지만 브루노의 입장으로는 지난번과 같은 실수를 되풀이하고 싶지 않은 겁니다."

섬은 진지한 표정으로 말했다.

"경감님! 브루노 씨는 결코 콜린스가 드위트의 살해범임을 증명할 수 없습니다."

드루리 레인은 맨발인 채로 일어서서 구릿빛 가슴을 펴며 말했다.

"그렇게 말씀하실 줄 알았습니다."

경감은 한쪽 손을 주먹 쥐고는 침울한 표정으로 손을 바라보면서 말을 되뇌었다.

"하지만 우리의 입장도 생각해주십시오. 신문을 보셨습니까? 드위트를 기소하는 잘못을 저질러서 우리가 얼마나 호되게 당하고 있는지 아십니까? 신문기자들이 그 일을 드위트 살해 사건과 연결 짓고 있기 때문에 우리는 그들을 피해 다니는 형편입니다. 우리끼리 얘기입니다만, 제 목도 위태로운 상태고요. 오늘 아침에 경찰청장한테서 호된 질책을 당했습니다."

레인은 저 멀리 흐르는 강물을 내려다보며 부드럽게 입을 열었다.

"만약 조금이라도 당신이나 브루노 씨에게 도움이 된다면 어째서 제가 알고 있는 것을 이 자리에서 말씀드리지 않겠습니까? 그러나 경감님, 게임은 이제 마지막 단계에 들어서고 있습니다. 당장에라도 게임이 끝났다는 호루라기가 울리려 하고 있습니다. 목이 위태롭다고 하셨지만…… 당신이 범인을 체포해서 넘기기만 한다면 경찰청장도 당신을 어쩌지는 못할 겁니다."

"제가 말입니까?"

"그렇습니다, 경감님."

레인은 벌거벗다시피 한 몸을 거친 돌벽에 기댔다.

"그런데 그밖에 다른 새로운 소식은 없습니까?"

경감은 곧바로 대답하지 않았다. 이윽고 전혀 자신이 없는 듯한 어조로 말을 이었다.

"굳이 대답을 강요할 뜻은 없지만, 이 사건들에 당신이 단정적인 어조로 말씀하신 것은 이번으로 세 번째입니다. 콜린스가 범인이 아니라는 걸 어떻게 그처럼 확신을 갖고서 단언할 수 있습니까?"

"설명하자면 얘기가 길어집니다, 경감님."

레인은 부드럽게 말을 이었다.

"그러나 한편 저로서도 암시만 할 게 아니라 실제로 입증을 해야만 할 때가 닥친 것 같군요. 오늘 오후에라도 당신들의 콜린스 유죄론을 뒤엎어 보일 수 있을 것으로 생각합니다."

경감은 이를 드러내 보이며 웃었다.

"듣던 중 반가운 말씀이군요, 레인 씨. 당장에 기분이 좋아졌습니다……. 아 참! 그 밖의 새로운 사실에 대해 물으셨죠? 우선 첫 번째로는 실링 검시관이 드디어 드위트의 시체에서 탄환을 꺼냈습니다. 처음의 의견대로 38구경이었죠. 그리고 두 번째 것은 좀 시원찮습니다. 버건 카운티의 콜 지방 검사는 현장 발견 전에 열차에서 내린 승객들을 찾아내지 못했습니다. 그리고 그의 부하들과 우리 부하들이 선로 주변을 샅샅이 뒤졌지만 어디에서도 권총을 발견하지 못했습니다. 물론 브루노는 콜린스가 범인이라고 의심하고 있는 만큼 콜린스의 권총이 그 흉기라고 생각하고 있습니다. 그래서 현재 드위트의 시체에서 꺼낸 탄환을 콜린스의 권총에서 발사된 탄환과 비교하는 현미경 검사가 진행 중에 있습니다. 그러나 두 탄환이 다르다고 해도 그 사실로 콜린스의 무죄가 증명되지는 않습니다. 드위트를 다른 권총으로 살해했을 수도 있으니까요. 어쨌든 브루노는 그렇게 주장하고 있습니다. 브루노의 생각으로는 만약 콜린스가 다른 권총을 사용했다면 그날 밤 녀석은 그 권총을 지닌 채 택시에 올라탔고 택시가 뉴욕으로 건너가는 배에 실려 있는 동안에 강에다 던졌을 거라고 보는 겁니다."

"그럴듯한 발상이군요. 아무튼 계속 얘기해주십시오, 경감님."

"그래서 그 증거를 잡으려고 콜린스를 뉴욕으로 태우고 갔던 택시 운전사를 조사해 강을 건널 때 배를 이용했는지 여부와, 이용했다면 콜린스가 배 위에서 차를 내렸는지도 조사해보았습니다. 하지만 운전사는 콜린스가 당시에 어떤 행동을 취했는지 전혀 기억하지 못했습니다. 그가 분명하게 증언한 것은 열차가 리지필드 파크 역을 막 출발할 무렵에 콜린스가 자신의 택시에 탔다는 것뿐입니다……. 새롭다 할 사실도 아닙니다만 세 번째로 들 수 있는 것은, 롱스트리트의 업무상 서류와 개인적인 문서를 전부 조사해봤지만 이렇다 할 것을 전혀 찾아내지 못했다는 겁니다. 그러나 네 번째 것은 매우 흥미롭습니다. 드위트의 사무실에서 그의 서류를 조사하다가 굉장한 걸 발견했습니다. 이미 지불이 끝난 전표인데 거기에 의하면 지난 십사 년 동안에 매년 두 장씩 수표를 발행해 윌리엄 크로켓이란 이름의 사내에게 송금된 것으로 되어 있었습니다."

레인은 꼼짝도 하지 않았다. 그의 잿빛 눈이 경감의 입 모양을 지켜보는 동안에 담갈색으로 변했다.

"윌리엄 크로켓이라……. 경감님, 굉장한 소식이 있을 조짐이로군요. 그 수표의 액수는 어느 정도였으며 지불 은행은 어디였습니까?"

“액수는 각기 달랐습니다만 어느 것이나 1만 5천 달러 이상이었습니다. 그리고 모두 같은 은행에서 지불되었는데 캐나다 몬트리올의 콜로니얼 트러스트 은행입니다.”

“캐나다라고요? 한층 더 흥미롭군요. 그런데 수표 발행인의 서명은 어떻게 되어 있었습니까? 드위트 개인이었습니까, 아니면 회사 명의였습니까?”

“드위트와 롱스트리트가 함께 서명한 것이니 회사 명의라고 할 수 있겠지요. 우리도 이점에 대해 생각해보았습니다. 처음엔 드위트가 협박을 당하고 있는 것이 아닌가 하는 생각이 들었는데 아무래도 두 사람이 함께 걸려들었다고 보는 게 맞는 것 같습니다. 어떤 이유로 반년마다 수표들이 발행되었는지 설명하는 기록은 어디에서도 찾아볼 수 없었습니다. 다만 두 사람 모두 반액씩 개인 입출금 계정으로 처리되어 있었습니다. 세금 관계 기록도 모두 조사해보았습니다만 빈틈이 없었습니다.”

“크로켓 쪽도 조사했습니까?”

“물론입니다, 레인 씨. 캐나다 쪽 친구들은 우리를 제정신이 아니라고 생각했을 겁니다. 그 전표들을 발견한 뒤부터 줄곧 들볶아대기만 했으니까요. 그런데 이상한 일이 있었습니다. 몬트리올 경찰 당국을 통해 조사해본 바로는 윌리엄 크로켓이라는 사내는 수표마다 직접 이서를 해서 수취했다고 합니다.”

“다른 사람이 이서한 적은 없었단 말입니까? 그렇다면 모두 필적도 같았겠군요?”

“그건 틀림없습니다. 그렇지 않아도 거기에 대해 지금 말씀드릴 생각이었습니다만, 이 크로켓이란 사내는 캐나다의 여러 곳에서 우편으로 그 수표를 예금한 뒤에 다시 그 예금을 다른 수표로 바꿔서 인출했습니다. 돈을 받는 대로 곧바로 써버린 게 분명합니다. 은행으로부터 크로켓의 인상착의라든가 거처에 대해서는 아무것도 알아내지 못했습니다. 다만 크로켓이 자신에 관한 계산서와 지불증서를 몬트리올 중앙우체국 사서함으로 우송하도록 요청해놓았다는 사실만을 알아냈을 뿐입니다. 그래서 곧 그 사서함을 조사해봤지만 수사에 도움이 될 만한 것은 전혀 찾아내지 못했습니다. 조사했을 당시에 사서함은 비어 있었고 누가 언제 열고 갔는지 기억하는 사람은 아무도 없었습니다. 그래서 드위트 앤드 롱스트리트 사의 사무실 쪽을 다시 조사해본 결과 그 수표들은 모두 처음부터 그 중앙우체국 쪽으로 우송되었다는 것을 알게 되었습니다. 우체국에서는 윌리엄 크로켓이 누군지, 어떻게 생긴 사람인지, 어째서 수표를 받아가고 있는지 알고 있는 사람이 전혀 없었습니다. 그리고 사서함 쪽은 일 년 계약으로 사용료는 해마다 선불로 지급하게 되어 있었는데 이것 또한 우송되고 있었습니다."

"정말이지 화가 치미는 일이로군요. 당신과 브루노 씨도 몹시 기분이 나빴겠군요."

"지금도 마찬가지입니다."

경감이 투덜대듯 말을 이었다.

"조사를 하면 할수록 점점 더 의문에 휩싸이게 되거든요. 그 크로켓이란 녀석이 사람들 앞에 모습을 드러내지 않으려고 했던 것은 바보라도 알겠지만 말입니다."

"말씀대로 사람들 앞에 모습을 드러내지 않으려고 한 것은 어쩌면 본인의 희망이라기보다 드위트와 롱스트리트의 요청을 받았기 때문인지도 모릅니다."

"과연 그럴 수도 있겠군요! 거기까진 미처 생각하지 못했습니다. 아무튼 이 크로켓 건은 도무지 오리무중입니다. 살인 사건과는 관계가 없는지도 모른다고 브루노는 생각하고 있습니다. 확실히 그렇게 생각할 만한 전례는 많습니다. 살인 사건이란 반드시 그 본 줄거리에 헷갈리기 쉬운 불필요한 군더더기가 붙어 있는 법이니까요. 그렇긴 하더라도 역시 진짜로 의미 있는 무언가가 있을지도 모르죠. 어쨌든 크로켓이 두 사람을 협박해왔다면 살인 동기는 있는 셈입니다."

“하지만 경감님, 그 생각을 ‘황금 알을 낳는 거위’라는 재미있는 이야기와 대조해서 살펴보면 어떨까요?”

경감은 얼굴을 찌푸리며 답했다.

“살인 동기가 협박이란 설이 우습다는 것은 저도 인정합니다. 무엇보다도 마지막 수표를 발행한 것이 올해 6월로 되어 있는 만큼 크로켓은 분명히 과거와 마찬가지로 반년분의 돈을 받았던 셈입니다. 그러니까 황금 알을 낳는 거위를 죽일 까닭이 없겠죠. 더욱이 그 마지막 수표는 금액이 가장 많았거든요.”

“그러나 거꾸로 당신의 협박설을 그대로 밀고 나갈 경우, 크로켓에겐 죽일 수 있는 거위가 이제 더는 없었다고도 볼 수 있습니다. 올해 6월의 수표가 그가 받을 수 있는 최후의 것이었다면 어떻게 되겠습니까? 송금은 이것으로 마지막이라고 드위트와 롱스트리트한테서 통고를 받았다면 말입니다.”

“그 말씀은 분명히 일리가 있군요……. 물론 크로켓과의 통신 기록도 조사해봤지만 아무것도 발견되지 않았습니다. 하긴 통신 기록 따위를 남기지 않도록 주의했을 게 뻔하니 이것만으로는 아무런 의미도 없을 테죠.”

레인은 가볍게 고개를 저었다.

“어쨌든 당신이 얘기한 사실만으로 판단할 때 협박설에는 동의하기 어렵군요. 어째서 송금한 액수가 제각기 달랐을까요? 협박이었다면 으레 정해진 액수를 보낼 텐데 말입니다.”

“그 말씀도 역시 일리가 있군요. 사실 올해 6월의 수표만 하더라도 금액이 1만 7,864달러였습니다. 어째서 아귀가 딱 맞는 액수가 아니었는지 모르겠습니다.”

레인이 미소를 떠올렸다. 그러고는 저 아래에서 나무들 사이를 누비며 반짝이는 가는 실처럼 흐르는 허드슨 강을 아쉬운 표정으로 내려다보았다. 그는 깊게 한숨을 쉬고는 사슴 가죽 슬리퍼에 발을 꿰었다.

“자, 아래로 내려가십시다, 경감님. 우리는 아마도 ‘생각해왔던 일을 행동으로 옮길 때가 왔노라.'라는 대목에 이른 것 같습니다. 그러므로 '생각해왔던 일을 해야만 하노라.'라고 해야겠죠."

두 사람은 망루의 계단으로 향했다. 경감은 상대의 벌거벗은 가슴을 보면서 싱긋 웃었다.

"맙소사, 레인 씨! 저까지도 당신에게 물든 모양입니다. 연극 대사가 좋아질 줄은 꿈에도 생각하지 못했으니까요. 그 셰익스피어란 자는 세상 물정을 꽤 잘 아는군요. 방금 하신 대사는《햄릿》에 나오는 걸 테죠?"

"경감님, 먼저 내려가시지요."

두 사람은 어두운 망루 안으로 들어가 구부러진 돌계단을 내려가기 시작했다. 레인은 경감의 넓은 등 뒤에서 미소를 떠올리며 말했다.

"그 덴마크인의 대사를 마구 인용하는 저의 버릇에서 용감한 판단을 내리셨군요. 하지만 틀리셨습니다, 경감님. 방금 것은《맥베스》에서 인용한 거랍니다."

십 분 뒤에 두 사람은 레인의 도서실에 앉아 있었다. 레인은 맨몸 위에 잿빛 가운을 걸치고 커다란 뉴저지 주의 지도를 들여다보며 생각에 잠겨 있었고, 섬 경감은 몹시 어리둥절한 표정으로 그것을 바라보고 있었다. 땅딸막하고 두루뭉술한 불고기 푸딩 같은 모습을 한 레인의 집사 폴스태프가 양옆이 책들로 가득 차 있는 통로로 사라졌다.

레인은 한동안 지도를 물끄러미 들여다보다가 이윽고 그것을 옆으로 밀어내고는 매우 만족스러운 미소를 떠올리며 경감에게로 고개를 돌렸다.

"경감님, 마침내 순례를 떠날 때가 왔습니다. 이건 매우 중요한 순례이죠."

"이것이 마지막 순례입니까?"

"아뇨……. 마지막 순례는 아니랍니다."

레인은 중얼거리듯 말을 이었다.

"아마도 마지막에서 두 번째 순례가 되겠죠. 이번에도 역시 제가 하는 말을 믿어주셔야만 합니다, 경감님. 드위트의 피살은 예상했던 일인데도 그 어떤 직접적인 방법으로도 막을 수가 없었습니다. 그 사건 이래로 저는 제 자신의 능력을 의심하기 시작했던 것 같습니다……. 이건 변명 같습니다만, 드위트의 죽음은……."

그는 문득 입을 다물었다. 경감은 이상한 듯이 레인의 얼굴을 응시했다. 레인은 어깨를 으쓱했다.

"자, 이제부터 진짜 막을 올립시다! 저는 타고난 연극쟁이 기질 때문인지 클라이맥스는 완벽하게 내보이고 싶답니다. 그러므로 제가 말하는 대로 해주십시오. 다행히 운이 좋으면 당신들의 콜린스 유죄론을 뒤엎을 만한 멋진 증거를 보실 수가 있을 겁니다. 이건 당연히 지방 검사님을 방해하는 일이겠지만, 사람의 생명은 지켜야 하니까 어쩔 수 없겠죠. 그럼 경감님, 여기에서 즉시 전화로 적당한 연락을 취해주시기 바랍니다. 오늘 오후 가능한 한 빨리 경찰 팀을 위호켄으로 출동시켜 우리와 만날 수 있게 해주십시오. 그리고 준설 장비를 가진 인원도 포함해주십시오."

경감은 의아한 표정을 지으며 물었다.

"준설 장비라고요? 그럼 훑는 겁니까……? 강바닥을요? 시체를 찾으려고 말입니까?"

"어떤 사태에든 대비해둘 필요는 있죠……. 무슨 일인가, 퀘이시!"

가죽 앞치마를 허리에 두른 꼽추 노인이 커다란 마닐라 봉투를 손에 들고 어정어정 도서실로 들어왔다. 그는 가운 속에 아무것도 입지 않은 레인의 모습을 못마땅한 눈길로 바라보았고, 레인은 날렵하게 봉투를 낚아챘다.

봉투에는 영사관이란 글씨가 인쇄되어 있었다.

"우루과이에서 온 거랍니다."

퀘이시는 섬 경감을 보고 쾌활하게 말했으나 상대는 멍청한 얼굴로 앉아 있을 뿐이었다. 레인은 봉투를 찢고서 뒷면에 종이를 덧대 빳빳하게 만든 사진 몇 장과 장문의 편지를 꺼냈다. 그는 그 편지를 읽고 나서 책상 위에 내던졌다.

경감은 호기심을 감출 수가 없었다.

"지문 사진인 모양이군요?"

"이건 말입니다, 경감님. 마틴 스토프스라는 가장 흥미로운 인물의 지문 사진입니다."

레인은 사진을 흔들며 대꾸했다.

"그렇군요. 저는 또 사건에 관계있는 것인 줄 알았습니다."

"경감님, 이거야말로 사건이랍니다!"

경감은 강한 빛에 눈앞이 어찔해진 토끼처럼 멍청한 눈길로 레인의 얼굴을 쳐다보았다.

"하지만…… 대체 무슨 사건 말입니까? 우리가 지금 수사 중인 살인 사건들 말입니까? 레인 씨. 도대체 마틴 스토프스란 누굽니까?"

경감은 다급하게 물었다.

레인은 충동적인 행동을 했다. 한쪽 팔로 경감의 건장한 어깨를 껴안은 것이었다.

"경감님, 제가 당신보다 더 유리한 점이 바로 여기에 있는 겁니다. 그런데 이거 웃어서 죄송합니다. 이러는 건 예의가 아니죠……. 마틴 스토프스가 바로 우리가 그토록 찾아왔던 그 X랍니다. 할리 롱스트리트, 찰스 우드, 존 드위트를 이 지상에서 말살해버린 책임을 져야 할 인물입니다."

섬 경감은 숨을 삼키고 눈을 깜짝거리면서 멍할 때 내보이는 독특한 몸짓으로 머리를 내저었다.

"마틴 스토프스, 마틴 스토프스, 롱스트리트와 우드와 드위트를 죽인 범인……."

경감은 그 이름을 혀끝으로 굴리면서 생각에 잠겼다.

"그럴 리가 없어요!"

경감은 갑자기 그렇게 외치며 말을 이었다.

"그런 사내에 대해서는 들어본 적이 없어요! 그런 이름은 단 한 번도 나오지 않았단 말입니다!"

"이름이 그렇게도 중요합니까, 경감님?"

레인은 그 사진들을 마닐라 봉투 속에 다시 집어넣었다. 경감은 귀중한 서류나 되는 듯이 그것을 응시하며 무의식적으로 손가락들을 구부렸다.

"이름이야 어찌 됐든 상관없습니다, 경감님. 게다가 당신은 여러 차례 마틴 스토프스를 만났단 말씀입니다!"

# 제10장

*보고타 부근*

*10월 12일 월요일 오후 6시 5분*

몇 시간이나 수색을 계속하면서 섬 경감은 아주 맥이 빠지고 말았다. 드루리 레인의 예지력이나 추리력에 대한 신뢰는 커졌다고는 하더라도 마음속에서 거센 동요가 일어나는 것을 억누를 수는 없었다. 종교재판 시대의 유물 같기도 한 묘하게 생긴 장비를 갖춘 사내들 한 무리가 오후 내내 서해안선을 가로지르는 뉴저지 주의 강들을 따라 깊은 강바닥 여기저기를 휘저어대고 있었다. 준설 작업이 계속해서 실패로 끝남에 따라 경감의 얼굴에는 점차 못마땅한 빛이 떠올랐다. 레인은 준설 작업을 감독하며 찾고자 하는 것이 있음 직한 물속 지점을 이것저것 제안할 뿐 다른 말은 아무것도 하지 않았다.

흠뻑 젖고 몹시 지친 수색대가 보고타 거리에 가까운 강에 이르렀을 때 이미 날은 완전히 어두워져 있었다. 임무를 띤 사내들이 뛰쳐나갔다. 곧바로 섬 경감의 마술적인 권위로 새로운 도구가 조달되었다. 강력한 탐조등이 선로 옆 몇 군데에 장치되어 잔잔한 수면에 빛을 던졌다. 오후 내내 쉴 새 없이 일을 한 삽 모양의 철제 장비가 다시 움직이기 시작했다.

레인과 시무룩한 표정의 섬 경감은 수색대원들의 기계적인 동작을 지켜보면서 어깨를 나란히 하고 서 있었다.

"이건 건초 더미에서 바늘 찾기로군요. 절대로 발견될 리가 없습니다, 레인 씨."

경감은 투덜거렸다.

그때 운명의 신들이 경감의 비관적인 말을 동정이라도 한 듯이, 선로에서 6미터쯤 떨어진 지점의 보트에서 작업하던 사내들 중 한 명이 소리를 질렀다. 그 목소리가 레인의 대답을 삼켰다. 탐조등 하나가 그 보트로 빛을 던졌다. 삽에 떠올려진 것은 이제까지와 마찬가지로 끈적끈적한 오물과 물풀과 자갈이 섞인 진흙이었지만, 이번에는 그 속에서 강한 조명을 받아 반짝거리는 무엇인가가 있었다.

경감은 환성을 지르며 무작정 둑을 달려 내려갔다. 한층 침착한 태도로 레인이 그 뒤를 따라 내려갔다.

"그게 뭔가?"

경감이 소리쳤다.

보트가 조용히 그에게로 다가왔고 수색대원 중 한 명이 진흙이 잔뜩 묻은 손으로 번쩍이는 물건을 내밀었다. 경감은 자기 옆으로 다가온 레인의 얼굴을 경외하는 눈길로 올려다보았다. 그런 뒤에 고개를 설레설레 흔들고 그 물건을 살펴보기 시작했다.

"38구경이 틀림없겠죠?"

레인이 부드럽게 묻자 섬이 외치듯이 말했다.

"예, 바로 이겁니다. 틀림없습니다! 오늘은 정말이지 운이 좋습니다! 한 방만 쐈군요. 이 탄환을 조사해보면 드위트의 시체에서 꺼낸 것과 같을 게 틀림없습니다!"

그는 물에 젖은 권총을 마치 귀여운 듯이 어루만지고는 손수건으로 싸서 웃옷 주머니에 넣었다.

"자아, 모두 주목하게! 드디어 찾아냈다! 이젠 장비를 정리하고 여기서 철수하기로 한다!"

그는 지친 몰골의 대원들을 향해 소리쳤다.

경감과 레인은 오후 내내 그들을 태우고 돌아다닌 경찰차가 있는 곳으로 선로를 따라 돌아갔다.

"그런데, 레인 씨……."

경감이 뜸을 들인 뒤 말을 이었다.

"제가 정리를 좀 해보겠습니다. 마침내 드위트를 살해하는 데 사용된 것과 동일한 구경의 권총이 그날 밤 열차가 가로질렀던 강 속에서 발견된 셈입니다. 발견된 위치로 보아 이 권총이 범행을 저지른 뒤에 열차에서 강물 속으로 던져졌다는 것은 쉽게 알 수 있습니다. 물론 범인에 의해서 말입니다."

레인이 그 말을 받았다.

"다른 가능성도 생각해볼 수 있습니다. 범인이 보고타나 그 이전에 열차에서 내려 저 강까지 가거나 돌아가든가 해서 권총을 던졌을 경우입니다. 물론 저는 단지 또 하나의 가능성을 지적하고 있을 뿐입니다. 아무래도 열차에서 던졌다고 하는 편이 훨씬 더 자연스러운 견해겠죠."

"당신은 일단 무엇이든 생각해보시는군요. 저도 그 말씀에 동의합니다."

두 사람은 경찰차가 있는 곳에 도착해 한숨 돌린 듯이 검은 문짝에 몸을 기댔다. 레인이 말했다.

"어쨌든 저 강에서 권총이 발견되었으니 이로써 콜린스가 유죄일 가능성은 없어진 셈입니다."

"그럼 이제 콜린스는 완전히 결백하다는 말씀입니까?"

"그렇습니다, 경감님. 그 열차는 0시 30분에 리지필드 파크 역에 도착했습니다. 콜린스는 열차에서 내려 택시를 탔는데 그때는 열차가 아직도 시야에 보일 때였습니다. 이 점이 중요합니다. 그리고 그 후 그의 알리바이는 택시 운전사의 증언으로 확실합니다. 열차 진행 방향과는 정반대 쪽인 뉴욕으로 그를 싣고 갔으니까요. 그러니까 열차가 강을 가로지른 시각인 0시 35분보다 이전에 열차에서 권총을 던졌을 리는 없는 것입니다. 비록 걸어와서 권총을 던졌다 하더라도 당연히 열차보다 먼저 강까지 올 수는 없었을 것입니다. 더욱이 콜린스가 걷거나 자동차를 타고 강까지 와서 권총을 버린 뒤 열차가 보이는 동안에 리지필드 파크 역으로 다시 돌아갈 수는 없는 일이 아니겠습니까! 리지필드 파크 역과 강 사이의 거리는 대략 1,600미터쯤, 왕복 3,200미터쯤이 됩니다. 물론 다른 가능성을 생각해볼 수도 있습니다. 예컨대 권총을 범행 시각보다 훨씬 뒤에 강에 버렸다고 말입니다. 곧 콜린스가 범행을 저지르고서 몇 시간이나 지난 다음에 다시 돌아가서 강에다 권총을 버렸다는 것입니다. 일반적인 경우라면 생각해볼 수 없는 일도 아니죠. 하지만 이번의 경우는 특수해서 그렇게 생각할 수는 없습니다. 콜린스는 택시로 곧장 뉴욕의 아파트로 돌아갔으며, 그 이후의 행동은 완전히 경찰에 의해 감시당하고 있었기 때문입니다. 그렇게 때문에 이로써 콜린스 씨는 이번 무대에서는 완전히 퇴장한 셈입니다."

갑자기 경감이 의기양양하게 소리쳤다.

"뭔가 빠트리신 점이 있습니다, 레인 씨! 방금 하신 말씀은 분명히 옳습니다…. 콜린스 자신이 권총을 강에 던질 수는 없습니다. 하지만 공범이 있었다면 어떨까요? 콜린스가 드위트를 사살하고 그 권총을 공범에게 건네주고는 열차에서 빠져나갔다면 말입니다. 그리고 자신이 내린 뒤 오 분쯤 지나 열차가 강을 가로지를 때 권총을 던져버리도록 공범에게 지시해놓았다면 말입니다. 어떻습니까, 레인 씨?"

레인은 미소 띤 얼굴로 말했다.

"자, 자, 침착하십시오, 경감님. 우리는 줄곧 콜린스의 법적인 입장에 대해 검토하고 있습니다. 저도 공범의 가능성을 미처 생각하지 못한 것은 아닙니다. 결코 그렇지 않습니다. 이 문제에 대해서는 제가 당신에게 다음과 같이 되묻는 것만으로도 충분할 겁니다. 그렇다면 대체 그 공범자는 누구입니까? 그걸 법정에서 밝힐 수 있습니까? 그럴듯한 추측 이외에 배심원들에게 제출할 것이 있습니까? 거듭 말씀드리지만 이 새로운 증거가 나온 이상 콜린스 씨가 드위트의 살해범으로 유죄가 될 가능성은 없어진 셈입니다."

"그렇군요."

경감은 다시 우울한 표정을 지으며 시인한 뒤 말을 계속했다.

“그렇군요. 브루노와 저도 누가 공범자인지는 알 수가 없는 노릇이니까요.”

“그것도 공범자가 있을 경우의 일이겠죠, 경감님.”

레인은 냉정한 어조로 지적했다.

수색대원들이 모여들기 시작하자 경감은 경찰차에 올라탔다. 레인이 뒤따라 차에 탔고 다른 차에서도 대원들이 올라타자 수색대는 장비를 실은 트레일러를 끌고 위호켄을 향해 돌아가기 시작했다. 드루리 레인은 느긋하게 긴 다리를 뻗었다.

레인이 말했다.

“경감님, 심리적 관점에서 보더라도 공범설은 빈약합니다.”

경감이 신음하자 레인이 다시 입을 열었다.

“그럼 콜린스가 드위트를 죽이고 공범에게 권총을 주며 자신이 리지필드 파크 역에서 내린 뒤 오 분쯤 지나면 버리라고 지시했다는 설을 검토해보기로 하죠. 적어도 여기까지는 좋습니다. 하지만 이 가설은 콜린스가 완전한 알리바이를 만들려고 생각했을 때에만 성립할 수 있는 것입니다. 다시 말해서 콜린스가 열차 진행 방향과는 반대쪽으로 되돌아갔던 장소에서부터 다시 그 열차로 오 분이 더 걸리는 선로가의 지점에서 권총이 반드시 발견되어야 한다는 게 전제가 되어야 합니다. 하지만 권총이 그가 내린 역에서 열차 진행 방향으로 오 분이 더 걸리는 지점에서 발견되지 않는다면 콜린스의 알리바이는 없어지는 셈입니다. 그러므로 콜린스가 이 모든 것을 계획했다고 한다면 권총이 발견되어야 한다는 점을 확실히 해두어야 했을 것입니다. 그러나 우리가 권총을 발견한 지점은 신의 은총과도 같은 행운이 작용하지 않았다면 영원히 찾아내지 못했을 강물 속이었습니다. 콜린스가 알리바이 조작을 꾀했다는 추정과 이렇듯 명백히 권총이 발견되지 않도록 전력을 기울인 사실이 어떻게 어울릴 수 있을까요? 당신은 이렇게 말할지도 모르겠군요. 공범자는 선로 주변에 떨어뜨릴 작정으로 권총을 차창 밖으로 내던졌지만 우연히도 강물에 떨어졌다고 말입니다. 하지만 콜린스의 알리바이를 성립시키기 위해서라면 나중에 발견되기 쉽도록 내던져야 하는데 어째서 공범자는 열차에서 6미터쯤이나 벗어난 곳으로 권총을 내던진 걸까요? 우리가 권총을 발견한 장소는 정확하게 선로에서 6.1미터 떨어진 강물 속이었습니다. 콜린스의 공범자가 그렇게 멀리 던졌을 리는 없습니다. 이럴 경우 공범자는 권총을 던지지 않고 다만 창가에서 아래로 떨어뜨렸어야 합니다. 그렇게 해야 권총이 선로에서 벗어난 곳에 떨어지지 않고 나중에 쉽사리 발견될 수 있을 테니 말입니다."

"곧 당신은 권총을 발견하기 쉽도록 버린 게 아니라는 점을 명확히 입증하시는 셈이로군요. 그러니까 콜린스는 절대로 결백하다는 말씀이시죠?"

경감이 중얼거리듯 말했다.

"그렇습니다, 경감님."

"이제 저는 두 손 들 수밖에 없겠습니다. 브루노와 제가 X라고 생각하고 누군가를 잡아들일 때마다 당신이 수포로 돌아가게 만드는군요. 이것이 정석처럼 계속되고 있네요. 이제 저에게 사건은 더욱더 복잡해지고 말았습니다."

드루리 레인이 재빨리 대꾸했다.

"아니, 그 반대입니다. 우리는 마침내 대단원에 이르고 있는 중입니다."

## *제11장*

***햄릿 저택***

***10월 13일 화요일 오전 10시 30분***

퀘이시는 햄릿 저택 안에 있는 자신의 가발 제작실에서 선 채로 전화를 받고 있는 중이었다. 드루리 레인은 그 옆 의자에 편한 자세로 앉아 있었다. 어두운 색의 차양이 드리워져 있는 탓에 창문에서는 약한 햇살이 흔들리고 있었다.

노인은 격앙된 목소리로 지껄였다.

"하지만 브루노 씨, 레인 씨는 그렇게 말씀하시고 계십니다. 네, 그렇습니다……. 네, 오늘 밤 11시에 섬 경감님과 함께 레인 씨를 마중하러 오시기 바랍니다……. 아, 잠깐 기다려주십시오."

퀘이시는 수화기를 자신의 앙상한 가슴에 갖다 댔다.

"주인님, 브루노 씨가 경관은 사복 차림을 해야 하는 건지, 그리고 목적은 무엇인지를 물으십니다만……."

"지방 검사에게 이렇게 전하게. 경관은 사복 차림이어야 하고 목적은 뉴저지 주로 가벼운 나들이를 가는 것이라고……. 그리고 이번 사건과 관련이 있는 가장 중요한 용건으로 웨스트 잉글우드행 서해안선을 탈 것이라고 전하게."

레인은 나른하게 퀘이시에게 말했다.

퀘이시는 눈을 깜박이며 수화기를 다시 들고서 그대로 전했다.

***밤 11시***

그날 밤, 햄릿 저택의 도서실에 모인 경관들 중에서 섬 경감만이 가장 마음이 편해 보였다. 아마도 다른 사람들보다 이 집의 주인과 친숙하기 때문일 것이다. 브루노 지방 검사는 초조한 목소리로 뭐라고 중얼거리며 고풍스러운 의자에 앉았다.

땅딸막한 모습의 폴스태프가 머리를 숙이고 브루노의 앞으로 나아갔다.

"무슨 일이오?"

"죄송합니다만, 잠시만 더 기다려주십사는 드루리 레인 씨의 전갈입니다."

브루노는 맥 빠진 표정으로 고개를 끄덕였다. 경감이 혼자 킥킥거리며 웃었다.

기다리는 동안 경관들의 시선은 신기한 듯이 넓은 방 안을 더듬고 있었다. 천장은 몹시 높았고 삼면의 벽은 바닥에서 천장까지 닿은 책장들에 가려져 있었다. 책장에는 몇 천권의 책들이 가득 꽂혀 있었고 각 책장들의 윗단에는 도서실용 사다리들이 걸쳐져 있었다. 기묘하고 고풍스러운 형태의 발코니가 도서실을 완전히 둘러싸고 있었는데, 구석 두 군데에 설치되어 있는 나선형 철제 계단으로 올라가게 되어 있었다. 책들은 고대 영어로 새긴 청동 표지로 분류되어 있었다. 지금은 아무도 앉아 있지 않지만 도서실의 한쪽 구석에 있는 둥근 책상은 틀림없이 도서 관리인의 자리일 것이다. 책장이 없는 벽에는 골동품 몇 개가 놓여 있었다. 브루노는 초조한 듯이 자리에서 일어나 서성대기 시작했다. 그는 벽의 중앙에 자리 잡고 있는 두텁게 니스가 칠해진 데다 판유리로 덮인 오래된 도면을 바라보았다. 왼쪽 아래에 쓰여 있는 장식체 글자에 따르면 그것은 1501년의 세계 지도였다. 그 벽의 바닥에는 엘리자베스 왕조 시대의 의상 컬렉션이 각각 별개의 케이스에 넣어진 채 나란히 놓여 있었다.

갑자기 도서실의 문이 열리자 모두가 돌아다보았고 깡마른 퀘이시가 조용히 안으로 들어섰다. 그는 햇볕에 그을리고 깊은 주름이 파인 얼굴에 무언가를 기다리는 듯한 미소를 담고서 문을 넓게 연 채로 문고리를 손으로 잡고 있었다.

윗부분이 아치형으로 된 문으로 키가 크고 건장한 데다 얼굴이 불그레한 사내가 큰 걸음으로 들어와서 사나운 눈초리로 모두를 바라보았다. 사내는 강인한 턱을 지녔는데 볼이 약간 늘어져 있었고 눈언저리에는 명백한 방탕의 그늘이 드리워져 있었다. 그는 올이 굵은 옷을 입었는데 큼직하고 활동적인 바지와 신사복 재킷 차림이었다. 그는 두 손을 덮개가 없는 주머니에 찔러 넣은 채 모두를 노려보았다.

이 사내의 출현은 당장에 강한 효과를 드러냈다. 브루노 지방 검사는 바닥 위에 얼어붙은 채 시신경이 대뇌에 보낸 신호가 믿어지지 않는다는 듯이 분주하게 눈을 깜박거렸다. 그러나 브루노의 반응이 단순히 믿을 수 없다는 투였다면, 섬 경감의 반응은 보다 더 미묘하고 심각한 것이었다. 그의 바위 같은 턱이 어린애의 턱처럼 부들부들 떨리며 축 늘어졌다. 그런 뒤에도 그의 턱은 여전히 약하게 떨리고 있었다. 평소에는 위엄 있고 냉정하던 두 눈도 공포의 열기에 들떠 불타올랐다. 그는 분주하게 두 눈을 몇 번이고 깜박거렸다. 얼굴에서 핏기는 완전히 가셔 있었다.

"이…… 이럴 수가……."

경감은 나직하고 쉰 목소리로 말을 더듬었다.

"하…… 하…… 할리 롱스트리트!"

다른 사람들은 미동도 하지 않았다. 문가의 망령이 나직하고 기분 나쁜 웃음소리로 침묵을 깨뜨렸다. 모두 저도 모르게 등줄기가 오싹해짐을 느꼈다.

"아아, 이토록 장엄하고 아름다운 궁전에 거짓이 깃들어 있을 줄이야!"

할리 롱스트리트가 말했다.

드루리 레인의 멋들어진 목소리로…….

## 제12장

*위호켄–뉴버그 구간 열차*

*10월 14일 수요일 오전 12시 18분*

기묘한 여행이었다……. '역사'라는 상상력이 없는 깡마른 말(馬)이 똑같은 일을 되풀이했던 것이다. 그때와 같은 장소, 그때와 같은 어두운 밤, 그때와 같은 시각, 그때와 같은 소음.

자정에서 십팔 분이 지난 시각, 드루리 레인이 소집한 경찰 일행은 시발역과 노스 버건 사이를 달리는 위호켄-뉴버그 구간 열차의 뒤쪽 차량 중의 하나에 탑승해 있었다. 드루리 레인, 섬 경감, 브루노 지방 검사 그리고 동행한 경찰 일행들 이외에 객차 안에 다른 승객들은 그다지 없었다.

레인은 두툼한 외투에 몸을 잔뜩 파묻고 펠트 모자의 넓은 챙을 깊숙이 내려 쓰고 있었기 때문에 얼굴은 거의 보이지 않았다. 그는 섬 경감 옆의 창가 자리에 앉아 머리를 차창에 기댄 채 침묵하고 있었다. 얼핏 보기에는 잠이 든 것 같기도 했고 뭔가 혼자서 생각에 잠겨 있는 것 같기도 했다.

맞은편에 앉아 있는 지방 검사와 옆자리의 경감도 말이 없었다. 두 사람 모두 몹시 신경이 곤두서 있었다. 그 긴장감이 주위에 앉아 있는 부하들에게까지 전해진 탓인지 모두 그다지 말도 하지 않고 딱딱한 자세로 앉아 있었다. 그들은 그것이 어떤 것인지 알지 못하면서도 힘찬 클라이맥스를 기다리고 있는 듯했다.

경감은 마음이 진정되지 않았다. 그는 차창에 기댄 레인의 머리를 흘끗 보고는 한숨을 쉬면서 자리에서 일어났다. 무거운 발소리를 내며 앞으로 나아갔다. 그러나 금세 잔뜩 홍분된 얼굴로 되돌아왔다. 그는 자리에 앉자 몸을 앞으로 구부리며 브루노에게 속삭였다.

"알 수 없는 노릇이군요……. 지금 앞쪽 객차에 에이헌과 임피리얼이 타고 있는 것을 봤어요. 레인에게 말할까요?"

브루노는 외투에 감싸인 레인의 머리를 유심히 바라보다가 어깨를 으쓱했다.

"모든 걸 그가 하는 대로 그냥 맡겨두는 게 좋을 것 같소. 다 생각하는 게 있는 모양이니까요."

열차가 무거운 차체를 떨면서 멈췄다. 브루노는 창문으로 밖을 내다보았다. 열차는 노스 버건 역에 도착해 있었다. 섬 경감은 시계를 보았다. 정확히 밤 12시 20분이었다. 정거장의 흐릿한 조명 속에서 몇몇 승객들이 열차에 오르는 모습이 보였다. 신호용 랜턴들이 흔들리고 여기저기서 문이 닫히는 소리가 요란스레 나더니 열차는 다시 움직이기 시작했다.

얼마 뒤에 객차의 앞쪽에서 차장이 나타나 검표를 시작했다. 경찰 일행에게 다가온 차장은 그들을 알아보고 미소를 지었다. 경감은 무뚝뚝하게 고개를 끄덕이고는 일행의 요금을 현금으로 지불했다. 차장은 가슴께의 바깥 주머니에서 복식 승차권 몇 장을 꺼내 가지런히 모아서 두 군데 펀치 자국을 냈다. 그런 다음 그것들을 반으로 찢어서 한쪽은 경감에게 주고 다른 한쪽은 자신의 다른 주머니에 넣었다.

잠이 든 건지 생각에 잠겨 있는지 알 수 없었던 드루리 레인이 이 순간을 놓치지 않고 돌연 행동을 개시했다. 그는 재빨리 자리에서 일어나 은폐용이었던 모자와 외투를 벗어 던지고 몸을 홱 틀어 차장에게 똑바로 얼굴을 향했다. 상대는 멍한 눈길로 바라보았다. 레인은 한 손을 윗옷 주머니에 찔러 넣고 은제 안경집을 꺼내 소리 내어 뚜껑을 열고선 안경을 꺼냈다. 하지만 그는 그것을 쓰지 않고서 다만 무언가 생각에 잠긴 듯한 기묘한 상태로 차장을 지켜볼 따름이었다. 그 얼굴……. 억세 보이면서도 눈언저리가 늘어졌고 방탕으로 지쳐버린 듯한 그 얼굴은 차장을 완전히 사로잡은 듯했다.

그것은 차장에게 기묘한 영향을 주었다. 그의 한 손은 펀치를 든 채 허공에서 멎었다. 그는 눈앞에 있는 이 기분 나쁜 모습을 훑어보았는데, 처음에는 영문을 모르고 바라보았으나 마침내는 그 어떤 끔찍한 것을 알아낸 듯 공포의 빛이 그의 얼굴에 번졌다. 그의 입이 쩍 벌어졌으며 동시에 그 건장한 몸이 축 늘어졌고 곧바로 포도주 빛 얼굴이 창백해졌다. 그의 입에서 질식할 듯한 목소리로 단 한 마디가 새어 나왔다.

"롱스트리트……."

그뿐이었다. 그는 온몸의 신경이 마비된 듯 그 자리에 화석처럼 굳어버렸다. 할리 롱스트리트의 인조 입술이 미소를 머금었고 그의 오른손에서 은제 안경집과 안경이 떨어졌다. 그는 그것들은 가뿐하게 낚아채서 주머니 속에 도로 집어넣었다. 그러고는 곧 뭔가 흐릿한 금속제의 물건을 꺼냈다……. 일순 레인이 잽싸게 상대의 손목을 덮치는가 싶더니 이어서 나직하게 찰칵하는 금속성의 소리가 났다. 차장은 눈앞의 미소 띤 얼굴에서 눈길을 떨어뜨리고는 맥이 빠진 듯이 멍하니 손목에 채워진 수갑을 내려다보았다.

여기서 드루리 레인은 다시 미소를 지었다. 이번에는 방금 이루어진 이 짧고도 극적인 장면을 꼼짝도 하지 않은 채 숨죽이고 지켜보던 섬 경감과 브루노 지방 검사의 얼굴을 향한 미소였다. 그들은 믿기지 않는 듯이 흐릿한 표정을 짓고 있었다. 두 사람의 이마에 잔주름이 떠올랐다. 그들은 레인에게서부터 차장에게로 시선을 옮겼다. 차장은 떨리는 혀끝으로 입술을 핥으면서 좌석의 등받이에 기댄 채 몸을 웅크리고 있었다. 그는 자신의 손목에 채워진 수갑을 믿기지 않는다는 듯이 내려다보면서 절망감과 수치심이 뒤섞인 참담한 표정을 짓고 있었다.

드루리 레인이 조용히 섬 경감에게 말했다.

"경감님, 부탁드린 스탬프를 가지고 오셨습니까?"

경감은 묵묵히 주머니에서 양철 뚜껑이 달린 스탬프와 백지 메모장을 꺼냈다.

“이 사람의 지문을 채취해주십시오, 경감님.”

섬은 비틀거리면서 일어섰다. 그는 여전히 믿기지 않는다는 표정으로 레인의 지시에 따랐다. 레인은 풀이 죽어 있는 차장 옆에 서서 그와 마찬가지로 좌석에 몸을 기댔다. 경감이 차장의 맥 빠진 손을 잡아 스탬프에 갖다 대는 동안 레인은 좌석에 벗어 던진 외투를 집어 들고 주머니 하나를 뒤져 월요일에 받은 마닐라 봉투를 꺼냈다. 경감이 차장의 축 늘어진 손가락을 종이에다 갖다 대고 누르자 레인은 봉투에서 우루과이에서 전송되어 온 지문 사진을 꺼내 싱긋 웃으며 들여다보았다.

“다 됐습니까, 경감님?”

경감은 아직 채 마르지도 않은 차장의 지문이 찍힌 종이를 레인에게 건네주었다. 레인은 그것을 사진과 나란히 들고 고개를 기울이고서 소용돌이 모양을 자세히 비교해보았다. 그런 뒤에 그 지문 종이를 사진과 함께 경감에게 되돌려주었다.

“어떻습니까, 경감님? 당신은 이런 것을 몇천 번이나 비교해보셨으리라 생각합니다만.”

경감은 두 지문을 주의 깊게 비교했다.

“동일한 것 같군요.”

“물론 동일합니다.”

브루노는 비틀거리며 자리에서 일어났다.

“레인 씨, 누굽니까……? 대체 이자가……?”

레인은 수갑이 채워진 사내의 팔을 조심스럽게 잡으며 대답했다.

“브루노 지방 검사님 그리고 섬 경감님, 가장 불행한 신의 아들의 한 사람인 마틴 스토프스 씨입니다.”

“하지만……?”

“일명 에드워드 톰슨으로 서해안선 구간 열차의 차장이죠.”

“하지만……?”

"그리고 배에 타고 있었던 알려지지 않은 신사……."

"하지만 그래도……?"

레인은 마지막으로 부드럽게 덧붙였다.

"또 일명 찰스 우드랍니다."

"찰스 우드!"

섬 경감과 브루노 지방 검사는 거의 동시에 외쳤다. 두 사람은 몸을 틀어 웅크리고 있는 포로를 응시했다. 브루노가 나직하게 중얼거렸다.

"하지만 찰스 우드는 죽었을 텐데……?"

드루리 레인이 조용히 웃으며 말했다.

"브루노 씨, 당신의 머릿속에선 죽었을 겁니다. 그리고 경감님, 당신의 머릿속에서도 죽었을 테죠. 하지만 제 머릿속에서는 멀쩡하게 살아 있었답니다."

## *무대 뒤에서–설명*

*햄릿 저택*

*10월 14일 수요일 오후 4시*

처음과 마찬가지로 눈 아래 저 멀리로 허드슨 강이 흐르고 있었고 그 강 위로 흰 돛을 단 돛단배와 증기선이 평화롭게 오가고 있었다. 다섯 주 전과 마찬가지로 섬 경감과 브루노 지방 검사를 태운 자동차는, 우아하게 단장한 옛이야기 속의 성처럼 단풍 든 수풀에 둘러싸여 덧없고도 미묘한 아름다움을 보이는 햄릿 저택을 향해 좁고 구불구불한 길을 쉬지 않고 기어오르고 있었다.

다섯 주!

저 멀리 상공에 구름 사이로 모습을 드러내고 있는 망루와 성벽과 총안(銃眼), 교회의 첨탑……, 그리고 낡고 고풍스러운 다리와 초가지붕의 오두막과 혈색이 좋고 키 작은 다리지기 노인……, 요란스레 열리는 철문, 다리, 깨끗하게 펼쳐진 자갈길, 지금은 적갈색으로 변한 떡갈나무 숲, 대저택을 에워싼 돌담…….

그들은 다리를 지나 떡갈나무로 만든 바깥 현관에서 폴스태프의 영접을 받았다. 마치 중세 영주 저택의 응접실인 듯한 드넓은 방으로 들어서면 머리 위에는 거대하고 고풍스러운 대들보들이 가로질러 있고 번쩍이는 철갑을 두른 기사상들과 엘리자베스 왕조풍의 육중한 가구들이 놓여 있었다. 기괴한 가면들과 거대한 샹들리에 아래에는 대머리에 구레나룻을 기른 꼽추 노인 퀘이시가 있었다…….

쾌적한 온기에 감싸인 드루리 레인의 방에서 두 사람은 벽난로에 발끝을 들이밀며 편안한 자세로 몸을 녹였다. 레인은 벨벳 웃옷을 입고 있었다. 일렁이는 불빛이 반사되어 그는 여느 때보다도 젊고 멋있어 보였다. 퀘이시가 벽의 작은 송화기에 대고 뭐라고 중얼거리자 곧이어 장밋빛 뺨을 가진 폴스태프가 향기로운 리큐어 혼합주가 담긴 술잔을 쟁반에 얹어 들고 상냥하게 웃으며 나타났다. 카나페는 섬 경감의 염치없는 약탈로 순식간에 없어졌다.

모두 흡족한 기분으로 벽난로 앞에 자세를 바로 하고 앉았다. 폴스태프가 조리실로 물러가자 드루리 레인이 입을 열었다.

"돌이켜보니 저는 지난 몇 주 동안 혼자 우쭐해서 알쏭달쏭한 말들을 늘어놓았던 것 같습니다. 아마도 두 분께서는 그 설명을 들으러 오신 걸로 생각되는군요. 벌써 또 다른 살인 사건이 발생했다고는 생각되지 않으니까요."

"네, 물론 그렇습니다. 하지만 지난 서른여섯 시간 동안 제가 경험한 바로 미루어 보아 만약 의논드리지 않으면 안 될 사건이 또다시 발생한다면 그때에는 주저 없이 당신에게 도움을 청하러 올 것은 분명합니다. 좀 빙 돌려서 말씀드린 것 같습니다만 어쨌든 제 말의 참뜻은 이해해주시리라 믿습니다, 레인 씨. 경감이나 제가 얼마나 감사하고 있는지……. 정말이지 뭐라고 감사의 말씀을 드려야 좋을지 모르겠습니다."

브루노가 중얼거리듯이 말했다.

섬 경감이 쓴웃음을 지으며 덧붙였다.

"말하자면, 당신 덕분에 우리 두 사람의 목이 붙어 있게 됐습니다."

"천만에요, 당치도 않습니다."

레인은 가볍게 손을 내저으며 화제를 돌렸다.

"신문을 보고 스토프스가 자백을 한 걸 알았습니다. 어떤 신문사가 이 사건에 제가 관계되어 있다는 걸 어디서 어떻게 냄새를 맡았는지……, 그 바람에 저는 온종일 집요한 기자들에게 둘러싸여 공격을 받느라 혼이 났습니다. 그런데 스토프스의 자백에서는 뭔가 흥미로운 것이 있었습니까?"

"저희에겐 흥미로운 것들이 많았습니다. 하지만 당신은 이미 자백의 내용을 알고 계시리라 봅니다. 도무지 어떻게 알아내셨는지는 저로서는 짐작도 못 하겠지만요."

"아니, 그렇지 않습니다. 마틴 스토프스에 대해서는 까닭을 알 수 없는 점들이 무척 많습니다."

레인이 미소 지으며 대꾸했다.

두 사람은 고개를 저었다. 레인은 설명하지 않았다. 그리고 마틴 스토프스에 대해 얘기해달라고 브루노에게 재촉했다. 이윽고 브루노가 1912년경 우루과이에서 유명하진 않았지만 열성적인 젊은 지질학자였던 스토프스의 얘기를 시작하자 레인은 잠자코 귀를 기울였다. 그러나 몇 가지 세부적인 점에서는 흥미가 이끌렸는지 재치 있게 질문을 하여 우루과이 영사 후안 아호스한테서 듣지 못했던 정보를 끌어냈다.

그리하여 레인은 다음과 같은 사실들을 알게 되었다. 1912년에 그 망간 광산을 발견한 사람은 마틴 스토프스였다. 당시 그는 동료인 크로켓과 함께 미개의 오지를 돌아다니며 광맥을 찾던 중에 마침내 그 망간 광산을 발견한 것이었다. 그러나 광맥을 발견하긴 했지만 발견자인 스토프스나 동료인 크로켓은 모두 무일푼인 처지여서 채굴을 하자면 자본이 필요했다. 그래서 스토프스는 자신들보다 적은 몫을 갖는다는 조건으로 다른 동업자들을 받아들였는데, 그들이 바로 크로켓의 소개로 알게 된 롱스트리트와 드위트었다. 스토프스는 자백을 하며, 그 후 자신이 저질렀다고 알려진 범죄, 곧 마체테로 아내를 살해했다는 범죄는 크로켓이 저지른 것임을 고통스럽게 밝혔다. 어느 날 밤, 스토프스가 가까운 광산에 나가고 오두막에 없는 동안 크로켓은 취중에 욕정을 자제하지 못하고 스토프스의 아내를 겁탈하려고 했다. 하지만 그녀가 심하게 저항하자 결국은 죽이고 만 것이었다. 그러자 롱스트리트는 이 기회를 이용해 스토프스에게 살인죄를 뒤집어씌워 제거할 음모를 꾸몄고 그에 따라 세 사람은 스토프스를 고발하게 된 것이었다. 아무도 이 광산이 스토프스의 소유임을 몰랐으므로 그 후 그들은 그 광산을 자기들 것으로 만들어버렸다. 광산은 아직 등기가 되지 않았던 것이다. 당시 크로켓은 자신의 범행으로 전전긍긍하던 참이라 두말없이 롱스트리트의 음모에 찬동했다. 그리고 스토프스에 따르면 드위트는 그럴 생각은 없었으나 롱스트리트의 협박에 못 이겨 음모에 말려들었다.

아내의 죽음이라는 충격과 동료들한테서 배신당했다는 참담한 현실이 젊은 지질학자를 제정신이 아니게 만들어버렸다. 유죄가 확정되어 투옥된 뒤에야 그는 비로소 정상적인 정신으로 돌아왔다. 그러나 사태는 이미 자신의 힘으로는 어떻게도 돌이킬 수 없다는 것을 깨달아야 했다. 그 순간부터 그의 사상과 야심과 포부는 모조리 모진 복수심으로 바뀌었다. 남은 인생의 전부를 탈옥과 세 악당을 죽이는 데 바칠 결심을 하게 되었다고 그는 고백했다. 감옥에서 탈옥했을 때 그는 몹시 늙어 있었다. 몸은 전과 다름없이 튼튼했으나 혹독한 수형 생활로 모습은 알아보지 못할 정도로 변해 있었다. 하지만 그 덕분에 스토프스는 복수의 날에 이르러도 자신이 목적하는 희생자들이 자기를 알아보지 못하리라는 확신을 가지게 되었다.

브루노가 마지막으로 덧붙였다.

"그러나 레인 씨, 이러한 사실들은 당신이 사건을 해결한 그 초자연적인 방법에 비하면 현재의 저희에겐 그다지 중요한 문제가 아닙니다. 적어도 저에게는 초자연적이라고 여겨지는군요. 도대체 어떤 방법으로 그토록 불가사의한 해결에 이르신 겁니까?"

레인은 고개를 저으며 대꾸했다.

"초자연적이라고요? 저는 기적 따위는 믿지 않습니다. 물론 스스로 행한 적도 없고요. 이번의 실로 흥미로운 수사 과정에서 제가 거둔 성공은 모두 관찰된 바를 깊이 생각하고 생각한 직접적인 결과일 뿐입니다. 그럼 먼저 개괄적으로 설명을 해드리죠. 우리가 직면했던 세 가지 살인 사건 중에서 가장 간단한 것은 첫 번째 사건이었습니다. 뜻밖이십니까? 그러나 롱스트리트의 기묘한 죽음을 에워싼 정황을 생각해보면 이상하리만큼 명확한 결론이 나옵니다. 기억하시겠지만, 저는 그때의 정황을 전해 듣는 방법으로 알게 되었습니다. 흔히 탐탁지 않게 여기는 방법이죠. 곧 저는 범죄 현장에 없었으므로 직접 관찰을 하지 못하는 불리한 상황에서 생각해야만 했던 겁니다. 하지만……."

레인은 경감 쪽을 향해 정중하게 허리를 굽히며 말을 이었다.

"경감님의 설명이 더없이 명확하고 자세했던 터에 저는 마치 제 자신이 그 장소에 있었던 것처럼 드라마의 구성 요소를 뚜렷하게 머리에 그릴 수가 있었습니다."

그는 눈을 빛내며 설명을 계속했다.

"전차 안에서 발생했던 그 살인 사건에서는 의심할 여지가 없는 결론이 하나 나왔습니다. 그것은 당장에 알 수 있는 것이었습니다. 어째서 그토록 명확한 점을 당신들이 미처 생각하지 못했는지 저로서는 지금도 이해하기 어렵군요. 그것은 곧, 흉기가 그렇게 위험한 성질의 것인 이상 누구든 맨손으로 다루었다간 다룬 사람 자신이 독침에 찔려 치명상을 입을 게 뻔하다는 점입니다. 경감님, 당신도 그 코르크 알에 박힌 바늘에 찔리지 않으려고 몹시 주의를 기울였습니다. 그 때문에 핀셋으로 집어서 유리병에 넣었을 정도입니다. 경감님이 그 흉기를 제게 보여주었을 때, 저는 범인이 그걸 전차 안으로 가지고 들어갈 때든 롱스트리트의 주머니에 몰래 집어넣을 때든 자신의 손이나 손가락을 보호하려면 뭔가 피복물을 사용했을 게 분명하다는 것을 바로 깨달았습니다. 저는 이 점을 바로 깨달았다고 했습니다만, 실은 그 흉기를 보지 않았더라도 경감님의 설명이 매우 정확했으므로 이 명백한 사실을 깨닫지 못했을 리는 없었을 겁니다. 그렇다면 당연히 이런 의문이 나옵니다. 손을 보호하는 피복물로써 일반적인 것은 무엇인가? 물론 장갑입니다. 그럼 장갑이 어떻게 범인이 필요한 조건들을 충족하는가? 분명히 장갑은 실제적으로 범인이 뜻하는 바를 실현하는 데 적합합니다. 장갑은 질긴 천으로 되어 있고 더욱이 가죽으로 만들어진 경우에는 완전하게 피부를 보호합니다. 그리고 일상적인 물건이므로 다른 부자연스러운 피복물에 비해 눈에 두드러지지도 않습니다. 게다가 용의주도하게 계획된 범죄이니만큼 일부러 범인이 사람들의 눈을 끄는 기묘한 피복물을 만들어 사용했을 리는 없습니다. 일상적으로 사용되는 장갑이라면 목적에 맞아떨어질 테니 말입니다. 물론 장갑 이외에도 일부러 만들 필요도 없고 일상적으로 쓰는 것을 하나 더 들 수 있습니다. 바로 손수건입니다. 하지만 손수건을 손에 감는 방법으로는 손을 자유롭게 사용할 수 없을뿐더러 남의 눈에도 띄기 쉽고 무엇보다도 손을 독침으로부터 확실히 보호할 수 없습니다. 저는 또 범인이 경감님께서 행한 것과 같은 방법, 곧 핀셋으로 코르크 알을 다룬 게 아닐까도 생각해보았습니다. 하지만 길게 생각해볼 것도 없이 그건 불가능합니다. 그런 방법으로 자신의 피부는 독침에서 보호할 수 있을지 모릅니다. 하지만 만원 전차 안에서, 더욱이 아주 짧은 한정된 시간 내에 너무도 위태롭고 정교하게 조작해야 하는 그런 방법으로 목적을 달성할 수 있을 리는 만무합니다. 그래서 저는 범인이 롱스트리트의 주머니에 독침이 꽂힌 코르크 알을 몰래 집어넣었을 때에는 장갑을 끼고 있었을 게 틀림없다고 확신했습니다."

섬 경감과 브루노 지방 검사는 서로의 얼굴을 마주 보았다. 레인은 눈을 감고 나지막하고 억양이 없는 어조로 설명을 이어나갔다.

"그 코르크 알이 롱스트리트가 전차에 오른 뒤에 주머니에 넣어진 것임은 일행들의 증언에 따라 명백합니다. 또 두 번의 예외적인 상황이 있긴 했지만, 롱스트리트가 승차한 이래 출입문이든 창문이든 모두 닫힌 채였습니다. 그렇다면 범인은 전차에 타고 있다가 그 뒤에 경감의 신문을 받은 사람 중 한 명이 틀림없다는 것 또한 분명해집니다. 왜냐하면 롱스트리트와 그 일행이 전차에 탑승한 이래 한 사람을 제외하고는 내린 사람이 없었고, 그 한 사람마저도 더피 경사의 명령으로 전차에서 내렸다가 다시 돌아왔기 때문입니다. 또 차장과 운전사를 포함해 전차에 타고 있었던 사람들 전원을 모조리 검사했지만 그들의 몸에서든 나중에 그들을 신문한 차고의 방에서든 장갑은 발견되지 않았습니다. 그리고 기억하시겠지만, 그들이 전차에서 차고로 이동할 때 경관들과 형사들이 줄지어 지키고 섰던 경계선을 지나갔습니다. 그 뒤에 그 주변도 조사해봤지만 아무것도 발견되지 않았습니다. 경감님, 기억을 더듬어보십시오. 당신이 이 사건의 상황 설명을 끝내자 저는 당신에게 장갑을 가지고 있던 사람은 없었는지를 일부러 물었습니다. 그랬더니 당신은 분명히 없었다고 대답했습니다. 이건 곧, 범인은 그대로 전차 안에 있었는데 범행에 사용했을 것이 틀림없는 물건이 범행 후에는 발견되지 않는 기묘한 상황이었습니다. 창문으로 버렸을 리는 없습니다. 롱스트리트 일행이 승차하기 전부터도 창문은 한 번도 열린 적이 없었으니 말입니다. 그리고 전차의 출입문 밖으로 버렸을 리도 없습니다. 범행 후에는 더피 경사 혼자만이 출입문을 여닫았는데 결코 그런 일은 없었습니다. 만약 있었다면 당연히 보고를 했을 테죠. 또 장갑이 파손되거나 산산조각이 났을 리도 없습니다. 그런 경우에도 그 조각은 발견되어 보고되었을 테니까요. 공범자에게 건네주었거나 아무것도 모르는 사람에게 슬쩍 옮겼다 하더라도 틀림없이 발견은 되었을 겁니다. 공범자라고 해서 그런 상황에서 범인보다 교묘히 처리할 수 있는 것도 아니고, 아무것도 모르는 사람에게 슬쩍 옮겼다 하더라도 나중에 몸을 수색당할 때는 나왔을 테니까요. 그렇다면 이 유령과도 같은 장갑은 어떻게 사라진 걸까요?"

드루리 레인은 방금 폴스태프가 주인과 손님들을 위해 날라 온 김이 나는 커피를 만족스러운 듯이 마셨다.

"실은 저는 좀 재미있기까지 했습니다. 브루노 씨, 아까 기적이라는 표현을 쓰셨는데 그때야말로 저는 하나의 기적에 직면했던 셈입니다. 그러나 저는 기적에 대해서는 좀 회의적인 편이어서 이 장갑의 행방도 현실적인 방법으로 해명해보려고 했습니다. 저는 모든 처리 방법을 검토하여 하나씩 지워나가다가 마지막으로 하나만 남겼던 것입니다. 이렇게 해서 마지막에 남은 방법은 우리가 익히 알고 있는 논리학의 법칙으로 볼 때도 올바른 방법임이 틀림없습니다. 장갑이 전차에서 던져졌을 리도 없고 전차 안에도 없었다면 누군가

차에서 내린 자에 의해 빠져나간 거라고밖에는 생각할 수 없습니다. 그런데 차에서 내린 자는 단 한 사람밖에 없었습니다! 바로 차장인 찰스 우드였습니다. 더피 경사가 본부에 사건을 보고하라고 모로 순경에게 보냈던 것입니다. 시텐필드 순경이 제9번 애버뉴의 교통 근무 중에 달려오자 더피 경사가 그를 전차 안으로 받아들였지만 그 뒤에 전차에서 내린 적은 없습니다. 차장인 우드와 함께 마지막으로 전차에 탔던 모로 순경도 마찬가지였습니다. 그러니까 범행 후 두 사람이 그 전차에 올라탔지만 두 사람 모두 경관이며, 한편 범행이 일어난 뒤 전차에서 내린 인물은 찰스 우드 한 사람 이외에는 아무도 없는 셈입니다. 물론 우드가 전차로 되돌아왔다는 사실은 의미가 없습니다. 그래서 저는 가당치도 않고 터무니없고 정신 나간 생각 같지만 전차 차장인 찰스 우드가 범행 현장에서 장갑을 가지고 나가 어딘가에서 처분했다는 결론을 내렸습니다. 처음에는 당연히 묘한 기분이 들었습니다. 하지만 이 추리는 너무나도 엄밀하고 타협의 여지가 없는 것이어서 결론으로 인정하지 않을 수 없었던 것입니다."

"정말 놀랍습니다."

지방 검사가 감탄하며 말했다. 레인은 나직하게 웃으며 얘기를 계속했다.

"그렇게 볼 경우, 전차 밖으로 장갑을 가지고 나가 처분한 찰스 우드는 범인이거나 아니면 전차 안이 혼잡한 틈을 타서 범인한테서 장갑을 건네받은 공범자이거나 둘 중의 하나라는 얘기가 됩니다. 기억하고 계시겠지만, 경감님의 상황 설명을 다 듣고 났을 때 저는 이제부터 무엇을 해야 할 건지는 정해진 거나 다름없다고 말씀드렸습니다. 하지만 거기에 대한 설명은 자제했지요. 그때는 아직 우드가 범인이라기보다는 단순한 공범자일 가능성이 더 컸기 때문입니다. 그러나 어느 쪽이었던 간에 그가 죄를 범했다는 점은 확신하고 있었습니다. 만약 우드 자신도 모르는 사이에 장갑이 그의 주머니에 넣어졌다고 하더라도, 곧 공범 의식 따위가 없었다고 한다면, 장갑은 몸수색을 했을 때 그의 몸에서 당연히 나왔거나 혹은 그 전에 우드 자신이 발견해서 알렸을 겁니다. 곧 그가 알리지도 않았고 그의 몸에서 발견되지도 않았으니 그 장갑은 그가 모로 순경에게 가려고 전차에서 내린 이후에 고의로 처분했다고밖에 볼 수 없는 것입니다. 자신을 위해서든 남을 위해서든 문제의 장갑을 고의로 처분했다면 그건 죄를 범한 것입니다."

"선명하군요……. 마치 그림처럼 선명합니다."

섬 경감이 중얼거렸다.

레인은 상냥하게 얘기를 계속했다.

"우드의 유죄를 논리적으로 드러내는 것으로 심리적인 요소도 있습니다. 당연한 일입니다만 전차에서 내려 장갑을 처분할 기회가 주어지리라는 것을 그가 미리 짐작했을 리는 없습니다. 오히려 여러 가지 가능성을 검토했을 것이고, 수색을 당하면 장갑은 발견될 것이고 버릴 기회가 없을 가능성도 각오하고 있었을 겁니다. 그러나 이것이 범인이 계획한 가장 미묘한 점들 가운데 하나인 겁니다. 왜냐하면 비록 우드가 장갑을 갖고 있다는 것이 발견된다 하더라도, 게다가 실제로도 그랬듯이 다른 사람들에게서는 전혀 장갑이 발견되지 않는다 하더라도, 자신은 의심받을 염려가 없다고 안심했던 것입니다. 곧, 보통 사람이 만약 무더운 한여름에 장갑을 끼고 다니거나 갖고 있다면 이상하게 생각되겠지만, 차장이라면 근무 중에 장갑을 사용하는 것은 자연스럽습니다. 하루 종일 돈을 만져야 하는 차장인 그는 자신이 장갑을 가지고 있더라도 당연하게 여겨지리라는 심리적인 이점이 있었던 것입니다. 저는 또한 이 확고부동한 추리의 실을 더듬어서 장갑에 대한 처음의 생각이 절대로 옳다는 것을 확신하게 되었습니다. 우드가 손을 보호하려고 사용했던 물건을 처분할 기회가 없을지도 모른다고 생각했다면 분명히 장갑 같은 가장 평범한 물건을 사용했을 것입니다. 만약 손수건을 사용한다면 독의 얼룩이 묻을 염려가 있습니다. 또 한 가지 생각해야 할 점이 있습니다. 우드의 입장에서 볼 때 하필이면 출입문이나 창문을 닫아야만 하는 비 오는 날에 범행할 계획을 세웠을 리는 없습니다. 오히려 그는 맑게 갠 날을 예상하고 계획을 세웠을 것입니다. 맑게 갠 날이라면 창문이나 출입문으로 장갑을 버려 처분할 기회도 충분히 있었을 것이고, 전차 안의 승객들 중 누구라도 장갑을 버릴 수 있을 것으로 경찰이 생각하리라는 것도 당연히 계산에 넣었겠죠. 또 맑은 날이라면 아마 도중에 타고 내리는 승객들도 많을 테니 경찰은 범인이 도망쳐버렸다고 생각할 수도 있을 겁니다. 그렇다면 어째서 맑은 날이면 이토록 유리한 조건들이 갖추어지는데도 하필이면 그는 비 오는 날을 택해서 롱스트리트를 죽였을까요? 이 점이 저를 좀 애먹였습니다. 하지만 좀 더 깊이 생각해보니 비가 오든 오지 않든 그때가 범인에게는 다시없을 좋은 기회였음을 알게 되었습니다. 곧 롱스트리트는 그때 많은 일행들과 함께 있었고 그 일행들 모두가 곧바로 의심의 대상이 되리라는 것을 알았기 때문입니다. 아마 그는 이 믿기지 않을 정도로 좋은 기회에 눈이 어두워져서 악천후가 초래하는 복잡한 상황 따위는 깜박 잊고 말았을 것입니다. 물론 그는 차장이었기 때문에 여느 범인이라면 바랄 수 없는 이점 두 가지를 가지고 있었습니다. 첫째는 누구나 알다시피 차장의 웃옷에는 거스름돈을 넣는 가죽 주머니가 여러 개 있으므로 그중 하나에다 사용할 때까지 흉기를 넣어두더라도 절대로 위험하지 않습니다. 아마도 그는 여러 주일 동안 언제든 사용할 수 있도록 독 바늘이 꽂힌 코르크 알을 주머니에 넣어두고 있었을 겁니다. 둘째는 자신이 차장이기 때문에 희생자의 주머니에 흉기를 슬쩍 넣을 수 있는 기회를 확실히 잡을 수 있다는 겁니다. 그 42번 스트리트의 전차라면 승차하는 사람은 누구든지 차장 옆을 지나가야만 하기 때문입니다. 더욱이 러시아워의 승강구 부근은 몹시 혼잡하므로 더욱 유리했을 겁니다. 우드를 유죄로 간주할 경우 이 두 가지의 심리적인 확증을 추가할 수 있으리라 봅니다."

브루노가 입을 열었다.

"정말 불가사의하군요. 정말이지 몸이 떨릴 정도입니다, 레인 씨. 스토프스의 자백은 모두가 당신이 말씀한 것과 같습니다. 그런데 당신은 그와 단 한 차례도 얘기를 나눈 적이 없으니까 말입니다……. 스토프스의 자백에 따르면 그 코르크 알은 자신이 직접 만들었다고 하며, 독물은 실링 검시관의 추측대로 어디서나 구할 수 있는 살충액을 사다가 여러 차례 끓여서 순수 니코틴 함유량이 높은 점액을 추출했다고 합니다. 그리고 바늘을 거기에 담근 것입니다. 그는 롱스트리트가 뒤쪽 승강구 근처에 서서 일행의 요금을 지불하고 거스름돈을 기다리는 동안에 롱스트리트의 주머니에다 그 흉기를 몰래 집어넣었습니다. 또 그는 날씨가 좋을 때 범행을 할 계획이었지만 그때처럼 많은 일행들과 함께 전차에 오른 롱스트리트를 보니 비가 내림에도 불구하고 롱스트리트의 일행들을 용의자로 몰고 싶은 유혹을 뿌리칠 수가 없었다고 했습니다."

"학자라면 물질에 대한 정신의 승리라고 레인 씨를 칭송할 만하군요."

섬 경감이 그렇게 덧붙였다.

레인이 미소를 떠올리며 말했다.

"허, 쟁쟁한 현실주의자한테서 그런 찬사를 듣게 되다니 영광입니다, 경감님……. 그럼 얘기를 계속하기로 하죠. 그런 이유로 저는 당신의 상황 설명을 모두 듣고 나서 우드가 이 살인 사건과 관련이 있음을 확신했습니다. 하지만 그가 살인범인지 아니면 단순한 공범으로 제2의 미지의 인물 앞잡이에 지나지 않는지는 알 수가 없었죠. 물론 이것은 익명의 편지가 날아들기 전의 일이었습니다. 그런데 그 익명의 편지가 날아왔을 때 우리는 불운하게도 그 편지를 보낸 자가 우드인 줄 몰랐고 필적 감정으로 그 사실이 판명되었을 때에는 제2의 비극을 막기엔 이미 때가 늦었습니다. 편지가 왔을 때 우리는 범죄와는 무관한 목격자가 우연히 사건에 관련된 위험스럽고도 중요한 사실을 알게 되어 생명의 위험을 무릅쓰고 경찰을 만나려는 것으로 생각했습니다. 하지만 그 후 그 편지를 쓴 자가 범죄와 무관하다고는 할 수 없는 우드라는 것을 알았을 때, 저는 그 편지를 분석한 끝에 그것이 뜻하는 바는 다음과 같은 점들밖에 없다고 생각했습니다. 첫째는 그 자신이 범인이면서 경찰에 허위 정보를 제공해 무고한 사람에게 혐의를 뒤집어씌우고 자신은 혐의를 벗으려는 경우입니다. 둘째는 우드가 공범자인 상황에서 진범을 가르쳐주려고 했거나 아니면 진범의 사주를 받아 무고한 자를 함정에 빠뜨리려고 했던 경우입니다. 그런데 여기에 기묘한 일이 벌어졌습니다. 우드 자신이 피살돼버린 것입니다."

레인은 손끝을 마주 대고 다시 두 눈을 감았다.

"이런 모순에 부딪히자 저는 편지에 대한 두 가지 해석을 다시 생각해봐야만 했습니다. 가장 먼저 해결해야 할 문제는 이런 것이었습니다……. 우드가 공범자가 아니라 롱스트리트를 살해한 범인이라고 한다면 어째서 그 당사자가 모호크호에서 피살되었으며 또한 누가 그를 죽인 것인가?"

레인은 무언가를 회상이라도 하듯 미소를 떠올리며 말을 이었다.

"이 문제는 흥미로운 추리를 잇달아 가능케 했습니다. 저는 곧 세 가지의 가능성이 있음을 깨달았습니다. 첫째는 우드 자신이 범인이긴 하지만 공범자가 있어서 그 공범자가 그를 살해했다……. 곧, 공범자는 자신이 진범은 아니지만 우드가 자신을 롱스트리를 살해한 진범이나 주동자로 몰까봐 두려워서 살해한 경우입니다. 둘째는 우드의 단독 범행으로 공범자는 없지만 무고한 인물에게 누명을 뒤집어씌우려고 하다가 그 상대에게 피살된 경우입니다. 셋째는 우드가 롱스트리트 사건과는 아무런 관계도 없이 미지의 인물에 의해 피살된 경우입니다. 저는 이러한 가능성들을 하나하나 철저히 분석해보았습니다. 첫째의 경우…… 이것은 받아들이기 어렵습니다. 롱스트리트를 살해한 주범이나 주동자로 죄를 뒤집어쓰게 될 것을 두려워한다면 오히려 진범인 우드를 살려두는 것이 공범자에겐 유리할 것입니다. 죄를 뒤집어썼을 경우 다시 그 죄를 우드에게 벗어던질 수가 있으니까요. 하지만 그를 죽여버려서는 최초의 살인 사건의 공범인 자신이 새 살인범이 되는 셈이니, 이렇게 되면 중죄를 모면할 수는 더욱 없어지고 주범의 범죄를 폭로할 기회조차 아주 없어지고 맙니다. 둘째의 경우…… 이것 또한 있을 수도 없는 일입니다. 왜냐하면 롱스트리트를 죽였다고 밀고하여 죄를 뒤집어씌우려는 우드의 속셈을 사건과는 아무런 관계가 없는 무고한 사람이 알게 되었다고는 생각할 수 없습니다. 설사 비록 알았다 하더라도 살인 누명을 쓰지 않으려고 살인을 범할 리는 없기 때문입니다. 셋째의 경우…… 롱스트리트 사건과는 아무 관계도 없는 이유로 미지의 인물에 의해 우드가 살해되었을 가능성도 분명 생각해볼 수는 있지만, 그것은 서로 무관한 살인 동기가 나란히 이웃해 있었다는 놀랄 만한 우연의 일치를 뜻하므로 지극히 희박한 가능성이라고밖에 할 수 없습니다. 그래서 저는 이상하다는 생각이 들었던 거죠."

레인은 잠시 벽난로의 불길을 바라보더니 다시 눈을 감고서 말을 이었다.

"저는 가장 엄밀한 논리의 선을 따라 가능성을 계속 검토하고 있었으므로 분석 결과가 이렇게 나오자 이 해석은 잘못된 것이며 우드가 롱스트리트 사건의 진범이 아니라는 결론을 내릴 수밖에 없었습니다. 제가 고찰한 세 가지 가능성은 전혀 받아들일 수 없는 불만족스러운 것이었기 때문입니다. 그래서 저는 추리의 본디 흐름에 몸을 맡기고 가능성이 있는 또 다른 해석을 생각해보게 된 것입니다. 곧 우드가 롱스트리트를 죽인 진범이 아니라 공범이며, 진범을 밀고할 생각으로 편지를 보냈을 가능성을 말입니다. 이렇게 생각하면 연이어 일어난 우드의 피살 건은 완전히 납득할 수 있게 됩니다. 곧 진범은 우드가 배신할 것임을 눈치채고서 입을 봉하려고 그를 살해했다는 논리적인 추정인데, 여기에는 모순이 전혀 없습니다. 그러나 저는 갈대숲에서 빠져나가지 못하고 있었습니다. 실제로는 더욱 깊은 추리의 늪 속으로 빠져 들어갔던 셈입니다. 그 이유는 만약 이 가설이 옳다고 한다면 이렇게 자문하지 않으면 안 되기 때문입니다. 어째서 공범으로 롱스트리트를 살해하는 데 합세했던 우드가 진범을 배신하여 경찰에 접근하려 했는가를 말입니다. 진범의 정체를 밝혀봤자 자신의 역할은 숨길 수 없습니다. 경찰의 추궁을 받고 자백을 해야만 하든가 체포된 진범이 보복하기 위해 필사적으로 폭로할 게 뻔하니까 말입니다. 하지만 이렇듯 자신이 위험에 빠지게 될 것임을 알면서도 우드가 살인자의 정체를 폭로하려 했다면 그 까닭은 무엇일까요? 단 하나의 대답은 그가 롱스트리트를 살해하는 데 합세하긴 했으나, 죄를 뉘우쳤거나 겁이 났거나 해서 진범을 고발해 제 몸을 조금이라도 지키려고 했다는 겁니다. 이치에 닿긴 하지만 어쩐지 미진한 느낌이 드는 대답이죠. 여기까지 추리를 해보니 선택의 여지가 없는 결론이 나왔습니다. 곧 우드가 경찰에 편지를 보낸 것과 롱스트리트 살해의 공범자라는 사실로 미루어 볼 때, 가장 타당한 해석은 우드가 배신하려 했기 때문에 진범에게 살해당했다는 겁니다."

레인은 한숨을 쉬더니 벽난로의 장작 받침쇠 쪽으로 발을 뻗었다.

"어쨌든 간에 제가 취해야 할 행동은 분명해진 셈이었습니다. 저는 우드의 생활과 과거 경력을 조사하여 그가 공범으로 거들어준 상대의 정체를 밝히기 위한 단서를 찾아야만 했던 것입니다. 우드와 또 한 사람이 롱스트리트 사건에 관계되어 있다면 바로 그 인물이야말로 진범일 것입니다. 그런데 저는 이 점을 조사하다가 새로운 전환점을 맞이했던 것입니다. 처음에는 헛수고처럼 여겼으나 거의 생각지도 않았던 곳에서부터 새로운 분야가 열렸는데 놀랍게도……. 아니, 우선은 순서대로 말씀드리죠. 경감님, 제가 실례를 무릅쓰고서 당신으로 변장해 위호켄에 있는 우드의 하숙집에 갔던 일을 기억하시겠죠? 제가 그렇게 했던 것은 무언가 깊은 계획이 있어서가 아니라 당신의 인품과 권위를 빌린다면 번거로운 과정을 생략하고서 조사를 진행할 수 있었기 때문입니다. 물론 사전에 어디서 뭘 찾아야겠다고 정해놓은 건 아니었습니다. 방을 조사했지만 그다지 이상한 것은 없었습니다. 시가, 잉크, 종이, 은행통장. 그러나 여기에 우드의 기막힌 솜씨가 발휘되어 있었던 것입니다. 그는 자신이 만들어내려고 했던 '환영'에 가장 그럴듯한 색채를 가미하기 위해 통장을 남겼고, 자신에게는 상당한 것이었음이 틀림없는 액수의 예금을 포기한 것입니다! 은행에도 가보았지만 그 예금액은 고스란히 남아 있었습니다. 또 예금을 규칙적으로 하고 있었기에 이 예금 통장 자체에 대해서는 실로 의심할 여지도 없었습니다. 저는 그 하숙집 인근의 상인들을 찾아다니며 그의 생활에 은밀한 교제가 있었다는 단서나 혹은 누군가와 함께 있는 것을 본 사람이 있는지를 알아내려 했습니다. 하지만 아무것도 없었습니다. 전혀 아무것도 말입니다. 그다음엔 근처의 의사와 치과의사 들을 찾아갔었는데 여기에서 저는 흥미가 끌렸습니다. 그는 한 번도 의사의 신세를 진 적이 없던 모양이었습니다. 어떻게 그럴 수가 있나 하고 저는 잠시 생각해보았지만, 그때 만났던 어느 약사의 논리처럼 뉴욕 쪽의 의사에게 진료를 받았을 수도 있다는 생각에서 문득 머리를 스친 의혹을 털어냈습니다. 그런 뒤에 저는 여전히 정체를 알 수 없는 의혹의 그림자를 쫓아 우드가 소속되어 있었던 제3애버뉴 철도회사로 찾아가 인사과장을 방문했습니다. 그리고 거기에서 정말 뜻밖으로 기괴하고도 믿기 어려운, 그러나 무척이나 흥미로운 사실을 알게 되었습니다. 기억하고 계시겠지만, 모호크호에서 살해된 우드라고 인정된 사내의 시체를 검시한 실링 검시관의 보고서에 따르면 그 사내는 이 년 전쯤에 맹장염을 수술한 자국이 있는 것으로 되어 있었습니다. 그런데 인사과장의 얘기와 우드의 근무 기록으로 확인해본 결과 우드는 살해당하기 전인 지난 오 년 동안 단 한 번의 결근이나 휴가도 없이 줄곧 회사로 출근한 게 분명했습니다."

레인의 목소리는 열기를 띠었고, 브루노 지방 검사와 섬 경감은 노배우의 환한 표정에 매료된 듯이 몸을 앞으로 내밀었다.

"도대체 어떻게 이 년 전쯤에 맹장수술을 받은 적이 있는 우드가 살해당하기 전의 오 년간 결근 한 번 하지 않았을 수가 있을까요? 누구나 알고 있듯이 맹장수술을 받는다면 적어도 열흘간은 입원을 해야 합니다……. 열흘도 좀처럼 드문 가장 짧은 입원 일수이고, 대개의 사람들은 이 주일에서 육 주일간 일을 하지 못합니다. 이 의문에 대한 해답은 맥베스 부인의 야심처럼 타협의 여지가 전혀 없는 것이었습니다. 이 모순은 한 점의 의심도 없이 우드의 것으로 여겨졌던 시체, 곧 이 년 전에 맹장수술을 한 자국이 있는 시체가 결코 우드의 것이 아님을 입증하는 것입니다. 이 새로운 발견으로 저의 눈은 그야말로 활짝 열렸습니다. 곧 우드는 피살되지 않았습니다. 계획적이고도 교묘한 방법으로 자신이 피살된 것처럼 꾸민 것이었습니다. 다시 말해서 이것은 곧 우드가 아직도 살아 있다는 것을 말해주는 것이었습니다."

잠시 무거운 침묵이 감돌자 섬 경감이 기묘하게 흥분된 표정으로 한숨을 쉬었다. 레인은 미소 지으며 낮은 목소리로 다시 얘기를 이어나갔다.

"즉시 두 번째 사건의 모든 요소들은 질서정연하게 재정리되었습니다. 우드는 아직도 살아 있다는 분명한 사실에 따라 그가 직접 써 보낸 편지는 일종의 위장이었으며 경찰로 하여금 자신이 피살된 것처럼 믿게 하기 위한 준비 공작이었음을 알 수 있었습니다. 곧 처음부터 롱스트리트를 살해한 자가 누구라고 알릴 생각은 없었던 것입니다. 범인을 알려주겠다고 약속한 뒤에 그가 피살되어 발견된다면 경찰은 범인이 그의 입을 봉하려고 죽였다고밖에는 생각할 수 없게 됩니다. 이렇듯 우드는 자신을 정체불명의 범인에게 피살된 제삼자로 꾸며서 자신을 무대에서 완전히 말살해버렸습니다. 그러므로 편지와 물속 시체의 트릭은 진범인 자신에 대한 경찰의 수사를 완전히 불가능하게 만들려는 우드의 교묘한 술책이었던 겁니다. 아무튼 이 중대한 결론으로 인해 추리의 실은 계속 풀릴 수 있었습니다. 두 번째 범행으로 우드가 자신을 말살한 이유는, 뒤이어 벌어진 세 번째 범행을 생각해볼 때 명백해집니다. 곧 그는 에드워드 톰슨으로서 증인으로 불려 나갈 수도 있으며, 그와 동시에 첫 번째 살인 사건의 증인인 찰스 우드로서도 불려 나갈 수 있었던 것입니다. 같은 장소, 같은 시각에 그가 어떻게 두 인물로 행세할 수 있겠습니까? 그러므로 그는 자신을 말살해야만 했던 것입니다. 그리고 여기에는 또 한 가지 다른 이유가 더 있습니다. 우드의 자기 말살 계획은 문자 그대로 일석이조라고 할 수 있었습니다. 그는 찰스 우드로서의 자신을 말살했을 뿐만 아니라 또 한 명의 알려지지 않은 인물, 곧 선착장에서 우드의 옷을 입고 시체로 떠오른 사내도 죽였던 것입니다. 이 점에 대해 알아보기로 합시다. 우드의 것이라고 간주되었던 시체는 한쪽 종아리에 기묘한 상처가 나 있었고 붉은 머리였습니다. 그 밖의 특징은 손상이 심해서 알아볼 수가 없을 정도였습니다. 그런데 우드는 분명히 붉은 머리카락이었으며, 전차 운전사 기네스의 증언에 따르면 우드 또한 다리에 그런 기묘한 상처 자국이 있었다고 했습니다. 하지만 발견된 시체는 우드가 아닙니다. 붉은 머리는 우연히 같을 수도 있겠지만 상처 자국은 그렇게 생각할 수 없습니다. 그렇다면 우드의 상처는 가짜임이 분명합니다. 전차 차장으로 일하게 된 직후 기네스에게 그 상처 자국을 보였을 때부터 적어도 지난 오 년 동안 가짜 상처 자국을 지니고 있었던 것입니다. 그렇다면 그는 시체가 발견되면 의문의 여지없이 우드로 여겨지도록 하려고 머리칼과 상처라는 적어도 두 가지 점에 있어서는 모호크호에서 피살될 사내와 같은 특징을 하고 있었던 것입니다. 그렇게 볼 때 선착장의 범행은 적어도 오 년 전부터 계획되었던 게 틀림없습니다. 또 그 범행은 롱스트리트 사건의 결과였으므로 롱스트리트 사건 또한 오 년 내지 그 이전부터 계획되었던 게 틀림없다고 볼 수 있습니다. 그리고 여기서 한 가지 결론을 더 내릴 수 있을 것 같습니다. 우드가 배에 타고 있는 것을 본 사람이 있었지만 사실 우드는 피살되지 않았습니다. 그러므로 그는 변장을 하여 배에서 도망쳤을 것입니다. 아마도 경감님께서 배에 타고 있던 사람들에게 금족령을 내리기 전에 배에서 빠져나간 사람들 중 한 명이었든가, 그렇지 않으면……"

브루노 지방 검사가 끼어들었다.

"그렇습니다, 레인 씨. 추측하시는 바와 같습니다. 그는 배에 억류되었던 사람들 속에 끼어 있었습니다. 스토프스가 자백하길 자신은 보석 세일즈맨인 헨리 닉슨으로 변신해 있었답니다."

드루리 레인이 중얼거리듯 맞장구쳤다.

"헨리 닉슨으로요? 기막힌 솜씨로군요. 그는 배우가 되었다면 좋았을 것입니다. 다른 사람으로 변신하는 데 천부적인 재능이 있군요. 범행 후에 우드가 배에 있었는지 없었는지 저는 몰랐습니다. 그러나 세일즈맨인 닉슨으로 변신해 있었다는 말을 듣고 보니 모든 게 잘 맞아떨어집니다. 그는 전차 차장 우드로서 배에 가지고 들어간 싸구려 가방을 세일즈맨인 닉슨의 신분으로 다시 가지고 나온 것입니다. 가방이 필요했던 이유는 세일즈맨으로 변신하기 위한 도구나 피해자를 기절시키기 위한 둔기, 피해자의 의류를 강물에 가라앉히는 데 필요한 무거운 물체 따위를 운반하기 위해서였겠죠……. 참으로 기막힌 솜씨입니다. 세일즈맨이라면 조사를 당할 때 주거가 일정치 않거나 집을 자주 비우는 편이라도 직업상 의심받을 염려는 없습니다. 게다가 미리 싸구려 보석 따위를 담은 가방을 갖고 있으면 자연스럽고 그럴듯하게 보입니다. 물론 피해자의 의류와 둔기는 추를 매달아 버리고 세일즈맨 차림을 하고 있었겠죠. 그러고 보니 자신의 가짜 이름이 인쇄된 주문장까지 갖추고 있었고 과거에 이따금 그가 숙박했다는 것을 증명할 수 있는 하숙집 주소도 가지고 있었습니다. 우드가 새 가방을 구입했던 이유는 닉슨으로 변신하기 위해서였다고 볼 수 있습니다. 세일즈맨으로 변신하고서 우드의 것으로 짐작되는 헌 가방을 배에서 가지고 나갈 수는 없는 노릇이었으니까요. 그는 이 속임수를 보다 완전하게 하려고 일부러 헌 가방의 손잡이를 부수기까지 했던 것입니다. 경찰에 억류되기 전에 배에서 빠져나가지 못할 경우의 대비책은 실로 치밀하기 짝이 없을 정도입니다. 그도 그럴 것이 경찰이 손을 뻗치기 전에 배에서 빠져나갈 기회가 있을지 어떨지는 예측할 수 없는 일이며 게다가 이렇게까지 철저히 준비를 했는데 막판에 가서 위험을 초래하고 싶진 않았을 테니까요."

"정말 놀랍습니다, 레인 씨. 이토록 놀라운 추리는 이제껏 들어본 적이 없습니다. 사실을 말씀드리자면, 레인 씨……. 처음에 저는 당신을 허세나 부리는 시대착오적인 늙은이쯤으로 생각했습니다. 하지만 이건 도저히 사람의 능력이라고 할 수가 없습니다!"

섬이 중얼거리듯 말했다.

브루노는 엷은 입술을 핥고서 말을 받았다.

"나도 동감이오, 섬. 나는 이번 사건의 전모를 알게 된 지금도 레인 씨가 어떻게 세 번째 사건을 해결했는지는 도무지 모르겠소."

레인은 거리낌 없이 웃으며 희고 잘 뻗은 한 손을 들었다.

"아, 여러분. 그렇게 서두르시면 곤란합니다. 세 번째 사건에 관해 얘기하기 전에 두 번째 사건에 관한 얘기를 마저 해야겠군요. 저는 그 단계에서 역시 우드는 공범에 불과한가 아니면 진범인가를 자문해보았습니다. 선착장에서 건져 올린 시체가 우드가 아니라는 걸 알기 전까지는 모든 징후가 공범에 가까웠는데 이제는 진범임이 유력해졌습니다. 우드가 롱스트리트를 살해한 진범이라고 다시 생각하게 된 데에는 세 가지의 분명한 심리적 이유가 있습니다. 첫째, 우드는 어떤 정체불명의 인물을 살해하려고 그 인물의 특징을 오년 전부터 자신의 몸에 지니고 있었습니다. 이것은 분명히 살인자인 진범이 취할 행동이지 단순한 앞잡이인 공범이 취할 행동이 아닙니다. 둘째, 익명의 편지를 보내고 자신을 없애기 위해 시체의 위장 공작을 행한 것은 공범보다도 진범의 계획이라고 보아야 합니다. 셋째, 모든 사건과 정황, 기만책은 분명히 우드의 안전이 보장되도록 계획되어 있습니다. 이것 또한 우드가 공범이라기보다는 진범으로서 계획적인 행동을 한 것임을 나타내고 있습니다. 어쨌든 두 번째 사건 뒤의 정세는 이렇습니다. 롱스트리트와 정체불명의 사내를 죽인 우드는 자신이 피살된 것처럼 여겨지게 하는 교묘한 방법으로 자신의 말살을 꾀했고, 아울러 이 위장극에 존 드위트를 계획적으로 말려들게 해놓고 자신은 여전히 살아 있었던 것입니다."

드루리 레인은 자리에서 일어나 벽난로 옆에 늘어져 있는 초인종의 끈을 당겼다. 폴스태프가 방으로 들어오자 뜨거운 커피를 더 가져오게 이르고는 다시 자리에 앉았다.

"그다음 의문점은 어째서 우드는 드위트를 배로 유인해내고 시가를 이용해 상대에게 죄를 덮어씌우려 했는가 입니다. 시가를 이용해 드위트를 궁지에 빠트린 걸로 보아 드위트를 배로 유인한 것은 우드가 분명합니다. 그런데 그 이유는 둘 중의 하나였습니다. 첫째는 드위트가 롱스트리트에게 적의를 갖고 있다는 것을 동기로 드위트를 가장 유력한 용의자로 경찰이 믿게끔 하기 위해서였다. 두 번째가 중요합니다만, 우드가 롱스트리트를 살해한 동기가 드위트에게도 마찬가지로 적용되기 때문이다. 이 두 가지죠. 그리고 후자인 경우, 만약 계획대로 드위트가 체포되더라도 재판 결과 그가 무죄로 석방된다면 우드는 본디 의도대로 드위트를 공격할 것임은 모든 점으로 보아 예상할 수 있었습니다. 바로 이런 이유에서…… ."

레인은 폴스태프의 뭉툭한 손에서 커피 잔을 건네받고 두 방문객에게도 몸짓으로 권했다.

"저는 드위트가 결백하다는 걸 알면서도 그가 재판을 받도록 내버려두고자 했던 것입니다. 드위트가 법적 수단에 의한 단죄의 위기에 놓이는 동안 그의 신변은 우드의 공격에서부터 안전할 수 있기 때문입니다. 물론 두 분께서는 저의 기묘한 태도에 어리둥절하셨겠죠. 실로 역설적인 얘기이죠. 드위트를 하나의 위험에 던져 넣음으로써 또 하나의 보다 확실한 위험으로부터는 건져냈던 셈이니까요. 그와 동시에 저는 숨 돌릴 시간적 여유를 얻을 수 있는 이점이 있었습니다. 그 평온한 시간에 생각을 잘 정리하여 진범을 체포할 수 있는 증거를 찾아내려고 한 것입니다. 물론 저는 그때 우드가 어떤 인물로 변신해 있을지는 전혀 짐작도 하지 못했습니다…… . 또 한 가지 이점이 있었습니다. 곧 저는 드위트가 자신의 생사가 걸린 재판의 고뇌를 견디지 못해 결국은 자신의 가슴속에만 간직하고 있었을 게 틀림없는 그 어떤 사실들, 곧 우드라는 사내와 그늘에 가려진 불투명한 동기에 관한 그 어떤 사실들을 털어놓을지도 모른다고 기대했던 것입니다. 하지만 재판이 드위트에게 불리해지고 그의 생명이 위기에 처하자, 저는 저 자신의 수사가 아직 진전이 없는데도 드위트의 손가락 상처 이야기를 밝혀 상황을 바꿔야만 했습니다. 여기서 제가 말씀드리고 싶은 것은 만약 제가 드위트의 손가락 상처에 관한 사실을 파악하고 있지 않았더라면 저는 결코 두 분께서 그를 기소하게 내버려두지는 않았을 거라는 점입니다. 그리고 브루노 씨, 만약 당신의 고집이 보통이 아니었더라면 저는 제가 알고 있는 것을 모두 털어놓고 말았을 겁니다. 어쨌거나 드위트는 석방되었고 그와 함께 드위트의 신변에 닥칠 위험을 지체 없이 고려해야 할 때가 되었습니다."

레인의 표정이 흐려졌고 목소리에는 곤혹감이 어렸다.

"그날 밤 이후, 저는 몇 번이나 드위트의 죽음이 제 책임이 아니라고 스스로를 설득했습니다. 물론 저는 모든 예방책을 취할 작정이었습니다. 그래서 저는 그와 함께 웨스트 잉글우드에 있는 그의 자택에 가는 것을 기꺼이 승낙했고, 그날 밤은 거기에서 묵을 생각이었습니다. 하지만 제가 얼마나 어이없게 당하게 될지 예측할 수는 없었습니다. 변명 같습니다만, 설마 석방된 바로 그날 밤에 우드가 드위트를 공격할 줄은 몰랐다고 말할 수밖에 없습니다. 요컨대 우드가 이번에는 어떤 인물로 변신해 있을지, 어디에 있을지를 몰랐으므로 저는 그가 드위트를 죽일 기회를 찾아내기까지는 몇 주일이나 혹은 몇 달쯤은 걸릴 것으로 생각했습니다. 그러나 우드는 제가 생각했던 것 이상으로 뛰어난 기회주의자였습니다. 그는 드위트가 석방된 그날 밤에 기회를 찾아내 그것을 포착했습니다. 이렇듯 우드는 제 생각을 앞질러서 완전한 기습을 행했습니다. 콜린스가 접근해 왔을 때 저는 전혀 걱정을 하지 않았습니다. 콜린스가 우드가 아니라는 것을 알고 있었기 때문입니다. 하지만……."

그의 밝은 눈 속에 자책의 빛이 어렸다.

"저는 이 사건에서 진정한 승리를 주장할 수는 없습니다. 저는 생각보다 예리하지 못했고 범인의 잠재력에 대응할 만한 주의력도 부족했습니다. 저는 아직도 풋내기 탐정에 지나지 않는 듯합니다. 만약 제가 또 다른 사건에 관여할 기회가 있다면……"

그는 한숨을 쉬고 말을 이었다.

"그날 밤 드위트의 초대에 응한 또 하나의 이유는 다음 날 아침에 그가 제게 중대한 얘기를 하겠다고 약속했기 때문입니다. 이제 와서는 분명해졌습니다만, 그때 저는 그가 드디어 자신의 과거의 비밀을 얘기할 마음이 생긴 것이라고 생각했습니다. 그 비밀은 스토프스가 당신들에게 고백한 얘기에 있습니다. 또 그것은 제가 드위트를 방문한 남미인의 발자취를 더듬어서 알아낸 얘기이기도 합니다. 참, 그에 대해서는 모르실 테죠, 경감님? 이것은 아호스라는 우루과이 영사가…….”

브루노 지방 검사와 섬 경감은 놀란 표정으로 레인을 바라보았다.

“남미인……? 우루과이 영사? 그런 사람들에 대해서는 들어본 적이 없는데요?”

섬 경감이 다급하게 물었다.

“경감님, 그 얘기는 나중에 하기로 하죠.”

레인이 말을 이었다.

“그렇게 해서 저는 우드가 아직도 살아 있다는 것 또한 그가 단순한 공범이 아니라 진범임을 증명하는 거라고 결론을 내렸습니다. 그것도 오랜 세월에 걸쳐 범죄 계획을 치밀하게 세우고, 복잡한 한 부분 한 부분을 풍부한 상상력과 대담무쌍하고 완벽에 가까운 방법으로 조종하는 기막힌 살인자인 것입니다. 그러나 이러한 확신을 가졌음에도 불구하고 막상 그를 어디에서 찾아낼 것이냐 하는 문제에 부딪히자 앞이 캄캄하기만 했습니다. 찰스 우드로서의 그가 지상에서 사라진 것은 알고 있었지만 다음에 어떤 모습으로 변신해 나타날지는 알 수 없었습니다. 저로서는 공허한 추측만 할 뿐이었죠. 하지만 저는 그가 나타날 것을 굳게 믿고서 그때를 기다렸습니다. 그리고 세 번째 살인 사건이 일어나게 되었습니다.”

레인은 김이 나는 커피를 마시며 기분을 새로이 가다듬었다.

“드위트가 그처럼 지체 없이 살해된 점에 다른 몇몇 요소들을 결부해 생각해보면, 이 범행 또한 치밀하게 계획된 것이며 아마도 앞서의 두 범행과 동시에 계획된 것임을 분명히 알 수 있습니다. 제가 드위트 살해 사건을 해결하게 된 것은, 그날 밤 서해안선의 대합실 매표소에서 에이헌과 브룩스와 제가 보는 앞에서 드위트가 50회 회수권을 샀다는 사실에 근거한다고 해도 좋습니다. 만약 드위트가 그 회수권을 사지 않았더라면 이 사건을 만족스러운 대단원으로 이끌 수 있었을지 의문입니다. 범인이 롱스트리트를 살해한 동일 인물인 스토프스임을 알면서도 그가 과연 누구로 변신하여 드위트를 살해할지는 알 수 없는 노릇이었기 때문입니다. 가장 중요한 점은 드위트가 몸에 지니고 있던 그 회수권의 위치였습니다. 역에서 그는 다른 일행들을 위해 구입한 승차권과 함께 그 회수권을 조끼의 왼쪽 윗주머니에 넣었습니다. 나중에 콜린스와 뒤쪽 차량으로 갈 때 그는 같은 주머니에서 일행들의 승차권을 꺼내 에이헌에게 주었습니다. 그때 새로 구입한 자신의 50회 회수권은 주머니에서 꺼내지 않았습니다. 그런데 경감님께서 드위트의 시체를 조사할 때 놀랍게도 그 회수권은 조끼 왼쪽 윗주머니가 아니라 웃옷 안주머니에서 나왔던 것입니다!"

레인은 씁쓰레하게 미소 지으며 말을 이었다.

"드위트의 시체는 심장을 관통당해 있었습니다. 탄환은 웃옷 왼쪽 윗주머니와 와이셔츠와 내의를 차례로 꿰뚫었습니다. 결론은 누구든 알 수 있습니다. 총에 맞았을 때 그 회수권은 조끼 왼쪽 윗주머니에는 없었던 것입니다. 만약 거기에 있었다면 탄환의 흔적이 나 있었을 텐데, 우리가 발견했을 때 그 회수권에는 탄환이 관통한 자국도 없고 아무런 흠집도 없었습니다. 그래서 곧바로 저는 자문해보았습니다. 드위트가 총에 맞기 전에 그 회수권이 한쪽 주머니에서 다른 쪽 주머니로 옮겨졌다는 것을 어떻게 설명해야 좋은가를 말입니다. 그 시체의 상태를 떠올려보십시오. 드위트의 왼손은 가운뎃손가락과 집게손가락이 겹쳐져 무언가 표시를 만들고 있었습니다. 실링 검시관이 드위트가 즉사했다고 단언한 만큼 그 겹쳐진 손가락들은 세 가지의 중요한 결론을 나타냅니다. 첫째, 드위트는 총에 맞기 전에 그 표시를 만들었을 것입니다. 즉사이므로 죽음의 고통은 없었기 때문이죠. 둘째, 그는 오른손잡이인데 왼손으로 그 표시를 만들었으므로 그때는 오른손을 사용할 수 없는 상태였을 것입니다. 셋째, 그가 만든 표시는 인위적인 노력을 필요로 하므로 무언가 이 사건과 관련된 뚜렷한 목적 아래 만들어졌음이 분명합니다. 여기서, 이 세 번째 점을 좀 더 생각해보기로 합시다. 드위트가 미신을 믿는 사내였다면 그 손가락은 악마의 눈을 피하기 위한 표시였다고 생각할 수도 있겠죠. 자신이 피살의 위기에 처한 것을 깨닫고서 본능적으로 악을 쫓는 미신적인 행위를 했다고 말입니다. 하지만 드위트는 전혀 미신을 믿지 않았습니다. 그러므로 그 인위적으로 만들어진 표시는 그 자신에 관한 것이 아니라 범인에 관한 것이 분명합니다. 또 그것은 말할 것도 없이 드위트가 콜린스와 함께 나가기 얼마 전에 드위트와 브룩스와 에이헌과 저 이렇게 네 사람이 함께 화제로 삼은 얘기의 결과입니다. 그때 우리가 화제로 삼은 얘기는 죽음 직전에 인간의 두뇌가 해내는 놀라운 사고력에 관한 것이었고, 저는 어떤 피살자가 살해되기 직전에 범인의 정체를 나타내는 표시를 남긴 얘기를 했습니다. 그래서 죽음의 위기에 처한 가엾은 드위트는 그 얘기를 떠올리고 저에게, 아니 우리에게 범인의 정체를 나타내는 표시를 남긴 거라고 저는 확신했습니다."

브루노는 밝은 표정을 지었다. 섬 경감이 약간 흥분한 어조로 말했다.

"우리 두 사람이 생각했던 그대로입니다!"

그러나 경감은 이내 표정이 흐려지며 말을 이었다.

"하지만, 그렇다고 해도…… 대체 그 표시가 어떻게 우드를 나타내는 것입니까? 우드가 미신을 믿는 자란 말입니까?"

"경감님, 드위트의 손가락 표시는 미신적인 의미에서 우드나 스토프스를 나타내는 것이 아닙니다."

레인이 말을 이었다.

"사실, 저는 그런 식으로는 한 번도 생각해보지 않았습니다. 너무나도 엉뚱한 생각이니까요. 하지만 그때는 과연 그 손가락 표시가 무엇을 뜻하는지 알지 못했습니다. 사실대로 말하자면, 사건이 완전히 해결될 때까지 저는 드위트의 그 손가락 표시와 범인을 연결 지을 수가 없었습니다……. 부끄럽게도 그 연관성은 처음부터 제 눈앞에 뒹굴고 있었는데도 말입니다……. 어쨌든, 그 손가락 표시의 타당한 해석은 그것이 범인의 정체를 나타내고 있다는 것뿐이었습니다. 하지만 보십시오! 범인의 정체에 관한 단서를 남긴 것은 드위트가 누가 범인인지를 알고 있었다는 겁니다. 곧, 그 가해자만이 지닌 특징을 나타낼 수 있을 만큼 상대를 잘 알고 있다는 거죠. 이 문제에 관해서는 좀 더 강력한 추정을 내릴 수 있었습니다. 그 손가락 표시는 그 자체가 어떤 의미를 가지든 간에 그것이 왼손으로 만들어졌다는 사실로 볼 때, 흔히 무엇에든 사용하는 오른손은 앞서 말씀드린 바와 같이 피살되기 직전에는 쓸 수가 없었다는 것을 알 수 있습니다. 그렇다면 드위트는 그때 어째서 오른손을 쓰지 못했을까요? 현장에는 격투를 한 흔적도 없었습니다. 오른손으로 상대를 방어하려고 했는지도 모르지만, 그렇게 하면서 동시에 왼손으로 그처럼 인위적인 노력이 필요한 표시를 만든다는 것은 불가능한 일입니다. 이 문제를 좀 더 그럴듯하게 설명할 수는 없을까 하고 저는 자문해보았습니다. 드위트의 시체에서는 그가 오른손을 사용할 수 없는 상태임을 설명해줄 수 있는 어떤 특징이 없었을까요? 그렇습니다, 있었습니다! 새로 구입한 회수권이 한쪽 주머니에서 다른 쪽 주머니로 옮겨져 있었던 것입니다. 저는 곧 여러 가지 가능성을 검토해보았습니다. 예컨대 드위트가 피살되기 얼마 전에 자신의 손으로 그 새 회수권을 다른 주머니로 옮겨 넣었다고 생각해볼 수 있습니다. 곧, 주머니에서 주머니로 회수권을 옮겼다는 것인데 이것은 사건 자체와는 아무런 관계도 없습니다. 또 이것으로는 피살될 때 오른손을 사용할 수 없었다는 점도 설명할 수 없습니다. 그러나 피살당할 바로 그때에 회수권을 옮겼다고 생각해본다면 오른손을 사용하지 못했던 이유, 보통이라면 오른손을 사용했을 텐데도 왼손을 사용해 표시를 만든 이유를 단번에 설명할 수가 있습니다. 이것은 모든 사실과 맞아떨어집니다. 그래서 더욱 면밀히 검토할 필요가 있었습니다. 그럼 그 결과는 어떠했을까요? 첫째는 다음과 같은 추정에 도달했습니다. 피살될 때 드위트는 회수권을 사용하기 위해 손에 쥐고 있었다는 겁니다. 그런데 콜린스가 드위트와 헤어질 때까지 차장은 그들이 있는 곳까지 검표하러 오지 않았다는 것이 밝혀졌습니다. 그날 밤 당신들이 아파트에서 콜린스를 체포했을 때, 그는 펀치 자국이 나지 않은 기차표를 가지고 있었으니까요. 차장이 그들에게 왔었다면 콜린스의 차표는 당연히 차장에게 건네졌을 것입니다. 그러므로 드위트가 어두운 객차에 들어갈 때에 검표하는 차장은 아직 그가 있는 곳에 오지 않았던 것입니다. 물론 저는 이 사실을 그날 밤의 열차 안에서는 몰랐습니다. 경감님이 콜린스를 체포할 때까지는 그가 차표를 그냥 가지고 있었다는 걸 몰랐으니까요. 하지만 저는 나중에 확인된 이 가설을 적용하여 추리를 진행했습니다. 드위트가 어두운 객차 안으로 들어갈 때까지 차장은 그에게 오지 않았다는 가설 말입니다. 저는 드위트가 죽기 직전에 회수권을 꺼내 오른손에 쥐고 있었다고 추측했습니다. 그러면 나중에 사실로 확인된 이 가설에 비추어 볼 경우, 그의 행동을 가장 자연스럽게 설명할 수 있는 것이 무엇이겠습니까? 그 대답은 간단합니다. 차장이 다가왔던 것입니다……. 그런데 차장 두 사람은 모두 드위트에게는 가지 않았다고 진술했습니다. 그렇다면 저의 추측이 틀렸을까요? 아닙니다. 반드시 그렇게 볼 수만은 없습니다……. 만약 차장 중 한 명이 범인이어서 드위트에게 다가갔을 경우는 그가 범인이기 때문에 거짓말을 했을 수 있는 겁니다."

브루노 지방 검사와 섬 경감은 레인의 입술에서 유연하고도 멋진 목소리로 조용하게 흘러나오는 탁월한 분석에 매혹당해 긴장된 표정으로 몸을 앞으로 내밀고 있었다.

"자, 그럼, 이 추정은 밝혀진 사실들과 모두 어김없이 맞아떨어질까요? 그렇습니다. 첫째, 이 추정에 따라 손가락 표시가 왼손으로 만들어진 이유를 설명할 수 있습니다. 둘째, 어째서 오른손을 사용하지 않았는지를 설명할 수 있습니다. 셋째, 드위트의 회수권에 펀치 자국이 나지 않은 이유를 설명할 수 있습니다. 차장이 범인이라면 드위트를 죽인 뒤에 상대가 회수권을 손에 쥐고 있는 것을 깨달았다고 하더라도 펀치 자국을 낼 수는 없습니다. 그렇게 하면 펀치 자국이 중대한 증거가 되어 차장 자신이 살아 있는 드위트와 최후로 만난 자임이 밝혀집니다. 그 결과 자신의 유죄가 드러날 위험도 있으며, 설사 그렇게까지는 되지 않는다고 하더라도 적어도 살인 사건의 수사에는 어쩔 수 없이 말려드는 셈입니다. 당연한 얘기지만, 이것은 계획적인 살인자에게 있어서는 바람직하지 못한 사태입니다. 넷째, 이 추정에 따라 회수권이 웃옷 안주머니에 들어 있었던 이유도 설명할 수 있습니다. 차장이 범인이라면 펀치 자국을 낼 수 없는 것과 마찬가지로 드위트의 손에 회수권을 남겨둘 수가 없습니다. 즉사하고서 회수권을 손에 쥐고 있다는 것은 드위트가 다가오는 차장에게 회수권을 보이려고 꺼낸 직후에 피살되었다는 것을 뜻하므로 범인으로서는 결코 방치할 수 없습니다. 그렇다고 범인인 차장이 그것을 가져갈 수도 없는 노릇입니다. 표지에 찍힌 날짜로도 알 수 있듯이 그것은 새것이고 그날 밤에 구입하는 것을 본 사람도 있습니다. 따라서 소지품 중에서 회수권이 사라졌다는 것을 알 수 있고, 그럴 경우 경찰은 '회수권-차장'이라는 위험한 연상을 하기 쉽습니다. 그렇습니다. 범인인 차장으로서는 자신에게 의심이 갈 만한 것이라면 무엇 하나 현장에 남겨서는 안 되었던 것입니다. 그렇다면 가장 안전한 방법은 자신이 그 회수권을 가지고 갈 것이 아니라 드위트의 시체에 그대로 남겨두는 것입니다. 그런데 이때 그걸 어느 주머니에 넣을 것인가가 문제가 됩니다. 어쩌면 범인인 차장은 드위트가 회수권을 평소 어느 주머니에 넣고 다니는지 알고 있었을지도 모릅니다. 그렇지 않다면 드위트의 주머니를 여기저기 뒤져보며 평소 넣고 다녔음 직한 주머니를 찾았을지도 모릅니다. 웃옷 안주머니에서 기한이 끝난 묵은 회수권을 발견했다면 그것과 함께 그 새 회수권을 넣는 것이 가장 자연스러웠을 테죠. 설사 드위트가 새 회수권을 조끼 주머니에서 꺼냈음을 차장이 알고 있다고 하더라도 그가 그 회수권을 다시 거기에 넣어둘 수는 없는 노릇입니다. 그 조끼 주머니는 이미 드위트의 몸을 관통한 탄환이 뚫고 지나갔기 때문입니다. 탄환 자국이 없는 그 회수권을 거기에다 넣는다면 살해 후에 넣어진 것임이 분명해지니, 범인인 차장으로서는 이것 또한 피하고 싶은 일입니다. 다섯째, 이 추정에 따라 넷째의 결과로써 그 회수권에 탄환의 흔적이 없는 이유를 설명할 수가 있습니다. 회수권을 겨냥해서 총을 한 발 다시 쏜다고 하더라도 최초에 쏘았을 때에 주머니에 들어 있었다면 구멍이 뚫렸을 만한 곳에 정확히 맞을 리가 없습니다. 게다가 두 발째의 총성을 다른 사람들이 들을 염려도 있습니다. 또 객차 안에서 두 발째 총을 쏘면 어딘가에 탄환이 남아서 나중에 발견될 것입니다. 아무튼 그런 식의 조치는 너무 복잡하고 번거로운 데다가 시간 낭비이며 어리석은 짓입니다. 그래서 그는 깊이 생각한 끝에 가장 자연스럽고 안전하게 여겨지는 방법을 선택했던 셈입니다. 이 추정은 적어도 여기까지는 모든 세부 사항들과 맞아떨어집니다."

레인이 말을 이었다.

"그런데 범인이 열차의 차장이라는 확증은 있는 것일까요? 그렇습니다. 여기에는 매우 유력한 심리적 확증이 있습니다. 열차 안의 차장은 사실상 눈에 띄지 않는 존재나 다름없기 때문입니다. 곧 차내의 어디에 있더라도 의심을 받지 않으며 누구 하나 그의 행동을 주의 깊게 보거나 기억할 수 있는 사람이 없다는 것입니다. 우리 일행 중 한 사람이 그런 행동을 했다면 눈에 띄었을 것이며 실제로도 몇 번인가 눈에 띄기도 했지만, 범인이 차장이었기 때문에 실제로 그가 행동했듯이 차내를 통과해서 어두운 객차 쪽으로 들어가도 누구 하나 기억하지 못했던 겁니다. 따라서 그는 아무런 증거도 남기지 않고 행동할 수 있었던 거죠. 사실 저도 주의를 기울이고 있었는데도 차장한테는 눈길이 미치지 못했습니다. 콜린스가 열차에서 내린 뒤에 차장은 제 옆을 지나쳐서 어두운 객차 쪽으로 들어갔을 테죠. 하지만 아직도 저는 그가 제 옆을 지나쳤던 기억이 떠오르지 않습니다. 또 하나의 확증이 있습니다. 흉기가 사라졌다가 나중에 발견된 사실입니다. 그 권총은 열차 안에서는 발견되지 않았습니다. 범행이 일어난 지 오 분쯤 뒤에 열차가 통과한 강에서 발견되었습니다. 그렇다면 범행 후 범인이 오 분을 기다렸다가 권총을 버린 것은 단순한 우연이었을까요? 정말로 우연히, 그것도 기차가 통과하는 강에다 버리게 된 걸까요? 범인으로서는 범행 직후에 권총을 버리는 쪽이 더욱 안전했을 것입니다. 하지만 그는 오 분간을 기다렸습니다. 어째서일까요? 그것은 어두운 밤인데도 불구하고 범인이 열차에서 흉기를 버리기에 더없이 좋은 장소인 그 강의 위치를 알고 있었기 때문입니다. 곧 범인은 그 일대의 지형에 매우 밝았던 것입니다. 그렇다면 열차에 타고 있는 사람들 중에서 그와 같은 사실을 가장 잘 알고 있을 만한 사람은 누구이겠습니까? 그것은 말할 것도 없이 매일 밤 같은 시각에 같은 길을 통과하는 열차의 승무원들 중 한 명일 것입니다. 기관수, 제동수, 차장……. 차장…… 물론 차장입니다! 전적으로 심리적인 것이지만 차장이 범인이라는 설이 가장 유력합니다. 그리고 또 하나의 확증이 있습니다. 이것이야말로 가장 강력한 것이며 동시에 분명하게 범인을 지적하는 것입니다. 하지만 이것은 조금 뒤에 말씀드리기로 하겠습니다. 물론 사건 당시에 저는 흉기에 관해 범인 쪽의 입장에 서서 추리를 해보았습니다. 곧, 저는 제가 만약 범인인 차장이었다면 권총을 어떻게 처분했을지, 그리고 발견될 기회를 최소한으로 줄이려면 어떻게 했을지를 자문해보았던 것입니다. 그 결과, 선로 옆이라든가 선로 위와 같은 사람 눈에 띄기 쉬운 장소는 경찰도 맨 먼저 찾을 것이므로 단념해야만 했습니다. 그러나 선로 연변에는 흉기를 처분할 수 있을 뿐만 아니라 달리 수고를 하지 않아도 발견되지 않게 감출 수 있는 자연스러운 은닉 장소가 있었습니다. 그건 바로 강이었습니다! 그래서 저는 지도를 조사해 흉기 처분이 가능한 범위에서 선로 연변의 강줄기를 전부 알아냈고 그것을 토대로 드디어 흉기를 찾아내는 데 성공했던 것입니다."

레인은 활기찬 목소리로 말을 이었다.

"자 그럼, 두 명의 차장 중 어느 쪽이 범인이겠습니까? 톰슨일가요? 보텀리일까요? 열차 안의 그 구역이 톰슨의 담당이라는 점을 제외한다면 두 사람 중 어느 쪽이 더 의심스러운가에 관한 직접적인 증거는 없습니다. 아, 하지만 잠깐 기다려주십시오! 저는 세 번째 사건의 범인이 차장이라고 결론을 내렸는데, 첫 번째 사건의 범인도 차장이었습니다. 그런데 여기서 이 두 사람의 차장이 동일 인물, 곧 우드라는 것이 가능할까요? 그렇습니다. 전혀 무리 없이 가능합니다. 롱스트리트와 선착장의 피살자와 드위트, 이 세 사람은 의심할 여지없이 동일인의 손에 의해 살해된 것입니다. 그런데 우드에게는 어떤 신체적 특징이 있었습니까? 붉은 머리와 상처……. 하지만 머리 색 따위는 쉽게 바꿀 수 있고 상처는 가짜가 분명하므로 제가 아는 한은 키가 크고 건장하다는 점입니다. 늙은 차장 보텀리는 키가 작고 왜소합니다. 하지만 톰슨은 키가 크고 건장합니다. 그러므로 톰슨이 우리가 찾는 상대인 것입니다. 그래서 저는 다음과 같은 결론에 도달했습니다. 드위트는 찰스 우드와 동일인임이 틀림없는 톰슨에 의해 피살되었다고 말입니다. 그러나 이 우드 톰슨이라는 인물은 도대체 누구일까요? 분명히 세 번의 살인은 모두 동일한 동기에 따른 것이며, 그 동기는 적어도 오 년이나 어쩌면 그보다 훨씬 이전에 싹튼 것입니다. 그러므로 다음에 해야 할 일은 분명해졌습니다. 드위트와 롱스트리트의 과거를 조사해 그들을 살해하려고 몇 해씩이나 계획을 짤 만큼 충분한 동기를 가진 미지의 인물을 찾아내는 것입니다. 지금에는 두 분께서도 스토프스가 어떤 인물인지를 알고 계시지만 그 당시의 저는 그들의 과거에 대해서는 아무것도 몰랐습니다. 저는 드위트의 집사인 조겐스에게 캐물은 끝에 바로 얼마 전에 남미에서 이상한 손님이 와서 드위트의 집에 머물다 떠났음을 알게 되었습니다. 이것이 단서였습니다, 경감님. 그리고 여기서부터 당신이 저보다 뒤지게 된 거죠. 아무튼 이것은 유력한 단서처럼 보였으므로 저는 은밀히 남미 각국의 영사들 쪽을 더듬어보았고 그러다가 마침내 뉴욕 주재 우루과이 영사인 호안 아호스의 얘기를 들을 수 있었던 것입니다. 이제는 두 분께서도 아시는 얘기입니다만, 저는 그때 비로소 롱스트리트와 드위트를 다른 두 인물과 연결 지을 수 있었습니다. 곧 탈옥수인 마틴 스토프스와 드위트 앤드 롱스트리트 사의 은밀한 공동 경영자인 윌리엄 크로켓 말입니다. 이 두 사람 중 스토프스가 우드–톰슨임이 분명했습니다. 그리고 그의 동기 또한 명백했습니다. 그것은 세 사람 모두에게 해당되는 복수였습니다. 그래서 저는 스토프스가 차장이며 배에서 살해된 붉은 머리의 사내가 크로켓이라고 결론을 내렸습니다. 스토프스는 크로켓을 살해하려고 과거 오 년 동안이나 붉은 머리와 종아리의 상처를 준비해왔습니다. 그리고 크로켓의 시체가 발견되었을 때에는 시체가 몹시 짓뭉개진 탓에 다른 부분은 식별하기 어려워서 우드로 판단했던 것입니다. 아호스의 얘기를 듣기 훨씬 전에, 그러니까 그 시체가 우드의 것이 아니라는 추리를 한 뒤에 제가 실종조사계의 보고를 부탁드렸었죠? 그것은 우드가 정체불명의 사내를 살해한 것이므로 그 보고 속에 피살된 사내의 정체에 관한 단서가 있을지도 모른다고 생각했기 때문입니다. 하지만 아호스의 얘기를 듣고서 그 정체불명의 사내가 크로켓임을 알게 되었습니다. 우드가 다른 범행들과 관계없이 그 정체불명의 사내의 몸을 단순히 도구로만 이용했을 리는 없습니다. 왜냐하면 우드는 최소한 오 년 전부터 상대의 상처와 머리카락 색을 흉내 내 범행을 준비해왔던 셈이니까요. 하지만 어떻게 해서 크로켓이 스토프스에게 유인되어 살해당했는지는 아직도 알 수가 없습니다. 브루노 씨, 스토프스는 여기에 대해 뭔가 설명을 했습니까?"

지방 검사는 쉰 목소리로 레인의 물음에 대답했다.

"그렇습니다. 스토프스는 크로켓한테는 자신의 필적을 알리고 싶지 않다는 특별한 이유에서 한 번도 협박 편지를 보내지 않았습니다. 그리고 느닷없이 크로켓한테 편지를 보내 자신을 드위트 앤드 롱스트리트 사에서 쫓겨난 경리 직원이라고 자처했습니다. 그러고는 매년 두 번씩 두 공동 경영자가 보내고 있는 수표는 거액이긴 하지만, 크로켓이 회사 순수익의 삼 분의 일을 배당받아야 마땅한 걸로 볼 때 두 사람한테 크게 속고 있는 것이라고 했습니다. 옛날 그들 세 사람이 미국에 돌아왔을 때, 크로켓은 두 동료에게 사업이 잘되면 자신에게도 합당한 이익금을 분배해줄 것을 요구했습니다. 롱스트리트와 드위트는 분별력이 없고 무책임한 크로켓에게 우루과이에서의 음모를 폭로당하느니 그에게도 사업을 시작하는 데 필요한 자본금의 삼 분의 일을 내게 해서 장차 발생할 이익금의 삼 분의 일을 주기로 했던 것입니다. 그 후 롱스트리트는 몇 차례나 이 약속을 파기하고자 했지만 드위트가 끝까지 막는 바람에 오랫동안 지속될 수 있었던 것 같습니다. 아무튼 그 편지에서 쫓겨난 경리 직원을 자처한 스토프스는 자신이 그 부정의 증거를 잡고 있으니 크로켓이 뉴욕으로 온다면 적당한 값에 그걸 넘기겠다고 미끼를 던졌다고 합니다. 아울러 스토프스는 그 편지에서 그 두 명의 동료가 옛날의 살인 건으로 자신을 당국에 넘기려는 음모를 꾸미고 있을지도 모른다는 생각이 들도록 은근히 암시했습니다. 그리고 뉴욕으로 오겠다면 〈타임스〉의 인사란으로 연락을 취할 테니 주의해서 보라고 덧붙였답니다. 크로켓은 그 책략에 감쪽같이 속아서 분노와 불안에 떨면서 뉴욕으로 왔고 〈타임스〉에 실린 통신문을 보았던 것입니다. 그 통신문의 내용은 은밀히 호텔에서 나와 10시 45분발 위호켄행 배의 상부 갑판 북쪽에서 만나자는 것과 남의 눈에 띄지 않게 주의하라는 것이었습니다. 물론 거기에서 범행이 저질러진 거고요."

섬 경감이 끼어들며 말을 받았다.

"그뿐만이 아닙니다. 스토프스는 자신이 어떻게 드위트를 속였는가에 대해서도 얘기했습니다. 정말 교활하기 짝이 없는 녀석입니다. 그 수요일 아침에 스토프스는 크로켓으로 행세해 드위트에게 전화를 걸어서는 급한 볼일이 있으니까 오늘 밤 10시 45분발 배의 하부 갑판에서 만나자는 협박조의 통고를 했습니다. 그리고 크로켓에게 한 것과 마찬가지로 드위트에게도 남의 눈에 띄지 않게 주의하라고 덧붙였습니다. 곧 스토프스는 드위트와 크로켓이 서로 마주치지 않도록 주의를 기울였던 것입니다."

레인이 중얼거리며 대꾸했다.

"재미있군요. 그래서 드위트가 배에서 만날 약속을 했던 상대가 누구였는지를 밝히지 않으려 했군요. 드위트로선 크로켓이 우루과이 시절의 추악한 비밀을 털어놓을까 두려웠을 테니 침묵을 지킬 수밖에 없었겠죠. 더욱이 스토프스 쪽은 드위트가 침묵할 것을 미리 간파하고 있었고 말입니다. 아무튼 스토프스는 실로 교묘하게 드위트를 사건에 끌어들인 겁니다."

레인은 의미심장하게 말을 이었다.

"정말이지 저는 이 스토프스란 사내의 굉장한 변신 능력과 대담무쌍함에는 줄곧 놀랐습니다. 이것들은 결코 충동적이거나 격정에 못 이겨 저지른 이른바 감정 폭발적인 범행이 아닙니다. 오랜 세월에 걸쳐 고뇌하고, 강철같이 단련된 동기에서 비롯된 냉철하고 계획적인 범행입니다. 그 사내는 위대한 인물이 될 만한 소질이 있습니다. 두 번째 범행 때에 그가 해야만 했던 일을 살펴봅시다. 그는 우선 상부 갑판에서 우드로서 크로켓과 만나야 했습니다. 그리고 크로켓을 그 작은 칸막이 방 근처로 유인하여 가방에서 꺼낸 둔기로 때려 쓰러뜨립니다. 그런 다음 자신의 옷을 실신한 크로켓에게 입히고 자신은 가방에서 꺼낸 다른 옷, 곧 세일즈맨인 닉슨의 옷으로 갈아입습니다. 그런 뒤 벗겨낸 크로켓의 옷을 가방에서 꺼낸 추에 매달아 강물 속에 던집니다. 그리고 모호크호가 위호켄의 선창에 접근할 때까지 기다렸다가 실신한 크로켓의 몸을 선체와 선창의 말뚝 사이에 끼어서 짓뭉개지도록 던져 넣습니다. 그런 뒤에 재빨리 하부 갑판으로 내려가 세일즈맨인 닉슨으로서 사람들과 함께 '사람이 떨어졌다!' 하고 소리를 지릅니다……. 이 모든 것은 뛰어난 두뇌와 대담한 성격의 소유자만이 계획하고 행할 수 있는 일입니다. 물론 옷을 갈아입는 위험한 작업도 살인을 위해 강을 왔다 갔다 두 번 왕복함으로써 꽤 간단해졌을 것입니다. 아마도 첫 번째 왕복을 하는 동안에 크로켓을 기절시키고 옷을 갈아입히고 그런 다음 크로켓의 원래 옷을 처분했을 겁니다. 또 밤이 깊어 캄캄한 데다 짙은 안개가 끼었던 점과, 아울러 42번 스트리트와 위호켄 사이를 오가는 배의 소요 시간이 짧은 탓에 좀처럼 승객들이 상부 갑판으로는 나오지 않는다는 점도 큰 도움이 되었을 것입니다. 게다가 그는 흡족할 만큼 천천히 작업을 할 수 있었습니다. 필요할 경우 네 번 왕복을 했더라도 경찰은 역시 위호켄 쪽에서 기다리고 있었을 테니까요."

레인은 찌푸린 표정으로 목에 손을 갖다 대며 말을 이었다.

"저도 이제 꽤 늙었나 봅니다. 옛날에는 몇 시간이나 계속해서 대사를 읊어도 끄떡없었는데 말입니다……. 아무튼 추리를 계속하도록 하죠."

레인은 몇 달 전에 스토프스가 드위트에게 보낸 협박 편지 한 장을 드위트가 살해당했던 날 밤에 웨스트 잉글우드에 있는 그의 저택에서 찾아낸 경위를 짧게 설명하고는 그 편지를 꺼내 두 방문객에게 내보였다.

"물론 이걸 찾아내기 전에 이미 저는 사건의 수수께끼를 풀었습니다. 설사 이걸 찾아내지 못했더라도 역시 수수께끼는 풀렸을 겁니다. 우드와 톰슨이 동일인임을 이미 알고 있었으니까요. 하지만 법적 견지에서 보면 이 편지는 중요한 것입니다. 얼핏 보기에도 스토프스의 필적이 우드의 편지나 신분증의 서명에서 본 적 있는 우드의 필적과 같았습니다. 거듭 말씀드립니다만, 이 필적이 일치한다는 사실은 단지 법률적인 확증에 필요한 것이지 추리적 해결을 위해서는 필요하지 않습니다. 그러나 저는 여기서 제가 해결한 것을 검찰 측의 눈으로 보아야만 했습니다. 우드와 스토프스와 톰슨이 동일인임을 알고 있다는 것과 그것을 증명한다는 것은 별개의 문제입니다. 그래서 호안 아호스에게 우루과이 정부에 전보를 쳐서 스토프스의 지문 사진을 구해줄 것을 요청했습니다. 경감님, 톰슨이 체포되었을 때 제가 당신에게 가장 먼저 부탁드린 것은 지문을 채취해달라는 것이었습니다. 그리고 당신이 채취한 톰슨의 지문은 전송되어 온 스토프스의 지문 사진과 어김없이 일치했습니다. 그러므로 톰슨은 스토프스였으며 또한 필적이 일치한다는 점에서 우드는 스토프스였다는 법적 증거가 갖춰진 셈입니다. 따라서 톰슨이 우드라는 것은 누구나 내릴 수 있는 결론이죠. 이로써 사건은 완전히 풀렸던 것입니다."

레인은 다시금 목소리에 힘을 담아 말을 이었다.

"그렇지만 아직도 몇 가지 모호한 점이 남아 있습니다. 스토프스가 어떻게 우드, 닉슨, 톰슨이라는 세 명의 인물로 변신하여 무리 없이 행세할 수 있었을까요? 아무래도 저는 이 점이 다소 이해가 가지 않습니다."

"스토프스는 그 점에 대해서도 분명히 자백했습니다."

브루노 지방 검사가 말을 이었다.

"그건 생각보다 어려운 일은 아니었던 것 같습니다. 그는 우드로서 오후 2시 30분부터 10시 30분까지 전차 차장으로 근무를 하고, 그런 다음에는 톰슨으로서 자정인 12시부터 오전 1시 40분까지 열차의 임시 고용직 차장으로 단시간 교대 근무를 했던 것입니다. 열차 근무에 들어가기 전에 옷을 갈아입거나 변신하기에 편리하도록 우드라는 이름으로 위호켄에 살았고, 자신이 근무하는 열차의 종점인 웨스트 하버스트로에서 톰슨으로 살며 거기에서 아침까지 자고 다음 날 아침 늦은 시각의 열차로 위호켄의 하숙집으로 돌아가 우드로 행동했던 것입니다. 그리고 세일즈맨인 닉슨 행세는 융통성 있게 이따금씩만 했고요. 선착장에서의 범행이 있던 날 밤은 마침 열차 차장인 톰슨의 비번이었습니다. 그래서 스토프스는 그날 밤을 택했던 것입니다. 알고 보면 간단합니다. 게다가 다른 인물로 변신하는 것도 그다지 까다롭지는 않았던 것 같습니다. 아시다시피 스토프스는 대머리입니다. 우드로 변신할 때는 붉은 머리의 가발을 사용했고, 톰슨일 때에는 본 모습 그대로였습니다. 그러니까 우드일 때는 여기저기 약간 손질을 했던 셈인데 그것도 그다지 어렵지는 않았던 모양입니다. 닉슨으로 변신할 때에는 시간이 넉넉했으므로 느긋하게 변신할 수 있었고요. 앞서 말씀드렸듯이 닉슨 행세는 융통성 있게 이따금씩만 하면 되었으니까요."

"그런데 스토프스는 드위트에게 죄를 뒤집어씌우려고 크로켓의 시체에 넣은 그 시가를 어떻게 입수했다고 하던가요?"

레인이 물었다.

섬 경감이 신음하듯이 대답했다.

"녀석은 죄다 털어놓더군요. 당신이 어떻게 이 넌더리 나는 사건을 해결했는가 하는 것만 빼고는 말입니다. 정말이지 저는 지금도 믿기지가 않습니다. 아무튼 녀석의 얘기에 따르면 롱스트리트를 살해하기 얼마쯤 전에 드위트가 열차의 차장으로 변신해 있던 자신에게 그 시가를 주었다고 합니다. 뭐 벼락부자 중에는 그런 짓을 하는 자가 더러 있습니다. 별 뜻도 없이 말입니다. 그냥 까닭 없이 불쑥 주는 거죠. 한 개에 1달러짜리를 말입니다. 스토프스는 그걸 받아 소중이 간직하고 있었던 것입니다."

"물론, 스토프스가 설명할 수 없는 것도 꽤 있었습니다. 예컨대 롱스트리트와 드위트의 관계가 늘 원만치 못했던 원인 같은 것 말입니다."

브루노가 덧붙였다.

"그건 어렵잖게 설명할 수 있을 것 같군요."

레인이 말을 이었다.

"드위트는 도덕적인 약점이 있긴 했지만 그런대로 꽤 괜찮은 인물이었습니다. 아마도 젊은 시절에는 어쩔 수 없이 롱스트리트의 뜻에 따라 움직였겠지만 이윽고 스토프스에 대한 음모에 말려든 걸 후회했을 것입니다. 그래서 사교적으로든 사업적으로든 롱스트리트와 인연을 끊으려고 줄곧 노력했겠죠. 하지만 롱스트리트는 드위트가 있으면 그만큼 확실하게 자신의 수입이 늘어난다는 이유 때문에 과거의 어둡고 피비린내 나는 음모를 약점으로 잡고서 거절해왔던 것입니다. 아마도 일종의 가학 심리도 더불어 작용했겠죠. 롱스트리트가 드위트가 애지중지하는 딸 진한테 과거의 죄악을 폭로하겠다면서 드위트를 상대로 협박을 했다고 해도 이상할 것은 없습니다. 어쨌든 두 사람의 사이가 나빴던 점과 롱스트리트의 낭비를 드위트가 대신 처리해주고 있었던 점, 롱스트리트의 노골적인 모욕을 드위트가 감수했던 점은 이것으로 충분한 설명이 될 것입니다."

"과연 그렇군요."

브루노가 고개를 끄덕였다.

레인이 말을 이었다.

"크로켓에 대해서는 스토프스의 계획 자체가 무엇보다도 증거가 됩니다. 스토프스의 아내를 살해한 것은 크로켓이 틀림없습니다. 스토프스가 세 사람 중에서도 크로켓을 가장 끔찍한 방법으로 살해한 것은 그 때문입니다. 물론 크로켓의 얼굴이 짓뭉개지도록 한 것은 계획대로 시체를 자기 자신, 곧 우드라고 여겨질 수 있도록 하기 위해서도 필요했겠지만 말입니다."

"잠깐, 레인 씨."

섬 경감이 생각에 잠긴 표정으로 물었다.

"전송되어 온 지문 사진이 이곳 햄릿 저택에 도착했을 때를 기억하고 계시겠죠? 저는 그때 처음으로 마틴 스토프스라는 이름을 듣고서 당신에게 그가 누구인지를 물었습니다. 그랬더니 당신은 마틴 스토프스는 롱스트리트와 우드와 드위트를 말살해버린 책임을 져야 할 인물이라고 하셨습니다. 하지만 그 가운데에 우드를 포함한 것은 저를 현혹한 게 아닙니까? 우드가 바로 스토프스였으니 말입니다."

레인은 나직하게 웃었다.

"허어 경감님, 저는 스토프스가 우드를 살해했다고는 말하지 않았습니다. 그가 지상에서 우드를 말살한 책임을 져야 한다고 말했습니다. 그리고 그건 문자 그대로 사실입니다. 크로켓을 실신시켜 우드의 옷을 입혀 살해함으로써 우드라는 인물을 지상에서 영원히 제거해버렸으니까요."

세 사람은 생각에 잠긴 채 잠자코 앉아 있었다. 벽난로의 불길이 한결 더 높이 타올랐다. 브루노가 보니 레인은 평온하게 두 눈을 감고 있었다. 섬 경감이 느닷없이 커다란 손으로 자신의 허벅지를 두들겼고 그 바람에 브루노는 깜짝 놀란 표정을 지었다.

"그렇지!"

경감이 외쳤다. 그는 몸을 굽혀서 레인의 어깨에 손을 갖다 댔다. 레인은 눈을 떴다.

"레인 씨, 뭔가 아직 말씀하시지 않은 것이 있는 것 같았는데, 역시 그랬습니다! 아직도 제가 이해할 수 없는 것이 한 가지 있는데 당신한테서 확실한 설명을 듣지 못했습니다. 그 드위트의 손가락 표시 말입니다. 아까 그 겹쳐진 손가락 표시는 미신과는 관계가 없다고 말씀하셨죠? 그렇다면 대체 무엇이었습니까?"

"아 참, 제가 깜박했군요."

레인이 말을 이었다.

"좋은 지적을 해주셨습니다, 경감님. 그건 정말 중요한 점인데 잘 말씀해주셨군요. 여러 가지 면에서 이것은 사건 전체를 통틀어서도 가장 기묘한 요소입니다."

레인의 단정한 옆얼굴이 더욱 예리해졌고 그의 목소리도 점차 활기를 띠었다.

"톰슨이 드위트를 살해했다는 추론에 이르기까지 저로서도 그 손가락 표시에 대해선 뭐라고 설명을 할 수가 없었습니다. 확신할 수 있는 점은 단 한 가지뿐이었습니다. 곧 드위트가 최후의 순간에 제가 한 얘기를 떠올리고는 범인의 정체를 알리는 단서로써 인위적으로 그 표시를 만들어 남겼다는 것뿐이었습니다. 따라서 그 표시는 톰슨과 관계가 있는 것임이 틀림없다고 생각했습니다. 그렇지 않다면 애써서 이끌어낸 저의 추론도 무너져버리고 맙니다. 그러므로 전 그 손가락 표시의 올바른 뜻을 파악하기 전까지는 톰슨을 체포하도록 준비할 마음이 들지 않았습니다."

레인은 마치 근육에 힘을 담지 않은 듯 보이는 독특한 동작으로 재빠르고도 유연하게 팔걸이의자에서 일어났다. 두 방문객이 그를 올려다보았다.

"그런데, 그 설명을 하기에 앞서 드위트를 사살하기 전 두 사람이 어떻게 있었는지 스토프스가 말한 게 있다면 그걸 먼저 듣고 싶습니다."

브루노가 입을 열었다.

"알겠습니다. 스토프스는 그 부분에 관해 매우 분명하게 자백했습니다. 그는 드위트 일행이 열차에 오른 순간부터 주의 깊게 관찰한 듯합니다. 기회를 노렸던 거죠. 곧 드위트가 혼자 있게 될 때를 기다렸던 겁니다. 그는 드위트를 남몰래 죽일 수 있는 절호의 기회가 올 때까지 필요하다면 일 년이라도 기다렸을 것입니다. 그런데 콜린스가 드위트와 함께 뒤쪽으로 나가는 것을 보았습니다. 그리고 그 뒤에 콜린스가 열차를 빠져나가는 것을 앞쪽 승강구에서 보고서는 드디어 기회가 왔음을 깨달았던 겁니다. 그래서 당신들이 타고 있던 차량을 통과해 드위트가 나중에 시체로 발견된 곳에 앉아 있는 것을 확인하고는 곧바로 그 어두운 차량 안으로 들어갔습니다. 드위트는 고개를 들고 차장을 보더니 본능적으로 새로 구입한 그 회수권을 꺼냈습니다. 하지만 그때 톰슨은 흥분해 있던 터라 드위트가 어느 주머니에서 그 회수권을 꺼냈는지 미처 알아차리지 못했습니다. 드디어 복수를 완성할 기회가 왔다는 생각에 불타면서 톰슨은 기세 좋게 권총을 뽑아 들어 공포에 질려 있는 드위트를 노려보며 자신이 마틴 스토프스임을 밝혔습니다. 그가 드위트를 냉소적인 시선으로 노려보며 이제부터 어떻게 할 것인지를 선언하는 동안, 드위트는 스토프스, 곧 톰슨의 허리에 가죽 끈으로 매달린 니켈로 된 개찰 펀치를 겁에 질린 채 뚫어지게 바라보고 있었다고 합니다. 드위트는 창백하기 그지없는 얼굴로 그 자리에 꼼짝도 않고 묵묵히 앉아 있었답니다. 아마도 그때 번개처럼 재빨리 생각을 짜내 그런 손가락 표시를 남겼겠죠. 결국 톰슨은 억누를 길 없는 분노를 폭발시켜 권총을 발사했습니다. 분노의 발작은 밀려왔을 때와 마찬가지로 급속히 밀려 나갔습니다. 톰슨은 드위트의 머리가 앞으로 힘없이 늘어졌을 때에야 그의 오른손에 펀치 자국이 나지 않은 새 회수권이 쥐어져 있는 것을 깨달았습니다. 그는 곧 이것을 가져가서는 안 된다고 판단했지만 드위트의 손에 그대로 남겨놓고 가는 것도 바람직하지 않다고 생각했습니다. 그래서 드위트의 주머니를 뒤져보았고 결국은 웃옷 안주머니에 묵은 회수권과 함께 넣어두었던 것입니다. 스토프스는 드위트가 손가락을 겹쳐서 표시를 만든 것에 대해선 전혀 알아차리지 못했다고 했습니다. 범행 뒤에 그런 손가락 표시가 발견되었다는 말을 듣고는 자신도 무척 놀랐다고 했으며 지금도 우리와 마찬가지로 거기에 대해서는 해석을 하지 못하고 있습니다. 아무튼 열차가 보고타에 도착했을 때 그는 어두운 차량의 문을 열고 뛰쳐나가 다시 문을 닫고는 플랫폼을 끼고 달려서 앞쪽 차량으로 올라탔다고 합니다. 흉기인 권총은 당신이 설명하셨듯이 처음부터 강물에 던질 계획이었고 그 이유 또한 마찬가지였습니다."

"고맙습니다."

레인은 장중한 태도로 말했다. 훤칠한 그의 모습이 벽난로의 어른거리는 붉은 불빛을 받아 검고도 뚜렷하게 떠올랐다.

"자 그럼, 그 손가락 표시라는 흥미로운 화제로 돌아갑시다. 톰슨과 그 손가락, 그 손가락과 톰슨……. 어떤 관계가 있을까 하고 저는 자문해보았습니다. 그러다가 이윽고 어떤 하찮은 사실에 생각이 미쳤을 때 저는 갑자기 전광석화처럼 번쩍하며 이 골치 아픈 문제의 유일한 해답을 깨달았던 것입니다……."

레인은 조용히 말을 이었다.

"도무지 무의미한 악마의 눈 따위의 해석을 무시한다면 그 겹쳐진 손가락 표시에는 또 달리 어떤 의미가 있는 걸까요? 특히 톰슨과 관련해볼 때 말입니다. 저는 그때까지의 부질없는 생각들을 버리고 전혀 다른 방식으로 이 문제에 접근해보았습니다. 그 겹쳐진 손가락의 형상적인 의미에 대해서 생각해보았습니다. 곧, 그 손가락 표시가 기묘한 모양으로 무언가 특별한 기호를 흉내 내고 있는 게 아닐까 하고 말입니다. 조금 더 생각을 해보니 이내 흥미로운 것이 떠올랐습니다. 그 겹쳐진 손가락 표시와 가장 닮은 기호는 의심할 여지 없이 바로 X였습니다!"

레인은 잠깐 입을 다물었다. 두 방문객의 얼굴에 공감하는 빛이 떠올랐다. 섬 경감은 자신의 손가락을 꼬아서 겹쳐보면서 크게 고개를 끄덕였다.

레인은 성량이 풍부한 목소리로 말을 이었다.

"하지만 X란 미지수를 나타내는 보편적인 기호입니다. 그렇다면 저의 추측은 또 틀린 거죠. 아무리 생각해봐도 드위트가 수수께끼를 남겼을 리는 없기 때문입니다……. 하지만 X…… X…… 저는 이것을 무시할 수가 없었습니다. 그리고 어쩐지 단서가 잡힐 듯한 기분도 들었고요. 그래서 저는 X를 톰슨과 결부해보았습니다. 그러자 눈앞을 가로막고 있던 베일이 걷히듯이 열차 차장인 톰슨의 특징 하나가 떠올랐던 것입니다. 그것은 지문과 마찬가지로 명확하고 엄밀하게 톰슨을 나타내는 특유의 인증표랄 수도 있는 것이었습니다."

브루노 지방 검사와 섬 경감은 멍하니 서로의 얼굴을 마주 보았다. 지방 검사의 이마에는 깊은 주름이 모아졌고, 경감은 진지한 표정으로 열심히 손가락을 겹쳐보았다가 다시 풀곤 했다. 이윽고 경감이 고개를 가로저었다.

"두 손 들었습니다!"

경감은 넌더리가 난 듯이 말을 이었다.

"정말이지 저로선 짐작도 가지 않습니다. 도대체 그게 뭐였습니까, 레인 씨?"

레인은 대답 대신 다시 지갑을 뒤져서 이번에는 문자가 인쇄된 길쭉한 종이쪽지를 꺼냈다. 그는 그것을 소중한 듯이 들여다보고는 벽난로 앞을 성큼 가로질러 가 브루노의 손에다 그걸 얹었다. 두 사내는 동시에 그 종이쪽지 위로 고개를 숙이다가 그만 서로 이마를 맞부딪쳤다.

드루리 레인이 부드럽게 말을 이었다.

"그건 차장 에드워드 톰슨이 건네준 현금 지불용 복식 승차권에 불과합니다. 경감님, 그를 체포하기 전에 당신이 일행들의 승차 요금을 치렀죠? 바로 그때의 것입니다."

레인은 등을 돌리고 벽난로 쪽으로 다가가 소용돌이치는 연기 속에서 나무향을 들이마셨다. 그동안 섬 경감과 브루노 지방 검사는 그 최후의 증거물을 응시하고 있었다.

종이쪽지의 두 군데, 위호켄이라고 인쇄된 문자 옆과 그 아래의 웨스트 잉글우드라고 인쇄된 문자 옆에 차장 에드워드 톰슨의 십자형 펀치 자국이 뚜렷하고 날카롭게 찍혀 있었다. X의 모양으로.

막

## 드루리 레인에 관한 어떤 진실

찰스 글렌 씨의

드루리 레인 미완성 전기 초기 메모 노트에서 발췌된

출판사를 위한 초록.

### *인명 연감(Who's who) 연극 부문 1930년 판에서 발췌*

드루리 레인. 배우. 루이지애나 주 뉴올리언스 출신. 1871년 11월 3일 생. 부친은 미국의 비극 작가 리처드 레인, 모친은 영국 보드빌 극장의 희극 배우 키티 퍼셀. 결혼한 적 없음. 교육은 주로 개인 가정 교습을 받음. 7세 때 첫 무대 경험. 최초로 중요한 역할을 맡은 것은 13세 때 보스턴 극장에서 상연된 키랄피의 《매혹》 무대에서였음. 23세 때 뉴욕 데일리스 극장에서 처음으로 《햄릿》 무대에 섰으며, 1909년 런던의 드루어리 레인 극장에서 그때까지의 《햄릿》 최장 연속 상연 기록을 갱신했음(당시 최장 기록이었던 에드윈 부스의 기록보다 24일 더 길었음). 저서: 셰익스피어 관계 서적, 햄릿의 철학, 커튼 콜. 가입된 클럽: 플레이어스, 램즈, 센추리, 프랭클린 인, 커피 하우스. 미국 문예 아카데미 회원. 프랑스 레지옹 도뇌르 명예회원. 거주지: 뉴욕 허드슨 강 어귀의 햄릿 저택(기차역: 웨스트체스터 카운티 레인클리프). 1928년 무대 은퇴.

### 〈월드〉 지 뉴욕 판에 실린 드루리 레인 씨의 무대 은퇴 인사(1928)에서 발췌

……드루리 레인은 뉴올리언스의 이류 레퍼토리 극단 '코머스'의 무대 뒤에서 태어났다. 당시 아버지 리처드는 부유한 레인가에서 '내쳐진' 상태였으며 어머니 키티는 자신들 부부와 이제 곧 태어날 아기를 부양하기 위해 억지로 무대에 돌아온 상태였다……. 무대 조명 밑에서 분투하던 키티는 불행하게도 그만 아이를 낳다가 죽고 말았고, ……아이는 1막이 끝난 후 의상실에서 열 달을 채우지 못하고 태어나게 되었다…….

……이리하여 드루리 레인은 사실상 무대 뒤에서 키워지다시피 했다. 아버지는 극장에서 극장으로 옮겨 다니며 힘겹게 생활비를 벌었고, 그렇게 번 쥐꼬리만 한 돈은 바로바로 식비로 쓰이곤 했다. 아이의 첫 말은 연극조의 대사였다. 남녀 배우들이 아이를 돌봤다. 연극으로 교육을 받았고, 걸을 수 있게 되자마자 작은 역할을 맡았다……. 리처드 레인은 1887년 폐렴으로 사망했으며, 그는 목쉰 소리로 열여섯 살 된 아들에게 '배우가 되어라'라는 유언을 남겼다. 하지만 아들을 향한 리처드의 열망은 나중에 젊은 드루리 레인이 기어코 도달하게 되는 그 높은 위치에 비하면 발끝에도 미치지 못했다…….

……최근에 본인이 말한 바에 따르면 그 특이한 이름은 쇠락해가는 드루어리 레인 극장을 둘러싼 거대한 연극적 비극에서 힌트를 얻은 부모가 아주 고심한 끝에 지은 이름이라고 한다…….

……가 말하기를 드루리 레인의 은퇴 이유는 점점 심해진 양쪽 귀의 난청 때문이라고 한다. 현재는 더욱 악화되어 자기 자신의 다양한 목소리 음색조차 만족스럽게 구별할 수 없을 정도이다…….

……레인 씨는 수많은 사랑을 받았던 역할들을 전부 버렸지만 재미있게도 단 하나의 역할만은 남겨 두었다. 본인의 말에 따르면 매년 4월 23일 드루리 레인 씨는 허드슨 강 근처의 사유지에 있는 개인 극장에서 《햄릿》의 전체 무대를 상연할 예정이라고 한다. 이 날짜를 선택한 데는 아

주 경건한 이유가 있는데, 세간에 이 날짜가 셰익스피어의 생일이자 사망일로 널리 알려져 있기 때문이다. 드루리 레인 씨가 모든 영어권 국가에서 5백 회 이상 햄릿을 연기하며 공연마다 만원사례를 이어갔다는 사실은 아주 흥미롭다.

***전국 토지대장에 실린 글 중 드루리 레인 씨의 소유지 '햄릿 저택'을 묘사한 부분***

……저택 자체는 가장 순수한 엘리자베스 여왕 시대의 전통적 건축양식을 따르고 있으며 드루리 레인 씨가 거느리는 사람들이 생활하는 작은 마을에 둘러싸인, 거대한 영주의 성 형태를 취하고 있다. 마을의 집들은 특유의 초가지붕, 뾰족한 박공 등 엘리자베스 여왕 시대의 시골집을 충실히 모방했다. 이 모든 건물들에는 현대적 편의 시설이 갖춰져 있으나 시대감을 해치지 않기 위해 교묘하게 감춰져 있다……. 정원이 아주 잘 가꿔져 있다. 예를 들어 레인 씨가 부른 전문가들이 영국 시골에서 들여온 산울타리는…….

***1927년 파리의 〈라 페튀르〉 지에 실린 폴 레비종 작 '드루리 레인 씨의 유화 초상화'에 대한 라울 몰리뉴의 비평에서 발췌***

……마지막 방문에서 그를 보았을 때…… 키가 크고 비쩍 마른 체구, 차분하면서도 어딘가 모르게 활기찬 모습, 목덜미까지 덮고 있는 놀랄 만큼 새하얀 머리카락, 녹회색의 날카로운 두 눈, 완벽하게 균형이 잡혀 아주 고전적으로까지 보이는 이목구비, 처음에는 무표정해 보이지만 눈 깜짝할 사이 몸을 움직일 수 있는 민첩성…… 단호하게 서 있는 그의 모습은 마치 샤를마뉴처럼 꼿꼿했다. 오른팔은 그와 떼려야 뗄 수 없는 검은 망토 속에 가려져 있었고 오른손은 저 유명한 야생 자두나무 지팡이 손잡이 위에 가볍게 놓여 있었으며 검고 빳빳한 챙이 둘러져 있는 펠트 모자가 옆 테이블 위에 보였

다……. 온통 어둠침침한 빛깔의 복장 때문에 어둡고 으스스한 인상이 한층 더 강했다……. 이 사내가 손가락 하나만 퉁기면 현대 사회의 모든 의복들이 그의 발치로 굴러 떨어질 것만 같은, 너무나 기이한 느낌이 나를 스치고 지나갔다. 그는 과거 속에서 튀어나온 눈부신 존재였다…….

***193X년 9월 5일, 드루리 레인 씨가 뉴욕 카운티의 브루노 지방검사에게 보낸 편지 중에서 발췌***

나는 이제부터 어떤 장문의 분석을 보냄으로써 당신의 사무실을 침범하고자 합니다. 내가 보낼 서류는 바로 지금 경찰을 괴롭히고 있는, '누가 존 크래머를 죽였는가'라는 문제에 관해서 나름대로 완전하게 엮어본 분석입니다.

내 데이터는 이번 사건에 관련된, 때때로 불만족스럽기도 했던 신문기사들을 이것저것 모아서 완성했습니다. 하지만 당신도 내 분석과 해결책을 보면 그 확실한 사실들의 병치가 단 하나의 움직일 수 없는 결론을 이끌어낸다는 사실을 믿게 될 것입니다.

부디 이것을 어느 늙고 은퇴한 사내의 주제넘은 참견이라 생각하지는 말아주시기 바랍니다. 나는 범죄에 상당히 관심이 많고, 당신이 추후 벌어질 불가능 범죄나 난해한 범죄를 해결하는 데 큰 도움이 될 것입니다.

***193X년 9월 7일 '햄릿 저택'에 도착한 전보***

크래머 사건에 관한 귀하의 놀라운 해결책에 진심으로 놀랐음을 고백함. 섬 경감과 본인이 내일 아침 10시 30분 심심한 감사를 표함과 동시에 비공식적으로 롱스트리트 살인 사건에 관한 귀하의 의견을 묻고자 방문할 것임.

월터 브루노

*2월 2일 뉴욕 로어 만,*

*차가운 바닷물 속에서 요크 헤터의 시체가 발견된다.*

*미치광이 집안이라 불리는 해터가와*

*끊임없이 계속되는 기분 나쁜 살인의 증후들.*

*드루리 레인의 우울한 고뇌 속에 밝혀진 충격적인 진실은?*

# The Tragedy of Y

Y의 비극

*드루리 레인의 활약은*
*우리의 상상을 초월한다.*

*—아이작 앤더슨, 〈뉴욕 타임스〉*

## 독자에게 띄우는 공개장

친애하는 독자 여러분.

《X의 비극》을 읽었더라도 '독자에게 띄우는 공개장'을 못 읽었다거나, 혹은 '독자에게 띄우는 공개장'은 물론이고 《X의 비극》 자체도 읽지 못한 독자들을 위해서 같은 작가가 어째서 엘러리 퀸과 바너비 로스라는 두 개의 필명을 사용하게 되었는지를 설명해두고자 한다(여기에 해당되지 않는 독자들은 곧바로 《Y의 비극》을 읽으면 된다).

《Y의 비극》은 드루리 레인이 등장하는 4부작의 다른 세 작품과 마찬가지로 처음에는 바너비 로스 명의로 간행되었다.

그 당시에는, 건방지긴 하지만 영민한 청년 탐정 엘러리 퀸의 공적을 찬양한 일련의 작품들이 추리소설 시장에서 이미 떠들썩하게 소문이 난 뒤였다.

엘러리 퀸을 탐정으로 삼은 작품은 역시 엘러리 퀸으로 알려진 의문의 두 작가가 썼는데, 새로운 연작은 전혀 다른 탐정인 드루리 레인의 공적을 찬양하는 것이었으므로 엘러리 퀸이라는 필명 속에 숨은 두 청년은 이를테면 새로운 필명을 만드는 것이 좋겠다고 생각했다. 그래서 두 사람은 즉시 자신들(혹은 자신)을 바너비 로스라고 이름 지었던 것이다.

만약 이 설명이 설명으로써의 역할을 제대로 이행하지 못한다면 그것은 영어라는 언어가 복수의 인물이 관여되어 있는 까다로운 관계를 설명하는 데 부적절하기 때문일 것이다.

아마도 이 '요리'를 통째로 끓여 다음과 같이 만들면 좀 더 소화하기 쉬울 것이다.

우리는 십삼 년간 엘러리 퀸이라는 이름으로 작품을 써왔다. 그런데 우리가 창작 활동을 하던 중 새로운 소설의 주인공이 떠올랐기에 단지 그 착상을 살리기 위해 바너비 로스라는 새로운 필명을 탄생시켜 작품을 출간한 것이다.

그런데 드루리 레인과 바너비 로스 4부작을 이제 우리 엘러리 퀸의 출판사에서 원래의 필명이었던 엘러리 퀸이라는 이름으로 출판하게 되었다. 우리는 이 4부작이 매우 만족스러우며 특히 드루리 레인을 아주 좋아한다. 우리가 그랬고 앞으로도 그럴 것처럼 독자 여러분도 이 4부작과 드루리 레인을 좋아하게 될 것이라고 확신한다.

아무튼 지금 당장 《Y의 비극》을 읽어보시기 바란다. 누가 썼든 그게 무슨 상관이랴.

1941년 봄, 뉴욕에서

엘러리 퀸

"Ellery Queen"

## 연극 순서

## 등장인물

**요크 해터** *화학자*

**에밀리 해터** *요크의 아내*

**루이자 캠피언** *에밀리와 전남편 사이의 딸*

**바버라** *요크의 맏딸*

**질** *요크의 둘째 딸*

**콘래드** *요크의 아들*

**마사** *콘래드의 아내*

**재키** *콘래드 맏아들*

**빌리** *콘래드의 둘째 아들*

**에드거 페리** *가정교사*

**트리벳** *요크의 친구, 전직 선장*

**존 고믈리** *콘래드의 사업 동료*

**체스터 비글로** *변호사*

**메리엄** *의사*

**스미스 양** *간호사*

**조지 아버클** *입주 운전사*

**아버클 부인** *가정부, 조지 아버클의 아내*

**버지니아** *하녀*

**브루노** *지방 검사*

**섬** *경감*

**실링** *검시관*

**드루리 레인** *햄릿 저택의 주인, 원로 배우*

**퀘이시** *드루리 레인의 분장사 겸 하인*

**드로미오** *드루리 레인의 운전사*

**폴스태프** *드루리 레인의 집사*

**배경** *뉴욕 시와 그 부근*

**시간** *현대*

# 해터가 저택의 평면도

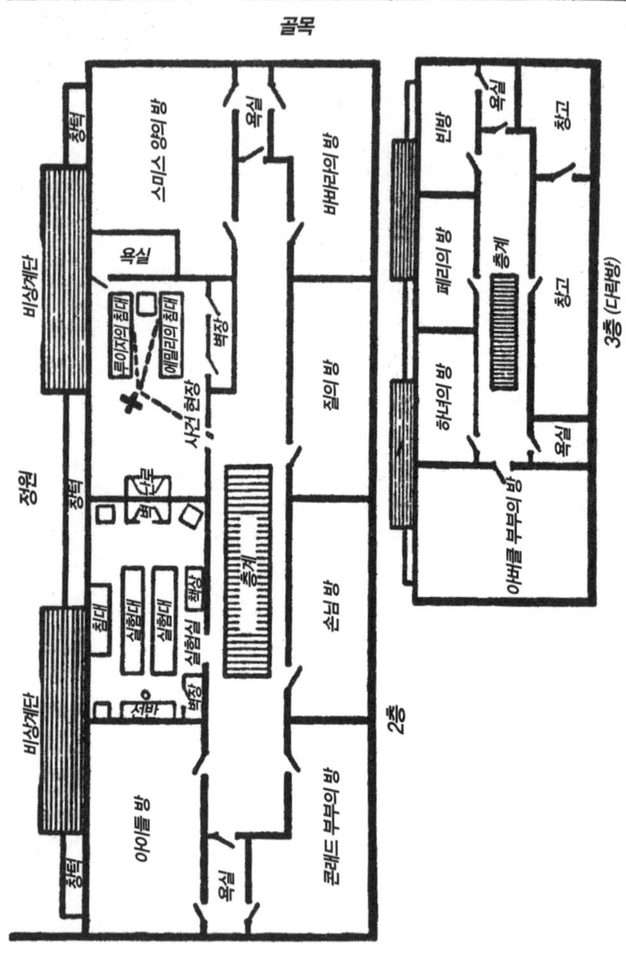

골목
스미스 양의 방
바바라의 방
욕실
욕실
창턱
비상계단
루이자의 침대
에밀리의 침대
벽장
사건 현장
질의 방
정원
창턱
층계
실험대
실험대
책상
침대
실험실
벽장
선반
손님 방
2층
비상계단
아이들 방
콘래드 부부의 방
욕실
창턱
빈방
욕실
창고
페리의 방
층계
창고
3층 (다락방)
하녀의 방
욕실
아버클 부부의 방

## 프롤로그

*"연극은 만찬과 같은 것이고, 프롤로그는 그 식전의 기도이다."*

## 제1장

*시체 안치소*

*2월 2일 오후 9시 30분*

사람들의 관심을 불러일으킨 2월의 그날 오후, 불도그처럼 볼품없이 생긴 원양 어선 라비니아 D호는 대서양의 기나긴 파도를 헤치며 돌아왔다. 샌디 곶을 지나 핸콕 요새 앞에 이르자 뱃머리에 물거품을 일으키고 한 줄기 흰 항적을 그리며 뉴욕 로어 만으로 들어왔다. 대서양의 거친 파도에 시달려 선원들은 지쳐 있었고 갑판은 도살장처럼 더러웠다. 게다가 어획량도 신통치 않았다. 선원들에게는 선장도, 바다도, 물고기도, 납빛의 하늘도 그리고 왼쪽에 보이는 황량한 스태튼 섬의 해변도 모두 저주스러울 뿐이었다. 술병이 선원들의 손에서 손으로 옮겨졌다. 물보라에 젖은 방수 외투를 두른 그들은 한결같이 떨고 있었다.

난간에 기대어 허탈한 심정으로 넘실대는 녹색 파도를 바라보던 한 덩치 큰 사내가 갑자기 몸을 움찔하더니 햇볕에 그을린 얼굴로 눈을 부릅뜨며 외쳤다. 선원들은 일제히 그가 가리키는 방향으로 고개를 돌렸다. 1백 미터쯤 떨어진 곳에 작고 검은 물체가 눈에 띄었다. 그것은 얼핏 보기에도 시체가 분명했다. 시체가 만에서 표류하고 있었던 것이다.

선원들은 놀라서 펄쩍 뛰었다.

"왼쪽으로 배를 돌리겠다!"

조타수는 몸을 구부리며 그렇게 외쳤다.

라비니아 D호는 선체를 삐걱거리며 왼쪽으로 방향을 틀었다. 이어서 배는 조심성 많은 동물처럼 원을 그리며 목표물을 향해 가까이 다가갔다. 흥분으로 인해 기운을 차린 선원들은 오늘의 수확 중에도 가장 진기한 이 '물고기'를 낚으려고 해풍 속에서 갈고리를 휘저었다.

십오 분 후, 그 시체는 흠뻑 젖은 채로 더러운 갑판 위에 뉘어졌다. 시체는 원형을 알 수 없을 정도로 훼손되어 있었으나 남자임이 분명했다. 훼손 상태로 보아 몇 주일 동안이나 깊은 바닷속에서 방치된 것이 분명했다. 선원들은 양다리를 벌리고 양손으로 뒷짐을 진 자세로 갑판에 우뚝 선 채 모두 말이 없었다. 아무도 그 시체에 손을 대려 들지 않았다.

이렇듯 호흡이 끊어진 콧구멍으로 비린 물고기 냄새와 짠 바닷바람 냄새를 들이켜며 요크 해터는 이승에서의 마지막 여로에 나섰다. 관은 더러운 트롤선, 관을 에워싼 호송자들은 물고기 비늘이 잔뜩 묻은 작업복을 걸치고 텁수룩한 수염에 우락부락하게 생긴 선원들, 진혼곡은 그 사내들의 투덜거림과 좁은 해협을 무심하게 스쳐 가는 바닷바람 소리였다.

라비니아 D호는 젖은 콧날로 물거품이 이는 해면을 가르며 배터리파크에 가까운 작은 부두에 닿았다. 뜻밖의 짐을 싣고 항구로 돌아온 것이다. 선원들이 배에서 뛰어내리고, 선장이 쉰 목소리로 외쳤다. 항구의 관리들은 고개를 끄덕이며 물기 어린 갑판을 내려다보았다. 배터리파크 내의 작은 사무실에서는 전화벨 소리가 요란하게 울렸다. 하지만 요크 해터는 방수포 아래 조용히 누워 있었다.

구급차가 도착하기까지는 그다지 오래 걸리지 않았다. 흰 가운을 입은 사내들이 흠뻑 젖은 시체를 운반했다. 사이렌이 장송곡처럼 울려 퍼졌고 죽음의 행렬은 부두를 떠났다. 요크 해터의 시체는 브로드웨이를 지나 시체 안치소로 운반되었다.

그의 운명은 기묘했고 여전히 불가사의했다. 지난해 12월 21일, 즉 크리스마스 나흘 전에 그의 아내인 에밀리 해터 노부인이 뉴욕 시 노스 워싱턴 스퀘어의 자택에서 남편이 실종되었음을 경찰에 신고했다. 그날 아침, 요크 해터는 아무에게도 얘기를 남기지 않고 홀로 붉은 벽돌로 지은 해터가의 저택에서 걸어 나간 뒤 그대로 사라져버린 것이었다.

그 노인의 행방은 아무도 알 수 없었다. 해터 노부인도 남편의 실종에 관해 짐작이 가는 데가 아무것도 없다고 말했다. 실종조사계에서는 누군가가 몸값을 노리고 해터 노인을 유괴하여 감금하고 있을 것이라고 가정했다. 하지만 유괴범이 부유한 노인의 가족에게 아무런 연락도 하지 않아 그 가정은 보기 좋게 무너지고 말았다. 신문은 그 밖에도 다양한 소문을 퍼뜨렸다. 어떤 신문은 "그는 살해됐다……. 적어도 해터가에서라면 무슨 일이 생기더라도 이상할 게 없다."라고까지 주장했다. 물론 해터가에서는 이 주장을 완강히 부정했다. 요크 해터는 어린애처럼 순수한 사람으로 교제 상대도 적었으며 도무지 적이 있을 리 없는 온후한 인물이라고 주장했다. 그러자 또 어떤 신문은 해터가의 기이하고도 병적인 집안 내력을 강조하고는 "그는 도망친 것이 틀림없다……. 잔소리가 심한 아내와 비정상적인 말썽꾸러기 자녀들, 더는 참을 수 없는 가정생활로부터 도망친 것이다."라는 주장을 펴기도 했다. 그러나 이 주장 또한 해터 노인이 은행 예금에 한 푼도 손대지 않았음을 경찰이 지적함으로써 무시되었다. 그리고 같은 이유로 "사건 뒤에는 여자가 있다."라는 식의 추측도 설득력이 없어졌다. 그 추측에 흥분한 에밀리 해터 노부인은 "남편은 예순일곱 살의 노인이다. 가정과 가족과 재산을 저버리고까지 계집애나 쫓아다닐 나이는 결코 아니다."라고 강변했다.

아무튼 오 주일간에 걸쳐 부지런히 수사를 계속했으나 결과적으로 경찰 당국은 요크 해터가 자살했을 것이라는 추측에 매달릴 수밖에 없었다. 그리고 그 추측이 옳았다는 것이 곧 밝혀졌다.

뉴욕 경찰 본부의 섬 경감이 만일 목사였다면 요크 해터의 기묘한 장례식에 딱 어울렸을 것이다. 그는 체구가 크고 못생긴 사내였다. 이무기 같은 얼굴, 찌부러진 코, 납작한 귀, 커다란 손과 발, 실로 그의 외모를 보노라면 과거에 그가 헤비급 권투 선수가 아니었나 싶을 정도였다. 더구나 그의 주먹 마디는 오랜 세월 동안 거친 범죄자를 상대해왔다는 것을 증명하듯이 울퉁불퉁 튀어나와 있었다. 빨간 머리에는 흰 머리가 섞인 데다 사암처럼 꺼칠한 얼굴에 눈동자는 회색이었다. 어쨌든 그는 상대에게 믿음직스러운 느낌을 주었다. 게다가 두뇌도 명석했으며 경찰관답게 외곬이고 정직했다. 그는 범죄와의 절망적인 싸움을 거듭해오며 차츰 나이가 들었다.

하지만 이번 경우는 그다지 절망적이지만은 않았다. 실종자 신고가 들어와 수사를 했지만 막막하던 참에 물고기 밥이 된 시체가 발견된 것이었다. 시체의 신원을 확인할 수 있는 단서들이 충분했고, 또한 그 모든 게 분명해서 의문의 여지가 없었다. 하지만 타살설도 제기되었던 만큼 이 문제를 깨끗이 결론지어야만 한다고 경감은 생각했다.

뉴욕 카운티의 검시관인 실링 박사가 조수에게 신호하자 벌거벗은 시체는 해부대로부터 바퀴가 달린 이동식 탁자로 옮겨졌다. 박사는 튜턴*기원전 4세기경부터 유럽 중부에 등장한 게르만 민족의 한 파—옮긴이*계답게 포동포동하게 살이 찐 몸을 대리석 세면기 앞에 구부려 손을 씻고 소독한 뒤 깨끗이 닦았다. 이어서 검시관은 살찐 작은 손을 완전히 말린 다음 상아 이쑤시개를 꺼내 뭔가를 생각하는 표정을 지으며 이를 쑤시기 시작했다. '이제 일이 끝났나 보군.' 하고 생각하며 섬 경감은 가벼운 한숨을 쉬었다. 검시관이 충치 구멍을 후비기 시작하면 그때는 질문을 해도 좋았다.

두 사람은 이동식 탁자를 따라 건물 내의 시체 안치소로 걸어갔다. 두 사람 모두 말이 없었다. 요크 해터의 시체는 널빤지 위에 아무렇게나 내던져져 있었다. '벽감에 넣을까요?'라고 묻듯이 조수가 돌아보자 실링 검시관은 고개를 저었다.

“어떻습니까, 실링 선생?”

섬 경감이 묻자 검시관은 이쑤시개를 빼냈다.

“지극히 명백한 경우예요, 섬. 이자는 바다에 떨어진 직후에 죽었소. 폐의 상태가 그걸 말해주고 있어요.”

“그럼 익사했다는 겁니까?”

“아니, 익사가 아니오. 독사요.”

섬 경감은 널빤지 위에 놓인 시체를 보며 얼굴을 찌푸렸다.

“그럼 타살이란 말입니까? 그렇다면 우리가 잘못 생각한 거로군요. 그리고 이렇게 되면 그 유서도 가짜라는 얘긴데…….”

구식 금테 안경 너머로 실링 박사의 작은 눈이 번득였다. 묘하게 생긴 대머리 위에는 작은 회색 모자가 얹혀 있었다.

“참 순진하군요, 섬. 독사라고 해서 무조건 타살이라고 단정하면 곤란하오……. 분명 이자의 체내에는 청산을 마신 흔적이 있어요. 그럼 어찌 된 걸까요? 이자가 배의 난간에 기대어 청산을 마셨다고 생각해봅시다. 그런 다음 물속으로 떨어졌든지 뛰어들었든지 한 걸 거요. 당신 생각대로 타살이라면 소금물이 범인이겠소? 그렇다고 한다면 그건 자살이오. 그런 의미로 타살이라고 했다면 당신이 옳겠지요, 섬.”

경감은 안심한 듯한 표정이었다.

“그렇군요! 그러니까 바다에 떨어지자마자 청산에 의해 독사했다, 그거군요? 알겠습니다.”

실링 검시관은 시체가 놓인 널빤지에 몸을 기대더니 졸리는 듯이 눈을 껌벅였다. 언제 보아도 이 검시관은 졸리는 듯한 표정이었다.

“어쨌든 타살 같진 않소. 그런 흔적은 어디에도 없으니까. 뼈 두세 곳에 타박상이 있고 몸에도 심하게 긁힌 자국이 있지만 바닷속에서 뭔가에 부딪혀 생긴 게 틀림없어요. 그리고 당신도 알다시피 바닷물이 일종의 방부제 역할을 했고요. 어쨌든 물고기들에게는 좋은 밥이었을 거요.”

"흐음……. 어쨌든 얼굴은 전혀 알아볼 수 없을 정도군요."

옆에 있는 의자에 올려놓은 죽은 자의 옷가지는 몹시 너덜너덜했다.

"그런데 어째서 좀 더 일찍 발견되지 않았을까요? 다섯 주나 발견되지 않은 채 시체가 떠다녔을 리는 없지 않겠어요?"

"그건 그렇지 않아요. 조금만 생각해보면 알 수 있는 문제라오, 섬!"

실링 검시관은 시체에서 벗겨낸 젖은 외투를 들고서 등 쪽의 커다랗게 찢긴 부분을 가리켰다.

"물고기가 이렇게 만든 것 같소? 천만에요! 이건 뭔가 크고 예리한 것에 걸려 찢어진 거요. 시체는 바다 밑에 가라앉은 나뭇가지 같은 것에 걸려 있었던 거요, 섬. 그러다가 조수의 흐름이나 그 밖의 다른 충격에 의해 떠오른 거예요. 아마 이틀 전 태풍이 불 때 그렇게 되었겠죠. 그러니까 오 주일 동안이나 발견되지 않았다고 해도 그다지 이상할 건 없어요."

"흐음, 그러고 보니 시체 발견 지점을 고려하면…… 얘기가 잘 들어맞는군요. ……이 노인은 독을 마시고 바다로 뛰어들었다. 아마 스태튼 섬의 페리보트 선상이었을 테죠. 그런 뒤 좁은 해협의 바닥에서 떠오른 거고요……. 시체의 소지품은 어디 있습니까? 다시 한 번 보고 싶군요!"

섬과 실링은 느긋하게 탁자로 걸어갔다. 거기엔 여러 가지 잡동사니가 놓여 있었다. 형체를 알아볼 수 없을 정도로 으깨진 종이 뭉치, 장미 나무로 만든 파이프, 흠뻑 젖은 성냥갑, 열쇠 꾸러미, 지폐가 든 바닷물 때문에 변색된 지갑, 잡다한 동전 한 움큼……. 한쪽에는 시체의 왼손 넷째 손가락에서 빼놓은 묵직한 은반지가 있었는데 거기에는 소유자가 요크 해터임을 뜻하는 'YH'라는 머리글자가 새겨져 있었다.

그런데 섬 경감의 관심을 끄는 물건은 단 하나, 담배쌈지뿐이었다. 그것은 물고기 껍질로 만든 방수성 제품이어서 속에 든 담배는 젖지 않았다. 뿐만 아니라 그 속에는 담배와 마찬가지로 젖지 않은 채 접혀 있는 종이쪽지도 들어 있었다. 섬은 다시 한 번 그 쪽지를 펼쳐보았다. 그것은 불변성 잉크를 사용해 명확한 필기체로 쓰인 지극히 간략한 내용의 유서였다.

*나를 아는 모든 이에게.*
*나는 완전히 정상적인 정신 상태에서 자살하는 바이다.*
*19××년 12월 21일*
*요크 해터*

"이 얼마나 간단명료하오! 정말 마음에 들어요. 자살은 하지만 어디까지나 제정신이다. 아무것도 보탤 게 없어요. 이거야말로 한 문장으로 쓰인 소설이라오, 섬."

실링 검시관이 말했다.

"아아, 적당히 해두세요. 금방이라도 울음을 터뜨리고 싶은 심정이니까요."

경감이 투덜거리며 말을 이었다.

"드디어 저기 노부인께서 나타났군요. 시체를 확인하러 와달라고 연락을 취했거든요."

경감은 널빤지 아래로 늘어져 있는 두툼한 시트를 끌어올려 급히 시체를 덮었다. 검시관은 독일어로 혼잣말을 중얼거리더니 눈을 번득이며 한쪽으로 물러났다.

시체 안치소로 사람들 한 무리가 묵묵히 들어섰다. 일행은 여자 하나와 남자 셋이었다. 어째서 그 여자가 남자들보다 먼저 들어섰는지 의아하게 생각할 필요는 없다. 그녀는 언제나 앞에 나서서 고삐를 잡고 지휘하는 유형의 여자였으니까. 그녀는 아주 늙기는 했지만 화석이 된 나무처럼 단단한 느낌을 주었다. 그녀의 코는 해적의 갈고리 같았고 머리는 새하얀 색이었다. 그리고 얼음에라도 잠긴 듯이 냉기가 감도는 파란 두 눈을 가지고 있었다. 억세 보이는 턱은 결코 누구에게도 굴복할 것 같지 않았다……. 그녀가 바로 에밀리 해터 노부인으로, 워싱턴 스퀘어의 '기록적인 부자', '괴짜', '고집쟁이 할망구'로 두 세대에 걸쳐 신문 독자에게 얼굴이 알려진 여자였다. 나이는 현재 예순셋이었지만 십 년이나 더 늙어 보였고, 우드로 윌슨*미국의 제28대 대통령, 1856~1924—옮긴이*이 대통령에 취임할 당시였더라도 이미 유행이 지났을 듯한 옷차림을 하고 있었다.

그녀는 시체가 놓인 널빤지 쪽 외에는 전혀 관심이 없어 보였다. 출입문에서 그곳에 이르기까지 마치 무언가를 심판이라도 하려는 듯이 당당한 태도를 내비쳤다. 그녀의 뒤에서 따라오던 사내 중 한 명은 큰 키에 신경질적으로 보이는 금발이었는데 해터 부인과 얼굴이 많이 닮아 보였다. 그가 뭐라고 중얼거렸으나 그녀는 들은 체도 않고 곧장 시체 앞으로 다가가더니 시트를 젖히고 형체를 알아볼 수 없을 정도로 훼손된 남편의 얼굴을 눈 한 번 깜박이지 않고 내려다보았다.

섬 경감은 그녀가 아무런 감정도 드러내지 않고 생각에 잠기는 것을 한동안 묵묵히 지켜보았다. 그런 뒤 경감은 그녀의 옆에 서 있는 사내들에게로 시선을 옮겼다. 큰 키에 신경질적인 인상의 금발 머리 사내는 서른두 살 전후로 보였는데, 그가 바로 요크와 에밀리 부부의 외아들인 콘래드 해터일 터였다. 그는 모친과 마찬가지로 욕심이 많아 보였는데, 한편으론 의지가 약하고 방탕해 보이기도 했으며 어딘지 모르게 세상사에 지친 듯한 그늘이 드리워져 있는 것 같았다. 그의 표정에는 모친과 달리 감정이 드러나 있었다. 그는 시체로 누워 있는 부친의 끔찍한 얼굴을 힐끗 보더니 이내 바닥으로 시선을 떨어뜨린 채 오른발을 비벼댔다.

그의 옆에 서 있는 두 노인에 관해서도 섬 경감은 이미 알고 있었다. 요크 해터 실종 사건을 수사할 때 만났기 때문이었다. 한 사람은 해터가의 주치의인 메리엄 박사인데, 큰 키에 머리가 희고 깡마른 칠순가량의 남자였다. 메리엄 박사는 시체의 얼굴을 자세히 살폈지만 아무래도 불편한 듯했다. 경감은 그가 죽은 자와 오랫동안 친분이 있었기 때문에 그럴 거라고 생각했다. 또 한 사람은 그 사내들 중에서 가장 눈에 띄는 인물이었다. 몹시 말랐으나 강단이 있어 보이는 그는 은퇴한 선장인 트리벳으로, 해터가의 사람들과는 오랜 친구 사이였다. 한순간 섬 경감은 그에게서 뜻밖의 사실을 알아차리고, 놀라는 한편 진작 알아차리지 못한 것을 억울해했다. 트리벳 선장의 오른쪽 다리가 보여야 할 푸른 바지 끝에 가죽으로 된 의족이 불룩 튀어 나와 있었던 것이다. 트리벳은 목구멍에 뭔가가 걸리기라도 한 듯 자꾸만 헛기침을 해댔다.

트리벳 선장은 해풍에 그을린 손을 뻗어 위로하듯 해터 부인의 팔을 잡았다. 하지만 노부인은 앙상한 팔을 흔들어 그 손을 떨쳐냈고, 선장은 얼굴을 붉히며 뒤로 물러났다.

이윽고 해터 부인은 시체에서 눈을 떼었다.

"이게 그이라고요……? 나로서는 도무지 모르겠군요, 경감."

섬 경감은 외투 주머니에서 양손을 빼내고 헛기침을 하며 목청을 가다듬었다.

"그러실 겁니다. 끔찍하게 훼손되었으니까요, 부인……. 하지만 의복과 소지품들을 보시기 바랍니다."

노부인은 냉정하게 고개를 끄덕였다. 섬 경감을 따라 젖은 옷가지가 놓여 있는 의자 쪽으로 발길을 옮기면서 그녀는 비로소 감정을 표현하는 듯한 행동을 한 가지 내보였다. 맛있는 음식을 먹어 치운 뒤의 고양이처럼 혀를 내밀어 얇고 빨간 입술을 핥았던 것이다. 메리엄 박사는 부인이 서 있던 자리로 묵묵히 다가가더니 콘래드 해터와 트리벳 선장을 손짓으로 물러나게 하고 시체를 덮고 있던 시트를 더욱 젖혔다. 실링 검시관이 직업적인 관심을 갖고 그를 지켜보았다.

"옷은 남편의 것이 틀림없군요. 행방불명된 날 이걸 입고 있었죠."

노부인의 목소리는 입술 모양과 어울리게 빈틈없고 고집스러웠다.

"그리고 부인, 이것이 소지품들입니다만……."

경감이 탁자 위에 놓인 잡동사니들을 가리키며 말했다. 노부인은 침착하게 머리글자가 새겨진 반지를 집어 들었고, 이어서 냉정한 시선으로 파이프와 지갑, 열쇠 꾸러미들을 훑어나갔다.

그녀는 무표정한 얼굴로 입을 열었다.

“이것도 그이 것이군요. 이 반지는 내가 선물한 거였죠……. 그런데, 이게 뭐지?”

그녀는 갑자기 흥분한 듯이 예의 그 종이쪽지를 집어 들더니 재빨리 내용을 훑어보았다. 그리고 금세 다시 냉정을 되찾고는 거의 무관심한 태도로 고개를 끄덕거렸다.

“남편의 필적이 틀림없군요.”

콘래드 해터는 시선을 어디에다 두어야 할지 난감한 듯이 몸을 굽히고 다가왔다. 콘래드 역시 그 유서를 보고 흥분한 모양이었다.

“그럼, 역시 자살이었군. 그런 용기가 있을 줄은 몰랐는데, 이 어리석은 노인네가…….”

그렇게 중얼거리며 그는 상의 안주머니를 뒤져 쪽지 몇 장을 꺼냈다.

“그게 필적 견본이오?”

섬 경감은 갑자기 쏘아붙이듯 물었다. 뚜렷한 이유도 없이 문득 화가 치민 것이었다.

금발의 아들은 그 쪽지들을 경감에게 넘겨주었다. 경감은 무뚝뚝한 얼굴로 그것들을 차례로 살펴보았다. 이제 해터 부인은 시체에도, 남편의 유품에도 시선을 주지 않은 채 앙상한 목덜미를 감싼 모피 목도리를 매만지고 있었다.

“그의 필적이 틀림없군.”

경감은 투덜거리며 말을 이었다.

“좋아요, 이걸로 마무리를 지을 수 있겠소.”

경감은 유서와 필적 견본을 자신의 주머니에 쑤셔 넣고는 시체 쪽으로 시선을 돌렸다.

메리엄 박사가 시트를 덮고 있었다.

“어떻습니까, 선생님? 당신은 잘 아실 테죠. 이 사람이 요크 해터 씨가 맞습니까?"

"그래요, 그런 것 같군요."

노의사는 경감에게 시선을 돌리지 않은 채로 그렇게 말했다.

"시신은 60세 이상의 남성으로……."

갑자기 실링 박사가 끼어들며 말을 이었다.

"손발이 작으며 꽤 오래전에 맹장 수술을 받은 흔적이 있어요. 그리고 담석 때문에 수술을 받은 듯한 흔적도 있는데 그건 육칠 년 정도 된 것 같군요. 어떻습니까? 요크 해터 씨가 그랬습니까?"

"말씀하신 그대로입니다. 맹장은 십팔 년 전에 내가 제거했습니다. 그리고 또 하나는 담관 결석인데 별것 아니었으나 존스 홉킨스 병원의 로빈스 박사가 수술했습니다……. 그래요, 이분은 요크 해터 씨가 분명합니다."

그러자 노부인이 말했다.

"콘래드, 장례식 준비를 하도록 해. 조용하게 치르도록 해. 신문에 부고도 간략하게 내고 화환 같은 것은 없어도 돼. 지금 바로 하도록 해."

그런 뒤 그녀는 문 쪽으로 발걸음을 옮겼다. 트리벳 선장이 불안한 태도로 그녀의 뒤를 따랐다. 콘래드 해터는 모친의 명령에 복종하는 듯한 말을 입속에서 중얼거렸다.

"잠깐 기다려주십시오, 부인!"

섬 경감이 그렇게 말하자 그녀는 발걸음을 멈추고 고개를 돌려 경감을 노려보았다.

"그냥 가버리시면 곤란합니다. 남편께서는 어째서 자살하셨을까요?"

"그건 말입니다, 지금 생각해보니……."

콘래드가 힘없는 소리로 끼어들려 하자 노부인이 그의 말을 가로막듯 호통을 쳤다. 콘래드는 얻어맞은 개처럼 풀이 죽었고, 노부인은 발길을 돌려 숨결이 코끝에 닿을 정도로 경감 앞에 바짝 다가섰다.

"뭘 원하는 거죠?"

가시 돋친 음성으로 그녀가 말을 이었다.

"내 남편이 자살했다는 것은 아시잖아요?"

섬은 당황했다.

"그야 물론 그렇습니다만……."

"그렇다면 이제 이 문제는 끝난 거예요. 그러니 더는 날 성가시게 굴지 마세요."

그렇게 내뱉은 뒤 그녀는 사나운 눈길로 실내를 한번 둘러보고는 다시 발길을 돌렸다. 트리벳 선장이 그제야 안심했다는 태도로 의족을 끌고 다시 그녀의 뒤를 따랐다. 콘래드도 벌레를 씹은 듯한 표정으로 묵묵히 그들 뒤를 따랐다. 이어서 메리엄 박사도 깡마른 어깨를 내려뜨리고 마찬가지로 말없이 나가버렸다.

"정말 못 말릴 여자로군요. 어쨌든 보기 좋게 한 방 먹었네요, 경감?"

노부인 일행이 사라지자 실링 검시관이 그렇게 말하며 낄낄거렸다.

검시관은 시체를 실은 널빤지를 벽감에 밀어 넣었다.

섬 경감은 별수 없지 않느냐는 듯이 중얼거리며 발소리도 요란하게 문을 향해 걸어 나갔다.

경감이 밖으로 나서자 눈매가 시원한 청년 하나가 그의 억센 팔을 잡았다. 그는 경감과 함께 걸으며 물었다.

"여어, 안녕하십니까, 경감님? 그런데 해터의 시체가 발견되었다면서요?"

"제기랄!"

섬은 성가신 듯이 내뱉었다.

"흐음, 알 만하군요!"

젊은 신문 기자는 재미있다는 듯이 말을 이었다.

"방금 그 할망구가 나가는 걸 보았어요. 정말 보통 고집스럽게 생긴 턱이 아니더군요. 하지만 흥분하지 마시고 제 말을 들어보세요, 경감님. 당신이 여기 온 데에는 뭔가 이유가 있죠? 도대체 무슨 일이 생긴 겁니까?"

"아무 일도 생기지 않았네. 그러니 어서 팔을 놓아줘. 귀찮게 굴지 말고."

"여전히 저기압이시군요, 경감님……. 살인 사건인가 보죠?"

경감은 양손을 주머니에 쑤셔 넣고는 기자를 노려보며 소리 질렀다.

"그런 말을 퍼뜨렸다간 가만두지 않겠어. 자네 같은 작자들은 도무지 만족할 줄 모르는 것 같더군. 이건 자살이야. 뻔하잖아. 빌어먹을!"

"제가 보기에 경감님은 그렇게 생각하지 않는 것 같은데요?"

"이제 그만 물러가라고! 이미 모든 게 다 확인됐어. 당장 물러가지 않으면 혼내주겠어!"

경감은 시체 안치소의 계단을 성큼성큼 뛰어 내려가서는 택시를 불러 세웠다. 기자는 웃음을 거두고 생각에 잠긴 채 경감을 지켜보았다.

2번 애버뉴 쪽에서 한 사내가 헐레벌떡 뛰어오더니 소리쳤다.

"이봐, 잭! 해터 집안에 또 무슨 일이 생겼나? 그 할망구를 봤어?"

섬 경감을 상대했던 기자는 경감이 탄 차가 멀어져 가는 것을 바라보며 어깨를 으쓱했다.

"아마도 그런 것 같아. 그리고 그 할망구도 보았어. 하지만 아직은 아무런 수확도 없어. 어쨌든 이제부터 얘기가 점점 재미있어지겠는걸."

그는 한숨을 내쉬며 말을 이었다.

"살인 사건이든 아니든 이렇게 말할 수는 있을 것 같군. 미치광이 해터 집안 만세!"

## 제2장

해터가

4월 10일 일요일 오후

미치광이 해터가……. 이 호칭은 몇 해 전 해터가의 뉴스로 세인들 사이에 화제가 들끓었을 무렵, 어느 상상력이 풍부한 기자가 자신이 어린 시절 즐겨 읽었던 《이상한 나라의 앨리스》를 떠올리고 붙인 것이다. 하지만 이것은 약간 과장된 감이 없지 않았다. 그 집안사람들은 명작 속의 그 유명한 모자장수'해터'는 《이상한 나라의 앨리스》에 나오는 미친 모자장수와 발음이 같다.-옮긴이의 절반에도 미치지 못했고, 일억 분의 일만큼도 재미가 없었다. 그들은 이웃 사람들이 항상 수군대는 것처럼 '기분 나쁜 사람들'이었다. 그렇기 때문에 이 지방에서 가장 유서 깊은 저택의 하나에 살면서도 언제나 주위와 어울리지 못한 채 그리니치 빌리지라는 상류 사회 울타리에서 약간 밖으로 튀어나와 있는 듯했다.

그 별난 호칭은 뿌리를 내리고 커져갔다. 언제나 그 집안사람 중 누군가가 소문의 대상이 되었다. 그 주인공은, 취해서 술집을 부수려 드는 금발의 콘래드가 아니면, 새로운 스타일의 시를 발표하거나 문학 비평가들을 초대해 파티를 벌이는 바버라였다. 그렇지 않으면 해터가의 세 자녀 중 막내인 질이었다. 그녀는 예쁘게 생겼지만 마음씨가 고약한 아가씨로, 언제나 탐욕스레 자극을 갈구하는 성향의 소유자였다. 그녀에 관해서는 아편을 피운다는 소문도 떠돌았고 때로는 애디론댁 산맥에서 술에 절어 주말을 보낸다는 소문도 있었다. 게다가 두 달에 한 번 꼴로 부호의 아들과의 '약혼설'이 나돌기도 했다. 하지만 어떤 상대와도 결혼에까지 이르지 않는 것은 제법 의미심장했다.

세 자녀들은 하나같이 문제를 안고 있었다. 그들은 모두 괴팍한 술꾼이었으며 걷잡을 수 없을 정도로 상식을 벗어난 행동을 일삼았다. 하지만 그들 중 누구도 모친인 해터 부인의 악명 높은 업적을 능가하지는 못했다. 해터 부인은 막내딸인 질보다도 더 자유분방한 처녀 시절을 보낸 뒤, 감히 누구도 꺾을 수 없는 굳건한 여걸이 되어 중년기로 뛰어들었다. 그녀가 해내지 못할 세상사는 아무것도 없는 듯이 보였고, 그녀의 탁월한 투기적 재능 앞에서는 아무리 복잡하고 위험한 투기 시장도 맥을 추지 못했다. 물론 그녀가 월가의 '불'에 손을 뎄다든지, 유복하고 알뜰한 네덜란드인 조상으로부터 물려받은 엄청난 자산이 그녀의 투기열 때문에 버터처럼 녹아버렸다는 소문이 몇 차례나 돌기도 했다. 하지만 누구 한 사람, 심지어는 그녀의 변호사조차도 그녀의 재산 규모를 정확히 알지는 못했다. 제2차 대전 후 뉴욕에 타블로이드판 황색신문 시대가 찾아들었을 무렵, 그녀는 언제나 '미국 제일의 여부자'로 불렸다. 물론 이것은 사실이 아니었다. 신문에 그녀가 파산에 직면했다는 기사도 실린 적이 있었는데, 그것 또한 신문사 측이 흥미 위주로 꾸며낸 이야기였다.

그러한 모든 사항들, 즉 그녀의 가족, 업적, 배경, 가공할 경력 때문에 에밀리 해터 노부인은 신문 기자들 사이에는 기분 나쁜 존재인 동시에 기쁨을 안겨주는 존재이기도 했다. 기자들이 에밀리 해터 노부인을 싫어하는 것은 그녀가 너무도 흉측한 노파였기 때문이다. 하지만 그녀를 좋아할 수밖에 없었는데 그것은 어느 큰 신문사의 편집장이 말한 것처럼 "해터 부인의 일이라면 무엇이든 기삿거리가 된다."라는 이유 때문이었다.

사실, 요크 해터가 뉴욕 로어 만의 차가운 바닷물에 몸을 던지기 전부터 언젠가 그가 자살하고 말 거라는 예측이 공공연히 나돌기도 했다. 어떤 인물이든, 특히 요크 해터와 같은 선량한 사람이라면 그와 같은 상황에서 더는 견딜 수 없을 것이라는 이유에서였다. 요크 해터는 거의 사십 년 동안이나 개처럼 매 맞고 말처럼 쫓겨 다녔던 것이다. 내리쏟아지는 회초리와도 같은 아내의 독설 아래에서 그는 한껏 위축되어 자아를 잃었고, 눈을 뜨고 있는 동안은 언제나 공포에 떨어야 했고, 마침내는 자포자기 상태에 이르러 절망에 사로잡힌 유령 같은 사내가 되고 말았다. 그의 비극은, 그가 감성과 지성을 갖춘 정상적인 인간이면서도, 탐욕스럽고 불합리한 그리고 신랄하고 광기 서린 환경의 포로가 된 데에 기인했다.

그는 어디까지나 '에밀리 해터의 남편'에 지나지 않았다. 적어도 삼십칠 년 전 그리핀이 최신 유행의 장식품이었으며 의자 덮개가 객실에서 빼놓을 수 없는 장식품이던 시절, 뉴욕에서 치른 결혼식 이후 줄곧 그래 왔던 것이다. 밀월여행을 마치고 워싱턴 스퀘어의 집(물론 아내의 집이었다.)으로 돌아온 그날부터 요크 해터는 자신의 운명을 깨달았다. 당시에는 그도 젊었던 만큼 아내의 전제적이며 광폭하며 지배적 태도에 반항했을지도 모른다. 그렇게 제멋대로이니 착실한 전남편 톰 캠피언에게 까닭 모를 이혼을 당하지 않았느냐고 아내를 몰아세웠을지도 모른다. 그리고 두 번째 남편인 자기 덕분에 다소나마 이성적인 분별력이 생기고 처녀 시절부터 뉴욕 사람들을 놀라게 하던 상식에 벗어난 행동이 조금이라도 고쳐진 거라고 주장했을지도 모른다. 하지만 그렇게 했더라도 그가 스스로의 운명을 바꿀 수는 없는 노릇이었다. 자기 명령에 반항하는 것을 절대 받아들일 수 없는 에밀리 해터가 다른 사람의 말을 고분고분 들을 리가 없었다. 그렇게 해서 요크 해터의 운명은 확정되었고 과학자로서 촉망받던 그의 장래도 막혀버리고 말았다.

요크 해터는 화학자였다. 지난날의 그는 젊고 가난했지만 결국은 세계를 깜짝 놀라게 할 만한 큰 업적을 이룰 거라고 주위의 기대를 한 몸에 받았던 학구파였다. 결혼할 무렵만 해도 그는 19세기 말의 화학계에서는 꿈도 꾸지 못했던 콜로이드에 관한 실험을 하고 있었다. 하지만 콜로이드도, 촉망받던 장래도, 명성도, 아내의 불길같이 드센 성격을 당해내지 못한 채 시들고 말았다. 세월이 흐름에 따라 그는 더욱더 침울해졌으며, 이윽고 아내의 허락을 받아 마련한 실험실에 틀어박혀 그다지 의미도 없는 일로 시간을 보내는 것에 만족하게 되었다. 가엾게도 그는 부유한 아내의 경제력에 매달리는 신세였으며, 망나니 같은 자식들의 아버지로서는 하녀만큼도 권위가 없는 존재였다.

바버라는 해터의 자녀들 중에서 맏이였는데, 괴팍한 에밀리의 피를 이어받은 자녀들 중에서는 가장 정상에 가까운 인간이었다. 그녀는 서른여섯 살의 노처녀로 키가 크고 깡마른 데다가 엷은 금발이었다. 그녀만은 모친과 달랐다. 그녀는 다른 형제들과는 달리 살아 있는 것에는 뭐든지 풍부한 애정을 쏟았고 자연에게도 이상할 정도로 관심을 기울였다. 해터의 세 자녀들 중에서 그녀만은 부친의 자질을 이어받았던 셈이다. 하지만 그녀 역시 모친의 피를 조금이라도 이어받지 않을 수는 없었다. 다만 그녀의 경우에는 그 이상심리의 대부분이 문학적인 천재성으로 이어져 시 속에서 돌파구를 찾은 것이었다. 그녀는 이미 당대의 일류 시인으로 인정받고 있었으며 프로메테우스의 혼을 가진 보헤미안, 천부적인 시적 재능을 갖춘 지성인이라는 찬사를 받았다. 찬란하면서도 불가사의한 시구들로 가득 찬 여러 권의 시집과 우수 어린 초록빛 눈동자에 감도는 그녀 특유의 예지는 뉴욕의 지식인들을 사로잡기에 충분했다.

바버라의 남동생 콘래드에게는 자신의 이상심리를 승화시킬 수 있는 바버라와 같은 예술적 소질이 없었다. 그는 모친의 남성판이라 할 수 있었으며 전형적인 해터가의 난폭자였다. 그는 세 군데 대학을 거치면서 내키는 대로 불량한 행동을 일삼았는데, 세인들의 눈에 미쳤다고 생각될 만큼 정도가 심한 탈선행위를 태연히 했기 때문에 차례로 퇴학 처분을 받았다. 게다가 여자 문제로도 두 번이나 법정에 불려 나갔다. 로드스터를 난폭하게 몰다가 행인을 치어 죽인 적도 있었지만, 모친의 고문 변호사들을 동원해 돈을 마구 뿌려서 겨우 형벌을 면하기도 했다. 술에 취하면 그 광기 어린 피가 끓어올라 아무 죄도 없는 바텐더를 상대로 해터가 특유의 울화통을 터뜨린 일이라면 헤아릴 수도 없을 정도였다. 그러다가 결국은 코가 부러져서 성형외과의 신세를 지기도 했고 목뼈를 삐기도 했으며, 살갗이 찢어지거나 타박상을 입는 경우야 이루 헤아릴 수도 없을 정도였다.

하지만 그토록 난폭한 그도 모친인 에밀리 해터 앞에서는 꼼짝도 못 했다.

그 노부인은 진창 속에서 뒹구는 아들의 멱살을 잡아 끌어낸 다음, 착실하고 정직해서 실로 나무랄 데 없는 존 고믈리라는 청년과 함께 일을 하도록 만들었다. 하지만 그렇게 한다고 해서 콘래드의 방탕한 버릇이 고쳐질 리는 물론 없었다. 그는 주식 중매 사업 쪽은 고믈리에게 맡긴 채 틈만 나면 쾌락을 찾아 뒹굴었다.

그러다가 비교적 정신을 차렸다고 여겨지는 시기에 콘래드는 한 젊은 여성을 만나 결혼했다. 물론 그 결혼도 그의 방탕한 행동을 막을 수는 없었다. 아내인 마사는 그와 동갑으로 체구가 작고 얌전한 여자였는데, 결혼하고 얼마 되지도 않았을 때 자신이 얼마나 불행한 운명에 빠져들었는가를 깨닫게 되었다. 무슨 일이든 노부인의 명령대로 움직이는 해터 집안에서 부득이 함께 살 수밖에 없을 뿐만 아니라 남편으로부터도 경멸과 무시를 당하자 그녀의 발랄하던 얼굴은 금방 생기를 잃었고 공포의 빛이 끊임없이 감돌았다. 그녀 역시 시아버지인 요크 해터와 마찬가지로 지옥에 떨어진 망령과 같은 존재가 되어 버린 것이다.

불행한 마사에게는 방탕하고 제멋대로인 콘래드와의 결혼 생활에서 바랄 수 있는 기쁨이 거의 없었다. 게다가 자신의 두 아이인 열세 살짜리 재키와 네 살짜리 빌리에게서도 아무런 위안을 얻을 수가 없었다. 재키는 난폭하고 제멋대로 구는 조숙한 아이였는데, 교활하고 잔인한 착상을 짜내는 데는 천부적인 재능이 있는 말썽꾸러기여서 어머니뿐 아니라 고모와 할머니까지 늘 애를 먹였기 때문이다. 게다가 동생 빌리 역시 형의 흉내를 내며 말썽을 피웠다. 마사는 가뜩이나 고달픈 생활 속에서도 두 아들을 파멸로부터 구하기 위해 악전고투를 계속해야 했다.

질 해터에 관해서라면…… 언니인 바버라가 다음과 같이 평한 바 있다.

"질은 사교 모임에 처음 나설 때와 같은 기분을 영원히 가지고 있는 여자이다. 하지만 언제나 자극적인 것만 찾아다니기 때문에 내가 아는 여자들 중에서는 제일가는 악녀이다. 더욱이 그 아름다운 입술과 도발적인 자태로 지키지도 않을 약속을 남발하고 다니니 더욱 악질이다."

질은 스물다섯 살의 아가씨였다. 바버라는 또 다음과 같이 얘기했다.

"그녀는 마력을 잃은 칼립소다. 정말 야비한 여자다."

그녀는 남자들을 차례로 농락했다. 그러고도 '살 만한 보람을 느낄 수 있는 인생'을 갈구한다고 떠벌리고 다녔다. 한마디로 말해 질은 모친인 에밀리 해터의 나무랄 데 없는 축소판이었다.

드세기 이를 데 없는 탐욕적인 노부인을 시작으로, 지칠 대로 지쳐 마침내 자살로까지 내몰린 불쌍한 작은 사내 요크 해터, 천재 시인 바버라, 방탕아 콘래드, 불량 처녀 질, 겁에 질린 마사 그리고 불운한 두 아이들……. 세인들에게는 이것만으로도 이 집안의 광기 어린 내막을 살피는 데 충분하다고 생각되겠지만 사실은 그렇지 않다. 또 한 명의 가족이 더 있기 때문이다. 게다가 그 한 사람은 너무나도 이상하고 상상할 수 없을 정도로 비극적인 인물이어서 다른 식구들의 비정상적인 측면조차도 무색해질 정도였다.

그 인물은 바로 루이자였다.

그녀의 이름은 루이자 캠피언이었다. 그녀는 에밀리의 딸이긴 했지만 부친은 요크 해터가 아닌 에밀리의 전남편 톰 캠피언이었다. 현재 마흔 살인 그녀는 작은 체구에 포동포동 살이 쪘는데, 광란한 집안 분위기에도 전혀 동요하는 기색이 없었다. 정신적으로는 건전했고 온순한 성격에 참을성이 있었으며 불평도 늘어놓지 않는, 더할 나위 없이 선량한 마음씨를 지닌 여자였다. 그럼에도 불구하고 그녀야말로 악명 높은 해터 집안 식구들 중에서도 가장 널리 알려진 인물이었다. 그도 그럴 것이 그녀는 태어날 때부터 사람들의 관심을 불러일으켰던 것이다. 그리고 그 여파가 더할 나위 없이 비극적인 그녀의 생애 내내 끈질기게 따라다녔다.

왜냐하면 에밀리와 톰 캠피언 사이에서 태어난 루이자는 태어나면서부터 앞을 못 보는 맹인인 데다 벙어리였기 때문이다. 게다가 훗날 귀머거리가 될 징후마저 있었다. 의사들에 따르면 성장하면서 그 징후는 점점 심해져서 마침내는 완전히 귀가 멀게 될 거라고 했다.

그 후 의사들의 말은 잔인할 정도로 들어맞았다. 루이자 캠피언은 열여덟 번째 생일을 맞이했을 때, 그녀의 운명을 지배하는 듯한 비극의 신들이 보낸 생일 선물인 양 청력을 완전히 상실하는 끔찍한 일을 겪었던 것이다. 그녀가 나약한 인간이었다면 분명 치명적인 타격이었을 것이다. 그 나이 또래의 다른 아가씨들이었다면 인생의 봄을 만끽할 시기에 루이자는 자신만의 고독한 세계, 소리도 없고 모양도 없고 빛도 없는 세계, 타인의 얘기를 들을 수도 없고 자신을 표현할 수도 없는 세계에 갇히게 된 것이었다. 비극의 신들은 루이자의 인생의 마지막 가교였던 청각마저도 냉혹하게 앗아갔다. 인생의 원점으로 돌아갈 수도 없는 그녀 앞에 남은 것이라곤 단지 허무와 암담함뿐이었다. 인간의 중요한 감각에 관한 한 그녀는 죽은 것이나 다름없었다.

두렵고 당혹스럽고 절망적인 기분에 빠져들면서도 그녀는 끈질기게 삶에 매달렸다. 그것은 그녀의 소심한 성격 속에도 그 어떤 강철과도 같은 면이 있었기 때문인데, 아마 그것이야말로 모친으로부터 이어받은 유일한 장점일 것이다. 또한 그것은 그녀로 하여금 절망적인 현실을 견뎌내게 한 힘이었다. 비록 자신이 고뇌하는 절망의 원인을 알고 있다고 하더라도 그녀는 결코 그런 내색을 하지 않을 터였다. 아니, 오히려 그녀는 자기의 불행을 낳은 모친과 정상적인 어느 모녀 사이보다도 더 다정했다.

루이자의 불행의 원인이 모친 쪽에서 비롯되었다는 것은 이미 알려진 사실이었다. 출생 당시에는 부친인 톰 캠피언의 피에 무언가 이상이 있어서 아이에게 저주가 내렸다는 소문도 나돌았다. 하지만 캠피언과 이혼하고 나서 요크 해터와 재혼한 에밀리가 계속해서 비정상적인 자식들만을 낳게 되자 사람들은 그 불행의 원인이 모친 쪽에 있음을 알게 되었다. 게다가 캠피언에게는 전처와의 사이에서 낳은 사내아이가 있었는데, 그 애는 보통의 아이들과 조금도 다르지 않았으므로 이 점은 한층 더 확고한 것이 되었다.

에밀리와 이혼한 후 캠피언은 사람들의 관심에서 잊혀졌다. 그는 뚜렷한 이유 없이 에밀리와 이혼한 후 몇 해 지나 사망했고 그 아들도 행방불명이 되었다. 에밀리는 불행한 요크 해터를 꼼짝 못 하게 만든 뒤, 첫 결혼의 열매인 장애인 루이자를 워싱턴 스퀘어에 있는 자기 조상이 살던 저택으로 데려왔다. 그런데 그 저택이야말로 한 세대에 걸쳐 온갖 악명을 떨친 뒤, 과거의 사건 따위는 모두 위대한 드라마의 전주곡에 지나지 않는다고 여겨질 정도로 가혹하기 그지없는 비극의 무대가 될 운명을 지니고 있었던 것이다.

비극은 요크 해터의 시체가 만에서 인양된 지 두 달 조금 지나서 시작되었다. 그것은 겉으로 보기엔 대수롭지 않은 형태로 시작되었다. 해터 부인의 가정부 겸 요리사인 아버클 부인은 매일 점심 식사 후에 루이자 캠피언을 위해 달걀술을 준비해야 했는데, 이것은 전적으로 노부인의 허황된 자기만족 때문이었다. 루이자는 심장이 조금 약한 것을 제외한다면 지극히 건강했고, 마흔이라는 나이에 비해서도 꽤 살이 쪘으므로 단백질을 섭취할 필요도 없었다. 하지만 해터 부인의 분부이니만큼 거역할 수가 없었다. 아버클 부인은 해터가의 고용인이며, 또한 고용인이라는 사실을 잊지 않도록 항상 다짐을 받곤 했다. 루이자는 무슨 일이나 모친이 시키는 대로 따르는 착한 딸이었기 때문에 매일 점심 식사 후에는 얌전히 아래층 식당으로 내려가 모친의 특별한 배려로 마련된 달걀술을 마셨다. 이것은 이 집안의 오랜 습관으로, 이제부터의 이야기에 중요한 의미를 가진다. 노부인의 분부라면 추호도 어긋나게 행할 생각이 없는 아버클 부인은 언제나 달걀술이 담긴 기다란 잔을 식당 탁자의 서남쪽 모서리 끝에서 정확히 5센티미터 되는 곳에 놓았다. 이렇게 해두면 매일 오후 맹인인 루이자가 제대로 잔을 찾아서 집어 들고는 마치 눈으로 보는 것처럼 쉽사리 들고 마시곤 했다.

그 비극이, 아니 정확히 말하자면 비극에 가까운 일이 일어난 날은 4월의 조용한 일요일이었다. 모든 것이 평소와 다름없이 흘러갔다……. 하지만 어느 시각까지만이었다. 그러니까 2시 20분(이것은 후에 섬 경감이 신중하게 산출해낸 시각이었다.)에 아버클 부인은 저택 뒤의 부엌에서 여느 때처럼 혼합 음료를 만들어(경찰 조사 때 그녀는 그 당시 사용한 재료를 당당히 내밀었다.) 쟁반에 받쳐 들고 식당으로 가져가 식탁의 서남쪽 모서리 끝에서 정확히 5센티미터의 위치에 내려놓고 다시 부엌으로 돌아왔다. 그녀의 증언에 따르면 그때 식당 안에는 아무도 없었고, 달걀술을 놓는 동안에도 아무도 들어오지 않았다. 하지만 분명한 것은 거기까지였다.

그 후에 일어난 일들은 각자의 증언이 일치하지 않아 확실히 알아내기가 곤란했다. 모두 흥분했기 때문에 각자 있었던 정확한 위치, 말, 행동을 뚜렷하게 떠올릴 수 있을 만큼 주의를 기울이지 못했던 것이다. 섬 경감이 추정하기로는, 2시 30분경에 루이자가 억척스러운 노부인과 함께 달걀술을 마시러 2층의 침실로부터 식당으로 내려왔다. 이어서 그들 모녀는 식당 문 입구에서 발걸음을 멈추었다. 여류 시인 바버라 해터 역시 그 두 사람을 뒤따라 내려와서는 뒤에 멈춰 서서 식당 안을 들여다보았는데, 그 이유에 대해선 단지 무언가 불길한 인기척을 느꼈기 때문이라고 막연하게 말했을 뿐이었다. 그리고 거의 같은 순간에 콘래드의 얌전한 아내 마사가 뒤쪽 어딘가에서 힘없는 발걸음으로 복도를 걸어왔다. 마사는 생기 없는 목소리로 "재키를 못 보셨나요? 또 정원의 꽃을 짓밟아버렸어요."라고 중얼거렸다. 그녀도 역시 문 입구에 멈춰 서서는 주저하듯 식당 안을 들여다보았다.

우연하게도 다섯 번째 인물 역시 식당 안을 들여다보았는데, 그는 해터가의 이웃에 사는 트리벳 선장이었다. 그는 식당의 또 하나의 문, 즉 복도와 통하는 문이 아니라 식당 옆의 서재와 통하는 문 쪽에서 모습을 드러냈다. 어쨌든 그들의 눈에 비친 광경은 그다지 놀랄 만한 것은 아니었다. 식당 안에는 마사의 장남인 열세 살짜리 재키 해터가 달걀술이 담긴 컵을 손에 들고 들여다보고 있었던 것이다. 그러자 노부인의 사나운 눈매가 한층 더 사나워졌다. 그녀가 입을 열려는 순간, 재키는 비로소 그들의 인기척을 느끼고는 켕기는 듯이 뒤돌아보았다. 소년은 작은 악마 같은 얼굴을 찌푸리고 난폭한 눈초리에 장난기 어린 결의의 빛을 떠올리더니, 이어서 잔을 입에 대고는 재빨리 그 걸쭉한 액체를 한 모금 꿀꺽 마셨다.

그 후에 일어난 일은 무엇 하나 확실치 않다. 어쨌든 재키의 행동과 거의 동시에 화가 난 노부인이 달려가 소년의 손을 힘껏 때리며 야단쳤다.

"그건 루이자 고모 거잖아, 이 골칫덩이 녀석아! 고모 것에 손대면 안 된다고 내가 몇 번이나 말했니!"

그러자 재키는 잔을 떨어뜨렸고 작은 개구쟁이 얼굴에는 심하게 놀란 빛이 떠올랐다. 잔은 바닥 위에서 산산조각이 났고 달걀술은 식당의 벽돌색 리놀륨 위에 엎질러졌다. 그리고 재키는 흙투성이 양손으로 입을 쥐어뜯으며 울부짖기 시작했다. 모두 어쩔 줄 모르고 서 있었다. 재키가 울부짖는 것이 야단을 맞고 떼를 쓰는 것이 아니라 진짜 심한 고통 때문임을 깨달았기 때문이다.

재키의 작고 깡마른 몸뚱이가 경련을 일으키기 시작했다. 소년은 양손을 뒤틀며 고통스레 몸을 구부린 채 심하게 숨을 헐떡였고 이내 얼굴이 사색이 되다시피 했다. 마침내 소년은 비명을 지르며 바닥 위에 쓰러졌다.

그러자 여기에 답하듯 또 다른 비명이 문 입구 쪽에서 들려왔다. 이어서 핏기가 가신 얼굴로 마사가 소년에게로 뛰어갔다. 그녀는 털썩 무릎을 꿇고 아들의 뒤틀린 얼굴을 한 번 보더니 이내 공포에 질린 표정을 떠올리며 정신을 잃었다.

그녀의 비명으로 온 집 안이 어수선해졌다. 가장 먼저 아버클 부인이 뛰어왔다. 이어서 그녀의 남편이며 해터가의 운전사인 조지 아버클과 큰 키에 뼈가 앙상한 늙은 하녀 버지니아도 뛰어왔다. 그리고 아침부터 마신 술로 얼굴이 벌게진 콘래드 해터가 헝클어진 머리로 나타났다. 장애인인 루이자만이 이 소동 속에서 외톨이가 되어 문 입구에 남겨진 채 불안해했다. 그녀는 육감으로 무언가 이변이 생긴 것을 눈치챘는지, 후각에 의지한 채 비틀거리며 걸어가 가까스로 모친을 찾아내 그녀의 팔을 필사적으로 잡아당겼다.

재키의 발작과 마사의 기절이라는 충격적인 사태에서 가장 먼저 정신을 가다듬은 사람은, 당연한 일이지만 해터 부인이었다. 그녀는 재키 곁으로 다가가 정신을 잃고 쓰러진 마사의 몸을 밀어내고 이미 안색이 짙은 보랏빛이 된 소년의 목덜미를 잡아 일으켰다. 이어서 그녀는 소년의 굳게 닫힌 입을 억지로 벌려 열더니 앙상한 손가락을 소년의 목구멍 속 깊이 쑤셔 넣었다. 그러자 소년은 캑캑거리며 즉시 토악질을 해댔다.

노부인의 광채 어린 두 눈이 더욱 빛났다.

"아버클! 즉시 메리엄 박사에게 알려!"

그녀가 날카롭게 명령하자 조지 아버클이 지체 없이 식당에서 뛰쳐나갔다. 해터 부인의 눈빛은 더욱 단호해졌다. 그녀는 전혀 당황하지 않고 거듭 응급처치를 되풀이했다. 소년은 또다시 토했다.

트리벳 선장을 제외한 다른 사람들은 꼼짝도 하지 못하는 것처럼 보였다. 그들은 다만 멍청하게 입을 벌린 채 노부인과 고통에 겨워하는 소년을 바라볼 뿐이었다. 하지만 트리벳 선장은 해터 부인의 재빠른 응급처치에 감탄한 듯이 고개를 끄덕이고는 장애인인 루이자에게 다가갔다. 루이자는 자신의 부드러운 어깨에 선장의 손이 닿는 것을 알아차리고는 자신도 손을 뻗으며 그의 팔에 매달렸다.

그러나 이 드라마에서 가장 의미심장한 부분은 그사이 누구에게도 들키지 않은 채 진행되었다. 귀에 얼룩이 있는 빌리의 강아지가 누구의 눈에도 띄지 않고 아장아장 식당으로 들어왔던 것이다. 이어서 그 강아지는 바닥에 엎질러진 달걀술을 발견하고는 반가운 듯이 짖으며 달려가더니 작은 코를 들이대고 핥기 시작했다.

갑자기 하녀인 버지니아가 비명을 질러댔다. 그녀의 손은 강아지를 가리켰다.

강아지는 바닥 위에서 힘없이 몸부림쳤다. 이어서 강아지는 부르르 온몸을 떨더니 이내 기묘한 모습으로 축 늘어졌다. 잠시 후 강아지는 다시 한 번 크게 몸을 떨다가 그대로 뻗어버리고 말았다. 이제 그 강아지는 또다시 달걀술을 핥지 못할 것이 분명했다.

오 분쯤 지났을 때 부근에 사는 메리엄 박사가 달려왔다. 그는 멍청하게 서 있는 해터가의 식구들에게는 눈길도 주지 않았다. 이 노의사는 환자가 누구인지 분명히 알고 있었다.

그는 죽은 강아지와 토하면서 떨고 있는 소년과 그 아이의 뒤틀린 입술을 한 번 보고나서 재빨리 말했다.

"당장 2층으로 옮겨야겠어요. 자, 콘래드 씨, 아들을 받으세요."

금발의 콘래드는 이제는 술이 완전히 깼는지 겁먹은 눈빛으로 아들을 안고 밖으로 나갔다. 시간을 아끼려는지 메리엄 박사가 그 뒤를 따라가며 왕진 가방을 열었다.

바버라 해터가 기계적으로 무릎을 꿇더니 축 늘어진 마사의 양손을 주무르기 시작했다. 해터 부인은 아무 말도 하지 않았다. 짙게 주름이 파인 그녀의 얼굴은 돌처럼 굳어 있었다.

잠옷 바람인 질 해터가 졸린 눈을 하고 식당으로 들어왔다.

"대체 무슨 일이에요?"

그녀는 하품을 하고 나서 말을 이었다.

"콘래드가 재키를 안고 의사 영감이랑 2층으로 가던데……."

그녀는 갑자기 입을 다물더니 눈이 휘둥그레졌다. 바닥에 뻗어 있는 강아지와 쏟아진 달걀술, 게다가 기절한 마사를 발견한 것이다.

"어떻게 된 거죠?"

아무도 그녀에게는 시선도 주지 않았고 대답도 하지 않았다. 질은 의자에 앉더니 핏기 없는 올케의 얼굴을 내려다보았다.

그때 빳빳하게 풀을 먹인 흰 옷을 입은 체격이 큰 중년 여자가 들어왔다. 그녀는 루이자의 전속 간호사인 스미스 양이었다. 나중에 섬 경감에게 진술한 바에 따르면, 소동이 났을 때 그녀는 2층의 자기 침실에서 책을 읽고 있었다고 했다. 식당에 들어온 그녀는 곧바로 상황을 알아차리고는 진지해 보이는 두 눈에 이내 공포의 빛을 떠올렸다. 그녀는 바위처럼 버티고 서 있는 해터 부인에게서 트리벳 선장의 옆에서 떨고 있는 루이자에게로 시선을 옮겼다. 그런 뒤 그녀는 심호흡을 한 번 하고 나서 바버라를 옆으로 물러나게 하고 무릎을 꿇더니 전문가다운 차분한 손놀림으로 기절한 마사를 돌보기 시작했다.

그러는 동안 누구 한 사람 입을 열지 않았다. 모두 집단적인 충격에 사로잡힌 듯이 일제히 노부인 쪽을 불안스레 바라보았다. 하지만 해터 부인이 속으로 무슨 생각을 하는지 그 얼굴 표정만 봐서는 추측할 수 없었다. 그녀는 떨고 있는 루이자의 어깨에 한쪽 손을 얹은 채 마사를 돌보는 스미스 간호사의 능숙한 손놀림을 무표정하게 지켜보았다.

마치 백 년도 더 지난 듯이 느껴졌을 무렵 모두 겨우 몸을 움직였다. 층계를 내려오는 메리엄 박사의 묵직한 발소리가 들려 왔기 때문이다. 박사는 천천히 식당으로 들어와 가방을 내려놓고, 스미스 간호사의 보살핌으로 의식을 되찾기 시작한 마사를 보고는 고개를 끄덕였다. 이어서 그는 해터 부인에게로 고개를 돌렸다.

"재키는 이제 걱정하지 않으셔도 됩니다, 부인."

박사는 침착하게 말을 이었다.

"이 모두가 당신의 냉정한 응급처치 덕분입니다. 생명에 지장이 있을 만큼 마시진 않았지만, 어쨌든 바로 토하게 하셨으니 위기를 빨리 벗어날 수 있었습니다. 그 애는 이제 곧 회복될 겁니다."

해터 부인은 느긋한 태도로 머리를 끄덕이다가 갑자기 고개를 들더니 냉정한 시선으로 박사를 노려보았다. 박사의 말투에서 무엇인가 심상치 않은 기색을 느낀 것이었다. 하지만 메리엄 박사는 고개를 돌리며 강아지의 주검을 살펴보았다. 그런 뒤 그는 바닥에 엎질러진 액체의 냄새를 맡았고 이어서 가방에서 작은 병을 꺼내 그 액체를 조금 떠 담고는 마개를 닫아 가방 속에 다시 챙겨 넣었다. 몸을 일으킨 박사는 스미스 간호사의 귀에 대고 무언가를 속삭였다. 간호사는 고개를 끄덕인 뒤 식당에서 나갔다. 아마도 그녀는 재키를 돌보러 올라가는 듯했다.

메리엄 박사는 몸을 구부려 마사를 부축해 일으킨 뒤 침착한 목소리로 그녀를 안심시켰다. 그러는 동안에도 주위는 묘지처럼 조용했다. 얌전하고 체구가 작은 마사는 평소의 온화한 얼굴과는 전혀 다른 기묘한 표정을 짓고서 비틀거리며 식당을 나가 스미스 간호사의 뒤를 이어 재키의 방으로 올라갔다. 층계를 오르는 도중에 남편과 마주쳤으나 두 사람 모두 아무 말도 하지 않았다. 콘래드는 비틀거리며 식당으로 들어와서는 의자에 주저앉았다.

마치 그때를 기다리고 있었던 것처럼, 콘래드의 등장이 신호라도 되는 듯 해터 부인이 힘껏 탁자를 내리쳤다. 그 바람에 모두 움찔했다. 단지 루이자만이 노부인의 품 안으로 더욱 깊이 몸을 파묻었다.

"잘 들어!"

해터 부인이 소리치며 말을 이었다.

"이건 보통 문제가 아니야. 메리엄 씨, 말썽꾸러기 재키를 저렇게 만든 달걀술 속에는 무엇이 들어 있었죠?"

"스트리크닌……."

메리엄 박사는 주저하듯 대답했다.

"그럼, 독약이로군요. 강아지가 저렇게 되는 걸 보고 짐작은 했어요."

갑자기 해터 부인의 키가 한 뼘이나 커진 듯했다. 그녀는 가족들을 차례로 노려보고는 말을 이었다.

"누구 짓인지 반드시 알아내고야 말겠어. 이 배은망덕한 녀석들!"

바버라가 희미하게 한숨을 내쉬었다. 그녀는 길고 섬세한 손가락을 의자 등받이에 얹고는 몸의 무게를 온통 의지하고 있었다. 그녀의 모친은 싸늘한 어조로 계속 지껄였다.

"그 달걀술은 루이자의 것이야. 루이자는 매일 같은 시각, 같은 장소에서 그걸 마셔. 그리고 너희 모두 그걸 알고 있어. 아버클 부인이 식당 탁자에 달걀술을 갖다놓은 뒤 말썽꾸러기 재키가 와서 잔에 손을 대기까지 그동안에 누군가 독을 넣은 거야. 그게 누구인진 몰라도, 범인은 루이자가 그걸 마신다는 걸 알고 있었을 테지!"

"어머니, 제발!"

바바라가 나서며 말렸다.

"닥쳐! 재키가 말썽을 피운 바람에 결과적으로 루이자가 목숨을 구했지만 대신 그 녀석이 죽을 뻔했어. 불쌍한 루이자에겐 해가 미치지 않았지만, 누군가 루이자를 독살하려 했다는 사실에는 변함이 없어."

해터 부인은 벙어리에다 귀머거리이며 맹인인 큰딸을 품에 꼭 껴안았다. 루이자는 훌쩍이며 뜻을 알 수 없는 소리를 냈다.

"그래, 그래. 이제 괜찮아, 얘야."

노부인은 루이자가 들을 수 있는 것처럼 부드러운 어조로 달래며 딸의 머리를 쓰다듬었다. 하지만 다시 이어지는 그녀의 목소리는 날카로웠다.

"달걀술에 독을 넣은 게 누구지?"

"그런 엉터리 연극 같은 짓은 그만두세요, 어머니."

막내딸 질이 콧방귀를 뀌며 말했다.

그러자 콘래드도 작은 소리로 맞장구쳤다.

"그래요, 어머니. 그런 쓸데없는 말씀은 그만두세요. 대체 누가 그런……."

"누가? 너희 모두를 두고 하는 말이야! 너희는 모두 루이자를 꼴도 보기 싫어했어! 이 불쌍한 루이자를 말이야……."

그녀는 양팔로 루이자를 더욱 세게 감쌌다.

"자, 말해봐! 누가 그랬지?"

그녀는 격정에 못 이겨 노쇠한 몸을 부들부들 떨면서 날카롭게 말했다.

"부인."

메리엄 박사가 끼어들었다. 갑자기 노부인의 두 눈에서 격노의 빛이 사라지더니 그 대신 의혹의 빛이 떠올랐다.

"메리엄 씨, 당신의 의견을 듣고 싶으면 내 쪽에서 부탁을 할 테니까 지금은 끼어들지 말아주세요!"

"하지만 이번 경우엔 그렇게 할 수 없겠는걸요."

메리엄 박사의 냉정한 대꾸에 노부인은 눈을 가늘게 떴다.

"그게 무슨 뜻이죠?"

"즉, 저는 제 의무를 다해야만 한다는 것입니다. 이것은 명백한 범죄 사건이므로 전 의사로서 이 사건을 신고해야만 합니다."

박사는 식당 한쪽의 진열장 위에 놓인 전화기 앞으로 천천히 걸어갔다.

노부인은 숨을 들이켰다. 그녀의 안색은 앞서 재키가 그랬던 것처럼 보랏빛으로 변했다. 그녀는 갑자기 루이자를 떨쳐내고 메리엄 박사에게로 달려가더니 그의 어깨를 잡고 사납게 흔들었다.

"그만둬요!"

그녀가 외치면서 말을 이었다.

"제발, 쓸데없는 참견 마요! 이 사실을 세상에 알려 어쩌겠다는 거죠? 더는 이 집안을 소문의 대상으로 만들지 마요. 어서 전화기에서 물러나세요, 메리엄! 난 더는……."

흥분한 노부인이 팔에 매달리며 고래고래 고함을 질러대는 것에도 아랑곳없이 메리엄 박사는 침착하게 수화기를 들고 경찰 본부를 호출했다.

## 제1막

*"살인은 혀를 가지고 있지 않다.*

*아주 불가사의한 기관으로 말을 하기 때문이다."*

## 제1장

*햄릿 저택*

*4월 17일 일요일 오후 12시 30분*

태초에 하느님이 하늘과 땅을 창조하셨다지만, 그 하느님이 뉴욕에서 불과 몇 마일밖에 떨어지지 않은 이곳 웨스트체스터 카운티의 허드슨 강변에 이룩하신 경치야말로 정말 장관이로군. 섬 경감은 새삼스레 이렇게 생각했다.

이 유능한 경감은 자신의 떡 벌어진 양어깨에 공무상의 책임이라는 막중한 짐을 짊어지고 있었기 때문에 종교적이거나 심미적인 감상에 젖어 있을 여유 따윈 거의 없었다. 하지만 아무리 그가 현실적인 인간이라 하더라도 지금 이 순간만은 자신을 에워싼 자연의 아름다움에 무심할 수 없었다.

그의 차는 마치 하늘로 오르기라도 하는 듯 구부러진 좁은 길을 따라 부지런히 위로 올라가고 있었다. 정면으로 푸른 하늘에 뜬 흰 구름 위에 초록빛 숲에 싸인 성벽과 총안과 첨탑 등이 동화 속의 정교한 삽화처럼 다가왔다. 그리고 그런 광경과 대조적으로, 눈 아래 아득한 곳에서 흰 점처럼 여기저기 흩어진 보트들이 푸른 물살에 넘실대며 허드슨 강줄기가 햇살을 반사하고 있었다. 경감은 가슴 가득히 공기를 들이마셨다. 공기에는 숲과 솔잎과 꽃과 달콤한 흙 내음이 섞여 있었다. 한낮의 태양은 한껏 빛났고, 약간 서늘한 4월의 미풍에 경감의 흰머리 섞인 머리카락이 흩날렸다.

'범죄 사건 따위야 어찌 됐든 당장은 살 것 같은 기분이 드는군.'

갑자기 나타난 커브에 황급히 핸들을 돌리면서도 경감은 흐뭇한 기분이 들었다. 드루리 레인 씨의 특이한 거처인 햄릿 저택을 방문하는 것은 이로써 벌써 대여섯 번째였지만, 경감은 올 때마다 이 기묘한 장소가 마음에 들었다.

드루리 레인 씨의 저택 초입이라 할 수 있는 친근하고 작은 다리 앞에서 경감은 요란하게 차를 세운 뒤, 다리지기 노인을 향해 어린애 같은 태도로 손을 흔들었다. 그러자 몸집이 작은 노인은 혈색이 좋은 얼굴에 상냥한 웃음을 띠고 앞 머리카락을 잡아당기며 수줍은 듯이 인사를 했다.

"여어, 안녕하십니까?"

경감이 큰 소리로 인사하며 말을 이었다.

"오늘은 정말 화창한 일요일이로군요. 그런데 레인 씨는 댁에 계신가요?"

"물론이죠, 경감님. 어서 들어가십시오. 경감님이라면 언제든지 들여보내라는 분부를 늘 듣고 있습니다. 자, 어서 이쪽으로!"

노인은 그렇게 외치면서 다리까지 달려가 삐걱거리는 문을 열었다. 이어서 경감의 차는 기이한 모양의 작은 나무다리를 건넜다.

경감은 흡족한 표정으로 가속페달을 밟았다.

'정말이지 더할 나위 없이 기분 좋은 날이로군!'

이 일대는 이미 낯익은 곳이었다. 녹색의 잡목림을 따라 이어지는 깨끗한 자갈길을 지나다 보면 멋진 대저택 앞의 빈터가 꿈결처럼 펼쳐진다. 저택은 수십 미터 아래로 허드슨 강이 내려다보이는 절벽 위에 솟아 있었는데, 그 뾰족탑이야말로 드루리 레인이 가장 자랑스러워하는 것이었다. 하지만 그러한 건축 양식은 현대의 비평가들에게는 웃음거리가 되곤 했다. 매사추세츠 공과대학을 갓 나와 치솟은 철근과 튼튼한 콘크리트로 이루어진 건축물밖에 설계하지 않은 젊은 건축가들에게 그러한 양식의 저택이 취향에 맞을 리 없었다. 설계자인 레인 씨는 '구닥다리'니 '시대착오적인 인물'이니 '잘난 체하는 귀머거리 배우'니 하는 갖가지 조소를 받았다. 특히 마지막의 '잘난 체하는 귀머거리 배우'라는 조소는 어느 신경질적이고 전위적인 평론가가 한 말로, 그에게는 유진 오닐 이전의 극작가나 레슬리 하워드 이전의 배우는 모두 '별 볼 일 없는 자'이고 '퇴물'이고 '얼간이'였던 것이다.

그럼에도 불구하고 이곳 햄릿 저택은 당당히 존재했다. 잘 가꾸어진 넓은 정원, 깨끗이 다듬어진 사철 내내 푸른 가로수들, 뾰족지붕 양식의 오두막들, 자갈을 깐 도로, 좁은 산책로, 그리고 성을 둘러싼 연못과 그 위로 내려지는 다리……. 한마디로 이곳 햄릿 저택은 엘리자베스 왕조풍의 촌락을 이루고 있었다. 이 저택은 16세기에서 잘라낸 기름진 한 부분이며 옛 영국의 한 단편으로, 방문객들로 하여금 셰익스피어의 문학 세계를 느끼게 해주었다……. 자신의 빛나는 과거를 간직한 유물들에 둘러싸여 조용히 여생을 보내고 있는 노신사 드루리 레인에게는 실로 당연한 환경이었다. 아무리 그를 혹평하는 비평가라도 지난날 그가 천재적인 재능으로 불후의 명작을 무대 위에 재현하여 연극계에 공헌을 한 사실을 부정할 수는 없을 것이다. 그리고 그 결과, 그는 막대한 부와 명예를 얻었고 누구도 잴 수 없는 행복을 누리고 있었다.

즉 이곳이 바로 지난날 연극계의 제왕이자 명배우였던 드루리 레인의 저택이었다. 또 다른 노인 한 명이 나와 저택을 둘러싼 높은 돌담의 커다란 철문을 여는 동안 섬 경감은 생각했다. 이곳이야말로 저 대도시의 곰상스러운 얼간이들이 어떻게 생각하든 간에 평화롭고 아름다운 낙원이며 현기증 나는 뉴욕의 번잡함을 떨쳐버릴 수 있는 안식처라고.

갑자기 경감은 브레이크를 밟았고 차는 요란하게 삐걱거리며 멈춰 섰다. 왼쪽으로 5, 6미터쯤 떨어진 곳에 튤립 화단이 있었고 그 중앙에는 '공기의 요정' 석상이 이를 드러내고 물을 뿜고 있었다. 하지만 그의 마음을 사로잡은 것은 그 석상이 아니라 마디가 앙상한 갈색 손으로 화단의 물을 튀기고 있는 노인이었다. 경감은 드루리 레인과 그의 저택에 익숙해진 지 꽤 되는데도, 가죽 앞치마를 두른 작은 요정 같은 그 노인을 볼 때마다 어쩔 수 없이 기묘한 비현실감에 사로잡힐 수밖에 없었다. 물을 튀기는 노인은 작은 체구에 머리는 벗어졌으며, 갈색 피부의 주름투성이 얼굴에는 구레나룻을 기르고 있었다. 게다가 등에는 커다란 혹이 솟아 있었다. 그 요정 같은 노인이 가죽 앞치마를 두른 모습은 실로 과장되게 그린 만화 속의 대장장이를 떠올리게 했다.

그 꼽추 노인이 고개를 들더니 작은 눈을 빛냈다.

경감이 먼저 큰 소리로 말을 건넸다.

"어이, 안녕하시오, 퀘이시? 그런데 뭘 하고 있소?"

지난 사십여 년 동안 드루리 레인의 가발 제작과 분장을 맡았던 퀘이시는 그 노배우의 과거를 회상할 때 가장 중요한 기념물과도 같은 인물이었다.

그는 작은 양손을 허리에 갖다 댔다.

"금붕어를 관찰하고 있던 참입니다."

노인다운 쉰 목소리로 그는 점잖게 말을 이었다.

"오랜만에 오셨군요, 경감님!"

경감은 차에서 내리자 양팔을 크게 벌리며 기지개를 켰다.

"그래요. 그런데 영감님께서는 여전하신가요?"

그 순간 퀘이시가 한 손을 뱀처럼 재빠르게 뻗는가 싶더니 물속에서 뛰노는 작은 금붕어 한 마리를 잡아 올렸다.

"정말 고운 빛깔이야."

퀘이시는 가죽 같은 입술을 들썩이며 말을 이었다.

"참, 레인 선생님 안부를 물으셨지요? 네, 건강합니다. 아주 건강합니다."

그렇게 말하다가 퀘이시는 갑자기 불만스러운 표정을 지었다.

"그런데, 영감님이라고 하셨나요? 천만에요. 레인 선생님은 경감님보다도 젊으십니다. 그건 경감님도 아시잖습니까. 물론 그분의 나이는 예순이시죠. 하지만 달리기를 해도 경감님보다는 빠를 겁니다. 마치 토끼처럼 잘 뛰시죠. 게다가 오늘 아침만 하더라도 족히 6킬로미터는 헤엄치셨습니다……. 생각만 해도 한기가 돋는 저 차가운 호수에서 말입니다. 경감님이라면 그렇게 하실 수 있으십니까?"

"글쎄요, 아마도 그건 불가능하겠죠."

경감은 쓴웃음을 지으며 말을 이었다.

“그런데, 어디 계시죠?”

퀘이시의 손아귀에 든 금붕어는 이제 힘이 빠졌는지 몸부림치지 않았다. 꼽추 노인은 아쉬운 듯한 표정을 지으며 금붕어를 물속에 던져 넣었다.

“저 쥐똥나무 아랩니다. 그분은 정원사들과 함께 가지치기를 하는 걸 좋아하시죠. 어쨌든 아주 깔끔한 걸 좋아하시는 분이니까요. 게다가 정원사들도…….”

경감은 더 들으려 하지 않고 빙그레 웃으며 노인의 곁을 떠났다. 하지만 그는 지나치는 길에 그 괴상한 혹을 친절하게 쓰다듬는 것을 잊지 않았다. 퀘이시는 너털웃음을 터뜨리고는 다시 양손을 물속에 넣었다.

경감이 아주 보기 좋게 손질된 쥐똥나무 가지를 헤치고 안으로 들어가자, 그 안쪽에서 분주한 가위 소리와 함께 드루리 레인 특유의 쾌활하고도 그윽한 음성이 들려왔다. 경감은 나무 그늘을 빠져나가 늘씬하게 큰 키에 코르덴 바지를 입고 정원사들에게 둘러싸여 있는 노신사에게 웃음을 던졌다.

“드루리 레인 씨, 손수 작업을 하고 계시는군요.”

경감이 커다란 손을 내밀며 말을 이었다.

“어쨌든 아주 보기 좋습니다. 정말이지 나이를 몰라보겠군요.”

“이야, 경감님! 오랜만이군요. 참 잘 오셨습니다!”

레인은 반갑게 그를 맞이했다. 그러고는 커다란 가위를 내던지고 섬 경감의 손을 잡더니 말을 이었다.

“그런데 어떻게 용케 나를 찾아내신 겁니까? 보통 방문객들이 이곳 햄릿 저택의 주인인 나를 찾아내려면 몇 시간이나 헤매기 마련이거든요.”

“퀘이시 덕분이죠. 저쪽의 분수 있는 곳에서 그를 만나 물어보았죠.”

햇살이 내리쬐는 잔디 위에 앉으며 경감이 말했다.

“아마도 또 금붕어를 못살게 굴고 있었겠죠.”

레인은 웃으며 그 늘씬한 몸을 구부려 섬 경감 옆에 앉았다.

"그런데 경감님, 몸이 더 불으셨군요."

레인은 경감의 육중한 몸매를 보며 나무라듯 말을 이었다.

"좀 더 운동을 하셔야 합니다. 지난번에 만났을 때보다 틀림없이 5킬로그램은 더 살이 찌신 것 같군요."

"네, 말씀하신 대로입니다. 당신도 마찬가지라고 되받아칠 수 없는 게 유감이네요. 어쨌든 여전히 멋진 몸매를 유지하고 계시는군요."

경감은 투덜거리듯 말하며 애정 어린 시선으로 상대를 바라보았다. 키가 크고 늘씬한 체격의 레인에게는 나이에 어울리지 않게 활기찬 기운이 느껴졌다. 목 아래에까지 늘어진 흰머리만 아니라면 예순은커녕 마흔이라고 해도 좋을 정도였다. 고전적인 품격을 지닌 얼굴에는 주름살 하나 없이 젊음이 넘쳤다. 깊고도 예리한 회녹색 두 눈에는 노년의 그늘을 찾아볼 수 없었다. 흰 셔츠 깃 사이로 엿보이는 목 언저리도 햇살에 그을어 더욱 단단해 보였다. 평온하기 그지없으나 언제든 다양한 표정을 연출할 수 있는 그 얼굴은 인생의 황금기를 누리는 건강한 사람의 얼굴이었다. 지난날 무수한 관객들의 귓전에 울려 퍼지던 그의 음성은 맑고 그윽했으나 필요하다면 찌를 듯이 날카롭게 변할 수도 있었다. 그 음성 역시 그의 나이를 의심케 하는 요인 중 하나였다. 요컨대 그는 어느 모로 보나 비범하기 이를 데 없는 인물이었다.

"뭔가 중대한 문제가 생겼나 보군요? 그렇지 않다면야 경감님께서 멀리 이곳까지 행차를 하실 리가 없으시겠죠. 어쨌든 경감님께선 지난겨울 내내 나를 모르는 척하셨으니까요. 롱스트리트 사건(《X의 비극》에서 다룬 사건)을 해결한 이래 이번이 첫 방문이 아닙니까. 대체 어떤 중대한 사건이 일어난 겁니까?"

눈을 번뜩이면서 드루리 레인이 말했다.

레인의 예리한 시선이 섬 경감의 입술에서 딱 멈추었다. 만년에 귀가 멀어 무대에서 은퇴했던 이 노배우는 지금은 전혀 들을 수 없는 귀머거리였다. 하지만 그는 이 새로운 환경에 대처하기 위해 독순술을 터득했고, 그 결과 자신과 접촉하는 대부분의 사람들이 그가 귀머거리임을 알아채지 못할 정도로 불편 없이 의사소통을 할 수 있었다.

경감은 당황했다.

“아니, 뭐 그리 대단한 문제는 아닙니다, 레인 씨……. 하지만 그 때문에 우리가 좀 애를 먹고 있는 것은 사실이죠. 그래서 당신과 의논하면 도움이 되지 않을까 하고…….”

“물론 범죄 사건이군요?”

노배우는 생각에 잠기며 말을 이었다.

“그렇다면, 혹시 해터가의 사건이 아닙니까?”

그러자 경감의 얼굴이 환해졌다.

“신문을 읽으셨군요! 그렇습니다. 미치광이 해터가의 사건인데, 노부인이 첫 결혼 때 낳은 딸인 루이자 캠피언을 누군가가 독살하려다 미수에 그친 사건이죠.”

“벙어리에다 귀머거리이고 맹인인 큰딸 말이죠?”

레인은 진지한 표정으로 말을 이었다.

“나도 그녀에겐 특별한 관심을 가지고 있습니다, 경감님. 그녀야말로 육체적인 악조건을 극복한 인간 능력의 훌륭한 표본이니까요……. 그렇다면 사건이 아직 해결되지 않았다는 얘기로군요?”

“그렇습니다.”

갑자기 경감에게는 주위의 아름다운 경치도 빛바랜 듯이 느껴졌다. 잔디 한 움큼을 쥐어뜯으며 경감이 말을 이었다.

“단서가 전혀 없는 탓에 한 걸음도 앞으로 나아갈 수 없는 상황입니다.”

레인은 눈을 빛내며 경감을 바라보았다.

“그 사건에 대해선 여러 신문에 실린 기사들을 읽었습니다. 물론, 신문 기사만으로 세부적인 면까지 제대로 알 수는 없겠지요. 하지만 그 가족의 성격, 달걀술에 독이 들어 있었던 일, 그 때문에 어린애가 죽을 뻔했던 일 등 겉으로 드러난 사실들은 대강 알고 있습니다.”

레인은 갑자기 일어서며 말을 이었다.

"경감님, 점심은 하셨나요?"

경감은 면도를 해서 푸르스름한 턱을 쓰다듬었다.

"아뇨……. 하지만 그다지 배가 고프진 않습니다……."

"아아, 사양하실 것 없습니다!"

레인은 섬 경감의 억센 팔을 잡고 끌어당겼다. 경감은 자신의 몸이 휘청거릴 만큼 레인의 힘이 센 데에 놀랐다.

"자, 뭐라도 좀 먹고 차가운 맥주라도 마시며 그 문제에 대해 얘기해보기로 합시다. 물론 맥주는 좋아하시겠죠, 경감님?"

섬 경감은 마지못한 듯이 일어났지만 역시 목이 마른 듯했다.

"특별히 좋아하지도, 그렇다고 싫어하지도 않죠……."

"생각했던 대로군요. 당신들은 모두 비슷해요. 뭐든 신중하게 결정하니까요. 집사 폴스태프*셰익스피어 작품에 나오는 명랑하고 기지가 풍부한 뚱뚱보 기사—옮긴이*의 시중을 받도록 합시다. 어떻습니까, 스리 스타 마텔을 주문하는 게……?"

"정말입니까? 그것참 입맛이 당기네요, 레인 씨!"

경감이 기쁜 듯이 말했다.

드루리 레인은 가장자리에 구근 식물이 심어진 오솔길을 천천히 걸으며 섬 경감의 눈이 밝게 빛나는 것을 보고 흡족한 듯이 미소를 지었다.

두 사람은 나무들 사이를 빠져나가 저택을 둘러싸고 있는 봉건 시대 양식의 촌락으로 향했다. 자갈을 깐 도로, 좁은 산책로, 첨탑, 빨간 뾰족지붕들, 그 모든 것들이 한결같이 매력적이었다. 경감은 눈이 부신 듯이 깜박거리다가 20세기 복장을 한 남녀 몇 사람을 발견하자 가까스로 안심이 되는 듯했다. 벌써 몇 번이나 햄릿 저택을 방문했지만 이 마을을 구경하는 것은 이번이 처음이었다.

두 사람은 지붕이 낮은 갈색 건물 앞에서 걸음을 멈추었다. 세로로 창살이 붙은 창문 밖으로 간판이 바람에 흔들리고 있었다.

"경감님, '인어 주점'에 관한 얘길 들으신 적이 있으십니까? 셰익스피어, 벤 존슨, 롤리, 프랜시스 보몬트 같은 인물들이 자주 모였다는 곳 말입니다."

"예, 들은 적이 있습니다만……. 런던의 유명 인사들이 모여 곧잘 파티를 열었다는 곳 말씀이시죠?"

경감이 의아하다는 듯이 답했다.

"그렇습니다. 칩사이드의 브레드 스트리트, 그러니까 프라이데이 스트리트 근처에 있는 곳이죠. 그곳에는 여러 인물들과 관련된 재미있는 얘기들이 아주 많이 남아 있답니다. 그런데 지금 경감님 앞의 이 건물은……."

공손히 머리를 숙이며 드루리 레인은 말을 이었다.

"그 유명한 주점을 본떠서 지은 것입니다. 자, 들어가시죠."

섬 경감은 싱긋 웃었다. 천장의 대들보가 그대로 드러나 보이는 건물 안은 담배 연기와 얘기 소리와 그윽하고 향기로운 술 냄새로 가득했다. 경감은 만족한 듯이 고개를 끄덕였다.

"레인 씨, 정말 근사하군요. 삼사백 년 전의 인물들이 즐겨 모였던 장소가 이런 곳이었다니……. 나도 그때 태어났어야 하는 건데 말입니다!"

놀랄 만큼 안색이 붉은 작은 노인 한 명이 얼룩 하나 없는 하얀 앞치마를 불룩한 배 위에 걸치고서 바삐 걸어 나와 두 사람을 맞이했다.

"경감님, 폴스태프를 기억하시죠? 비할 데 없이 소중한 나의 폴스태프 말입니다."

레인은 그 작은 노인의 대머리를 쓰다듬으며 물었다.

"물론이죠. 기억하고말고요!"

과연 폴스태프라는 별명에 걸맞은 노인이 인사를 하며 싱긋 웃었다.

"큰 잔으로 하시렵니까, 선생님?"

"그래, 경감님에게도 한 잔 드리게. 그리고 브랜디도 한 병 곁들여서, 뭐든 맛있는 걸 좀 내오게. 자, 경감님, 이리로 오시죠."

홍청대는 손님들에게 인사도 하고 미소도 보내면서 레인은 경감을 이끌고 혼잡한 실내를 헤치며 나아갔다. 잠시 후, 두 사람은 한쪽 구석의 빈자리를 발견하고 교회당의 벤치처럼 긴 의자에 걸터앉았다. 이윽고 폴스태프가 이 주점의 지배인답게 자신의 귀빈들을 위해 직접 요리를 날라 왔다. 경감은 크게 한숨을 내쉰 뒤 거품이 이는 맥주잔 속에 뭉툭한 코끝을 묻었다.

식사를 마친 경감이 남은 브랜디를 마저 비웠을 때 레인이 말을 꺼냈다.

"자 그럼, 경감님, 이번 사건에 관해 좀 더 자세한 얘기를 듣고 싶군요."

"안타깝게도 그다지 드릴 말이 없는 형편입니다."

경감이 씁쓸한 표정으로 말을 이었다.

"저 역시도 신문에 실린 것 이상으로 특별히 더 알고 있는 건 없으니까요. 그런데 두 달쯤 전에 노부인의 남편이 자살했다는 기사도 읽으셨을 테죠?"

"물론이죠. 그 무렵에는 신문들이 온통 요크 해터 실종 사건에 관한 기사들로 가득 찼으니까요. 아무튼, 당신이 현장에 도착했을 때의 상황부터 들려주시지요."

"그러죠."

긴 의자의 등에 기대면서 섬 경감이 말을 이었다.

"현장에 도착하고 나서 저는 무엇보다도 달걀술 속에 스트리크닌이 투입된 것이 언제였는지 그 정확한 시각을 알아내고자 했습니다. 가정부인 아버클 부인이 문제의 달걀술을 식당 탁자 위에 올려놓은 것은 약 2시 25분입니다. 그리고 해터 부인이 장애인인 큰딸 루이자를 데리고 식당에 들어서려다 개구쟁이 재키가 루이자의 달걀술을 마시는 것을 본 것이 그로부터 약 오 분이나 십 분 뒤라고 추정됩니다. 그러므로 바로 그 오 분 혹은 십 분 사이에 범행이 저질러졌다고 생각되는데, 어떻습니까?"

"아마 그렇겠지요."

레인이 수긍하며 말을 이었다.

"그런데 신문에서 본 현장 상황대로라면 달걀술에 독을 넣을 기회는 누구에게나 있었다고 봅니다. 재키라는 아이가 언제 식당에 들어갔는지 그 애에게 직접 물어보셨습니까?"

"물론이죠. 하지만 어린애라선지 아무런 도움도 되지 않았습니다. 할머니와 고모가 나타나기 바로 전에 식당에 들어갔는데 곧바로 두 사람에게 들켰다고 합니다. 그러니 누가 아이보다 먼저 식당에 숨어들었는지는 확인할 수가 없었습니다."

"그런데 그 애는 이제 완전히 나았습니까?"

"물론 나았죠. 독을 한 모금쯤 마셨다고 죽을 애 같지도 않았으니까요. 아무튼 대단히 맹랑한 꼬마예요! 어째서 달걀술을 훔쳐 먹으려고 했느냐고 물었더니 '그런 거 알 게 뭐야! 할머니가 무서운 얼굴로 노려봐서 그냥 마신 것뿐이라고.' 하고 태연스레 지껄여대더군요. 글쎄, 어째서 좀 더 마시지 않았는지 애석할 정도더군요."

경감은 이맛살을 찌푸리며 대답했다.

"하지만 경감님, 당신 역시 어렸을 때는 그다지 얌전했을 것 같진 않은데요?"

그렇게 말하고 레인은 킥킥 웃었다.

"그런데 달걀술에 독이 들어갔다고 추정되는 시각 전후로 다른 사람들은 어디서 무얼 하고 있었답니까? 그 부분은 신문에도 분명한 언급이 없더군요."

"그렇습니다, 레인 씨. 바로 그 부분이 골칫거리입니다. 선장 트리벳, 그자는 바로 옆의 서재에서 신문을 읽고 있었다고 하더군요. 하지만 아무 소리도 듣지 못했다고 합니다. 그리고 질 해터, 그녀는 2층 자기 방에서 반쯤 잠들어 있었다더군요. 그때가 오후 2시 30분인데 말입니다……."

"아마도 그 아가씨는 전날 밤에 외출했다 돌아왔겠죠. 밤새도록 진탕 마시고 놀다 돌아왔을 테죠. 그 밖의 사람들은 어땠습니까?"

레인은 담담하게 말했다.

경감은 자못 침울한 표정으로 브랜디 잔을 바라보았다.

"루이자는 점심 식사 후에 여느 때처럼 낮잠을 자고 있었답니다. 노부인과 함께 사용하는 2층의 침실에서 말입니다. 그리고 해터 부인은 정원에서 누군가에게 호통을 치다가 루이자가 달걀술을 마실 시간이 되자 2층으로 올라가 그녀를 깨우고 함께 아래층으로 내려왔다고 합니다. 그때가 정확히 2시 30분이었답니다. 다음으로는 노부인의 방탕한 아들이자 개구쟁이 재키의 아버지인 콘래드인데, 그는 담배를 피우며 집 동쪽의 좁은 길을 서성거렸다고 합니다. 아마도 숙취 탓이었겠지만 몹시 두통이 심해서 바깥 공기를 쏘이고 싶었다는 게 그 이유입니다. 다음은 여류 시인인 바버라 해터인데, 그녀는 2층의 자기 방에서 원고를 쓰고 있었답니다. 아마도 그 집안사람 중 그나마 사람다운 사람은 그녀 하나뿐일 겁니다. 그리고 루이자의 전속 간호사인 스미스 양, 그녀는 루이자의 침실 바로 옆인 자기 방에서 일요 신문을 읽고 있었답니다. 그녀의 방은 아까 말한 동쪽의 좁은 길에 면해 있죠."

"그 외 사람들은요?"

"나머지 사람들은 별로 문제가 되지 않습니다. 가정부인 아버클 부인은 뒤쪽의 부엌에서 하녀 버지니아와 함께 점심 식사 뒤의 설거지를 하고 있었답니다. 아버클의 남편인 조지는 차고에서 세차를 하고 있었고요. 이게 전부입니다. 어떻습니까, 레인 씨? 당신이 생각하기에도 해결하기가 어렵지 않겠습니까?"

레인은 물끄러미 경감의 입가를 응시한 채 고개를 끄덕였다.

"트리벳 선장이라는 인물이 매우 흥미롭군요."

이윽고 입을 연 레인이 말을 이었다.

"대체 그는 이 수수께끼 속에서 무슨 역을 맡고 있는 걸까요? 즉, 일요일 오후 2시 30분에 해터가에서 뭘 하고 있었을까요?"

"아, 그 노인 말입니까? 예전에 선장이었던 그는 은퇴한 후 해터가의 이웃에 거처를 마련해 꽤 오래전부터 살고 있습니다. 그에 관해서라면 우리도 철저히 조사했으니 걱정할 것 없습니다. 재산도 제법 가진 노인입니다. 자기 소유의 화물선으로 근 삼십 년간 바다를 누비고 다녔는데, 남대서양에서 심한 폭풍우를 만나 사고를 당한 후에 은퇴했죠. 그때 한쪽 다리에 두 군데나 큰 상처를 입었는데 일등 항해사가 적당히 응급조치를 했지만 결국엔 절단해야만 했습니다. 아주 괄괄한 노인이죠."

"그런데, 당신은 아직도 내 질문엔 대답하지 않았습니다, 경감님."

레인이 조용히 말을 이었다.

"어째서 그는 그때 해터가에 있었을까요?"

"아, 알겠습니다. 너무 그렇게 몰아세우진 마세요."

경감은 씁쓸하게 말을 이었다.

"트리벳 선장은 늘 해터가를 드나듭니다. 그는 요크 해터의 유일한 친구였죠. 고독한 두 노인이 서로의 외로움을 달래면서 친해진 거겠죠. 그런 만큼, 해터가 행방불명이 되고 더욱이 자살을 하자 그 역시 적잖은 충격을 받았을 겁니다. 그러나 그 후로도 그는 해터가를 계속 방문했습니다. 이번에는 루이자 캠피언 때문이었죠. 아마도 심한 불구의 몸이면서도 마음씨 고운 그녀에게서 동병상련과 위안을 느꼈기 때문이겠지요."

"그래요. 아마도 장애인이라는 공통점이 서로의 마음을 하나로 이어줬을 테죠. 그건 그렇고, 그러니까 그 사람 좋은 선장은 루이자 캠피언을 만나기 위해 와 있었을 뿐입니까?"

"그렇습니다. 그는 날마다 루이자를 만나기 위해 그 집을 방문합니다. 두 사람은 아주 사이가 좋습니다. 그 심술쟁이 할멈조차 그 점만은 좋아하고, 다른 식구들은 전혀 모르는 척하니까요. 그날 선장이 방문한 것은 2시경이었답니다. 루이자가 2층에서 낮잠을 자고 있다는 가정부의 말을 듣고서 그는 서재로 들어가 루이자가 깰 때까지 기다렸답니다."

"그런데 경감님, 그들은 어떤 식으로 의사소통을 했을까요? 그녀는 듣지도 보지도 말하지도 못하는데 말입니다."

"아무튼 어떻게 되는 모양입니다."

경감은 낮은 소리로 중얼거리며 말을 이었다.

"어쨌든 열여덟 살 때까지는 루이자도 들을 수 있었다니까 그동안에 어떤 식으로든 방법을 찾았겠죠. 하지만 선장은 대개 그녀의 손을 잡고 앉아 있기만 했답니다."

"딱한 노릇이군요! 그런데 경감님, 문제의 독약인 스트리크닌의 출처는 알아내셨습니까?"

경감은 쓴웃음을 지었다.

"물론 처음부터 우린 그 점을 중요하게 생각했습니다만 성과가 없었어요. 어쨌든 결과는 이렇습니다. 그 요크 해터라는 인물이 화학에 대한 열정을 완전히 잊은 채 지냈던 건 아니었어요. 젊었을 때에는 화학자로서 꽤 유명한 인물이었으니까요. 그는 자신의 침실에 실험실을 차리고 하루 종일 거기에서 시간을 보냈다고 합니다."

"견디기 힘들었던 집안 분위기로부터 도피했던 셈이로군요. 당연한 일이죠. 그러니까 스트리크닌이 바로 그 실험실에서 나왔다는 말씀입니까?"

섬은 어깨를 으쓱했다.

"저도 그럴 거라고 생각합니다만, 그런데 그게 또 좀 묘합니다. 남편이 실종된 후로 해터 부인은 그 실험실에 자물쇠를 채우고 아무도 들어가지 못하도록 엄중히 명령을 내렸답니다. 남편에 대한 추억으로 간직할 셈이었는지도 모르죠. 더욱이 두 달 전에 남편의 시체가 발견된 후부터는 그런 마음이 더욱 강해졌던 모양입니다. 이해할 만하죠. 어쨌거나 열쇠는 오직 하나밖에 없는데 언제나 그녀가 지니고 다녔답니다. 게다가 실험실에는 달리 드나들 수 있을 만한 곳도 없답니다. 창문조차도 모두 쇠창살로 막아놓았으니까요. 물론 저는 실험실에 관한 이야기를 듣고 나서 곧바로 달려가서 조사해보았죠……."

"물론 열쇠는 해터 부인에게서 건네받았을 테죠?"

"그렇습니다."

"열쇠를 그 부인이 언제나 지니고 다닌다는 것은 확실합니까?"

"자기 입으로 그렇게 말했습니다. 어쨌든 실험실에 들어가 보니 해터 자신이 직접 만든 선반 위에 스트리크닌 정제가 담겨 있는 병이 있었습니다. 그래서 독물의 출처가 바로 그 병이라고 생각했습니다. 분말이나 액체로 된 것보다는 정제로 된 것이 가지고 다니기에도 편리하고 달걀술에 넣기도 쉬울 테니까요. 그런데 범인은 대체 어떻게 실험실에 들어갈 수 있었을까요?"

레인은 곧바로 대꾸하지 않았다. 그는 길고 창백한 손가락을 구부리며 폴스태프에게 신호했다.

"맥주를 채워주게……. 꽤 생각해볼 여지가 있는 질문이군요, 경감님. 창문에는 쇠창살이 있었고 문에는 자물쇠가 잠겨 있었고, 오직 하나뿐인 열쇠는 언제나 해터 부인이 지니고 있었으니까요. 흐음…… 하지만 굳이 어렵게 생각할 필요는 없을 것 같군요. 밀랍으로 열쇠 모양을 본떴을 수도 있으니까요."

"그렇군요!"

경감은 소리치며 말을 이었다.

"그렇다면 세 가지 해석이 가능합니다. 첫째로, 범인은 요크 해터가 실종되기 이전에, 즉 누구든 별 어려움 없이 실험실에 드나들 수 있었던 무렵에 스트리크닌을 훔쳐내 범행 당일까지 숨겨 가지고 있었다……."

"좋습니다! 계속하십시오."

레인이 말했다.

"둘째는, 방금 당신이 말씀하신 대로 범인이 열쇠를 밀랍으로 본떠 만든 다음 사건 직전에 실험실로 들어가 독약을 손에 넣었다고 볼 수 있습니다."

"사건 직전이 아니라 훨씬 이전이라도 상관없을 테죠. 그리고요?"

"셋째는, 그 실험실과는 관계없이 외부에서 독약을 입수했을 경우입니다."

경감은 폴스태프로부터 넘칠 듯이 거품이 이는 맥주잔을 받아 들고는 목이 마른 듯 단숨에 들이켰다.

그는 목젖을 울리며 말을 이었다.

"좋군요. 맥주 말입니다. 어쨌거나 우리도 생각할 수 있는 건 모두 해보았습니다. 열쇠에 초점을 맞춰서 자물쇠 장사와 철물상들을 대상으로 수사를 펼쳐보았지만 아무런 단서도 나오지 않습니다. 외부의 경로에 대해서도 수사를 계속하고 있습니다만 이것 역시 아직까지는 별다른 수확이 없습니다. 이상이 이제까지의 수사 현황입니다."

레인은 생각에 잠긴 채 손끝으로 탁자를 두드렸다. 어느덧 인어 주점에는 손님들이 썰물처럼 빠져나가고 두 사람만이 남아 있었다.

"그런데 이런 점은 생각해보셨습니까?"

짧은 침묵 끝에 레인이 말했다.

"가정부인 아버클 부인이 식당으로 달걀술을 가져가기 전에 이미 독이 들어 있었을 수도 있지 않겠습니까?"

"물론이죠, 레인 씨."

경감은 단호하게 말을 이었다.

"물론 저 역시도 그 점을 생각해보았죠. 그래서 부엌을 샅샅이 조사해봤습니다. 하지만 거기엔 스트리크닌 흔적이나 범인이 있었던 것 같은 흔적은 전혀 없었습니다. 하긴 아버클 부인이 달걀술을 부엌 탁자 위에 놓은 채 이 분간쯤 식기실로 무엇을 가지러 갔던 적은 있었죠. 게다가 그 직전에 하녀인 버지니아가 객실을 청소하기 위해 나갔고요. 그러니까 그 짧은 틈을 타서 범인이 부엌으로 숨어들어 달걀술에 독을 넣었을 수는 있겠죠."

"당신의 고충을 알 만하군요."

동정 어린 미소를 띤 채 레인이 말을 이었다.

"하지만 나 역시도 마찬가지랍니다, 경감님. 그날 오후, 해터가에 그 밖의 다른 사람은 아무도 없었습니까?"

"현재까지의 조사 결과로는 그렇습니다. 하지만 현관이 잠겨 있지 않았으니까 범인이 침입했다가 들키지 않고 빠져나갔을 수도 있죠. 게다가 매일 오후 2시 30분에 달걀술이 식당에서 준비되어 나온다는 것은 해터가와 친분이 있는 사람이라면 누구나 알고 있는 사실이니까요."

"그런데 사건이 일어난 시각에 집에 없었던 인물이 있었다면서요. 에드거 페리라는 콘래드의 두 아들의 가정교사 말입니다. 그 사람에 대해서도 조사해보셨겠죠?"

"물론이죠. 페리는 일요일마다 쉬는데, 그날은 아침부터 센트럴파크를 산책하면서 하루 종일 혼자서 시간을 보냈다고 하더군요. 그러다가 오후 늦게 해터가로 돌아왔는데 제가 그 집에 있을 때였습니다."

"독살 미수 사건을 듣고선 어떤 표정을 짓던가요?"

"물론 놀라더군요. 말은 하지 않았지만 꽤 걱정하는 듯했습니다."

레인의 얼굴에서 미소가 사라지며 미간에 주름이 잡혔다.

"마치 안개 속을 더듬으며 걷는 듯한 기분이 드는군요. 그런데 과연 범행 동기는 무엇일까요? 아마도 그 점에 이 사건의 열쇠가 숨겨져 있을 것 같군요."

섬 경감은 덩치에 어울리지 않게 안타까운 듯한 신음을 냈다.

"그 집안 식구들이라면 한 사람도 빠짐없이 동기를 가지고 있을지 모릅니다. 모두가 정상적인 인물들이 아니니까요. 한마디로 미치광이들의 집단입니다. 여류 시인인 바버라만은 예외일지도 모르지만 그녀도 마찬가지로 문제를 품고 있죠. 단지 시를 통해 자신의 문제를 승화시킨다고나 할까요. 그리고 이미 알고 계시겠지만 해터 부인은 오로지 그 장애인 딸만을 애지중지한답니다. 같은 침실에 기거하며 문자 그대로 먹여주고 입혀주며 루이자를 위해 자신의 모든 것을 바치고 있는 실정입니다. 그 심술쟁이 노파가 갖고 있는 단 하나뿐인 인간미일 테죠."

"그렇다면 물론 다른 자식들이 질투를 했을 테죠?"

눈을 빛내며 레인이 중얼거렸다.

"아마도 그랬겠죠. 모두 방탕한 데다 감정에 쉽게 휩쓸리는 인물들이니까……. 그래요, 이제야 상황이 좀 더 명확해지는군요."

경감이 말을 이었다.

"지난 일주일 동안 그 집안 식구들을 지켜보았습니다만 그 결과 알게 된 것은 노부인이 너무 루이자만을 감싸고 있어 다른 자식들이 모두 못마땅해한다는 겁니다. 루이자라는 여자만 하더라도 나머지 자식들과는 아버지가 다른 이복형제이니까요."

"상당한 불화가 있었겠군요."

레인이 대꾸했다.

"아주 사이가 안 좋았지요. 가령 막내딸인 질 같은 경우에는 루이자에 대해서라면 드러내놓고 불평을 할 정도니까요. '루이자 때문에 집 안이 음침해 죽겠어. 친구들도 아무도 집에 오려고 하지 않아. 루이자가 묘한 태도로 모두를 불쾌하게 만들기 때문이야.'라고 불평을 해댑니다. 루이자로서는 어쩔 수 없는 일인데도 질은 제 생각만 하는 겁니다. 정말이지, 제 딸이라면 가만 놔두지 않았을 겁니다."

경감은 개탄스럽다는 듯이 손바닥으로 무릎을 치고는 말을 이었다.

"콘래드 또한 마찬가집니다. 식구들에게 방해가 되지 않게 루이자를 장애인 수용시설 같은 데라도 넣어버리라고 늘 모친과 갈등을 빚고 있어요. 루이자 때문에 자기들이 정상적인 생활을 할 수 없다고 말입니다. 도대체 그들 주제에 정상적인 생활이라니, 웃기는 노릇이죠!"

경감은 비웃으며 말을 이었다.

"그자가 생각하는 정상적인 생활이란 탁자 아래 밀주를 숨겨두고 양 무릎에 댄서들을 한 명씩 앉히는 거니까요."

"바버라 해터는 어떻습니까?"

"그녀는 경우가 또 좀 다르죠."

섬 경감은 맥주를 한 모금 들이켜고 안주를 집어 들더니, 레인의 의심스럽다는 시선에도 아랑곳없이 그 여류 시인에게 일종의 열정을 품은 사람처럼 매우 부드러운 어조로 말을 이었다.

“한마디로 괜찮은 여자라 할 수 있죠, 레인 씨. 사리를 분별할 줄 아는 여자거든요. 그녀가 루이자를 진심으로 사랑하는지 어떤지는 알 수 없지만, 어쨌든 제가 조사한 바로 그녀는 루이자를 불쌍하게 여겨서 뭔가 인생에 즐거움을 가질 수 있도록 도와주려고 한 듯합니다. 제대로 된 생각을 가진 여자라면 당연히 그래야 하겠지만요.”

“그렇다면 바버라야말로 사랑의 참뜻을 아는 여자겠군요.”

레인은 자리에서 일어나며 말을 이었다.

“자, 경감님. 바깥의 공기를 쐬러 나갑시다.”

경감은 비틀거리며 일어나 가죽 허리띠를 느슨하게 했다. 밖으로 나온 그들은 옛 정취가 느껴지는 오솔길로 접어들어 다시 정원 쪽으로 걸어갔다. 레인은 흐린 눈빛으로 입을 한일자로 다물고서 생각에 잠긴 채 걸었고, 섬 경감은 무뚝뚝한 표정으로 굽 소리를 내며 걸었다.

“콘래드는 아내와 사이가 좋지 않다면서요?”

이윽고 레인은 그렇게 말하며 통나무 벤치에 앉았다.

“앉으십시오, 경감님.”

경감은 생각만 해도 피곤하다는 듯이 힘없는 태도로 앉았다.

“사이가 좋지 않은 정도가 아닙니다. 마사가 저에게 그러더군요. 한시바삐 ‘이 끔찍한 집’에서 두 아들을 데리고 나가고 싶다고요. 매우 흥분해서 말입니다……. 그녀에 관해서는 루이자의 전속 간호사인 스미스 양으로부터 다소 흥미로운 얘기를 들었습니다. 이 주일쯤 전에 마사와 노부인이 서로 격렬하게 싸웠다는 겁니다. 노부인이 아이들을 때리니까 마사가 발끈해서 시어머니인 노부인에게 갖은 욕을 해대며 대들었다더군요. 여자라는 동물이 흥분하면 어떻게 되는지는 아시죠. 어쨌든 머리채를 맞잡을 것처럼 큰 싸움이 되자 스미스 양은 겁에 질린 애들을 데리고 방을 나갔답니다……. 마사는 원래 양처럼 온순한 성격이지만 한번 발끈하면 굉장한 모양입니다. 어쨌든 불행한 여자입니다. 그 집 안에서의 하루하루가 정신병원에서 지내는 것 같을 테니까요. 자기 자식마저 그런 환경에서 기르고 싶진 않을 테죠."

"그런데 해터 부인이 부자인 만큼…… 이면에는 돈 문제가 연관됐을지도 모르겠군요……."

마치 경감의 이야기가 들리지 않는 것처럼 레인이 중얼거리며 말했다. 그의 표정은 어느새 침울하게 변해 있었다.

두 사람은 한동안 말없이 앉아 있었다. 정원은 시원했고 햄릿 저택에 딸린 작은 촌락에서 웃음소리가 들려왔다. 경감은 팔짱을 끼고 레인의 얼굴을 지켜보다가 퉁명스럽게 물었다.

"자, 어떻습니까, 레인 씨? 뭔가를 알아내셨습니까?"

드루리 레인은 한숨을 쉬더니 씁쓸한 미소와 함께 고개를 저었다.

"불행히도 나는 초인이 아니랍니다, 경감님."

"그렇다면……?"

"즉, 아무런 도움을 드릴 수 없다는 말입니다. 달걀술에 독을 넣은 범인을 전혀 추리할 수가 없습니다. 추리를 가능하게 하는 단서들이 너무나 부족합니다."

섬 경감은 실망스러운 표정을 지었다. 이렇게 되지 않을까 예상하긴 했지만 한편으로는 이런 결과가 나올까봐 두려웠던 것이다.

"그래도 뭔가 짚이는 점이라도?"

레인은 어깨를 으쓱했다.

"한 가지 사실만은 말씀드릴 수 있습니다. 비록 이번에는 실패로 끝났지만 범인은 또다시 루이자 캠피언의 목숨을 노릴 것입니다. 물론 지금 당장은 아니겠지요. 하지만 자신이 안전하다고 생각될 때에는……."

"어쨌든 그것만은 막도록 해보겠습니다."

경감은 그다지 자신 없는 목소리로 말했다.

갑자기 노배우는 늘씬한 몸을 벌떡 일으켰다. 경감은 반사적으로 그를 쳐다보았으나 레인의 얼굴은 무표정했다. 이것은 분명히 그가 무엇인가를 깨달았다는 징조였다.

"경감님, 메리엄 박사가 바닥에 엎질러진 달걀술을 견본으로 조금 담아 갔다고 하셨지요?"

경감은 의아한 표정으로 레인을 바라보며 고개를 끄덕였다.

"경찰에서 그걸 분석했습니까?"

그 질문에 경감은 긴장을 풀었다.

"아 네, 물론이죠. 실링 검시관에게 일임했습니다."

"실링 검시관이 그 분석 결과를 보고했습니까?"

"왜 그러시죠?"

다시 의아한 표정을 지으며 경감이 말을 이었다.

"그 보고에서 달리 이상한 점은 아무것도 없었습니다, 레인 씨. 실링 검시관은 분석 결과를 정확하게 보고했습니다."

"달걀술에 들어 있던 독이 치사량이었다고 하던가요?"

그 질문에 경감은 어이없다는 표정을 지었다.

"치사량이었냐고요? 치사량 정도가 아니었어요. 대여섯 명 정도는 죽일 수 있을 만큼 듬뿍 들어 있었다고 하던걸요."

잠시 침묵이 흘렀다. 레인의 얼굴은 여느 때와 다름없는 쾌활한 표정을 되찾았으나 가벼운 실망의 빛이 깔려 있었다. 경감은 레인의 회녹색 눈에서 낭패감을 읽었다.

이윽고 드루리 레인이 말했다.

"그렇다면, 이렇게 더운 날씨에 멀리 이곳까지 찾아주신 경감님에게는 안됐습니다만, 제가 드릴 수 있는 말씀은 아무쪼록 해터가의 사람들을 더욱 면밀히 감시하시라는 것뿐입니다."

## 제2장

*루이자의 침실*

*6월 5일 일요일 오전 10시*

이 해터 사건이 느린 속도로 진행되리라는 것은 처음부터 알 수 있었다. 이것은 잇달아 범죄가 발생하고 사건이 급속도로 전개되어 운명의 망치 소리가 다급하게 울려 퍼지는 것 같은 범죄가 아니었다. 아주 서서히 게으른 자의 걸음걸이와도 같은 속도로 진행되는 것이었다. 하지만 느리기 때문에 오히려 자간나트인도 신화의 비슈누 신의 수레-옮긴이가 지나가는 것 같은 그 어떤 비정한 가혹함이 서려 있었다.

어떤 면에서는 이 사건이 느리게 흘러가는 데에는 그 나름의 의미가 있었다고 할 수 있다. 그러나 이 당시 드루리 레인을 포함한 그 누구도 진실을 파헤칠 만한 추리를 할 수가 없었다. 요크 해터의 실종이 12월이고, 그 시체 발견이 2월, 장애인인 루이자 독살 미수 사건이 4월이었다. 그리고 이번엔 그로부터 두 달가량 지난 6월의 어느 맑은 일요일 아침의 일이었다…….

허드슨 강 상류의 햄릿 저택에서 안온한 은거 생활을 즐기는 드루리 레인은 어느덧 해터가의 사건도, 섬 경감의 방문도 잊고 있었다. 신문들도 차츰 독살 미수 사건에서 관심이 멀어지더니 마침내 이 사건 기사를 지면에서 완전히 빼버렸다. 섬 경감이 최선을 다해 노력했음에도 불구하고 범인에 관한 단서는 그 무엇도 발견되지 않았다. 세인들의 흥분이 가라앉음에 따라 경찰 당국도 조용해졌다.

그렇게 해서 6월 5일이 되었다.

드루리 레인은 전화로 그 보고를 받았다. 그가 햄릿 저택의 흉벽 위에 길게 드러누워 일광욕을 즐기고 있을 때, 퀘이시 노인이 작은 탑의 나선 계단을 힘겹게 올라왔다. 작은 요정 같은 노인의 얼굴이 가쁜 숨결을 내뿜으며 보랏빛이 되어 있었다.

"섬 경감님으로부터…… 전화입니다! 선생님! 경감님께서……."

그 소리에 레인은 황급히 몸을 일으켰다.

"무슨 일이라던가, 퀘이시?"

"해터가에서 사건이 발생했답니다!"

퀘이시는 여전히 숨을 몰아쉬며 대답했다. 레인은 볕에 그을린 늘씬한 몸을 웅크리며 앉았다.

"흐음, 드디어 올 것이 왔군!"

레인은 침착하게 말을 이었다.

"그래, 경감님은 뭐라고 하시던가?"

퀘이시는 이마에 맺힌 땀을 닦았다.

"사건 내용에 대한 다른 말씀은 없으셨습니다. 굉장히 당황해하고 있어요. 경감님께선 저더러 빨리 전하라고 마구 호통을 치시더군요. 저는 이 나이를 먹도록 그렇게……."

"퀘이시! 빨리 얘기해보게!"

레인은 일어서며 재촉했다.

"예, 선생님. 지금 곧바로 해터가에 와주셨으면 하셨습니다. 해터가는 노스 워싱턴 스퀘어에 있고, 선생님께서 도착하실 때까지 아무것에도 손을 대지 않을 테니…… 그러니까 급히 와달라고 하셨습니다!"

퀘이시가 말을 채 마치기도 전에 레인은 이미 작은 탑의 나선 계단을 향해 달려가고 있었다.

두 시간 후, 레인은 늘 이를 드러내고 웃는 드로미오라는 청년(레인은 고용인들에게 셰익스피어의 작품 속에 등장하는 인물 이름을 붙여 부르길 즐겼다.)이 운전하는 검은 링컨 리무진을 타고 5번 애버뉴의 혼잡한 길을 누비며 달리고 있었다. 8번

스트리트의 차도를 가로지를 때, 레인은 워싱턴 스퀘어 공원에 많은 구경꾼들이 모여 있는 것을 보았다. 동원된 경관이 그 일대를 정리하느라 분주했으며 아치 아래의 차도는 통제되고 있었다. 오토바이를 탄 경관 두 명이 드로미오에게 차를 멈추게 했다.

"이리로는 갈 수 없소! 다른 길로 돌아가시오!"

경관 한 명이 소리쳤다.

그때 얼굴이 붉고 뚱뚱한 경사가 달려왔다.

"레인 씨의 차로군요. 섬 경감님으로부터 얘기를 들었습니다……. 이봐, 괜찮아. 이분은 공무로 오신 분이야."

드로미오는 천천히 모퉁이를 돌며 차를 몰았다. 5번 애버뉴와 맥두걸 스트리트 사이의 광장 북쪽은 통행이 완전히 차단된 상태였다. 거리와 교차하는 공원의 보도는 구경꾼들로 붐볐고, 신문기자와 카메라맨들이 개미처럼 바삐 움직이고 있었다. 곳곳에 제복 경관들과 무거운 발걸음의 사복형사들이 보였다.

소란의 진원지를 곧바로 알 수 있었기에 드로미오는 그 앞에서 차를 세웠다. 그 저택은 붉은 벽돌로 지은 상자 모양의 3층 건물로 몹시 고풍스러웠다. 식민지 개척 시대의 유물인 듯 커다란 창마다 장중한 커튼이 드리워져 있었고 지붕의 돌출부는 조각 장식이 되어 있었다. 높은 현관의 흰 돌계단에는 양쪽으로 철제 난간이 설치되어 있었고, 계단 끝에는 세월에 빛바랜 듯한 주철로 만든 수사자 두 마리가 양쪽에 서 있었다. 이 돌계단은 많은 형사들로 붐볐다. 정면의 희고 큰 문을 열어놓은 탓에 아래 길에서도 현관 내부가 들여다보였다.

레인은 약간 어두운 얼굴로 차에서 내렸다. 그는 마로 된 시원해 보이는 양복에 밀짚모자를 쓰고, 흰 구두에 등나무 지팡이를 들고 있었다. 레인은 계단 위를 올려다보고 한숨을 쉬더니 천천히 돌계단을 오르기 시작했다. 그러자 현관 안에서 한 사내가 얼굴을 내밀었다.

"레인 씨이시죠? 자, 이쪽으로……. 섬 경감님께서 기다리고 계십니다."

경감은 몹시 흥분된 얼굴로 직접 레인을 맞이하러 나왔다. 저택 내부는 조용했다. 썰렁한 느낌이 감도는 넓은 홀 양쪽의 방들은 모두 닫혀 있었고, 홀 한가운데에는 2층으로 이어지는 호두나무로 만들어진 계단이 있었다. 소란스러운 외부 세계와는 달리 이 저택의 내부는 묘지처럼 조용했다.

"결국 당했어요."

경감은 침통한 목소리로 그렇게 말했다. '당했다'는 표현밖에는 달리 더 할 말이 없는 듯이 보였다.

"루이자 캠피언입니까?"

레인은 그렇게 물었지만 그것은 불필요한 질문인 것 같았다. 두 달 전에 그녀의 목숨을 노렸던 만큼 이번에도 피해자는 루이자 캠피언일 게 뻔했기 때문이다.

하지만 섬 경감은 힘없이 고개를 가로저으며 말했다.

"아닙니다."

그 순간, 레인의 놀라움은 차라리 우스꽝스럽게 느껴질 정도였다.

"루이자 캠피언이 아니라고요?"

레인이 깜짝 놀라 되물었다.

"그럼, 대체 누구죠……?"

"노부인입니다. 살해당했습니다!"

썰렁한 홀에 우뚝 멈춰 선 채 두 사람은 서로를 마주 보고 있었다. 하지만 어느 쪽도 상대의 표정에서 위안을 얻을 수는 없었다.

"해터 부인……."

레인은 벌써 세 번이나 그 이름을 되풀이하고 있었다.

"그것참 이상하군요, 경감님. 마치 범인은, 한 인물이 아니라 해터 가족 모두에게 살의를 품고 있는 것 같군요."

경감은 초조한 태도로 계단 쪽을 향해 걷기 시작했다.

"그렇게 생각하십니까?"

"아니, 그저 떠오르는 대로 얘기했을 뿐입니다."

레인은 약간 어색한 태도로 말을 이었다.

"물론 당신은 그렇게 생각하지 않으실 테죠?"

두 사람은 어깨를 나란히 하고 계단을 오르기 시작했다.

경감은 몸이라도 아픈 사람처럼 힘겹게 걸음을 옮겼다.

"동의하지 않는다는 뜻이 아닙니다. 실은, 어떻게 생각해야 좋을지 짐작조차 되지 않습니다."

"독살입니까?"

"아닙니다. 적어도 겉으로 보기에는 말입니다. 아무튼 직접 보십시오."

계단을 다 오른 뒤 두 사람은 멈춰 섰다. 레인은 예리하게 주위를 둘러보았다. 두 사람은 긴 복도 한가운데에 있었는데, 복도 양쪽의 방문들은 모두 닫혀 있고 각각의 문 앞에는 경관이 한 명씩 지키고 서 있었다.

"현장은 침실입니까, 경감님?"

경감은 짧게 대답하고 계단 위의 나무 난간을 따라 걷기 시작했다. 하지만 갑자기 경감이 우뚝 멈춰 서는 바람에 뒤따르던 레인은 그와 부딪치고 말았다. 복도의 서북쪽 구석에 위치한 방문에 기대어 서 있던 땅딸막한 경관이 갑자기 방 안에서 누군가가 문을 왈칵 여는 통에 소리를 지르며 비틀거렸기 때문이었다.

경감은 맥이 풀리는 표정을 지었다.

"또 고놈의 개구쟁이들 짓이로군!"

경감이 엄하게 말을 이었다.

"호건, 그 꼬마들을 방 안에 가두라니까!"

"예, 경감님."

호건이라 불린 경관은 난처한 듯한 표정을 지으며 대답했다. 순간 한 소년이 고함을 지르며 그 경관의 가랑이를 빠져나와 사나운 기세로 복도로 내달렸다. 비틀거리던 경관이 몸의 균형을 잡으려는 순간 이번에는 더 작은 꼬마에게 당하고 말았다. 꼬마는 아까의 소년을 흉내라도 내듯 경관의 가랑이 사이로 빠져나와 기쁜 듯이 큰 소리를 지르며 내뺐다. 경관이 그들을 쫓아가자 그 뒤에서 난처한 표정을 한 여자가 달려 나와 고함을 질렀다.

"재키! 빌리! 그만두지 못해!"

"마사 해터로군요?"

레인이 목소리를 낮추어 물었다. 그녀는 미인형의 여자였지만 이미 눈가에는 잔주름이 잡혀 있었고 여자로서의 싱싱함은 사라져가고 있었다. 경감은 눈앞에서 벌어진 소동을 신경질적인 시선으로 지켜보며 고개를 끄덕였다.

경관은 열세 살짜리 재키를 보기 좋게 붙잡았다. 반항하며 고함을 지르는 걸로 보아 아마도 재키는 사건이 어떻게 진행되는지 구경하고 싶은 모양이었다. 재키가 반항하며 다리를 걷어찼기 때문에 경관은 아픔을 참느라 애썼다. 마사 해터는 형의 흉내를 내듯 열심히 경관의 발목을 차고 있는 빌리를 떼어내 안았다. 그렇게 해서 활극을 펼치며 엉켰던 네 사람은 원래의 방으로 사라졌다. 하지만 닫힌 문을 뚫고 들려오는 소리로 판단하건대 상황은 단지 활극의 무대가 이동한 데 불과한 것이 확실했다. 섬 경감은 지긋지긋하다는 투로 말했다.

"저것이 바로 정신병원과 납골당이 함께 어우러진 듯한 이 집안의 상황을 대변해주는 좋은 예가 될 수 있겠죠. 아무튼 저 말썽꾸러기 꼬마 녀석들 때문에 골치랍니다. 자, 여깁니다, 레인 씨."

계단 쪽에서 동쪽으로 뻗은 복도에 벽이 한 단 튀어나와 있었다. 문제의 방은 그 모서리에서 불과 1미터밖에 떨어지지 않은 곳에 있었는데, 문은 조금 열려 있었다. 경감은 무척 진지한 표정으로 문을 열고는 한 걸음 옆으로 비켰으나 레인은 예리한 눈을 번득이며 출입구에 멈춰 섰다.

방은 거의 정사각형의 침실이었다. 문의 맞은편에는 돌출된 창 두 개가 있었는데, 그것들은 북쪽에 해당되는 저택의 뒤뜰에 면하고 있었다. 그 창들의 동쪽 벽에는 문이 하나 있었는데, 경감의 설명에 의하면 욕실로 통하는 문이었다.

현재 레인과 경감이 서 있는 복도에 면한 문은 복도 쪽에서 봤을 때 왼편에 있었는데, 레인은 문 오른편 벽 쪽으로 길고 폭이 깊은 벽장이 있음을 곧바로 알 수 있었다. 밖의 계단 쪽에 걸어왔을 때 복도가 좁아진 것도 바로 그 벽장 때문이었다. 벽장 몫만큼 좁아진 복도는 계속 동쪽으로 뻗어 다른 방으로 이어졌다.

레인이 서 있는 곳에서 침대 두 개가 보였다. 한 쌍으로 된 침대였는데, 오른쪽 벽으로 머리가 향하도록 나란히 놓여 있었고 그 사이에는 양쪽에 60센티미터 정도의 틈을 두고서 커다란 침대 곁탁자가 놓여 있었다. 복도 쪽 침대에는 작은 침대용 전등이 머리맡에 설치되어 있었는데, 안쪽의 침대에는 등이 없었다. 왼쪽 벽의 중간쯤, 두 침대와 마주 보는 위치에 커다란 구식 석조 벽난로가 있었다. 옆의 선반에 난로용 도구들이 걸려 있었지만 최근에 사용한 흔적은 없었다.

레인이 이와 같이 관찰한 것은 본능으로, 한순간의 일이었다. 그는 가구의 배치를 재빨리 훑어보고는 곧 다시 침대 쪽으로 시선을 돌렸다.

"작년에 잡은 고등어보다도 더 확실하게 숨이 끊겼어요."

문기둥에 기대 선 채 경감이 중얼거리듯 말을 이었다.

"하지만 꽤 미인이죠?"

해터 부인은 복도에서 가까운, 램프가 켜진 쪽의 침대에 누워 있었다. 경감의 빈정대는 설명을 들을 것도 없이, 구겨진 이불 속에 몸을 뒤틀고 누운 채 유리알 같은 커다란 두 눈을 크게 뜨고 충혈된 정맥이 부풀어 올라 보랏빛으로 변한 노부인의 모습은 아무리 보아도 살아 있는 사람의 그것이 아니었다. 게다가 이마에는 매우 이상한 상처가 나 있었다. 피가 배어 있는 그 상처는 거칠고 빛바랜 흰머리 안쪽까지 이어져 있었다.

레인은 그것을 바라보고 의아한 표정을 지었으나 이내 시선을 옆 침대로 옮겼다. 그 빈 침대에는 깨끗한 침구가 아무렇게나 뭉쳐져 있었다.

"루이자 캠피언의 침대로군요?"

경감이 고개를 끄덕였다.

"벙어리에다 귀머거리이며 맹인인 여자의 침소죠. 하지만 지금은 다른 곳으로 옮겼습니다. 여기서 정신을 잃고 바닥에 쓰러져 있다가 오늘 아침 일찍 발견되었죠."

레인의 명주실 같은 흰 눈썹이 치켜 올라갔다.

"그녀도 습격당했습니까?"

"그렇지는 않았다고 생각됩니다. 그 문제에 관해서는 나중에 말씀드리겠습니다. 그녀는 지금 옆방인 스미스 양의 방에 있습니다. 현재 그 간호사가 돌보고 있는 중입니다."

"그럼 그녀는 무사하다는 얘기로군요?"

경감은 짐짓 점잔을 빼며 웃었다.

"그 점이 이상하신가 보군요. 전에도 그랬으니까, 이 집 안에서 또다시 누군가가 습격을 당한다면 루이자일 거라고 생각하는 게 당연하죠. 하지만 그녀는 무사하고 당한 사람은 노부인이었습니다."

등 뒤의 복도에서 발소리가 들렸기 때문에 두 사람은 재빨리 돌아보았다. 순간 레인의 얼굴이 빛났다.

"아, 브루노 씨! 이거 반갑습니다."

두 사람은 정답게 악수를 나눴다. 뉴욕 카운티의 지방 검사 월터 브루노는 보통 키에 체격이 다부지고 근엄한 표정의 소유자로 테 없는 안경을 쓰고 있었다. 그는 피로한 듯이 보였다.

"반갑습니다, 레인 씨. 우리는 누군가가 지옥으로 끌려 들어갈 때가 아니면 못 만날 인연인가 보군요."

"그건 전적으로 당신 탓이지요. 섬 경감님과 마찬가지로 당신 역시 그동안 저를 본체만체했으니까요. 그런데 오신 지 오래되셨습니까?"

"삼십 분쯤 전에 도착했습니다. 그건 그렇고, 이 사건에 대해 어떻게 생각하십니까?"

"아직까진 전혀 판단이 서지 않습니다."

죽음의 방을 둘러보며 레인은 말을 이었다.

"사건의 경과는 어떻습니까?"

지방 검사는 문기둥에 기대어 섰다.

"지금 루이자 캠피언이라는 여자를 만나고 오는 길입니다. 정말 가엾은 여자더군요. 시체는 오늘 아침 6시경 간호사인 스미스 양이 발견했습니다. 그녀의 방은 바로 옆방입니다. 그 방에서는 뒤뜰도 보이고 동쪽 골목도 보입니다……."

"지리적 상황을 중요하게 생각하시는군요, 브루노 씨?"

레인의 질문에 브루노는 어깨를 으쓱했다.

"그 점이 중요할지도 모르니까요. 어쨌든 루이자라고 하는 여자는 매우 일찍 일어나기 때문에 스미스 양도 매일 아침 6시면 일어나 그녀를 돌보기 위해 이 방으로 옵니다. 그런데 오늘 아침 이곳에 와보니, 보시는 바대로 해터 부인은 침대에서 죽어 있고 루이자는 자기 침대와 저 벽난로의 중간쯤 되는 바닥에 머리를 난로 쪽으로 향하고 다리를 두 침대 사이로 뻗은 채 쓰러져 있었답니다. 그러니까, 바로 저깁니다."

그렇게 말하며 브루노 검사가 방으로 들어가려 하자 레인이 그의 팔을 잡아당기며 말했다.

"말씀만으로도 충분합니다. 어쨌든 바닥 위를 너무 걸어 다니지 않는 것이 좋지 않겠습니까. 어서 말씀을 계속하시지요."

브루노는 의아한 듯이 레인을 바라보았다.

"아, 저 발자국들 때문에 그러시는군요! 좋습니다, 그럼 이야기를 계속하지요. 스미스 양은 한눈에 노부인이 죽었다는 것을 알았는데, 그때는 루이자도 죽은 걸로 생각했다더군요. 어쨌든 그래서 그녀는 비명을 질렀고, 그 소리에 바바라와 콘래드 해터가 잠에서 깼답니다. 그리고 그 두 사람이 달려왔는데, 그들 역시 대번에 사태를 파악한 터라 아무것에도 손을 대지 않고……."

"손을 대지 않았다는 건 확실합니까?"

"예, 그 점에서는 모두의 말이 일치하니까 신용할 수밖에요. 목격자들은 무엇 하나 손을 댈 필요도 없이 해터 부인이 죽었음을 알 수 있었다고 했습니다. 사실 그때 이미 시체는 굳어 있었으니까요. 하지만 루이자는 단지 기절했을 뿐이라는 것을 깨닫고 곧 이 방에서 간호사의 방으로 옮겼습니다. 그런 뒤 콘래드는 주치의인 메리엄 박사와 경찰에 전화로 알렸고 이 방에는 아무도 들어가지 못하게 했다는 겁니다."

"메리엄 박사는 해터 부인의 죽음을 확인하고 나서 루이자의 상태를 보기 위해 간호사의 방으로 갔습니다. 박사는 아직도 그 방에 있습니다. 하지만 루이자에게는 아직 아무것도 물을 수가 없었습니다."

섬이 끼어들며 말했다.

레인은 생각에 잠긴 채 고개를 끄덕였다.

"그녀가 발견되었을 때의 상태는 어땠나요? 그 점에 대해 좀 더 자세히 듣고 싶습니다, 브루노 씨."

"그녀는 엎드린 채 길게 뻗어 있었다고 합니다. 그리고 이마에 혹이 나 있었는데, 박사의 말로는 기절해서 쓰러질 때 바닥에 부딪힌 것이라고 합니다. 그렇다면 그 점은 사건 해결에는 도움이 될 수 없겠죠. 아무튼 그녀는 이제 의식을 되찾긴 했지만 아직도 제정신이 아닌 것 같습니다. 우리가 그녀와 얘기를 나누는 걸 메리엄 박사가 아직 허용하지 않으니, 그녀가 과연 모친의 죽음을 알고 있는지 어떤지도 모르겠습니다."

"검시는 끝났습니까?"

"메리엄 박사가 보았을 뿐입니다. 대충 말입니다."

그러자 경감이 덧붙였다.

"아직 검시는 못 하고 있는 상황입니다. 실링 검시관이 도착하기를 기다리고 있는데 그가 늑장 부리는 건 유명하니까요."

레인은 한숨을 쉬었다. 그리고 결심한 듯이 다시 방 안을 들여다보다가 시선을 아래로 떨어뜨렸다. 침실 바닥에 깔린 푹신한 녹색 융단 위로 흰 분말이 묻은 발자국이 나 있었다. 발자국은 레인이 서 있는 위치까지 넓은 간격을 두고 많이 나 있었는데, 두 침대 사이에서 시작되어 복도 쪽으로 나 있는 것 같았다. 살해된 노부인의 침대 다리 밑 근처의 것이 가장 선명했고 문에 가까워짐에 따라 발자국은 희미해졌다. 레인은 그 발자국들을 밟지 않도록 우회하여 방 안으로 들어갔다. 두 침대 사이가 잘 보이는 위치에 멈춰 서자, 그 발자국들이 녹색 융단 위에 엎질러진 흰 분말 때문에 생겼다는 것과, 더불어 그 분말이 어디서 나왔는지도 알 수 있었다. 마분지로 만든 동그란 화장용 분통이 거의 빈 채로 루이자 캠피언의 침대 다리 근처에 뒹굴고 있었고 두 침대 사이는 온통 그 흰 분말로 얼룩져 있었던 것이다.

레인은 그 발자국들과 분말을 밟지 않도록 주의하면서 침대 사이로 들어가 곁탁자와 그 근처의 바닥을 더 면밀히 살폈다.

분통이 침대 탁자 가장자리에 놓여 있었다는 것은 쉽게 알 수 있었다. 탁자 가장자리에 둥근 원을 그리며 분말 자국이 나 있었기 때문이다. 그 자국은 분통이 탁자에서 떨어지기 직전에 어디에 놓여 있었는지 확실하게 나타내주었다. 그리고 그 둥근 원에서 몇 센티미터 떨어진 곳에는 무언가 예리하고 뾰족한 것이 탁자에 세게 부딪친 것 같은 뚜렷한 흠집이 나 있었다.

"아마도 이 통의 뚜껑이 잘 닫혀 있지 않았기 때문에 떨어졌을 때 뚜껑이 열려 분말이 흩어진 모양입니다."

레인은 허리를 숙이고 탁자 다리 밑에서 분통의 뚜껑을 집어 들며 말을 이었다.

"물론, 이미 알고 계셨겠지만 말입니다……."

경감과 지방 검사는 무료한 듯한 태도로 고개를 끄덕였다.

레인이 집어 든 그 흰 마분지 뚜껑의 가장자리에는 가느다란 평행선이 몇 가닥 나 있었는데, 그 색깔이 붉었다. 레인은 의아한 표정으로 고개를 들었다.

"혈흔이군요."

경감이 대신 말했다.

그 혈흔의 선이 맺힌 부분에서 뚜껑 표면은 쭈그러들어 있었다. 마치 선 모양으로 피가 묻은 물체가 뚜껑에 세게 부딪치며 가장자리를 쭈그러뜨린 것 같아 보였다.

"이건 확실히 설명할 수 있겠군요."

레인이 고개를 끄덕이며 말을 이었다.

"무언가의 타격으로 탁자에 흠집이 났고 이 뚜껑에도 자국이 생긴 것입니다. 즉, 그 타격으로 분통이 날아갔고, 분통은 루이자의 침대 다리 밑에 떨어져 융단 위에 분말을 흩뿌린 거죠."

레인은 쭈그러진 분통의 뚜껑을 제자리에 도로 놓으면서도 바삐 주위를 둘러보았다. 살펴야 할 것들이 꽤 많았던 것이다.

그는 우선 발자국부터 조사하기로 했다. 두 개 침대 사이로 가장 두텁게 분말이 흩어진 곳에 발끝 자국 몇 개가 나 있었다. 그 발자국들은 대략 10센티미터 간격이었고, 죽은 노부인의 침대 머리 쪽에서 다리 쪽으로, 대체로 침대와 평행을 이루며 벽난로 쪽을 향해 나 있었다. 그리고 그 흰 분말이 흩어진 부분의 가장자리께에 구둣발 끝 자국 두 개가 뚜렷이 남아 있었는데, 바로 그 지점에서 발자국 방향이 바뀌어 죽은 부인의 침대 다리 쪽으로 이어졌다. 다시 거기에서부터는 발끝과 발뒤꿈치 자국이 문 쪽으로 뚜렷이 나 있었는데, 발자국 간격으로 보아 보폭도 상당히 넓어졌음을 알 수 있었다.

"이것으로 발자국의 주인이 침대를 빙 돌아서 뛰어갔음을 알 수 있겠군요."

레인이 중얼거리듯 말했다.

그 뛰어간 발자국이 나 있는 곳에는 분말이 흩뿌려져 있지 않았지만, 그 전에 신발 바닥에 묻은 분말 때문에 발자국이 남은 것이었다. 레인은 고개를 들며 말을 이었다.

"경감님, 그러고 보니까 운이 아주 나쁜 것만은 아닌 듯합니다. 이건 남자의 발자국입니다."

섬은 못마땅한 듯이 대꾸했다.

"운이야 어떤지는 모르겠지만…… 아무래도 이 발자국들이 마음에 들지 않습니다. 뻔뻔스러울 정도로 너무 뚜렷하지 않습니까? 어쨌든 확실한 발자국을 두세 개 재어보았는데 25.5 아니면 26센티미터나 26.5센티미터로, 발끝이 가늘고 좌우의 뒤꿈치가 닳은 구두입니다. 지금 그런 신발이 이 집 안에 있는지 제 부하들이 뒤져보는 중입니다."

"그 점은 결국 간단히 결론이 나겠군요."

레인은 몸을 틀어 두 개의 침대 사이를 바라보며 말을 이었다.

"그렇다면 루이자가 쓰러져 있었던 지점은 자기 침대의 다리 쪽, 즉 분말이 흩뿌려진 부분의 가장자리 쪽으로, 남자의 발자국이 방향을 바꾼 지점쯤이 되겠군요?"

"그렇습니다. 보십시오. 루이자 역시 분말 속에 자기 발자국을 남겨놓았어요."

레인은 고개를 끄덕였다. 분말은 루이자가 쓰러져 있던 부근까지 흩어져 있었는데, 거기에는 맨발의 여자 발자국이 여럿 나 있었다. 그 맨발 자국은 침구가 뭉쳐진 루이자의 침대 옆쪽에서 시작되어 침대 발치까지 이어졌다.

"루이자의 발자국이 틀림없습니까?"

"그건 확실합니다. 그녀의 발 모양과 정확히 일치하니까요. 그녀는 침대에서 빠져나와 침대 가장자리를 따라 천천히 침대 발치 쪽으로 걸었습니다. 그러다가 무언가에 놀라서 기절했던 거죠."

지방 검사가 말했다.

드루리 레인은 미간을 찌푸렸다. 무언가 마음에 걸리는 일이 있는 듯했다.

그는 조심스레 해터 부인의 침대 머리맡으로 가더니 허리를 굽히고 죽은 노부인의 얼굴을 가만히 들여다보았다. 앞서도 그랬듯이 이마에 난 상처가 그의 주의를 끄는 듯했다. 그 상처는 세로로 몇 가닥이 가늘고 깊게 난 것이었는데, 길이는 저마다 달랐으나 모두 평행을 이루고 있었고 침대 탁자 방향으로 스치듯이 나 있었다. 그 상처는 이마 가득히 퍼져 있는 것이 아니라, 눈썹과 머리선의 중간쯤부터 잿빛 머리칼 안쪽까지 이어져 있었다. 그 기묘한 상처에서는 피가 배어 나왔다. 레인은 무언가를 확인하려는 듯이 탁자 아래의 융단으로 시선을 옮기고 나서 고개를 크게 끄덕였다. 그 바닥 위에는 부서진 낡은 만돌린이 줄이 있는 면을 위로 하고 탁자 밑에 반쯤 가려진 채 떨어져 있었다.

레인은 허리를 굽히고 그걸 더 자세히 들여다본 뒤 경감과 지방 검사를 돌아다보았다.

"발견하셨군요."

지방 검사가 쓴웃음을 지으며 말을 이었다.

"그게 바로 흉기인 셈이죠."

"그렇군요. 줄 밑에 피가 맺혀 있습니다."

레인이 낮은 소리로 대답했다.

오랫동안 사용하지 않았는지 줄에 녹이 슬어 있었고 그중 한 가닥은 끊어져 있었지만, 핏자국은 갓 생긴 것임이 분명했다.

레인은 만돌린을 주워 들었다. 그 악기는 엎질러진 화장용 분 속에서 나뒹굴었던 게 분명했다. 만돌린이 있었던 분말에 뚜렷이 그 흔적이 남아 있었던 것이다. 주워 든 만돌린을 자세히 살펴보니 그 악기의 아랫부분의 한쪽 끝에 갓 생긴 듯한 흠집이 나 있었는데 그것이 탁자 표면의 흠집과 맞아떨어진다는 것도 알 수 있었다.

"어떻습니까, 레인 씨? 살인에 쓰인 흉기로서는 너무 야릇하지 않습니까?"

어이없다는 표정으로 경감이 말을 이었다.

"도대체 만돌린이라니, 이러다가 이제 곧 백합으로도 살인을 할 수 있게 될 겁니다."

"정말 묘하군요. 그렇게 드셌던 해터 부인이 고작 만돌린 따위에 이마를 얻어맞고 죽다니……. 하지만 문제는 흉기가 묘하다는 것보다도 이 상처의 깊이로 판단하건대 이것만으로는 치명상이 되지 않을 것 같다는 데 있습니다. 정말 이상합니다……. 어쨌든 실링 검시관이 빨리 와주었으면 좋겠군요."

레인은 만돌린을 원래의 위치에 내려놓고 나서 다시 탁자를 보았다. 하지만 거기에서 달리 수상쩍은 것은 눈에 띄지 않았다. 루이자의 침대 가까운 쪽에는 과일 그릇이 놓여 있었고, 탁상시계, 뒤집힌 분통의 흔적, 헌 성경을 받쳐놓은 묵직한 북엔드 그리고 시든 꽃이 담긴 화병이 있었다.

과일 그릇에는 사과 한 개, 바나나 한 개, 포도 한 송이, 귤이 한 개 그리고 배가 세 개 담겨 있었다.

뉴욕 카운티의 주임 검시관인 레오 실링 박사는 좀처럼 감정을 드러낼 줄 모르는 땅딸막한 체구의 사내였다. 검시관으로서의 과거 경력에 따라붙는 무수한 시체들, 그러니까 자살자, 타살자, 신원 불명의 시체, 실험용 시체, 마약 중독자의 시체, 원인 불명의 시체 등을 고려해본다면 그가 무감각하게 되어버린 것도 어쩌면 당연하달 수 있었다. 한마디로 그의 신경은 메스를 자유자재로 놀릴 수 있는 손가락처럼 튼튼했다. 주위 사람들은 그의 직업적인 단단한 껍질 아래에도 과연 보통 사람과 같은 심장이 고동치고 있는지 의아해했지만, 아직 아무도 그것을 확인한 사람은 없었다.

그는 에밀리 해터 부인의 마지막 휴식처로 들어서며 지방 검사에게 아무렇게나 고개를 끄덕였다. 그리고 경감에게는 알아듣기 힘든 목소리로 중얼거리더니 드루리 레인에게도 뜻 모를 말을 중얼거리며 인사했다. 그런 뒤 그는 침실 안을 죽 둘러보았는데, 융단 위에 나 있는 흰 발자국들을 보고 나서는 손에 들고 있던 가방을 침대 위에 아무렇게 내던졌다. 하지만 그 가방이 털썩하고 소리를 내며 떨어진 곳이 노부인의 뻣뻣하게 굳은 발 위였기 때문에 드루리 레인은 순간적으로 섬뜩한 기분마저 들었다.

"발자국 밟아도 괜찮겠소?"

실링 검시관이 무뚝뚝하게 말했다.

"좋습니다. 모두 사진으로 찍어두었으니까요."

경감이 말을 이었다.

"그런데 말씀입니다, 선생님, 다음부터는 좀 더 일찍 와주십시오. 연락드린 지 자그마치 두 시간 반이 지났습니다."

실링 검시관은 독일어로 뭐라고 중얼거리더니 히죽 웃었다.

"침착해야 하오, 경감. 돌아가신 노부인처럼 아주 참을성 있게 말이오."

검시관은 쓰고 있던 헝겊 모자의 챙을 아래로 당겨 내렸다. 대머리인 그는 머리에 아주 신경을 쓰는 듯했다. 이어서 그는 천천히 침대를 돌아가더니 흰 발자국 따위는 안중에도 없다는 듯이 짓밟으며 일을 시작했다.

그의 통통한 얼굴에서 미소가 사라지더니 구식 금테 안경 안의 두 눈이 긴장하기 시작했다. 레인이 지켜보자니, 그는 죽은 노부인의 이마에 세로줄 상처를 보고 의아한 듯이 두툼한 입술을 내밀었으나 이내 만돌린으로 시선을 옮기더니 고개를 끄덕였다. 이어서 그는 작고 튼튼한 양손으로 매우 조심스레 시체의 머리를 잡더니 재빨리 머리카락을 헤치며 두개골을 살피기 시작했다. 분명히 무언가 미심쩍은 점이 있는 듯했다. 잠시 후, 그는 표정이 굳어지더니 흐트러진 이불을 걷어치우고는 시체를 면밀히 조사하기 시작했다.

다른 사람들은 묵묵히 검시관이 일하는 모습을 지켜보았다. 검시관의 의아심이 점점 더해가고 있는 것만은 분명했다. 몇 번이나 그는 "이럴 수가!" 하고 중얼거렸다. 그리고 고개를 젓거나 혀를 차기도 했으며 알아듣기 힘든 콧노래를 흥얼거리기도 했다. 그러다가 돌연 그는 모두를 돌아다보며 물었다.

"이 여자의 주치의는 어디 있소?"

섬 경감은 침실에서 나가더니 이 분쯤 후에 메리엄 박사와 함께 돌아왔다. 두 의사는 결투라도 벌일 듯이 몹시 딱딱하게 인사를 나누었다. 메리엄 박사가 침착한 태도로 침대로 다가갔다. 곧이어 두 의사는 함께 몸을 굽힌 채 시체를 감싸고 있는 얇은 나이트가운을 젖힌 뒤 작은 소리로 얘기를 나누며 시체를 조사하기 시작했다. 그러는 동안에 루이자 캠피언의 전속 간호사인 스미스 양이 급히 침실로 들어와 곁탁자 위에 놓인 과일 그릇을 낚아채듯 집어 들더니 다시 서둘러 나갔다.

경감과 지방 검사와 레인은 묵묵히 두 의사의 작업을 지켜보았다.

이윽고 두 의사가 시체로부터 몸을 일으켰는데, 메리엄 박사의 연로하고 고상한 얼굴에는 어쩐지 불안한 그늘이 드리워져 있었다. 실링 검시관은 땀이 밴 이마로 한층 더 깊숙이 모자챙을 끌어 내렸다.

"어떻게 되었습니까, 실링 선생?"

지방 검사가 물었다.

실링 검시관은 얼굴을 찌푸렸다.

"이 피해자는 이마에 가해진 타격 때문에 죽은 게 아니오!"

드루리 레인은 예상한 듯이 고개를 끄덕였다.

"메리엄 박사와 나는 이 드러난 타격 자체로는 고작해야 기절할 정도밖에 되지 않는다고 의견의 일치를 보았소."

"그럼 대체 사인이 뭐란 말입니까?"

경감이 답답하다는 듯이 물었다.

"경감, 당신은 언제나 너무 성급해서 탈이오."

검시관은 성가신 듯한 표정으로 말을 이었다.

"뭐가 걱정이란 말이오? 사인은 역시 만돌린이오. 비록 간접적이긴 하지만요. 그럼 어떻게 그럴 수가 있느냐가 문제인데, 그것은 이 만돌린이 피살자의 신경에 강력한 충격을 주었기 때문이오. 왜냐하면 피해자는 예순셋의 노부인인 데다가 메리엄 박사의 얘기로는 평소에도 심장이 나빴다고 하니까."

"그렇군요!"

경감은 안심이 된다는 태도로 말을 이었다.

"그러니까 누군가 노부인의 머리를 내리쳤고, 그 충격으로 약한 심장이 멎어버려서 죽은 거로군요. 그렇다면 실제로는 잠든 상태에서 죽었는지도 모르겠습니다!"

"그렇지는 않을 겁니다, 경감님. 노부인은 아주 확실히 눈을 뜨고 있었다고 생각합니다."

드루리 레인이 말했다. 그러자 두 의사가 고개를 끄덕였다.

"그 이유로는 세 가지를 들 수 있습니다. 첫째, 노부인은 공포에 질린 듯이 눈을 크게 뜬 채 죽어 있는데, 이것은 곧 죽기 직전까지 의식이 있었다는 증거입니다. 그리고 둘째로는, 보시는 바와 같이 노부인의 저 일그러진 얼굴 표정 또한 그 증거가 될 수 있습니다."

레인이 아주 부드럽게 표현하긴 했지만, 에밀리 해터의 노안은 극도의 고통과 강렬한 경악으로 굳어진 채 끔찍한 죽음의 형상을 나타내고 있었다.

"게다가 손도 반쯤 움켜쥐고 덤벼들 것 같은 형상입니다……. 마지막으로 셋째 이유는 좀 포착하기 힘든 사항입니다만……."

레인은 시체로 다가가 싸늘해진 이마에 나 있는 만돌린 줄의 상처를 가리켰다.

"바로 이 상처의 위치로, 해터 부인이 침대에서 일어나 앉아 있다가 공격을 당했다는 사실을 알 수 있습니다!"

"어떻게 그걸 알 수 있지요?"

경감이 물었다.

"간단합니다. 만약에 잠을 자고 있을 때 공격을 당했다면, 즉 침대에 누워, 그것도 지금의 모습처럼 반듯이 누워 있었다고 한다면 강철 줄의 상처는 이마의 윗부분만이 아니라 아랫부분에도, 그리고 코에도, 어쩌면 입술 위에까지 걸쳐 났을 것입니다. 그런데 상처가 이마 윗부분에만 나 있으니 노부인은 앉아 있었든가 혹은 앉으려고 하던 중에 공격을 당했음이 분명합니다. 그러므로 이것 역시 노부인이 깨어 있었다는 증거입니다."

"참으로 대단하십니다."

몸을 꼿꼿하게 세우고 양손을 맞잡은 채 긴 손가락을 신경질적으로 움직이며 듣고 있던 메리엄 박사가 감탄한 듯이 말했다.

"천만에요. 그런데 실링 선생님, 해터 부인은 몇 시경에 사망한 것 같습니까?"

실링 검시관은 조끼 주머니에서 언제나 지니고 다니는 상아 이쑤시개를 꺼내 잇새를 후비기 시작했다.

"사후 여섯 시간이 경과했습니다. 즉 오늘 새벽 4시경에 사망한 것입니다."

레인은 고개를 끄덕였다.

"한 가지 더 묻겠습니다, 실링 선생님. 범인이 해터 부인을 공격할 때 서 있었던 위치를 알아내는 것이 중요하다고 생각하는데, 이 점에 관해서 무언가 명확한 의견을 제시해주실 수 있으시겠습니까?"

검시관은 생각에 잠기며 침대 쪽으로 시선을 옮겼다.

"그러니까 범인은 두 침대 사이에 서 있었을 겁니다. 노부인의 침대 저쪽이 아니고요. 시체의 위치와 이마의 상처 방향을 보면 알 수 있지요. 그렇지 않습니까, 메리엄 씨?"

"아, 예, 그렇습니다."

노의사가 황급히 대답했다.

섬 경감은 초조한 듯이 턱을 문질렀다.

"저 만돌린이 흉기로 사용되었다는 게 아무래도 이해가 가지 않아요. 상대가 아무리 심장이 약하다손 치더라도 만돌린 따위로 죽일 수 있다고 생각했을까요? 기왕에 살인을 하려고 손에 들었다면 아무리 별난 흉기더라도 어쨌거나 목적을 달성할 수 있을 만한 것을 골랐을 텐데 말입니다."

"어쨌거나 죽일 가능성이 있는 건 틀림없소, 경감. 만돌린처럼 비교적 가벼운 것을 흉기로 사용하더라도 힘껏 내리치면 해터 부인만큼 늙고 심장이 약한 여자라면 죽일 수 있소. 그래도 이 상처로 보아선 그다지 힘껏 내리친 것 같진 않은데…….”

검시관이 말했다.

“달리 폭행을 당한 흔적은 없습니까?”

레인이 물었다.

“없습니다.”

“독을 마신 것 같지는 않습니까?”

이번에는 지방 검사 브루노가 물었다.

“그런 징후는 안 보여요…….”

검시관이 신중하게 말을 이었다.

“그러나 어쨌든 해부해보죠.”

“꼭 그렇게 해주세요.”

섬 경감이 말을 이었다.

“누군가가 독을 쓴 게 아니라는 것만 확인할 수 있으면 됩니다. 어쨌든 이번 사건은 도무지 종잡을 수가 없군요. 처음에는 루이자를 독살하려 했는가 하면, 이번에는 노부인을 때려죽여 버렸어요. 아무튼 독을 쓴 흔적이 있는지 없는지 확실히 해두는 게 좋겠어요.”

브루노의 날카로운 눈이 빛났다.

“만돌린에 의한 타격 그 자체가 직접적인 사인이 아니고 그에 따른 쇼크로 죽었다 하더라도 어쨌든 이건 살인에 해당합니다. 살의가 있었던 게 분명하니까요.”

“그렇다면 브루노 씨, 어째서 범인은 더 세게 흉기를 휘두르지 않았을까요?”

레인이 냉정한 어조로 물었다. 지방 검사는 어깨를 으쓱했다. 노배우는 다시 말을 이었다.

“그리고 또 어째서 그렇게 시시한 흉기를 택했을까요. 만돌린 같은 것을 말입니다! 범인의 목적이 머리를 쳐서 노부인을 살해하는 것이었다면, 이 방 안에는 그보다 더 나은 흉기가 될 수 있는 것이 몇 개나 있는데 어째서 하필이면 만돌린 따위를 택했을까요?"

"그래요, 미처 그걸 생각 못 했군요."

레인이 벽난로 근처의 철제 난로 도구며 침대 옆 탁자 위에 놓인 묵직한 북엔드를 가리키는 것을 보고 섬 경감이 그렇게 중얼거렸다.

레인은 가볍게 뒷짐을 진 채 방 안을 서성거렸다. 실링 검시관은 지겨운 듯한 태도를 보이기 시작했고, 메리엄 박사는 검열을 받는 군인처럼 여전히 몸을 꼿꼿이 세운 채 서 있었다. 지방 검사와 경감은 더욱 근심스러운 표정을 지었다.

이윽고 레인이 중얼거리듯 말을 꺼냈다.

"그런데…… 그 만돌린은 전부터 이 침실에 있었습니까?"

"아닙니다. 아래층 서재의 유리 상자 속에 들어 있었던 것입니다. 요크 해터가 자살했음이 밝혀지고 나서부터 노부인의 지시로 거기에다 넣어두었답니다. 일종의 유품이었던 셈이지요. 요크 해터의 것이었으니까요……. 하긴 그러고 보니……."

갑자기 드루리 레인이 손짓으로 경감의 말을 막으며 바짝 긴장했다. 실링 검시관이 시체 위에다 이불을 다시 덮고 있었는데 그가 이불을 팽팽하게 당기는 순간, 침대 커버의 주름 속에서 무엇인가 작은 물체가 창을 통해 비쳐든 햇살에 반짝이며 분말이 흩어진 바닥의 융단 위로 떨어졌다.

레인은 즉시 달려가 그것을 바닥에서 집어 들었다. 그것은 빈 주사기였다.

모두 새롭게 발견된 물체에 흥미를 보이며 활기를 띠고 레인의 주위로 모여들었다. 레인은 조심스레 빈 주사기의 윗부분을 잡고서 무언가가 말라 있는 바늘 끝의 냄새를 맡은 뒤, 주사기를 밝은 곳에 비춰 보았다.

그러나 검시관은 레인의 손에서 거침없이 주사기를 빼앗아 메리엄 박사와 함께 창가로 걸어갔다.

"빈 거로군."

검시관이 중얼거리듯 말을 이었다.

"그런데 이 6이라는 번호는 뭐지? 그리고 이 속의 침전물은? 혹시……."

"그게 뭡니까?"

레인이 진지하게 물었다.

검시관은 어깨를 으쓱했다.

"분석을 해봐야겠어요."

"시체에 주삿바늘 자국은 없었습니까?"

"아니, 없었어요."

그 순간 레인은 마치 총에 맞기라도 한 것처럼 몸을 움찔하며 회녹색의 두 눈을 빛냈다. 그러고는 놀라서 입을 벌리는 경감을 뒤로 한 채 무섭게 흥분한 얼굴로 문을 향해 달려 나가며 소리치기 시작했다.

"간호사…… 간호사의 방으로!"

그러자 모두 그의 뒤를 따랐다.

사건 현장인 침실과 이웃한 스미스 양의 방으로 모두 흥분한 표정으로 뛰어들었지만 그들을 맞이한 것은 지극히 평온한 광경이었다. 침대 위에는 살집 좋은 루이자 캠피언이 보이지 않는 눈을 뜬 채 누워 있었고 체격이 좋은 중년의 간호사가 옆의 의자에 앉아 루이자의 이마를 쓰다듬어주고 있었다. 루이자는 그다지 먹고 싶지 않은 듯하면서도 손에 든 포도송이에서 기계적으로 포도 알을 따서는 입안에 넣는 참이었다. 그리고 침대 곁의 탁자에는 조금 전에 스미스 양이 죽음의 방에서 날라 온 과일 그릇이 있었다.

드루리 레인은 말을 할 여유도 없는 듯이 행동했다. 방으로 뛰어들자마자 느닷없이 루이자의 손에서 포도송이를 잡아챘다. 그 거친 행동에 놀라 스미스 양은 비명을 지르며 자리에서 일어났고, 벙어리이고 귀머거리이며 맹인인 루이자는 침대에서 황급히 상체를 일으키더니 입술을 일그러뜨리며 평소에는 무표정하던 얼굴에 얼어붙을 듯한 공포의 빛을 떠올렸다. 이어서 그녀는 동물적으로 흐느끼기 시작하더니 더듬거리며 스미스 양의 손을 찾아 꼭 부여잡았다. 불안에 떠는 그녀의 피부에는 눈에 띌 정도로 소름이 돋아 있었다.

“과일을 얼마나 먹은 겁니까?”

레인이 나무라듯 묻자 간호사의 표정이 창백해졌다.

“왜 그러시는 거죠? ……얼마 되지 않아요.”

“메리엄 씨 그리고 실링 씨, 루이자 양의 상태를 확인해주십시오.”

레인이 다급하게 요청하자 메리엄 박사가 바삐 침대로 다가갔다. 루이자는 박사의 손이 이마에 닿자 곧 흐느낌을 멈췄다.

박사가 침착하게 말했다.

“별 이상이 없는 것 같습니다.”

드루리 레인은 손수건을 꺼내서 이마에 댔는데 그 손이 몹시 떨렸다.

“전 이미 늦은 게 아닌가 했습니다.”

레인은 약간 쉰 듯한 목소리로 그렇게 말했다. 섬 경감이 두 손을 불끈 쥐고 앞으로 나오더니 과일 그릇을 들여다보았다.

“그러니까 과일에 독이 들어 있다는 말씀이로군요?”

모두의 시선이 과일 그릇에 모아졌다. 그릇 속에 담겨 있는 것은 사과와 바나나, 귤 그리고 배 세 개였다.

“틀림없습니다. 그래서 여러분, 이로써 사건의 양상도 전혀 달라졌습니다.”

“하지만 대체 무엇 때문에…….”

지방 검사 브루노가 어리둥절한 표정으로 끼어들었으나, 레인은 아직은 자신의 생각을 밝히고 싶지 않다는 듯이 냉담하게 손을 젓고는 루이자 캠피언이 모습을 물끄러미 바라보았다.

루이자는 메리엄 박사의 손길에 다시 평정을 되찾은 듯이 침대 위에 몸을 축 늘어뜨린 채 누워 있었다. 그 평온한 표정에서는 사십 년에 걸친 고난의 그늘을 찾아볼 수 없었다. 보는 이에 따라서는 매력적인 여자라고까지 할 수 있었다. 코는 아담하고 가지런했으며 입술의 선은 우아했다.

"지금 무슨 생각을 하고 있는지 궁금하군요……. 가엾게도……."

레인은 중얼거리다가 간호사를 돌아보며 두 눈을 예리하게 빛내며 물었다.

"이 과일 그릇은 아까 당신이 옆방의 침대 탁자 위에서 가지고 온 것이 맞죠? 언제나 그 방에는 과일을 놓아둡니까?"

"그렇습니다만……."

스미스 양은 떨리는 목소리로 말을 이었다.

"루이자 양은 과일을 무척 좋아합니다. 그래서 언제나 그 탁자에다 과일을 놓아두는 거예요."

"루이자 양이 특히 좋아하는 과일이 무엇입니까?"

"글쎄요. 과일은 뭐든 다 잘 드세요."

"알겠습니다."

하지만 레인은 왠지 어리둥절한 모양이었다. 그는 무언가 말을 하려다가 입을 다물고 고개를 숙인 채 생각했다.

이윽고 입을 연 레인이 물었다.

"그럼 해터 부인은? 노부인도 그 그릇의 과일을 드셨습니까?"

"네, 가끔은요."

"그럼, 늘 드시는 건 아니라는 얘기로군요?"

"그렇습니다."

"그런데 노부인도 마찬가지로 과일이라면 뭐든 드셨나요, 스미스 양?"

레인은 조용하게 물었지만 브루노 검사와 섬 경감은 그 음색에서 무언가 심상치 않은 기색을 느꼈다.

스미스 양도 그것을 느꼈다. 그녀는 조용히 말했다.

"어머, 이상한 질문을 하시는군요. 아뇨, 부인께서는 무척 싫어하시는 과일이 한 가지 있었습니다. 배를 아주 싫어하셨죠. 벌써 몇 년째 배만은 잡수시지 않았습니다."

“허 참! 그것참 재미있군요. 그럼 가족들도 모두 그 사실을 알고 있겠군요, 스미스 양?”

레인이 다시 물었다.

“물론이에요. 오래전부터 가족들 사이의 웃음거리였는걸요.”

레인은 흡족한 표정을 지었다. 그는 몇 번이나 고개를 끄덕거리고 나서 스미스 양에게 친근감 어린 시선을 보냈다. 그리고 간호사의 침대 곁에 있는 탁자로 다가가 문제의 과일 그릇을 들여다보았다.

“노부인은 배를 싫어했다…….”

그는 중얼거리며 말을 이었다.

“이 점을 주목해야 할 것입니다, 경감님. 그러므로 이 배를 충분히 조사해 볼 필요가 있을 것 같군요.”

그릇에 담긴 배 세 개 중 두 개는 얼핏 보기에도 금빛으로 잘 익어 단단했고 별 이상이 없어 보였다. 하지만 나머지 하나는 달랐다. 레인은 그 배를 집어 들고 찬찬히 들여다보았다. 그 배는 썩어가고 있었다. 껍질에는 갈색 얼룩이 져 있었고 너무 물러서 세게 쥐면 찌그러질 듯했다. 레인은 작은 소리로 외치고는 그 배를 오른쪽 눈 앞 10센티미터쯤 되는 곳까지 들어 올렸다.

“역시 예상했던 대로입니다.”

그렇게 중얼거린 뒤, 그는 조금 득의양양한 얼굴로 실링 검시관을 돌아보며 말을 이었다.

“자, 보십시오, 선생님.”

그는 세 개의 배를 검시관에게 넘겨주며 다시 말했다.

“내 눈이 잘못된 게 아니라면 이 썩기 시작한 배 껍질에는 바늘 자국이 있을 겁니다.”

“독물을 주사했군요!”

섬 경감과 브루노 검사가 동시에 소리쳤다.

“지레짐작은 금물이지만 아마도 그럴 겁니다. 아무튼 선생님, 보다 확실히 하기 위해 세 개 모두를 조사해주시지 않겠습니까? 그리고 독물의 성질과, 그 배가 썩은 이유가 독물 때문인지 아니면 독물을 주사하기 전부터 썩었던 것인지, 그것도 알려주십시오."

"알겠습니다."

실링 검시관이 대답했다. 그는 배 세 개를 조심스레 품에 안고서 방을 나갔다.

섬 경감이 느릿하게 말하기 시작했다.

"왠지 느낌이 개운하지가 않군요. 그 배에 독이 들어 있었더라도 노부인이 배를 좋아하지 않는다는 걸 범인이 알고 있었다면……."

"그러니까 해터 부인은 계획적인 범행에 의해서가 아니라 우연히 피살되었다고 봐야 하오. 그러니까 범인은 불쌍한 루이자 양의 생명을 노리고서 배에다 독물을 주사했을 거요!"

브루노 검사가 결론을 짓듯 말했다.

"맞아요. 그게 틀림없소!"

섬 경감이 소리치며 말을 이었다.

"범인은 그 방으로 숨어 들어가서 그 배에다 독물을 주사했소. 그러던 중에 노부인이 잠을 깬 거요. 그리고 아마도 그때 노부인은 범인의 얼굴을 보았을 테지. 그러니까 그런 표정으로 죽은 거예요. 그다음은 아시다시피, 만돌린으로 얻어맞고 인생의 막을 내린 거죠."

"그렇소. 이제야 그럭저럭 이 사건의 가닥이 잡히는군. 배에다 독물을 주사한 인물은 두 달 전에 달걀술에 독을 넣은 범인과 동일인이 틀림없소."

드루리 레인은 아무 말도 하지 않았으나 그의 미간에는 어렴풋한 곤혹의 빛이 서려 있었다. 스미스 양도 당황한 듯했다. 그리고 루이자 캠피언은, 다시 한 번 그녀의 생명에 위험이 닥쳤다고 수사 당국이 결론을 내린 것도 모른 채, 암흑과 절망의 세계에서 습득한 끈기로 메리엄 박사의 손길에 자신의 몸을 의지하고 있었다.

## 제3장

*서재*

*6월 5일 일요일 오전 11시 10분*

한동안 막간 같은 시간이 이어졌다. 경찰들이 집 안을 분주히 드나들었다. 한 형사가 허겁지겁 섬 경감에게로 다가와서는 주사기에도 만돌린에도 지문이 없었다고 보고했다. 실링 검시관은 시체를 옮기는 것을 감독하느라 바빴다.

그러한 어수선한 가운데서도 드루리 레인은 묵묵히 생각에 잠긴 채 루이자 캠피언의 무표정한 얼굴을 바라보고 있었다. 마치 그녀의 얼굴에서 수수께끼의 해답을 찾으려는 것처럼. 지문이 발견되지 않는 걸로 보아 범인은 장갑을 끼고 있었음이 틀림없다고 브루노 검사가 외쳤지만, 그 목소리가 레인의 귀에 들릴 리 없었다.

이윽고 주위의 상황이 정돈되었다. 실링 검시관이 시체와 함께 떠나자 경감은 스미스 양의 방문을 닫았고, 그 즉시 드루리 레인이 입을 열었다.

"루이자 양에게도 상황을 알렸습니까?"

간호사는 고개를 저었고 메리엄 박사가 대답했다.

"나중에 알리는 편이 좋을 것 같아서요……."

"알리더라도 몸에 지장은 없겠지요?"

메리엄 박사는 얇은 입술을 오므렸다.

"아마 쇼크를 받을 겁니다. 그녀 역시 심장이 약한 편이죠. 하지만 이젠 소란도 많이 가라앉았고 또 어차피 알려주어야 하기도 하고요……."

"그녀와는 어떻게 의사소통을 합니까?"

스미스 양은 말없이 침대로 다가가 베개 밑을 더듬더니 묘하게 생긴 도구를 꺼내며 몸을 일으켰다. 주판과 닮은 골이 팬 널빤지와 커다란 상자였다. 그녀가 상자 뚜껑을 열자 안에는 도미노와 같은 작은 금속 블록들이 가득했다. 그 금속 블록들에는 각기 뒷면에 돌기가 있어 널빤지의 골에 들어맞게 되어 있었다. 그리고 블록들의 표면에는 저마다 독특한 형태의 꽤 큰 점들이 몇 개 도드라져 있었다.

"점자로군요?"

레인이 물었다.

"네."

스미스 양이 한숨을 지으며 말을 이었다.

"블록 하나하나가 점자 식의 알파벳 문자로 되어 있습니다. 이 도구는 루이자 양을 위해 특별히 제작된 것인데 그녀는 어디를 가든 이것을 가지고 다니죠."

문자를 해독하지 못하는 일반인들을 위해 그 맹인용 블록 표면에는 도드라진 점자 외에 그에 해당하는 보통 알파벳 문자가 하얗게 쓰여 있었다.

"정말 유용한 도구로군요. 스미스 양, 괜찮으시면 잠시……."

레인은 조용히 간호사를 밀어내며 그 점자 도구를 집어 들고 루이자 캠피언을 내려다보았다.

모두에게 그랬겠지만 그것은 운명의 한순간이었다. 이 불구의 여자가 과연 무엇을 밝혀줄 것인가? 그녀 역시 이미 주위의 긴장감을 느끼고 있는 것이 분명했다. 조금 전에 메리엄 박사에게서 떨어져 나온 그녀의 희고 아름다운 손가락이 연신 쉴 새 없이 움직였다. 레인은 그 움직이는 손가락이 빛을 찾아 헤매는 곤충의 더듬이 같다는 생각이 들자 약간의 전율마저 느꼈다. 게다가 그녀가 불안한 듯 머리를 바삐 좌우로 흔들었기 때문에 더욱 곤충 같은 느낌이 들었다. 그녀의 눈동자는 크지만 둔하고 퀭한 전형적인 맹인의 눈이었다. 모두 시선을 그녀에게 고정한 채 지켜보았는데, 그녀의 외모가 아름답다고는 할 수 없겠지만 지극히 평범하다는 것을 잊고 있었다. 그녀는 160센티미터를 넘지 않는 키에 통통한 체격이었고 갈색 머리에 건강해 보이는 안색의 소유자였다. 하지만 모두의 마음을 사로잡은 것은 그녀의 기묘한 특질뿐이었다. 물고기 같은 두 눈, 움직임이 없이 공허한 얼굴, 그리고 떨며 움직이는 손가락…….

"무척 흥분한 것 같군……. 저 손가락의 움직임을 보세요. 오싹해지는군요."

섬 경감이 중얼거렸다.

스미스 양이 고개를 저었다.

"저건 흥분해서 그러는 게 아닙니다. 그녀는 지금 말을 하고 있는 거예요. 무언가를 묻고 있는 겁니다."

"말을 하고 있다고요?"

브루노 검사가 놀란 표정으로 물었다.

"그렇습니다."

레인이 대답한 뒤 말을 이었다.

"손으로 말하는 거죠, 브루노 씨. 그런데 스미스 양, 그녀는 저토록 열심히 무슨 말을 하는 겁니까?"

체격이 좋은 간호사는 갑자기 의자에 털썩 주저앉았다.

"저어…… 그녀는 지금 저로서는 대답하기 곤란한 걸 묻고 있습니다."

간호사는 쉰 목소리로 말을 이었다.

"루이자 양은 몇 번이나 이렇게 되묻고 있어요. '어떻게 된 거지? 어떻게 된 거야? 어머니는 어디 있지? 왜 대답이 없어? 어떻게 된 거야? 어머니는 어디…….'"

레인은 그녀의 말에 이어진 무거운 침묵 속에서 한숨을 짓고 나서 루이자의 양손을 자신의 굳센 두 손으로 감쌌다. 루이자는 레인의 손을 뿌리치려 애썼지만 이내 얌전해졌다. 그 대신 그녀는 상대방을 냄새로 구별하려는 듯이 콧구멍을 벌름댔다. 이윽고 레인의 손 감촉에서 무언가 자신을 안도케 하는 것이 있었는지, 아니면 모든 동물에 다 있으면서도 대부분의 인간들이 느낄 수 없는 미묘한 기운이 전해진 탓인지, 루이자는 훨씬 침착해진 태도로 레인의 두 손에서 천천히 자신의 양손을 빼냈다…….

'어떻게 된 거죠? 어머니는 어디 있어요? 그리고 당신은 누구죠?'

레인은 재빨리 상자 속에서 점자 블록을 골라내 문장을 만든 뒤 그 점자판을 루이자의 무릎 위에 놓았다. 루이자는 그것을 잡고서 열심히 손가락 끝으로 금속 블록 위를 더듬었다.

'나는 당신의 친구입니다.'

레인이 작성한 문장은 다음과 같이 이어졌다.

'당신을 도와드리고 싶습니다. 먼저 좋지 못한 소식을 알려드려야겠는데, 용기를 내주십시오.'

그녀는 목구멍 깊숙한 곳으로부터 초조하고 괴로운 듯한 신음을 냈다. 섬경감은 기가 질려 고개를 돌렸다. 메리엄 박사는 그녀의 등 뒤에서 돌처럼 굳은 몸으로 서 있었다. 이윽고 루이자 캠피언은 깊이 숨을 들이마시고 다시 양손을 움직였다.

스미스 양이 그 점자판을 기운 없는 목소리로 번역했다.

'네, 알았어요. 용기를 내겠어요. 어떻게 된 거죠?'

레인이 다시 점자판에 문장을 작성하는 동안 실내는 더할 나위 없이 조용했다.

'당신의 인생은 인간의 용기를 노래한 한 편의 서사시라고 해도 좋을 정도입니다. 앞으로도 계속 용기 있게 살아나가시기 바랍니다. 그런데 대단히 슬픈 일이 생겼습니다. 간밤에 당신의 어머니가 살해되었습니다.'

순간, 점자판 위를 더듬던 그녀의 손이 뒤틀리는 듯하더니 움직임을 멈추었다. 그녀의 무릎에서 점자판이 미끄러져 내렸고 이어서 작은 금속 블록들이 바닥에 흩어졌다. 루이자는 의식을 잃은 듯했다.

“자, 모두 나가주십시오! 루이자 양은 저와 스미스 양이 맡겠습니다.”

모두 안타까운 듯이 달려들려 하자 메리엄 박사가 소리쳤다.

모두 멈춰 서서 메리엄 박사가 축 늘어진 루이자의 몸을 의자에서 힘겹게 안아 올리는 것을 지켜보았다. 그런 뒤 그들은 내키지 않는 태도로 문 쪽으로 향했다.

“루이자 양은 박사님이 책임을 져주십시오. 절대로 그녀를 혼자 있게 해서는 안 됩니다.”

섬 경감이 의사에게 말했다.

“여러분이 나가주지 않는다면 나는 아무것도 책임질 수 없어요!”

모두 의사의 말에 따랐다. 레인이 마지막으로 방에서 나갔다. 그는 가만히 문을 닫고 나서 꽤 오래도록 그 자리에 멈춰 선 채 생각에 잠겼다. 이윽고 그는 피로한 듯이 손가락 끝을 관자놀이에 대고 머리를 흔들었다. 그런 뒤 그는 브루노 검사와 섬 경감의 뒤를 따라 아래층으로 내려갔다.

아래층에 있는 해터가의 서재는 식당 옆에 있었는데, 고풍스러운 분위기의 실내에 들어서자 가죽 냄새가 풍겼다. 서가에 가득 꽂힌 책들은 주로 과학과 시에 관한 것들이었다. 늘 이용하는 사람이 있는 듯했고 집기들도 손때가 묻은 것들이었다. 아주 편안한 느낌을 주는 서재여서 레인은 흡족한 표정을 지으며 안락의자 깊숙이 몸을 파묻었다. 이어서 섬 경감과 브루노 검사도 자리에 앉았다. 실내는 아주 조용했다. 들리는 것이라곤 섬 경감의 거친 숨소리뿐이었다.

“어떻습니까? 꽤 어려운 사건이죠?”

섬 경감이 이윽고 입을 열었다.

“하지만 꽤 흥미로운 사건이기도 하군요, 경감님.”

레인은 그렇게 대답하고서 의자 속으로 더욱 깊이 몸을 파묻으며 두 다리를 길게 뻗었다.

"그런데……."

레인이 머뭇대며 말을 이었다.

"루이자 양은 두 달 전에 누군가가 자신의 생명을 노렸다는 것을 알고 있습니까?"

"모릅니다. 얘기를 해준들 무슨 의미가 있겠습니까? 게다가 가뜩이나 저렇게 애처로운데 말입니다."

"그건 옳은 말씀입니다."

레인은 잠깐 생각하는 눈치더니 말을 이었다.

"그렇게 한다는 건 너무 잔인하겠지요."

이어서 그는 갑자기 자리에서 일어나더니 실내를 가로질러 유리 상자를 보러 갔다. 받침대 위에 놓인 유리 상자는 비어 있었다.

"이것이 만돌린을 넣어두었다는 유리 상자로군요."

섬 경감이 고개를 끄덕였다.

"예, 하지만 지문은 없습니다."

"그렇긴 하지만…… 배에서 독물이 검출된다면 문제는 상당히 단순해지지 않겠소?"

브루노 검사가 말했다.

"그러니까 배에 매달린다는 말씀인가요? 하긴, 범행 대상이 루이자였다는 것을 알게 되는 것만도 다행이랄 수 있겠죠."

경감은 우렁차게 말을 이었다.

"자, 그럼 슬슬 시작해볼까요?"

그는 자리에서 일어나 복도로 통하는 문으로 다가갔다.

"이봐, 모셔!"

경감이 큰 소리로 말을 이었다.

"바버라 해터 양에게 여기로 좀 와달라고 하게!"

레인은 다시 안락의자로 돌아와 몸을 파묻었다.

여류 시인 바버라 해터는 책이나 잡지에 실린 사진으로 보는 것보다 실물이 훨씬 괜찮은 여자였다. 사진에 찍힌 그녀의 얼굴은 윤곽이 너무 날카로워 보이기 일쑤였는데, 실물은 마르긴 했지만 여성다운 부드러움을 느낄 수 있어 그녀의 깔끔한 미모가 더욱 돋보였다. 저명한 사진작가 커트가 요정 같은 그녀의 특징을 작품에 표현한 바 있지만, 그 역시도 이 점은 드러내지 않았었다. 그녀는 훤칠한 키에 품위 있는 태도를 지닌 여자였는데, 자신이 이미 삼십 대라는 점을 굳이 감추려 들지 않았다. 그녀의 우아한 몸놀림은 보는 이로 하여금 리듬감마저 느끼게 했다. 그녀의 내부에는 작열하는 불꽃이 숨겨져 있는 듯했고, 그 빛이 외부로까지 발산되어 그녀의 행동 하나하나에 따스한 기운을 감돌게 하는 것 같았다. 한마디로 여류 시인 바버라 해터는 단순한 지성인이 아닌, 섬세한 정열까지 갖춘 비범한 여성임이 분명했다.

그녀는 섬 경감에게 고개를 끄덕이고 나서 브루노 검사에게 인사했다. 그런 뒤 레인을 보자 놀란 듯 그 아름다운 두 눈을 크게 떴다.

"어머, 레인 선생님!"

그녀는 그윽하고 기품 있는 목소리로 말을 이었다.

"선생님마저도 우리 집안의 치부를 들여다보러 오셨나요?"

레인은 얼굴을 붉혔다.

"나 역시 비난을 받아 마땅한 줄 안답니다, 바버라 양. 하지만 불행히도 나에겐 이상한 기질이 있어서요."

레인은 어깨를 으쓱하며 말을 이었다.

"아무튼 앉으십시오. 몇 가지 물어보고 싶은 것이 있습니다."

그는 초면인 바버라가 자신을 알고 있다는 사실에 전혀 놀라지 않았다. 그런 일에 익숙해져 있었기 때문이다.

바버라 해터는 장난스럽게 눈썹을 치켜세우며 자리에 앉더니 심문자들의 얼굴을 둘러보았다.

그녀는 짧게 한숨을 짓고 나서 말했다.

"자, 그럼 이제 질문하시죠."

"바버라 양!"

섬 경감이 불쑥 입을 열며 말을 이었다.

"간밤의 일에 대해 당신이 알고 계신 것을 모조리 말씀해주십시오."

"전 거의 아무것도 모른답니다, 경감님. 제가 귀가한 것은 오늘 새벽 2시경이었어요. 어젯밤에는 제 책의 발행인 집에서 열린 따분한 파티에 참석했지요. 참석하신 신사분들이 예의를 잊었는지 아니면 너무들 취했던 탓인지 아무도 바래다주는 분이 없어서 집까지 혼자 돌아왔답니다. 집 안은 아주 조용했습니다. 아시겠지만 제 방은 공원과 정면으로 마주하는 곳이며 어머니의 방과는 복도를 사이에 두고 있죠. 어쨌든 2층의 침실 문들이 모두 닫혀 있었던 것만은 분명히 기억합니다. 그리고 전 피곤했기 때문에 바로 잠자리에 들어서 오늘 아침 6시에 스미스 양의 비명이 들렸을 때까지 잤습니다. 제가 말씀드릴 수 있는 것은 그것뿐입니다."

"흐흠!"

섬 경감이 답답한 듯한 얼굴로 헛기침을 했다.

"물론 이래서는 전혀 도움이 되지 않겠죠."

그녀는 마치 질문을 바라는 듯이 방향을 바꾸어 드루리 레인을 바라보았다. 그러자 레인이 질문을 시작했다.

"바버라 양, 오늘 아침 당신과 콘래드 씨가 어머니의 침실로 달려갔을 때 두 사람 중 어느 한 사람이라도 두 침대 사이로 들어갔던 적이 있습니까?"

그 질문이 뜻밖이었던지 그녀는 눈을 가늘게 뜨고서 물끄러미 레인의 얼굴을 바라보았다.

"아니요, 레인 선생님. 우리는 어머니가 돌아가셨다는 사실을 곧바로 알 수 있었습니다. 그래서 루이자를 안아 일으켜 옮길 때에도 방 안의 흰 발자국들을 밟지 않도록 주의했고, 침대 사이에도 들어가지 않았습니다."

그녀는 침착하게 답했다.

"콘래드 씨도 분명히 들어가지 않았습니까?"

"그렇습니다."

그때 브루노 검사가 자리에서 일어나더니 다리를 구부렸다 폈다 하며 피로한 근육을 푼 뒤 바버라의 앞을 왔다 갔다 하기 시작했다. 그녀는 참을성 있게 그의 질문을 기다렸다.

"바버라 양, 솔직히 말씀드리겠습니다. 당신은 일반적인 여성들에 비해 훨씬 뛰어난 지성을 갖고 있습니다. 그러므로 당연히 가족들의 이상 성향에 대해서도 충분히 알고 있을 겁니다. 알고 있기에 그 점을 슬퍼하고 있을 테지요……. 하지만 우린 당신에게 부탁드릴 수밖에 없습니다. 당분간은 가족 간의 의리 같은 것은 접어두었으면 합니다."

브루노 검사는 거기까지 말하고 입을 다물었다. 눈 한번 깜박거리지 않는 그녀의 침착한 표정에 오히려 당황했기 때문이다. 그는 자신의 질문이 쓸데없다고 느꼈는지 황급히 말을 이었다.

"물론 내키지 않는다면 굳이 말씀하지 않아도 괜찮습니다만, 만약 두 달 전의 독살 미수 사건과 간밤의 살인 사건에 관해 무언가 의견이 있으시면 말씀해주시지 않겠습니까?"

"무슨 뜻이죠, 브루노 씨? 당신은 제가 어머니를 살해한 범인을 알고 있다고 생각하시는 건가요?"

바버라가 말했다.

"아니, 그런 뜻이 아닙니다. 단지 저는 이번 사건을 해결하기 위해 당신의 의견을 듣고 싶은 것뿐입니다……."

"저에겐 할 말이 아무것도 없습니다."

그녀는 자신의 희고 긴 손을 내려다보며 말을 이었다.

"브루노 씨, 어머니가 건잡을 수 없는 폭군이었음은 세상이 모두 아는 사실입니다. 적지 않은 사람들이 어머니를 때려주고 싶을 정도로 앙심을 품고 있겠지만 살해당할 줄은……."

그녀는 부르르 몸을 떨었다.

"몰랐습니다. 저로선 상상할 수 없는 일입니다. 사람의 생명을 빼앗다니……."

"저어, 그렇다면……."

섬 경감이 조용히 말을 이었다.

"결국 당신은 누군가가 어머니를 죽이고 싶어 했을 거라고 생각하시는군요?"

그녀는 놀란 듯이 눈을 빛내며 고개를 들었다.

"경감님, 대체 무슨 말씀이시죠? 어머니가 살해당했으니까 전 당연히 누군가가 어머니의 생명을 노렸을 거라고 생각하고서……."

그녀는 갑자기 입을 다물더니 의자를 붙잡으며 말을 이었다.

"설마 경감님께선 어머니의 죽음이 우발적으로 일어났다고 말씀하시려는 건 아니시겠죠?"

"경감이 말하는 것이 바로 그겁니다, 바버라 양. 우린 범인이 의도적으로 당신 어머니를 살해한 게 아니라고 확신합니다. 범인이 그 방에 들어간 목적은 해터 부인을 살해하기 위해서가 아니라, 당신의 언니인 루이자 양을 살해하기 위해서였다고 우린 믿고 있습니다."

브루노 검사가 말했다.

"하지만……."

바버라가 말문을 잇지 못하자 레인이 조용한 어조로 말했다.

"바버라 양, 그렇다면 무엇 때문에 범인은 2층에 있는 불쌍한 불구의 여인을 죽이려 했을까요?"

바버라는 갑자기 한 손을 들어 눈을 가리더니 한동안 꼼짝도 않고 앉아 있었다. 이윽고 손을 내렸을 때에는 얼굴에 근심이 가득했다.

"불쌍한 루이자."

그녀는 중얼거리고 나서 허탈한 표정으로 방 저쪽에 있는 유리 상자의 받침을 바라보며 말을 이었다.

"가엾게도 그녀는 언제나 희생자였어요……."

입술을 깨물며 그녀는 격한 시선을 방 안의 사내들에게로 향했다.

"브루노 씨, 부탁하신 대로 가족 간의 의리는 접어두기로 하죠. 저 불쌍한 언니에게 해를 끼치려 했던 자라면 누구든 동정할 필요는 없을 테니까요. 모두 말씀드리겠어요, 레인 씨."

진지한 시선으로 레인을 바라보며 그녀는 말을 이었다.

"어머니와 저를 제외하고는 가족 모두가 루이자를 미워했습니다. 그것도 아주 드러내놓고 미워했죠."

그녀의 목소리는 점점 열기를 띠어갔다.

"인간의 본질적인 잔인성이 드러난 셈이죠. 이미 다리가 떨어져 나간 벌레를 짓밟아버리려는 것과 다를 바 없죠……. 아아, 얼마나 끔찍한 짓이에요!"

"정말 그렇습니다. 그런데 해터 부인께선 요크 해터 씨의 유품에는 누구도 손을 대지 못하게 했다면서요?"

예리한 시선으로 그녀를 지켜보던 브루노 검사가 물었다.

그녀는 손을 턱으로 가져갔다.

"그건 사실입니다. 어머니는 아버지보다도 아버지의 추억을 훨씬 소중이 여겼어요."

그녀는 작은 목소리로 말하더니 입을 다물었다. 아마도 불쾌한 기억들이 솟구치는 듯했다.

"아버지가 돌아가신 후, 어머니는 우리를 아버지의 추억 앞에 무릎 꿇게 해서 아버지가 살아 계신 동안에 자신이 한 폭군 짓을 보상하려 했던 셈이죠. 그 때문에 아버지의 유품은 뭐든 신성시됐습니다. 아마 지난 몇 달 동안 어머니도 어쨌든 깨달았겠죠……."

그녀는 도중에 입을 다물더니 시선을 바닥으로 떨어뜨리며 생각에 잠겼다.

섬 경감이 초조한 듯이 발을 굴렀다.

"아무래도 이야기를 더 나가야겠습니다. 그보다도 아버님 해터 씨는 왜 자살을 했을까요?"

고통스러운 빛이 그녀의 얼굴을 스쳤다.

"왜냐고요?"

그녀는 공허한 표정으로 말을 이었다.

"인생의 유일한 관심사마저 빼앗기고 정신적으로는 거지나 다름없는 상태로 전락해버린 인간이 어째서 자살을 했느냐고 물으시는 겁니까?"

그녀의 목소리에는 분노와 반발감과 고통이 한데 어우러져 있었다.

"가엾게도 아버지는 언제나 어머니에게 억눌려 사셨습니다. 게다가 자식들로부터도 무시를 당했고요. 정말이지 가혹한 이야기예요……. 하지만 인간이란 참 묘해요. 비록 그렇게 폭군 같은 어머니였지만 마음속으로는 아버지를 사랑하는 듯했으니까요. 두 사람이 처음 만났을 무렵에는 아버지도 꽤 미남이었던 모양입니다. 어머니가 아버지를 그처럼 지배한 것도 아버지를 강한 남자로 만들어야겠다는 생각에서였을 겁니다. 어머니는 누구든 자기보다 약한 자는 강하게 만들어주어야 한다고 생각하는 성격이었으니까요."

그녀는 한숨을 내쉬고는 다시 말했다.

"그런데 어머니는 아버지를 강하게 만들기는커녕 아버지의 등뼈를 꺾어버렸습니다. 그래서 아버지는 점차 염세주의자가 되었고 허깨비처럼 되고 말았던 거죠. 이웃에 사는 트리벳 선장 외에는 친구도 없었습니다. 그리고 그 선장조차도 아버지를 무기력한 상태에서 건져내질 못했습니다. 제가 괜히 쓸데없는 얘기만……."

"천만에요, 바바라 양."

레인이 부드럽게 말을 이었다.

"아주 요긴한 말씀이었습니다. 그런데 어머니가 아버지의 만돌린이나 실험실에 내린 엄명은 모두가 따랐습니까?"

"어머니의 명령은 언제나 잘 지켜졌습니다, 레인 씨. 누구도 그 만돌린에 손을 대거나 실험실에 들어가려는 그런 엄청난 짓은 꿈도 꾸지 못했을 거예요……. 아, 제가 바보 같은 말을 했군요. 이미 누군가 거기 들어갔는데 말이에요…….”

바버라는 낮은 목소리로 대꾸했다.

“저쪽의 유리 상자 속에 만돌린이 들어 있는 것을 마지막으로 보았던 것이 언제입니까?”

경감이 물었다.

“어제 오후입니다.”

브루노 검사가 갑자기 생각이 난 듯이 기세 좋게 물었다.

“이 댁에는 악기가 그 만돌린뿐입니까?”

레인이 눈을 빛내며 브루노 검사를 보았다. 바버라는 뜻밖의 질문이라는 표정을 지었다.

“네, 그것뿐입니다. 하지만 그 점이 이 사건과 무슨 관계가 있죠? 물론 제가 참견할 문제는 아니지만요……. 어쨌든 우리 가족들은 그다지 음악을 좋아하는 편이 아니랍니다. 어머니가 좋아하는 작곡가는 수자 정도이고, 그 만돌린도 아버지의 대학 시절 기념품에 불과해요. ……전에는 그랜드 피아노가 있었습니다. 아주 번쩍거리는 18세기 로코코풍의 피아노였는데 몇 해 전에 어머니가 처분해버렸습니다. 무척 속상해하시면서요…….”

“어째서죠?”

브루노 검사가 의아한 표정을 지으며 물었다.

“루이자가 연주할 수 없게 되었기 때문이죠.”

브루노는 얼굴을 찌푸렸다. 섬 경감이 커다란 손으로 주머니를 뒤지더니 열쇠 하나를 꺼냈다.

“이게 무슨 열쇠인지 아시겠습니까?”

그녀는 순순히 열쇠를 살펴보았다.

“잘 모르겠군요. 어느 열쇠나 모두 비슷하니까요…….”

“이게 바로 해터 씨의 실험실 열쇠입니다. 해터 부인의 소지품들 속에서 찾아냈죠."

"아, 맞아요."

"그런데 실험실 열쇠는 이것 하나뿐이었습니까?"

"아마 그럴 거예요. 아버지의 자살 사건 이래로 어머니는 언제나 그 열쇠를 직접 간수하셨죠."

섬 경감은 주머니에 열쇠를 도로 집어넣었다.

"우리 역시 그렇다고 들었습니다. 아무튼 그 실험실 안을 면밀히 조사해봐야겠어요."

"당신은 아버님 생전에 그 실험실을 자주 드나들었나요?"

브루노가 호기심 어린 목소리로 물었다.

그녀의 표정이 갑자기 밝아졌다.

"네, 그랬죠, 브루노 씨. 저 역시 아버지와 마찬가지로 과학의 신들을 숭배했으니까요. 비록 저로서는 하나도 이해할 수 없었지만 아버지의 실험을 지켜보는 게 즐거웠어요. 그래서 종종 아버지와 함께 그곳에서 한 시간가량을 보내곤 했어요. 아버지도 그런 때는 행복한 듯 생기가 돌곤 하셨죠."

그녀는 생각에 잠기는 표정으로 말을 이었다.

"올케인 마사도 아버지를 동정하던 터라 가끔 그곳엘 들러 아버지가 실험하시는 걸 지켜보았죠. 그리고 트리벳 선장도……."

"그러니까 당신은 화학에 대해선 전혀 모르시겠군요?"

섬 경감이 거침없이 물었다.

그녀는 미소를 떠올렸다.

"경감님, 독약 때문에 그러시죠? 그거라면 누구든 병에 붙은 라벨 정도는 읽을 수 있겠죠. 하지만 저는 화학에 관한 지식은 전혀 없습니다."

"그러나 제가 듣기에 당신은 모자라는 과학적 재능을 보충할 만큼 뛰어난 시적 재능을 타고나셨다더군요."

레인이 말을 이었다.

"아마도 당신이 해터 씨와 함께 자리를 한다면 마치 사이엔티아*과학의 신—옮긴이*의 발밑에 앉은 에우테르페*음악과 시를 관장하는 여신—옮긴이*와도 같은 광경을 연출할 수 있을 것 같습니다."

"그런 한가한 얘기는 나중에 하시죠."

섬 경감이 노골적으로 불만을 드러냈다.

"아, 너무 그러지 마십시오, 경감님. 이런 얘기를 하는 게 단순히 고전에 관한 나의 지식을 자랑하려는 의도는 아니니까요."

레인이 미소 띤 얼굴로 말을 이었다.

"바버라 양, 말씀해주시겠습니까? 사이엔티아가 에우테르페의 발밑에 앉았던 적이 있었는지를 말입니다."

"알아들을 수 있게 말씀해주셨으면 좋겠습니다. 저도 질문 내용을 알고 싶으니까요."

섬 경감이 불만스레 말했다.

"제가 말씀드리죠, 경감님."

바버라는 살짝 얼굴을 붉히며 이야기하기 시작했다.

"레인 선생님께서는, 제가 그랬던 것처럼 아버지도 제 일에 관심을 가졌는지를 물으신 거랍니다……. 레인 선생님, 그 질문엔 그렇다고 대답하겠어요. 아버지께서는 언제나 저를 아주 열심히 칭찬했어요. 하지만 정확히 말씀드리자면 그 칭찬이 저의 시에 대한 것이라기보다는 그로 말미암은 저의 외형적인 성공 쪽이 아니었던가 싶어요. 아버지는 저의 시를 이해하지 못하셔서 곤혹스러워 하셨으니까요……."

"실은 나도 마찬가지랍니다, 바버라 양."

레인은 가볍게 고개를 끄덕인 뒤 다시 물었다.

"해터 씨가 직접 뭔가를 썼던 적은 있었습니까?"

그녀는 조금 얼굴을 찌푸리며 고개를 저었다.

"그런 일은 좀처럼 생각하기 어려워요. 언젠가 한번 소설을 쓰려고 했던 적은 있었지만 제대로 완성했다고는 생각하지 않아요. 화학 분야의 실험에 관한 일을 제외한다면 아버지는 대체로 끈기가 부족한 편이었습니다."

"자, 그럼 이제 그만 본론으로 돌아가도록 합시다. 그런 얘기로 마냥 시간을 보낼 수만은 없으니까요, 레인 씨……. 어젯밤 제일 늦게 귀가한 사람이 당신이었나요, 바버라 양?"

섬 경감이 도전적인 투로 물었다.

"글쎄요, 그건 잘 모르겠군요. 우리 식구들은 제각기 현관 열쇠를 가지고 있는데, 어젯밤 저는 열쇠를 챙기지 않고서 외출했어요. 그래서 3층에 있는 아버클 부부의 방과 연결되어 있는 야간 초인종을 눌렀죠. 그러자 오 분쯤 뒤에 조지 아버클이 내려와 문을 열어주었고 난 곧바로 2층으로 올라갔답니다. 아버클을 뒤에 남겨두고요……. 그러므로 제가 맨 나중에 귀가했는지 어떤지는 잘 모르겠습니다. 아마 아버클이 알고 있겠죠."

"어째서 열쇠를 갖고 나가시지 않았습니까? 어디에 두었는지 잊었나요? 아니면 잃어버리셨나요?"

"속이 빤한 질문을 하시는군요, 경감님."

바버라는 한숨을 쉬고 말을 이었다.

"어디에 두었는지 몰라서 그랬던 것도, 잃어버렸던 것도 아닙니다. 도둑을 맞았던 것도 아니고요. 말씀드린 대로 챙기지 않고 나갔을 뿐이에요. 열쇠는 제 방에 둔 다른 지갑 속에 들어 있더군요. 잠자리에 들기 전에 확인했습니다."

"그 밖에 더 물어보실 게 있습니까?"

잠시 침묵이 흐른 뒤에 섬 경감이 브루노에게 물었다.

지방 검사는 고개를 저었다.

"레인 씨, 당신은 어떻습니까?"

"아까처럼 말을 막아서야 어디 질문인들 할 수 있겠습니까?"

레인이 쓴웃음을 지으며 덧붙였다.

"없습니다."

섬 경감은 변명 비슷하게 미소를 떠올린 뒤 말했다.

"그럼, 이것으로 질문을 마치겠습니다, 바버라 양. 하지만 당분간 외출은 삼가주시기 바랍니다."

"알겠습니다. 그렇게 하도록 하죠."

바버라 해터는 지친 듯한 표정으로 대답한 뒤 자리에서 일어나 방을 나섰다.

섬 경감은 문을 열어주며 그녀를 배웅했다.

"자, 그럼, 이제 미치광이들과 한바탕 씨름을 할 차례로군요."

입구에서 경감이 그렇게 말하고는 소리쳤다.

"모셔, 아버클 부부를 불러주게!"

형사는 발소리를 내며 사라졌다. 경감은 문을 닫고 자리로 돌아와 엄지손가락을 허리띠에 걸며 앉았다.

"미치광이들이라고요? 내가 보기에 아버클 부부는 정상인 것 같던데……."

브루노 검사가 반문했다.

경감은 이를 드러내고 대꾸했다.

"천만에요. 겉으로는 그렇게 보일지 몰라도 그들도 미쳐 있긴 마찬가지예요. 틀림없습니다. 아무튼 이 집에 사는 사람들은 모두가 이상해요. 덕분에 나까지 이상해지는 것 같다니까요."

아버클 부부는 둘 다 키가 크고 체격이 건장한 중년 남녀였는데, 부부라기보다도 남매 같아 보이는 사람들이었다. 두 사람 모두 투박한 용모였으며 피부는 거칠었고 땀구멍이 커다랗게 나 있었으며 기름기가 번지르르 흘렀다. 한마디로 조상 대대로 완고한 농사꾼이었던 것처럼 보였다. 그리고 둘 다 이 집안의 분위기에 주눅이 들었는지 웃음기라곤 찾아볼 수 없는 침울한 표정을 짓고 있었다.

여자 쪽은 신경이 잔뜩 곤두서 있었다.

"어젯밤에는 11시에 남편과 함께 잠자리에 들었다고요. 우린 아주 얌전한 사람들이란 말예요. 이번 일에 대해서는 아무것도 몰라요."

"두 사람 모두 아침까지 잤소?"

섬 경감이 퉁명스럽게 물었다.

"아니에요. 밤 2시경에 초인종이 울려서 남편이 옷을 걸치고 아래층으로 내려갔어요."

경감은 찌푸린 채 고개를 끄덕였다. 어쩌면 거짓말을 듣게 될지도 모른다고 생각한 모양이었다.

"남편은 십 분쯤 있다가 돌아왔는데 바버라 양이 열쇠를 잊고 외출했나 보다고 하더군요. 그런 뒤에 우린 다시 잠이 들었으니까 아침까지 아무것도 몰랐다고요."

아버클 부인이 퉁명스레 대꾸했다.

조지 아버클은 헝클어진 머리를 천천히 끄덕이며 아내의 말에 맞장구를 쳤다.

"그렇습니다. 정말입니다. 우린 이번 사건에 대해서 아무것도 몰라요."

"당신이 질문 받을 때만 대답하시오."

섬 경감이 못마땅한 어조로 남편 쪽에 주의를 준 뒤 말을 계속하려 했을 때 갑자기 레인이 "부인!" 하고 부르며 끼어들었다.

그러자 상대방은 자못 여성스러운 태도로 레인 쪽으로 고개를 돌렸다.

"해터 부인의 방에 있는 침대 탁자 위에는 언제나 과일을 놓아둡니까?"

"그래요. 루이자 양이 과일을 아주 좋아하니까요."

"그런데 마지막으로 놓아두었던 과일은 언제 산 것들이죠?"

"어제요. 저는 언제나 새 과일을 그릇에 가득 담아 거기에 놓아두죠. 노부인께서 그렇게 하라고 분부하셨으니까요."

"루이자 양은 과일이라면 뭐든 좋아합니까?"

"뭐, 그렇겠죠……."

"대답을 분명히 하시오!"

섬 경감이 엄하게 말했다.

"예, 그렇습니다."

"해터 부인도 마찬가지였나요?"

"아뇨, 노부인께선 배를 싫어했어요. 전혀 입에 대질 않았죠. 그래서 모두 재미있어했죠."

드루리 레인은 어떤 의미가 깃든 얼굴로 섬 경감과 브루노 검사를 보았다.

"그런데, 부인."

레인이 부드러운 목소리로 말을 이었다.

"부인은 과일을 어디에서 구입합니까?"

"유니버시티 광장에 있는 서튼이라는 가게에서 구입하죠. 거긴 날마다 신선한 과일을 배달해주거든요."

"그리고 루이자 양 말고도 또 누가 그 과일을 먹습니까?"

아버클 부인은 모난 얼굴을 쳐들고서 레인을 바라보았다.

"어째서 그런 걸 물으시죠? 누구든 과일은 다 먹어요. 게다가 과일이라면 늘 여유 있게 준비해두는 편이고요."

"그렇군요……. 그런데 어제 배달된 과일 중에서 배를 먹은 사람이 있습니까?"

그녀의 얼굴에 경계하는 빛이 서렸다. 과일에 대해 자꾸 캐묻는 것이 꺼림칙한 모양이었다.

"뭐, 그럴 테죠."

"대답을 분명히 하시오!"

섬 경감이 다시 한 번 주의를 주었다.

"그래요. 제가 하나 먹었어요. 그게 대체 어떻다는 거죠?"

"그게 어떻다는 게 아닙니다, 부인. 그러니까 부인이 하나 먹었고 그리고 또 다른 사람은요?"

레인이 부드럽게 말했다.

"말썽꾸러기들인 재키와 빌리가 하나씩 먹었어요. 그리고 그 애들이 바나나도 하나씩 금방 먹어 치웠죠."

그녀는 긴장이 좀 풀렸는지 조용히 대답했다.

"그런데도 아무렇지도 않았단 말이오?"

브루노 검사가 끼어들며 말을 이었다.

"어쨌든 다행이군."

"어제 루이자 양의 방에 과일을 갖다놓은 게 언제였죠?"

레인이 여전히 부드러운 어조로 물었다.

"오후였어요. 점심 식사를 마친 뒤였어요."

"과일은 모두 새것이었나요?"

"그래요. 전날 먹다 남은 것이 그릇에 두 개 남아 있었지만 내가 치우고 모두 새것으로 담았어요. 루이자 양은 음식에 대해선 아주 까다로운 편인데 특히 과일의 경우엔 더 그래요. 너무 익었거나 조금이라도 상했으면 절대로 입에 대지 않아요."

드루리 레인은 갑자기 무언가 말을 하려다가 입을 다물었다. 가정부는 멍하니 그를 지켜보고 있었고, 그녀의 남편은 옆에서 발을 꿈지럭거리기도 하고 턱을 어루만지기도 하며 초조한 태도를 보였다. 섬 경감과 브루노 검사는 레인의 반응에 의아해하며 그를 물끄러미 바라보았다.

"그건 틀림없겠죠?"

"틀림없고말고요."

레인은 한숨을 쉬었다.

"부인, 어제 오후에 당신은 그 과일 그릇에 배를 몇 개 담았습니까?"

"두 개였어요."

"뭐라고! 하지만 그 속에는……!"

섬 경감이 외치며 브루노를 보았고, 브루노는 레인을 보았다.

"그렇다면 정말 이상하군요, 레인 씨."

브루노가 중얼거렸다.

하지만 레인은 침착한 태도로 가정부에게 거듭 확인했다.

"부인, 그 사실을 맹세할 수 있겠습니까?"

"맹세라뇨? 뭣 때문에요? 틀림없이 두 개였다고요. 그걸 담았던 제가 모를리 없잖아요."

"하긴 그렇군요. 그리고 그 과일 그릇을 2층으로 가지고 갔던 것도 역시 당신이었겠군요?"

"예, 언제나 제가 갖다놓죠."

레인은 미소를 지었으나 곧 생각에 잠기는 표정으로 가볍게 손을 흔들며 자리에 앉았다.

"자, 이제 당신 차례요, 아버클 씨!"

섬 경감이 큰 소리로 말을 이었다.

"어젯밤 가장 나중에 귀가한 사람이 바버라 양이었소?"

직접 질문을 받자 입주 운전사는 눈에 띄게 떨기 시작했다. 그는 입술을 적시고 나서 대답했다.

"저어, 저는 아무것도 모릅니다. 바버라 양에게 현관문을 열어주고 나서 문이나 창문들이 제대로 닫혀 있는지 둘러보는 동안만 아래층에 있었을 뿐이니까요. 그런 뒤 현관문을 잠그고 방으로 돌아가 다시 잠을 잤고요. 그러니까 저는 그 후에 누가 들어왔는지는 모릅니다."

"지하실 쪽은 어떻소?"

"거긴 사용하지 않아요. 이미 몇 년째 닫혀 있죠. 앞뒤로 모두 판자에다 못을 쳐놓았고요."

아버클은 좀 전과는 달리 자신 있게 대답했다.

"알겠소."

그렇게 말한 뒤 경감은 문으로 가서 고개를 내밀고 외쳤다.

"핑커슨!"

곧이어 한 형사가 쉰 목소리로 대답했다.

"예, 경감님."

"지하실을 살펴보고 오게!"

경감은 문을 닫고 다시 자리로 돌아왔다. 브루노 검사가 아버클에게 질문하고 있는 중이었다.

"새벽 2시에 다시 한 번 문단속을 한 이유가 뭐요?"

아버클은 변명하듯이 이를 드러내고 웃으며 대답했다.

"그게 제 버릇이죠. 루이자 양이 도둑을 무서워하니 항상 문단속을 단단히 하라고 노부인께서 늘 말씀하셔서 말입니다. 어젯밤에도 잠자리에 들기 전에 문단속을 했지만, 만일을 위해 다시 한 번 둘러본 겁니다."

"그래, 새벽 2시에 보았을 때도 모든 게 잘 닫혀 있고 잠겨 있었소?"

섬 경감이 물었다.

"그렇습니다. 전혀 이상이 없었어요."

"당신들이 이 저택에서 일한 지는 얼마나 되오?"

"팔 년쯤 됩니다."

"알겠소."

섬 경감이 레인에게로 고개를 돌렸다.

"달리 더 물어볼 게 있습니까, 레인 씨?"

노배우는 안락의자에 몸을 파묻은 채 가정부와 그녀의 남편을 물끄러미 바라보고 있었다.

"이 해터가에서 일하기가 힘든가요?"

조지 아버클의 태도는 이제 거의 쾌활해져 있기까지 했다.

"일하기 힘드냐고요?"

그는 어이없다는 듯이 웃으며 말을 이었다.

"힘들다 뿐이겠습니까, 이 집 식구들은 하나같이 비정상적인 사람들이니까요."

"정말이지 이 사람들 비위를 맞추기란 어려워요."

아버클 부인이 거들었다.

레인이 밝은 목소리로 말을 이었다.

"그렇다면 말입니다……, 어째서 당신들은 팔 년 동안이나 이 집에서 일했죠?"

"그거야 뭐 이상할 게 없죠."

아버클 부인이 당치도 않은 질문이라는 듯이 말을 이었다.

"급료를 많이 주니까요. 아주 후하게 주는 편이죠. 그래서 이제껏 남아 있는 거지 그렇지 않다면야 누가……."

레인은 실망한 듯했다.

"당신들 중 누구든 어제 저 유리 상자 속에 만돌린이 들어 있는 것을 본 기억이 있습니까?"

아버클 부부는 서로 얼굴을 마주 보더니 둘 다 고개를 저었다.

"아뇨, 기억이 나지 않는데요."

남편 쪽이 대답했다.

"아무튼 고맙습니다."

드루리 레인이 질문을 마치자 경감은 아버클 부부를 물러가게 했다.

하녀인 버지니아는 키가 크고 비쩍 마른 데다가 얼굴은 말상인 노처녀였다. 그녀는 양손을 단단히 비틀어 쥐고서 금방이라도 울음을 터뜨릴 것 같은 표정을 짓고 있었다. 해터가에서 일한 지는 오 년이나 되었고 아버클 부부와 마찬가지로 만족스러운 급료를 받고 있다고 했다.

하지만 어젯밤엔 일찍 잠자리에 들었기 때문에 아는 게 아무것도 없다고 했다.

그래서 그녀는 이내 돌려보내졌다.

핑커슨 형사가 커다란 얼굴을 잔뜩 찌푸린 채 들어왔다.

"경감님, 지하실 쪽은 이상한 점이 없습니다. 몇 년 동안 아무도 드나들지 않았는지 먼지가 2, 3센티미터나 쌓여 있었지만……."

"2, 3센티미터라고?"

경감이 언짢은 표정으로 되물었다.

"아니, 그보다는 적을지 모르지만, 아무튼 문과 창틀에 사람이 손댄 흔적은 없었고 먼지 속에도 발자국이 없었습니다."

"허풍 떠는 버릇은 고쳐! 언젠가는 그 습관 때문에 진짜로 혼이 날 수도 있으니까. 아무튼 알았네."

경감이 호통 치며 대꾸했다.

형사의 모습이 입구에서 사라지자 정복 경찰관 한 명이 들어와 경례를 했다.

"그래, 뭔가?"

섬 경감이 물었다.

"지금 바깥에 남자 두 사람이 찾아와서 집 안에 들어오고 싶어 합니다. 한 사람은 이 집 고문 변호사라고 하고 또 한 사람은 콘래드 해터와 함께 일하는 동료라고 합니다. 어떻게 할까요, 경감님?"

"이런, 멍청하긴! 그 사람들은 내가 아침부터 찾았던 사람들이잖아. 당장 들여보내!"

경감이 화를 내며 말했다.

새로운 두 인물이 등장함으로써 서재에는 극적이면서도 어쩐지 희극적인 분위기가 감돌았다. 두 사람은 매우 대조적인 인물이었는데, 만약 둘뿐이라면 그럴듯한 한 쌍의 콤비가 되었을 수도 있었을 것이다. 하지만 거기에 질 해터가 끼어들어서 그럴 가능성은 완전히 사라져버린 듯했다. 질은 뛰어난 미인이었으나 얼굴에는 방탕한 생활 태도가 그대로 드러나 있었다. 그녀는 복도에서 그들과 만난 듯했다. 그녀는 두 사람 사이에 끼여 좌우로 한 쪽씩 남자들의 팔을 잡고서 서재로 들어섰는데, 가슴을 들썩이고 입술을 일그러뜨린 채 두 남자의 얼굴을 슬픈 듯이 번갈아 보며 그들이 바삐 건네는 애도의 말을 듣고 있었다.

레인과 섬 경감과 브루노 검사는 묵묵히 그 광경을 지켜보았다. 그 젊은 여성이 교태 덩어리라는 건 대번에 알 수 있었다. 그녀의 미묘한 몸놀림 하나하나가 성적인 분위기를 발산했고 반쯤은 쾌락을 약속하는 듯했다. 그녀는 어머니의 죽음이라는 비극을 이용해서까지 두 남자가 자신에게 더욱 열을 올리게 만들려는 듯했다. 게다가 그러기 위해 두 사람을 한 쌍의 펜싱 검처럼 대립시키고 충돌시키려는 냉혹한 계획을 품고 있음이 분명했다. 어쨌거나 위험한 아가씨라고 레인은 냉정하게 판단을 내렸다.

그러나 질 해터는 한편으로 겁을 집어먹고 있었다. 두 남자를 교묘히 다루는 것은 계획에 의한 것이라기보다는 습관적으로 몸에 밴 행동인 듯했다. 그녀는 늘씬한 키에 풍만한 체격이었지만 그녀 역시 겁을 먹고 있었고 불면과 불안으로 눈이 충혈되어 있었다. 그제야 비로소 실내에 사람들이 있음을 알아챘다는 듯이 그녀는 뾰로통한 표정을 지으며 남자들의 팔을 뿌리치더니 분첩을 꺼내 급히 화장을 고치는 시늉을 했다. 하지만 분명 입구에 들어서면서부터 실내에 경감 일행이 있다는 것을 알아차렸고 또한 그 때문에 겁을 집어먹었을 것이다.

두 사내도 제정신으로 돌아와 긴장한 표정을 지었다. 앞서도 말했듯이 그 두 사람은 실로 대조적인 외모의 소유자들이었다. 고문 변호사인 체스터 비글로는 보통 키였는데도 콘래드 해터의 동업자인 존 고믈리와 나란히 서니 어린애처럼 작아 보였다. 그리고 비글로는 얼굴이 검고 작은 콧수염을 길렀으며 턱 밑이 검푸른데 비해, 고믈리는 얼굴이 희고 금발이었으며 바삐 면도를 했는지 얼굴에 붉은빛이 도는 뻣뻣한 털 몇 개가 남아 있을 뿐이었다. 비글로는 활발하고 민첩한 듯했으나 고믈리는 느리고 신중한 타입인 듯했다.

변호사인 비글로의 지적인 용모에서는 어쩐지 교활함마저 엿보였지만, 고믈리는 성실하고 신의가 있어 보였다. 그리고 키 큰 금발의 고믈리가 적어도 열 살쯤은 더 젊어 보였다.

"경감님, 제게도 하실 말씀이 있으실 테죠?"

질 해터가 작고 애처로운 목소리로 물었다.

"지금 당장은 아니지만…… 기왕에 오셨으니……. 자, 아무튼 모두 앉으십시오."

섬 경감이 말했다.

경감은 질과 비글로, 고믈리를 지방 검사와 드루리 레인에게 소개했다. 질은 의자에 털썩 앉아 목소리만큼이나 몸까지도 작고 애처롭게 보이려고 애쓰는 듯했다. 변호사와 주식 중개인은 초조한 듯이 그대로 서 있었다.

"그럼 질 양에게 먼저 묻겠습니다. 당신은 어젯밤에 어디에 있었습니까?"

그녀는 고개를 옆으로 돌리고 천천히 존 고믈리를 올려다보았다.

"존과, 그러니까 고믈리 씨와 함께 외출했어요."

"좀 더 자세히 말씀해주십시오."

"처음엔 연극을 보러 갔었고 그다음엔 어느 심야 파티에 참석했어요."

"집에 돌아온 건 몇 시였나요?"

"아주 이른 시각에 돌아왔죠, 경감님……. 오늘 새벽 5시에요."

존 고믈리는 얼굴을 붉혔고, 체스터 비글로는 초조한 듯이 오른발을 앞뒤로 움직이더니 곧 그치고는 가지런한 치열을 보이며 미소 지었다.

"고믈리 씨가 집까지 바래다주었나요? 어떻습니까, 고믈리 씨?"

고믈리가 말을 하려고 하자 질이 황급히 막았다.

"아니, 그렇지 않아요. 경감님, 말하자면…… 좀 복잡해요."

그녀는 새침한 표정으로 바닥의 융단을 내려다보며 말을 이었다.

"밤 1시경에 전 몹시 취해서 고믈리 씨와 다퉜어요. 이분은 자신이 마치 풍기 단속반이라도 되는 듯이……."

"질……."

고믈리가 말했다. 그는 목에 맨 넥타이처럼 얼굴이 빨개져 있었다.

"그래서 고믈리 씨는 저를 남겨두고 가버렸어요. 정말이지, 그때 이분은 굉장히 화를 냈어요."

질은 애교 어린 목소리로 계속 지껄였다.

"그리고…… 그리고 그다음 일은 제대로 기억이 나지 않아요. 다만 어떤 뚱뚱하고 땀 냄새가 나는 남자와 형편없는 진을 마셨던 것 같아요. 그래요, 그다음은 기억이 나요. 큰 소리로 노래를 부르며 파티복 차림으로 거리를 걸었어요……."

"그러고는요?"

경감이 얼굴을 찌푸리며 물었다.

"어떤 젊은 경관이 나를 불러 세우고는 택시를 잡아주었어요. 그 경관은 아주 멋진 청년이었어요! 키도 크고 건장한 체격에 갈색 고수머리였는데……."

"알겠으니 어서 그다음 얘기를 계속하세요."

"집에 돌아왔을 때는 날이 밝기 시작했는데 술도 어지간히 깨더군요. 그때 본 광장 경치가 아주 근사했어요. 경감님, 전 동틀 무렵의 새벽을 참 좋아한답니다……."

"알겠습니다. 어서 그다음 일을 말씀해주세요, 질 양. 우린 바쁘답니다."

존 고믈리의 얼굴은 금방이라도 폭발할 듯했다. 주먹을 불끈 쥔 채 숨을 거칠게 내쉬며 융단 위를 서성댔다. 비글로는 수수께끼 같은 표정을 짓고 있었다.

"하지만 이게 전부예요, 경감님."

질은 그렇게 말하고 고개를 숙였다.

"그게 전부라고요?"

섬 경감은 기가 막힌다는 듯한 표정을 지으며 말을 이었다.

"좋아요, 질 양. 그럼 내가 몇 가지 질문을 할 테니 대답해주세요. 당신이 돌아왔을 때 현관문은 잠겨 있었습니까?"

"글쎄요……. 잠겨 있었던 것 같기도 하고……. 아, 그래요. 잠겨 있었어요! 열쇠를 제대로 꽂기 위해 한참 애를 먹었던 기억이 나요."

"2층의 당신 침실에 이르러서는 뭔가 색다른 것을 보거나 듣지는 않았습니까?"

"색다른 것이라고요? 묘한 표현을 쓰시는군요."

"내 질문의 뜻을 아실 텐데요."

경감이 신경질적으로 말을 이었다.

"그러니까 뭔가 마음에 걸리는 일이 없었느냐 말입니다."

"아뇨, 아무 일도 없었어요."

"그럼 해터 부인의 침실 문이 열려 있었는지 닫혀 있었는지는 보았습니까?"

"그 방문은 닫혀 있었어요. 하지만 전 제 방에 들어서자마자 옷을 벗어 던지고는 곧바로 잠이 들었어요. 그리고 오늘 아침의 소동이 일어날 때까지 깨지 않았어요."

"알겠어요. 그럼 존 고믈리 씨에게 묻겠습니다. 새벽 1시에 질 양과 헤어진 뒤 어디로 갔었지요?"

질의 호기심 어린 시선을 피하며 고믈리는 중얼거렸다.

"도심 쪽으로 걸어갔습니다. 파티가 벌어졌던 곳은 76번 스트리트였고요. 전 혼자서 몇 시간이나 걸었지요. 제가 사는 곳은 7번 애버뉴의 15번가인데, 아무튼 돌아왔을 땐 날이 밝기 시작했습니다."

"흐음…… 그런데 당신은 콘래드 씨와 동업한 지 얼마나 됩니까?"

"삼 년입니다."

"해터가 사람들과는 언제부터 알았나요?"

"대학 시절부터입니다. 기숙사에서 콘래드와 같은 방을 썼기 때문에 이 댁 사람들과도 알게 되었지요."

그때 갑자기 질이 끼어들며 부드럽게 말했다.

"전 지금도 당신과 처음 만났을 때의 일이 기억나요, 존. 하지만 전 그때 어렸기 때문에 그 무렵의 당신이 멋있었는지 어땠는지는 잘 기억이 나지 않네요."

"그런 이야기는 그만두시오."

경감은 질에게 주의를 주고 나서 다시 고믈리를 바라보았다.

"수고했어요, 고믈리 씨……. 그럼 이제 비글로 씨에게 묻겠습니다. 해터 부인의 법률상의 일은 모두 당신이 처리했다던데, 노부인에겐 평소 사업상의 적이 있었습니까?"

변호사는 공손한 태도로 대답했다.

"물론 경감님께서도 잘 아시겠지만, 해터 부인께선…… 글쎄, 뭐랄까요, 조금 특이하신 분이어서, 여러 가지 면에서 남달랐습니다. 물론 적도 있었죠. 월가에서 주식 매매에 손을 대는 사람이라면 적이 없는 사람이 없으니까요. 하지만 설마 부인을 죽이려 할 정도의 적이 있었다고는 생각되지 않습니다. 절대로 그런 경우는 생각할 수 없습니다."

"좋습니다. 참고로 하겠습니다. 그럼, 이번 사건에 관해 당신은 어떻게 생각하십니까?"

"슬픈 일입니다. 정말이지 슬픈 일입니다."

비글로가 입을 다물었다가 말을 이었다.

"정말입니다. 하지만 저는 도무지 짐작이 가지 않습니다. 전혀 모르겠습니다."

그는 다시 입을 다물더니 급히 덧붙였다.

"두 달 전에 루이자 양을 독살하려고 했던 자에 대해서도 역시 짚이는 게 없습니다. 그건 그때 말씀드렸습니다만……."

브루노 검사는 애가 타는지 몸을 꿈틀댔다.

"이봐요, 경감. 이거 도무지 진전이 없군요. 비글로 씨, 유언장은 있습니까?"

"있습니다."

"거기에 뭔가 색다른 점이 있습니까?"

"있다고도 할 수 있고, 없다고도 할 수 있습니다. 저는……."

그때 노크 소리가 나서 모두가 일제히 돌아보았다. 이어서 섬 경감이 무거운 발소리를 내며 방을 가로질러 가더니 문을 조금 열었다.

"아, 모셔로군. 무슨 일인가?"

거구의 모셔 형사가 낮은 목소리로 뭔가를 말하자, 경감은 매우 분명한 목소리로 "안 돼!"라고 말했다. 그런 뒤 경감은 웃음을 머금은 얼굴로 문을 닫고 나서 브루노 검사에게로 가서 귓속말을 했다. 브루노의 얼굴에는 애써 흥분을 감추려는 빛이 떠올랐다.

"계속합시다, 비글로 씨."

브루노가 말을 이었다.

"당신은 해터 부인의 유언장을 언제 상속자들에게 공개할 예정인가요?"

"화요일 2시, 장례를 마친 뒤에 공개할 생각입니다."

"좋아요, 그럼 우리도 장례식 때 자세한 얘기를 듣기로 하죠. 그럼……."

"잠깐, 브루노 씨."

레인이 나직한 목소리로 끼어들었다.

"알겠습니다. 말씀하시지요."

레인은 질 해터에게로 고개를 돌렸다.

"질 양, 당신이 이 방에 있던 만돌린을 마지막으로 본 게 언제였나요?"

"만돌린요? 음, 어제 저녁 식사 뒤에 봤어요……. 존과 함께 외출하기 직전이었죠."

"그럼, 마지막으로 아버지의 실험실에 들어갔던 것은요?"

"아버지의 그 냄새 나는 방 말인가요?"

질은 아름다운 어깨를 으쓱하고는 말을 이었다.

"몇 달쯤 전이에요. 꽤 오래됐죠. 저도 그 방을 싫어했을 뿐만 아니라, 아버지도 제가 들어가는 것을 좋아하지 않았죠. 아버지와 저는 개인적인 일만큼은 아무리 사소한 것이라도 서로 존중했던 셈이에요."

"그렇군요."

레인은 담담한 표정으로 말을 이었다.

"그럼, 아버지가 실종된 후에도 그곳엘 들어가본 적이 없습니까?"

"없어요."

"알겠습니다."

레인이 고개를 끄덕였다.

"자, 그럼 여러분 모두 오늘은 이것으로 됐습니다."

섬 경감이 말했다.

두 사내와 질은 서재에서 나갔다. 복도에 나가자 체스터 비글로가 뭔가 할 말이 있다는 듯이 질의 팔꿈치를 잡았다. 질은 웃으며 그를 올려다보았다. 존 고믈리는 얼굴을 찌푸리고서 두 사람이 응접실로 들어가는 것을 지켜보았다. 잠깐 동안 그는 망설이며 서 있다가 이윽고 걱정이 되는 듯한 태도로 복도에서 서성댔다. 그 모습을 주위 형사들이 무관심한 시선으로 바라보고 있었다. 섬 경감은 입구로 가서 한 형사에게 루이자 캠피언의 전속 간호사인 스미스 양을 불러오게 했다.

스미스 양을 신문한 결과, 뜻밖에도 여러 가지 흥미 있는 사실들이 밝혀졌다. 건강해 보이고 체격이 좋은 이 간호사는 직업적인 책임감을 가지고 질문에 매우 명확하고도 사무적으로 대처했다.

어제 만돌린이 유리 상자에 들어 있던 것을 보았느냐는 질문에는 기억이 안 난다고 대답했고, 살해당한 해터 부인 외에 루이자 양의 침실에 가장 많이 출입한 사람이 누구냐고 묻자 자신이라고 대답했다. 이제까지 그 어떤 이유로든 만돌린이 루이자 방에 있었던 적이 있느냐는 레인의 질문에는, 자신이 아는 한 요크 해터의 실종 이후 유리 상자 속에서 만돌린을 꺼낸 사람은 아무도 없다고 대답했다.

"해터 부인을 제외하고, 누군가 루이자 양의 과일 그릇에서 과일을 집어 먹은 사람이 있었나요?"

레인이 물었다.

"아뇨, 없습니다. 대체로 다른 식구들은 루이자 양의 방에 드나들길 꺼리는 데다, 노부인께서 그런 일이 없도록 엄명을 내렸기 때문에 불쌍한 루이자 양의 것에 함부로 손을 댔던 사람은 없었을 거예요. 물론 가끔 아이들이 숨어들어와 과일 한두 개쯤 훔쳐 먹는 일은 있었지만, 그것도 좀처럼 있는 일은 아니지요. 노부인께선 아이들을 엄하게 대했으니까요. 그러고 보니까 최근 삼 주일쯤 전에 바로 그런 일이 있었는데, 그때 노부인께서 재키에게 매질을 하고 빌리도 혼을 내서 큰 소동이 벌어졌습니다. 늘 하던 버릇대로 재키가 얼굴을 쳐들고 울어대니까 애들 엄마인 마사가 달려와서는 아이들을 때렸다고 또 노부인과 싸웠습니다. 아주 굉장한 소동이 벌어졌지만, 결코 처음 있는 일은 아니지요. 마사는 아주 얌전한 여자이지만, 아이들 일에 대해서만은 아주 무섭게 흥분하곤 한답니다. 마사와 노부인은 언제나 누가 아이들을 다룰 권리가 있는지 싸우곤 하죠…… 어머, 죄송합니다. 제가 괜한 얘기를 지껄였군요."

"아닙니다, 스미스 양. 대단히 흥미 있는 이야기였습니다."

"그렇지만 레인 씨, 문제는 과일입니다."

브루노 검사가 말을 이었다.

"스미스 양, 당신은 어젯밤 침대 탁자 위의 과일 그릇을 보셨나요?"

"네, 보았습니다."

"그릇 속의 과일들은 오늘 본 것과 같은 과일이었나요?"

"그렇게 생각합니다."

"해터 부인을 마지막으로 본 것은 언제였습니까?"

이번에는 섬 경감이 물었다.

스미스 양은 흥분하는 빛을 띠며 대답했다.

"어젯밤 11시 반경이었습니다."

"그때의 상황을 자세히 얘기해주시지요."

"루이자 잠자리 시중은 언제나 노부인께서 드셨는데, 어젯밤 마지막으로 살펴보러 갔더니 루이자 양은 이미 잠자리에 누워 있었습니다. 나는 루이자 양의 볼을 가볍게 건드려 내가 온 걸 알리고는 잠들기 전에 제게 시킬 일이 없느냐고 물었습니다. 그랬더니 루이자 양은 아무것도 없다고 하더군요. 물론 점자판으로 얘기를 나눴지요."

"그러고는요?"

"그래서 제가 과일이라도 좀 들지 않겠느냐고 물었는데, 루이자 양은 생각이 없다고 하더군요."

"그러니까, 당신은 그때 과일을 본 거로군요?"

레인이 침착한 어조로 물었다.

"네, 그래요."

"그때 그릇에는 배가 몇 개 있었습니까?"

그러자 갑자기 스미스 양은 작은 눈에 놀라는 빛을 띠고 대답했다.

"어머! 어젯밤에는 분명히 두 개밖에 없었는데, 오늘 아침엔 배가 세 개였어요! 이제까지 그 점을 깨닫지 못했군요……."

"틀림없지요, 스미스 양? 그건 매우 중요한 사항입니다."

"네, 틀림없습니다. 분명히 두 개였어요."

그녀는 분명한 어조로 대답했다.

"그중 한 개는 좀 상해 있었나요?"

"상하다뇨? 아뇨, 그렇지 않았습니다. 둘 다 싱싱해 보였어요."

"알겠습니다. 고맙습니다, 스미스 양."

섬 경감이 부루퉁한 얼굴로 끼어들었다.

"어째서 그런 사실을 이제야……. 아무튼 뭐, 좋습니다, 스미스 양. 그런데, 그러는 동안 해터 부인은 무얼 하셨나요?"

"부인은 잠옷을 입고 잠자리에 들 준비를 하는 참이었어요. 그리고 마침…… 그러니까 잠자리에 들기 전에 여자들이 무얼 하는지는 잘 아시겠죠? ……바로 그 일을 하신 뒤였어요."

"아 예, 잘 압니다. 나도 결혼한 몸이니까요. 그럼, 노부인의 태도는 어땠습니까?"

"특별히 평소와 달랐던 점은 없었습니다. 굳이 말씀드리자면, 마침 목욕을 마친 뒤여서 평소보다 기분이 좋으신 듯했습니다."

"그래서 탁자 위에 분통이 있었군요!"

"아닙니다. 그 통은 언제나 탁자 위에 놓아두는걸요. 루이자 양이 그 냄새를 아주 좋아해서 자주 쓰니까요."

"그때도 탁자 위에 그 통이 놓여 있는 걸 보았습니까?"

"네, 보았습니다."

"뚜껑이 열려 있던가요?"

"아뇨, 닫혀 있었습니다."

"단단하게 말입니까?"

"아뇨, 대충 닫혀 있었을 뿐이었어요."

레인은 고개를 끄덕이며 자못 만족스러운 듯이 미소를 지었다. 섬 경감도 무뚝뚝하게 고개를 끄덕이며 레인의 작은 승리를 인정했다.

"스미스 양, 당신은 공인 간호사입니까?"

브루노 검사가 물었다.

"네, 그렇습니다."

"루이자 양을 돌보게 된 지는 얼마나 됩니까?"

"사 년쯤 됩니다. 물론 환자 한 명만 계속 돌보기에는 꽤 긴 기간이죠. 하지만 저도 점점 나이가 들어가는 데다 이곳에서의 급료도 좋고 해서요. 그리고 저는 성격상 여기저기 옮겨 다니는 걸 싫어해요. 이곳 일이 편하기도 했고요. 게다가 일하는 동안 루이자 양을 좋아하게 되었어요. 어쨌든 그녀는 가엾은 여자예요. 인생의 즐거움이라는 게 전혀 없으니까요. 사실상 이곳에서는 저의 간호사로서의 능력은 그다지 중요하지 않습니다. 저는 간호사라기보다 친구로서 루이자 양을 돌봐드린 셈이니까요. 게다가 제가 돌봐드리는 것도 대개는 낮 시간뿐이에요. 밤에는 노부인께서 직접 시중을 드셨죠."

"알겠습니다, 스미스 양. 그럼, 그 방에서 나온 뒤에는 무얼 하셨습니까?"

"제 방으로 돌아가서 잤습니다."

"간밤에 무슨 소리를 듣지 않았습니까?"

"아뇨, 아무 소리도 못 들었습니다. 저는 잠이 깊게 드는 편이어서요."

스미스 양은 얼굴을 붉히며 대답했다.

섬 경감은 스미스 양의 모습을 뚫어지게 바라보며 물었다.

"알겠어요. 그런데 스미스 양, 당신은 루이자 양에게 독을 먹이려한 인물에 대해 짚이는 바가 있습니까?"

그녀는 당혹스러운 표정을 지으며 고개를 저었다.

"아뇨, 전혀 모르겠습니다!"

"요크 해터 씨에 관해서는 잘 아십니까?"

간호사는 안도의 숨을 내쉬고 나서 대답했다.

"네, 온순한 성격에 체구가 작은 분으로 언제나 노부인에게 억눌려 지내셨지요."

"그가 화학 실험을 한다는 것도 알고 있었습니까?"

"네, 조금은요. 그분은 제가 간호사니까 어느 정도 얘기가 통할 거라고 생각하셨던 것 같습니다."

"실험실에 들어갔던 적도 있습니까?"

"네, 몇 번 들어가보았습니다. 한 번은 기니피그에게 혈청을 사용해서 실험을 하려 하니 보러 오라고 하신 적도 있었고요. 그때 그분께서 직접 기니피그에게 주사를 놓는 걸 구경할 수 있었어요. 저에겐 매우 흥미롭고 유익했습니다. 그런 유명한 박사님께서 직접…….”

“당신의 간호 도구함 속에도 물론 주사기가 있을 테죠?”

“네, 두 개 있습니다. 큰 것과 작은 것 하나씩이오.”

“지금도 둘 다 가지고 계십니까? 혹시 그중 하나를 도둑맞았던 적은 없습니까?”

“아뇨, 그런 적은 없어요. 그렇지 않아도 아까 도구함을 조사해보았어요. 루이자 양의 방에서 주사기가 발견되었다기에 혹시 누군가가 제 것을 훔쳐간 게 아닐까 해서요. 하지만 제 것은 둘 다 도구함 속에 들어 있었습니다.”

“그 방에서 발견된 주사기가 어디서 나왔는지 뭔가 짚이는 게 없습니까?”

“글쎄요. 2층 실험실이라면 주사기가 많이 있을 테지만…….”

“아!”

섬 경감과 브루노 검사가 함께 탄성을 내질렀다.

“해터 씨께서 실험하시는 데 사용했으니까요.”

“모두 몇 개쯤 됩니까?”

“그건 모르겠습니다. 하지만 그분은 실험실에 있는 물건에 대해선 모두 목록을 만들어 선반 속에 넣어두셨어요. 그걸 조사해보면 주사기의 개수도 알 수 있을 거예요.”

“들어오십시오, 페리 씨.”

섬 경감은 굶주린 거미가 먹이를 유인하듯이 부드럽게 말을 이었다.

“자, 이리로 와서 앉으시죠. 얘기를 좀 나누고 싶군요.”

에드거 페리는 입구에 선 채 망설이고 있었다. 그는 언제나 행동을 하기 전에 망설이는 타입인 듯했다. 그는 키가 크고 여윈 편인 사십 대 중반의 사내로 어느 모로 보나 학구적인 유형의 인물이었다. 깨끗이 면도한 탓에 창백해

보이는 얼굴은 수도승을 연상케 했고, 깊이 있고 빛나는 눈동자 때문에 나이보다 조금 젊어 보였다. 그는 천천히 서재로 들어오더니 경감이 가리키는 의자에 앉았다.

"애들의 가정교사이시죠?"

레인이 부드럽게 페리에게 말을 건넸다.

"예, 그렇습니다."

페리는 쉰 목소리로 말을 이었다.

"그런데 무슨 용건이신가요, 경감님?"

"뭐 대단한 건 아닙니다. 단지 몇 가지 물어보고 싶은 게 있어서요."

경감이 대답했다.

모두 자리에 앉아 서로 얼굴을 마주 보았다. 페리는 초조한 듯이 입술을 축였고, 자신에게 집중되는 좌중의 시선이 거북한 듯 신문하는 동안 발밑의 융단만 내려다보았다…… 그는, 만돌린에 관한 질문에는 그 만돌린은 아무도 손댈 수가 없다고 대답했고, 실험실에 관한 질문에는 노부인의 엄명이 아니더라도 특별히 과학에 흥미가 있는 것도 아니어서 한 번도 들어가 본 적이 없다고 대답했다. 그리고 해터가에서 일하게 된 것은 금년 1월의 첫 주부터였다고 했다. 그리고 그가 듣기로는, 아이들의 전 가정교사는 마사와 말다툼을 하고 그만두었다고 했다. 어느 날 재키가 욕조에 고양이를 집어넣고 익사시키려고 했는데, 전 가정교사가 그것을 보고 재키에게 회초리로 벌을 주었다고 한다. 그걸 본 마사가 아주 심하게 항의해서 격렬한 말다툼 끝에 나갔다고 했다.

"그럼, 당신은 어떻습니까? 그 개구쟁이들과 사이가 좋습니까?"

경감이 불쑥 물었다.

페리가 중얼거리듯 답했다.

"예, 비교적 좋은 편입니다. 물론 때로는 애를 먹긴 하지만 그런대로 좋은 방법을 쓰니까요."

그는 변명 비슷한 미소를 지었다.

“잘하는 일에는 상을 주고 잘못하는 일에는 벌을 주는 거죠. 그게 좀 먹혀들더군요.”

“그렇더라도 이 집에서 일하기가 쉽지 않을 텐데요?”

경감은 거리낌 없이 물었다.

“때론 그렇지요.”

페리도 솔직히 기분을 털어놓듯 말을 이었다.

“아이들은 포악한 경향이 있습니다. 게다가…… 이건 그 아이들을 욕하려는 건 아닙니다만…… 그 애들의 부모는 아이들 교육을 위해서는 그다지 적합하지 않다고 느껴집니다.”

“특히 아버지 쪽 말씀이죠?”

경감이 말했다.

“예, 적어도 아이들에게 모범적인 인물은 아니라고 봅니다. 저도 종종 이 댁 분위기가 마음에 들지 않을 때가 있습니다. 하지만 전 돈이 아쉬운 처지인 데다 이 댁의 급료가 후한 편이어서요. 실은 지금까지 몇 번이나…….”

그는 내친 김에 다 털어놓고 싶은 듯이 말을 이었다.

“그만두고 싶다는 생각을 했습니다. 하지만…….”

그는 문득 자신의 경솔함에 놀란 듯이 입을 다물었다.

“하지만 뭐죠, 페리 씨?”

레인이 격려하듯 물었다.

“광기로 가득 찬 이 집안에도 그 점을 보상해줄 수 있는 존재가 있어서요.”

페리는 헛기침을 하고 말을 이었다.

“즉, 바버라 해터 양이 있기 때문입니다. 저는 그녀를…… 아니, 그녀의 훌륭한 시 세계를 진심으로 찬양합니다.”

“알겠습니다. 과연 학술적인 찬양이로군요.”

레인이 말을 이었다.

"그런데 페리 씨, 이 저택에서 연쇄적으로 발생한 이상한 사건들에 관해 당신은 어떻게 생각하십니까?"

페리는 얼굴을 붉혔지만 그의 목소리는 좀 전보다 또렷했다.

"저로서는 뭐라고 말씀드릴 수가 없습니다. 하지만 단 한 가지 확신할 수 있는 것은, 다른 사람들이 모두 이 사건에 관련되었더라도 바버라 해터 양만은 이런 추악한 범죄와는 무관하다는 것입니다. 그녀가 이런 범죄에 관련되었다고는 도저히 상상할 수 없습니다. 그러기에 그녀는 너무도 고결한 정신의 소유자이니까요. 게다가 친절하고요……."

"잘 알겠습니다."

브루노 검사가 말을 이었다.

"그런데 페리 씨, 당신은 이 집에 입주한 걸로 아는데, 외출은 얼마나 하십니까?"

"그렇습니다. 제 방은 3층에 있습니다. 지붕 밑 다락방이죠. 그럼, 질문에 대답해드리죠. 저는 좀처럼 휴가를 길게 얻지는 못합니다. 단 한 번, 지난 4월에 오 일간의 휴가를 가졌던 적은 있었지만, 보통 때는 언제나 일요일만 쉬죠. 그리고 그런 때는 대개 혼자 바깥에서 시간을 보내다 돌아온답니다."

"언제나 혼자 나갑니까?"

"반드시 그런 건 아닙니다. 바버라 양이 몇 번 함께 외출해준 적도 있으니까요."

"알겠습니다. 그런데, 어젯밤에는 어디에 있었습니까?"

"일찌감치 제 방으로 올라가 한 시간쯤 책을 읽은 뒤에 잠자리에 들었습니다."

그가 덧붙였다.

"그래서 저는 오늘 아침까지 무슨 일이 있었는지 아무것도 몰랐습니다."

"그러셨겠죠."

침묵이 흘렀다. 페리는 의자에 앉은 채 우물쭈물했다. 경감의 두 눈에 차가운 빛이 서렸다……. "루이자 양이 과일을 좋아하며, 그녀의 침대 탁자에는 언제나 과일 그릇이 놓여 있다는 것을 아십니까?" 하고 경감이 묻자, 페리는 어리둥절한 태도로 "알고 있습니다만, 왜 그러시죠?"라고 반문했다. 이어서 노부인이 배를 싫어하는 걸 아느냐는 질문에는 말없이 어깨를 으쓱했다. 그리고 다시 침묵이 이어졌다.

레인이 부드러운 어조로 다시 말을 걸었다.

"페리 씨, 당신이 처음 이 집에 온 것은 1월 초라고 하셨는데, 그렇다면 요크 해터 씨는 한 번도 못 만난 셈이 되겠군요?"

"그렇습니다. 해터 씨에 관해서는 바버라 양을 통해 들은 것 외에는 제대로 아는 게 없습니다."

"두 달 전 루이자 양이 독살당한 뻔한 일은 알고 계시죠?"

"예, 물론이죠. 정말 끔찍한 일이었습니다. 오후에 제가 돌아오니까 온 집안이 발칵 뒤집혀 있었습니다. 정말이지 그때도 깜짝 놀랐습니다."

"루이자 양에 대해서는 어느 정도로 알고 계십니까?"

그 질문에 페리는 눈을 빛내며 대답했다.

"꽤 알고 있는 편입니다. 정말 놀라운 여성입니다. 물론 그녀에 대한 저의 관심은 순수하고 객관적인 것입니다만, 아무튼 교육적인 측면에서 볼 때 그녀는 여러모로 우리에게 시사해주는 바가 많습니다. 그리고 이제 그녀도 저를 알게 되었으니 저를 신뢰하리라 믿습니다."

레인이 신중한 어조로 다시 질문했다.

"페리 씨, 아까 당신은 특별히 과학에 흥미가 있는 건 아니라고 하셨는데, 그렇다면 과학 방면에는 그다지 밝지 못하시겠군요. 그러니까 병리학 분야 등은 잘 모르시겠군요?"

섬 경감과 브루노 검사는 의아한 듯이 시선을 교환했다. 하지만 페리는 냉담하게 고개를 끄덕였다.

"무슨 말씀이신지 잘 알겠습니다. 즉, 이 댁 가족의 이상 성향에는 무언가 병리학적인 근본 원인이 작용하고 있을 것이라는 말씀이시죠?"

"그렇습니다, 페리 씨."

레인은 미소 지으며 말을 이었다.

"그렇다면 내 생각에 동의하십니까?"

가정교사는 신중한 어조로 대답했다.

"이 댁 사람들이 비정상적이라는 의견에는 저도 동의합니다. 하지만 저는 의사도 병리학자도 아니랍니다. 그러니 제가 말할 수 있는 것은 그것뿐입니다."

섬 경감이 자리에서 불쑥 일어났다.

"그 문제는 그 정도로 해둡시다. 그보다도 당신이 어떻게 이 집에서 일하게 되었는지 궁금하군요."

"콘래드 해터 씨가 가정교사를 구한다는 광고를 냈는데, 그때 다행히 지원자들 중에서 제가 뽑힌 거랍니다."

"그럼, 추천장도 가지고 계셨겠군요?"

"물론이지요."

"지금도 그걸 가지고 계십니까?"

"예, 가지고 있습니다."

"그럼, 좀 가지고 와주셨으면 좋겠군요."

페리는 의아한 듯이 두 눈을 껌벅이더니 자리에서 일어나 급히 서재에서 나갔다.

"뭔가 있어요!"

페리가 나가고 문이 닫히자 경감이 말했다.

"이제야 겨우 가닥이 잡히는 것 같지 않소, 브루노?"

"대체 무슨 말입니까, 경감님?"

레인이 웃으며 말을 이었다.

"페리 말씀인가요? 물론 로맨스의 향기가 나긴 합니다만, 글쎄요, 내가 보기엔…….”

“아니, 페리에 대해서가 아닙니다. 그저 두고 보십시오.”

가정교사가 기다란 봉투를 들고 들어왔다. 경감은 그 속에서 두꺼운 종이 한 장을 꺼내 재빨리 읽었다. 그것은 먼젓번 고용주의 간단한 추천장이었는데, 에드거 페리가 가정교사로서의 직무를 훌륭히 수행했으며 결코 불미스러운 이유로 인해 그 집에서의 일을 그만두는 것이 아니라는 내용이 적혀 있었다. 마지막에는 '제임스 리겟'이라는 서명과 함께 파크 애버뉴의 주소가 적혀 있었다.

“좋습니다.”

경감은 추천장을 돌려주며 조금 맥 빠진 듯한 표정으로 말을 이었다.

“잘 간수하십시오, 페리 씨. 그럼 이것으로 질문을 마치겠습니다.”

페리는 안도의 한숨을 내쉬고 급히 서재에서 나갔다.

“자, 이제 드디어 골치 아픈 작자를 만날 차례로군요.”

경감은 그렇게 말한 뒤 입구로 가서 외쳤다.

“핑크! 콘래드 해터를 데리고 오게!”

이제까지의 긴 대화와 따분한 질문, 혼란스러움과 의혹과 불분명, 그 모든 것이 이 한 점을 향해 있는 듯이 보였다. 실제로는 그렇지 않을지라도 어쨌든 그렇게 보였던 것만은 사실이었다. 드루리 레인조차도 섬 경감의 흥분된 목소리를 듣는 순간 무심코 심장의 고동이 빨라짐을 느꼈다.

그러나 콘래드 해터의 등장 역시 다른 사람들의 경우와 마찬가지로 비교적 조용히 이루어졌다. 큰 키에 음습한 얼굴을 하고 있는 그는 몹시 불안해 보였는데, 마치 마음속의 동요를 한껏 억누르고 있는 것 같았다. 그는 중풍 환자처럼 어색하게 목을 세운 채 맹인처럼 조심스럽게 걸음을 옮겼다. 이마에는 땀이 배어 있었다.

하지만 그가 자리에 앉자마자 조용했던 실내의 분위기가 여지없이 깨져 버렸다. 갑자기 서재 문이 왈칵 열리며 복도에서 소란스러운 소리가 들리더니, 어린 재키 해터가 인디언이 지르는 함성 같은 괴성을 내지르며 동생 빌리를 잡으러 뛰어들었기 때문이었다. 재키의 더러운 오른손에는 장난감 인디언 손도끼가 쥐어져 있었고, 빌리의 두 손은 서투른 솜씨긴 해도 등 뒤로 단단히 묶여 있었다.

섬 경감은 어이가 없다는 듯이 멍하니 바라보았다.

소동은 숨 돌릴 사이도 없이 이어졌다. 마사 해터가 짜증 난다는 듯이 얼굴을 일그러뜨리고서 두 아들을 쫓아 서재로 뛰어들었던 것이다. 셋 모두 실내에 있는 사람들은 전혀 안중에도 없는 듯했다. 레인의 의자 뒤에서 재키를 붙잡은 마사는 아들의 뺨을 호되게 후려쳤다. 재키는 동생 빌리의 머리에 맞을 정도로 위험스레 손도끼를 휘두르고 있다가 엄마의 손찌검에 손도끼를 떨어뜨리더니 고개를 뒤로 젖히고서 울음을 터뜨렸다.

"재키, 이 망할 녀석아! 빌리한테 그러지 말라고 했잖아!"

마사는 큰 소리로 호통을 쳤다. 그러자 빌리도 기다렸다는 듯이 울음을 터뜨렸다.

"제발, 부탁입니다, 부인! 아드님들을 데리고 이곳에서 나가주십시오."

경감이 큰 소리로 말했다.

하지만 그들에게 가세하듯 이번에는 가정부 아버클 부인이 뛰어들었고, 이어서 '불운한' 경관 호건이 따라 들어왔다. 추적자들에게 둘러싸이자 재키는 광기 어린 눈으로 흘낏 그들을 노려보는가 싶더니 자못 재미있다는 듯이 호건의 다리를 걷어찼다. 한동안 허공에서 휘두르는 팔들과 벌건 얼굴들 외에는 아무것도 보이지 않았다.

콘래드 해터가 마침내 더는 참을 수 없었던지 의자에서 몸을 일으켰다. 새파란 두 눈에 증오의 불길이 타오르고 있었다.

"이봐! 당장 개구쟁이들을 끌고 나가지 못해!"

그는 몹시 흥분한 목소리로 아내에게 호통을 쳤다. 그제야 마사는 놀란 듯이 빌리의 팔을 놓고서, 비로소 제정신이 들었는지 겁먹은 표정을 지으며 주위를 둘러보았다. 아버클 부인과 호건이 간신히 두 아이를 밖으로 데리고 나갔다.

"나 원, 참!"

브루노 검사가 떨리는 손으로 담뱃불을 붙이며 말을 이었다.

"정말 대단하군……. 이봐요 섬, 부인은 남으라고 하는 게 좋지 않겠소?"

경감이 머뭇거렸다. 그러자 레인이 부드러운 눈빛을 하고는 자리에서 일어났다.

"저어, 부인. 앉으시고 진정하시지요. 걱정하실 건 없습니다. 당신을 괴롭히려는 것이 아니니까요."

레인은 부드럽게 말했다. 그녀는 핏기 없는 얼굴로 의자에 앉더니 남편인 콘래드의 차가운 옆모습을 지켜보았다. 콘래드는 좀 전에 심하게 흥분했던 것이 후회가 되는지 고개를 떨구고 뭐라고 혼잣말을 중얼거렸다. 레인은 조용히 한쪽으로 물러섰다.

곧이어 매우 쓸 만한 얘기들을 들을 수 있었다. 그 부부는 모두 어젯밤에 유리 상자 속에 만돌린이 들어 있는 것을 보았다고 진술했다. 더욱이 콘래드는 아주 중요한 사항을 확인해주었다.

그가 귀가한 것은 한밤중으로, 정확히는 새벽 1시 30분이었다. 그리고 잠자리에 들기 전에 한잔하려고 이곳 서재로 들어왔다고 했다.

"이 방에는 술이 가득 들어 있는 찬장이 있으니까요."

그는 근처에 있는 술병 선반을 가리킨 뒤, 그때 몇 개월 전부터 늘 유리 상자에 들어 있던 만돌린을 보았다고 설명했다.

섬 경감은 만족한 듯이 고개를 끄덕이며 속삭이듯 브루노에게 말했다.

"잘됐군요. 덕분에 상황이 확실해졌소. 만돌린을 꺼낸 자가 누구든 간에, 살인 직전에 그것을 꺼냈다고 볼 수 있겠죠……. 그런데 해터 씨, 당신은 어젯밤 어디에 있었나요?"

"외출했어요. 사업 관계로……."

마사 해터가 창백해진 입술을 깨물었다. 그녀의 시선은 남편의 얼굴에서 떠나지 않았다. 하지만 콘래드는 아내 쪽을 보려고도 하지 않았다.

"한밤중에 사업 관계로 외출하셨다는 말씀입니까?"

경감은 짐짓 알고 있다는 듯이 말을 이었다.

"아, 뭐 괜찮습니다. 그걸 문제 삼으려는 건 아니니까요. 그럼, 그때 서재에서 나온 뒤엔 무엇을 하셨나요?"

"제기랄!"

느닷없이 콘래드가 외쳤다. 너무도 갑작스러운 일이라서 경감은 반사적으로 눈을 가늘게 뜨며 경계하듯 이를 드러냈다. 콘래드의 목은 격정으로 부풀어 올라 있었다.

"대체 무슨 트집을 잡자는 거요! 내가 사업 관계로 외출했다면 그런 줄 알면 될 게 아니오!"

경감은 곧바로 긴장을 풀며 조용히 말했다.

"물론 그러시겠죠. 여기에서 나간 뒤 어디에 갔죠, 해터 씨?"

"2층으로 자러 올라갔어요."

폭발할 때와 마찬가지로 금방 화를 가라앉힌 콘래드 해터가 중얼거리듯 말을 이었다.

"아내는 잠이 들어 있었죠. 그 뒤 밤새도록 나는 아무 소리도 못 들었습니다. 술을 진탕 마신 탓에 세상모르고 잤으니까요."

섬 경감은 콘래드 해터를 다루는 데 무척 신경을 썼다. 우스꽝스러울 정도의 상냥한 목소리로 "그렇습니까, 해터 씨."라거나 "감사합니다, 해터 씨."라는 말을 연신 해댔다. 브루노 검사는 치미는 웃음을 억지로 참는 듯했고, 레인은 재미있다는 듯이 경감의 얼굴을 바라보았다. '다시 거미가 되었군.' 하고 레인은 생각했다. 확실히 경감은 먹이를 유인하려는 거미와도 같았다. 그리고 상대방은 가장 어리석은 파리였다.

콘래드를 앉혀둔 채 경감은 마사에게로 고개를 돌렸다. 그녀가 들려준 얘기는 간단했다. 10시에 아이들을 침대에 재우고 공원으로 산책 나갔다가 11시 조금 전에 돌아왔는데 곧바로 잠자리에 들었다고 했다. 그리고 그들 부부는 각자 따로 침대를 쓰는 데다 낮 동안에 개구쟁이들에게 시달렸기 때문에 간밤에는 남편이 돌아온 것도 알지 못할 정도로 깊이 잠들어 있었다고 했다.

경감은 다소 느긋한 태도로 질문을 계속했다. 조금 전까지의 초조함 따위는 이제 그에게서 찾아볼 수 없었다. 틀에 박힌 질문을 하고 뻔한 대답을 들으면서도 여유 있어 보였다. 실험실에는 해터 부인이 출입 금지의 엄명을 내린 후 둘 다 들어가지 않은 모양이었다. 그리고 루이자의 침대 탁자에 매일 과일 그릇이 놓인다는 것과 노부인이 배를 싫어한다는 것도 그들 모두 잘 알고 있었다.

그러나 콘래드 해터의 핏속에 흐르는 병원체는 계속 그렇게 얌전하지는 못했다. 경감이 요크 해터에 관해 간단한 질문을 하자 콘래드는 눈에 띄게 동요하는 빛을 보였다. 하지만 그때만 하더라도 어깨를 으쓱해 보이며 다음과 같이 말했을 뿐이었다.

"아버지 말입니까? 정말 이상한 사람이었죠. 반쯤은 미친 사람이었어요. 그것 말고는 별로 이야기할 것도 없습니다."

그러자 마사가 가시가 돋친 두 눈으로 남편을 노려보았다.

"여보, 아버님은 불쌍하게도 궁지에 몰려 스스로 목숨을 끊은 거잖아요. 그런데도 당신은 아버님을 구하기 위해 손가락 하나 까딱하지 않았다고요!"

그 얘기에 다시금 콘래드 해터는 분노에 사로잡혔다. 목의 혈관이 부풀어 오르는가 싶더니 곧바로 그는 분노를 폭발시켰다.

"닥쳐! 누가 너더러 나서랬어! 이 빌어먹을 년아!"

한동안 모두 어안이 벙벙해서 입을 열지 못했다. 경감마저도 기가 막힌 표정을 지었다. 브루노 검사가 냉정한 어조로 말했다.

"해터 씨, 말씀이 너무 지나치시군요. 당신은 우리가 질문할 때만 대답하면 되는 겁니다. 앉아주십시오!"

그러자 콘래드 해터는 눈을 껌벅거리며 자리에 앉았다.

"그럼, 해터 씨. 질문에 답해주십시오."

브루노가 말을 이었다.

"이번 루이자 캠피언의 살인 미수 사건에 관해 무슨 의견이 있습니까?"

"살인 미수라고요? 그게 대체 무슨 얘깁니까?"

"그렇습니다. 범인은 당신 누님인 루이자 양을 살해하려다 실패한 것입니다. 그러니까 당신 어머님이 살해된 것은 그 과정에서 우연히 발생한 일이라고 우리는 생각하고 있습니다. 간밤에 그 방에 침입한 자의 진짜 목적은 루이자 양이 먹는 배에 독을 넣어두는 일이었으니까요!"

콘래드는 멍청하게 입을 벌렸다. 마사는 이보다 더한 비극은 없을 것이라는 듯이 피로에 지친 두 눈을 비볐다. 이윽고 손을 내렸을 때, 그녀의 얼굴은 혐오와 공포로 잔뜩 일그러져 있었다.

"루이자……."

콘래드는 중얼거리며 말을 이었다.

"우연이라니…… 난 모르겠소. 정말이지 뭐가 뭔지…… 도무지 모르겠어요."

드루리 레인은 한숨을 쉬었다.

드디어 그 순간이 왔다. 갑자기 섬 경감이 서재 입구로 걸어갔다. 경감의 행동이 너무나 갑작스러웠기 때문에 마사는 놀란 듯이 가슴에 손을 댔다. 경감은 문 앞에 서더니 돌아보며 말했다.

"당신은 오늘 아침 사고 현장인 그 방에 가장 먼저 들어간 사람 중 한 명입니다. 그러니까 바버라 양과 스미스 양과 함께 말입니다."

"그렇소."

콘래드는 천천히 대답했다.

"그때, 녹색 융단 위에 화장용 분가루가 묻은 발자국이 나 있는 것을 보았을 테죠?"

"어렴풋하게나마 기억이 나긴 합니다. 아무튼 그때는 몹시 흥분했으니까요."

"흥분하셨다고요?"

경감은 발뒤꿈치를 들고 몸을 흔들었다.

"어쨌든 발자국을 보긴 보았던 거로군요. 좋습니다. 잠깐 기다려주십시오."

경감은 문을 열고 외쳤다.

"모셔!"

거구의 형사가 섬 경감의 명령에 따라 방으로 들어왔다. 그는 숨을 헐떡이며 왼손을 등 뒤로 돌리고 있었다.

조용히 문을 닫은 뒤 섬 경감이 말했다.

"당신은 방금 그 발자국들을 어렴풋하게나마 기억한다고 하셨죠?"

의혹과 불안감 그리고 그 특유의 격정이 콘래드의 얼굴에 가득했다. 그는 자리를 박차고 일어나며 외쳤다.

"그렇소! 그런데 그게 어쨌다는 거요!"

"아, 좋습니다."

경감이 싱긋 웃으며 말을 이었다.

"이봐 모셔, 자네들이 찾아낸 걸 이분께 보여드리게!"

모셔는 등 뒤로 돌리고 있던 왼손을 앞으로 쓱 내밀었다. 레인은 담담한 표정으로 고개를 끄덕였다. 상상한 대로였기 때문이다. 형사가 내보인 것은 신발 한 켤레였다. 흰 캔버스 천으로 된 외출용 단화였는데, 끝이 뾰족했으나 틀림없이 남자용이었고 오래된 것인 양 낡고 닳아 있었다.

콘래드는 멍하니 신발을 쳐다보았다. 마사는 창백한 낯빛으로 자리에서 일어나더니 의자의 팔걸이를 단단히 부여잡았다.

“이 신발을 보신 적이 있습니까?”

경감이 쾌활한 어조로 물었다.

“아…… 알고 있소. 내 헌 신발인데.”

콘래드는 더듬거리며 대답했다.

“어디에다 보관해두고 있었나요, 해터 씨?”

“그건…… 2층 내 침실의 벽장 속에요.”

“마지막으로 신었던 것은 언제였죠?”

“작년 여름이었소.”

콘래드는 천천히 아내 쪽으로 고개를 돌리며 괴로운 목소리로 말을 이었다.

“마사, 저건 버리라고 했잖아!”

마사는 핏기 없는 입술을 축였다.

“잊어버렸어요.”

“자, 해터 씨. 제발 또다시 울화통을 터뜨리진 마십시오.”

경감이 말을 이었다.

“그보다 어째서 우리가 이 신발을 보여드리는지 아시겠습니까?”

“아니…… 모르겠소.”

“모르신다고요? 그럼 제가 가르쳐드리죠.”

섬 경감은 한 걸음 앞으로 나섰다. 이제까지의 상냥했던 표정은 그의 얼굴에서 흔적도 찾아볼 수 없었다.

“아마 당신도 흥미가 있을 테니까요. 그러니까, 이 당신 신발의 앞부분이나 뒤꿈치 부분이 당신 어머니를 살해한 자가 현장에 남긴 발자국과 딱 들어맞는다 그 말씀이오!”

마사가 조그맣게 소리를 내질렀지만 이내 경솔한 짓을 했다는 듯이 황급히 손으로 입을 가렸다. 하지만 정작 당사자인 콘래드는 아직도 사태를 깨닫지 못한 듯 눈을 껌벅거릴 뿐이었다. 과거에는 있었을지도 모를 이성과 지혜가 알코올 중독으로 황폐화된 게 분명한 듯했다…… .

“그게 어쨌단 말이오? 이런 형태에 이런 크기의 신발이 세상에 단 한 켤레밖에 없는 것도 아니고…… .”

콘래드는 작은 목소리로 말했다.

섬이 큰 소리로 말을 이었다.

“물론이오. 하지만 말이오, 현장의 발자국과 꼭 들어맞을 뿐만 아니라 바닥에 흩어진 것과 똑같은 분말이 묻어 있는 것은 이 집 안에서 발견된 이 신발 한 켤레뿐이란 말이오!”

## 제4장

***루이자의 침실***

***6월 5일 일요일 오후 12시 50분***

"정말로 그렇게 생각하오?"

경감이 얼떨떨해하는 콘래드 해터를 감시 경관을 딸려서 내보내자, 지방 검사 브루노가 석연찮은 듯이 입을 열었다.

"이제는 생각보다 행동을 취해야 할 때라고 봐요. 이 신발이야말로 결정적인 증거니까요!"

섬 경감이 자신 있게 말했다.

"저어, 경감님."

드루리 레인이 끼어들었다. 그는 섬 경감에게로 다가가 그의 손에서 흰 신발을 잡아 들며 말을 이었다.

"어디 저도 좀 봅시다."

레인은 그 신발을 건네받아 살폈다. 아주 낡아서 다 닳아 빠진 신발이었는데 왼쪽에는 바닥에 작은 구멍까지 뚫려 있었다.

"이 왼쪽 신발도 융단 위의 발자국과 맞나요?"

"물론이죠. 콘래드의 벽장에서 이 신발이 발견되었다는 보고가 들어왔기에 모셔에게 당장 대조하도록 시켰죠."

경감이 쾌활한 어조로 답했다.

"그런데……."

레인이 말을 이었다.

"설마 이것만으로 이 사건을 결말지으려는 건 아닐 테지요?"

"무슨 뜻입니까?"

경감이 반문했다.

"경감님. 아무래도 이걸 분석해봐야 할 것 같군요."

레인은 오른쪽 신발을 내보이며 대답했다.

"네에? 분석이라뇨?"

"자, 보십시오."

레인은 신발 오른쪽을 경감에게로 내밀었다. 앞 끝의 윗부분에 무언가 액체가 튀어 맺힌 듯한 얼룩이 있었다.

"흐음. 그럼 당신 생각은……?"

경감이 중얼거리듯 물었다.

레인은 싱긋 웃었다.

"경감님, 나 또한 생각보다는 행동을 해야 한다고 말하고 싶군요. 내가 당신이라면 지금 당장 이 신발을 실링 검시관에게 보내 이 얼룩을 조사해달라고 하겠습니다. 이건 주사기에 있던 것과 같은 액체에 의해서 생긴 얼룩일지도 모릅니다. 만약 그럴 경우……."

레인은 어깨를 으쓱하며 말을 이었다.

"독살 미수범이 이 신발을 신고 있었다는 게 확인되는 셈이니 콘래드는 더욱 불리한 처지에 놓이겠지요."

레인의 말투엔 희미하게나마 조롱의 빛이 담겨 있었다. 경감은 못마땅한 표정으로 그를 바라보았지만 레인의 얼굴은 진지했다.

"레인 씨의 말씀이 옳습니다."

브루노 검사가 말했다.

경감은 망설이는 듯하더니 이윽고 레인의 손에서 신발을 낚아채고는 입구로 가서 형사를 불렀다.

"실링 선생에게 가져가게. 서둘러야 해!"

형사가 고개를 끄덕인 뒤 신발을 가지고 떠났다.

바로 그때 간호사인 스미스 양이 당당한 모습으로 입구에 나타났다.

"경감님, 루이자 양이 꽤 기운을 차렸습니다."

그녀는 카랑카랑한 목소리로 말을 이었다.

"박사님께서 말씀하시길 이제는 만나도 괜찮다고 하십니다. 그리고 루이자 양 역시 여러분에게 무언가 하고 싶은 얘기가 있는 것 같습니다."

루이자 캠피언의 침실로 향하면서 브루노 검사가 중얼거렸다.

"대체 뭘 얘기하고 싶은 거지?"

그러자 경감이 무뚝뚝하게 말을 받았다.

"뭔가 뜻 모를 얘기를 지껄이겠죠. 어쨌든 그녀는 쓸모없는 증인이에요. 정말 골치 아픈 사건이라니까! 살인 현장에 산 증인이 있었는데도 하필이면 벙어리에 귀머거리에 맹인이라니. 적어도 증인으로서의 그녀는 어젯밤에 죽어 있었던 거나 마찬가지지요."

"그렇게 단정적으로 얘기할 수는 없을 것 같은데요, 경감님."

레인이 계단을 오르며 중얼거리듯 말을 이었다.

"루이자 양이 전혀 쓸모없는 것만은 아닙니다. 인간의 감각은 모두 다섯 가지니까요."

"물론 그렇긴 하지만……"

거기까지 말한 뒤 경감의 입술이 소리 없이 움직였다. 하지만 그것을 읽을 수 있는 레인에게는 경감이 더듬거리며 오감을 세어보는 것이 우스웠다.

브루노 검사가 사려 깊은 표정을 지으며 말했다.

"물론 그녀가 도움을 줄 수도 있겠지요. 만약 그녀가 범인이 콘래드임을 가리키는 단서라도 쥐고 있다면……. 어쨌든 그녀는 범행 시각 전후에 깨어 있었음이 틀림없어요. 분말 속에 그녀의 맨발 자국이 찍혀 있었으니까요. 그리고 그녀가 기절해서 쓰러졌던 위치와 그 옆의 범인 발자국으로 보건대, 어쩌면 그녀가 범인을 만졌을 수도 있고요."

"이주 중요한 점을 언급하시는군요, 브루노 씨."

레인이 담담하게 말했다.

계단을 다 오른 곳에서는 곧바로 죽음의 방이 보였다. 방문은 열린 채였다. 세 사람은 방으로 들어갔다.

융단 위에는 여전히 흰 발자국들이 남아 있었고 침대 위의 침구들도 아직 흐트러진 채였지만, 시체가 치워졌기 때문에 방 안의 느낌이 전과는 상당히 달랐다. 어쩐지 밝은 분위기가 감돌았으며 흘러든 햇살 속에서는 먼지가 떠다니고 있었다. 루이자 캠피언은 자기 침대 맞은편의 흔들의자에 앉아 있었다. 그녀의 표정은 여전히 공허했는데, 마치 들리지 않는 귀로 무언가를 들으려고 애쓰는 듯이 묘하게 고개를 기울인 채로 천천히 의자를 흔들고 있었다. 메리엄 박사는 양손을 등 뒤로 맞잡은 채 창밖의 정원을 내려다보고 있었고, 간호사인 스미스 양은 또 다른 창 앞에 서 있었다. 그리고 루이자의 흔들의자 곁에는 이웃에 사는 트리벳 선장이 몸을 구부리고 다정하게 그녀의 뺨을 어루만져주고 있었다. 거친 수염이 난 그의 불그레한 얼굴에는 근심이 가득했다.

세 사람이 들어서자 루이자를 제외한 모두가 긴장했다. 하지만 루이자 역시 트리벳 선장의 손길이 자신의 뺨에서 멎자 의자를 흔드는 것을 멈추고 본능적으로 고개를 입구 쪽으로 돌렸다. 루이자의 커다란 눈은 공허했으나, 그 수수하고 느낌이 좋은 얼굴에는 순간 이지적인 빛이 흐르는 듯했고, 게다가 그녀의 손가락이 꿈틀대기 시작했다.

"안녕하십니까. 다시 이런 상황에서 뵙게 되네요."

섬 경감이 말을 이었다.

"트리벳 선장님이시군요……. 그리고 이쪽은 브루노 검사와 레인 씨입니다."

"처음 뵙겠습니다. 정말이지 끔찍한 노릇입니다. 이제야 소식을 듣고 뛰어왔습니다. 루이자 양이 괜찮은지 걱정이 돼서……."

뱃사람다운 목소리로 선장이 말했다.

"용기 있는 여성이니 염려하시지 않아도 될 겁니다."

경감은 그렇게 말하며 루이자의 뺨을 가볍게 만져주었다. 그러자 그녀는 곤충처럼 기민하게 몸을 움츠렸다. 이어서 그녀의 손가락이 바삐 움직였다.

'누구세요? 누구시죠?'

스미스 양이 한숨을 쉬며 루이자의 무릎 위에 놓인 점자판 위로 몸을 구부려 '경찰 관계자'라고 글자를 배열했다.

루이자는 천천히 끄덕이며 부드러운 몸을 바짝 조였다. 그녀의 눈가에는 짙은 그늘이 드리워져 있었다. 그녀가 다시 손가락을 움직였다.

'드릴 말씀이 있습니다. 어쩌면 수사에 도움이 될 수 있을지도 모르겠습니다.'

"무척 진지해 보이는데요……."

경감은 중얼거리고 나서 점자판에 글자를 배열했다.

'말씀해주십시오. 아무리 사소한 일이라도 빠짐없이 모두 말입니다.'

루이자 캠피언은 점자판을 더듬어 읽고 나더니 입가를 긴장시켰다. 그런 뒤 그녀는 점자판에 글자를 배열하기 시작했다.

스미스 양의 점자 통역으로 듣게 된 루이자의 진술은 다음과 같았다.

그녀와 해터 부인은 어젯밤 10시 반경에 침실로 들어갔다. 루이자가 옷을 벗자 해터 부인이 그녀를 침대에 눕혀주었는데, 그때가 10시 45분이었다. 그녀가 시간을 알고 있는 것은 마침 그때 손가락으로 모친에게 시간을 물었기 때문이었다.

루이자가 베개에 비스듬히 상체를 기대고 무릎 위에 점자판을 올려놓자, 해터 부인은 욕실에 다녀오겠다고 그녀에게 알렸다. 그로부터 자신의 짐작으로 약 사십오 분간 루이자는 모친과 이야기를 하지 않았다. 그리고 해터 부인이 욕실에서 돌아와(이것도 그녀의 짐작이지만) 다시금 점자판으로 얘기를 나누었는데, 내용은 루이자의 새 여름옷에 관한 것으로 별것 아니었다. 그런데 그

때 그녀는 어쩐지 불안함을 느꼈다…….

그 대목에서 레인은 부드럽게 얘기를 중단하며 점자판에 끼어들었다.

'어째서 불안을 느꼈습니까?'

그녀는 가엾을 정도로 곤혹스레 고개를 저으며 손가락을 떨었다.

'그건 저도 모르겠어요. 왠지 그런 느낌이 들었습니다.'

레인은 알겠다는 듯이 그녀의 팔을 부드럽게 눌렀다.

여름옷에 대한 한가로운 대화가 오가는 동안에 해터 부인은 목욕을 마친 몸에 분을 바르고 있었던 모양이었다. 루이자는 냄새로 그것을 알 수 있었다. 그 분은 루이자와 해터 부인이 함께 쓰는 것으로 언제나 두 침대 사이의 탁자에 놓아두었다. 스미스 양이 방에 들어온 것이 그때였다. 루이자가 그 사실을 알 수 있었던 것은 이마에 스미스 양의 손이 닿았기 때문이었다. 그리고 스미스 양이 과일을 먹고 싶지 않느냐고 묻자, 루이자는 먹고 싶지 않다는 의사를 표시했다.

레인은 루이자의 손가락을 잡으며 잠시 얘기를 그치게 했다.

"스미스 양, 당신이 방에 들어갔을 때도 해터 부인은 분을 바르고 있던가요?"

"아뇨. 그때는 이미 다 바른 후였던 것 같았습니다. 잠옷을 입으려는 중이었고, 앞서 말씀드린 것처럼 분통이 살짝 닫힌 채 침대 탁자 위에 놓여 있었으니까요. 게다가 노부인의 몸에 분가루가 묻어 있었고요."

"침대 사이의 융단 위에 분말이 떨어져 있지는 않았습니까?"

"아뇨, 융단은 깨끗했습니다."

루이자는 얘기를 계속했다.

스미스 양이 방을 나가고 몇 분쯤 지났을 때 해터 부인은 그녀에게 여느 때와 다름없이 잘 자라는 말을 한 다음 잠자리에 들었다. 해터 부인이 잠자리에 들었던 것은 확실했다. 왜냐하면 조금 뒤에 루이자가 왠지 설명할 수 없는 어떤 충동에 이끌려 자기 침대에서 기어 나가 다시 한 번 그녀에게 키스를 하자, 노부인은 안심하라는 듯이 루이자의 뺨을 다정하게 두드려주었기 때문이다. 그런 뒤, 루이자는 자기 침대로 돌아가 마음을 가라앉히고 잠들려고 애썼다.

섬 경감이 점자판에 끼어들었다.

'어젯밤 노부인께서는 무언가 걱정거리라도 있는 듯한 말을 하지 않았습니까?'

'아뇨. 어머니는 여느 때처럼 제게 친절했고 침착했어요.'

'그리고 무슨 일이 있었습니까?'

섬 경감이 점자판을 다시 배열했다.

루이자는 몸을 벌벌 떨었고, 손도 떨리기 시작했다. 메리엄 박사가 걱정스러운 표정으로 그녀를 바라보았다.

"경감님, 루이자 양이 진정할 때까지 잠깐 기다리시는 게 좋겠습니다."

트리벳 선장이 그녀의 머리를 쓰다듬었다. 그녀는 재빨리 트리벳에게 매달리듯 그의 손을 꼭 쥐었다. 트리벳은 얼굴을 붉히며 천천히 손을 뺐다. 그러자 루이자는 마음을 가라앉힌 듯했다. 이어서 그녀는 마음속의 긴장과, 얘기를 계속하려는 확고한 결의를 나타내듯 굳게 입을 다물고는 다시 바삐 점자판을 배열하기 시작했다.

낮과 밤의 구별이 없는 그녀로선 당연한 일이겠지만 밤이라고 해서 깊이 잠이 들 수는 없었다. 얼마나 시간이 지났는지 모르나 (물론 몇 시간은 지났겠지만) 갑자기 그녀는 잠에서 깨어나 숨 막힐 듯한 정적 속에서 자신의 온 신경을 곤두세웠다. 어째서 잠에서 깼는지는 알 수 없었다. 곧바로 그녀는 무언가 심상치 않은 기색을 느꼈는데, 그것도 바로 자기 침대 옆이 이상했다…….

'좀 더 자세히 말해주시겠습니까?'

브루노 검사가 물었다.

'모르겠습니다. 설명할 수가 없군요.'

루이자의 대답에 메리엄 박사가 한숨을 쉬며 끼어들었다.

"아마도 루이자 양에게는 감각 장애에 대한 보상으로서 어떤 영적인 능력이 있다고 볼 수 있습니다. 그러니까 그녀의 안에서는 육감과도 같은 직감이 언제나 움직이고 있을 겁니다. 물론 이것은 그녀가 시각과 청각을 완전히 상실했기 때문에 생겨났을 테죠."

"알 것 같습니다."

드루리 레인이 조용히 말했다.

메리엄 박사는 고개를 끄덕이며 덧붙였다.

"결국 미묘한 진동이라든가 인기척 따위가 이 불행한 여성의 긴장되어 있던 육감을 자극했겠지요."

벙어리에 귀머거리에다 맹인인 여자는 쉴 틈 없이 얘기를 계속해나갔다.

……잠에서 깬 그녀는 침대 가까이에 있는 자가 누구든 간에 이곳에 들어와서는 안 될 인물이라고 느꼈다. 그러자 그녀의 내부에서 어떻게 해볼 수도 없는 기묘한 충동이 다시금 치밀었다. 그것은 아주 드물게 그녀를 엄습하는 것으로, 비명을 지르고 싶다는 발작적인 욕망이었다…….

순간 그녀는 예쁜 입을 벌리고 목이 멘 고양이 같은 소리를 냈다. 그것이 보통 사람이 내는 목소리와는 너무도 다르고 기묘해서 모두 갑자기 한기를 느꼈다. 더구나 약간 살이 찐 차분하고 평범해 보이는 여자가 그런 동물적인 소리를 내지르는 광경은 참으로 소름 끼치는 노릇이었다.

그녀는 입을 다물더니 아무 일도 없었다는 듯이 얘기를 계속했다.

당연한 얘기지만, 열여덟 살 때부터 소리가 없는 세계에서 살아온 그녀로서는 그때에도 물론 아무런 소리도 들을 수 없었다. 그러나 무언가가 심상치 않다는 직감은 끈질기게 그녀를 자극했다. 그러던 중에 그녀는 자신에게 남아 있는 유일한 감각인 후각에 의해 거의 육체적인 타격과도 같은 충격을 받았다. 그때 화장용 분 냄새가 났던 것이었다. 그것은 너무도 이상하고 뜻밖의 일이라서 그녀는 한층 더 걱정이 되었다. 화장용 분가루! 어머니일까? 하지만 그렇지 않다는 것은 그녀도 알 수 있었다. 솟구치는 본능적인 공포가 그 점을 가르쳐준 것이었다. 누군지는 몰라도 다른 위험한 사람임이 분명했다.

그 아찔한 순간에도 그녀는 재빨리 결심했다. 침대에서 기어 나가 될 수 있는 한 그 위험으로부터 멀어져야겠다고……. 도망쳐야겠다는 충동이 그녀의 내부에서 타올랐다…….

레인이 부드럽게 그녀의 손을 잡으며 그녀의 얘기를 중지시켰다. 이어서 레인은 루이자의 침대로 다가가 한 손으로 침대를 눌렀다. 그러자 스프링이 삐거덕거리는 소리가 났고 레인은 고개를 끄덕였다.

"소리가 나는군요."

레인이 말을 이었다.

"그러니까 범인은 루이자 양이 침대에서 빠져 나가는 소리를 들었을 겁니다."

레인은 루이자의 팔을 눌러 얘기를 계속하게 했다.

그녀는 해터 부인의 침대가 놓여 있는 쪽으로 기어 내려갔다. 그런 뒤 맨발로 융단을 밟으며 침대의 발치 쪽으로 나아갔다. 그리고 침대 발치 근처에 이르러서는 몸을 틀어 노부인 쪽으로 한 손을 뻗었다.

거기까지 이야기하더니 갑자기 그녀는 긴장한 표정으로 흔들의자에서 일어났다. 그런 뒤 그녀는 분명한 발걸음으로 자신의 침대 주위를 돌기 시작했다. 아마도 그녀는 자신의 표현 능력이 부족하다는 것을 느끼고는 실제로 동작을 펼쳐 보임으로써 자신의 얘기를 더 분명히 전달하려는 것 같았다. 마치 게임에 몰두하는 어린애처럼 놀랍도록 진지한 태도로, 그녀는 옷을 입은 채 침대 위에 드러누웠다. 그리고 새벽녘에 자신이 했던 행동을 일종의 무언극처럼 펼쳐 보였다. 그녀는 조심스레 상체를 일으키고는 매우 진지한 표정으로 무엇인가 귀를 기울여 들으려는 듯이 고개를 갸웃했다. 이어서 그녀는 삐걱거리는 침대에서 빠져 나왔다. 그런 뒤 그녀는 한 손으로 매트를 더듬으며 몸을 구부린 채 침대 가장자리를 따라 나아갔다. 그리고 거의 침대 발치께에 당도하자 몸을 바로 세우고 노부인의 침대 쪽으로 방향을 틀었다. 그리고 오른손을 앞으로 뻗었다…….

모두 조용히 그 광경을 지켜보았다. 루이자는 그 두려웠던 순간을 다시 한 번 겪고 있는 셈이었다. 그녀가 펼치는 필사적인 무언의 동작을 통해 당시의 긴장과 공포가 어렴풋이나마 모두에게 전해졌다. 레인은 거의 숨을 쉬지 않은 채 가늘게 뜬 두 눈을 빛내며 루이자의 모습을 날카롭게 지켜보았다.

철봉처럼 곧게 뻗은 그녀의 오른팔은 바닥과 거의 평행을 이루었는데, 그것은 맹인들이 일반적으로 취하는 자세였다. 레인의 시선은 그녀가 뻗은 손끝 바로 아래의 융단으로 예리하게 옮겨 갔다.

루이자는 한숨을 쉬며 긴장을 늦추더니 뻗었던 팔을 힘없이 내렸다. 그리고 다시 손으로 얘기를 시작했고 스미스 양이 바삐 그 내용을 통역했다.

루이자가 오른팔을 뻗은 순간, 무언가가 그녀의 손끝에 닿았다. 그 긴장된 손끝에 코가 닿았고, 이어서 얼굴이…… 아니, 얼굴이 움직였을 때 뺨이 닿았다…….

"코와 뺨이라고!"

섬 경감이 소리치듯 말을 이었다.

"이거 행운이로군요! 그럼 내가 그녀와 얘기를 좀……."

그러자 레인이 불쑥 나서서 경감의 말을 가로막았다.

"아니, 경감님. 그렇게까지 서두르실 건 없지 않겠습니까? 그보다도 루이자 양에게 방금 했던 행동을 다시 한 번 보여달라고 부탁하고 싶군요."

레인은 점자판을 통해 자신이 원하는 내용을 루이자에게 전했다. 그녀는 피로한 듯이 이마에 손을 댔으나 이내 고개를 끄덕이고는 침대로 돌아갔다. 모두 아까보다 더욱 진지하게 그녀를 지켜보았다.

그 결과 모두 놀랄 만큼 불가사의한 사실을 알게 되었다. 그녀의 모든 동작이, 예컨대 고개를 갸웃거리는 것이나 몸을 굽히는 것, 심지어 팔 동작 하나하나에 이르기까지 앞서의 행동과 완전히 일치했던 것이다.

레인이 중얼거리며 입을 열었다.

"참으로 대단합니다! 여러분, 정말이지 다행한 일입니다! 루이자 양은 맹인들이 흔히 그렇듯 육체적인 동작에 대해 사진처럼 정확한 기억을 가지고 있습니다. 이거야말로 우리에겐 다행한 일이 아닐 수 없습니다."

하지만 다른 사람들은 의아한 표정을 지었다. 무엇이 그토록 다행스럽단 말인가? 레인은 설명하지 않았다. 하지만 평생을 무대에서 살아오면서 감정을 다스리는 훈련을 쌓은 그도 내심 흥분을 숨길 수 없는 것으로 볼 때, 그가 무언가 굉장한 생각에 사로잡혀 있는 것만은 분명한 듯했다.

"글쎄요……. 저로서는 잘 모르겠군요."

브루노 검사가 난처한 얼굴로 말했다.

레인은 마치 마술이라도 부리듯 표정을 다시 온화하게 누그러뜨리고서 말했다.

"내 태도가 약간 연극적이었던 것 같군요. 어쨌든 루이자 양이 멈춰 선 위치를 주의해 보십시오. 그녀는 오늘 새벽에 서 있던 자리와 같은 위치에서 있습니다. 그녀가 선 자리는 침대 발치의 맨발 자국과 1센티미터도 다르지 않습니다. 그리고 그녀가 선 위치와 마주 보는 곳에는 이미 확인된 범인의 신발 자국이 있습니다. 그렇다면 분명히 루이자 양의 손끝이 닿는 순간, 범인은 듬뿍 쏟아진 화장용 분말을 딛고 있었다는 결론을 내릴 수 있습니다. 왜냐하면 이 위치에 있는 발자국 두 개는 어느 것보다도 분명하기 때문입니다. 마치 어둠 속에서 유령 같은 손길이 닿자 범인이 놀라서 우뚝 멈춰 선 것 같지 않습니까?"

섬 경감은 자신의 두툼한 턱을 긁었다.

"예, 그건 알겠습니다. 하지만 그게 어째서 그렇게 대단한 일입니까? 그 정도라면 이미 우리도 알고 있는 일인데요……. 잘 이해가 가지 않는군요. 어째서 그 점을 그렇게 대단하게 여기시는지……."

"어쨌든 루이자 양의 얘기를 계속 들어보기로 합시다."

레인이 말했다.

“아, 잠깐만요. 레인 씨, 이제야 당신이 무슨 생각을 하는지 알 것 같군요.”

경감은 말하더니 브루노 검사 쪽으로 돌아섰다.

“이봐요, 브루노. 범인의 뺨에 닿았을 때의 그녀의 손 위치로 범인의 키를 알아낼 수 있다는 거요!”

경감은 자신에 찬 표정으로 다시 레인을 쳐다보았다.

그러나 브루노 검사는 어두운 표정을 지었다.

“그게 가능할 수는 없소. 범인이 곡예라도 부렸다면 몰라도…….”

브루노는 날카롭게 대꾸했다.

“어째서 말이오?”

“자, 자 여러분. 계속해서 루이자 양의 얘기를…….”

레인이 초조한 듯 이야기를 재촉했다.

“잠깐 기다려주십시오, 레인 씨.”

브루노 검사가 냉정한 어조로 말을 이었다.

“섬, 당신은 루이자 양이 팔을 뻗었을 때 범인의 뺨에 닿은 것으로 범인의 키를 산출할 수 있다고 여기는 모양인데, 아마 그것도 틀린 생각은 아닐 거요. 적어도 그녀의 손이 닿았을 때 범인이 똑바로 서 있었다면 말이오!”

“그렇긴 하지만…….”

“그러나 실제로는 루이자 양의 손이 닿았을 때 범인은 오히려 몸을 구부리고 있었다고 해야 할 거요. 발자국으로 보아 범인은 해터 부인을 살해하고 달아나려던 참이었으니까 말이오. 그리고 레인 씨 말씀대로 루이자 양의 침대가 삐걱거리는 소리를 들었을지도 몰라요. 그럴 경우, 범인은 당황한 나머지 본능적으로 허리를 굽혀 몸을 구부렸을 거요.”

브루노는 미소를 떠올리며 말을 이었다.

“바로 그 점이 문제란 말이오, 섬. 범인이 몸을 구부린 정도를 알아낼 수 있어야만 범인의 키를 산출할 수 있다는 얘기요.”

“알았으니 그만해요!”

얼굴을 붉히며 경감이 투덜댔다.

경감은 못마땅한 듯이 레인을 바라보았다.

"그런데 아까 레인 씨의 태도로 볼 때는 뭔가 굉장한 생각이 떠오른 것 같았는데……. 그게 범인의 키에 관한 게 아니라면, 대체 뭡니까?"

"원 참, 경감님도……. 그렇게 말씀하시니 부끄럽군요. 내 태도가 그렇게 비쳤습니까?"

레인이 중얼거리듯 말했다.

그러고 나서 레인이 루이자의 팔을 쥐자 그녀는 곧 얘기를 계속했다.

모든 것이 순식간에 일어난 일이었다. 헤아릴 수 없는 어둠 속에서 하나의 실체가 떠올라 걷잡을 수 없는 공포를 불러일으켰다. 이런 현실에 직면하자 그녀는 충격으로 정신이 아득해짐을 느꼈다. 의식이 희미해지는 것을 전율 속에서도 알 수 있었고 이어서 무릎이 꺾이는 것도 느꼈다. 적어도 쓰러지기 전까지는 희미하게나마 의식이 남아 있었다. 그러나 머리를 세게 바닥에 부딪친 뒤 오늘 아침 구조될 때까지 있었던 다른 일은 아무것도 기억할 수 없었다.

손가락의 움직임을 멈추고 팔을 내린 그녀는 어깨를 늘어뜨린 채 흔들의자로 돌아갔다. 트리벳 선장이 다시 그녀의 뺨을 쓰다듬었다. 그녀는 다시 그의 손길에 자신을 내맡겼다.

레인은 의문을 품은 시선으로 경감과 지방 검사를 바라보았다. 그러나 둘 다 당혹스러운 표정을 지을 뿐이었다. 레인은 한숨을 쉬고 루이자의 흔들의자로 다가갔다.

'한 가지 빠뜨린 질문이 있습니다. 당신 손가락에 닿은 뺨은 어떤 느낌이었나요?'

순간, 그녀는 피로한 얼굴에 당황스러운 빛을 띠며 마치 입을 열어 말하는 것과 다를 바 없는 표정으로 '어머, 제가 그걸 말하지 않았나요!'라는 표현을 했다. 그리고 그녀는 손가락을 움직였다. 스미스 양이 떨리는 목소리로 통역했다.

'매끄럽고 부드러운 뺨이었어요.'

등 뒤에서 폭탄이 터졌더라도 섬 경감은 그보다 더 놀라지는 않았을 것이다. 그는 커다란 턱을 힘없이 늘어뜨리고 두 눈을 크게 뜨고서 믿기지 않는다는 듯이, 움직임을 멈춘 루이자 캠피언의 손가락을 멍하니 바라보았다. 브루노 검사 역시 이해가 가지 않는다는 표정으로 간호사를 쳐다보았다.

"스미스 양, 방금 들려준 통역이 틀림없습니까?"

가까스로 브루노가 물었다.

"물론입니다. 루이자 양이 말씀하신 그대로입니다."

스미스 양이 내심 못마땅한 듯이 대답했다.

섬 경감은 강한 주먹에 맞은 충격을 털어내려는 권투 선수처럼 머리를 흔들며 (이것은 놀랐을 때의 그 특유의 버릇이다.) 루이자를 보았다.

"매끄럽고 부드러웠다니! 그럴 리가 없어! 콘래드 해터의 뺨이라면……."

경감이 소리치듯 말했다.

"그러니까, 콘래드 해터의 뺨이 아니었던 겁니다."

레인이 조용히 말을 이었다.

"어째서 선입견에 집착하십니까? 어찌 되었든 루이자 양의 증언이 믿을 수 있는 거라면 이제까지의 수사 자료를 다시 검토해야만 합니다. 어젯밤 콘래드의 신발을 범인이 신었던 것은 확실합니다. 하지만 당신이나 브루노 씨처럼 범인이 콘래드의 신발을 신고 있었다고 해서 범인이 곧 콘래드였다고 단정 지어서는 곤란합니다."

"언제나 그렇듯 당신 말씀이 옳습니다."

브루노가 중얼거리듯 말을 이었다.

"그렇게 생각하지 않소, 섬?"

그러나 불도그 같은 섬 경감은 그렇게 간단히 자신의 카드를 버리려고 하지 않았다. 그는 이를 갈며 스미스 양을 다그쳤다.

"그 빌어먹을 점자판을 사용해서 틀림없는지 다시 물어보시오! 그래도 역시 매끄러웠다면 어떻게 매끄러웠는지 알아봐주시오. 자, 어서요!"

스미스 양은 겁먹은 얼굴로 시키는 대로 했다. 루이자는 열심히 점자판을 배열했다. 그러고 나서 고개를 끄덕이며 점자판에서 손을 내렸다.

'아주 매끄럽고 부드러운 뺨이었어요. 틀림없습니다.'

"틀림없는 모양이군."

경감이 중얼거리듯 말을 이었다.

"그래도 다시 한 번 물어주시오. 혹시 콘래드의 뺨 같지는 않았는지 말이오."

'아뇨, 그럴 리가 없습니다. 그건 남자의 뺨이 아니었어요. 확실합니다.'

"알겠소! 그렇다고 칩시다. 어쨌든 그녀가 말하는 것을 믿지 않을 수야 없으니까. 하지만 콘래드도 아니고, 남자도 아니면 여자라는 얘긴데……. 이거야 원! 그렇더라도 도리가 없지!"

"그 여자 범인이 가짜 발자국을 남길 속셈으로 콘래드 해터의 신발을 훔쳐 신었다는 얘기인데……. 그렇다면 분가루도 고의로 융단 위에 뿌렸다고 볼 수 있어요. 발자국을 남겨놓으면 우리가 거기에 맞는 신발을 찾으리라는 것을 미리 계산했던 겁니다."

브루노 검사가 맞장구쳤다.

"그렇게 생각하십니까, 브루노 씨?"

레인이 묻자, 지방 검사는 얼굴을 찌푸렸다.

레인은 곤혹스러운 표정으로 말을 이었다.

"나로서는 아무래도 그렇게 명쾌하게 단정 지을 순 없을 것 같군요. 이 사건 전체에는 어쩐지 터무니없을 정도로 이상한 그 무엇이 깃들어 있는 듯합니다."

"뭐가 그렇게 이상하단 말입니까? 브루노의 설명에 잘못된 게 없지 않습니까?"

섬 경감이 물었다.

"경감님, 유감스럽게도 이 수수께끼는 그렇게 쉽게 풀릴 성질의 것이 아닌 듯합니다."

이어서 레인은 점자판을 배열해 루이자에게 질문했다.

'혹시 당신이 만졌다는 게 모친의 뺨은 아니었습니까?'

즉각 부정하는 대답이 나왔다.

'아뇨, 절대로 그렇지 않아요. 어머니의 뺨에는 주름이 잡혀 있어요, 주름이. 하지만 그 뺨은 매끄러웠어요.'

레인은 서글프게 미소 지었다. 이 놀라운 여성이 진술하는 모든 얘기에는 순수한 진실성이 깃들어 있었다. 섬 경감은 코끼리 같은 발걸음으로 방 안을 서성댔고, 브루노 검사는 생각에 잠긴 표정을 짓고 있었다. 트리벳 선장과 메리엄 박사 그리고 스미스 양은 꼼짝도 하지 않고 서 있었다.

레인의 얼굴에 결의의 빛이 떠올랐다. 그는 다시 점자판을 배열했다.

'다시 한 번 잘 생각해보시기 바랍니다. 뭔가 달리 생각나는 점이 없습니까?'

그 메시지를 읽은 루이자는 망설이듯 머리를 흔들의자의 등받이에 기댔다. 이어서 그 머리가 좌우로 움직였다. 그것은 스스로 부정은 하지만 무언가 마음에 걸리는 점이 있는 듯한 태도였다.

"뭔가가 있어요. 얘기를 들어볼 필요가 있어요!"

레인은 그녀의 공허한 얼굴을 지켜보며 흥분한 듯이 말했다.

"하지만 대체 무슨 얘기를 말입니까? 들을 만한 것들은 이미 모두 들었지 않습니까?"

경감이 답답한 듯이 대꾸했다.

"그렇지 않습니다. 아직 못 들은 부분이 있습니다."

레인은 잠깐 입을 다물고 나서 천천히 말을 이었다.

"지금 우리가 상대하고 있는 증인은 인간의 다섯 가지 감각 중 두 가지를 상실한 여성입니다. 이 증인은 미각, 촉각, 후각을 이용해 외부와 접촉할 수 있을 뿐입니다. 즉, 그 남아 있는 세 가지의 감각으로 얻은 반응만이 우리에게 단서가 될 수 있습니다."

"그런 식으로는 생각해보지 않았군요."

브루노가 말을 이었다.

"그렇게 볼 때, 그녀는 이미 촉각에 의한 단서 하나를 우리에게 제공해준 셈이군요. 그럼, 아마도……."

"그렇습니다, 브루노 씨. 물론 미각에 의한 단서를 바랄 수는 없겠지요. 하지만 후각만은 충분히 기대를 걸어볼 만합니다. 만약 이 여성이 개와도 같은 예민한 후각의 소유자라면 얘기는 간단해지겠지요. 하지만 그렇게까지는 아니더라도 이 여성은 어느 정도 그와 비슷한 특수한 조건을 갖추고 있습니다. 아마 루이자 양의 후신경은 뛰어나게 민감할 것입니다……."

"맞습니다, 레인 씨."

메리엄 박사가 낮은 목소리로 대꾸하며 말을 이었다.

"감각의 대상 작용에 관해서는 의학계에서도 여러 가지로 논의되고 있는 문제입니다만, 루이자 양이야말로 그 문제에 관해 주목할 만한 존재입니다. 그녀의 손가락 끝의 신경, 혀의 미각 기관, 코의 후신경 등은 실로 대단히 발달되어 있습니다."

"잘 알겠습니다만……. 그러나 나는……."

경감이 중얼거리자 레인이 말을 막았다.

"잠깐 참으십시오. 이제 곧 뭔가 놀라운 단서를 얻게 될지도 모르니까요. 요컨대, 문제는 냄새입니다. 이미 그녀는 분이 엎질러졌을 때 냄새를 맡았다고 증언했는데 그 점 역시 예사로운 일은 아닙니다. 어쨌든 그녀는 보통 사람 이상의 후각을 가지고 있는 것만은 분명합니다."

레인은 재빨리 몸을 구부려 점자판을 배열했다.

'냄새에 관해 말씀해주십시오. 그때 분 냄새 외에 다른 냄새가 나지 않았습니까? 잘 생각해보십시오. 냄새 말입니다.'

점자판을 더듬으며 루이자는 자랑스러워하는 듯하면서도 어리둥절한 표정을 천천히 떠올리며 콧구멍을 벌름거렸다. 그녀는 기억을 되살리려고 필사적인 노력을 기울이고 있음이 분명했다. 그러자 그 기억의 실마리가 차츰 잡히는 듯했다……. 이윽고 광명이 나타났다. 흥분하면 저도 모르게 새어 나오는 듯, 그녀 특유의 동물적인 외침이 다시금 들려왔다. 이어서 그녀의 손가락이 미묘하게 움직였다.

그 말하는 손가락을 바라보며 스미스 양은 어이없다는 듯이 입을 벌렸다.

"어머, 정말 엉뚱한 얘길 하는군요……."

"뭐라고요?"

브루노 검사가 상기된 목소리로 말했다.

"검사님, 루이자 양은 방금 이렇게 말했습니다."

간호사는 여전히 어이없다는 투로 말을 이었다.

"그 빰에 손이 닿은 순간, 정신이 아득해져서 쓰러지며 맡은 냄새는……."

"어서 말씀해보세요, 스미스 양! 대체 무슨 냄새를 맡았다는 겁니까?"

말하다가 멈춘 스미스 양의 두툼한 입술을 예리하게 노려보며 드루리 레인이 외쳤다.

하지만 스미스 양은 킥킥거리며 웃은 다음 대답했다.

"글쎄, 아이스크림이나 케이크 같은 냄새라는군요!"

한동안, 모두 간호사의 얼굴을 응시했다. 메리엄 박사와 트리벳 선장까지도 어이없는 모양이었다. 브루노 검사는 자신의 귀를 의심하듯 방금 들은 말을 입속에서 되풀이했고 섬 경감은 심각하게 인상을 찌푸리고 있었다.

이윽고 레인이 어색한 미소를 거두었다. 그도 정말 당혹스러운 모양이었다.

"아이스크림이나 케이크라……. 묘하군요, 정말 묘해요."

레인이 중얼거리듯 말했다.

갑자기 경감이 너털웃음을 터뜨렸다.

"보십시오, 이렇다니까요. 이 여자는 벙어리에 귀머거리에다 맹인일 뿐 아니라 모친의 미치광이 기질까지 이어받았어요. 아이스크림이나 케이크라니! 이거야말로 코미디로군요."

"진정하십시오, 경감님……. 그렇게 웃어넘길 수만은 없을지도 모릅니다. 어째서 그녀는 아이스크림이나 케이크 같은 것을 생각해냈을까요? 향긋한 냄새가 난다는 점 외에 두 가지 물건에는 달리 공통점이 없어요……. 그래요, 아마도 당신이 생각하는 것처럼 이 얘기가 터무니없는 것은 아닐 겁니다."

이어서 레인이 점자판을 배열했다.

'당신은 아이스크림이나 케이크 냄새를 맡았다고 했지만 우리로선 믿기가 어렵군요. 혹시 화장품 냄새가 아니었을까요?'

루이자의 손가락이 점자판을 더듬었다.

'아뇨, 그렇지 않습니다. 화장품 따위가 아닙니다. 어쨌든 케이크나 아이스크림 같은 냄새였는데, 다만 좀 더 강한 냄새였습니다.'

'아직도 잘 이해가 안 가는군요. 향긋한 냄새였습니까?'

'그렇습니다. 아주 향긋한 냄새였어요.'

"아주 향긋한 냄새라……."

레인은 머리를 갸웃거린 뒤 다시 질문했다.

'혹시 꽃 냄새가 아니었습니까?'

'어쩌면…….' 하고 대답하다가 그녀는 망설였고 이미 몇 시간이나 전에 맡았던 냄새를 떠올리려고 코에 주름을 잡아가며 열심히 애썼다.

'그렇습니다. 꽃향기 같았어요. 희귀한 종류의 난초 향기……. 트리벳 선장한테 그런 난초를 선물 받은 일이 있어요. 하지만 확실히는…….'

트리벳 선장이 주름 잡힌 눈꺼풀을 껌벅거렸다. 모두의 시선이 그에게로 쏠렸다. 그의 푸른 두 눈은 여느 때처럼 예리하긴 했지만 당황하는 빛이 역력했고, 그의 얼굴은 낡은 말안장 가죽처럼 굳어졌다.

"자, 트리벳 씨? 설명해주시겠습니까?"

섬 경감이 말했다.

트리벳 선장은 쉰 목소리로 대답했다.

"허 참……, 잘도 기억하는군요. 거의 칠 년 전의 일입니다. 내 친구 중에 화물선 트리니다드호의 선장인 코코런이라는 사람이 있는데, 그 친구가 남아메리카에서 그 꽃을 가지고 돌아온 적이 있죠."

"칠 년 전이라고요? 그토록 옛날에 맡았던 냄새를 기억하고 있다는 얘기로군요!"

브루노 검사가 놀라며 말했다.

"루이자는 정말 놀라운 여성이에요."

선장은 그렇게 말하고 다시 눈을 껌벅였다.

"난초라……."

레인은 감탄한 듯이 중얼거리며 말을 이었다.

"점점 묘해지는군요. 트리벳 씨, 그게 어떤 종류였는지 기억하십니까?"

늙은 선장이 뼈대 굵은 어깨를 으쓱했다.

"그런 건 처음부터 몰랐습니다."

선장은 묘한 매력이 담긴 목소리로 말을 이었다.

"어쨌든 희귀한 종류이긴 했습니다."

"흐음!"

레인은 고개를 끄덕이고 나서 다시 점자판을 향했다.

'난초에도 여러 종류가 있는데, 분명히 그 난초의 향기였나요?'

'그래요. 전 꽃을 좋아해서 한번 냄새 맡은 꽃은 절대로 잊지 않습니다. 그런 난초의 향기를 맡은 것은 그때뿐이었습니다.'

"이거야말로 원예학적인 수수께끼로군요."

레인은 애써 경쾌하게 말했지만 그의 눈빛은 그렇지 못했고 한쪽 발은 초조한 듯이 바닥을 가볍게 두드리고 있었다. 모두 무기력한 태도로 그를 바라보았다.

돌연 레인은 얼굴을 환히 빛내며 손바닥으로 이마를 쳤다.

"허 참! 중요한 질문을 잊고 있었군요!"

그렇게 말하고 레인은 또다시 점자판을 배열했다.

'아이스크림이라고 하셨는데, 어떤 종류의 아이스크림입니까? 초콜릿? 딸기? 바나나? 호두?'

그 질문이 마침내 표적을 제대로 맞힌 것이 분명했다. 이제까지 못마땅한 태도를 보였던 섬 경감조차 레인에게 감탄 어린 눈길을 보냈을 정도였다. 루이자는 손가락 끝으로 레인의 질문을 알아차리자, 밝은 얼굴로 몇 번이나 고개를 끄덕이더니 곧이어 점자판을 배열했다.

'이제 알았습니다. 그건 딸기도, 초콜릿도, 바나나도, 호두도 아니에요. 바닐라예요! 바닐라!'

그녀는 기운이 솟는지 흔들의자 앞으로 몸을 내밀었다. 보이지 않는 두 눈에 빛은 없었으나 그 얼굴은 칭찬을 기다리는 듯했다. 트리벳 선장이 슬그머니 그녀의 머리를 쓰다듬었다.

"바닐라!"

모두 함께 그렇게 외쳤다.

그녀의 손가락이 다시 얘기를 계속했다.

'바닐라에요. 이젠 아이스크림이나 케이크나 난초 따위를 들먹일 필요도 없습니다. 그건 확실히 바닐라 향기였습니다. 틀림없어요. 확실합니다.'

레인은 한숨을 쉬었고 미간의 주름은 더욱 깊어졌다. 이젠 루이자의 손가락 움직임이 너무 빨라져서 스미스 양의 통역이 따라잡지 못해 루이자에게 다시 손가락을 움직여달라고 해야 할 정도였다. 모두에게로 고개를 돌린 간호사의 두 눈에는 왠지 온화한 빛이 감돌고 있었다.

'도움이 되었습니까? 제발 도움이 되었으면 좋겠습니다. 어떻습니까? 도움이 되었습니까?'

"물론입니다, 루이자 양. 아주 큰 도움이 되었고말고요."

섬 경감이 문 쪽으로 걸어가며 심각한 표정으로 말했다.

메리엄 박사는 걱정하고 있는 루이자에게로 허리를 구부리고 그녀의 손목을 만졌다. 그리고 고개를 끄덕이며 가볍게 뺨을 두드려주고서 다시 허리를 폈다. 트리벳 선장은 웬일인지 자못 득의양양한 표정을 떠올리고 있었다.

섬 경감이 문을 열고 소리쳤다.

"핑크! 모셔! 누구라도 좋으니 당장 가서 그 가정부를 데리고 오게!"

가정부인 아버클 부인은 처음엔 태도가 퉁명스러웠다. 경찰이 집 안을 수색해대는 통에 받은 먼젓번 충격이 가까스로 가라앉은 참이었다. 그녀는 두 손으로 치마를 걷어 올리고 숨을 헐떡이며 계단을 올라와서는 한숨을 돌리고 나더니 혼자 불평을 해댔다. 그리고 요란스레 죽음의 방으로 들어서더니 똑바로 경감을 노려보았다.

"흥, 이번에는 또 무슨 용건이죠?"

그녀가 쏘아붙였으나 경감은 시간을 낭비하지 않았다.

"어제 무얼 구웠소?"

"굽다니? 뭘 말예요!"

두 사람은 두 마리의 쌈닭처럼 서로를 노려보았다.

"어째서 그런 걸 묻는 거죠?"

"질문에 대답이나 하시오! 어제 무엇을 구웠는지 묻고 있소!"

경감이 사나운 어조로 말했다.

아버클 부인은 콧방귀를 뀌며 대답했다.

"구운 일 없어요! 아무것도 굽지 않았다고요."

"굽지 않았다고? 알았소."

경감은 앞으로 턱을 내밀며 말을 이었다.

"부엌에서 바닐라를 사용하고 있소?"

아버클 부인은 이 남자가 혹시 미친 게 아닌가 하는 시선으로 경감을 바라보았다.

"바닐라라고요? 흥, 난 또 뭔가 했더니! 바닐라를 사용하는 거야 당연하잖아요. 대체 제가 하는 부엌일을 어떻게 보는 거죠?"

"그래, 사용한단 말이죠?"

경감은 브루노 검사를 돌아보며 눈짓했다.

"사용한다는군요, 브루노……. 알겠소, 부인. 그럼 어제도 바닐라를 사용했겠군요?"

그는 손을 비비며 아버클 부인을 바라보았다.

하지만 그녀는 느닷없이 문 쪽으로 걸어갔다.

"전 이런 곳에서 놀림감이 되고 싶진 않아요!"

그녀는 화난 목소리로 말을 이었다.

"전 아래층으로 내려가겠어요. 거기라면 이런 바보 같은 질문에 대답하지 않아도 되니까 말예요."

"아버클 부인!"

경감이 버럭 고함을 질렀다.

그녀는 움찔하며 뒤를 돌아다보았다.

모두가 진지한 태도로 그녀를 쳐다보고 있었다.

"아니…… 사용하지 않았어요."

그렇게 대답하고 나서 그녀는 다시 화가 치미는지 신경질적으로 덧붙였다.

"제게 부엌살림에 대한 설교라도 할 작정인가요?"

"뭐 그렇게 화낼 것까지는 없잖소."

경감은 넉살 좋게 말을 이었다.

"아무튼 지금도 부엌엔 바닐라가 있겠군요?"

"그래요. 새것으로 한 병 있어요. 사흘 전에 바닐라가 떨어져서 서튼 상점에서 새로 가져오게 했죠. 하지만 아직 뜯진 않았어요."

"그렇다면 그건 좀 이상하군요, 부인?"

레인이 부드럽게 말을 이었다.

"내가 듣기엔, 당신은 매일 루이자 양을 위해 달걀술을 만든다고 하던데요?"

"그게 무슨 상관이에요?"

"내가 어렸을 때 마셨던 달걀술에는 언제나 바닐라가 들어 있었거든요."

경감이 놀라며 앞으로 나섰지만 아버클 부인은 콧방귀를 뀌며 고개를 돌렸다.

"그래서 어쨌다는 거죠? 저는 달걀술을 만들 때 육두구를 갈아서 사용해요. 그렇게 하면 안 된다는 법이라도 있나요?"

경감은 복도로 고개를 내밀었다.

"핑크!"

"예."

"이 부인과 함께 아래로 내려가서 바닐라 냄새가 나는 것을 모조리 찾아내서 가져오게."

경감은 엄지손가락으로 문 쪽을 가리켰다.

"자, 다녀오십시오, 아버클 부인. 잘 좀 부탁합니다."

그들을 기다리는 동안 아무도 말을 하지 않았다. 경감은 양손을 뒷짐 진 채 가락이 제멋대로인 휘파람을 불며 서성댔다. 브루노 검사는 무언가 다른 일을 생각하는지 따분한 표정을 짓고 있었다. 루이자는 흔들의자에 조용히 파묻혀 있을 뿐이고, 그 뒤에 선 스미스 양과 메리엄 박사 그리고 트리벳 선장은 꼼짝도 하지 않았다. 레인은 창가에서 정원을 내려다보고 있었다.

십 분쯤 지나자 아버클 부인과 핑커슨 형사가 계단을 올라왔다. 핑커슨은 종이에 싸인 납작한 작은 병을 손에 들고 있었다.

"냄새가 독특한 것들이 무척 많더군요. 하지만 바닐라 향기가 나는 것은 이것밖에 없었습니다. 열어보지 않고 그냥 가져왔습니다, 경감님."

형사는 싱글거리며 보고했다.

경감은 부하 형사로부터 그 병을 받아 들었다. 그 병에는 '농축 바닐라'라는 라벨이 붙어 있었고 마개도 봉인된 채였다. 경감이 그걸 브루노 검사에게 넘겨주었으나 브루노는 그다지 흥미 없는 듯이 대충 훑어보고는 다시 경감에게 돌려주었다. 레인은 창가에서 꼼짝도 하지 않았다.

"부인, 전에 쓰던 병은 어떻게 했죠?"

경감이 물었다.

"사흘 전에 쓰레기통에 버렸어요."

가정부는 무뚝뚝하게 대답했다.

"버릴 때는 빈 병이었나요?"

"예."

"그럼, 그 병에 아직 바닐라가 들어 있었을 때, 쓰지도 않았는데 조금씩 줄어들거나 했던 적은 없었나요?"

"그런 걸 제가 어떻게 알아요. 그걸 일일이 재면서 쓰는 줄 알아요?"

"그렇게 할 수도 있지 않소."

경감이 가정부의 말을 되받아쳤다. 이어서 그는 병의 봉인을 뜯고 마개를 뺀 다음 병을 코끝으로 가져갔다. 그러자 어느새 방 안은 강한 바닐라 향기로 가득 찼다. 그 바닐라 병에 의심쩍은 점은 없었다. 내용물이 가득 차 있었고 달리 손을 댄 흔적도 없었다.

루이자 캠피언이 몸을 움직이며 콧구멍을 넓혔다. 그녀는 크게 코를 벌름거리며 마치 벌이 멀리서 꿀 냄새를 맡듯이 방 저편에서 병 쪽으로 고개를 돌렸다. 또다시 그녀의 손가락이 움직이기 시작했다.

"그거라는군요. 그 냄새라고 합니다."

스미스 양이 흥분한 어조로 말했다.

"그렇군요."

돌아서서 간호사의 입가를 보던 드루리 레인은 중얼거리더니 성큼성큼 다가가 점자판을 배열했다.

'그때도 지금처럼 냄새가 강했나요?'

'아뇨, 이렇게까지 강하지는 않았습니다. 이보다는 훨씬 희미한 냄새였습니다.'

레인은 약간 실망한 듯이 고개를 끄덕였다.

"아버클 부인, 집 안에 아이스크림이 있습니까?"

"아뇨, 없습니다."

"어제도 없었습니까?"

"그래요. 일주일 동안 죽 없었어요."

"정말 이상하군……."

레인이 중얼거렸다. 평소와 다름없이 그의 두 눈은 사려 깊게 빛났고 얼굴도 생기를 잃지 않았지만 그의 모습에는 어쩐지 생각에 지친 듯한 그늘이 드리워져 있었다.

"경감님, 즉시 이 집안사람들 모두를 이곳에 모이게 해야겠습니다. 그리고 부인, 부인께서는 이 집 안에 있는 케이크며 사탕 따위를 모두 모아서 이 방으로 옮겨주셨으면 좋겠습니다."

"핑크!"

섬 경감이 부하 형사에게 명령했다.

"자네도 함께 가게. 빠뜨린 게 있어선 안 되니까."

방 안은 사람들로 가득 찼다. 이 집안사람들 모두가 다 모였다. 바바라, 질, 콘래드, 마사, 조지 아버클, 하녀인 버지니아, 에드거 페리 그리고 여전히 이 집 안에 버티고 있던 체스터 비글로와 존 고믈리까지 모였다. 콘래드는 어리둥절한 모양인지 자기 옆의 경관을 멍하니 바라보고 있었다. 다른 사람들은 무슨 일이 일어나길 바라기라도 하는 듯한 눈치였다. 섬 경감은 망설이더니 뒤로 물러났다. 그는 브루노 검사와 함께 구경이나 할 모양이었다.

레인은 아직도 뭔가를 기다리는 듯이 서 있었다.

어른들 틈에 따라 들어온 아이들이 마구 고함을 지르며 온 방 안을 휘젓고 다녔다. 하지만 지금은 누구도 아이들의 장난을 나무라지 않았다.

아버클 부인과 핑커슨 형사가 양팔 가득 산더미 같은 케이크와 사탕 상자를 안고서 비틀거리며 들어왔다. 모두 눈이 휘둥그레졌다. 아버클 부인은 그것들을 루이자의 침대 위에 내려놓고 손수건으로 여윈 목덜미의 땀을 닦았다. 핑커슨은 지겨운 표정을 지으며 그것들을 의자 위에 내려놓고는 방을 나갔다.

"누구시든 따로 방에다 케이크나 사탕을 두고 계신 분이 있습니까?"

레인이 진지하게 물었다.

질 해터가 대답했다.

"네, 있어요. 항상 놔두는걸요."

"그럼 질 양, 그것을 가져와주십시오."

질은 진지한 태도로 방에서 나갔다가 곧 '5파운드'라고 쓰인 커다란 직사각형 상자를 안고 돌아왔다. 그 커다란 과자 상자를 보자 존 고믈리의 흰 얼굴이 벽돌처럼 빨개졌다. 그는 엷은 웃음을 띠고 멋쩍은 듯이 발을 비벼댔다.

모두의 의아한 듯한 시선을 한 몸에 받으며 드루리 레인은 기묘한 작업을 시작했다. 그는 사탕 상자를 모두 의자 위에 쌓아 올리고 차례로 뚜껑을 열었다. 상자는 모두 다섯 개였는데, 하나는 땅콩이 든 바삭한 과자, 하나는 과일이 든 초콜릿, 하나는 단단한 사탕, 하나는 단단한 초콜릿 그리고 질이 가져온 상자 속에는 설탕에 절인 견과들이 가득 들어 있었다.

레인은 다섯 개의 상자에서 아무거나 골라내 맛을 보듯 조금씩 베어 먹었다. 그런 뒤 견본 몇 개를 루이자 캠피언에게 건네주어 먹어보게 했다. 말썽꾸러기 빌리는 배고픈 듯한 표정으로 그것을 바라보았고, 재키는 흥미로운 듯이 한쪽 발을 들고서 이 이상한 절차를 얌전히 지켜보았다.

루이자 캠피언은 고개를 저었다.

'아닙니다. 어느 것도 아니에요. 사탕이 아니에요. 바닐라입니다.'

'그럼 이 과자들 모두에는 바닐라가 들어 있지 않다는 얘기가 되겠군요. 혹은 들어 있더라도 너무 조금이어서 혀로 느낄 수 없을 정도겠죠.'

이어서 레인은 아버클 부인에게 말했다.

"부인, 이 케이크들 중에 당신이 만든 것도 있습니까?"

가정부는 거만한 태도로 그 가운데 세 종류의 케이크를 가리켰다.

"바닐라를 넣어서 만들었습니까?"

"아뇨, 넣지 않았어요."

"나머지는 구입한 거로군요?"

"그렇습니다."

레인은 구입했다는 케이크를 한 조각씩 루이자에게 먹여보았다. 하지만 이번에도 그녀는 고개를 가로저었다.

스미스 양은 한숨을 쉬며 루이자의 손가락을 지켜보았다.

'아니에요. 바닐라 냄새가 나지 않아요.'

레인은 케이크 조각들을 침대 위에 도로 내려놓고는 난처한 얼굴로 서 있었다.

"저어, 대체 무엇 때문에 이러시는 건가요?"

변호사인 비글로가 호기심을 드러내 보이며 물었다.

"대단히 죄송합니다."

레인은 돌아보며 말을 이었다.

"루이자 양은 어젯밤 해터 부인 살인범과 맞닥뜨렸습니다. 그리고 범인에게 손이 닿는 순간, 틀림없이 바닐라 냄새를 맡았다고 주장하고 있습니다. 아마 범인의 몸이나 그 주위에서 난 것이겠죠. 그래서 이 작은 수수께끼를 풀어 사건을 해결할 수 있는 단서를 잡아보고자 이러는 겁니다."

"바닐라 냄새가 났었다고요?"

바바라 해터가 반문하며 말을 이었다.

"믿기 어려운 일이군요, 레인 씨. 하지만 루이자의 감각적인 기억력은 불가사의할 정도로 대단합니다. 그러니까 틀림없이……."

"루이자는 정상이 아니에요."

질이 거침없이 말했다.

"늘 쓸데없는 것을 꾸며내거든요. 망상에 빠져 있는 거예요."

"질!"

바바라가 나무랐다.

질은 고개를 쳐들었으나 입은 다물었다.

모두 좀 더 일찍 눈치챘어야 할 일을 잊고 있었다. 요란스러운 발소리에 모두가 고개를 돌렸을 때는 이미 말썽꾸러기 재키 해터가 원숭이처럼 날쌘 동작으로 루이자의 침대로 달려들어 사탕 상자를 움켜잡으려는 찰나였다. 동생인 빌리도 함성을 지르며 합세했다. 두 말썽꾸러기들은 게걸스럽게 사탕을 먹어대기 시작했다.

마사가 신경질적으로 소리를 지르며 아이들에게 달려들었다.

"재키! 그만두지 못해! 그렇게 마구 먹으면 배탈 난단 말이야……. 빌리! 그만둬! 그만두지 않으면 엄마가 혼내줄 테다!"

그녀는 아이들의 몸을 세게 흔들었고, 이어서 그들의 손을 쳐서 달라붙은 사탕을 떨어뜨렸다.

빌리는 사탕을 잃게 되자 반항하며 소리를 질렀다.

"어제 존 아저씨가 준 그런 사탕을 달란 말이야!"

"뭐라고?"

섬 경감이 목청을 높이며 뛰어나왔다. 이어서 그는 빌리의 고집스럽게 생긴 작은 턱을 거칠게 들어 올리며 다그쳐 물었다.

"존 아저씨가 어제 어떤 사탕을 주었지?"

섬 경감은 기분이 좋을 때도 아이들이 따를 타입이 아니었다. 그런데 지금처럼 사납게 굴면 애들은 그야말로 공포에 사로잡힐 것이다. 빌리는 순간 눈이 휘둥그레지며 경감의 뭉툭한 코를 올려다보더니, 냉큼 그의 손을 뿌리치고 부리나케 엄마의 치마에 얼굴을 파묻고는 울음보를 터뜨렸다.

"정말 대단한 솜씨로군요, 경감님."

레인은 섬을 밀어젖히며 말을 이었다.

"그래서는 해병대 하사관이라도 벌벌 떨겠습니다……. 자, 얘야."

레인은 빌리 옆에 쭈그리고 앉으며 안심시키듯이 가만히 어깨를 껴안았다.

"이제 그만 울음을 그쳐요. 아무도 널 야단치진 않을 테니까."

경감은 그 광경을 바라보며 코웃음을 쳤다. 하지만 이 분도 채 지나지 않아 빌리는 레인의 팔에 안겨 눈물에 젖은 얼굴로 생글거렸고, 레인은 사탕, 장난감, 벌레, 카우보이와 인디언 등 아이들이 좋아하는 것을 화제 삼아 이야기를 들려주기 시작했다.

그렇게 빌리의 기분이 완전히 풀어졌을 때 레인이 물었다.

"존 아저씨가 언제 사탕을 주셨지?"

"어제야."

"나한테도 줬다고!"

레인의 웃옷을 끌어당기며 재키가 외쳤다.

"그래, 어떻게 생긴 사탕이었지, 빌리?"

"리코리스였어!"

재키가 먼저 소리쳤다.

"응, 리크리쉬……. 큰 봉지에 든 거였어요."

빌리도 혀짤배기소리로 그렇게 말했다.

레인은 아이들에게서 물러나며 존 고믈리를 바라보았다. 고믈리는 초조한 태도로 목뒤를 쓰다듬고 있었다.

"고믈리 씨, 애들 얘기가 사실인가요?"

"그래요, 사실입니다."

고믈리는 짜증스러운 목소리로 말을 이었다.

"설마, 그 사탕에 독이 들어 있었다는 말씀을 하시려는 건 아니시겠죠? 질양을 방문하려고 저 5파운드들이 과자 상자를 살 때 저 애들이 리코리스를 아주 좋아한다는 게 생각나서 함께 사 왔던 겁니다. 그것뿐입니다."

"제가 그걸 문제 삼으려는 건 아닙니다, 고믈리 씨."

레인이 부드럽게 말을 이었다.

"그리고 문제될 것도 없고 말입니다. 리코리스에는 바닐라 향이 없으니까요. 단지 확실히 해두는 게 좋을 것 같아서 물었던 것입니다. 하지만 이런 단순한 질문에도 여러분은 어째서 그렇게 방어적인 자세를 취하시는 겁니까?"

레인은 다시 빌리 옆에 쭈그리고 앉았다.

"빌리, 어제 또 누가 사탕을 준 사람은 없었니?"

빌리는 멍하니 쳐다볼 뿐이었다. 빌리한테는 약간 알아듣기 어려운 질문인 듯했다. 재키가 가는 두 다리로 융단 위에 버티고 선 채 큰 소리로 말했다.

"왜 나한텐 안 묻는 거야? 나라면 대답할 수 있단 말이야!"

"그래, 그럼 재키가 대답해줘."

"없어. 아무도. 존 아저씨뿐이야."

"그래, 알았다."

레인은 두 말썽꾸러기의 때 묻은 손에 초콜릿을 한 주먹씩 쥐여주고는 마사와 함께 돌려보냈다.

"이제 됐습니다, 경감님."

레인이 말했다.

섬 경감은 손짓으로 관계자들을 모두 물러가게 했다.

레인은 가정교사인 에드거 페리가 슬그머니 바버라 곁으로 다가가는 것을 보았다. 두 사람은 작은 소리로 뭔가를 얘기하면서 계단을 내려갔다.

경감은 왠지 침착하지 못한 태도를 보이더니, 마지막으로 콘래드 해터가 경관이 보초를 서고 있는 출입구로 나서려는 순간 불러 세웠다.

"해터 씨, 잠깐만요!"

콘래드 해터는 어색한 태도로 되돌아왔다.

"뭡니까? 이번엔 또 무슨 용건이죠?"

콘래드 해터는 떨고 있었다. 이제까지의 반항적인 태도는 완전히 자취를 감추었고 오히려 경감의 눈치만 살피고 있었다.

"루이자 양이 당신 얼굴을 만질 수 있게 해주시오."

"내 얼굴을……."

"하지만 섬, 그녀가 만진 것은……."

브루노 검사가 이의를 제기했으나 경감은 완고했다.

"어쨌든 확인해서 나쁠 거야 없잖소."

경감이 다시 말했다.

"자, 스미스 양, 루이자 양에게 해터 씨의 뺨을 만져보라고 전해주시오."

간호사는 묵묵히 시키는 대로 했다. 루이자는 기다리고 있었다. 콘래드는 허리를 숙이고 새파랗게 질린 얼굴을 흔들의자 위로 기울였다. 스미스 양은 루이자의 손을 잡아 막 면도한 듯한 콘래드의 얼굴을 만지게 했다. 루이자는 재빨리 아래위로 또는 위아래로 번갈아가며 뺨을 쓰다듬어보았다. 하지만 그녀는 고개를 저었다.

그녀가 손가락을 움직여 의사 표현을 했고 스미스 양이 통역했다.

"훨씬 더 부드러운 뺨이었다고 합니다. 여자 얼굴이어서 콘래드 씨의 얼굴과는 전혀 달랐답니다."

콘래드 해터는 허둥지둥 허리를 폈다.

섬 경감이 고개를 저었다.

"좋습니다."

경감은 불만스러운 표정으로 말을 이었다.

"그럼 해터 씨, 집 안에서는 어디를 가도 상관없지만 외출을 해선 안 됩니다. 이봐, 자네가 이분과 함께 있도록 하게!"

콘래드는 경관과 함께 기운 없이 걸어 나갔다.

"레인 씨, 결코 쉽지가 않겠군요."

경감이 그렇게 말하며 돌아다보았다.

하지만 레인은 어느새 사라지고 없었다.

레인은 그 나름대로 명확한 목적이 있어서 그 방에서 빠져 나간 것이었다. 즉, 그는 어떤 냄새를 추적하기 위해 활동을 개시한 것이었다. 그는 방에서 방으로, 층에서 층으로 돌아다니며 침실, 욕실, 빈방, 창고 등을 빠짐없이 조사했다. 그러는 동안 그의 잘생긴 코는 계속 긴장한 채 손에 집히는 것은 무엇이든 냄새를 맡았다. 향수, 화장품, 꽃병 그리고 향기로운 여성용 내의까지도. 마지막에 그는 아래층으로 내려가 정원으로 나갔다. 그리고 거기서 수많은 꽃들의 향기를 맡느라 십오 분쯤 보냈다.

얼마쯤은 예상했던 대로 모든 일이 헛수고로 끝났다. 루이자 캠피언이 맡았다는 '아주 향긋한' 바닐라 향기가 나는 것은 아무것도 없었다.

레인이 다시 2층의 죽음의 방에 있는 섬 경감과 브루노 검사에게로 돌아가 보니, 메리엄 박사는 떠나버렸고 트리벳 선장은 점자판으로 루이자와 침묵의 대화를 나누고 있었다. 경감과 검사는 완전히 낙심한 표정을 짓고 있었다.

"어디에 갔었습니까?"

섬 경감이 물었다.

"냄새의 꼬리를 잡으려고요."

"허 참, 냄새에도 꼬리가 있는 줄은 미처 몰랐군요!"

아무도 웃지 않자 경감은 쑥스러운 듯이 턱을 어루만졌다.

"소용이 없었겠죠?"

경감이 다시 묻자 레인은 고개를 끄덕였다.

"그럴 테죠. 있을 리가 없죠. 어쨌든 오늘 아침에도 위아래로 집 안을 샅샅이 뒤져보았지만 도움이 될 만한 것은 단 하나도 나오지 않았으니까요."

경감의 말에 지방 검사도 한마디 보탰다.

"어쩐지 이번에도 골칫덩이를 떠맡은 것 같은 느낌이 드는군요."

"정말 그럴지도 모르죠."

섬 경감이 말을 이었다.

"그러나 어쨌든 점심을 먹고 나서는 실험실을 한번 조사해봐야겠어요. 두 달 전에 들어가보긴 했는데, 어쩌면……."

"그러고 보니, 실험실이 남아 있었군요."

드루리 레인이 어두운 표정으로 말했다.

## 제5장

*실험실*

*6월 5일 월요일 오후 2시 30분*

여전히 심기가 거북한 아버클 부인은 아래층 식당에서 섬 경감과 브루노 지방 검사 그리고 레인에게 되는 대로 점심 식사를 차려주었다. 식탁에 앉은 세 사람은 아무도 말을 하지 않았고 그 때문에 실내에는 침울한 분위기가 가득했다. 실내에 충만한 침울한 분위기를 깨뜨리는 것은 거칠게 드나드는 아버클 부인의 무거운 발소리와 말라빠진 하녀 버지니아가 아무렇게나 접시를 내려놓는 소리였다.

그녀들이 주고받는 대화도 종잡을 수 없었다. 아버클 부인이 주로 떠들어댔는데, 갑자기 부엌일이 늘어난 데 대해 누구에게랄 것도 없이 불평을 해대는 식이었다. 아마도 뒤꼍에 있는 경관들 점심 치다꺼리도 그녀로서는 꽤나 못마땅했던 게 분명했다. 하지만 섬 경감조차 이번만은 가정부의 불평을 내버려두었다. 가죽처럼 질긴 고기와 그보다도 더 힘겨운 문제를 씹느라 정신이 없었기 때문이었다.

"어쨌든 그 여자가 노린 대상은 루이자입니다."

오 분쯤 지속된 침묵을 깨고 브루노 검사가 입을 열었다.

"그래요, 그 뺨 이야기로 볼 때 범인은 여자가 분명해요. 그리고 그 여자는 노부인을 죽일 작정은 아니었지요. 배에다 독을 주사하고 있는데 노부인이 잠을 깨는 바람에 당황한 나머지 머리를 후려갈긴 겁니다. 하지만 정작 범인인 그 여자가 누구냐는 문제에 이르면 도무지 단서가 잡히지 않는단 말입니다."

"그리고 그 바닐라 건도 도무지 종잡을 수가 없고 말이오."

섬 경감은 진절머리가 난다는 듯이 나이프와 포크를 내던지며 말했다.

"그래요. 정말 알 수 없는 노릇이오. 그 문제만 풀리면 진상이 드러날 것도 같은데……."

"그렇습니다!"

드루리 레인도 힘주어 고기를 씹으며 맞장구쳤다.

경감이 중얼중얼 말을 이었다.

"콘래드 해터가…… 그 빵 건만 아니었다면……."

"그건 잊는 게 좋아요, 섬. 누군가가 그에게 누명을 씌우려고 했던 거요."

브루노 검사가 말했다.

그때 형사 한 사람이 봉투를 들고 들어왔다.

"경감님, 실링 검시관의 심부름꾼이 방금 이걸 가지고 왔습니다."

"아, 보고서로군요."

나이프와 포크를 놓으며 레인이 말을 이었다.

"경감님, 어디 한번 읽어주시지요."

섬 경감은 봉투를 뜯었다.

"그렇군요, 독물에 관한 겁니다. 그럼, 읽겠습니다……."

*섬 경감에게*

*상한 배에는 치사량을 훨씬 웃도는 염화 제이수은 용액이 들어 있었소. 한 입만 베어 먹어도 죽을 정도로 말이오.*

*그리고 레인 씨의 질문에 답하건대, 그 배는 독물에 의해서가 아니라 독물 주입 이전에 이미 상해 있었던 것이오.*

*다른 두 개의 배에서는 독물이 발견되지 않았소.*

*침대 위에서 발견된 빈 주사기에는 같은 종류의 독물이 남아 있었소. 상한 배 속에 들어 있었던 독물의 양과 주사기 내 독물의 추측 양을 비교해보건대, 이 주사기로 배에 독물을 주입한 것 같소.*

*게다가 보내 온 흰 신발에 얼룩이 묻어 있던 것으로 보아도 위의 가설이 타당할 듯하오. 왜냐하면 그 얼룩 또한 염화 제이수은에 의한 것이며, 범인이 배에 독물을 주입할 때 소량을 신발 끝에 떨어뜨렸다고 추측할 수 있기 때문이오. 참고로 말하자면 그 얼룩은 아주 최근에 생긴 것이 분명하오.*

*검시 보고서는 오늘 밤 늦게 아니면 내일 아침에 제출할 수 있을 듯하오. 그러나 이제까지의 관찰에 의하면 시체를 해부하더라도 독물이 검출될 것 같진 않고, 사인은 처음의 의견을 재확인하는 데 그칠 것으로 생각되오.*

*실링*

"모든 것이 예상대로군요."

섬 경감이 중얼거리며 말을 이었다.

"어쨌든 이걸로 신발과 상한 배에 대한 문제는 일단락된 셈이군요. 그런데 염화 제이수은이라면? 그럼 아무래도……. 어쨌든 2층의 실험실로 가보죠."

드루리 레인은 개운치 않은 표정으로 입을 다물고 있었다. 세 사람은 마시던 커피를 남겨놓은 채 소리를 내며 의자에서 일어나 식당을 나섰다. 밖으로 나오는 도중에 그들은 아버클 부인을 만났는데 그녀가 받쳐 들고 있는 쟁반 위에는 노란 크림 모양의 달걀술이 잔에 담겨 있었다. 레인이 시계를 보니 정확히 2시 30분이었다.

2층으로 올라가는 도중에 레인은 경감으로부터 보고서를 건네받아 찬찬히 읽어본 뒤 묵묵히 되돌려주었다.

2층은 조용했다. 층계를 다 오른 뒤 세 사람은 잠깐 멈춰 섰다. 때마침 스미스 양의 방문이 열리더니 그녀가 루이자 캠피언의 손을 잡고 나오는 중이었다. 그 어떤 비극에도, 대소동에도 아랑곳없이 이 집 안에서는 평소의 습관이 지켜지는 듯, 벙어리에다 귀머거리이며 맹인인 여자는 세 사람의 옆을 지나 일과의 하나인 달걀술을 마시러 식당으로 내려가는 길이었다. 세 사람은 모두 아무 말도 하지 않았다. 별도의 지시가 있을 때까지 루이자는 간호사의 방에서 함께 지내게 되어 있었다……. 트리벳 선장과 메리엄 박사는 이미 오래

전에 떠나고 없었다.

섬 경감의 부하인 모셔는 건장한 몸을 죽음의 방의 벽장과 맞닿은 벽에 기대고 있었다. 조용히 담배를 피우면서도 그의 눈은 쉴 새 없이 2층에 있는 모든 방문을 감시하고 있었다.

경감은 아래층을 향해 소리쳤다.

"핑크!"

핑커슨 형사가 계단을 뛰어 올라왔다.

"자네와 모셔는 2층을 책임지게. 교대로 감시하라고. 피해자의 방에는 아무도 들어가지 못하게 하고 말이야. 그 밖의 다른 행동은 그냥 내버려둬. 그렇지만 한눈을 팔아선 절대 안 돼, 알겠지?"

핑커슨은 대답하고 다시 아래층으로 내려갔다.

섬 경감은 조끼 주머니에서 열쇠를 꺼냈다. 그것은 죽은 노부인의 소지품에서 발견한 요크 해터의 실험실 열쇠였다. 경감은 그것을 든 채 잠깐 생각하는 눈치더니, 계단 위의 난간을 돌아 실험실로 향했다. 브루노 검사와 레인이 그 뒤를 따랐다.

경감은 곧장 문을 열지 않았다. 그 대신에 문 앞에 쭈그리고 앉아 작은 열쇠 구멍을 들여다보았다. 그리고 가벼운 신음을 내며 뭐든 들어 있을 듯한 주머니에서 가는 철사를 꺼내 열쇠 구멍에 찔러 넣었다. 이어서 그는 열심히 구멍 속을 긁으며 안으로 쑤셔 넣더니 이윽고 휘젓기 시작했다. 마침내 그는 만족한 듯 철사를 빼내고서 철사를 살펴보았다.

하지만 철사에는 아무것도 묻어 있지 않았다.

경감은 일어나서 철사를 넣으며 당혹스러운 표정으로 말했다.

"이상하군요. 이 열쇠 구멍 속에 밀랍이 묻어 있을 줄 알았는데……. 누군가가 밀랍으로 모양을 떠서 열쇠를 만들었을 텐데 밀랍이 묻어나지 않는군요."

"별로 이상할 것도 없어요. 모양을 뜬 뒤 열쇠 구멍을 청소했거나, 아니면 해터 부인의 열쇠를 범인이 잠깐 훔쳐내서 복제한 뒤 다시 제자리에 갖다두었을 수도 있으니까 말이오. 어쨌든 노부인이 죽은 지금에 와서는 확인할 수도 없는 일이죠."

브루노가 대꾸했다.

"자, 자, 경감님. 그보다도 어서 문이나 열도록 합시다."

레인이 조바심이 나는 듯이 말했다.

섬 경감은 열쇠를 다시 찔러 넣었다. 제대로 맞물리긴 했으나 잘 돌아가지 않았다. 아마도 오랫동안 사용하지 않아 열쇠 구멍 내부에 녹이 슨 모양이었다. 경감은 콧등에 땀까지 흘리며 힘껏 열쇠를 돌렸다. 마침내 삐걱거리는 쇳소리와 함께 잠금쇠가 찰카닥하고 열렸다. 경감이 손잡이를 잡고 밀자 문은 반항이라도 하듯 삐걱거렸다. 자물쇠와 마찬가지로 경첩도 녹이 슨 듯했다.

문을 열고 경감이 안으로 들어서려 하자 레인이 그의 큼직한 팔을 붙잡았다.

"왜 그러시죠?"

경감이 의아한 표정으로 물었다.

레인은 방 안쪽의 바닥을 손으로 가리켰다. 그 단단한 마루판에는 온통 먼지가 가득 쌓여 있었다. 레인이 허리를 구부리고서 손가락으로 바닥을 문지르자 손가락 끝이 새까맣게 되었다.

"경감님, 아마도 범인이 이곳에 침입했을 리는 없을 것 같군요. 이 먼지는 아주 차분히 쌓여 있는 데다 두께로 보아 적어도 몇 주 전부터는 사람이 드나든 것 같지 않습니다."

레인이 말했다.

"두 달 전에 보았을 때는 이렇게 먼지가 쌓여 있지 않았어요. 그리고 이쪽에서 저기 먼지가 흩어져 있는 곳까지 족히 2미터는 될 테니까, 단번에 뛰어넘기도 어려울 텐데……. 그것참 이상하군요."

경감은 의아한 표정으로 대꾸했다.

세 사람은 입구에 늘어선 채 실내를 둘러보았다. 입구 부근의 바닥은 온통 탁한 벨벳을 깐 것처럼 먼지가 전혀 흐트러지지 않은 채 쌓여 있었지만, 경감의 지적대로 2미터 앞쪽부터는 발자국들로 먼지가 어지럽게 흐트러져 있었다. 게다가 그 발자국들은 형체를 알아볼 수 없게 고의로 짓뭉개져 있었다. 입구 부근과 마찬가지로 심하게 먼지가 쌓여 있었으나 틀림없이 누군가가 걸어 다닌 게 분명했다. 하지만 형체가 완전한 발자국은 하나도 보이지 않았다.

"빌어먹을! 누군지 모르겠지만 굉장히 조심을 했군."

섬 경감이 급히 말을 이었다.

"아, 잠깐 기다려주십시오. 실험대 주위에 사진으로 찍을 만한 것이 하나쯤 남아 있는지 봐야겠습니다."

경감은 차분히 쌓인 먼지 위에 큼직한 발자국을 남기며 실내로 들어가 어지럽혀진 먼지 바닥 일대를 돌아다니기 시작했다. 그리고 실험대 아래의 그늘진 부분을 들여다보더니 얼굴을 찌푸렸다.

"정말 못 해 먹겠군!"

경감이 투덜거리며 말을 이었다.

"여기에도 알아볼 수 있는 발자국이 하나도 없어요. 자, 들어오십시오. 바닥은 주의하지 않아도 되겠어요."

지방 검사는 호기심으로 눈을 빛내며 실내로 들어섰다. 하지만 레인은 여전히 문 입구에 선 채 실내를 둘러보았다. 현재 그가 서 있는 곳이 이 실험실의 유일한 출입구였다. 실내의 구조는 옆방인 죽음의 방과 비슷했다. 옆방과 마찬가지로 이곳에도 창문 두 개가 복도와 마주 보는 벽에 뚫려 있어 뒤뜰을 바라볼 수 있었다. 다만 옆방과 달리 창문에는 7, 8센티 정도의 간격으로 굵은 쇠창살들이 박혀 있었다.

그 두 개의 창 사이에는 하얗게 칠한 단순한 철제 침대가 놓여 있었다. 서쪽 벽과 뒤뜰로 면한 벽의 모서리에는 경대가 있었다. 침대도 경대도 쓸 수 있는 것이긴 했으나 먼지투성이였다.

입구에서 오른쪽으로는 개폐식 뚜껑이 달린 낡은 책상이 놓여 있었고 그 한쪽에는 작은 철제 서류함이 놓여 있었다. 입구 왼쪽으로는 벽장이 있었다. 그리고 서쪽 벽에는 몇 단으로 된 약품 선반이 그 벽을 절반쯤 차지하는 있었는데, 병이며 항아리 따위가 즐비하게 놓여 있었다. 선반 아래는 수납장으로 되어 있었는데, 폭 전체를 차지하는 낮은 문은 닫혀 있었다. 선반과 마주 보는 방 중앙에는 커다란 직사각형의 실험대가 두 개 놓여 있었다. 실험대 위에는 증류기, 시험관대, 분젠 버너, 수도꼭지, 나선형의 전기 장치 등이 먼지를 뒤집어쓰고 있었는데, 그 분야에 문외한인 레인의 눈에도 그것들이 화학 실험 설비로서 아주 완벽해 보였다. 이 두 개의 실험대는 실험자가 같은 자리에서 단지 몸을 돌리기만 하면 어느 실험대에서든 작업을 할 수 있도록 적당한 간격을 두고서 나란히 놓여 있었다.

약품 선반의 반대편인 동쪽 벽에는 실험대와 직각으로 마주 보며 옆방인 죽음의 방에 있는 것과 똑같은 커다란 벽난로가 설치되어 있었다. 그리고 실험실의 가장 구석진 곳인 침대와 난로 사이의 동쪽 벽 가에는 약품으로 타버린 볼품없는 작업대가 놓여 있었다. 그 밖에도 의자 몇 개가 아무렇게나 흩어져 있었고 약품 선반 아래에 있는 수납장 앞에는 둥근 덮개가 씌워진 세 발 의자가 놓여 있었다.

레인은 실험실 안으로 들어서며 문을 닫았다. 입구에서 2미터 정도 지나서부터는 온통 발로 짓이긴 발자국투성이였다. 요크 해터의 시체가 발견된 직후 섬 경감이 이곳을 처음 조사한 이후로 누군가가 자주 드나든 것이 분명했다. 그리고 먼지의 상태와 완전한 발자국이 하나도 없는 것으로 보아, 침입자가 의도적으로 발자국을 짓이겨버린 것도 확실했다.

"한두 차례 드나든 게 아닌 모양인데……. 그림 대체 이디로 들어왔을까요?"

경감은 그렇게 말하며 창가로 가서 쇠창살을 쥐고 힘껏 당겨보았다. 하지만 콘크리트에 단단히 파묻힌 쇠창살은 꿈쩍도 하지 않았다. 경감은 혹시 쇠창살을 제거할 수 있는 어떤 장치가 되어 있지 않나 해서 열심히 조사해보았으나 소용없는 일이었다. 이어서 그는 창틀과 바깥 창턱도 조사해보았다. 바깥 창턱의 폭은 몸집이 작은 사람이라면 걸어 다닐 수 있을 정도였으나 한 군데도 발자국이 나 있지 않았고 먼지도 그대로 쌓여 있었다.

경감은 창가를 떠나 벽난로 쪽으로 향했다. 벽난로 앞에는 다른 곳과 마찬가지로 짓이겨진 발자국이 많이 흩어져 있었다. 이어서 그는 벽난로를 주목했다. 무척 깨끗한 상태였고 그다지 이상한 점은 눈에 띄지 않았다. 경감은 조금 망설이더니 커다란 몸을 구부려 난로 속으로 목을 들이밀었다.

금방 그는 만족스러운 탄성을 지르며 목을 빼냈다.

"왜 그래요? 뭐가 있소?"

브루노 검사가 물었다.

"여태 이걸 깨닫지 못했다니, 우린 정말 어리석었소!"

경감이 소리치듯 말을 이었다.

"위를 올려다보았더니 굴뚝으로 하늘이 보이지 뭡니까! 게다가 안쪽의 벽에는 큼직한 못들을 박아 오르내릴 수 있게 해놨어요. 아마 굴뚝 청소를 위해 그렇게 해놓은 걸 테죠. 틀림없습니다. 그러니까 범인은 이곳으로……."

거기까지 말하다가 경감의 얼굴이 갑자기 어두워졌다.

레인이 부드러운 어조로 입을 열었다.

"범인인 여자가 그런 식으로 실험실을 드나들었다는 말씀인가요, 경감님? 경감님은 너무 정직해서 마음속의 생각이 얼굴에 그대로 드러나는군요. 당신은 지금 우리 가상의 여성 독살범이 굴뚝으로 이곳을 드나들었다고 말씀하실 셈이었죠? 하지만 경감님, 그건 아무래도 좀 부자연스럽게 생각되는군요. 하긴, 남자 공범이 있어서 그자가 그런 식으로 드나들었다고는 볼 수 있겠지만요."

"요즘 여자들이야 옛날과 달라서 남자들 못지않게 무슨 일이나 곧잘 해내죠. 하지만 그런 식으로 생각해볼 수도 있겠군요. 그래요, 이건 어쩌면 두 명이 저지른 범행일지도 모르겠습니다."

경감은 브루노 검사를 바라보며 말을 이었다.

"이렇게 되면 콘래드 해터를 다시 등장시켜야 할 것 같지 않습니까? 루이자 캠피언이 만진 것은 여자의 얼굴이었다고 하더라도 해터 부인을 살해하고 그 발자국을 남긴 것은 콘래드 해터라고 볼 수 있잖습니까?"

"맞아요, 섬! 레인 씨가 공범자 얘기를 꺼내는 순간 나도 그렇게 생각했소. 그렇다면 아마 이것으로……."

브루노 검사가 말을 레인이 막았다.

"아, 잠깐만요, 여러분. 그렇게 멋대로 내 얘기를 받아들이시면 곤란합니다. 나는 다만 이론적인 가능성을 한 가지 지적했을 뿐입니다. 경감님, 이 굴뚝은 덩치 큰 남자가 드나들 수 있을 정도로 공간이 충분합니까?"

"설마 당신은 제가……. 아니, 그럴 것 없이 당신이 직접 들여다보십시오."

경감이 무뚝뚝하게 말했다.

"아닙니다. 경감님 말씀을 믿겠습니다."

"공간은 충분합니다! 나도 드나들 수 있을 정도니까요. 보시는 바와 같이 내 어깨도 결코 좁은 편은 아닌데 말입니다."

레인은 고개를 끄덕였다. 그리고 서쪽 벽을 향해 느긋하게 걸어가 약품 선반을 조사하기 시작했다. 선반은 다섯 단으로 되어 있었고, 각 단은 다시 세 칸으로 나뉘어 있어서 모두 열다섯 개의 칸을 이루고 있었다.

요크 해터의 깔끔한 성품을 나타내는 것은 그것만이 아니었다. 선반 위에 즐비한 병과 항아리들은 모두 형태와 크기가 일정했고, 그 하나하나에도 같은 크기의 라벨이 붙어 있었다. 라벨에는 불변성 잉크를 사용해 단정한 글씨체로 내용물의 이름을 써놓았는데, 그 가운데는 '극약'임을 알리는 빨간 종이딱지를 붙인 것이 많았다. 그리고 어떤 라벨에는 약품 이름 외에도 화학 기호와 번호까지 매겨져 있었다.

"깔끔한 사람이군요."

레인이 말했다.

"그렇군요. 하지만 그 점이 사건 해결에 도움을 줄 것 같지는 않군요."

브루노 검사가 대꾸했다.

"그렇겠지요."

레인은 어깨를 으쓱했다.

좀 더 자세히 선반을 살펴보니 모든 용기가 어김없이 번호순으로 배열되어 있음을 알 수 있었다. 1번 병은 맨 윗단의 왼쪽 칸 끝에 놓여 있었고, 그 옆을 따라 차례로 2번, 3번 항아리가 놓여 있었다. 선반은 가득 차 있어서 빈틈이 없었다. 즉 모든 약품이 이곳에 하나도 빠짐없이 놓여 있음이 분명했다. 선반 한 칸마다 스무 개씩 놓여 있으니 용기는 모두 3백 개였다.

"흐음! 여기 재미있는 것이 있군요."

레인이 말했다.

그는 맨 윗단의 첫 번째 칸 중간쯤에 있는 병을 가리켰다. 그 병에는 다음과 같은 라벨이 붙어 있었다.

*#9: $C_{21}H_{22}N_2O_2$ (스트리크닌) 극약*

그리고 극약임을 알리는 빨간 종이 딱지가 붙어 있었다. 내용물은 결정체의 흰 정제로, 반밖에 들어 있지 않았다. 그런데 레인의 관심을 끈 것은 약품 그 자체가 아니라 병 밑바닥의 먼지 상태였다. 먼지가 흐트러져 있었으므로 최근 누군가가 그 스트리크닌 병을 선반에서 꺼냈다는 걸 알 수 있었다.

"지난번의 그 달걀술에 들었던 독이 스트리크닌이었지요?"

레인이 물었다.

"그렇습니다. 이미 말씀드린 대로 두 달 전에 있었던 독살 미수 사건을 수사할 때 이 실험실을 모두 조사했는데, 그때도 이 병을 여기에서 발견했지요."

섬 경감이 대답했다.

"그때도 이 병은 지금과 같은 위치에 놓여 있었습니까?"

"그렇습니다."

"선반의 먼지도 지금처럼 흐트러져 있었습니까?"

경감은 몸을 내밀고 얼굴을 찌푸리며 그 먼지를 살펴보았다.

"예, 그렇습니다. 그땐 이렇게까지 쌓여 있진 않았지만 역시 이런 식이었습니다. 그때 나는 조심스레 병을 꺼내 살펴본 다음 같은 위치에 되돌려놓았죠."

레인은 다시 선반 쪽을 살펴보았다. 잠시 후 그의 눈길이 위에서 둘째 단으로 옮겨졌다. 69번 병이 놓인 선반 앞부분의 가장자리에 더러운 손끝이 닿은 것처럼 이상한 타원형의 얼룩이 있었다. 그 병에는 무색의 액체가 담겨 있었고 라벨에는 다음과 같이 쓰여 있었다.

*#69: $HNO_3$ (질산) 극약*

"이상하군요. 경감님, 이 질산 병 앞의 얼룩이 기억나십니까?"

레인이 물었다.

"예, 분명히 기억납니다. 두 달 전에도 있었어요."

"그럼, 이 병의 지문도 조사해보셨습니까?"

"지문은 없었습니다. 누구든 그 병을 만질 때는 장갑을 꼈을 겁니다. 그리고 아시다시피 범행에 질산이 사용된 흔적은 없습니다. 아마 요크가 무언가 실험을 할 때 고무장갑을 끼고 만졌을 테죠."

"하지만 그것만으로는…… 이 얼룩에 대한 설명으로 부족합니다."

레인이 냉정하게 말했다. 그러고는 선반을 따라서 시선을 옮겼다.

"염화 제이수은은 어떻습니까? 실링 검시관의 보고로는 배에 그게 들어 있다고 했는데…….”

브루노 검사가 말을 꺼냈다.

“모든 게 잘 갖추어진 실험실이니 그것 역시 없을 리가 없겠죠.”

레인이 말을 이었다.

“여기에 있군요, 브루노 씨.”

레인은 셋째 단 선반의 오른쪽 칸에 있는 병 하나를 가리켰다. 그것은 그 칸 안에 있는 여덟 번째 용기였는데, 라벨에는 다음과 같이 표시되어 있었다.

*#168: $HgCl_2$ (염화 제이수은) 극약*

병 속의 액체는 조금 사용된 듯했고, 병 바닥께의 먼지도 흐트러져 있었다. 섬 경감은 병의 목을 집어 꺼내 들고서 유심히 살펴보았다.

“지문은 없습니다. 역시 장갑을 끼고 만졌겠죠.”

그는 병을 흔들어보고는 얼굴을 찌푸리며 다시 제자리에 놓았다.

“어쨌든 이것으로 배에 넣은 독약의 출처가 밝혀진 셈입니다. 그런데 이곳이야말로 독살범에게는 둘도 없는 장소랄 수 있어요. 독약이라면 얼마든지 있으니까요.”

“흐음! 그런데 요크 해터가 자살할 때 사용했다는 독은 뭐죠?”

브루노가 물었다.

“청산이죠. 그것도 물론 여기 있어요.”

요크 해터가 바다로 뛰어들기 직전에 마셨다는 독약은 선반 제일 윗단의 오른쪽 칸에 놓인 57번 병에 담겨 있었다. 앞에 조사한 다른 약품들과 마찬가지로 극약 표시가 되어 있는 그 무색의 액체는 상당히 줄어 있었다. 하지만 병 주위의 먼지는 흐트러져 있지 않았다.

섬 경감은 병 표면에 남아 있는 지문 몇 개를 가리켰다.

“이것은 요크 해터의 지문입니다. 지난번의 루이자 양 독살 미수 사건을 조사할 때 확인했습니다."

"그런데, 경감님. 어떻게 해서 요크 해터의 지문 견본을 입수할 수 있었습니까? 당시라면 그는 이미 매장되었을 텐데요. 설마 그의 시체가 안치소에 있을 때 지문을 뜨진 않았겠죠?"

레인이 조용히 물었다.

"과연 당신은 철저하시군요."

섬 경감이 싱긋 웃으며 말을 이었다.

"그렇습니다. 그의 시체에서 직접 지문을 뜰 수는 없었죠. 그땐 이미 손가락의 살이 완전히 문드러져 있어서 지문이고 손금이고 엉망이었으니까요. 그런데 이곳의 가구에서 지문을 찾은 겁니다. 여러 차례 발견되기에 그것을 청산 병의 지문과 대조해보았던 거죠."

"흐음, 그랬었군요. 그렇다면 이거 내가 괜히 어리석은 질문을 한 셈이로군요, 경감님."

레인이 중얼거리듯 말을 했다.

브루노 검사가 뒤이어 입을 열었다.

"요크 해터가 이 57번 병에 든 청산, 실링 검시관 식으로 말하자면 시안화수소산을 작은 병에 옮겨 담아 간 것이 틀림없습니다. 그리고 그걸 마시고 바다에 뛰어든 거죠. 어쨌든 그 후로 이 병에는 아무도 손을 대지 않았습니다."

레인은 약품 선반 쪽이 아무래도 마음에 걸리는지 몇 번이고 다시 살펴보았다. 그는 뒤로 물러나 오랫동안 열다섯 개 칸 전체를 바라보았는데, 그러는 동안에도 69번인 질산 병이 놓여 있는 선반 가장자리의 얼룩에 시선이 두 번이나 멎었다. 그는 다가가서 모든 칸의 가장자리를 따라 죽 훑어보더니 이내 표정이 환해졌다. 먼저 것과 같은 타원형의 얼룩이 또 하나, 황산이라고 적힌 90번 병을 올려놓은 둘째 단의 가운데 칸 가장자리에 나 있었다.

"얼룩이 둘이로군요."

레인은 생각에 잠기며 말했다. 하지만 그 회녹색 두 눈에는 이제껏 볼 수 없었던 광채가 빛나고 있었다.

"경감님, 이 얼룩도 이곳을 처음 조사할 때부터 있었습니까?"

"이것 말입니까?"

경감이 들여다보며 말을 이었다.

"아뇨, 없었습니다. 그런데 대체 이게 어떻다는 말씀입니까?"

"별것 아닙니다, 경감님."

레인은 대수롭지 않다는 듯이 말을 이었다.

"단지 두 달 전에는 없었던 것이 지금 여기 있다는 점 자체가 흥미로울 뿐입니다."

레인은 조심스레 그 병을 집어 들었다. 그 병이 놓여 있던 부분이 먼지 속에 뚜렷하게 둥근 윤곽을 그리고 있었다. 이내 시선을 돌린 그의 얼굴에는 아까와는 달리 어두운 의혹의 그늘이 드리워져 있었다. 잠시 동안 망설이며 서 있더니, 이내 어깨를 으쓱하고 나서 레인은 발걸음을 옮겼다.

한동안 레인은 어두운 표정으로 방 안을 서성댔다. 걸음을 옮길 때마다 그의 표정은 더욱 어두워지는 듯했다. 그러나 결국 자석에 끌린 듯이 그는 약품 선반 앞으로 되돌아갔다. 그는 선반 아래의 수납장으로 시선을 돌렸다. 그러고는 낮고 폭이 넓은 문 두 개를 열고서 안을 들여다보았다……. 마분지 상자, 양철 깡통, 약품 봉지, 시험관, 시험관 받침, 소형 전기 냉각기, 갖가지 전기 기구의 부품들, 그 밖에 잡다한 화학 용구들이 가득 들어 있었지만, 흥미를 끄는 것은 아무것도 없었다. 그는 안타까운 듯이 한숨을 쉬며 문을 닫았다.

마지막으로 레인은 개폐식 뚜껑이 달린 책상으로 다가갔다. 뚜껑은 닫혀 있었으나, 밀었더니 밀려 올라갔다.

"경감님, 이 안도 조사해보셨겠죠?"

레인은 물었다.

"물론이죠. 요크 해터의 시체가 샌디 곶에서 발견되었을 때 열어서 자세히 조사했습니다. 아마 이 사건에 도움이 될 만한 것은 아무것도 없을 겁니다. 모두 해터 개인의 화학 관련 책과 서류들뿐입니다."

레인은 뚜껑을 위까지 밀어 올리고 살펴보았다. 책상 안은 몹시 뒤죽박죽이었다.

"지난번에 보았던 그대로군요."

경감이 말했다.

레인은 어깨를 으쓱하고 책상 뚜껑을 내려 닫은 뒤, 그 옆에 있는 철제 서류함으로 다가갔다.

"그것도 그때 조사했습니다."

경감이 참을성 있게 말했다. 그러나 레인은 잠겨 있지 않은 철제 서랍을 열고 안을 뒤적였다. 그러다가 그는 두툼한 실험 데이터를 끼워둔 서류철 뒤에 단정히 놓인 작은 카드식 목록을 찾아냈다.

"아 참, 그 주사기 건이 있었죠."

브루노 검사가 중얼거리듯 말했다.

레인은 고개를 끄덕였다.

"브루노 씨, 이 목록에는 피하 주사기가 열두 개 있는 것으로 기재되어 있습니다. 그런데 대체……. 아, 여기 있군요."

그는 목록을 내려놓고 서랍 안쪽에 들어 있던 커다란 가죽 상자를 움켜잡았다. 브루노 검사와 섬 경감이 레인의 어깨 너머로 들여다보았다. 그 상자의 뚜껑에는 금박으로 'YH'라는 머리글자가 적혀 있었다.

레인이 상자를 열자 안에는 보랏빛 벨벳 바닥의 홈들 속에 다양한 크기의 피하 주사기 열한 개가 제각기 담겨 있었다. 그런데 하나의 홈만이 비어 있었다.

"제길, 그 주사기를 실링 선생이 가져가버렸으니……."

"하지만 경감님. 다시 가져오게 할 필요는 없습니다. 노부인의 침대에서 발견된 주사기에는 6이라는 번호가 붙어 있던 것을 기억하시죠? 이것 역시 요크 해터의 깔끔한 성격을 나타내는 한 가지 예가 될 수 있겠죠."

레인이 말하며 손끝으로 비어 있는 홈을 만졌다. 어느 홈에나 검고 작은 린넨 천 조각이 붙어 있었는데, 그것들에는 저마다 흰색으로 번호가 매겨져 있었다. 주사기는 번호 순으로 담겨져 있었고, 비어 있는 홈에는 6이라는 번호가 매겨져 있었다.

"홈 크기 또한 그 주사기의 크기와 비슷하지 않습니까? 그러니까 이 상자가 염화 제이수은을 넣었던 주사기의 출처입니다. 그리고……."

레인은 허리를 굽혀 작은 가죽 상자를 또 하나 집어 들며 말을 이었다.

"이 상자에는 아마도 주삿바늘이 들어 있을 겁니다……. 그렇군요. 그런데 역시 바늘이 하나 부족해요. 목록에는 열여덟 개로 기재되어 있는데 여기에는 열일곱 개밖에 없으니까요."

레인은 한숨을 쉬며 상자 두 개를 서랍에 도로 집어넣은 뒤, 이번에는 서류철들을 뒤지기 시작했다. 각각의 서류철에는 비망록, 실험 기록, 예정표 등이 담겨 있었는데, 그 가운데 하나만이 알맹이가 비어 있었다.

레인은 서류함의 서랍을 닫았다. 그때 뒤쪽에서 섬 경감이 소리를 질렀고, 이어서 브루노 검사가 움직이는 것을 느끼고 레인도 얼른 뒤돌아보았다. 경감은 먼지 속에 무릎을 꿇고 있었는데, 커다란 실험대에 가려 잘 보이지 않았다.

"뭐죠? 뭔가 찾아냈소?"

레인과 함께 실험대를 돌아서 다가가며 브루노 검사가 외치듯 물었다.

"아, 아닙니다."

경감이 일어나며 말을 이었다.

"처음에는 이상하다 싶었는데, 알고 보니 별것 아니었어요. 여길 보세요."

두 사람은 경감이 가리키는 것을 보았다. 두 실험대 사이에서 약품 선반보다는 벽난로에 가까운 쪽 바닥의 먼지 속에 작고 둥근 자국이 세 군데 나 있었다. 그 자국들은 전체적으로 정삼각형을 이루고 있었다. 레인이 자세히 살펴보니 그 둥근 자국 위에도 먼지가 쌓여 있긴 했으나 그 주위의 두꺼운 먼지에 비해 아주 얇았다.

"별것 아닙니다. 처음엔 뭔가 중요한 것인 줄 알았는데 알고 보니 저 세 발 의자 자국이지 뭡니까."

"아, 그렇군요! 그러고 보니 나도 저 의자가 있다는 걸 깜박 잊고 있었어요."

레인이 말했다.

경감은 약품 선반 앞에 놓인 작은 세 발 의자를 가져와 먼지 속의 둥근 자국에 세 발을 맞춰보았다.

"보십시오. 간단하죠. 원래 여기 있었던 의자를 저쪽으로 옮겼던 것뿐입니다."

"아무것도 아니었군."

브루노가 낙심한 듯이 말했다.

하지만 레인은 왠지 은근히 만족해하는 듯했다. 그는 약품 선반 앞에 있을 때 이미 조사한 것을 다시 한 번 확인하는 듯한 느긋한 눈길로 그 의자의 덮개를 바라보았다. 의자에도 먼지가 쌓여 있었는데, 덮개 표면에는 긁힌 자국이며 얼룩이 묻어 있었고 군데군데 먼지가 벗겨져 있었다.

레인이 입을 열어 물었다.

"저어, 경감님. 두 달 전에 이 실험실을 조사했을 때도 이 의자가 지금과 같은 위치에 놓여 있었습니까? 다시 말해, 처음 조사한 이후로 이 의자가 옮겨진 것 같습니까?"

"글쎄요, 그것까진 기억이 나지 않는군요."

"알겠습니다. 그럼 이제 이곳에서의 조사는 마쳐도 될 듯하군요."

레인은 부드럽게 말하며 몸을 돌렸다.

"레인 씨께선 뭔가 흡족하신 모양이군요."

브루노 검사는 불만스러운 표정으로 말을 이었다.

"하지만 나로선 뭐가 뭔지 전혀 모르겠습니다."

레인은 대꾸하지 않았다. 그는 이제 햄릿 저택으로 돌아가봐야겠다고 중얼거리며 브루노 검사와 섬 경감에게 건성으로 작별의 악수를 청하고는 실험실을 나섰다. 이어서 그는 피로한 얼굴을 하고 약간 어깨를 늘어뜨린 채 계단을 내려가 현관에서 모자와 지팡이를 받아 들고 저택 밖으로 나갔다.

"아마도 나와 마찬가지로 딱히 알아낸 게 없는 모양이군."

섬 경감은 그렇게 중얼거리고는 형사 한 명을 지붕으로 올려 보내 굴뚝을 지키게 한 뒤 실험실 문을 잠갔다. 이어서 그는 브루노 검사에게 작별을 고한 다음 곧장 계단을 내려갔다.

1층 복도에서는 핑커슨 형사가 따분한 표정으로 맥 빠진 엄지손가락만 쉴 새 없이 까닥거리고 있었다.

## 제6장

*해터가*

*6월 6일 월요일 새벽 2시*

드루리 레인과 브루노 검사가 떠난 뒤, 섬 경감은 초조하던 기분이 많이 풀려 인간적이라고 해도 좋을 정도로 고요함에 젖어 있었다. 밀려드는 패배감에다 레인의 지친 얼굴과 브루노의 낙심한 얼굴이 어른거려 도저히 명랑한 기분이 될 수는 없었다. 하긴 섬이라는 사내는 아무리 기쁠 때라도 좀처럼 즐거운 기분이 들지는 않았다. 그는 몇 번이나 한숨을 쉬었고, 서재의 담배 상자에서 발견한 시가를 꺼내 피워 물고 커다란 안락의자에 푹 파묻혀 이따금 부하들이 전해주는 쓸모없는 보고를 듣거나, 해터 집안사람들이 생기 없이 집 안을 돌아다니는 것을 바라보았다. 말하자면 경감의 그와 같은 상태는, 늘 바빴던 사람이 갑자기 할 일이 없어져 빈둥거리는 것과 같다고 할 수 있었다.

집 안은 모처럼 조용했는데, 가끔 2층 아이들 방에서 들리는 말썽꾸러기들의 고함이 한층 그 적막을 깊게 했다. 한번은 뒤뜰에서 불안해하며 서성대던 존 고믈리가 경감을 만나러 왔다. 그 키 큰 금발의 청년은 흥분한 목소리로 다음과 같이 하소연했다.

"콘래드 해터와 할 얘기가 있는데 2층에 있는 경관이 들여보내 주질 않아요. 경감님이 어떻게 좀 해주십시오."

섬 경감은 조용히 한쪽 눈을 가늘게 뜨고 시가 끝을 바라보며 차갑게 말했다.

"그렇게는 못 하겠소. 우린 얼마 동안 그를 방에다 감금해두어야 하니까."

고믈리는 얼굴을 붉히며 뭐라고 항의를 하려고 했는데, 그때 마침 질 해터와 비글로 변호사가 서재로 들어섰기 때문에 어쩔 수 없이 입을 다물었다. 질과 비글로는 아주 다정하게 얘기를 나누며 들어섰는데, 그때의 두 사람은 더할 나위 없이 사이좋고 행복한 한 쌍의 연인처럼 보였다. 그 모습을 본 고믈리의 두 눈이 불같이 타올랐다. 이어서 그는 경감에게는 아무런 말도 없이 서재에서 뛰어나갔는데, 나가는 길에 커다란 손으로 비글로의 어깨를 탁 치는 것으로 작별 인사를 대신했다. 비글로는 질과 다정한 대화를 나누다가 갑자기 멈추며 "윽!" 하고 신음을 냈다.

질이 놀라며 소리쳤다.

"어머! 왜 저러죠? 정말 난폭한 사람이로군요!"

섬 경감 역시 고믈리의 무례한 행동이 못마땅하기는 마찬가지였다.

그로부터 오 분쯤 후, 좀 전과는 달리 열기가 식어버린 듯한 비글로는 갑자기 토라진 얼굴을 한 질에게 작별을 고했다. 이어서 그는 섬 경감에게 화요일 장례식을 마친 뒤에 상속인 전원이 모인 자리에서 해터 부인의 유언장을 발표할 것임을 다시 밝히고 급히 돌아갔다.

질은 콧방귀를 뀌며 옷매무새를 고쳤다. 그리고 경감과 시선이 마주치자 도발적인 미소를 지어 보이고는 휑하니 서재를 나가 위층으로 올라갔다.

시간은 나른하게 흘러갔다. 가정부인 아버클 부인은 근무 중인 형사 한 사람과 입씨름을 벌이며 따분함을 달래고 있었다. 얼마 후 재키가 함성을 지르며 서재로 뛰어 들어왔다가 경감을 보자 후딱 멈춰 서며 조금 주춤하는 듯하더니 다시 큰 소리를 지르며 뛰어나갔다.

한번은 아름다운 유령 같은 모습을 한 바버라 해터가 키 크고 고지식한 가정교사 에드거 페리와 함께 지나갔다. 두 사람은 뭔가 열심히 얘기를 나누고 있었다.

섬 경감이 따분함에 지쳐 몇 번이고 한숨을 쉬고 있을 때 전화벨이 울렸다. 수화기를 들자 브루노 검사의 목소리가 들려왔다.

"새로운 소식은 없소?"

"그래요, 브루노."

경감은 수화기를 놓고, 들고 있던 시가를 다시 물었다. 잠시 후에 그는 모자를 쓰고 자리에서 일어나 성큼성큼 서재에서 나가 현관문까지 갔다.

"가시는 겁니까, 경감님?"

한 형사가 물었다. 섬은 생각에 잠기더니 고개를 젓고는 다시 서재로 돌아가 기다리기로 했다. 하지만 무엇을 기다려야 하는지 그로서도 알 수가 없었다. 서재로 돌아온 그는 술병이 있는 선반으로 다가가 납작한 갈색 병을 꺼냈다. 코르크 마개를 뽑고 한 모금 마시자 비로소 기분이 좀 나아졌다. 그는 한참 동안 벌컥벌컥 들이켰다. 그런 뒤 그는 술병을 옆에 있는 탁자에 내려놓고 선반 문을 닫은 뒤 한숨을 쉬며 자리에 앉았다.

오후 5시에 다시 전화벨이 울렸다. 이번에는 검시관인 실링 박사였다. 풀어져 있던 경감의 두 눈이 갑자기 빛났다.

"어떻게 됐습니까, 실링 선생?"

"이제 막 작업을 끝냈소."

실링 검시관은 피로한 기색이 담긴 쉰 목소리로 말했다.

"사인은 역시 예상했던 대로였소. 만돌린으로 머리를 후려친 정도로는 죽지 않아요. 기절은 하게 만들 수 있었겠지만. 심장이 충격을 받아서 뻗은 거요! 그리고 공격당하기 전에 몹시 흥분했던 모양이오. 그 점 또한 심장에 심한 자극을 줬던 것 같소. 그럼 이만 실례하겠소."

경감은 수화기를 딸가닥 내려놓으며 불만족스러운 표정을 지었다.

7시에 옆방인 식당에서 따분한 저녁 식사가 시작되었다. 경감은 여전히 불만스러운 표정으로 생각에 잠긴 채 해터 집안의 사람들과 함께 식사를 했다.

콘래드의 얼굴은 벌게져 있었다. 오후 내내 술을 마셔댔던 것이다. 그는 접시에 코를 박다시피하고 우물우물 입을 놀리다가 얼른 식사를 끝내고 일어서서 자신의 임시 감방으로 돌아갔다. 한 경관이 놓치지 않고 그 뒤를 따랐다.

마사는 조용했지만 그 피로한 눈 속에 고뇌의 빛이 어려 있었다. 남편을 바라볼 때는 두려워하는 표정이 역력했고, 두 아들을 바라볼 때에는 애정과 의지가 담긴 표정을 지었다. 그 말썽꾸러기들은 여전히 얌전히 있지 못하고 떠들어댔기에 이 분에 한 번 꼴로 잔소리를 들어야만 했다.

바바라는 작은 목소리로 에드거 페리와 계속 대화를 나눴다. 이때의 페리는 전혀 딴 사람 같았다. 눈을 반짝이며 자기 생애의 정열을 모두 쏟아붓는 것처럼 현대 시에 관해 여류 시인과 토론을 했다. 질은 입맛이 없는지 음식을 집적거리며 못마땅한 얼굴을 하고 있었다. 아버클 부인은 퉁명스러운 여교도관 같은 얼굴로 식사 시중을 들었다. 하녀인 버지니아는 접시를 나르며 얌전치 못한 걸음걸이로 식탁 옆을 오갔다.

경감은 그들 모두를 편견 없는 의혹의 눈으로 지켜보며 묵묵히 생각에 잠겨 있다가 맨 나중에 식탁에서 일어났다.

저녁 식사 후, 의족 소리를 내며 트리벳 선장이 찾아왔다. 그는 경감에게 정중히 인사를 하고는 2층의 스미스 양 방으로 갔다. 그곳에서는 간호사가 루이자 캠피언의 쓸쓸한 식사 시중을 들고 있었다. 트리벳 선장은 삼십 분쯤 그곳에서 시간을 보낸 뒤, 아래층으로 내려와 조용히 떠났다.

저녁이 지나고 밤이 왔다. 콘래드 해터가 비틀거리며 서재로 들어와 섬 경감을 쳐다보고 나서 자기 혼자 술잔치를 벌였다. 마사 해터는 두 아들을 아이들 방 침대에 눕힌 뒤 자기 침실로 돌아가 틀어박혀버렸다. 질도 외출을 금지당한 탓에 자기 방에서 시간을 보내야 했다. 바바라 해터는 2층에서 원고를 쓰고 있었다. 이윽고 페리가 서재로 와서 자신에게 다른 용건이 없다면 피로하니 자고 싶다고 했다. 경감은 무뚝뚝한 표정으로 알았다는 듯이 손짓을 했고 가정교사는 다락방 자신의 침실로 돌아갔다.

점차 작은 소음마저 들리지 않게 되었다. 경감은 절망에 빠지고 지친 나머지 깊은 잠에 빠져들었다. 그 때문에 그는 콘래드가 비틀거리며 서재에서 빠져나가 층계를 올라가는 것도 몰랐다. 11시 30분에 부하 한 명이 와서 지친 듯이 의자에 털썩 걸터앉았다.

"무슨 일이지?"

경감은 입을 커다랗게 벌리며 하품을 했다.

"그 열쇠 얘깁니다만, 소용이 없었습니다. 말씀하신 대로 여벌 열쇠를 만들 만한 가게를 여럿 찾아다녔지만, 어느 열쇠 가게나 철물상에서도 도무지 단서를 잡을 수가 없었습니다. 시내를 샅샅이 뒤졌습니다만……."

"그런가?"

경감은 눈을 껌벅거린 뒤 말을 이었다.

"뭐, 그건 이제 됐어. 범인인 여자가 어떤 식으로 들어갔는지를 알았으니까. 좋아, 프랭크, 돌아가서 눈 좀 붙이게."

형사는 나갔다. 자정이 되자 경감은 커다란 몸을 안락의자에서 일으키고는 2층으로 올라갔다. 핑커슨 형사는 아직도 엄지손가락을 까닥이고 있었다. 마치 하루 종일 그러고 있는 듯이 보였다.

"핑크, 별일 없나?"

"그렇습니다."

"좋아, 이젠 돌아가도 돼. 모셔가 교대하러 올 테니까."

핑커슨 형사는 기다렸다는 듯이 지체 없이 명령에 따랐다. 그 바람에 층계를 내려가다가 아래에서 올라오는 모셔와 하마터면 충돌할 뻔했다. 모셔는 경감에게 경례하고 핑커슨 대신 2층 감시에 나섰다.

경감은 뚜벅뚜벅 발소리를 내며 위층으로 올라갔다. 3층도 조용했고 어느 방이나 문은 닫혀 있었다. 아버클 부부의 방에는 불빛이 보였으나 경감이 그 앞에 서니까 갑자기 꺼져버렸다. 이어서 경감은 지붕으로 올라가는 뚜껑문을 열고 지붕 위로 나섰다. 어두운 지붕 중간쯤에서 빛나던 작은 불빛이 갑자기 꺼졌다. 경감은 조심스레 다가오는 발소리를 듣고 심드렁하게 말했다.

"조니, 괜찮아, 나니까. 별일 없나?"

한 사내가 경감 앞에 나타났다.

"아무 일도 없습니다. 정말이지 따분해 죽겠습니다, 경감님. 하루 종일 사람 그림자도 구경할 수 없으니까요."

"잠시만 더 참아주게. 크라우스와 교대하게 해줄 테니까. 아침엔 다시 이곳을 맡아줘야 해."

경감은 뚜껑문을 열고 다시 아래로 내려왔다. 교대할 형사를 지붕으로 보낸 뒤, 그는 무거운 발걸음으로 서재로 되돌아가 신음을 내며 안락의자에 걸터앉았다. 그는 아쉬운 듯이 빈 갈색 술병을 바라보다가 탁자 위의 등불을 끄고 모자로 얼굴을 덮고는 잠이 들어버렸다.

처음으로 이상한 낌새를 느낀 것이 언제였는지 경감은 도무지 알 수가 없었다. 다만 잠자리가 불편해 몸을 움직여 저린 다리를 뻗으며 안락의자의 푹신한 쿠션 속으로 파고들려던 기억만이 났다. 하지만 그것이 언제쯤이었는지는 알 수 없었다. 아마도 새벽 1시경이었을지 모른다.

그런데 이 점만은 명백했다. 2시 정각, 자명종 시계 소리에 놀라기라도 한 듯이 그는 갑자기 눈을 떴다. 그는 얼굴을 덮었던 모자를 바닥에 떨어뜨리고 몸을 긴장시키며 자세를 고쳐 앉았다. 하지만 무엇이 그를 깨웠는지 알 수 없었다. 무슨 소리가 났는지, 무엇이 떨어졌는지, 누가 소리를 질렀는지……. 그는 바위처럼 몸을 웅크리고 앉은 채 귀를 기울였다. 그러자 어딘가 멀리서 흥분한 사나이가 쉰 목소리로 외치는 소리가 들려왔다.

"불이야!"

경감은 쿠션 속에 바늘이라도 들어 있었던 것처럼 벌떡 의자에서 일어나 복도로 달려 나갔다. 복도에는 작은 미등이 켜져 있었다. 그 흐릿한 빛 속에서 층계 위로부터 소용돌이치듯 흘러나오는 연기가 보였다. 모셔 형사가 층계 꼭대기에서 몸을 구부린 채 고함을 지르고 있었다. 집 안이 온통 연기 냄새로 가득 찼다.

경감은 의문 따위를 가질 여유가 없었다. 그는 융단을 깐 층계를 뛰어 올라가 재빨리 2층 복도로 나섰다. 요크 해터의 실험실 문 틈새로 노란 연기가 자욱하게 새어 나왔다.

"모셔, 화재경보기를 울려!"

그렇게 소리친 뒤 경감은 정신없이 열쇠를 찾았다. 그는 욕설을 퍼부으며 열쇠를 찔러 넣고 문을 열었지만 곧바로 다시 문을 닫아버릴 수밖에 없었다. 지독한 악취를 내뿜는 짙은 연기와 타오르는 불꽃이 기세 좋게 그를 향해 덤벼들었기 때문이다. 경감은 얼굴을 심하게 실룩거리고 궁지에 몰린 야수처럼 좌우를 둘러보면서 어찌할 바를 모르고 서 있었다. 여기저기서 방문이 열리며 얼굴들이 나타났다. 어느 얼굴이나 한결같이 겁에 질려 있었다. 기침하는 소리와 함께 겁먹은 목소리로 질문해대는 소리가 한꺼번에 들려왔다.

"소화기! 도대체 소화기는 어디에 있소?"

경감이 소리쳤다.

바버라 해터가 복도로 뛰어나왔다.

"어쩌죠! 집에는 없어요, 경감님……. 마사, 어서 아이들을!"

복도는 순식간에 연기의 지옥으로 변했다.

불꽃이 실험실 문틈으로 혀를 내밀기 시작했다. 비단 잠옷을 입은 마사 해터가 비명을 지르며 아이들 방으로 뛰어 들어가 재빨리 두 아들을 데리고 나왔다. 빌리는 겁에 질려 울어댔고, 재키도 역시 무서운지 엄마인 마사의 팔에 매달려 있었다. 세 사람의 모습은 이내 아래층으로 사라졌다.

"모두 나가요! 밖으로 나가요!"

섬이 큰 소리로 외쳤다.

"아무것도 들고 나갈 생각 마요! 저 약품들이…… 폭발……."

경감의 말 뒷부분은 사람들의 비명에 파묻혀버렸다. 질 해터가 겁에 질린 얼굴로 뛰쳐나갔다. 그러자 콘래드 해터가 그녀를 밀어제치고 층계를 뛰어 내려갔다. 파자마 바람으로 3층에서 뛰어나온 에드거 페리는 연기에 숨이 막혀 바닥에 쓰러진 바버라를 안아 일으켜 어깨를 부축해 아래로 데리고 내려갔다.

모두들 한결같이 헐떡거리며 기침을 했고 눈물을 줄줄 흘렸다. 경감이 지붕 위에 배치했던 형사가 아버클 부부와 버지니아를 몰아세우며 뛰어 내려왔다. 경감은 기침을 해대면서도 고래고래 소리를 지르며 양동이의 물을 실험실 문에다 끼얹었다. 마치 꿈속처럼 아련하게 사이렌 소리가 들려왔다…….

정말 위태로운 순간이었다. 브레이크 소리를 요란하게 내며 소방차가 도착했다. 소방관들은 호스를 이어 저택 옆의 골목을 따라 뒤뜰로 끌고 갔다. 불꽃은 쇠창살을 끼운 창으로 혀를 널름대고 있었다. 사다리가 위로 올려지고, 아직 녹지 않은 유리창이 손도끼에 의해 산산조각이 났다. 이어서 쇠창살 사이로 몇 가닥의 굵은 물줄기가 불타는 실험실 안으로 쏟아졌다.

경감은 헝클어진 머리칼 사이로 충혈된 두 눈을 부릅뜨고는 집 밖의 보도에 서서 소방관들이 바삐 호스를 2층으로 끌어 올리는 것을 보았다. 그러다 갑자기 생각이 난 듯 자기 옆에서 잠옷 바람으로 떨고 있는 집안사람들의 머릿수를 세어보았다. 모두 다 있었다. 아니, 빠진 사람들이 있었다!

경감의 얼굴은 순식간에 고뇌와 공포로 일그러져 괴물처럼 보였다. 그는 층계를 뛰어올라 집 안으로 뛰어들었다. 젖은 호스 위로 몸을 구르듯이 달려 2층으로 올라가서는 곧장 스미스 양의 방으로 갔다. 그 바로 뒤를 모셔 형사가 따랐다. 경감은 문을 걷어차고 간호사의 방으로 뛰어들었다. 스미스 양은, 완만하게 물결치는 희고 작은 언덕 같은 나이트가운을 입은 채 바닥에 정신을 잃고 쓰러져 있었다. 그리고 루이자 캠피언은 궁지에 몰린 짐승처럼 몸을 떨며 간호사에게 달라붙은 채 코를 틀어막고 있었다.

경감과 모셔는 간신히 두 여자를 집 밖으로 끌어냈다.

정말 아슬아슬하게 위기를 넘겼다. 왜냐하면 그들이 현관의 돌층계를 구르듯 내려오는 순간, 둔탁한 굉음과 함께 포탄이 작렬하는 듯한 섬광이 등 뒤의 실험실 창에서 번득였기 때문이다. 천둥 같은 폭발음이 들린 직후, 주위는 찬물을 끼얹은 듯이 조용해졌다. 이어서 휘몰아치는 바람 속에서 소방관들의 목쉰 비명이 들렸다.

예상했던 일이 일어난 것이었다. 실험실의 약품 중 무언가가 불길에 닿아 폭발한 것이다. 보도에 몰려서서 서로를 부둥켜안다시피 하고 떨고 있던 사람들은 넋을 잃고 집을 쳐다보았다. 구급차가 요란한 소리를 내며 달려왔다. 들것이 집 안으로 들어갔고 곧이어 부상당한 소방관 한 명이 들것에 실려 나왔다.

두 시간 뒤에 불길은 잡혔다. 마지막 소방차 한 대가 윙윙거리며 떠났을 때에는 새벽빛이 하늘에 비쳐들고 있었다. 이웃인 트리벳 선장의 집으로 피해 있던 해터 가족과 그 고용인들은 지친 모습으로 검게 타버린 저택으로 돌아왔다. 파자마에 가운을 걸친 트리벳 선장은 공허한 의족 소리를 내며, 의식을 회복한 스미스 양이 루이자 캠피언의 시중을 드는 것을 도왔다. 루이자는 그녀 특유의 어쩔 줄 모르는 가엾은 표정으로 완전히 겁에 질려 묘한 히스테리 상태에 빠져 있었다. 전화를 받고 불려온 메리엄 박사가 서둘러 진정제를 주사했다.

2층의 실험실은 엉망이 되어 있었다. 문은 돌풍에 날아가버리고 창문의 쇠창살도 늘어져 있었다. 약품 선반의 용기들은 모조리 부서진 채 흠뻑 젖은 바닥에 흩어져 있었다. 침대도, 경대도, 책상도 모조리 불탔고, 증류기, 시험관, 전기 장치 등 대부분이 녹아버렸다. 그런데 이상하게도 바닥 부분에는 그다지 피해가 없었다.

경감은 충혈된 두 눈에 회색 철가면을 쓴 것 같은 얼굴을 하고서 집안사람 모두를 아래층 서재와 거실로 모이게 했다. 곳곳에서 형사들이 지키고 서 있었다. 이제야말로 농담도, 아량도, 반항도 자취를 감추었다. 거의 대부분이 입을 다물고 있었다. 여자들이 남자들보다 오히려 더 조용할 정도였다. 모두 말없이 서로를 쳐다보고 있을 뿐이었다.

경감은 전화기로 다가갔다. 그는 경찰 본부를 불러내 브루노 검사와 통화한 뒤, 버비지 경찰청장과 통화했다. 그런 다음 그는 햄릿 저택으로 장거리 전화를 했다.

쉽사리 연결이 되지 않았지만 경감으로서는 놀랄 만한 참을성을 발휘하며 기다렸다. 가까스로 햄릿 저택의 일원인 꼽추 노인 퀘이시의 격앙된 목소리가 들리자, 경감은 간밤에 일어난 일을 대충 설명했다. 레인은 들을 수가 없었기에 직접 전화로 통화할 수는 없었지만, 퀘이시 옆에 서서 경감의 얘기를 조금씩 되풀이하는 그의 입술을 보고 대화의 내용을 읽어내고 있었다.

"레인 선생님께서는 불이 난 원인을 아시느냐고 물으십니다."

경감이 보고를 마치자 꼽추 노인이 다시 그 특유의 격앙된 목소리로 말했다.

"아뇨, 모릅니다. 이렇게 전해주세요. 지붕 위의 굴뚝도 줄곧 눈을 떼지 않고 감시했고, 창문들은 모두 안에서 잠가놓은 데다 손을 댄 흔적도 없어요. 그리고 실험실 문도 부하인 모셔가 줄곧 지켰다고 말입니다."

퀘이시는 격앙된 목소리로 그 보고를 되풀이했다. 곧이어 레인의 굵고 낮은 목소리가 어렴풋이 들렸다.

"경감님, 레인 선생님께서는 그 말씀이 확실한지 물으시는군요?"

"아, 물론입니다! 그래서 더욱 난처하단 말씀입니다. 도대체 범인이 어디로 기어 들어와 불을 질렀는지 알 수가 없으니까요!"

퀘이시가 그 얘기를 레인에게 반복한 다음 침묵이 이어졌다. 경감은 귀를 기울이고 기다렸다. 이윽고 퀘이시가 말했다.

"불길이 잡힌 뒤에 누군가 실험실로 들어가려고 한 사람이 있었는지 레인 씨께서 물으십니다."

"아뇨, 없었습니다. 내가 직접 지켜보았으니 틀림없어요."

경감이 대답했다.

퀘이시가 말을 이었다.

"그럼 즉시 실험실 안을 지키게 하라고 하십니다. 소방관 말고요. 레인 씨께서는 아침에 그곳으로 가신답니다. 범인이 어떻게 침입했는지 알 것 같다고 하십니다. 그러니까…….”

“뭐라고요, 알고 있다고요?”

경감이 초조한 목소리로 말을 이었다.

“그렇다면 역시 나보다는 한 수 위로군요……. 이봐요, 퀘이시, 레인 씨에게 이번 화재를 예상했느냐고 물어봐주시오!”

잠시 후, 퀘이시가 대답했다.

“예상은커녕 너무 뜻밖이었다고 하십니다. 게다가 이해할 수도 없다고 하십니다.”

“허 참, 레인 씨도 그럴 때가 다 있으시군요.”

경감이 말을 이었다.

“알겠어요……. 아무튼 빨리 와주시기 바란다고 전해주세요!”

그런 뒤 경감이 막 수화기를 놓으려는데 레인이 퀘이시에게 중얼거리는 소리가 이번에는 아주 뚜렷하게 들려왔다.

“틀림없이 그거야. 모든 사실들이 그쪽을 가리키고 있어……. 하지만, 퀘이시, 그건 말도 안 되는 얘기라고!”

## 제2막

*"나는 집 너머로 화살을 쏘아 내 형제에게 상처를 입혔다."*

### 제1장

*실험실*

*6월 6일 월요일 오전 9시 20분*

드루리 레인은 엉망이 되어버린 실험실 한가운데에 서서 날카로운 시선으로 주위를 둘러보고 있었다. 섬 경감은 그을음으로 더러워진 얼굴을 씻고 구겨진 옷을 솔질한 뒤였지만, 잠을 제대로 못 자서 두 눈은 충혈되어 있었고 기분은 사나운 불곰처럼 나빴다. 모셔 형사는 교대 근무를 마치고 떠나버렸고, 지친 듯한 핑커슨 형사는 타다 만 의자에 걸터앉아 한 소방관과 사이좋게 잡담을 나누고 있었다.

약품 선반은 벽에서 떨어져 나가지는 않았으나 검게 탄 채 물에 젖어 있었다. 아래쪽 선반에 뜻밖에도 깨지지 않은 병들이 몇 개 드문드문 남아 있는 것을 제외하고는 어느 칸이나 텅텅 비어 있었다. 그곳에 있던 약품 용기들은 산산이 깨져서 어지럽게 바닥에 흩어져 있었는데, 그 내용물은 이미 조심스럽게 처리한 뒤였다.

섬 경감이 이야기했다.

"위험한 약품들은 화학반원들이 처리했습니다. 처음에 뛰어들었던 소방관들이 상관에게 몹시 야단을 맞더군요. 약품에 따라서 탈 때 물을 끼얹으면 불기운이 더 세지는 것도 있는 모양이에요. 어쨌든 이 정도로 그칠 수 있었던 것이 그나마 다행입니다. 해터가 실험실 벽을 특별히 보강해놓았던 모양이지만, 재수가 없었다면 집 전체가 날아갈 뻔했으니까요."

경감이 곧 말을 이었다.

"덕분에 우리도 비전문가 취급을 당했지요. 그런데 아까 전화로 전해 듣기로는 방화범이 어떻게 침입했는지 알 것 같다고 하셨는데 그 얘기를 좀 해주시죠. 저는 도무지 모르겠거든요."

"경감님, 그건 그다지 어려운 문제가 아닙니다. 해답은 우스울 정도로 간단합니다. 자, 한번 생각을 해보십시오. 범인은 이 단 하나밖에 없는 출입문으로 침입할 수 있었을까요?"

드루리 레인이 말했다.

"그건 불가능합니다. 제가 가장 신뢰하는 부하인 모셔가 밤새도록 문을 지켰거든요. 그는 문 쪽에서 얼씬거린 자가 없었다고 자신 있게 말했습니다."

"물론 나 역시도 그의 말을 믿습니다. 그렇다면 침입 경로로써 이 문은 완전히 제외되는 셈입니다. 다음은 창문이 되겠는데, 저기에도 쇠창살이 박혀 있었던 데다 어제 당신이 살펴본 대로 아무 이상도 없었습니다. 하지만 이런 점은 생각해볼 수 있겠군요. 그러니까 범인이 밖의 창턱을 타고 와 창을 열고 무엇엔가 불을 붙여 던져 넣었을 수도……."

"그렇게 하는 것 역시 불가능합니다."

경감이 재빨리 말을 이었다.

"창문들은 모두 안으로 잠겨 있었던 데다 열었던 흔적도 없었고, 폭발 전에 소방관들이 도착했을 때 유리창은 말짱했답니다. 그러니까 창문은 문제가 되지 않습니다."

"옳은 말씀입니다. 나는 다만 가능성 하나를 들었을 뿐이니까요. 그럼 창문도 침입 경로에서는 제외됩니다. 그렇다면 뭐가 남습니까?"

"굴뚝이죠."

섬 경감이 대답하고는 재빨리 덧붙였다.

"그러나 그곳도 제외해야 합니다. 부하 한 명이 어제 하루 종일 지붕 위에서 감시했으니까요. 그러니까 범인이 굴뚝으로 숨어들어 밤까지 기다렸다는 것도 불가능합니다. 그 부하는 한밤중에 교대했지만, 교대한 부하도 누구 하나 지붕에 얼씬거리지는 않았다고 합니다. 글쎄, 이러니 알 수가 없는 노릇이지요."

"허어, 그러시겠군요."

레인이 싱긋 웃으며 말을 이었다.

"침입 경로는 세 곳을 생각할 수 있는데, 그 세 곳 모두 엄중하게 지키고 있었다. 그럼에도 불구하고 범인은 유유히 숨어들었을 뿐 아니라 빠져나갔다……. 그럼, 한 가지만 더 묻겠습니다. 이 방의 벽들도 조사해보셨습니까?"

"아, 그 점을 생각하셨군요. 그러니까 벽에 혹시 비밀 통로가 나 있는 게 아니냐 하는 말씀이시죠?"

경감이 싱긋 웃더니 이내 얼굴을 찌푸리며 말했다.

"유감스럽게도 그렇지는 않았습니다. 벽도, 바닥도, 천장도 요새처럼 튼튼합니다. 그건 이미 제가 직접 조사해보았답니다."

"흐음!"

레인은 어두운 녹색의 두 눈을 빛내며 대답했다.

"알겠습니다. 경감님. 과연, 잘하셨습니다! 이로써 이 문제에 대한 모든 의문이 해소된 셈이니까요."

경감은 당혹스러운 표정을 지으며 레인을 바라보았다.

"도대체 무슨 말씀을 하시는 겁니까? 이렇게 되면 모든 가능성이 사라져버린 게 아닙니까?"

"그렇지가 않답니다."

레인은 미소를 떠올리며 말을 이었다.

"출입문도, 창문도 도저히 범인의 침입 경로가 될 수 없고, 벽도, 바닥도, 천장도 튼튼하다고 한다면 하나의 가능성만이 남는 셈입니다. 그러므로 그 가능성이야말로 확실하다는 얘기가 되겠지요."

경감이 미간을 모았다.

"그럼, 굴뚝이란 말씀입니까? 하지만 그곳은……."

"아뇨, 굴뚝이 아닙니다, 경감님."

레인은 정색을 하며 말을 이었다.

"당신이 잊고 있는 듯한데, 저런 벽난로에는 주요 부분이 두 개 있습니다. 즉 굴뚝 부분과 난로 부분입니다. 이제 아시겠습니까?"

"아뇨, 모르겠는데요. 물론 저기에 커다란 벽난로가 입을 쩍 벌리고 있긴 합니다. 하지만 굴뚝을 타고 내려오지 않는 한 어떻게 난로를 통해 들어올 수가 있단 말입니까?"

"나도 바로 그 점을 생각해보았습니다."

레인은 벽난로를 향해 걸음을 옮겼다.

"하지만 경감님의 부하가 거짓말을 하지 않았고 이 방에 달리 비밀 통로가 없다는 게 확실하다면 나는 이 벽난로를 조사할 것까지도 없이 그 비밀을 설명해드릴 수가 있습니다."

"비밀이라고요?"

"이 벽난로 벽의 저편이 누구의 방이죠?"

"그거야 물론 루이자의 방이죠. 게다가 살인 현장이고요."

"맞습니다. 그럼 이 벽난로의 뒤쪽으로는 루이자 양 방의 무엇이 있죠?"

경감은 멍청히 입을 벌렸다. 잠깐 동안 그는 레인의 얼굴을 바라보더니 느닷없이 앞으로 뛰쳐나갔다.

"그래요! 거기에도 벽난로가 있어요!"

경감은 즉시 몸을 굽히고 벽난로 속으로 기어 들어갔다. 그가 몸을 세우자 머리와 어깨가 보이지 않았다. 하지만 레인은 경감의 거친 숨소리와 벽을 손으로 더듬는 소리가 느껴지는 듯했다.

"그렇군. 바로 이거였군요!"

경감이 외치며 말을 이었다.

"양쪽 다 같은 굴뚝으로 이어져 있어요! 이 벽돌 벽은 꼭대기까지 이어진 게 아니에요. 바닥에서 약 2미터 정도만 쌓여 있을 뿐입니다!"

드루리 레인은 한숨을 쉬었다. 그였다면 일부러 옷을 더럽힐 것까지도 없는 일이었다.

경감은 그 새로운 사실의 발견으로 말미암아 단번에 기운을 되찾은 듯했다. 그는 레인의 등을 두들겼고, 못생긴 얼굴에 웃음을 띠며 핑커슨에게 이제 그만 쉬라고 했으며, 소방관에게는 시가를 주었다.

"저리로 들어온 게 틀림없어요! 알고 보니 간단하군요!"

손을 더럽힌 채 눈을 빛내며 경감이 외쳤다.

경감의 말대로 벽난로의 비밀은 간단한 것이었다. 실험실의 벽난로와 루이자 방의 벽난로는 서로 등을 돌린 채 같은 벽의 양쪽에 설치되어 있었다. 뿐만 아니라 두 벽난로는 하나의 칸막이벽을 사에 두고 하나의 굴뚝으로 이어져 있었다. 게다가 내화벽돌로 된 그 칸막이벽도 높이가 1.8미터 정도밖에 되지 않았다. 하지만 벽난로의 높이가 1.2미터 정도밖에 되지 않았으므로 칸막이벽의 윗부분은 어느 방에서도 보이지 않았던 것이다.

경감은 밝은 표정으로 말했다.

"이렇게 되어 있으니 누구든지 마음만 먹으면 실험실을 드나들 수 있었겠지요. 집 내부에서라면 옆방에서 칸막이벽을 타 넘으면 되고, 외부에서라면 굴뚝을 통해 내려오면 되었던 겁니다. 어젯밤에는 루이자의 방으로 들어온 게 분명합니다. 그 때문에 모셔도, 지붕 위에 있던 부하도 눈치챌 수가 없었던 겁니다!"

"그렇습니다. 그리고 그 범인은 같은 식으로 빠져나갔을 테죠."

레인이 말을 이었다.

"그런데 경감님, 벽난로를 통해서 실험실에 침입하려면 범인은 먼저 루이자 양의 방엘 들어가야 하는데, 그 점에 대해선 어떻게 생각하십니까? 모셔가 옆방도 계속 감시했을 텐데 말입니다."

그러자 경감의 얼굴이 또다시 어두워졌다.

"글쎄요, 그 점은 아직……. 아, 그렇지! 밖의 창턱이나 비상계단 쪽이겠군요!"

두 사람은 부서진 창문으로 가서 밖을 내다보았다. 바로 눈 아래로 60센티미터 폭의 창턱이 2층 뒷면 전체에 걸쳐 죽 이어져 있었다. 누구든 마음만 먹는다면 뒤뜰로 면한 어느 방에라도 충분히 드나들 수 있을 정도였다. 게다가 좁은 비상계단도 두 개가 있었는데 그 층계참이 2층 바깥쪽에 설치되어 있었다. 하나는 실험실과 아이들 방에서 나올 수 있게 되어 있었고, 또 하나는 사건이 일어난 방과 스미스 양의 방에서 나올 수 있게 되어 있었다. 두 비상계단 모두 창가를 가로질러 3층에서 아래의 뜰까지 이어져 있었다. 레인은 경감을 바라보았다.

두 사람은 함께 고개를 설레설레 흔들었다.

레인과 경감은 실험실에서 나와 옆방인 루이자의 방으로 갔다. 그곳에서 창문들을 조사해보니 모두 잠겨 있지 않아 쉽사리 여닫을 수가 있었다.

두 사람이 다시 실험실로 돌아오니 핑커슨이 어디서 가져왔는지 의자를 준비해놓고 있었다. 레인은 그 의자에 걸터앉아 다리를 꼬고는 한숨을 쉬었다.

"경감님, 당신이 말씀하신 대로 문제는 간단합니다. 누구든 양쪽 방의 벽난로의 구조를 알고 있기만 하면 어젯밤 실험실에 들어갈 수가 있었을 테니까요."

경감은 힘없이 고개를 끄덕였다.

"내부인이든 외부인이든 누구든지 가능할 테죠."

"그렇다고 봐야겠지요. 그런데 경감님, 이 집안사람들이 어젯밤 뭘 했는지는 신문하셨습니까?"

"예, 대강은요. 하지만 그게 무슨 도움이 되겠습니까?"

경감은 서재에서 가져온 시가를 거칠게 물었다.

"3층에 있는 사람들이라면 입으로든 무슨 말을 하든 누구나 침입이 가능했을 것이고, 2층의 사람들도 질과 바버라를 제외하고는 누구든 창턱과 비상계단으로 나갈 수 있었을 테니까요. 콘래드 부부의 방은 건물 정면을 향하고 있지만, 그들 역시 아이들 방을 통해 비상계단과 창턱으로 나갈 수가 있어요. 더욱이 그럴 경우 그들은 모셔에게 들킬 염려가 있는 복도를 이용할 필요도 없죠. 아시다시피 그들이 자기들의 침실에서 아이들 방에 가려면 양쪽 방 사이에 있는 욕실 하나만 통과하면 되니까요. 상황이 이러니 딱히 용의자를 가려낼 수도 없습니다."

"본인들은 뭐라던가요?"

"서로들 상대방의 알리바이를 증언하지 못하고 있습니다. 콘래드는 서재에 있다가 11시 30분경에 2층으로 돌아갔다고 합니다. 나도 그 시각쯤에 서재에 있었고, 모셔도 그가 침실로 들어가는 것을 보았으니까 이것은 틀림없습니다. 그런 뒤엔 바로 잠들어버렸다고 하더군요. 그리고 마사는 저녁때부터 줄곧 방에 있다가 잠이 들어버려서 남편이 들어오는 것도 몰랐다고 합니다."

"바버라 양과 질은 어떻습니까?"

"그 두 사람은 문제가 될 게 없지요. 어차피 침입이 불가능하니까요."

"그렇긴 해도 뭐라고 하던가요?"

"질은 정원을 산책하다가 1시경에 자기 방으로 돌아갔다고 했는데, 이것도 모셔가 확인해주었습니다. 그리고 바버라는 그보다 더 일찍 11시경에 방에 돌아갔습니다. 둘 다 그 후로는 방에서 나오지 않았답니다. ……모셔가 기억하기로는 모두 방으로 들어간 후에 나오거나 문을 열연 사람은 없었답니다. 모셔는 믿을 만한 녀석입니다. 내가 가르쳤으니까요."

"물론 그렇겠지요. 그런데 우리의 추리가 완전히 잘못된 것일 수도 있습니다. 왜냐하면 자연 발화로 불이 났을 수도 있기 때문이죠."

레인이 장난스럽게 말했다.

"차라리 그랬다면 좋겠습니다."

경감은 시무룩하게 말을 이었다.

"하지만 소방서의 전문가들이 현장 조사를 해보고는 화재 원인이 고의적인 것이라고 결론을 내렸습니다. 누군가가 성냥을 그어 침대와 창문 쪽 실험대 사이에서 무엇인가를 태운 것이 틀림없답니다. 게다가 성냥개비도 몇 개 발견되었고요. 흔히 볼 수 있는 가정용 성냥인데 아래층 부엌에 있는 그런 것입니다."

"그럼 폭발 원인은요?"

"그것 역시 우연한 일은 아니었습니다."

경감이 굳은 표정으로 말했다.

"화학반원들이 실험대 위에서 깨진 병을 발견했어요. 이황화탄소인가 뭔가가 들어 있었던 병이랍니다. 열을 받게 되면 굉장한 폭발력을 갖게 되는 약품이라더군요. 물론 그 병은 해터가 실종되기 전부터 죽 그곳에 방치되어 있던 것일 테죠……. 그렇지만 저는 실험대 위에서 그런 병을 본 기억이 나지 않는데, 당신은 어떻습니까?"

"그건 나도 마찬가지입니다. 선반에서 꺼낸 게 아닐까요?"

"글쎄요……. 라벨 조각이 붙은 유리 파편이 있긴 했습니다만."

"그렇다면 당신의 추측은 맞지 않습니다. 요크 해터가 실험대 위에 이황화탄소 병을 방치해두었다고 볼 수는 없어요. 왜냐하면 당신 말씀대로 그 라벨이 붙었다면 상비 약품일 텐데, 어제 나는 저 선반의 어느 칸이나 빈 공간 없이 약품 용기들로 가득 차 있던 것을 분명히 기억하고 있으니까요. 그러니까 불이 닿으면 폭발할 거라는 걸 범인이 미리 알고서 일부러 선반에서 꺼내 실험대 위에 올려두었다고 생각할 수밖에 없습니다."

"하긴 그렇겠군요. 아무튼 누군지는 몰라도 범인이 또 한차례 행동을 취한 것만은 분명합니다. 레인 씨, 아래층으로 내려갑시다……. 뭔가 생각나는 게 있어요."

경감이 말했다.

두 사람은 아래층으로 내려갔다. 경감은 아버클 부인을 불러오게 했다. 서재에 나타난 그 가정부의 모습에서 그녀가 반항심을 완전히 잃어버렸음을 알 수 있었다. 간밤의 화재가 그녀를 의기소침하게 만들어버린 듯했다.

"경감님, 무슨 용건이시죠?"

그녀가 힘없는 목소리로 물었다.

"이 집의 세탁물 관리는 누가 하고 있소?"

"세탁물이오? 그거야 물론 제가 하죠. 일주일에 한 번씩 종류별로 나눠서 8번 스트리트에 있는 세탁소로 보냅니다."

"좋아요! 그럼 잘 듣고 대답하시오. 최근 이삼 개월 동안에 누군가의 옷에 그을음이나 석탄 가루 따위가 묻어 심하게 더러워져 있었거나, 혹은 긁히거나 찢어져 있었던 적은 없었소?"

그러자 레인이 끼어들었다.

"정말 훌륭한 착상이십니다, 경감님!"

"아니, 천만에요. 나도 때로는 괜찮은 생각을 한답니다. 특히 당신이 없을 때는 말입니다. 왠지 당신과 함께 있으면 당신이 내게서 뭔가를 빼앗아 가는 것 같아요……. 자, 대답해보세요, 아버클 부인."

경감은 무뚝뚝하게 말했다.

그녀는 겁을 먹고 있는 듯했다.

"아니에요. 없어요, 그런 적은……."

"이상한데……?"

경감이 중얼거렸다.

"아뇨, 그럴지도 모르죠."

레인이 말을 이었다.

"부인, 2층의 벽난로들에 마지막으로 불을 지핀 게 언제쯤 일이지요?"

"저는 모릅니다. 불을 지폈다는 말도 들어본 적이 없어요."

경감이 형사 한 사람을 불렀다.

"간호사를 데려오게!"

스미스 양은 충격을 받은 루이자를 뜰에서 돌보고 있었던 듯했다. 그녀는 초조해 보였으나 그래도 미소를 띠고서 들어왔다.

그녀도 실험실과 루이자 방의 벽난로에 관한 질문을 받았다.

"노부인께서는 벽난로를 사용하신 적이 없습니다. 적어도 제가 이곳에서 일한 후로는 그렇습니다. 해터 씨께서도 제가 아는 바로는 실험실의 벽난로를 사용하지 않았습니다. 아주 오래전부터 그랬던 것 같습니다……. 겨울에는 지붕 위의 굴뚝 구멍을 뚜껑으로 덮어씌워서 바람이 들어오는 것을 막았다가 여름이 되면 다시 떼어내곤 했습니다."

"범인인 그 여자는 운도 좋군."

경감은 혼잣말처럼 계속 중얼거렸다.

"그래서 옷에 석탄 가루도 묻지 않았겠지. 설사 묻었더라도 털어내면 될 정도였을 테고……. 뭘 그렇게 보고 있는 거요, 스미스 양? 이제 됐으니 가보시오."

간호사는 놀라서 숨을 들이켜고는 젖소처럼 가슴을 출렁거리며 총총히 사라졌다.

레인이 입을 열었다.

"그런데, 경감님. 당신은 아직도 범인을 여자라고 단정하시는 것 같군요. 하지만 이번 역시 1.8미터나 되는 칸막이벽을 타 넘어야 하는 험한 일인데 여자가 그걸 했다고 보기에는 좀 어렵지 않습니까?"

"그거야 어쨌든, 레인 씨. 나는 다만 그을음이 묻었던 옷가지의 주인을 알아낸다면 용의자가 밝혀질 거라고 생각했을 뿐입니다. 그런데 그것도 헛수고로군요. 그럼 이젠 어떻게 해야 좋겠습니까?"

"그런데 경감님은 여전히 내가 제기한 문제에 대해서는 답변하지 않았습니다."

레인이 미소를 지으며 말했다.

경감은 우울한 어조로 대답했다.

"그렇다면 남자 공범자가 있었을지도 모르죠. 물론 알 수 없긴 마찬가지지만요. 하지만 지금 나를 괴롭히는 문제는 그게 아닙니다."

경감의 지친 듯한 두 눈에 교활한 빛이 잠깐 스치는 듯했다.

"레인 씨, 대체 불은 왜 질렀을까요? 그 이유를 아시겠습니까?"

"허 참, 경감님. 그걸 알면 모든 걸 알 수 있겠지요. 그리고 그 점이 바로 당신이 햄릿 저택으로 전화를 걸었을 때부터 나를 괴롭혔던 문제입니다."

"그래서 어떻게 생각하십니까?"

"나는 이렇게 생각해보았습니다."

레인은 자리에서 일어나 서재 안을 거닐기 시작했다.

"즉, 이 화재는 실험실에 있는 무언가를 없애기 위해 계획된 게 아닐까 하고 말입니다."

그는 어깨를 으쓱하며 말을 이었다.

"하지만 실험실은 이미 경찰이 세밀하게 조사했고, 범인도 그걸 모를 리가 없을 겁니다. 그렇다면 그 목표물은 어제 우리가 조사할 때 빠트린 것이었을까요? 혹은 범인이 밖으로 빼내기엔 너무 커서, 그러니까 실내에서 없애지 않으면 안 되는 것이었을까요?"

그는 다시 어깨를 으쓱하며 말을 이었다.

"사실, 이 문제에 관해서 나는 도무지 종잡을 수가 없습니다. 어떤 가능성을 떠올려보아도 완전하지가 못하니까요."

"정말 난감하군요. 혹시 속임수 아닐까요, 레인 씨?"

경감이 물었다.

"하지만 무엇을 위한 속임수란 말이죠, 경감님? 속임수라면 달리 무엇인가 계획된 바가 있어서 그것으로부터 우리의 주의를 빗나가게 하기 위한 것이어야 합니다. 그런데 우리가 아는 한 화재 외에는 아무 일도 일어나지 않았잖습니까!"

레인은 고개를 젓고 나서 말을 이었다.

"굳이 파고든다면 이런 식으로도 생각해볼 수 있겠지요. 그러니까, 범인이 실험실에 불을 지른 뒤에 원래 계획했던 것을 실행할 수 없는 상황이 벌어졌을지도 모른다는 겁니다. 불이 너무 빨리 번졌기 때문에 그렇게 되었을 수도 있고, 막판에 와서 마음이 바뀌었는지도 모르죠……. 아무튼 알 수 없는 노릇입니다, 경감님."

레인이 쉴 새 없이 왔다 갔다 하는 동안, 경감은 입술을 오므린 채 생각에 잠겨 있었다.

"알았어요!"

경감이 자리에서 벌떡 일어나며 말을 이었다.

"화재와 폭발은 또다시 독약을 훔쳐낸 것을 감추기 위해서 계획된 겁니다!"

"경감님, 진정하십시오."

레인이 씁쓸한 표정으로 말을 이었다.

"나도 조금 전에 그렇게 생각해보았습니다만 그랬을 가능성은 없을 것 같습니다. 어떤 범인이라도 경찰이 실험실에 있는 모든 약품을 한 방울도 남김없이 조사해서 기록했을 거라는 생각은 하지 않았을 겁니다. 그러니 설사 약품을 얼마쯤 훔쳐내더라도 아무도 알 수 없다고 생각하지 않았을까요? 그렇다면 화재나 폭발 사고를 굳이 일으킬 필요는 없는 셈이죠. 그리고 먼지 속에 어지럽혀져 있던 수많은 발자국으로 판단하건대, 범인은 이제까지 종종 실험실을 드나들었을 것입니다. 범인이 선견지명이라는 것을 가지고 있다면…… 아니, 그건 당연히 가지고 있다고 봐야 합니다. 이제까지의 범행 수법은 여러 가지 면에서 기분 나쁠 정도로 교묘하니까요……. 그렇다면 당연히 제약을 받지 않고 실험실을 드나들 수 있었을 때 독약을 훔쳐내 감춰두었을 겁니다. 하필이면 이렇게 감시가 심해진 후에 위험을 무릅쓰면서까지 실험실을 침입할 필요가 없다는 얘기입니다……. 그러니 경감님의 추측은 맞지 않습니다.

어쨌든 범인의 계획은 상식선에서 완전히 벗어나 있다고 봐야 합니다."

레인은 잠깐 멈췄다가 다시 천천히 말을 이었다.

"도무지 합리적인 이유를 추리해볼 수가 없어요……."

"정말 난감한 문제로군요. 용의자들이 모두 미치광이들이니 이럴 수밖에요. 합리성! 동기! 논리! 도무지 종잡을 수가 없어요, 빌어먹을!"

경감은 얼굴을 찌푸리더니 크게 양손을 벌리며 말을 이었다.

"정말이지 이제 그만 손을 뗐으면 좋겠습니다."

두 사람은 천천히 현관을 향해 나아갔다. 레인은 운전사인 조지 아버클에게서 모자와 지팡이를 받아 들었다. 운전사는 갑자기 기가 꺾인 아내의 영향을 받았는지 수사관들의 비위를 맞추느라 가엾을 만큼 신경을 쓰고 있었다.

"경감님, 떠나기 전에 한 말씀 드리겠습니다."

현관에서 레인이 말을 이었다.

"또다시 범인이 독살을 시도할 가능성이 있다는 점을 명심하셔야 합니다."

경감은 고개를 끄덕였다.

"저도 바로 그 점을 염두에 두고 있습니다."

"그렇다면 다행입니다. 어쨌든 우리가 상대하고 있는 범인은 두 번이나 범행을 시도했으니, 당연히 우리는 세 번째의 계획을 예상하고 그것을 저지하도록 만전을 기해야 합니다."

"실링 검시관에게 부탁해서 음식물을 모두 검사할 수 있도록 사람을 보내달라고 하겠습니다. 다행히도 실링 선생 밑에는 이런 일에 경험이 있는 사람이 있습니다. 듀빈이라고 하는 꽤 똑똑한 젊은 의사인데, 그 사람에게 이 일을 맡기면 안심할 수 있을 겁니다. 듀빈을 부엌에 배치하도록 하겠습니다."

경감이 손을 내밀었다.

"그럼 안녕히 가십시오, 레인 씨."

레인은 경감의 손을 잡았다.

"안녕히 계십시오, 경감님."

레인은 돌아서려다 다시 몸을 되돌렸다. 두 사람은 의문을 담은 눈길로 서로 마주 보았다. 결국 레인이 아주 분명한 어조로 말했다.

"경감님, 이 사건에 관한 몇 가지 개인적인 견해를 아무래도 당신과 브루노 씨에게는 한번 밝혀야만 할 것 같군요……."

"그게 뭐죠?"

경감이 눈을 빛내며 물었다.

하지만 레인은 손에 든 지팡이를 옆으로 저었다.

"죄송하지만, 그건 내일 유언장이 발표된 뒤에 말씀드리도록 하죠. 그럼 안녕히!"

레인은 재빨리 몸을 돌려 해터 저택을 떠났다.

## 제2장

*정원*

*6월 6일 월요일 오후 4시*

만약 섬 경감이 심리학자였거나 혹은 좀 더 마음의 여유가 있는 상황이었다면 미치광이 해터 집안 식구들의 그날 행동을 아주 흥미로운 연구 자료로 삼을 수도 있었을 것이다. 외출을 금지당한 그들은 마치 길 잃은 망령처럼 집 안을 배회했고, 하릴없이 무엇이든 집었다가는 다시 놓았으며, 되도록 서로의 눈길을 마주치지 않도록 피했다. 그러면서도 증오의 눈길로 힐끔거렸다. 특히 질과 콘래드는 하루 종일 으르렁대며 하찮은 일로 언쟁을 벌였고 정말 사소한 일로도 사사건건 충돌했다. 그들은 단순히 타고난 성격이 급해서 그러는 거라고 보기에는 이해가 안 갈 정도로 냉혹하고 독기 어린 말을 서로 퍼부어댔다. 마사는 한시도 두 아이를 자기 주변에서 떼어놓지 않은 채 어이없을 정도로 야단을 치고 때리곤 했는데, 콘래드 해터가 비틀대며 다가올 때만은 갑자기 온 신경을 곤두세우며 남편의 뒤틀리고 창백한 얼굴을 험악한 눈길로 쳐다보았다. 그럴 때의 그녀의 태도는 너무 이상해서 아이들까지도 눈치를 볼 정도였다.

경감은 모호하기 짝이 없는 단서들을 생각하다 지쳐서 잔뜩 초조해하고 있었다. 게다가 드루리 레인이 무언가를 포착한 듯했지만 그게 무언지 알 수 없어서 더욱 짜증이 났다. 하지만 레인 역시 뚜렷이 자신이 있는 것 같지는 않았고 왠지 근심스러워 보이는 듯도 해서 경감에게는 그 점 역시 수수께끼였다. 오후 들어 두 번이나 햄릿 저택에 전화를 걸려고 했으나 두 번 모두 딱히 물어볼 것도, 전할 것도 없다는 데 생각이 미치자 들었던 수화기를 도로 내려놓을 수밖에 없었다.

그러는 동안 굴뚝의 묘한 통로가 자꾸만 생각이 나서 경감은 레인에 관한 일을 잊어버렸다. 그는 2층 실험실로 들어가 벽난로 속의 내화벽돌로 된 칸막이벽을 직접 타 넘어보았다. 과연 어른이라도 두 벽난로 사이의 칸막이벽을 타 넘어 한쪽 방에서 다른 방으로 별 어려움 없이 드나들 수 있다는 것을 충분히 확인할 수 있었다. 경감처럼 덩치가 큰 사람도 쉽사리 벽난로 속의 칸막이를 타 넘을 수 있었던 것이다.

경감은 다시 실험실로 빠져나온 뒤, 핑커슨에게 가족들을 모두 집합시키게 했다.

그들 모두는 이 새로운 신문에는 관심도 없다는 듯한 태도로 한 사람씩 모여들었다. 연이은 사건과 화재의 충격으로 그들은 긴장할 기운조차 없어 보였다. 전원이 모이자 경감은 먼저 몇 가지 일반적인 질문을 했다. 모두 기계적인 대답을 했지만 경감이 보기에 거짓말을 하는 것 같지는 않았다. 마침내 경감은 벽난로의 구조를 모르는 척하고, 지나가는 말로 슬쩍 굴뚝 통로에 관해 변죽을 올려보았지만 아무런 소득이 없었다. 범인의 연기 솜씨가 뛰어나거나, 아니면 모두가 진실을 말한다고밖에는 생각할 수 없었다. 경감은 누군가가 거짓말을 하다가 앞뒤가 맞지 않아 자승자박의 함정에 빠지기를 기대했다. 아니면 다른 누군가가 무언가 우연한 기억을 떠올려서 범인의 거짓을 폭로해버릴 것도 기대했다. 하지만 신문이 끝날 때까지 경감은 새로운 사실을 아무것도 알아낼 수 없었다.

경감의 신문이 끝나자 모두 서재에서 빠져나갔다. 경감은 한숨을 쉬며 안락의자에 몸을 파묻고 스스로를 저주했다.

"경감님!"

고개를 들어보니 눈앞에 키 큰 가정교사 에드거 페리가 서 있었다.

"그래, 무슨 일이오?"

경감이 묻자 페리는 빠른 어조로 말했다.

"오늘 외출을 할 수 있도록 허락해주십시오, 경감님. 사실, 여느 때였다면 어제는 저의 휴일이었습니다. 하지만 외출을 금지당했기에 오늘은 꼭 좀……."

경감은 고개를 저었다. 페리는 어색하게 우물쭈물했지만 그 눈은 강력히 요구하고 있었다. 경감은 무언가 심한 말을 해줄 듯했으나 막상 입을 뗐을 때는 그렇지 않았다. 대신 그의 말투는 부드러웠다.

"페리 씨, 죄송하지만 그렇게는 할 수 없습니다. 별도의 지시가 있을 때까지는 누구든 이 집에 머물러 있어야만 합니다."

눈에 어렸던 강한 빛이 사라지더니 페리의 어깨에서 힘이 빠져나가는 듯했다. 그는 아무 말 없이 서재에서 물러나 뒤뜰로 나갔다. 금방 비라도 쏟아질 것 같은 하늘을 바라보며 그는 잠깐 멈춰 섰으나 커다란 정원용 파라솔 아래에서 조용히 책을 읽고 있는 바버라 해터의 모습을 발견하자 발걸음도 가볍게 잔디밭을 가로질러 갔다…….

경감은 울적한 오후를 보내며 사건이 해결의 기미를 보이지 않은 채 질질 늘어지는 것에 지긋지긋해하고 있었다. 갑자기 찾아든 사건은 강렬한 극적 효과를 일으키며 폭발적인 소동을 낳았다. 하지만 그것뿐이었다. 전혀 단서들을 잡을 수가 없었다. 게다가 사건 전체에 걸쳐 무언가 부자연스러운 느낌을 떨칠 수 없었다. 그 때문에 절망적인 감정이 솟구쳐 올랐고, 불가항력의 범죄에 대한 패배감마저 솟아났다. 마치 모든 것이 이미 오랜 과거에서부터 진행되어와서, 지금에 와서는 피할 수 없는 클라이맥스를 향해 무자비하게 돌진하고 있는 것처럼 여겨지기도 했다. 하지만 그 클라이맥스란 무엇인가? 최종적인 목적이 무엇이란 말인가?

오후에 트리벳 선장이 언제나처럼 조용히 의족 소리를 내며 찾아와 벙어리에 귀머거리이며 맹인인 여자를 만나기 위해 계단을 올라갔다. 루이자는 2층 간호사의 방에서 공허한 휴식을 취하고 있었다. 한 부하가 와서 변호사 비글로가 와 있다는 보고를 했다. 아마도 질 해터를 만나러 왔을 터였다. 고믈리는 모습을 나타내지 않았다.

4시경에 섬 경감이 손톱을 깨물며 서재에 앉아 있으려니, 자신이 가장 신뢰하는 부하 중 한 명이 급히 서재로 들어왔다. 그 부하의 태도가 예사롭지 않았으므로 경감은 대번에 활기를 띠었다.

그들은 작은 소리로 얘기를 주고받았는데 부하의 한 마디 한 마디에 따라 경감의 눈빛은 더욱 빛났다. 마침내 경감은 자리에서 벌떡 일어나더니 그 부하에게 층계 아래에서 망을 보도록 명령하고 자신은 3층을 향해 발소리도 요란하게 몇 계단씩 뛰어 올라갔다.

3층의 구조는 이미 잘 알고 있었다. 뒤뜰에 면한 두 개의 방은 하녀 버지니아와 에드거 페리의 침실이었다. 그리고 동북쪽 구석은 빈방이었는데 욕실에 의해 동남쪽 구석의 창고와 연결되어 있었다. 남쪽의 큰 방 역시 커다란 창고로 쓰였는데 마찬가지로 옆에는 욕실이 딸려 있었다. 지금은 창고이지만 해터가의 전성기 때에는 손님용 침실이었다. 그리고 3층의 서쪽 전부를 차지하는 방이 아버클 부부의 침실이었다.

경감은 거침없이 복도를 가로질러 가서 에드거 페리의 방문을 열었다. 방문은 잠겨 있지 않았다. 그는 재빨리 방으로 들어서며 문을 닫았다. 그리고 뜰이 내려다보이는 창가로 다가갔다. 페리는 파라솔 아래 앉아 바버라와 함께 대화를 나누느라 여념이 없었다. 경감은 흡족한 표정을 짓고 일을 시작했다.

방은 아무런 치장도 되어 있지 않았지만 정돈이 잘 되어 있었다. 그 방의 분위기는 묘하게도 방 주인과 닮은 것 같았다. 높은 침대, 경대, 융단, 의자 그리고 책이 꽉 들어찬 커다란 책꽂이 등 모든 것이 제자리에 놓여 있다는 느낌이 들었다.

경감은 아주 신중하게 차례로 방 안을 수색해나갔다. 그는 페리의 경대 서랍에 가장 흥미를 느끼는 듯했다. 하지만 거기에서는 수확이 없었다. 이어서 그는 조그만 옷장을 열고 서슴없이 그 안에 있는 옷 주머니들을 모조리 뒤져보았다……. 융단도 들추어보았고 책갈피도 뒤져보았다. 책꽂이 뒤쪽도 빈틈없이 조사해보았다. 침대의 매트리스도 들춰보았다.

하지만 그의 전문가다운 철저한 조사에도 불구하고 수확은 하나도 없었다.

손댔던 물건들을 모두 조심스레 원래대로 해놓고 그는 다시 창가로 갔다. 페리는 여전히 바버라와 열심히 이야기를 하고 있었다. 그런데 이번에는 질 해터도 나무 아래에 앉아 체스터 비글로에게 교태를 부리고 있었다.

경감은 아래층으로 내려왔다. 집 뒤곁으로 나 있는 짧은 나무 층계를 밟고 내려가 뒤뜰로 나아갔다. 천둥이 울렸다. 굵은 빗발이 파라솔을 때리기 시작했다. 하지만 페리도 바버라도 알아차리지 못한 모양이었다. 그러나 섬의 모습이 나타나는 순간 멈칫 입을 다물어버린 비글로와 질은 때마침 내리는 비를 구실로 삼아 의자에서 일어나 집 안으로 들어갔다. 경감 옆을 지나며 비글로는 어색하게 고개를 끄덕였으나 질은 못마땅한 시선으로 힐끗 바라보았을 뿐이었다.

경감은 두 손을 뒷짐 진 채 흐린 하늘을 올려다보며 느긋하게 미소 지었다. 그런 뒤 파라솔 쪽으로 천천히 걸어갔다.

바버라의 맑고 조용한 목소리가 들렸다.

"하지만 페리 씨, 결국은……."

"아니에요. 시에는 형이상학이 필요 없다고 봅니다."

진지한 표정으로 그렇게 말하는 페리의 한 손은 두 사람 사이의 정원용 탁자에 놓인 얇은 시집의 검은 표지를 토닥거리고 있었다. 경감이 보니, 그 시집의 제목은《가난한 연주회》였고 지은이는 바버라 해터였다.

"물론, 확실히 이 작품들은 훌륭합니다……. 시 특유의 우아한 수식이 느껴지고 풍부한 상상력도……."

바버라가 웃었다.

"수식이 느껴진다고요? 아, 어쨌든 고마워요. 적어도 솔직하게 비평을 해주시니까요. 겉치레 칭찬만 늘어놓지 않고 솔직하게 얘기해주는 사람과 대화를 나눈다는 것은 정말이지 생동감이 솟는 일이죠."

"아, 아닙니다!"

페리는 어린애처럼 얼굴을 붉혔다. 두 사람 모두, 섬 경감이 비를 맞으며 물끄러미 자신들을 관찰하고 있다는 것을 깨닫지 못하고 있었다.

"그럼, '우라늄 광산'이라는 시의 3절을 떠올려보세요. 이렇게 시작돼요……. 우뚝 솟은 산들의 벽……."

"저어, 잠깐 실례합니다."

섬 경감이 말했다.

두 사람은 놀라며 고개를 돌렸다. 페리의 얼굴에서 갑자기 열의가 사라졌다. 그는 엉거주춤 자리에서 일어났는데, 여전히 바버라의 시집에 손을 얹은 채였다.

바버라가 미소 지으며 말했다.

"어머, 경감님. 비를 맞고 계시는군요. 어서 파라솔 안으로 들어오세요."

"그럼, 전 이만 가보겠습니다."

페리가 불쑥 말했다.

"아, 페리 씨, 가지 마십시오."

경감은 싱긋 웃으며 크게 한숨을 쉬며 앉았다.

"실은 당신과 이야기를 하고 싶습니다."

"어머! 그럼, 제가 비켜드려야겠군요."

바버라가 말했다.

"아뇨, 그러실 것 없습니다. 대단한 일은 아니니까요."

경감이 말을 이었다.

"자, 앉으세요, 페리 씨. 그런데 정말 날씨가 좋지 않군요."

조금 전까지 페리의 얼굴을 밝게 빛냈던 시심은 갑자기 자취를 감춘 듯했다. 페리는 눈에 띌 정도로 긴장하고 있었고, 바버라는 페리의 얼굴에서 시선을 돌린 채 가만히 앉아 있었다. 어둡고 습한 그림자가 이제까지와는 아주 다르게 파라솔 아래로 스며들어 왔다.

"전에 당신을 고용했다는 사람에 관해 알고 싶습니다만……."

경감은 여전히 부드럽게 말했다.

페리는 더욱 몸을 긴장시키며 힘없는 목소리로 되물었다.

"뭘 말입니까?"

"당신의 추천장에 서명한 제임스 리겟이라는 사람 말입니다. 그에 관해 당신은 어느 정도로 알고 있나요?"

페리의 얼굴은 점차 붉어졌다.

"어느 정도라니요?"

가정교사는 어물거렸다.

"저야 다만 가정교사였을 뿐이어서……."

"아 참, 그렇겠군요!"

경감이 미소를 지으며 말을 이었다.

"내가 바보 같은 질문을 했군요. 그럼, 그 집에서는 얼마 동안 가정교사로 있었나요?"

페리는 몸을 움찔하더니 대답을 하지 못했다. 마치 난생처음 말에 올라탄 사람처럼 의자 위에서 몸을 잔뜩 긴장시킬 뿐이었다. 이윽고 그는 넋이 나간 사람처럼 말했다.

"아시는군요."

"그래요, 다 알고 있어요."

경감은 여전히 미소를 지으며 말을 이었다.

"경찰을 속이려는 건 어리석은 짓이오. 제임스 리겟이라는 인물이 파크 애버뉴에는 존재하지 않는다는 걸 알아내는 것쯤은 간단한 일이죠. 기껏 이런 정도의 거짓말로 나를 속일 수 있다고 생각했다니, 어째 기분이 좋지 않군요…….”

“알았으니 제발 그만하십시오! 그래서 어쩌겠다는 겁니까? 저를 체포하시겠단 말입니까? 그렇다면 그렇게 하십시오. 하지만 이런 식으로 저를 난처하게 만들진 마십시오!”

페리는 외치듯 말했다.

경감의 입가에서 미소가 사라졌다. 그는 자세를 고쳐 앉았다.

“사실대로 말하시오, 페리 씨. 난 사실을 알고 싶소!”

바바라 해터는 아까부터 꼼짝도 않고 시집 표지를 노려보고 있을 뿐이었다.

“예, 말씀해드리겠어요.”

가정교사 에드거 페리는 기운이 쑥 빠진 태도로 말을 이었다.

“정말 터무니없는 짓을 했다는 건 저도 압니다. 게다가 운이 없게도, 남을 속이고 일하던 중에 살인 사건 수사에까지 말려들다니……. 그래요, 경감님. 그 추천장은 내가 만든 가짜입니다.”

“정확히 말하면 우리 둘이서 만든 것이죠.”

바바라 해터가 부드러운 목소리로 끼어들었다.

에드거 페리는 자신의 귀를 의심하듯 놀라는 표정을 지었다.

경감은 눈을 가늘게 뜨고 바바라를 응시했다.

“바바라 양, 그게 무슨 말씀이죠? 이건 함부로 끼어들 문제가 아닙니다.”

“그건 저도 알아요. 하지만 지금 말씀드린 그대로예요.”

바바라는 침착한 어조로 말을 이었다.

“저는 페리 씨를 전부터 알고 있었습니다. 당시 이분은 일자리가 없어서 매우 곤란을 겪고 있었어요. 그런데도 타인에게 경제적인 도움을 받으려 하지 않았어요. 그래서 제가 가짜 추천장을 만들어 콘래드에게 일자리를 얻으라고 설득했던 것입니다. 이분에게는 그런 걸 써줄 수 있는 사람이 전혀 없었으니까요. 그러니까 이 문제의 책임은 전적으로 저에게 있는 셈이에요.”

"흐음!"

경감은 토끼처럼 고개를 까딱하며 말을 이었다.

"그것참 장하신 일을 하셨군요, 바버라 양. 그리고 페리 씨, 당신은 정말 행복한 사람이오. 이렇게 믿음직스러운 친구가 있으니 말이오."

페리의 얼굴은 바버라가 걸치고 있는 가운처럼 창백했다. 그는 어찌할 바를 모른 채 웃옷의 깃을 매만지고 있었다.

"그러니까 결국, 당신은 제대로 된 추천장을 구할 수 없었다는 얘기죠?"

가정교사는 헛기침을 했다.

"예……. 저는 온전한 추천장을 받을 수 있는 처지가 아니었으니까요……. 하지만 꼭 직장이 필요했습니다, 경감님……. 그래서 이 집에……. 급료도 아주 좋았고, 무엇보다 바버라 양과……."

그는 다시 헛기침을 했다.

"바버라 양과 같은 집에서 지낼 수가 있었기 때문입니다……. 바버라 양의 시는 항상 저에게 영감을 불러일으키니까요……. 그래서 그만 그런 짓을 해버린 겁니다. 그게 전부입니다."

경감은 바버라와 페리를 번갈아가며 바라보았다. 바버라는 아주 침착했지만 페리는 당황하고 있었다.

"좋아요. 추천장 문제는 그렇다고 칩시다."

경감이 말을 이었다.

"하지만 당신의 보증인이 되어줄 사람은 있겠죠? 누가 당신의 보증인이 되어줄 수 있죠?"

바버라가 갑자기 자리에서 일어났다.

"경감님, 제가 보증하는데도 부족하단 말씀이신가요?"

그녀의 목소리도, 초록빛 두 눈도 얼음처럼 싸늘했다.

"아, 물론입니다, 바버라 양. 하지만 저로서는 이렇게 할 수밖에 없답니다. 자, 페리 씨, 말씀해보세요."

페리는 시집을 만지작거렸다.

"사실대로 말씀드리자면……."

그가 천천히 입을 열었다.

"저는 이 댁에서 일하기 전까지 한 번도 가정교사 노릇을 해본 적이 없습니다. 그러니까, 당연히 추천장을 써줄 사람이 없었던 겁니다."

"허어! 그것참 재미있군요. 좋아요. 아까도 말했다시피 그 문제는 접어두죠. 하지만 그렇더라도 당신의 보증인이 되어줄 사람은 있겠죠? 바버라 양 말고 말이오."

"아뇨……, 아무도 없습니다."

페리는 더듬거리며 말을 이었다.

"친구가 아무도 없으니까요……."

"허어, 당신은 정말 묘한 남자로군요. 그 나이가 되도록 자신의 신원을 보증해줄 단 두 사람의 친구도 없다니!"

경감이 웃으며 내뱉더니 어이없다는 듯이 고개를 저었다.

"그럼, 당신은 어느 대학 출신이오, 페리 씨? 출생지와 가족 관계는? 뉴욕에선 얼마나 살았소?"

"경감님, 당신은 계속 엉뚱한 질문을 하고 계시는군요."

바버라 해터가 냉랭하게 말을 이었다.

"어째서 페리 씨에게 그런 질문을 하시는 거죠? 페리가 죄라도 지었다는 말씀인가요? 그렇다면 그 점을 추궁하세요. 페리 씨, 당신은 이제 대답을 하지 않아도 돼요. 아니, 제가 못 하게 하겠어요. 경감님, 이제 더 하실 말씀은 없으시겠죠?"

그녀는 가정교사의 팔을 잡아 일으켜 세운 뒤 내리는 비에도 아랑곳없이 그를 데리고 잔디를 가로질러 집 안으로 향했다. 페리는 꿈을 꾸는 사람처럼 비틀거렸지만 그녀는 고개를 쳐들고 의기양양하게 걸었다. 두 사람 모두 뒤를 돌아보지 않았다.

경감은 그 자리에 남아 담배를 피우며 한동안 앉아 있었다. 그는 눈가에 심술궂은 미소를 담은 채 바버라와 페리의 모습이 사라져간 문 쪽을 물끄러미 바라보았다.

이윽고 경감은 자리에서 일어났다. 그런 뒤, 잔디를 가로질러 집 안으로 들어가더니 즉시 고함을 쳐서 한 형사를 불렀다.

## 제3장

***서재***

***6월 7일 화요일 오후 1시***

6월 7일 화요일. 이날은 뉴욕의 각 신문사 기자들에겐 매우 바쁜 하루였다. 보도 가치가 큰 취재거리가 두 가지나 되었기 때문이다. 하나는 살해당한 에밀리 해터의 장례식 건이었으며 또 하나는 그녀의 유언장 발표 건이었다.

해터 부인의 유해는 시체 안치소로부터 장의사로 보내져 방부 처치를 마친 뒤 최후의 안식처를 향해 옮겨졌다. 그 모든 절차는 월요일 밤부터 일요일 아침 동안에 행해졌으며, 화요일 오전 10시 30분에는 장의 행렬이 롱아일랜드의 묘지로 향했다. 아니나 다를까, 해터 집안사람들은 장례식의 엄숙함 따위와는 거리가 멀었다. 균형이라고는 없는 그들의 생사관이, 눈물을 흘리거나 하는 통례적인 애도 표현조차 가로막았던 것이다. 바버라를 제외하고는 모두 서로 시기 어린 눈길을 주고받으며 롱아일랜드에 도착할 때까지 으르렁거리기만 했다. 집에 남아 있기를 거부한 아이들에게 이 장례식은 소풍과 같은 것이었다. 마사는 끊임없이 아이들을 단속해야만 했다. 그 때문에 일행이 묘지에 닿았을 무렵에 마사 해터는 몹시 지쳐서 극도로 신경이 날카로워져 있었다.

드루리 레인은 그 나름대로의 이유로 장례식에 참례했다. 해터 저택에 대해서는 섬 경감과 브루노 검사에게 맡기고, 그는 오늘 오로지 해터 집안의 구성원들에게만 주의를 기울이기로 했다. 레인은 묵묵히 그들을 관찰하면서 그들의 경력, 특징, 태도, 몸짓, 어투, 상호 간의 미묘한 감정 등에 더욱더 마음을 쏟았다.

신문기자 한 무리가 장례 행렬 뒤를 쫓아와 묘지에서 흩어졌다. 셔터 누르는 소리와 속기하는 연필 소리가 나는 가운데 젊은 기자들이 땀을 뻘뻘 흘리며 열심히 유족들에게 다가가려고 애썼다. 하지만 유족들은 묘지에 내려서는 순간부터 해터 부인의 유해를 묻을 장지에 이르기까지 경관들에게 엄중하게 둘러싸였으므로 기자들의 접근은 불가능했다. 콘래드 해터는 취한 나머지 여기저기 사람들 사이로 비틀거리고 다니며 욕설을 퍼붓고, 고함을 지르고 사람들을 내몰더니 마침내 바바라의 손에 이끌려 어디론가 사라졌다.

참으로 기묘한 장례식이었다. 여류 시인의 친구이며 지기인 지식인들과 예술인들이 장례식에 얼굴을 내밀었다. 고인이 된 여성에 대한 애도의 뜻이라기보다는 살아 있는 여성의 슬픔을 위로하기 위해서였다. 하지만 이유야 어쨌든 고인의 장지는 문화계의 저명한 인사들로 가득했다.

그에 반해 질 해터를 에워싼 무리들은 시내의 유한계급의 젊은 건달들이거나 다소 부도덕한 중년 남자들이었다. 그들은 모두 짐짓 예의를 갖춘 복장을 하고 있었으나, 모두 장례식보다는 질의 시선을 끌거나 손을 잡으려는 데 더 관심이 있었다.

앞서도 말했지만 기자들에게는 더없이 바쁜 하루였다. 그들은 에드거 페리, 아버클 부부, 버지니아 등은 쳐다보지도 않고 루이자 캠피언과 간호사인 스미스 양의 사진을 찍어대느라 정신이 없었다. 여기자들은 루이자 얼굴에 나타난 '비극적인 공허'와 '애처로운 당혹감'에 관해 썼고, '흙덩이가 모친의 관에 떨어지기 시작할 때 마치 그 소리가 들리는 듯 뺨을 적신 눈물'에 관해 썼다.

드루리 레인은 환자의 심장 고동 소리에 귀 기울이는 의사처럼 조용했으나 긴장된 표정으로 그 모든 것을 관찰하고 있었다.

해터 집안 식구들은 다시 시내로 돌아갔고 사람들의 무리가 그들의 뒤를 쫓았다. 해터 가족들을 태운 차들 안에서는 긴장감이 점점 고조되고 있었다. 그것은 롱아일랜드의 묘지에 묻고 온 고인과는 아무런 관계도 없는 신경과민과 감정적인 흥분 탓이었다. 체스터 비글로는 아침부터 계속 수수께끼의 중심인물이었다. 콘래드가 취기를 빙자해 교묘히 그의 입을 열어보려고 했으나 자신이 모두의 관심을 모으고 있다는 사실에 기분이 흡족한 비글로는 고개를 저으며 말했다.

"콘래드 씨, 죄송하지만 공식적인 발표를 하기 전까지는 아무것도 말씀드릴 수가 없습니다."

이날따라 몹시 초췌해 보이는, 콘래드의 동업자 존 고믈리가 거칠게 콘래드의 팔을 잡아당기며 그를 말렸다.

검은 정장을 차려입고 장례식에 참가했던 트리벳 선장은 해터 저택 앞에서 차에서 내리더니 루이자를 보도에 내려준 뒤, 근처에 있는 자기 집으로 가려고 몸을 틀었다. 그러자 뜻밖에도 체스터 비글로가 그에게 기다려달라고 큰 소리로 외쳤다. 트리벳은 어리둥절한 표정을 지으며 루이자 쪽으로 돌아섰다. 고믈리는 비글로의 요청이 없었는데도 남아 있었다. 질을 바라보는 그의 태도에는 그 어떤 오기 같은 것이 담겨 있었다.

모두가 집으로 돌아온 지 삼십 분이 지났을 때, 변호사의 조수인 활기찬 청년이 모두를 서재로 불러 모았다. 레인은 브루노 검사와 섬 경감과 함께 한쪽 구석에 선 채 모여드는 사람들을 묵묵히 관찰했다. 아이들만은 제외되어 뜰에서 놀게 되었는데, 한 형사가 내키지는 않았지만 그 애들을 돌봐야 했다. 마사 해터는 무릎에 두 손을 올려놓고 몸을 꼿꼿하게 세우고는 단정히 앉아 있었다. 스미스 양은 점자판을 준비하고서 루이자 캠피언의 의자 옆에 서 있었다.

레인은 모여드는 다른 사람들을 관찰하며 새삼스레 그들 모두의 이상한 태도를 보고 호기심을 가졌다. 요크 해터의 친인척들은 모두들 키가 크고 체격들이 보기 좋았다. 가장 키가 작은 사람은 요크 해터의 피를 이어받지 않은 마사와 루이자였는데, 그 두 사람은 키가 거의 비슷했다. 레인은 모든 것을 면밀히 관찰하고 있었다. 그들의 침착하지 못한 태도, 질과 콘래드의 다소 광기 어린 눈초리, 특이할 정도로 섬세한 바버라의 지성, 질과 콘래드의 무관심을 위장한 태도, 그럼에도 불구하고 살해된 모친의 유언장 발표를 고대하는 열렬한 의욕……. 그 모든 면에서 그들은, 반쯤은 그 일과 관계없는 마사나 산송장이나 다름없는 루이자와는 뚜렷한 대조를 이루었다.

비글로는 명확한 어조로 말을 꺼냈다.

“부디 도중에 방해하시는 분이 없기를 바랍니다. 이 유언장에는 몇 가지 특이한 점이 있지만, 다 읽을 때까지는 누구든 발언을 삼가주시기 바랍니다.”

모두 조용히 변호사의 다음 말을 기다리는 분위기였다.

“유언장을 읽기 전에 미리 설명해드리겠는데, 각자에게 유증되는 금액은 법률상의 채무를 빼고 1백만 달러로서, 그 금액은 가정된 유산에 기초해서 계산된 것입니다. 실제로는 자산이 1백만 달러를 넘겠지만 이 가정액은 유산의 배분 비율을 쉽게 알 수 있도록 정해진 것입니다.”

비글로는 조수로부터 얄팍한 서류를 건네받더니 어깨를 펴고 크고 낭랑한 목소리로 에밀리 해터의 유언장을 읽어나가기 시작했다.

유언장은 서두에서부터 문제를 불러일으킬 소지를 안고 있었다. 유언장에서 에밀리 해터는 우선 자신이 정상적인 정신 상태임을 주장한 다음, 그 유언장의 모든 조항의 근본 취지를 단호하게 밝혀놓았다. 즉 자신의 사후 유언장 발표 시에 만약 자신의 장녀인 루이자 캠피언이 생존해 있다면, 그녀의 장래 생활을 보장하는 게 목적이라는 것이었다.

그런 뒤, 유언장의 내용은 다음과 같이 이어졌다.

바버라 해터는 에밀리 해터와 요크 해터 사이의 장녀이므로, 불행한 루이자의 장래를 보장할 책임을 질 것인가에 관해 가장 먼저 선택권이 주어진다. 만약 바버라가 그 책임을 자신이 떠맡기로 승낙하고, 루이자의 전 생애에 걸쳐 육체적, 정신적, 도덕적인 행복을 보장할 의사를 밝힌다면 유산은 다음과 같이 배분하기로 한다.

루이자(바바라에게 위탁)……30만 달러

바버라(자신의 상속분으로)……30만 달러

콘래드……30만 달러

질……10만 달러

바버라가 루이자의 상속분을 보관할 경우, 루이자가 사망한다면 그 위탁 자산은 해터 집안의 세 자녀들에게 10만 달러씩 균등히 분배한다. 물론 그러한 경우가 발생해도 바버라, 콘래드, 질의 당초 유증액에는 전혀 변경이 없다.

비글로는 여기까지 읽고 나서 호흡을 가다듬으려고 잠깐 멈추었다. 그때 질이 분노로 얼굴을 일그러뜨리면서 외쳤다.

"이건 말도 안 돼! 어째서 어머니는……."

변호사는 당황했으나 곧 직업적인 위엄을 되찾고 재빨리 그녀의 말을 막았다.

"질 양, 조용히 하십시오! 제발 방해하지 마아주십시오. 그렇지 않으면 진행을 할 수가 없습니다."

질은 가볍게 콧방귀를 뀌며 의자에 등을 파묻고서 날카로운 눈으로 주위를 둘러보았다. 비글로는 안도의 숨을 내쉬고 계속해 다음 내용을 읽었다.

유언장의 내용은 다음과 같이 계속되었다.

만약 바버라가 루이자의 후견인이 되기를 거부할 경우에는, 나이 순서대로 콘래드에게 선택권이 주어진다. 이럴 경우, 즉 바버라가 거부하고 콘래드가 승낙할 경우에는 유산 배분은 다음과 같이 행하기로 한다.

루이자(콘래드에게 위탁)……30만 달러

콘래드(자신의 상속분으로)……30만 달러

질……10만 달러

바버라(거부했으므로)……5만 달러

바버라 해터의 상속분 감소에 따른 차액인 유산 잔액 25만 달러는 '루이자 캠피언 맹농아 복지관'으로 명명될 시설의 창설 기금으로 사용하기로 한다.

이어서 그 시설 창설에 관한 자세한 사항이 기록되어 있었다.

그리고 루이자가 사망할 경우의 그 상속분 30만 달러는 콘래드 20만 달러, 질 10만 달러씩으로 두 사람이 나누어 갖기로 하고, 바버라에게는 배분하지 않는 것으로 한다…….

여기서 또 짧은 침묵이 흘렀다. 그사이 모든 사람들의 시선은 여류 시인에게로 쏠렸다. 하지만 그녀는 의자에 앉은 채 안색 하나 변하지 않고 변호사인 체스터 비글로의 입가를 침착하게 응시하고 있을 뿐이었다. 그녀를 바라보는 콘래드의 눈길에는 타락한 영혼이 이글거렸다.

"꽤 볼만하지 않습니까?"

브루노가 레인에게 속삭였다. 브루노의 목소리는 바로 옆에 있는 섬 경감에게도 들리지 않을 정도였지만, 레인은 그의 입술의 움직임을 읽고서 서글픈 미소를 지었다. 브루노가 계속 속삭였다.

"인간의 참모습은 유언장 발표 때에 반드시 나타나는 법입니다. 콘래드를 보십시오. 그 눈에는 살기마저 어려 있을 정도입니다. 두고 보십시오. 이러다가 한바탕 소동이 벌어질 게 뻔합니다, 레인 씨."

비글로는 입술을 축이고 나서 다시 계속했다.

콘래드도 루이자의 후견인이 되기를 거부할 경우의 배분은 다음과 같다.

바버라(거부했으므로)……5만 달러

콘래드(거부했으므로)……5만 달러

질……10만 달러

루이자 캠피언 맹농아 복지관……25만 달러

루이자……50만 달러

모두 숨을 들이켰다. 50만 달러라니! 그들은 이 거액의 유산을 상속할 가능성이 있는 여자를 슬쩍 바라보았다. 거기에는 다만 통통하고 키가 작은 여자가 조용히 벽을 응시하듯 앉아 있을 뿐이었다.

비글로의 목소리에 모두 고개를 돌렸다.

"……그리고 앞서 밝힌 루이자에 대한 상속분 50만 달러는 트리벳 선장에게 맡기기로 한다. 선장은 반드시 나의 불행한 딸 루이자 캠피언의 후견인이 되어주리라 믿는다. 이 경우, 즉 바버라 및 콘래드가 거부하고, 트리벳 선장이 루이자의 후견인이 될 경우에는, 트리벳 선장에게 감사의 표시로 5만 달러를 유증하기로 한다. 막내딸 질에게는 선택권을 부여하지 않는다. 그리고 마지막으로 루이자가 사망할 경우, 루이자의 50만 달러 중 10만 달러를 질의 상속분에 추가하고, 잔액인 40만 달러는 복지관 창설 기금 25만 달러에 추가하기로 한다……."

주위가 너무도 조용했으므로 비글로는 유언장에서 눈을 뗄 엄두도 내지 못하고 계속 읽어나갔다.

"조지 아버클 부부에게는 여러 해 동안의 충실한 봉사에 대한 대가로 2천 5백 달러를 유증한다. 그리고 스미스 양이 유언자의 사후에도 변함없이 루이자 캠피언의 간호사 및 친구로 남아준다면 그녀를 위한 기금을 마련해 근무하는 동안 주당 75달러의 급료가 지불되도록 한다. 마지막으로 하녀인 버지니아에게는 5백 달러…….”

비글로는 유언장을 내리고 자리에 앉았다. 그의 조수가 얼른 일어나서 유언장의 사본을 배부했다. 상속인들은 모두 묵묵히 그것을 건네받았다.

잠시 동안 아무도 입을 열지 않았다. 콘래드 해터는 멍청한 눈으로 몇 차례나 유언장 사본을 뒤적였다. 질의 예쁜 입술에는 노골적인 증오가 가득 배어 있었고, 루이자를 바라보는 아름다운 눈에는 교활함이 번득였다. 스미스 양이 눈에 띄지 않을 정도로 약간 루이자 쪽으로 다가섰다.

그때 콘래드가 분노를 폭발시켰다. 갑자기 그는 의자에서 일어나더니 유언장 사본을 바닥에 내동댕이치고는 미친 듯이 짓밟았다. 그는 뜻 모를 말을 내뱉으며 벌게진 얼굴로 변호사인 비글로를 향해 걸어갔다. 그 모습이 너무나도 사나워 비글로는 놀라서 자리에서 일어났다. 섬 경감이 재빨리 뛰쳐나가 바위처럼 단단한 손으로 흥분한 콘래드의 팔을 잡았다.

“왜 이래! 침착하게 굴라고!”

경감이 소리치자 콘래드의 얼굴이 이번에는 분홍빛에서 이내 엷은 회색으로 바뀌었다. 광기 어린 분노가 차츰 가라앉자 콘래드는 현기증이 일어난 사람처럼 천천히 머리를 저었다. 이윽고 제정신을 되찾은 그는 바버라를 돌아보며 속삭였다.

“……누님, 이제 어떻게 할 셈이오? 저 여자를 맡을 거요?”

모두 안도의 한숨을 내쉬었다. 바버라는 말없이 자리에서 일어나더니 마치 콘래드 따위는 눈에 보이지도 않는다는 듯 그 앞을 스치고 지나가 루이자의 의자 위로 몸을 굽히고 벙어리에다 귀머거리이며 맹인인 그녀의 볼을 가볍게 두드려주었다. 그런 뒤, 그녀는 몸을 돌려 아름답고 맑은 목소리로 모두에게 작별 인사를 하고 서재에서 나가버렸다. 콘래드는 멍청한 표정으로 그녀가 사라진 문 쪽을 바라보고 있었다.

다음은 질의 차례였다. 그녀야말로 가장 화끈하게 행동했다.

“나만 따돌림을 당했잖아! 세상에 이런 엄마가 어디 있어!”

질은 찢어질 듯한 목소리로 그렇게 외치더니 고양이처럼 잽싸게 루이자에게로 달려가 그녀에게 욕을 퍼부었다.

"뭐야, 이 꼴도 보기 싫은 병신아!"

그런 뒤 질은 몸을 돌려 서재에서 뛰쳐나갔다.

마사 해터는 차가운 경멸의 빛을 얼굴에 떠올린 채 해터 가족을 바라보며 묵묵히 자리에 앉아 있었다. 스미스 양은 점자판을 배열하며 루이자에게 유언장의 내용을 전해주고 있었다.

비글로와 그의 조수만 남고 다른 사람들이 모두 방에서 나가버린 뒤, 브루노 검사가 레인에게 말했다.

"레인 씨, 당신은 저 사람들을 어떻게 생각하십니까?"

"글쎄요. 저 사람들은 머리만 이상한 게 아니라 독기마저 가득 품고 있군요. 정말이지 병적일 정도예요……."

레인은 조용히 말을 이었다.

"하지만 그것이 저 사람들의 잘못만은 아닌 것 같습니다."

"무슨 뜻이죠?"

"그들에게는 선천적으로 나쁜 피가 흐르고 있습니다. 틀림없이 혈통에 결함이 있는 것 같습니다. 아마도 그 결함의 근원은 말할 것도 없이 해터 부인일 테죠. 루이자 캠피언이 바로 그 뚜렷한 증거입니다. 그녀야말로 가장 불행한 희생자인 셈이죠."

"희생자이자 승리자라고도 할 수 있겠군요. 어쨌든 루이자에게는 다행스러운 일입니다. 가엾은 그녀에게 꽤 괜찮은 행운이 돌아가게 되었으니까요, 레인 씨."

씁쓸한 표정을 지으며 브루노가 말했다.

경감도 끼어들어 한마디 했다.

"꽤 괜찮은 정도가 아니죠. 모르긴 해도 조폐 공사처럼 감시원을 두어야 할 정도일 테니까요."

비글로는 서류 가방을 만지작거리고 있었고 그의 조수는 열심히 책상 위를 정리하고 있었다.

레인이 말했다.

"비글로 씨, 이 유언장은 언제쯤 작성된 것입니까?"

"요크 해터 씨의 시체가 떠오른 다음 날, 해터 부인이 유언장을 다시 쓰시겠다고 해서 그때 작성된 것입니다."

"지난번 유언장의 내용은 어땠습니까?"

"요크 해터 씨에게 전 재산이 상속되도록 작성되어 있었습니다. 루이자 캠피언을 평생 보살펴주는 것만이 조건이었죠. 요크 해터 씨가 사망할 경우에는 그 자신의 뜻에 따라 유산을 배분할 수 있게 되어 있었고요."

비글로는 서류 가방을 집어 들었다.

"이번 유언장에 비하면 꽤 간단한 것이었죠. 아마도 노부인은, 요크 씨가 루이자 양보다 일찍 죽는다 하더라도 그가 루이자 양의 장래를 위해 적당한 조처를 취해줄 것이라고 믿었던 모양입니다."

"그럼 가족들도 먼젓번 유언장의 내용을 알고 있었습니까?"

"예, 알고 있었습니다. 그리고 해터 부인은 제게 이런 말씀도 하셨습니다. 만약 자신보다 먼저 루이자 양이 죽을 경우에는 재산을 바버라와 콘래드와 질에게 균등히 나누어줄 거라고 말입니다."

"고맙습니다."

비글로는 안심한 듯 한숨을 내쉬고는 조수와 함께 서둘러 서재에서 나갔다.

경감이 신경질적으로 입을 열었다.

"루이자, 루이자라? 언제나 루이자가 문제로군요. 그녀가 모든 소동의 원인입니다. 태풍의 눈이라고나 할까요."

"레인 씨, 당신의 의견을 듣고 싶군요. 섬 경감의 말로는 당신이 오늘 우리에게 무언가 당신 생각을 들려주겠다고 하셨다면서요?"

브루노 검사가 말했다.

드루리 레인은 움켜쥔 등나무 지팡이로 허공에다 둥글게 원을 그려 보였다.

"그렇게 말씀드리긴 했습니다만……."

레인은 모호한 표정으로 말을 이었다.

"아무래도 지금 당장은 곤란합니다. 이런 어수선한 분위기에선 제대로 말씀드릴 수가 없을 것 같군요."

경감이 불만에 차서 혼잣말로 투덜댔다.

"죄송합니다, 경감님. 그러나 나는 마치 〈트로일러스와 크레시다〉의 핵토르가 된 것 같은 기분이 드는군요. 아시겠지만, 그 작품은 셰익스피어 스스로가 불완전하고 무력한 결말이라고 평했던 것이죠. 그런데 핵토르는 거기에서 이렇게 말했습니다. '적당한 의문이야말로 현자의 지침'이라고 말입니다. 지금은 나도 그의 흉내를 낼 수밖에 없군요."

레인은 한숨을 쉬며 말을 이었다.

"이젠 햄릿 저택에 돌아가 의문을 풀도록 하겠습니다……. 경감님, 언제까지 이 불운한 트로이를 포위하고 계실 생각입니까?"

"괜찮은 목마를 손에 넣을 때까지는 지켜야겠지요."

섬 경감은 뜻밖의 박식함을 드러내며 불만스레 말을 이었다.

"하지만 어떻게 그것을 손에 넣느냐가 문제입니다. 이젠 윗사람들도 은근히 재촉을 해대는데 지금으로서는 길이 하나 있다는 것 외에는 아무것도 모르니 큰일입니다."

"허어, 그 하나가 뭡니까?"

"페리입니다."

그러자 레인의 두 눈이 가늘어졌다.

"페리라뇨? 페리가 어떻다는 겁니까?"

"아직은 뭐라고 분명히 말씀드릴 수 있는 단계는 아닙니다."

경감이 넌지시 덧붙였다.

"하지만 이제 곧 여러 가지 사실을 알게 될 겁니다. 에드거 페리라는 사내가 아이들의 가정교사로 들어오기 위해 추천장을 위조했다는 게 밝혀졌으니까요. 아마 그 이름도 본명은 아닐 겁니다."

레인은 몹시 혼란스러운 표정을 지었다.

브루노 검사가 얼른 몸을 내밀며 말을 이었다.

"그렇다면 그걸 이유로 그를 체포해서 조사해보면 되지 않소?"

"그렇게 서둘 수도 없게 됐어요. 바버라 해터가 그자를 감싸고 있으니까요. 그녀는 자기가 콘래드로 하여금 추천장을 위조하도록 권했다는 겁니다. 허튼 얘기가 분명하지만 그렇다고 그녀의 말을 무조건 묵살할 수만도 없는 노릇이죠. 그러나 그보다도 더 의심스러운 점은 그자가 자신의 과거에 관해 아무것도 말하지 않으려고 한다는 것입니다."

"그럼 경감님께선 그 사람의 신원을 조사하는 중이시겠군요."

레인은 천천히 말을 이었다.

"물론, 그러셔야겠지요, 경감님. 그런데 경감님께선 바버라 양도 우리와 마찬가지로 그에 관해 별로 아는 것이 없다고 생각하시는 겁니까?"

"그렇습니다. 미인이고 똑똑한 여자이지만 아마도 그자를 좋아하는 모양입니다. 사랑에 빠지면 무슨 짓인들 못 하겠습니까."

경감이 싱긋 웃으며 말했다.

"그럼 당신은 이제 콘래드가 범인이라는 설을 포기한 겁니까?"

브루노 검사가 사려 깊은 표정으로 묻자 경감은 어깨를 으쓱하며 대답했다.

"뭐 완전히 포기한 건 아닙니다. 하지만 저 2층 융단의 발자국들은 너무 그럴듯하단 말입니다. 그리고 루이자의 증언도 있고……. 어쨌든 쉬운 문제가 아닙니다. 아무튼 저는 그 문제와 관계없이 페리를 수사해볼 작정입니다. 내

일이면 뭔가 보고할 수 있을 것 같군요."

"그렇게 된다면 좋겠군요, 경감님."

레인은 코트의 단추를 채우면서 말을 이었다.

"그럼 내일 오후 햄릿 저택을 방문해주시겠습니까? 페리 이야기도 들려주셨으면 좋겠고요. 그리고 나도……."

"꼭 거기까지 가야 합니까?"

경감이 귀찮은 듯이 말했다.

"아니, 저는 제안하는 것뿐입니다. 어떻습니까, 와주시겠습니까?"

레인이 중얼중얼 말했다.

"예, 물론입니다. 우리가 찾아뵙겠습니다."

브루노 검사가 재빨리 말했다.

"고맙습니다. 그리고 경감님, 여전히 경계를 철저히 하고 계시겠죠? 특히 실험실 쪽은 더욱 신경을 쓰셔야 합니다."

경감이 불쾌한 표정을 지으며 답했다.

"물론입니다. 게다가 실링 선생이 보낸 독약 전문가도 부엌에 배치해두었고요. 그 점은 걱정하실 것 없습니다. 빈틈없이 감시하고 있으니까요. 그런데 레인 씨, 저는 가끔 이런 생각이 듭니다. 당신은 마치……."

기분이 언짢은 경감이 계속 무슨 말을 했더라도 드루리 레인에게는 통할 리가 없었다. 레인은 쓴웃음을 지으며 손을 흔들고는 돌아서서 가버렸기 때문이다.

섬 경감은 홧김에 손가락 마디를 꺾었다. 듣지 못하는 사람이 등을 돌려버렸으니 불평을 해봤자 소용이 없었던 것이다.

## 제4장

***햄릿 저택***

***6월 8일 수요일 오후 3시***

수요일엔 날이 맑게 개었으나 바람은 쌀쌀한 편이었다. 허드슨 지방은 마치 겨울 바다 같은 분위기가 느껴졌다. 울창한 숲속을 지나는 바람 소리가 대양의 거친 파도 소리처럼 들렸다. 나무숲의 풍경은 6월다웠지만 대기는 11월의 그것처럼 쌀쌀했다.

경찰차는 묵묵히 가파른 언덕길을 오르고, 철제 다리를 건너고, 자갈길을 달려 공터를 지나 정원 길로 들어섰다. 브루노 검사도, 섬 경감도 이야기할 기분이 나지 않았다.

여전히 기묘한 혹을 등에 단 퀘이시 노인이 무거운 빗장이 달린 현관문을 열고 두 사람을 맞았다. 돗자리를 깐 바닥, 거대한 가지가 장식된 촛대, 갑옷을 입은 기사, 비극과 희극에 쓰이는 커다란 가면 등으로 장식된 홀을 지나, 그들은 벽 안쪽에 감추어진 작은 엘리베이터로 안내되었다. 그것을 타고 조금 올라가서는 곧바로 드루리 레인의 방으로 발을 내디뎠다.

노배우는 갈색 벨벳 재킷을 입고 활활 타오르는 벽난로 불 앞에 창처럼 꼿꼿한 자세로 서 있었다. 끊임없이 흔들리며 교차하는 불빛과 그림자 속에서도 그의 얼굴에 새겨진 근심의 빛이 뚜렷이 보였다. 그는 무척 초췌해 보여서 마치 다른 사람처럼 보였다. 하지만 그는 언제나처럼 상냥한 태도로 두 사람을 맞아들이고는 초인종 끈을 당겨 난쟁이 폴스태프를 불러서 커피와 리큐어를 가져오도록 일렀다. 그런 뒤, 그는 늙은 사냥개처럼 코를 킁킁대는 퀘이시를 방에서 내보내고 벽난로 앞에 앉았다.

“우선, 경감님의 얘기부터 듣고 싶군요.”

레인이 조용히 말했다.

“그러죠. 페리의 기록을 찾아냈답니다.”

“기록이라고요?”

레인의 눈썹이 치켜 올라갔다.

“아, 경찰 기록이 아니고 그자의 과거에 관한 것입니다. 그자가 누구인지, 본명이 무엇인지는 아마 레인 씨 역시 상상을 못 하실 겁니다.”

“나는 예언자가 아니랍니다. 설마, 행방불명된 프랑스의 황태자는 아닐 테지요?”

레인은 살짝 웃으며 말했다.

“뭐라고요? 레인 씨, 이건 농담을 할 문제가 아닙니다.”

경감이 못마땅한 표정을 지으며 말을 이었다.

“에드거 페리의 본명은 에드거 캠피언이었습니다.”

한 순간, 레인은 꼼짝도 하지 않았다.

“에드거 캠피언…….”

레인이 말을 이었다.

“아, 알겠어요! 그렇지만 설마 해터 부인의 전남편의 아들은 아닐 테죠?”

“아뇨, 전남편의 아들입니다! 진상은 이렇습니다. 에밀리 해터가 지금은 죽고 없는 톰 캠피언과 결혼했을 때, 그 캠피언에게는 이미 전처와의 사이에서 태어난 남자 아이가 하나 있었습니다. 그 아이가 바로 에드거 캠피언입니다. 그러니까 그자는 루이자 캠피언의 이복 오빠가 되는 셈입니다. 부친은 같은데 모친은 다른 거죠.”

“흠!”

브루노 검사가 심각한 표정으로 입을 열었다.

“그러니 이건 보통 문제가 아니죠. 어째서 그자가 가정교사로 둔갑을 해서 해터가에 기거하게 되었는지 아무리 생각해도 수상쩍습니다. 바버라가 그의 취업을 도왔다고는 하지만…….”

“그건 거짓말이오.”

경감이 끼어들었다.

“그런 것쯤은 바버라가 말할 때 곧바로 알아챘어요. 그녀는 에드거 페리가 입주하기 전에는 그를 전혀 알지 못했어요. 그 점은 이번 조사에서도 확인되었어요. 게다가 아직 그의 정체조차 파악하지 못하고 있는 것이 분명합니다. 요컨대 사랑에 눈이 멀어버린 겁니다!”

“그럼, 해터 부인은 그자가 자신의 의붓아들인 에드거 캠피언이라는 사실을 알고 있었을까요?”

“아니죠. 본인이 말하지 않는 한 알 수가 없는 일이니까요. 그자의 부친과 에밀리가 이혼할 때, 그자는 고작 여섯 살인가 일곱 살이었습니다. 그러니 마흔넷이나 되어서 나타난 그자가 자신의 의붓아들이라는 것을 알아보았을 리가 없죠.”

“페리에게 직접 물어보았습니까?”

“물어보았지만 입을 열지 않았습니다.”

“섬 경감은 이미 그자를 체포했습니다.”

브루노가 말했다.

레인은 한동안 꼼짝도 않고 있더니 머리를 한 번 흔들고 나서 긴장을 풀었다.

“허어, 경감님. 너무 서두르셨군요. 정말이지 너무 서두르셨습니다. 어떤 이유로 그자를 체포하신 겁니까?”

“별로 마음에 드시지 않는 모양이군요, 레인 씨?”

경감은 어색하게 웃으며 말을 이었다.

“이유 같은 걸 염려하실 필요 없습니다. 법률상으로 충분히 용의자로 볼 수 있으니까요. 어쨌든 그런 수상쩍은 행동을 한 자를 그대로 놔둘 수는 없습니다.”

"그자가 해터 부인을 죽였다고 생각합니까?"

레인이 냉정한 어조로 묻자 경감은 어깨를 으쓱했다.

"그건 알 수 없는 일이죠. 하지만 범인은 아닌 듯싶습니다. 동기도 추측할 수 없고 게다가 물론 증거도 없으니까요. 하지만 그자는 무언가를 알고 있습니다. 생각해보십시오. 보통의 경우라면 자신의 혈통을 숨기면서까지 그 집에 입주하진 않았을 테니까요."

경감은 손가락 마디를 꺾으며 말을 덧붙였다.

"그런 끔찍한 집에 말입니다!"

"그럼, 이제 그 매끄럽고 부드러운 뺨 문제는 어떻게 되는 겁니까, 경감님?"

"하지만 아직 공범자의 가능성까지 사라진 건 아닙니다. 어쩌면 루이자가 착각했을 수도 있고요."

"자, 그럼 이제 레인 씨의 얘기를 들어보기로 합시다."

브루노 검사가 말했다.

레인은 오랫동안 입을 열지 않았다. 그 동안 폴스태프가 마실 것을 가지고 들어왔으므로 경감은 뜨거운 블랙커피를 마시며 언짢은 기분을 달랬다. 폴스태프가 나가자 레인이 입을 열었다.

"일요일부터 지금까지 나는 줄곧 이 문제를 생각해왔습니다."

레인이 멋들어진 바리톤 음성을 낭랑하게 구사하며 말을 이었다.

"하지만 결과적으로는 더욱 혼란에 빠지고 말았습니다."

"무슨 뜻입니까?"

경감이 어리둥절한 표정으로 물었다.

"어떤 문제들은 명확합니다. 예컨대, 지난번의 롱스트리트 사건처럼 말입니다. 하지만……."

"그럼, 범인을 아신다는 말씀입니까?"

"아뇨, 아닙니다."

레인은 한동안 입을 다물었다가 다시 말을 이었다.

"내 얘기를 오해하지 말아주십시오. 아직도 해결을 하려면 멀었습니다. 이해가 안 되는 문제들이 몇 가지 있어서요. 이해가 안 될 뿐만 아니라 실로 기묘하기까지 하죠. 정말이지 기묘합니다."

두 방문객은 초조한 태도로 레인을 바라보았다.

레인은 자리에서 일어나 벽난로 앞을 거닐기 시작했다.

"정말이지, 나는 몹시 혼란스럽습니다. 나에게 남아 있는 네 개의 감각조차 의심해보고 싶을 지경입니다."

두 사람은 어리둥절한 표정으로 서로의 얼굴을 마주 보았다.

"하지만 그런 얘기는 이제 그만하기로 하죠."

레인은 결심을 한 듯 말을 이었다.

"어쨌든 말씀드리기로 마음을 정했으니까요. 내 앞에는 지금 두 개의 수사 방향이 뚜렷한 선으로 이어져 있습니다. 나는 그 두 개의 선을 모두 택해서 더듬어 올라가볼 작정입니다. 물론 어느 쪽도 아직은 손을 대지 않았습니다."

"선이라고요? 또 시작이로군요! 도대체 당신이 말씀하시는 아직 손을 대지 않은 선이라는 게 뭡니까?"

경감이 초조하게 외쳤다.

레인은 웃지도 않았고 걸음을 멈추지도 않았다.

"냄새입니다."

레인이 중얼거리듯 말했다.

"그 바닐라 냄새 말입니다. 그것이 하나의 선의 시작, 즉 단서입니다. 하지만 실로 기묘한 단서여서 나는 계속 어리둥절했습니다. 어쨌든 그것에 대한 하나의 가설을 세웠으니까, 거기에 따라 추리를 진행할 작정입니다. 만약 이것이 운 좋게 들어맞는다면……."

그는 어깨를 으쓱하고는 말을 이었다.

"또 하나의 선은 지금 당장은 말씀드리기가 곤란합니다. 단지 말씀드릴 수 있는 것은, 그것이 매우 터무니없어 보이고 믿기도 어려운 것인데도 지극히 논리적이라는 것입니다."

두 사람의 입에서 질문이 나올 것 같자, 레인은 그런 기회를 주지 않으려는 듯 재빨리 말을 이었다.

"경감님, 이 사건 전반에 관해 당신이 생각하는 바를 들려주시겠습니까? 우리 서로 허심탄회하게 서로의 생각을 얘기해보는 것이 좋을 것 같습니다. 아무래도 혼자 생각하는 것보다는 여러 사람의 생각을 모으는 편이 더 효과적일 테니까요."

"좋습니다. 그러기로 합시다."

경감이 활기차게 동의했다.

"제 생각은 확고합니다. 범인은 배에 독약을 주입할 목적으로 지난주 일요일 새벽 일찍 그 침실에 침입한 것입니다. 물론 루이자의 생명을 노리고 그런 짓을 한 것이죠. 아침이 되면 루이자가 그 배를 먹으리라는 것을 범인은 알고 있었으니까요. 그런데 범인이 아직 방 안에 있을 때, 공교롭게도 해터 부인이 잠에서 깨어나 소리를 질렀기 때문에 범인은 당황해서 그녀의 머리를 후려친 것입니다. 아마도 그녀를 살해할 작정은 아니었을 겁니다. 단지 입을 다물게 하려고 엉겁결에 저지른 짓이었겠죠. 그러니까 해터 부인이 살해된 것은 우발적인 사건이라고 봅니다. 브루노 검사도 나와 같은 생각이고, 그 점을 의심할 이유는 전혀 없으니까요."

"그러니까 결국 경감님과 브루노 씨는 범인이 애당초 해터 부인에게는 살의가 없었다고 생각하시는 거로군요?"

레인이 확인하려고 되물었다.

"그렇습니다."

섬 경감이 말했다.

"저도 같은 생각입니다."

브루노 검사도 동의했다.

"그렇다면 두 분께서는……."

레인이 천천히 말을 이었다.

"잘못 생각하고 계시는 겁니다."

"아니, 그게 무슨 말씀이시죠?"

브루노 검사가 깜짝 놀라며 물었다.

"해터 부인은 계획적으로 살해되었습니다. 그건 나로서도 의문의 여지가 없는 일입니다. 범인은 그 방에 침입하기 전부터 해터 부인을 노렸던 것입니다. 여기에 한 가지 더 덧붙여야 할 사실은, 범인에겐 루이자 캠피언을 독살하려는 의도 따윈 처음부터 전혀 없었다는 점입니다!"

두 사람은 레인의 말에 충격을 받은 듯한 표정을 지었고 각자의 눈에는 동요하는 빛이 역력했다.

레인은 그답게 조용하고 침착한 태도로 자신의 생각을 설명하기 시작했다.

"먼저 루이자 캠피언의 경우부터 생각해봅시다."

레인은 다시 자리에 앉아 리큐어로 입술을 적시고 나서 말을 이었다.

"이 경우, 겉으로 드러난 사실은 주사기와 독이 주입된 배를 들 수 있습니다. 그 때문에 독극물인 염화 제이수은은 바로 루이자의 생명을 노린 것처럼 보입니다. 그녀는 과일을 아주 좋아하는데 비해, 해터 부인은 과일을 그다지 좋아하지 않았고 더욱이 배를 싫어했으니까요. 그래서 결국 두 분이 생각하는 것처럼 루이자의 생명을 노리는 것이 범인의 근본적인 목적처럼 보였던 것입니다. 더군다나 이 사건이 일어나기 두 달 전에도 독살 미수 사건이 있었기 때문에 그 추리는 더욱 확실한 것으로 생각됩니다."

"그렇습니다. 나는 아직도 그렇게 생각합니다. 만약 레인 씨께서 그렇지 않다는 걸 증명할 수 있다면 생각을 바꾸겠지만요."

경감이 말했다.

"경감님, 물론 증명할 수 있답니다."

레인이 조용히 말을 이었다.

"지금부터 내 얘기를 잘 들으시기 바랍니다. 만약 범인이, 루이자 캠피언이 그 독이 든 배를 먹을 것이라고 예상했다면 두 분의 생각이 옳습니다. 하지만 과연 범인은 루이자가 그 배를 먹을 거라고 예상했을까요?"

"그야 당연하지 않습니까?"

브루노가 어리둥절한 표정을 지으며 되물었다.

"하지만 나는 그렇게 생각하지 않습니다. 그 이유는 이렇습니다. 먼저, 그 범인은 해터 가족의 일원이든 그렇지 않든 적어도 그 집안의 내부 사정을 잘 아는 자라고 볼 수 있습니다. 예컨대, 범인은 루이자가 매일 오후 2시 30분경에 식당에서 달걀술을 마시는 것을 알고 있었습니다. 뿐만 아니라, 실험실과 침실을 연결하는 벽난로의 통로를 알고 있을 정도로 그 집의 구조를 자세히 알고 있었지요. 그 밖에도 만돌린을 보관해두는 곳도 잘 알고 있었고 실험실과 그 안에 갖추어진 약품 종류에 대해서도 충분히 알고 있었습니다. 그러한 사실로 판단해볼 때, 범인은 자신의 범행에 필요한 다른 사전 지식도 충분히 갖추고 있었다고 봐야 합니다. 자, 그런데 어떻습니까? 그런 정도의 범인이라면 당연히 루이자가 음식물에 까다롭다는 것도 잘 알고 있었을 게 분명합니다. 그녀가 상한 배를 입에 댈 리가 없다는 것도 잘 알고 있었겠죠. 또한 루이자가 아니더라도 같은 과일 그릇에 싱싱한 다른 배가 담겨 있는데 굳이 그 상한 배를 입에 댈 사람은 없을 것입니다. 더욱이 실링 박사의 보고서에 따르면 그 배는 염화 제이수은이 주입되기 전부터 이미 상해 있었다고 합니다. 그렇다면 범인은 일부러 상한 배를 골라 독을 주입했다고 볼 수 있습니다."

두 사람은 반신반의하면서도 레인의 이론에 매혹된 듯이 열심히 귀를 기울였다.

레인은 미소를 떠올리며 다시 말했다.

"어떻습니까? 두 분께서는 그 점이 이상하다고 생각되지 않습니까? 나는 정말이지 이상하다고 생각합니다. 어쩌면 두 분께서는 범인이 캄캄한 방 안에서 우연히 상한 배를 과일 그릇에서 꺼냈을 거라고 이의를 제기하실지도 모르겠군요. 하지만 그럴 리는 없습니다. 왜냐하면 손으로 만질 때 손가락에 닿는 껍질의 감촉만으로도 과일이 상했는지의 여부쯤은 쉽게 알 수 있으니까요. 하지만 그럼에도 불구하고 상한 배를 고른 것이 전적으로 우연이라고 주장할 수도 있겠죠. 그러나 그런 경우, 나는 그 생각이 잘못되었음을 증명할 수 있습니다. 왜냐하면 가정부인 아버클 부인이 과일 그릇에 넣은 배는 두 개뿐이었다고 증언했기 때문입니다. 그리고 스미스 양 역시 전날 밤 11시 30분에 과일 그릇을 보았을 때 배는 두 개밖에 없었고 더욱이 그 두 개 모두 상하지 않은 싱싱한 것이었다고 증언했습니다. 그런데도 불구하고 범행 후인 이튿날 아침에는 그 과일 그릇 속에 세 개의 배가 들어 있었던 것입니다. 그러므로 다음과 같은 결론을 내릴 수 있습니다. 믿을 만한 증언에 의해 과일 그릇에 처음부터 들어 있던 배 두 개는 싱싱한 것이었다고 볼 수 있으므로 그 상한 배는 범인이 준비한 것이며, 따라서 독은 범인이 외부에서 가지고 온 상한 배에 고의로 주사되었다고 말입니다. 그렇다면 당연히 이런 의문이 생깁니다. 왜 범인은 과일 그릇 속에 같은 종류의 싱싱한 과일이 있고, 죽일 대상자가 상한 과일을 입에 대지 않는다는 것을 알면서 굳이 상한 과일을 준비했을까요? 그 의문에 대한 해답은 단 한 가지뿐입니다. 범인은 루이자에게 그걸 먹일 의도가 없었던 것입니다. 나는 나의 명예를 걸고 이 이론이 틀림없음을 확신합니다."

두 사람은 아무 말도 하지 않았다.

"거듭 말씀드리자면, 범인은 루이자 캠피언이 그 독이 든 배를 먹지 않는다는 걸 알고 있습니다. 그 과일 그릇에 담긴 과일을 먹을 가능성이 있는 유일한 다른 인물은 해터 부인이지만, 범인은 해터 부인 역시 결코 그 배를 먹지 않으리라는 것도 알고 있었습니다……. 그러므로 아무리 생각해보더라도 범인이 독이 든 배를 놔둔 것은 전적인 위장 행위, 즉 경찰로 하여금 루이자를 살해하는 게 목적이었음을 믿게 하기 위해 범인이 짜낸 책략이라고밖에는 달리 생각할 수 없습니다."

"잠깐 기다려주십시오."

경감은 재빨리 끼어들며 말했다.

"말씀대로 루이자가 배를 먹지 않는다고 한다면 대체 범인은 자신의 교묘한 독살 계획을 어떻게 발견하게 만들 수 있단 말입니까?"

"좋은 질문이오, 섬."

브루노 검사가 맞장구쳤다.

"동기가 무엇이든 간에 그 점을 아무도 발견할 수 없다면 그 속임수는 소용없는 것이 되어버리지 않습니까?"

경감은 그렇게 질문을 마무리했다.

"과연 좋은 질문입니다."

레인은 여전히 침착한 태도로 다시 이야기를 시작했다.

"좋습니다. 설명해드리지요. 그럴 경우, 즉 루이자가 그 배를 먹지 않더라도 경찰이 그 점을 발견할 수 있도록 범인은 세 가지 가능성을 고려할 수 있습니다. 첫째는, 주사기를 방 안에 남겨두는 것입니다. 두 달 전에도 독살 미수 사건이 있었기 때문에 경찰이 그 부분을 당연히 조사하리라는 것을 예측할 수 있으니까요. 이것은 분명히 가능성이 있는 일입니다. 하지만 내 생각으로는 그것보다는 범인이 놀라거나 당황해서 남겨둔 것으로 보입니다. 둘째는, 배가 두 개밖에 없었다는 걸 몇 사람이 알고 있는데도, 일부러 독이 든 배 대신 하나를 가져가지 않고 세 개로 둔 점입니다. 하지만 이것 역시 그럴듯하지 않습니다. 왜냐하면 아무도 배의 수가 늘어난 것을 깨닫지 못할 경우도 있기 때문입니다. 셋째는, 스스로가 어떻게든지 구실을 만들어 사람들이 상한 배에 주의를 집중하도록 하는 것입니다. 이상의 세 가지 가능성 중에서 내 생각에는 이 세 번째 것이 가장 그럴듯하다고 봅니다."

두 사람은 고개를 끄덕였다.

그러나 레인은 고개를 저으며 이어 말했다.

"그러나 해터 부인 살해가 우발적인 범행이 아니라 위장 독살 계획과 동시에 일어나도록 미리 신중히 계획된 것이라면, 방금 말씀드린 세 가지의 가능성 따위는 전혀 불필요하게 됩니다. 왜냐하면 범인의 목적이 루이자의 독살이 아니라 해터 부인을 살해하는 것이었다면 당연히 범인은 독이 든 배가 발견될 것을 미리 예상하고 있었다고 할 수 있기 때문입니다. 또한 그럴 경우, 범인은 사태의 추이를 관망하며 경찰이 독이 든 배를 발견하기를 기다리기만 하면 됩니다. 그것은 운이 좋아야 발견되는 게 아니라 확실히 발견될 게 분명하기 때문입니다. 그리고 독이 든 배를 발견하면 경찰은 당연히 범인의 본래 목적이 루이자를 독살하려는 것이었다고 볼 것이므로 해터 부인은 그야말로 우발적으로 살해당한 것으로 간주될 겁니다. 그렇게 되면 범인의 진짜 목적은 이루어지는 셈이죠. 그 진짜 목적은 해터 부인을 죽여놓고도 경찰의 수사 방향을 루이자를 죽일 동기를 가진 인물에게로 돌려, 정작 해터 부인을 살해할 동기를 가진 인물은 용의 선상에서 제외되게 만들려는 것이죠."

"정말 놀라운 일이로군요. 그것이 사실이라면 범인은 무서울 정도로 교활한 자입니다."

경감이 중얼중얼 말했다.

"사실입니다, 경감님. 당신만 하더라도 두 달 전의 독살 미수 사건을 떠올리고는 침대에서 주사기가 발견되기 전부터 독이 들어 있는 것이 없는지 조사해보아야 한다고 하지 않았습니까? 그것을 보더라도 범인은 경찰의 반응을 정확히 예측하고 있었다고 할 수 있습니다. 나는 그 주사기가 우연히 남겨진 것이라고 봅니다만, 어쨌든 그 주사기가 발견되지 않았다고 하더라도, 그리고 또 설사 배가 두 개밖에 없었다고 하더라도, 역시 당신은 독에 대한 의심 때문에 결국은 그 독이 든 배를 찾아내고야 말았을 것입니다."

"그건 저도 동감입니다."

브루노 검사가 말했다.

레인은 긴 다리를 끌어당기고 난롯불을 응시했다.

"그럼 이제 해터 부인의 살해가 전부터 계획된 것이지, 결코 우발적인 범행이 아니라는 것을 증명해드리지요. 이 문제에는 쉽게 알 수 있는 명백한 점이 한 가지 있습니다. 흉기로 사용된 그 만돌린이 원래 그 침실에 놓여 있던 것이 아니라는 점입니다. 그것은 아래층 서재의 유리 상자 속에 넣어진 채 아무도 손대지 못하게 되어 있었습니다. 실제로 그날 새벽 1시 30분, 즉 해터 부인이 그 만돌린으로 살해당하기 두 시간 삼십 분 전에 만돌린이 유리 상자에 들어 있던 것을 콘래드가 보았고, 그 밖에도 그날 밤 거기 있는 것을 본 사람들이 있습니다. 즉, 범인은 집안의 내부인이든 외부인이든, 그 침실에 침입했다가 일부러 아래층까지 만돌린을 가지러 갔어야만 했거나 그렇지 않으면 그 침실에 침입하기 전에 만돌린을 미리 준비했어야만 한다는 것입니다……."

"잠깐 기다려주십시오! 어떻게 그런 것까지 알 수 있단 말입니까?"

브루노 검사가 급히 끼어들며 물었다.

레인은 한숨을 쉬며 대답했다.

"범인이 집안 내부인이라고 한다면, 2층이나 3층에서 만돌린을 가지러 내려가야 합니다. 그리고 만약에 외부인이라면 문과 창이 전부 닫혀 있었으니 아래층으로는 집 안에 침입할 수가 없습니다. 따라서 그 외부인은 비상계단을 이용해 2층으로 침입했거나, 또는 비상계단으로 지붕까지 올라갔다가 굴뚝으로 침입했다고 봐야 합니다. 그 어느 경우이든 만돌린에 손을 대려면 일부러 아래층으로 내려가야만 했다는 거지요."

"그렇겠군요."

브루노는 일단 인정하며 말을 이었다.

"하지만 누군가, 가족 중 누군가가 밤늦게 귀가해 2층으로 올라가기 전에 만돌린을 가지고 갔다고도 생각할 수 있지 않습니까? 아시다시피 그럴 수 있는 사람이 두 사람은 있으니까요."

"좋습니다. 그럼 그 관점에서 얘기를 진행해보기로 하죠."

레인은 미소를 떠올리며 말을 이었다.

"밤늦게 귀가한 누군가가 2층으로 올라가기 전에 만돌린을 가지고 갔다면 그것은 분명히 어떤 계획, 즉 의식적으로 만돌린을 사용할 목적이 있었기 때문이었겠죠?"

"물론입니다. 계속하세요."

"그러므로 만돌린은 그 어떤 특별한 목적에 따라 범인이 일부러 방으로 가져갔다는 얘긴데, 그렇다면 그 목적이란 대체 무엇이었을까요? 여러 가지 목적을 하나하나 떠올려보며 부적절한 것은 제외해나가기로 합시다. 첫째로, 그 낡은 만돌린은 그 본래의 목적인 연주를 위해 침실로 옮겨진 것일까요?"

경감은 킥킥거렸고 브루노는 고개를 저었다.

"물론 이것은 생각해볼 필요도 없는 일이겠죠. 그럼 두 번째로 생각해볼 수 있는 것은, 누군가 다른 사람에게로 의혹을 돌리기 위해 범인이 위장 증거물로 가져간 게 아닐까 하는 것입니다. 그렇다면 그 의혹의 대상이 될 수 있는 인물은 누구일까요? 만돌린에서 떠올릴 수 있는 자가 단 한 사람 있습니다. 그 사람은 바로 만돌린의 소유주인 요크 해터입니다. 하지만 요크 해터는 이미 죽었으니까 이 두 번째 추측도 맞지 않습니다."

"저어, 잠깐만요."

경감이 레인의 말을 막더니 천천히 말했다.

"그렇게 단정할 수만도 없다고 봅니다. 요크 해터가 죽었더라도 범인이 그의 사망을 확신하지 않았는지도 모르지 않습니까? 혹은 확신했더라도 시체 확인 과정이 불만족스러웠으므로, 우리로 하여금 요크 해터가 살아 있을지도 모른다는 생각이 들게 하려고 일부러 그랬을 수도 있지 않습니까? 여기에 대해 어떻게 생각하십니까?"

"훌륭하십니다, 경감님."

레인이 미소를 떠올리며 말을 이었다.

"아주 치밀한 발상이십니다. 하지만 그럴 가능성도 완전히 부정할 수 있습니다. 두 가지 이유에서 범인이 그런 어리석은 짓을 할 리가 없는 것입니다.

첫째 이유는, 만약 요크 해터가 살아 있을 뿐만 아니라 범행을 저지르고 현장에 깜빡 자신의 만돌린을 놓고 간 것으로 경찰을 속이려면, 그 속임수가 경찰을 충분히 납득시킬 수 있는 것이라야 합니다. 하지만 경찰이 과연 요크 해터가 그렇게 명백한 단서를 남겼다고 생각할까요? 물론 그렇지 않습니다. 스스로 그렇게 명백한 단서를 남긴다는 것은 당치도 않은 일이니까요. 오히려 경찰은 그것이 속임수이며 진짜 단서가 아니라는 것을 눈치챌 뿐이겠죠. 둘째 이유는, 대체 어째서 만돌린 같은 기묘한 물건을 사용했느냐 하는 것입니다. 그것은 유혈 소동과는 대체로 거리가 멉니다. 경찰은 요크 해터가 제정신으로 그런 기묘한 자기 물건을 자신의 범죄 현장에 남기고 갔다고는 생각할 수도 없을 것이고, 오히려 다른 인물이 해터를 끌어들이기 위해 그것을 남겨놓고 갔다고 생각할 겁니다. 따라서 그럴 가능성은 없는 셈입니다. 아니, 범인에게는 그렇게 치밀한 음모 따위는 없다고 봐야 합니다. 만돌린을 사용한 것은 확실히 기묘하긴 하지만, 범인 자신의 계획과 무언가 직접적인 관련이 있는 것입니다."

"자, 어서 다시 하던 얘기로 돌아가주십시오, 레인 씨. 이봐요 섬, 자꾸 얘기의 흐름을 방해하지 맙시다."

브루노 검사는 못마땅한 눈길로 섬 경감을 바라보았다.

"아닙니다, 브루노 씨. 경감님을 탓하진 마십시오. 부자연스러운 가능성이든 불가능하다고 생각되는 것이든 어쨌든 검토해보는 것이 옳습니다. 논리라는 것은 그 자신의 법칙 외에는 달리 법칙이 없으니까요."

레인은 다시 말을 이었다.

"그럼, 만돌린을 가지고 들어간 것이 연주의 용도도 아니고, 요크 해터를 노린 거짓 단서로서도 아니라면, 범인은 달리 어떤 목적으로 그걸 가지고 들어갔을까요? 내가 생각해볼 수 있는 것은 딱 한 가지뿐입니다. 그것은 즉, 흉기로 사용하기 위해서였다는 것입니다."

"하지만 전에도 말했듯이 흉기치고는 너무도 이상하지 않습니까?"

경감이 의문을 제기하자 레인은 한숨을 내쉬었다.

"물론 그러시겠죠. 말씀대로 흉기치고는 이상합니다. 하지만 사건의 진상을 완전히 파헤쳤을 때는……."

갑자기 레인은 입을 다물더니 몹시 애처로운 눈빛을 떠올렸다. 그러나 곧 자세를 고쳐 앉으며 맑고 그윽한 목소리로 말을 이었다.

"지금 당장은 그 의문에 대답해드릴 수 없으니 당분간 그 의문은 접어두기로 합시다. 하지만 범인이 만돌린을 흉기로 사용하기 위해 가지고 들어간 것만은 분명합니다."

"당신 말씀대로 범인이 만돌린을 흉기로 사용하기 위해 가지고 들어간 거라면, 그 흉기의 목적은 처음부터 공격적인 것이었겠군요? 즉, 공격용 도구나 살인용 도구로서 그걸 꺼낸 것이겠군요?"

브루노 검사의 물음에 경감이 끼어들며 대꾸했다.

"그건 알 수 없는 일이죠. 방어용 흉기로 가지고 들어갔다고도 볼 수 있으니까요. 해터 부인을 해칠 생각은 조금도 없이 만약의 경우에 대비해 방어하기 위해 가지고 들어갔을 수도 있다는 얘기입니다."

"뭐, 그럴 수도 있겠군요."

브루노가 중얼거렸다.

"아닙니다. 그건 그렇지가 않습니다."

레인이 단호히 부정했다.

"경감님, 생각을 해봅시다. 가령 당신 말씀대로 범인은 해터 부인이나 혹은 루이자마저도 침묵하게 만들지 않으면 안 될 경우에 대비해 단지 방어용으로 그 흉기를 가져갔다고 가정해봅시다. 그런데 그 범인이 범행 현장인 그 침실의 사정에 아주 밝다는 것은 우리도 이미 알고 있는 바입니다. 그리고 그 침실에는 흉기로 쓰일 만한 것을 대충 떠올려봐도 대여섯 가지는 있습니다. 벽난로 옆 선반에는 쇠로 된 부젓가락과 부삽이 걸려 있었고, 피해자의 침대 옆에 있는 탁자에는 묵직한 북엔드 한 쌍이 놓여 있지 않았습니까. 그중 어느 것을 사용했더라도 만돌린보다는 훨씬 타격 효과가 컸을 겁니다. 그러니까, 실제로 필요할지 안 필요할지도 모르는데 그런 방어용 흉기를 가지러 일부러 아래층까지 내려갔다면, 범인은 자신이 계획한 범행 현장에서 더 효과적인 흉기를 쉽사리 취할 수 있었는데도 까닭 없이 공연한 고생을 한 셈입니다. 그러므로 논리적으로 볼 때, 만돌린은 방어용 흉기로 가지고 들어간 것이 아니라 공격용 흉기로 가지고 들어간 것이라고 할 수 있습니다. 단지 필요할 경우에 사용하겠다는 것이 아니라, 처음부터 사용하기로 작정했던 것입니다. 게다가 다른 흉기여선 안 되었던 겁니다. 이 점이 중요합니다. 흉기는 반드시 만돌린이어야만 했던 것입니다."

"이제 알았습니다. 계속해주십시오, 레인 씨."

경감이 인정했다.

"알겠습니다. 그럼 범인이 만돌린을 의도적으로 공격용 흉기로 가지고 들어간 거라면, 대체 누구에게 그걸 사용하려고 했을까요? 루이자 캠피언이었을까요? 아닙니다. 물론 그렇지 않습니다. 앞서 설명한 것처럼 독이 든 배는 속임수일 뿐이며 범인은 루이자를 독살할 생각이 없었습니다. 그런 범인이 구태여 그 기묘한 흉기로 머리를 때려 루이자를 죽이려 했겠습니까? 그럴 리는 없습니다. 만돌린은 결코 루이자 캠피언을 목표로 한 흉기가 아니었습니다. 그렇다면 상대는 누구겠습니까? 당연히 해터 부인일 수밖에 없습니다. 이것이야말로 내가 증명하고자 한 일입니다. 즉, 범인의 의도는 루이자 캠피언을 독살하려는 것이 아니라, 어디까지나 에밀리 해터 부인을 살해하는 데 있었습니다."

노배우는 벽난로 앞으로 다리를 뻗어 발끝을 불에 쬐며 말을 이었다.

"요즘 들어 목이 예전 같지가 않군요. 은퇴한 후로 점점 내 몸도 둔해지는 것 같습니다……. 자, 지금부터 말씀드리는 근본적 사실의 상호 관계를 잘 생각해보시면 이 추리의 윤곽을 곧 파악하실 수 있을 것입니다. 첫째로, 기만, 견제, 위장 행동이란 대체로 본래의 목적을 숨기기 위한 연막입니다. 둘째로, 루이자 독살 미수는 앞서 증명된 것처럼 속임수에 불과합니다. 셋째로, 그것이 속임수임에도 불구하고 범인은 계획적으로 흉기를 가지고 들어갔습니다. 넷째로, 그런 상황에서 계획적으로 가지고 들어간 흉기를 사용해서 죽일 수 있는 상대는 단 한 사람, 즉 해터 부인뿐이었습니다."

레인이 입을 다물자 침묵이 흘렀다. 브루노 검사와 섬 경감은 감탄과 혼란이 뒤섞인 표정으로 서로의 얼굴을 마주 보았다. 브루노의 표정이 한층 더 미묘했다. 긴장된 표정 뒤에 그 어떤 초조함이 들끓고 있는 것 같았다. 브루노 검사는 섬 경감에게서 시선을 돌려 바닥만 쳐다보며 오랫동안 그런 자세로 묵묵히 앉아 있었다.

경감은 그렇게까지 초조해하지는 않았다.

"레인 씨, 인정하고 싶진 않지만 어쨌든 당신의 추리가 맞는 것 같습니다. 우리가 처음부터 방향을 잘못 잡았던 모양입니다. 이제 수사 방침을 전면적으로 바꿔야겠습니다. 지금까지와는 다른 동기에 눈을 돌려야겠어요. 루이자를 살해하려는 동기가 아니라, 해터 부인을 살해하려는 동기 쪽으로 말입니다!"

레인은 고개를 끄덕였다. 그러나 그의 두 눈에는 만족의 빛도 승리의 빛도 없었다. 이제까지 펼쳐온 명쾌한 논리에도 불구하고 뭔가 고뇌가 있는지 태도가 침착하지 못했다. 웅변의 열기가 식은 지금, 그에게는 우울한 그늘이 드리워져 있었다. 그는 명주실 같은 눈썹 아래로 브루노 검사를 물끄러미 바라보았다.

경감은 그 두 사람의 태도에는 아랑곳없이 열심히 혼잣말을 중얼거렸다.

"흐음…… 노부인을 살해할 동기라면 어떤 게 있을까……. 우선 그 유언장으로 미루어 보면……. 허 참, 그녀가 죽고 나면 모두 득을 볼 인간들뿐이로군……. 어떻게 하면 좋지? ……어디서부터 시작해야 할지 모르겠군……. 하긴, 루이자가 죽어도 상황은 마찬가지지……. 모두가 득을 볼 뿐이야……. 돈이든 개인적 증오에 따른 만족감이든……. 아마도 바버라 해터가 루이자의 후견인이 되느냐 안 되느냐에 따라 상황이 달라질 수도 있겠지…….”

“아, 그래요, 그렇습니다.”

레인이 불쑥 입을 열며 말을 이었다.

“아니 이거, 경감님, 죄송합니다……. 나는 눈으로 당신 입술을 읽고 있었으면서도 그만 엉겁결에 경감님 생각을 방해한 것 같군요……. 그런데 그보다 더 긴박한 문제가 있습니다. 노부인의 유언장 내용이 공개되고 보니, 이제까지 속임수에 불과했던 루이자 독살 계획이 이번에는 진짜가 될지도 모르겠습니다. 그 벙어리에 귀머거리이며 맹인인 그녀가 죽으면 경감님 말씀대로 누구든 득을 볼 테니까요.”

경감은 놀란 표정을 지으며 자세를 고쳐 앉았다.

“그렇군요! 그 점을 미처 생각 못 했군요. 이거 정말 문제가 더욱 복잡하게 얽히는데요.”

경감은 한숨을 쉬며 말을 이었다.

“루이자가 살해당하더라도 반드시 해터 부인을 죽인 자와 동일범의 소행이라고만은 볼 수가 없으니까요. 최초의 독살 미수와도, 두 번째의 독살 미수 겸 살인 사건과도 아무 관계가 없는 인물이 지금에 와선 얼마든지 루이자의 생명을 노릴 수도 있는 상황이 되고 말았어요. 게다가 경찰이 과거의 범인에게 혐의를 둘 것이니까 루이자를 죽이더라도 자신은 안전하다고 생각하고 범행을 저지를 수도 있겠고요. 아무튼 골치 아픈 사건입니다!”

“그렇습니다. 경감님 말씀대로입니다. 루이자 양을 밤낮 없이 계속 지켜야 할 뿐만 아니라, 해터 집안사람들은 누구든 엄중히 감시해야 합니다. 그리고 독극물들도 실험실에서 즉시 제거해야 합니다.”

“그렇게 생각하십니까?”

경감이 익살맞은 표정을 떠올리며 말을 이었다.

“제 생각엔 그럴 필요가 없을 것 같은데요. 물론 실험실은 철저히 감시하겠습니다. 하지만 독극물은 그대로 놔두는 게 좋을 것 같은데요. 누군가 또 훔치러 올지도 모르니까요!"

브루노 검사가 고개를 들어 드루리 레인을 바라보았다. 브루노의 두 눈이 강하게 빛났다. 레인은 마치 어떤 공격에 대비하는 방어 자세라도 취하듯 등을 의자 깊숙이 파묻으며 몸을 긴장시켰다. 브루노 검사의 얼굴에는 기묘한 승리의 빛이 감돌았다.

"레인 씨, 저는 생각에 생각을 거듭해보았답니다."

브루노 검사가 말했다.

"그래서 어떤 다른 결론이라도……?"

레인이 무표정하게 묻자 브루노는 싱긋 웃으며 대답했다.

"당신의 훌륭한 논리적 분석에 상처를 입히고 싶진 않지만 유감스럽게도 저로선 그렇게 할 수밖에 없겠습니다. 당신의 추리에 의하면 당신은 언제나 독살 미수범과 살인범이 동일 인물이라고 간주하더군요……."

레인은 긴장을 늦추며 안도의 한숨을 내쉬었다.

브루노 검사가 말을 이었다.

"그런데 전에 한번 우리는 독살 미수범과 살인범이 동일인이 아니고, 각기 다른 시각에 각자가 자기 일을 했을지도 모를 가능성에 대해 얘기를 나누었던 적이 있습니다……."

"예, 기억납니다."

"하지만 그럴 경우에는 당신 식으로는 독살 미수범의 동기를 설명할 수 없게 됩니다……. 그러니 이렇게 생각해보면 어떨까요? 그 동기는 저 벙어리에다 귀머거리이며 맹인인 여자를 위협하는 일, 즉 생명에 위험을 느껴 더는 그 저택에 머물지 못하게 하기 위한 것일 뿐이었다고 말입니다. 살인까지는 아니더라도 그런 정도의 일을 꾸밀 만한 인물이라면 그 집안에도 몇인가는 있으니까요. 즉 제 얘기는, 당신의 분석에서는 독살 미수범과 살인범이 별개의 인물이라는 가능성을 전혀 염두에 두고 있지 않다는 얘깁니다."

"그래요! 두 달 전의 그 일도 그날 밤처럼 단순히 협박성이었을 수 있죠……."

섬 경감이 브루노 검사의 의견에 동의하며 덧붙였다.

"이거 이렇게 되면 레인 씨의 추리도 무너지는데요."

한동안 침묵을 지키던 레인이 느닷없이 웃음을 터뜨리자 두 방문객은 놀란 표정을 지었다.

"브루노 씨, 그 점은 설명할 필요도 없을 줄 알았습니다."

"네에?"

두 사람이 동시에 외쳤다.

"너무나 명백하니까요."

"뭐가 말입니까?"

"허어, 알겠습니다. 설명해드리지요. 너무 명백한 일이라서 처음부터 그 점을 무시해버렸던 게 내 실수였군요."

레인은 다시 웃으며 말을 이었다.

"그렇더라도 브루노 씨, 그런 식으로 나를 공격하시다니, 과연 검사님다운 방식이시군요. 마치 마지막 순간에 반증을 제시하듯 말입니다."

"어쨌든 설명을 듣고 싶군요."

브루노 검사가 태연하게 말했다.

"물론 들려드리죠."

레인은 자세를 고쳐 앉으며 난롯불을 바라보며 말을 이었다.

"어째서 내가 독살 미수범과 살인범을 동일시하는지 그 점이 궁금하신 거죠? 거기에 대해선 이렇게 대답해드리지요. 나는 그렇게 추정하는 게 아니라, 그렇다는 걸 알고 있는 것입니다. 수학적으로 증명이 가능합니다."

"무슨 뜻입니까?"

섬 경감이 말했다.

"납득할 수 있는 설명을 하신다면 뭐든지 인정하겠습니다."

브루노 검사도 말했다.

“아마도 ‘여자의 눈물’처럼 내 설명에는 저항하기 힘든 설득력이 있을 겁니다.”

레인이 미소 지으며 덧붙였다.

“우선 그 설명의 대부분이 그 범행 현장의 바닥에 쓰여 있었다는 걸 말씀드려야겠군요.”

“침실 바닥이라고요? 거기에 그런 증거가 있단 말입니까……?”

“물론이죠, 경감님! 그걸 모르셨다니 놀랍습니다. 만약 혼자가 아니고 서로 목적이 다른 별개의 두 인물이 등장했다면, 그 두 사람은 분명히 서로 다른 시각에 침입했을 겁니다. 왜냐하면 결과적으로 그들은 각자의 목적을 차질 없이 완수한 셈이니까요. 이 점은 인정하시겠죠?”

두 사람은 고개를 끄덕였다.

“좋습니다. 그럼 어느 쪽이 먼저 그 방에 침입했을까요?”

섬 경감과 브루노 검사는 서로의 얼굴을 마주 보았다.

브루노가 어깨를 으쓱하며 물었다.

“어떻게 그런 걸 알 수 있습니까?”

레인은 고개를 저었다.

“생각해보십시오, 브루노 씨. 독을 주입한 배를 그 침대 탁자에 놓기 위해서 독살 미수범은 두 침대 사이에 서지 않을 수 없습니다. 이것은 우리가 이미 확인했던 대로 의문의 여지가 없는 일입니다. 그리고 해터 부인을 살해하기 위해서는, 실링 검시관도 지적했듯이, 그 살인범 또한 두 침대 사이에 발을 디뎌야만 했을 것입니다. 그런데 그 부분에 흩어진 화장용 분말 위에는 한 사람의 발자국밖에는 없었습니다. 물론 루이자 캠피언의 발자국은 제외하고 말입니다. 그녀까지 의심할 수는 없는 노릇이니까요. 그런데 만약 첫 번째 침입자가 분통을 뒤엎었다고 한다면 발자국이 두 사람 몫이 있어야 합니다. 즉, 첫 번째 침입자가 나간 뒤에 침입한 두 번째 침입자가 실수로 낸 또 다른 형태의 발자국이 있어야 한단 말입니다. 그런데 발자국은 한 사람 몫뿐이었습니다. 그러므로 여기에서 분명해지는 것은 분통을 뒤엎은 자는 첫 번째 침입자가 아니라 두 번째 침입자라는 점입니다. 그리고 첫 번째 침입자는 발자국을 전혀 남기지 않았다고 볼 수밖에 없습니다. 여기까지가 기본 원리입니다. 여기에서 논리상 당연히 제기되는 문제는 그 발자국이 누구의 것이냐는 것입니다. 즉, 두 번째 침입자가 누구인가 하는 문제입니다. 그런데 그 오른쪽 신발의 앞쪽에는 액체로 인한 얼룩이 묻어 있고, 검시관은 그것이 염화 제이수은이라고 보고했습니다. 배에 들어 있고 주사기에 남아 있던 것과 똑같은 독약입니다. 그렇다면 분명히 분말에 발자국을 남긴 침입자, 즉 두 번째 침입자는 독살 미수범이었다는 결론에 이르게 됩니다. 즉, 두 인물이 등장했다고 치더라도 화장용 분통을 엎고 그 분말 위로 발자국을 낸 두 번째 침입자는 독살 미수범이고, 첫 번째 침입자는 살인범이었다는 얘기입니다. 여기까지는 이해가 되십니까?"

두 사람은 고개를 끄덕였다.

"그런데 그 만돌린은, 즉 살인범인 첫 번째 침입자가 사용한 흉기는 우리에게 무엇을 얘기해주는 걸까요? 먼저, 다음과 같은 사실을 얘기해줍니다. 그 탁자의 분통은 그 만돌린에 의해 떨어졌다는 것입니다. 왜냐하면 분통 뚜껑에는 선의 형태로 피가 묻어 있었는데 그것은 그 피에 물든 만돌린 줄에 의해 생겼다고밖에는 볼 수 없기 때문입니다. 그리고 탁자 위의 분통이 놓여 있던 곳의 뒤쪽에는 무언가 날카로운 것에 부딪쳐서 새로 생긴 듯한 흠집이 발견되었습니다. 그것은 만돌린의 한쪽 모서리가 탁자에 부딪쳐서 생긴 것으로 이미 확인되었지요. 만돌린의 한쪽 모서리에도 탁자의 흠집과 맞아떨어지는 흠집이 남아 있었습니다. 그러니까 만돌린이 탁자의 그곳에 부딪쳤을 때 줄이 분통 뚜껑에 닿아 그 통이 탁자에서 굴러 떨어진 것입니다. 물론 만돌린이 저 혼자 멋대로 그렇게 설쳤을 리는 없지요. 만돌린은 노부인의 머리를 때리기 위해 휘둘러진 것입니다. 그렇게 볼 때, 탁자 바로 옆에서 살인범이 해터 부인의 머리를 내리치려고 만돌린을 휘두르다가 분통이 떨어진 것이 분명합니다. 그 점은 이미 우리가 범행 현장을 검증했을 때 확인했던 것입니다."

레인은 몸을 앞으로 내밀며 힘없어 보이는 집게손가락을 내두르며 말을 이었다.

"자, 앞서 우리는 분통을 뒤엎은 사람이 독살 미수범인 두 번째 침입자라고 했습니다. 그런데 이번에는 첫 번째 침입자인 살인범이 분통을 뒤엎은 게 되고 말았습니다. 그렇다면 이것은 모순이지 않습니까!"

레인은 미소를 떠올리며 계속했다.

"다른 관점에서 살펴봐도 모순이긴 마찬가지입니다. 만돌린은 흩어진 분말 위에 떨어져 있었습니다. 즉, 만돌린이 떨어졌을 때 바닥 위에는 이미 분말이 흩어져 있었던 것입니다. 그런데 처음의 분석으로는 독살 미수범이 분통을 엎질렀다고 판단했으므로 살인범은 그다음에 침입했다고 볼 수 있습니다. 하지만 살인범이 나중에 침입했다고 한다면 도대체 그 발자국은 어디에 있단 말입니까? 발견된 발자국은 독살 미수범의 것뿐이지 않습니까? 그러므로 살인범의 발자국이 없는 이상, 분통이 엎질러진 뒤에 두 명의 침입자가 있었을 리는 만무하다고 할 수 있습니다. 다시 말해, 각기 다른 목적을 가진 두 명의 침입자 따위는 있을 수가 없는 것입니다. 그런 까닭에 나는 처음부터 독살 미수범과 살인범이 동일인이라고 생각했던 겁니다!"

## 제5장

### 시체 안치소

*6월 9일 목요일 오전 10시 30분*

드루리 레인은 기대에 찬 얼굴로 낡고 음울한 뉴욕 시체 안치소의 층계를 올라갔다. 건물 안으로 들어간 그는 검시관인 레오 실링 박사와의 면회를 신청했다. 즉시 그는 해부실로 안내되었다.

지독한 소독약 냄새에 코를 찡그리며 그는 입구에서 멈춰 섰다. 실링 검시관은 통통한 몸을 해부대 위에 굽히고서 바짝 마른 시체의 내장을 들추고 있었다. 그리고 한쪽에는 키 작은 금발의 중년 사내가 의자에 기댄 채 무료한 태도로 실링의 작업을 지켜보고 있었다.

"들어오십시오, 레인 씨."

끔찍한 작업을 하며 고개도 들지 않은 채 실링 검시관이 말을 이었다.

"놀라운 일이오, 잉걸스. 이 췌장은 보존 상태가 아주 좋군요……. 자, 앉으십시오, 레인 씨. 잉걸스 박사를 소개하죠. 독극물 전문가입니다. 아, 그리고 잠깐만 기다려주십시오. 곧 이 작업을 마무리할 테니까요."

"독물학을 전공하셨습니까? 그렇다면 이거 제가 아주 운이 좋은 셈이군요."

레인은 키 작은 중년 사내와 악수를 하며 말했다.

"무슨 말씀이신지요?"

잉걸스가 의아한 표정을 떠올렸다.

"레인 씨는 유명 인사라오, 잉걸스. 당신도 신문에서 가끔 이름을 보았을 걸."

열심히 내장을 들추며 실링이 말했다.

"아, 생각납니다!"

잉걸스가 외쳤다.

실링 박사가 뭐라고 소리치자 두 젊은이가 들어와 시체를 운반해 갔다.

"자, 이제 끝났습니다."

실링은 고무장갑을 벗어 던지고 세면대로 다가가며 말을 이었다.

"레인 씨, 무슨 일이기에 이런 곳까지 오셨습니까?"

"아주 이상하고도 터무니없는 용건 때문입니다. 실링 씨, 나는 어떤 특이한 냄새를 추적하고 있습니다."

잉걸스가 미간을 찌푸렸다.

"냄새라뇨?"

실링 검시관은 손을 씻으며 킥킥거렸다. 그런 뒤 실링이 말을 이었다.

"그렇다면 정말 제대로 찾아오셨습니다. 시체 안치소에는 아주 특이한 냄새들이 많이 있으니까요."

"하지만 실링 씨, 내가 찾고 있는 냄새는 이곳에 있는 냄새들과는 종류가 다르답니다."

레인이 미소를 떠올리며 말을 이었다.

"아주 향긋한 냄새이니까요. 범죄와는 직접적인 관계가 없을 듯하지만 이번 살인 사건 해결에 매우 중대한 의미를 가질지도 모를 그런 냄새입니다."

"구체적으로 어떤 냄새입니까? 어쩌면 제가 도움이 되어드릴 수 있을지도 모르겠습니다."

잉걸스가 끼어들며 말했다.

"바닐라 냄새입니다."

"바닐라라고요?"

두 의사는 동시에 되물었다. 실링 검시관은 레인의 얼굴을 보았다.

"레인 씨, 해터 집안 사건에 바닐라 냄새가 등장한 모양이로군요. 어쨌든 참 묘한 일이군요."

"그렇습니다. 루이자 양이 범인에게서 그런 냄새가 났다고 증언했습니다."

레인은 좀 더 설명을 했다.

"처음에는 '아주 강하고 향긋한 냄새'라고 했는데 여러 가지 과정을 거친 끝에 그것이 바닐라 냄새라는 걸 확인했습니다. 뭔가 짐작 가는 게 없으십니까?"

"화장품, 과자, 향수, 요리……. 그 밖에도 여러 가지를 들 수 있지만 특별히 이렇다 할 건 생각나지 않는군요."

잉걸스가 말했다.

레인은 손을 내저었다.

"물론 그런 것들은 모두 조사해보았습니다. 하지만 그런 것들과는 관계가 없는 것 같습니다."

"그럼 꽃은요?"

실링이 불쑥 물었다.

레인이 고개를 저으며 말했다.

"난초의 일종에 바닐라 냄새가 나는 것이 있긴 하지만, 그것 역시 이 사건에 끼어든 흔적이 없습니다……. 실링 씨, 그래서 당신이라면 그 방면의 지식으로 뭔가 다른 영역에서, 어쩌면 더욱 직접적으로 범죄와 관련이 있는 것을 가르쳐주실 수 있지 않을까 해서 이렇게 찾아온 것입니다."

두 의사는 서로의 얼굴을 마주 보았다.

"그럼 약품 쪽에서 찾으시는 겁니까?"

실링이 물었다.

"그렇습니다. 바로 그 때문에 찾아온 것입니다."

레인은 미소를 떠올리며 말을 이었다.

"결국 나는 그 바닐라 냄새가 약품과 관계있는 게 아닐까 하고 생각하게 되었답니다. 처음부터 바닐라와 약품류를 연관 지어 생각하지 못했던 것은 나로서는 당연한 일입니다. 그 두 가지는 전혀 다른 성질의 것처럼 느껴지기도 하거니와 나의 화학적 지식이란 가련할 정도로 빈약한 것이어서요. 어떻습니까, 잉걸스 씨? 바닐라와 같은 냄새가 나는 독극물이 있습니까?"

독물학자는 고개를 저었다.

"지금 당장은 아무것도 생각나지 않습니다. 하지만 일반적인 독소나 독물에는 그런 것이 없다는 것만은 확실합니다."

"그리고 바닐라 자체에는 실질적인 약학적 가치가 없기도 하고요."

실링 검시관이 급히 덧붙였다.

"아 참, 그렇군요! 때로는 히스테리 환자나 가벼운 열병 환자에게 방향성(芳香性) 흥분제로 사용하는 일이 있긴 합니다만……."

레인은 갑자기 흥미를 느낀 듯이 눈을 빛냈다. 이어서 잉걸스가 갑자기 뭔가 생각이 났는지 웃는 얼굴로 살집 좋은 허벅지를 철썩 치면서 의자에서 일어나 방 한쪽 구석에 있는 책상으로 다가갔다. 그는 종이쪽지에 무언가를 휘갈겨 쓴 뒤 문 쪽으로 가서 누군가를 불렀다.

"이걸 스콧에게 갖다 주게!"

심부름꾼이 서둘러 나가자 그는 레인에게 다시 말했다.

"잠깐 기다려주십시오. 생각나는 것이 있습니다."

실링은 시무룩한 표정을 지었고 레인은 조용히 자리에 앉아 있었다.

그러다가 레인은 마치 잉걸스가 생각해낸 것에는 아무런 흥미도 없다는 듯이 침착한 목소리로 말했다.

"실링 씨, 지금 와서 생각하니 요크 해터의 실험실을 조사할 때 약품 냄새를 맡을 생각을 못 했던 게 정말 후회스럽습니다."

"참, 그렇군요. 어쩌면 그 실험실에 있는 약품 중에 관계있는 것이 있을지도 모르겠군요."

"그렇습니다. 하지만 내가 그 점을 생각해냈을 때는 이미 실험실은 화재로 엉망이 되어버렸고 약품 용기들도 거의 깨져버린 뒤였지요."

레인은 한숨을 쉬며 말을 이었다.

"하지만 불행 중 다행인지 요크 해터가 기록해둔 약품 목록은 고스란히 남아 있습니다. 그래서 말씀입니다만, 잉걸스 씨와 함께 그 목록을 한번 봐주시지 않겠습니까? 두 분이라면 거기에서 뭔가 단서를 찾아낼 수 있을 것도 같습니다만."

"하지만 이제 그렇게 할 것까지도 없을 것 같습니다, 레인 씨."

잉걸스가 말했다.

"그렇다면 정말 좋겠습니다만."

심부름 갔던 젊은이가 작고 흰 항아리를 가지고 들어왔다. 잉걸스가 알루미늄 뚜껑을 열고 냄새를 맡았다. 그런 뒤, 그는 싱긋 웃고 나서 그 항아리를 레인에게 내밀었다. 레인은 급히 자리에서 일어나 그것을 받아 들었다……. 그 속에는 색깔도 농도도 벌꿀과 비슷한, 아무런 해도 끼칠 것 같지 않은 액체가 들어 있었다. 레인은 그것을 코밑으로 가져갔다…….

"잉걸스 씨, 정말 큰 도움을 주시는군요."

레인은 항아리를 내리며 조용히 말을 이었다.

"틀림없는 바닐라 냄새입니다. 그런데 이것은 무엇입니까?"

독물학자는 담배에 불을 붙였다.

"'페루 발삼'이라는 것입니다. 그리고 이것은 어느 약국에서든 구할 수 있고, 가정에서도 흔히 볼 수 있는 것입니다."

"페루 발삼이라……."

"그렇습니다. 보시는 바와 같이 점착성 액체인데 일반적으로 로션이나 연고제로 널리 이용되고 전혀 해도 없습니다."

"로션이나 연고제로 쓰인다고요? 그렇다면 어떤 효능이 있습니까?"

실링 검시관은 분한 듯이 자기 이마를 탁 쳤다.

"제기랄! 아무리 오랫동안 보지 않았기로서니 이걸 생각해내지 못했다니! 그렇습니다. 페루 발삼은 로션이나 어떤 종류의 피부병에 효능이 있는 연고제로 쓰이는 아주 흔한 원료입니다."

레인은 미간을 찌푸렸다.

"피부병이라……. 그것참 묘하군요. 그런데 그냥 이대로 사용합니까?"

"뭐, 때에 따라서요. 하지만 대개는 다른 약과 함께 섞어서 사용합니다."

레인은 자리에 앉아 묵묵히 이 분쯤 생각에 잠겼다. 이윽고 그는 눈을 빛내며 고개를 들었다.

"실링 씨, 해터 부인의 피부에는 달리 이상이 없었습니까? 당신이 해부를 하셨으니 아시리라 봅니다만."

"전혀요."

실링 검시관이 딱 잘라 부정하며 말을 이었다.

"절대로 이상은 없었습니다. 해터 부인의 피부는 내장과 마찬가지로 아주 정상이었습니다. 물론 심장은 그렇지 않았지만요."

"허어, 그렇다면 부인에게는 내부 질환의 증거도 전혀 없었다는 말씀인가요?"

실링이 잊고 있는 무언가를 지적하듯 레인이 천천히 물었다.

실링 박사는 어리둥절해하는 것 같았다.

"무슨 말씀이신지……. 어쨌든 해부 결과 아무런 병적인 증거도 없었습니다. 아무것도요……. 그런데 대체 왜 그러십니까?"

레인은 물끄러미 실링의 얼굴을 응시했다. 실링의 눈에 이해의 빛이 떠올랐다.

"흐음, 알겠습니다. 하지만 레인 씨, 그런 점은 아무것도 표면에 나타나지 않았습니다. 게다가 나도 그런 부분에 특별히 관심이 있는 것도 아니고요……."

레인은 그들과 작별의 악수를 하고는 해부실을 나갔다. 그의 뒷모습을 바라보던 실링 검시관이 이윽고 어깨를 으쓱이며 동료에게 말했다.

"어떻소, 잉걸스? 정말 묘한 사람이잖소?"

## 제6장

*메리엄 박사의 사무실*

*6월 9일 목요일 오전 11시 45분*

그로부터 이십 분 후, 11번가의 5번 애버뉴와 6번 애버뉴 중간쯤에 차가 멈추었다. 그곳에는 사암으로 지어진 고풍스러운 3층 건물이 버티고 있었다. 그 부근은 광장에서 몇 블록 떨어진 곳으로 귀족적인 분위기가 느껴지는 지역이었다. 드루리 레인이 차에서 내려 바라보니 건물 1층의 창가에 깨끗한 흑백의 간판이 걸려 있었다.

*의학박사 Y. 메리엄*
*진료 시간*
*오전 11~12시 / 오후 6~7시*

레인은 천천히 돌계단을 올라갔다. 현관의 벨을 누르자 하녀인 듯한 흑인 여자가 문을 열었다.

"메리엄 박사님은 계시오?"

"어서 들어오십시오."

하녀는 현관의 홀과 이어진 대기실로 그를 안내했다. 실내에는 병원 특유의 약품 냄새가 풍겼다. 대기실에는 환자 대여섯 명이 기다리고 있었다. 레인은 앞쪽 창가의 의자에 앉아 끈기 있게 차례를 기다렸다.

멍하니 한 시간쯤 기다리고 있자니 단정한 복장을 한 간호사가 대기실 안쪽의 문을 열고 그에게 다가왔다.

"약속이 되어 있으십니까?"

레인은 명함을 꺼내며 대답했다.

"아닙니다. 약속은 하지 않았습니다. 하지만 메리엄 박사께선 만나주시리라 믿습니다."

명함을 건네주자 간호사는 눈이 휘둥그레져서 급히 안으로 들어갔다. 곧이어 새하얀 가운을 걸친 메리엄 박사가 나왔다.

"레인 씨……. 어째서 진작 말씀하시지 않았습니까? 간호사 얘기로는 한 시간이나 기다리셨다면서요?"

메리엄 박사는 급히 다가오며 말했다.

"뭘요, 괜찮습니다."

"자, 어쨌든 어서 안으로 들어갑시다."

레인은 메리엄 박사를 따라 넓은 사무실로 들어갔다. 그 방에서는 이웃한 진찰실이 내다보였다. 사무실은 대기실과 마찬가지로 깨끗하면서도 고풍스러웠다.

"앉으십시오, 레인 씨. 그런데 어쩐 일로 여기까지……? 혹시, 어디가 불편하신 건 아닙니까?"

레인이 싱긋 웃으며 대답했다.

"아닙니다, 메리엄 씨. 개인적인 용건으로 찾아온 건 아닙니다. 이래 봬도 건강이라면 아직은 자신이 있으니까요……."

"풀턴 양, 여긴 괜찮으니 가도 좋아요."

간호사가 방을 나가며 문을 닫았다.

"자, 그럼, 레인 씨."

그렇게 말하는 그의 어조에는 친근감이 배어 있긴 했지만, 동시에 자신은 한시도 시간을 낭비할 수 없는 직업인이라고 말하는 듯한 느낌이 풍겼다.

"예, 말씀드리죠, 메리엄 씨."

레인은 등나무 지팡이에 두 손을 포개며 말을 이었다.

"당신은 해터 집안의 누군가에게, 혹은 해터 집안과 관계있는 사람이라도 괜찮습니다만, 바닐라가 들어간 처방전을 써주신 적이 있으십니까?"

"허어! 레인 씨는 아직도 그 바닐라 냄새를 쫓고 계시는군요."

메리엄은 회전의자에 등을 기대며 말을 이었다.

"아뇨, 그런 처방전을 써준 적은 없습니다."

"확실합니까, 메리엄 씨? 다시 한 번 생각해보십시오. 히스테리나 가벼운 열병을 앓는 환자였는지도 모릅니다."

"아뇨, 없습니다!"

메리엄 박사는 손가락으로 책상 위에 놓인 압지의 얼룩을 끼적거렸다.

"그럼 이렇게 묻겠습니다. 아마 최근 몇 달 동안의 일일 듯한데, 해터가의 누군가에게 피부병 치료를 위해 페루 발삼이 들어간 처방전을 써주신 적이 있으십니까?"

메리엄은 몸을 움찔하더니 얼굴이 빨개졌다. 그리고 늙고 푸른 눈동자에 놀라는 빛을 떠올리며 다시 의자에 기대었다.

"결코 그런 적은……."

메리엄은 갑자기 입을 다물더니 느닷없이 일어나며 흥분한 목소리로 말을 이었다.

"레인 씨, 내가 맡았었던 환자에 관한 질문에는 대답해드릴 수가 없습니다. 그리고 그런 것이 당신에게 도움이……."

"하지만 메리엄 씨, 당신은 이미 그 질문에 대답한 것이나 다름없습니다."

레인은 조용히 말을 이었다.

"요크 해터 씨였단 말씀이시죠?"

메리엄은 책상 옆에 우뚝 선 채 압지를 내려다보았다.

"그래요. 요크가 맞습니다."

노의사는 낮고 괴로운 목소리로 인정했다.

"아홉 달쯤 전에 그가 나를 찾아왔는데, 양팔의 손목 위에 발진이 나 있었습니다. 그는 몹시 걱정하는 것 같았으나 내가 보기엔 별것 아니었습니다. 그때 나는 페루 발삼이 들어간 연고를 처방전에 써주었습니다. 그런데 그때 그는 무슨 이유에서인지 그 일을 비밀로 해달라고 부탁하더군요. 가족에게도 알리지 말아달라고 말입니다."

"알겠습니다. 그런데 그 후로 요크 해터 씨가 이곳에 다시 오진 않았습니까?"

레인이 침착하게 말했다.

"다른 일로 왔던 적은 있습니다만 발진 때문에 온 것은 그때뿐이었습니다. 그래서 언젠가 한번 내가 그에게 발진은 그 후로 어떠냐고 물었더니, 주기적으로 생긴다고 하며 처방해준 연고를 계속 바르고 있다고 하더군요. 아마도 그 연고는 자신이 직접 조제했을 겁니다. 그는 약제사 자격도 갖추고 있었으니까요. 그리고 붕대도 자신이 직접 감았던 것 같습니다."

"혼자서요?"

"하긴, 그가 얘기하기로는 어느 날 연고를 바르다가 며느리인 마사에게 들켜서 부득이 발진에 대해 털어놓았는데, 그 뒤부터는 가끔 마사가 붕대 감는 걸 거들어주기도 했다더군요."

메리엄은 씁쓸한 표정을 지으며 대답했다.

"흐음, 알겠습니다. 그럼 요크 해터 씨는 며느리와는 사이가 좋은 편이었겠군요?"

"그랬을 거라고 생각합니다. 어쨌든 그는 마사만은 신용하는 듯했으니까요."

"흐음, 그 점은 이해할 만합니다."

레인은 잠깐 입을 다물었다가 불쑥 말을 꺼냈다.

"그런데 요크 해터 씨의 피부병은 무엇이 원인이었습니까?"

메리엄은 눈을 껌벅였다.

"혈액 순환이 나빴던 거지요. 하지만 레인 씨……."

“괜찮으시다면 그 처방전에 썼던 대로 내게 한 장 써주실 수 있겠습니까?”

“예, 그렇게 하죠.”

메리엄은 안도하는 표정을 지으며 이 사무실과 어울리는 고풍스러운 굵은 펜으로 백지 위에 정성 들여 글씨를 쓰기 시작했다. 잠시 후 레인은 그걸 건네받아 대충 읽었다.

“독성이 있는 것은 아무것도 없었겠죠?”

“물론입니다!”

“그저 확인 삼아 물어보았을 뿐이니 오해는 마세요.”

레인은 그 처방전을 챙겨 넣으면서 말을 이었다.

“그럼 이번에는 요크 해터의 진료 기록을 보여주셨으면 합니다만.”

“진료 기록을요?”

메리엄 박사는 다시 심하게 눈을 껌벅이고는 흥분한 목소리로 말을 이었다.

“그건 있을 수 없는 일입니다! 의사라면 누구든 환자의 비밀을 보호할 의무가 있습니다. 나는 결코…….”

“메리엄 씨, 물론 나 역시 당신의 입장은 이해합니다. 하지만 내가 그런 요구를 하는 것은 살인범을 체포하기 위한 목적 외에는 다른 뜻이 없다는 것을 당신도 잘 아시지 않습니까?”

“물론 그건 알고 있습니다. 하지만 나는 도저히…….”

“또다시 살인이 일어날지도 모릅니다. 당신은 경찰을 도와야 합니다. 경찰이 아직 모르고 있는 중요한 사실을 당신이 쥐고 있을지도 모릅니다. 이런 상황에서 직업상의 비밀만을 내세울 수는 없지 않습니까?”

“그럴 수는 없습니다. 그건 의사로서의 윤리에 위배되는 일입니다.”

메리엄이 중얼거리듯 말했다.

“의사로서의 윤리라고요? 어째서 당신이 그러는지 내가 말씀드릴까요? 의사의 윤리라니, 천만의 말씀! 귀가 들리지 않는다고 해서 내가 눈까지 먼 줄 아십니까!"

레인은 흥분한 듯이 소리쳤다.

당황하는 빛이 노의사의 두 눈을 스치고 지나갔다.

"도대체 무슨 뜻입니까?"

"분명히 말씀해드리지요. 당신이 해터 집안사람들의 병력을 숨기려는 것은 내가 해터 집안사람들에게 잠재해 있는 질병의 원인을 알게 될까봐 두렵기 때문입니다."

메리엄 박사는 눈을 감았다.

레인은 긴장을 풀며 다시 미소를 되찾았다. 하지만 그것은 승리의 미소가 아니라 슬픈 미소였다.

"메리엄 씨, 모든 것이 너무도 명백하지 않습니까. 어째서 루이자 캠피언은 태어나면서부터 맹인이며 벙어리이며 게다가 귀머거리까지 될 운명을 짊어지게 되었단 말입니까?"

메리엄 박사의 얼굴은 창백해졌다.

"그리고 어째서 바버라 해터는 천재성을 타고났으며, 어째서 콘래드 해터는 광기에 사로잡혀 방탕한 세월을 보내고 있으며, 또 어째서 질 해터는 아름다운 외모 속에 악덕을 숨긴 요녀인지……."

"아아, 제발 그만하시오!"

메리엄 박사가 소리치더니 계속 말했다.

"나는 그들에 대해 옛날부터 알고 있습니다. 그들의 성장 과정을 죽 보아왔습니다. 그들을 위해, 그들이 정상적인 인간으로서 살아갈 권리를 위해 나는 노력해왔습니다……."

"알고 있습니다, 메리엄 씨. 당신은 이제껏 자신의 엄격한 직업윤리를 더할 나위 없이 충실히 받들어오셨습니다. 그런데 지금은 그와 동시에 한 사람의 인간으로서 결단성 있는 조치를 취해야 할 시점입니다. 로마 황제 클라우디우스도 말했듯이 절망적인 병에는 비상수단을 써야 하지 않겠습니까?"

레인이 부드럽게 말했다.

메리엄 박사는 의자 속으로 몸을 움츠렸고 레인은 다시 말하기 시작했다.

"그다지 어려운 일은 아니었습니다. 어째서 그들은 반쯤 미쳐 있고, 난폭하며, 괴팍스러운지, 어째서 요크 해터 씨가 비극적으로 생을 마감했는지 나는 어렵잖게 알았습니다. 물론 재앙의 원인은 에밀리 해터였습니다. 그녀의 첫 번째 남편인 톰 캠피언이 죽은 것도 그녀를 통해 병균에 감염되었기 때문이라고 보면 틀림없겠지요. 그리고 두 번째 남편인 해터 역시 그녀에게서 감염되었고요. 게다가 그 저주스러운 병균은 대를 이어 유전되었던 것입니다……. 메리엄 씨, 우리는 이 문제에 관해 완전히 뜻이 같습니다, 그러니 이 비상 기간에는 직업상의 윤리 같은 것도 일체 접어두기로 합시다."

"알겠습니다."

노의사의 대답에 레인은 안도의 한숨을 내쉬었다.

"실링 검시관은 해터 부인을 해부하는 과정에서 그런 점은 확인하지 못했다고 그러던데, 당신의 치료로 그녀는 거의 완치되었던 모양이죠?"

"하지만 다른 사람들에게 감염되는 걸 막기에는 완치가 너무 늦었지요."

노의사는 중얼거렸다. 그는 묵묵히 의자에서 일어나더니 무거운 발걸음으로 사무실 한구석에 놓인 캐비닛으로 다가갔다. 이어서 그는 캐비닛 문을 열쇠로 열고 안을 뒤적이더니 두툼한 카드 묶음을 꺼냈다. 말없이 그는 레인에게로 다가가 그것들을 넘겨주고는 창백한 얼굴로 다시 의자에 앉았다. 그런 뒤 그는 레인이 그 많은 기록들을 읽는 동안 굳게 침묵을 지켰다.

누구의 카드에나 엄청나게 많은 기록이 적혀 있었고 그 내용들에는 모두 유사한 특징이 있었다. 레인은 기록을 읽어나가는 도중에 몇 번이나 고개를 끄덕였고, 얼굴에는 점차 비통한 빛이 짙어졌다. 해터 부인의 진료 기록은 삼십 년 전 메리엄 박사가 그녀를 처음 진찰했을 때부터, 그러니까 이미 루이자 캠피언, 바버라, 콘래드가 태어난 후부터 해터 부인의 사망 시까지 이어지고 있었다. 그것은 참으로 음울한 기록이었다. 레인은 어두운 표정으로 그녀의 기록을 한쪽으로 치웠다.

그는 카드를 넘겨 요크 해터의 기록을 찾아냈다. 그의 기록은 해터 부인 것보다 간단했다. 레인은 대부분의 기록을 대충 읽어 내려가다가, 작년 해터가 실종되기 한 달 전에 기록된 마지막 기재 사항에 주목했다.

연령: 67세…… 체중: 70킬로그램(양호)…… 신장: 165센티미터…… 혈압: 190…… 심장 상태: 불량…… 피부: 정상…… 바서만 반응*매독을 진단하는 검사법—옮긴이*: 플러스1

이어서 레인이 뒤적인 루이자 캠피언의 기록은 마지막 진료 일자가 금년 5월 14일이었다.

연령: 40세…… 체중: 67킬로그램(비만)…… 신장: 163센티미터…… 초기 흉부 질환…… 시력, 청력, 발성 능력: 가망 없음?…… 신경증 진행…… 바서만 반응: 음성…… 심장: 주의를 요함…… 규정식 처방 14호

콘래드 해터가 마지막으로 진료를 받은 것은 작년 4월 18일이었다.

연령: 31세…… 체중: 79킬로그램(미달)…… 신장: 178센티미터…… 건강 상태: 대체로 불량…… 간장 불량…… 심장 비대…… 알코올 중독 증상 현저…… 바서만 반응: 음성…… 지난번보다 악화…… 들을 것 같진 않지만 절제된 생활을 권함.

바버라 해터는 작년 12월 초에 마지막으로 진료를 받았다.

연령: 36세…… 체중: 57.5킬로그램(저체중)…… 신장: 170센티미터……

빈혈증 악화…… 간장 섭취 처방…… 건강 상태: 음식 섭취로 빈혈증을 없애면 양호해지겠음…… 바서만 반응: 음성…… 결혼 생활을 하게 되면 건강상 좋은 효과가 있겠음.

질 해터, 금년 2월 24일.

연령: 25세…… 체중: 61킬로그램(약간 저체중)…… 신장: 166센티미터…… 체력 소모 현저…… 강장제 시용(試用)…… 초기 심계항진?…… 약간의 알코올 중독 증상…… 아래턱 우측 사랑니 농양, 주의를 요함…… 바서만 반응: 음성

재키 해터, 금년 5월 1일.

연령: 13세…… 체중: 36킬로그램…… 신장: 142센티미터…… 신중한 주의를 요함…… 사춘기 늦음…… 이상 체질…… 바서만 반응: 음성

빌리 해터, 금년 5월 1일.

연령: 4세…… 체중: 14.5킬로그램…… 신장: 86센티미터…… 심장, 허파: 지극히 양호…… 현재 모든 면에서 정상이며 건강하다고 생각되지만 계속 관찰할 필요 있음.

"정말 슬픈 일이로군요."

드루리 레인은 그렇게 말하고 진료 카드를 원래대로 정리해서 메리엄 박사에게 돌려주었다.

"마사 해터의 기록은 없는 것 같군요?"

"그렇습니다."

메리엄 박사가 기운 없는 목소리로 말을 이었다.

"그녀는 아이를 낳을 때도 두 번 모두 다른 의사의 도움을 받았습니다. 아이들의 진료는 내게 맡기면서도 어찌 된 셈인지 그녀 자신은 결코 내게 오지 않습니다."

"그럼 그녀는 알고 있다는 얘기입니까?"

"그렇습니다. 그러므로 그녀가 남편을 증오하고 경멸하는 것도 무리는 아닙니다."

노의사는 자리에서 벌떡 일어났다. 분명히 이 면담이 그로서는 불쾌했을 터였다. 그 주름진 턱 부위에는 결연한 빛이 감돌고 있었다. 그것을 보고서 레인도 자리에서 일어나며 모자를 집어 들었다.

"메리엄 씨, 루이자 캠피언 독살 미수와 해터 부인 살해 사건에 관해 뭔가 의견이 있으십니까?"

"당신들이 해터 집안의 누구를 범인으로 밝혀내더라도 나는 놀라지 않습니다."

메리엄은 책상을 돌아 무겁게 발걸음을 옮겨 문손잡이를 잡으며 담담한 목소리로 말을 이었다.

"레인 씨, 당신들은 죄를 범한 자를 잡아서 법정에 세우고 유죄를 선고받게 할 수는 있을 겁니다. 하지만 이것만은 꼭 말씀드리겠습니다."

두 사람은 짧은 순간이었지만 서로의 눈을 강하게 응시했다.

"조금이라도 과학을 알거나 혹은 양식을 지닌 사람이라면 해터 집안의 어느 누구에게도 그 범죄의 도덕적 책임을 지울 수는 없을 것입니다. 그들의 두뇌는 끔찍한 유전적 질환에 의해 비뚤어진 것입니다. 게다가 그들은 모두 비참한 최후를 맞을 것입니다."

"부디 그렇게 되지 않았으면 좋겠습니다."

드루리 레인은 그렇게 말한 뒤에 메리엄 박사에게 작별을 고했다.

## 제7장

**해터 저택**

**6월 9일 목요일 오후 3시**

그로부터 두 시간 동안 레인은 혼자 지냈다. 혼자 있을 필요가 있었던 것이다. 무엇보다도 그는 스스로에게 화가 났다. 어째서 이런 터무니없는 사건에 이토록 깊이 관여하게 되었단 말인가? 그는 자기 자신을 힐문했다. 요컨대, 자신에게 의무라는 것이 있다면 그것은 법에 대한 의무일 터였다. 그렇지 않다면 뭐란 말인가? 아마도 정의가 자신에게 보다 더 많은 것을 요구하고 있는 것일까…….

드로미오가 운전하는 차를 타고 주택 지구에 있는 프라이어스 클럽으로 향하며 레인은 끊임없이 자기 자신에게 질문을 퍼부었다. 그의 양심은 그를 가만 내버려두려고 하지 않았다. 클럽의 한쪽 구석, 언제나 즐겨 찾는 자리에 앉아 혼자 점심을 들며, 친구, 지인, 과거의 연극계 동료들의 인사에 기계적으로 답하는 조용한 한때마저도 아무래도 마음이 편할 수가 없었다. 음식을 깨지락거리면서도 그의 얼굴은 더욱 우울해져갈 뿐이었다. 영국식 양고기 요리조차도 오늘은 조금도 맛을 느낄 수 없었다.

점심 식사를 마친 레인은 마치 불빛에 이끌리는 나방처럼 드로미오로 하여금 해터 저택을 향해 차를 달리게 했다.

해터 저택은 조용했다. 그 조용함에 레인은 무언의 감사를 보냈다. 현관에서 홀 안으로 들어서니 집사 겸 운전사인 조지 아버클이 시골 농부 같은 얼굴로 그를 멍하니 바라보았다.

"섬 경감님은 안에 계시오?"

"3층 페리 씨 방에 계십니다."

"실험실로 오시도록 얘기해주지 않겠소?"

레인은 생각에 잠긴 채 계단을 올라갔다. 문이 열린 실험실 안에는 모셔 형사가 창가의 실험대에 멍하니 앉아 있었다.

섬 경감의 뭉툭한 코가 보이더니 걸걸한 인사말이 들렸다. 모셔가 벌떡 일어났으나 경감은 그를 한쪽으로 물러나게 하고, 열심히 서류함을 뒤지고 있는 레인을 침착하지 못한 눈초리로 바라보았다. 잠시 후 몸을 일으킨 레인의 손에는 실험실 비품을 기재한 목록 카드 뭉치가 쥐여 있었다.

"자, 찾았습니다. 하지만 잠깐 기다려주십시오, 경감님."

레인이 말했다.

그는 낡은 개폐식 뚜껑이 달린 책상 앞에 놓인, 반쯤은 검게 그을린 회전의자에 앉아서 목록 카드를 조사하기 시작했다. 그는 재빨리 카드를 훑어 넘기더니 서른 번째 장에서 가벼운 탄성과 함께 손놀림을 멈추었다.

경감은 무엇 때문에 레인이 그렇게 탄성을 내지르는지 궁금해서 그의 어깨 너머로 들여다보았다. 그 카드엔 30이라고 번호가 적혀 있었고 그 아래에는 우무*우뭇가사리 따위를 끓여서 만든 물질–옮긴이*라고 표기되어 있었다. 하지만 레인의 흥미를 끈 것은 그 단어가 아니었다. 우무라는 단어는 한 줄의 선으로 지워져 있었고 그 아래에 페루 발삼이라고 쓰여 있었던 것이다.

"도대체 뭡니까?"

경감이 물었다.

"조금만 더 기다려주십시오, 경감님."

레인은 자리에서 일어나, 폭발 후 유리 파편을 쓸어 모아놓은 방 한쪽 구석으로 다가갔다. 그는 그 파편들을 들추며 비교적 파손이 덜 된 병과 항아리를 열심히 조사했다. 그러다가 성과가 없는지 다시 화재로 불탄 약품 선반 앞으로 가서는 맨 윗단의 가운데 칸을 올려다보았다. 하지만 거기에는 아무것도 남아 있지 않았다. 그는 고개를 끄덕이며 파편 더미로 되돌아가 손상되지 않은 병과 항아리를 몇 개 골라냈다. 그런 뒤 그는 그것들을 약품 선반 맨 윗단의 가운데 칸에 조심스레 늘어놓았다.

"이젠 됐습니다."

레인이 손을 털며 말을 이었다.

"그런데 경감님, 모셔 형사에게 심부름을 좀 시켜도 되겠습니까?"

"예, 물론이죠."

"모셔 형사, 마사 해터를 좀 불러주시오."

모셔는 싱긋 웃으며 활기차게 실험실에서 나갔다가 이내 마사를 앞장세우고 돌아왔다. 그런 뒤 그는 문을 닫더니 왕실 수문장이나 되는 것처럼 위엄 있는 자세로 문을 등지고 섰다.

마사 해터는 섬 경관과 레인 앞에 선 채 불안한 듯이 두 사람의 얼굴을 살폈다. 그녀의 모습은 전보다 더 핼쑥했다. 눈 밑에는 짙은 기미가 끼어 있었고 코는 홀쭉했으며 안색은 창백했다.

"자, 부인, 어서 앉으시죠."

레인이 상냥하게 자리를 권하며 말했다.

"좀 물어보고 싶은 것이 있어서요……. 당신의 시아버지인 요크 해터 씨는 아마도 피부병으로 고생하셨을 테죠?"

"어머나!"

마사는 앉으려다 말고 놀라며 잔뜩 긴장했다. 그러고 나서 겨우 회전의자에 앉았다.

"네, 맞습니다. 하지만 그걸 어떻게 아셨죠? 그 일은 아무도 모를 텐데……."

"당신과 요크 해터 씨와 메리엄 박사 외에는 아무도 모른다고 생각했을 테죠. 하지만 뭐 그 정도는 쉽게 알 수 있죠……. 당신은 해터 씨가 몰래 연고를 바르고 붕대 감는 것을 도와드렸죠?"

"대체 그건 또 무슨 얘기입니까?"

경감이 투덜댔다.

"아, 경감님, 조금 더 참고 기다려주십시오……. 그렇지 않습니까, 부인?"

"네, 도와드렸습니다."

"그럼, 그 연고의 이름이 무엇이었습니까?"

"이름은 전혀 기억이 나지 않습니다."

"그럼, 해터 씨가 그걸 어디에 보관했는지는 아십니까?"

"네, 그건 알고 있습니다. 늘 저기 진열되어 있던 항아리들 가운데 하나에……."

그녀는 의자에서 일어나 약품 선반 앞으로 다가갔다. 이어서 그녀는 선반 가운데에 서서 발돋움을 하더니 방금 레인이 늘어놓은 선반의 항아리 중 하나를 집어 들었다. 레인의 시선은 마사에게 고정되어 있었다. 분명히 마사는 그 칸의 한가운데에서 항아리를 집어냈던 것이다.

그녀가 그 항아리를 건네주려 하자 레인은 고개를 저었다.

"부인, 뚜껑을 열고 내용물의 냄새를 한번 맡아봐주십시오."

마사는 의아한 표정을 지으면서도 시키는 대로 했다.

"어머, 아닌데요."

코를 채 들이대기도 전에 그녀가 놀라 말을 이었다.

"이건 그 약이 아닙니다. 그건 벌꿀처럼 생겼고, 냄새는……."

갑자기 말을 삼켜버리며 그녀는 아랫입술을 깨물었다. 야윈 얼굴에 공포의 빛이 번지는가 싶더니 항아리가 그녀의 손에서 미끄러져 바닥에서 산산이 부서졌다.

경감은 골똘히 그녀를 지켜보았다.

"그래, 어떤 냄새였습니까, 부인?"

경감이 쉰 목소리로 말했다.

"말씀하시지요, 부인."

레인도 부드럽게 재촉했다.

그녀는 기계적으로 고개를 저었다.

"아뇨……, 기억이 나지 않습니다."

"바닐라 냄새가 아니었던가요, 부인?"

마사는 긴장된 태도로 레인의 얼굴을 응시한 채 뒷걸음치며 밖으로 나가려고 했다. 레인은 한숨을 쉬며 천천히 그녀에게 다가가 그녀의 팔을 가볍게 두드려주고는 문 쪽에 서 있던 모셔를 비키게 해서 문을 열어주었다. 마사는 마치 몽유병자와도 같은 걸음걸이로 천천히 걸어 나갔다.

"그랬었군요! 그 바닐라 냄새가 피부병 약에서 나온 것일 줄이야! 이거 정말 대단한 성과로군요."

경감이 소리쳤다.

레인은 벽난로 앞으로 다가가 불기 없는 난로를 등지고 시선을 아래로 떨어뜨렸다.

"그렇습니다. 루이자 양이 증언했던 냄새의 출처를 이제 겨우 찾아낸 것 같습니다."

그는 생각에 잠긴 얼굴로 말했다.

경감은 흥분하고 있었다. 그는 마냥 서성이면서 레인에게라기보다는 자기 자신에게 지껄여댔다.

"정말 대단합니다! 놀라워요……. 바닐라에 연고라……. 그런데 이렇게 되면 에드거 페리는……. 레인 씨, 거기에 대해서는 어떻게 생각하십니까?"

"그를 체포한 것은 잘못 짚은 일이었다고 생각합니다."

그렇게 말하며 레인은 웃었다.

"뭐, 하긴, 저도 그런 생각이 들긴 합니다. 어쨌든 이젠 저도 알 것 같습니다."

경감은 교활하게 눈을 빛내며 말했다.

"알다니요? 뭘 말입니까?"

레인이 날카롭게 반문했다.

"아니, 그건 말씀 못 드리겠습니다, 레인 씨."

경감은 싱긋 웃으며 말을 이었다.

"당신이 방금 제게 한 방 먹인 셈이니까요. 이번에는 제 차례입니다. 아직 말씀드릴 수는 없지만, 이 종잡을 수 없는 사건을 맡은 이래로 이제야 비로소 쓸 만한 것을 거머쥔 것 같은 느낌입니다."

레인은 물끄러미 경감을 바라보았다.

"뭔가 짐작이 가는 거라도 있다는 얘기인가요?"

"글쎄요. 조금 짚이는 게 있다고나 할까요? 어쨌든 이것이 잘 맞아떨어지기만 하면……."

경감은 킥킥거리더니 발소리도 요란하게 문으로 다가갔다. 그리고 엄한 목소리로 말했다.

"모셔! 이 방은 자네와 핑크가 책임을 져야 해, 알겠나?"

경감은 판자로 폐쇄해놓은 창 쪽으로 시선을 돌리며 말을 이었다.

"단 일 초라도 한눈팔아선 안 돼, 알겠지?"

"알겠습니다, 경감님."

"실수를 했다간 경관 배지를 반납해야 할 거야……. 자, 그럼 레인 씨, 함께 가실까요?"

"아닙니다, 경감님. 당신이 어디에 가려고 하시는지는 모르겠지만 나는 나대로 행동하겠습니다. 그런데 혹시 줄자를 가지고 계시면 좀 빌려주시죠."

"줄자요? 대체 그건 무엇에 쓰시려고요?"

경감은 조끼 주머니에서 접자를 꺼내 레인에게 주었다.

레인은 다시 약품 선반으로 다가갔다. 그는 접자를 펴서 맨 윗단의 아래쪽 가장자리와 두 번째 단의 위쪽 가장자리 사이의 거리를 쟀다.

"흠! 15센티미터라……. 그리고 두께가 2.5센티미터……."

레인은 턱을 어루만지며 고개를 끄덕였다. 그리고 우울함과 만족감이 뒤섞인 기묘한 표정으로 접자를 접어 경감에게 되돌려주었다.

경감은 그때까지의 낙천적인 기색이 자취를 감춘 얼굴로 신음하듯이 물었다.

"그러고 보니…… 당신은 어제 사건 해결을 위한 길이 두 가지 있다고 하셨죠? 그 한 가지는 바닐라 냄새일 테고…… 그럼 또 한 가지는 이것입니까?"

"예? 아, 선반을 잰 것 말입니까? 아뇨, 아닙니다."

레인은 고개를 저으며 말을 이었다.

"그건 좀 더 조사를 해보아야만 합니다."

경감은 아쉬운 표정으로 꾸물거리더니, 이윽고 결심을 한 듯 고개를 저으며 밖으로 나갔다.

레인은 경감이 사라진 뒤에 천천히 실험실에서 나갔다.

레인은 옆방인 스미스 양의 방을 들여다보았지만 아무도 없었다. 그런 다음에는 동남쪽 구석의 방 앞으로 가서 문을 노크했다. 하지만 이곳에서도 역시 방 주인을 만날 수 없었다.

레인은 계단을 내려가, 도중에 아무도 마주치지 않은 채 뒤곁으로 해서 뜰로 나갔다. 바깥 공기는 꽤 서늘했지만, 커다란 파라솔 아래에서 스미스 양이 책을 읽고 있었고 그 옆에는 루이자 캠피언이 접의자에서 자고 있는 것 같았다. 그녀들 바로 옆에는 재키와 빌리가 잔디 위에 쭈그리고 앉아 뭔가를 열심히 내려다보며 뜻밖에도 얌전하게 놀고 있었다. 두 말썽꾸러기들은 개미들의 분주한 움직임에 온통 정신이 팔려 있는 듯했다.

"스미스 양."

레인이 다가가며 말을 이었다.

"혹시 바버라 양이 어디 있는지 아십니까?"

"아!"

스미스 양은 엉겁결에 책을 떨어뜨렸다.

"어머, 죄송합니다. 깜짝 놀랐어요. 바버라 양은 경감님의 허락을 받고 외출하신 걸로 압니다……. 하지만 어디에 갔는지, 언제 돌아올지는 저도 몰라요."

"알겠습니다."

레인이 바지가 당겨지는 것을 느끼고 아래를 내려다보니, 빌리가 작은 장밋빛 얼굴로 그를 올려다보며 소리쳤다.

"할아버지, 사탕 줘! 사탕 달란 말이야!"

"아, 빌리로구나."

레인은 마지못해 알은체를 했다.

"바버라 고모는 감옥에 갔어. 페리 선생님을 만나러 감옥에 갔다니까!"

열세 살짜리 재키가 그렇게 외치고는 레인의 등나무 지팡이를 당겼다.

"그럴지도 모르죠."

스미스 양이 심드렁하게 대꾸했다.

레인은 부드럽게 아이들을 떼어냈다. 지금은 아이들을 상대할 기분이 들지 않았던 것이다. 레인은 오솔길을 따라 저택을 돌아서 큰길로 나왔다. 드로미오가 보도 가장자리에 차를 세워놓고 대기하고 있었다. 그는 그곳에서 걸음을 멈추고 어두운 표정으로 해터 저택을 돌아다보았다. 이어서 그는 힘겹게 차에 올라탔다.

## 제8장

**바버라의 작업실**

**6월 10일 금요일 오전 11시**

드루리 레인이 다시 찾아갔을 때도 미치광이 해터 집안은 썰렁한 적막에 휩싸여 있었다. 섬 경감의 모습도 보이지 않았는데, 아버클 부부의 얘기로는 어제 오후에 나간 후 아직 돌아오지 않았다고 한다.

"예, 바버라 양은 집에 있습니다. 아침 식사도 자기 방에서 했는데 여태 내려오지 않고 있어요. 벌써 11시나 됐는데……."

아버클 부인이 못마땅한 듯이 투덜거렸다.

"내가 만나러 왔다고 전해주십시오."

아버클 부인은 성가신 듯이 눈살을 찌푸렸으나 이내 묵묵히 2층으로 올라갔다가 잠시 후 돌아왔다.

"괜찮으니 올라오시랍니다."

레인이 어제 오후에 노크를 했던 방 안에는 여류 시인이 앉아 있었다. 그녀는 공원이 내려다보이는 창가의 의자에 앉아 비취로 만든 기다란 담뱃대로 담배를 피우고 있었다.

"어서 오십시오. 이런 모양으로 있어서 죄송하군요."

"아뇨, 아주 매력적입니다."

바버라는 비단으로 된 중국옷을 입고 엷은 금발을 양어깨에 늘어뜨리고 있었다.

그녀는 어색하게 미소를 지으며 말했다.

"방 안이 지저분하지만 이해해주세요, 레인 씨. 워낙 게을러서 아직 청소도 하지 않았답니다. 작업실로 자리를 옮기는 게 좋을 것 같군요."

그녀는 반쯤 젖혀진 커튼 사이로 빠져나가며 옆에 딸린 작은 방으로 레인을 안내했다. 그 방은 수도사의 방처럼 간소하게 꾸며져 있었는데, 널찍한 책상과 아무렇게나 책이 꽂혀 있는 책꽂이, 타자기 그리고 의자가 하나 놓여 있을 뿐이었다.

"아침부터 계속 원고를 쓰고 있었어요. 어서 그 의자에 앉으세요. 저는 책상에 걸터앉으면 되니까요."

그녀가 말했다.

"예, 고마워요. 좋은 방인데요, 바버라 양. 상상했던 대로군요."

"어머, 정말이세요?"

그녀는 웃으며 말을 이었다.

"우리 집안에 대해서든, 저에 대해서든 사람들은 아주 좋지 않은 소문을 퍼뜨리고 있죠. 예를 들면, 제 침실에는 벽과 바닥과 천장에 온통 거울이 붙어 있어 관능의 극치를 이루고 있다나요! 그리고 제가 매주 애인을 갈아 치운다는 둥, 하루에 블랙커피 3리터와 진을 4리터씩 마신다는 둥……. 하지만 물론 레인 씨가 그 예리한 눈으로 보시는 바와 같이 저는 평범한 여자예요. 소문과는 달리 선량한 여류 시인일 뿐이에요."

레인은 한숨을 쉬었다.

"바버라 양, 나는 오늘 당신에게 좀 묘한 것을 물어보려고 왔습니다."

"네? 무슨 말씀이시죠?"

그녀는 놀라면서 되물었다.

"내가 당신을 처음 만났을 때, 그때 당신이 했던 얘기 가운데 왠지 아직까지도 내 머릿속에서 떠나지 않는 게 있답니다. 그래서 언젠가 한번 당신을 만나서 차분히 자세한 얘기를 들어봐야겠다고 늘 생각하고 있었지요."

"그게 뭐죠?"

그녀가 가라앉은 목소리로 물었다.

레인은 강한 눈길로 그녀를 응시하며 말했다.

"당신의 아버님인 요크 해터 씨께선 추리소설을 쓰신 적이 있습니까?"

바버라는 깜짝 놀라며 레인을 바라보았다. 레인은 그녀가 진심으로 놀라고 있음을 알 수 있었다. 그녀는 전혀 다른 질문을 예상하고 있었던 게 분명했다.

"어쩜! 선생님은 마치 매력적인 셜록 홈스 같으시네요……. 그래요, 아버지는 추리소설을 썼습니다. 그런데 대체 그걸 어떻게 아셨지요?"

레인은 좀 더 그녀를 바라보다가 이윽고 한숨을 내쉬며 긴장을 늦추었다.

"역시 그랬군요. 역시 생각했던 대로였어요."

이루 말할 수 없는 고뇌의 빛이 그의 두 눈에 어렸는데, 그는 재빨리 고개를 숙이며 그것을 감추고자 했다. 바버라도 미소를 거두고 그런 그를 바라보았다.

"당신은 그때, 아버님이 언젠가 한번 소설을 쓰려고 했던 적이 있다고 했습니다. 그런데 어째서 나는 그걸 추리소설로 추측했을까요? 그건 몇 가지 사실이 그럴 가능성을 강하게 뒷받침하고 있기 때문입니다."

그녀는 담배를 비벼 껐다.

"죄송하지만, 무슨 말씀을 하시는지 잘 모르겠어요. 하지만, 레인 선생님. 저는 당신을 믿겠습니다……. 그래요, 아마 작년 초가을이었을 겁니다. 아버지가 제게 오셔서 약간 쑥스러워하시면서 좋은 출판 관계자를 가르쳐달라고 하시기에, 제가 아는 사람을 알려드렸어요. 그때 저는 좀 뜻밖이기도 해서 아버지에게 뭔가를 쓰고 계시느냐고 여쭤보았죠."

그녀는 잠깐 입을 다물었다.

"그래서요?"

레인이 작은 소리로 재촉했다.

"그러자 아버지는 우물쭈물하셨는데 제가 재촉하니까 마침내 비밀로 해달라고 하시며 추리소설의 초안을 잡고 있다고 털어놓으셨습니다."

"초안을요?"

레인이 되물었다.

"제가 기억하기로는 그렇게 말씀하셨어요. 대체적인 줄거리는 이미 세워 놓았다고 하셨어요. 상당히 마음에 들어서 나중에 완성되면 출판 관계자와 의논하고 싶다고 하셨습니다."

"그렇군요. 잘 알겠습니다. 이로써 모든 것이 분명해진 셈입니다. 그런데 그 밖에 또 다른 말씀은 하시지 않았습니까?"

"아뇨, 하시지 않았습니다……. 사실은 저도 그때 큰 관심을 갖진 않았고요."

그녀는 중얼거리듯 말을 이었다.

"하지만 지금은 그랬던 게 후회가 되는군요."

그녀는 물끄러미 책상을 응시했다.

"저는 아버지가 언제나 과학에만 열의가 있는 줄 알았는데, 아버지가 갑자기 창작욕을 드러내시는 것이 좀 뜻밖이기도 했고 기쁘기도 했어요. 하지만 저의 관심은 그 정도에서 그쳤을 뿐이에요. 그 후로 그 일에 관해서는 아무것도 듣지 못했습니다."

"그 일을 누구 다른 사람에게 얘기한 적이 있습니까?"

그녀는 고개를 저었다.

"선생님께서 질문하시기 전까지는 까맣게 잊고 있었는걸요."

"그럼, 아버님이 혹시 본인 입으로 어머님이나 혹은 다른 누구에게 그 사실을 얘기하셨을 것 같지는 않습니까?"

"절대로 그렇지는 않았을 겁니다. 만약 그렇게 하셨다면 제 귀에도 들어왔겠죠."

그녀는 한숨을 쉬며 말을 이었다.

"질이 들었다면, 좋은 웃음거리로 여기고 여기저기 떠들고 다녔을 게 틀림없습니다. 콘래드가 들었을 경우에도 반드시 모든 사람들 앞에서 비웃었을 게 분명하고요. 그리고 제가 단언하건대, 아버지가 어머니에게 그런 얘기를 했을 리는 결코 없습니다."

"어떻게 그렇게까지 단언하십니까?"

그녀는 한쪽 손을 주먹을 쥐더니 그걸 바라보며 말했다.

"아버지와 어머니는 오래전부터 서로 의례적인 말밖에는 하지 않는 사이였으니까요."

"알겠습니다……. 그런데 그 원고를 당신도 보았습니까?"

"아뇨. 제 생각에, 구체적인 원고는 없다고 봅니다. 아까 말씀드린 대로 대체적인 줄거리만 세워놓았을 뿐일 테니까요."

"그럼 그 줄거리를 적어놓은 것을 어디에다 보관해두었을지 짐작하시겠습니까?"

그녀는 어깨를 으쓱했다.

"아버지의 그 '보물 창고'에 없다면 저도 도통 알 수가 없겠는걸요."

"그럼 그 내용은 어떤 것이었나요?"

"그건 저도 모릅니다. 내용에 관해선 아무런 말씀도 하시지 않았으니까요."

"그럼, 아버님께서는 그 추리소설 건으로 당신이 가르쳐준 그 출판 관계자를 만나셨던가요?"

"아뇨."

"확실합니까?"

"물론입니다. 아버님이 실종되신 후에 제가 그에게 직접 물어보았으니까요."

레인은 천천히 의자에서 일어났다.

"고마워요, 바버라 양. 크게 도움이 됐습니다."

## 제9장

*실험실*

*6월 10일 오후 3시 30분*

그로부터 몇 시간 후, 집 안에 인기척이 뜸해지자 레인은 조용히 층계를 올라가 3층으로 갔다. 그런 뒤, 조그만 사다리를 타고 올라가 뚜껑문을 열고 미끄러운 지붕 위로 나갔다. 비옷을 입고 우산을 쓴 형사가 불쌍한 모습으로 굴뚝에 기대어 서 있었다. 그 형사에게 상냥하게 말을 건넨 다음 레인은 비를 맞는 것도 개의치 않고 캄캄한 굴뚝 구멍을 들여다보았지만 아무것도 보이지 않았다. 그러나 회중전등만 있으면 죽음의 방과 실험실 사이에 놓인 칸막이벽의 윗부분이 보일 듯했다. 잠시 그 자리에 선 채 생각에 잠겨 있던 레인은 이윽고 손을 흔들어 형사에게 작별을 고하고는 다시 뚜껑문을 열고 아래로 내려갔다.

2층까지 내려온 레인은 멈춰 서서 주위를 둘러보았다. 어느 방이나 문이 닫혀 있었고 복도에도 인기척이 없었다. 그는 얼른 문을 열고서 실험실로 들어갔다. 신문을 읽고 있던 모셔가 얼굴을 들었다.

"아, 어서 오십시오!"

모셔는 활기차게 레인을 맞이하며 말을 이었다.

"레인 씨가 오실 줄은 몰랐습니다. 어쨌든 잘 오셨습니다. 그렇잖아도 지긋지긋하게 따분하던 참이었으니까요."

"그러시겠지요."

레인은 그렇게 응수하면서도 눈으로는 부지런히 방 안을 두리번거렸다.

"가끔은 사람 얼굴도 좀 봐야 하는데 이건 마치 혼자서 묘지를 지키는 것과 다를 바 없답니다."

모셔는 허물없이 지껄였다.

"정말 그렇겠군요……. 그런데 모셔 형사, 부탁할 일이 있어요. 나를 위한 일이기도 하거니와 지붕 위에 있는 동료를 위한 일이기도 해요."

"크라우스 말입니까?"

"그래요. 이곳은 내가 지킬 테니 잠시 지붕에 올라가 있지 않겠소? 그 형사도 몹시 따분한 모양이더군요."

"글쎄요."

모셔는 발을 꿈지럭거렸다.

"하지만 그건 곤란하겠는데요, 레인 씨. 상관의 명령이 워낙 엄해서요. 저는 한시도 이곳을 벗어나지 말라는 명령을 받았습니다."

"아, 그건 걱정 마요, 모셔 형사. 모든 책임은 내가 질 테니까요."

레인은 답답하다는 듯이 재촉했다.

"자, 어서요! 이곳은 걱정 말고 그와 함께 지붕 위나 잘 지켜주세요. 지금부터 한동안 아무런 방해도 받지 않고 이곳에서 생각을 정리하고 싶어서 그럽니다."

"정 그러시다면 그렇게 하죠."

모셔는 마지못해 무거운 발걸음으로 실험실에서 나갔다.

레인의 눈이 빛났다. 그는 모셔를 따라 복도로 나가 그가 위층으로 사라질 때까지 기다렸다. 그런 뒤, 레인은 살인이 일어났던 옆방 문을 열고 안으로 들어갔다. 방 안은 비어 있었다. 재빨리 그는 방을 가로질러 뒤뜰에 면한 창가로 가서 창문이 잠겨 있는 것을 확인했다. 다시 문 쪽으로 돌아간 그는 안에서 문이 잠기도록 조작해놓고 밖으로 나와 힘차게 문을 닫았다. 확인해보니 문은 완전히 잠겨 있었다. 그는 다시 실험실로 돌아가 안쪽에서 문을 잠갔다. 그런 다음 그는 코트를 벗고 셔츠 소매를 걷어 올리고 작업에 착수했다.

가장 먼저 그의 주의를 끈 것은 벽난로인 듯했다. 그는 벽난로 선반에 손을 대고 석조의 아치 밑으로 고개를 들이밀었다가 곧 다시 빼냈다……. 잠깐 동안 그는 망설이며 주위를 둘러보았다. 새카맣게 그을린 개폐식 뚜껑이 달린 책상과 철제 서류함은 이미 조사했다. '반쯤 타다 만 경대는 어떨까? 그것도 가능성은 없겠지.'

그는 입을 꽉 다물고 허리를 굽히더니 주저 없이 벽난로 속으로 기어 들어갔다. 그런 뒤 그는 바깥쪽 벽과 안쪽의 칸막이벽 사이에서 허리를 폈다. 오래되어 새까맣고 매끄러운 내화벽돌로 된 칸막이벽은 약 1.8미터 남짓한 레인의 키와 비슷한 높이였다. 그는 조끼 주머니 안에서 만년필 모양의 회중전등을 꺼내 가느다란 빛으로 벽난로 속의 벽면을 비춰보기 시작했다. 하지만 그런 식의 조사로는 그가 찾으려는 것을 도저히 찾아낼 수 있을 것 같지가 않았다. 그럼에도 불구하고 그는 그 많은 벽돌들을 하나하나 두들겨보거나 밀어보면서 어딘가에 느슨한 곳이 없는지 꼼꼼하게 확인해나갔다. 마침내 그는 이 실험실 쪽 벽난로 속의 벽면에는 아무런 이상이 없다는 결론을 내리고서 허리를 펴고 칸막이벽을 마주했다. 비록 늙은 나이이기는 했지만 넘지 못할 정도의 높이는 아니었다. 레인은 먼저 회중전등을 벽 위에 올려놓고서 벽 위를 잡고 힘껏 자신의 몸을 끌어 올렸다. 그런 다음 그는 칸막이벽을 타 넘어 옆방인 살인이 일어났던 방의 벽난로 쪽으로 사뿐히 뛰어내렸다. 예순의 나이인데도 그의 근육은 젊은 사람처럼 탄력이 있었다……. 벽을 타 넘을 때 굴뚝 위에서 떨어지는 빗방울이 미지근하게 머리와 볼에 닿는 것을 느낄 수 있었다.

침실 쪽 벽난로 속에서도 레인은 느슨해진 부분이 없는지 벽 수색을 되풀이했으나 역시 성과가 없었다. 그는 낙심한 표정으로 다시 칸막이벽을 타 오르더니 이번에는 그 위에 말 탄 듯이 걸터앉아 주위를 비춰보기 시작했다. 그러다가 갑자기 그는 표정을 바꾸며 긴장했다. 칸막이벽 정상에서 30센티미터쯤 위인 굴뚝 자체의 안쪽 벽에 분명히 느슨해 보이는 벽돌이 하나 있었기 때문이었다. 그 벽돌은 둘레의 회반죽이 벗겨져 있었고 이웃한 다른 벽돌들보다 조금 튀어나와 있었다. 그는 군센 손가락 끝으로 약간 튀어나온 부분을 잡고 앞으로 확 잡아당겨 보았다. 그러자 벽돌이 너무 맥없이 빠져나오는 바람에 그는 몸의 균형을 잃고 아래로 떨어질 뻔했다. 레인은 그 벽돌을 자기 발 사이의 벽 윗부분에 조심스레 올려놓고 벽돌이 빠져나간 네모난 어두운 구멍을 전등에 비춰 보았다.

그 구멍 안쪽은 누군가가 일부러 정성껏 파서 넓힌 것이 분명했는데, 거기에 뭔가 누런 것이 보였다!

레인이 손가락을 밀어 넣어 내용물을 꺼내보니 그것은 몇 겹으로 접힌, 그을고 더러워진 황백색 종이 뭉치였다.

레인은 그것을 곧바로 뒷주머니에 쑤셔 넣고서 다시 허리를 굽혀 구멍 속을 조사했다. 회중전등의 빛을 받고 무언가 빛나는 것이 있었다. 조사해보니 그 비밀 구멍 안쪽에는 벽돌에 파인 또 하나의 구멍이 나 있었다. 그 속에서 레인이 찾아낸 것은 코르크 마개를 단단히 끼운 작은 시험관이었다.

그것을 꺼내 자세히 들여다보던 그의 눈빛은 차츰 어두워졌다. 시험관에는 라벨이 붙어 있지 않았지만 흰 액체가 가득 들어 있었다. 레인이 구멍 속을 더 조사해보니 액체를 옮겨 넣을 때 쓰는 스포이트도 들어 있었다. 하지만 레인은 거기에는 손도 대지 않았고 빼낸 벽돌도 그대로 둔 채 실험실 쪽 벽난로로 뛰어내렸다. 이어서 그는 손을 뻗어 칸막이벽 위에서 흰 액체가 담긴 시험관을 챙긴 뒤 허리를 굽혀 실험실로 나왔다.

고뇌에 사로잡힌 듯이 그의 두 눈은 이제 회색보다도 녹색이 더 짙어진 채 차가운 빛을 발하고 있었다.

음울한 얼굴과 더러워진 차림으로, 레인은 벗어놓았던 코트를 집어 들어 주머니에 시험관을 집어넣었다. 그런 뒤 그는 검게 그을린 실험대 중 하나로 다가가 뒷주머니에서 누런 종이 뭉치를 꺼내 천천히 펼쳐보았다……. 그것은 몇 장의 값싼 타자기 용지였는데 거기에는 꼼꼼한 필체의 글자들이 가득 적혀 있었다. 그는 읽기 시작했다.

훗날 레인이 지적했듯이 그것은 해터 사건 수사 과정에서 가장 빛나는 순간이었다. 하지만 이미 알고 있던 결론을 확인이라도 하는 듯이 그 기록을 읽는 그의 표정은 오히려 침울해 보였다. 그리고 어떤 대목에서는 분명히 놀라는 빛이 얼굴에 떠오르기도 했다. 이윽고 그는 읽기를 끝내고 꼼짝도 하지 않고 서 있었다. 마치 그렇게 꼼짝도 하지 않고 있으면 자신이 당명한 모든 문제들로부터 벗어날 수 있기라도 한 듯이. 하지만 이윽고 레인은 눈을 껌벅이고 나서 주위의 잡동사니들 속에서 연필과 종이를 찾아내 발견한 기록을 바삐 옮겨 적기 시작했다. 그 일을 마치고 그는 자리에서 일어났다. 기록의 원본과 사본을 모두 뒷주머니에 찔러 넣고 코트를 입고 바지의 먼지를 털었다. 그런 뒤 그는 실험실 문을 열고 복도를 내다보았으나 여전히 아무도 없었고 조용했다.

오랫동안 그는 죽음과도 같은 정적 속에서 가만히 선 채로 기다렸다.

마침내 아래층에서 인기척이 들리자 레인은 계단 난간으로 다가갔다. 내려다보니 아버클 부인이 부엌을 향해 어기적어기적 걸어가고 있었다.

"아버클 부인."

그는 낮은 소리로 그녀를 불러 세웠다.

가정부는 흠칫하며 위를 쳐다보았다.

"아, 당신이시군요! 아직도 계셨군요. 그런데 왜 그러시죠?"

"미안하지만 부엌에서 빵하고 우유 한 잔 가져다주시겠습니까?"

레인이 밝게 웃으며 그렇게 말하자, 가정부는 알았다는 듯이 무뚝뚝하게 고개를 끄덕이고는 사라졌다. 레인은 다시 아까처럼 가만히 선 채로 기다렸다. 잠시 후, 가정부가 젤리가 든 빵과 우유가 든 컵을 담은 쟁반을 받쳐 들고 계단을 올라와 난간 너머로 그 쟁반을 레인에게 건네주며 무뚝뚝하게 말했다.

"우유가 얼마 남지 않아서 이것밖엔 못 드리겠어요."

"아니, 이거면 충분해요. 고마워요."

가정부가 계단을 내려가는 것을 지켜보며 그는 컵을 들고 천천히 우유를 마시기 시작했다. 하지만 그녀가 계단을 다 내려가 복도로 모습을 감추자마자 레인은 우유 컵을 쟁반에 내려놓았다. 그런 뒤 쟁반을 들고 실험실로 다시 들어가 문을 단단히 잠갔다.

이번에는 자신이 찾고 있는 것이 어디에 있는지 잘 알고 있었다. 레인은 쟁반을 실험대 위에 내려놓고 약품 선반 아래의 수납장 속을 뒤지기 시작했다. 그 수납장은 문이 닫혀 있었고 바닥에 놓여 있었던 터라 화재의 피해를 거의 입지 않았다. 찾고자 했던 것은 이내 발견되었다. 그는 벽난로 속의 비밀 구멍에서 발견한 것과 같은 작은 시험관과 코르크를 꺼내 들고 몸을 일으켜 세웠다. 그런 다음 실험대의 수도꼭지를 틀어 시험관을 씻고는 아주 신중하게 컵의 우유를 시험관에 따랐는데, 그 양을 비밀 구멍에서 찾아낸 시험관 속의 흰 액체와 똑같게 만들었다.

두 개의 시험관이 구별할 수 없을 정도로 닮은 것에 만족하면서 그는 우유가 든 시험관에 코르크 마개를 채우고 컵에 남은 우유는 실험대의 개수대에 버렸다. 그런 다음 그는 다시 벽난로 속으로 들어가 칸막이벽에 올라앉은 뒤, 원래의 시험관이 들어 있었던 구멍에다 우유가 든 시험관을 넣었다. 하지만 구멍 속의 스포이트는 그대로 두었다. 그리고 다시, 잘 접어두었던 누런 종이 뭉치도 원래의 자리에 넣어두고, 빼냈던 벽돌도 원래대로 끼워 넣은 다음 아래로 내려왔다.

레인은 어두운 표정으로 양손의 먼지를 털었다. 일을 마친 그의 얼굴에는 한층 더 깊은 주름이 새겨져 있었다.

레인은 갑자기 잊었던 것이 생각난 듯이 급히 실험실 문을 열 수 있게 해놓고 다시 벽난로 속으로 돌아가 칸막이벽을 타 넘어 옆방으로 들어갔다. 그는 그 방문도 원래대로 열 수 있게 해놓고 복도로 해서 실험실로 돌아왔다.

"모셔 형사!"

레인은 조심스레 굴뚝 밑에서 불렀다.

"모셔 형사!"

레인의 달아오른 얼굴에 빗방울이 서늘하게 떨어졌다.

"불렀습니까, 레인 씨?"

모셔의 목소리가 기묘하게 들려왔다. 레인이 다시 올려다보니 굴뚝 구멍에 둘러싸인 잔뜩 흐린 하늘에 어렴풋이 조그맣게 머리가 보였다.

"모셔 형사, 이젠 내려오십시오."

"알겠습니다!"

모셔는 기쁜 듯한 목소리로 대답했다. 그의 머리가 사라지더니 조금 지나 실험실로 뛰어 들어오는 요란한 발소리가 들렸다.

"자, 이렇게 돌아왔답니다."

옷에 흠뻑 묻어 있는 빗방울도 아랑곳하지 않고 모셔는 쾌활하게 말했다.

"그런데 생각은 모두 정리되셨습니까?"

"뭐, 그런 셈이오."

레인은 실내 한가운데에 버티고 선 채 다시 물었다.

"누군가 그쪽으로 접근한 사람은 없었소?"

"아뇨, 아무도 기웃거리지 않았습니다. 한마디로 전혀 이상이 없었습니다."

그렇게 말하고 나서 모셔는 눈을 크게 떴다. 레인이 허리 뒤로 둘렀던 오른손으로 뭔가를 입으로 가져갔기 때문이었다. 이 위험스러운 저택 내에서 독약 따위는 겁도 나지 않는지 태연히 빵을 씹는 그를 보면서 모셔는 어이가 없었다.

레인은 빵을 씹으며 생각에 잠겼지만 코트 주머니에 넣은 그의 왼손은 흰 액체가 든 시험관을 꼭 쥐고 있었다.

## 제3막

*"오, 역경이여, 나로 하여금 너를 안게 해다오.*

*그것이 최선의 길이라고 현자들이 말했노라."*

## 제1장

*경찰 본부*

*6월 10일 금요일 오후 5시*

서늘한 비에 젖은 6월의 오후, 해터 저택에서 나온 드루리 레인은 그곳에 들어갈 때보다 십 년은 더 늙어 보였다. 만약 섬 경감이 함께 있었다면, 결정적인 단서를 찾아낸 레인이 어째서 그렇게 모든 것에 초조해하는지 이상하게 생각했을 게 분명했다. 레인은 평소의 그답지 않았다. 레인이 오늘날까지 사십 대의 젊음을 유지할 수 있었던 것은 젊었을 때부터 자제심을 길러왔고 걱정거리를 즉시 해소하는 방법을 터득하고 있었기 때문이었다. 하지만 지금의 그는 오랜 세월 동안 신조로 삼아온 '마음의 평화'가 돌이킬 수 없을 만큼 부서져버린 인간처럼 보였다. 그는 노인과 같은 모습으로 차에 올라탔다.

그는 지친 목소리로 드로미오에게 말했다.

"경찰 본부로……."

그런 뒤 그는 등받이에 몸을 기댔다. 센터 스트리트의 커다란 회색 건물에 닿을 때까지 그의 얼굴에서는 비애와 책임감의 빛이 사라지지 않았고, 지극히 중대한 것을 알고 있다는 비장한 표정 또한 계속 떠올라 있었다.

하지만 역시 그는 그다웠다. 경찰 본부의 층계를 오를 때의 그는 평소의 그 자신으로 돌아가 쾌활하고 품위 있고 침착하고 자신에 차 있었다. 책상 앞에서 근무 중이던 경위가 그를 알아보고서 경사 하나를 시켜 레인을 섬 경감의 방까지 안내하게 했다.

그날은 어디를 가나 우울한 기운이 퍼져 있는지, 섬 경감 역시 회전의자에 몸을 파묻은 채 못생긴 얼굴을 잔뜩 찌푸리고서 굵은 손가락들 사이에 낀 불 꺼진 시가를 물끄러미 응시하고 있었다. 경감은 레인의 모습을 보자 표정이 대번에 밝아졌다. 그는 진심으로 환영하며 레인의 손을 잡았다.

"정말 잘 오셨습니다. 그래, 무슨 일이십니까, 레인 씨?"

레인은 한숨을 쉬며 자리에 앉았다.

"뭔가 새로운 소식이라도 있습니까?"

레인은 고개를 끄덕였다.

"당신과 브루노 씨가 펄쩍 뛸 만큼 대단한 소식입니다."

"놀리지 마십시오! 이번에도 뭘 찾아냈다고 하고선 또……."

경감은 문득 입을 다물더니 레인을 의심스러운 눈길로 바라보며 말을 이었다.

"설마 당신이 페리의 뒷조사를 하신 건 아니겠죠?"

"페리의 뒷조사를요?"

레인은 미간을 찌푸리며 말을 이었다.

"무슨 말씀인지 모르겠군요."

"그럼 마음을 놓아도 되겠군요."

경감은 불 꺼진 시가를 물고서 깊은 생각에 잠기는 듯하다가 말을 이었다.

"이번에는 정말이지 그럴듯한 것을 캐냈습니다. 페리는 어제 석방되었습니다. 바버라 해터가 야단법석을 떨며 거물급 변호사를 끌어왔더군요. 그래서 결국은……. 하지만 걱정 없습니다. 감시를 철저히 하고 있으니까요."

"무슨 이유로 그를 감시하는 겁니까? 경감님, 당신은 아직도 에드거 페리가 이 일련의 사건들과 관계가 있다고 생각하십니까?"

"그럼, 레인 씨는 어떻게 생각하시는 겁니까? 그자에 대해선 누구든 그렇게 생각할 수밖에 없습니다. 에드거 페리의 정체를 잊지는 않았겠죠? 그자의 진짜 성은 캠피언입니다. 루이자의 이복 오빠이며 부친은 에밀리 해터의 전 남편입니다. 그자에게 그 사실을 들이댔더니 본인도 시인했습니다. 하지만 그다음부터는 전혀 입을 열려고 하지 않더군요. 그러나 나는 단념하지 않았습니다. 좀 더 깊이 파헤쳐 보았죠. 그랬더니 뭐가 나왔을 것 같습니까?"

"전혀 짐작이 안 갑니다."

레인이 미소를 지으며 말했다.

"그 톰 캠피언, 즉 페리의 부친이자 에밀리 해터의 전남편이었던 사내가 죽게 된 것은……."

갑자기 경감은 입을 다물었다. 드루리 레인의 얼굴에서 미소가 사라지더니 회녹색 눈이 묘하게 빛났기 때문이었다.

"허 참, 알고 계셨군요."

경감이 신음하듯 말했다.

"조사해본 것은 아닙니다, 경감님. 하지만 확신은 하고 있었지요."

레인은 의자에 머리를 기대며 말을 이었다.

"경감님이 무슨 말씀을 하시려는 건지는 알겠습니다. 그래서 결국 에드거 페리 캠피언의 혐의가 짙어졌다는 말씀이군요?"

"물론입니다. 그래서 안 될 이유가 없지 않습니까?"

경감이 못마땅한 듯한 어조로 말을 이었다.

"페리의 부친이 죽은 것은 에밀리 탓이었습니다. 물론 고의로 한 짓은 아니지만 치명적인 것으로 치면 칼로 찌른 것과 다를 바 없습니다. 그러니 레인 씨, 이로써 페리에겐 동기가 있다고 할 수 있습니다. 어쨌든 이건 우리가 이제껏 몰랐던 사실입니다."

"그렇게 말씀하신다면……?"

"들어보십시오. 레인 씨, 당신은 세상사에 밝으신 분입니다. 그자의 부친은 계모였던 에밀리 해터로부터 옮은 병 때문에 죽었습니다. 그렇다면 그자가 그녀에게 복수할 마음이 생기는 건 당연한 일입니다."

"일종의 본능적 심리에 기인하는 동기라는 건가요, 경감님? 하긴 이 사건처럼 잔인한 경향이 있을 때에는 더욱 그럴 가능성이 높겠죠."

레인은 계속 말했다.

"당신이 초조해하는 것도 당연하다고 생각합니다. 그자에겐 동기도 있고 기회도 있었으며 그런 교묘한 계획을 짜낼 수 있는 두뇌도 있으니까요. 하지만 증거가 없습니다."

"그게 바로 문제입니다."

"아무래도 나는 에드거 페리가 행동력이 강한 인간형이라고는 생각할 수 없습니다. 교묘한 계획을 짜낼 수 있는 두뇌의 소유자이긴 합니다만, 막상 행동에 옮기려고 할 때는 결정적인 단계에서 몸을 도사리고 말 인간형이죠."

"그런 문제는 우리가 알 바 아닙니다. 우리 같은 수사관들은 어떤 인간이 무엇을 할 것인가 따위로 고민하지는 않습니다. 우리가 관심을 갖는 것은 그가 무엇을 했는가 하는 점입니다."

경감이 냉소적으로 받아쳤다.

레인은 조용하지만 힘이 깃든 어조로 대꾸했다.

"하지만 인간의 행위란 결국 인간 심리의 표출인 셈입니다. 설마 경감님께서는 에드거 페리 캠피언이 자살을 할 거라고 보시진 않았을 테죠?"

"자살이라고요? 천만에요! 어째서 그자가 그런 바보 같은 짓을 합니까? 만약 결정적인 증거라도 드러났다면 모르겠지만……."

레인은 고개를 저었다.

"아닙니다, 경감님. 에드거 페리와 같은 인물이 살인을 저질렀다면 당장에 자살을 해버렸을 겁니다. 햄릿을 기억하시죠? 그는 우유부단하고 마음이 약하지만 제대로 계획을 짤 만한 두뇌는 갖추고 있었습니다. 그는 폭력과 음모가 난무하는 가운데서 끊임없이 자신을 책망하고 자학하면서 방황했습니다.

그런데 여기에서 주목해야 할 점은, 그가 비록 우유부단하기는 했지만 한번 행동을 시작하자 걷잡을 수 없이 날뛰었고, 그것이 끝나자 즉시 자살해버렸다는 것입니다."

레인은 씁쓸한 미소를 떠올리며 말을 이었다.

"허어, 이거 제 버릇이 또 나왔군요. 하지만 경감님, 당신의 용의자를 잘 관찰해보십시오. 그도 또 한 사람의 햄릿입니다. 4막이 끝날 때까지는 그 역할에 충실할 것입니다. 하지만 5막째부터는 얘기가 달라집니다. 그것이 바로 진짜 햄릿과 다른 점이지요."

"뭐, 좋습니다. 그렇다고 칩시다. 그런데 문제는 당신이 이 사건 전체를 어떻게 생각하고 있느냐 하는 것입니다."

레인이 갑자기 웃었다.

"그런데 경감님. 당신은 아무래도 뭔가를 감추고 있는 것 같군요. 또다시 페리 설을 꺼내는 건 어째서입니까? 지난번에 뭔가를 알 것 같다고 하시기에 가정교사 쪽은 포기하신 걸로 생각했는데요."

경감은 멋쩍은 표정을 지었다.

"그 일은 없었던 일로 해주십시오. 조사를 해보았지만 소용이 없었습니다."

그는 재빨리 레인의 표정을 살피며 말을 이었다.

"그런데 아직 당신은 제 질문에 대답하시지 않았는데요?"

이번에는 레인이 방어를 해야 할 차례였다. 레인의 얼굴에서 미소가 사라지고 대신 피로한 기색이 엿보였다.

"솔직히 말씀드린다면…… 어떻게 생각해야 좋을지 나도 알 수가 없답니다, 경감님."

"무슨 뜻입니까?"

"아직까지는 아무것도 확실한 게 없다는 얘기입니다."

"허어…… 그렇습니까. 어쨌든 우리는 당신을 전적으로 믿고 있습니다. 작년의 롱스트리트 사건 때 훌륭한 솜씨를 발휘해주셨으니까요."

경감은 턱을 긁으며 멋쩍은 듯이 말을 이었다.

"한편으로는, 브루노와 나는 당신을 의지하고 있습니다."

레인은 자리에서 벌떡 일어나 방 안을 거닐기 시작했다.

"그건 곤란합니다. 어찌 됐든 나를 의지하지는 말아주십시오."

레인이 너무나 초조해했기 때문에 경감은 입을 딱 벌리고 말았다.

"경감님, 부디 내가 이 사건에 전혀 관계하지 않은 것으로 간주하시고 수사를 진행해주십시오. 당신들이 생각하시는 대로 나아가십시오……."

경감의 얼굴이 어두워졌다.

"레인 씨, 당신이 그렇게 생각하신다면 이건 정말……."

"어제 당신은 뭔가를 거머쥔 것 같다고 하셨지 않습니까?"

"그래서 메리엄 박사를 만났습니다."

"아! 그러셨군요."

레인이 재빨리 말을 이었다.

"그것참 잘하셨습니다. 그래, 메리엄 씨는 뭐라고 하시던가요?"

"당신에게서 들어서 이미 알고 있는 것밖에는 말하지 않았습니다."

경감은 약간 신경질적으로 말을 이었다.

"요크 해터가 발랐던 그 바닐라 냄새가 나는 약에 관해서 말입니다. 그러고 보니, 당신도 그 의사를 만났던 겁니까?"

"예, 그래요. 갔다 왔습니다."

레인은 얼른 의자에 앉더니 손으로 눈을 가렸다.

경감은 의아하기도 하고 화가 난 것 같기도 한 표정으로 오랫동안 그를 바라보다가 이윽고 어깨를 으쓱했다.

"그런데 아까 브루노와 내가 펄쩍 뛸 만큼 대단한 소식이 있다고 하셨는데, 그게 대체 뭡니까?"

경감이 애써 상냥한 태도로 물었다.

레인이 고개를 들었다.

"경감님, 매우 중요한 정보를 알려드릴 작정입니다만, 먼저 약속을 한 가지 해주셔야겠습니다. 그러니까, 내가 이 정보를 어디에서 입수했는지는 묻지 말아주십시오."

"허어, 어떤 정보입니까?"

"이런 얘기입니다."

레인은 몹시 신중한 태도로 이야기했다.

"실종되기 전에 요크 해터는 소설의 줄거리를 하나 완성했습니다."

"소설이라고요? 그래서요?"

경감은 눈을 크게 뜨며 외쳤다.

"그런데 그게 예사로운 소설이 아니었습니다."

레인은 간신히 알아들을 수 있을 정도의 낮은 목소리로 말을 이었다.

"언젠가 완성해서 출판할 생각이었던 모양인데, 요는 그게 추리소설이었다는 겁니다."

한순간 경감은 최면술에 걸린 듯한 눈으로 레인을 바라보았다. 물고 있던 시가가 축 처졌고 오른쪽 관자놀이의 정맥이 꿈틀거렸다. 경감은 느닷없이 의자에서 벌떡 일어나며 외쳤다.

"추리소설이라고요!"

경감의 시가가 바닥에 떨어졌다.

"그거 정말 대단한 소식입니다."

"그렇습니다."

레인이 신중하게 말을 이었다.

"물론 살인 사건이 등장하는 소설입니다……. 그리고 또 한 가지 말씀드릴 게 있습니다."

경감은 너무 들떠서 그다음 얘기는 거의 들리지 않는 듯했다.

"그것은……."

"아, 예!"

경감은 그 특유의 버릇대로 머리를 좌우로 흔들고 나서야 겨우 정신을 차렸다.

"얘기하십시오."

"요크 해터가 구상한 소설 줄거리에 등장하는 무대와 인물들이 실재한다는 것입니다."

"실재한다니요?"

경감이 의아한 표정을 지으며 물었다.

"요크 해터는 자신의 집과 가족을 그대로 소설 속에 등장시켰다는 얘기입니다."

경감이 감전이라도 된 듯이 몸을 부르르 떨었다.

"아니, 그런…… 그런 터무니없는 얘기가……. 설마……."

"사실입니다, 경감님."

레인은 천천히 입을 열었다.

"흥미를 느끼셨겠죠? 물론 그러실 겁니다. 예사롭지 않은 상황이니까요. 어떤 인물이 독살과 살인을 다룬 소설을 구상했다. 그랬더니 실제로 그 인물의 집에서 사건이 일어나기 시작했던 겁니다……. 이 일련의 사건들은 그 소설 속의 가공의 줄거리와 모든 점에서 일치합니다."

경감은 크게 숨을 들이마셨다. 그러고는 풍부한 저음으로 말했다.

"그러니까 당신의 말씀은 이런 겁니까? 이제까지 해터 집안에서 발생한 사건들, 그러니까 두 번에 걸친 루이자 독살 미수와 해터 부인 살해 그리고 화재와 폭발, 그 모든 것들이 요크 해터의 머리에서 만들어진 이야기로, 그것이 그대로 종이 위에 쓰여 있었다는 말씀인가요? 하지만 정말 믿기지가 않습니다! 어떻게 그런 일이 있을 수 있단 말입니까?"

"그뿐만이 아닙니다……."

레인은 무언가를 더 말하려다 말고 한숨을 쉬더니 얘기를 마무리 지었다.

"어쨌든 그건 사실입니다, 경감님. 이상이 제가 가지고 있는 정보의 요지입니다."

레인은 어두운 표정으로 자리에서 일어나며 지팡이를 움켜잡았다. 그의 두 눈에는 참담한 패배의 빛이 어려 있었다. 경감은 들짐승처럼 방 안을 서성대며 두서없이 뭔가를 계속 중얼거렸다……. 레인은 문까지 걸어가더니 멈춰 섰다. 그 동작 역시 평소의 그답지 않았고 언제나 곧았던 그의 등도 힘없이 굽어져 있었다.

경감이 갑자기 걸음을 멈췄다.

"아, 잠깐 기다려주십시오! 그 정보의 출처에 대해선 묻지 말라고 하셨으니 그렇게 하겠습니다. 아마도 그럴 만한 이유가 있겠죠. 하지만 이것만은 가르쳐주십시오. 어떤 추리소설이라도 범인이 있기 마련입니다. 요크 해터가 자신의 가족을 등장인물로 삼았다면 그 소설에서는 누가 범인입니까? 물론, 소설 속의 범인이 실제 사건에서도 범인일 리는 없겠지만요."

레인은 문손잡이를 잡은 채 묵묵히 생각에 잠겼다.

"그렇습니다."

그는 가까스로 힘없이 말을 이었다.

"분명히 당신도 그걸 알 권리가 있겠죠. 요크 해터가 구상했던 추리소설 속의 범인은 바로 요크 해터 자신입니다."

## 제2장

**햄릿 저택**

**6월 10일 금요일 오후 9시**

여느 때라면 그 어느 곳보다도 평화롭고 한가로운 분위기를 자아냈을 햄릿 저택까지도 그날 밤에는 황량하기만 했다. 바깥에는 비가 주룩주룩 내렸다. 게다가 냉기마저 옷 속으로 스며들어 소름이 돋을 정도로 추웠다. 허드슨 강변의 견고한 절벽 꼭대기에 우뚝 솟은 햄릿 저택은 짙은 안개에 휩싸인 채 마치 에드거 앨런 포의 소설에나 등장할 듯한 폐허 같은 음산한 분위기를 풍기고 있었다.

레인의 거실에 있는 커다란 벽난로에는 꼽추 노인 퀘이시가 지핀 불이 기세 좋게 타오르고 있었다. 벽난로 앞은 너무 뜨거워 발끝이 탈 정도였다. 가벼운 저녁 식사를 마친 레인은 난롯가의 털이 굵은 모피 융단에 몸을 내던지고 눈을 감았다. 감겨 있는 눈꺼풀에 불 그림자가 일렁댔다. 퀘이시는 걱정스러운 표정으로 거실을 들락날락했다. 그는 눈을 가늘게 뜨고 조심스레 레인의 모습을 지켜보며 벽난로의 불꽃이 튈 때마다 눈을 껌벅거렸다.

이윽고 그는 결심을 한 듯 난롯가의 융단으로 가서 드러누운 레인의 팔에 손을 대어보았다. 그러자 레인은 회녹색 두 눈으로 퀘이시를 바라보았다.

"왜 그러십니까, 레인 선생님? 무슨 언짢은 일이라도 있으십니까?"

"아냐, 걱정할 것 없네."

퀘이시는 할 수 없이 방 한쪽 구석에 있는 의자로 가서 가만히 움츠리고 앉았다. 하지만 그는 난롯가에 길게 누워 꼼짝 않고 있는 레인의 모습에서 눈을 떼지 않았다.

정적 속에서 한 시간이 지나 9시가 되자 레인이 몸을 움직이며 일어났다.

"퀘이시."

"예, 레인 선생님!"

퀘이시는 훈련이 잘된 사냥개처럼 벌떡 자리에서 일어섰다.

"서재로 갈 테니 방해를 받지 않도록 해주게, 알겠지?"

"알겠습니다."

"만약 프리츠 호프나 크로포트킨이 오면 잠이 들었다고 하게. 그들이 연극 문제로 나를 만나려고 하겠지만 어쩔 수 없네. 내일 아침에 만나야겠어."

"알겠습니다, 레인 선생님."

레인은 퀘이시의 대머리를 쓰다듬어 주고 등의 혹을 두드려준 뒤 그를 문 쪽으로 밀어냈다. 퀘이시는 마지못해 거실을 나갔다. 레인은 문을 잠그고 거실 옆에 딸려 있는 서재로 들어갔다.

레인은 조각이 새겨진 고풍스러운 호두나무 책상으로 다가가 불을 켜고 서랍을 열었다. 이어서 그는 종이 뭉치를 꺼냈다. 해터의 집 굴뚝 구멍에서 발견한 원고의 사본이었다.

책상 앞의 가죽 의자에 앉아 레인은 그 사본을 펼쳤다. 그의 눈빛은 흐렸고 안색은 어두웠다. 그는 서서히 정신을 집중하며 오늘 오후에 급히 옮겨 적은 소설의 개요를 읽기 시작했다. 밤의 침묵 속에서 다시 한 번 읽어보니 단어 하나하나가 새롭게 느껴졌다. 그는 그것을 읽으며 그 내용 속으로 빠져들어 갔다…….

### *추리소설 개요*

제목(가제): 바닐라 살인 사건

저자: 필명을 쓸 것, 미스 테리(Miss Terry)? H. 요크? 루이스 패스터?

장소: 뉴욕 시 그래머시 파크? 내 집과 같은 구조의 집.

때: 현재.
구성: 1인칭. 범인은 나 자신.

### *등장인물*

요크(나): Y라고 약칭. 범인. 피해자의 남편.
에밀리: 피해자. 노부인. 폭군(실제와 같음).
루이자: 벙어리에 귀머거리이며 맹인인 딸(Y의 의붓딸로 하지 않음, 동기를 강조함).
콘래드: 장남(자식은 없음).
마사: 그의 아내.
바버라: Y와 에밀리의 장녀. 실제대로 시인임. 심리적 용의자?
질: Y와 에밀리의 막내딸.
트리벳: 외다리인 이웃 사람. 루이자에게 연애 감정을 가지고 있음(부자연스러울까?).
고믈리: 콘래드의 사업 동료.

### *그 밖의 인물*

루이자의 간호사, 가정부, 운전사, 하녀, 주치의, 고문 변호사, 질의 구혼자?

주의!!! 이상의 인물에는 모두 가명을 사용할 것!!!

### *첫 번째 범죄*

루이자의 독살 미수: 실제로 이 집안에는 정해진 습관이 있다. 가정부가 루이자를 위해 달걀술을 만들어 그걸 매일 오후 2시 30분에 식당의 탁자 위에 놓아둔다.
내용: 어느 날 Y(범인)는 가정부가 식당 탁자에 달걀술을 갖다놓기를 기다린다. 그 후 아무도 없는 틈을 타서 식당으로 침입해 달걀술 속에 신경 흥분제인 스트리크닌을 투입하고 급히 옆 서재로 돌아간다.
그 스트리크닌은 Y가 2층 자기 실험실의 약품 선반에 있는 9번 병에서 꺼낸 세 알의 정제인데 그 사실은 아무도 모른다.
달걀술에 독을 투입한 후, Y는 서재에서 루이자가 달걀술을 마시러 들어오기를 기다린다.

루이자가 식당으로 향하려고 할 때 Y는 서재에서 나온다. 루이자가 독이 든 달걀술을 마시기 전에 Y는 식당으로 들어가 그 잔을 들고 어쩐지 이상하다면서 자신이 조금 마신다.

금방 괴로워하기 시작한다(이로써 Y는 다른 사람에게 혐의가 돌아가게 한다).

주의: 이 사건으로 누군가 다른 인물이 루이자를 독살하려고 한 것처럼 만든다. Y가 용의자가 되지 않을 것은 확실하다. 독살범이 스스로 그 독을 마실 리가 없기 때문이다. 더욱이 그렇게 함으로써 루이자가 실제로 독을 마시는 것을 방지하게 된다. 이것이 계획의 중요한 점이다.

***두 번째 범죄***

제2의 루이자 '독살 미수'가 일어난다. 그 과정에서 Y의 처 에밀리가 살해된다. 시기는 첫 번째 독살 미수 사건으로부터 7주 후.

내용: 그날 밤, 새벽 4시경, 루이자와 에밀리가 자고 있는 침실(이 모녀는 같은 방에 있는 침대에서 각기 잔다.)에 침입해서 Y는 두 번째 범죄를 행한다.

이번의 계획은 배에 독을 주입해서 그것을 루이자의 침대와 에밀리의 침대 사이에 있는 탁자 위의 과일 그릇에 넣는 것이다. 배를 이용하는 것은 에밀리가 절대로 배를 입에 대지 않는다는 것을 모두가 잘 알고 있기 때문이다. 즉, 배에 독을 넣는 것은 누군가가 또다시 루이자를 독살하려고 한 것처럼 보이게 하기 위한 것이다. 하지만 루이자 역시 그 배를 먹지는 않는다. 왜냐하면 Y는 루이자가 상한 과일은 결코 입에 대지 않는다는 것을 잘 알고 있으므로 일부러 상한 배를 골라서(부엌에서 몰래 꺼내 오면 됨.) 과일 그릇에 갖다놓았기 때문이다. 그 배에는 실험실의 168번 병의 염화 제이수은을 채운 주사기로 독을 주입한다.

Y는 그 주사기를 실험실의 철제 서류함에서 꺼낸다. 서류함 속에는 주사기가 많이 든 상자가 있다.

Y는 루이자의 침실에 침입하기 전에 콘래드의 여름용 낡은 흰 신발을 미리 훔쳐놓는다. 그리고 실험실에서 주사기에 염화 제이수은을 넣을 때(루이자의 침실로 가기 직전), 고의적으로 그 독액을 콘래드의 흰 신발 한쪽에 조금 떨어뜨린다.

행동: Y는 에밀리와 루이자의 침실에 침입한다. 침대 탁자로 다가가 과일 그릇에 독을 주입한 배를 놓아둔다. 에밀리의 머리를 둔기로 쳐서 죽인다. (이것이 계획의 진

짜 목적이다. 하지만 이렇게 함으로써 그녀는 우연히 살해된 것으로 간주될 것이다. 즉, 사람들은 에밀리가 잠에서 깨는 바람에 범인이 어쩔 수 없이 그녀를 살해해야 했다고 여길 게 틀림없다.)

주의: 에밀리 살해는 이 모든 계획의 진짜 목적이다. 두 번에 걸친 루이자 독살 미수는, 단지 경찰 당국으로 하여금 루이자가 범행의 목표라는 생각이 들게 만드는 수단에 불과하다. 그렇게 하면 경찰은 에밀리가 아닌 루이자를 죽일 동기를 가진 사람만을 의심하게 된다. 이 소설 속에서 Y는 루이자와 아주 친밀한 관계로 묘사된다. 그러므로 그는 당연히 의심을 받지 않는다.

허위 단서의 설명: Y는 고의적으로 콘래드의 신발에 염화 제이수은을 떨구어놓는다. 범행한 침실에서 나온 후에는 콘래드의 신발장에 그 신발을 되돌려놓는다. 경찰은 독액이 묻은 구두를 발견하고는 평소에 루이자를 미워했다고 모두가 알고 있는 콘래드를 범인으로 의심하게 된다.

올바른 해결로 경찰을 이끄는 단서: 루이자는 벙어리이고 귀머거리이며 맹인이다. 그런데 Y가 에밀리를 살해할 때 루이자는 잠에서 깨어 Y의 팔에 바른 페루 발삼 냄새를 맡게 된다. 그녀가 경찰에게 줄 수 있는 단서는 냄새밖에는 없다. 나중에 루이자는 바닐라 냄새가 났다고 증언한다. 주역인 탐정은 그 점을 파헤쳐 들어가 결국 바닐라 냄새와 관계있는 인물은 Y밖에 없음을 밝혀낸다.

### *화재*

에밀리 살해 다음 날 밤, 한밤중에 Y는 실험실에 불을 지른다(그는 실험실을 침실로도 사용하고 있다).

먼저 커다란 실험대 위에, 열을 받으면 폭발하는 약품인 이황화탄소(256번 병)를 올려놓는다. 그런 뒤, 성냥을 그어 자신의 침대에 불을 놓는다.

화재의 목적: 화재와 그에 따른 폭발이 일어나는데 이것은 누군가가 요크의 생명마저 노리는 것처럼 보이게 한다. 또한 이것으로 허위 단서를 한 가지 더 보태게 되어 적어도 Y만은 결백한 것으로 보이게 된다.

### *세 번째 범죄*

살인 사건이 일어난 날로부터 이 주일 후에 Y는 다시 한 번 루이자 '독살 미수'를 기도한다. 이번에는 약품 선반의 220번 병에 들어 있는 피조스티그민이라는 백색 독액을 사용한다. 그것을 언제나 저녁 식사 한 시간 후에 루이자가 마시게 되어 있는 버터밀크 잔에 스포이트로 열다섯 방울 떨어뜨린다. 이번에도 Y는 그 버터밀크가 이상하다고 하거나 다른 어떤 이유를 붙여 루이자가 독이 든 버터밀크를 마시지 못하게 한다.

목적: 물론 이 계획 역시 루이자의 생명을 노리는 것은 아니다. 에밀리의 사후에 행해지는 이 세 번째 독살 미수는 경찰로 하여금 범인이 여전히 루이자를 살해하려 한다고 믿게 만들어 에밀리가 아니라 루이자에 대해 살해 동기를 갖는 인물을 계속 의심하게 만드는 데 목적이 있다.

*전반적으로 주의할 점*

(1) 지문을 전혀 남기지 않기 위해 어떤 범행 시에도 Y가 장갑을 끼고 있음을 유념할 것.

(2) 부차적인 줄거리를 연구할 것.

(3) 주역 탐정이 최후의 해결에 이르는 과정을 연구할 것.

(4) Y의 동기: 에밀리에 대한 증오. 그녀는 그의 생애와 건강을 파괴했고 그를 지배하고 짓밟았다. 현실적으로도 이것은 충분히 살인 동기가 된다!

이 부분의 통렬한 말은 원본에서는 연필로 덧칠해 지워져 있었지만 (레인이 베껴 적을 수 있을 정도로) 충분히 알아볼 수 있었다. 이 개요는 나머지 두 개의 주의 사항으로 마무리되어 있었다.

(5) 등장인물들은 모두 가공의 인물로 보이도록 만들어야 한다. 필명과 마찬가지로 등장인물 이름도 신경을 써서 만들어야 할 것이다. 이 작품의 모델이 된 가정을 독자가 알 필요는 없기 때문이다. 무대를 시카고나 샌프란시스코 같은 다른 도시로 바꾸는 게 좋을지도 모르겠다.

(6) 주역인 탐정으로 어떤 인물로 택해야 할까? 바닐라나 약품류가 관계되므로 의사로 할까? Y의 친구는 어떨까? 직업적인 탐정은 좋지 않다. 연역적인 추리를 행하는 지적인 탐정이 좋다. 셜록 홈스의 풍모와 푸아로 같은 개성과 엘러리 퀸의 추리

방법……. 특히 실험실은 수색을 받게 만들 것. 약품 병의 번호에 의한 단서를 연구할 것. 그것을 너무 복잡하게 만들어서는 곤란함(?).

지친 듯한 얼굴을 긴장시킨 채 레인은 요크 해터가 남긴 추리소설 개요의 사본을 내려놓았다. 그는 두 손으로 머리를 감싸고 깊은 침묵 속에서 생각에 잠겼다. 그렇게 십오 분쯤 흐르는 동안 실내에는 자신의 희미한 숨소리 외에는 아무 소리도 들리지 않았다.

이윽고 레인은 자세를 단정히 고쳐 앉더니 책상 앞의 달력을 응시했다. 그의 입술이 움직였다. 이 주일이라…….

레인은 연필을 집어 들고 6월 18일이라는 날짜에 거칠게 동그라미 표시를 했다.

## 제3장

*시체 안치소*

*6월 11일 토요일 오전 11시*

그는 무엇인가에 내몰리고 있었다. 엄격한 자기반성과 자기 주위의 세계에 대한 날카로운 분석에는 익숙해져 있음에도 불구하고, 지금의 자신을 에워싸고 있는 꺼림칙한 기분은 어쩔 도리가 없었다. 그것은 분석할 수도, 설명할 수도 없는 일이었다. 거기에 대해서는 이성도 쓸모가 없었다. 그것은 무거운 납덩이처럼 그의 목을 내리누르고 있었다.

하지만 그는 단념할 수 없었다. 아무리 그 결과가 쓰라린 것일지라도 마지막까지 파헤치지 않을 수 없는 일이었다. 그 최후에는 어떤 일이 생길 것인지…… 그 생각만 하면 고통과 공포로 오장육부가 경련을 일으킬 것만 같았다. 그처럼 그의 마음은 위축되어 있었다.

토요일이었다. 햇살은 눈부시게 강물 위에 반사되었다. 리무진에서 내린 레인은 보도를 가로질러 시체 안치소의 닳은 돌층계를 지친 발걸음으로 올라갔다. 어째서 이런 일을 하고 있는 것일까? 어째서 감수성이 풍부한 인간으로서는 감당하기 벅찬 이런 비정한 일에 손을 대고 있단 말인가? 연극배우로서의 명성이 최고조에 달했을 때, 그는 숱한 찬사를 받는 동시에 그에 못지않은 비난도 많았다. '세계 최고의 명배우'라는 찬사에서부터 '이 경이에 찬 시대에, 벌레 먹은 셰익스피어에나 매달리는 시대착오적인 배우'에 이르기까지 갖가지 온갖 말을 다 들었다. 하지만 그는 자신의 정도와 본분에 걸맞은 예술가답게 그러한 찬사와 비난에 얽매이지 않았다. 전위적인 비평가들이 어떤 독설을 퍼부어도 레인은 자신의 사명을 다할 뿐이라는 불굴의 결의와 냉정한 신념으로 조금도 동요하지 않았다. 어째서 절정에 이른 명성에 머물러 있는 것만으로 만족하지 못했을까? 어째서 쓸데없는 일에 관여했단 말인가? 악인을 징벌하는 것은 섬 경감이나 브루노 검사 같은 이들의 임무가 아닌가? 악? 순수한 의미에서 악인이라는 것은 존재하지 않는다. 사탄도 원래는 천사였다. 다만 무지한 인간이나 비뚤어진 인간, 불행한 운명의 희생자들이 있을 뿐이다.

하지만 레인은 마음속의 그러한 혼란을 완고하게 외면하고서 또 하나의 탐색과 확인을 위해 긴 두 다리로 시체 안치소의 층계를 올라갔다.

독물학자 잉걸스는 2층의 실험실에서 젊은 의학도들에게 강의를 하는 중이었다. 레인은 묵묵히 강의가 끝나기를 기다렸다. 그러는 동안 무언지 알 수는 없지만 유리와 금속으로 만들어진 깨끗한 실험 기구 한 쌍을 물끄러미 바라보기도 하고, 잉걸스의 명쾌한 강의를 그 입술에서 읽어내기도 하고, 감정이 섞이지 않은 냉정하고도 익숙한 손놀림으로 실험을 하는 광경을 지켜보기도 했다.

강의가 끝나자 잉걸스는 고무장갑을 벗어 던지고 상냥하게 레인의 손을 잡았다.

"다시 뵙게 되어 반갑습니다, 레인 씨. 또 증거가 될 만한 무슨 냄새라도 찾았습니까?"

레인은 달리 인기척이 없는 실험실 안을 조심스레 둘러보았다. 증류기와 전극과 유리병으로 가득 찬 과학의 세계에서 도대체 자신은 무엇을 하겠다는 것인가? 자신은 이곳에서 국외자이고 방해자이며 실수나 저지르는 풋내기가 아닌가? 그러한 자신이 이 세상을 정화하겠다는 것은 정말이지 어이없는 소망이 아닌가…….

레인은 한숨을 내쉬며 말했다.

"잉걸스 씨, 피조스티그민이라는 독극물에 대해 가르쳐주시겠습니까?"

"피조스티그민이라고요? 좋습니다!"

독물학자는 흔쾌하게 말을 이었다.

"그거라면 제 전문 분야이니까요. 그것은 백색 무미의 맹독성 알칼로이드입니다. 알칼로이드 계통에서는 가장 지독한 독이라고 할 수 있죠. 화학식으로는 $C_{15}H_{21}N_3O_2$인데, 칼라바르 콩에서 추출합니다."

"칼라바르 콩이라고요?"

레인이 느리게 되물었다.

"학명으로는 피조스티그마 베네노숨입니다. 아프리카산 콩과의 덩굴 식물인데, 그 열매에 맹독이 있습니다. 의학적으로는 어떤 종류의 신경 장애나 파상풍, 간질 등의 치료에 쓰입니다. 피조스티그민은 그 콩에서 추출한 것인데 조금만 먹어도 쥐든 뭐든 대개는 죽어버립니다. 견본을 보시겠습니까?"

"아니, 그럴 것까지는 없습니다."

레인은 신중하게 준비해 온 것을 꺼내 포장을 풀었다. 그것은 굴뚝 안의 비밀 구멍에서 찾아낸 흰 액체가 담긴 밀봉된 시험관이었다.

"이것이 피조스티그민입니까?"

잉걸스는 그 시험관을 밝은 곳에 비춰 보며 말했다.

"그런 것 같습니다만, 검사를 좀 해볼 테니 잠시만 기다려주십시오."

독물학자는 묵묵히 작업에 몰두했다. 레인은 방해가 되지 않게 주의하며 그 작업을 지켜보았다.

이윽고 독물학자가 입을 열었다.

"틀림없습니다. 틀림없는 피조스티그민입니다. 게다가 순도도 아주 강합니다. 어디서 났습니까?"

"해터의 집 안에서요."

레인은 건성으로 대답하고는 지갑을 뒤져 작게 접은 종이쪽지를 꺼내 그에게 들이밀었다.

"이건 어떤 처방전 사본입니다만, 잠깐 봐주시겠습니까?"

독물학자는 처방전을 받아 들었다.

"흠…… 페루 발삼이라……. 그런데 레인 씨 여기에 대해 무엇을 알고 싶으신 겁니까?"

"이게 올바른 처방인가요?"

"예, 물론입니다. 이 연고는 피부병에 사용되는 것으로……."

"알겠습니다."

레인은 힘없이 말했다. 그는 그 처방전을 돌려받으려고도 하지 않았다.

"그런데 잉걸스 씨, 한 가지 부탁드릴 게 있는데 들어주시겠습니까?"

"예, 말씀하십시오."

"이 시험관을 내 이름으로 경찰 본부에 보내 해터 저택 사건의 증거물에 첨가되도록 해주시지 않겠습니까?"

"알겠습니다."

"반드시 경찰의 정식 기록에 실리게 해서 보관되게 해야만 합니다."

레인은 엄숙하게 말을 이었다.

"이것이 이 사건에서는 대단히 중요한 증거물이니까요……. 잉걸스 씨, 이거 정말 여러 가지로 고마웠습니다."

레인은 독물학자와 작별의 악수를 나누고 문 쪽으로 향했다. 천천히 사라져가는 레인의 모습을 잉걸스는 의아한 듯이 바라보았다.

## 제4장

*섬 경감의 사무실*

*6월 16일 목요일 오전 10시*

이제까지 계속되어온 사태는 여기에서 정지할 운명에 처하기라도 한 듯했다. 독살 미수 사건을 시작으로 목적은 있어도 이유를 알 수 없는 일련의 범죄가 연이어 일어나며 미치광이 해터 집안을 몰아붙였다. 그러던 것이 갑자기 딱 진행을 멈춰버린 것이었다. 그것은 마치 멀리서부터 속도를 높여가며 질주해오던 그 무엇이 갑자기 뜻밖의 견고한 장벽에 부딪쳐 산산조각이 나서 다시는 활동을 할 수 없게 되어버린 것과 같은 느낌이 들었다.

참으로 초조한 기간이었다. 레인이 독물학자 잉걸스를 방문했던 이래로 육일 동안 아무 일도 일어나지 않았다. 섬 경감은 막다른 골목에 다다른 채 미친 듯이 제자리만 맴돌았으므로 어디에도 도달할 수 없었다. 해터 집안은 일단 원래대로 되돌아간 듯이 보였다. 즉, 이제는 무력한 경찰의 속박도 그다지 받지 않은 채 다시금 자신들의 무질서한 생활로 되돌아갔던 것이다. 지난 일주일 동안 신문들은 매일 부정적인 기사들을 내보냈다. 어느 신문은 해터가의 미치광이들이 살인이라는 '최악의 탈선행위'로부터 상처 하나 입지 않고 탈출한 모양이라고 썼다. 또 어느 신문은 해터 집안의 사건을, 최근 미국에서 늘어나는 끔찍한 범죄 경향의 일례로 사설에서 다루며 그 때문에 일반 시민들 사이에서도 생명이 경시되는 풍조가 만연하지 않을까 우려된다고 경고했다.

어쨌든 해터 집안 사태는 목요일 아침까지도 여전히 정체 상태에 놓여 있었다. 해터 부인이 살해된 지 이 주일이 가까워오는 그날 아침, 드루리 레인은 경찰 본부를 방문했다.

레인은 섬 경감의 모습에서 지난 일주일간의 피로가 누적되어 있음을 엿볼 수 있었다. 그는 마치 주인을 반기는 강아지처럼 레인을 맞았다.

"정말 잘 오셨습니다! 이렇게 다시 만나 뵈니 정말 반갑습니다! 뭔가 좋은 소식이라도……?"

경감은 떠들썩하게 이야기했다.

레인은 어깨를 으쓱했다. 그 입가에는 결의의 빛이 떠올랐으나 표정은 여전히 어두웠다.

"요즘은 이상할 정도로 좋은 일이 없답니다."

"흠, 여전하시다는 말씀이로군요."

경감은 침울한 표정으로 손등에 있는 오래된 상처를 바라보며 말을 이었다.

"도무지 희망이 안 보이는군요."

"경감님도 별 진전이 없나 보군요."

레인의 말에 경감은 투덜대며 대꾸했다.

"말을 꺼낼 것도 없습니다. 그 추리소설 건을 검토해보았습니다. 아무래도 그게 가장 중요한 단서 같아서 말입니다. 어떻게 되었을 것 같습니까?"

그럴 필요도 없는 일인데 경감은 일부러 그렇게 물으며 자신이 직접 대답했다.

"아무런 성과도 없었다, 그겁니다!"

"그럼 어떻게 될 거라고 기대했습니까?"

레인이 조용히 물었다.

"그야 물론 범인을 알아낼 수 있을지 모른다고 생각했지요."

경감의 두 눈은 분노로 이글거렸다.

"그런데 도무지 뭐가 뭔지 종잡을 수가 없었단 말입니다!"

잠깐 동안 경감은 마음을 가라앉히고는 말을 이었다.

"하긴 불평을 해봤자 소용없는 일이죠……. 레인 씨, 제가 그 추리소설에 대해 어떻게 생각했는지 얘기해드릴까요?"

"예, 말씀하십시오."

"요크 해터는 추리소설을 썼습니다. 아니, 당신 말씀대로라면 그 줄거리를 썼다고 해야겠지요. 어쨌든 자기 가정을 모델로 삼았고 등장인물과 무대와 그 밖의 모든 것을 실재하는 사실에 기초를 두었습니다. 그러니 독창성은 전혀 없다고 봐야겠지요. 그렇지 않습니까? 하지만 분명히 그는 엄청나게 좋은 소재를 택했던 셈입니다. 그거라면 성공을 자신할 만했으니까요."

"하지만 그는 그 소재를 너무 가볍게 보았어요. 그런 일이 실제로 일어날 수 있는 가능성에 대해서는 전혀 생각해보지도 않았어요. 만약 그가 그 점을 깨달았더라면……."

레인이 중얼거렸다.

"그렇습니다. 하지만 그는 그걸 깨닫지 못했죠. 그래서 자기 멋대로 소설의 줄거리를 만들어놓고는 틀림없이 이렇게 중얼거렸을 겁니다. '정말 멋지군! 대단한 걸작이 될 거야. 나는 이걸 소설로 완성할 거야. 게다가 내가 쓴 소설에 나 자신이 범인으로 등장하는 거지. 정말 기발한 착상이야!'라고 말입니다."

"정말 상상력이 대단하십니다."

"뭘요. 그 정도는 누구나 떠올릴 수 있는 일이죠."

경감이 말을 이었다.

"그런데 막상 그가 죽어버리자 생전의 그 자신은 상상도 못 했던 일이 생겨버린 겁니다. 누군가가 그의 소설 줄거리를 발견하고는 거기에 따라 진짜로 살인을 저지른 겁니다……."

"맞습니다."

"맞기야 하겠지만 그것만 가지고는 아무런 쓸모가 없습니다."

경감이 불만스레 말을 이었다.

"뭔가 결정적인 것이 나올 것도 같았는데 전혀 아니었습니다! 결국 여기에서 알아낼 수 있었던 것은 누군가 요크 해터의 착상을 도용해서 실제로 범행에 사용했다는 것뿐입니다. 그거라면 누구나 할 수 있지 않습니까!"

"당신은 그것을 가능성으로만 생각하시는 것 같군요."

레인이 말했다.

"그건 무슨 뜻입니까?"

"아니, 뭐 신경 쓰실 건 없습니다."

"그렇겠죠. 아마도 당신이 저보다야 머리가 좋을 테니까요."

경감은 불만스럽게 말을 이었다.

"아무튼 그 추리소설 줄거리 때문에 이런 비뚤어진 범죄가 일어나게 된 겁니다. 도대체 그런 걸 흉내 내다니!"

경감은 커다란 손수건을 꺼내 힘껏 코를 세 번 풀었다.

"정말 애를 먹이는 추리소설입니다. 하지만 어떤 면에서는 전혀 도움이 안 되는 것도 아니지요. 실제로 일어난 범죄만 보았을 때는 전혀 이해할 수 없었던 점이 많았는데, 그런 점들을 모조리 해터의 그 빌어먹을 줄거리 탓으로 돌려버릴 수가 있으니까요."

레인은 아무 말도 하지 않았다.

경감은 손톱을 들여다보며 말을 이었다.

"레인 씨, 당신은 브루노나 제가 모르는 것을 알아내신 게 분명합니다. 적어도 그 사실만은 우리도 알고 있죠. 지난주에 이 소설에 대해 말씀하시면서 질문은 하지 말아달라고 하시기에 저는 그렇게 해왔습니다. 그건 브루노나 저나 당신의 능력을 매우 신용하기 때문입니다. 만약 그렇지 않다면 경찰이 아닌 분에게 이렇게까지 맡겨두지는 않았을 겁니다."

"그 점에 대해서는 매우 과분하게 생각하고 있습니다, 경감님."

레인이 중얼거리듯 대답했다.

"하지만, 레인 씨, 저도 언제까지나 이대로 있을 수만은 없습니다."

경감이 천천히 말을 이었다.

"당신이 이 추리소설에 관해 알게 된 경로를 추측해볼 때, 세 가지 경우밖엔 없을 것으로 봅니다. 첫 번째는 당신이 어디선가 그 기록을 찾아냈을 경우인데, 그건 아무래도 가능성이 있을 것 같지 않습니다. 그 저택은 이미 우리가 철저히 수색을 했으니까요. 두 번째는 당신이 범인으로부터 직접 정보를 입수하는 경우인데, 이것 역시 있을 법하지 않습니다. 세 번째는 당신이 상상력을 발휘해서 단지 추측하고 있을 뿐인 경우입니다. 하지만 이 경우에도 요크 해터가 범인이라는 것까지 어떻게 알 수 있는가 하는 의문이 생깁니다. 그러므로 이것 또한 아닐 듯합니다. 그래서 저는 지금 뭐가 뭔지 모르겠습니다. 정말이지 이런 기분을 참을 수가 없어요!"

레인은 몸을 뒤척이며 한숨을 쉬었다. 그러고는 눈에 곤혹스러운 빛을 띠며 안타까운 듯한 말투로 말했다.

"죄송한 말씀입니다만, 그 논리에는 다소 무리가 있군요. 하지만 지금 여기서 그걸 논하고 있을 수는 없습니다."

잠시 입을 다물었다가 레인은 말을 이었다.

"그런데 그 문제는 접어두기로 하고, 경감님에겐 한 가지 설명을 해두어야 할 일이 있습니다."

경감은 눈을 가늘게 떴다. 레인은 자리에서 일어나 조급하게 방 안을 서성대기 시작했다.

"경감님, 이 사건은 당신들의 전문 분야인 범죄 수사의 역사 속에서도 유래가 드물 정도로 기묘한 범죄라고 생각합니다. 작년 초부터 나는 범죄학에 흥미를 갖기 시작했습니다. 그 후로 나는 옛날에서부터 현대에 이르기까지의 수많은 범죄 기록들을 읽어보았습니다. 하지만 이 사건처럼 까다롭고 복잡하며 기묘한 범죄는 어디에서도 찾아볼 수 없었습니다."

"아마도 그럴 겁니다. 정말이지 힘든 사건입니다."

경감이 한숨을 내쉬며 수긍했다.

레인은 중얼거리듯 말을 계속했다.

"이 사건은 실로 이해할 수 없을 정도로 복잡합니다. 이것은 죄와 벌의 문제만으로 간단히 처리해버릴 수 있는 사건이 아닙니다. 이 사건 속에는 병리학이나 이상심리학, 사회학이나 윤리학의 문제가 복잡하게 얽혀 있습니다……."

레인은 심각한 표정으로 말을 이었다.

"하지만 그런 이야기를 해봐야 소용이 없겠지요. 경감님, 그 후 해터 집안에는 어떤 변화가 있었습니까?"

"아무런 변화도 없습니다. 이제는 마치 더는 사건이 일어나지 않을 듯한 느낌마저 듭니다."

"거기에 속아선 안 됩니다."

레인이 엄하게 말을 이었다.

"이건 일종의 일시적인 휴전 상태와 같은 겁니다……. 그 후 독살 시도 따윈 없었겠지요?"

"없습니다. 그곳에 파견된 전문가 듀빈이 철저히 음식물을 검사하고 있으니까요. 이제 다시는 그런 일이 일어날 수 없을 겁니다."

"루이자 캠피언에 관한 문제는 어떻게 되었습니까? 바버라 해터는 후견인이 되기로 결심했습니까?"

"아직까진 결정을 내리지 않고 있습니다. 그런데 콘래드가 슬슬 본성을 드러내고 있습니다. 바버라가 루이자에게서 손을 떼도록 부채질하고 있습니다. 하지만 그자의 속셈이 무언지는 바버라도 모를 리가 없죠. 그자가 대체 무슨 말을 했는지 아십니까?"

"글쎄요?"

"바버라에게 이렇게 제안했답니다! 바버라가 루이자의 후견인이 되기를 거절한다면 자기도 거절하겠다. 그래서 트리벳 선장이 루이자를 떠맡게 되면, 그때 둘이서 함께 유언장의 부당성을 이유로 이의를 제기하면 된다고 말입니다! 매우 그럴듯한 얘기인 것 같지만, 바버라가 막상 제안대로 루이자의 후견인을 거부할 경우에는 당장에 누나인 그녀를 배신하고 자신이 루이자를 떠맡을 속셈입니다. 어쨌든 30만 달러의 거금이 오가는 문제니까요."

"다른 사람들은 어떻게 지내고 있습니까?"

"질 해터는 그전처럼 파티 순례로 나날을 보내고 있는데, 어디서든 모친 욕만 해대는 모양입니다. 그리고 고믈리와 다시 화해하고 비글로는 걷어차버렸고요."

경감이 눈살을 찌푸리며 말을 이었다.

"비글로한테는 그게 오히려 다행한 일일 텐데도 본인은 그렇게 생각하지 않는 모양인지 풀 죽은 강아지 꼴이 되어버렸습니다. 요즘에는 해터 저택 근처에도 얼씬거리지 않죠. 대체로 이런 상태이니 나쁠 것도 없잖습니까?"

레인의 눈이 빛났다.

"루이자 캠피언은 아직도 간호사의 방에서 지냅니까?"

"아뇨. 그녀는 남의 방에선 지내기가 불편한지 다시 자기 방으로 돌아갔습니다. 그리고 간호사도 함께 그 방으로 옮겨, 죽은 노부인의 침대를 사용하지요. 그녀가 그렇게 배짱이 두둑한 여자인 줄은 미처 몰랐습니다."

레인은 서성대던 발걸음을 경감의 바로 앞에서 멈추었다.

"경감님, 말씀드릴 엄두가 나지 않아서 아까부터 망설였습니다만, 어쨌든 부탁을 드리지 않을 수가 없군요. 다시 한 번 경감님께서 인내와 호의를 베풀어주셨으면 합니다."

그러자 경감이 자리에서 일어났다. 어깨가 떡 벌어진 우악스러운 거구의 사내와 늘씬한 근육질의 사내가 버티고 선 채로 서로의 얼굴을 마주 보았다.

"무슨 말씀인지 모르겠군요?"

경감이 말했다.

"이번에도 이유를 묻지 마시고 부탁을 들어주셨으면 합니다."

"그건 사정에 따라서죠."

경감이 말했다.

"경감님의 부하들은 여전히 해터 저택을 지키고 있겠지요?"

"물론입니다. 그런데요?"

레인은 곧바로 대답하지 않았다. 그는 탐색하듯이 경감의 두 눈을 들여다보았다. 그런 레인의 두 눈에는 애원의 빛이 어려 있었다.

이윽고 레인이 천천히 말했다.

"해터 저택을 지키고 있는 경감님의 부하들을 한 사람도 남김없이 철수시켜 주셨으면 합니다."

레인의 엉뚱한 면에 익숙해 있던 경감도 그런 터무니없는 요청에는 놀라지 않을 수 없었다.

"뭐라고요! 그 저택을 아예 지키지 말라는 말씀입니까?"

"그렇습니다."

레인이 낮은 목소리로 말을 이었다.

"말씀하신 대로 일절 지키지 말아달라는 겁니다. 서둘러 그렇게 해야 할 필요가 있습니다."

"듀빈까지도 말입니까? 레인 씨, 도대체 무슨 말씀을 하시는 겁니까? 그렇게 하는 건 독살범이 마음대로 설칠 수 있게 내버려두는 것과 다를 바 없지 않습니까!"

"그렇습니다. 바로 그 점을 노리자는 겁니다."

"하지만 그렇게 할 수는 없습니다! 그건 다시 한 번 범행이 일어나길 바라는 것과 마찬가지예요."

경감은 소리쳤다.

레인은 조용히 고개를 끄덕였다.

"당신도 이 계획의 본질을 파악하고 있으시군요, 경감님."

"그렇더라도…… 범인이 나타나면 붙잡기 위해 누군가는 그 저택에 남아 있어야 하지 않겠습니까?"

경감이 불만스레 말했다.

"물론 그렇게 해야지요."

그러자 경감은 어이없는 표정으로 레인을 바라보았다.

"하지만 방금 한 사람도 남김없이 철수시키라고 하지 않았습니까?"

"맞습니다."

"예?"

"내가 남아 있겠다는 얘기입니다."

"아하!"

그제야 경감은 표정을 누그러뜨리고는 한참 동안 레인의 얼굴을 바라보았다.

"알겠습니다. 예의 그 수법이로군요. 하지만 당신이 우리의 일원임을 모두가 알고 있으니 변장이라도 하지 않는다면……."

"그렇습니다. 바로 그렇게 할 작정입니다."

레인은 담담한 목소리로 말을 이었다.

"다른 인물로 변장해서 들어갈 겁니다."

"물론 그 저택 사람들이 알고 있는 인물 중 하나일 테죠."

경감은 중얼거리듯 말하며 맞장구를 쳤다.

"좋은 생각입니다, 레인 씨. 만약 멋지게 그들을 속일 수만 있다면 말입니다. 하지만 과연 그런 감쪽같은 변장이 가능하시겠습니까? 이건 어디까지나 연극 무대나 추리소설 속의 일이 아닌 현실에서 벌어지는 일이니 말입니다."

"어쨌든 이건 놓칠 수 없는 기회입니다. 게다가 퀘이시는 분장의 천재이며 나로서도 이런 일이 처음은 아니니까요."

레인은 흥분을 억제하며 말을 이었다.

"자, 경감님. 서로가 시간을 허비하지 말도록 합시다. 내 제의를 들어주시겠습니까?"

"뭐, 그렇게 하도록 하지요."

경감은 여전히 염려스러운 듯이 덧붙였다.

"아무튼 아주 조심하셔야 합니다. 그렇게 하신다면 큰 위험은 없겠지요. 그렇지 않아도 부하들을 조만간 철수시킬 참이긴 했습니다……. 좋습니다. 그렇게 하도록 합시다. 그런데 누구로 변장하실 생각이십니까?"

레인은 거침없이 말을 받았다.

"에드거 페리는 어디에 있지요?"

"해터 저택으로 돌아갔습니다. 하지만 당분간은 외출을 하지 말도록 일러놓았습니다."

"그럼 즉시 페리를 불러주십시오. 뭐든 구실을 붙여 서둘러 이리로 데려왔으면 좋겠습니다."

삼십 분 후, 에드거 페리는 드루리 레인과 섬 경감의 얼굴을 번갈아 바라보며 제일 좋은 경감의 의자에 앉아 있었다. 이제 레인의 얼굴에서 고뇌의 흔적은 사라졌고 그는 여느 때처럼 침착하고 빈틈이 없는 태도를 취하고 있었다. 레인은 카메라 렌즈처럼 예리하고 정확한 시선으로 가정교사를 지켜보며 그의 외모와 거동을 면밀히 관찰했다. 경감은 찌푸린 얼굴을 하고 마음을 졸이며 묵묵히 자리에 앉아 있었다.

"페리 씨."

이윽고 레인이 입을 열었다.

"경찰을 위해서 꼭 좀 협조해주셔야 할 일이 있습니다."

"아, 그렇습니까?"

페리는 지적인 눈매에 불안한 빛을 담고 막연하게 대답했다.

"경찰을 해터 저택에서 철수시켜야 할 필요가 생겨서 말입니다."

"정말입니까?"

페리는 놀란 표정을 지으며 진지하게 물었다.

"정말입니다. 하지만 그 때문에 만일의 경우를 대비해 감시할 사람이 필요합니다."

다시금 페리는 두 눈에 불안한 빛을 떠올렸다.

"물론, 그 감시인은 그 저택을 자유로이 드나들 수 있어야 할 뿐만 아니라,

감시를 하면서도 누구에게도 그 사실을 의심받지 않을 사람이어야 합니다. 아시겠습니까?"

"아, 예."

"그러므로 당연히 그 감시인이 경찰 측이어선 안 됩니다."

레인은 거침없이 말을 이었다.

"그래서 당신에게 협조를 부탁드리는 겁니다, 페리 씨. 내가 해터 저택에서 당신 노릇을 할 수 있게 허락해주셨으면 합니다."

페리는 두 눈을 껌벅거렸다.

"내 노릇을요? 무슨 말씀이신지요?"

"내게는 세상에서 가장 뛰어난 분장사가 있습니다. 내가 당신을 택한 것은 그 저택의 사람들 중에 당신이 나와 신체적 조건이 가장 비슷하기 때문입니다. 즉 내가 당신으로 변장한다면 탄로 날 염려가 거의 없습니다. 당신은 나와 키나 체격이 비슷하고 얼굴 모습도 그다지 다르지 않습니다. 아무튼 퀘이시가 솜씨를 발휘한다면 나는 감쪽같이 당신 행세를 할 수가 있습니다."

"아, 물론 그렇겠지요. 당신은 배우이니까요."

페리는 중얼거리듯 말했다.

"허락해주시겠습니까?"

페리는 곧바로 대답하지 않았다.

"글쎄요……."

"그렇게 하는 게 좋을 거요!"

경감이 험악한 표정으로 끼어들며 말을 이었다.

"당신도 이번 사건에서 켕기는 구석이 없는 것은 아니니까 말이오."

페리의 두 눈에 분노의 빛이 타올랐으나 이내 사라졌다. 그는 어깨를 늘어뜨리며 작은 목소리로 말했다.

"좋습니다. 그렇게 하지요."

## 제5장

### 햄릿 저택

### 6월 17일 금요일 오후

금요일 아침에 섬 경감이 검은 소형차로 페리와 함께 햄릿 저택에 도착했다. 해터 저택의 사람들은 페리가 오늘 하루 더 경찰의 신문을 받는 것으로 알고 있다고 했다. 경감은 그 사실을 레인에게 전한 뒤 곧바로 돌아갔다.

이제 레인은 자신이 속속들이 알고 있는 익숙한 무대에 서는 것이나 다름없었으므로 조금도 당황하지 않았다. 레인은 페리와 함께 햄릿 저택 안을 거닐며 자신의 연극과 장서, 정원 등에 관한 여러 가지 얘기를 즐겁게 주고받았다. 페리는 아름다운 주위의 광경에 매료된 채 상쾌한 공기를 가슴 속 깊이 들이마셨다. 인어 주점에서는 호기심으로 눈을 빛냈고, 넓고 조용한 서재에서는 유리 상자 속에 담긴 셰익스피어의 초판본을 경건하게 들여다보았다. 또한 그는 햄릿 저택의 연극인들을 만나 극장을 구경했으며 러시아인 연출가 크로포트킨과 현대극에 대해 논하기도 했다. 한마디로 페리는 그런 일로 완전히 들떠서 전혀 딴 사람처럼 보였다.

레인은 조용히 페리를 안내하며 돌아다녔는데, 그의 두 눈은 그날 오전 내내 한시도 페리의 얼굴과 몸짓, 손짓에서 떠나지 않았다. 그는 페리의 입 모양, 입술의 움직임, 몸가짐, 걸음걸이, 동작 등의 미묘한 특징을 하나도 빠짐없이 관찰했다. 점심때에도 그는 페리가 식사하는 모습을 관찰했다. 퀘이시 또한 페리의 머리만 쳐다보며 늦은 오후까지 두 사람의 뒤를 따라다니더니 뭔가 혼잣말을 중얼거리며 어디론가 사라졌다.

오후에도 두 사람은 드넓은 햄릿 저택 안을 돌아다녔다. 그런데 이번에는 레인이 교묘하게 화제를 페리 본인에 관한 쪽으로 몰고 갔다. 그 결과, 화제는 페리의 신상 문제로 바뀌게 되었고, 그에 따라 레인은 페리의 취향, 편견, 사상 등에서부터 바버라 해터와의 지적인 교제의 핵심, 해터 저택의 다른 구성원들과의 관계, 두 아이의 교육 과정 등에 이르기까지 알게 되었다. 화제가 아이들에 관한 문제에 이르자 페리는 다시 한 번 활기찬 모습을 내비쳤다. 아이들의 책 구입처라든가 아이들 각자에 대한 자신의 교육 방법에 관해 이야기했고, 해터 저택에서의 자신의 일상생활에 대해서도 설명했다.

저녁 식사 후에 두 사람은 퀘이시의 작은 작업실로 갔다. 그곳은 이제까지 페리가 본 어떤 방과도 분위기가 다른 기묘한 방이었다. 현대적인 설비가 갖춰져 있음에도 불구하고 고풍스러운 기운이 감돌고 있는 그곳은 마치 중세의 고문실 같아 보였다. 한쪽 벽에 설치된 선반 위에는 사람의 머리 모형들이 즐비하게 놓여 있었는데, 황인종, 백인종, 흑인종 등 모든 인종의 것들을 망라하고 있는 데다 인간의 얼굴이 나타낼 수 있는 온갖 표정들을 선보이고 있었다. 가발들 또한 회색, 흑색, 갈색, 적색, 곱슬곱슬한 것, 말려 올라간 것, 곧은 것, 윤기가 도는 것, 윤기가 없는 것, 물결치는 것 등, 온갖 종류의 것들이 벽을 메우고 있었다. 작업대 위에는 알 수 없을 정도로 많은 종류의 안료, 분말, 크림, 염료, 접착제 그리고 작은 철제 도구들이 놓여 있었다. 그리고 재봉틀 같은 기계, 거대한 다면경, 커다란 전등, 검은 전등갓 따위도 있었다……. 그 작업실 안으로 한 발짝 들어서는 순간부터 페리는 주눅이 들어 애초의 불안하고 주저하는 태도로 돌아갔다. 페리는 그 작업실의 분위기에 압도되어 본래의 자기 처지로 되돌아간 듯 입을 굳게 다문 채 초조해했다. 레인은 갑자기 근심 어린 눈빛으로 그런 그를 지켜보았다. 페리는 침착하지 못한 태도로 실내를 서성댔는데 그럴 때마다 그의 긴 그림자가 기괴하게 벽면에 일렁거렸다.

"페리 씨, 옷을 벗으세요."

퀘이시가 그 특유의 격앙된 목소리로 말했다.

퀘이시는 나무 인형에 씌운 실제 모발로 만든 정교한 가발에 달라붙어서 바쁘게 마지막 손질을 하고 있는 중이었다.

페리는 시키는 대로 천천히 옷을 벗었다. 레인은 재빨리 자기 옷을 벗어 던지고 페리의 옷으로 갈아입었다. 페리의 옷은 레인의 몸에 딱 맞았다. 두 사람의 체격은 확실히 비슷했던 것이다.

페리는 가운을 걸친 채 여전히 초조해하고 있었다.

퀘이시는 바삐 움직였다. 다행히 얼굴을 고치는 일도 그다지 힘이 들지 않았다. 레인이 거울 앞에 놓인 이상한 모양의 의자에 앉자 꼽추 노인 퀘이시는 곧바로 얼굴 분장을 시작했다. 퀘이시의 마디 굵은 손가락 끝에는 신비한 영기가 깃들어 있는 듯했다. 코와 눈썹을 살짝 고치고, 솜뭉이로 뺨과 턱의 선을 바꾸고, 눈 모양을 살짝 바꾼 다음 눈썹을 염색했다.

페리는 묵묵히 지켜보고 있었는데 그 눈에는 차츰 어떤 다짐의 빛이 떠올랐다.

퀘이시는 경쾌한 손짓으로 페리를 의자에 앉히더니 그의 머리 형태와 머릿결을 살펴본 다음 레인의 머리에 가발을 씌우고는 가위를 꺼냈다…….

두 시간 후, 드디어 변장이 완성되었다. 레인이 의자에서 일어나자 페리는 공포에 질린 얼굴로 눈을 크게 떴다. 그는 자기가 또 다른 자신을 바라보는, 놀랍고 믿기 어려운 전율을 맛보았다. 더욱이 레인이 입을 열자 목소리마저도 페리 자신과 똑같았다. 입술의 움직임이 꼭 같았기 때문이었다…….

"오, 맙소사!"

페리는 얼굴을 일그러뜨리며 흥분한 얼굴로 외쳤다.

"안 됩니다! 절대로 안 돼요! 이런 짓을 하게 할 수는 없습니다!"

레인은 다시 본래의 얼굴을 드러냈다. 그의 두 눈에는 당황한 빛이 역력했다.

"왜 그러시는 겁니까?"

레인이 조용히 물었다.

"너무나 감쪽같습니다! 그 변장은 너무나도……. 아무튼 절대로 허락할 수 없습니다!"

페리는 의자 속에 몸을 웅크리더니 어깨를 떨며 말을 이었다.

"바버라를…… 절대로 바버라를 속일 수는 없습니다……."

"알겠습니다. 그러니까 당신은 바버라 양에게 내 변장이 탄로 날 것이라고 생각했던 거로군요?"

레인은 애처로운 눈빛으로 물었다.

"예, 그렇습니다. 적어도 그녀만은 제가 아니라는 걸 알아챌 수 있을 거라고 생각했습니다……. 그런데 이렇게까지 감쪽같을 줄은! 이래서는 안 됩니다!"

페리는 단호한 태도로 의자에서 벌떡 일어났다.

"레인 씨, 기어코 제 행세를 하시겠다면 저는 폭력을 써서라도 못 하게 만들겠습니다. 어떤 경우라도 그녀를 속이는 짓은 용납할 수 없습니다."

페리는 잠깐 입을 다물고 나서 말을 이었다.

"그녀는 제가 사랑하는 여자입니다. 자, 어서 제 옷을 돌려주십시오."

페리는 가운을 벗어 던지더니 반항과 결의에 찬 눈빛으로 레인에게 한 걸음 다가섰다. 입을 쩍 벌린 채 그 광경을 지켜보고 섰던 퀘이시가 뭐라고 고함을 지르더니 작업대 위에 놓은 묵직한 가위를 집어 들고 원숭이처럼 앞으로 튀어나왔다.

레인이 그 앞을 막아서면서 부드럽게 퀘이시의 어깨를 다독거렸다.

"진정해, 퀘이시……. 페리 씨, 당신 말씀이 옳습니다. 당신 말씀대로 해드리겠습니다. 그러니 이제부터 이 모든 일은 잊어버리시고 오늘 밤은 느긋하게 햄릿 저택의 손님이 되어주십시오."

페리는 부끄러운 표정을 지었다.

"죄송합니다. 저도 모르게 그만 그렇게 심한 말을……."

레인이 분명한 어조로 말을 받았다.

"아닙니다. 내 생각이 잘못되었던 겁니다……. 퀘이시, 남의 얼굴을 그렇게 노려보면 못써!"

레인은 조금 애를 먹으며 가발을 벗더니 어처구니없는 표정을 짓고 서 있는 퀘이시에게 돌려주며 말했다.

"자, 이 가발을 잘 간직해두게. 내 어리석음과 어떤 신사의 한 여성에 대한 깊은 사랑을 기념하는 뜻으로 말이야……."

이어서 레인은 페리가 보는 앞에서 모든 변장을 지웠다. 다시 본래의 모습으로 돌아온 레인은 두어 번 눈을 껌벅거리고 나서 싱긋 웃으며 말했다.

"페리 씨, 극장에 들러보시지 않겠습니까? 지금 크로포트킨이 새 연극의 리허설을 하고 있으니까요."

페리가 옷을 갈아입고 폴스태프의 안내를 받으며 극장으로 가버리자, 레인은 이제까지의 여유 있던 태도를 싹 바꾸며 퀘이시에게 명령했다.

"자, 퀘이시! 어서 섬 경감에게 전화를 걸도록 하게!"

퀘이시는 급히 벽 쪽으로 달려가 가죽 같은 손으로 벽 안쪽에 파묻힌 전화기를 잡았다.

레인이 그의 등 뒤에서 초조하게 재촉했다.

"서둘러, 퀘이시! 시간이 없다니까!"

하지만 경감과는 단번에 연결되지 않았다. 그가 경찰 본부에 없었던 것이다.

"집으로 걸어보게."

경감의 부인이 전화를 받았다. 퀘이시가 격앙된 목소리로 경감을 바꿔달라고 했다. 하지만 친절한 목소리의 부인은 말꼬리를 흐리며 망설였다……. 수화기 저편에서 들리는 소리로 보아 경감은 전화기 옆의 안락의자에 파묻혀 코를 골고 있는 게 분명했다.

"하지만 이 전화는 레인 씨를 대신해서 거는 겁니다. 아주 중요한 용건입니다!"

케이시가 다급하게 말했다.

"아, 네!"

케이시의 늙은 귀에 코 고는 소리가 딱 멈추는가 싶더니, 이내 귀에 익은 섬의 목소리가 들려왔다.

"부하들이 해터 저택에서 철수했는지 물어보게."

케이시는 더듬거리며 그 질문을 전달하고는 다소곳이 대답을 기다렸다.

"아직 지키고 있답니다. 오늘 밤 선생님께서 도착하시는 대로 철수할 예정이랍니다."

"휴우, 다행이군! 경감님께 내가 마음이 변해 페리로 변장하는 것을 그만두었다고 전하게. 그리고 내일 오전 중에 내가 그곳에 갈 테니 그때까지만 그 저택을 계속 지켜달라고 전하게."

이유를 묻는 경감의 목소리가 수화기에 울렸다.

"이유를 알고 싶답니다. 꼭 알아야겠다는군요."

케이시가 전했다.

"지금은 설명할 수 없어. 그냥 죄송하다고 하고 전화를 끊게."

그때까지 자신이 운동 셔츠 바람으로 방 안을 서성대고 있다는 것도 깨닫지 못한 채 레인은 케이시를 바라보며 다급하게 소리쳤다.

"자, 이번에는 메리엄 박사에게 전화를 걸어야 해! 어서 전화번호부를 뒤져보게!"

케이시는 엄지손가락에 침을 묻혀가며 페이지를 넘겼다.

"메리…… 메리…… Y. 메리엄 박사, 이분인가요?"

"그래, 빨리!"

케이시가 교환원에게 번호를 말했다.

잠시 후에 여자가 대답했다.

"메리엄 박사를 부탁합니다."

퀘이시가 컬컬한 목소리로 말을 덧붙였다.

"드루리 레인 선생님을 대신해서 전화를 드리는 겁니다."

수화기에 귀를 기울이던 퀘이시의 주름진 갈색 얼굴에 실망의 빛이 떠올랐다.

"댁에 안 계신답니다. 주말이라서 오후부터 교외로 나가셨다는군요."

"흐음, 주말이라? 그럼 할 수 없지……."

레인은 마음을 가라앉히며 말을 이었다.

"퀘이시, 고맙다고 인사하고 전화를 끊게. 허어, 이거 참 일이 꼬이는군."

"이젠 어떻게 할까요?"

퀘이시가 투덜대듯 물으며 레인을 바라보았다.

"그렇지!"

레인은 의미심장한 미소를 떠올리며 말했다.

"더 좋은 수가 있어!"

## 제6장

### 죽음의 방

*6월 18일 토요일 오후 8시 20분*

토요일 정오를 얼마쯤 남겨둔 시각에 드루리 레인의 리무진이 해터 저택 앞의 도로변에 멈춰 섰다. 이어서 에드거 페리와 레인이 차에서 내렸다. 페리의 창백한 얼굴에는 결의의 빛이 떠올라 있었다. 햄릿 저택에서 이곳까지 오는 동안 그는 줄곧 말이 없었다. 레인도 그의 침묵을 깨려고 하지 않았다.

초인종을 누르자 한 형사가 나타났다.

"안녕하십니까, 레인 씨. 아, 페리 씨도 돌아오셨군요."

페리는 묵묵히 복도를 지나 위층으로 사라졌다. 그러자 형사는 레인에게 한 눈을 찡긋해 보였다.

레인은 홀을 지나 집 뒤꼍을 향해 걸어가다가 도중에서 발길을 돌려 부엌으로 들어갔다.

잠시 후 다시 나타난 그는 서재로 갔다. 콘래드 해터가 책상 앞에 앉아서 뭔가를 쓰고 있었다.

"안녕하십니까, 해터 씨!"

레인이 상냥하게 말을 걸었다.

"이젠 방해꾼들도 사라진다면서요?"

"예? 무슨 말씀입니까?"

콘래드 해터는 즉시 고개를 들며 물었다. 그의 눈 밑에는 짙은 기미가 끼어 있었다.

레인은 의자에 걸터앉으며 말을 이었다.

"나도 방금 들었습니다만 이제 곧 이 댁에 대한 경계가 해제된다더군요. 경찰이 마침내 이 댁에서 철수한답니다."

"흐음, 그럴 수밖에 없을 테죠. 그렇게 야단법석을 떨고도 이제까지 아무것도 해결한 게 없으니까요. 어머니의 살해범을 붙잡기는커녕 이 주일 전이나 지금이나 하나도 달라진 게 없단 말입니다."

콘래드가 중얼거리듯 말했다.

레인이 얼굴을 찌푸리며 말을 받았다.

"그야 경찰의 능력에도 한계는 있으니까요……. 아, 모셔 형사, 안녕하시오?"

"안녕하십니까, 레인 씨?"

모셔 형사는 발걸음도 요란하게 서재로 들어오며 말을 이었다.

"해터 씨, 이제 우린 철수한답니다!"

"방금 레인 씨로부터 들었소."

"경감님 명령으로 우린 이제 정오가 되면 모두 철수합니다. 죄송하게 되었습니다, 해터 씨."

"죄송하다고요?"

콘래드는 반문했다. 그는 의자에서 일어나더니 팔을 한껏 벌리며 크게 기지개를 켰다.

"천만에요, 속이 다 후련합니다! 이제야 우리도 좀 안정을 되찾을 수 있겠군요."

그때 질 해터가 서재로 들어오며 말을 받았다.

"사생활을 간섭받지 않아도 될 테고요. 무엇보다 그게 가장 참기 어려웠는데 정말 속이 후련하네요!"

해터 저택에서 파견 근무를 했던 모셔, 핑커슨, 크라우스 그리고 음식물 검사를 맡았던 독극물 전문가 듀빈이 문 입구에 모여 있었다.

핑커슨이 말했다.

"자, 이제 어서 떠납시다. 나는 데이트가 있단 말입니다. 하하하!"

핑커슨은 온 방이 울릴 정도로 큰 소리로 웃어댔다. 그러던 중에 그는 갑자기 웃음소리를 삼키며 레인이 앉아 있는 의자를 바라보았다.

모두가 일제히 레인에게로 고개를 돌렸다. 레인은 두 눈을 감은 채 핏기 없는 얼굴을 하고 축 늘어진 몸을 의자에 기대고 있었는데 누가 보더라도 의식을 잃은 게 분명했다.

모두가 멍청하게 서 있는 가운데 독극물 전문가이자 의사인 듀빈이 뛰쳐나갔다.

핑커슨이 헐떡이며 말했다.

"갑자기 저렇게 되셨습니다! 얼굴이 벌게지며 숨이 막히는 듯 괴로운 표정을 짓더니 이내 의식을 잃었습니다!"

듀빈은 의자 옆에 끓어 앉더니 레인의 옷깃을 풀어 헤쳤다. 이어서 그는 몸을 굽혀 레인의 가슴에 귀를 대고 심장 소리를 확인했다.

"물! 그리고 위스키도……. 빨리!"

듀빈이 낮지만 긴장된 목소리로 말했다.

질 해터는 벽에 기댄 채 빤히 바라보고만 있었다. 콘래드 해터는 뭔가 혼잣말을 중얼거리며 술병 선반에서 위스키 병을 꺼냈다. 형사 한 명이 부엌으로 달려가 커다란 잔에 물을 담아서 급히 돌아왔다. 듀빈은 레인의 입을 억지로 벌리고 목구멍에 제법 많은 양의 위스키를 흘려 넣었다. 형사는 큰 잔의 물을 레인의 얼굴에 확 끼얹었다.

금방 효과가 나타났다. 레인은 훅 하고 물을 내뿜으며 흰자위가 드러난 눈을 희번덕거리더니 위스키 때문에 목이 따가운지 재채기를 하기 시작했다.

"빌어먹을, 무슨 짓을 하는 거요! 죽일 작정이오?"

듀빈이 물을 끼얹은 형사에게 호통을 치며 말을 이었다.

"해터 씨, 어디 눕힐 만한 곳이 없습니까? 지금 당장 침대에 눕혀야 합니다. 심장 발작입니다."

"설마 독을 마신 건 아닐 테죠?"

질이 급히 물었다. 소란을 듣고 바버라와 마사와 두 아이들과 아버클 부인이 달려왔다.

"어머나! 레인 씨에게 무슨 일이 생긴 거예요?"

바버라가 깜짝 놀라서 물었다.

"아무튼 누구든 좀 도와주십시오."

듀빈이 축 늘어진 레인의 몸을 의자에서 안아 일으키며 힘겹게 말했다.

복도 쪽에서 황소가 울부짖는 것 같은 소리가 들리더니 문 입구에 모여 있던 사람들을 밀어젖히며 빨간 머리 드로미오가 서재 안으로 뛰어 들어왔다.

십오 분쯤 후에 집 안은 다시 조용해졌다. 축 늘어진 레인의 몸은 듀빈과 드로미오에 의해 2층 객실로 옮겨졌다. 세 형사는 어떻게 해야 할지 몰라 한동안 망설였으나 결국은 원래의 명령대로 레인과 해터 저택 사람들을 남겨두고 모두 철수해버렸다. 어쨌든 심장 발작은 살인 사건과는 차원이 다른 문제였기 때문이었다.

다른 사람들은 닫힌 객실 문 앞에 모여 있었다. 문 안쪽에서는 아무 소리도 들리지 않았다. 갑자기 문이 열리더니 드로미오의 빨간 머리가 나타났다.

"의사 선생님께서 말씀하시길, 소란스러우니 모두 물러가시랍니다!"

문이 다시 닫혔다.

모두 느릿느릿 흩어졌다. 그로부터 삼십 분쯤 후에 듀빈이 객실을 나와 아래층으로 내려갔다.

그런 뒤 듀빈은 해터 저택 사람들에게 알렸다.

"레인 씨는 절대 안정을 요합니다. 위태롭진 않습니다만 하루 이틀쯤은 움직일 수 없을 겁니다. 부디 방해가 되지 않도록 해주시기 바랍니다. 레인 씨의 운전사가 레인 씨가 움직일 수 있을 때까지 곁에서 시중을 들겠답니다. 나는 내일 다시 오도록 하겠습니다. 아마 그때까지는 상태가 꽤 좋아질 겁니다."

그날 밤 7시 30분, 드루리 레인은 자신의 '심장 발작'으로 가능해진 모종의 작업에 착수했다. 명의 듀빈의 지시에 따라 누구 하나 쓸데없이 '병실'을 기웃거리거나 방해하는 사람이 없었다. 단지 바버라 해터만은 아무래도 그가 걱정이 되는지 메리엄 박사를 부르려고 전화를 걸었다. 하지만 그녀 역시 박사가 부재중인 것을 알고는 더는 참견하려 들지 않았다. 굳게 닫힌 방 안에 틀어박히게 된 드로미오는 미리 준비해 온 담배며 잡지 덕분에 오후 동안 그다지 따분하지 않았다. 어쨌든 레인의 긴장된 표정과 비교해보더라도 그는 레인보다 훨씬 즐거운 시간을 보내고 있는 게 분명했다.

6시에 바버라의 지시를 받은 아버클 부인이 가벼운 식사를 준비해 객실로 가져왔다. 드로미오가 정중하게 그것을 받아들고는, 레인 선생님은 푹 주무시는 중이라고 말한 뒤 불만스러운 표정을 짓고 있는 아버클 부인의 얼굴 앞에서 문을 닫아버렸다. 그런 뒤에 스미스 양이 직업의식이 발동했는지 문을 두드리고는 자신이 뭔가 도와줄 것이 없느냐고 물었다. 그 일로 그녀는 드로미오와 오 분 동안이나 얘기를 나눴지만 결국은 그녀도 출입을 거절당했다. 거절을 당하자 그녀는 고개를 젓긴 했지만 오히려 다행인 듯한 표정을 지으며 가버렸다.

7시 30분이 되자, 드루리 레인은 침대에서 일어나 드로미오에게 조용히 뭔가 말을 하고는 문 뒤로 다가섰다. 드로미오는 문을 열고 밖을 내다보았다. 복도에는 아무도 없었다. 그는 밖으로 나와 복도를 돌아다녀보았다. 간호사의 방문이 열려 있었지만 방 안에는 아무도 없었다. 실험실과 아이들 방문은 닫혀 있었다. 루이자 캠피언의 방문은 열려 있었지만 그 안에는 아무도 없었다. 확인을 마친 드로미오는 재빨리 객실로 돌아갔다.

곧이어 드루리 레인이 발소리를 죽이며 복도를 지나 재빨리 죽음의 방인 루이자의 방으로 들어갔다. 그는 곧바로 벽장문을 열고 그 속에 몸을 숨겼다. 그는 벽장 속에서 문을 끌어당겨 간신히 방 안의 동정을 살필 수 있을 정도의 틈새만을 남겼다. 복도도, 2층의 다른 방들도, 그리고 이 방도 아주 조용했다. 방 안은 이내 어두워졌고, 벽장 속은 답답했다. 하지만 레인은 등 뒤의 여자 옷 더미 속에 안전하게 몸을 숨긴 채 깊이 숨을 들이쉬며 오래도록 감시할 태세를 취했다.

시간은 자꾸 흘러갔다. 드로미오는 객실 문 안쪽에 웅크리고 앉아 이따금 복도에서 들려오는 인기척과 아래층으로부터 흘러드는 어렴풋한 얘기 소리를 들었다. 하지만 귀머거리인 레인으로서는 그런 외계의 소리를 전혀 들을 수가 없었다. 그는 완전한 어둠 속에 있었다. 그가 몸을 숨기고 있는 이 방에는 아무도 들어오지 않았다.

레인의 야광 손목시계가 7시 50분을 가리켰을 때 어떤 원시적인 본능이 그의 몸을 긴장시켰다. 갑자기 전등이 밝게 켜졌다. 그는 전등 스위치가 자신이 숨어 있는 벽장 왼쪽, 즉 문 바로 오른쪽인 사각지대에 있음을 생각해내고는 그 때문에 들어오는 인물의 모습이 보이지 않았음을 깨달았다. 하지만 그 인물이 누구인지는 금방 알 수 있었다. 스미스 양의 풍만한 몸뚱이가 자신의 시야를 가렸기 때문이다. 그녀는 육중한 발걸음으로 융단을 밟으며 두 침대 사이로 들어갔다. 밝은 전등 아래에서 보니 지금 이 방은 깨끗이 청소되고 정돈되어 있었다. 그 어디에도 범죄의 흔적이라고는 찾아볼 수 없었다.

스미스 양은 침대 탁자로 다가가 루이자 캠피언의 점자 도구를 집어 들었다. 그녀가 몸을 틀자 얼굴이 보였다. 그녀가 피곤한 듯 한숨을 쉬자 커다란 가슴이 크게 일렁거렸다. 그 후 그녀는 다른 것에는 손을 대지 않고 레인의 시야에서 사라졌다. 다시 불이 꺼지고 레인은 어둠 속에 남겨졌다. 그는 안도의 한숨을 내쉬며 이마에 맺힌 땀을 닦았다.

8시 5분, 죽음의 방에는 두 번째 방문객이 찾아들었다. 다시 전등이 켜지더니 아버클 부인의 모습이 시야에 들어왔다. 구부정한 몸으로 급히 걸음을 옮기며 약간 숨을 헐떡였는데 아마도 계단을 올라왔기 때문일 터였다. 그녀가 가져온 쟁반 위에는 버터밀크를 담은 길쭉한 잔과 작은 케이크를 담은 접시가 놓여 있었다. 쟁반을 탁자 위에 내려놓더니 그녀는 얼굴을 찌푸리며 잠깐 목덜미를 긁고 나서 방에서 나갔다.

하지만 아버클 부인은 전등을 끄지 않고 나가버렸다. 레인은 그녀의 부주의함에 대해 모든 시대의 모든 신들에게 감사했다.

거의 예고도 없이 그 사태는 시작되었다. 아버클 부인의 출현 후 정확히 사 분 뒤인 8시 9분의 일이었다. 그때까지 조금의 흔들림도 없던 맞은편 창의 블라인드 하나가 살짝 흔들리는 것을 보고 레인은 긴장했다. 그는 더욱더 몸을 웅크리며 벽장문의 틈새를 좀 더 벌리고 그 창 쪽을 응시했다.

내려져 있던 블라인드가 갑자기 위로 걷어 올려졌다. 뒤뜰로 면한 2층의 바깥쪽 벽의 창턱에 그가 기다리던 인물이 서 있는 것이 보였다. 그 인물은 몇 초 동안 그 자세 그대로 서 있더니 이내 사뿐하게 방 안으로 뛰어들었다. 닫혀 있어야 할 창이 열려 있었던 것이다.

곧바로 그 침입자는 방을 가로질러 문 쪽으로 달려갔으므로 레인의 시야에서 벗어났다. 하지만 문을 잠그러 갔었는지 이내 다시 레인의 시야에 들어서더니 즉시 벽난로로 향했다. 벽난로는 레인이 있는 곳에서 간신히 보였다. 침입자는 조금 몸을 구부려 벽난로 속으로 들어가더니 이내 두 다리가 가볍게 위로 올라가 보이지 않게 되었다. 레인은 가슴을 두근거리며 기다렸다. 잠시 후, 침입자는 다시 모습을 드러냈다. 침입자의 손에는 레인이 바꿔치기한 벽돌 구멍 속의 흰 액체가 든 시험관과 스포이트가 쥐여 있었다.

침입자는 다시 방을 가로지르며 침대 탁자로 다가가더니 눈을 빛내며 버터밀크 잔으로 손을 뻗었다……. 레인은 옷장 속에서 전율을 느꼈다. 침입자는 아주 잠깐 동안 망설이는 듯했으나 이내 마음을 정했는지 시험관 마개를 뽑고 그 속에 든 내용물을 몽땅 그 버터밀크 잔 속에 쏟아부었다.

실로 민첩한 동작이었다……. 침입자는 한 걸음에 창가로 가더니 재빨리 뒤뜰 쪽을 살핀 뒤 창틀로 기어올라 밖으로 빠져나갔다. 이어서 창이 닫히고 블라인드가 내려졌다. 다만, 블라인드가 전처럼 완전히 내려지지는 않았다……. 레인은 한숨을 쉬고 옷장 안에서 두 다리를 뻗었다. 그의 얼굴은 회반죽처럼 굳어 있었다.

침입자가 이 모든 일을 행하는 데는 삼 분도 채 걸리지 않았다. 레인이 손목시계를 보니 정확히 8시 12분이었다.

그 후 다시 정적이 찾아들었다. 이제 블라인드는 미동도 하지 않았다. 레인은 다시 이마에 맺힌 땀을 닦았다. 옷 속에도 땀이 흥건했다.

8시 15분이 되자 레인은 다시 한 번 긴장했다. 그림자 두 개가 차례로 그의 시야를 지나며 순간적으로 빛을 가렸다. 루이자가 그녀 특유의 침착한 걸음걸이로 들어왔고 그 뒤를 따라 스미스 양이 느릿느릿 걸어 들어왔다. 루이자는 거침없이 자기 침대로 가서 앉더니 다리를 꼬고는 밤마다 늘 그렇게 하는지 기계적인 동작으로 탁자에 손을 뻗어 버터밀크 잔을 집어 들었다. 스미스 양은 서글픈 미소를 떠올리며 루이자의 뺨을 가볍게 두드려주고는 오른쪽으로 걸어갔다. 방의 구조로 보아 그녀가 욕실로 향했음을 레인은 알 수 있었다.

레인은 숨을 죽이고 열심히 지켜보았다. 루이자가 아니라 침입자가 빠져나간 창 쪽을……. 그리고 루이자가 컵을 입가로 가져갈 때, 완전히 내려지지 않은 블라인드 틈새의 창유리에 바짝 들이댄 유령 같은 얼굴을 보았다. 그 얼굴은 긴장해서인지 창백해져 있었고 소름이 끼칠 정도로 진지했다.

루이자는 여전히 공허하고도 천진난만한 표정으로 조용히 버터밀크를 들이켜더니 이윽고 잔을 내려놓고 몸을 일으켜 드레스의 단추를 풀기 시작했다.

너무도 열심히 응시한 탓에 레인은 눈이 아플 지경이었다. 그런데 바로 그때였다. 창밖의 얼굴은 도무지 믿기지 않는다는 표정을 짓더니 곧이어 깊이 실망하는 표정으로 바뀌었다.

그리고 그 침입자는 마치 장난감처럼 깡충거리며 사라져버렸다.

스미스 양이 여전히 욕실에서 물소리를 내고 있는 동안 레인은 조심스레 옷장에서 나와 발소리를 죽이고 그 방을 빠져나갔다. 루이자 캠피언도 전혀 눈치를 채지 못했는지 고개를 돌리지 않았다.

# 제7장

## 실험실

*6월 19일 일요일 오후*

일요일 아침, 드로미오는 해터 저택의 사람들 중 유일하게 레인을 걱정해주는 바버라에게 드루리 레인이 아주 좋아졌다고 전했다. 하지만 그는 레인이 점심때까지는 객실에서 쉬고 싶어 하므로 조용히 지낼 수 있도록 해달라는 부탁을 덧붙였다. 덕분에 드루리 레인은 누구의 방해도 받지 않았다.

11시에 듀빈이 나타나 '환자'를 만나보고는 십 분 후에 나왔다. 그는 '환자'는 이제 완쾌된 거나 다름없다고 사람들에게 알린 뒤 돌아갔다.

정오가 조금 지나서 레인은 다시 한 번 어젯밤과 같은 비밀 수사를 되풀이했다. 그의 얼굴은 정말 아팠다고 해도 그보다는 나쁠 수 없을 만큼 환자처럼 보였다. 그는 거의 잠을 이루지 못한 채로 괴로운 밤을 보냈던 것이다……. 드로미오가 신호를 하자 그는 어깨를 구부리고 재빨리 복도로 빠져나왔다.

하지만 이 일요일의 답사 장소는 죽음의 방이 아니었다. 그는 재빨리 실험실로 들어갔다. 그는 미리 계획을 세워둔 듯 거침없이 행동했다. 그는 곧바로 문 왼쪽에 있는 벽장 속으로 들어가 문을 끌어당겨 실내를 살필 수 있을 정도의 틈새만을 남겼다. 그런 뒤 어젯밤과 마찬가지로 감시 태세를 취했다.

겉으로 보기에 그의 행동은 아주 어리석고 쓸모없는 일 같았다. 그처럼 어둡고 숨 막히는 비좁은 벽장 속에 웅크리고 앉아 아무리 큰 소리가 나도 들을 수 없는 채로 피로한 눈을 빛내며 쉴 새 없이 좁은 틈새를 몇 시간이고 지켜보아야 하는 일이었다. 그럭저럭 몇 시간이 지났지만 아무 일도 일어나지 않았다. 그동안 누구 한 사람 실험실에 들어오지도 않았으며 아무런 변화도 눈에 띄지 않았다.

오후의 시간이 지루하게 이어졌다.

레인이 무슨 생각을 하든지, 설사 그 생각이 너무도 절망적인 것일지라도 그 때문에 잠시라도 주의를 게을리하는 일은 없었다. 그런데 오후 4시가 되자 드디어 그의 기다림도 끝나게 되었다.

레인이 맨 먼저 알아차린 것은 그의 위치에서는 보이지 않는 문 쪽에서 달려와 그의 시야를 스치는 그림자였다. 물론 레인으로서는 문을 여는 소리든 닫는 소리든 전혀 들을 수가 없었다. 오랜 시간의 피로를 대번에 잊은 채 레인은 문 틈새로 눈을 갖다 댔다.

그 인물은 어젯밤의 침입자였다.

침입자는 거침없이 방 왼쪽으로 가더니 약품 선반 앞에 멈춰 섰다. 그곳이 레인이 숨어 있는 벽장과 너무나도 가까웠기에 그는 침입자가 숨을 헐떡이는 모습까지 자세히 볼 수 있었다. 침입자는 재빨리 아래쪽 선반으로 손을 뻗어 몇 개 남아 있던 약병 중 하나를 집어 들었다. 침입자가 병을 내렸을 때 레인은 붉은 라벨에 흰 글씨로 '극약'이라고 쓰여 있는 것을 분명히 볼 수 있었다.

침입자는 그 병을 손에 들고 한동안 바라보더니 이어서 천천히 실내를 둘러보았다. 그러고는 창가의 한쪽 구석에 쓸어 모아놓은 파편 더미로 가서 깨지지 않은 작은 빈병 하나를 골라 들었다. 침입자는 수돗물로 그 병을 헹구는 수고 따위는 생략한 채 극약 병의 내용물을 그 빈병에 옮기고 마개를 닫았다. 그런 뒤 침입자는 극약 병을 선반의 제자리에 원래대로 놓았고 조심스러운 걸음걸이로 레인 쪽으로 다가왔다……. 순간, 레인은 타오르는 듯한 침입자의 두 눈을 충분히 엿볼 수 있었다……. 그 두 눈은 곧 레인이 숨어 있는 벽장 앞을 지나 문 쪽으로 향했다.

레인은 한참 동안 옹색하게 그 자리에 웅크리고 있다가 결국은 몸을 일으키며 옷장 밖으로 나왔다. 문은 닫혀 있었고 침입자는 이미 사라진 뒤였다.

레인은 범인이 어떤 독약을 훔쳐냈는지 선반으로 가서 확인하려고도 하지 않았다. 그는 중대한 책임감에 짓눌린 노인처럼 그 자리에 멍하니 선 채 닫힌 문을 바라볼 뿐이었다.

마침내 고뇌가 사라진 듯했지만 얼굴은 여전히 창백했고 허리도 좀 구부정한 채여서 레인의 모습은 실제로 심장 발작으로부터 간신히 회복되어가는 노인 같아 보였다. 실험실에서 나온 그는 다소 기운이 없어 보이기는 했지만 그런대로 침착한 태도로 침입자가 사라진 복도를 걸었다.

***경찰 본부, 저녁 무렵***

경찰 본부는 조용했다. 퇴근 시간이 지났기 때문에 야간 근무를 하는 경관들 외에는 어느 복도에도 인적은 없었다. 브루노 검사가 요란스레 복도를 지나 섬 경감의 사무실로 뛰어들었다.

경감은 책상 앞에 앉아 스탠드 불빛 아래에서 전과자들의 사진첩을 들여다보고 있었다.

"어떻게 됐소, 섬?"

브루노가 큰 소리로 물었다.

경감은 고개를 들지 않았다.

"뭐가요?"

"레인 씨 말이오! 무슨 연락이 없었소?"

"아뇨, 아직은 없어요."

"난 아무래도 걱정이 돼요."

브루노는 얼굴을 찌푸리며 말을 이었다.

"그런 일을 허락하다니 당신답지 않소. 잘못하면 돌이킬 수 없는 결과를 초래할지도 모르는데 그런 식으로 부하들을 철수시키다니……."

"하지만 언제까지나 그곳을 감시하고 있을 수만도 없는 일 아닙니까!"

경감이 투덜대며 말을 이었다.

"게다가 그렇게 한다고 해서 우리가 손해 볼 것도 없고요. 레인 씨는 아마도 뭔가 짚이는 것이 있는 모양이지만 우리는 달리 손을 쓸 수 있는 처지도 못 되니 말이오."

경감은 사진첩을 제쳐놓더니 하품을 하며 말을 이었다.

"당신도 레인 씨의 수법을 잘 알고 있지 않소, 브루노. 자신이 확신을 할 때까지는 절대로 입을 떼지 않는 사람이니 그냥 맡겨두는 수밖에는 없어요."

브루노는 고개를 저었다.

"그렇긴 해도 그 일은 잘못 처리한 것 같소. 만약 일이 잘못된다면……."

"자, 제발 이제 그만합시다, 브루노!"

경감은 작은 눈을 빛내며 거칠게 말했다.

"그렇게 잔소리를 늘어놓지 않아도 나도 마음이 편하지만은……."

갑자기 경감이 입을 다물었다. 책상 위의 전화 중 하나가 요란스레 울려댔기 때문이었다. 브루노도 몸을 긴장시켰다.

경감이 재빨리 수화기를 들고 쉰 목소리로 말했다.

"여보세요?"

그러자 상대의 흥분한 목소리가 흘러나왔다……. 귀를 기울이는 동안에 경감의 얼굴은 검붉게 변해갔다.

마침내 경감이 아무 말도 없이 수화기를 거칠게 내려놓더니 다짜고짜 문으로 달려 나갔다. 어쩔 수 없이 브루노도 경감의 뒤를 따라 달려 나갔다.

## 제8장

*식당*

*6월 19일 일요일 오후 7시*

그날 오후, 드루리 레인은 희미한 미소를 머금은 채 해터 집안사람들과 차례로 얘기를 나누며 저택 안을 돌아다녔다. 레인은 꽤 일찍부터 그곳에 와 있던 고믈리와도 한동안 이런 저런 얘기를 나누었다. 트리벳 선장은 그날 오후 내내 루이자 캠피언이나 스미스 양과 함께 정원을 거닐며 시간을 보냈다. 다른 사람들은 침착하지 못하게 집 안을 어슬렁거렸는데 여전히 서로를 불신하며 아직도 원래 생활로 돌아가지 못한 듯했다.

그런데 레인이 단 한 번도 한곳에 가만히 앉아 있지 않았다는 사실은 주목할 만한 점이었다. 그는 쉴 새 없이 몸을 움직였고 들뜬 눈초리로 무언가를 뒤쫓으며 지켜보는 듯했다…….

저녁 6시 45분경에 레인은 슬며시 운전사인 드로미오에게 신호를 보냈다. 그러자 드로미오가 그의 옆으로 다가왔고 두 사람은 작은 소리로 무언가를 속삭였다. 그런 뒤 드로미오는 저택 밖으로 나갔다가 오 분쯤 지나서 싱글벙글 웃으며 돌아왔다.

7시에 레인은 온화한 미소를 띠고 식당 한쪽 구석에 앉아 있었다. 식탁에 저녁 식사가 준비되자 사람들은 한결같이 나른한 모습으로 식당에 들어왔다. 마침 그때, 섬 경감이 브루노 검사와 함께 부하 형사 몇 명을 이끌고 집 안으로 뛰어 들어왔다.

자리에서 일어나 경감과 지방 검사를 맞이하는 레인의 얼굴엔 어느새 미소가 사라지고 없었다. 한순간 아무도 움직이지 않았다. 루이자와 스미스 양은 이미 식탁 앞에 앉은 후였고 마사 해터와 아이들은 이제 막 앉으려던 참이었다. 바바라는 경감 일행이 들어올 때 또 다른 문으로 들어오던 참이었고, 트리벳 선장과 고믈리는 루이자의 의자 뒤에 서 있었다. 경감은 콘래드가 옆 서재에서 언제나처럼 술을 마시고 있는 걸 보았지만, 질은 보지 못했다.

아무도 입을 열지 않는 가운데 이윽고 레인이 조용히 말했다.

"아, 경감님."

그제야 모두 놀란 표정을 버리고 무관심한 태도로 각자의 자리에 앉기 시작했다.

경감은 무뚝뚝하게 인사를 했다. 뒤따라 들어온 브루노도 레인에게로 다가가며 어두운 표정으로 고개를 끄덕였다. 세 사람이 식당의 한쪽 구석에 모였으나 그들에게 관심을 기울이는 사람은 아무도 없었다. 식탁 앞에 앉은 사람들은 냅킨을 펼치기 시작했다. 가정부 아버클 부인이 모습을 나타냈고 이어서 하녀인 버지니아가 음식이 가득 담긴 쟁반을 들고 뒤뚱거리며 걸어 들어왔다…….

"어떻게 된 일입니까?"

경감이 꽤 침착한 어조로 말했다.

"글쎄요, 경감님."

레인은 지친 듯한 표정으로 그렇게 대답했을 뿐이었다. 한동안 아무도 입을 열지 않았다.

이윽고 경감이 화가 난 듯이 입을 열었다.

"레인 씨, 드로미오로부터 전화를 받고 달려오는 길입니다. 당신은 이제부터 이 사건에서 손을 떼겠다고 하셨다면서요?"

브루노도 쉰 목소리로 말했다.

"실패하신 겁니까?"

"그렇습니다. 실패했습니다."

레인이 기운 없는 목소리로 말을 이었다.

“이제 나는 단념해야겠습니다. 애써보았지만 결과는 마찬가지였습니다.”

경감과 브루노는 할 말을 잃은 채 물끄러미 레인을 바라볼 뿐이었다.

“나로서는 더는 어떻게 할 수가 없습니다.”

레인은 괴로운 표정으로 경감의 어깨 너머로 보이는 무언가에 시선을 고정한 채 말을 이었다.

“그래서 이제는 햄릿 저택으로 돌아가야겠기에 두 분께 알리도록 한 것입니다. 게다가 아무래도 이곳도 다시 경찰들이 지켜야 할 것 같고…….”

“그럼, 당신도 역시 역부족이란 말입니까?”

경감이 굳은 표정으로 물었다.

“아무래도 그런 모양입니다. 오늘 오후까지만 해도 크게 기대했던 일이 있었습니다만 이젠…….”

레인은 씁쓸한 표정으로 계속 이야기했다.

“경감님, 그동안 나는 내 자신의 능력을 너무 믿었던 것 같습니다. 작년의 롱스트리트 사건의 경우엔 운이 좋았던 것뿐이었음을 절감합니다.”

브루노는 한숨을 쉬었다.

“지난 일을 돌이켜봤자 소용이 없습니다, 레인 씨. 그리고 어차피 우리도 마찬가지 형편이니 그렇게 비관하실 필요는 없습니다.”

경감도 침울한 표정으로 동의했다.

“저도 브루노 검사와 동감입니다. 그렇게까지 상심하실 필요는 없습니다. 실패한 건 당신만이 아니라 여기 있는 우리…….”

갑자기 경감은 입을 다물더니 육중한 몸을 고양이처럼 재빨리 움직이며 뒤를 돌아보았다. 경감의 어깨 너머 무언가에 시선을 두고 있던 레인의 두 눈에 갑자기 공포의 빛이 떠올랐기 때문이었다.

그것은 너무도 순식간에 생긴 일이었다. 한차례 들이마셨던 숨을 채 내쉬기도 전에 그 상황은 끝나고 말았다. 그것은 실로 먹이를 마비시키는 독사의 습격처럼 눈 깜짝할 사이에 벌어진 일이었다.

해터 집안사람들도, 손님들도 모두 화석이 된 듯이 식탁 앞에서 꼼짝하지 못했다. 조금 전까지만 해도 빵을 더 달라고 식탁을 두드려대던 말썽꾸러기 재키가 자기 앞에 놓인 우유 잔을 집어 들어 (식탁 위에는 우유 잔이 여러 개 놓여 있었는데, 재키의 앞에도, 빌리의 앞에도, 루이자의 앞에도 하나씩 놓여 있었다.) 단숨에 반쯤을 마셔버리더니 갑자기 맥없이 컵을 떨어뜨렸다. 그리고 재키는 몸을 한 번 떨고는 목구멍으로 꾸르륵하는 소리를 내더니 발작적으로 몸이 굳어졌다. 이어서 소년의 몸이 의자에서 기울어지는가 싶더니 곧바로 바닥 위로 굴러 떨어지며 둔탁한 소리를 냈다.

그때서야 넋을 잃고 바라보던 경감과 레인과 브루노, 세 사람이 정신을 차리고 뛰쳐나갔다. 다른 사람들은 입을 벌리거나, 포크를 허공에 들거나, 소금 통을 집으려고 손을 뻗은 그 자세 그대로 공포에 질린 채 넋을 잃고 있었다……. 마사가 비명을 지르며 움직이지 않게 된 아들 옆에 무릎을 꿇었다.

"독을 마셨어요! 누가 독을 넣은 거예요! 아아, 이럴 수가! 재키! 대답을 해! 엄마라고!"

경감은 거칠게 그녀를 밀어젖힌 뒤, 소년의 턱을 잡고서 입을 벌리게 만들고는 목구멍 깊이 자신의 손가락을 찔러 넣었다. 가냘픈 소리가 목구멍에서 새어 나왔다…….

"모두 움직이지 말고 그대로 있어요!"

경감이 외치며 말을 이었다.

"모셔, 의사를 부르게! 의사를……."

경감의 말이 도중에 끊기고 말았다. 그의 팔에 안긴 소년의 몸이 한 번 꿈틀하더니 흠뻑 젖은 옷 뭉치처럼 그대로 축 늘어져버렸기 때문이었다.

경감의 옆에서 휘둥그레진 두 눈으로 지켜보고 있던 마사도 아들의 숨이 끊긴 것을 분명히 알 수 있었다.

***같은 날, 오후 8시***

2층 아이들 방에서 메리엄 박사는 침통한 얼굴로 서성거렸다. 그는 이 비극이 일어나기 한 시간쯤 전에 주말여행에서 돌아온 참이었다. 마사는 작은 아들 빌리의 몸을 끌어안고 실성한 사람처럼 울부짖었다. 빌리는 겁에 질려 엄마에게 달라붙어 있으면서도 형의 이름을 큰 소리로 계속 불러댔다. 해터 집안사람들은 침대 위에 눕혀진 작은 시신을 둘러싸고 한결같이 침울한 얼굴로 굳게 입을 다문 채 서로의 시선조차 피하고 있었다. 입구에는 형사들이 서 있었다.

아래층 식당에는 섬 경감과 드루리 레인이 있었다. 얼굴 가득 고뇌의 빛이 짙게 깔려 있는 레인은 마치 중병에 걸린 사람처럼 보였다. 그 고뇌는 그의 뛰어난 연기력으로도 감출 수 없을 것 같았다. 두 사람은 모두 말이 없었다. 레인은 식탁 앞에 힘없이 앉아서 죽은 소년이 소크라테스의 독배처럼 들이켜고 바닥에 떨어뜨린 우유 잔을 바라보고 있었다.

경감은 분노에 가득 찬 얼굴로 발소리도 거칠게 식당 안을 서성대며 혼자 투덜대고 있었다.

문이 열리더니 브루노 검사가 허겁지겁 들어왔다.

"이건 우리의 실책이오. 정말이지 돌이킬 수 없는 실책이오."

브루노가 말했다.

경감은 분노에 사로잡힌 눈길로 레인을 바라보았다. 하지만 레인은 고개도 들지 않고 그저 식탁보를 만지작거리고 있을 뿐이었다.

"섬, 우리의 체면이 엉망이 되고 말았소."

브루노가 신음하듯 말했다.

"문제는 그것만이 아니에요!"

경감이 소리치며 말을 이었다.

"그보다도 더 화가 나는 것은 이제 와서 레인 씨가 손을 떼겠다는 겁니다. 이런 판국에 말이오. 레인 씨, 이런 법이 어디 있습니까!"

"아니, 그래야만 합니다."

레인은 의자에서 일어나 식탁 옆에 서며 말을 이었다.

"나는 이제 더는 이 사건에 관여할 자격이 없습니다. 저 소년의 죽음은……."

레인은 마른 입술을 축이고 나서 말을 이었다.

"아니, 처음부터 나는 이번 사건에 관여하지 말았어야 했습니다. 부디 이제라도 그렇게 하도록 해주십시오."

"하지만 레인 씨……."

브루노가 맥 빠진 목소리로 끼어들자 레인이 가로막았다.

"아닙니다. 나는 변명조차 할 수 없는 끔찍한 실수를 저질렀습니다. 저 소년의 죽음은 전적으로 내 책임입니다. 오직 나만의 책임입니다. 누구도……."

"알겠습니다."

경감이 흥분을 가라앉히며 말했다.

"여기에서 손을 떼는 것도 당신의 자유입니다. 하지만 이 사건의 뒷감당은 모두 내가 해야 합니다. 당신이 이런 식으로 아무런 설명도 해주지 않고, 이제까지 하던 일을 하나도 털어놓지 않고 손을 떼버리신다면……."

"하지만 이미 말씀드렸을 텐데요. 내가 실수를 저질렀다고 말입니다. 그것이 전부입니다. 내가 실수를 한 겁니다."

레인은 기운 없는 목소리로 말했다.

브루노가 말을 받았다.

"그걸로는 설명이 부족합니다, 레인 씨. 당신에게는 무언가 더 깊은 까닭이 있을 것입니다. 경찰을 철수시켜 달라고 섬 경감에게 부탁하셨을 때에는 뭔가 분명한 이유가 있었기 때문일 텐데요?"

"그렇습니다."

레인의 눈시울이 붉게 물들었다. 그런 모습을 보자니 브루노는 문득 측은한 생각이 들었다.

"그때의 나는 범인의 새로운 시도를 저지할 수 있을 거라고 믿었습니다. 하지만 결국 나는 그렇게 하지 못했습니다."

"레인 씨도 결국 범인에게 당하고 만 겁니다!"

경감이 신음하듯 말을 이었다.

"레인 씨, 독약 건은 속임수일 뿐이라고 분명히 그렇게 말씀하셨죠? 그런데 이게 어찌 된 일입니까! 이로써 이제 확실해지지 않았습니까? 이것은 대량 살인이란 말입니다. 즉, 범인은 이 집안 식구들을 모조리 죽이려고 하는 겁니다!"

레인은 참담한 태도로 고개를 푹 숙인 뒤 무언가 말을 하려다 말고 문 쪽으로 향했다. 문 밖에서 그는 잠깐 발을 멈추었으나 결국은 뒤를 돌아보지 않고 곧장 해터 저택을 떠났다. 길 한쪽에 차를 세워두고 드로미오가 그를 기다리고 있었다. 어둠 속에서 신문기자들 한 무리가 그를 향해 달려왔다. 레인은 기자들을 뿌리치고 차에 올라탔다. 차가 달리기 시작하자 레인은 두 손에 얼굴을 파묻었다.

## 에필로그

*"악마 하나는 사라졌지만, 아직 악마들은 남아 있다."*

그로부터 두 달이 지났다. 드루리 레인은 해터 저택을 나온 뒤부터 사건과 관계를 완전히 끊어버렸다. 햄릿 저택에서도 아무런 소식이 없자, 섬 경감과 브루노 검사도 그 후로는 레인에게 연락을 취하지 않았다.

신문은 경찰 당국에 신랄한 비판을 퍼부었다. 하지만 이따금 오르내리던 레인의 이름은 사실상 그가 사건에 관계하지 않게 된 후로는 언급되지 않았다. 두 달이 지나도록 수사에는 아무런 진전도 없었다. 섬 경감의 예측에도 불구하고 그 후로 범행은 일어나지 않았다.

수사는 경찰 본부 내에서만 계속되었다. 섬 경감은 이 사건으로 만신창이가 될 정도로 혼이 났지만 그 때문에 좌천이 되거나 그동안의 명예를 잃지는 않았다.

그리하여 신문에서 야유하는 표현을 빌자면, 결국 경찰은 교활한 살인범에게 보기 좋게 따돌림을 당한 채 해터 저택으로부터 철수해야 했다……. 그리고 재키 해터의 장례식이 끝난 지 얼마 안 되어 그때까지 노부인의 강철 같은 손에 의해 함께 살아왔던 해터 집안 식구들은 결국 뿔뿔이 흩어지고 말았다……. 질 해터는 행방을 감춰버려 고믈리나 마지막 약혼자였던 비글로나 그 밖의 그녀의 추종자들을 당황하게 만들었다. 그리고 마사는 얼마간 남아 있던 자존심을 모두 발휘해 안쓰러운 결심을 굳히고 콘래드와 헤어졌다. 그녀는 네 살짜리 빌리와 함께 우선은 싸구려 아파트에서 지냈다. 에드거 페리는 몇 주간에 걸친 감시에서 벗어나자 모습을 감추었으나 그 얼마 후에 다시 나타나 바바라 해터와 결혼함으로써 저널리즘과 문단을 떠들썩하게 만들었다. 하지만 그 화젯거리도 두 사람이 미국을 떠나 영국으로 건너가버리자 이내 시들해졌다. 결국 해터 저택에는 아무도 살지 않게 되었다. 집은 폐쇄된 채 팔기 위해 내놓은 상태였다.

트리벳 선장은 눈에 띄게 늙어버린 모습으로 자기 집 정원에서 대부분의 시간을 보냈고, 메리엄 박사는 여전히 입을 꾹 다문 채 환자들을 진료했다.

그렇게 해서 사건은 미궁으로 빠졌고 매년 뉴욕에서 발생하는 미해결 사건 중의 하나로 경찰의 기록에 남겨졌을 뿐이었다.

마지막으로 한 가지 사고가 더 일어나 해터 집안 소동의 최후를 장식하는 기사가 신문에 실렸다. 즉, 바바라 해터와 에드거 페리가 결혼하기 삼 일 전에 루이자 캠피언이 낮잠을 자던 중에 숨을 거두었던 것이다. 검시관은 그녀의 주치의인 메리엄 박사의 의견과 마찬가지로 사인을 심장 마비라고 밝혔다.

## 무대 뒤에서

***"그의 공적을 부정하려거든, 전체적인 관점에서 냉철하고 사려 깊게 판단한 다음에 그렇게 해라."***

드루리 레인은 잔디 위에 엎드려 연못가의 경계석 위로 몸을 내밀고 흑고니들에게 빵 부스러기를 던져주고 있었다. 그때 퀘이시 노인이 오솔길을 따라 섬 경감과 브루노 검사를 안내해 왔다.

경감과 브루노는 겸연쩍은 듯이 머뭇거렸다. 퀘이시의 손이 어깨에 닿자 레인은 뒤를 돌아다보았다. 그리고 몹시 놀라며 몸을 벌떡 일으켰다.

"아, 경감님! 브루노 씨도 오셨군요!"

레인이 반갑게 그들을 맞이했다.

"오랜만에 뵙습니다."

경감이 그렇게 말하며 어색하게 앞으로 나가자 브루노도 따라 나가며 말했다.

"저도 마찬가지입니다."

두 사람은 어쩔 줄 모르는 듯 멈춰 섰다.

레인은 자세히 두 사람을 지켜보았다.

"나와 함께 잔디 위에 앉으시는 게 어떻겠습니까?"

이윽고 레인이 그렇게 권했다. 그는 반바지에 목까지 감싸는 스웨터를 입고 있었다. 햇살에 그을린 근육질의 다리에는 잔디의 녹색 얼룩이 묻어 있었다. 그는 다리를 구부려 책상다리를 하고 앉았다.

브루노는 웃옷을 벗은 뒤, 셔츠 깃을 풀어 헤치고 안도의 한숨을 내쉬며 잔디밭에 앉았다. 경감은 잠깐 망설이다가 결국은 육중한 엉덩이로 올림퍼스 산의 천둥처럼 땅을 울리며 잔디 위에 주저앉았다. 한동안 아무도 입을 열지 않았다. 레인은 흑고니들이 긴 목을 멋들어지게 움직이며 수면 위에 뜬 빵 부스러기를 낚아채는 모습을 바라보았다.

이윽고 섬 경감이 입을 열었다.

"실은 저어…… 레인 씨!"

하지만 귀머거리인 레인은 시선을 딴 곳에 두고 있었으므로 경감의 말이 들릴 리가 없었다. 경감은 손을 뻗어 레인의 팔을 쿡쿡 찔렀다. 레인이 고개를 돌리자 경감이 다시 말을 이었다.

"드릴 말씀이 있습니다."

"참, 그러시겠군요. 어서 말씀하십시오."

"실은, 저어……."

경감이 눈을 껌벅이며 말을 이었다.

"브루노 검사와 저는 당신에게 좀 여쭤보고 싶은 게 있습니다."

"알겠습니다. 그러니까, 루이자 캠피언의 죽음이 과연 자연사가 틀림없다고 보느냐 하는 그 말씀이시죠?"

두 사람은 깜짝 놀라며 서로의 얼굴을 마주 보았다.

이번에는 브루노가 앞으로 몸을 내밀며 말했다.

"그렇습니다. 물론 신문을 봐서 알고 계시는 것 같군요……. 그런데 우리는 아무래도 해터 집안 사건의 수사를 재개해야 할 필요가 있지 않을까 싶습니다. 레인 씨, 이 점에 대해 당신은 어떻게 생각 하십니까?"

경감은 말없이 굵은 눈썹 아래로 레인을 지켜보았다.

"하지만 메리엄 박사가 내린 심장 마비라는 판단에 실링 검시관도 동의했다면서요?"

"그렇습니다. 실링 선생도 그렇게 동의했습니다."

경감이 느린 어조로 말을 이었다.

"어쨌든 루이자가 심장이 약했다는 것은 메리엄 박사가 전부터 말했던 것이고 그의 진료 기록에도 그렇게 적혀 있습니다. 하지만 우리로서는 아무래도 그렇게 보기에는…… ."

"우리는 이렇게 생각하고 있습니다."

브루노 검사가 끼어들었다.

"누군가가 흔적을 남기지 않는 독극물을 사용했거나, 혹은 의심을 받지 않을 특수한 주사라도 놓았을지 모른다고 말입니다……."

"죄송하지만, 나는 두 달 전에 말씀드린 대로…… 이미 그 집안 사건에서는 손을 뗀 몸입니다."

레인은 또 한 움큼의 빵 부스러기를 연못으로 던지며 침착하게 말했다.

브루노는 경감이 퉁명스레 끼어들까봐 재빨리 말을 이었다.

"물론, 우리도 그건 압니다. 하지만 레인 씨, 아무래도 우리는 당신이 우리가 모르는 어떤 사실을 알고 계신 것 같다는 생각을……."

브루노는 입을 다물었다. 레인이 시선을 돌렸기 때문이다. 레인은 여전히 부드러운 미소를 입가에 머금고 있었지만, 회녹색 두 눈은 흑고니 떼를 바라보면서도 머릿속으로는 다른 일을 생각하는 듯했다. 한참 후에 레인은 한숨을 짓고 나서 두 방문객을 돌아다보았다.

"그렇습니다."

레인이 말했다.

경감은 잔디밭에서 풀 한 움큼을 뜯어 자신의 큼직한 발쪽으로 내던졌다.

"생각했던 대로군요!"

경감은 그렇게 외치며 지방 검사에게 말했다.

"브루노, 내가 뭐랬소! 레인 씨는 뭔가를 알고 계셨던 거요. 이제 우리가 그걸 들을 수만 있다면 틀림없이……."

"하지만 경감님. 사건은 이미 해결되었답니다."

레인이 조용히 그렇게 말했다.

두 사람은 또다시 깜짝 놀라며 눈이 휘둥그레졌다. 경감이 레인의 팔을 움켜잡았다. 그 바람에 레인이 움찔했다.

"해결되었다니요?"

경감이 쉰 목소리로 소리쳤다.

"누가 언제 어떻게 해결했다는 겁니까? 지난주에 말입니까?"

"이미 두 달이나 전의 일입니다."

순간, 두 사람은 기가 막혀 숨도 제대로 쉴 수 없을 정도였다. 이윽고 브루노가 새하얗게 질린 표정으로 숨을 헐떡였다. 경감의 윗입술도 심하게 떨렸다.

가까스로 경감이 기운을 잃은 목소리로 입을 열었다.

"그렇다면 당신은…… 두 달 동안이나 범인이 제멋대로 움직이게 잠자코 내버려두고 있었단 말입니까?"

"아뇨. 범인은 제멋대로 움직일 수가 없답니다."

두 사람은 같은 도르래에 묶인 한 쌍의 꼭두각시처럼 동시에 벌떡 일어났다.

"그게 무슨 뜻입니까?"

"무슨 뜻이냐 하면……."

더할 수 없이 애처로운 목소리로 레인은 말을 이었다.

"범인은 죽은 겁니다."

흑고니 한 마리가 검은 날개를 푸드덕거렸고, 그 바람에 물보라가 세 사람에게로 튀었다.

"부디 두 분 모두 앉아주십시오."

두 사람은 순순히 레인의 말에 따랐다.

"오늘 당신들이 이곳을 방문하신 것이 어떤 면에서는 기쁘지만 또 다른 면에서는 그렇지 않기도 합니다. 아직도 나는 당신들에게 이 이야기를 들려주는 게 좋을지 어떨지를 모르겠으니까요."

경감이 신음을 흘렸다.

"아, 경감님, 오해하지는 마십시오. 일부러 당신들을 애태우게 하려는 건 전혀 아니니까요. 이것은 극히 현실적인 문제입니다."

레인은 침울한 표정으로 말했다.

"그렇다면 대체 무엇 때문에 망설이시는 겁니까?"

브루노가 물었다.

"이야기를 하더라도 믿으려 하지 않을 것 같기 때문입니다."

레인이 말했다.

경감의 콧등에 맺힌 땀방울이 턱을 타고 흘러내리며 아래로 떨어졌다.

"실로 믿기 어려운 일이라서 말입니다."

레인은 조용히 말을 이었다.

"어쩌면 당신들이 내 얘기를 듣고 나를 터무니없는 거짓말쟁이나 미치광이로 몰아세워 저 연못 속으로 처넣더라도 당신들을 탓할 수 없을 정도로 말입니다."

"범인은 루이자 캠피언이었지요?"

브루노가 조심스럽게 물었다.

레인이 그의 두 눈을 들여다보았다.

"아닙니다."

레인이 그렇게 말하자, 이번에는 섬 경감이 푸른 하늘을 향해 손을 흔들며 거침없이 말했다.

"요크 해터일 테죠? 저도 죽 그럴 가능성을 염두에 두고 있었습니다."

"아닙니다."

레인은 한숨을 짓고 나서 흑고니 떼 쪽을 바라보았다. 그는 다시 한 움큼의 빵 부스러기를 연못에 던지고 나서 말을 이었다.

"그렇지 않습니다."

레인은 낮고 맑긴 했지만 어쩔 수 없이 슬픔이 가득 밴 목소리로 범인을 밝혔다.

"범인은 바로 재키였습니다."

마치 온 세상이 멈춰버린 것 같았다. 갑자기 바람도 멈춰버린 듯했다. 세 사람의 시야에서 움직이는 것은 연못 위에서 미끄러져 가는 흑고니 떼뿐이었다. 이윽고 그들의 등 뒤쪽인 아리엘 분수대에서 꼽추 노인 퀘이시가 금붕어를 쫓으며 쾌활하게 외치는 소리가 들렸다. 그제야 그들은 제정신으로 돌아왔다.

레인이 두 사람을 돌아보며 물었다.

"어떻습니까? 역시 믿어지지가 않지요?"

경감은 목소리가 제대로 나오지 않는지 거듭 헛기침을 했다.

"그렇습니다. 믿어지지가 않습니다. 도저히 저로서는……."

가까스로 경감이 말했다.

"그럴 리가 없습니다, 레인 씨!"

브루노가 계속 외쳤다.

레인은 한숨을 지었다.

"믿어지지 않는 것이 당연합니다……. 만약 믿어진다면 그야말로 당신들이 어떻게 된 걸 테죠."

레인은 중얼거리듯 말을 이었다.

"하지만 이제부터 말씀드릴 이야기가 끝날 때쯤이면 두 분께서도 이해가 가실 겁니다. 이제 겨우 아동기를 마칠 즈음인 불과 열세 살짜리 소년인 재키 해터가, 이런 류의 범행에는 젖먹이나 다름없을 어린애가 세 차례에 걸쳐 루이자 캠피언에게 독을 먹이려 들었던 겁니다. 뿐만 아니라 친할머니의 머리를 후려쳐서 죽음에 이르게 했습니다……."

"재키 해터……, 재키 해터였다니!"

경감이 그 이름을 되풀이하며 말을 이었다.

"대체 어떻게 고작 열세 살짜리 꼬마가 그런 엄청난 범행을 계획하고 그걸 실천에 옮길 수 있었단 말입니까? 아무리 생각해봐도 그건 무리입니다!"

브루노가 끼어들며 신중하게 경감을 말렸다.

"자, 섬, 그렇게 흥분만 할 일은 아닌 것 같소. 어쨌든 레인 씨의 설명을 계속 들어보기로 합니다. 열세 살짜리 어린애라도 꾸며진 줄거리대로라면 범행을 실천할 수도 있을 테니까요."

레인은 가볍게 고개를 끄덕인 뒤 시선을 떨구고 물끄러미 잔디를 내려다보았다.

경감은 죽어가는 물고기처럼 몸을 뒤틀었다.

"그렇군요! 요크 해터의 줄거리대로였어요! 이제 알겠군요! 그것도 모르고 난 또 요크 해터가 아직 살아 있어서 그런 짓을 저지른 게 아닌가 생각했습니다. 결국 나는 죽은 자의 행적을 뒤쫓으려 했던 셈이었군요……."

섬은 어색하게 몸을 뒤틀며 쓴웃음을 지었다.

"하지만 어떤 경우이든 요크 해터가 범인일 수는 없습니다."

레인이 말했다.

"그가 살아 있든 죽었든 그것은 확실합니다. 물론 시체로는 본인이 맞는지 확인하기가 어려웠으니까 그가 살아 있을 가능성도 전혀 없는 건 아닙니다……. 하지만 그럼에도 불구하고 범인은 어디까지나 재키 해터입니다. 처음부터 재키 해터 이외의 인간이 범인이 될 수는 없었습니다. 어째서 그런지 그 이유를 말씀드릴까요?"

두 방문객은 묵묵히 고개를 끄덕였다. 드루리 레인은 잔디 위에 벌렁 드러누우며 두 손을 깍지 끼고 머리 밑에 받쳤다. 그런 뒤, 그는 구름 한 점 없는 푸른 하늘을 바라보며 너무도 놀라운 이야기를 하기 시작했다.

"먼저 두 번째 범행인 에밀리 해터가 살해된 사건부터 이야기하지요. 처음에는 나 역시도 당신들과 마찬가지로 아무것도 몰랐습니다. 즉, 아무런 선입견도 갖지 않은 채 처녀지에 발을 들여놓았던 셈입니다. 그리고 그 후 내가 알 수 있었던 것들과 믿기에 이른 것들은 전적으로 관찰과 분석의 결과였습니다. 그럼 내가 드러난 사실들을 토대로 어떻게 추리했기에 재키 해터가 이 모든 사건의 중심인물이라는 걸 확신하게 되었는지 그 과정을 얘기해드리겠습니다…….

이 범죄 수사엔 처음부터 기묘한 난점이 뒤따랐습니다. 그 범행 현장에는 실제로는 한 사람의 증인이 있긴 했지만, 본인의 적극적인 협력에도 불구하고 아시다시피 그 증인은 죽은 사람이나 다름없게 여겨졌습니다. 그 증인이 벙어리에다 귀머거리이며 맹인인 여성이어서 듣지도 보지도 말하지도 못했으니까요. 하지만 그런 난점에도 불구하고 전혀 소용이 없었던 것은 아닙니다. 다행히 그녀는 세 가지 다른 감각, 즉 미각, 촉각, 후각은 훌륭하게 갖추고 있었기 때문입니다.

그중 미각에 따른 증언은 기대해볼 수도 없었지만 촉각과 후각에 따른 증언은 도움이 되었습니다. 내가 사건의 진상을 알게 된 것도 루이자가 범인을 손으로 만졌고, 범인의 몸에서 냄새를 맡은 일에서 단서를 끌어낼 수 있었기 때문입니다.

지난날 증명한 대로, 루이자 캠피언의 과일 그릇에 독이 든 배를 넣은 것과 옆 침대의 해터 부인을 살해한 것은 동일인의 소행입니다. 그리고 그 범인의 살해 대상이 루이자가 아니라 해터 부인이라는 것도 이미 증명했습니다.

그러므로 독살 계획자와 살인자가 동일인인 이상, 그날 밤에 침실에서 루이자가 기절하기 전에 손으로 만진 그 인물이야말로 범인임이 틀림없습니다. 기억하시겠지만 루이자가 범인의 코와 뺨을 만진 것은, 그녀가 똑바로 서서 바닥과 정확히 수평으로 어깨 높이에서 팔을 뻗고 있을 때였습니다. 경감님, 실은 그때의 당신 생각이 옳았습니다."

경감은 눈을 껌벅이며 얼굴을 붉혔다.

"무슨 말씀인지 모르겠군요……."

브루노가 천천히 말했지만 드러누워 하늘을 바라보고 있는 레인에게는 브루노의 입술 움직임이 보일 리 없었다. 레인이 조용히 말을 이었다.

"경감님, 당신은 그때 곧바로 말씀하셨지요. 증인이 범인의 코와 뺨을 만졌다면 그것으로 범인의 키를 산출해낼 수가 있다고 말입니다. 그건 정말 훌륭한 착상이었습니다! 나는 순간 그렇게 유력한 사실을 포착했으니 머지않아 진상 혹은 진상 비슷한 것이라도 밝혀질 거라고 생각했습니다. 그런데 그때 브루노 씨가 이의를 제기하더군요. 범인이 자세를 구부리고 있었을 경우라면 소용없는 일이라고 말입니다. 그것도 역시 일리가 있는 말이었습니다. 만약 범인이 허리를 구부리고 있었다면, 그 키 또한 허리를 구부린 정도에 따라 다를 테니까요. 그래서 당신들은 그 단서를 더는 깊이 검토하지 않고 버렸던 것입니다. 만약 좀 더 그 단서를 검토해보았더라면, 아니 하다못해 바닥을 내려다보기만 했더라도 당신들도 나와 마찬가지로 그때 진상을 파악할 수 있었을 것입니다."

브루노가 눈썹을 찌푸렸다. 레인은 희미한 미소를 떠올리며 자리에서 일어나 앉아 두 사람을 바라보았다.

"경감님, 일어서보십시오."

"예?"

경감은 어리둥절한 표정을 지었다.

"일어서보시라니까요."

경감은 의아한 표정으로 일어섰다.

"그럼, 발끝으로 한번 서보십시오."

경감은 어색하게 발뒤꿈치를 잔디에서 떼고 비틀거리며 발끝으로 섰다.

"그럼, 그 자세로 허리를 구부려보세요. 그리고 걸어보십시오."

경감은 발뒤꿈치를 바닥에서 뗀 채 어색하게 무릎을 굽히고 앞으로 걸어나갔다. 하지만 어기적거리며 두어 걸음 나가더니 이내 자세가 흐트러지고 말았다. 브루노가 킥킥거리며 웃었다. 경감의 걷는 모습이 뚱뚱한 오리 같았기 때문이다.

레인도 다시 미소를 떠올렸다.

"경감님, 그 실험으로 무얼 아셨습니까?"

경감은 입에 물었던 풀잎을 물어뜯으며 브루노를 향해 얼굴을 찌푸렸다.

"웃지 마시오! 허리를 굽히고 발끝만으로 걷기가 그리 쉬운 일이 아니란 말이오."

경감이 브루노에게 투덜댔다.

"그렇습니다!"

레인이 말을 이었다.

"물론 육체적으로 가능한 일이긴 합니다. 하지만 살인자가 굳이 그런 식으로 자신의 범행 현장에서 달아났다고는 생각하기 어렵습니다. 발끝만으로 걸었을 수는 있더라도 동시에 허리를 굽히기까지 했다고는 도저히 생각할 수 없습니다. 그런 자세는 불편하고 부자연스러우며, 게다가 공연히 속도만 떨어뜨릴 뿐이니까요……. 다시 말해서, 루이자 캠피언의 손이 닿았을 때, 범인이 발끝으로 걸어서 방에서 나가려 했다면 허리까지 굽히고 있었다고는 볼 수 없습니다.

그 사실은 현장의 바닥 위에 잘 드러나 있었습니다. 기억하실 테죠? 엎질러진 화장용 분 위의 발자국은 침대에서 루이자가 범인을 만진 위치까지 모두 발끝만으로 걸은 발자국뿐이었습니다. 그리고 루이자가 범인을 만진 그 위치에서 범인은 방향을 바꾸어 방에서 뛰어나갔습니다. 그 뒤의 발자국들은 모두 발끝만이 아닌 발뒤꿈치 자국까지 나 있었고, 보폭도 훨씬 넓었으니까요."

"발끝 자국이라……. 그랬던가요? 아무튼 정확히는 기억나지 않습니다만 정말 발끝 자국이었습니까?"

브루노가 웅얼대며 물었다.

경감이 못마땅한 듯이 대답했다.

"그건 레인 씨 말씀대로 확실히 발끝 자국이었어요. 자, 도중에 얘기를 끊지 말고 계속해서 들어보기나 합시다, 브루노!"

“그런데 발끝 자국들만 남아 있던 곳에는 또 한 가지 주목할 만한 점이 있었습니다…….”

레인은 침착하게 말을 이었다.

“그것은 각 발자국의 간격이 10센티미터밖에 되지 않았다는 점입니다. 그 사실로 미루어 보아도 범인은 해터 부인의 머리를 후려치고 그녀의 침대 곁을 떠날 때 발끝으로만 걸었음을 알 수 있습니다. 좁은 장소를 발끝으로 걸을 경우 보폭이 10센티미터 정도밖에 되지 않는 것은 당연한 일이니까요. 즉, 루이자 캠피언의 손이 범인에게 닿았을 때, 범인은 허리를 굽히기는커녕 오히려 꼿꼿이 발끝으로 서 있었던 셈입니다!

그러므로 여기서 우리는 범인의 키를 산출해볼 수 있는 것입니다. 이야기가 잠깐 옆길로 샙니다만, 우리는 루이자 캠피언의 키를 알 수 있었습니다. 가족 전원이 모였던 유언장 발표 때에 비교해보니 루이자와 마사는 거의 키가 같았는데, 그녀들이 그 가족의 어른들 중에서는 키가 가장 작더군요.

물론 그 후 메리엄 박사의 진료 카드를 보고 그녀의 신장이 163센티미터임을 알 수 있었습니다만, 실은 그 이전에 루이자의 증언을 들었을 때 나는 그녀의 키를 대충 짐작할 수 있었습니다. 그때 내 키와 비교해서 그녀의 키를 짐작하고는 재빨리 계산을 해보았습니다. 자, 그럼 이제부터는 더욱 주의해서 들어주시기 바랍니다.”

두 방문객은 진지하게 레인을 지켜보았다.

“사람의 머리 꼭대기에서 어깨까지의 길이는 얼마나 될까요? 브루노 씨, 대답해보시겠습니까?”

“글쎄요, 모르겠군요. 어떻게 그런 걸 알 수 있죠?”

브루노가 대답했다.

레인은 미소를 떠올리며 말을 이었다.

“물론 개인에 따라 다를 테고 남자와 여자의 경우에도 또 다릅니다. 실은, 이것은 퀘이시에게서 들은 것입니다만, 정말이지 그는 인간의 외모에 관한 한 어느 누구 보다도 확실한 지식을 가지고 있답니다……. 그건 그렇고 여자의 경우, 머리 꼭대기에서 어깨까지의 길이는 약 23센티미터에서 28센티미터인데 보통 키의 여자라면 25센티미터로 보면 됩니다. 이것은 당신들이 보통의 여성을 보고 눈대중으로도 알 수 있는 내용입니다.

그렇다면 어떻게 되겠습니까? 수평으로 곧게 뻗은 루이자의 손끝이 범인의 코 높이의 뺨에 닿았다는 사실로 우리는 범인이 루이자보다 키가 작았음을 알 수 있게 되는 것입니다. 범인이 루이자와 같은 키였다면 루이자의 손은 범인의 어깨에 닿았을 것입니다. 그런데 코와 뺨에 닿았으니 범인이 루이자보다 키가 작았던 게 분명하지요.

범인의 키를 더욱 정확히 산출해볼 수는 없을까요? 물론 그럴 수가 있습니다. 루이자의 키는 163센티미터입니다. 바닥에서 수평으로 뻗은 손까지의 거리는 루이자의 신장보다 25센티미터 작을 테니까, 루이자가 만진 범인의 뺨도 루이자의 키보다 25센티미터 작습니다. 그러므로 루이자가 만진 범인의 뺨은 바닥에서 138센티미터 되는 높이에 있다고 볼 수 있습니다. 범인의 코 근처인 뺨이 바닥에서 138센티미터라면 그 키를 알려면 코에서 머리 꼭대기까지의 적당한 길이를 더하면 됩니다. 그 길이는 루이자보다 키가 작은 사람이라면 대체로 15센티미터라고 보면 됩니다. 그러므로 범인의 키는 약 153센티미터로 볼 수 있겠지만, 그때 범인은 뒤꿈치를 들고 있었으니까 그 높이만큼을 빼야 합니다. 이것은 대개 8센티미터쯤으로 잡으면 됩니다. 그러므로 범인의 키는 약 145센티미터가 되는 것입니다!"

브루노와 경감은 멍한 표정을 지었다.

"허 참, 우리도 산수 공부를 해야겠는데요."

경감이 씁쓸하게 입을 다시며 그렇게 말했다.

레인은 조용히 얘기를 계속했다.

"범인의 키를 산출해볼 수 있는 방법은 또 한 가지가 있습니다. 방금 말씀드린 것처럼, 범인과 루이자가 같은 키였다면, 자신의 어깨 높이에서 수평으로 뻗은 루이자의 손이 범인의 어깨에 닿았을 것입니다. 그런데 닿은 곳이 코와 뺨이었으니까, 범인의 키는 루이자의 키에서 범인의 어깨에서 코까지의 치수를 뺀 것과 같게 될 것입니다. 이것은 보통 10센티미터입니다. 뒤꿈치를 든 높이까지 더하면 18센티미터가 됩니다. 그렇다면 163센티미터인 루이자보다 범인은 18센티미터가 작으니 결과적으로 이 경우에도 범인의 키는 145센티미터가 되어 앞서의 계산과 일치하는 것입니다!"

"놀랍습니다! 눈대중만으로도 그토록 정확한 수치를 계산해내다니요!"

브루노가 탄성을 내질렀다.

레인은 멋쩍은 듯 어깨를 으쓱하며 말을 받았다.

"그렇게 어려운 일도 아닙니다. 내 설명이 어렵게 들렸는지는 모르겠지만, 이것은 실로 싱거울 정도로 간단한 일이지요……. 그럼 좀 더 여유를 가지고 이 계산 방식에 대해 생각해봅시다. 가령 그때 루이자가 손을 정확히 수평으로 뻗은 게 아니라 어깨 높이보다 약간 낮거나 높게 뻗었다면 어떻게 되는 걸까요? 하지만 그럴 경우에도 큰 차이는 나지 않았을 겁니다. 왜냐하면 맹인인 루이자는 걸을 때 팔을 똑바로 앞으로 뻗는 일에 익숙하기 때문입니다. 그러나 넉넉잡아 5센티미터의 높낮이 오차를 인정하더라도 범인의 키는 140센티미터에서 150센티미터 사이가 되므로 어쨌든 매우 키가 작은 인물임에는 틀림이 없습니다……. 그런데 여기에서도 당신들이 이의를 제기할지 모르겠군요. 아무래도 경감님의 눈빛이 좀 불만스러운 것 같으니 말입니다. 코에서 머리 꼭대기까지의 수치나, 코에서 어깨까지의 수치가 너무 일정해서 신용할 수 없다고 생각하실지 모르겠습니다. 하지만 이것은 당신들이 직접 시험해보시면 알 수 있는 일입니다. 어쨌든 루이자의 손이 발끝으로 선 범인의 코에 닿았다는 사실은, 범인이 루이자보다도 꽤 키가 작은 사람이었다는 것을 분명히 말해줍니다. 이 사실만으로도 나는 충분히 자신 있게 말할 수 있습니다. 루이자의 손에 닿은 사람이 재키 해터가 틀림없다고 말입니다."

레인은 잠깐 얘기를 멈추며 한숨을 쉬었다. 경감 역시 한숨을 쉬었다. 레인의 설명을 듣고 보니 모든 것이 너무도 간다한 일로 여겨졌던 것이다.

레인이 다시 얘기를 계속했다.

"그렇다면 어째서 재키 해터가 틀림없다는 걸까요? 그건 간단한 문제입니다. 유언장 발표 때 해터 가족이 모두 모였을 때 알 수 있었던 것처럼 루이자와 마사는 같은 키였고 가족들 중에서는 그녀들이 아이들을 제외하고 키가 가장 작았습니다. 그러니까 루이자가 만진 사람은 가족 중의 어른은 아니라는 결론이 됩니다. 게다가 그 저택에 기거하는 다른 사람들도 같은 이유로 제외됩니다. 에드거 페리는 키가 크고, 아버클 부부도 키가 큽니다. 그리고 하녀인 버지니아도 마찬가지입니다. 그렇다면 범인은 외부인일까요? 하지만 트리벳 선장도, 고믈리도, 메리엄 박사도 모두 키가 큽니다. 물론 체스터 비글로는 보통 키입니다. 하지만 보통 키인 남자라도 키가 150센티미터보다 작을 리는 없습니다. 그리고 범인은 근본적으로 외부인일 수가 없습니다. 이 사건의 다른 요소들로 미루어 볼 때, 범인은 해터 가족의 식습관이라든가 건물 구조 등 그 집안의 사정에 정통하다고 볼 수밖에 없으니까요."

"알겠습니다, 이젠 알겠어요. 그야말로 등잔 밑이 어두웠던 셈이었군요."

경감이 씁쓸한 표정으로 말했다.

"그렇습니다. 이제야 겨우 의견이 일치하는군요."

레인이 웃으며 말을 이었다.

"그래서 범인은 결국 재키 해터일 수밖에 없는 것입니다. 물론 재키의 키는 내가 계산했던 것과 대체로 일치합니다. 메리엄 박사의 진료 카드를 보니 그 애의 키는 142센티미터였습니다. 내가 계산했던 것에서 3센티미터 정도 차이가 났을 뿐입니다……. 물론 동생인 빌리는 생각해볼 것도 없습니다. 게다가 빌리는 키가 1미터도 되지 않습니다. 그런데 범인이 재키임을 가리키는 단서는 또 한 가지가 더 있었습니다……. 그것은 루이자가 범인의 뺨이 매끄럽고 부드러웠다고 말한 사실입니다. 물론 그 얘기로 즉시 연상되는 것은, 당시에 경감님도 생각하셨던 것처럼 여자입니다. 하지만 열세 살짜리 소년의 빰 역시 매끄럽고 부드럽습니다."

"정말 생각할수록 분통이 터지는군!"

경감이 투덜댔다.

"그런 이유로, 나는 그 방에서 루이자의 증언을 듣고 그녀가 겪었던 바를 재연하는 것을 보며 재빨리 계산을 해본 끝에, 재키 해터가 범인이 아닐까 생각하게 되었던 것입니다……."

레인은 잠시 얘기를 멈추고 한숨을 짓고 나서 흑고니 떼를 바라보다가 다시 말을 이었다.

"하지만 그것이 너무 어이없는 결론이었기 때문에 나는 곧바로 그런 추측을 버릴 수밖에 없었습니다. 재키 같은 어린애가 어른의 머리로도 짜내기 힘든 그런 복잡한 계획을 세우고 더욱이 살인까지 저질렀다니? 그건 너무도 어이없는 일이 아니겠습니까! 경감님, 앞서의 당신과 마찬가지로 나 역시도 그렇게 느꼈습니다. 그래서 나 자신을 비웃었습니다. 그럴 리가 없다. 어딘가에서 내가 오류를 범했기 때문이다. 아니면 배후에 어른이 있어 저 애를 조종하고 있을 것이다. 그래서 나는 마치 난쟁이처럼 키가 142센티미터나 145센티미터쯤 되는 어른이 범인일지도 모르겠다는 생각까지도 해보았습니다. 하지만 그것 역시도 있을 수 없는 일이었습니다. 그래서 나는 그만 뭐가 뭔지 종잡을 수 없게 되고 말았습니다.

물론 나는 그런 생각을 당신들에게도 털어놓지 않았습니다. 그때 내가 그런 얘기를 해봤자 웃음거리밖에 되지 않았을 겁니다. 나 자신도 믿기지 않는데 어떻게 당신들이 믿어주길 바랄 수 있겠습니까?"

"이제야 여러 가지 일들이 분명해지는 것 같군요."

브루노가 중얼거렸다.

"정말입니까?"

레인이 말을 이었다.

"하지만 브루노 씨, 당신의 통찰력이 아무리 뛰어날지라도 아직은 진상의 절반도, 아니 사 분의 일도 모르실 겁니다……. 그다음으로 무슨 일이 있었습니까? 루이자 캠피언은 범인에게서 바닐라 냄새가 났다고 증언했습니다. 바닐라! 바닐라라면 어린애와 관계없는 것은 아니라고 나는 생각했습니다. 그래서 바닐라 냄새의 진원을 규명하기 위해 사탕, 케이크, 꽃 등 온갖 조사를 다 해보았던 겁니다. 하지만 아무것도 알아낼 수 없었습니다. 뭔가 관련 있는 단서를 찾기 위해 혼자서 그 저택을 샅샅이 뒤져보기도 했습니다만 소득이 없기는 마찬가지였습니다. 그래서 결국은 바닐라와 어린애를 연관시키는 것을 포기하고 그 대신 약품과 결부해보기로 했습니다.

그 과정에서 나는 잉걸스 박사로부터 피부병 연고제로 쓰이는 페루 발삼에서 바닐라 냄새가 난다는 사실을 알게 되었습니다. 그리고 메리엄 박사로부터는 요크 해터가 팔에 발진이 생겨 그 치료제로 페루 발삼을 사용했음을 알게 되었습니다. 그래서 실험실에서 목록을 조사해보니 과연 그 약이 기재되어 있었습니다……. 그렇다면 요크 해터가 아직 살아 있단 말인가? 나는 그렇게 의심해보기도 했습니다."

"저도 그 점이 마음에 걸렸습니다."

경감이 침울한 얼굴로 말했다.

레인이 얘기를 계속했다.

"그렇습니다. 그럴 가능성도 있다고 생각했습니다. 그 바다에서 건져낸 부패된 시체가 요크 해터라는 결론에 이르게 된 것은 어디까지나 추정에 의한 것이었으니까요……. 하지만 요크 해터가 설령 살아 있다고 하더라도 범인의 키에 관한 사항에는 변함이 없습니다. 경감님, 당신은 내게 요크 해터의 시체에 대해 얘기할 때도 키에 대해서는 언급하지 않았습니다. 만약 요크 해터가 위장 자살을 한 것처럼 꾸몄다고 하더라도, 자기를 대신할 시체는 자신의 키와 같은 것으로 골랐겠지요. 어쨌든 인양된 시체의 키는 요크 해터 본인의 키와 같다고 볼 수 있습니다. 하지만 나는 메리엄 박사의 진료 기록을 보고 요크 해터의 키가 165센티미터임을 알아냈습니다. 그렇다면 루이자가 만진 범인은 요크 해터가 아닌 것입니다……. 범인은 루이자보다 상당히 키가 작은 사람입니다. 어쨌든 150센티미터 이하여야 하니까요.

그렇다면 바닐라 냄새는 어떻게 된 것일까요? 범인에게서 바닐라 냄새가 났던 것은 당연히 페루 발삼 때문입니다. 그것은 범인이 독약을 고른 실험실 선반에서 꺼낼 수 있는 약품입니다. 따라서 나는 그 페루 발삼 냄새를 풍긴 범인이 요크 해터가 아니라는 결론 아래, 그렇다면 누군가 다른 사람이 페루 발삼을 사용할 만한 이유가 있을까 생각해보았습니다. 그 사용 이유로 생각되는 건 단 한 가지, 범인이 고의적인 단서로 그 냄새를 풍겨 경찰로 하여금 요크 해터가 전에 페루 발삼을 사용했음을 알게 해 그에게 혐의를 돌리려고 했다는 것뿐이었습니다. 하지만 그것 또한 우스운 이야깁니다……. 요크 해터는 죽었으니까요. 아니면 진짜로 살아 있다는 걸까요? 그때 나는 큰 혼란에 빠지고 말았습니다."

레인은 숨을 돌리고 나서 말을 이었다.

"다음으로 문제가 되는 것은 실험실이었습니다. 그 약품 선반의 병이며 항아리의 배열 상태를 기억하시겠죠? 약품 선반은 다섯 단으로 되어 있고, 각 단이 세 개의 칸으로 나뉘어 그 각각의 칸에는 스무 개씩의 약품 용기가 들어 있었으며, 모두 차례대로 일련번호가 붙어 있었습니다. 맨 윗단의 왼쪽 끝인 첫째 칸부터 오른쪽으로 번호순으로 배열되어 있었지요. 경감님, 9번인 스트리크닌 병이 맨 윗단의 첫 번째 칸 거의 중앙에 있다고 내가 지적했던 것을 기억하시겠지요? 그리고 57번인 청산 병은 같은 맨 윗단의 세 번째 칸, 즉 오른쪽 끝 칸에 있었습니다. 설사 그 선반을 보지 않았더라도 그 약품들이 왼쪽에서 오른쪽으로 각 단의 세 칸을 지나 번호순으로 배열되어 있음을 알 수 있을 겁니다. 그런 순서로 되지 않았다면 9번과 57번이 그 위치에 있을 리가 없죠……. 뭐, 여기까지는 문제될 게 없습니다.

목록에 따르면, 페루 발삼은 30번 항아리에 들어 있던 걸로 되어 있었습니다. 하지만 그 항아리는 화재 때의 폭발로 없어져버렸습니다. 그러나 약품 용기들의 배열 방식을 안다면 그것이 어디에 놓여 있었는지를 정확히 알 수 있습니다. 하나의 칸에 스무 개의 약품 용기가 빈틈없이 놓여 있었으니까 30번은 맨 윗단 가운데 칸의 중앙에 놓여 있었을 겁니다……. 나는 요크 해터가 피부병으로 고생했던 사실을 가족 중에서 마사 해터만 알고 있다는 사실을 알았습니다. 그녀를 불러서 확인해보니 분명히 그녀는 요크 해터가 연고제를 사용했음을 알고 있었지요. 그리고 이름은 알지 못했지만 어쨌든 그 약에서 바닐라 냄새가 났음을 기억하고 있었습니다. 그때 나는 맨 윗단 가운데 칸에 다른 병이나 항아리들을 올려놓고, 그 약품 용기가 어디에 있었느냐고 물어보았습니다. 그랬더니 마사는 선반의 가운데로 똑바로 걸어가 30번인 페루 발삼 항아리가 놓여 있던 위치에 있는 다른 항아리를 무심코 꺼냈습니다……. 그런데 그때 나는 중요한 사실을 한 가지 알게 되었습니다. 물론 냄새와는 아무 관계도 없는 어떤 사실을 말입니다!"

"그게 뭐였습니까? 그땐 저도 거기에 있었지만 달리 이상한 일은 없었다고 생각되는데요?"

경감이 말했다.

"그렇습니까?"

레인이 미소를 떠올리며 말을 이었다.

"하긴 그때 경감님께선 나만큼 유리한 입장에 있지는 않았으니까요. 마사 해터는 그 항아리를 어떻게 꺼냈던가요? 발돋움을 해서 간신히 꺼냈던 겁니다. 이것은 무엇을 의미할까요? 해터 집안의 성인들 중 가장 키가 작은 두 사람 중의 한 명인 마사 해터는 발돋움을 하고 손을 뻗지 않으면 맨 윗단의 약품 용기를 꺼낼 수가 없었다는 것을 뜻합니다. 그러나 그것은 또한 마사가 바닥에 선 채로도 어찌 됐든 약품 선반의 맨 윗단까지 손이 닿는다는 것을 뜻하기도 합니다!"

"그런데 어째서 그 사실이 그렇게 중요합니까?"

브루노가 미간을 찌푸리며 물었다.

"이제 곧 아시게 됩니다."

레인의 이가 번쩍 빛났다.

"처음 실험실을 조사했을 때, 물론 화재가 일어나기 전입니다만, 그때 선반 가장자리에 두 개의 얼룩이 있었던 것을 기억하십니까? 둘 모두 기묘한 타원형으로, 분명히 손가락 끝으로 낸 얼룩이었습니다. 그 하나는 69번 병 바로 아래에 해당하는 두 번째 단의 선반 가장자리, 또 하나는 90번 병의 바로 아래에 해당하는 같은 두 번째 단의 가장자리에 나 있었습니다. 그리고 그 얼룩들은 모두 선반 가장자리의 위까지는 닿지 않고 중간쯤까지밖에 나 있지 않았습니다. 그런데 90번 병이나 69번 병은 모두 사건과는 아무런 관계도 없습니다. 90번의 내용물은 황산이고 69번은 질산이었으니까요. 그러나 이 얼룩들에는 또 다른 의미가 있었던 것입니다. 첫 번째 얼룩 바로 위의 69번은 9번 병의 바로 아래, 즉 한 단 아래에 있고, 두 번째 얼룩 바로 위의 90번은 30번 병 바로 아래, 즉 마찬가지로 한 단 아래에 있었으니까요. 그리고 9번과 30번은 사건과 관계가 있었습니다. 9번 병에는 최초의 독살 미수 때에 달걀술에 넣은 스트리크닌이 들어 있었고, 30번 병에는 해터 부인이 살해된 날 밤 범인이 냄새를 풍긴 페루 발삼이 들어 있었기 때문입니다. 분명히 이것은 단순한 우연이 아닙니다……. 그래서 나는 곧바로 다른 상황 증거를 떠올리게 되었던 것입니다. 세 발 의자가 바로 그것입니다. 그 의자는 먼지 속의 세 개의 자국으로 미루어 알 수 있듯이 원래는 두 실험대 사이에 놓여 있었을 텐데, 실제로는 약품 선반의 가운데 부분에서 발견되었습니다. 더욱이 그 의자에는 무언가 다른 목적으로 사용된 듯한 증거가 있었는데 덮개 표면의 긁힌 자국이며 군데군데 먼지가 벗겨진 흔적이 바로 그것입니다. 단지 앉으려고 했을 뿐이라면 먼지가 그런 식으로 나 있었을 리가 없습니다. 그랬을 경우엔 덮개 표면에 먼지가 고르게 쌓여 있든지, 아니면 대부분의 먼지가 지워져 있었을 것이지, 그처럼 긁힌 자국과 군데군데 먼지가 벗겨진 흔적이 생길 리는 없습니다……. 더욱이 그 의자가 옮겨진 위치는 약품 선반의 중앙부인 30번과

90번 병의 바로 아래였습니다. 대체 이것은 무엇을 뜻하는 것일까요? 단순히 앉기 위해 사용된 것이 아니었다면 무엇 때문에 그곳으로 옮겨졌을까요? 그렇습니다. 그 의자는 분명히 발판으로 사용되었던 것입니다. 그래야만 덮개 표면의 긁힌 자국과 군데군데 먼지가 벗겨진 흔적에 관해 설명이 가능합니다. 그렇다면 그 의자는 무엇을 위한 발판이었을까요? 이제부터 얘기는 분명해집니다.

두 번째 단의 선반 가장자리에 난 손가락 자국들은 누군가 그 위 선반의 9번 병과 30번 병을 꺼내려 했지만 손이 거기까지 닿지 않고 고작 손가락 끝이 두 번째 단의 선반 가장자리에 닿았을 뿐임을 나타내는 증거입니다. 그러니까 병을 꺼내기 위해 그 인물은 무언가 발판이 필요해서 그 세 발 의자를 사용했던 것입니다. 물론 그렇게 해서 그 인물은 병을 꺼냈겠지요. 그 약품을 사용해야 했으니까요.

그런데 이런 사실들을 통해 우리는 무엇을 생각해볼 수 있을까요? 그건 이런 겁니다. 누군가가 69번 병과 90번 병 아래에 손가락 자국을 남겼다면 그 손가락 자국이 나 있는 선반 가장자리에서 바닥까지의 높이는 그 인물의 키, 물론 보통 때의 키가 아니라 손발을 쭉 뻗었을 때의 키를 나타낼 것이라는 점입니다. 누구든 정상적으로 손을 뻗어도 닿지 않는 것을 꺼내려고 할 때에는 무의식적으로 발끝으로 서서 손을 뻗는 법이니까요."

"맞습니다."

브루노가 천천히 맞장구쳤다.

"그렇습니다. 마사 해터는 의자를 발판으로 사용하지 않고도 바닥에 선 채로 맨 윗단의 약품 용기를 꺼낼 수가 있었습니다. 그런데 루이자와 함께 그 저택의 성인들 중 가장 키가 작은 마사가 할 수 있는 일이라면, 그 저택의 성인들 모두 의자를 사용하지 않고 바닥에 선 채로 맨 윗단에 놓여 있던 페루 발삼을 꺼낼 수 있었다는 얘기가 성립됩니다. 그러므로 두 번째 단의 선반 가장자리에 손가락 자국을 남기고, 의자를 발판으로 사용하여 약품 용기에 손을 뻗은 인물은 마사보다 키가 큰 저택의 성인들은 아니라고 볼 수 있습니다……. 그럼, 그 인물이 마사보다 얼마나 작은 걸까요? 그 계산은 간단합니다. 그때 나는 경감님에게 접자를 빌려 선반과 선반 사이의 간격을 재어보았습니다. 그랬더니 맨 윗단에서 손가락 자국이 있는 아랫단까지는 정확히 15센티미터였습니다. 그다음에 선반의 판자 두께를 재어보았더니 2.5센티미터였습니다. 그렇다면 손가락 자국을 남긴 인물은 15센티미터에 2.5센티미터를 더하고 다시 2.5센티미터를 더한 수치만큼 마사보다 작다고 볼 수 있습니다. 마사는 항아리를 잡을 때 2.5센티미터쯤 남기고 잡았으니까요. 즉 약 20센티미터 정도 마사보다 키가 작다고 볼 수 있지요. 그런데 마사는 루이자와 같은 키이고, 루이자의 키는 163센티미터였으니 결론적으로 손가락 자국을 남긴 인물의 키는 약 143센티미터가 됩니다!

이것이 바로 내 최초의 추리를 결정적으로 입증해주는 단서입니다. 그리고 이렇게 해서 또다시 재키가 등장하게 됩니다."

짧은 침묵이 흘렀다.

"이해가 되지 않는군……. 도저히 나로서는……."

경감이 중얼거렸다.

"그럴 만도 하실 겁니다."

레인이 침울한 어조로 말을 이었다.

"믿기 어려웠던 추리에 이런 확증이 드러나자 나는 그 전보다 더 우울해졌습니다. 하지만 이 사실은 너무도 명백했습니다. 나는 진실을 외면하고 있을 수만은 없었습니다. 재키 해터야말로 배에 독을 주입하고 해터 부인을 때려죽인 인물일 뿐 아니라, 달걀술에 넣기 위해 스트리크닌을 훔치고 페루 발삼 항아리에 손을 뻗은 인물…… 즉, 분명한 살인범이었습니다."

레인은 잠깐 얘기를 멈추고 크게 숨을 들이마신 뒤 다시 말을 이었다.

"하지만 나는 검토해보아야만 했습니다. 받아들이기 어려운 일이지만 열세 살짜리 소년 재키 해터가 진범인 것은 의심할 여지가 없는 사실입니다. 하지만 그 범행은 너무도 치밀하고 교묘하게 이루어진 것이어서 상당한 지능의 소유자가 아니면 계획할 수 없는 것이었습니다. 아무리 조숙하다고 할지라도 열세 살짜리 소년이 혼자서 생각해낸 것이라고는 도저히 생각할 수 없었습니다. 그래서 나는 다음과 같이 생각할 수밖에 없었습니다. 가능한 해석은 단 두 가지밖에 없다. 하나는 배후에 누군가 어른이 있어 그자가 계획을 세워 재키로 하여금 각본대로 움직이게 하고 있으며, 재키는 단순히 그자의 도구에 불과하다……. 하지만 그 생각은 분명히 잘못된 것입니다. 누가 과연 신뢰할 수도 없는 그런 어린애를 도구로 사용할까요? 가능성은 있을지라도 실제로는 있을 수 없는 일입니다. 만약 아이를 도구로 쓴다면 그 아이는 아이다운 판단 부족이나 혹은 단순한 장난기나 허세로 말미암아 비밀을 입 밖에 낼지도 모릅니다. 또한 경찰의 신문을 받는 순간 쉽사리 입을 열지도 모를 노릇입니다. 즉 그렇게 할 경우, 그자는 엄청난 모험을 각오하지 않으면 안 됩니다. 물론 폭력적인 협박으로 그 아이의 입을 다물게 할 수도 있겠지만, 그것 또한 있을 법하지 않은 일입니다. 아이들이란 투명한 존재입니다. 재키의 태도에서 협박으로 인한 공포 따위는 전혀 찾아볼 수 없었습니다."

"그 점에 대해서는 저도 동감입니다."

경감이 말했다.

"그러실 테죠."

레인이 미소를 떠올리며 말을 이었다.

"그런데 설사 누군가가 그 애를 도구로 이용했다고 치더라도 실행된 계획을 봤을 때 아주 뚜렷한 모순들이 존재합니다. 어른이라면 도저히 동의하거나 허락했을 것 같지 않은 일들이 눈에 띄었던 것입니다. 조금 후에 내가 지적할 것처럼, 아무리 생각해보아도 어른의 생각보다는 아이의 생각에서 나온 것 같은 모순들이 존재했던 겁니다. 그런 모순들 때문에 나는 어른인 누군가가 재키가 범행을 저지르도록 배후에서 조종하고 있다는 생각을 단념하게 되었습니다. 그러나 어쨌든 그 계획만은 어른의 머리에서 나왔을 거라고 생각하지 않을 수 없었습니다. 그래서 나는 다음과 같은 의문의 벽에 부딪혔습니다. 어른이 계획을 세우고 아이가 그것을 실행하면서도 두 사람 사이에 아무런 공모도 존재하지 않는 경우가 있을 수 있을까? 가능하다면 그것은 다음의 경우 한 가지뿐입니다. 그것이 바로 앞서 말씀드린 두 가지 해석 중의 남은 하나인 셈입니다. 즉, 어른이 생각해낸 계획서가 있고 그 계획서대로 아이가 실행하고 있는데도 어른이 그 아이의 행실을 전혀 모르고 있을 경우입니다. 알았다면 그 어른은 곧바로 경찰에 그 계획에 대한 것을 알렸을 것입니다."

"그래서 결국 그 추리소설의 줄거리에 이르게 되었다는 말씀이시군요?"

브루노가 골똘한 표정으로 말했다.

"그렇습니다. 여기서 나는 제대로 방향을 잡았다고 생각했습니다. 그런데 어른이 그런 계획을 생각해냈을 거라는 증거가 있었을까요? 있었습니다. 무엇보다도, 그처럼 자유롭고도 교묘하게 독극물을 사용하고 있다는 것은 분명히 화학자인 요크 해터를 떠올렸습니다. 게다가 바버라 해터는 최초의 증언에서 부친인 요크 해터가 소설을 쓰려고 한 적이 있다는 말을 했습니다. 그 증언이 힘차게 내 머릿속에서 되살아났습니다. 소설이 있었던 겁니다! 그리고 또 페루 발삼은 요크 해터만이 사용했던 약입니다……. 그가 죽었든 살았든 계획을 세운 자가 요크 해터라는 증거가 있었던 겁니다."

레인은 한숨을 쉬고 나서 두 팔을 뻗으며 말을 이었다.

"경감님, 언젠가 내가 말씀드리길, 더듬어보아야 할 것이 두 가지 있다고 한 적이 있었죠? 그때 당신은 몹시 놀라는 눈치였습니다만, 그 한 가지는 앞서 말씀드렸던 바닐라 냄새였습니다. 그리고 또 한 가지는, 어른인 계획 입안자를 찾기 위해 바버라 해터를 방문하는 일이었습니다. 그런데 바버라를 만나본 결과, 요크 해터가 추리소설을 썼을 거라는 내 추측이 옳았음을 알게 되었습니다. 범죄와 관련된 소설이라면 추리소설이 틀림없을 거라고 생각했던 거죠. 바버라는 요크 해터가 그 소설의 줄거리를 썼다는 것 외에는 아무것도 모르고 있었습니다. 하지만 그렇더라도 그 줄거리가 어딘가에 있을 것이라고 나는 생각했습니다. 그러니까 요크 해터가 소설을 쓸 목적으로 살인을 구상하고 줄거리를 썼는데 그것이 그의 사후에 우연히도 재키 소년의 손에 들어가 실제 범행의 설계도가 되어버린 것이라고 확신했던 겁니다.

재키는 그 줄거리대로 행동했을 겁니다. 그런데 그는 그 줄거리를 버렸을까요? 아마 버리진 않았을 거라고 생각했습니다. 아이들의 심리로 보아 그런 걸 버리기보다는 숨기는 게 보통이니까요. 어쨌거나 그 줄거리를 찾아볼 필요가 있었습니다. 숨겼다면 그곳은 어디일까요? 물론 집 안 어디였겠죠. 하지만 집 안은 이미 경찰이 수색을 했지만 그런 것은 나오지 않았습니다. 하지만 나는 확신했습니다. 해적이나 카우보이나 인디언이 등장하는 모험담을 동경하는 나이인 열세 살 소년이라면, 그 줄거리의 은닉 장소로 지극히 낭만적인 장소를 택했을 게 틀림없다고 말입니다. 게다가 나는 이미 그 소년이 굴뚝과 벽난로를 이용해서 실험실을 드나들었다는 사실을 알고 있었습니다. 이 지극히 낭만적인 출입 방식이 역시 낭만적인 은닉 장소를 암시해주었습니다. 그리고 그곳이 바로 그럴듯한 장소라고 생각하고 나는 굴뚝과 벽난로 속을 조사해보았습니다. 그랬더니 과연 칸막이벽 위쪽에 벽돌이 느슨해진 곳이 있었는데, 그 속에 그 줄거리가 들어 있었습니다. 재키가 그곳을 은닉 장소로 삼은 것은 다른 관점에서 보더라도 충분히 타당한 일이었습니다. 재키는 자기 외에는 두 방을 잇는 벽난로 속의 통로를 아는 자가 없다고 생각했으므로 줄거리를 그곳에 숨겨두면 누구에게도 들키지 않을 거라고 안심했기 때문입니다.

그 벽난로 속의 통로에 대해 말하자면, 잔소리꾼인 할머니가 실험실에 들어가는 것을 금지했기 때문에, 장난스럽고 심술궂으며 반항심이 강한 그 소년은 오히려 어떻게 해서든지 들어가려고 궁리를 하다가 알아냈을 게 틀림없습니다. 아이들이 때로는 어른들도 상상하지 못한 일을 해치우듯이, 재키 역시 침실 쪽 벽난로 속으로 기어 들어갔다가 칸막이벽이 그리 높지 않은 걸 보고는 기어 올라가 마침내 문을 통하지 않고도 실험실을 드나들 수 있는 방법을 알게 되었을 것입니다. 그 후로 그 애는 실험실 안을 돌아다니다가 서류함을 뒤져보고는, 우리가 보았을 때는 비어 있던 칸에서 요크 해터가 넣어두었던 원고를 찾아냈던 겁니다. 그리고 얼마쯤 지나서, 아마도 그 가공의 범죄를 실천해보기로 결심했을 때, 그 애는 굴뚝 속의 벽돌을 빼냈을 겁니다. 아마도 그 벽돌은 이미 느슨해져 있었던 것이겠죠. 그 애는 그 속을 은닉 장소로 이용했을 뿐입니다……. 또 한 가지 중요한 점이 있습니다. 줄거리를 발견하고 나서 최초의 독살 미수 사건을 일으키기까지의 꽤 긴 기간을 그 아이는 그 매혹적인 살인 계획을 읽고 생각하며 어려운 낱말의 의미를 파악하려고 애썼을 겁니다. 하지만 결국은 절반도 채 파악하지 못했겠죠. 하지만 무엇을 해야 할 것인가를 알 정도로는 이해했던 것입니다. 그리고 또 그 애가 그 줄거리를 발견한 것은 최초의 독살 미수 사건 이전이었지만, 요크 해터의 죽음보다는 나중이었다는 점도 유의해주십시오."

"그런 꼬마 녀석이…… 어떻게 그런 터무니없는 일을……. 정말 기가 막혀 말이 안 나오는군."

경감이 고개를 저으며 중얼거렸다.

"그렇다면 잠자코 듣고나 있으시오!"

브루노가 경감에게 사납게 주의를 주고는 레인을 재촉했다.

"레인 씨, 어서 계속해주십시오."

"그 줄거리 자체에 관한 것으로 다시 돌아가기로 하죠."

레인은 이제 미소도 띠지 않고 이야기를 계속했다.

"나는 그걸 발견하긴 했지만 가져올 수는 없었습니다. 재키가 줄거리가 없어진 것을 알게 되면 곤란하니까요. 나로서는 재키로 하여금 자신이 멋지게 성공하고 있다는 생각을 계속 가지도록 해두는 게 유리했으니까요. 그래서 나는 즉시 사본을 만들고, 그 줄거리는 원래대로 돌려놓았습니다. 또한 나는 거기에서 독약임이 분명해 보이는 흰 액체가 든 시험관을 찾아내서 만약을 위해 우유와 바꿔치기해 두었습니다. 내가 그렇게 한 데에는 또 다른 이유가 있습니다. 그것은 줄거리를 읽어보시면 아시게 될 것입니다."

레인은 잔디밭에 벗어두었던 낡은 윗옷으로 손을 뻗었다.

"나는 이 줄거리를 여러 주일 동안 몸에 지니고 다녔습니다. 정말 놀라운 원고입니다. 두 분께서 이걸 읽고 난 뒤에 얘기를 계속하죠."

레인은 윗도리 주머니에서 연필로 베껴 적은 요크 해터의 소설 줄거리를 꺼내 브루노에게 넘겨주었다. 두 사람은 정신없이 그 내용을 읽었다. 레인은 묵묵히 기다렸다. 이윽고 두 사람은 똑같이 말없이 사본을 돌려주었는데, 비로소 그들의 얼굴에는 이해가 가는 듯한 빛이 떠올라 있었다.

레인은 줄거리 사본을 도로 주머니에 넣으며 말을 이었다.

"앞서 말씀드린 대로…… 이 범죄 계획의 실행에는 매우 어린애다운 모순들이 존재합니다. 그것들만 아니라면 이건 아주 치밀한 계획이라고 할 수 있습니다. 그럼 이제부터 그 모순들을 수사 과정에 나타난 순서대로 검토해보겠습니다.

첫째는 독이 든 배에 대한 문제입니다. 범인의 목적이 루이자를 살해하는 데 있지 않다는 점은 한동안 잊어주십시오. 동기가 무엇이든 간에 어쨌든 범인은 배에 독을 주입할 생각이었습니다. 그런데 독을 주입하는 데 사용된 주사기는 그 살인 현장에 떨어져 있었습니다. 더구나 그 배는 원래 그 방에 있었던 것이 아니라, 범인이 외부에서 가지고 들어온 것이었습니다. 다시 말해, 범인은 그 배를 다른 곳에서 가지고 와서 범행 현장에서 독을 주입했다는 얘기입니다. 이 얼마나 엉뚱한 짓입니까! 이 얼마나 어린애다운 짓입니까! 어른이라면 굳이 그렇게 했을까요? 범죄라는 것은 당연히 빨리 해치울 필요가 있습니다. 어른이라면 그 방에 배를 가져가기 전에 다른 곳에서 미리 독을 주입했을 것입니다. 일 초라도 낭비할 수 없는 그런 긴박한 때에 일부러 그곳에서 배에 독을 주입하지는 않았을 것입니다.

하긴, 범인이 일부러 주사기를 현장에 남겨두고 간 것이라면, 주사기를 가져간 이유가 그 방 안에서 배에 독을 주입하기 위한 것이었다고만 단정할 수는 없습니다. 그럴 경우에는 어디에서 배에 독을 주입했는지 알 수 없기 때문입니다. 하지만 만약 주사기를 현장에 남겨두기 위해 고의로 가져갔던 것이라면 그 이유는 무엇이었을까요? 타당한 이유는 한 가지뿐입니다. 그것은 배에 독이 들어 있음을 암시하기 위해서입니다. 그러나 이것도 실은 그다지 필요가 없는 일입니다. 왜냐하면 해터 부인 살해가 우발적인 것이 아니라 계획된 것이었으며, 더욱이 전에도 독살 미수 사건이 있었으므로 배에 독이 든 것은 어차피 발견될 게 분명했으니까요. 즉, 경찰이 독극물에 대해 수사를 펼칠 게 뻔한 일이었던 것입니다. 그리고 실제로도 경감님께서도 그렇게 하셨고요. 그렇다면 주사기는 실수로 남겨졌다는 얘기가 되고, 주사기를 현장에 가져갔던 이유는 그곳에서 배에 독을 주입하기 위한 것이었다는 결론에 이르게 됩니다……. 게다가 이 사실은 줄거리를 읽으면 확신을 가질 수 있습니다."

레인은 다시 윗도리 주머니에서 줄거리를 꺼내 펼쳤다.

"줄거리에는 정확히 이렇게 쓰여 있습니다. '이번의 계획은 배에 독을 주입해서 그것을 루이자의 침대와 에밀리의 침대 사이에 있는 탁자 위의 과일 그릇에 넣는 것이다.'라고 말입니다. 그리고 좀 더 뒤에는 'Y는…… 과일 그릇에 독을 주입한 배를 놓아둔다.'라고 쓰여 있습니다."

레인은 줄거리 사본을 잔디 위에 내던지며 말을 이었다.

"이 줄거리만으로는 배에 독을 넣는 것이 현장에 가기 전인지 후인지를 알 수가 없습니다. 그리고 주사기를 현장에 남겨둔다는 말은 어디에도 쓰여 있지 않습니다. 하지만 어른이라면 누구나 다 그렇겠지만 배에 독을 주입해놓고 범행 현장에 가져갈 것입니다.

그러니까 범인은 줄거리의 구절을 제멋대로 해석해서 결국은 현장에서 배에 독을 주입했던 것입니다……. 나는 즉시 이것이 어린애다운 짓임을 깨달았습니다. 다시 말해, 계획은 어른이 세웠지만 그것을 실행한 사람은 어린애였다는 얘기입니다. 이 범죄의 실행 방식을 살펴보면 특정 지시가 없을 경우 어린애들이라면 어떠한 행동을 취하는지가 잘 나타나 있습니다."

"과연 그렇군요."

경감이 중얼거렸다.

레인이 다시 얘기를 시작했다.

"그럼 두 번째 모순을 말씀드리지요. 실험실 바닥의 먼지 위에는 발자국들이 많았지만 확실하고 완전한 것은 하나도 없었던 것을 기억하시겠지요? 그런데 그 먼지의 상태는 요크 해터의 줄거리와는 전혀 관계가 없는 것입니다. 그건 당연한 일입니다. 그 줄거리 속에서는 요크 해터 자신이 실험실에서 기거하는 것으로 되어 있으니 먼지가 쌓일 까닭이 전혀 없기 때문이죠. 따라서 그 발자국들과 그것을 통해 알아낸 사실들은 모두 그 줄거리와는 전혀 무관한 일입니다. 실험실에 침입한 인물은 자신의 발자국들을 지우기 위해 정성껏 발로 짓뭉개놓았습니다. 어쨌든 어린애치고는 잘 생각한 일이라고 할 수 있겠지요. 하지만 그랬음에도 불구하고 정작 그 실험실의 단 하나의 출입구인 문 부근에는 짓뭉개졌던 어쨌든 간에 전혀 발자국이 나 있지 않았습니다! 어른이라면 당연히 자신이 벽난로를 통해 드나든 것을 비밀로 하기 위해 문 근처에 어떤 형태로든 발자국을 남겼을 것입니다. 문 부근에 발자국이 있어야만 경찰이 어쨌든 범인이 문으로 들어왔다고 믿을 테니까요. 즉, 문 근처에 드나든 흔적이 없다면 벽난로를 조사할 것은 뻔한 일이니까요. 여기에서도 또 뻔한 실수를 저지른 어린애다운 생각의 한계가 잘 나타나 있습니다. 어른이라면 거기까지 생각이 미치지 않았을 리가 없습니다."

"제기랄, 어째서 난 그것도 알아차리지 못했을까!"

경감이 큰 소리로 탄식했다.

"아마도 이제 제가 말씀드릴 세 번째 모순이 가장 흥미로울 것입니다."

레인이 눈을 빛내며 말을 이었다.

"당신들도 나와 마찬가지로 해터 부인을 살해하는 데 쓰인 흉기가 그처럼 뜻밖의 것이어서 어리둥절하셨을 겁니다. 만돌린이었으니 말입니다! 이건 대체 어째서 그럴까요? 솔직히 말해서 그 줄거리를 읽기 전까지는 어째서 재키가 만돌린을 흉기로 택했는지 나로서도 전혀 알 수가 없었습니다. 나는 아마 그 애가 누군가의 계획대로 행동했다면, 그 계획 속에 무언가 특별한 이유가 있었기에 만돌린을 흉기로 선택한 것이라고 생각했습니다. 기껏 생각해봤자 단지 그 소유자인 요크 해터에게로 혐의를 돌리기 위해 그것을 사용했다는 정도였지요. 하지만 결과적으로 그런 생각 또한 부질없는 노릇이었습니다."

레인은 다시 줄거리의 사본을 집어 들며 말을 이었다.

"이 줄거리에는 만돌린 따위의 단어는 어디에도 쓰여 있지 않습니다. 단지 '에밀리의 머리를 둔기(blunt instrument)로 쳐서 죽인다.'라고 쓰여 있을 뿐입니다."

경감이 눈을 크게 떴다.

레인은 끄덕이며 말을 이었다.

"알아차리셨군요. 여기에서도 아이다운 점이 실로 잘 나타나 있습니다. 누구라도 좋으니 열세 살짜리 아이에게 '둔기'가 뭐냐고 물어보십시오. 그 뜻을 제대로 알고 있는 아이는 천 명에 한 명쯤밖에 되지 않을 겁니다. 줄거리에는 이 살인용 둔기에 관해 달리 아무런 설명도 되어 있지 않습니다. 둔기가 날이 없는 무거운 무기라는 것쯤은 어른이라면 누구나 다 아는 사실이니, 요크 해터는 자연스럽게 그 단어를 사용했을 것입니다. 하지만 그 단어와 마주친 재키는 그 뜻을 알지 못했습니다. 그는 뭔가 둔기라는 것을 손에 넣어 그것으로 얄미운 할머니의 머리를 때려야만 한다고 생각했을 테죠. 그렇다면 이런 경우에 아이들은 어떤 식으로 이해할까요? 인스트루먼트(instrument)라면 아이들에게는 단 하나의 의미밖에 없습니다. 그건 바로 악기(musical instrument)입니다. 그리고 블런트(blunt)라는 말은 아예 들어본 적도 없었을 것입니다. 설사 들은 적이 있었다고 하더라도 그 의미까지는 몰랐을 것입니다. 어쩌면 사전을 뒤져 '끝이 날카롭지 않고 무딘'것을 뜻한다는 걸 알게 되었는지도 모르죠. 그래서 재키는 당장 만돌린을 떠올리게 되었을 겁니다. 더욱이 그것은,

바버라 해터도 말했듯이 그 집에 있는 유일한 '악기'인 동시에 계획을 세운 요크 해터의 소유물인 것입니다! 이것이야말로 범인이 어린애임을 나타내는 분명한 증거인 셈입니다. 어른이라면 바보가 아니고서야 '둔기'를 그렇게 해석할 리 없을 테니까요."

"놀랍군요, 정말 놀랍습니다."

브루노는 그렇게밖에 말할 수 없었다.

"그래서 나는 재키가 실험실에서 요크 해터의 줄거리 원고를 찾아내 그에 따라 순서대로 범행을 저질렀음을 알게 되었습니다. 그럼 다시 그 줄거리 자체에 관해 생각해보기로 합시다. 줄거리 속에서는 요크 해터 자신이 범인으로 되어 있습니다. 물론 요크 해터는 자신을 소설의 작중 인물로서 그렇게 다룬 것이죠. 그런데 만약 누군가 다른 어른이 이 줄거리를 발견하고 그 계획대로 범죄를 실행하려고 했다면 어떻게 했을까요? 소설 속에서 요크 해터가 범인으로 다루어진 것을 읽었다고 하더라도 그는 이미 죽었으니까, 그에게로 혐의가 돌아갈 단서가 되는 부분은 모두 계획에서 제외하고 행동했을 것입니다. 그건 당연한 얘기죠. 그런데 실제의 범인은 어떻게 했습니까? 줄거리대로 요크 해터를 가리키는 단서가 될 게 분명한 페루 발삼을 사용했습니다. 요크 해터가 소설 속에서 그것을 사용한 것은 뛰어난 발상이었다고 할 수 있습니다. 소설 속의 범인을 가리키는 '냄새'가 단서가 되어 결국 범인이 체포될 수 있게 얘기가 꾸며진 것이니까요. 하지만 요크 해터가 죽고 없는 마당에 그를 가리키는 바닐라 냄새를 사용한다는 것은 너무도 어린애다운 모순입니다. 여기에서도 다시 한 번 우리는 줄거리에 쓰인 대로 맹목적으로 따르는 어린애다운 유치한 지능을 엿볼 수 있습니다.

그럼, 네 번째의 모순, 아니, 다섯 번째였던가요? 요크 해터가 구상한 소설에서는 범인인 자신이 체포되게 하기 위해 바닐라 냄새라는 그 자신을 가리키는 단서를 남겨두는 것이 당연합니다. 그의 소설에서는 그것이 진짜 단서입니다. 한편 콘래드의 신발은 가짜 단서입니다. 소설 속의 범인이 경찰의 눈을 다른 곳으로 돌리게 하려고 고의로 콘래드를 끌어들이기 위한 가짜 단서인 것입니다.

하지만 이것이 소설이 아닌 현실에서라면, 즉 누군가가 그 소설의 줄거리를 모델로 삼아 진짜 범죄를 저지를 경우라면 사정이 완전히 달라집니다. 그럴 경우에는 요크 해터를 가리키는 바닐라 냄새라는 단서도 가짜가 되어버립니다. 요크 해터가 이미 죽었으므로 줄거리 속의 요소가 전혀 소용이 없게 되기 때문입니다. 그렇다면 어째서 범인은 그처럼 두 사람의 다른 인물을 가리키는 두 개의 가짜 단서를 남긴 걸까요? 만약 범인이 재키가 아니고 어른인 그 누구였다면 적당한 가짜 단서로 콘래드의 신발 쪽만 택하고 죽은 사람을 가리키는 바닐라 냄새 쪽은 포기했을 것입니다. 즉, 아무 생각 없이 두 개의 단서를 모두 사용하는 게 아니라 어느 쪽이든 하나만 택했을 것입니다. 그리고 만약 신발 쪽만 택했더라도 재키가 그랬던 것처럼 그것을 굳이 신고 다니지는 않았을 겁니다. 단지 한쪽 신발의 끝에 독약을 떨어뜨려 콘래드의 벽장에 놓아두기만 해도 충분했을 테니까요. 하지만 재키는 여기에서도 또다시 줄거리에 적힌 의미를 충분히 이해하지 못한 채, 신발을 신는다는 얘기도 없었는데 일부러 신었던 것입니다……. 분통을 뒤엎은 것은 줄거리에 없는 우발적인 일이었으니까 발자국을 남기기 위해 신발을 신었다고도 볼 수 없습니다……. 정상적인 지능을 가진 어른의 경우였다면 이 모든 것을 문제없이 처리할 수 있었을 겁니다. 여기에서도 또한 어린애다운 특징이 뚜렷이 나타나고 있습니다.

그리고 마지막 모순으로 화재 사건을 들 수 있습니다. 줄거리를 읽기 전까지는 나는 그 화재의 의미를 종잡을 수가 없었습니다. 하긴 화재뿐만 아니라 많은 것들의 의미를 줄거리를 읽기 전까지는 도무지 알 수가 없었죠. 나는 모든 일에 대해 그 의미를 캐려고 했으니까요. 그런데 달리 그 어떤 의미 같은 것은 없었습니다. 그 사건에서는 모든 것들이 맹목적으로 행해지고 있을 뿐이었으니까요……. 하지만 줄거리에서의 화재는 의미 있는 목적을 가지고 있었습니다. 화재가 일어남으로써 요크 해터가 누군가 다른 사람의 습격을 받았다는 걸 인정받게 하려는 것이었습니다. 즉, 화재는 그 자신이 범인이 아님을 보여주기 위한 속임수였던 것입니다. 하지만 요크 해터가 죽어버린 뒤에 그곳에 불을 질러보았자 아무런 의미가 없습니다. 범인이 어른이었다면 이 화재 부분을 완전히 버리든가 아니면 자기 방에서 일어나도록 하든가 해서 자신에게 유리한 쪽으로 고쳤으리라고 생각합니다. 그러나 아마도 어른이었다면 이 화재 부분을 버렸을 것입니다. 요크 해터의 추리소설 속에서도 이것은 그다지 뛰어난 트릭이 아니었으니까요.

그럼, 결국 우리가 알게 된 것이 무엇입니까? 추리소설의 줄거리가 어떤 어리석고 분별없는 두뇌의 소유자에 의해 끝까지 충실히 실행되었으며, 그 인물은 스스로의 판단력이 요구되는 행동을 할 때마다 자신이 미숙한 두뇌를 가진 어린애라는 사실을 드러내고 있다는 점입니다. 그래서 나는 재키가 범인이라는 확신을 가지게 되었습니다. 여러분도 나와 마찬가지로 재키가 그처럼 충실히 그 줄거리에 따라 범죄를 실천하면서도 정작 자신이 취하는 행동의 참뜻을 이해하지 못한 채 오로지 맹목적으로 움직였을 뿐임을 아셨을 것입니다. 재키는 줄거리를 읽고 요크 해터가 범인임을 알았습니다. 그리고 죽은 요크 해터를 대신해 자신이 범인이 되려고 생각했던 것입니다. 그래서 줄거리 속에서 요크 해터 또는 Y가 행하게 되어 있는 것에 모두 자신을 적용해서 행동으로 옮겼던 것입니다. 요크 해터가 소설 속에서 범인인 자기 자신을 파멸하게 만드는 단서로 일부러 설정한 것까지 재키는 충실히 실행했던 것입니다! 게다가 그 애는 뭔가 자신의 판단이 요구될 때, 즉 줄거리에 나타나 있지 않은 것을 스스로가 판단해서 행동을 취해야 할 경우에는 언제나 엉뚱한 짓을 해서 어린애다운 면모를 드러냈습니다. 그래서 자신의 정체를 완전히 감출 수가 없었던 것입니다."

"그런데 그 최초의 독살 미수 사건은…… 아무래도 저로서는……."

경감이 헛기침을 섞으며 말했다.

"아, 경감님, 그렇지 않아도 이제 거기에 대해 말씀드리려던 참입니다. 그 당시에는 그 일이 실제로 루이자를 살해하고자 한 것인지 어떤지 우리로서는 알 수가 없었습니다. 하지만 해터 부인이 살해된 뒤에 우리는 두 번째 독살 미수 사건이 실제로 살인을 목적으로 저질러진 것이 아님을 알게 되었기 때문에 최초의 미수 사건도 살인이 목적이 아니었다고 보는 것이 옳다고 생각하게 되었습니다. 모든 것이 요크 해터가 세운 계획에서 빚어진 일인 것까지는 모르고 단지 재키가 범인이 아닐까 하고 생각했던 무렵에 나는 혼자 이렇게도 생각해보았습니다. '우연히 그렇게 된 것처럼 재키는 달걀술에 의한 독살 계획을 저지했다. 하지만 그 애가 독이 든 달걀술을 일부러 마시기까지 한 것은 무엇 때문이었을까?' 두 번째 독살 미수와 마찬가지로 첫 번째 독살 미수도 살인을 목표로 한 것이 아니었다면 범인은 어떤 식으로 루이자가 달걀술에 입을 대는 것을 저지함과 동시에 달걀술에 독이 들어 있다는 사실을 사람들에게 알릴 셈이었을까요? 가령 달걀술에 독을 넣고 우연히 그렇게 된 것처럼 그것을 엎질러보았자 그것만으로는 거기에 독이 들었음을 알릴 수는 없습니다. 그때 강아지가 나타난 것은 그야말로 완전히 우연한 일이었다고 봐야겠지요. 그렇다면 루이자로 하여금 그걸 마시지 못하게 하는 동시에 거기에 독이 들었음을 알리기 위해서는 아무래도 범인이 영웅적인 행동을 취할 수밖에 없습니다. 그러므로 재키가 독이 든 달걀술을 자신이 조금 마셨다는 사실은 그 애가 어떤 지시에 따라 행동하고 있음을 나타내는 증거라고 생각했습니다. 즉, 자신이 직접 독을 타 넣고 게다가 그것을 직접 마시고 괴로워한다는 것은 정말이지 어린애 머리로 짜낼 수 있는 각본이 아니었던 것입니다. 어쨌든 그 애가 그렇게 했다는 사실은 그 애가 무언가 그 자신의 것이 아닌 계획에 따라 행동하고 있다는 나의 생각을 더욱 확실하게 해주었던 것입니다.

줄거리를 읽고 나자 모든 것이 명백해졌습니다. 소설 속의 Y의 의도는 달걀술에 독을 넣고 그것을 자신이 조금 마시고는 괴로워하게 되어 있었습니다. 그렇게 함으로써 루이자를 보호하고 더욱이 사람들로 하여금 다른 누군가가 루이자를 노리고 있다는 생각이 들게 합니다. 게다가 자신을 안전하게 만들려는 세 가지 목적을 달성하기 위한 것이었습니다. 자신이 넣은 독을 자신이 직접 마실 사람은 없을 테니까 말입니다. 만약 요크 해터가 소설에서가 아니라 실제로 살인을 행할 생각이었다면 아마도 속임수일지언정 그렇게 하지는 않았을 겁니다."

레인은 한숨을 쉬고 나서 말을 이었다.

"하지만 재키는 줄거리 속에 Y가 하기로 되어 있는 것은 뭐든지 자신이 해야 한다고 생각했기 때문에 자신의 용기와 사정이 허락하는 한 그 줄거리대로 행동했던 것입니다. 최초의 독살 미수 사건에서 달걀술을 마신 사람이 재키였다는 사실과 두 번째 독살 미수 사건과 에밀리 해터의 살인범이 재키였다는 사실은, 그 애가 자신도 전혀 의미를 이해할 수 없을 뿐만 아니라 공상적이고도 터무니없기까지 한 계획에 따라 맹목적으로 행동하고 있었음을 확실히 증명해줍니다."

"하지만, 그 동기는 뭘까요? 어째서 그런 어린애가 자기 친할머니를 죽이고 싶어 했는지 저로서는 도무지 이해할 수가 없습니다."

경감이 기운 없는 목소리로 말했다.

브루노가 레인 대신 말을 받았다.

"어쨌든 그런 집안이니만큼 그다지 이해가 되지 않을 것도 없다고 봐요. 그렇게 생각하지 않습니까, 레인 씨?"

"아, 예."

레인은 슬픈 미소를 떠올리며 말을 이었다.

"경감님께서도 사실은 그 답을 알고 계시리라 봅니다. 경감님께서도 그 집안의 나쁜 혈통에 관해서는 이미 잘 알고 계실 테니까요. 고작 열세 살짜리 소년이지만 재키의 몸속엔 아버지와 할머니로부터 물려받은 나쁜 피가 흐르고 있었던 겁니다. 어쩌면 태어날 때부터 그 애는 살인자의 운명을 타고났던 것인지도 모릅니다. 즉, 그 애는 어떤 어린애라도 약간씩은 가지고 있는 난폭성과 장난기과 잔인성 같은 기질을 보통 애들보다 더 많이 타고났을 뿐만 아니라, 해터 집안 혈통상의 유전적인 결함마저 타고났던 것입니다……. 그 애가 마치 미친 듯한 기세로 동생 빌리를 못살게 굴었던 것을 기억하시죠? 또한 그 애는 꽃들을 짓밟고 고양이를 익사시키려고도 했습니다. 요컨대 그 애는 파괴적인 것을 즐기는 성격인 데다 자제심이라고는 전혀 없었습니다. 그런 점들과 내가 막연히 추측하고 있는 것을 결부해 생각해보면 어째서 이런 비극이 일어났는지를 쉽게 이해할 수 있을 것입니다. 추측이라고는 했지만 아마도 틀림없이 그랬을 거라고 생각합니다. 즉 해터 집안의 식구들 간에는 한 조각의 애정도 찾아볼 수 없었을 거라는 얘기입니다. 그 대신 서로 증오만이, 모든 관습과 마찬가지로 당연시되고 있었을 것입니다. 살해당한 노부인은 언제나 재키를 야단치기만 했습니다. 그리고 사건이 일어나기 삼 주일 전에도 루이자의 과일을 훔쳤다고 그 애를 두들겨 팼다고 합니다. 그 후 엄마인 마사가 달려와 할머니와 싸우는 것을 그 애는 옆에서 지켜보았습니다. 그런 식으로 쌓인 그 애의 마음의 증오가 머릿속의 사악한 피에 의해 더욱 커지던 중에 그 줄거리를 손에 넣은 거죠. 게다가 그 줄거리가 가족 중에서 가장 미웠던 자신의 적이자 엄마이 적이기도 한 할머니를 죽이게 되어 있는 것을 알자 갑자기 결심을 굳혔을 것입니다……."

지난날의 수사 과정에서 종종 레인의 얼굴에 떠올랐던 그 초췌한 빛이 또 다시 그의 얼굴을 흐리게 했다.

"즉, 나쁜 유전적인 기질을 타고난 데다 잘못된 환경에 길든 그 애가, 자기의 적이라고 생각하는 상대가 죽음에 이르게 꾸며진 계획에 뛰어들었다는 것이 결코 이해하기 힘든 일만은 아닙니다. 그리고 계획에 따라 첫 번째 독살 미수를 저질러보았지만 아무도 알아차리지 못했으니 그 계획을 그만두어야 할 이유가 전혀 없게 되었죠. 오히려 성공의 쾌감을 맛본 터라 범죄적인 충동이 더욱 불타올랐을 것입니다……. 그런데 대개의 범죄가 그렇듯이, 이 복잡한 범죄 역시 요크 해터도 계획하지 않았고 그 작은 범죄자도 예상하지 못했던 우발적인 사태로 점점 더 복잡한 양상을 드러내게 되었던 것입니다. 침대 탁자의 분통이 뒤엎어진 일, 재키가 발끝으로 섰을 때 루이자의 손이 닿은 일, 범인의 키를 알 수 있게 만든 그 손가락 자국 등 모두가 우발적으로 일어난 일이었습니다."

레인은 얘기를 멈추고 한숨을 쉬었다. 그러자 브루노가 급히 물었다.

"그럼, 에드거 페리에 대해서는 어떻게 생각하십니까?"

"그 대답은 지난번에 경감님께서 이미 하신 것과 같습니다. 에밀리의 의붓자식인 에드거 페리는 그녀를 증오했을 것입니다. 자기 아버지가 비참하게 죽게 된 것이 에밀리 때문이었으니까요. 그러므로 뭔가 심상치 않은 생각을 품고 있었을 게 분명합니다. 그렇지 않고서야 일부러 그런 집에 위장 취업하지는 않았을 테죠. 구체적인 것은 알 수 없지만 어떤 식으로든 노부인을 괴롭힐 생각이었을 겁니다. 그런데 노부인이 살해되자 오히려 자신의 입장이 곤란해졌습니다. 그렇다고 그곳을 떠날 수도 없게 되었고 말입니다. 하지만 어쩌면 에밀리에 대한 복수심은 살인 사건이 일어나기 훨씬 이전에 버렸을지도 모릅니다. 아마도 바버라와 친해지게 되어 그의 마음도 크게 변했을 것이라고 생각됩니다. 어쨌든 이제는 누구도 그의 진의를 알 수 없게 되었습니다."

한동안 경감은 생각에 잠긴 듯한 기묘한 눈길로 레인을 바라보았다.

"레인 씨, 어째서 당신은 이번 수사 과정에서 그렇게까지 조심스러운 태도를 취하셨던 겁니까? 실험실을 조사한 뒤에 그 애의 짓이라는 것을 확신하셨다면서 어째서 그 사실을 그렇듯 철저히 혼자만의 비밀로 하셨습니까? 아무래도 그건 우리에게 너무 심했던 것 같습니다, 레인 씨."

한동안 레인은 대답하지 않았다. 이윽고 그가 입을 열자 그 목소리는 경감과 브루노가 놀랄 정도로 감정이 억제되어 있었다.

"그럼, 이번 수사 과정 동안 내 마음이 어떻게 움직였는지 간단히 설명해드리겠습니다……. 여러 가지 증거로 미루어 그 애가 범인이라는 사실이 분명해졌을 때, 나는 정말 괴로운 문제에 직면했습니다.

그 어떤 사회학적인 관점에서 보더라도 그 애에게 자신이 저지른 범죄에 대한 도덕적인 책임을 물을 수는 없다고 생각했습니다. 엄밀히 말해, 그 애는 자기 할머니가 저지른 죄악의 희생자에 불과합니다. 그렇다면 그때의 나는 어떻게 했어야 합니까? 그 애의 죄를 폭로했어야 합니까? 만약 내가 그랬더라면 당신들, 즉 법의 수호자인 당신들은 어떻게 하셨을까요? 법률에 속박된 당신들이 행할 절차는 뻔합니다. 아마도 즉시 그 애를 체포했을 겁니다. 그런 뒤 그 애를 법률상의 정년에 이르기까지 교도소에 가둬두었다가 그 후에는 그 애가 도덕적인 책임이 없었던 때 저지른 살인에 대한 재판을 받게 하겠지요. 그리고 성인이 된 그 애가 설사 그 재판에서 유죄 판결을 받지 않는다고 하더라도 어떻게 될 것 같습니까? 그가 바랄 수 있는 것은 기껏 정신 이상을 이유로 석방되어 그 후의 남은 인생을 정신병원에서 보내는 것뿐일 것입니다."

레인은 한숨을 쉬고 나서 말을 이었다.

"그런데 나는 법률을 문자 그대로 지지해야 할 의무도 없고, 게다가 근본적인 죄는 그 애에게 있는 것이 아니고, 계획도 충동도 그 애의 책임이 아니며, 넓은 관점에서 볼 때 그 애야말로 끔찍한 환경의 희생자이니까…… 그 애에게도 마땅히 기회가 주어져야 한다고 생각했던 것입니다!"

두 방문객은 모두 말이 없었다. 레인은 연못 수면의 고요한 잔물결과 미끄러지듯 헤엄쳐 다니는 흑고니 떼를 바라보며 말을 이었다.

"나는 누군가가 계속 루이자의 목숨을 노릴 것이라고 생각했습니다. 그 줄거리를 읽기 전부터, 그러니까 이 범죄의 계획이 분명히 누군가 어른이 생각해낸 것이라고 생각했을 무렵부터 나는 그렇게 확신했습니다. 왜냐하면 그때까지의 두 번의 독살 기도가 실은 속임수에 불과하고 해터 부인 살해가 진짜 목적이었으니만큼, 범인은 자신의 목적이 노부인이 아니라 어디까지나 루이자에게 있는 것처럼 보다 더 확실하게 위장하기 위해 다시 한 번 루이자를 노리는 '시도'를 할 필요가 있었을 테니까요. 만약 범인이 진짜로 루이자를 죽일 의도였다면 그 세 번째의 시도에서 진짜로 해치울는지도 모르겠지만 어쨌든 다시 한 번 시도를 할 것만은 확실하다고 생각했습니다.

그런데 굴뚝 벽의 그 은닉처에서 이제까지의 시도에서는 사용되지 않았던 피조스티그민이라는 독극물을 넣은 시험관을 발견하고서 나는 내 예상이 틀리지 않았음을 알게 되었습니다. 내가 그 피조스티그민을 우유와 바꿔치기해 둔 것은 두 가지 이유에서였습니다. 하나는 불상사를 막기 위해서였고, 또 하나는 재키에게 기회를 주기 위해서였습니다."

"하지만 잘 이해가 되지 않는군요……."

브루노가 그렇게 중얼거렸으나 레인은 얘기를 계속했다.

"그래서 나는 그 줄거리를 어디에서 발견했는지 당신들에게 말씀드릴 수가 없었던 겁니다. 당신들이라면 굳이 시간 낭비를 하지 않으려고 곧바로 함정을 꾸며놓고 그 애를 붙잡으려 들었을 테니까요……. 그럼 나는 어떤 식으로 그 애에게 기회를 주었겠습니까? 그건 이렇습니다. 요크 해터의 소설 줄거리에는 결코 루이자를 죽일 의도는 없다고 거듭 밝혀져 있었습니다. 그래서 나는 시험관의 내용물을 우유와 바꿔 넣고 루이자에 대한 세 번째의 위장 독살 계획을 안전하게 행할 기회를 재키에게 부여했습니다. 나는 그 애가 끝까지 줄거리의 지시대로만 행동할 것이라고 믿었습니다……. 나는 스스로에게 물어보았습니다. 줄거리의 지시대로 버터밀크에 독을 넣은 후에 재키는 과연 어떤 행동을 취할까? 이 점에 관해서는 줄거리에도 쓰여 있지 않습니다. Y는 단지 그 버터밀크가 이상하다고 하거나 다른 어떤 이유를 붙여서 루이자가 독이 든 버터밀크를 마시지 못하게 한다고만 쓰여 있을 뿐입니다. 그래서 나는 숨어서 지켜보았습니다."

두 방문객은 긴장된 표정으로 몸을 앞으로 내밀었다.

"그래서 재키는 어떻게 했습니까?"

브루노가 낮은 목소리로 물었다.

"그 애는 창문을 통해 침실로 침입한 후 자기로서는 독이 들었다고 믿고 있는 시험관을 꺼냈습니다. 줄거리에는 분명히 독액을 버터밀크 컵에 스포이트로 열다섯 방울 떨어뜨린다고 쓰여 있었습니다. 하지만 재키는 잠깐 망설이더니 시험관의 내용물을 몽땅 컵 속에 쏟아부었습니다."

레인은 얘기를 멈추고 하늘을 쳐다보며 조금 몸을 떨더니 다시 말을 이었다.

"그것은 나쁜 징조였습니다. 그 애가 고의로 줄거리의 지시를 어기기 시작한 셈이니까요."

"그래서요?"

경감이 재촉했다.

레인은 지친 듯한 표정으로 경감의 얼굴을 바라보며 말했다.

"그리고 줄거리에는 루이자가 독이 든 버터밀크를 마시지 못하게 한다고 쓰여 있었음에도 불구하고 재키는 그렇게 하지 않았습니다. 그 애는 루이자가 그걸 마시는 동안 창밖에서 몰래 지켜보았습니다. 그리고 루이자가 그걸 다 마시고도 아무렇지도 않은 것을 보더니 깊이 실망하는 표정을 지었습니다."

"하느님 맙소사!"

브루노가 놀라서 소리를 질렀다.

"하지만 이 가엾은 소년에게는 그리 좋은 하느님이 아니었던 셈이죠……."

레인이 말을 이었다.

"그런데 이렇게 되고 보니 나로서는 앞으로 재키가 어떻게 할 것인가 하는 점이 다시 문제로 떠올랐습니다. 분명히 그 애는 몇 가지 면에서 줄거리의 지시를 어겼습니다. 하지만 그 줄거리는 이제 끝나버렸으니까 그 애도 순순히 퇴장하는 걸까요? 만약 그 줄거리대로 사건이 더 일어나지 않는다면, 만약 그 애가 더는 루이자든 누구든 독살할 시도를 하지 않는다면, 나는 그 애의 죄에 관해서는 굳게 입을 다물고 이번 사건의 수사에서는 내가 실패한 것으로 하고 이 사건의 무대에서 퇴장할 셈이었습니다. 그렇게 함으로써 언젠가 그 애가 자신의 내부에 자리 잡고 있는 악을 몰아낼 기회가 생길지도 모른다고……."

섬 경감은 불만스러운 표정을 지었다. 브루노는 마른 풀잎 조각을 열심히 나르는 개미 한 마리의 움직임을 물끄러미 지켜보고 있었다.

레인은 기운 없는 목소리로 말을 이었다.

"나는 실험실에 숨어서 지켜보았습니다. 만약 독약이 필요하다면 재키가 그것을 구할 수 있는 유일한 장소가 그곳이니까요."

레인은 잠깐 멈췄다가 다시 말을 이었다.

"그런데 그 애는 여전히 독약을 필요로 했습니다. 그 애는 실험실로 숨어들어 극약이라는 표시가 붙은 병을 꺼내 다른 작은 병에다 내용물을 옮겨 담았습니다."

레인은 갑자기 벌떡 일어나더니 발끝으로 덤불을 짓밟으며 말을 이었다.

"결국 재키는 자기 자신에게 유죄 선고를 내리고 말았습니다. 피와 살인의 욕망에 사로잡히고 말았던 것입니다……. 이미 줄거리의 지시를 어긴 그 애는 이제 그런 지시를 초월해 제멋대로 행동하기 시작했던 것입니다. 나는 그 애를 구제할 수 없다는 것을 깨달았습니다. 만약 그 애가 아무런 의심도 받지 않고 살아간다면 그 애는 한평생 사회에 위협적인 존재가 될 것입니다. 불행히도 그 애는 생존할 가치가 없는 존재였습니다. 하지만 그렇다고 해서 만약 내가 그 애를 고발한다면 결국은 이 사회 자체의 죄 때문에 열세 살짜리 소년에게 복수를 하게 되는 끔찍한 광경이 펼쳐지게 됩니다……."

레인은 한동안 입을 다물었다.

이윽고 그가 다시 말을 시작했을 때 그의 어조는 앞서와 전혀 달랐다.

"이 사건 전체는 실로 Y의 비극이라고 부를 수 있습니다. 아시다시피 Y란 요크 해터가 소설의 줄거리 속에서 자신을 지칭했던 줄임말입니다. 요크 해터가 소설을 쓰기 위해 짜냈던 범죄 계획이 그 손자의 마음속에 프랑켄슈타인과 같은 괴물을 낳게 했고, 그 애는 계획대로 범죄를 실행해서 Y가 소설 속에서도 예상조차 하지 못한 끔찍한 결말을 초래했습니다. 그 애가 죽었을 때 나는 그 애의 죄를 폭로하는 역할보다는 이 비극에 그저 놀라는 역할을 맡기로 했습니다. 그 애의 죄를 폭로한들 대체 누구에게 도움이 되겠습니까? 모든 관계자들을 위해서도 소년의 죄는 결코 공표되지 않는 편이 좋았습니다. 당신들의 상사나 신문기자들이 이 사건의 해결을 촉구하며 떠들어대던 그 당시에 만약 내가 그 애의 죄를 당신들에게 털어놓았다면 당신들은 물론 그것을 공표하셨을 겁니다……."

경감이 무언가 말을 하려고 했으나 레인은 개의치 않고 얘기를 계속했다.

"나로서는 재키의 모친인 마사도 생각하지 않을 수 없었습니다. 그리고 그 이상으로 중요한 것은 그 애의 동생 빌리였습니다. 빌리 역시 자신의 운명을 시험해볼 수 있도록 기회가 주어져야 합니다……. 그와 동시에 경감님, 당신에게도 폐를 끼치고 싶지 않았습니다. 요컨대, 당신이 범인 검거에 실패했다는 이유로 좌천이라도 당하게 될 경우엔 즉시 나는 당신에게 사건의 진상을 털어놓고 당신이 명예와 지위를 회복할 수 있도록 해드릴 생각이었습니다. 그것만은 당신에 대한 나의 의무이니까요, 경감님……."

"그렇다면 정말 고마운 얘기로군요."

경감은 건조한 목소리로 말했다.

"하지만 그로부터 두 달이 지난 지금, 비난의 소리도 가라앉았고 경감님도 전과 다름없이 훌륭하게 근무하고 계신 지금에 와서는 당신들 두 분에게는 사실을 숨겨둘 이유가 없어졌습니다. 다만 한 가지 바라는 바가 있다면, 이 사건에 대해 내가 대처했던 방식을 인간적인 입장에서 이해하셔서 재키 해터의 죄상을 언제까지나 비밀로 해주셨으면 하는 것입니다."

브루노와 경감은 무겁게 고개를 끄덕였다. 두 사람은 모두 조용히 생각에 잠기는 듯했다. 경감은 몇 번이나 혼자 고개를 끄덕였다.

경감은 돌연 잔디 위에서 자세를 고쳐 앉으며 살집 좋은 무릎을 두 손으로 끌어안았다.

"그런데 마지막 부분에서 납득이 안 가는 점이 있습니다."

경감은 풀잎을 쥐어뜯어 씹으면서 말을 이었다.

"어쩌다가 재키는 루이자에게 마시게 할 작정이었던 독이 든 우유를 자신이 마시는 실수를 저질렀을까요, 레인 씨?"

레인은 대답하지 않았다. 그는 경감에게서 슬쩍 고개를 돌리더니 주머니에서 한 움큼의 빵 부스러기를 꺼내 조금씩 연못 위로 던지기 시작했다. 혹고니 떼가 우아하게 헤엄쳐 와서 그 빵 부스러기를 쪼아 먹기 시작했다.

경감은 몸을 내밀고 초조하게 레인의 무릎을 두드렸다.

"레인 씨, 제 얘기를 못 들으셨습니까?"

그러자 갑자기 브루노가 벌떡 일어났다. 그는 거칠게 경감의 어깨를 쿡쿡 찔렀다. 경감이 깜짝 놀라 그의 얼굴을 올려다보았다. 브루노의 얼굴은 창백했고 턱의 선은 굳어져 있었다.

레인은 천천히 고개를 돌리며 괴로움이 가득 담긴 눈길로 두 사람을 바라보았다.

브루노가 묘한 목소리로 말했다.

"이봐요, 경감. 레인 씨는 지금 피로하신 모양이오. 우리도 이제는 슬슬 뉴욕으로 돌아가는 게 좋을 것 같소."

막

## 바너비 로스의 짧고도 놀라운 삶

김예진(번역가)

'엘러리 퀸'이라는 이름도 어엿한 필명이지만 이 엘러리 퀸을 구성하는 이인조 창작 콤비에게는 바너비 로스라는 필명이 하나 더 있었다. '엘러리 퀸'의 일생을 계산해보면, '엘러리 퀸'은 1928년 사촌형제 프레더릭 다네이와 만프레드 리의 손으로 창조되어 다네이가 죽은 1982년에 사라졌다(리는 1971년 먼저 죽고 그 후로는 다네이 혼자서 엘러리 퀸의 이름을 이어갔다.)고 볼 수 있는데, 그 시간 속에서 바너비 로스가 차지하는 시간은 극히 일부분에 불과하다. 사실상 이 사촌형제가 바너비 로스라는 이름으로 작품 활동을 한 기간은 1931년부터 1933년까지 고작 2년가량에 불과했으며 그 이름으로 쓰인 책도 단 네 권뿐이다. 수십 권에 달하는 엘러리 퀸 명의의 작품들을 생각하면 분량으로만 따졌을 때 그야말로 새 발의 피인 셈이다.

바너비 로스라는 가공의 인물이 탄생하게 된 계기도 거창하기보다는 지극히 세속적이다. 엘러리 퀸 연구가 프랜시스 네빈스 교수의 《엘러리 퀸: 추론의 예술 Ellery Queen : The Art of Detection》(2013)에 따르면(프레더릭 다네이의 〈플레이보이〉 지와의 인터뷰를 재인용) 1931년 두 사촌형제가 《네덜란드 구두 미스터리》까지 발표하고 나서 엘러리 퀸이라는 작가가 일약 스타덤에 오르게 된 후 그들의 담당 에이전트는 '태도를 확실히 하라'는 의도를 약간 거친 언어로 표현했다고 한다. 대공황 시대에 전업 작가라는 위험을 짊어지기 두려워 그때까지 다니던 직장에 발을 걸치고 있던 두 사람은 이때 큰 결심을 하고 하던 일을 그만두게 된다. 그러면서 3개월에 한 권씩 작품을 내기로 결정했으나 1년에 엘러리 퀸 이름으로 책이 네 권이나 나오는 건 시장에 너무 과잉 공급이라는 생각에 다른 필명을 찾았고, 그래서 바너비 로스가 태어나게 되었던 것이다. (여담이지만 바너비라는 이름은 프레더릭 다네이가 뉴욕 주 엘마이라에 살던 어린 시절 자주 가서 놀곤 했다는 '바너비의 헛간'에서 따온 것이 아닌가 하고 연구자들은 추정하고 있다.)

그러나 실제로 작품을 읽은 독자라면 결코 누구도 엘러리 퀸 안의 바너비 로스가 하찮다는 말에는 동의하지 않는다. 겨우 네 권이라고는 하지만 그 네 권의 무게감은 쉽게 말로 표현하기 힘들다. 특히 이 네 권의 작품들 중에서도 걸작으로 꼽히는 《X의 비극》과 《Y의 비극》은 엘러리 퀸의 전체 작품들뿐만 아니라 동서고금의 추리소설 역사 전체를 통틀어도 첫손에 꼽히는 명작이다. 담백한 트릭과 범행 방법이 기발하고 빼어날 뿐 아니라 이야기 자체가 드라마틱하게 구성돼 있어, 미스터리 초심자는 물론 충분히 익숙한 독자들조차도 거듭 읽으며 거장의 놀라운 솜씨에 끊임없이 감탄하는 그런 작품들이다.

이 두 권을 비교해보면 상당히 재미있는 차이점이 발견된다. 《X의 비극》은 붐비는 전차 안에서 벌어진 독특한 독살 사건으로, 분명 사람이 죽어나가는 비극이긴 하지만 전체적인 분위기가 시끌벅적하며 비교적 밝고 가벼운 느낌을 준다. 또 아주 도시적이기도 하다. 희생자의 직업은 주식 중개인이며 그의 주위에는 사업가나 화려한 연극 관계자들이 가득하고 이야기는 호텔에서 벌어진 약혼 파티에서부터 시작한다. 가도카와 판 《X의 비극》 해설에서 아리스가와 아리스는 이를 가리켜 퀸 초기 작품들과 상당히 유사한 양상을 보인다고 분석하고 있다. 《로마 모자 미스터리》의 극장, 《프랑스 파우더 미스터리》의 백화점, 《네덜란드 구두 미스터리》의 병원에 이어 《X의 비극》 또한 사람들이 들끓는 전차 안에서 범죄가 발생하는데, 이 점을 볼 때 《X의 비극》은 국명 시리즈 초기 세 작품의 연장선상에서 파악할 수 있다는 것이다. 이는 작가가 주목하는 부분은 범인이 범행 현장을 꾸미는 기발한 방법(즉 독창적인 밀실을 만드는 방법 등의 기교)이 아니라 탐정의 현란한 논리 쇼에 있다는 사실을 시사한다.

그런데 《Y의 비극》에서 바너비 로스는 태도를 180도 바꾸어 시종일관 아주 어둡고 음울한 분위기를 유지한다. 범행이 일어나는 곳은 어느 위압적인 노부인이 지배하는 불행한 가문으로(《네덜란드 구두 미스터리》의 애비 도른을 연상시키기도 한다.) 이 가문 사람들은 하나같이 숙명적으로 '미치광이 모자장수(해터)'라는 이름을 짊어지고 살아간다. 극단적으로 말하자면 정신병원에 갇힌 환자들, 또는 영원히 나갈 수 없는 감옥에 갇힌 죄수들 같은 분위기다. 이러한 분위기에서 개개인이 스스로 운명을 개척해 나아가는 일은 상당히 힘겹기에 가족들은 대체로 체념하고 순종하거나 반항하거나 무관심한 태도를 취하며 살아간다. 두 사건 모두 독이 사용되긴 했으나 《X의 비극》의 범행에 비하면 《Y의 비극》은 훨씬 전근대적이고 폐쇄적인 느낌을 준다. 탐정의 활약상이 빛났던 《X의 비극》과 달리 《Y의 비극》에서는 범인의 정체와 교묘한 범행 방법 쪽에 훨씬 더 무게를 두고 있다. 《X의 비극》에서 탐정은 미소를 지으며 '인간 행동'을 묘사했지만 《Y의 비극》에서 탐정은 '인간 본성'에 절망하며 우울함에 잠긴다.

그렇다면 바너비 로스의 탐정은 과연 어떤 사람인가.

바너비 로스가 바이킹 프레스라는 출판사와 새롭게 계약하면서 자신의 이야기에 등장할 주인공으로 선택한 사람은 작가 엘러리 퀸의 페르소나인 젊은 엘러리와는 모든 면에서 반대되는 인물이었다. 탐정, 드루리 레인은 평생에 걸쳐 충분한 경력을 쌓은 후 은퇴한 늙은 연극배우이다. 레인이 거주하는 '햄릿 저택'은 마치 영주의 성처럼 묘사되고, 부리는 사람들의 수도 결코 적지 않으며 고용인들은 모두 본명에 상관없이 레인이 붙인 셰익스피어식 별명으로 불린다. 레인은 귀가 들리지 않는다는 신체적 약점을 가졌지만 오랜 세월 속에서 익힌 독순술로 이 치명적인 약점을 극복하고 있으며, 성격은 신중하고 노회하다. 바너비 로스는 늙었지만 탁해지지 않은 이 배우의 두 눈으로 명철하게 세상을 관찰하고 분석한다. 귀가 들리지 않는다는 약점은 이 위대한 존재의 비극성을 더욱 강화시키며 심지어는 레인 스스로가 '오히려 그 덕분에 수사에 도움이 된다'고까지 말하기도 한다. 젊고 건강하며 패기 넘치고 실수도 잦고 여러 현장에서 제 나름의 성과를 거뒀다고는 하지만, 아직 경찰의 고위직에 있는 아버지의 후광에 기대어 사건을 수사할 수밖에 없는 초기 국명 시리즈의 엘러리와는 콕 집은 것처럼 모든 면이 반대인 인물인 것이다.

다네이와 리는 엘러리 퀸과 바너비 로스가 별개의 인물이라고 철저하게 선을 그었고 9년에 가까운 시간 동안 독자와 평단을 속였다. 하지만, 그럼에도 데뷔작인 《로마 모자 미스터리》에서 이미 바너비 로스라는 이름을 스쳐가듯 한 번 등장시켰다는 사실은 무척 흥미롭다. 훗날 다네이는 이에 대해 이렇게 말했다. "독수리 같은 눈과 코끼리 같은 기억력을 지닌 이 장르의 학생들이 언젠가는 엘러리 퀸과 엘러리 퀸의 다른 필명 사이에서 멀리 떨어진 연관성을 찾아낼 수 있도록 안배한 것이다." 누군가가 알아주기를 바라면서 그런 작은 비밀을 숨겨 놓았다는 것을 생각하면 이 거장들이 사뭇 애교스럽게 느껴지기까지 한다.

다네이와 리가 바너비 로스와 엘러리 퀸 역할을 번갈아 하면서 쓴 작품 순서는 다음과 같다.

1932년

《X의 비극》(바너비 로스)

《그리스 관 미스터리》(엘러리 퀸)
《Y의 비극》(바너비 로스)
《이집트 십자가 미스터리》(엘러리 퀸)

1933년
《Z의 비극》(바너비 로스)
《미국 총 미스터리》(엘러리 퀸)
《드루리 레인 최후의 사건(이하 최후의 사건)》(바너비 로스)
《샴 쌍둥이 미스터리》(엘러리 퀸)

엘러리 퀸 명의의 작품은 스토크스 출판사, 바너비 로스 명의의 작품은 바이킹 출판사에서 각각 출간됐다. 한 해에 한 권만 나와도 충분할 법한 이런 굵직한 작품들이 연달아 쏟아져 나오다니 정말이지 놀라운 일이 아닐 수 없다. 이런 대작들이 교대로 출간되면서 큰 명성을 얻게 된 두 작가에게 강연 요청이 쇄도했다. 이리하여 저 유명한 '2인 2역' 상황이 벌어지게 된 것이다.

먼저 강연 요청이 온 것은 '엘러리 퀸'에게였는데 다네이도 리도 딱히 썩 가고 싶은 마음은 없었는지 동전 던지기로 갈 사람을 결정했다고 한다. 여기에서 진 리가 가면을 쓰고 콜롬비아 대학에 가서 미스터리 소설 작법 강의를 하게 되었으며, 이 강의를 주목한 어느 유명 강연 에이전시가 사촌형제와 교섭한 끝에 리는 퀸으로, 다네이는 로스로 분하여 미국 곳곳을 돌아다니며 일명 '대륙 횡단 강연 투어'를 하게 되었다. 각자의 연단에 서서 가면을 쓴 채로 마주 보고 라이벌 의식을 숨김없이 드러내며 불꽃 튀는 논쟁을 벌이는 두 사람의 모습은 어찌나 호흡이 잘 맞았던지 당시 모습을 본 어느 기자는 '샴쌍둥이와도 같은 관계'라고 평했고 나중에 다네이는 '보드빌 공연 같았다'고 술회했다. 사정을 아는 관계자들의 눈에는 그야말로 웃지 못 할 촌극이었을지도 모르지만 이 모습을 지켜본 당대의 사람들은 퍽 진지하게 받아들였다. 가면을 쓴 두 작가는 사실 다른 유명 작가일 거라는 소문도 돌았다. 특히 엘러리 퀸은 밴 다인이고 바너비 로스는 《미국 총 미스터리》에서도 잠깐 이름이 등장했던 당대의 유명 평론가 알렉산더 울코트가 아니냐는 설이 파다하게 퍼져, 인쇄물에 등장하기도 했었다.

그러나 《최후의 사건》을 끝으로 바너비 로스는 영영 펜을 내려놓았다. 로스의 작품 활동이 이토록 짧은 기간 내에 끝난 이유는 다양한 이유가 있지만, 그중 가장 큰 문제는 출판사와의 불화였다. 네빈스 교수는 1978년 판 《X의 비극》 소개문에서 사건의 전말을 다음과 같이 소개하고 있다. 1933년 다네이와 리는 〈미스터리 리그〉라는 잡지를 야심차게 발간하면서 그 창간호에 《최후의 사건》 원고 전문을 홀랑 실어버렸다. 누구든 달랑 25센트만 있으면 뉴스 가판대에서 쉽게 구입할 수 있는 잡지였다. 2달러짜리 양장본으로 《최후의 사건》을 발매하려던 바이킹 출판사에서 이 일을 그냥 넘길 수는 없었다. 이 문제로 인하여 사촌형제는 인세의 불이익을 감수할 수밖에 없었고, 《최후의 사건》 이후에도 드루리 레인이 등장하는 작품을 쓰려던 마음을 완전히 접게 되었던 것이다. 물론 《X의 비극》 두 번째 공개장에서 언급된 수익 문제도 결코 작은 이유는 아니었겠지만, 어쨌거나 실질적으로 바너비 로스가 짧은 생을 마감할 수밖에 없었던 문제는 이쪽이 더 크지 않을까 생각된다.

이리하여 바너비 로스는 비극 시리즈 4부작만을 남긴 채 짤막한 생을 끝내고 다시 엘러리 퀸에게 흡수되어 버렸다. 하지만 그 이름이 남긴 여파는 아직까지 엘러리 퀸과 바너비 로스를 각각의 이름이 아닌 한 몸처럼 떠올리게 해준다. 미스터리 작가에게 어울리는 미스터리어스한 일화로서, 또 그 자체로도 지극히 훌륭한 미스터리 작가로서 바너비 로스의 이름이 독자들의 머릿속에서 잊히는 일은 결코 없을 것이다.

*은퇴한 섬 경감은 사설탐정의 자격으로*

*총명한 딸과 함께 한 사업가의 부정을 파헤치려 한다.*

*하지만 정작 그들이 맞닥뜨린 건*

*의문의 협박장과 함께 발견된 상원의원의 시체였는데.*

*두 번의 비극으로부터 10년 후의 이야기.*

*무고한 용의자를 구해내기 위한 드루리 레인의 놀라운 활약!*

# The Tragedy of Z

Z의 비극

## 차례

## 등장인물

**엘리후 클레이** *클레이 대리석 채굴 회사 소유주*

**제레미 클레이** *엘리후 클레이의 아들*

**아이라 포셋 박사** *엘리후 클레이의 동업자*

**조엘 포셋** *아이라 포셋의 동생, 상원의원*

**월터 사비에르 브루노** *뉴욕 주지사*

**존 흄** *지방 검사*

**불** *틸덴 카운티의 검시관*

**케니언** *지방 경찰서장*

**패니 카이저** *사창가의 포주*

**루퍼스 코튼** *존 흄의 후원자*

**스위트** *검사보*

**카마이클** *포셋 상원의원의 비서*

**루이스** *아이라 포셋의 운전사*

**마사** *엘리후 클레이의 가정부*

**파이크, 멀카히** *형사*

**매그너스** *알곤킨 교도소 소장*

**아론 다우** *재소자*

**마크 커리어** *다우의 변호사*

**스칼지** *사형수*

**파크, 캘러한, 데일리** *교도관*

**태브** *교도소 부설 도서관의 조수*

**뮤어** *교도소 담당 신부, 드루리 레인의 친구*

**섬** *사설탐정, 전 뉴욕 경찰 본부 경감*

**페이션스 섬** *섬의 딸*

**드루리 레인** *햄릿 저택의 주인, 원로배우*

**폴스태프** *드루리 레인의 집사*

**드로미오** *드루리 레인의 운전기사*

**퀘이시** *드루리 레인의 분장사 겸 하인*

**마티니 박사** *드루리 레인의 주치의*

## 작가의 말

드루리 레인 시리즈 4부작 가운데 세 번째로 간행되는 이 소설에는 간단한 설명이 필요할 것 같다.

《X의 비극》과 《Y의 비극》은 서로 비슷한 시기에 제목이 붙여졌다. 그러나 《Z의 비극》은 그로부터 십 년이 지난 후의 이야기이다. 그러니까 내가 말하려는 뜻은, 이미 십 년이라는 세월이 흘렀는데 앞의 두 작품과 일관된 제목을 붙일 수 있을까 하는 문제가 떠올랐다는 것이다.

그동안 드루리 레인은 아주 이상하고 복잡한 많은 사건들을 해결했는데, 앞으로 언젠가는 그 얘기들을 더욱 흥미롭게 써볼 생각이다.

엘러리 퀸

"Ellery Queen"

## 1:
## 드루리 레인 씨와의 만남

내가 개인적으로 이 얘기 속의 사건에 관여했던 일이, 드루리 레인 씨의 빛나는 공적을 더듬어보려는 독자들에게는 그다지 흥미로운 일이 아닐 듯싶다. 하지만 내게도 여자로서의 허영심은 있으므로 가능하면 간략하게 자기소개 정도는 해두고자 한다.

나는 젊다. 적어도 이 점만큼은 아무리 나를 혹독하게 평하는 사람일지라도 인정하지 않을 수 없을 것이다. 또한 나는 크고 푸르고 촉촉이 젖은 두 눈을 가지고 있는데, 그 때문에 시적인 감성이 있는 뭇 남성들로부터 내 두 눈이 별처럼 고귀하게 반짝인다거나 푸른 창공과 같은 색조를 띠었다는 찬사를 들어왔다. 그리고 하이델베르크의 어느 멋진 고교생은 내 머리칼을 꿀에 비유한 적이 있다. 하지만 캡 당티브에서 말다툼을 한 적이 있는 어느 심술궂은 미국 여성은 내 머리칼이 부서지기 쉬운 밀짚 같다고 혹평했다. 다음은 내 몸매에 관한 것인데, 최근에 파리의 클라리스 양장점에 갔을 때, 그 가게에서 가장 몸매가 좋다는 16사이즈의 오만한 얼굴을 한 모델 아가씨와 나란히 서보니 내 몸매는 그녀의 수학적으로 균형 잡힌 몸매와 실로 비슷했다. 즉 나는 손이든 발이든 모두 균형 잡힌 신체의 소유자인 셈이다. 아울러 내가 명석한 두뇌의 소유자라는 것도 이 방면의 권위자인 드루리 레인 씨가 인정한 바 있다. 그리고 사람들은 곧잘 나의 가장 큰 매력 중의 하나가 '예의에 아랑곳하지 않는 천진한 말괄량이 기질'이라고들 하지만, 누구든 이 기록을 계속 읽어나가다 보면 그것이 얼마나 허무맹랑한 헛소문인가를 확실히 알게 될 것이다.

이상이 나의 신상에 관해 대체로 두드러진 사항들이다. 여기에다 그 밖의 것들을 종합해서 말한다면, 나는 아마도 '방랑하는 북유럽인'쯤이 될 것이다. 나는 머리를 땋고서 세일러복을 입었던 어린 소녀 시절부터 집을 떠나 줄곧 떠돌아다니는 생활을 해왔다. 물론 여행 도중에 이따금 한곳에서 꽤 오래 머문 적도 있다. 생각만 해도 지긋지긋한 런던의 신부 수업 학교에서 이 년간을 머문 적도 있었고, 페이션스 섬이라는 내 이름이 고갱이나 마티스와 함께 언급될 가능성이 전혀 없다는 걸 깨닫기까지 파리 센 강의 왼쪽 지역에서 십사 개월 동안 머문 적도 있었다. 마르코 폴로처럼 동방을 방문하기도 했고, 한니발처럼 로마의 성문으로 쳐들어가 보기도 했다. 게다가 나는 탐구심이 강해서 튀니지에서는 압생트*쓴 쑥 등을 원료로 한 독한 증류주—옮긴이*를, 리옹에서는 클로부조*붉은 포도주의 일종—옮긴이*를, 그리고 리스본에서는 아구아르디엔티*스페인 산의 질이 나쁜 브랜디—옮긴이*를 맛보기도 했다. 또한 아테네에서는 아크로폴리스의 유적들을 탐사하느라 험한 비탈을 고생하며 기어오르기도 했고, 사포*그리스의 여류 시인—옮긴이*의 전설이 깃든 이오니아 해의 작은 섬에서는 달콤한 공기를 가슴 깊이 들이마시며 환희에 젖기도 했다.

덧붙일 필요도 없는 얘기지만, 이러한 나의 여행에는 충분한 여비가 주어졌고, 게다가 더할 나위 없이 훌륭한 샤프롱*사교계에 드나드는 젊은 여성의 보호자 격인 중년 부인—옮긴이*이 따라붙었는데, 그녀는 경우에 따라서는 적당히 못 본 척도 해주는 너그러운 마음씨에 유머 감각도 겸비한 여성이었다.

사람들이 여행할 기회는 거품이 이는 크림처럼 점점 늘어가고 있다. 하지만 이것 역시 되풀이하다 보면 식상하기 마련이어서, 마치 맛있는 음식을 찾아다니던 식도락가가 결국에는 일상의 식사를 감사하게 여기며 돌아서듯이 여행자도 결국엔 고향으로 발길을 돌리게 된다. 그래서 나는 제법 숙녀다운 결심을 하고서 알제에서 그 훌륭한 샤프롱과 작별을 고한 뒤 귀국선에 올랐다.

마중 나온 아버지가 사주신 로스트비프가 뱃멀미로 울렁거렸던 내 위를 안정시켜주었다. 하지만 내가 너덜너덜하지만 그 내용만큼은 매력적인 프랑스어 판《채털리 부인의 사랑》을 뉴욕으로 몰래 반입하고자 하는 시도에 대해 아버지는 적잖이 당황하신 듯했다. 그 책은 지난날 내가 신부 수업 학교에 있던 시절 내 방에서 순수하게 예술적인 감흥에 젖어 여러 날 밤을 새워가며 남몰래 읽었던 것이었다. 그러나 이 사소한 문제도 결국에는 내 주장대로 관철되었고, 아버지는 나를 데리고 서둘러 세관 수속을 마쳤다. 그런 뒤, 서먹서먹한 두 마리의 비둘기가 함께 둥지로 돌아가듯이, 우리는 서로 굳게 입을 다문 채 아버지의 아파트로 향했다.

나는《X의 비극》과《Y의 비극》을 읽고서, 이 몸집 크고 늙고 추남인 내 아버지 섬 경감이 그 피 끓는 얘기 속에서 단 한 번도 여행 중인 딸에 대해 언급한 사실이 없음을 알게 되었다. 하지만 그것은 나에 대한 아버지의 사랑이 부족했기 때문이 아니다. 부두에서 상봉한 우리 부녀가 입맞춤을 했을 때, 나는 아버지의 놀란 듯한 두 눈에서 어떤 그리움의 빛을 분명히 보았다. 우리 부녀는 단지 떨어져 지냈을 뿐이다. 내가 너무 어려서 항의도 할 수 없었던 시절에 어머니는 나를 유럽의 샤프롱에게 보냈던 것이다. 어머니에게는 감상적인 면이 있어서, 아마도 내가 띄운 편지를 통해 유럽 생활의 우아함을 상상 속에서나마 한껏 즐겼을 것이다. 가엾게도 아버지에게는 그럴 기회가 전혀 없었다. 하지만 우리 부녀가 떨어져 지내게 된 것이 전적으로 어머니 탓이라고 할 수만은 없다. 지금도 어렴풋이 기억나는 일이지만, 어린 시절 나는 아버지를 졸졸 따라다니며 그가 수사하는 피비린내 나는 범죄 사건을 자세히 얘기해달라고 졸라대거나, 신문에 난 범죄 관련 기사를 하나도 남김없이 탐독하고서는 센터 스트리트에 있는 아버지의 사무실로 터무니없는 조언을 하러 가겠다고 떼를 쓴 적도 있었다. 그러므로 내가 유럽으로 가게 되자 아버지는 속으로 안도의 한숨을 내쉬었을 게 틀림없다. 물론 아버지는 아니라고 부정하시겠지만 말이다.

아무튼 내가 귀국한 이래 우리가 정상적인 부녀 관계를 이루기까지는 몇 주의 시간이 걸렸다. 유럽을 여행하던 시절에도 이따금 나는 미국으로 돌아와 아버지와 함께 지낸 적이 있었지만, 그것만으로는 매일 젊은 딸과 식사를 함께하거나 잠자리에 들기 전에 키스를 해주는 등, 딸을 가진 아버지로서 행해야 할 의례적인 행위에 익숙해지는 데에는 충분하지 않았던 것이다. 그래서인지 아버지는 한동안 초췌해지셨다. 아버지는 일생 동안 범죄 수사를 하면서 수도 없이 추적했던 난폭한 무법자들보다도 딸인 내가 더 두려웠는지도 모른다.

앞서 언급한 모든 사항은, 드루리 레인 씨나 알곤킨 교도소에 수감된 아론 다우의 놀랄 만한 사건에 관해 이제부터 내가 하려는 얘기의 서곡으로 꼭 필요한 것이다. 왜냐하면, 그래야만 별난 아가씨인 나, 페이션스 섬이 살인 사건에 개입하게 된 이유를 설명할 수 있기 때문이다.

내가 해외여행 중이었던 몇 년 동안 아버지는 편지에서 아버지의 인생에 실로 극적으로 개입하고 있는 미지의 천재 노인 드루리 레인 씨에 대해 경애가 담뿍 담긴 심정으로 자주 언급하곤 했다. 이는 어머니가 돌아가시고 나서 더욱 두드러졌다. 나는 그에 대한 호기심을 억누를 수가 없었다. 물론 이 노신사의 명성은 나도 익히 알고 있었다. 그도 그럴 것이, 나는 적어도 범죄 사건에 관한 글이라면 그것이 실화든 지어낸 얘기든 가리지 않고 읽는 애독자였으며, 게다가 이 은퇴한 연극계의 원로는 유럽과 미국의 신문지상에서는 일종의 초인적인 존재로서 끊임없이 다루어지고 있었기 때문이다. 불운하게도 귀머거리가 되어 연극 무대에서 은퇴한 그는 그 이후 범죄 수사에 큰 공적을 남겼다. 그의 공적은 세상에 널리 알려지게 되어 그 결과 유럽에 체류하던 나에게도 여러 차례 전해졌던 것이다.

귀국하는 배 안에서 문득 나는 허드슨 강이 내려다보이는 환상적이고 매혹적인 대저택에 거주하며 호화로운 생활을 즐기는 이 특이한 인물을 만나보고 싶다는 생각에 사로잡혔다.

하지만 귀국해보니 아버지는 일 때문에 몹시 바빴다. 당연한 결과겠지만, 아버지는 뉴욕 경찰 본부 형사국에서 은퇴한 후 한가한 생활에 견디기 힘든 따분함을 느꼈던 것이다. 어쨌든 생애의 대부분을 수사관으로 보낸 아버지에게는 범죄가 곧 일상의 식사와도 같았다. 그래서 아버지는 필연적으로 사설탐정 업무를 시작하게 되었는데, 다행히 이제까지 그가 쌓은 개인적인 명성 덕분에 그 일은 출발 단계에서부터 성공적이었다.

그리고 그의 딸인 나로 말하자면, 당장에 딱히 할 일도 없었을뿐더러 해외에서 몸에 배어버린 생활이며 수련이 집 안에서 착실하게 살림이나 꾸려나가는 일에는 도무지 맞지도 않았다. 그러므로 나는 아버지와 마찬가지로 필연적으로, 지난날 유럽으로 떠날 무렵에 내버려두고 갔던 일을 다시 시작하는 수밖에 도리가 없었다. 즉, 나는 아버지가 못마땅하게 여기는 것에도 아랑곳없이 아버지의 사설탐정 사무실에 나가 아버지를 성가시게 하며 대부분의 시간을 보내기 시작했던 것이다. 아버지는 딸을 마치 옷깃에 꽂는 장식용 꽃 정도로 여기시는 것 같았다. 하지만 나 역시 억센 턱을 가진 아버지의 핏줄을 이어받았기에 결국에는 내 고집에 아버지도 꺾이고 말았다. 그 후 아버지는 간단한 조사 정도는 내가 알아서 행할 수 있게 허락해주셨다. 이렇게 해서 나는 근대적 범죄의 심리나 용어를 다소나마 습득하게 되었다. 그리고 이때의 수련이 비록 불완전한 것이긴 해도 다우 사건을 이해하는 데 큰 도움이 되었던 게 사실이다.

그런데 그보다도 더욱 도움이 되는 사실을 우연히 알게 되었다. 아버지뿐만 아니라 나 자신도 놀랐지만, 나는 이미 관찰과 추리에 관한 본능적인 재능을 갖고 있었던 것이다. 실로 갑작스레 나는 자신이 그러한 매우 특수한 재능을 갖추고 있음을 깨달았다. 아마도 그러한 재능은 내가 자라온 환경과, 어린 시절부터 범죄 사건 수사에 꾸준히 관심을 가지면서 길러진 것이 아닌가 싶다.

아버지는 괴로워하며 말했다.

"패티, 네가 이 사무실에 있으니 내 입장이 정말 말이 아니구나. 네가 이 늙은 아비를 앞질러 가니까 말이야. 젠장, 정말이지 지난날 드루리 레인 씨하고 일할 때와 다를 게 없다고!"

그래서 나는 다음과 같이 말했다.

"경감님, 정말이지 과찬의 말씀을 하시는군요. 그런데 언제쯤에나 저를 그 드루리 레인 씨에게 소개해주실 건가요?"

그 기회는 내가 귀국한 지 삼 개월쯤 지났을 때 갑작스레 찾아왔다. 세상사가 종종 그렇게 전개되듯이, 처음에는 전혀 대수롭지 않게 시작된 일이 나처럼 기세 좋게 모험을 갈구하는 아가씨조차 놀랄 정도의 이상한 사건으로 발전해나간 것이다.

어느 날, 키가 크고 희끗한 머리에 옷차림이 훌륭한 신사 한 분이 아버지의 사무실을 방문했다. 아버지의 도움을 받고자 찾아오는 사람들이 대개 그렇듯이 그 역시도 근심스러운 표정을 짓고 있었다. 명함에 새겨진 바에 따르면 그의 이름은 엘리후 클레이였다. 그는 예리한 시선으로 나를 한 번 바라보고는 의자에 앉더니, 양손으로 지팡이 손잡이를 꼭 잡은 채 프랑스 은행가처럼 무표정하고 또박또박하게 자기소개를 했다.

그는 클레이 대리석 채굴 회사의 소유주였다. 그 회사의 주 채석장은 뉴욕 주 북부의 틸덴 카운티에 있었고, 그의 사무실과 저택은 뉴욕 주의 리즈 시에 있었다. 그가 아버지에게 조사를 의뢰한 일은 매우 미묘하고도 기밀을 요하는 성질의 것이었고, 또한 그렇기 때문에 그는 일부러 이렇게 멀리 떨어진 뉴욕 시까지 찾아왔던 것이다. 그는 가능한 한 신중히 일을 처리해줄 것을 힘주어 부탁했다.

"알겠습니다."

아버지는 씩 웃으며 말을 이었다.

"자, 시가라도 한 대 피우시죠. 요컨대, 누군가가 금고에 든 현금이라도 훔치려 한다는 겁니까?"

"천만에요! 실은…… 그러니까, 익명의 동업자에 관한 문제입니다."

"아, 그렇습니까?"

아버지의 눈이 빛났다.

"얘기를 계속해보시죠."

익명이라는 점에서 어쩐지 꺼림칙한 느낌이 들었지만, 어쨌든 그 익명의 동업자는 아이라 포셋 박사라는 인물이었다. 그는 틸덴 카운티 출신의 상원의원인 조엘 포셋의 형이었다. 그런데 그 얘기를 들은 아버지가 눈살을 찌푸리는 것으로 미루어 볼 때 그 상원의원이 그다지 훌륭한 인물은 아닐 듯싶었다. 스스럼없이 자신을 '정직한 구식 사업가'라고 칭하는 클레이 씨는 이제 와서 포셋 박사를 동업자로 삼은 것을 후회하고 있는 게 분명했다. 나는 포셋 박사라는 인물이 사악한 자일 거라고 추측했다. 요컨대, 포셋 박사는 많은 계약을 체결했지만 클레이 씨가 보기에는 아무래도 미심쩍은 느낌이 든다는 것이었다. 사업은 지나칠 정도로 번창해나갔다. 여러 주와 지방에서 클레이 대리석 채굴 회사와 계약을 하고자 밀려들었지만 어쩐지 석연찮은 느낌이 든다는 것이었다. 그러므로 그 내막을 신중하고도 철저하게 조사할 필요가 있다는 것이 클레이 씨의 주장이었다.

"증거는 없습니까?"

아버지가 물었다.

"전혀 없습니다, 경감님. 포셋 박사는 그런 허점을 남길 사람이 아닙니다. 현재로썬 어디까지나 의심이 간다는 것뿐입니다. 이 일을 맡아주시지 않겠습니까?"

엘리후 클레이 씨는 고액권 지폐 석 장을 책상 위에 놓았다.

아버지가 나를 힐끗 바라보았다.

"패티, 네 생각은 어떠니?"

나는 애매하게 대답했다.

"요즘은 몹시 바쁘잖아요. 게다가 이 일을 맡게 되면 다른 일들은 모두 포기해야 할 텐데요……."

엘리후 클레이 씨는 잠깐 동안 나를 빤히 바라보다가 불쑥 입을 열었다.

"좋은 생각이 떠올랐습니다."

그는 아버지 쪽으로 고개를 돌리며 말을 이었다.

"나는 포셋이 당신을 의심하는 걸 원치 않습니다, 경감님. 하지만 당신은 나와 함께 조사를 진행해야 합니다. 그러니 당신과 따님이 내 집을 방문하는 손님으로 가장하고 리즈 시로 오는 게 어떻겠습니까? 아무튼 섬 양이 함께 와주면 여러 가지로 도움이 될 것 같군요."

나는 그 말을 듣고서, 아이라 포셋 박사가 여성의 매력에 무감각한 인물은 아닌 모양이라고 추측했다. 또한 그 순간, 내 호기심이 고개를 쳐들었음은 두말할 나위도 없었다.

"나머지 일들은 어떻게든 처리해보죠, 아버지."

내가 그렇게 말함으로써 우리 부녀는 간단히 그 일을 맡기로 결정을 내렸다.

그 후 이틀 동안 우리는 이른바 '전투 채비'를 갖추었고 일요일 저녁에는 리즈 시로 떠날 짐을 모두 꾸렸다. 엘리후 클레이 씨는 뉴욕에서 우리를 방문했던 바로 그날 리즈 시로 돌아갔다.

아직도 잊히지 않는 일이지만, 내가 난로 앞에서 두 다리를 쭉 뻗고서 사람 좋아 보이는 젊은 세관원의 눈을 속여 몰래 들여온 피치 브랜디를 홀짝거리고 있을 때 전보 한 통이 도착했다. 그 전보는 지난날 아버지가 경찰 본부의 경감으로 재직하던 시절에 뉴욕 카운티의 지방 검사였고, 지금은 뉴욕 주의 추진력 있는 주지사로서 좋은 평판을 얻고 있는 월터 사비에르 브루노 씨가 보낸 것이었다.

아버지가 무릎을 치며 껄껄 웃었다.

"브루노는 여전하군! 자, 패티, 네가 그렇게도 바라던 기회가 왔다. 함께 가도록 하자꾸나."

아버지가 내게 건네준 전보에는 다음과 같이 쓰여 있었다.

*잘 있었소, 늙은 용사여! 내일 일흔 번째 생일을 맞이하는 레인 씨를 놀라게 해주기 위해 그의 저택을 방문할 생각이오. 최근 들어 레인 씨는 건강도 악화되었다고 하니 위문할 필요도 있을 것 같소. 나처럼 바쁜 주지사도 가는데 당신이야 못 갈 리 없겠지. 거기서 만나기로 합시다.*

*브루노*

"아이, 좋아라! 아버지, 제가 그분 마음에 들까요?"

나는 엉겁결에 내가 가장 아끼는 잠옷에다 브랜디를 흘리며 말했다.

아버지는 투덜대는 목소리로 대답했다.

"드루리 레인 씨는…… 말하자면, 여자를 싫어하는 분이시지. 하지만 너를 데려갈 필요는 있을 것 같구나. 자, 그럼 오늘 밤은 푹 자두도록 해라."

아버지는 싱긋 웃으며 말을 이었다.

"패티, 내일은 최고로 예쁘게 치장을 하려무나. 우린 그 노배우를 깜짝 놀라게 해줘야겠다. 그런데 너…… 술을 꼭 마셔야겠니?"

아버지는 재빨리 뒷말을 덧붙였다.

"뭐, 내가 완고한 아버지 노릇을 하려는 건 아니다만……."

나는 아버지의 찌그러지고 못생긴 콧잔등에 키스를 했다. 가엾은 아버지. 나를 위해 무척 신경을 쓰고 계셨다.

허드슨 강을 굽어보고 있는 드루리 레인 씨의 햄릿 저택으로 이어지는 길은 아버지의 설명을 듣고 상상했던 것보다도 훨씬 더 아름다웠다. 나는 이제껏 구대륙의 여러 명소들을 둘러보았지만 이보다 더 멋진 곳을 본 적은 없다.

포근한 느낌을 주는 무성한 수풀과 깨끗한 길, 그 위로 떠 있는 조각구름들 그리고 저 멀리 눈 아래로 흐르고 있는 고요하고 푸른 강. 이토록 아름답고 평화로운 광경은 유럽의 그 어떤 곳, 이를테면 라인 강 유역에서조차도 보지 못했다. 그리고 저 성! 그것은 마치 과거 영국의 어느 언덕을 마법의 융단으로 실어 옮겨놓은 것 같았다. 그것은 실로 거대하고 당당하고 아름다운 중세풍의 건물이었다.

우리는 고풍스럽고 아름다운 나무다리를 건너고, 금방이라도 턱 사제로빈 후드 일당의 한 명—옮긴이가 뛰쳐나올 듯한 셔우드 숲을 연상시키는 사유림을 지나 햄릿 저택의 정문을 통해 저택의 안뜰로 들어갔다. 그러자 도처에서 미소 짓고 있는 사람들이 보였는데, 그들은 대부분 노인들이었고 드루리 레인 씨의 도움을 받으며 살고 있음이 분명했다. 드루리 레인 씨는 이 대저택을 노년에 접어들어 더는 활동을 할 수 없게 된 예술가들의 은신처로 제공하고 있었다. 아버지의 설명에 따르면, 드루리 레인이라는 이름과 그의 아낌없는 자선 행위를 예찬하는 사람들이 수도 없이 많다는 것이었다.

브루노 주지사가 뜰에서 우리를 맞이했다. 그는 우리가 도착하는 것을 기다리느라 그때까지 이 저택의 주인인 드루리 레인 씨에게 인사도 하지 않았다. 매우 호방한 느낌을 주는 브루노 주지사는 네모난 얼굴에 시원스레 벗어진 이마와 지적으로 반짝이는 눈 그리고 의지력 있어 보이는 턱을 가진 단단해 보이는 체구의 소유자였다. 그를 호위해 온 주(州) 경찰대원들이 뒤쪽에서 서성이며 사방을 살피고 있었다.

하지만 나는 주지사의 일 따위는 안중에도 없을 만큼 흥분해 있었다. 왜냐하면 깜짝 놀랄 정도로 늙어 보이는 한 노인이 주목들에 에워싸인 쥐똥나무 숲을 빠져나오며 천천히 우리 쪽으로 다가왔기 때문이다. 정말이지 그는 너무나도 늙어 보였다. 아버지가 드루리 레인 씨에 대해 말하는 것을 듣고 늘 나는 그가 인생의 절정기에 있는 키가 크고 나이에 비해 훨씬 젊어 보이는 사람일 거라고 생각해왔다. 나는 지난 십 년이라는 세월이 그에게 얼마나 가혹한 것이었는지를 곧바로 깨달을 수 있었다. 세월은 그의 넓은 어깨를 움츠러들게 했고 탐스러웠던 은발도 엷어지게 했으며 손이나 얼굴에도 주름이 잡히게 했고 걸음걸이에서도 탄력을 찾아볼 수 없게 만들어버린 것이었다. 하지만 그의 두 눈동자만은 아직도 보는 이의 정신이 번쩍 들게 할 만큼 맑았고 지혜와 유머를 담은 채 빛을 발하고 있었다. 처음에 그는 나의 존재를 알아차리지 못한 듯했다. 그는 아버지와 브루노 주지사의 손을 꽉 잡고는 그들에게 매달리다시피 하며 중얼거렸다.

“반갑습니다. 정말 잘 오셨습니다!”

나는 늘 내가 그다지 감상적이지 않은 여성이라고 생각했었는데, 이때만은 나도 모르게 목이 메고 눈물이 괴는 것을 느꼈다.

아버지는 코를 풀고 나서 쉰 목소리로 말했다.

“레인 씨, 소개해드리죠. 이 애가 바로 제 딸이랍니다.”

레인 씨는 주름 잡힌 양손으로 내 두 손을 꽉 잡고는 내 눈을 들여다보았다. 그리고 굉장히 장중한 어조로 말했다.

“섬 양, 햄릿 저택에 오신 걸 진심으로 환영합니다.”

그러고 나서 나는 언제나 돌이켜볼 때마다 얼굴이 화끈거릴 정도로 부끄러운 말을 입 밖에 내고야 말았다. 솔직히 말해서 나는 그때 나 자신을 드러내 보이고 싶었던 것이다. 나의 총명함을 과시하고 싶었던 것이다. 아마도 여기에는 이브의 후예로서의 속성도 어느 정도 작용했을 것이다. 오랫동안 레인 씨와의 만남을 고대해왔던 나는 무의식적으로 그의 테스트에 대비해 나 자신을 나름대로 무장해왔는지도 모른다. 하지만 그것은 어디까지나 나의 공상에 불과한 것이었다.

아무튼 나는 떠듬떠듬 지껄이기 시작했다.

“레인 선생님, 정말 기뻐요……. 그동안 얼마나 뵙고 싶었는지 몰라요……. 정말이지 저는…….”

이어서 나는 추파를 던지듯 다음과 같이 내뱉고 말았다.

"선생님께서는 회고록을 쓰실 생각이시로군요!"

물론 이 말이 입에서 튀어나오자마자 곧바로 후회했다. 그것은 실로 어리석은 짓거리였다. 나는 창피한 나머지 입술을 깨물었다. 아버지는 놀라서 숨을 헐떡였고 브루노 주지사는 어이가 없는지 멍한 표정을 지었다. 레인 씨는 눈썹을 치켜 올리고는 눈을 빛내며 한참 동안 내 얼굴을 뚫어지게 바라보았다. 이윽고 그는 양손을 비비며 껄껄 웃더니 내게 말했다.

"섬 양, 이거 정말 놀랍군요. 그리고 경감님, 이제껏 이런 따님이 있는 걸 숨겨오셨다니 용서할 수 없군요. 그런데 섬 양, 이름은 어떻게 되죠?"

"페이션스라고 합니다."

나는 중얼거리듯 대답했다.

"허어, 과연 청교도풍의 이름이군요, 경감님! 아마도 따님의 작명에는 섬 부인의 견해보다도 당신의 영감이 더 많이 작용했겠군요."

레인 씨는 다시 껄껄 웃고 나서 나의 팔을 힘주어 잡으며 말을 이었다.

"자, 이리로 오시죠, 한물간 양반님들. 뭐, 우리 얘기는 나중에 하도록 하죠……. 아무튼 놀라운 일입니다. 정말 놀랐어요!"

레인 씨는 계속 껄껄 웃었다. 그는 우리를 아담한 정자 그늘로 데리고 갔다. 그런 뒤 그는 혈색 좋고 몸집이 작은 노인들 몇 명에게 심부름을 시키거나, 손수 우리에게 다과를 나누어주는 등 분주하게 몸을 움직였다. 그러는 동안에도 그는 줄곧 내 얼굴을 힐끗힐끗 쳐다보았다. 그때까지도 나는 심한 혼란에 빠져 있었고, 그 말을 내뱉은 나 자신의 어리석은 자만심에 내심 진저리를 치고 있었다.

"자, 그럼, 페이션스 양!"

우리가 대충 다과를 비웠을 무렵, 레인 씨가 말하기 시작했다.

"아까 당신이 말한 그 놀라운 발언을 검토해보기로 하죠."

그의 목소리는 내 귓전을 감미롭게 달래는 듯했다. 그 특이한 목소리는 마치 오래 묵은 모젤 와인처럼 깊고 그윽하고 풍요로웠다.

"그래, 내가 회고록을 쓸 생각을 갖고 있다고요? 정말 놀라워요! 그리고 그 밖에 또 어떤 것이 당신의 아름다운 눈에 비쳤는지 궁금하군요, 섬 양?"

"실은…… ."

나는 더듬거리며 말을 이었다.

"그런 당돌한 말을 내뱉은 걸 지금 후회하고 있습니다…… . 그리고 정말이지, 제가 대화를 독점하고 싶지는 않습니다, 레인 선생님. 무엇보다 선생님께서는 아버지와 주지사님을 오랜만에 만나셨을 테니까요."

"그렇지 않아요, 섬 양. 우리 같은 늙은이들은 페이션스*보통 명사로 쓰일 때는 '인내', '참을성'이라는 뜻―옮긴이*를 발휘하는 법을 충분히 익혔답니다."

그는 다시 껄껄 웃으며 말을 이었다.

"이것 역시 늙어가고 있다는 증거죠. 그 밖에 또 당신 눈에 비친 것은 어떤 것이죠, 페이션스 양?"

"좋아요, 말씀드리죠."

나는 숨을 한 번 깊이 들이마신 뒤 말을 이었다.

"선생님께서는 타이프 치는 법을 익히시는 중입니다."

"허어!"

레인 씨는 깜짝 놀란 표정을 지었다. 아버지는 마치 나를 처음 보는 사람처럼 뚫어지게 바라보았다.

나는 침착한 어조로 말을 이었다.

"게다가…… 선생님께서는 그걸 독학으로 익히고 계십니다. 그것도 두 손가락만 사용해서 떠듬떠듬 치는 식이 아니라 자판을 보지 않고 모든 손가락을 함께 사용해서 치는 터치 방식을 익히고 계십니다."

"허어, 정말 놀랍습니다! 이거 정말 호된 반격이로군요."

그는 몸을 틀고 미소를 머금은 채 아버지를 바라보며 말을 이었다.

"경감님, 당신은 정말 굉장히 지혜로운 따님을 두셨습니다. 그런데 혹시 따님에게 최근의 저에 관한 얘기를 하신 적이 있으십니까?"

"천만에요! 저도 모르는 일을 어떻게 얘기해줄 수가 있겠습니까? 저 역시 당신과 마찬가지로 놀랐을 뿐입니다……. 그럼, 그게 사실이란 말입니까?"

그때 브루노 주지사가 턱을 문지르면서 끼어들었다.

"섬 양, 당신 같은 재원을 주 정부에 고용하고 싶군요……."

"뭐, 관계없는 얘기는 접어둡시다."

드루리 레인 씨가 낮은 목소리로 말했다. 그의 두 눈이 한층 더 빛을 발하기 시작했다.

"이거야말로 저에 대한 도전인 듯싶군요. 그러니까 추리로 이 모든 걸 알게 되었다는 거죠, 페이션스 양? 하긴, 페이션스 양이 실제로 해 보였으니 분명히 추리로 가능한 문제일 테죠. 흐음…… 우리가 만난 이래 정확히 어떤 일이 일어났더라? 첫째로 나는 저 나무들 사이로 여러분에게 다가갔습니다. 그리고는 경감님과 브루노 씨에게 인사를 했어요. 그런 뒤에는 페이션스 양과 서로 마주 보다가 악수를 나누었고요……. 아, 알겠어요! 그 놀라운 추리의 단서는 바로 제 손이었군요!"

그는 재빨리 자신의 양손을 살펴보기 시작했다. 주의 깊게 살펴보고 나서 그는 미소를 떠올리며 고개를 끄덕였다.

"이거 참, 정말 그렇군요……. 이래서 타이프 치는 법을 익힌다는 걸 알았다, 그 말이죠? 경감님, 제 손톱을 살펴보시고 무언가 알아낸 게 있으면 말씀해보시죠."

레인 씨는 정맥이 비치는 자신의 흰 손을 아버지의 코앞에 들이밀었다. 아버지는 그저 눈만 껌벅거리다가 말했다.

"뭘 말하라는 거죠? 도대체 이 손에 뭐가 있다는 겁니까? 아주 깨끗하군요, 내가 말할 수 있는 건 단지 그뿐입니다!"

우리는 모두 웃음을 터뜨렸다.

"경감님, 이제까지 제가 누차 말씀드린 것입니다만, 아무리 하찮은 부분일지라도 빠짐없이 관찰하는 것이 범죄 수사에서 가장 중요하다는 게 바로 저의 신념입니다. 보시다시피 엄지손가락들을 제외하고서 제 양손에 붙은 다른 모든 손가락의 손톱들은 저마다 갈라져 있습니다. 그런데 엄지손가락의 손톱만은 갈라져 있지도 않고 잘 다듬어져 있습니다. 타이프를 치면 엄지손가락 손톱 이외의 모든 손톱들이 상하게 됩니다. 그것도 익히는 중일 때의 일이죠. 왜냐하면 이런 현상은 손톱들이 아직 자판의 충격에 익숙하지 못할 때에 일어나니까요……. 페이션스 양, 정말 훌륭합니다!"

"하지만……."

아버지가 뭔가 이의를 제기하려고 하자, 레인 씨가 싱긋 웃으면서 가로막듯 말했다.

"아, 경감님, 당신은 언제나 회의적이시군요……. 하지만 페이션스 양, 정말 훌륭합니다. 그럼, 이번에는 터치 방식에 관한 것입니다만, 이것도 정말 빈틈없는 추리로군요. 자판을 보면서 두 손가락만 사용하는 이른바 헌트 방식을 쓰는 초보자들은 단지 두 개의 손톱만이 갈라지겠지요. 하지만 자판을 보지 않고 두드리는 터치 방식을 쓰는 사람들은 엄지손가락을 제외한 모든 손가락을 다 사용하니까 제 경우처럼 되는 거죠."

그는 눈을 감고서 말을 이었다.

"그리고 내가 회고록을 쓸 것 같다고 했는데, 이거야말로 놀랍습니다! 이건 관찰된 현상에서 나온 실로 비약적인 결론입니다. 이것으로 미루어 볼 때 페이션스 양은 관찰력이나 추리력뿐만 아니라 매우 예리한 직관력까지 타고났음이 분명합니다. 브루노 씨, 이 젊고 아름다운 탐정이 어떻게 그런 결론에 도달하게 되었는지 당신은 짚이는 바가 있으십니까?"

"아뇨, 전혀 짐작도 하지 못하겠습니다."

주지사는 솔직하게 고백했다.

"아비를 곯리고 있군!"

아버지가 투덜거리며 말했다. 하지만 아버지의 시가는 꺼져 있었고 손가락은 떨리고 있었다.

레인 씨는 다시 껄껄 웃었다.

"그건 아주 간단하죠! 페이션스 양은 어째서 칠순이 넘은 노인이 갑자기 타이프 치는 법을 익히기 시작한 걸까, 하고 자문해보았던 겁니다. 지난 오십 년 동안이나 무시해왔던 것을 이제 와서 새삼스레 익히려고 한다는 것은 확실히 이해할 수 없는 행동이겠죠. 그렇지 않습니까, 페이션스 양?"

"말씀하신 그대로입니다, 레인 선생님. 과연 재빨리 알아맞히시는군요!"

"그래서 당신은 이렇게 생각했겠지요. 노년에 이른 사내가 새삼스레 그런 일을 익히려고 한다는 것은 자기 인생의 황금기가 지났다는 걸 깨닫고서 죽기 전에 무엇인가 개인적이고도 긴 글, 그러니까 회고록을 남기려고 하는 게 틀림없다고 말입니다. 대단히 훌륭합니다, 페이션스 양!"

이어서 그는 눈빛이 흐려지더니 덧붙였다.

"그런데 나로서도 알 수 없는 게 있어요, 페이션스 양. 어떻게 내가 타이프 치는 법을 독학으로 익히고 있다는 걸 알았습니까?"

"그건 좀 교묘한 문제인데요……."

나는 나직하게 말을 이었다.

"저의 추리는 만약 선생님이 다른 누군가로부터 타이프 치는 법을 배우고 있다면 분명히 터치 방식으로 배우고 있을 거라는 전제 아래 이루어진 것입니다. 그러나 지도 교사에게 배울 경우, 그 교사는 학생이 자판의 위치를 외우지 않고 훔쳐보는 것을 막기 위해 자판의 글자들이 보이지 않도록 각각의 키에다 고무 덮개를 씌우기 마련입니다. 하지만 선생님의 타이프 자판에 고무 덮개가 씌워져 있다면 선생님의 손톱이 갈라졌을 리는 없습니다. 그래서 저는 선생님이 타이프 치는 법을 독학으로 익히고 있는 게 분명하다고 생각했던 겁니다."

"그것참!"

아버지는 그렇게 말하고는, 마치 여류 비행사나 남아프리카의 줄루족의 아가씨나 혹은 어떤 기괴한 생물이라도 세상에 내놓은 듯한 표정으로 나를 바라보았다. 어리석고 하찮은 것이긴 했지만 내가 정신적인 불꽃을 내보인 것이 레인 씨를 즐겁게 했고, 그래서 그 순간부터 그는 나를 매우 특별한 동료로 받아들여주었다. 하지만 아버지는 그 점을 다소 억울하게 여기는 것 같았다. 아버지는 이 노신사를 상대로 범죄 수사 방법론에 대해 논쟁을 펼치는 것을 좋아했기에 나는 약간 마음에 걸렸다.

우리는 그날 오후 함께 조용한 정원을 산책하거나, 레인 씨가 자신의 연극 동료들을 위해 건립한 자갈이 깔린 작은 촌락을 방문하기도 하고, 그의 전용 술집인 '인어 주점'에서 흑맥주를 마시기도 했으며, 그의 개인 극장을 둘러보거나 웅장한 서고에서 그가 수집한 독특하고 감동적인 셰익스피어 문헌 등을 구경하며 시간을 보냈다. 이제까지 내가 겪어본 시간 중 가장 감격적인 오후의 한나절이었고, 시간이 어떻게 흘러갔는지도 알 수 없을 정도였다.

그날 저녁에는 햄릿 저택에 거주하는 모든 사람들이 두루 참석한 가운데 중세풍의 대연회장에서 레인 씨의 생일을 축하하기 위한 성대한 향연이 열렸다. 모두 호화로운 음식들을 앞에 놓고서 웃고 떠들며 즐거운 한때를 보냈다. 그 후 우리 네 사람은 레인 씨의 서재로 물러 나와 터키산 커피와 술을 마셨다. 그러는 동안에 등에 혹을 단 요정 같은 키 작은 꼽추 노인이 자주 방을 드나들었다. 그 노인은 믿어지지 않을 만큼 나이 들어 보였는데, 레인 씨는 내게 그 노인의 나이가 백 살이 넘을 거라고 했다. 그 노인이 바로 캘리밴*셰익스피어의 희극 《템페스트》에 나오는 추한 용모의 하인-옮긴이*이라는 별명으로도 불리는 레인 씨의 오랜 동료인 퀘이시 노인인데, 그에 대해서는 전부터 여러 가지 재미있는 얘기들을 듣거나 읽어서 알고 있었다.

떠들썩했던 연회장에서 돌아와 벽난로에서 타오르는 평화로운 불꽃을 바라보며 떡갈나무로 장식된 벽에 둘러싸여 있자니 기분 좋은 안도감이 온몸으로 느껴졌다. 나는 약간 피곤해서 튜더 왕조풍의 호화로운 의자에 편안하게 몸을 파묻고 사람들의 얘기 소리에 귀를 기울였다. 희끗한 머리에 넓은 어깨를 가진 듬직한 체구의 아버지, 의지 있는 턱을 가진 추진력 있어 보이는 브루노 주지사, 그리고 귀족적인 용모의 노배우…….

정말이지, 그 방에 있는 것만으로도 나는 행복했다.

레인 씨도 무척 즐거운 듯이 보였다. 그는 주지사와 아버지를 향해 쉴 새 없이 질문 공세를 펼쳤으나 자신에 관한 얘기는 그다지 입 밖에 내지 않았다.

"저도 이제 생을 마감할 날이 얼마 남지 않은 것 같습니다."

그는 어느 시점에서 자연스럽게 그런 얘기를 꺼냈다.

"셰익스피어가 말했듯이 '찬바람에 시들어 누렇게 변색된 낙엽과 같은 심경'으로 '늙어서 뼈만 앙상한 육체를 추슬러서 천국으로 갈 준비를 해야만 하는 때'인 것입니다. 저의 주치의들은 저를 만족스러운 상태로 조물주에게 보내기 위해 최선을 다하고 있습니다. 저도 이제 너무 늙은 셈이지요."

그렇게 말한 뒤 그는 웃었고 벽에 드리운 자신의 그림자를 거두려는 듯한 몸동작을 취하며 말을 이었다.

"자, 이제 이런 기운 없는 늙은이에 관한 얘기는 그만하기로 하죠. 그리고 경감님, 당신은 아까 페이션스 양과 함께 지방으로 갈 예정이라고 하셨죠?"

"패티와 저는 의뢰받은 사건 관계로 주의 북부 지방으로 가려는 참입니다."

"흐음, 사건이라……?"

레인 씨는 콧구멍을 벌름거리며 말을 이었다.

"사건이라는 말을 들으니 저도 함께 가고 싶은 기분이 드는군요. 그런데 그건 어떤 사건입니까?"

아버지는 어깨를 으쓱했다.

"실은 저도 자세히는 모릅니다. 하지만 당신이 흥미를 느낄 그런 사건은 아닌 듯싶습니다. 하지만 브루노 주지사에게는 흥미가 있을지도 모르겠군요. 브루노의 옛 친구였던 틸덴 카운티 출신의 상원의원인 조엘 포셋이 이 사건에 관계되어 있는 듯하니 말입니다."

"농담 마시오! 조엘 포셋은 내 친구도 뭐도 아니오. 그자가 나와 같은 정당에 속해 있다는 것만으로도 화가 치밀 정도요. 그자는 악당이오. 틸덴 카운티에서 폭력 조직을 결성했다고요."

주지사가 발끈하며 말했다.

아버지는 싱긋 웃으며 말을 받았다.

"그거 듣던 중 반가운 소리로군요. 오랜만에 한바탕할 것 같으니 말이오. 그건 그렇고, 그의 형인 아이라 포셋 박사에 대해선 뭐 알고 있는 게 없소?"

브루노 주지사는 약간 놀라는 듯했다. 그는 눈을 껌벅거리더니 벽난로의 불길을 물끄러미 바라보았다.

"포셋 상원의원은 가장 악질적인 정치 깡패요. 하지만 그의 형인 아이라 포셋이야말로 그 조직의 실질적인 두목이라고 할 수 있소. 물론 그자가 공직을 맡고 있진 않지만, 포셋 의원을 조종하는 배후의 인물임은 말할 나위도 없소."

"잘 알겠소. 실은 이 포셋 박사가 리즈 시에 있는 커다란 대리석 회사의 익명의 동업자라오. 그런데 그 회사의 소유주인 클레이 씨가 나를 찾아와서는 포셋 박사가 아무래도 수상쩍은 계약들을 체결하고 있는 듯하다면서 내게 그 뒷조사를 의뢰한 거요. 뭐, 뻔한 일이긴 하지만 그 증거를 잡는 게 그리 간단할 것 같지가 않소."

아버지는 찌푸린 얼굴로 말했다.

"의뢰를 받았다고 좋아할 만한 일은 못 되는 것 같소. 포셋 박사는 교활하기 그지없는 인물이오. 그런데 의뢰인이 클레이라고요? 그 사람이라면 나도 좀 알아요. 그는 괜찮은 사람인 것 같았는데……. 아무튼 이건 내게도 꽤 흥미로운 문제인 것 같아요. 왜냐하면 이번 가을에 포셋 형제가 선거전을 치르기 때문이오."

레인 씨는 입가에 희미한 미소를 머금은 채 눈을 감고 앉아 있었다. 나는 그가 지금 아무것도 듣고 있지 않다는 것을 깨닫고는 깜짝 놀랐다. 나는 이 노배우가 귀머거리여서 독순술로 남의 말을 알아차린다는 걸 아버지로부터 종종 들었다. 하지만 지금 그는 눈을 감고서 세상과는 담을 쌓고 오로지 자신만의 세계에 파묻혀 있었다.

나는 당면한 문제와는 상관없는 상념들을 뇌리에서 떨쳐버리고자 머리를 흔들고 나서 다시 얘기에 귀를 기울였다. 주지사는 리즈 시와 틸덴 카운티의 정세를 열심히 설명하는 중이었다. 그에 따르면, 다가오는 몇 달 동안에 격렬한 정치적인 움직임이 펼쳐질 듯했다. 틸덴 카운티의 젊고 활동적인 지방 검사 존 흄이 이미 상원의원 선거에서 포셋의 반대 당 후보로 등록을 마쳤다는 것이었다. 존 흄은 청렴결백한 검사로서 명성을 떨치며 선거구민들의 존경과 호평을 얻고 있어서 포셋 일당에게는 심각한 도전자가 아닐 수 없었다. 존 흄은 뉴욕 주의 가장 노련한 정치가의 한 사람인 루퍼스 코튼의 지원을 받는 젊은 후보자였다. 그는 신진 정치가답게 혁신적인 정강을 내걸고 있었다. 브루노 주지사의 표현에 의하면 '뉴욕 주 북부 지방의 지방 개발 자금을 착복하는 돼지'인 포셋 상원의원은 부패한 정치가로 악명이 높았다. 게다가 리즈 시에는 알곤킨 교도소가 있었으므로 존 흄의 혁신적인 정강은 매우 당연하고도 적절한 것으로 여겨졌다.

레인 씨도 이제는 눈을 뜨고 한동안 호기심이 가득한 표정으로 주지사의 입술이 움직이는 것을 열심히 지켜보았다. 나로서는 그가 갑자기 관심을 갖는 이유를 짐작할 수 없었다. 다만 주지사의 설명 중에 교도소라는 말이 나오자, 나는 그가 두 눈을 예리하게 번득이는 것을 볼 수 있었다.

"알곤킨이라고요?"

레인 씨가 외치며 말을 이었다.

"그것참 흥미롭군요. 브루노 씨가 주지사로 선출되기 몇 해 전의 일입니다만, 모턴 부지사가 매그너스 교도소장에게 부탁해서 제가 그 교도소 내부를 시찰할 수 있게 해준 적이 있습니다. 몹시 재미있는 곳이더군요. 게다가 그곳에서 저는 저의 옛 친구 한 사람을 만나기도 했습니다. 그가 바로 그 교도소의 담당 신부인 뮤어 신부입니다. 제가 뮤어 신부를 알게 된 것은 아주 오래 전의 일로, 그러니까 제가 당신들을 알기 전의 일입니다. 그는 바워리 거리가 악의 소굴이었던 시절에 바워리의 수호성자로 불렸던 인물입니다. 경감님, 만약 뮤어 신부를 만나시거든 부디 저 대신 안부를 좀 전해주시기 바랍니다."

"하지만 과연 그럴 기회가 있을지 의문이로군요. 제가 교도소를 시찰할 수 있었던 시절은 이미 지나가버렸으니까요……. 아니 브루노, 벌써 가려는 거요?"

주지사는 아쉬운 듯한 표정으로 자리에서 일어났다.

"어쩔 수 없소. 다시 의회로 가야만 하오. 아주 중요한 회의 도중에 빠져나온 거라서요."

레인 씨의 미소가 사라지며 노쇠한 얼굴에 깊은 주름이 새겨졌다.

"유감스럽군요, 브루노 씨. 이런 식으로 우리와 헤어지다니……. 우리의 만남은 이제 막 분위기가 무르익으려는 참인데요."

"죄송합니다, 레인 씨. 정말이지 어쩔 수가 없답니다……. 하지만 섬, 당신은 더 머물 수 있겠죠?"

아버지가 머뭇거리며 턱을 어루만지자 레인 씨가 재빨리 대답을 가로챘다.

"물론 경감님과 페이션스 양은 오늘 밤 여기에서 묵으실 겁니다. 서둘러야 할 이유가 없죠."

"뭐, 좋습니다. 설마 그동안에 포셋이 날개를 달아 어디론가 날아가버리지는 않겠죠."

아버지는 그렇게 말하고는 크게 숨을 내쉬며 느긋하게 다리를 뻗었다. 나 또한 그 의견에 동의한다는 뜻으로 고개를 끄덕였다.

그러나 그날 밤 우리가 리즈 시로 떠났더라면 상황은 전혀 다르게 진행되었을 것이다. 예컨대, 우리는 포셋 박사가 비밀스러운 여행을 떠나기 전에 그를 만날 수 있었을 것이다. 그리고 안개에 싸인 듯이 애매모호했던 상황도 어느 정도 미리 해명할 수 있었을 것이다……. 그러나 우리는 햄릿 저택의 매력에 기꺼이 굴복해 그날 밤을 그곳에서 머물고 말았던 것이다.

브루노 주지사는 작별을 아쉬워하며 주 경찰대원들의 호위에 둘러싸여 떠났다. 나는 그가 떠난 잠시 뒤에 커다랗고 멋진 튜더풍의 침대로 기어 들어가 부드러운 시트에 몸을 눕혔다. 그리고 장차 어떤 일이 기다리고 있는지도 알지 못한 채 하루 동안의 피로가 일시에 풀리는 듯한 황홀감을 만끽하며 달콤한 잠 속으로 빠져들었다.

## 2:
## 크리스마스의 살인

리즈 시는 원뿔형의 언덕 기슭에 펼쳐져 있는 작지만 활기차고 매력적인 소도시로, 완만한 기복을 이루고 있는 농장들과 푸른 고원의 안개에 둘러싸인 전원 지대의 중심부였다. 언덕 위에 보기 흉하게 자리 잡고 있는 교도소 건물만 없었더라면 리즈 시는 가히 낙원처럼 보일 수도 있었을 것이다. 실제로, 꼭대기에 감시탑들이 솟아 있는 침울한 회색의 담벼락들, 교도소 부속 공장들의 볼품없는 굴뚝들, 거대한 교도소 건물의 위압적인 견고함이 청초한 전원과 도시를 마치 수의(壽衣)처럼 뒤덮고 있었다. 언덕 위의 다른 부분들을 뒤덮고 있는 녹색의 무성한 나무숲조차도 그러한 음울한 광경을 희석해주지는 못했다. 나는 저 견고한 담벼락 안에서 절망에 빠진 수많은 사람들이 바로 근처에 있으면서도 실제로는 화성에 있는 것처럼 다다를 수 없는 시원한 숲을 얼마나 애타게 그리워할까 생각해보고는 더할 수 없이 착잡한 기분에 사로잡혔다.

"이제 곧 그런 생각도 사라지게 될 거다, 패티."

역에서 택시로 갈아탔을 때 아버지는 그렇게 말씀하셨다.

"저 안에 있는 대부분의 녀석들은 지독한 악당들이야. 저기는 교회 학교가 아니란 말이다, 얘야. 그러니 쓸데없는 동정일랑 삼가는 게 좋아."

아마도 아버지는 생애의 대부분을 범죄자들과 실랑이를 벌여왔기 때문에 그렇게 냉혹해지셨겠지만, 나로서는 그들이 초록빛 대지와 푸른 창공으로부터 격리되어 마땅하다고는 생각되지 않았다. 도대체 그토록 심한 대가를 치러야 할 만큼 타락한 행위가 무엇인지 나는 도저히 알 수가 없었다.

엘리후 클레이 씨의 저택에 당도하기까지는 짧은 시간밖에 걸리지 않았지만, 그동안 아버지와 나는 서로 묵묵히 입을 다물고 있었다.

클레이 씨의 저택은 희고 큼직한 기둥들이 세워진 호화로운 식민지 양식의 건물로, 리즈 시의 외곽에 해당하는 언덕 중턱에 자리 잡고 있었다. 엘리후 클레이 씨는 주랑 현관에 나와 기다리고 있다가 직접 우리를 맞이해주었다. 그는 어디까지나 친절하고 사려 깊은 주인 역할에 충실했는데, 그러한 그의 태도 어디에서도 우리가 그의 고용인임을 알아차리게 하는 구석은 없었다. 그는 곧바로 우리를 편안하게 해주었고, 가정부를 시켜 우리에게 각기 쾌적한 침실을 마련해주었다. 그러고 나서 오후의 나머지 시간 동안 그는 마치 우리가 자신의 오랜 친구이기나 한 듯이 리즈 시에 관한 얘기뿐만 아니라 그 자신에 관한 얘기까지 들려주었다. 그래서 우리는 그가 아내와 사별했다는 것을 알게 되었다. 그는 사별한 아내와의 추억을 애틋한 애정을 담아서 얘기해주었고, 아내의 빈자리를 채워줄 만한 딸이 없음을 못내 아쉬워했다. 이렇듯 그 자신의 집이라는 본래의 환경에서 만난 엘리후 클레이 씨는 뉴욕으로 우리에게 일을 의뢰하러 왔던 사무적인 실업가와는 전혀 다른 인물처럼 느껴졌다. 그 후 평온한 상태로 며칠을 지내는 동안 나는 그를 더욱더 좋아하게 되었다.

아버지와 클레이 씨는 여러 시간 동안 서재에서 얘기를 나누기도 했고, 어느 날은 리즈 시로부터 몇 킬로미터 떨어진 채터하리 강변의 채석장에서 하루를 보내기도 했다. 아버지는 적의 상황을 살피고 있었는데, 이곳에 도착한 처음 며칠 동안 내내 어두운 표정을 짓고 계신 걸로 보아 나는 그가 몹시 지루하고 성공의 가능성도 희박한 싸움을 예측하고 있음을 알 수 있었다.

아버지는 불만스러운 투로 내게 말했다.

"서류상의 증거는 전혀 없어, 패티. 이 포셋이라는 놈은 악마의 비호를 받고 있는 게 분명해. 클레이 씨가 도와달라고 외친 것도 무리는 아니야. 어쨌든 이번 일은 내가 생각했던 것보다 훨씬 어려운 일인 것 같아."

나는 아버지를 동정하긴 했지만 조사에 도움이 될 만한 일은 아무것도 할 수 없었다. 포셋 박사는 현재 리즈 시에 없었다. 하필이면 우리가 이곳에 도착하던 날 아침, 그러니까 우리가 이리로 오고 있을 때, 행선지도 밝히지 않은 채 이 도시를 떠난 것이었다. 하지만 나는 이 일이 그다지 이상하다고 생각되지는 않았다. 이제껏 그는 모든 일을 비밀스럽게 처리해왔을 뿐 아니라, 그의 행방 또한 언제나 안개에 싸인 듯 예측할 수 없었기 때문이다. 만약 그가 이 도시에 있었더라면 나는 타고난 여성적인 매력을 발휘해볼 수 있었을지도 모른다. 물론 아버지는 나의 그런 작전 계획에 찬성할 리 없을 테고, 또한 그런 이유로 우리 부녀가 갈등을 겪을 수밖에 없었겠지만 말이다.

상황은 또 다른 요소가 하나 추가되었다. 어느 쪽이냐 하면, 보다 즐거운 쪽으로 복잡해지게 되었다. 이 집안에는 또 한 명의 클레이 씨가 있었던 것이다. 그는 클레이 씨의 아들인 클레이 2세로, 지방 처녀들의 눈에는 감당하기 벅찰 정도로 멋진 미소와 근사한 체격의 소유자였다. 그의 이름은 제레미였는데, 그 이름에 걸맞게 갈색 곱슬머리와 장난기 어린 입술을 갖고 있었다. 그 이름에다 만약 그럴듯한 의상만 갖춰 입힌다면, 그는 파놀의 역사소설에서 뛰쳐나왔다고도 할 수 있을 정도였다. 여러 면에서 제레미는 영국의 다트머스 해군사관학교를 갓 졸업한 듯한 인물이랄 수 있었다. 86킬로그램의 체중에, 조정 선수였고, 전미 풋볼 선수권 대회에서 명성을 떨친 선수들의 이름을 반 타나 넘게 알고 있었으며, 채식주의자인 데다, 마치 구름처럼 경쾌하게 춤을 출 줄 알았다. 우리 부녀가 리즈 시에 도착한 첫날, 함께 저녁 식사를 드는 자리에서 그는 나에게 자신이 미국에 대리석 붐을 일으켜 보이겠노라고 진지하게 말했다. 그래서 현재 자신은 대학 졸업장 따위는 암석 분쇄기에 던져 넣어버린 채, 땀 흘리는 이탈리아 출신 석공들과 더불어 아버지의 채석장에서 머리에 돌가루를 뒤집어쓰고서 발파 작업을 하고 있다는 것이었다. 그는 장차 자신이 지금보다 훨씬 질 좋은 대리석을 더 많이 생산해낼 수 있을 것이라고 열심히 주장했다. 클레이 씨는 그런 아들을 자랑스러워하면서도 그의 주장에는 다소 회의적인 듯했다.

나는 제레미가 매우 매력적인 청년이라고 생각했다. 그런데 미국에 대리석 붐을 일으키겠다는 그의 야심은 며칠 동안 샛길로 빠질 수밖에 없었다. 왜냐하면 그의 아버지인 클레이 씨가 그에게 며칠 동안 채석장 일을 접어두고 내 말벗이 되어주라고 했기 때문이다. 제레미는 작긴 하지만 훌륭한 마구간과 말을 가지고 있었다. 우리는 오후가 되면 함께 승마를 즐기곤 했다. 그런데 내가 외국에서 받았던 교육은 어느 한 가지 점에서는 전혀 쓸모가 없었다. 즉 나는 미국 대학생들의 연애술에 저항하는 방법에 대해선 도무지 배우지 못했기 때문이다.

"당신은 마치 강아지 같아요."

어느 날, 빠져나갈 수 없는 골짜기에다 우리가 탄 말들을 몰아넣고선 그가 허락도 없이 내 손을 잡았을 때, 나는 딱딱한 어조로 그렇게 말했다.

"그럼, 우리 둘 다 강아지가 되어봅시다."

그가 그렇게 말하며 안장 위에서 내 쪽으로 더욱 몸을 접근시켰다. 순간적으로 나는 채찍으로 그의 코끝을 쳐서 가까스로 위태로운 국면을 넘겼다.

"아얏!"

그는 뒤로 물러나더니 말을 이었다.

"왜 그래요, 패티? 당신도 호흡이 가빠오고 있으면서……."

"천만에요!"

"아냐, 당신도 나와 같은 기분이라고."

"그렇지 않아요!"

"뭐, 좋아요……. 아무튼 나는 기다릴 수 있으니까요."

그는 다소 무뚝뚝한 어조로 말했다. 그리고 집으로 돌아오는 동안 줄곧 히죽히죽 웃었다.

그 일이 있고 난 후, 제레미 클레이는 혼자서 승마하러 나가게 되었다. 하지만 여전히 그는 위험스러울 만큼 멋진 청년이었다. 사실, 내가 그 위태로운 국면을 허용했더라면 나 역시 그런 상황을 즐겼을지도 모른다는 생각이 들었다. 그러자 나는 나 자신에게 화가 났다.

그 사건이 일어난 것은 그런 목가적인 나날이 계속되고 있을 때였다.

그러한 사건이 으레 그렇듯이 그 사건도 여름날의 폭풍우처럼 예고도 없이 일어났다. 전혀 예상하지 못했던 일이었다. 그 소식은 너무도 평온해서 가벼운 졸음마저 오는 듯한 날의 막바지에 우리에게 전해졌다. 제레미는 그날 우울해 보였다. 나는 지나칠 정도로 정성껏 손질된 그의 머리를 엉망으로 헝클어뜨리고 그를 약 올리면서 두 시간쯤 유쾌한 시간을 보냈다. 아버지는 개인적인 용무로 외출했고 엘리후 클레이 씨는 사무실에 나가 있었다. 두 사람 모두 저녁 식사 시간에도 모습을 나타내지 않았다.

헝클어진 머리 때문에 화가 난 제레미는 처음부터 끝까지 나를 '섬 양'이라고 부르며 어디까지나 의례적인 태도로 나를 대했다. 즉 내게 쿠션을 가져다주거나, 나를 위해 특별한 저녁 식사를 주문하거나, 내 담배에 재빨리 불을 붙여주거나, 내 잔에 칵테일을 채워주는 등 나를 위한 배려를 행할 때에도 아주 냉정하고 성실했다. 마치 피곤한 머릿속에는 자살할 생각으로 가득 차 있음에도 불구하고 사회적인 교제를 행할 때에는 예의를 다하는 이 세상 남자들의 고통스러운 단면을 보여주는 듯했다.

날이 완전히 어두워진 뒤에야 아버지는 땀을 흘리며 시무룩한 표정으로 돌아왔다. 아버지는 곧장 방으로 들어가 욕실에서 물소리를 내며 목욕을 하고서 한 시간쯤 뒤에 시가를 피우기 위해 우리가 있는 베란다로 내려왔다. 그때 제레미는 씁쓸한 기분으로 기타를 연주하고 있었고, 나는 마르세유의 카페에서 익힌 야릇한 프랑스 민요를 짐짓 아무렇지도 않은 듯이 흥얼거리고 있었다. 아버지가 프랑스어를 전혀 알아듣지 못하는 것이 나로서는 다행이 아닐 수 없었다. 씁쓸한 기분에 젖어 있던 제레미조차 놀란 표정을 지을 정도였다.

하지만 달빛과 밤공기 속에서 나를 그런 기분으로 내모는 그 무엇이 있었다. 아직도 잊히지 않는 일이지만, 그때 나는 나 자신의 처녀성을 다치는 일 없이 제레미 클레이와 대체 어느 정도까지 사귈 수 있을까를 마치 꿈을 꾸듯 몽롱하게 추측해보았던 것이다.

내가 그 프랑스 민요의 가장 야한 셋째 소절을 흥얼거리기 시작했을 때 엘리후 클레이 씨가 다소 지친 모습으로 돌아왔다. 그는 귀가가 늦은 데 대해 변명조의 말을 중얼거렸는데, 무언가 피치 못할 중요한 일을 처리하느라 늦게까지 사무실에 남아 있어야 했던 모양이다. 그가 의자에 앉고서 아버지가 권하는 싸구려 시가를 막 받아 든 그 순간 그의 서재에서 전화벨이 울렸다.

"그냥 둬요, 마사. 내가 받겠소."

클레이 씨는 가정부에게 소리치고는 우리에게 양해를 구하고 집 안으로 들어갔다.

그의 서재는 저택의 정면에 위치해 있었고 창문들은 베란다 쪽으로 나 있었다. 게다가 창문이 열려 있었기에 전화를 받는 그의 목소리는 어쩔 수 없이 우리에게 들릴 수밖에 없었다. 상대방이 무슨 말을 하는지는 알 수 없었지만 어쩐지 긴박한 용건인 것 같았다.

그의 첫마디는 "오, 맙소사!"라는 깜짝 놀라서 외치는 소리였다. 아버지는 의자에서 벌떡 일어났고 제레미도 기타 줄을 퉁기던 손을 멈추었다.

클레이 씨가 말했다.

"끔찍한…… 실로 끔찍한 일입니다……. 정말이지, 상상도 할 수 없는 일입니다……. 아니오, 그가 어디에 있는지는 짐작도 할 수 없어요. 이삼 일 뒤에 돌아올 거라고 했습니다만…… 어쨌든 이런 사건이 일어나다니…… 나로서는 도저히 믿어지지가 않습니다!"

제레미가 집 안으로 뛰어 들어갔다.

"무슨 일입니까, 아버지?"

클레이 씨는 떨리는 손으로 아들을 가로막았다.

"뭐라고요? ……아, 물론 당신이 지시하는 대로 하겠습니다. 아 참! 이건 당신이니까 말씀드리는 겁니다만, 마침 우리 집에 당신에게 도움을 줄 만한 분이 묵고 계십니다……. 그러니까 뉴욕에서 오신 섬 경감님이십니다……. 네, 바로 그분입니다. 몇 해 전에 퇴직하셨지만 그분의 명성은 당신도 익히 알고 계시겠죠? ……네, 그렇습니다! ……어쨌든 당신에겐 좋지 못한 사건이 생겼군요. 참으로 유감입니다."

클레이 씨는 수화기를 내려놓고 이마의 땀을 닦으며 천천히 베란다로 나갔다.

"아버지! 무슨 일입니까?"

그의 얼굴은 마치 회색 벽에 걸린 창백한 가면처럼 느껴졌다.

"경감님, 당신을 이곳으로 부르길 정말 잘했습니다. 내가 의뢰한 그런 사소한 일과는 비교도 되지 않는 엄청난 일이 터졌습니다. 방금 온 전화는 이 지방의 지방 검사인 존 흄 씨가 건 것입니다. 나의 동업자인 포셋 박사의 행방을 알고 싶어 하더군요."

클레이 씨는 희미한 미소를 지으며 깊숙이 의자에 몸을 파묻었다. 그리고 말을 이었다.

"포셋 상원의원이 이 도시의 저편에 있는 그의 저택 서재 안에서 칼에 찔린 채 시체로 발견되었답니다."

지방 검사인 존 흄 씨는 한평생을 살인 사건 수사에 몸 바쳐온 아버지의 도움을 기꺼이 받아들이고자 하는 것 같았다. 지친 듯한 클레이 씨의 설명에 따르면, 현장의 모든 것은 아버지가 조사할 수 있도록 무엇 하나 손대지 않은 채 보존해놓았다고 했다. 그러므로 그 지방 검사는 가능한 한 아버지가 빨리 현장에 도착하기를 바란다는 것이었다.

"제가 모셔다드리겠습니다. 잠깐만 기다리세요."

제레미는 차를 가져오기 위해 어둠 속으로 사라졌다.

"물론 저도 함께 가겠어요. 레인 씨가 저에 대해 한 얘기를 잊지는 않으셨겠죠, 아버지?"

내가 말했다.

"글쎄, 하지만 흄이 너를 발로 차서 내쫓아버린다고 해도 내가 나설 수는 없어. 살인 현장은 너 같은 젊은 아가씨가 갈 곳이 못 돼……. 아무튼 나는 모르겠다."

아버지는 못마땅하다는 듯이 말했다.

"자, 준비됐습니다!"

제레미가 외치며 차를 저택 내 차도로 몰고 들어왔다. 제레미는 내가 아버지와 함께 리무진의 뒷좌석에 올라타는 것을 보고 놀란 듯했으나 별다른 말은 하지 않았다. 클레이 씨가 손을 흔들며 우리를 배웅했다. 그는 피를 보는 게 내키지 않기 때문에 동행하지 않겠노라고 딱 잘라 말했다.

차가 도로로 나가자 어둠이 우리를 감쌌다. 제레미는 언덕 아래로 차를 전속력으로 내몰았다. 내가 몸을 틀어 뒤를 돌아보니 저 멀리 검은 구름을 배경으로 알곤킨 교도소의 불빛이 보였다. 자유로운 사람만이 저지를 수 있는 범죄 현장으로 급히 달려가면서 그 순간 어째서 교도소에 관한 생각이 떠올랐는지는 나 자신도 알 수 없는 노릇이었다. 어쨌든 그 때문에 나는 기분이 침울해져 몸을 떨면서 아버지의 넓은 어깨에 몸을 기댔다. 제레미는 굳게 입을 다문 채 줄곧 도로만을 주시했다.

실제로 우리는 순식간에 도착했겠지만 내게는 그동안의 시간이 몹시도 길게 느껴졌다. 절박한 사건 현장을 떠올리고서 나도 모르게 초조한 기분에 사로잡혀 있었던 모양이다. 우리가 탄 차가 철문 두 개를 지나 불빛이 휘황찬란한 화려한 저택 앞에 끼익 소리를 내면서 급정거했을 때는 마치 몇 시간이나 지난 것 같은 느낌이 들었다.

저택 주위에는 자동차들이 가득 세워져 있었고, 어두운 마당에는 주 경찰대원들과 리즈 시경 소속의 경관들이 어슬렁거리고 있었다. 현관문은 활짝 열려 있었다. 한 남자가 주머니에 손을 찔러 넣은 채 문기둥에 기대어 조용히 서 있었다. 모두 그 남자처럼 조용했다. 누구 하나 입을 여는 사람이 없었고, 사람이 내는 소리는 무엇 하나 들을 수가 없었다. 귀뚜라미만이 저택 주위에서 울어대고 있을 뿐이었다.

그날 밤의 일은 아무리 사소한 것일지라도 내 기억 속에 뚜렷이 남아 있다. 아버지에게는 이 사건이 지난날 늘 보아온 그다지 유쾌하지 않은 일거리 중 하나에 불과했겠지만, 나에게는 공포와, 솔직히 말하자면 섬뜩한 가운데서도 병적인 호기심을 불러일으키는 일종의 흥밋거리였던 것이다. 죽은 남자의 모습은 어떤 것일까? 나는 그때까지 죽은 남자를 직접 본 적이 없었다. 어머니가 돌아가셨을 때의 모습을 보기는 했지만, 그때 어머니는 무척이나 평화스러워 보였고 온화한 미소까지 머금고 계셨다. 하지만 그날 밤 죽은 남자의 모습은 공포로 얼굴이 한껏 일그러져 아마도 괴물 같을 거라고 생각했다. 그리고 주변은 온통 피바다일 거라고…….

나는 곳곳에 등이 켜져 있고 남자들로 가득 찬 넓은 서재 안에 서 있었다. 카메라를 들고 있는 사람들, 낙타털로 만든 작은 솔을 가지고 있는 사람들, 책을 뒤적이는 사람들 그리고 아무것도 하지 않고 다만 우두커니 서 있는 사람들이 내 눈에 멍하니 비쳤다. 하지만 그곳에서도 실재하는 느낌을 주는 한 인물이 있었다. 그는 그곳에 있는 누구보다도 조용했고 주위 상황에 무관심해 보였다. 그는 무지막지하게 살이 찐 거한이었다. 셔츠 차림이었는데, 소매를 팔꿈치까지 걷어 올려 우람한 털북숭이 두 팔을 유감없이 드러내고 있었고, 발에는 낡은 실내화를 신고 있었다. 넓적하고 못생긴 얼굴에는 조금 성가신 듯하면서도 그다지 불쾌하지는 않은 듯한 표정이 떠올라 있었다.

"시체를 살펴보시지요, 경감님."

누군가 묵직한 목소리로 말했다.

나 또한 눈앞에 서린 몽롱한 현혹의 안개를 걷어 내듯이 그 시체를 보고 또

보았다. 이처럼 모두가 그의 방 안을 함부로 휘젓고 다니고 장서를 뒤적이고 책상을 사진 찍고 알루미늄 분말로 가구들을 더럽히고 서류들을 거칠게 뒤지는 등 그의 프라이버시를 침해하는 동안에도, 이 살해당한 남자가 이토록 무관심하게 미동도 하지 않고 있다는 것이 어쩌면 예의에 어긋나는 일이 아닐까 싶기까지 했다……. 그가 바로 이제는 고인이 된 조엘 포셋 상원의원이었다.

눈앞에 서렸던 현혹의 안개가 조금 걷혔을 때, 내 눈은 그 흰 셔츠의 가슴께에 못 박혔다. 포셋 상원의원은 어질러진 책상 앞에 앉아 있었다. 그의 두툼한 상체는 책상 가장자리를 짓누르고 있었고, 머리는 마치 무언가를 묻는 사람처럼 한쪽으로 약간 기울어져 있었다. 그리고 그의 상체가 바짝 누르고 있는 책상 가장자리 바로 위의 셔츠 한가운데부터 진줏빛 셔츠 단추들의 오른편에 걸쳐서 피 얼룩이 번져 있었다. 그것은 가느다란 페이퍼 나이프가 꽂혀 있는 심장부에서 퍼져 나간 피 얼룩이었다. 피로구나, 하고 나는 멍하니 생각했다. 그것은 마치 말라버린 붉은 잉크 같았다……. 그러고 나서, 행동이 야단스럽고 키 작은 남자가 내 시야를 가리는 바람에 시체가 보이지 않게 되었다. 나중에 알고 보니 그 키 작은 남자는 틸덴 카운티의 검시관인 불 의사였다. 나는 한숨을 쉬고는 갑자기 일어난 현기증을 떨쳐버리려고 머리를 흔들었다. 그러나 나는 아버지나 이곳에 있는 남자들에게 약한 면을 드러내 보여서는 안 되었다……. 나는 아버지가 내 무릎을 꽉 잡아주는 것을 느끼고는 몸을 긴장시키며 자제력을 회복하고자 애썼다.

사람들이 이런저런 얘기를 나누고 있었다. 나는 고개를 들어 바로 곁에 있는 어떤 젊은 남자의 눈을 올려다보았다. 아버지는 굵은 목소리로 그에게 무언가를 얘기하고 있었는데, 그 과정에서 나는 그가 바로 이 지방의 지방 검사인 존 흄, 그러니까 다가오는 선거에서 죽은 남자와는 적수가 될 뻔한 사람임을 알고는 깜짝 놀랐다……. 존 흄은 거의 제레미만큼이나 키가 컸다……. (그건 그렇고, 제레미는 어디 있는 거지?) ……그리고 그는 매우 아름답고 지적인 검은 눈동자를 가지고 있었다. 그 때문에 마음이 들떠서 나도 모르게 다소 양심에 찔리는 부도덕한 생각마저 고개를 들려고 했지만, 이내 나는 수치심을 느끼고 그런 망상을 떨쳐버렸다. 이 남자는 아니야……. 저 여위고 굶주린 듯한 모습……. 무엇에 굶주린 거지? ……권력? ……진실?

"안녕하십니까, 섬 양?"

그가 시원스러운 어조로 인사를 건넸다. 세련되고 깊이 있는 목소리였다.

"경감님께선 당신도 탐정이라고 하셨습니다만, 정말로 여기 계셔도 괜찮겠습니까?"

"그럼요, 물론입니다."

나는 가능한 한 아무렇지도 않다는 투로 대답하려고 했다. 하지만 내 입술은 말라 있었고 목소리는 갈라져 나왔다. 그러자 그의 눈매가 날카로워지는 듯했다.

"뭐 그러시다면, 좋습니다."

그는 어깨를 으쓱하고는 아버지에게 다시 말을 이었다.

"경감님, 시체를 조사해보시겠습니까?"

"그럴 필요는 없을 것 같군요. 시체에 대해선 검시관 쪽이 나보다 더 많은 걸 가르쳐줄 수 있을 겁니다. 입고 있는 옷이나 소지품은 조사해보셨습니까?"

"몸에 걸치고 있는 것에는 흥미를 끌 만한 게 없었습니다."

"여자를 기다리고 있었던 것 같지는 않군요."

아버지가 중얼거리듯 말을 이었다.

"아마 틀림없을 겁니다. 이렇듯 말끔하게 면도를 한 턱에, 손톱도 여자처럼 잘 손질된 사내가 이런 차림으로 여자를 기다리고 있었을 리는 없습니다……. 그런데 피해자에게는 부인이 있습니까, 흄 씨?"

"아뇨, 없습니다."

"그럼 여자 친구는요?"

"여자 친구들이라고 해야 옳을 겁니다, 경감님. 게다가 그는 여자들에게도 좋지 못한 짓을 많이 했으니까, 아마도 그를 칼로 찔러버리고 싶은 여자들도 한둘이 아니었을 겁니다."

"특별히 마음에 짚이는 사람이라도 있습니까?"

아버지와 지방 검사의 눈이 마주쳤다.

"아뇨, 없습니다."

지방 검사 존 흄은 그렇게 말하고 고개를 돌렸다. 그가 민첩하게 손짓으로 누군가를 부르자, 땅딸막하고 건장한 체구에 귀가 유난히 커 보이는 남자가 방 안을 가로질러 우리 쪽으로 다가왔다. 지방 검사의 소개에 따르면 그는 이 지방의 경찰서장인 케니언이었다. 그는 물고기 같은 아교질의 눈을 갖고 있었으므로 나는 첫눈에 그가 마음에 들지 않았다. 아버지의 넓은 등을 바라보는 그의 시선에는 일종의 적의가 담겨 있는 듯했다.

야단스럽고 키 작은 남자인 불 검시관은 그때까지 커다란 만년필로 공안 용지에다 뭔가를 열심히 갈겨쓰고 있다가 허리를 펴며 만년필을 주머니에 집어넣었다.

"어떻습니까, 선생님? 어떤 판정을 내리셨습니까?"

케니언 서장이 불 검시관을 바라보며 물었다.

"타살이오."

검시관은 기세 좋게 대답하고는 설명을 덧붙였다.

"의문의 여지가 없소. 모든 점에서 자살과는 거리가 멀어요. 다른 건 모두 접어두더라도, 사인이 된 상처들만큼은 피살자가 스스로 낼 수 있는 그런 종류의 것이 아니오."

"그럼 상처는 한 군데가 아니란 말씀입니까?"

"그렇습니다. 포셋은 가슴을 두 차례 찔렸습니다. 보시다시피 양쪽 상처 모두에서 출혈이 심했습니다. 첫 번째 상처도 심각한 것이긴 하지만, 그걸로 목숨이 끊어질 정도는 아니었기에 범인은 다시 한차례 더 찔렀던 겁니다."

불 검시관은 피살자의 가슴에 꽂혀 있는 페이퍼 나이프를 손으로 가리켰다. 이어서 그는 그 칼을 피살자의 가슴에서 뽑아내 책상 위에 놓았다. 그 가느다란 칼날은 온통 피로 엉겨 붙어 검붉었다. 한 형사가 조심스레 그 칼을 집어 들고는 거기에다 잿빛 가루를 뿌리기 시작했다.

"그럼 자살일 가능성은 전혀 없단 말씀입니까?"

존 흄이 불쑥 물었다.

"틀림없어요. 양쪽 상처의 각도나 방향으로 볼 때 절대로 자살일 수가 없습니다. 그런데 당신들이 흥미를 느낄 만한 것이 있어요. 자, 보여드리죠."

불 검시관은 책상 가장자리를 빙그르 돌아가 멈춰 서더니 마치 미술품에 대해 설명하려는 강사 같은 태도로 시체를 내려다보았다. 이어서 그는 아주 사무적인 동작으로 이미 사후 경직이 진행 중인 시체의 오른팔을 들어 보였다. 피부는 창백했고 두 팔에 돋아난 긴 체모들이 불빛에 번들거려서 보기만 해도 소름이 끼쳤다. 하지만 어느새 나는 그것이 시체임을 잊기 시작했다…….

팔에는 두 군데 기묘한 상처가 나 있었다. 하나는 손목에서 조금 위쪽에 나 있는 예리하고 가늘게 베인 상처인데, 피가 배어 나온 흔적이 있었다. 또 하나는 그 상처에서 10센티쯤 위에 나 있는 뭔가에 긁힌 듯한 상처였다.

검시관이 쾌활한 어조로 말했다.

"자, 보세요. 이 손목 바로 위에 있는 상처 말입니다. 이건 페이퍼 나이프에 베인 상처가 틀림없습니다."

검시관은 서둘러 말을 덧붙였다.

"아무튼 적어도 페이퍼 나이프만큼 예리한 무엇에 베인 건 분명합니다."

"그럼 다른 쪽은요?"

아버지가 얼굴을 찌푸리며 물었다.

"그건 좀 추측하기 곤란하군요. 다만 한 가지 분명히 말씀드릴 수 있는 것은, 뭔가에 거칠게 긁힌 듯한 이 상처는 살인에 사용된 흉기에 의해 생긴 게 아니라는 것입니다."

나는 입술을 축였다. 어떤 생각이 떠올랐던 것이다.

"검시관님, 팔에 나 있는 그 상처들이 언제 생긴 것인지 알 수 있나요?"

모두 일제히 나를 쳐다봤다. 지방 검사는 뭔가를 말하려다 그만두었고 아버지는 생각에 잠겼다. 검시관은 미소를 떠올렸다.

"좋은 질문입니다, 아가씨. 그래요, 알 수 있어요. 이 상처들은 양쪽 다 극히 얼마 전에, 그러니까 살인이 일어났던 시간과 거의 유사한 시점에 생긴 겁니다. 그리고 거의 동시에 생긴 것이라고 할 수 있어요."

그때 피 묻은 흉기를 조사하던 형사가 불만스러운 표정으로 허리를 펴며 보고했다.

"칼에는 지문이 없습니다. 이거, 골치깨나 썩겠는걸요."

"뭐 어쨌거나, 내 임무는 끝났으니까 이쯤에서 작별해야겠군요."

불 검시관이 명랑하게 말을 이었다.

"물론 시체 부검을 원하시겠죠. 하지만 이제까지 내가 얘기한 것에 의문을 품을 만한 점은 달리 찾아낼 수 없을 겁니다. 누가 공중위생국 사람을 불러서 시체를 옮겨 가도록 조처해주십시오."

그는 의료 가방을 닫았다. 제복을 입은 두 남자가 들어왔다. 한 명은 뭔가를 열심히 씹고 있었고, 또 한 명은 축축하게 젖은 붉은 코를 연신 킁킁거렸다. 그런 자질구레한 일들까지도 내 기억 속에는 생생하다. 그토록 냉담하게 시체를 다루던 그들의 모습을 언제까지나 잊을 수가 없을 것 같다. 나는 잠깐 고개를 돌렸다…….

두 남자는 책상으로 다가가 손잡이 네 개가 달린 커다란 바구니 같은 것을 바닥에 내려놓았다. 이어서 그들은 시체의 겨드랑이 사이로 손을 집어넣더니 힘찬 소리를 내지르며 의자로부터 시체를 들어 올려 그 바구니 속에 집어넣고는 버들가지로 만든 뚜껑을 덮은 뒤 함께 들고 나갔다. 그때까지도 여전히 그들 중 한 명은 껌을 질겅질겅 씹고 있었고 또 다른 한 명은 코를 킁킁거렸다.

그렇게 시체를 옮기고 나서야 나는 숨 쉬기가 좀 편해져서 안도의 한숨을 내쉴 수 있었다. 하지만 책상과 그 빈 의자로 다가갈 수 있을 만한 용기가 나기까지는 얼마간의 시간이 좀 더 필요했다. 그리고 그제야 나는 경관 옆의 문기둥에 기대어 서 있는 키 큰 제레미의 모습을 발견하고는 약간 놀랐다. 제레미는 나를 열심히 지켜보고 있었다.

"그런데 피살자가 살해된 시각은 언제입니까?"

가방을 들고 문 쪽으로 걸어 나가는 검시관을 향해 아버지가 질문을 던졌다. 아버지의 눈에는 불만스러운 빛이 서려 있었다. 이 살인 사건 수사의 전개 방식에는 어쩐지 엉성한 구석이 있었다. 뉴욕 시에서 수사 경험을 쌓아온 아버지의 질서정연한 사고방식으로 볼 때는 서재를 하릴없이 왔다 갔다 하던 케니언 서장이나 유쾌하게 휘파람이나 불어대던 불 검시관의 태도가 아무래도 못마땅했을 것이다.

"아! 그렇군요. 내가 그만 깜박 잊었네요. 물론 사망 시각이야 아주 정확히 알 수 있죠. 그러니까 사망 시각은 오늘 밤 10시 20분입니다. 그래요, 10시 20분……. 분명히 말씀드리건대, 정확히 10시 20분입니다……."

그는 입맛을 쩝쩝 다시다가 고개를 꾸벅 숙여 보이고는 문 밖으로 사라졌다.

아버지는 불만스러운 표정으로 시계를 보았다. 자정 오 분 전이었다.

"꽤 자신만만하군."

아버지가 그렇게 중얼거렸다.

존 흄이 초조한 듯 머리를 저으며 문 쪽으로 걸어갔다.

"그 카마이클이라는 친구를 이리로 들여보내게."

"카마이클이 누굽니까?"

"포셋 상원의원의 비서입니다. 케니언 서장의 말로는 그가 우리에게 도움이 될 만한 정보를 많이 알고 있다는군요. 그러니 이제부터 그걸 들어보도록 하죠."

"지문은 좀 찾아냈소, 케니언?"

아버지는 그렇게 물으며 경멸을 담은 시선으로 당당하게 케니언 서장을 노려보았다.

케니언은 흠칫 놀라는 듯했다. 그는 멍청한 눈길을 하고 상아 이쑤시개로 이를 쑤시던 중이었다. 그는 입에서 이쑤시개를 빼고는 찌푸린 표정으로 부하 중 한 명에게 말했다.

"지문은 좀 나왔나?"

부하는 고개를 가로저었다.

"외부인의 것은 없습니다. 대개가 상원의원의 것과 카마이클 씨의 것입니다. 범인은 아마도 추리소설깨나 읽은 작자인 모양입니다. 장갑을 끼고 범행을 저지른 게 분명합니다."

"범인은 장갑을 낀 것 같다는군요."

케니언은 아버지에게 그렇게 말하고는 다시 이쑤시개를 입으로 가져갔다.

"그 친구를 빨리 데려오지 않고 뭐 하나!"

존 흄이 문 쪽에서 고함쳤다. 아버지는 어깨를 으쓱하고는 시가에 불을 붙였다. 이 모든 상황이 못마땅한 게 분명했다.

한순간, 나는 뭔가 단단한 것이 내 허벅지 뒤쪽을 가볍게 찌르는 걸 느꼈다. 뒤돌아보니 제레미 클레이가 의자를 들고서 웃고 서 있었다.

"앉아요, 셜록 홈스 양. 당신이 이곳에 계속 머물 작정이라면, 심각하게 생각을 짜내는 것도 좋지만 당신의 그 아름답고 가녀린 다리도 좀 쉬게 해줄 필요가 있을 것 같군요."

제레미가 말했다.

"제발!"

나는 화가 났지만 낮은 목소리로 속삭이듯 불평할 수밖에 없었다. 아무래도 그곳에서 경솔하게 행동할 수는 없었기 때문이다. 그는 싱긋 웃어 보이며 억지로 나를 의자에 앉혔다. 다행히 우리를 눈여겨보는 사람은 아무도 없었다. 나는 어쩔 수 없이 체념하고서 의자에 앉아 있기로 했다. 그러고서 나는 아버지의 얼굴을 흘끗 바라보았다.

아버지는 시가를 손에 든 채 문 쪽을 응시하고 계셨다.

## 3:
## 검은 상자

한 남자가 문 앞에 서서 책상 쪽을 바라보고 있었다. 그리고 의자가 비어 있는 것을 확인하자 그 야윈 얼굴에는 다소 놀라는 기색이 떠올랐다. 이어서 그는 시선을 옮기다가 지방 검사와 눈이 마주쳤다. 그는 서글픈 미소를 지으며 인사 대신 고개를 끄덕이고는 스스럼없이 방 안으로 들어와 융단 한가운데에 조용히 멈춰 섰다. 키는 나보다 크지 않았으나 건장한 체격에 동물적인 근육질을 지닌 남자였다. 그의 용모나 태도에는 어쩐지 단순한 비서 같아 보이지 않는 기묘한 구석이 있었다. 나이는 마흔쯤 된 듯했으나, 정확한 연령을 파악하기 힘든 분위기가 있어서 보는 사람을 당황하게 만들 법도 했다.

나는 아버지 쪽을 다시 바라보았다. 입에서 빼낸 시가는 아까 보았을 때와 마찬가지로 1센티미터도 움직이지 않았지만, 아버지는 크게 놀란 표정으로 새로 등장한 그 남자를 뚫어지게 바라보았다.

그리고 죽은 상원의원의 비서인 그 남자 역시 아버지를 바라보았다. 어쩌면 그가 아버지를 알고 있을지도 모른다는 생각이 들어서 나는 그를 주의 깊게 살펴보았다. 하지만 나는 아버지를 바라보고 있는 그의 담담한 두 눈에서 아무것도 읽어낼 수 없었다. 이어서 그는 시선을 내게로 옮겼고 조금 놀라는 듯했다. 하지만 그것은 이처럼 끔찍한 살인 현장에 여자가 와 있는 것을 보고 놀라는 당연한 반응에 지나지 않았다.

나는 아버지를 다시 바라보았다. 아버지는 시가를 물고서 어느새 다시금 무표정한 얼굴로 돌아가 있었다. 아버지의 짧은 놀라움을 알아차린 사람은 아무도 없는 듯했다. 하지만 나는 아버지가 이 카마이클이라는 남자를 전부터 알고 있다는 것을 알아챘다. 그리고 카마이클 역시 겉으로는 드러내지 않았으나 속으로는 한순간 놀랐음이 분명했다. 아무튼 이토록 완벽한 자제력을 지닌 남자라면 앞으로도 눈여겨보아야 할 상대일 거라고 생각했다.

"카마이클 씨!"

지방 검사 존 흄이 불쑥 말을 걸었다.

"케니언 서장의 말로는 당신이 우리에게 중요한 정보를 얘기해줄 수 있을 거라고 하더군요."

죽은 상원의원의 비서는 눈썹을 가볍게 치켜세웠다.

"그 '중요'하다는 것이 무엇을 의미하느냐 하는 게 문제겠죠, 흄 씨. 물론 시체를 발견한 건 저입니다만……."

"아 네, 물론 그렇겠죠."

지방 검사의 말투는 아주 담담했다. 상대는 포셋의 비서이다……. 지방 검사는 아무래도 그 점을 염두에 두고 있는 것 같았다.

"오늘 밤에 무슨 일이 있었는지를 얘기해주십시오."

"그러니까 저녁 식사를 마친 뒤에 상원의원님께서는 요리사와 집사와 하인을 이곳 서재로 불러들이셨습니다. 그러고는 오늘 밤은 외출해도 좋다는 말씀을 하셨습니다. 그리고……."

"하지만 당신은 그걸 어떻게 알았지요?"

흄이 날카롭게 질문을 던졌다.

카마이클이 미소를 떠올렸다.

"그때 저도 함께 있었으니까요."

케니언이 구부정한 자세로 앞으로 나섰다.

"맞습니다, 흄 씨. 제가 그 고용인들과 얘기를 나눴습니다. 그들은 약 삼십 분 전에 돌아왔습니다. 영화를 보고 왔다더군요."

"계속하십시오, 카마이클 씨."

"고용인들이 물러간 뒤 상원의원님께서는 그들과 마찬가지로 제게도 외출해도 좋다고 하시더군요. 그래서 저는 밀린 편지를 두세 통 쓰고는 외출했습니다."

"그런 얘기를 들었을 때 좀 이상하다는 생각은 들지 않았습니까?"

카마이클이 어깨를 으쓱했다.

"천만에요."

그는 싱긋 웃어 보이며 말을 이었다.

"그분은 이따금 은밀히…… 그러니까 사적으로 처리해야 할 일이 있으셨던 모양입니다. 요컨대 오늘 밤처럼 우리에게 외출 얘기를 꺼내시는 것이 그다지 드문 일은 아니었죠. 그래서 그다지 이상하게 생각하지는 않았습니다. 하지만 돌아와 보니 현관문이 활짝 열려 있었고……."

"잠깐만!"

아버지가 탁한 목소리로 끼어들었다.

카마이클의 미소가 잠깐 흔들리는가 싶더니 다시 입가에 머물렀다. 그는 정중한 태도로 아버지의 질문을 기다렸다. 그의 태도는 실로 완벽했는데, 나는 바로 이 점에 중요한 의미가 있다고 생각했다. 한낱 비서에 불과한 사람이 이런 상황에서 저렇듯 조금도 자세를 흐트러뜨리지 않고 취조에 대처할 수 있다고는 생각할 수 없었기 때문이다.

"외출할 때 당신은 현관문을 분명히 닫았습니까?"

"물론입니다. 그리고 이미 살펴보셨다면 아시겠지만, 이 저택의 현관문은 닫으면 자동으로 잠기게 되어 있습니다. 게다가 상원의원님과 저 이외에 열쇠를 가진 사람은 고용인들뿐입니다. 그렇기 때문에 상원의원님께서는 이곳에 찾아온 어떤 사람을 위해 직접 현관문을 열어주었을 겁니다."

"억측은 곤란합니다."

흄이 끼어들며 말을 이었다.

"당신도 아시겠지만, 밀랍으로 본을 떠서 여벌 열쇠를 만들 수도 있습니다. 아무튼 좋습니다. 당신이 돌아와 보니 문이 열려 있었단 말이죠? 그런 다음에는요?"

"좀 이상했고 동시에 어쩐지 불길한 생각도 들어서 저는 곧장 집 안으로 뛰어들었지요. 들어가서 보니 상원의원님께서 책상 앞 의자에 앉은 채로 숨져 있었습니다. 케니언 서장이 도착했을 당시 그대로 말입니다. 물론, 시체를 발견하고서 저는 곧바로 경찰에 연락을 취했습니다."

"시체에는 손대지 않았겠지요?"

"물론입니다."

"흠…… 그때가 몇 시였습니까, 카마이클 씨?"

"10시 30분 정각이었습니다. 상원의원님께서 살해된 것을 알고는 즉시 시계를 보았습니다. 그런 사소한 일도 중요해지리라는 걸 알았기 때문이죠."

흄이 아버지를 보았다.

"어떻습니까, 흥미롭지 않습니까? 범행이 일어난 지 불과 십 분 뒤에 시체가 발견되었으니 말입니다……. 카마이클 씨, 당신이 귀가할 무렵 누군가 이 집에서 나가는 것을 보지는 못했습니까?"

"아뇨. 하지만 집으로 돌아올 때 저는 무언가 생각에 잠겨 있었고 주위도 캄캄했기 때문에 못 보았을 수도 있습니다. 그리고 어쩌면 범인은 제가 다가오는 소리를 듣고 수풀 뒤에 숨었다가 제가 집 안으로 들어간 뒤에 달아났을 수도 있습니다."

"그랬을 수도 있겠죠, 흄 씨."

아버지가 불쑥 끼어들며 말을 이었다.

"그럼 경찰에 연락을 취한 다음에는 어떻게 했습니까, 카마이클 씨?"

"저기 문가에서 기다렸습니다. 그러자 케니언 서장님이 오시더군요. 전화를 걸고 십 분도 채 안 되었을 때였죠."

아버지는 육중한 걸음걸이로 서재 문으로 가서 복도를 내다보았다. 그러더니 고개를 끄덕이며 돌아왔다.

"알겠어요. 그러니까 그동안 당신은 줄곧 현관문을 지켜보고 있었던 셈이로군요. 그런데 그때 누군가가 밖으로 빠져나가는 걸 보거나 듣지는 못했습니까?"

카마이클은 고개를 세게 가로저었다.

"아무도 나가지 않았고, 또한 나가려고 한 사람도 없었습니다. 그리고 서재의 문이 열려 있었지만 저는 그걸 닫지 않았고, 전화를 거는 동안에도 시선을 문 쪽으로 향하고 있었기 때문에 그때 역시 누군가가 밖으로 빠져나가려고 했다면 반드시 제 눈에 띄었을 겁니다. 아무튼 집 안에는 저 혼자뿐이었던 게 분명합니다."

"하지만 아무래도 나로서는 이해가 잘 가지 않는군요……."

흄이 초조한 어조로 그렇게 말하자, 물고기 같은 눈을 한 케니언이 귀에 거슬리는 목소리로 끼어들었다.

"아무튼 범인은 카마이클 씨가 집 안으로 들어오기 전에 도망친 겁니다. 물론 우리가 도착한 뒤에 여길 빠져나갈 수 있었던 녀석 따위는 있을 수 없습니다. 집 안도 샅샅이 뒤져봤고 말입니다."

"다른 출입구는 어땠소?"

아버지가 케니언에게 물었다.

케니언은 대답하기 전에 책상 뒤에 있는 벽난로에다 침을 뱉었다. 그러고는 빈정거리는 투로 답했다.

"소용없었어요. 현관문 이외에는 모든 문이 안에서 잠겨 있었어요. 물론 창문까지도 말입니다."

"자, 이제 그런 얘기는 그만합시다. 그런 얘기를 더 해봐야 시간 낭비일 뿐이니까요."

흄은 그렇게 말하고는 책상으로 다가가 피가 말라붙어 있는 페이퍼 나이프를 집어 들었다.

"카마이클 씨, 이 칼에 대해 알고 있는 게 있습니까?"

"네, 물론입니다. 그건 상원의원님의 것입니다. 늘 그 책상 위에 놓여 있었죠."

카마이클은 흄이 집어 든 칼에서 얼른 눈길을 떼면서 말을 이었다.

"달리 더 물어볼 것이 있습니까? 실은, 속이 좀 거북해서 말입니다……."

속이 거북하다고! 이 남자는 마치 세균처럼 신경 따위는 갖고 있지도 않은 것 같은데…….

지방 검사는 칼을 책상 위에 내려놓았다.

"이 사건에 대해서 뭔가 짚이는 게 있습니까?"

카마이클은 실로 유감스럽다는 듯한 표정을 지어 보였다.

"죄송합니다만, 그런 건 전혀 없습니다, 흄 씨. 물론 그동안의 정치 경력에서 상원의원님이 적들을 많이 만드셨다는 건 당신도 아시겠지만 말입니다……."

"그건 무슨 뜻이지요?"

흄이 느리게 물었다.

카마이클은 괴로운 표정을 지었다.

"무슨 뜻이냐고요? 말씀드린 그대로입니다. 포셋 상원의원님을 싫어하는 사람이 많다는 건 당신도 잘 아실 텐데요. 아마도 살의를 품을 정도로 상원의원님을 미워하는 사람들이 남녀 가릴 것 없이 수십 명은 될 겁니다."

"알겠어요. 그럼, 우선 이 정도로 하죠. 나가서 기다리세요."

흄이 낮게 말했다.

카마이클은 고개를 끄덕이고는 입가에 미소를 머금은 채 방을 나갔다.

아버지가 지방 검사를 한쪽 구석으로 끌고 갔다. 그러고는 낮은 목소리로 포셋 상원의원의 대인 관계와 정치적인 비행 등에 대해서 잇달아 질문을 퍼부었다. 그리고 카마이클에 대해서도 이런저런 사항들을 물었다.

그동안 케니언 서장은 멍청한 표정으로 천장과 벽돌을 살피며 계속해서 방 안을 어슬렁거렸다.

방 저편에 놓여 있는 책상이 나를 유혹하고 있었다. 실은 카마이클이 조사를 받는 동안에도 나는 자리에서 일어나 책상 쪽으로 가보고 싶은 생각이 간절했다. 마치 책상에 있는 물건들이 내게 빨리 와서 자기들을 조사해달라고 소리치는 것 같았다. 어째서 아버지나 지방 검사나 케니언 서장이 그 책상에 있는 여러 가지 물건들을 면밀히 조사해보지 않는지 나로서 이해할 수가 없었다.

나는 주의를 둘러보았다. 아무도 나에게 주의를 기울이지 않았다.

내가 자리에서 일어나 급히 방을 가로질러 나가자 그것을 본 제레미가 빙긋 웃었다. 나는 그곳에 있는 남자들이 나를 간섭하거나 비난할까봐 염려되어 얼른 책상 위로 몸을 숙였다.

시체가 된 포셋 상원의원이 앉아 있던 의자 바로 앞의 책상 위에는 녹색 압지가 놓여 있었다. 책상을 반쯤 차지하고 있는 그 압지 위에는 두꺼운 크림색 편지지가 놓여 있었다. 맨 위의 편지지는 아무것도 쓰여 있지 않고 깨끗했다. 나는 조심스레 그 편지지 묶음을 집어 들다가 기묘한 것을 발견했다.

앞서 보았을 때, 상원의원의 시체는 상체로 책상 가장자리를 바짝 짓누르는 듯이 의자에 앉아 있었다. 그의 가슴의 상처에서 뿜어져 나온 피가 바지에는 묻어 있지 않았던 걸로 기억하는데, 지금 보니 의자에도 피는 묻어 있지 않았다. 다만 피는 압지 위로 튀었던 것이다. 편지지 묶음을 집어 들어보니, 뿜어져 나온 많은 피가 녹색 압지에 스며들어 있는 걸 알 수 있었다. 그런데 그 피 얼룩의 형태가 기묘했다. 편지지 묶음의 아래쪽 모서리 한쪽을 따라 스며든 것처럼 압지에 피 얼룩이 나 있는 것이었다. 편지지 묶음을 들어내 보니, 편지지 묶음의 한쪽 모서리가 있던 부분의 새 압지에는 불규칙한 동그라미 모양의 거무스름한 얼룩 덩어리가 보였지만, 편지지 묶음이 있던 안쪽의 직사각형 부분은 더럽혀지지 않은 채 그대로 남아 있었다.

분명 여기에는 중요한 의미가 담겨 있다! 나는 주위를 둘러보았다. 아버지와 흄은 아직도 낮은 소리로 얘기를 나누고 있었고, 케니언 서장은 여전히 기계적으로 서재 안을 왔다 갔다 하고 있었다. 그러나 제레미와 정복 경찰 몇 명이 못마땅한 눈초리로 나를 지켜보고 있었으므로 나는 잠깐 망설이지 않을 수 없었다. 계속해서 조사를 해나가는 것이 과연 현명한 노릇일까……. 하지만 머릿속에 떠오른 가설 하나가 자신을 검토해달라고 간절히 바라고 있었다. 나는 결심을 하고서 다시 책상 위로 허리를 굽혔다. 그리고 편지지의 매수를 헤아리기 시작했다. 한 장도 사용하지 않은 새 편지지 묶음일까? 언뜻 보기엔 그렇게 보였다……. 그러나 세어보니 편지지는 아흔여덟 장이었다. 내 생각이 틀리지 않았다면 이 편지지 묶음이 몇 장짜리인지는 표지에 인쇄되어 있을 것이다…….

과연 내 생각대로 표지에는 백 장 묶음이라고 분명하게 인쇄되어 있었다.

나는 편지지 묶음을 내가 그걸 처음 보았을 때 놓여 있던 위치에 정확히 다시 내려놓았다. 내 가슴은 초조하게 고동치고 있었다. 어쩌면 나는 가설을 검토하는 단계에서 대단히 중요한 그 무엇을 간과해버린 건 아닐까? 확실히 방금 알아낸 사실 그 자체만으로는 그 무엇도 해결되지 않는다. 하지만 그것이 이 사건을 해결하는 데 불가피한 단서가 될 가능성은 있을 거라고 나는 생각했다…….

아버지가 내 어깨에 손을 얹는 것이 느껴졌다.

"뭐 하는 거냐, 패티?"

아버지가 무뚝뚝하게 물었다. 하지만 이내 아버지의 시선은 방금 내가 제자리에 놓은 편지지 묶음으로 향했다. 그러고는 무언가를 생각하듯이 눈을 가늘게 떴다. 지방 검사 흄 또한 약간의 호기심을 느꼈는지 나를 쳐다보았으나 이내 가볍게 웃고는 시선을 돌렸다. '알겠어요, 흄 씨. 내가 여자니까 무시하겠다 그 말씀이죠!' 나는 속으로 그렇게 중얼거리며 언제든 기회만 주어진다면 그의 오만함을 짓뭉개주리라고 결심했다.

"자 그럼, 이제 그 재미있는 물건을 좀 봅시다, 케니언. 그런 뒤에는 경감님의 의견을 듣고 싶군요."

지방 검사가 아버지 쪽으로 고개를 돌리며 여전히 쾌활한 어조로 말했다.

케니언 서장이 뭐라고 투덜거리며 주머니에 손을 넣었다. 이어서 그가 꺼낸 것은 참으로 기묘한 물건이었다.

그것은 장난감의 일부처럼 보였다. 아니, 장난감 상자의 일부라고 해야 옳을 것이다. 그것은 소나무와 같은 부드럽고 값싼 목재로 만들어져 있었는데, 고동색으로 칠이 되어 있고 군데군데 검은 반점이 얼룩져 있었으며 네 귀퉁이에는 작고 조잡한 장식용 쇠붙이가 붙어 있었다. 언뜻 보기에 그것은 여행용 가방의 복제품 같았고, 쇠붙이는 여행용 가방의 귀퉁이를 보호하기 위한 놋쇠 조각처럼 보였다. 하지만 나는 어쩐지 그것이 여행용 가방을 모방해서 만든 것이라기보다는 마치 귀중품 보관함을 본떠서 작은 크기로 만든 것이라는 생각이 들었다. 높이는 7, 8센티 정도밖에 되지 않았다.

그런데 이 물건이 나의 주의를 끈 것은 그것이 작은 상자의 한 부분에 지나지 않는다는 점이었다. 그 물건의 오른쪽 면에 톱으로 깨끗하게 자른 흔적이 있었기 때문이다. 케니언이 손톱 밑에 때가 낀 더러운 손으로 들고 있는 그 물건은 폭이 불과 5센티미터 정도밖에 되어 보이지 않았다. 나는 재빨리 계산을 해보았다. 아마도 상자의 원래 폭은 높이와의 균형을 생각해볼 때 약 15센티미터쯤은 될 것 같았다. 그런데 현재의 폭이 5센티미터쯤이니까 이것은 결국 전체의 삼 분의 일이라는 얘기가 된다.

"이걸 파이프에 채워서 피워보시는 게 어떨까요? 대도시의 수사관께서는 이 물건을 어떻게 생각하시는지요? 하하!"

케니언이 심술궂게 아버지에게 말했다.

"어디서 발견한 거요?"

"우리가 이리로 달려왔을 때 저 책상 위에 버젓이 놓여 있더군요. 편지지 묶음 뒤에서 시체를 마주 보며 말이죠."

"아무튼 묘한 물건이군."

아버지는 그렇게 중얼거리고는 케니언의 손에서 그 물건을 낚아채 자세히 들여다보았다.

그 뚜껑, 좀 더 정확히 말한다면, 뚜껑이라기보다는 잘려져 나가고 남은 부분 위에 붙어 있는 뚜껑의 일부는 상자의 몸통에 작은 경첩 하나로 연결되어 있었다. 상자 내부는 비어 있었는데, 칠이 되어 있지 않았고 얼룩 한 점 묻어 있지 않은 깨끗한 나뭇결을 유지하고 있었다.

아버지가 들고 있는 그 물건의 앞면에는 'HE'라는 두 개의 금빛 문자가 짙은 고동색 표면 위에 조심스레 적혀 있었다.

"대체 이게 무슨 뜻일까? HE(그)라니, 누구를 말하는 걸까?"

아버지가 망연히 나를 바라보며 중얼거렸다.

"이상하죠? 그렇지 않습니까?"

흄은 마치 수수께끼라도 즐기는 사람처럼 미소를 떠올리며 말했다.

"물론 이것은 단순히 그(HE)를 의미하는 게 아닐 거예요."

나는 신중하게 대답했다.

"어째서 그렇게 생각하십니까, 섬 양?"

"흄 검사님, 제 생각으로는……."

나는 최대한 달콤한 목소리로 말을 이었다.

"선생님처럼 유능한 분이시라면 곧바로 여러 가지 가능성을 떠올릴 수가 있으실 것 같은데요. 아무래도 저 같은 여자보다는……."

"나는 여기에 중요한 의미가 담겨 있다고는 보지 않습니다."

흄이 불쑥 그렇게 말했다. 이미 그의 입가에는 미소가 사라지고 없었다.

"케니언 서장도 나와 같은 의견입니다. 하지만 단서가 될지도 모르는 것이니만큼 가볍게 다룰 수는 없겠지요. 경감님께서는 어떻게 생각하십니까?"

"이 문제에 대해선 제 딸애가 저보다 나은 것 같군요. 그러니까 이것은 단어의 일부, 즉 어떤 단어의 첫머리 두 문자이지 그(HE)라는 말은 아닐 것 같습니다. 그렇지 않으면 어떤 짧은 문장의 첫 번째 단어일 겁니다."

케니언이 경멸하는 듯 콧소리를 내질렀다. 아버지는 개의치 않고 지방 검사에게 물었다.

"이것에서 지문 검사는 해보셨습니까?"

흄은 고개를 끄덕였으나 표정은 어두웠다.

"포셋 의원의 지문은 있었지만 다른 사람의 것은 없었습니다."

"이게 책상 위에 있었단 말이죠……."

아버지가 중얼거리며 말을 이었다.

"그럼 카마이클이 오늘 저녁에 외출하기 전에도 이게 책상 위에 있었습니까?"

흄이 눈썹을 치켜세웠다.

"실은 그다지 중요할 것 같지 않아서 물어보지도 않았습니다. 아무튼 카마이클을 불러서 알아보기로 하죠."

흄이 부하에게 카마이클을 불러오게 했다. 카마이클은 여전히 냉담한 얼굴에 정중하면서도 약간 의아한 표정을 담고서 금방 나타났다. 이어서 그는 아버지가 들고 있는 나무 상자에 시선을 고정했다.

"역시 찾아내셨군요. 과연 이상한 물건이지요?"

카마이클이 중얼거리듯 말했다.

흄이 긴장된 표정을 지었다.

"저 물건에 대해 뭔가 알고 있는 게 있습니까?"

"실은 저 물건에 대해선 좀 말씀드릴 게 있습니다만, 아직까지는 그럴 기회가 없어서……."

"잠깐만……."

아버지가 좀 나른한 어조로 말을 이었다.

"오늘 밤에 당신이 이 방에서 나갈 때도 이 묘한 물건이 상원의원 책상 위에 있었습니까?"

카마이클은 희미하게 미소를 떠올렸다.

"아뇨, 없었습니다."

"그렇다면 결국…… 이 물건은 포셋 상원의원이나 범인, 그 두 사람 중 누군가가 일부러 책상 위에 꺼내놓아야 할 만큼 중요한 거라고 볼 수 있겠군요. 그렇게 생각하지 않습니까, 흄 씨?"

"그런 것 같군요. 저는 그런 관점으로는 생각해보지 않았습니다만……."

"물론 달리 생각해볼 수도 있습니다. 예를 들면, 상원의원이 혼자 남아 있다가 문득 이 물건이 보고 싶어서 꺼냈을 수도 있습니다. 만약 그런 경우라면 범인과 이 물건과는 아무런 관계가 없지요. 하지만 제 경험에 의하면, 누군가가 이러한 상황, 즉 집 안 사람들을 모두 밖으로 내보내야만 하는 특수한 상황에서 무언가 행동을 취한 뒤 살해되었다면, 그가 취한 행동이 어떤 것이든 간에 그것은 사건과 관계가 있다고 봐야 합니다. 물론 당신이 알아서 처리할 문제이지만, 제 생각엔 이 물건에 대해 좀 더 조사해볼 필요가 있을 것 같습니다."

"결론을 내리시기 전에 제 얘기를 들어보시는 게 좋을 듯하군요."

카마이클이 조용히 말을 이었다.

"그 잘린 나무 상자는 지난 몇 주일 동안 상원의원님의 책상 속에 들어 있었습니다……. 바로 이 서랍 속에 말입니다."

그는 책상 쪽으로 걸어가 맨 위 서랍을 열었다. 서랍 속은 어질러져 있었다.

"누군가 서랍 속을 뒤졌군요!"

"아니, 그게 무슨 말이오?"

지방 검사가 재빨리 물었다.

"포셋 상원의원님은 지나칠 정도로 깔끔한 분이셨습니다. 뭐든 제대로 정돈되어 있는 걸 좋아했지요. 제가 우연히 보아서 알고 있는 사실입니다만 어제도 이 서랍 속은 깔끔히 정돈되어 있었습니다. 그런데 지금은 이렇게 마구 헝클어져 있군요. 그분이 이렇게 그냥 뒀을 리는 없습니다. 분명히 누군가 이 서랍 속을 뒤진 게 틀림없습니다."

케니언이 부하들에게 고함을 질렀다.

"자네들 중에 누구 이 책상을 뒤진 사람 있나?"

모두 일제히 고개를 가로저었다.

"이상한 일이로군."

케니언이 중얼거리며 말을 이었다.

"저는 부하들에게 이 책상에 손대지 말라고 분명히 일렀습니다. 그런데 대체 누가 이런 짓을……."

"진정하시오, 케니언."

아버지가 퉁명스레 말했다.

"나중에 밝혀지겠지만 지금으로선 범인의 소행일 가능성이 높아요. 그런데 카마이클 씨, 이 괴상한 물건의 배후에는 대체 어떤 사연이 숨겨져 있나요? 이 물건이 지닌 의미는 뭡니까?"

"저 역시도 그게 궁금합니다, 경감님."

카마이클이 유감스러운 듯이 말했다. 아버지와 카마이클의 무표정한 얼굴이 서로를 마주 보았다.

"거기에 관해서는 저도 당신과 마찬가지로 아는 바가 없습니다. 저 물건이 이곳에 있게 된 이유조차도 저는 알지 못합니다. 그러니까 몇 주 전, 아마 삼 주쯤 전의 일입니다만…… 아니, 그보다는 처음부터 말씀드리는 게 좋겠군요. 그러니까……."

"되도록 간단명료하게 얘기해주십시오."

카마이클은 한숨을 쉬었다.

"상원의원님께서는 이번 선거가 자신에게 어려울 것을 알고 계셨습니다, 흄 씨."

"흐음, 그랬었군요."

흄이 진지한 얼굴로 고개를 끄덕이고는 말을 이었다.

"그런데 그 사실이 이 사건과 무슨 관계라도 있다는 겁니까?"

"아무튼 들어보시죠. 그래서 포셋 상원의원님은 이 지방의 빈민층을 옹호하는 태도를 취하면…… 저는 감히 태도를 취한다는 표현을 썼습니다만…… 어쨌든 그렇게 하면 후보자로서의 인지도가 높아질 거라고 생각하셨습니다. 그래서 그분은 이 지방의 교도소인 알곤킨 교도소에서 생산해낸 물건으로 실업자 구제 자금 마련을 위한 바자회를 열 생각이셨습니다."

"그 일에 대해서라면 〈리즈 이그재미너〉지가 상세한 폭로 기사를 실은 적이 있어요. 그러니 요점만 얘기하십시오. 대체 저 상자가 그 바자회와 무슨 관계가 있다는 겁니까?"

흄이 냉담하게 얘기를 가로막으며 말했다.

카마이클이 말을 이었다.

"그래서 상원의원님은 주 교도국과 매그너스 교도소장의 승낙을 얻어 알곤킨 교도소를 시찰하셨습니다. 그게 약 한 달 전의 일입니다. 그때 상원의원님은 교도소장에게 바자회 홍보에 사용하기 위한 견본품을 보내달라고 요청했습니다."

카마이클은 잠깐 말을 멈추었다가 눈을 약간 빛내며 다시 말을 이었다.

"그래서 교도소 목공부에서 만든 완구들이 도착했는데, 그 꾸러미 속에 저 상자 토막이 함께 들어 있었던 겁니다."

"그랬었군……."

아버지가 중얼거리며 말을 이었다.

"그런데 당신은 어떻게 그 사실을 알게 되었습니까?"

"제가 직접 그 견본품 포장들을 열었기 때문이죠."

"그랬더니 이 뚱딴지같은 물건이 다른 완구들과 함께 뒤섞여 있었다 그 말이죠?"

"반드시 그렇다고만은 할 수 없습니다, 경감님. 그 물건은 연필로 상원의원님의 주소와 이름이 쓰여 있는 좀 더러운 종이로 포장되어 있었습니다. 게다가 그 꾸러미 안에는 역시 상원의원님 앞으로 보내는 편지가 담긴 봉투도 함께 들어 있었습니다."

"편지라고요!"

흄이 소리치며 항의하듯 말을 이었다.

"그렇게 중요한 사항을 어째서 이제야 말하는 거요! 그 편지는 어디에 있죠? 당신도 읽어봤나요? 어떤 내용이었습니까?"

카마이클은 씁쓸한 표정을 지었다.

"죄송합니다만, 흄 씨. 그 물건이나 편지는 상원의원님 앞으로 온 것이라서 뜯어볼 수가 없었습니다……. 저는 그걸 발견하고는 곧바로 상원의원님께 건네드렸습니다. 그분은 제가 포장을 열고 꺼낸 물건들을 책상 위에 놓고 살펴보셨는데, 저는 그분이 그 종이 포장을 열어보기 전까지는 그 내용물이 무엇인지 전혀 몰랐습니다. 저는 다만 종이 포장에 쓰여 있는 것만 보고 그냥 건네드렸을 뿐입니다. 아무튼 상원의원님께서는 내용물인 상자를 보시더니 새파랗게 질린 표정을 지으셨습니다. 그리고 부들부들 떨리는 손으로 봉투를 뜯으셨습니다. 맹세코 이건 진실입니다만, 그와 동시에 저더러 나가 있으라고 하셨습니다. 나머지 포장들은 직접 열어보겠다고 하시면서 말입니다."

"그것참 유감스럽군요."

흄이 애석한 표정을 지으며 말을 이었다.

"그럼 그 편지가 지금 어디 있는지, 혹은 포셋이 찢어버렸는지 어쨌는지 모른다는 말이오?"

"완구들과 다른 물건들을 바자회 본부에 보낸 뒤에야 저는 그 상자 토막이 견본품들 속에서 빠지게 된 것을 알았습니다. 그러니까 일주일쯤 지난 어느 날 저는 그 물건이 저 책상 맨 위 서랍에 들어 있는 걸 우연히 보았던 겁니다. 하지만 그 편지는 두 번 다시 보지 못했습니다."

"잠깐만 기다려주시오, 카마이클 씨."

흄은 그렇게 말한 뒤 케니언 서장에게 무언가를 속삭였다. 케니언이 귀찮은 듯한 표정으로 경관 세 명에게 무뚝뚝하게 명령을 내렸다. 그러자 경관 한 명이 즉시 책상으로 가서 허리를 굽히더니 서랍들을 뒤지기 시작했고 다른 경관 두 명은 방에서 나갔다.

아버지는 생각에 잠긴 표정으로 눈을 가늘게 뜨고 시가 끝을 바라보다가 입을 열었다.

"그런데 카마이클 씨, 누가 그 완구 꾸러미를 배달했습니까? 그 점에 대해서는 듣지 못한 것 같군요."

"교도소 부속 시설인 작업장에서 일하는 모범수들이 날라 왔습니다. 물론 저는 알지 못하는 사람들이었습니다."

"알겠습니다. 그럼 당신이 그 모범수들로부터 꾸러미를 건네받았을 때는 봉인이 되어 있는 상태였습니까?"

카마이클은 잠깐 동안 아버지를 바라보다가 대답했다.

"아, 무슨 말씀인지 알겠습니다. 그러니까 당신 생각은 그 배달꾼들이 오는 도중에 꾸러미를 열고서 그걸 슬쩍 집어넣었을지도 모른다는 거지요? 하지만 저는 그렇게 생각하지 않습니다, 경감님. 봉인은 완전했습니다. 만약 파손된 흔적이 있었다면 제가 그걸 눈치채지 못했을 리가 없습니다."

"흐음."

아버지는 입맛을 쩝쩝 다시고서 말을 이었다.

"어쨌든 잘됐어요. 이로써 수사 범위가 좁혀졌으니까요. 흄 씨, 이제 이 물건의 중요성을 이해하시겠죠?"

"제가 잘못 생각했습니다."

지방 검사 흄은 자신의 판단 착오를 순순히 인정했다. 하지만 곧이어 그는 검은 두 눈에 다소 장난스러운 빛을 떠올리며 나에게 말했다.

"그런데 섬 양? 당신 생각에도 이 물건이 중요한 것 같습니까?"

그는 미소를 띤 채 짐짓 정중하게 말했지만 그것이 오히려 내 속을 긁게 만들었다. 여자라고 또 얕잡아 보는군! 나는 턱을 앞으로 내밀고서 쌀쌀맞은 어조로 말해주었다.

"흄 씨, 내가 어떻게 생각하든 당신에겐 상관없을 텐데요?"

"허, 오해를 하시는군요. 저는 당신을 화나게 할 뜻은 전혀 없었습니다. 당신의 의견을 듣고 싶었을 뿐입니다."

"좋아요, 그럼 말씀해드리죠."

나는 쏘아붙이듯 말을 이었다.

"제가 보기에 당신들은 모두 눈뜬장님들 같아요."

# 4:
## 다섯 번째 편지

외국에서 돌아온 직후 나는 뉴욕에서 무더운 기간을 보내며 그동안 접하지 못했던 미국 문화를 이해하는 데 적지 않은 시간을 보냈다. 그 때문에 나는 미국의 여러 대중 잡지들을 읽기도 했는데, 특히 미국 특유의 기업 정신과 미국인의 사고방식을 살필 수 있는 광고란에 흥미를 느꼈다. 한마디로 광고를 통해 미국을 알 수 있을 것 같은 생각이 들 정도였다. 그 가운데서도 다음과 같은 광고 문구는 미국인의 사고방식을 잘 나타내주는 것으로 특히 기억에 남는다.

"내가 피아노 앞에 앉았을 때 모두 소리 내어 웃었다. 하지만 내가 프랑스어로 웨이터를 부르자 모두 상냥하게 미소 지었다."

이것은 불운했던 과거를 극복하고 누구도 예상치 못했던 재능과 교양을 갑자기 드러내 친구들을 놀라게 한 야심에 찬 예술가의 일화였다.

그런데 지금의 나야말로 그러한 예술가들이 절실히 부러웠다. 왜냐하면 내가 "당신들은 모두 눈뜬장님"이라고 쏘아붙이자, 그 순간 존 흄은 소리 죽여 웃었고 케니언은 염치없이 너털웃음을 터뜨렸으며 제레미까지도 빙그레 웃었기 때문이다……. 즉 나는 그 말을 내뱉어서 오히려 웃음거리가 되고 만 것이다.

안타깝게도 그때 나는 그들의 맹목과 무지를 증명해 보일 수 있는 처지가 아니었다. 그래서 가능한 한 냉정한 태도로 얼굴을 찌푸리면서 앞으로 언젠가는 그들이 깜짝 놀라서 입을 다물지 못하게 만들어 보이겠노라고 씁쓸한 기분으로 나 자신에게 다짐했다. 하지만 지금 그 당시를 돌이켜보니, 그것은 너무나도 유치하고 어리석은 생각이었다. 나는 어린 시절 종종 샤프롱이 내가 하고자 하는 일을 허락하지 않을 때는 화가 나서 가장 못된 방법으로 그 불쌍한 아줌마를 골탕 먹이곤 했다. 하지만 지금은 그때와는 달리 딱할 정도로 진지했다. 나는 귀청을 울리는 그들의 웃음소리를 들으며 마음속 깊은 곳에서 우러나오는 분노를 가라앉히려고 무진 애를 쓰면서 책상 쪽으로 몸을 돌렸다.

가엾게도 아버지는 굴욕감으로 귓불까지 붉어진 채 화가 난 표정으로 나를 노려보셨다.

나는 혼란을 감추기 위해 책상 한쪽 구석을 살펴보기 시작했다. 거기에는, 겉봉은 주소와 성명이 타이핑된 채 봉해져 있었지만 아직 우표가 붙어 있지 않은 편지 봉투 몇 장이 가지런히 쌓여 있었다. 내가 눈앞에 피어오른 분노의 안개를 걷어내기까지는 약간의 시간이 더 필요했다. 이윽고 내가 그 편지들에 제대로 시선을 모을 수 있게 되었을 때 존 흄이 나를 곤경에 빠뜨린 것이 미안했던지 나에게 말을 걸었다.

"아, 그래요! 그 편지들도 조사를 해봐야겠군요. 그 편지들을 떠올리게 해줘서 고마워요, 섬 양."

이어서 그는 카마이클에게 말했다.

"카마이클 씨, 당신이 저 편지들을 타이핑했습니까?"

"네?"

카마이클은 뭔가 다른 생각에 몰두해 있었는지 깜짝 놀라며 말을 이었다.

"아, 그 편지들 말입니까? 네, 제가 타이핑했습니다. 오늘 저녁 식사를 마친 뒤에 상원의원님께서 부르는 대로 받아 적었다가 외출하기 전에 타이핑했습니다. 아시겠지만 제 사무실은 이 서재에 딸린 작은 방입니다."

"내용 중에 뭔가 수사에 도움이 될 만한 것은 없었습니까?"

"범인을 찾는 데 도움이 될 만한 내용은 없었습니다."

카마이클이 씁쓸하게 웃으며 덧붙였다.

"그러니까 상원의원님이 기다리고 있던 방문객과 관계있을 듯한 내용은 없었다고 봅니다. 아무튼 제가 타이핑을 끝낸 그 편지들을 상원의원님께 갖다드렸을 때 그분이 보인 태도로 미루어 보아서는 그렇습니다. 그분은 편지들을 대충 훑어보시고서 서명을 한 뒤 접어서 봉투에 넣어 봉했는데, 그때 그분의 행동은 다급했으며 모두 대충 하는 듯했습니다. 손가락은 떨리고 있었고요. 아마도 그분의 머릿속에서는 서둘러 나를 외출시키고 싶은 마음뿐이었을 겁니다. 어쨌든 그런 느낌을 받았습니다."

흄이 고개를 끄덕였다.

"타이핑할 때 먹지를 대고서 사본도 만들었을 테죠? ……그리고 경감님, 이렇게 된 이상 철저히 조사를 해보는 게 좋겠지요? 어쩌면 저 편지 내용들 중에서 단서가 될 만한 게 나올지도 모르니까요."

카마이클이 책상으로 다가가 책상 위 한구석에 놓여 있는 철망으로 된 서류 바구니에서 엷은 분홍빛을 띤 종이 몇 장을 꺼내 흄에게 건넸다. 흄은 그 사본들에 쓰여 있는 내용을 주의 깊게 읽어보고서는 고개를 내저으며 아버지에게 건네주었다. 나도 아버지와 함께 그걸 들여다보았다.

맨 위의 편지는 놀랍게도 엘리후 클레이 씨에게 보내는 것이었다. 아버지와 나는 서로가 놀란 표정을 지으며 마주 보았다. 그러고는 둘이서 편지를 읽어 내려갔다. 의례적인 형식대로 쓰인 그 편지의 내용은 다음과 같았다.

*친애하는 엘리*

*친구로서 작은 정보를 하나 제공할까 하오. 물론 이 정보의 내용과 출처가 공개되어선 곤란하오. 전에도 그랬던 것처럼 이것 역시 당신과 나 사이의 작은 비밀로 묻어두기로 합시다.*

*아마도 내년도의 새 예산안에는 틸덴 카운티에 백만 달러를 들여 주립 재판소를 건립하는 조항이 포함될 것이오. 아시다시피, 지금의 재판소는 너무 오래되어 무너지기 직전에*

*있소. 그래서 우리 동료 의원들은 예산위원회에서 새로운 재판소를 세우기 위한 예산안을 통과시키려고 최선을 다하고 있소. 아무튼 이 조엘 포셋이 출신 구의 지역 주민들을 무시했다는 말은 결코 나오지 않게 할 것이오!*
*우리 모두는 이 새로운 재판소의 건설을 위한 비용이 아낌없이 책정되기를 바라고 있소.*
*예컨대 대리석도 최고급의 것이 사용될 수 있게 말이오.*
*당신이 위의 정보에 '관심'이 있을 듯해서 알려드리는 바이오.*

*변함없는 당신의 친구*
*조 포셋*

"'친구로서의 작은 정보'라고? 흄 씨, 이거 정말 놀라운 일이로군요. 당신들이 포셋 상원의원을 못마땅하게 여긴 것도 무리가 아니군요."

아버지가 으르렁거리듯 말했다. 그러더니 방 한구석에서 줄담배를 피우면서 이쪽을 지켜보고 있던 제레미에게 조심스레 눈길을 보내며 목소리를 낮추었다.

"과연 이 편지 내용대로 포셋 상원의원과 클레이 씨 사이에 무슨 관계가 있습니까?"

흄이 쓴웃음을 지었다.

"아뇨, 그렇지 않을 겁니다. 이건 죽은 상원의원이 가끔 부리는 잔재주 중 하나일 뿐입니다. 엘리후 클레이 씨는 결코 그런 인물이 아닙니다. 이 따위 편지에 속아 넘어가선 안 됩니다. 클레이 씨와 저 우쭐대던 포셋 상원의원은 이 편지에서처럼 '엘리'니 '조'니 하고 부를 만한 사이도 아니었습니다."

"그렇다면 이건 기록을 남기기 위한 수단이었단 말입니까?"

"그렇습니다. 만약 무슨 일이 일어났을 때, 이 편지 사본은 클레이 씨 역시 포셋 상원의원의 공범자로서 자기 회사의 이익을 위해 혈안이 되어 있었다는 증거로 쓰일 수 있을 테니까요. 뿐만 아니라 클레이 씨 동업자의 동생이며 클레이 씨를 '친구'라고 칭하는 상원의원은 이 편지에서 과거에도 자신이 비슷한 정보를 제공했음을 넌지시 암시하는 수법도 쓰고 있어요. 만약 이러한 부정이 세상에 폭로된다면, 클레이 씨 역시 상원의원과 한통속이라는 비난을 면치 못할 겁니다."

"어쨌든 이런 편지가 흘러 나가지 않았으니 다행입니다. 정말이지 포셋 상원의원은 형편없는 작자였군요! ……자 그럼, 두 번째 편지를 보기로 할까, 패티? 아무튼 시간이 흐를수록 점점 새로운 사실이 드러나는구나."

두 번째 편지 사본은 〈리즈 이그재미너〉지의 주필에게 보내는 것이었다.

"이 도시에서 포셋 일당에게 대항할 용기를 가진 유일한 신문이지요."

흄이 설명했다.

이 편지에는 강경한 어조로 다음과 같이 쓰여 있었다.

*오늘 날짜의 귀지에 실린 비논리적이고도 부당한 사설은 나의 정치적 경력의 어떤 부분을 고의적으로 왜곡하고 있습니다.*
*나는 귀사의 잡지에서 그 기사를 취소할 것을 요구하는 동시에 귀사의 잡지가 나의 개인적인 인격을 침해한 그 비열한 비난이 전혀 사실 무근임을 리즈 시 및 틸덴 카운티의 선량한 주민들에게 널리 알릴 것을 요구하는 바입니다.*

아버지는 그 편지 사본을 관심 없다는 듯이 옆으로 던지면서 말했다.

"낡은 수법이군. 패티, 다음 것을 읽어보자."

세 번째의 분홍빛 사본은 알곤킨 교도소의 매그너스 소장에게 보내는 것으로 내용은 매우 짤막했다.

*친애하는 소장님*
*내년도에 있을 알곤킨 교도소 관계자들의 승진에 관해 주 교도국으로 보내는 나의 공식 추천장 사본을 동봉하니 보시기 바랍니다.*

*조엘 포셋*

"맙소사! 아니, 이 작자가 교도소에까지 손을 뻗쳤단 말인가? 이게 대체 말이나 되는 짓이야! 이 작자는 뭐든 통째로 집어삼킬 작정이었군!"

아버지가 큰 소리로 외쳤다.

존 흄이 쓴웃음을 지었다.

"자, 이젠 이 '빈민 옹호자'가 어떤 자였는지를 분명히 아셨겠죠? 이자는 승진을 미끼로 교도소에서까지 표를 긁어모으려고 했습니다. 과연 이자의 추천장이 주 교도국에서 어느 정도의 효과를 거둘 수 있었는지는 모르겠으나, 전혀 효과가 없다고 하더라도 자신이 선거 구민 모두에게 골고루 은혜를 베푸는 자선가라는 인상쯤은 심어줄 수 있었을 테죠. 정말, 기가 막힐 노릇입니다!"

아버지는 어깨를 으쓱하고 네 번째 편지 사본을 집어 들더니 이번에는 껄껄 웃으셨다.

"허허, 이 친구도 불쌍하군! 똑같은 수법에 당하다니. 어서 읽어보렴, 패티. 대단한 내용이다."

나는 이 편지가 아버지의 오랜 친구인 브루노 주지사에게 보내는 것임을 알고서 깜짝 놀랐다. 그리고 만약 브루노 주지사가 이 뻔뻔스럽고 무례한 편지를 받아 보았다면 대체 어떤 반응을 보였을지 궁금했다.

*친애하는 브루노 씨*

*당신이 내가 틸덴 카운티에서 재선될 가능성이 희박하다고 선전하고 다닌다는 것을 주의회의 몇몇 친구들에게서 들었습니다.*

*그래서 나는 당신에게 다음과 같은 사실을 일깨워드리는 바입니다. 만약 틸덴 카운티에서 내가 아닌 흄이 당선된다면 그 정치적 반향은 앞으로 있을 당신 자신의 재선 가능성 여부에 커다란 영향을 끼치게 될 것입니다. 틸덴 카운티는 허드슨 강 유역 일대의 전략적 중심지라는 점을 잊지 마시기 바랍니다.*

*나는 당신이 같은 정당에 소속된 저명한 상원의원인 나의 인격과 업적을 비방하기 전에, 당신 자신을 위해서라도 지금 말씀드린 점을 신중히 고려해보시길 충고하는 바입니다.*

*J. 포셋*

"정말이지 감격해서 눈물이 다 나올 지경이로군."

아버지는 편지 사본을 서류 바구니에 휙 던져 넣으며 말을 이었다.

"이봐요, 흄. 저는 이 일에서 손을 떼고 싶은 생각까지 드는군요. 이 작자는 칼에 찔려 죽어도 싸요……. 아니, 왜 그러니, 패티?"

나는 천천히 입을 열었다.

"아직 이 문제가 다 끝난 건 아닌 듯해요. 편지 사본이 몇 장이었죠, 아버지?"

흄이 눈을 빛내며 나를 바라보았다.

"그야 넉 장 아니냐?"

"하지만 책상 위에는 봉투가 다섯 통 있어요!"

지방 검사 존 흄이 놀란 표정으로 책상 위에 놓인 타이핑된 봉투 다발을 낚아채듯 재빨리 집어 드는 것을 보고 나는 속으로 조금 고소한 기분이 들었다.

"섬 양 말이 맞습니다! 카마이클 씨, 이게 대체 어찌 된 일입니까? 상원의원의 편지를 몇 통 받아쓴 겁니까?"

흄이 외쳤다.

카마이클 역시 놀란 표정을 지었다.

"네 통뿐이었습니다, 흄 씨. 분명히 방금 보신 네 통뿐이었습니다."

흄이 재빨리 봉투들을 살펴본 다음 차례로 우리에게 건네주었다. 엘리후 클레이 씨에게 보내는 봉투가 맨 위에 있었는데 여기저기에 핏자국이 말라붙어 있었다. 두 번째 봉투는 〈리즈 이그재미너〉지에 보내는 것으로 구석에 '친전(親展)'이라는 글씨가 타이핑되어 있었고 그 아래에 짙은 밑줄이 그어져 있었다. 세 번째 봉투는 교도소장에게 보내는 것이었는데, 양쪽 구석에는 속에 담긴 종이를 끼운 클립에 눌린 자국이 나 있었다. 그리고 오른쪽 아래 구석에 "참고. 서류 번호 245. 알곤킨 교도소 관계자들의 승진에 관한 추천장 사본"라고 타이핑되어 있었다. 브루노 주지사에게 보내는 봉투는 상원의원의 개인용 푸른 봉랍이 보태져 이중으로 봉인되어 있었고, 이것 역시 '친전'이라는 글씨에 굵은 밑줄이 그어져 있었다.

흄은 사본에는 내용이 빠져 있는 다섯 번째 봉투를 눈을 크게 뜨고 휘파람이라도 불려는 듯이 입술을 삐죽 내민 채 한동안 들여다보았다.

"패니 카이저라! 흐음, 바람이 그쪽으로 분단 말이지?"

흄은 그렇게 말하고 우리에게 가까이 오라고 신호했다. 겉봉은 타이핑된 것이 아니었다. 이름과 주소가 검은 잉크로 거칠게 쓰여 있었다.

"패니 카이저가 누구죠?"

아버지가 물었다.

"이 고장에 사는 유명한 시민 중의 한 사람이죠."

흄은 무언가 다른 생각에 잠긴 듯이 건성으로 대답하며 편지 봉투를 뜯었다. 그 순간 케니언 서장이 긴장한 모습으로 급히 우리 쪽으로 왔다. 그리고 주위에 있던 경관들은 흔히 평판이 나쁜 여자가 화제에 올랐을 때 남자들이 짓는 야릇한 표정으로 서로 눈짓을 주고받았다.

편지의 내용도 겉봉과 마찬가지로 펜으로 쓴 거친 필체였다. 흄이 소리 내어 읽으려다가 문득 입을 다물고는 내 눈이 미치지 않는 곳에 있는 누군가를 의식한 듯 잠깐 눈길을 주더니 혼자서 눈을 빛내며 읽어나갔다. 이윽고 그는 케니언과 아버지와 나를 옆으로 부르더니 다른 사람들에게는 등을 돌렸다. 그런 뒤 그는 우리에게 소리 내어 읽지 말고 눈으로 읽을 것을 고갯짓으로 알린 다음 편지를 건네주었다.

그 편지에는 인사말도 없었다. 곧바로 용건이 시작되었고 서명도 없었다.

*아무래도 C가 전화를 도청하고 있는 듯하니 걸지 말았으면 해. 어제 당신과 의논한 대로 계획을 변경하겠다는 걸 아이라에게는 편지로 알려줄 생각이야.*
*입을 굳게 다물고 침착하게 행동하길. 아직 우린 패배한 게 아냐. 그리고 메이지를 이곳으로 보내도록 해. 친구 H에 대한 묘안이 떠올랐어.*

"포셋의 필적이 분명합니까?"

아버지가 물었다.

"틀림없습니다."

"C라……. 설마 저 친구일 리는……?"

케니언이 중얼거리듯 말했다. 그러더니 그는 물고기처럼 흐리멍덩한 눈으로 방 저쪽에서 제레미 클레이와 조용히 얘기를 나누고 있는 카마이클을 바라보았다.

"그렇더라도 놀랄 건 없소. 저 비서란 친구에게도 수상쩍은 점이 없진 않으니까요."

흄이 중얼거리듯 대꾸했다.

이어서 흄은 문 쪽에 있는 한 형사에게 고갯짓을 했다. 형사는 마치 백 번째로 사교 파티에 나가는 공작부인처럼 느긋한 걸음걸이로 걸어왔다.

"두세 명 데리고 가서 이 집 안의 배선을 조사해보게. 전화 배선 말일세. 즉시 움직이게."

흄이 낮은 목소리로 명령했다.

형사는 고개를 끄덕이고는 여전히 느긋한 걸음걸이로 밖으로 나갔다.

"흄 씨, 편지에 나오는 메이지라는 여자는 어떤 사람이죠?"

내가 물었다.

흄은 말하기 곤란한 듯 입을 우물거렸다.

"에…… 그러니까, 그녀는 어떤 분야에 매우 재능이 뛰어난 젊은 여자라고 할 수가 있어요."

"무슨 뜻인지 알겠어요. 하지만 어째서 말을 그처럼 애매하게 하시는 거죠, 흄 씨? 저도 어엿한 성인인데 말이에요. 그리고 '친구 H'란 바로 당신을 가리키는 걸 테죠?"

흄이 어깨를 으쓱했다.

"뭐 그런 것 같습니다. 즉, 나의 관대한 정적께서는 이 존 흄이라는 사람이 스스로 내세우는 것만큼 도덕심이 강한 사람이 아니라는 것을 여자를 이용해 증명해 보이려고 했던 거겠죠. 뭐 이런 수법을 흔히 미인계라고 하는데 과거에도 종종 쓰였죠. 만약 내가 거기에 걸려들었다면 아마도 여러 여자들이 내가 호색한이라고 증언했을 거예요. 불을 보듯 뻔한 일이죠."

"말씀을 아주 재미있게 하시는군요, 흄 씨. 그런데 결혼하셨나요?"

흄이 미소를 지었다.

"질문의 의도가 뭐죠? 당신이 내 아내 자리에 지원할 수도 있다는 뜻입니까?"

바로 그때 전화 배선을 살피러 나갔던 형사가 돌아왔기 때문에 나는 흄의 짓궂은 질문에 대답해야만 하는 난처한 입장에서 벗어날 수 있었다.

"배선에는 이상이 없습니다, 검사님. 적어도 이 방을 제외하고는 말입니다. 이 방도 조사를……."

"잠깐."

흄이 다급하게 형사의 말을 가로막으며 목청을 높였다.

"카마이클 씨!"

카마이클이 이쪽을 돌아보았다.

"지금은 용건이 없으니 나가서 기다려주십시오."

카마이클이 침착하게 방을 나갔다. 형사는 즉시 책상에서 전화기로 이어진 전화선을 살폈다. 그런 뒤 한참 동안 전화기를 조사했다.

형사가 전화기를 내려놓으며 말했다.

"뭐라고 말하기가 힘들군요. 그다지 이상한 점은 없는 것 같습니다만, 아무래도 전화 회사의 기술자를 불러 전문적인 조사를 해보는 게 좋을 것 같습니다."

흄이 고개를 끄덕였다. 이어서 내가 말했다.

"아직 문젯거리가 하나 더 있어요, 흄 씨. 저 봉투들을 전부 뜯어보는 것이 어떨까요? 안에 든 편지 원본들과 앞서 읽어본 사본들이 일치하지 않을 가능성도 없진 않으니까요."

흄은 맑은 눈으로 나를 보며 빙긋이 웃고 나서 그 봉투들을 다시 집어 들었다. 그러나 원본의 내용들은 우리가 읽은 사본의 것들과 똑같았다. 흄은 알곤킨 교도소로 보내는 편지와 동봉된 서류에 특히 관심이 끌리는 듯했다. 그 서류는 편지에 클립으로 끼워져 있었는데 거기에는 상원의원이 승진을 추천하는 몇 사람의 이름이 적혀 있었다. 흄은 눈살을 찌푸리며 그 명단을 들여다보더니 옆으로 휙 내던졌다.

"이번에는 섬 양이 잘못 짚은 것 같군요."

흄이 책상 위의 수화기를 집어 들 때까지 나는 깊은 생각에 잠겨 있었다.

"전화국입니까? 지방 검사 존 흄입니다. 패니 카이저의 자택 전화로 연결해주십시오……. 감사합니다."

흄은 선 채로 수화기를 들고 전화가 연결되기를 기다렸다. 중앙 교환국의 계속되는 호출음이 우리의 귀에까지 들려왔다.

"거참, 아무도 받지 않는군!"

흄은 수화기를 내려놓으며 말을 이었다.

"우리가 제일 먼저 해야 할 것은 패니 카이저를 신문하는 일입니다."

그는 자못 엄숙한 표정을 지어 보이고는 마치 소년처럼 양손을 맞잡고 비벼댔다.

나는 책상 쪽으로 조금 더 가까이 다가갔다. 책상에서 70센티미터쯤 떨어진 곳, 죽은 자가 앉았던 의자에서 손을 뻗으면 미치는 거리에 커피 테이블이 있었다. 그 테이블 위에는 전기식 커피 여과기와 쟁반에 담긴 커피 잔 한 벌이 있었다. 호기심에서 나는 커피 여과기를 만져보았더니 아직 따뜻했다. 커피 잔 속을 들여다보니 밑바닥에 탁한 커피 앙금이 가라앉아 있었다.

내 가설은 머릿속에서 점점 더 발전해나갔다. 나는 그 가설이 보다 완전한 것이 될 수 있기를 간절히 희망했다. 왜냐하면 만약 그것이 사실이라면…….

나는 두 눈에 승리의 빛을 담고서 몸을 돌렸다. 지방 검사 존 흄이 화가 난 표정으로 나를 바라보고 있었다. 아마도 그는 나를 꾸짖거나 뭔가를 묻고 싶어 하는 듯했다. 하지만 이어서 수사 방향을 완전히 바꾸어놓는 일이 일어났다.

## 5:
## 여섯 번째 편지

문제의 편지가 발견된 것은 좀 더 시간이 흐른 후의 일이었다.

복도에서 사람들이 웅성거리는 소리와 함께 발소리가 들리더니, 잠시 후 문가에 서 있던 케니언의 부하 중 한 명이 마치 국왕의 행차라도 맞이하는 듯이 황송하게 몸을 굽히면서 옆으로 물러섰다. 그와 동시에 모든 대화가 중단되자, 나는 이 둔감한 남자들까지도 예의를 차리게 만들 정도로 권위를 가진 사람이 과연 어떤 인물인지 궁금했다.

하지만 곧이어 문가에 모습을 드러낸 그 사람은 얼핏 보기에는 대단한 인물로 보이지는 않았다. 그는 혈색이 좋고 머리가 벗어진 키 작은 노인이었는데, 마음씨 좋은 할아버지들이 그러하듯 뺨이 사과처럼 붉었으며 배가 불룩 나와 있었다. 입은 옷도 몸에 잘 맞지 않았고 게다가 낡은 것이었다.

그러나 다음 순간 그의 눈을 보고서 나는 그에 대한 첫인상을 바꾸지 않을 수 없었다. 한마디로 그는 어떤 조직에 속해 있더라도 권력을 휘두를 수 있을 것 같은 사람이었다. 눈썹 아래에서 빛나는 푸른 두 눈은 흡사 두 개의 얼음 조각으로 만들어진 듯했다. 차갑기 그지없는 무자비하고 사악한 눈이었다. 그 눈은 단순히 교활한 것 이상으로, 무엇이든 할 수 있는 악마 같은 느낌을 주었다. 더욱이 그 붉은 두 뺨에 흐뭇한 미소를 떠올리고서 분홍빛 대머리를 신중하게 까닥거리고 있는 탓에 한층 더 오싹한 느낌이 들었다.

내가 정말로 놀란 것은 흄의 태도였다. 불에 달군 돌을 던져 거인 골리앗을 쓰러뜨린 다윗 같은 민중의 투사이자 혁신적인 정치가인 지방 검사 존 흄이 서재를 급히 가로질러 가서는 존경과 기쁨이 넘치는 표정으로 노인의 살찐 손을 감싸 쥐었기 때문이다. 흄은 지금 연극을 하고 있는 것일까? 그가 저 노인의 눈에 가득한 싸늘한 냉기를 알아차리지 못했을 리는 없을 텐데. 어쩌면 그의 젊음과 정력과 정의감도 저 노인의 웃음만큼이나 위선적인 것인지도 모르지……. 나는 아버지를 흘끗 바라보았다. 하지만 그 투박하고 완고한 아버지의 얼굴에서도 흄의 그런 태도를 못마땅하게 여기는 기색은 전혀 찾아볼 수가 없었다.

키 작은 노인이 어린애 같은 높은 목소리로 입을 열었다.

"소식은 들었네. 끔찍한 일이야, 존. 아주 끔찍한 일이라고. 소식을 듣자마자 곧장 달려온 거라네. 그래, 수사에 진전은 있나?"

"아직은 그다지 말씀드릴 만한 게 없습니다."

흄이 얼굴을 붉히며 말했다. 이어서 흄은 그 노인을 우리가 있는 쪽으로 안내했다.

"섬 양, 나의 정치적 장래를 좌우하시는 루퍼스 코튼 씨입니다. 루퍼스 씨, 이쪽은 지난날 뉴욕 경찰 본부에서 근무하셨던 섬 경감이십니다."

루퍼스 코튼이 고개를 끄덕이고는 미소를 지으며 내 손을 잡았다.

"허어, 이런 곳에서 아가씨 같은 미인을 만나게 되다니 이건 정말 뜻밖이군요, 섬 양."

그의 살찐 뺨이 아래로 약간 처지는 듯하더니 거듭 앞서 했던 말을 덧붙였다.

"정말이지, 끔찍한 일입니다……."

그는 내 손을 잡은 채 아버지에게로 몸을 돌렸다. 나는 가능한 한 조심스레 손을 뺐는데 그는 내가 손을 뺀 사실조차 모르는 듯했다.

"당신이 바로 그 유명한 섬 경감이시군요! 당신에 관한 얘기는 많이 들었습니다. 암, 듣고말고요. 나의 오랜 친구인 버비지 경찰청장과…… 아, 아마 당신이 근무할 때 그는 청장이었죠? ……아무튼 그와 곧잘 당신에 관한 얘기를 나누곤 했습니다."

"아, 그러셨습니까?"

아버지가 기뻐하며 말을 이었다.

"저 역시 당신의 명성은 익히 들어온 터라 잘 알고 있습니다, 코튼 씨. 그런데 당신이 흄 씨를 후원하신다면서요?"

"그렇습니다. 존은 틸덴 카운티의 차기 상원의원이 되려고 합니다. 그래서 나는 미약한 힘으로나마 그를 도와주려고 노력하고 있습니다. 그런데 이런 끔찍한 일이…… 정말 끔찍한 일입니다, 끔찍한 일……."

루퍼스 코튼이 격앙된 목소리로 말했다.

그는 늙은 암탉 같은 목소리로 연신 입을 놀려댔지만 그 차가운 두 눈은 조금도 흔들림이 없었다.

이어서 그는 여전히 엷은 미소를 띤 얼굴로 나를 돌아보며 말했다.

"그럼, 경감님과 섬 양에게는 잠깐 양해를 구해야겠군요. 존하고 좀 할 얘기가 있어서 말입니다. 정말이지 끔찍한 일입니다. 그리고 정치적인 상황에도 아주 중대한 영향을 끼칠지도 모르겠군요……."

그는 여전히 입으로는 무언가를 지껄이며 젊은 지방 검사를 한쪽으로 데리고 가더니 머리를 맞대고 진지하게 얘기를 나누기 시작했다. 얘기를 하는 쪽은 주로 흄이었다. 코튼은 흄의 얼굴에 시선을 고정한 채 간혹 날카롭게 고개를 끄덕이거나 내저을 뿐이었다……. 나는 이 젊은 정치 기사(騎士)에 대해 다시 생각해보아야만 할 것 같았다. 앞서도 그런 생각을 하지 않았던 건 아니지만, 지금은 더욱 강력하게, 포셋 상원의원의 죽음이야말로 흄과 코튼 그리고 그들이 속한 정당에 엄청난 행운을 가져다주었다는 생각이 들었다. 즉 이 사건으로 죽은 상원의원의 참모습이 알려졌고, 동시에 존 흄이 다가오는 선거에서 승리를 거둘 게 거의 확실해졌기 때문이다. 아마도 포셋이 소속되었던 정당에선 엄청난 혼란이 예상되는 이 시점에 포셋을 대신할 새로운 입후보자를 내세우는 일조차 어려울 것이다.

그때 나는 아버지가 내게 신호를 보내는 걸 알아차리고서 재빨리 아버지 옆으로 다가갔다. 아버지는 무언가를 발견하신 듯했다…….

나는 그런 일이 있을 것을 진작 깨달았어야만 했다. 나는 아버지가 행하는 작업을 보면서 스스로를 꾸짖었다. 페이션스 섬, 넌 참으로 어리석구나!

아버지는 책상 뒤에 있는 벽난로 앞에 무릎을 꿇고서 무엇인가를 열심히 조사하고 있었다. 한 형사가 낮은 목소리로 뭐라고 중얼거렸고, 카메라를 휴대한 형사가 한쪽에 서서 벽난로의 내부를 촬영하려는 참이었다. 플래시 터지는 소리가 나고 서재 안은 연기로 자욱해졌다. 사진을 찍는 형사가 이번에는 아버지를 한쪽으로 비키게 하고서 난로에 인접한 융단의 가장자리에 있는 무언가를 한차례 더 촬영했다. 궁금해서 들여다보았더니 거기에는 남자의 왼쪽 신발 끝부분의 자국이 뚜렷이 찍혀 있었다. 벽난로의 재가 그곳에 조금 흩어져 있었는데 누군가가 무심결에 그걸 밟은 모양이었다……. 사진을 찍은 형사는 투덜거리면서 도구를 챙기기 시작했다. 이제 그의 일은 모두 끝난 모양이었다. 서재의 다른 부분이나 죽은 피해자의 사진은 이미 우리가 도착하기 전에 모두 찍었다고 아까 누군가가 말했었다.

그런데 아버지의 관심을 끈 것은 융단 위의 발자국이 아니라 벽난로 속의 바닥에 있는 그 무엇이었다. 들여다보았더니 그다지 특별한 것은 눈에 띄지 않았다. 다만, 틀림없이 그날 저녁에 태운 것으로 여겨지는 검은 재 위에 아주 뚜렷이 구분되는 조금 더 밝은 빛깔의 재가 얹혀 있었고, 그 밝은 재 위에 희미하게나마 알아볼 수 있는 발자국이 나 있었다.

"이걸 어떻게 생각하니, 패티?"

내가 어깨 너머로 들여다보자 아버지가 물었다.

"네게는 이게 무엇으로 보이지?"

"남자의 오른쪽 신발 자국 같군요."

"맞아."

아버지가 일어서며 말을 이었다.

"하지만 여기에서 알 수 있는 것은 단지 그것뿐만이 아냐. 발자국이 나 있는 층의 재와 그 아래에 있는 층의 재가 빛깔이 분명히 달라 보이지? 물론 서로 다른 걸 태웠기 때문이야. 게다가 태운 뒤엔 발로 뭉개버린 거지. 하지만 대체 누가 무얼 태운 걸까?"

나는 짚이는 것들이 있었으나 아무 말도 하지 않았다.

"그리고 이 다른 발자국 말인데……."

아버지가 이번에는 융단 쪽을 내려다보면서 말을 이었다.

"이건 왼쪽 발의 앞 끝으로 디딘 자국인데, 이것으로 그때의 상황을 짐작할 수 있지. 즉 누군가가 왼발의 앞 끝으로 벽난로 앞의 융단에 흩어진 재를 밟은 채 벽난로 안에서 무언가를 태운 거야. 그런 다음 오른발로 뭉개버린 거지……. 어떻소? 내 말이 맞소?"

아버지가 사진을 찍었던 형사에게 퉁명스레 물었다. 형사는 고개를 끄덕였다. 아버지는 다시 무릎을 꿇더니 좀 더 밝은 층의 재를 조심스레 들쑤시기 시작했다.

"생각대로군!"

탄성을 발하며 의기양양하게 일어선 아버지의 손에는 아주 작은 종잇조각이 쥐어져 있었다.

그것은 불에 타다가 남은 두꺼운 크림색 종잇조각이었다. 아버지는 그 종잇조각을 조금 찢어내 성냥으로 불을 붙여 태웠다. 그 재는 아주 조금이었으나 틀림없이 난로 속에 있는 밝은 층의 재와 같은 색이었다.

"흐음, 과연 똑같군."

이어서 아버지가 머리를 긁적거리며 말했다.

"하지만 이 빌어먹을 것은 어디서 나온 거지? 아, 미안하다, 패티. 아버지가 상소리를 해서……."

"책상 위에 있던 편지지 묶음에서 나온 게 분명해요. 금방 알 수 있겠더군요, 아버지. 상원의원의 편지지는 특별히 주문 제작된 고급품이었으니까요."

내가 조용히 말했다.

"맞아! 그런 것 같아!"

아버지가 급히 책상 쪽으로 달려가 비교해보니, 벽난로 속에서 찾아낸 타다 남은 종잇조각과 책상 위의 편지지는 과연 내 말대로 같은 종류의 것이었다.

하지만 아버지는 여전히 불만스러운 투로 중얼거렸다.

"이것만으로는 제대로 된 단서가 될 수 없어. 언제 태운 건지 알 수가 없으니 말이야……. 어쩌면 포셋 의원이 직접 태웠을 수도……. 아, 잠깐!"

아버지가 다시 벽난로로 가서 재를 들쑤셨다. 그리고 다시 무엇인가를 찾아냈다. 이번에 찾아낸 것은 은빛을 띤 기다랗고 뻣뻣한 아마포 한 가닥이었다.

"이건 나도 알겠군. 편지지 접착포의 일부야. 편지지에 달라붙어 있다가 종이만 타고 이건 불길을 피해 타지 않았던 거지. 하지만 그래도 아직은……."

아버지는 벽난로에서 찾아낸 것들을 흄과 루퍼스 코튼에게 보여주었다. 그들이 의견을 나누는 동안 나는 나름대로 조사를 행했다. 책상 아래를 들여다보니 내가 찾고자 했던 휴지통이 있었다. 하지만 안은 텅 비어 있었다. 이어서 책상 서랍들을 뒤져보았으나, 내가 찾고자 하는 또 다른 편지지 묶음은 새것이든 쓰다 남은 것이든 전혀 눈에 뜨지 않았다. 그래서 나는 서재에서 빠져나와 카마이클에게로 갔다. 그는 응접실 의자에 앉아 태평스럽게 신문을 읽고 있었다. 그 곁에는 형사 한 명이 짐짓 무관심한 척하면서 그를 감시하고 있었다.

"카마이클 씨, 이 집 안의 편지지 묶음은 책상 위에 있던 것 말고는 더 없습니까?"

내 질문에 카마이클은 깜짝 놀란 듯 신문을 든 채로 일어섰다.

"네? 편지지 묶음이라고요? ……아 네, 남은 건 그것 한 권뿐입니다. 여러

권 있었지만 모두 써버렸으니까요."

"마지막 한 권을 다 써버린 건 언제였죠?"

"이틀 전입니다. 표지는 제가 직접 버렸죠."

나는 생각에 잠긴 채 서재로 돌아왔다. 머리가 어지러울 정도로 많은 가능성이 있었다. 하지만 너무나 많은 사실들이 불분명하다. 과연 나의 의문 사항들을 해결할 수 있을까?

나는 갑자기 생각을 멈출 수밖에 없었다.

그때까지 살인자며 경관들이며, 우리와 루퍼스 코튼을 포함한 여러 사람들이 드나든 서재의 문 앞에 놀랄 만한 여자가 불쑥 나타났다. 확실히 예사롭지 않은 분위기를 풍기는 여자였다. 함께 들어온 형사가 그녀의 팔을 꽉 움켜쥔 채 얼굴을 잔뜩 찌푸리고 있었다.

그녀는 키가 아주 크고 어깨가 넓었으며 체격이 당당해 한마디로 여장부 스타일이었다. 나는 그녀가 마흔일곱 살쯤 되었을 거라고 곧바로 추측할 수 있었는데, 그것은 내 관찰력이 뛰어났기 때문이 아니라 그녀가 나이를 숨기려고 애쓴 데가 전혀 없었기 때문이다. 남자처럼 강인해 보이는 얼굴에는 전혀 화장기가 없었고 두툼하고 넓은 입술 위에 난 꽤 많은 털도 표백제로 탈색하지 않은 그대로였다. 섬뜩한 빨간 머리에는 여성용 모자가 아니라 남성용 품점에서 구입한 게 틀림없는 펠트 모자를 쓰고 있었다. 복장 역시 완전히 남성적인 스타일이었다. 두 줄로 단추를 단 양복 상의에 아무 장식도 없는 직선적인 스커트, 육중하고 넓은 밑창이 달린 신발, 목까지 단추를 올려 채운 흰 셔츠에 느슨하게 맨 남자 넥타이……. 요컨대 그녀는 전체적인 조화의 측면에서 보면 형편없는 복장을 하고 있었다. 게다가 더욱 놀라운 것은 셔츠마저도 남자들의 것처럼 빳빳이 풀을 먹였고 삐죽이 나온 웃옷 소맷부리에는 줄무늬 세공이 된 커다란 금속제 커프스단추가 번쩍이고 있다는 점이었다.

이 이상한 여자에게는 사람들의 눈길을 끌 만한 그러한 유별난 점 말고도 또 다른 무언가가 있었다. 그녀의 두 눈은 마치 다이아몬드처럼 날카롭게 빛났다. 목소리는 약간 쉰 듯했으나 매우 깊고 부드러워서 불쾌하게 들리지는 않았다. 게다가 이토록 기묘한 모습을 하고 있지만 선천적으로 두뇌 회전이 상당히 빠른 여자라는 것을 알 수 있었다.

나는 그녀가 패니 카이저일 것이라고 확신했다.

케니언이 꿈에서 깨어난 듯이 외쳤다.

"여어, 패니!"

놀랍게도 그 말투는 남자들끼리 인사할 때의 것이었으므로 나는 더욱 눈을 크게 떴다. 도대체 이 여자는 어떤 인물일까?

그녀가 큰 목소리로 대꾸했다.

"여어, 케니언! 그런데 어째서 나를 이렇게 대접하는 거지? 대체 무슨 일입니까?"

그녀는 서재 안에 모인 사람들을 하나하나 둘러보기 시작했다. 흄에게는 그저 고개를 끄덕였을 뿐이고, 제레미는 관심 없이 지나쳤다. 하지만 아버지를 보고서는 잠깐 생각에 잠겼고, 이어서 나를 보더니 놀란 듯한 표정을 지으며 한동안 눈길을 떼지 못했다. 이윽고 관찰이 끝나자 그녀는 지방 검사 존 흄을 똑바로 쳐다보며 목청을 높였다.

"왜들 이래! 모두 벙어리가 됐어? 대체 무슨 일이오? 조엘 포셋은 어디 있습니까? 누구든 말 좀 해보라고!"

"아무튼 잘 왔어요, 패니. 그렇잖아도 당신에게 할 말이 있었는데 이렇게 되었으니 찾아갈 필요가 없게 됐군요……. 자, 어서 들어와요."

흄이 서둘러 그녀를 맞이했다.

그녀는 로댕의 '생각하는 사람'처럼 심각한 모습으로 천천히 안으로 들어왔다. 걸어오면서 커다란 가슴 주머니에 굵은 손가락을 넣어 역시 크고 굵은 시가를 한 개비 꺼내더니 심각한 표정을 지으며 커다란 입술 사이에 쑤셔 넣었다. 케니언이 얼른 다가가 불을 붙여주었다. 그녀는 단번에 굉장한 양의 연기를 훅 뿜어내고선 굵고 흰 치아로 시가를 깨문 채 곁눈질로 책상을 흘끗 보았다.

"대체 무슨 일이죠? 상원의원 나리가 어떻게 되기라도 한 겁니까?"

그녀는 책상에 기대서며 퉁명스레 물었다.

"모르고 있었소?"

흄이 조용히 대꾸했다.

그녀의 시가 끝이 반원을 그리며 천천히 위로 올라갔다.

"나 말이오?"

그녀의 시가 끝이 다시 아래로 내려왔다.

"내가 그걸 어떻게 안단 말입니까?"

흄이 그녀를 데리고 온 형사에게 몸을 틀었다.

"어떻게 된 거지, 파이크?"

형사가 미소를 떠올리며 입을 열었다.

"그녀는 아주 당당하게 문 앞까지 걸어왔습니다. 그러다가 문 앞에 이르러서는 집 안에 경찰들이 있고 불이 환하게 켜져 있는 걸 보고는 좀 놀라는 듯했습니다. 제게 무슨 일이 일어났느냐고 묻기에, 안으로 들어가면 알게 될 것이고 게다가 검사님이 당신을 찾으신다고 하고는 데리고 온 겁니다."

"달아나려고 하진 않던가?"

"이것 봐요, 흄!"

패니 카이저가 거칠게 끼어들며 말을 이었다.

"내가 왜 도망을 간단 말이오! 대체 무슨 일인지 설명이나 해보라고!"

"자넨 이제 됐으니 가도 좋아."

흄이 형사를 돌려보낸 뒤 그녀에게 말을 이었다.

"그럼 패니, 당신이 오늘 밤 여기에 왜 왔는지 그 이유부터 말해보실까?"

"그게 당신과 무슨 상관이지?"

"상원의원을 만나러 왔을 텐데? 그렇지 않소?"

그녀는 시가를 가볍게 두드려 재를 털었다.

"아니 그럼, 내가 대통령이라도 만나러 이곳에 온 줄 아시나? 그리고 사람을 만나러 온 게 법에 어긋나기라도 한단 말인가?"

"그럴 리야 있겠소."

흄이 미소 지으며 말을 이었다.

"물론 수상쩍은 데가 있긴 하지만 말이오. 흐음, 그러니까 당신은 당신의 친애하는 상원의원 나리에게 무슨 일이 일어났는지 모른다는 말이지?"

그녀는 화가 났는지 눈을 번뜩이며 입에서 시가를 거칠게 빼냈다.

"이것 보라고! 대체 왜 이래! 내가 그걸 알면 왜 묻겠어? 무슨 헛소리를 하는 거야!"

"그 헛소리는 말이오, 패니."

흄이 짐짓 친근한 어조로 말을 이었다.

"상원의원 나리께서 오늘 밤 이 세상과 작별을 고하셨다는 거요."

"잠깐만요, 흄 검사님."

케니언이 급히 끼어들며 말을 이었다.

"패니는 정말 아무것도 모르고……."

"흐음, 그가 죽었다?"

패니 카이저가 천천히 입을 열었다.

"그것참 안됐군. 인생이란 뜬구름과 같다더니……. 그도 그렇게 훌쩍 떠나가 버렸군."

그녀는 결코 놀라는 표정을 지어 보이려고 하지 않았다. 하지만 나는 그녀의 커다란 턱이 당겨지고 두 눈이 어쩔 수 없이 가늘어진 것을 알아차릴 수 있었다.

"그렇지 않아요, 패니. 그는 그런 식으로 훌쩍 떠난 것이 아니오."

그녀는 느긋하게 담배 연기를 내뿜었다.

"오! 그럼, 자살이라도 했단 말입니까?"

"아니, 그 반대요. 살해당했소."

그녀가 다시금 건성으로 "오!" 하고 말했다. 나는 그녀가 짐짓 태연한 척하고는 있지만, 실은 포셋 상원의원이 살해당했을 가능성에 대해 미리 마음을 굳게 먹고 있었고, 게다가 어쩌면 그것이 사실일까봐 두려워했을지도 모른다고 생각했다.

"그러니까, 패니. 우리가 왜 이러는지 알겠죠? 포셋과는 오늘 밤에 만나기로 미리 약속이 되어 있었던 건가요?"

지방 검사 존 흄이 상냥한 어조로 물었다.

그녀는 큰 소리로 대답했다.

"이 사건 덕분에 당신 입장이 아주 유리하게 됐겠군, 흄……. 약속을 했느냐고? 천만에! 약속 따위는 없었어요. 그냥 한번 들러본 것뿐이라고. 내가 찾아오리라는 걸 그가 알았을 리가 없지……."

그녀는 갑자기 무언가를 결심이라도 하듯 어깨를 으쓱하더니 뒤도 돌아보지도 않고 어깨 너머로 시가를 던져 벽난로 속에 넣었다. 그걸로 보아 그녀는 포셋 의원의 서재 안을 구석구석 잘 알고 있는 게 분명했다. 아버지 역시 그녀의 행동이 의미하는 바를 알아차리셨는지 멍한 표정을 지으셨다.

그녀가 거친 어조로 말을 이었다.

"이것 보라고, 젊은 양반. 당신이 지금 무슨 생각을 하는지는 나도 안다고. 당신은 꽤 똑똑한 사람이지. 하지만 나를 어떻게 엮어볼 수작은 하지 않는 게 좋아. 내가 이 살인 사건과 관계가 있다면 이렇게 한가하게 이곳으로 찾아왔겠어? 나를 귀찮게 하지 말라고, 젊은 양반. 나는 돌아가겠어."

그녀는 문 쪽으로 돌아서며 걸음을 성큼 옮겼다.

"패니, 잠깐 기다려요."

흄은 그 자리에서 꼼짝도 하지 않고 말했다. 그녀가 멈춰 서자 그는 말을 이었다.

"어째서 그렇게 성급하게 결론을 내리는 거요? 나는 당신을 의심한다는 말은 하지 않았소. 다만 한 가지 궁금한 게 있어서 그러는 거요. 오늘 밤 무슨 용건으로 포셋을 찾아온 거요?"

"나를 귀찮게 하지 말라니까."

그녀가 위협적인 어조로 말했다.

"당신은 정말 어리석군, 패니."

"이것 보라고, 젊은이."

그녀는 잠깐 말을 끊고서 이무기처럼 흉측한 미소를 지었다. 그러더니 흄의 뒤에서 일그러진 미소를 머금고 꼼짝 않고 서 있는 루퍼스 코튼에게 의미심장한 눈길을 한 번 보내고 나서 말을 이었다.

"나는 사업상 아는 사람들이 많은 여자라고. 무슨 뜻인지 알겠어? 내가 이 도시의 유지들을 얼마나 많이 알고 있는지 당신은 아마 상상도 못 할 거야. 나를 귀찮게 하려고 들기 전에 그 점을 먼저 생각해보는 게 좋을걸, 흄. 그런데도 만약 나를 어떻게 해보려고 한다면 내 고객이라는 사실이 알려지는 걸 마음에 들어 하지 않는 사람들이 당신을 짓뭉개버릴 거야. 바로 이렇게!"

그녀는 오른발로 융단을 힘껏 짓뭉갰다.

흄은 얼굴이 빨개져서 몸을 돌렸다가 다시 그녀를 향해 거칠게 돌아섰다. 그리고 포셋 상원의원이 그녀에게 보내려고 했던 편지를 그녀의 매부리코 아래에 불쑥 들이댔다.

그녀는 눈썹 하나 까딱하지 않고 그 짧은 편지를 읽었다. 하지만 나는 그녀가 냉정한 표정 아래 감추고 있는 공포의 감정을 느낄 수 있었다. 포셋 상원의원의 필적이 분명한 그 편지는 내용도 수상쩍은 데다 아주 친밀한 어투로 쓰여 있어서 웃어넘긴다든가 위압적으로 얼버무릴 수가 없었다.

흄이 차갑게 말했다.

"이 편지는 대체 뭐죠? 메이지는 누구요? 그리고 상원의원이 도청당하는 걸 그토록 두려워했던 수상쩍은 통화는 대체 어떤 내용이었소? 게다가 '친구 H'란 누굴 말하는 거요?"

"당신이 말해주시지. 당신도 글을 읽을 줄 알 텐데?"

그녀의 눈빛은 얼음처럼 싸늘했다.

케니언이 우스꽝스러울 정도로 근심스러운 표정으로 앞으로 나섰다. 그는 흄을 한쪽으로 데리고 가더니 낮고 긴장된 목소리로 무언가 말을 하기 시작했다. 나는 흄이 그 편지를 패니 카이저에게 내보인 것이 작전상의 실수임을 깨달았다. 그녀는 이로써 한층 더 무장을 하게 된 것이다. 그녀는 냉혹한 결의와 심상치 않은 태도를 노골적으로 드러내고 있었다. 결코 겁에 질린 태도가 아니었다. 오히려 위협적인 태도였다……. 케니언이 쉰 목소리로 흄에게 무언가 항의를 하는 동안, 그녀는 고개를 치켜들고 숨을 깊이 들이마신 뒤, 루퍼스 코튼을 싸늘하게 노려보고 나서는 양 눈썹 사이에 기묘한 주름을 잡으며 서재에서 나갔다.

흄은 그녀가 나가도록 내버려두었다. 그는 화가 나긴 했지만 어쩐지 체념한 듯했다. 흄은 케니언에게 무뚝뚝하게 고개를 끄덕여 보인 뒤 아버지에게로 몸을 돌렸다.

"그녀를 붙잡아둘 수가 없군요. 하지만 감시는 해야겠습니다."

흄이 낮게 말했다.

"대단한 여자로군요. 대체 뭐하는 여자죠?"

아버지가 느릿하게 빈정대며 말했다.

흄이 목소리를 낮추어 무언가를 말하자 아버지의 짙은 눈썹이 치켜 올라갔다.

"알 만하군요! 전에도 저런 부류의 여자를 만난 적이 있었죠. 다루기 힘든 여자들이에요."

"제게도 좀 알려주시면 안 되나요? 설마 저 여자가 결혼의 여신 주노는 아니겠지요?"

나는 흄에게 쌀쌀맞게 물었다.

흄이 고개를 저었고 아버지는 씁쓸하게 미소 지었다.

"그런 건 네가 알아서 좋을 게 못 된다, 패티. 자, 이제 그만 클레이 씨 댁으로 돌아가는 게 어떻겠니? 클레이 청년이 데려다줄 테니……."

"싫어요! 어째서 그러시죠? 저도 이제 스물한 살이나 먹은 성인이라고요. 도대체 그 여자가 그렇게 기고만장할 수 있는 힘의 비밀이 뭐죠? 아마도 성적 매력은 아닐 테고……."

나는 화를 내며 소리쳤다.

"패티, 그런 소리를 함부로 하면 못써!"

나는 좀 더 다루기가 쉬울 듯한 제레미에게 다가갔다. 제레미는 그녀의 정체와 리즈 시에서 그녀가 쥐고 있는 부정한 권력에 대해 잘 알고 있을 터였다. 그러나 불쌍하게도 제레미는 입장이 곤란해졌는지 화제를 바꾸려는 헛된 노력을 했다. 하지만 곧 내 눈길을 피하면서 결국에는 이렇게 말했다.

"실은, 그녀는 매춘 조직의 여왕인 셈입니다."

"난 또 뭐라고!"

나는 화가 나서 말을 이었다.

"세상에, 아버지는 나를 수녀원에서 갓 나온 백합처럼 대했군요! 흐음, 그러니까 마담 카이저라, 그 말이죠? 그런데 모두 왜 저 여자를 두려워하는 거죠? 그리고 케니언의 태도도 이해할 수가 없어요."

"아마도 케니언은 그녀가 운영하는 매춘 조직의 뒤를 봐주는 대가로 돈을 받아먹고 있는 것 같아요."

"그녀는 루퍼스 코튼의 약점도 쥐고 있을 테죠?"

그 질문에 제레미는 당혹스러운 표정을 지었다.

"이봐요, 패티……. 내가 그런 걸 어떻게 알겠어요."

"하긴 당신이 알 리가 없겠죠."

나는 거칠게 말을 이었다.

"아무튼 끔찍한 여자로군! 결국 그녀는 포셋 상원의원과 손을 잡고 함께 일을 해나가고 있었던 셈이군요?"

"들리는 소문으로는 그래요."

제레미가 온순하게 말을 이었다.

"자, 그럼 집으로 돌아갑시다, 패티. 여기는 당신이 있을 곳이 못 돼요."

"당신 할머니가 있을 곳도 못 되죠!"

내가 소리쳤다.

"흥, 당신도 남자니까 신사도를 발휘하시겠다 그 말씀인가요? 바지를 입었으니 위신을 세우겠다고요? 죄송하지만 난 사양하겠어요! 나는 여기 있겠어요……. 그 늙은 뚜쟁이 할망구, 내 손에 걸리기만 해봐라."

잠시 후에 맑은 하늘에 벼락이 친 것과도 같은 중대한 일이 일어났다. 수사가 몇 시간이나 진행된 그때까지도 나중에 포셋 상원의원 살인 사건의 핵심 용의자가 될 그 불쌍한 남자에게 혐의를 둘 만한 점은 전혀 발견되지 않았다. 이제 와서 그 당시를 돌이켜보니, 만약 그 편지가 발견되지 않았더라면 어떻게 되었을까 하는 생각이 든다. 그러나 결과적으로는 그다지 큰 차이는 없을 듯했다. 어쨌거나 그 남자와 포셋 상원의원과의 관계는 필연적으로 밝혀졌을 것이다. 다만, 이후에 일어난 일들의 양상이 약간 달라졌을 뿐이다. 하지만 그가 도망칠 시간적 여유만 있었더라도…….

한 형사가 구겨진 종이 한 장을 머리 위로 흔들면서 급히 서재로 뛰어 들어왔다.

"흄 검사님! 중요한 걸 찾아냈습니다!"

서재로 뛰어든 그 형사는 흥분을 감추지 못한 목소리로 말을 이었다.

"그 나무 상자 토막과 함께 보내졌다는 편지를 찾아냈습니다! 2층에 있는 상원의원 침실의 금고 안에 있더군요!"

흄은 마치 물에 빠진 사람이 구명대를 낚아채듯이 그 편지를 낚아챘다. 모두 흄의 주위로 몰려들었다. 진화론의 산 증거인 듯한 케니언까지도 긴장한 빛을 띠었다. 호흡을 할 때 그의 붉은 두 뺨은 물고기의 아가미처럼 펄럭거렸다. 그 모습을 보고 나는 그의 캄브리아기 선조가 바다 밑에서 꿈틀거리는 장면을 상상할 수 있었다.

방 안은 쥐 죽은 듯이 조용해졌다.

흄이 그 편지를 천천히 읽어 내려가기 시작했다.

*친애하는 포셋 상원의원 나리!*

*톱으로 잘린 그 장난감을 보고 뭔가 떠오르는 게 없나? 그날 교도소 목공부에서 너는 나를 알아보지 못했지. 하지만 나는 너를 알아봤어. 이 아론 다우가 운이 좋았던 셈이지.*

*내 말 잘 들어라, 이 나쁜 놈아! 나는 이제 곧 석방된다. 바깥 세상에 나가는 날 네놈에게 전화하겠다. 그리고 그날 밤에 네놈은 네 집에서 5만 달러를 내게 주어야만 해. 상원의원 나리, 너 같은 놈이 꽤 출세를 했구나……. 내 말대로 하지 않으면 이곳 경찰에다 사실을 몽땅 불어버릴 테다.*

*그 사실이 뭔지는 네놈도 잘 알겠지. 순순히 돈을 내놓는 게 좋을 거다. 그렇지 않으면 이 아론 다우가 몽땅 불어버린다. 허튼수작은 부리지 않는 게 좋아.*

*아론 다우*

절망에 빠진 비천한 신분의 남자가 연필을 쥐고서 조잡한 활자체로 한 자 한 자 힘들여 쓴 편지, 더러운 엄지손가락의 지문이 묻어 있는 오자투성이의 그 지저분한 편지를 보고 나는 몸을 부르르 떨었다. 그리고 갑자기 차가운 그림자가 그 방을 뒤덮는 듯한 기분을 느꼈다. 나는 그것이 언덕 위에 있는 교도소의 그림자임을 알았다.

흄은 입을 차갑게 다물며 딱딱한 미소를 띠며 코끝을 추켜올렸다. 그러고는 그 편지를 지갑에 넣으면서 천천히 말했다.

"흐음, 이거야말로 사건의 진전이랄 수 있겠군. 그럼 이제 남은 일은…… 남은 일은……."

그는 적당한 뒷말을 찾지 못하고 입을 다물었다. 나는 불안해지기 시작했다. 만약 무슨 일이 일어난다면…….

"침착하세요, 흄 씨."

아버지가 낮은 어조로 말했다.

"염려 마십시오, 경감님."

흄이 전화기 쪽으로 갔다.

"교환, 알곤킨 교도소의 매그너스 소장을 연결해주시오. ……소장님입니까? 지방 검사 존 흄입니다. 이런 한밤중에 잠을 깨워서 죄송합니다. 소식은 이미 들으셨겠지요? ……그렇습니다, 포셋 상원의원이 오늘 밤 늦게 살해당했습니다……. 네, 그렇습니다……. 아뇨, 제 말씀을 들어보십시오, 소장님. 아론 다우라는 이름을 들으시고 뭔가 생각나는 게 있으십니까?"

우리 모두는 숨을 죽이고 기다렸다. 흄은 전화기의 송화구를 가슴에 댄 채 물끄러미 벽난로를 바라보았다.

오 분 동안 누구 한 사람 꼼짝하지 않았다.

지방 검사 존 흄의 눈매가 날카로워졌다. 그는 주의 깊게 상대의 얘기를 듣고 나서 고개를 끄덕이며 말했다.

"알겠습니다. 지금 곧 우리가 그리로 가겠습니다, 매그너스 소장님."

이어서 그는 전화를 끊었다.

"어떻게 됐습니까?"

케니언이 쉰 목소리로 물었다.

흄이 미소를 지었다.

"매그너스 소장이 조사해주었소. 목공부에서 일하던 아론 다우라는 죄수가 오늘 오후에 석방되었다고 하오."

## 6:
### 아론 다우의 등장

그 순간까지도 나는 우리의 머리 위 어디엔가 어렴풋이 드리워진 그림자를 꿈결처럼 아득히 느끼고 있을 뿐이었다. 어떤 사실들이 내 머릿속에서 술렁거렸고, 그 술렁임 때문에 곧 닥쳐올 재난에 대한 나의 시각은 흐릿해졌다. 하지만 이제는 누군가 뒤에서 칼로 푹 찌른 것처럼 갑자기 눈앞이 밝아지면서 모든 것을 볼 수 있게 되었다. 아론 다우……. 그 이름 자체는 내게 아무런 의미가 없었다. 이름이야 존 스미스, 혹은 크누트 쇠렌센이라도 상관없는 것이다. 나는 이제껏 아론 다우라는 이름을 들어본 적도 없거니와 그런 남자와 만나본 적도 없었다. 하지만 이것을 영적인 힘이라고 하든, 육감의 힘이라고 하든, 반쯤 입력된 자료에서 이끌어낸 잠재의식의 결론이라고 하든, 이 인물, 이 전과자, 이 비뚤어진 사회의 희생자가 지금 우리를 뒤덮고 있는 거대하고 생생하게 살아 있는 그림자의 끔찍한 희생물이 될 것임을 마치 나는 예언자처럼 훤히 꿰뚫어 볼 수 있었다.

사소한 일들은 거의 기억나지 않는다. 내 머릿속은 불완전한 생각들로 혼란스러웠으며, 내 심장은 가슴이 아플 정도로 세차게 뛰고 있었다. 나는 절망감을 느꼈다. 편안하고 믿음직스러운 아버지가 곁에 있었지만 나는 스스로가 무력하게 여겨졌다. 그래서 햄릿 저택에서 우리를 전송하며 함께 갈 수 없음을 아쉬워하던 그 위대한 노신사가 이곳에 있다면 얼마나 좋을까 하는 생각을 나도 모르게 어렴풋이 하게 되었다.

지방 검사 존 흄과 루퍼스 코튼이 다시 낮은 목소리로 무언가를 의논했다.

케니언은 갑자기 힘이 솟은 듯 기세 좋게 돌아다니며 귀에 거슬리는 목소리로 부하들에게 명령을 내렸다. 케니언은 교도소에서 갓 나와 자신을 방어할 능력도 없는 그 불쌍한 남자를 쉽게 잡아넣을 수 있을 거라는 단순한 생각에 힘이 솟는 듯했다. 계속되는 통화와 크게 명령하는 소리를 듣고 나는 몸서리를 쳤다. 자유의 몸이 된 지 불과 몇 시간도 지나지 않은 그 불쌍한 아론 다우를 다시 교도소라는 우리 안에 집어넣기 위해 뒤쫓는 사냥개들이 떠올랐던 것이다.

제레미 클레이가 든든한 팔로 나를 부축해 밖으로 데리고 나가 자동차에 태운 일이며, 상쾌한 밤공기를 가슴 깊이 들이마셨을 때의 기쁨 등을 나는 아직도 기억하고 있다. 지방 검사 존 흄은 제레미와 함께 앞자리에 앉았고 아버지와 나는 뒷자리에 앉았다. 자동차는 힘차게 달려 나갔다. 나는 머릿속이 어지러웠고, 아버지는 깊은 침묵에 잠겼다. 흄은 어둠이 이어지는 밤길을 의기양양하게 바라보았고, 제레미는 입을 굳게 다문 채 운전에 몰두했다. 자동차가 가파른 언덕길을 올라갈 때는 마치 꿈이라도 꾸고 있는 듯이 느껴졌다. 도중의 모든 기억들은 안개 속에 가려진 듯 가물거릴 뿐이었다.

이윽고 악몽을 꿀 때 주위의 어둠 속에서 갑자기 튀어나오는 식인 괴물처럼 우리에게 덮쳐 온 것은…… 알곤킨 교도소였다.

나는 돌과 철로 이루어진 무생물이 사람을 해칠 것 같은 분위기를 자아낼 수 있으리라고는 그때까지 꿈에서도 생각해본 적이 없었다. 어렸을 때에는 유령이 등장하는 음침한 저택, 폐허가 된 낡은 성, 망령이 들끓는 교회 등에 관한 오싹한 얘기를 들으며 무서워서 몸을 떨곤 했었다. 그러나 지난 수년 동안 해외를 여행하면서 유럽의 폐허들을 둘러봤을 때에도 사람이 만든 건물에서 공포를 느꼈던 적은 없었다……. 그런데 제레미가 그 거대한 철문 앞에서 자동차의 경적을 울릴 때 나는 불현듯 건물에 대한 공포가 어떤 것인지를 깨달았다. 교도소는 온통 깊은 어둠에 잠겨 있었다. 달은 이미 오래전에 기울었고 흐느끼는 듯한 바람 소리가 들렸다. 높다란 담장 너머에서는 사람의 소리라고는 전혀 들려오지 않았다. 교도소 인근의 주택가에서도 불빛 하나 보이지 않았다. 나는 뒷좌석에 몸을 웅크리면서 아버지의 손을 더듬었다. 그러자 상상력이라고는 조금도 없는 내 사랑하는 아버지가 재빨리 내 손을 쥐며 낮은 목소리로 말했다.

"왜 그러니, 패티?"

나는 여전히 강직하기만 한 아버지의 목소리로 듣고서야 현실로 돌아올 수 있었다. 머릿속에 있던 유령이 달아나는 듯했다. 가까스로 나는 악몽 같은 기분에서 빠져나왔다.

덜컹하는 요란한 소리와 함께 갑자기 문이 열렸다. 제레미가 안으로 차를 몰고 들어갔다. 눈부신 헤드라이트 불빛 속에 검은 제복을 입고 사각 챙이 달린 제모를 쓴 남자들이 총을 들고 서 있는 것이 보였다.

"지방 검사 존 흄 씨 일행입니다!"

제레미가 큰 소리로 외쳤다.

"라이트를 끄시오!"

짜증 섞인 거친 대답이 들려왔다. 제레미가 시키는 대로 헤드라이트를 끄자, 이번에는 교도관들이 강력한 빛을 내뿜는 손전등으로 우리의 얼굴을 하나하나 비추었다. 그들은 어떤 의혹도 친절함도 깃들지 않은 다만 사무적인 눈길로 우리의 얼굴을 살펴보았다.

"안심해도 좋소. 나는 지방 검사 존 흄이고, 이 사람들은 모두 내 일행이오."

흄이 서둘러 말했다.

"매그너스 소장님께서 기다리고 계십니다, 검사님."

조금 전과 같은 목소리였으나 약간 부드러운 어조였다.

"하지만 이분들은 밖에서 기다려야 합니다."

"이 사람들은 내가 보증하겠소."

이어서 흄이 제레미 클레이에게 속삭였다.

“자네와 섬 양은 밖에 차를 세우고 기다리는 편이 낫겠네, 클레이.”

흄이 자동차에서 내렸다. 제레미는 곧바로 결단을 내리지 못했다. 하지만 총을 들고 서 있는 냉혹한 얼굴의 남자들에게 질렸는지 말없이 고개를 끄덕이고선 좌석에 깊숙이 몸을 파묻었다. 아버지가 육중한 걸음걸이로 콘크리트 건물을 향해 움직이자 나는 슬그머니 뒤를 따랐다. 교도관들 한 무리를 지나 교도소 앞뜰에 이르는 동안 아버지도 흄도 내가 뒤따르는 걸 알지 못했다. 교도관들은 나도 당연히 들어가야 할 사람으로 알았던 모양인지 아무 말도 하지 않았다. 조금 뒤에 흄이 뒤돌아보다가 내가 조심스레 따라오는 것을 보았지만, 그는 어쩔 수 없다는 표정으로 그저 어깨를 한 번 으쓱하더니 그대로 성큼성큼 걸어 나갔다.

잠시 후, 우리는 드넓은 건물 앞에 이르렀다. 그 건물이 얼마나 넓은지는 어두워서 알 수가 없었다. 공허한 발소리를 내며 안쪽으로 몇 발짝 더 걸어 나가자 푸른 제복을 입은 교도관이 서둘러 육중한 철문을 열어주었다. 그곳이 교도소 행정 건물인 듯했다. 쥐 죽은 듯이 고요한 가운데 사람의 그림자라곤 찾아볼 수 없었다. 감방이 아닌 사무실들로 이루어진 이곳의 벽면까지도 기분 나쁜 눈길로 나를 바라보며 무언의 공포를 속삭이는 듯했다. 요컨대 나는 그 어떤 섬뜩한 환영 같은 것이 우리를 둘러싸고 있는 듯한 느낌을 지울 수 없었다.

나는 발을 헛디뎌 비틀거리기도 하면서 아버지와 지방 검사 존 흄의 뒤를 따라 돌계단을 올라가 건물 깊숙한 곳으로 걸어 들어갔다. 이윽고 우리는 ‘교도소장 매그너스’라는 명패가 붙어 있는 방 앞에 이르렀다. 그 방문은 일반적인 사무실의 문처럼 보였다.

흄이 노크를 하자 사복을 입은 눈매가 날카로운 남자가 문을 열었다. 옷차림이 헝클어져 있는 것으로 보아 자다가 일어나 급히 옷을 찾아 입은 듯했다. 그 남자는 교도소장의 서기나 비서쯤 되어 보였는데, 무뚝뚝하기 그지없는 표정으로 불만스레 무어라고 투덜대더니 넓은 응접실과 구석진 사무실을 지나 또 하나의 문 앞으로 우리를 안내했다. 그는 우리에게 문을 열어주고서 말없이 한쪽으로 비켜섰는데, 내가 그 옆을 지나갈 때는 마음에 들지 않는다는 듯 차가운 눈초리로 나를 바라보았다.

이 일과는 상관없는 일이지만, 그때 문득 이 방까지 오는 도중에 본 창이란 창에는 예외 없이 쇠창살이 끼워져 있었다는 사실이 떠올랐다.

깨끗하고 조용한 방에서 우리를 맞이하려고 자리에서 일어선 사람은 언뜻 보기에는 은행가 타입의 남자였다. 수수한 잿빛 양복을 입었는데, 서둘러 매었는지 넥타이가 조금 비뚤어져 있는 점을 제외하고는 어느 한 군데 나무랄 데 없이 단정한 차림새였다. 오랜 세월 동안 범법자들을 상대해온 사람이 흔히 그렇듯이 엄하고 신중하고 지친 듯한 얼굴이었으며, 언제나 위험 속에서 살아온 사람 특유의 경계하는 눈빛을 하고 있었다. 숱이 적은 회색 머리의 소유자였고 입고 있는 옷은 약간 헐렁해 보였다.

"안녕하십니까, 소장님?"

지방 검사 존 흄이 낮은 목소리로 말을 이었다.

"이런 새벽에 잠을 깨워서 죄송합니다. 하지만 살인 사건이란 게 시간을 정해놓고 일어나는 일이 아니라서요……. 자아, 이리로 오시죠, 경감님. 그리고 섬 양도……."

매그너스 소장은 가벼운 미소를 지으면서 손짓으로 의자에 앉기를 권했다.

"이렇게 여러분이 오실 줄은 몰랐습니다."

"실은, 섬 양은…… 아니, 아무튼 소개부터 해드리죠, 소장님. 이쪽은 섬 양 그리고 이쪽은 섬 경감님이십니다. 섬 양은 탐정 일에 뛰어난 능력을 갖고 있죠. 그리고 섬 경감님께선 두말할 필요도 없이 이런 일에는 전문가이시고요."

"그렇군요. 아무튼 잘 오셨습니다."

교도소장은 생각에 잠기는 표정을 지으며 말을 이었다.

"그런데 포셋 상원의원이 살해당했다고요? 정말이지 사람의 운명이란 알 수가 없군요, 흄 씨."

"하지만 그의 경우엔 인과응보라고 할 수 있겠죠."

흄이 조용히 그렇게 말했다.

우리가 자리에 앉자마자 아버지가 갑작스레 말을 꺼냈다.

"아, 이제 생각이 나는군! 저어, 소장님께선 십오 년 전쯤에 경찰 계통에서 일하시지 않았습니까? 그러니까 뉴욕 주 북부 어디에선가 근무하신 적이……?"

매그너스 소장은 눈을 크게 뜨더니 이내 미소를 떠올렸다.

"아, 그러고 보니 나도 이제 생각이 나는군요! 그래요, 버펄로에 있었습니다. 그럼, 당신이 그 유명한 섬 경감이시군요? 이거 정말 뵙게 되어 영광입니다, 경감님. 저는 이미 퇴직하신 줄 알았습니다만……?"

이어서 두 사람은 한동안 지난 시절의 얘기들을 나누었다. 나는 쑤시는 목덜미를 의자 등에 기대고 조용히 눈을 감았다. 알곤킨 교도소……. 이 거대한 침묵이 감도는 교도소 안에는 지금쯤 천 명, 아니 이천 명쯤 되는 사람들이 지친 몸을 간신히 뻗을 수 있는 좁은 감방에서 잠을 자고 있거나 잠을 청하고 있겠지. 그리고 그 바깥 복도에서는 제복을 입은 교도관들이 거닐고 있겠지. 교도소 지붕 위로는 하늘과 밤공기가 있을 테고, 머지않은 곳에는 밤바람에 살랑대는 나무숲이 있겠지. 햄릿 저택에서는 늙고 병든 노신사가 잠들어 있을 테고, 교도소 철문 앞에 세워둔 자동차 안에서는 제레미가 부루퉁한 표정으로 앉아 있겠지. 그리고 리즈 시 시체 안치소에는 한동안 권력을 휘둘렀던 남자가 칼 맞은 시체가 되어 차가운 철판 위에 뻗어 있겠지……. 그런데 아버지나 다른 사람들은 도대체 뭘 기다리는 거지? 아론 디우에 관한 얘기는 왜들 꺼내지 않는 걸까? 그때 문이 삐걱거리는 소리가 나서 나는 눈을 떴다. 날카로운 눈매를 한 아까의 그 직원이 문가에 서 있었다.

"뮤어 신부님께서 오셨습니다, 소장님."

"들어오시라고 해."

잠시 뒤에 주름이 가득한 불그레한 얼굴에 도수 높은 안경을 쓴 키 작은 백발 노인이 들어왔다. 이제껏 나는 그토록 정답고 그토록 온화한 얼굴을 본 적이 없었다. 근심과 고뇌에 잠긴 그 표정도 그의 내면에서 비쳐 나오는 고결함을 뒤덮을 수는 없었다. 이 늙은 신부에게는 사람을 끄는 본능적인 힘이 있었다. 저런 성자 같은 인물이라면 아무리 흉악한 죄수들이라도 감화시킬 수 있을 듯했다.

신부는 이러한 시간에 낯선 사람들이 교도소장의 사무실에 몰려와 있는 것을 보고 몹시 당황한 듯, 손때가 묻어서 반짝반짝 빛나는 작은 기도서를 오른손에 꼭 쥔 채 근시의 눈을 깜박이며 낡고 검은 신부복을 여몄다.

"어서 오십시오, 신부님. 소개해드릴 분들이 있습니다."

매그너스 소장이 정다운 목소리로 말했다.

이어서 소장은 신부에게 우리를 소개했다.

"반갑습니다."

뮤어 신부가 우리에게 차례로 인사했다.

"만나서 반가워요."

신부는 깍듯하고 다정한 어조로 인사했으나 정신은 다른 곳에 가 있는 듯했다. 마지막으로 신부는 내게 인사했다.

"안녕하세요, 아가씨."

그런 뒤에 신부는 소장이 앉은 책상 쪽으로 급히 다가가더니 큰 소리로 외쳤다.

"정말이지 끔찍한 일입니다, 소장님! 저는 도저히 믿을 수가 없어요!"

"진정하시지요, 신부님. 사람이 다시 삐뚤어지기는 쉬운 법입니다. 자, 우선 앉으시지요. 우리도 이제 막 이 사건을 검토해보려던 참이었으니까요."

소장이 상냥한 목소리로 말했다.

뮤어 신부는 떨리는 목소리로 말을 받았다.

"하지만 아론은…… 아론은 참으로 선량하고 성실한 사람이었습니다."

"자, 좀 진정하시지요, 신부님. 그리고 흄 검사님, 제 설명을 빨리 듣고 싶으시겠지만 조금만 참아주십시오. 이제 곧 그 사람의 완전한 기록을 보여드릴 테니까요."

매그너스 소장이 책상 위의 벨을 누르자 예의 그 직원이 나타났다.

"다우의 기록을 갖고 오게. 아론 다우 말이네. 오늘 오후에 석방된 죄수일세."

그 직원은 방에서 나갔다가 잠시 뒤에 큼직하고 푸른 카드 한 장을 가지고 다시 돌아왔다.

"자, 이게 그에 관한 기록입니다. 아론 다우, 수인 번호 83532. 수감될 때 나이는 마흔일곱 살이었습니다."

"몇 년이나 복역했습니까?"

아버지가 물었다.

"십이 년 넘게 복역했군요……. 키 168센티미터. 몸무게 55킬로그램. 눈동자는 푸른색이며, 머리는 희끗희끗하고, 왼쪽 가슴에 반원형의 상처 자국……."

소장은 무언가 생각에 잠기는 표정으로 고개를 들었다.

"하지만 이곳에서 십이 년간 복역하는 동안 외모도 많이 달라졌습니다. 머리카락은 거의 다 빠졌고 몸도 많이 쇠약해졌습니다……. 지금은 나이도 예순 살가량 되었으니까요."

"죄목은 무엇이었습니까?"

흄이 물었다.

"살인이었습니다. 뉴욕의 대리 판사로부터 십오 년 형을 언도받았습니다. 뉴욕 부둣가의 선술집에서 어떤 남자를 살해했답니다. 싸구려 술을 진탕 마시고는 형편없이 취해서 날뛰다가 사람을 죽이게 된 모양입니다. 검찰 조사에 의하면, 피해자와는 서로 모르는 사이였답니다."

"그전에도 전과가 있었습니까?"

아버지가 물었다.

매그너스 소장이 카드를 훑어보았다.

"그건 알 수가 없군요. 다우의 전력 자체가 확인된 게 없다는 얘깁니다. 어쩌면 다우라는 이름도 본명이 아닐지 모릅니다."

나는 아론 다우라는 인물을 눈앞에 그려보았다. 그의 모습이 점차 떠오르긴 했지만 완전히 그려낼 수는 없었다. 어딘가 결정적으로 모호한 부분이 있었다.

"소장님, 다우는 어떤 죄수였나요? 다루기 힘든 사람이었나요?"

내가 조심스레 묻자 매그너스 소장이 미소를 떠올렸다.

"매우 좋은 질문을 하셨습니다, 섬 양. 하지만 다우는 모범수였습니다. 이곳에서의 분류 방법에 의하면 그는 A등급이었습니다. 이곳에 입소한 죄수는 수인복으로 갈아입으면 일정한 유예 기간을 거쳐 석탄을 쌓는 수습 기간을 보낸 다음 정규 수인 작업반에 배치됩니다. 그 후부터는 성적에 따라 여러 가지 특권을 누릴 수 있습니다. 그러니까 정규 직업에 종사하면서부터는 이 교도소라는 작은 사회에서 어떤 신분을 갖게 되느냐는 전적으로 본인의 노력 여하에 달렸습니다. 아시다시피, 이곳은 이곳만으로 거의 하나의 도시를 형성하고 있는 셈입니다. 만약 재소자가 문제를 일으키지 않고 명령에 잘 따르고 규칙을 잘 지키면 바깥 사회가 그들로부터 앗아간 자존심을 어느 정도는 회복할 수가 있습니다. 아론 다우는 이 교도소의 훈육 주임에게 한 번도 폐를 끼친 적이 없었습니다. 그래서 A등급으로 분류되어 특권도 누렸고 모범수로서 삼십 개월이나 감형을 받았습니다."

뮤어 신부가 깊고 그윽한 눈으로 나를 바라보았다.

"섬 양, 아론에 대해서는 제가 보증할 수 있어요. 그는 남을 해칠 줄 모르는 사람이었습니다. 나는 그를 잘 알고 있어요. 비록 나와 같은 종파는 아니었지만 그도 신앙을 갖게 되었지요. 그런 사람이 그토록 끔찍한 일을 저지를 수는…….”

“그는 전에도 한 사람을 살해한 적이 있습니다. 그런 전례가 있었다는 얘기입니다.”

휼이 무뚝뚝하게 끼어들었다.

“그런데 십이 년 전에 뉴욕에서 그가 살인을 저질렀을 때 어떤 방법을 썼습니까? 상대를 칼로 찔렀습니까?”

아버지가 묻자 매그너스 소장은 고개를 저었다.

“위스키가 가득 담긴 병으로 상대의 머리를 내리쳤습니다. 그 결과, 상대는 뇌진탕으로 숨졌답니다.”

“그게 이번 사건과 무슨 상관이 있다는 거죠? 다우에 대해서는 그 밖에 어떤 사실들을 알고 계십니까, 소장님?”

휼이 초조한 어조로 물었다.

“거의 없습니다. 당연한 얘기지만, 형기가 길면 길수록 흉악범인 셈이죠.”

매그너스 소장은 푸른 카드를 다시 살폈다.

“아, 그렇군요. 여기 그의 용모를 확인하는 데 도움이 될 만한 사실이 적혀 있군요. 그는 입소한 지 이 년 만에 사고로 오른쪽 눈을 실명했고 오른쪽 팔이 마비되었습니다. 끔찍한 사고였지만, 선반 작업 도중에 자신의 부주의로 일어난 것이었답니다.”

“그럼 그는 애꾸눈이겠군요! 이건 대단히 중요한 사실입니다. 아주 중요한 걸 가르쳐주셨습니다, 소장님.”

휼이 흥분한 어조로 말했다. 그러자 매그너스 소장이 한숨을 쉬었다.

“물론 우리는 그 사실이 신문에 나지 않도록 숨겼답니다. 그런 일들이 밖으로 새어 나가서 좋을 건 없으니까요. 아시다시피 얼마 전까지만 하더라도 이 교도소를 비롯해 다른 주의 교도소들 모두 지극히 열악한 환경에 놓여 있었습니다. 재소자들은 짐승처럼 취급될 뿐, 이른바 근대 행형학에서 주장하는 것처럼 병자로 받아들여지지는 않았던 것이 사실입니다. 물론 전부는 아니지만, 아직도 사회에서는 적지 않은 사람들이 우리 교도소를 제정 러시아 시대의 시베리아 수용소 같은 곳으로 생각하고 있습니다. 그래서 우리는 그런 인상을 지우기 위해 최선을 다해 노력하고 있습니다. 아론 다우가 사고를 당했을 때…….”

“뭐, 그런 거야 이해할 수 있습니다.”

얘기하지 않아도 알겠다는 투로 흄이 중얼거리듯 말했다.

“아, 그러시군요.”

매그너스 소장은 기분이 약간 상한 듯이 의자에 몸을 기대며 말을 이었다.

“아무튼 얼마 동안 그는 우리의 작은 고민거리였지요. 오른손잡이였던 그가 오른팔을 쓸 수 없게 되었으니 배치국에서는 그를 위해 특별히 일자리를 마련해주어야만 했으니까요. 그런데 그는 교육을 제대로 받지 못한 탓에 글을 쓰는 것도 활자체로밖에는 쓰지 못했고 그나마도 어린애들처럼 서투른 필체였습니다. 지능도 아주 낮았습니다. 앞서 말씀드린 대로 사고가 났을 당시 그는 목공부에서 선반공으로 일하고 있었습니다. 결국 배치국에서도 별다른 방법이 없었으므로 그를 다시 목공부로 되돌려 보낼 수밖에 없었지요. 하지만 이 기록에 의하면 그는 오른손을 쓸 수 없게 되었는데도 목공 일을 상당히 잘해냈던 것 같습니다……. 여러분은 이런 사실이 이번 사건과 아무 관계가 없다고 생각하시겠지요. 그리고 실제로 아무런 관계도 없을 겁니다. 하지만 저로서는 그에 관한 것이라면 빠짐없이 말씀드리고 싶습니다. 그래야만 할 이유도 있고 말입니다.”

“그게 무슨 말씀이시죠?”

흄이 몸을 긴장시키며 날카롭게 물었다.

매그너스 소장이 눈살을 찌푸렸다.

“이제 곧 아시게 될 것입니다……. 어쨌든 얘기를 끝까지 들어보시지요. 아론 다우에게는 친척이나 친구가 없었습니다……. 아니, 없는 것 같았습니다. 왜냐하면 이곳 알곤킨 교도소에서 보낸 지난 십이 년 동안 그는 외부로부터 편지 한 통 받은 적이 없었고, 그 또한 외부로 편지를 보낸 적도 없었으니까요. 물론 외부에서 찾아온 면회객도 없었습니다."

"이상하군요. 이상하죠? 정말 놀라운 일입니다."

아버지가 턱 주위의 파르스름한 면도 자국을 어루만지며 중얼거렸다.

매그너스 소장이 말을 이었다.

"제가 교도소에서 근무해온 오랜 기간을 통틀어도 다우처럼 바깥세상과 완전히 단절된 경우는 본 적이 없습니다. 그가 살았는지 죽었는지 관심을 갖고 있는 사람이 이 담장 밖에는 아무도 없는 듯이 보였습니다. 이것은 주목할 만한 점입니다. 아무리 흉악한 재소자라도 대개는 염려해주는 사람이 있기 마련이지요. 예컨대 어머니라든가 누이라든가 애인이라든가 말입니다. 그런데 다우는 바깥세상과의 연락이 전혀 없었을 뿐만 아니라, 이곳에 입소한 첫해에 다른 신입 재소자들과 함께 얼마 동안 도로공사에 배치되었을 때 이외에는 바로 어제까지도 이 교도소 밖으로 나가본 적이 단 한 번도 없었습니다. 본인이 원한다면 얼마든지 나갈 수 있었는데도 말입니다. 모범수가 되면 교도소 밖에서 하는 여러 작업들에 참가할 수가 있거든요. 아마도 다우가 선량하게 행동했던 것은 자신의 인권을 회복하기 위한 욕망에서라기보다는 도덕적인 무기력 때문이지 않나 싶습니다. 즉 그는 너무 지쳐버리고 모든 일에 무관심해진 나머지 나쁜 짓을 할 기력조차 없어졌을지 모른다는 얘기죠."

"그렇다면 협박범은 아닌 듯하군요. 더군다나 살인범일 리도 없을 테고요."

아버지가 말했다.

"그렇고말고요!"

뮤어 신부가 힘주어 외치고는 말을 이었다.

"저 역시도 그렇게 생각하고 있습니다, 경감님! 그리고 여러분께 분명히 말씀드리지만……."

"저어 죄송합니다만, 신부님. 그런 말씀은 아무런 도움이 되지 않습니다."

흄이 불만스레 끼어들었다.

나는 흄이 말하는 걸 꿈결처럼 흘려들으며, 수백 명의 운명이 걸려 있는 이 이상한 성전에 앉아 생각에 잠겨 있었다. 그러던 중 나는 머릿속에서 굉장한 지혜가 번득이는 걸 느꼈다. 지금이야말로 내가 알고 있는 것을, 가장 엄밀한 추론이 지시하는 바를 밝힐 때라고 생각했다. 하지만 나는 말을 하려고 입을 반쯤 열었다가 이내 다시 다물고 말았다. 과연 이런 자질구레한 사항들이 내가 생각하고 있는 의미를 정말로 내포하고 있을까? 나는 머리 좋은 소년 같은 표정을 짓고 있는 흄의 얼굴을 바라보았다. 그리고 아직은 입을 열지 않는 편이 좋겠다는 마음의 경고를 따르기로 했다. 존 흄을 이해시키려면 추론 이상의 것이 필요할 것이다. 그리고 아직은 시간이 있다…….

"그럼 지금부터 오늘 여러분을 여기까지 오시라고 한 목적인, 조금 놀랄 만한 얘기를 들려드리겠습니다."

쥐고 있던 푸른 카드를 책상 위에 놓으며 매그너스 소장이 말했다.

"좋습니다! 제가 가장 듣고 싶었던 것도 바로 그 얘기입니다."

흄이 명쾌한 어조로 말했다.

"그 전에 여러분께서 이해해주셔야 할 점이 있습니다."

매그너스 소장이 진지하게 말을 이었다.

"다우가 수인의 신분을 벗어났다고 해서 그에 대한 제 관심이 사라진 것이 아니라는 점입니다. 우리는 재소자가 석방되고 난 다음에도 그 뒤의 행적을 관찰합니다. 왜냐하면 그들 중 적지 않은 사람들이 결국에는 다시 이곳으로 돌아오기 때문입니다. 요즘은 30퍼센트 정도의 비율로 다시 죄를 짓고 이곳으로 돌아옵니다. 그래서 현대 행형학의 체계도 교정보다는 재범 방지 쪽에 더 비중을 두는 쪽으로 흐르고 있습니다. 그렇긴 해도 저로서는 현실적인 사실들을 외면할 수가 없습니다. 그런 이유에서 이 얘기를 해야 하는 것이 저의 의무라고 생각하고 말씀드리는 것입니다."

뮤어 신부의 얼굴은 고통으로 창백하게 질려 있었고 검은 기도서를 손가락

마디가 툭 불거져 나올 만큼 꼭 움켜쥐고 있었다.

"삼 주일 전에 포셋 상원의원이 저를 찾아왔습니다. 그리고 이 교도소에 복역 중인 어떤 죄수에 대해 조심스러운 질문을 했습니다."

"오, 성모 마리아여!"

신부가 신음하듯 외쳤다.

"그 죄수란 물론 아론 다우였습니다."

그러자 흄이 눈을 빛내며 물었다.

"포셋이 무슨 이유로 여길 왔지요? 다우에 관해 무엇을 궁금해하던가요?"

매그너스가 한숨을 쉬었다.

"그러니까 상원의원은 다우의 기록과 사진을 보여달라는 것이었습니다. 원칙적으로 그런 요청은 받아들이지 않지만, 다우는 곧 출옥하게 되어 있는 데다 어쨌든 포셋 상원의원이라면 무시할 수만은 없는 인물이 아닙니까?"

소장은 얼굴을 찌푸리며 말을 이었다.

"그래서 결국 나는 다우의 사진과 기록을 그에게 보여주었지요. 그 사진은 십이 년 전 다우가 이 교도소에 갓 입소했을 당시에 찍은 것이었습니다. 그럼에도 불구하고 상원의원은 그를 알아보는 듯했습니다. 왜냐하면 마른침을 삼키며 안절부절못했으니까요. 그리고 그 후의 일을 간단히 얘기하자면, 포셋 상원의원은 제게 놀랄 만한 요구를 했습니다. 요컨대 아론 다우를 앞으로 이 삼 개월 동안만 더 입을 봉할 수 있게 해달라는 것이었습니다! '입을 봉한다'는 말은 그때 그가 한 말 그대로입니다. 여러분은 이 얘기를 어떻게 생각하십니까?"

그러자 흄이 두 손을 비볐는데 내게는 그 동작이 아주 불쾌하게 여겨졌다.

"의미심장하군요, 소장님! 계속하시죠."

"그런 터무니없는 요구를 하는 그의 뻔뻔스러움에 질리기는 했습니다만."

매그너스 소장은 어금니를 꽉 앙다물고 나서 말을 이었다.

"이 문제는 신중히 다루어야 할 필요가 있다고 생각했습니다. 게다가 어쩐지 흥미롭기도 했고 요. 어떤 죄수와 어떤 일반인의 관계, 더욱이 그 일반인이 평판 나쁜 포셋 상원의원인지라 저는 조사를 해야 할 의무를 느꼈습니다. 그래서 저는 그의 요구에 답변은 하지 않고 어째서 아론 다우의 입을 봉하고자 하는지 물어보았답니다."

"그가 그 이유를 말하던가요?"

아버지가 미간을 모으면서 물었다.

"물론 처음에는 말하지 않았지요. 마치 감자 술을 처음 마신 사람처럼 벌벌 떨며 땀을 흘렸습니다. 하지만 결국에는 털어놓더군요. 다우가 그를 협박하고 있기 때문이라는 것이었습니다."

"그 점은 우리도 알고 있습니다."

흄이 나직이 말했다.

"그 얘기가 저는 내심 믿어지지 않았지만 그런 내색은 하지 않았습니다……. 그런데 그게 사실이란 말씀입니까? ……아무튼 저는 어떻게 그런 일이 가능한지 이해가 가지 않았으므로 다우가 어떤 식으로 그에게 연락을 취했는지를 물어보았습니다. 아시다시피 이곳에서는 우편물이나 외부와의 접촉을 엄중히 검열하고 있거든요."

"편지와 톱으로 자른 장난감 상자 토막을 교도소에서 만든 장난감이 든 꾸러미 속에 넣어서 포셋에게 보냈답니다."

지방 검사가 설명했다.

"그랬군요."

매그너스 소장은 입을 오므리며 생각에 잠겼다.

"당장 그런 루트를 막아야겠군요. 그런 방법을 이용하면 그다지 어려운 일도 아니었겠군요……. 그때 저는 그 일에 무척 흥미를 느꼈습니다. 왜냐하면 교도소 안과 외부와의 비밀 통신은 우리를 가장 괴롭히는 문제 중 하나였고, 오래전부터 저는 그런 루트가 어디엔가 있으리라고 의심하고 있었기 때문입니다……. 하지만 포셋은 다우가 어떻게 자기와 접촉했는지는 도무지 말하려 들지 않더군요. 그래서 저도 그 점은 더 캐묻지 않았습니다."

나는 입술을 축였다. 입술이 바싹 말라 있었던 것이다.

"포셋 상원의원은 이 다우라는 인물이 실제로 자신의 약점을 쥐고 있다고 인정하던가요?"

"그럴 리가 있겠습니까! 그는 다우가 터무니없고 뻔뻔스러운 거짓말을 지어냈다고 했습니다. 그야말로 흔해 빠진 부인 방식이죠. 물론 저는 그의 말을 믿지 않았습니다. 왜냐하면 다우가 어떤 얘기를 하든 간에 자신이 결백하다면 그토록 당황할 필요는 없으니까요. 그런데 이 점에 대해서 그는 다음과 같이 변명하더군요. 즉 다우의 얘기가 터무니없는 것이긴 하지만 그런 얘기가 밖으로 나돌게 되면 자신이 상원의원으로 재선될 가능성이 완전히 사라지지는 않는다고 하더라도 적지 않은 타격을 입을 염려가 있기 때문이라고 말입니다."

"상원의원으로 재선될 가능성에 타격을 입는다고요?"

흄이 심술궂게 말을 이었다.

"그에게는 처음부터 재선될 가능성이 없었습니다. 하지만 뭐 이런 얘기를 지금 문제 삼을 것은 아니죠. 아무튼 다우가 쥐고 있는 포셋의 약점은 진짜임이 틀림없습니다."

매그너스 소장은 어깨를 으쓱했다.

"저도 물론 그렇게 생각했습니다. 그런데 그때 저는 묘한 입장에 처해 있었습니다. 그래서 저는 그의 말만 듣고서는 다우를 처벌할 수 없으니 다우의 입을 꼭 봉해야만 하겠다면 그 '지어낸 거짓말'이 어떤 것인지 설명해달라고 요구했습니다……. 그러자 그는 A등급으로 분류되어 있는 모범수의 입을 봉할 수 있게 해달라고 말했을 때처럼 무척 당황하면서 그 얘기는 공개하고 싶지 않다고 하더군요. 그리고 만약 이삼 개월 동안 다우를 독방에 감금해주면 저에게 정치적인 '도움'을 줄 수 있을 거라고 넌지시 암시를 주더군요."

매그너스 소장이 씁쓸하게 웃었다.

"그렇게 해서 우리의 만남은 낡고 통속적인 멜로드라마의 한 장면으로 발전했습니다. 수단과 방법을 가리지 않고 공무원을 타락시키려는 각본대로 말입니다. 하지만 이 교도소 안에는 어떤 권력도 파고들 수 없습니다. 주제넘은 얘기로 들리실지 모르겠지만, 저는 청렴하다는 평을 듣고 있습니다. 그래서 포셋 상원의원에게도 그 점을 일깨워주었지요. 결국 그도 어쩔 수 없다는 걸 알고 돌아갔습니다."

"불안해하던가요?"

아버지가 물었다.

"어쩔 줄 모르더군요. 물론 저도 그 문제를 그냥 넘기지만은 않았습니다. 상원의원이 돌아가자마자 저는 아론 다우를 불렀습니다. 그랬더니 그는 상원의원을 협박한 적이 없다고 시치미를 떼더군요. 하지만 상원의원이 내막을 털어놓지 않았으니 저로서도 무턱대고 추궁할 수만은 없었지요. 그래서 다우에게 만약 그가 협박 비슷한 짓을 했다는 것이 사실로 밝혀지면 가석방을 취소하고 이제까지의 특권도 모두 박탈하겠다고 경고하는 선에서 그칠 수밖에 없었습니다."

"그게 전부입니까?"

흄이 물었다.

"아닙니다. 오늘 아침 아니, 어제 아침이라고 해야겠군요. 포셋 상원의원이 제게 전화를 했습니다. 그 '지어낸 거짓말'이 세상에 나돌게 하느니, 다우에게 돈을 주어 '침묵을 사기로' 했으니 저더러 그 일은 모두 잊어달라는 것이었습니다."

"그거 좀 이상하군요. 어쩐지 수상쩍은데요. 그건 전혀 포셋답지 않은 행동 같습니다. 포셋 상원의원이 틀림없었습니까?"

아버지가 생각에 잠긴 표정으로 물었다.

"그렇습니다. 하긴, 저도 이상하다는 생각이 들더군요. 협박하는 자에게 돈을 주겠다는 얘기를 어째서 제게 알려주는지 이해가 가지 않았으니까요."

"정말로 알 수 없는 일이군요."

흄이 눈살을 찌푸리며 말을 이었다.

"그런데 소장님은 포셋에게 다우가 어제 석방될 예정임을 얘기해주었습니까?"

"아뇨, 그건 묻지 않기에 굳이 얘기하지 않았습니다."

"그 전화가 무얼 의미하는지 이제 알겠군요."

아버지가 두 다리를 포개면서 천천히 말을 이었다.

"포셋 상원의원은 가엾은 아론 다우에게 양다리를 거는 식으로 함정에 빠트리고자 했던 게 분명합니다."

"무슨 뜻입니까?"

매그너스 소장이 흥미로운 듯이 물었다.

아버지가 싱긋 웃었다.

"흔적을 남기고자 했던 것입니다, 소장님. 일종의 알리바이를 준비했던 셈이죠. 흄 씨, 내기를 걸어도 좋습니다. 포셋 상원의원은 은행에서 5만 달러를 틀림없이 인출했을 겁니다. 그는 협박에 못 이겨 돈을 준비해놓았다는 식으로 아주 순진한 척을 한 겁니다. 그런데 그만 뜻밖의 사태가 벌어진 거죠……."

"무슨 말씀인지 모르겠군요."

흄이 불만스레 말했다.

"그러니까 포셋 상원의원은 아론 다우를 살해하려 했던 겁니다! 그리고 죽이고 난 뒤에 문제가 생기면, 자신은 다우에게 주려고 은행에서 돈을 찾아놓기까지 했다면서 소장에게 전화한 사실을 알리바이로 쓸 작정이었던 거죠. 즉 자신이 돈을 건네주려는 과정에서 다우가 말썽을 부렸다, 그래서 서로 싸우던 중에 다우가 죽게 되었다, 이렇게 둘러댈 생각이었던 겁니다. 어쨌든 포셋 상원의원은 다우에게 꽤 큰 약점을 잡혔던 모양입니다. 다우를 멋대로 돌아다니게 놔두는 것보다는 위험을 감수하더라도 차라리 없애버리는 편이 낫다고 생각할 정도로 말입니다."

"그럴 수도 있겠군요."

흄이 골똘히 생각에 잠긴 표정으로 중얼거리며 말을 이었다.

"그러니까 계획이 어긋나서 오히려 자신이 죽게 되었다, 그런 얘기인데…… 과연 가능한 얘기입니다!"

"하지만 제 말을 좀 들어보십시오!"

뮤어 신부가 소리치며 끼어들었다.

"아론 다우는 그 사람이 살해된 것과는 아무런 관계가 없습니다! 이 사건의 배후에는 무서운 악마의 손길이 뻗쳐 있어요, 흄 씨. 하느님께서는 무고한 그가 고통을 받도록 그냥 내버려두지는 않으실 겁니다. 그토록 불행한 삶을 살아온 그 불쌍한 사람을 말입니다……."

"소장님, 아까 흄 씨가 말하길, 포셋 상원의원 앞으로 배달된 편지와 작은 상자 토막은 이 교도소에서 보낸 장난감 꾸러미 속에 함께 들어 있었다고 했습니다. 이곳의 목공부에서 측면에 금색으로 글씨가 쓰여 있는 작은 나무 상자를 만든 적이 있는지 알아봐주시겠습니까?"

아버지가 말했다.

"알아보죠."

매그너스 소장은 구내전화로 교환원을 불렀다. 그리고 누군가가 침대에서 일어나기를 기다리는지 잠시 잠자코 있었다. 이윽고 통화를 끝낸 소장이 수화기를 내려놓더니 고개를 저었다.

"목공부에서는 그런 걸 만든 적이 없답니다, 경감님. 실은 이곳의 목공부는 생긴 지 얼마 되지 않습니다. 다우와 다른 재소자 두 명이 조각에 재능이 있다는 걸 알게 되어 사실상 그들을 위해 목공부를 만든 셈이죠."

아버지가 좀 이상하지 않느냐는 뜻의 눈짓을 흄에게 보내자 흄이 얼른 대꾸했다.

"알겠습니다. 그 상자 토막에 어떤 의미가 담겨 있는지 철저히 밝혀야 한다는 의견에는 저도 동감입니다."

그러나 나는 살인 동기와 관련이 있을 법한 그 상자 토막을 흄이 그다지 중요하게 여기고 있지 않다는 걸 눈치챌 수 있었다. 흄이 소장의 전화에 손을 뻗었다.

"전화를 써도 되겠습니까, 소장님……. 경감님, 그 5만 달러에 대한 당신의 예감이 맞는지 확인해보겠습니다."

소장이 눈을 끔벅거렸다.

"다우가 쥐고 있던 포셋의 약점은 정말 대단한 것이었나 보군요. 5만 달러나 되는 거금을 요구했으니 말입니다."

"포셋의 은행 거래를 조사하라고 급히 형사를 한 명 보냈는데 지금쯤 대충 결과가 나왔을 겁니다."

흄이 교도소의 교환원에게 전화번호를 댔다.

"여보세요, 멀카히인가? 나 흄일세. 어떻게 되었나?"

흄의 입가에 긴장이 감돌았다.

"수고했네! 이제부턴 패니 카이저 쪽을 조사해보게. 그녀와 상원의원 사이에 금전 거래가 있었는지 알아보라고."

흄이 전화를 끊으며 무뚝뚝하게 말했다.

"경감님의 말씀대로군요. 포셋은 어제 오후에 유가 증권과 소액권으로 5만 달러를 찾아갔다는군요. 그러니까 결국 포셋이 살해당한 것은 돈을 찾아간 바로 그날 밤이 되는 셈입니다."

"하지만 아무래도 이상하군요. 협박범이 요구 조건을 들어주려는 자를 굳이 죽이기까지 하다니 어쩐지 이치에 어긋난다는 생각이 들어요."

아버지가 심각한 표정으로 말했다.

"그렇습니다. 그 말이 맞습니다. 그건 매우 중요한 점입니다, 흄 씨."

뮤어 신부가 힘주어 말했다.

흄이 어깨를 으쓱했다.

“하지만 싸움이 벌어졌다면 어땠을까요? 흉기가 포셋의 페이퍼 나이프였다는 점을 잊지 말기 바랍니다. 그 점은 살인이 계획적으로 이루어진 것이 아님을 뜻합니다. 만약 계획적으로 살인을 저지를 생각이었다면 따로 준비해 간 흉기가 사용되었을 겁니다. 포셋이 돈을 주고서 트집을 잡았거나, 돈을 주지 않으려고 하던 중에 예기치 못한 싸움이 일어났다고 볼 수도 있죠. 그리고 싸우던 도중에 다우가 그 페이퍼 나이프를 쥐게 되어 살인으로 이어졌을 겁니다.”

“흄 씨, 이렇게 생각해볼 수도 있지 않을까요?”

내가 부드러운 어조로 말을 이었다.

“범인은 미리 흉기를 가지고 갔으나 보다 편리한 곳에 페이퍼 나이프가 있었기 때문에 그걸 사용했다고 말이에요.”

그러자 존 흄이 초조한 표정을 지으며 쌀쌀맞게 말했다.

“그건 좀 지나친 가설 같군요, 섬 양.”

매그너스 소장과 뮤어 신부가 놀란 표정을 지어 보였다. 아마도 여자인 내가 복잡한 가설을 내놓은 것이 뜻밖이라고 생각하는 모양이었다.

그때 매그너스 소장의 책상 위에서 전화벨이 울렸다. 소장이 수화기를 들었다.

“흄 씨, 당신에게 온 전화입니다. 누군지 무척 흥분한 목소리로군요.”

흄이 재빨리 의자에서 일어나 수화기를 건네받았다……. 잠시 후 흄이 수화기를 놓고 우리 쪽으로 돌아섰을 때 나는 가슴이 철렁 내려앉는 것 같았다. 그의 표정으로 보아 무언가 결정적인 일이 일어났음이 분명했다. 그의 두 눈은 기쁨으로 반짝이고 있었다.

“케니언 서장에게서 온 전화입니다.”

흄이 천천히 말을 이었다.

“아론 다우를 리즈 시 외곽의 숲속에서 결투 끝에 체포했답니다.”

한동안 침묵이 이어졌다. 뮤어 신부의 가냘픈 신음만이 들릴 뿐이었다.

"그자는 엉망으로 술에 취해서 제정신이 아니었다고 합니다."

흄의 목소리가 커졌다.

"물론 이것으로 사건은 해결된 셈입니다. 여러모로 고마웠습니다, 소장님. 아마도 법정에서 증언을 해주셔야……."

"잠깐만, 흄 씨."

아버지가 조용히 말을 이었다.

"케니언이 다우에게서 돈을 찾아냈답니까?"

"아니, 그건 듣지 못했습니다. 하지만 그건 중요한 문제가 아닙니다. 어디다 묻어두었을 수도 있으니까요. 중요한 것은 우리가 포셋 살해범을 체포했다는 사실입니다!"

나는 일어서서 장갑을 끼기 시작했다.

"흄 씨, 정말 범인을 체포한 걸까요?"

흄이 나를 뚫어지게 바라보았다.

"무슨 뜻으로 하시는 말씀인지 잘 모르겠군요……."

"아마도 당신은 모르는 것투성이인 것 같군요, 흄 씨?"

"대체 무슨 뜻입니까, 섬 양?"

나는 립스틱을 꺼냈다.

"아론 다우는……."

나는 입술을 오므려 립스틱을 바르고 말을 이었다.

"포셋 상원의원을 살해한 범인이 아닙니다."

그리고 나는 한쪽 장갑을 벗고 거울에 입술을 비춰 보며 말을 이었다.

"게다가 저는 그걸 증명할 수도 있답니다!"

## 7:
## 올가미를 죄다

"패티, 이 도시에는 어쩐지 기분 나쁜 냄새가 나는구나."

그다음 날 아침에 아버지께서 말씀하셨다.

"흐음, 아버지도 그런 냄새를 맡으셨군요."

"네가 그런 말투를 쓰지 않았으면 좋겠다."

아버지가 불만스레 말을 이었다.

"그런 말투는 숙녀답지 못하잖아……. 그리고 어째서 내게도 말해주지 않는 거냐? 물론 네가 흄을 못마땅하게 여기는 것은 안다. 하지만 내게까지 그런 건 아니겠지? 다우가 범인이 아니라는 걸 네가 어떻게 안다는 거냐? 어떻게 그처럼 단정적으로 말할 수가 있는 거지?"

나는 움찔했다. 사실 나는 경솔했던 것이다. 사실대로 말하자면, 나는 아직 그걸 증명할 수가 없었다. 아직 한 가지 알 수 없는 점이 있었기 때문이다. 그것만 알아낸다면 그들에게 증명해 보일 수가 있을 텐데…….

"아직은 증명할 수가 없어요."

"흠, 그렇구나. 그런데 내 생각에도 다우가 포셋을 살해한 범인 같지는 않아."

"오, 나의 사랑하는 아버지!"

나는 아버지에게 달려들어 입을 맞췄다.

"그가 범인이 아니라는 걸 저는 알아요. 그는 마흔 살이나 먹은 곰보 처녀처럼 결백해요. 그는 천벌을 받아 마땅한 상원의원을 죽이지 않았다고요."

나는 길 저편으로 멀어져가는 제레미의 넓은 등을 바라보았다. 가엾게도 그는 오늘 아침부터는 노동자들과 함께 다시 일터로 나가야 했다. 아마도 저녁때가 되어서야 먼지투성이가 되어 돌아올 것이다.

"그런데 아버지는 어째서 그렇게 생각하시는 거죠?"

"뭐라고? 마치 아비를 한 수 가르치겠다는 투로 들리는구나."

아버지가 못마땅하다는 듯이 말했다.

"얘야, 말을 함부로 해선 안 된단다. 무죄를 증명한다고? 내 말을 명심해라, 패티. 너는 좀 더 신중히 행동할 필요가 있어. 남들이 너를 보고 뭐라고 할지……."

"아버지는 저 때문에 창피하신가요?"

"패티, 그런 뜻이 아니라……."

"아버지는 제가 쓸데없이 자꾸만 나선다고 생각하시죠? 그리고 저 같은 애는 양털에 싸서 선반 어디에다 쑤셔 넣어두는 게 상책이라고 여기시죠?"

"패티……."

"아버지는 아직도 여자란 집 안에 틀어박혀 있어야 마땅하다고 여기시죠? 여자란 선거에 참여해서도 안 되고, 담배를 피워서도 안 되고, 거친 표현을 써서도 안 되고, 남자 친구를 사귀어도 안 되고, 한바탕 신나게 놀아서도 안 된다고 생각하시죠? 그리고 또 산아 제한이란 것은 악마가 생각해낸 것이라고 믿고 계시죠?"

"패티! 아버지에게 그런 식으로 말하는 게 아니다."

아버지가 잔뜩 찌푸린 표정으로 일어서며 말했다.

그런 뒤에 아버지는 엘리후 클레이 씨의 훌륭한 식민지 양식 저택 안으로 사라졌다. 하지만 아버지는 십 분 뒤에 다시 돌아와 내 담배에 불을 붙여주었다. 그러고는 앞서의 일을 사과하면서 어쩔 줄 몰라 쩔쩔매셨다. 불쌍한 아버지! 아버지는 여자를 이해할 수가 없었던 것이다.

그런 뒤에 우리는 시내로 나갔다.

그날 아침, 즉 살인 사건 현장과 알곤킨 교도소를 방문했던 다음 날인 토요일 아침에 엘리후 클레이 씨와 아버지가 의논한 결과, 우리 부녀는 그대로 그 저택에 손님으로 머물기로 했다. 아버지는 전날 밤 흄을 비롯한 사람들과 헤어지기 전에, 자신의 신분과 지난날의 경력에 대해서는 다른 사람들에게 비밀로 해주기 바란다고 주의를 주었다. 아버지와 엘리후 클레이 씨는 엄청난 이익을 주는 대리석 계약을 잇달아 물어 오는 수상쩍은 포셋 박사를 조사하는 것이 포셋 상원의원 살해 사건을 해결하기 위한 한 방법이라고 생각했다. 아버지는 자신의 신분을 밝히지 않고 조용히 조사하고 싶었던 것이다. 아버지가 이곳에 계속 머물기로 결정한 것은 나로서는 대단히 중요한 일이었다. 왜냐하면 흄과 그의 부하들이 신의 계시를 받지 않는 한, 불쌍한 아론 다우가 생명에 위협을 받게 될 것임을 나는 잘 알고 있었기 때문이었다.

아버지와 나는 불쌍한 다우가 술에 잔뜩 취해서 체포된 뒤부터 우선 두 가지 일에 관심을 가졌다. 하나는 만약 아론 다우가 할 말이 있다면 그의 말을 들어봐야 한다는 것과, 또 한 가지는 신기루 같은 인물인 포셋 박사를 만나 얘기를 해봐야 한다는 것이었다. 토요일 아침까지도 포셋 박사의 행방을 알 수 없었으므로 우리는 우선 첫 번째 일에 온 힘을 기울이기로 했다.

지방 검사 존 흄의 사무실은 큼직한 석조 건물인 리즈 시청 안에 있었다. 우리가 그곳으로 찾아가자 곧바로 안으로 안내되었다. 흄은 오늘 아침 매우 기분이 좋은 듯했다. 그는 활기차고 친절한 태도와 생기 있는 눈빛으로 의기양양하게 우리를 맞았다.

"안녕하십니까, 안녕하십니까!"

흄은 두 손을 비벼대며 말을 이었다.

"아직도 우리가 무고한 사람을 괴롭히려 한다고 생각하십니까, 섬 양? 아직도 그의 무죄를 증명할 수 있다고 생각하십니까?"

"한층 더 그렇게 생각하고 있답니다, 흄 씨."

그가 권하는 의자에 앉아 담배를 받아 들면서 나는 그렇게 대답했다.

"흠…… 그러시다면 직접 판단할 수 있게끔 해드려야겠군요. 이봐, 빌!"

흄이 옆방에 있는 누군가를 불렀다.

"구치소에 연락해서 다우를 다시 이리로 데려오도록 해주게."

"다우를 신문했습니까?"

아버지가 물었다.

"물론입니다. 이제 곧 두 분을 만족스럽게 해드리겠습니다."

신은 자신의 편이 틀림없다는 투로 그는 의기양양하게 말했다. 흄은 우리의 적대적인 태도에 너그럽게 대하기는 했으나, 아론 다우가 카인과도 같은 죄인이라고 생각하는 것만은 분명했다. 흄의 정직하고 완고한 얼굴을 다시 한 번 보고서 나는 그의 생각을 바꾸기는 힘들겠다고 생각했다. 나의 이론은 철저하게 논리라는 의상으로 이루어져 있었는데, 그는 증거라는 갑옷이 아니면 입지 않을 사람이었다.

유난스레 체구가 큰 형사 두 명이 아론 다우를 데리고 왔는데, 굳이 그럴 것까진 없어 보였다. 왜냐하면 이 전과자는 작은 키에 어깨가 좁고 기운 없어 보이는 노인이었기 때문이다. 그를 데리고 온 형사 한 명이 한 손으로도 그의 등뼈를 부러뜨릴 수 있을 듯했다. 나는 그때까지 이 보잘것없어 보이는 남자의 모습을 나름대로 상상했었는데, 매그너스 소장의 묘사도 가련한 그의 참모습을 제대로 전달했다고는 할 수 없었다.

그는 몹시 야위고 주름투성이에 잿빛 피부를 가진 도끼 모양의 작은 얼굴을 하고 있었는데, 아주 무지하고 생기 없어 보였다. 그 얼굴은 지금 공포와 절망으로 일그러져 있었다. 잔인하고 우둔한 케니언과 지나친 의무감에 사로잡힌 흄을 제외하고는 누구의 마음이든 움직이게 할 만한 얼굴이었다. 이렇듯 세파에 찌들고 공포에 질린 인물이 살인과 무관하다는 것은 너무도 명백했다. 하지만 그의 그런 모습 자체가 오히려 그를 죄인으로 보이게 했다. 흄과 케니언 같은 위압적인 사람들이 인간의 기본적인 반응을 알아차릴 리 없었다. 범죄의 내용으로 미루어 볼 때, 조엘 포셋 상원의원의 살해범은 냉정하고 연기력이 뛰어난 자임이 분명했다. 하지만 이 가련한 인물은…….

"앉아요, 다우."

흄이 그런대로 친절하게 말했다. 다우는 푸른 외눈에 공포와 희망이 뒤범벅된 빛을 담고서 흄이 시키는 대로 자리에 앉았다. 눈알이 있을 자리에는 오른쪽 눈꺼풀만이 있었고 오른팔은 쓸모없이 축 늘어져 있었다. 그 끔찍한 불구의 몸을 보고 나는 몸을 조금 떨었지만 이상하게도 그다지 기분 나쁜 느낌은 들지 않았다. 오히려 그가 더욱 애처롭게 느껴질 뿐이었다. 그의 모습에는 교도소 담벼락의 낙인이 찍혀 있는 것 같았는데, 주위의 환경 때문에 더욱더 그런 느낌이 들었다.

"네, 선생님. 네, 흄 검사님."

그는 귀에 거슬리는 격앙된 목소리로 말했다. 그는 마치 충실한 개가 아양을 떨며 주인의 명령에 재빨리 따르듯이 흄의 명령에 따랐다. 그의 말투는 이미 형이 확정된 죄수의 말투와 다를 바 없었다. 입술이 잔뜩 굳어 비뚤어진 입으로 말을 했다. 그가 느닷없이 외눈으로 나를 바라보았으므로 나는 숨을 죽이며 긴장했다. 아마도 그 자리에 내가 있는 것을 보고 어리둥절해하면서도 그 사실이 자신에게 도움이 될지 어떨지를 저울질하는 듯했다.

아버지가 조용히 자리에서 일어서자 그는 표정이 풍부한 외눈으로 아버지를 쳐다보며 자신에게 관심을 갖고 희망을 달라고 구걸하는 듯한 표정을 지었다.

"이봐요, 다우! 이분은 당신을 도우려는 분이오. 당신과 얘기를 나누려고 뉴욕에서 일부러 여기까지 오셨소."

흄이 말했다.

하지만 나는 흄이 그런 식으로 사실을 과장하는 것은 옳지 않다고 생각했다.

아론 다우의 호소하던 외눈에 갑자기 의혹의 빛이 서렸다.

"네, 검사님."

그의 몸이 의자에서 더 움츠러드는 듯했다.

"하지만 저는 아무 짓도 하지 않았습니다, 검사님. 저는 그를 죽이지 않았습니다."

아버지가 흄에게 눈짓을 하자 흄은 고개를 끄덕이며 자리에 앉았다. 나는 흥미를 느끼며 지켜보았다. 나는 아버지가 신문하는 광경을 이제껏 한 번도 본 적이 없었다. 수사관으로서의 아버지의 솜씨는 그때까지 내게는 전설에 지나지 않았다. 하지만 곧 소문으로 들었던 바와 같이 아버지가 뛰어난 솜씨를 가진 수사관이었음을 알 수 있었다. 아론 다우의 마음을 열기 위해 아버지가 취한 접근 방법은 내게 아버지의 새로운 면모를 보여주었다. 비록 세련되지는 못했지만 아버지는 매우 날카로운 심리학자였다.

"나를 좀 보시오, 다우."

적당한 위엄을 섞어 소탈한 어조로 아버지가 말했다. 가련한 그 노인은 긴장한 눈빛으로 아버지를 쳐다보았다. 두 사람은 잠시 동안 말없이 서로를 마주 보았다.

"내가 누군지 알고 있소?"

그러자 다우가 입술을 핥으며 말했다.

"아뇨, 모릅니다, 선생님."

"나는 뉴욕 경찰 본부의 섬 경감이었소."

"아!"

다우는 놀라며 몹시 경계하는 듯했다. 흰 머리카락이 드문드문 나 있는 작은 머리를 줄곧 옆으로 돌려가며 그는 우리와 시선이 마주치는 것을 피했다. 마치 우리를 경계하면서도 우리에게 희망을 갈구하고, 우리에게 달려올 듯하면서도 우리로부터 달아날 듯한 모습이었다.

"나에 대한 얘기를 들은 모양이군요."

아버지가 중얼거리듯 말했다.

"저어……."

다우는 무슨 말이든 해서는 안 된다는 경계심과 말하고 싶다는 욕망 사이에서 갈등을 일으키고 있었다.

"실은 감방 안에서 절도범으로 들어온 녀석에게서 얘기를 들었습죠. 그 녀석 말로는 자기가 전기의자에 앉을 뻔한 걸 경감님께서 구해주셨다고 했습니다."

"알곤킨 교도소에서 말이오?"

"예, 선생님."

"그렇다면 그 녀석은 휴스턴 스트리트의 갱단이었던 샘 레비였겠군."

아버지는 옛일을 회상하듯 미소를 떠올리며 말을 이었다.

"샘은 좋은 녀석이었는데 갱단에 휩쓸렸다가 배신을 당했지……. 자, 말해봐요, 다우. 샘이 나에 대해 뭐라고 하던가요?"

다우는 의자에서 안절부절못했다.

"그건 왜 물어보십니까?"

"그냥 물어보는 거요. 빌어먹을, 그렇게까지 돌봐줬는데 샘 녀석이 내 험담을 한 모양이로군……."

"처, 천만에요!"

다우는 흠칫 놀라며 소리친 뒤 덧붙였다.

"그 녀석이 말하길, 경감님은 청렴하고 공정한 분이라고 하던걸요."

아버지가 굵은 목소리로 이어 말했다.

"흐음, 그 녀석이 정말 그렇게 말했단 말이오? 암, 그래야 옳지. 아무튼 내가 죄 없는 사람을 억울하게 벌 받도록 하는 사람이 아니라는 것은 알겠죠? 나는 죄 없는 사람을 족쳐서 거짓 자백을 받아내는 그런 사람은 아니란 말이오. 그렇게 생각하지 않소?"

"그, 그런 것 같습니다, 경감님."

"좋아요! 그럼 우린 이제 서로를 이해하는 셈이오."

아버지는 의자에 앉으며 느긋한 자세로 두 다리를 포갰다.

"이봐요, 다우. 여기 계시는 흄 씨는 당신이 포셋 상원의원을 살해했다고 믿고 있어요. 그러니 당신은 지금 아주 위험한 입장에 놓여 있는 거요. 이건 당신을 괜히 겁주려고 하는 소리가 아니오."

다우의 외눈은 다시금 공포의 빛으로 가득 찼다. 다우는 흄에게로 눈길을 돌렸고 흄은 얼굴을 붉히며 화난 눈길로 아버지를 바라보았다.

"하지만 나는 당신이 포셋 상원의원을 살해했다고 생각하지 않아요. 그건 여기 있는 내 딸도 마찬가지요. 이 애 역시 당신이 결백하다고 믿고 있소."

"그런가요?"

다우는 고개를 수그린 채 나직하게 말했다.

"그런데 어째서 내가 당신을 포셋 상원의원 살해범이 아니라고 생각하는지 알겠소, 다우?"

다우의 둔감한 얼굴은 호기심과 희망으로 밝아지는 듯했다. 그는 아버지를 똑바로 바라보며 이번에는 분명한 어조로 대답했다.

"모르겠습니다, 경감님. 저는 제가 그를 죽이지 않았다는 것밖에 모릅니다. 그런데 어째서 그렇게 생각하시지요?"

"내가 그 이유를 말해주겠소."

아버지는 자신의 큼직한 손을 뼈대가 앙상한 그 노인의 작은 무릎 위에 얹었다. 나는 그의 무릎이 떨리고 있음을 보았다.

"그건 내가 사람을 볼 줄 알기 때문이오. 나는 살인자가 어떤 인간인지 알아요. 물론 당신이 십이 년 전에 술에 취해 싸우다가 우연히 사람을 죽이긴 했지만, 당신 같은 사람은 결코 살인자가 될 수 없어요."

"그렇습니다, 경감님!"

"그리고 설사 누군가와 싸움을 하더라도 당신은 칼을 사용할 사람은 아닌 것 같소. 그렇지 않소?"

"물론입니다! 저는 아니에요! 저는 칼 따위는 쓰지 않아요!"

다우는 가는 목에 푸른 혈관을 세우며 외쳤다.

"물론이죠. 그 점에 있어서 우리 두 사람은 의견이 일치하오. 그러니까 당신은 포셋 상원의원을 살해하지 않았다고 주장하고 있고, 나 역시도 당신의 그 주장을 믿고 있단 말이오. 하지만 누군가가 그를 죽였소. 그렇다면 대체 누가 그를 죽였을까요?"

"맹세코 저는 모릅니다, 경감님. 저는 누명을 쓰고 있을 뿐입니다. 저는 억울합니다."

그는 야위었으나 근육질인 왼손을 불끈 쥐며 대답했다.

"물론 당신이 억울하다는 건 알아요. 하지만 당신도 포셋 상원의원을 알고 있었어요. 그렇지 않소?"

그러자 다우가 의자에서 벌떡 일어났다.

"알고말고요. 놈은 더러운 사기꾼이죠!"

그런 뒤에 그는 갑자기 공포의 빛을 얼굴에 떠올리며 입을 다물었다. 그리고 증오하듯 아버지를 노려보았다. 아마도 그는 엉겁결에 자신이 아버지의 유도 신문에 넘어가 불리한 진술을 하고 말았다고 여기는 듯했다. 그가 너무나도 아버지를 증오하는 눈길로 노려보았으므로 아버지의 딸인 나까지도 얼굴이 화끈거릴 지경이었다.

하지만 아버지는 이 뜻밖의 사태에 놀랄 만큼 기술적으로 대처하는 능력을 발휘했다. 오히려 섭섭한 표정을 지었던 것이다.

"당신은 나를 오해하고 있군요, 다우."

아버지가 불만스러운 듯이 말을 이었다.

"당신은 내가 자백을 받아내기 위해 속임수를 썼다고 생각하는 거로군요. 하지만 결코 그렇지 않소. 당신이 포셋 상원의원을 알고 있었다는 것은 이미 흄 씨가 그 증거를 확보하고 있는 문제요. 당신이 포셋 상원의원에게 보낸 편지를 그의 집에서 찾아냈단 말이오. 알겠소?"

그 늙은 전과자는 뭐라고 중얼거리더니 다시금 얌전해졌다. 그러고는 아버지의 얼굴을 뚫어지게 바라보았다. 나는 그의 얼굴을 보고 약간 몸을 떨었다. 의혹과 희망과 공포가 뒤섞인 그 천박하고 야윈 얼굴은 그 뒤로도 며칠 동안 내 머릿속에서 사라지지 않았다. 이어서 나는 흄을 바라보았다. 그는 아무렇지도 않은 듯한 태도를 취하고 있었다. 나중에 알게 된 사실이지만, 경찰과 지방 검사 존 흄이 처음 그를 신문했을 때 아론 다우는 문제의 그 편지를 눈앞에 들이대는데도 한사코 거기에 관해서는 입을 열지 않았다는 것이다. 이 사실로도 알 수 있듯이, 다우의 단단한 껍질을 깨기 위해 아버지가 발휘한 본능적인 기교는 더욱 돋보였다.

"알겠습니다, 경감님. 알겠어요……."

다우가 중얼거리듯 말했다.

"좋아요. 당신이 솔직하게 말해주어야만 우리가 도와줄 수 있어요. 자, 언제부터 포셋 상원의원을 알게 되었지요?"

아버지가 부드럽게 말했다.

다우는 다시 입술을 핥았다.

"저어, 그러니까 그게…… 아주 오래전부터입니다."

"그가 당신에게 몹쓸 짓을 했소?"

"그 질문에는 대답하고 싶지 않습니다, 경감님."

"흠, 좋아요."

아버지는 즉시 공격의 방향을 바꾸었다. 다우가 어떤 점에 대해서는 절대로 입을 열지 않을 것임을 아버지는 나보다 먼저 알아차린 것이었다.

"하지만 당신은 알곤킨 교도소에서 포셋 상원의원에게 연락을 취했지요?"

침묵이 흘렀다. 그런 뒤에 그가 대답했다.

"네, 그렇습니다, 경감님."

"당신은 톱으로 자른 상자 토막을 편지와 함께 장난감 꾸러미 속에 넣어서 그에게 보냈지요?"

"아마…… 그랬던 것 같습니다."

아무리 좋은 조건을 제시하더라도 다우가 모든 사실을 죄다 털어놓지는 않을 것임이 명백해 보였다. 상자 토막 얘기가 나오자 다우는 갑자기 낙천적이 되었는지 그 일그러진 얼굴에 미소가 떠올랐고 외눈에도 교활한 빛이 감돌았다. 아버지도 그걸 보았으나 실망의 빛을 겉으로 드러내지는 않았다.

다우는 조심스러운 어조로 말을 이었다.

"그건 단지 작은 신호 같은 거였습니다. 그놈에게 나를 알리는 신호였을 뿐이죠."

"알겠어요. 그런데 당신 편지에는 당신이 교도소에서 출감하는 날 상원의원에게 전화를 걸겠다는 내용이 적혀 있던데, 전화를 걸었소?"

"예, 전화를 걸었습니다."

"포셋과 직접 통화했소?"

"물론이죠. 그놈하고 통화를 했고말고요!"

다우는 거칠게 대답하다가 이내 흥분을 가라앉히며 말을 이었다.

"그놈은 알았다고 대답하더군요. 알았다고 말입니다."

"그럼 당신은 어젯밤에 그를 만나기로 약속을 했겠군요?"

그의 푸른 외눈에 다시금 의혹의 빛이 떠올랐다.

"저어…… 그렇습니다."

"몇 시에 만나기로 약속했죠?"

"그러니까…… 11시입니다."

"그래서 당신은 약속대로 그에게 갔소?"

"아뇨. 가지 않았습니다, 경감님. 맹세코 정말입니다!"

다우의 입에서 한꺼번에 말이 쏟아져 나오기 시작했다.

"저는 십이 년 동안이나 갇혀 살았으니 '에이스'인 녀석들과는 다르지요. 십이 년이란 지독하게 긴 세월이랍니다. 그래서 목부터 축이고 싶었지요. 오랫동안 감자 술밖에 마시지 못해서 진짜 술맛이 어떤 건지 잊었을 정도니까요."

나중에 아버지로부터 들은 바에 따르면, '에이스'란 죄수들의 은어로 징역 일 년을 뜻하는 말이었다. 또한 나중에 매그너스 소장에게서 들은 바에 따르면, 감자 술이란 술에 굶주린 죄수들이 감자 껍질과 그 밖의 채소 찌꺼기로 몰래 담가 만든, 제대로 발효도 되지 않은 양조주였다.

다우가 얘기를 계속했다.

"그래서 말입니다, 경감님. 저는 교도소에서 석방되자마자 곧바로 술집으로 달려갔습니다. 시내 체난고와 스미스 거리의 모퉁이에 있는 술집입니다. 그 술집 바텐더에게 물어보시면 제 알리바이를 대줄 겁니다, 경감님."

아버지는 심각한 표정으로 흄을 바라보았다.

"여기에 대해 알아보셨습니까, 흄 씨?"

흄이 미소를 지었다.

"물론입니다, 경감님. 거듭 강조하지만 저는 절대로 무고한 사람을 가두어 놓지는 않습니다. 그 술집 주인은 다우가 그 가게에 들렀음을 인정했으나 어젯밤 8시쯤에 그곳에서 나갔다고 진술했습니다. 그러므로 아론 다우의 알리바이는 전혀 성립되지 않습니다. 아시다시피 포셋은 10시 20분에 살해되었으니 말입니다."

"거기에서 저는 술이 취했습니다. 싸구려 술이긴 했지만 너무나 오랜만에 진짜 술을 마셨더니 금방 취해버린 겁니다. 술집에서 나오고 난 뒤에 무얼 했는지는 제대로 기억나지 않습니다. 그냥 여기저기를 떠돌아다녔던 것 같습니다. 그러다가 술이 대충 깬 것이 11시쯤 되어서였습니다."

다우는 몸을 움츠리며 굶주린 고양이처럼 몇 차례 입술을 핥았다.

"계속 얘기해보세요. 그런 뒤에 포셋의 집으로 찾아갔었소?"

아버지가 부드럽게 말했다.

다우는 고뇌 어린 표정을 지으며 큰 소리로 말하기 시작했다.

"그래요. 하지만 집 안으로 들어가지는 않았어요! 집 안에 불이 훤히 켜져 있고 경찰들이 쫙 깔려 있는 걸 보고 포셋이 나를 속였다고 생각했죠. 틀림없이 뭔가 계략이 숨어 있다고 생각했어요. 그래서 저는 도망쳤습니다. 숲속으로 도망쳤단 말입니다……. 그런데 경찰이 뒤쫓아 와서 저를 체포한 겁니다. 하지만 저는 그놈을 죽이지 않았어요. 하늘에 맹세코 그놈을 죽이지 않았단 말입니다!"

아버지가 자리에서 일어나 초조하게 방 안을 서성거리기 시작했고, 나는 한숨을 내쉬었다. 의기양양한 미소를 떠올리고 있는 지방 검사 존 흄의 표정으로도 알 수 있듯이 이쪽의 형편은 좋지 않았다. 법률 지식이 없는 나로서도 이 불쌍한 노인이 꼼짝달싹할 수 없는 커다란 소용돌이 속에 휘말려 들었음을 알 수 있었다. 그는 전과자인 데다 그의 증언은 뒷받침할 만한 증거가 하나도 없었다. 그는 자신의 이 증언만으로 전적으로 자신에게 불리한 압도적인 상황 증거와 맞서야만 하는 것이다.

"그럼 5만 달러는 받지 않았단 말이죠?"

"5만 달러라뇨! 나는 그걸 구경도 못 했다고요. 정말입니다!"

다우가 날카롭게 소리쳤다.

"알겠어요, 다우. 당신을 위해 최선을 다해보겠소."

아버지가 굵은 목소리로 말했다.

흄이 두 형사에게 지시했다.

"이자를 구치소로 데려가게."

형사들이 지체 없이 다우를 밖으로 끌고 나갔다.

우리가 큰 기대를 걸었던 아론 다우와의 면담은 이렇듯 아무런 성과도 없이 끝났다. 다우는 기소 배심의 심사를 받기 위해 리즈에 있는 구치소에 수감되어 있었지만, 우리가 그 기소를 막기 위해 할 수 있는 일이란 아무것도 없었다. 우리가 떠나기 전에 흄이 한 말을 듣고, 정치가들의 속성을 잘 알고 있는 아버지는 다우가 순식간에 정의의 희생양이 될 것임을 확신했다. 뉴욕에서는 재판 일정이 많으므로 대개의 형사 소송은 그 준비 과정에만도 몇 달이 걸린다. 그러나 이곳 북부에서는 사건의 수도 적을 뿐 아니라 지방 검사 존 흄이 자신의 정치적 이익을 위해 사건이 서둘러 처리되기를 바라고 있으니, 아론 다우는 매우 짧은 시간 내에 기소되고 심의되어 유죄 판결을 받게 될 게 분명했다.

“시민들이 이 사건이 조속히 해결되기를 원하고 있습니다.”

흄이 말했다.

“물론 그렇겠지요.”

아버지가 비아냥거리듯 말을 이었다.

“지방 검사 나리께서는 또 하나의 전리품을 원하고 있고, 포셋 일당은 피를 원하고 있으니 말입니다. 그건 그렇고, 포셋 박사는 어디 있습니까? 어디 있는지 알아냈습니까?”

“이것 보세요, 경감님!”

흄은 화가 나서 얼굴을 붉히며 말을 이었다.

“무슨 말씀을 그렇게 하십니까! 거듭 말하지만, 다우가 이번 사건의 범인이 틀림없다고 저는 믿고 있습니다. 어쨌든 상황 증거가 너무나 압도적이란 말입니다. 저는 사실을 믿을 뿐이지 가설 따위는 소용이 없다고 생각합니다. 그리고 제가 이 사건을 정치적으로 이용하고자 한다는 듯한 당신의 말은…….”

“아, 흥분하지 마십시오.”

아버지가 냉정하게 말을 막았다.

당신이 정직한 인물이라는 것은 저도 압니다. 하지만 당신은 진상을 꿰뚫지 못한 채 다만 이 좋은 기회를 놓치지 않으려고 지나치게 서두르고 있어요. 물론 당신의 입장에서는 그렇게 서두르는 것도 무리는 아닐 테죠. 하지만 흄 씨, 아무리 생각해보아도 이 사건은 모든 것이 지나칠 정도로 잘 맞아떨어지고 있어요. 모든 증거가 이토록 명백하게 한 사람의 용의자를 가리키고 있는 경우는 그다지 흔치 않습니다. 게다가 심리적인 관점에서 볼 때도 이해가 가지 않는 점투성이입니다. 한마디로 그 불쌍한 늙은이가 범인으로 보이지는 않는다는 겁니다. 그건 그렇고, 아이라 포셋 박사는 지금 어디에 있습니까?"

흄은 낮은 목소리로 대꾸했다.

"아직 찾아내지 못했습니다. 그런데 경감님께서 다우에 대해 그런 식으로 생각하신다니 저로서는 유감입니다. 눈앞에 진실이 보이는데 무엇 때문에 그렇게 번거로운 해석을 내리십니까? 그것의 유래 이외에는 그다지 대단한 의미가 있을 것 같지 않은 그 작은 나무 상자 토막에 대한 것과 그 밖의 자질구레한 몇 가지 점을 제외하면 사실상 수사는 종결된 것이나 마찬가지입니다."

"과연 그럴까요?"

아버지가 말을 이었다.

"그렇다면 우린 이제 그만 가보겠습니다."

우리는 몹시 우울한 기분으로 언덕 위에 자리 잡은 클레이 씨의 저택으로 돌아갔다.

일요일 날, 아버지는 엘리후 클레이 씨와 함께 채석장에서 장부와 기록들을 조사하며 성과 없는 하루를 보내고 있었고, 나는 내 방에 틀어박혀서 제레미의 불평에도 아랑곳하지 않고 이번 사건을 되짚어보며 담배만 피워대고 있었다. 나는 잠옷 바람으로 침대 위에 드러누워 있었는데, 햇살이 잠옷 아래 드러난 발목을 따뜻하게 비춰주고 있었으나 그 햇살도 다우가 처해 있는 끔찍한 상황과 거기에 아무런 도움도 줄 수 없는 무력한 나의 심정을 포근하게 감싸주지는 못했다. 내 추리를 하나하나 되씹어보니 이론상으로는 더할 나위 없이 견고했으나 다우의 결백을 증명할 만한 물적인 근거는 너무나도 부족했다. 이래서는 그들이 결코 믿지 않을 것이 뻔했다…….

제레미가 내 침실 문을 노크했다.

"이봐, 패티. 나와 함께 말 타러 나가자고."

"저리 가세요, 철부지 양반."

"날씨가 참 좋다고, 패티. 태양과 나뭇잎들 그리고 모든 것들이 더할 나위 없이 근사하다니까. 아무튼 문 좀 열어보라고."

"뭐라고요! 잠옷 바람인데 젊은 남자를 방으로 끌어들이란 말인가요?"

"그러지 마. 당신과 얘기하고 싶은 것뿐이야."

"이상한 짓 하지 않겠다고 약속하겠어요?"

"그런 약속 따윈 할 수 없어. 아무튼 좀 들어가자고."

"할 수 없군요."

나는 한숨을 내쉬며 말을 이었다.

"문은 잠겨 있지 않아요, 제레미……. 내가 연약한 여자라고 해서 당신이 마음대로 하겠다면 내가 막을 도리는 없겠죠."

제레미가 들어와서 내 침대 끝에 걸터앉았다. 햇살이 그의 곱슬머리 위에서 보기 좋게 반짝였다.

"꼬마 신사님, 오늘 아침에 채소는 많이 드셨나요?"

"농담 말고 내 말 좀 들어보라고, 패티. 얘기하고 싶은 게 있어."

"얼마든지 얘기하세요. 당신의 입은 아주 정상인 것 같으니까요."

그가 내 손을 잡았다.

"어째서 이 끔찍하고 더러운 사건에서 손을 떼지 않는 거지?"

나는 심각한 표정을 지으며 천장으로 담배 연기를 내뿜었다.

"이번에는 인신공격이로군요, 제레미. 나는 당신을 이해할 수가 없어요. 죄 없는 사람이 사형에 처해질 위기에 몰려 있다는 걸 어째서 깨닫지 못하는 거죠?"

"그런 문제는 그런 일의 전문가들에게 맡겨두라고."

"이것 보세요, 제레미 클레이!"

나는 화가 나서 격렬한 어조로 말을 이었다.

"그 말은 이제까지 내가 들어본 말 중에서도 가장 얼빠진 소리로군요. 도대체 누가 전문가라는 거죠? ……흄? 꽤 괜찮은 사람이긴 하지만 자기 위신 세우는 데만 정신이 팔려 한 치 앞도 못 보는 사람이죠. 케니언? 어리석기 짝이 없는 데다 타락까지 한 인물이죠. 바로 그 두 사람들이 이른바 리즈 시의 법인 셈이죠. 그 두 사람 사이에서 불쌍한 아론 다우가 무죄로 풀려날 가능성은 손톱만큼도 없다고요."

"당신 아버지는 어떻지?"

그가 심술궂게 물었다.

"물론 아버지는 제대로 된 수사 방향을 잡고 계시죠. 딸인 내가 다소 도움을 준다고 해서 나쁠 거야 없겠죠……. 그리고 제발 내 손 좀 그만 주물러요, 제레미 클레이 씨. 불쌍한 내 손이 다 닳아 없어지겠어요."

그가 내게로 몸을 기대어 왔다.

"페이션스, 나는……."

나는 침대에서 몸을 일으켜 세우면서 말했다.

"바로 그런 말을 할 때가 당신이 이 방에서 나가야만 할 시점이죠. 젊은 남자가 이상하게 몸이 달아오르고 그런 식으로 두 눈을 욕정으로 빛내며 그런 말을 할 때 말이에요……."

제레미가 나가고 나서 나는 한숨을 쉬었다. 그는 훌륭한 청년이긴 했지만 아론 다우를 상황 증거의 바다에서 구해내는 데는 거의 도움이 되지 않을 사람이었다.

그런 뒤에 나는 드루리 레인 씨를 떠올려보았다. 그러자 기분이 다소 나아지는 듯했다. 만약 모든 노력이 헛수고로 끝나더라도 그를 방문한다면…….

## 8:
## 데우스 엑스 마키나

이제와 생각해보니, 그 당시 내 머릿속에는 피해자의 형인 포셋 박사의 수수께끼 같은 행방불명이라는 요소가 아주 크게 자리 잡고 있었던 것 같다. 흄이 이런 식으로 태만하게 일을 처리하는 것은 그렇다 치더라도 포셋 박사의 기묘한 행방불명을 너무 가볍게 다루고 있는 듯한 느낌이었다. 나는 그 교활한 인물과의 만남에 대비해 어떤 작전으로 나갈 것인지 이미 계획을 세워놓았다. 그런데도 그는 그때까지 모습을 드러내지 않고 있었으므로 나는 더욱더 흥미를 느끼는 한편으로 짜증이 나기도 했다.

아마도 나는 그 문제에 지나치게 신경을 썼던 것 같다. 포셋 박사가 마침내 우리 앞에 모습을 드러냈을 때 나는 지방 검사 존 흄이 그때까지 그가 어디 있었는지 그다지 신경을 쓰지 않았던 점이 이해가 갔다. 하지만 나는 포셋 박사를 가볍게 보아서는 안 되겠다고 느꼈다. 그리고 그와의 만남 이후, 나 역시 엘리후 클레이 씨의 의혹에는 틀림없이 근거가 있다는 아버지의 의견에 찬성하게 되었다.

포셋 박사가 모습을 드러낸 것은 월요일 밤, 즉 아론 다우와의 면담이 성과 없이 끝났던 날로부터 이틀 뒤였다. 월요일은 별다른 일 없이 지나갔고, 아버지는 낙담한 표정으로 클레이 씨에게 이 사건의 조사도 이제는 포기해야만 할 것 같다고 보고했다. 모든 조사가 막다른 골목에 부딪히고 만 것이었다. 포셋 박사의 부정을 입증할 만한 서류나 기록은 아무것도 찾아낼 수 없었다. 아버지는 좋은 결과가 예상되는 몇 가지 가정 아래 조사를 행해보았으나 결과는 여전히 실망스러울 뿐이었다.

포셋 박사가 돌아왔다는 소식을 처음 듣게 된 것은 월요일 점심 무렵 엘리후 클레이 씨를 통해서였다.

"제 동업자가 돌아왔습니다. 오늘 아침에 나타났어요."

클레이 씨가 흥분한 어조로 아버지에게 말했다.

"뭐라고요! 그런데도 어째서 그 원숭이 같은 케니언이나 흄이 내게 알리지 않았을까! 클레이 씨, 언제 그 소식을 들으셨습니까?"

아버지가 외치듯 말했다.

"소식을 듣고서 곧바로 집으로 돌아온 겁니다. 본인이 리즈 시에서 제게 전화를 했더군요."

"뭐라고 얘기하던가요? 이번 사건을 어떻게 받아들이던가요? 이제까지 어디에 가 있었다던가요?"

클레이 씨는 지친 듯한 미소를 지으며 머리를 저었다.

"그런 건 저도 듣지 못했습니다. 아무튼 이번 사건으로 충격을 받은 모양입니다. 흄의 사무실에서 전화하는 거라고 하더군요."

"그자를 만나야겠습니다. 지금 어디 있습니까?"

아버지가 으르렁거리듯 말했다.

"이제 곧 만나실 수 있습니다. 오늘 밤에 여러 가지 일을 의논하러 이곳으로 오겠답니다. 저는 당신의 정체에 관해선 밝히지 않고 다만 우리 집에 손님이 머물고 계신다고만 말해두었습니다."

우리가 저녁 식사를 마친 얼마 후에 이 화제의 인물이 클레이 씨의 저택에 나타났다. 아버지의 비꼬는 듯한 표현에 의하면 그는 '시민들의 세금 덩어리'인 멋진 리무진을 타고 나타났다. 운전사는 권투 선수 출신인 듯 귀도 코도 일그러진 성격이 거칠어 보이는 남자였다. 대번에 나는 그가 포셋 박사의 운전사 겸 경호원임을 알 수 있었다.

포셋 박사는 큰 키에 창백한 얼굴의 소유자로 용모는 살해당한 동생과 비슷했다. 그는 끝이 뾰족한 검은 턱수염을 기르고 있었고, 단단해 보이는 누런 치아가 드러나는 말 같은 미소를 짓는 사람이었다. 그리고 속이 메슥거리는 담배 냄새와 소독약 냄새를 동시에 풍겼는데, 정치와 의학을 뒤섞은 듯한 그 냄새는 흥미롭기는 했으나 결코 유쾌한 것이 아니어서 그의 매력에 보탬이 되지 못했다. 살해당한 인물의 형답게 나이는 더 들어 보였는데, 그에게도 어딘지 혐오감을 느끼게 하는 구석이 있었다. 이러한 유형의 남자라면 과연 작은 고장의 전제 군주가 됨 직하다고 나는 생각했다. 반대 정파의 실력자인 루퍼스 코튼 역시 내게 그다지 유쾌한 인상을 심어주지 못했음을 감안해볼 때, 나는 망치와 모루 사이에 존재하는 틸덴 카운티의 선량한 시민들이 몹시 불쌍하게까지 느껴졌다.

엘리후 클레이 씨가 그에게 나를 소개하자 그는 나를 유심히 바라보았는데 그때 나는 한 가지 사실을 확신하게 되었다. 그것은 비록 온 세상의 황금을 모두 준다고 할지라도 결코 이 남자와 단둘이 있어서는 안 된다는 것이었다. 그는 혀끝으로 입술을 핥는 보기 흉한 버릇을 가지고 있었는데, 내 경험으로 미루어 보면 그것은 틀림없이 남자들이 어떤 좋지 못한 생각을 할 때 나오는 버릇임이 분명했다. 포셋 박사는 제아무리 능수능란한 여자라고 할지라도 쉽사리 다룰 수 있는 남자가 아니었다. 게다가 그는 체면도 부끄러움도 없이 온갖 수단을 사용하여 강제로 밀고 나가는 그런 유형의 남자임이 분명했다.

나는 나 자신에게 타일렀다. '페이션스 섬, 조심해야겠어. 네 계획을 바꾸어야만 해.'

마치 엑스레이로 투시하듯 나를 관찰하고 난 뒤 그는 다른 사람들 쪽으로 시선을 돌렸다. 그리고 다시금 동생의 죽음에 충격을 받은 표정으로 돌아갔는데, 실제로 그는 약간 초췌해 보였다. 그는 클레이 씨가 간단히 섬 씨라고 소개한 아버지를 수상쩍은 듯 바라보았으나 내가 있음으로 해서 다소 안심하는 듯했다. 그런 뒤에 그는 주로 클레이 씨와 얘기를 나누었다.

"흄 검사와 케니언 서장으로부터 소식을 전해 듣고서 정말 놀랐습니다."

포셋 박사는 뾰족한 수염을 잡아당기며 말을 이었다.

"클레이 씨, 이 사건이 제게 얼마나 큰 충격을 주었는지 당신은 아마 상상도 못 하실 겁니다. 살인이라니! 그런 끔찍한 일이 일어날 줄 누가 알았겠습니까!"

"물론입니다."

클레이 씨가 중얼거리듯 말을 이었다.

"그런데 당신은 오늘 아침 이 고장에 도착하기 전까지는 이 사건에 대해 아무것도 모르셨습니까?"

"전혀 모르고 있었습니다. 지난주에 이곳을 떠나기 전에 당신에게 제 행선지를 밝혀두었더라면 좋았을 것을……. 하지만 이런 일이 생길 줄 누가 상상이나 할 수 있었겠습니까! ……실은 이곳을 떠난 뒤로 저는 내내 문명 세계와 완전히 동떨어진 곳에서 지냈답니다. 신문조차 보지 못했으니까요. 그러니 어떻게 알 수가 있었겠습니까! 그 다우라는 놈은…… 그놈은 틀림없이 미치광이일 겁니다!"

"그럼 당신은 다우를 모르십니까?"

아버지가 조심스레 물었다.

"물론이죠. 전혀 모르는 작자입니다. 흄 검사가 제게 동생의 책상에 있던 편지를 보여주더군요……. 아니 그러니까……."

그 순간 포셋 박사는 급히 입술을 깨물며 시선을 번개처럼 재빠르게 움직였다. 자신이 실수를 했음을 깨달았기 때문이었다.

"그러니까 2층 조엘의 침실 금고에서 찾아낸 편지 말입니다. 저는 정말 놀랐습니다. 그놈이 협박을 했다니! 믿을 수가 없더군요. 정말이지, 믿을 수가 없었습니다. 그놈이 무언가 터무니없는 착각을 했던 게 분명합니다."

그렇다면 이자도 역시 패니 카이저를 알고 있군! 그 편지……. 그의 머릿속은 다우가 연필로 갈겨쓴 편지가 아니라, 동생인 포셋 상원의원이 그 괴상한 여자에게 쓴 편지 생각으로 가득 차 있는 것이 분명했다. 지금 그가 느끼는 감정이 전적으로 거짓인 것만은 아닐 거라고 나는 생각했다. 물론 그의 말이 모두 본심에서 우러나온 거라고는 볼 수 없었다. 하지만 마음속으로는 무언가를 고민하고 있음이 분명했다. 신변에 위험을 느끼고 불안해하고 있는 것이었다.

나는 부드러운 어조로 입을 열었다.

"정말 심한 충격을 받으셨겠군요, 포셋 박사님. 박사님의 기분을 이해할 수 있을 것 같아요. 세상에, 살인이라니……."

나는 소름이 끼친다는 듯 몸을 부르르 떨었다. 그가 다시 나를 찬찬히 바라보았는데, 이번에는 개인적인 흥미를 느낀다는 눈길이었다. 그는 낡은 멜로드라마에 등장하는 콧수염을 기른 악당처럼 혀끝으로 입술을 다시 핥았다.

"고마워요, 아가씨."

포셋 박사가 짓눌린 듯한 목소리로 작게 대답했다.

아버지는 초조한 듯 자세를 고치더니 굵은 목소리로 말했다.

"이 다우라는 사람 말입니다. 아마도 동생분의 무슨 약점을 잡고 있었나 봅니다."

마치 유령에게 시달리는 듯한 표정이 되살아나며 포셋 박사는 곧바로 내 존재 따위는 잊어버렸다. 이 경우, 유령이란 구치소에 감금되어 있는 그 말라빠진 늙은 용의자임이 틀림없었다. 패니 카이저의 문제는 이것과는 또 다른 별개의 것이다. 그런데 포셋 박사는 어째서 다우를 이처럼 두려워하는 걸까? 그 비참한 노인에게 대체 어떤 힘이 숨겨져 있기에……?

"이번 사건의 수사에 흄은 대단히 적극적인 것 같더군요."

클레이 씨가 눈을 가늘게 뜨고 여송연 끝을 바라보며 말했다.

포셋 박사는 지방 검사 얘기는 하고 싶지 않다는 듯이 손을 내저었다.

"아, 네, 물론 그렇겠죠. 그 사람은 저를 성가시게 하지 않아요. 대체로 좋은 사람이죠. 하지만 그의 정치적인 신념에는 조금 문제가 있는 것 같습니다. 타인의 비극을 이용해 자신의 이익을 챙기려드는 건 좋지 못한 일이죠. 신문에 실린 대로일 겁니다. 그는 제 동생의 죽음을 자신의 정치적 기회로 이용하려 하고 있어요. 살인 사건처럼 대단한 것이 아니더라도 선거에서 상대편의 표를 가로채기 위한 수단으로 악용했을 테죠. 하지만 그런 것은 중요한 문제가 아닙니다. 중요한 문제는 이 끔찍한 범죄 그 자체에 있습니다."

"흄 씨는 다우가 이번 사건이 범인이라고 굳게 믿고 있는 듯합니다."

아버지는 마치 남에게서 들은 얘기라는 투로 그렇게 말했다.

포셋 박사가 눈을 부라리며 아버지를 보았다.

"그야, 당연하죠! 그놈이 범인이라는 데에 무언가 의문스러운 점이라도 있습니까?"

아버지가 어깨를 으쓱했다.

"그런 소문이 있습니다. 저도 자세한 건 모르겠지만, 이 도시의 시민들 중 일부는 그 가엾은 친구가 함정에 빠진 거라고 생각하는 것 같았습니다."

"그렇습니까?"

포셋 박사는 눈살을 찌푸리며 말을 이었다.

"그런 생각은 해보지 않았습니다. 물론 저는 정의가 실현되어야 한다고 주장하지만, 동시에 얄팍한 직감 때문에 정의의 수행이 방해를 받아서도 안 된다고 생각합니다."

나는 소리를 지르고 싶었다. 이자는 마치 꼭두각시를 다루는 인형술사처럼 입에 발린 말만 늘어놓는다.

"아무튼 그 점에 대해서도 조사해봐야겠군요. 흄 검사와도 의논해봐야겠고요……."

나는 묻고 싶은 것이 많아 입이 근질거렸으나 아버지의 눈빛 때문에 입을 다물고 있어야만 했다. 아버지의 눈빛은 내게 나서지 말고 잠자코 있으라고 주의를 주었다.

"자 그럼, 이만 실례해야겠군요, 클레이 씨."

자리에서 일어선 포셋 박사는 아쉬운 듯이 나를 바라보며 속삭이듯 말을 이었다.

"그리고 섬 양, 아가씨를 다시 뵙는 영광을 누리고 싶군요……. 혼자서만 말입니다."

그러고 나서 그는 애무하는 듯한 손길로 내 손을 꼭 잡았다.

"이해하시겠지요. 이번 사건은 제게 너무나 큰 충격이었답니다."

그의 목소리가 점차 커졌다.

"이젠 돌아가봐야 합니다. 처리해야 할 일이 산더미처럼 밀려 있어서요……. 클레이 씨, 내일 오전 중에 채석장으로 갈 테니 그때 다시 얘기하도록 합시다."

그의 리무진이 요란한 소리를 내며 사라지자 엘리후 클레이 씨가 아버지에게 말했다.

"경감님, 제 동업자에 대해 어떻게 생각하십니까?"

"한마디로 악당이로군요."

클레이 씨가 한숨을 쉬었다.

"저는 제가 의심하는 바가 사실이 아니기를 바랍니다. 그건 그렇고, 그가 오늘 밤에 무엇 때문에 여길 왔는지 모르겠군요. 전화로는 뭔가 의논할 일이 있다고 해놓고서 이제 와선 다시 내일 얘기하자고 하니 말입니다."

"그가 오늘 밤 여기에 온 이유는 바로 저 때문입니다."

아버지가 설명을 덧붙였다.

"아마도 흄의 사무실에서 제가 이곳에 와 있는 진짜 이유를 냄새 맡았을 겁니다."

"정말로 그렇게 생각하십니까?"

클레이 씨가 물었다.

"그렇습니다. 그는 제가 어떤 인물인지 한번 봐두고자 찾아온 것입니다. 아마도 단순한 호기심에서 비롯된 것이겠지만 말입니다."

"그렇다면 상황이 좋지 않은 셈이군요, 경감님."

"앞으로는 더욱 나빠질 겁니다."

아버지가 언짢은 표정으로 말을 이었다.

"저는 그자의 배짱이 도무지 마음에 들지 않는군요. 아주 뻔뻔한 작자입니다."

그날 밤 나는 기분 나쁜 괴물들이 내 침대에 기어 올라오는 악몽에 시달렸다. 그 괴물들은 저마다 끝이 뾰족한 턱수염을 달고 있었고 말처럼 이빨을 드러내며 웃었다. 나는 아침이 되어서야 비로소 안도의 한숨을 내쉴 수 있었다.

아침 식사를 마치고서 아버지와 나는 곧바로 리즈 시청 내에 있는 지방 검사 존 흄의 사무실로 찾아갔다.

"말해보시죠!"

흄에게 인사말을 건넬 겨를도 주지 않고 아버지가 따지듯 말을 꺼냈다.

"당신이 어제 포셋 박사에게 내 정체를 알려주었나요?"

흄의 눈이 휘둥그레졌다.

"제가 말입니까? 천만에요! ……아니, 그렇다면 당신이 누군지 그자가 알고 있더란 말입니까?"

"그자는 모든 걸 알고 있어요. 그자가 어젯밤에 클레이 씨 댁으로 찾아왔는데 나를 바라보는 눈빛으로 보아 비밀이 새어 나간 것이 분명했습니다."

"흠, 아마도 케니언의 입에서 새어 나간 것 같군요."

"케니언이 포셋에게 뇌물을 받아먹고 있단 말입니까?"

지방 검사가 어깨를 으쓱했다.

"저는 그런 말을 비공식적으로라도 함부로 해서는 곤란하다는 걸 너무도 잘 알고 있는 법률가입니다. 하지만 경감님 나름대로 결론은 끌어낼 수 있으시겠죠."

"아버지, 너무 흥분하지 마세요."

나는 상냥하게 말을 이었다.

"흄 씨, 어제 이곳에서 어떤 일이 있었죠? 굳이 숨기실 일이 아니시라면 말씀해주세요."

"그다지 특별한 일은 없었습니다, 섬 양. 포셋 박사는 동생이 살해당해 큰 충격을 받았으며 자신은 이곳에 오기 전까지 그 사실을 전혀 모르고 있었다고 했습니다. 대강 그런 얘기를 했을 뿐이지 수사에 도움이 될 만한 얘기는 한마디도 하지 않았습니다."

"주말을 어디에서 보냈는지도 얘기하지 않던가요?"

"그렇습니다. 본인이 말하지 않기에 저도 굳이 캐묻지는 않았습니다."

나는 아버지에게 짓궂은 눈길을 보내며 말했다.

"아마 여자하고 재미 본 모양이죠, 아버지?"

"그런 말 하면 못써, 패티!"

"어쨌든 우리는 긴급회의를 열어 그자를 감시하기로 했습니다. 그자는 어제 이곳을 나간 뒤 곧바로 자신의 패거리인 악덕 변호사들과 비밀 모임을 가졌습니다. 아마도 무언가 좋지 못한 일을 꾸미고 있는 게 분명합니다. 상원의원의 죽음으로 비롯되는 피해를 서둘러 수습하고자 하는 거겠죠……."

흄이 심각한 표정으로 말했다.

"죄송하지만, 흄 씨. 저는 당신이나 그자의 정치적 분쟁에 끼어들어 함께 열을 올리고 싶지는 않습니다. 그보다는 잘린 그 나무 상자에 대해 그자가 뭐라고 말했는지가 궁금하군요."

"아는 바가 없다고 했습니다."

"그자는 다우와도 만났습니까?"

흄은 신중을 기하듯 잠깐 침묵한 뒤에 대답했다.

"네, 대단히 흥미로웠습니다."

흄이 급히 말을 이었다.

"하지만 다우에 대한 혐의를 사라지게 하거나 약화시킬 만한 일은 전혀 일어나지 않았습니다. 오히려 다우의 혐의는 더 짙어진 셈입니다."

"어떤 일이 있었습니까?"

"다우를 만나게 해주려고 우리는 포셋 박사를 구치소로 안내했습니다."

"그래서요?"

"그랬더니 우리의 존경하는 포셋 박사께서는 한사코 다우를 모른다고 잡아떼더군요. 하지만 그는 다우를 알고 있음이 분명했습니다."

흄은 흥분한 듯 주먹으로 책상을 꽝 하고 내리쳤다.

"그들은 서로 아는 사이임이 틀림없었단 말입니다. 두 사람 사이에 무언가 예사롭지 않은 것이 번득였습니다. 그러고는 마치 서로 짜고서 모르는 척하는 듯 행동했습니다. 그들은 어떤 일에 대해 침묵을 지키는 것이 서로에게 유리하다고 믿는 것 같았습니다.

"흄 씨, 당신답지 않게 상당히 추상적인 관찰을 하셨군요."

내가 비꼬듯 그렇게 말하자 흄은 불쾌한 표정을 지었다.

"물론 보통 때라면 저도 그런 일을 주의 깊게 살피진 않습니다. 하지만 포셋 박사는 다우를 단지 알고 있는 정도가 아니라 증오하고 있었습니다. 아니, 그뿐만이 아니라 다우를 두려워하고 있었습니다……. 한편 다우 쪽에서는 포셋 박사와의 짧은 만남에서 희망을 얻은 듯했습니다. 이상하지 않습니까? 실제로 그때 다우는 건방져 보이기까지 했습니다."

"흠, 하지만 저로서는 잘 이해가 가지 않는군요."

아버지는 무뚝뚝하게 말을 이었다.

"그런데 시체 부검에선 뭔가 새로운 소식이 있습니까?"

"새로운 것은 없습니다. 사건이 일어난 날 밤에 밝혔던 검시 소견 그대로입니다."

"패니 카이저 쪽은 요즘 어떻습니까?"

"관심이 있으십니까?"

"물론이죠. 그 여자는 분명 뭔가를 알고 있을 테니까요."

"패니에 대해서는 저도 생각하는 바가 있습니다."

흄이 의자에 등을 기대며 말을 이었다.

"그 여자 역시 입을 열지 않고 있어서 아무것도 알아낼 수가 없지만, 머지않아 우리는 그녀를 깜짝 놀라게 해줄 수 있을 겁니다."

"상원의원의 서류들을 파헤치겠다는 겁니까?"

"글쎄요, 그럴 지도 모르죠."

"열심히 파헤쳐보시죠, 젊은 검사 나리. 그러다 보면 당신이 미합중국의 대통령 자리에 오르게 될지도 모르는 일이죠."

그렇게 말한 뒤 아버지는 자리에서 일어났다.

"그만 가자꾸나, 패티."

"떠나기 전에 한 가지 물어볼 게 있는데요."

내가 천천히 그렇게 말하자, 흄은 머리 뒤로 양손을 깍지 끼고서는 미소 짓는 눈길로 나를 바라보았다.

"흄 씨, 범행의 세부적인 부분들도 검토해보셨나요?"

"무슨 뜻입니까, 섬 양?"

"예컨대 벽난로 앞에 있던 발자국 같은 것 말입니다. 포셋 상원의원의 슬리퍼나 구두하고 비교해보셨나요?"

"아, 물론이죠! 그건 상원의원의 것이 아닌 걸로 밝혀졌습니다. 슬리퍼는 그보다 훨씬 넓었고 구두도 그보다는 더 컸습니다."

나는 안도의 한숨을 내쉬었다.

"그럼 다우의 신발 쪽은요? 다우의 신발과도 비교해보셨나요?"

흄이 어깨를 으쓱했다.

"섬 양, 우리는 모든 걸 조사했습니다. 하지만 그 발자국이 그다지 뚜렷하지 않았다는 점을 잊지 마시기 바랍니다. 요컨대 그 발자국은 다우의 것일 수도 있다는 겁니다."

나는 장갑을 끼기 시작했다.

"아버지, 가요. 더 얘기하다간 말다툼만 하게 될 것 같으니까요. 흄 씨, 그 융단 위와 벽난로 속의 발자국들이 만약 다우의 것이라면 저는 큰길 한가운데에서 기꺼이 당신의 모자를 씹어 먹겠어요."

아론 다우의 수수께끼 같은 사건을 돌이켜보면, 대체로 그것은 세 가지 국면의 진행 단계로 나눌 수 있다. 물론 그때의 나로서는 사건이 어떤 방향으로 나아가고 있는지 알 수가 없었으나, 지금 생각해보니 그때 우리는 첫 번째 국면의 종말을 향해 놀랄 정도로 빨리 다가가고 있었던 것이다.

하지만 사태를 급속히 진전시킨 일들이 아주 뜻밖에 일어났다고는 말할 수 없다. 실은, 그렇게 될 것임을 나는 무의식적으로 반쯤은 예상하고 있었던 것이다.

살해당한 상원의원의 서재에 모두 모여 있었던 사건 첫날 밤 이래로 나는 아버지에게 카마이클에 대해 물어볼 작정이었다. 앞서 기록한 대로 카마이클이 우리가 모여 있던 그 서재에 처음 들어왔을 때 아버지는 순간적이나마 무척이나 놀랐었다. 그리고 카마이클 역시 아버지가 누구인지 분명히 알고 있는 눈치였다. 어째서 내가 그 후에 카마이클에 대한 것을 아버지에게 물어보지 않았는지 모르겠다. 아마도 잇달아 일어난 일들 때문에 흥분해서 그 일을 깜박 잊고 있었던 모양이다. 그런데 이제 와서 알게 된 바이지만, 아버지에게는 카마이클이 처음부터 중대한 의미를 지닌 인물이었다. 다만 아버지는 때가 될 때까지 그를 비장의 무기로 숨겨두셨던 것이다.

카마이클에 대한 의문이 내 머릿속에서 불쑥 되살아난 것은 모든 일들이 절망적으로 여겨지고 초조한 혼란 상태에 빠져 있던 때였다. 나는 제레미와 함께 베란다에 나와 있었고 아버지는 엘리후 클레이 씨의 서재에서 전화를 받고 있었다. 제레미가 내 발치에 앉아 내 발목을 만지며 열심히 내 다리에 대해 공허한 칭찬을 늘어놓았던 기억이 난다. 그리고 잠시 후 아버지가 몹시 들뜬 모습으로 나타나서 내 발목을 잡고 있는 제레미를 떼어내고 나를 한쪽으로 데리고 갔다.

"패티, 굉장한 소식이 있다!"

아버지가 흥분한 어조로 속삭였다.

"방금 카마이클에게서 전화가 왔단다!"

그 순간 카마이클에 대한 의문이 불쑥 되살아났다.

"어머나! 그렇잖아도 그 사람에 대한 걸 아버지에게 물어볼 작정이었어요. 대체 그 사람은 누구죠?"

"지금은 그런 얘기를 주고받을 시간이 없어. 서둘러 리즈 시 변두리에 있는 로드 하우스*자동차 운전자를 위한 가로변의 여관—옮긴이*로 가서 그 사람을 만나야 해. 너도 빨리 준비를 하려무나."

우리는 아버지가 옛 친구의 초대를 받았다는 엉터리 핑계를 대고 클레이 씨의 자동차 중 한 대를 빌려 카마이클을 만나러 떠났다. 우리는 도중에 여러 번 길을 헤맨 뒤에야 올바른 길로 접어들었다. 그때 아버지와 나는 몹시 들떠 있었다.

"카마이클의 정체를 알게 되면 너는 몹시 놀랄 거다."

아버지는 운전을 하면서 말을 이었다.

"카마이클은 연방 정부의 수사관이란다."

나는 눈을 크게 떴다.

"정말 놀랍군요. 그럼 비밀 정보원인가요?"

아버지가 작은 소리로 웃었다.

"워싱턴에 있는 법무부 소속의 연방 수사관이란다. 법무부 내에서도 아주 유능한 수사관 가운데 한 사람이지. 그가 포셋 상원의원의 서재에 들어섰을 때 나는 곧바로 그를 알아보았지만, 다른 사람들에게는 그의 정체를 알리고 싶지 않았다. 그가 포셋 상원의원의 비서로 가장하고 있는 이상 그의 정체가 탄로 나면 곤란할 테니 말이다."

로드 하우스는 간선 도로에서 조금 떨어진 한적한 곳에 있었다. 아직 이른 시간이어서 그런지 그곳은 아주 한가해 보였다. 아버지는 꽤 교묘한 방법으로 객실을 빌렸다. 아버지가 단둘이서 식사할 수 있는 방을 요구하자 지배인은 능글맞은 미소를 지으며 잘 알겠다고 말했다. 지배인의 태도로 보아, 그는 우리를 남의 눈에 띄지 않게 으슥한 여관에 출입하는 한 쌍의 남녀로 보는 듯했다. 이런 곳에서는 머리가 희끗희끗한 노신사가 딸 같은 젊은 여자를 데리고 와도 눈감아주는 모양이었다.

우리는 객실로 안내되었다. 아버지가 싱긋 웃으며 말했다.

"패티, 안심해도 좋아. 나는 네 아버지니까 말이야."

그때 문이 열리더니 카마이클이 조용히 안으로 들어와 문을 잠갔다. 이어서 보이가 노크를 하자 아버지가 거칠게 소리를 질렀다.

"꺼지라고!"

그런 일에 익숙한 보이가 키득거리며 사라지자 카마이클과 아버지는 반갑게 악수를 나눴다. 이어서 카마이클이 내게 고개 숙여 인사하며 말했다.

"섬 양의 표정을 보니 경감님께서 이미 저에 대해 설명하신 듯하군요."

"카마이클 씨, 당신이 바로 비밀 정보원이시라고요? 굉장해요! 당신 같은 분은 오펜하임의 소설 속에서나 존재하는 줄 알았어요."

나는 흥분한 어조로 말했다.

"우리는 이렇게 실제로 존재한답니다."

카마이클이 씁쓸하게 말을 이었다.

"하지만 소설 속의 인물들처럼 그렇게 흥미진진하지는 않죠……. 경감님, 제겐 한 시간 정도밖에 여유가 없습니다."

그의 모습에는 전에 볼 수 없었던 어떤 새로운 힘이 느껴졌는데, 그것은 위기의식 속에서도 살아 있는 자신감 같은 것이었다. 내 속에 있는 낭만적인 감정이 고개를 쳐들었지만 그의 작달막한 체구와 동안을 보니 한숨이 나왔다. 그가 제레미 클레이 같은 멋진 외모만 갖추고 있었더라면!

"어째서 좀 더 일찍 연락을 주지 않았소? 당신에게서 연락이 오기를 얼마나 기다렸는지 아시오?"

아버지가 나무라듯이 말했다.

"도저히 그럴 수가 없었습니다."

그는 동물처럼 발소리가 나지 않는 묘한 걸음걸이로 방 안을 어슬렁거렸다.

"그동안 저는 죽 감시당하고 있었습니다. 처음에는 패니 카이저의 끄나풀인 어떤 여자에게 감시당했고, 그 후로는 포셋 박사 일당에게 감시당했습니다. 아직은 제 정체가 발각되진 않았습니다만, 머지않아 발각될 것 같습니다, 경감님. 그렇더라도 필요 이상으로 서둘러 퇴장하진 않을 겁니다……. 그럼, 제 얘기를 들어보시지요."

어떤 얘기가 나올까 하고 나는 마음을 졸였다.

"얘기해보시오."

아버지가 말했다.

카마이클은 차분한 어조로 설명하기 시작했다. 그는 오래전부터 포셋 상원의원과 틸덴 카운티 정치인들의 뒷조사를 해오던 중이었다. 그가 뒷조사를 하는 인물들은 모두 연방 정부로부터 소득세 부정에 관한 혐의를 받고 있는 자들이었다.

카마이클은 외곽에서부터 그들 일당의 내부로 교묘히 파고들어 갔다. 아마도 그는 뭔가 술수를 써서 포셋 상원의원의 전임 비서를 물러나게 했을 것이다. 어쨌든 그는 포셋 상원의원의 비서가 된 뒤로 그들 일당의 탈세에 관한 증거 서류들을 조금씩 모아왔다고 했다.

"그 혐의자들 중에 아이라 포셋 박사도 포함돼 있소?"

아버지가 물었다.

"그럼요. 그자야말로 가장 정도가 심하죠."

상원의원이 패니 카이저에게 쓴 편지 속의 C라는 머리글자는 아마도 카마이클을 가리킨 것임이 분명했다. 카마이클은 상원의원 저택 밖의 전화선에다 지선을 연결하여 도청하고 있었는데 그 지선이 발각되고 만 것이다. 그 때문에 살인 사건이 일어난 뒤로 이제껏 몸을 사리고 있었다고 했다.

“패니 카이저란 어떤 여자죠, 카마이클 씨?”

이번에는 내가 물었다.

“틸덴 카운티의 온갖 부정한 장사에 손을 뻗치고 있는 여자입니다. 포셋 일당과 손을 잡고 있죠. 즉 그녀는 포셋 일당의 보호를 받으며 장사를 하고 그 대가로 그들에게 큰돈을 건네고 있습니다. 이제 곧 흄이 그 흑막을 파헤칠 것이고, 그렇게 되면 그 악당들도 끝장나겠죠.”

카마이클은 포셋 박사를, 상원의원인 동생의 배후 조정자이자 정직한 엘리후 클레이 씨를 이용해 부당 이득을 꾀하고 있는 사악한 인물이라고 평했다. 이어서 그는 틸덴 카운티와 리스 시의 대리석 계약이 어떤 루트로 클레이 씨도 모르게 불법적으로 체결되고 있는지 아버지에게 얘기해주었고, 아버지는 그것을 열심히 수첩에 받아 적었다.

“그러나 제가 오늘 경감님을 만나기 위해 여기에 온 것은 그보다 더 중요한 일이 있기 때문입니다.”

카마이클이 시원스럽게 말을 이었다.

“제가 상원의원의 신변을 정리한다는 구실로 그 저택에 머무르는 동안에 경감님에게 얘기하는 것이 좋을 것 같더군요……. 실은 그 살인 사건에 관해 매우 흥미로운 사실을 알고 있답니다!”

아버지도 나도 놀라서 눈이 휘둥그레졌다.

“범인이 누구인지 아신단 말씀입니까?”

내가 외쳤다.

“아뇨, 그건 모릅니다. 하지만 저만이 알고 있는 어떤 사실이 있습니다. 흄에게도 얘기를 못 하고 있습니다. 왜냐하면 제가 그 사실을 알게 된 경위를 설명하자면 그보다 먼저 제 정체를 밝혀야 하는데, 저는 아직 그에게 제 정체를 밝히고 싶지는 않거든요.”

나는 몸을 곧게 펴고 자세를 고쳐 앉았다. 카마이클이 알고 있다는 사실이 과연 내가 찾고 있던 사건의 마무리 열쇠, 즉 최후의 결정적인 단서일까?

"저는 지난 여러 달 동안 상원의원의 동태를 감시해왔습니다. 그 살인 사건이 일어난 날 밤, 그가 나를 밖으로 내보내려 했을 때 저는 직감적으로 수상쩍은 생각이 들었습니다. 아무래도 의심이 갔으므로 저는 외출을 하지 않고 무슨 일이 일어나는지 지켜봐야겠다고 결심했지요. 그래서 저는 외출을 하는 척하고 현관의 층계를 내려와 곧바로 정원 구석의 나무 그늘에 몸을 숨겼습니다. 그때가 9시 45분이었는데 그 후 십오 분 동안은 아무도 나타나지 않더군요……."

"잠깐만요, 카마이클 씨."

나는 몹시 흥분해서 끼어들었다.

"그렇다면 9시 45분부터 10시까지 줄곧 현관문을 지켜보고 계셨단 말씀인가요?"

"그보다 더 오래 지켜봤습니다. 제가 집 안으로 들어갔을 때인 10시 30분까지 말입니다. 아무튼 제 얘기를 계속 들어주십시오."

나는 '만세!' 하고 소리칠 뻔했다.

카마이클이 얘기를 계속했다. 10시가 되었을 때, 복면을 한 남자가 급한 걸음걸이로 정원에 나타나더니 층계를 올라가 현관의 초인종을 눌렀다. 이어서 상원의원이 현관문을 열고 그를 안으로 들여보내 주었는데, 그때 카마이클은 우윳빛 현관문 유리에 비친 상원의원의 흐릿한 모습만을 볼 수 있었다. 그리고 10시 25분에 그 복면을 한 남자가 혼자 밖으로 나왔다. 카마이클은 심상찮은 느낌이 들었으나 오 분을 더 기다렸다. 그런 뒤 10시 30분에 그는 집 안으로 들어갔고, 마침내 의자에 앉은 채로 죽어 있는 포셋 상원의원을 발견했던 것이다. 유감스럽게도 카마이클은 그 유일한 방문객의 인상에 대해서는 아무것도 설명하지 못했다. 그 남자는 눈 아래부터 온통 복면으로 가리고 있었고 주위도 아주 어두웠기 때문이었다. 그렇다면 그 방문객을 아론 다우라고 생각할 수도 있는 문제였다.

나는 초조하게 그 생각을 지워버렸다. 시간, 시간 쪽이 더 중요했다! 인상 쪽보다도 시간 쪽이…….

"카마이클 씨!"

나는 긴장된 어조로 말을 이었다.

"그러니까 당신이 집 안에서 나왔다가 다시 집 안으로 들어갈 때까지 단 한 순간도 눈을 떼지 않고 현관문 쪽을 지켜보셨고, 그 결과 그 복면의 남자 이외에는 아무도 집 안에 드나들지 않았다는 것이 틀림없단 말씀이시죠?"

그는 약간 자존심이 상한 듯했다.

"섬 양, 제가 자신이 없었다면 이런 얘기를 꺼내지도 않았을 겁니다."

"들어간 사람과 나온 사람은 분명히 동일인이었나요?"

"틀림없습니다."

나는 숨을 깊이 들이마셨다. 이제 한 가지 사실만 더 알아내면 내 이론은 완벽할 터였다.

"서재에 들어가서 상원의원이 살해당한 걸 발견했을 때 벽난로 앞을 발로 디딘 적이 있나요?"

"아뇨."

우리는 서로의 정체에 대해서는 입을 다물기로 하고 헤어졌다. 클레이 씨 저택으로 돌아가는 동안 내 입술은 줄곧 바짝 말라 있었다. 내 추리가 너무나 산뜻하고 보기 좋게 들어맞아서 나 자신도 놀랄 지경이었다……. 나는 자동차 실내등의 불빛으로 아버지의 옆얼굴을 흘끗 보았다. 아버지는 입을 굳게 다물고 있었고 두 눈에는 근심스러운 빛을 띠고 있었다.

나는 나직하게 입을 열었다.

"아버지, 저는 알아냈어요."

"뭘 말이냐?"

"이제는 아론 다우에게 죄가 없다는 것을 증명할 수 있다고요."

그 순간 차가 몹시 흔들렸다. 핸들을 바로잡으며 아버지가 중얼거렸다.

"또 시작이구나! 카마이클에게서 들은 얘기만으로 다우의 무죄를 증명할 수 있단 말이냐?"

"그렇지는 않아요. 하지만 그 사람은 제 이론에 부족했던 마지막 작은 한 부분을 제공해주었어요. 이제 제 이론은 잘 다듬어진 다이아몬드처럼 찬란한 빛을 발하게 됐고요."

아버지는 한참 동안 묵묵히 운전만 했다.

"실질적인 증거를 내놓을 수 있단 말이냐?"

나는 고개를 저었다. 바로 그 점이 처음부터 나를 괴롭힌 문제였다.

"법정에 내놓을 만한 증거는 아무것도 없어요."

나는 우울한 어조로 말했다.

"아무튼 내게 설명해보렴, 패티."

아버지의 요청에 따라 나는 내 이론을 설명하기 시작했다. 바람 소리가 우리 귓전을 스쳐 지나가는 가운데 나는 십 분 동안 열심히 아버지에게 얘기했다. 아버지는 내가 얘기를 마칠 때까지 묵묵히 듣고만 계시다가 이윽고 고개를 끄덕이며 나직이 말했다.

"아주 훌륭하구나. 마치 드루리 레인 씨의 멋진 추리를 듣는 듯했단다. 그렇긴 하지만……."

나는 실망했다. 가엾게도 아버지는 내 이론을 어떻게 받아들여야 할지 결정을 못 내리고 망설였다.

아버지는 한숨을 내쉬었다.

"내게는 좀 벅찬 문제구나. 어쩌면 내게는 판단을 내릴 자격이 없다고도 할 수 있겠지. 하지만 아무래도 한 가지 점만은 미심쩍구나, 패티."

아버지가 핸들을 잡은 손에 힘을 주며 말을 이었다.

"그래서 말인데, 우리가 잠깐 여행을 떠나보는 게 어떻겠니?"

나는 깜짝 놀랐다.

“어머나, 아버지! 지금 당장에 말인가요?”

아버지가 싱긋 웃었다.

“아니, 내일 아침에 말이다. 아무래도 그 노인 양반한테 가서 의논하는 것이 좋을 것 같구나.”

“아버지! 좀 더 분명히 말씀해주세요. 누구를 만나러 간다는 거죠?”

“그야 물론 드루리 레인 씨지. 네 이론에 어딘가 잘못이 있다면 틀림없이 레인 씨가 지적해주실 거다. 어쨌든 잠깐 동안 이 도시를 벗어나자꾸나.”

이런 식으로 우리의 여행은 결정되었다. 다음 날 아침, 아버지는 엘리후 클레이 씨에게 출처는 밝히지 않은 채 포셋 박사의 음모에 관한 모든 정보를 알려주고는 우리가 돌아올 때까지 아무런 행동도 취하지 말 것을 충고했다.

그런 뒤, 우리는 햄릿 저택을 향해 출발했다. 하지만 그다지 큰 희망을 걸지는 않았다.

## 9:
## 논리학 강의

햄릿 저택은 마치 초록빛 융단을 깔아놓은 듯한 잔디 위에 거대하고 푸른 하늘을 천장으로 삼고, 수천 마리의 새들이 연주하는 음악에 둘러싸여 호화롭게 자리 잡고 있었다. 초근대적인 문명 교육을 받은 나는 낙원 같은 대지의 단순한 아름다움에 취해 감상적인 한숨을 짓는 순진한 젊은 아가씨와는 거리가 멀었다. 그렇긴 하지만, 매연과 철조 건축물 속에서만 생활하는 건조한 아가씨들보다는 더 진지하게 이 낙원의 감미로움과 생기를 온몸으로 느끼며 크게 숨을 들이마셨음을 고백하지 않을 수 없다.

드루리 레인 씨는 햇살을 받으며 야트막한 초록빛 언덕 위에 간디 같은 자세로 앉아 있었다. 그는 약간 우울한 표정을 짓고 있었는데, 요정 같은 퀘이시 노인이 숟가락 가득 담아서 건네주는 약을 받아먹는 중이었다. 질긴 가죽 같은 얼굴을 한 키 작은 퀘이시 노인은 잔뜩 근심스러운 표정을 짓고 있었다. 레인 씨는 끈적끈적한 약을 삼키고는 얼굴을 한 번 찌푸리고 나서 맨살 위에 걸친 면 가운을 여몄다. 그의 상체는 일흔이라는 나이에 비해서 단단해 보이긴 했지만 지독하게 야위어 있어서 건강 상태가 좋지 않음을 알 수 있었다.

이윽고 레인 씨는 고개를 들어 우리를 보았다.

이어서 그는 밝은 표정을 떠올리며 외쳤다.

"섬 경감님! 그리고 페이션스 양! 정말로 뜻밖이로군요! ……이봐, 캘리밴, 이 손님들이 자네가 주는 약보다 낫군!"

레인 씨는 자리에서 벌떡 일어나며 우리의 손을 반갑게 덥석 잡았다. 그는 흥분한 나머지 눈을 빛내며 마치 어린애처럼 떠들어대면서 진심으로 우리를 환영해주었다. 그는 퀘이시 노인에게 시원한 음료를 가져오게 하고는 나를 자신의 발치에 앉혔다.

"페이션스 양!"

레인 씨는 진지한 눈빛으로 나를 바라보면서 말을 이었다.

"아가씨야말로 천국의 숨결입니다. 그 어떤 영감이 당신과 경감님을 이곳으로 인도했을까요? 정말이지 내게는 당신들의 방문이 더할 나위 없이 고마운 선물입니다."

"건강은 좀 어떻습니까?"

아버지가 근심스러운 표정으로 물었다.

"실로 한심한 상태랍니다. 한꺼번에 늙어버린 기분이 듭니다. 의학 서적에 나오는 온갖 노인성 질환에는 모두 걸려버린 것 같아요. 그건 그렇고, 이젠 당신들의 얘기가 듣고 싶군요. 그동안 무슨 일이 있었나요? 조사는 잘 진행되었나요? 그 악당 포셋 박사를 피고석에 몰아넣었습니까?"

아버지와 나는 어이없는 표정으로 서로를 마주 보았다.

"신문을 읽지 않으셨나요, 레인 선생님?"

내가 물었다.

"네?"

그는 미소를 거두고 우리를 예리하게 바라보았다.

"아뇨, 읽지 못했습니다. 주치의가 머리를 자극할 수 있는 것은 모두 금하는 바람에……. 그런데 보아하니 무언가 뜻밖의 일이 생긴 듯하군요."

아버지가 그에게 조엘 포셋 상원의원 살인 사건에 대해 설명했다. '살인'이라는 말을 듣자마자 노신사의 예리한 눈은 더욱 빛났고 볼에는 혈색이 감돌았다. 그는 무심결에 면 가운을 벗어 던지고 숨을 깊이 들이마셨다. 이어서 그는 아버지에게서 내게로 고개를 돌리며 질문을 할 태세를 취했다.

"흥미롭군요. 대단히 흥미롭습니다. 그런데 어째서 현장을 내버려두고 이곳으로 오셨나요, 페이션스 양? 당신답지 않군요. 수사를 포기한 겁니까? 당신이라면 사냥개처럼 끈덕지게 물고 늘어질 거라고 생각했는데 말입니다."

"얘는 아직 포기하지 않았습니다, 레인 씨."

아버지는 불만스러운 어조로 말을 이었다.

"우리가 이곳으로 온 건 당신의 조언이 필요해서입니다. 물론, 패티에게는 자기 나름대로의 생각이 있더군요……. 내게 얘기하는 걸 들어보니 마치 지난날 당신이 얘기를 하는 것 같더군요! 아무튼 우리에게는 당신의 조언이 필요합니다."

"물론 조언해드리지요. 하지만 도움이 될지 모르겠군요. 요즘은 저도 예전 같지가 않아서 말입니다."

레인 씨가 씁쓸하게 말했다.

이때 퀘이시 노인이 샌드위치와 마실 것이 담긴 간이 식탁을 뒤뚱거리며 들고 들어왔다. 그런 뒤 레인 씨는 우리가 정신없이 먹는 모습을 지켜보았는데, 아마도 우리의 식사가 끝나길 초조하게 기다리는 듯했다.

우리가 식사를 끝내자 레인 씨가 재빨리 말했다.

"이 사건에 관한 것을 처음부터 하나도 남김없이 모두 얘기해주십시오."

"정말 이것이야말로 '역사는 반복된다.'라는 격언 그 자체로군요!"

아버지는 한숨을 쉬더니 다시 말했다.

"기억나십니까? 그러니까 그게 십일 년 전이던가요? 제가 브루노와 함께 롱스트리트 살인 사건에 관한 조언을 구하기 위해 여기에 처음 온 것이 말입니다……. 정말이지 오랜 세월이 흘렀습니다, 레인 씨."

"공연한 과거사를 들추시는군요, 경감님."

노신사가 중얼거리더니 나를 향해 말했다.

"자, 얘기해주십시오, 페이션스 양. 이제부터는 당신의 입술에서 한시라도 눈을 떼지 않을 테니까요. 아마도 당신이라면 하나도 남김없이 얘기해주리라 믿어요."

나는 포셋 상원의원 살인 사건에 관한 모든 것을 외과의사와 같이 면밀히 설명했다. 부수적인 사건들, 사실들, 모든 등장인물에 관한 것들을……. 레인 씨는 내 입술의 움직임을 읽으며 마치 상아로 만든 불상처럼 조용히 앉아 있었다. 이따금 그 예리한 두 눈을 빛내며 마치 내 설명에서 중요한 점을 찾아낸 듯 가볍게 고개를 끄덕였다.

나는 시간 순으로 얘기를 해나가다가 바로 어제 로드 하우스에서 만났던 카마이클의 증언을 마지막으로 얘기를 끝맺었다. 내 얘기가 끝나자 레인 씨는 시원스레 고개를 끄덕이며 미소 짓더니 따뜻한 잔디 위에 벌렁 드러누웠다.

그가 조각처럼 단아한 얼굴에 아무런 표정도 담지 않고서 푸른 하늘을 응시하고 있는 동안 아버지와 나는 말없이 앉아 있었다. 나는 눈을 감고 한숨을 쉬었다. 그리고 그가 어떤 판단을 내릴지 궁금했다. 사건 설명에 있어 뭔가 빠뜨린 점은 없었던가 하고 몇 번이고 되풀이해 생각해보았다. 이제는 머릿속 깊이 새겨진 내 이론을 레인 씨는 과연 어떻게 얘기해보라고 할 것인가?

나는 눈을 떴다. 레인 씨는 다시 자세를 바로 하고 앉아 있었다.

"아론 다우는 범인이 아닙니다."

레인 씨는 성량이 풍부하고도 자연스러운 목소리로 그렇게 말했다.

"만세!"

나는 소리치며 말을 이었다.

"어때요, 아버지? 이제는 딸에 대해 어떻게 생각하시죠?"

"나 역시 그가 범인이라고 말한 적은 없다. 내 마음에 걸리는 것은 네가 그런 결론에 이르게 된 추리의 과정이 과연 옳은가 하는 점이란다."

아버지가 햇살이 눈부신지 눈을 두어 번 깜박거리고는 레인 씨에게로 고개를 돌렸다.

"그런데 레인 씨께선 어째서 그렇게 생각하시지요?"

"결국 당신들도 나와 같은 결론을 내렸던 거로군요. 페이션스 양은 저로 하여금 새뮤얼 존슨이 언급한 시의 정의를 떠올리게 합니다. 그가 말하기를, 시의 본질은 창의성이라고 했습니다. 경이로움을 탄생시키는 그런 창의성 말입니다. 그런 의미에서 페이션스 양이야말로 아주 놀라운 한 편의 시랄 수 있습니다."

레인 씨가 중얼거리듯 말했다.

나는 엄숙한 어조로 대꾸했다.

"선생님, 그건 흡사 남자들이 구애할 때 쓰는 표현 같군요."

"만약 내가 이토록 늙지만 않았더라면 아마도 그랬을 겁니다……. 자, 어째서 아론 다우가 범인이 아니라는 결론을 내리게 되었는지 설명해주세요."

나는 자세를 가다듬고 내 이론을 펼치기 시작했다.

"살해당한 포셋 상원의원의 오른팔에는 두 군데의 기묘한 찰과상이 있었어요. 하나는 손목 바로 위에 나 있는 것으로 칼에 베인 듯한 상처였고, 또 하나는 거기에서 10센티미터쯤 위에 있는 상처였는데, 검시관인 불 박사에 따르면 칼에 베인 상처는 결코 아니라고 합니다. 그 밖에도 불 검시관은 이 상처들이 시체가 발견되기 바로 얼마 전에, 그러니까 살인이 일어났던 시간과 거의 유사한 시점에 생긴 것이고, 게다가 거의 동시에 생긴 것이라고 했습니다."

"좋아요. 설명을 아주 잘하시는군요. 어서 계속해보세요."

레인 씨가 나직하게 재촉했다.

"그 상처들이 처음부터 제 마음을 사로잡았어요. 그러니까 각기 다른 원인에 의해 생겼을 두 개의 상처 자국이 어떻게 동시에 생길 수 있느냐 하는 점이죠. 생각해보면 매우 기묘한 일이지요. 그래서 저는 이 점을 즉시 밝혀야겠다고 생각했어요. 저는 호기심이 강한 여자니까요, 레인 씨."

레인 씨는 이를 드러내며 싱긋 웃었다.

"만약 당신이 1만 킬로미터 내에 있을 때는 절대로 살인을 해서는 안 될 것 같군요. 실로 예리한 관찰력입니다. 그래서 어떤 결론에 도달했나요, 페이션스 양?"

"칼에 베인 듯한 상처 쪽은 쉽게 설명이 됩니다. 책상 뒤에 있는 의자에 앉아 있던 시체의 위치로 미루어 보아, 범행이 어떤 식으로 이루어졌는지 재구성해보는 것은 어렵지 않았습니다. 범인은 책상 앞이나 한쪽으로 약간 비켜선 위치에서 피해자와 마주 서 있었던 게 분명합니다. 그런 위치에서 범인은 책상 위에 있던 페이퍼 나이프를 집어 들어 피해자를 찔렀습니다. 그렇다면 어떤 일이 일어났겠습니까? 아마도 상원의원은 그 공격을 피하려고 본능적으로 오른팔을 들어 올렸을 겁니다. 그리고 그런 과정에서 범인이 내지른 칼이 상원의원의 손목을 스치며 날카로운 찰과상을 입혔다고 볼 수 있습니다. 여러 가지 사실들로 미루어 볼 때 그렇게밖에는 생각할 수가 없어요."

"마치 사진을 보여주듯 뚜렷하군요, 페이션스 양. 훌륭합니다. 그럼 또 다른 상처 쪽은요?"

"그렇잖아도 말씀드리려던 참이었습니다. 또 다른 쪽 상처는 칼에 베인 상처가 아니었습니다. 적어도 손목에 찰과상을 입힌 페이퍼 나이프에 의한 상처는 아니라고 할 수 있습니다. 왜냐하면 그 상처는 무딘 무언가에 긁힌 듯이 피부에 거칠게 나 있었으니까요. 그리고 이 두 번째의 상처는 칼이 상원의원의 손목을 스칠 때와 거의 동시에 난 상처입니다. 이 상처는 칼에 스친 상처보다 10센티미터쯤 위쪽에 나 있었습니다."

나는 숨을 깊이 들이마시며 말을 이었다.

"그렇다면 그 상처는 범인이 손에 쥔 칼에서 10센티미터쯤 떨어진 곳에 위치한 뭔가 날카롭진 않지만 딱딱한 물체에 긁혀 생긴 것이라고 볼 수 있습니다."

"훌륭한 추리로군요."

"다시 말해서 두 번째의 상처를 설명하려면 범인의 팔에 지닌 뭔가를 찾아야만 합니다. 그렇다면 손에 쥔 칼에서 10센티미터쯤 떨어진 곳에 위치해 있는, 범인의 팔에 붙어 있었을 법한 것으로는 어떤 것을 들 수 있을까요?"

레인 씨는 기운차게 고개를 끄덕이며 말했다.

"당신의 결론부터 듣고 싶군요, 페이션스 양."

"그건 여자의 팔찌예요."

나는 의기양양하게 말을 이었다.

"보석이 박혔거나 가늘게 줄무늬 세공을 한 금속 팔찌 말입니다. 칼이 포셋 상원의원의 손목을 스칠 때, 동시에 그것이 그의 소맷자락을 걷어 올려 맨살이 드러난 팔을 긁었던 겁니다."

아버지는 낮은 신음을 흘렸고 레인 씨는 미소를 지었다.

"역시 날카로운 추리입니다, 페이션스 양. 하지만 선택 범위를 너무 한정하고 있군요. 그렇게 되면 포셋 상원의원을 살해한 범인도 여자로 한정되는데, 반드시 그렇다고만은 할 수 없습니다. 남자의 경우에도 팔을 들어 올렸을 때 여자의 팔에 낀 팔찌와 비슷한 위치에 붙어 있는 뭔가가 있을 텐데요?"

나는 멍청하게 눈을 크게 떴다. 이것이 내가 저지른 첫 번째 실수란 말인가? 머릿속에서 여러 가지 생각이 들끓었다.

"아, 남자의 커프스단추를 말씀하시는군요? 네, 물론 그래요. 저도 그걸 생각해봤습니다. 하지만 어쩐지 직감적으로 여자의 팔찌가 더 잘 들어맞을 것 같다는 느낌이 들었어요."

레인 씨가 고개를 가로저었다.

"그런 식은 위험합니다, 페이션스 양. 그런 식으로 추리해서는 안 됩니다. 추리는 어디까지나 논리적인 가능성들에 바탕을 두어야만 합니다……. 어쨌든 이렇게 해서 우리는 범인이 남자냐 여자냐 하는 지점에 도달한 셈이로군요."

레인 씨는 희미한 미소를 지으며 말을 이었다.

"아마도 이것은 단지 불완전한 이해에서 비롯된 결과겠지요. 하지만 영국의 시인인 알렉산더 포프는 말하길 '모든 부조화는 이해받지 못하는 조화'라고도 했습니다. 그러니 누가 알겠습니까? 어쨌든 계속하십시오, 페이션스 양. 나는 당신의 추리에 매료되고 있답니다."

"레인 선생님, 칼을 휘두르는 과정에서 두 군데의 찰과상을 낸 범인이 여자든 남자든 간에 한 가지 점만은 분명하다고 봅니다. 즉 범인은 포셋 상원의원을 찌를 때 왼손을 사용했다는 점입니다."

"어째서 그렇게 단정하는 거죠?"

"간단히 추리해볼 수 있는 문제입니다. 칼에 스친 상처는 상원의원의 오른쪽 손목에 나 있었고 커프스단추에 긁힌 상처는 거기에서 10센티미터쯤 위에 나 있었습니다. 즉 칼에 스친 상처의 왼쪽에 커프스단추에 긁힌 상처가 있었다는 겁니다. 여기까지는 명료하죠? 그런데 만약 범인이 오른손으로 칼을 휘둘렀다면 커프스단추의 상처는 칼에 스친 상처의 오른쪽에 났을 겁니다. 이건 아주 기본적인 실험으로도 알 수 있는 문제입니다. 다시 말해, 오른손으로 칼을 잡았다면 커프스단추로 긁힌 상처는 반드시 칼에 스친 상처의 오른쪽에 나게 되고, 왼손으로 칼을 잡았다면 커프스단추의 상처 역시 반드시 왼쪽에 나게 된다는 겁니다. 그런데 실제로는 어떻습니까? 커프스단추에 긁힌 상처는 칼에 스친 상처의 왼쪽에 나 있습니다. 따라서 저는 범인이 왼손을 사용해 칼을 휘둘렀다는 결론에 이르게 된 것입니다. 만약 물구나무서기를 하고서 범행을 저질렀다면 얘기는 달라지겠지만, 그건 물론 말도 안 되는 얘기일 테죠."

"경감님, 당신은 이런 따님을 두신 걸 자랑스러워해야 할 것 같습니다. 이렇듯 뛰어난 추리력을 발휘하다니 정말 놀라울 따름이군요. 페이션스 양, 당신은 그야말로 보배 같은 아가씨입니다. 자, 계속하시죠."

레인 씨가 부드럽게 말했다.

"그렇다면 지금까지의 제 의견에는 동의하시는 건가요, 레인 선생님?"

"나는 당신의 비길 데 없이 견고한 필연성 앞에 굴복하는 바입니다, 페이션스 양."

레인 씨는 낮게 웃으며 말을 이었다.

"적어도 지금까지는 완벽합니다. 하지만 주의하십시오, 페이션스 양. 감히 말하건대 당신은 매우 중요한 점 한 가지를 아직 얘기하지 않았으니까요."

"알고 있습니다, 레인 선생님. 하지만 아직은 얘기가 거기까지 이르지 못했기 때문이에요……. 매그너스 교도소장의 얘기에 의하면, 십이 년 전에 알곤킨 교도소에 입소했을 때 아론 다우는 오른손잡이였다고 합니다. 선생님께서 지적하시는 것이 바로 이 점일 테죠?"

"그렇습니다, 페이션스 양. 당신이 그 점에 대해 어떻게 생각하는지 궁금하군요."

"제 생각은 이렇습니다. 다우는 교도소에 입소한 지 이 년 뒤에 사고로 오른팔을 못 쓰게 되었습니다. 그렇기 때문에 왼손을 사용하는 법을 익히지 않을 수 없었겠죠. 즉 십 년이라는 세월 동안 그는 왼손잡이로 지내야만 했을 테죠."

아버지가 자리에서 일어나며 흥분한 어조로 내 말을 받았다.

"바로 그 점이 중요한 문제입니다. 제가 주춤거렸던 것도 바로 그 점 때문입니다."

"당신이 어째서 주춤거렸는지 알 것 같군요. 자, 얘기를 계속해주십시오, 페이션스 양."

"하지만 제게는 그 점이 문제가 되지 않았습니다. 비록 제 견해를 뒷받침하는 것이 상식과 관찰 이외에는 달리 아무런 권위도 갖지 못함을 인정하지만, 덱스트랠러티(오른손잡이)와 시너스트랠러티(왼손잡이)라는 것이 팔과 마찬가지로 다리에도 작용한다고 생각합니다."

"우리말로 얘기해라. 도대체 그런 말은 어디서 주워들은 거냐?"

아버지가 불만스레 툴툴거렸다.

"아버지도 참! 제 얘기는 선천적인 오른손잡이는 자연스레 발도 오른발을 사용하고, 마찬가지로 왼손잡이는 주로 왼발을 사용한다는 거예요. 즉 제 경우에는 오른손잡이여서 발도 주로 오른발을 사용하죠. 그리고 제가 관찰한 바로는 다른 사람들도 마찬가지였어요. 레인 선생님, 제 생각이 어떻습니까?"

"나는 그런 방면에는 아무런 권위도 없습니다, 페이션스 양. 하지만 의학자들도 당신의 견해를 지지할 것 같군요."

"그렇게 생각해주시니 제 얘기를 계속할 수가 있겠군요. 아론 다우가 지난 십 년 동안 그랬던 것처럼, 만약 오른손잡이였던 사람이 오른손을 쓸 수 없게 되어 주로 왼손만을 써야 했다면 그는 발도 무의식중에 왼발을 주로 사용하게 되었을 겁니다. 물론 오른발이 멀쩡하더라도 말입니다. 바로 이 점이 아버지가 의문을 느끼는 부분이죠. 하지만 제 얘기가 논리적이지 않나요?"

레인 씨가 가볍게 눈살을 찌푸렸다.

"생리적인 사실에 논리가 언제나 적용될 수 있는 건 아니랍니다, 페이션스 양."

나는 초조했다. 만약 이 부분에서 내 생각이 틀렸다면 내 주장 전체가 기반을 잃게 되고 마는 것이다.

"그렇긴 하지만 페이션스 양, 당신의 얘기 중에는 몹시 희망적인 부분도 있습니다. 그것은 아론 다우의 오른쪽 눈 역시 오른팔과 마찬가지로 못 쓰게 되었다는 사실입니다."

나는 그 말에 다시 희망을 품었다.

"그 사실이 이 사건에 어떤 영향을 끼친다는 겁니까?"

아버지가 의아한 표정을 지으며 물었다.

"아주 중요한 영향을 끼칩니다, 경감님. 몇 해 전에 저는 이 방면의 권위자를 만난 적이 있습니다. 브링커 사건을 기억하시죠? 오른손잡이냐 왼손잡이냐가 중요한 문제로 대두되었던 그 사건 말입니다."

아버지가 고개를 끄덕였다.

"그때 제가 만났던 권위자의 말에 따르면 오른손잡이와 왼손잡이에 관한 이론 중에서 가장 널리 인정받는 것은 '시력설'이라고 합니다. 그 시력설에 의하면 유년기 때의 자발적인 운동은 모두 시각에 의존하고 있다는 겁니다. 또한 시각, 손, 발, 말하기와 쓰기 등에 관련된 신경 자극은 두뇌의 같은 영역에서 비롯된다고 합니다."

레인 씨는 말을 이었다.

"시각은 두 개의 눈에 의한 것입니다만, 각각의 눈은 그 자체가 하나의 단위여서 제각기 받아들인 영상은 완전히 분리되고 구분되어 의식에 도달합니다. 두 개의 눈 중 하나는 조준 기능을 합니다. 마치 총을 조준할 때처럼 말입니다. 그런데 조준 기능을 담당하는 것이 어느 쪽 눈인가 하는 문제는 당사자가 오른손잡이냐 왼손잡이냐에 따라 결정됩니다. 만약 조준 기능을 담당하는 눈이 시력을 잃게 되면 그 기능은 다른 쪽 눈으로 옮겨가게 됩니다."

"무슨 말씀인지 잘 알겠습니다. 즉 시력설에 의하면 오른손잡이는 오른쪽 눈으로 조준한다는 말씀이죠. 그리고 만약 오른쪽 눈을 잃게 되면 어쩔 수 없이 왼쪽 눈으로 조준 기능이 이전되고요. 또한 그 점이 사람에게 생리적인 영향을 끼쳐 점점 왼손잡이가 되게 만든다는 말씀이죠?"

나는 천천히 이야기했다.

"대체로 그런 뜻입니다. 물론 제가 아는 바에 따르면 습관과 같은 다른 요소들도 포함됩니다. 하지만 다우는 지난 십 년 동안 확실히 왼쪽 눈만을 사용할 수밖에 없었으며 마찬가지로 왼팔만을 써왔습니다. 이러한 경우, 습관이나 신경 교대에 의해 발도 왼발잡이가 되었다고 할 수 있습니다."

"어머, 뜻밖의 행운이로군요! 잘못된 사실로부터 답은 올바르게 나왔으니 말예요."

나는 밝은 표정으로 말을 이었다.

"지난 십 년 동안 아론 다우가 왼손잡이였고 발도 왼발잡이였다면 우리는 증거상으로 뚜렷한 모순을 발견하게 됩니다."

"그런데 당신은 앞서 범인이 왼손을 사용해 범행을 저질렀다고 설명했습니다. 그렇다면 그 점은 다우와 완전히 일치하지 않습니까? 모순이라뇨?"

레인 씨가 내 기운을 북돋워주려는 듯이 짐짓 그렇게 물었다.

나는 떨리는 손으로 담배에 불을 붙였다.

"저는 다른 각도에서 그 문제를 설명해보겠습니다. 제가 앞서 벽난로 속의 발자국에 대해 말씀드린 걸 기억하시겠죠? 그것은 오른쪽 발자국이었습니다. 다른 사실들로 미루어 볼 때 그것은 누군가 거기에서 무언가를 태우고 오른쪽 발로 뭉개 껐을 때 생긴 발자국임을 알 수 있습니다. 무언가를 발로 뭉갠다는 행위는 순전히 무의식적인 동작이죠."

"물론입니다."

"누구든 무언가를 발로 뭉개려 한다면 자신이 주로 쓰는 쪽의 발을 사용할 것입니다. 물론 주로 오른발을 쓰는 사람도 경우에 따라 어쩔 수 없이 왼발을 사용할 때가 있다는 것은 인정합니다. 하지만 벽난로 속의 재를 뭉갠 사람의 경우는 그렇지가 않습니다. 왜냐하면 앞서 말씀드린 대로 벽난로 앞의 융단 위에도 왼발 끝 자국이 남아 있었으니까요. 즉 그 사람은 아무런 불편 없이 어느 쪽 발이나 사용할 수 있는 위치에 있었던 겁니다. 이런 경우에는 주로 사용하는 발로 재를 뭉개는 것이 당연합니다. 그런데 그 발이 오른쪽 발이었던 만큼, 그는 오른발잡이이고 따라서 손도 오른손잡이라는 얘기가 됩니다!"

아버지가 불분명하게 뭐라고 중얼거렸다.

레인 씨는 한숨을 쉬며 말했다.

"그래서 결국 당신은 어떤 모순을 발견했다는 겁니까?"

"즉 칼을 휘두른 사람은 왼손잡이였고 재를 뭉개 끈 사람은 오른손잡이였다면, 이 사건에는 언뜻 두 사람이 관계하고 있는 듯이 보인다는 겁니다. 살인을 저지른 왼손잡이와 종이를 태우고 그걸 발로 뭉개 끈 오른손잡이가 말입니다."

"그래서 어디가 잘못되었다는 겁니까, 페이션스 양? 당신 얘기대로 두 사람이 관계하고 있었다고 하더라도 이상할 건 없지 않습니까?"

레인 씨는 다정한 어조로 물었다.

나는 놀라서 눈이 휘둥그레졌다.

"설마 진심으로 하시는 말씀은 아니시겠죠?"

"뭘 말입니까?"

그렇게 되물으며 레인 씨는 껄껄 웃었다.

"농담이시군요! 어쨌든 얘기를 계속하죠. 그렇다면 이러한 결론이 아론 다우에게 어떤 영향을 미칠까요? 다우가 이 사건에 관계되어 있었다고 할지라도 그가 종이를 태우고 그걸 뭉개 끈 인물이 아니라는 점만은 확실합니다. 왜냐하면 그가 그 인물이었다면 앞서 증명했듯이 왼쪽 발을 사용해 재를 뭉갰을 테니까요."

나는 얘기를 계속했다.

"그런데 그 종이는 언제 태운 걸까요? 책상 위의 편지지 묶음은 새것이었습니다. 단지 두 장이 모자랄 뿐이었죠. 포셋 상원의원의 목숨을 앗아간 상처에서 나온 피는 그가 앉아 있던 책상 위로 뿜어져 나왔습니다. 책상 위 압지에 커다란 핏자국이 직각 형상으로 나 있었으니까요. 핏자국이 직각을 이루고 있었던 것은 압지 위에 놓여 있던 편지지 묶음의 모서리 때문에 그렇게 된 것입니다. 그런데 우리가 그걸 발견했을 때 편지지 묶음의 맨 위 장은 피가 묻어 있지 않은 깨끗한 것이었습니다. 어떻게 그럴 수가 있을까요? 만약 그 편지지 묶음의 맨 위 장이 상원의원이 살해당할 때에도 맨 위에 있었다면, 압지에 피가 묻어 있었던 만큼 그 맨 위 장에도 핏자국이 남아 있어야만 할 것입니다. 그래서 결론적으로 그 편지지 묶음의 맨 위 장은 상원의원이 살해당할 때에도 맨 위에 있었던 것은 아니라고 할 수 있습니다. 다시 말해, 그 편지지 묶음의 맨 위에는 피 묻은 다른 한 장이 더 있었는데 그것이 뜯겨나가 우리가 발견했을 때는 그 아래에 있던 깨끗한 편지지가 맨 위에 있게 된 겁니다."

"과연 옳은 얘기입니다, 페이션스 양."

"우리는 모자라는 편지지 두 장 가운데 한 장에 대해서는 이미 알고 있습니다. 그건 패니 카이저에게 보내려던 편지 봉투 속에 들어 있었고, 살해당하기 전에 포셋 상원의원이 직접 쓴 것입니다. 나머지 한 장은 행방을 알 수 없었는데, 그것이 바로 편지지 묶음 맨 위에 있다가 피 묻은 채 뜯겨나간 편지지입니다. 아버지가 벽난로 속의 재에서 찾아내 책상 위의 편지지와 동일한 것임을 확인한, 바로 그 편지지이죠."

나는 설명을 계속했다.

"그런데 그 행방을 알 수 없었던 편지지에 피가 묻어 있었다면 그것은 살인이 일어난 뒤에 뜯겨나간 것이 분명합니다. 왜냐하면 핏자국은 살인 행위 때문에 생긴 것이니까요. 따라서 그 편지지는 살인이 일어난 뒤에 태워졌고 발로 뭉개졌다고 봐야 합니다. 그럼 누가 그걸 태웠을까요? 살인자가 태웠을까요? 만약 살인자가 그걸 태우고 그 재를 뭉개 껐다면 다우는 살인자가 아니라는 얘기가 됩니다. 왜냐하면 이미 증명했듯이 다우는 그걸 태우고 그 재를 뭉개 끈 사람이 될 수 없기 때문입니다."

"아, 잠깐만!"

레인 씨가 낮게 외치며 말을 이었다.

"너무 서두르지 마십시오, 페이션스 양. 당신은 살인범과 벽난로 속의 재를 뭉갠 사람을 동일 인물로 보고 있군요. 하지만 그걸 증명할 수 있습니까? 물론 증명할 방법이 없진 않습니다만."

"허, 그것참!"

아버지는 신음하듯 중얼거리며 시무룩하게 발치를 내려다보았다.

"증명할 수 있느냐고요? 물론이죠! 그럼 살인범과 재를 뭉갠 사람이 각기 다른 사람이라고 가정해보죠. 검시관인 불 박사에 의하면 살인은 10시 20분에 일어났다고 합니다. 그리고 카마이클 씨는 집 밖에서 10시 15분 전부터 10시 30분까지 현관문 쪽을 지켜보고 있었는데, 그동안에 단 한 명의 인물이 집 안으로 들어갔고 또한 그 인물이 집 밖으로 나왔다고 했습니다. 그 후 경관들이 도착해 온 집 안을 조사해봤지만 숨어 있는 사람은 없었습니다. 카마이클 씨가 시체를 발견했을 때부터 경찰이 도착할 때까지 집 밖으로 빠져나간 사람이 있을 리도 없습니다. 카마이클 씨가 줄곧 지켜보았던 현관문을 제외하면 아무도 다른 출구를 통해 집 밖으로 달아날 수는 없는 상황이었습니다. 왜냐하면 모든 다른 문들과 창문들은 안쪽에서 잠겨 있었기 때문이죠."

아버지는 다시 신음을 냈고 나는 얘기를 마무리 짓기 위해 말을 이었다.

"레인 선생님, 어떻습니까? 이렇듯 이 사건에는 두 명의 인물이 관계하고 있는 게 아니라 오직 한 인물이 그 죽음의 방에서 살인을 저지르고 편지지를 불태우고 그 재를 발로 뭉개 끈 게 됩니다. 그러므로 앞서 증명한 대로 아론 다우는 재를 뭉갠 사람이 될 수 없으니 범인 또한 될 수 없는 것입니다!"

나는 거기까지 얘기하고 입을 다물었다. 레인 씨의 칭찬을 듣고 싶기도 했고 피곤하기도 했기 때문이다.

레인 씨는 조금 슬픈 듯한 표정을 지으며 말했다.

"경감님, 저도 이제 이 사회에서 쓸모없는 인간이 되고 만 것 같습니다. 당신은 진짜 셜록 홈스를 낳으셨군요. 그리고 그동안 미약하나마 사회에 이바지해온 제 임무를 앗아가버리시는군요. 페이션스 양, 실로 놀라운 분석입니다. 당신 얘기가 전적으로 옳습니다……. 적어도 지금까지 설명한 바로는 말입니다."

"맙소사! 아직도 뭔가 더 문제 되는 것들이 있단 말입니까?"

아버지가 소리치며 자리에서 일어났다.

"그렇습니다, 경감님. 더욱 중요한 것들이죠."

"그 말씀은 제가 이끌어낸 결론이 충분하지 않다는 뜻인가요? 그렇다면 이렇게 덧붙이기로 하죠. 만약 다우가 결백하다면 누군가가 그를 함정에 빠뜨린 것이라고 말입니다."

나는 초조하게 말했다.

"그래서요?"

"그리고 다우를 함정에 빠뜨린 그자는 오른손잡이입니다. 그는 다우를 범인으로 몰기 위해 의식적으로 왼손을 사용해 범행을 저질렀습니다. 하지만 무의식적으로 오른발을 사용한 점으로 보아 실제로는 오른손잡이임을 알 수 있습니다."

"흠, 나는 그런 뜻으로 말한 게 아닙니다, 페이션스 양. 당신은 더욱 놀라운 추리를 이끌어낼 수 있는 다른 요소를 간과하고 있거나 고려하고 있지 않군요."

아버지는 양손을 들어 보였다. 하지만 나는 아주 얌전하게 말했다.

"그렇습니까?"

그러자 레인 씨는 나에게 예리한 시선을 던졌고 우리는 한순간 눈이 마주쳤다. 그런 뒤에 그는 미소를 떠올렸다.

"당신 역시 알고 있군요, 그렇죠?"

레인 씨는 그렇게 말한 뒤 생각에 잠겼고, 나는 말을 해야 할지 말아야 할지를 망설이며 풀잎을 만지작거렸다.

"패티, 나도 한 가지 물어보마!"

아버지가 투덜대며 말을 이었다.

"방금 떠오른 의문인데 말이야, 네가 설명할 수 있기를 바란다. 어떻게 융단 위에 발자국을 남긴 자와 재를 뭉갠 자가 동일인이라고 단정할 수 있다는 거냐? 물론 나 역시 동일인일 거라고 생각은 한다. 하지만 네가 그걸 증명할 수 없다면 너의 멋진 이론도 한낱 물거품에 지나지 않을지도 몰라."

"설명해드리세요, 페이션스 양."

레인 씨가 상냥하게 말했다.

나는 한숨을 쉬었다.

"정말 딱하시군요, 아버지! 아주 혼란스러우신가 봐요. 잘 들어보세요. 조금 전에 저는 이 사건의 범인이 오직 한 사람뿐임을 증명했어요. 그리고 제가 지난번에 카마이클 씨에게 벽난로 근처의 융단을 밟지 않았느냐고 물었을 때, 그는 밟지 않았다고 했어요. 또한 존 흄 지방 검사로부터도 그 발자국이 포셋 상원의원의 것이 아님을 전해 들었어요. 그렇다면 살인을 하고 편지지를 태우고 그 재를 뭉개 끈 자 말고 누가 벽난로 근처 융단 위에 그 발자국을 남길 수 있단 말이죠?"

"알겠다, 알겠어! 그럼 이제 우린 어떻게 해야 하는 거냐?"

레인 씨가 눈썹을 치켜세웠다.

"경감님, 그거야 뻔하지 않습니까?"

"뻔하다뇨?"

"우리가 취해야 할 다음 행동 말입니다. 당장 리즈 시로 돌아가서 다우를 만나야 합니다."

나는 난감했다. 어째서 레인 씨가 다우를 만나야 한다고 말하는지 알 수 없었기 때문이었다. 아버지 역시 레인 씨의 의도를 이해하지 못하고 어리둥절한 표정을 지었다.

"다우를 만나야 한다고요? 어째서죠? 그 가엾은 사람은 나를 애타게 만들 뿐입니다."

"하지만 그것이 무엇보다도 중요합니다, 경감님."

레인 씨는 서둘러 풀밭에서 일어나며 가운을 어깨에 걸쳤다.

"공판 전에 다우를 만날 필요가 있습니다."

레인 씨는 그렇게 말하고는 깊은 생각에 잠기더니 갑자기 눈을 빛냈다.

"그래요, 경감님! 이제는 저도 이 일에 직접 관여해보고 싶은 생각이 드는군요! 그런데 제가 끼어들 여지가 있을까요? 혹시 존 흄 씨가 저를 리즈 시에서 몰아내지는 않을까요?"

나는 "만세!" 하고 탄성을 질렀다. 아버지 또한 몹시 기뻐하셨다.

"진심으로 환영하는 바입니다, 레인 씨. 패티를 무시하는 건 아니지만, 당신이 관여해주신다니 더는 바랄 게 없습니다."

"그런데 어째서 다우를 만날 필요가 있다는 거죠, 레인 선생님?"

"페이션스 양, 우리는 드러난 사실들로부터 나무랄 데 없는 이론을 확립했습니다."

레인 씨는 팔을 아버지의 어깨에 두르고 내 손을 잡으며 말을 이었다.

"그러니 이제는 이론적인 작업은 여기서 멈추고 몇 가지 실험을 해보기로 합시다."

레인 씨는 잠깐 심각한 표정을 지으며 말을 덧붙였다.

"그렇게 하더라도 숲에서 벗어날 수 있는 건 아닐 테지만 말입니다."

"무슨 뜻이죠, 선생님?"

"아직도 우리는 포셋 상원의원을 살해한 진범이 누구인지에 대해선 일주일 전과 마찬가지로 모르고 있는 셈이니까요!"

레인 씨는 냉정한 어조로 그렇게 말했다.

## 10:
## 구치소에서의 실험

햄릿 저택에서 우리 부녀는 캘리밴이라는 별명을 가진 퀘이시 노인을 만났고, 언제나 천진난만한 미소를 얼굴 가득 담고 있으며 폴스태프셰익스피어 작품에 등장하는 뚱보 기사-옮긴이라는 별명으로 불리는 레인 씨의 집사로부터 아주 극진한 대접을 받았다. 그런 뒤 우리는 레인 씨가 드로미오셰익스피어 작품의 등장인물-옮긴이라 부르기를 고집하는 빨간 머리의 운전기사가 모는 번쩍이는 리무진을 타고 드넓은 햄릿 저택을 떠났다. 자신의 직업에 자부심과 긍지를 느끼고 있는 듯한 드로미오는 필라델피아의 법률가처럼 솜씨 좋게 그리고 프리마 돈나처럼 경쾌하게 차를 몰았다. 그 덕분에 북부로 향하는 우리의 여행은 더할 나위 없이 안락했고, 언제까지나 계속되었으면 싶을 만큼 즐거웠다.

특히 드루리 레인 씨와 아버지 사이의 화기애애한 대화가 여행의 즐거움을 더해주었다. 나는 그들이 지난날을 떠올리며 나누는 이야기, 특히 레인 씨의 연극배우 시절의 추억담을 꿈결처럼 들으며 여행의 대부분을 기분 좋게 두 사람 사이에 앉아 있었다. 시간이 흐를수록 나는 레인 씨에게 더욱 깊은 호감을 느끼게 되었고 그의 매력의 비밀을 알 것만도 같았다. 그는 언제나 점잖으면서도 부드러운 재치를 구사할 줄 알았고, 그가 하는 얘기는 논쟁이나 의문을 불러일으킬 여지가 없이 명쾌했으며, 무엇보다도 그 내용이 재미있었다. 그는 누구보다도 풍요롭게 인생을 살아왔고, 그 생애는 독창적인 친분들로 꽉 차 있었다. 그는 연극계에서 자신의 황금기를 보내면서 알 만한 가치가 있는 사람들이라면 모두 친하게 사귀어온 듯했다. 한마디로 그는 대단히 매력적인 인물이었다.

누군가가 말했듯이, 여행에서 좋은 동행자가 있다는 것은 좋은 탈것이 있는 것만큼이나 행복한 것이다. 그런데 우리는 이 두 가지를 함께 갖추고 있었기에 시간이 흐르는 것도 잊을 지경이었다. 정말이지, 시간이 얼마나 빨리 지나갔는지! 어느새 우리는 한쪽에는 강물이 반짝이며 흐르고 멀지 않은 곳에 리즈 시와 알곤킨 교도소가 바라보이는 계곡으로 내려가고 있었다. 그러자 이 여행의 끝에서 우리를 기다리고 있는 게 죽음일지도 모른다는 생각이 들어 나는 몸이 떨렸다. 아론 다우의 뾰족하고 작은 얼굴이 언덕 위의 아지랑이 속에서 가물거리는 듯해서 햄릿 저택을 떠난 뒤 처음으로 음울한 생각에 빠져들었던 것이다. 우리는 여기까지 오는 동안 아론 다우 사건을 침묵 속에 감싸둔 채 그의 이름조차 입 밖에 내지 않았다. 그 때문에 나는 한동안 우리의 우울한 사명을 잊고 있었다. 그런데 지금 거기에 생각이 미치자, 만약 우리가 희망이 전혀 없는 자비의 사명만을 지니고 여기까지 온 게 아니라면, 과연 우리가 어떻게 그 가엾고 보잘것없는 목숨을 전기의자로부터 구해낼 수 있을지 걱정이 되었다.

리즈 시로 접어드는 간선 도로를 달리자, 개인적인 이야기는 중단되었고 모두 한동안 침묵을 지켰다. 아마도 그때 우리 모두는 일이 실패로 끝날지도 모른다는 불안감에 사로잡힌 듯했다.

이윽고 아버지가 말했다.

"패티, 아무래도 시내의 호텔에 묵는 편이 나을 것 같구나. 다시 클레이 씨 댁에 신세를 질 수는 없으니 말이다."

"그럼 그렇게 하시죠."

나는 나른한 목소리로 대답했다.

"안 됩니다!"

레인 씨가 이의를 제기했다.

"그렇게 하시면 안 됩니다. 이제 저도 당신들과 함께 일하게 되었으니 앞으로의 행동 방향에 대해서 발언권이 있다고 생각합니다. 경감님, 당신과 따님은 좀 더 클레이 씨 댁에 머무르시는 편이 좋을 겁니다."

"어째서입니까?"

아버지가 항의했다.

"여러 가지 이유 때문입니다. 그 이유들은 어느 것이나 그 자체로는 그다지 중요하지 않지만, 그것들을 종합해보면 작전상 그렇게 행동하는 것이 좋다는 결론에 이릅니다."

"우리가 다시 포셋 박사를 조사하기 위해 돌아왔다고 얘기할 수는 있겠지요."

나는 한숨을 쉬며 말했다.

아버지가 생각에 잠기는 표정으로 말을 이었다.

"그건 사실이지. 어쨌든 그 악당 건이 아직 끝난 것은 아니니까……. 그런데 당신은 어떻게 하시겠습니까, 레인 씨? 당신도 클레이 씨 댁에서……."

"천만에요."

레인 씨는 미소를 떠올리며 말을 이었다.

"저까지 클레이 씨를 성가시게 할 수야 없죠. 실은 달리 생각이 있습니다……. 뮤어 신부의 거처는 어디입니까?"

"교도소 담장 밖의 작은 집에서 혼자 살고 계십니다."

내가 그렇게 대답하고는 아버지를 바라보았다.

"그렇죠, 아버지?"

"그래."

아버지는 레인 씨를 바라보며 말을 이었다.

"그것도 나쁘진 않겠군요. 신부님을 잘 아신다고 하셨죠?"

"그렇습니다. 오랜 친구 사이죠. 호텔 비용도 절약할 겸해서 오랜만에 옛날 친구를 찾아봐야겠습니다."

레인 씨가 웃으며 말을 이었다.

"두 분도 함께 가시지요. 그런 뒤에 드로미오가 당신들을 클레이 씨 댁까지 모셔다드릴 겁니다."

아버지는 드로미오에게 길을 가르쳐주었고, 우리를 태운 레인 씨의 리무진은 시내를 끼고 돈 뒤 언덕 위에 있는 커다란 잿빛 교도소 건물을 향해 비탈길을 올라가기 시작했다. 우리는 클레이 씨 저택 앞을 지나 이윽고 교도소 정문에서 백 미터도 안 되는 곳에 있는 뮤어 신부 댁에 도착했다. 그 집은 담쟁이덩굴에 둘러싸인 작은 건물로, 돌담 가장자리에는 철 이른 장미꽃이 군데군데 피어 있었다. 베란다에는 커다란 흔들의자가 한가롭게 놓여 있었다.

드로미오는 자동차의 경적을 울렸다. 레인 씨가 현관 쪽으로 걸어가자 현관문이 열리며 신부복을 대충 걸친 뮤어 신부가 모습을 드러냈다. 그는 온화한 얼굴을 딱할 정도로 찌푸리면서 도수 높은 안경 너머로 방문객을 확인하려고 애썼다.

방문객이 누구인지 알아차리자 뮤어 신부의 얼굴에는 깜짝 놀라는 빛이 떠오르더니 차츰 기쁜 표정으로 변했다.

"아니, 드루리 레인 씨가 아닙니까!"

뮤어 신부는 큰 소리로 외치며 레인 씨의 손을 덥석 잡았다.

"정말 믿어지지가 않는군요! 어떻게 여기까지? 아무튼 반갑습니다. 자, 어서 안으로 들어갑시다, 어서요."

속삭이는 듯 말하는 레인 씨의 대답은 우리에게 들리지 않았다. 이어서 한동안 신부가 빠른 어조로 계속 말하다가, 이윽고 자동차에 남아 있는 우리를 보더니 옷자락을 여미며 급한 걸음으로 다가왔다.

뮤어 신부는 작고 주름진 얼굴 가득 환한 미소를 떠올리며 말했다.

"와주셔서 감사합니다. 실은 제가 지금 레인 씨에게 이곳에서 묵으라고 설득하고 있는 중이랍니다. 리즈에 볼일이 있어 오셨다기에……. 자, 어쨌든 들어가시지요. 차라도 한잔 드시면서 말씀을 나누기로 합시다. 자, 어서요……."

내가 그 말에 막 대답을 하려고 할 때 현관 쪽에서 레인 씨가 고개를 세차게 내젓는 것이 보였다.

아버지가 뭐라고 끼어들기 전에 나는 재빨리 말을 이었다.

"정말 죄송합니다, 신부님. 저희는 급히 클레이 씨 댁으로 가야만 한답니다. 우리는 그곳에 묵고 있어요. 친절하신 말씀은 감사합니다만 아무래도 다음 기회로 미뤄야겠군요, 신부님."

드로미오가 무거운 여행 가방 두 개를 차에서 현관까지 옮겨놓은 뒤 레인 씨에게 웃으며 인사하고 돌아왔다. 그런 다음 그는 다시 우리를 태운 채 비탈길 아래로 차를 몰았다. 우리가 마지막으로 뒤돌아보았을 때, 뮤어 신부는 섭섭한 듯이 멀어져가는 우리를 돌아보고 있었고 키 큰 레인 씨의 모습은 뮤어 신부보다 먼저 집 안으로 사라지고 있었다.

우리가 다시금 클레이 씨 댁의 손님으로 머무는 데는 아무런 문제가 없었다. 우리가 레인 씨의 차를 타고 저택에 닿았을 때 집 안에는 마사라는 나이 든 가정부밖에 없었는데 그녀는 당연하다는 듯이 우리를 손님으로 맞아들였다. 그래서 우리는 전에 쓰던 방을 자연스레 다시 쓸 수 있게 되었다. 한 시간쯤 뒤에 제레미와 그의 아버지가 점심 식사를 하기 위해 채석장에서 돌아왔다. 우리는 태연히 베란다에서 그들을 기다렸다. 내심 약간 불안했으나, 클레이 씨는 우리를 진심으로 환영해주었고 제레미는 입을 쩍 벌리고 눈이 휘둥그레진 채 나를 바라보았다. 마치 한때의 즐거운 추억을 남기고 사라진 환상의 여자를 다시 만난 듯한 표정이었다. 이윽고 마음의 평정을 되찾자, 제레미는 다짜고짜 나를 몰아세워 저택 뒤에 있는 수풀에 싸인 조그만 정자로 데리고 가더니 대리석 가루가 잔뜩 묻은 얼굴로 내게 키스하려고 덤벼들었다. 그의 능숙한 포옹에서 빠져나올 때 그의 입술이 나의 왼쪽 귓불에 가볍게 스쳤다. 그때 나는 옛 보금자리로 돌아온 듯한 편안한 기분을 느꼈다.

바로 그날 오후, 우리는 현관에 앉아 있다가 요란한 자동차 경적 소리에 자리에서 일어났다. 고개를 들어 바라보니 레인 씨의 늘씬한 리무진이 정원으로 난 길을 미끄러져 들어오고 있었다. 드로미오는 핸들을 잡은 채 미소를 짓고 있었고, 레인 씨는 뒷좌석에서 우리에게 손을 흔들었다.

소개가 끝나자 레인 씨가 말했다.

"경감님, 저는 리즈 시의 구치소에 갇혀 있는 그 가엾은 사람 얘기를 듣고서 커다란 관심을 갖게 되었답니다."

레인 씨의 말은 마치 아론 다우의 소문을 듣고서 물어본다는 투였다.

아버지가 태연스레 장단을 맞추었다.

"뮤어 신부님이 그 사람 얘기를 하신 모양이군요. 슬픈 사건이죠. 그런데 그 일로 시내에 나가시는 길이십니까?"

어째서 레인 씨는 이 사건에 대한 자신의 관심사를 솔직히 나타내려 하지 않을까 하고 나는 의아하게 생각했다. 분명 그가 클레이 씨를 의심하는 건 아닐 터였다……. 나는 클레이 씨 부자를 보았다. 엘리후 클레이 씨는 유명한 드루리 레인 씨의 실제 모습을 보게 되어 기뻐할 따름이었고 제레미는 경외심 어린 시선으로 멍하니 그를 바라보고 있었다. 그제야 나는 레인 씨가 유명 인사라는 점에 생각이 미쳤다. 그의 여유 있고 자연스러운 태도는 그가 사람들의 존경과 찬사에 익숙해져 있음을 나타내주었다.

"그렇습니다. 뮤어 신부님은 제가 그를 도와줄 수 있을지도 모른다고 하시더군요. 어쨌든 저는 그 가엾은 사람을 만나보고 싶습니다. 어떻게 손을 좀 써주시겠습니까, 경감님? 경감님께선 지방 검사와 친분이 있으시다고 들었습니다만."

"알겠습니다. 다우를 만날 수 있도록 주선해드리지요. 패티, 너도 함께 가자꾸나. 그럼 실례해야겠습니다, 클레이 씨."

우리는 클레이 씨가 기분이 상하지 않도록 정중하게 인사를 하고, 곧 리무진 안에 레인 씨와 나란히 앉아 시내로 향했다.

"어째서 당신은 이곳에 오신 목적을 클레이 부자에게 숨기셨습니까?"

아버지가 물었다.

"특별한 이유는 없습니다."

레인 씨는 모호하게 대답하며 말을 이었다.

"될 수 있으면 알리지 않는 게 좋을 듯해서입니다. 범인에게 괜한 경계심을 불러일으킬 염려도 있으니까요……. 어쨌든 엘리후 클레이 씨는 정직한 사람인 것 같더군요. 약간이라도 부정한 냄새가 나는 거래라면 겁을 집어먹고 피하겠지만 일단 정당한 거래라고 생각되면 달려들어 냉정하게 이득을 챙길 전형적인 사업가 타입이라고나 할까요."

"레인 선생님. 선생님은 지금 아무렇지도 않게 말씀하셨지만 실제로는 다른 무슨 이유가 있으신 거죠?"

나는 심각한 표정으로 물었다.

레인 씨가 소리 내어 웃었다.

"페이션스 양, 당신은 나를 지나치게 교활하게 생각하고 있군요. 저는 사실 그대로를 말씀드린 겁니다. 제 말에 다른 뜻은 없습니다. 아직 저는 이 도시의 모든 것이 생소할 뿐이어서 일에 착수하기 전에 모든 사정을 주의 깊게 헤아릴 필요가 있지요."

·

존 흄은 사무실에 있었다.

우리가 두 사람을 소개하자 흄이 먼저 입을 열었다.

"당신이 바로 그 유명하신 드루리 레인 씨로군요. 실로 영광입니다, 레인 씨. 당신은 제 소년 시절의 우상이셨습니다. 그런데 무슨 용건으로 저를 찾아오셨는지요?"

"늙은이의 주책없는 호기심 탓이지요."

레인 씨는 빙그레 웃으며 말을 이었다.

"흄 씨, 저는 남의 일에 참견하는 데는 일가견이 있답니다. 이제는 연극계에서도 잊힌 존재가 되다 보니 쓸데없이 남의 일에 참견이나 하며 골칫거리 노릇을 톡톡히 하고 있죠……. 그래서 말씀인데, 아론 다우를 꼭 좀 만나보고 싶습니다."

"아하! 알겠습니다."

흄이 아버지와 내게 재빨리 눈길을 보내며 말을 이었다.

"경감님과 섬 양을 도와주러 오셨군요. 뭐, 좋습니다. 레인 씨, 전에도 여러 번 말했지만, 저는 검사이지 사형 집행인이 아닙니다. 저는 다우가 살인범이라고 믿고 있습니다만, 만약 당신들이 그렇지 않다는 것을 증명하신다면 기꺼이 그에 대한 기소를 취하하겠습니다."

"물론 그러시겠죠."

레인 씨는 무뚝뚝하게 말을 이었다.

"그런데 언제 다우를 만나게 해주시겠습니까?"

"지금 당장 그를 만나게 해드리지요. 이리로 데려오도록 지시하겠습니다."

"아닙니다, 그러실 것 없습니다. 그렇게까지 하면서 당신 일을 방해하고 싶지는 않습니다, 흄 씨. 허락해주신다면, 우리가 구치소로 가서 만나겠습니다."

레인 씨는 재빨리 말했다.

"정 그러시다면, 좋으실 대로 하십시오."

흄은 어깨를 으쓱하더니 곧바로 지시서를 써주었다. 그 지시서를 받아 들고서 우리는 흄의 사무실을 나와 그곳에서 돌을 던지면 닿을 만한 거리에 있는 구치소로 갔다. 그리고 교도관의 안내를 받아 쇠창살이 달린 작은 방들이 늘어서 있는 어두운 복도를 지나 아론 다우가 있는 독방으로 향했다.

언젠가 오스트리아의 수도 빈을 여행할 때, 나는 한 젊고 유명한 외과의사의 초청으로 새로 지은 병원을 방문한 적이 있었다. 나는 아직도 그때의 일을 기억하고 있는데, 우리가 어느 텅 빈 수술실을 둘러보고 나오자 문 앞 복도의 벤치에 앉아 있던 시름에 잠긴 표정의 한 남자가 일어나더니 의사를 바라보았다. 자신과 관계있는 누군가가 그 병원에 입원해 있는 모양이었다. 그 남자는 나를 안내한 의사가 그 환자의 수술실에서 나온 의사 중 한 명이라고 생각하는 듯했다. 나는 그때의 그 가엾은 남자의 얼굴을 아직도 잊을 수가 없다. 보통 때라면 그저 평범했을 얼굴인데, 공포와 실낱같은 희망이 뒤범벅이 되어 복잡하고 이상한 표정을 띠고 있었다…….

쇠창살로 된 문이 열리는 소리에 고개를 들고서 아론 다우는 우리를 쳐다보았다. 그의 얼굴에 떠오른 표정이 바로 지난날 빈에서 내가 본 그 가엾은 남자의 표정과 똑같았다. 흄은 며칠 전 포셋 박사를 만났을 때 다우가 건방지기까지 했다고 말했지만, 나는 다우의 표정에서 도저히 그런 모습을 떠올릴 수가 없었다. 다우의 표정은 자신의 무죄를 확신하는 용의자의 표정이 아니었다. 공포와 고뇌로 짓눌린 그 얼굴에 순간적으로 희망의 빛이 떠오르긴 했지만 그마저도 더할 나위 없이 가냘픈 것이었다. 그것은 궁지에 몰린 짐승의 내부에 남아 있던 희망의 잔영이 잠시 밖으로 떠오른 것에 지나지 않았다. 그의 뾰족하고 작은 얼굴은 마치 목탄화를 누군가가 일부러 손으로 문질러놓은 것처럼 지저분했고, 잠을 설친 듯 충혈된 눈은 초점을 잃어 공허하게 보였다. 면도를 하지 않아서 얼굴은 꺼칠했고 옷은 지저분했다. 그 가엾은 모습을 보자 내 가슴은 미어지는 듯했다. 레인 씨를 흘끗 쳐다보니, 그 역시도 몹시 침통한 표정을 짓고 있었다.

이 무뚝뚝한 얼굴로 창살문을 활짝 열어젖히며 우리에게 들어가라고 손짓했다. 우리가 안으로 들어가자마자 그는 뒤에서 문을 쾅 닫더니 열쇠로 문을 잠가버렸다.

"어……어서 오십시오……."

아론 다우는 낡은 침대 모서리에 긴장한 모습으로 걸터앉은 채 쉰 목소리로 말했다.

"잘 있었소, 다우?"

아버지가 애써 밝은 표정을 지으며 말을 이었다.

"당신을 만나보고 싶어 하시는 분을 모시고 왔소. 이분은 드루리 레인 씨인데, 당신과 얘기를 나누고 싶어 하오."

"오!"

다우는 그 한마디만 내뱉고는 먹이를 갈망하는 강아지처럼 레인 씨를 뚫어지게 바라보았다.

"안녕하시오, 다우."

레인 씨는 부드러운 어조로 그렇게 말하고는 재빨리 고개를 돌려 복도 쪽을 바라보았다. 교도관은 팔짱을 낀 채 다우의 독방과 마주 보는 벽에 기대어 서 있었는데, 졸고 있는 듯했다.

"몇 가지 물어보고 싶은 것이 있는데 대답해줄 수 있겠소?"

"뭐든, 뭐든 물어보십시오, 레인 씨."

다우가 쉰 목소리로 말했다.

나는 속이 약간 거북해 딱딱한 벽에 몸을 기대었다. 아버지는 두 주먹을 주머니에 찔러 넣으며 무언가 혼잣말을 중얼거렸다. 레인 씨는 자연스러운 어조로 별 의미도 없는 질문들을 다우에게 던졌다. 그 질문들은 이미 우리가 답을 알고 있거나 다우가 절대로 대답을 하지 않을 성질의 것들이었다. 나는 벽에 기대어 있던 몸을 곧게 폈다. 대체 무엇 때문에 저러는 걸까? 레인 씨는 무얼 의도하고 있는 걸까? 이 끔찍한 방문의 목적은 뭘까?

레인 씨와 다우는 그새 친해진 듯이 나직하게 대화를 나눴으나, 내용 면에서는 그다지 성과나 진전이 있는 것 같지는 않았다. 아버지는 영문을 모른 채 안절부절못하고 왔다 갔다 했다.

그러던 중에 그 일이 일어났다. 다우가 무언가 불평을 한참 털어놓고 있는 도중에 레인 씨가 연필 한 자루를 주머니에서 꺼내더니 놀랍게도 다우를 겨냥해 그것을 냅다 던졌다. 마치 그걸로 다우를 침대에 꽂아버리려는 듯한 동작이었다.

나는 놀라서 소리를 질렀고 아버지도 놀란 듯이 레인 씨를 바라보았다. 그러나 레인 씨는 분명한 의도가 담긴 눈으로 다우를 바라보았다. 그래서 나도 곧 그가 취한 행동의 의미를 알 수 있었다……. 다우는 입을 쩍 벌린 채 날아드는 연필을 피하려고 엉겁결에 왼팔을 들어 올렸던 것이다. 그의 오른팔은 옷소매 안에서 쓸모없이 축 늘어져 있을 뿐이었다.

"왜 이러십니까!"

다우는 침대 뒤로 몸을 움츠리며 항의했다.

"어째서 나를…… 나를……."

"별일 아니니 걱정 마요. 나는 가끔 이런 짓을 하오. 하지만 당신을 해칠 생각은 정말이지 조금도 없다오. 이봐요, 다우, 나를 좀 도와주겠소?"

레인 씨가 중얼거리듯 말했다.

아버지는 긴장을 풀고 웃으며 벽에 몸을 기대섰다.

"도와달라고요?"

다우는 떨리는 목소리로 물었다.

"그렇소."

그렇게 대답하고 나서 레인 씨는 허리를 굽혀 바닥에 떨어진 연필을 주웠다. 그리고 지우개가 달린 쪽을 앞으로 해서 다우에게 내밀었다.

"이걸로 나를 찔러보시오."

찔러보라는 말을 듣고서, 그제야 다우는 물기 어린 눈에 이해가 간다는 빛을 띠었다. 그는 왼손으로 연필을 잡고 조심스럽게 레인 씨에게 어설픈 공격을 가했다.

"하!"

레인 씨는 만족스레 외치며 뒤로 물러섰다.

"좋아요, 잘하셨소……. 경감님, 혹시 종이 가지신 것 있습니까?"

다우는 멍한 표정으로 연필을 돌려주었고, 아버지는 퉁명스러운 목소리로 말했다.

"종이요? 뭘 하시려고요?"

"그것 역시 내 별난 정신 착란 증세를 위한 것이죠."

레인 씨가 낮게 웃으며 말을 이었다.

"자아, 어서요. 경감님, 점점 더 둔해지시는 것 같군요!"

아버지가 투덜거리며 수첩을 건네주었다. 레인 씨는 수첩에서 백지 한 장을 뜯어냈다.

"자, 그럼, 다우."

레인 씨는 주머니에 손을 넣어 뭔가를 찾으며 말을 이었다.

"우리가 당신을 해치고자 이러는 게 아니라는 걸 알았겠죠?"

"네, 뭐든 시키는 대로 하겠습니다."

"고맙소."

레인 씨는 주머니에서 작은 성냥갑을 꺼내더니 침착하게 종이에 불을 붙였다. 종이가 활활 타기 시작하자 그는 불붙은 종이를 그대로 바닥에 떨어뜨렸다. 그러고는 아무 말 없이 두세 발짝 뒤로 물러섰다.

"무슨 짓입니까! 여길 불태울 작정입니까?"

다우가 소리치더니 침대에서 벌떡 일어나 불타고 있는 종이를 미친 듯이 왼발로 짓뭉갰다. 그는 재가 완전히 가루가 될 때까지 동작을 멈추지 않았다.

"이것으로 배심원들도 이해시킬 수 있을 것 같은 생각이 드는군요, 페이션스 양."

레인 씨는 미소를 떠올리며 경감을 바라보았다.

"경감님, 이제는 믿으시겠습니까?"

아버지가 얼굴을 찌푸렸다.

"제 눈으로 직접 보지 않았다면 저도 결코 믿지 못했을 것입니다. 그래요, 사람은 죽을 때까지 배운다더니 과연 그 말이 맞는 것 같습니다."

나는 속이 후련해지며 웃음이 절로 나왔다.

"어머, 아버지. 정말로 변하셨나 봐요! 아론 다우, 당신은 정말 운이 좋은 사람이에요."

"하지만 나는 뭐가 뭔지……."

다우는 마냥 어리둥절한 표정을 지었고, 레인 씨는 그의 지저분한 어깨를 두드려주며 위로했다.

"용기를 내시오, 다우. 우리가 당신을 구해줄 수 있을 것 같으니 말이오."

아버지가 교도관을 불렀다. 그는 복도를 가로질러 와서 창살문을 다시 열고 우리를 바깥으로 내보내주었다. 우리가 나가자 다우는 문 쪽으로 달려와 쇠창살에 매달려 목을 한껏 내밀고는 떠나가는 우리를 열심히 바라보았다.

하지만 차가운 복도로 발걸음을 내딛는 순간 나는 문득 불길한 예감이 들었다. 왜냐하면 우리 뒤에서 열쇠를 쩔렁거리는 교도관의 험상궂은 얼굴에 아주 기묘한 표정이 떠올라 있었기 때문이다. 나는 단지 내 기분 탓이려니 하면서 스스로를 달래보았지만 아무래도 그 표정은 불길하게만 여겨졌다. 돌이켜보니, 아까 복도에서 다우의 독방을 향해 벽에 기대서 있던 교도관이 정말로 졸고 있었는지도 정확히 알 수 없었다. 흥! 그자가 아까 있었던 일을 보았다고 해서 우리에게 무슨 해를 입힐 수 있을라고? 나는 레인 씨를 흘끗 쳐다보았다. 하지만 그는 뭔가 깊은 생각에 잠긴 채 성큼성큼 걸음을 옮길 뿐이었다. 나는 레인 씨가 교도관의 그 표정을 보지 못했구나 하고 생각했다.

우리는 흄 지방 검사의 사무실로 돌아왔다. 이번에는 대기실에서 삼십 분쯤 기다려야만 했다. 그동안 레인 씨는 마치 조는 듯이 내내 눈을 감고 앉아 있었다. 흄의 비서가 다가와서 들어가도 좋다고 말했을 때 아버지는 레인 씨의 어깨에 손을 얹어 깨워야만 했다. 레인 씨는 무어라고 사과의 말을 중얼거리며 즉시 자리에서 일어섰다. 아마도 레인 씨는 졸고 있었던 게 아니라, 내 생각을 넘어선 어떤 문제에 대해 깊이 생각하고 있었음이 분명했다.

"레인 씨, 다우를 만나보신 소감이 어떻습니까?"

우리가 사무실에 들어가서 의자에 앉자 흄이 궁금하다는 듯 물었다.

"흄 씨, 제가 길 건너에 있는 그 장엄한 구치로소 가기 전까지는 다우가 포셋 상원의원의 살인범이 아니라고 '믿었을' 뿐이지만, 지금은 그 사실을 확실히 '알게' 되었답니다."

레인 씨가 부드럽게 답했다.

흄이 눈썹을 치켜세웠다.

"정말이지 당신들에게 놀라지 않을 수 없군요. 처음에는 섬 양이 그러더니, 다음에는 경감님이 그러고, 이번에는 또 레인 씨께서 그러시는군요. 정말 집단으로 저와 맞서시는군요. 대체 어째서 다우가 결백하다고 생각하는지 말씀해주시겠습니까?"

"페이션스 양, 아직도 흄 씨에게 그 '논리학 강의'를 하지 않았나요?"

레인 씨가 물었다.

"흄 씨는 들으려 하지 않았어요."

나는 호소하듯 말했다.

"흄 씨, 당신이 편견 없이 들어주실 수 있으시다면 앞으로 잠시 동안만 그렇게 해주십시오. 이 사건에 대해 이제까지 당신이 알고 있는 것은 모두 무시해버리고 말입니다. 그러면 페이션스 섬 양이 어째서 우리 세 사람이 다우가 결백하다고 생각하는지 그 이유를 들려줄 것입니다."

그리하여 나는 불과 사흘 동안에 세 번째로, 이번에는 흄을 위해 내 이론을 설명해야 했다. 하지만 시작하기도 전에, 나는 저렇게 고집스럽고 야망으로 피가 끓는 남자가 단지 논리에 의지할 뿐인 근거를 받아들일 리가 없음을 너무나도 잘 알고 있었다. 내가 사실로부터 끌어낸 나의 추론을 설명하는 동안(나는 이름을 밝히지 않은 채 카마이클의 증언도 얘기했다.) 흄은 아주 예의 바른 태도로 경청하며 몇 번인가 눈을 반짝이며 감탄스럽다는 듯이 고개를 끄덕이기까지 했다. 하지만 나의 설명이 끝나자 그는 고개를 저었다.

"섬 양, 여자로서 그토록 뛰어난 추리력을 발휘하시다니 참으로 훌륭하십니다. 아마 남자라도 그렇게까지는 못할 것입니다. 하지만 제가 보기엔 모호하군요. 무엇보다도 배심원들이 그 분석을 이해할 수는 있더라도 믿지는 않을 것 같습니다. 그리고 그 이론에는 몇 가지 중대한 결점이…….”

“결점이라고요?”

레인 씨는 기묘한 표정을 지으며 대꾸했다.

“장미에는 가시가 있고, 은빛으로 반짝이는 샘에도 진흙이 있으며, 모든 사람에게는 결점이 있다고 일찍이 셰익스피어는 그의 소네트에서 노래했습니다. 하지만 흄 씨, 제가 해명을 할 수 있을지는 모르겠습니다만, 그 결점들을 하나하나 지적해주시겠습니까? 어떤 결점들이지요?”

“우선, 오른발잡이니 왼발잡이니 하는 그 믿어지지 않는 사항부터 살펴봅시다. 오른팔과 오른쪽 눈의 기능을 상실한 사람이 시간이 지나면 발도 왼발잡이가 된다고 단정할 수는 없습니다. 그 이론은 공허하게 들립니다. 의학적인 신빙성이 있을 것 같지가 않습니다. 그리고 그 점이 무너지면 섬 양의 이론 전체가 무너지고 맙니다, 레인 씨.”

“글쎄, 저렇다니까요.”

아버지는 그렇게 말하며 두 손을 번쩍 들어 보였다.

레인 씨가 다시 말했다.

“그 점이 무너진다고요? 천만에요. 그 점이야말로 제가 이 사건과 관련해 확실하게 자신할 수 있는 몇 가지 안 되는 점 중의 하나입니다.”

흄이 미소를 떠올렸다.

“레인 씨, 설마 진심으로 그런 말을 하시는 건 아니시겠죠? 설사 그것이 일반적으로는 그렇다고 하더라도…….”

“우리가 방금 다우를 만나고 왔다는 사실을 잊고 계시는군요.”

레인 씨가 중얼거리듯 말했다.

흄은 턱을 긴장시켰다.

“역시! 그러니까 당신들은…….”

“흄 씨, 우리는 일반론을 주장했습니다. 다우와 같은 특수한 사고를 당한 경우에는 손과 함께 발도 왼발잡이가 된다고 말입니다. 그러나 일반적으로 그렇다고 하더라도 당신 말대로 그것이 개개인의 특수한 경우에 모두 해당될 리는 없습니다."

레인 씨는 희미한 미소를 지으며 말을 이었다.

"그래서 우리는 다우의 경우에는 어떤가를 직접 실험해보고자 했던 것입니다. 또한 그것이 바로 제가 리즈에 온 주된 목적이었습니다. 즉 무의식적인 행동을 할 때 아론 다우는 오른발이 아니라 왼발을 사용한다는 것을 입증하기 위해서였지요."

"그래서 다우가 왼발을 사용했습니까?"

"그렇습니다. 제가 그에게 연필을 던졌더니 그는 그걸 피하려고 왼손을 들어 얼굴을 가렸습니다. 그리고 그 연필로 저를 찔러보게 했더니 그는 역시 왼손으로 저를 찌르려 했습니다. 이 실험들은 그가 지금은 왼손잡이가 되었으며 오른손은 전혀 쓰지 못한다는 것을 확인하기 위해 한 거였습니다. 그런 다음에 제가 종이에 불을 붙여 바닥에 떨어뜨렸더니 그는 놀라며 엉겁결에 그걸 발로 짓뭉개 끄더군요. 바로 왼발로 말입니다. 흄 씨, 우리는 이 사실을 당신에게 증거로 제출하는 바입니다."

지방 검사는 묵묵히 생각에 잠겨들었다. 그가 마음속으로 그 문제와 괴로운 싸움을 벌이고 있음을 나는 알 수 있었다. 이윽고 그는 미간에 깊은 주름을 잡으며 입을 열었다.

"이 문제는 좀 더 생각해봐야 하겠습니다. 저로서는 도저히 믿을 수가 없어요. 그런 건 아무래도……."

그는 중얼거리듯 말하더니 초조한 듯 손바닥으로 책상을 내리쳤다.

"한마디로 제게는 그것이 증거가 될 수 없어요! 그러니까 그것은 너무 잘 들어맞고, 너무 잘 짜여 있고, 또 너무 정황에 치우쳐 있습니다. 그가 결백하다는 것을 증명하기 위해서는 보다 현실적인 증거가 필요합니다."

레인 씨의 눈이 얼음처럼 차가워졌다.

"흄 씨, 이 나라의 법률 제도는 피고가 유죄라고 증명되기 전까지는 무죄로 다루는 걸로 알고 있습니다."

"흄 씨! 저는 그래도 당신이 이보다는 좀 더 공평한 분인 줄 알았어요!"

나도 더는 참지 못하고 쏘아붙였다.

"패티!"

아버지가 점잖게 나무랐다.

흄의 얼굴이 빨개졌다.

"아무튼 이 문제는 좀 더 생각해보겠습니다. 그럼 죄송하지만…… 이만 실례해야겠군요. 일이 많이 밀려 있어서……."

우리는 어색하게 작별을 하고 묵묵히 거리로 나섰다.

우리가 차에 올라타고 드로미오가 운전을 시작하자 아버지는 마침내 분통을 터뜨렸다.

"이제까지 숱한 고집불통들을 만나보았지만 저런 녀석은 처음이야!"

레인 씨는 생각에 잠긴 표정으로 묵묵히 드로미오의 붉은 목덜미를 바라보다가 우울한 목소리로 말했다.

"페이션스 양, 아무래도 실패한 것 같습니다. 당신의 노력에도 불구하고 일이 모두 허사가 되어버린 듯합니다."

"그게 무슨 말씀이시죠?"

나는 불안을 느끼며 물었다.

"젊은 흄의 불타는 야망이 그의 정의감을 짓누를 것 같습니다. 그리고 아까 거기에서 얘기하던 중에 문득 무언가가 떠올랐는데, 우리가 아주 중대한 실수를 한 듯합니다. 흄이 끝까지 저렇게 나온다면 우리는 아주 불리해지고 말 겁니다……."

"실수라고요? 그게 무슨 말씀이시죠, 선생님? 우리가 대체 무슨 실수를 했단 말인가요?"

나는 놀라서 외쳤다.

"정확히 얘기하자면, 우리가 아니라 내가 실수를 한 겁니다, 페이션스 양."

레인 씨는 잠시 입을 다문 뒤 물었다.

"다우의 변호사는 누굽니까? 설마 그 가엾은 친구에게도 변호사는 있을 테죠?"

"마크 커리어라는 이 지방 출신 변호사입니다. 클레이 씨가 오늘 그 사람에 대한 얘기를 해주더군요. 하지만 저는 어째서 그가 이 사건을 맡았는지 모르겠습니다. 혹시 다우가 범인이라고 믿고 그가 어딘가에 5만 달러를 숨겨두었을 거라고 생각한다면 또 모르겠지만 말입니다."

아버지가 중얼거리듯 대답했다.

"그럴까요? 그런데 그의 사무실은 어디입니까?"

"재판소 옆의 스코하리 빌딩에 있습니다."

레인 씨는 운전석 뒤의 유리 칸막이를 두드렸다.

"드로미오, 차를 돌려서 다시 시내로 들어가세. 재판소 옆 건물이야."

마크 커리어는 무척 뚱뚱하고 머리가 훌렁 벗어졌으며 빈틈없어 보이는 중년 신사였다. 그는 우리가 들어섰는데도 바쁘게 보이려는 시늉조차 하지 않았다. 마치 터트 씨*아서 트레인의 소설 속에 등장하는 명탐정 변호사—옮긴이*처럼 그는 회전의자에 앉아 다리를 책상 위에 올린 채 거의 자기 몸만큼이나 굵직한 시가를 피우면서 벽에 걸린 윌리엄 블랙스톤 경*19세기 영국의 저명한 법률학자—옮긴이*의 먼지 묻은 초상화를 황홀하게 쳐다보고 있었다.

우리가 자기소개를 하자 그가 나른하게 말했다.

"아아, 바로 제가 찾아뵙고 싶었던 분들이군요. 자리에서 일어나지 않는 것을 양해해주십시오. 지금은 휴식을 취하는 중인 데다 몸이 워낙 뚱뚱해서요……. 흄의 얘기로는, 섬 양 당신이 다우 사건에 상당히 힘을 쏟고 있다고 하더군요."

"그 얘기를 들은 건 언제였나요?"

레인 씨가 날카롭게 물었다.

"바로 조금 전에 전화로 알려주더군요. 꽤 친절하죠?"

커리어는 작고 날카로운 눈으로 우리를 위아래로 훑어보며 말을 이었다.

"뭐든 알고 계시는 게 있으시면 제게도 좀 가르쳐주십시오. 이 사건을 맡게 된 제 입장에선 어쨌거나 많은 도움이 필요하답니다."

"그런데 커리어 씨, 우리는 당신에 대해 아무것도 아는 바가 없답니다. 어째서 이 사건을 맡게 되었습니까?"

아버지가 물음에 변호사는 뚱뚱한 부엉이 같은 미소를 떠올렸다.

"그것참 묘한 질문이로군요, 경감님. 어째서 그런 걸 물으시는 거죠?"

두 사람은 느긋하게 서로를 바라보았다.

"뭐, 그냥……."

아버지는 어깨를 으쓱하고는 말을 이었다.

"하지만 이것만은 대답해주십시오. 이 사건을 맡은 이유가 단지 경험을 쌓기 위해서인가요, 아니면 다우의 결백을 믿기 때문인가요?"

커리어가 천천히 말했다.

"다우는 유죄입니다."

우리는 서로의 얼굴을 마주 쳐다보았다.

"패티, 설명해드려라."

아버지가 우울한 목소리로 말했다.

그래서 나는 이미 백 번도 더 되풀이한 것처럼 지겨웠지만, 다우 사건에서 드러난 사실들에 근거한 분석을 다시 또 설명해야만 했다. 마크 커리어는 내 설명을 눈 한 번 깜박이지 않고, 고개 한 번 끄덕이지도 않고, 미소 한 번 띠지도 않고서 마치 관심조차 없는 양 들었다. 그리고 내 설명이 끝나자 그는 머리를 저었다. 지방 검사 존 흄이 그랬던 것과 마찬가지로.

"훌륭하긴 하지만 효력이 있을 것 같지 않습니다, 섬 양. 그렇게 어려운 얘기를 이 지방의 시골뜨기 배심원들이 이해할 리 없습니다."

"그 어려운 얘기를 배심원들에게 이해시키는 것이 바로 변호사인 당신이

해야 할 일이 아닙니까!"

아버지가 화가 난 듯 쏘아붙였다.

"커리어 씨, 배심원들은 그렇다 치더라도 당신 자신은 어떻게 생각하십니까?"

레인 씨가 부드럽게 물었다.

"제가 어떻게 생각하든 그게 무슨 상관이 있겠습니까, 레인 씨?"

변호사는 군함에서 연막을 피우듯이 담배 연기를 훅 뿜어내더니 다시 말했다.

"물론 저는 최선을 다할 겁니다. 하지만 오늘 당신들이 구치소에서 다우에게 한 그 어리석은 행동이 그의 목숨을 앗아가게 만들지도 모른다는 생각이 드는군요."

"말씀이 지나치시군요, 커리어 씨. 어째서 그런 말씀을 하시는 거죠?"

나는 그렇게 말하고 나서 슬쩍 레인 씨를 보았다. 그는 두 눈 가득 아주 곤혹스러운 빛을 띤 채 의자에 몸을 움츠리고 있었다.

커리어가 말을 이었다.

"당신들의 행동은 오히려 지방 검사 쪽에 유리하게 작용할 뿐입니다. 피고에 대한 실험은 반드시 증인의 입회 아래 이루어져야만 유효하다는 걸 몰랐단 말입니까?"

"우리가 바로 증인이잖아요!"

내가 외쳤다.

아버지는 고개를 내저었고 커리어는 미소 지었다.

"흄은 배심원들에게 당신들 모두가 이 사건에 어떤 선입관을 가지고 있다는 걸 쉽사리 믿게끔 만들 겁니다. 당신들의 그 행동은 마치 온 시내를 누비며 다우가 무죄라고 주장한 것과 다를 바가 없습니다."

"무슨 뜻인지 좀 더 알아듣기 쉽게 얘기해보시오!"

아버지가 으르렁거렸고 레인 씨는 몸을 더욱 움츠렸다.

“좋습니다. 말씀드리죠. 이제부터는 어떤 일이 당신들을 기다리고 있는지 아십니까? 흄은 당신들이 법정에서 다우에게 치르게 할 쇼를 미리 연습시켰다고 주장할 것입니다!”

구치소의 그 교도관이다! 그제야 비로소 나는 내 예감이 사실에 바탕을 둔 것임을 알았다. 나는 레인 씨로부터 눈길을 돌렸다. 레인 씨는 보기에도 딱할 정도로 풀이 죽어 꼼짝하지 않고 의자에 앉아 있었다.

이윽고 레인 씨가 중얼거리듯 말하기 시작했다.

“제가 염려했던 대로입니다. 뒤늦게 지방 검사의 사무실에서 그 생각이 나더군요. 그건 변명의 여지가 없는 저의 실수였습니다.”

그토록 맑던 그의 두 눈은 흐려져 있었다.

잠시 후, 레인 씨는 단도직입적으로 말했다.

“좋습니다, 커리어 씨. 제가 어리석은 탓에 이런 사태가 초래된 것이니만큼, 제가 할 수 있는 유일한 방법으로, 즉 돈으로 보상해드리겠습니다. 당신의 변호료는 얼마입니까?”

커리어가 눈을 깜박이더니 천천히 말했다.

“제가 이 사건을 맡은 것은 그 가엾은 자가 불쌍해서입니다.”

“물론 그러시겠지요. 그렇더라도 당신의 변호료를 말씀해주십시오, 커리어 씨. 대가가 주어진다면 당신의 그 영웅적인 동정심도 한층 더 고무될 테니까요.”

레인 씨는 주머니에서 수표책을 꺼내 만년필로 기입할 자세를 취했다. 잠시 동안 아버지의 무거운 한숨 소리만이 들렸다. 이윽고 커리어는 손가락 끝으로 모양을 만들며 깜짝 놀랄 만큼 큰 액수를 불렀다. 아버지도 놀라서 입이 딱 벌어졌다.

그러나 레인 씨는 아무 말 않고 수표를 작성해서 그것을 변호사 앞에 내놓았다.

"경비를 아끼지 마십시오. 모자랄 경우에도 제가 모두 지불할 테니까요."

커리어는 빙그레 미소 지었다. 책상 위에 놓인 수표를 곁눈질해 볼 때는 그 통통한 콧구멍이 가볍게 벌름거렸다.

"레인 씨, 이만한 변호료라면 어떤 흉악범이라도 변호할 만합니다."

그는 수표를 자기 몸만큼이나 통통한 지갑 속에 조심스레 챙겨 넣으며 말을 이었다.

"가장 먼저 우리가 할 일은 신뢰할 수 있는 전문가를 확보하는 일입니다."

"그렇습니다. 제 생각으론……."

그들의 대화는 이어졌지만 내게는 마치 딴 세상의 소리처럼 공허하게 들릴 뿐이었다. 내 귀에 확실하게 들린 것은 하나의 소리뿐이었다. 그것은 기적이라도 일어나지 않는 한 멈추지 않을 것 같은, 저주받은 다우의 머리 위로 울려 퍼지는 죽음의 종소리였다.

# 11:
## 재판

그 후 몇 주일 동안 나는 깊은 절망의 구렁텅이로 점점 더 빠져들어갔다. 볼 수 있는 것이라곤 그 구렁텅이 위에 난 작은 틈새뿐이었다. 하지만 그 틈새로 새어드는 빛마저도 몹시 음울한 것이었다. 이제 아론 다우는 죽게 되었구나 하는 생각이 들었고, 그 생각만이 내 머릿속을 온통 차지했다. 나는 차라리 죽고 싶은 심정으로 클레이 씨 저택 안을 망령처럼 서성거렸다. 제레미 또한 나를 대하는 것이 우울했을 것이다. 나는 주위 사람들의 움직임에도 거의 관심을 갖지 않게 되었다. 아버지는 레인 씨와 늘 함께 행동했고, 두 사람은 마크 커리어와 만나며 회의에 회의를 거듭했다.

아론 다우의 재판 날짜가 정해지자 레인 씨는 재판에 대비해 더욱 각오를 다지는 듯했다. 나와 두세 번 만났을 때에도 그는 심각하게 입을 꽉 다물고서 거의 말이 없었다. 그는 고갈될 리 없는 자신의 자금을 마크 커리어에게 쏟아붓고 있었다. 그는 법정에서 피고를 실험할 때 협조하기로 한 이 지방 의사들과 협의하기 위해 분주하게 리즈 시내를 오갔다. 또한 결국 성과는 없었지만 지방 검사의 사무실을 덮고 있는 침묵의 장막을 꿰뚫고 검찰 측의 동태를 알아내고자 애쓰기도 했다. 그러다가 마침내 뉴욕에 있는 자신의 주치의인 마티니 박사에게 재판을 위해 리즈 시로 와줄 것을 요청했다.

레인 씨와 아버지는 이렇듯 여러 가지로 할 일이 많았으나, 아무 할 일도 없이 기다려야만 하는 나는 참으로 견디기가 어려웠다. 나는 몇 번이나 아론 다우를 만나보려고 시도했으나 허용되지 않았다. 물론 다우의 변호사인 커리어 씨와 함께라면 만날 수도 있었다. 하지만 나는 왠지 그렇게 하고 싶지 않았다. 나는 이 리즈의 변호사에게는 어쩐지 처음부터 호감을 가질 수가 없었다. 그와 함께 피고를 만난다는 것이 아무래도 내키지 않았다.

이리하여 시간은 느리게 지나갔고 마침내 재판 날이 되었다. 각지의 신문사들에서 특파원들이 밀어닥쳤고, 호텔은 방청을 하려는 외지 손님들로 붐볐으며, 거리에는 시민들로 넘쳐 이 도시 전체가 흥분에 휩싸인 가운데 재판은 시작되었다. 처음부터 재판은 극적인 분위기를 띠었고 점차 진행됨에 따라 변호인 측과 검찰 측이 예상외로 심한 공방전을 펼쳤는데, 그것이 다우에게 도움이 되기보다는 오히려 불리하게 작용되는 듯했다. 지방 검사 존 흄은 약간이나마 양심의 가책을 느꼈는지 아니면 결단력이 없었기 때문인지, 자신이 직접 나서지 않고 부하인 스위트 검사보에게 법정에서의 논고를 맡기는 편리한 방법을 택했다. 스위트 검사보와 커리어 변호사는 판사석 앞에 자리를 잡자마자 마치 두 마리의 늑대처럼 서로가 상대의 숨통을 물어뜯으려는 듯한 양상을 펼치기 시작했다. 법정에서 싸우는 걸로 보아서는 서로가 숙명적인 원수 사이인 것처럼 보였다. 그들은 너무나 거친 어조로 서로를 공격해댔고, 그걸 보다 못한 판사가 여러 차례 그들에게 엄중한 주의를 주었다.

나는 처음부터 이 모든 것이 얼마나 절망적인가를 잘 알고 있었다. 배심원 명부에서 배심원을 한 사람씩 선출할 때마다 커리어가 기계적이라고 해도 좋을 만큼 어김없이 이의를 제기하여 배심원 선정에만도 꼬박 사흘이 걸렸다. 그 지루한 절차가 이어지는 동안 피고석에 앉아 있는 그 가엾고 작은 노인을 나는 차마 제대로 바라볼 수가 없었다. 그는 웅크린 자세로 의자에 앉은 채 판사를 바라보거나, 스위트 검사보와 그 보좌관들을 증오에 찬 눈길로 노려보거나, 혼잣말로 무언가를 중얼거리거나, 몇 분 간격으로 초조하게 주위를 두리번거리며 자신에게 우호적인 얼굴을 찾는 듯했다. 나도 그리고 내 옆에 묵묵히 앉아 있는 레인 씨도 다우가 누구의 얼굴을 찾고 있는지 알고 있었다. 그 반복되는 무언의 호소는 내 가슴을 미어지게 했고 레인 씨의 침울한 얼굴에 주름을 더욱 깊게 만들었다.

우리 일행은 신문기자석 바로 뒤의 적당한 위치에 함께 모여 앉아 있었다. 엘리후 클레이 씨와 제레미도 우리와 자리를 함께했다. 아이라 포셋 박사는 통로 건너편 좌석에 앉아 짧은 턱수염을 어루만지며 사람들의 동정을 끌려는 듯 크게 한숨을 내쉬고 있었다. 또 방청석 뒤쪽 자리에는 남성적인 차림새를 한 패니 카이저의 모습도 보였는데, 그녀는 남의 시선을 끌지 않으려고 애쓰는 듯 꼼짝하지 않고 조용히 자리에 앉아 있었다. 뮤어 신부도 매그너스 소장과 함께 뒤쪽 자리에 앉아 있었고, 카마이클은 우리 일행으로부터 왼쪽으로 조금 떨어진 자리에 침착하게 앉아 있었다.

변호인 측과 검찰 측의 합의로 마지막 배심원이 선정되고 배심원들이 선서를 마치고 자리에 앉자, 드디어 우리는 재판의 진행을 지켜볼 수 있었다. 오래 기다릴 필요도 없었다. 지방 검사보 스위트가 정황 증거의 그물을 피고의 주위에 펼치기 시작하자 우리는 곧바로 재판의 흐름이 어느 쪽으로 기우는지 알 수 있었다. 범죄의 표면적인 사실들을 확인하기 위한 절차로 케니언 서장과 불 검시관 그리고 그 밖의 사람들이 차례로 판에 박힌 증언을 했다. 그런 뒤에 카마이클이 증언대로 불려 나갔다. 카마이클이 침착하고 공손한 태도로 증언대에 서자 스위트 검사보는 아마도 그를 다루기 쉬운 인물로 여겼던 모양이었다. 하지만 곧 카마이클은 그의 예상과는 달리 상당히 만만치 않은 증인임이 드러났다. 슬쩍 고개를 돌려보니 포셋 박사는 한껏 얼굴을 찌푸리고 있었다.

카마이클은 침착하고도 거침없이 증언하여 전직 비서였던 자신의 역할을 나무랄 데 없이 연기해 보였다. 그는 스위트 검사보에게 좀 더 명확하게 질문을 해달라는 요청을 여러 차례에 걸쳐 되풀이했으므로, 재판이 본격적인 단계에 오르기도 전에 스위트의 신경은 헝클어지기 시작했다……. 카마이클의 증언 도중에 그 잘린 나무 상자 토막과 '아론 다우'라고 서명된 연필로 갈겨쓴 편지가 증거물로 제출되었다.

다음으로 매그너스 소장이 증언대에 올랐다. 그는 포셋 상원의원이 알곤킨 교도소를 방문한 일에 관한 증언을 여러 차례 요청받았다. 그 증언의 대부분은 마크 커리어의 심한 반발에 부딪혀 기록에서 삭제되었으나, 그 삭제된 부분도 기록에 오른 부분과 마찬가지로 배심원들의 마음에 깊이 새겨졌을 게 분명했다……. 왜냐하면 배심원 대다수가 머리가 희끗희끗한 부유한 농장주이거나 이 지방 사업가들이었기 때문이다.

그 가혹하고 격렬한 재판은 며칠 동안 계속되었다. 그리고 스위트 검사보가 논고를 끝마쳤을 때에는 피고의 유죄를 증명하고자 하는 검찰 측의 임무가 너무도 잘 완수되었음을 알 수 있었다. 그 장소의 분위기나, 고개를 끄덕이는 신문기자들의 태도나, 배심원들의 어둡고 긴장된 모습으로 나는 그것을 확연히 느낄 수 있었다.

마크 커리어는 이러한 패배의 분위기에도 그다지 동요하지 않는 듯했다. 그는 침착하게 일을 진행해나갔다. 나는 그가 어떤 생각을 품고 있는지 곧바로 알 수 있었다. 그와 아버지와 레인 씨는 변호를 성공적으로 수행할 수 있는 유일한 길은 추리의 근거가 되는 증거들을 하나하나 제출하여 배심원들에게 본질적인 결론을 끌어내 보이는 수밖에 없다고 판단한 듯했다. 나는 또 커리어가 배심원들을 신중하게 골랐음을 알 수 있었다. 그는 누구든 아둔하다 싶으면 무슨 핑계를 대서든 제외함으로써 지적 수준이 높은 사람들로 배심원단이 구성되게 만들었던 것이다.

이 리즈의 변호사는 논리의 토대를 하나하나 다져나갔다. 그는 카마이클을 증인으로 불러냈다. 카마이클은 여기서 비로소 살인이 일어났던 날 밤에 자신이 현관문을 지켜보았던 사실, 누군지 알 수 없는 복면의 남자가 방문한 사실 그리고 살인이 일어난 시각을 전후해서 오직 한 사람만이 저택을 드나들었다는 사실을 증언했다. 스위트 검사보는 반대 신문을 할 때 카마이클의 증언에서 트집을 잡으려고 애썼다. 나는 카마이클이 그 과정에서 실수를 하지 않을까 가슴을 졸였으나, 카마이클은 일자리를 잃게 될까봐 이제까지 그 사실들을 숨겨왔다고 침착하게 답변함으로써 죽은 포셋 상원의원의 비밀을 캐내는 자기 본연의 임무를 교묘히 감추었다. 내가 포셋 박사를 슬쩍 훔쳐보니 그의 얼굴은 먹구름처럼 험악했다. 나는 정부를 위한 카마이클의 비밀 조사가 곧바로 중단될 운명에 놓였음을 알 수 있었다.

섬뜩한 연극 같은 재판은 계속되었다. 불 검시관, 케니언 서장, 아버지, 이 지방의 경찰 관계 전문가가 증언대에 섰으며, 내 추리의 근거가 된 다양한 사실들이 조금씩 표면에 떠올랐다. 커리어 변호사는 그러한 사실들을 우회적인 방법으로 기록에 올린 다음 마침내 아론 다우를 증언대로 불러냈다.

그는 보기에도 딱할 지경이었다. 그는 잔뜩 겁에 질려 입술을 축이며 기어드는 목소리로 선서를 한 다음, 증인석에 웅크리고 앉아 몸을 떨면서 애꾸눈을 두리번거렸다. 커리어가 즉시 신문을 시작했다. 나는 다우가 어떤 답변을 해야 하는지 미리 지시를 받았음을 금방 알 수 있었다. 나중에 지방 검사보가 반대 신문에서 범죄 자체와 관련해 피고에게 불리한 증언을 이끌어낼 만한 실마리를 주지 않으려고 신문과 답변은 십 년 전의 사고에 대한 것으로만 한정되었다. 신문을 할 때마다 스위트 검사보가 큰 소리로 이의를 제기했지만, 그때마다 커리어는 침착하게 자신의 질문이 변호를 위해 사건을 재구성하는 데 필요한 것임을 지적했다. 검사보의 이의는 판사에 의해 기각되었다.

"존경하는 판사님 그리고 배심원 여러분. 포셋 상원의원을 살해한 사람은 오른손잡이이지만 피고는 왼손잡이입니다. 이제부터 저는 그것을 증명해 보이겠습니다."

커리어가 조용히 말했다.

승리냐 패배냐 하는 것은 오로지 이 점에 달려 있었다. 배심원들은 우리 쪽 의학 전문가들의 의견을 받아들일까? 스위트는 반론할 준비가 되어 있을까? 나는 스위트 검사보의 혈색 나쁜 얼굴을 보자 가슴이 철렁했다. 그는 마치 사냥꾼처럼 이 순간을 초조하게 기다리고 있었던 것이다…….

모든 것이 끝나고 전쟁터의 연기도 사라졌을 때 나는 멍하니 앉아 있었다. 우리 쪽의 전문가들! 그들은 오히려 혼란만을 초래했다. 레인 씨의 주치의인 저명한 마티니 박사마저도 배심원들을 이해시키지 못했다. 스위트 검사보 역시 전문가들을 내세워 오른손잡이가 왼손잡이로 변했을 경우 발도 역시 왼발잡이가 된다는 이론에 의문을 던졌기 때문이다. 의사들의 긴 행렬은 결국 교착 상태를 낳았을 뿐이었다. 저마다 증언대에 올라 앞 사람의 증언을 부정하는 식이어서, 가엾게도 배심원들은 어느 쪽 의견이 옳은지 알 수 없게 되어버렸다.

격렬한 반격이 이어졌다. 마크 커리어가 우리의 추리를 주의 깊고도 간명하게 설명한 점은 훌륭했으나, 스위트 검사보의 반박이 일시에 그것들을 뭉개버렸다. 절망적인 상황에 빠진 커리어 변호사는 전문가들의 실패를 만회하고자 레인 씨와 나 그리고 아버지를 증언대로 불러내 우리가 구치소에서 다우에게 행했던 실험에 관한 여러 가지 질문을 했다. 이어서 스위트 검사보가 거칠게 우리를 반대 신문했다. 그는 우리의 증언들을 사정없이 난도질한 뒤에 사건에 대한 원고 측 재심사 허가를 받고 또 한 명의 증인을 내세웠다. 그 증인이 바로 구치소에서 보았던 험상궂은 교도관이었다. 그는 우리가 다우의 발동작을 미리 연습시켰다고 고의적으로 우리를 비난했다. 커리어는 숱이 적은 머리칼을 쥐어뜯으며 스위트 검사보를 물어뜯을 기세로 큰 소리를 치며 반박했으나 이미 타격은 가해진 뒤였다. 배심원들은 의자 등받이에 몸을 기댔고, 나는 그들이 검찰 측 주장을 받아들이는 걸 알 수 있었다……. 나는 온몸이 마비되는 듯했다. 눈앞에 보이는 것은 증언대에 불려 나온 아론 다우가 방청인들의 구경거리가 되는 모습뿐이었다. 몇 시간 동안이나 이 가엾은 인물은 왼손으로 무언가를 잡아 뜯거나 두드렸고, 교대로 발을 구르기도 하며 갖가지 동작과 자세를 취하다가 끝내는 숨을 헐떡이며 공포에 질린 표정을 지었다. 이러한 고통을 참느니 차라리 유죄 판결을 받는 것이 낫겠다고 생각하는 듯이 보였다. 그 모든 것이 음울하고 불안한 분위기를 더해주고만 있었다.

재판 마지막 날 커리어가 최종 변론을 했으나 우리는 이미 패배가 결정적임을 느끼고 있었다. 커리어는 용감히 싸웠으나 패한 것이다. 그 역시 그것을 잘 알고 있었다. 그럼에도 불구하고 그는 강인한 면을 보여주었다. 그는 나름대로 명예를 지킬 줄 아는 사람이었고, 거액의 보수를 받은 대가를 치르고자 최선을 다했던 것이다.

"저는 감히 여러분에게 말씀드리고자 합니다!"

이제는 별로 관심조차 보이지 않는 배심원들이 깜짝 놀랄 정도의 큰 소리로 커리어는 말을 이었다.

"만약 여러분께서 이 사람을 전기의자에 앉히게 된다면 여러분은 정의와 의학의 성과에 최악의 타격을 끼치는 결과를 초래하는 셈입니다! 피고의 죄상은 검찰 측에 의해 교묘하게 날조된 것으로, 운명의 손에 유린된 이 불쌍한 사람에 대해 검찰 측이 엮어놓은 편리한 정황 증거의 얇은 껍질에 지나지 않습니다. 여러분은 전문가들로부터 피고라면 그 불붙은 종이를 끄기 위해 본능적으로 왼발을 사용해 밟아 뭉갰을 것이라는 증언을 들었습니다. 또한 여러분은 살인범이 오른발을 사용해 그 불을 껐음을 알고 있습니다. 게다가 그 날 밤 범행 시각을 전후해 그 방에 드나든 사람은 한 사람뿐이었음도 여러분은 알고 있습니다. 그런데도 어떻게 피고가 결백하다는 사실을 의심할 수 있겠습니까! 검찰 측은 교묘하게 반론을 펼쳤습니다. 실로 교활할 정도입니다. 하지만 검찰 측이 아무리 많은 전문가들을 동원하여 반대 증언을 행하더라도, 단언컨대 피고 측 주요 증인으로 본 법정에 참석해주신 뉴욕의 저명하신 마티니 박사의 개인적인 인격과 직업적인 명성 그리고 고도의 전문적인 식견에는 손상을 입힐 수 없을 것입니다! 배심원 여러분, 저는 여러분께 감히 말씀드립니다. 표면적인 증거가 아무리 피고에게 불리하게 보이고, 또한 검찰 측이 변호인 측의 변론에 사전 공작이 행해졌다는 점을 제아무리 교활하게 여러분에게 주입했다고 할지라도, 여러분의 양심이 살아 있는 한 이 가엾고 불쌍한 사람을, 그가 생리적으로 도저히 행할 수도 없는 범죄를 저질렀다는 이유로 전기의자에서 죽게끔 하는 짓은 못 하리라 믿습니다!"

배심원들이 여섯 시간 반 동안이나 토의한 결과, 아론 다우는 기소된 범죄에 대해 유죄라는 판정을 받았다.

몇 가지 증거에 의문이 있음을 감안하여 배심원들은 판사에게 정상을 참작해주기 바란다고 덧붙였다.

그로부터 열흘 뒤에 아론 다우는 종신형을 선고받았다.

# 12:
# 여파

마크 커리어는 항소했으나 기각되었다. 아론 다우는 죽어야만 법적으로 끝날 형벌을 받기 위해 건장한 보안관 대리가 채운 수갑에 묶인 채 알곤킨 교도소로 보내졌다.

우리는 뮤어 신부를 통해 어렴풋이 다우의 최근 소식을 접할 수 있었다. 그는 알곤킨 교도소에서 재복역하게 되는 것이었지만, 관례에 따라 하나에서 열까지 신참자와 똑같은 취급을 받아야만 했다. 이미 한 번 복역한 적이 있는데도 불구하고 그는 과거와 같은 권리를 회복하기 위해 또다시 그 지긋지긋한 교도소 규정의 전 과정을 밟아야만 하는 것이었다. 그리하여 자신의 태도와 교도관들의 호의에 의해 보잘것없는 '특권'을 얻은 후로도, 목숨이 붙어 있는 한 쇠창살에 둘러싸인 길 잃은 영혼들의 사회에서 쓸모 있는 구성원이 되고자 노력해야만 했다.

며칠이 지나고 몇 주일이 지나갔다. 하지만 드루리 레인 씨의 얼굴에 드리운 침통한 고뇌의 표정은 조금도 밝아지지 않았다. 나는 그의 고집에 놀랐다. 그는 햄릿 저택으로 돌아갈 생각이 없는 듯이 고집스레 뮤어 신부 댁에 머물렀다. 낮에는 그 집의 작은 뜰에서 일광욕을 했고, 이따금 밤에는 뮤어 신부와 매그너스 소장과 얘기를 주고받았다. 그런 밤에는 매그너스 소장이 대답해주는 한 언제까지고 아론 다우에 관한 질문을 거듭하는 것이었다.

레인 씨는 무슨 일인가 일어나기를 기다리고 있었고, 나는 벌써부터 그걸 눈치채고 있었다. 하지만 그가 정말 희망을 품고서 기다리는 것인지, 아니면 단지 다우에 대한 미안함 때문에 리즈 시에 머무는 것인지 나로서는 자신 있게 판단할 수가 없었다. 어쨌든 아버지와 나도 레인 씨를 그냥 남겨두고 떠날 수가 없어서 계속 리즈 시에 머물렀다.

그동안 사건과는 그다지 관계가 없는 일들만이 일어났다. 포셋 상원의원의 사망 이후, 반대파 신문들이 포셋 일당의 부정에 대해 들추는 바람에 포셋 박사는 정치적인 위기에 처했다. 지방 검사 존 흄은 스스로도 다소 석연치 않은 점이 있긴 했지만 포셋 상원의원 살해 사건이 어쨌든 처리되었으므로, 드디어 상원의원으로 진출하기 위해 반대파를 정면으로 공격하기 시작했다. 그의 공격은 정적에 관한 추문을 들추는 식이었다. 상대의 됨됨이로 봐서 그렇게 해도 괜찮다고 여기는 것 같았다. 죽은 상원의원의 인격과 경력에 관련된 몹시 추한 소문들이 온 도시에 퍼지기 시작했고 매일 새로운 내용이 보태졌다. 흄과 루퍼스 코튼이 포셋 상원의원 살인 사건 수사 과정에서 입수한 것이 분명한 그 추악한 정보들은 확실히 포셋 일당에게 심한 타격을 주었다.

하지만 포셋 박사는 그렇게 쉽사리 패배를 인정할 인물이 아니었다. 그는 그의 성공 비결이었던 탁월한 정치적 재능으로 흄에게 반격을 가했다. 생각이 모자라는 정치가였다면 흄의 심한 비난에 즉각 감정적으로 맞섰겠지만 포셋 박사는 그렇지 않았다. 그는 온갖 험담에 대해 위엄 있게 침묵을 지켰다.

그의 유일한 대응은 엘리후 클레이 씨를 상원의원 후보로 내세운 일이었다.

우리는 여전히 클레이 씨 댁에 신세를 지고 있었으므로 나는 그 일의 진행 과정을 자세히 지켜볼 수 있었다. 엘리후 클레이 씨는 굉장한 재산가였음에도 불구하고 틸덴 카운티에서 좋은 평판을 얻고 있었다. 그는 견실한 기업체의 사주인 동시에 자선가였으며, 리즈 상공회의소의 유력자인 동시에 노동자들에게는 인심 좋은 고용주이기도 했다. 그러므로 포셋 박사의 입장에서 본다면 클레이 씨야말로 정치적 개혁을 부르짖는 존 흄과 맞설 수 있는 이상적인 후보자였다.

포셋 박사의 그러한 의도를 우리가 처음 눈치챈 것은 어느 날 밤 그가 클레이 씨 저택으로 와서 엘리후 클레이 씨와 밀담을 했을 때였다. 그때 두 사람은 방문을 걸어 잠근 채 두 시간 동안이나 밀담을 나누었다. 이윽고 두 사람이 방에서 나와 포셋 박사가 여느 때와 마찬가지로 입담 좋게 인사를 하고 떠나자, 엘리후 클레이 씨는 어색하게 웃으며 좀 망설이는 듯한 표정을 지어 보였다.

"저 친구가 제게 뭘 원하는지 아마 당신들은 상상도 못 하실 겁니다."

클레이 씨는 스스로도 믿어지지 않는 듯이 말했다.

"아마도 당신이 자신의 정치적 들러리가 되어주길 원했을 테죠."

아버지가 즉시 느긋한 어조로 답했다.

클레이 씨가 놀란 눈으로 아버지를 바라보았다.

"그걸 어떻게 아셨습니까?"

"그거야 뻔하죠. 그자처럼 간교한 악당이 생각할 만한 게 그런 것밖에 더 있겠습니까. 그래, 어떤 제의를 하던가요?"

아버지가 무뚝뚝하게 말했다.

"이번 상원의원 선거에 자신이 소속된 당 후보로 나서달라는 겁니다."

"당신은 그자와 같은 정당에 소속되어 있습니까?"

클레이 씨가 얼굴을 붉혔다.

"그 정당의 당론에는 동의하고 있습니다만……."

"아버지! 설마 그런 자들과 함께 손을 잡으실 생각은 아니시겠지요?"

제레미가 외치며 끼어들었다.

"아, 물론 그렇단다."

클레이 씨가 급히 말을 이었다.

"물론 나는 거절했단다. 하지만 뜻밖에도 이번에는 그가 진심으로 얘기하는 것 같더구나. 그는 당이 요구하는 입후보자는 올바르고 정직한 인물…… 저어, 그러니까 말이야…… 바로 나 같은 사람이라고 하더구나."

"잘됐군요. 그렇다면 출마해보시지요."

아버지가 말했다.

우리는 모두 놀라서 아버지의 얼굴을 쳐다보았다.

아버지는 시가를 입에 문 채 웃으며 말을 이었다.

"놀랄 것 없지 않습니까? 불에는 불로 맞서야 합니다, 클레이 씨. 그리고 잘만 하면 그걸 이용할 수도 있습니다. 입후보를 수락하십시오!"

"하지만 경감님……."

제레미는 어이없다는 듯이 무언가 말을 하려고 했다.

"자네는 끼어들지 말게나, 젊은 친구."

아버지는 싱긋 웃으며 말을 이었다.

"자넨 자네 부친께서 상원의원이 된다는 게 내키지 않나? 자, 제 말을 좀 들어보십시오, 클레이 씨. 당신의 동업자인 포셋 박사의 부정에 관해 지금까지와 같은 방식으로는 아무리 조사해봐야 소용이 없다는 걸 이미 당신이나 저나 잘 알고 있습니다. 그 작자는 너무 약아빠졌습니다. 그래서 바로 그 때문에 그자에게 협력하시라는 겁니다. 그자의 제안을 받아들여 그들과 한패가 되는 겁니다. 아시겠습니까? 그렇게 하면 증거가 될 만한 서류들을 손에 넣게 될지도 모릅니다. 그런 약아빠진 작자들은 일이 잘 풀린다 싶으면 이따금 실수를 저지르기도 하니까요. 그래서 만약 선거일 이전까지 증거를 잡을 수 있다면 그때 가서 입후보를 취소하고 그자의 부정을 폭로하면 되는 겁니다."

"저는 그렇게 생각하지 않습니다."

제레미가 중얼거리듯 말했다.

클레이 씨도 거북한 듯이 눈살을 찌푸리며 입을 열었다.

"글쎄요……. 어쩐지 그건……. 저는 잘 모르겠습니다만, 경감님…… 아무래도 그건 몹시 비겁한 행동 같군요. 저로서는……."

"물론, 그러자면 용기가 필요합니다."

아버지는 꿈을 꾸듯 말을 이었다.

"그러나 당신이 그렇게 하신다면 당신 자신은 물론이거니와 이 지방 주민들을 위해서도 좋은 일을 하시는 게 됩니다. 클레이 씨, 아무쪼록 시민의 영웅이 되십시오!"

"흠……."

클레이 씨의 두 눈이 빛나기 시작했다.

"경감님, 저는 이 문제를 그런 식으로는 생각해보지 않았습니다만, 아마도 그 말씀이 옳을지도 모르겠군요. 아니, 그 말씀이 틀림없이 옳습니다. 좋습니다, 어디 한번 해보기로 하죠! 지금 당장 포셋 박사에게 전화를 해서 생각을 바꾸었다고 알리겠습니다."

나는 반대 의견을 내세우고 싶은 충동을 가까스로 억눌렀다. 그런 방법이 무슨 소용이 있단 말인가! 나는 어둠 속에서 머리를 저었다. 나는 아버지의 계략은 그다지 성공할 것 같지 않았다. 그 턱수염을 기른 야심가인 의학 박사는 이미 몇 주 전에 아버지의 의도를 간파했을 것이다. 즉 아버지가 이곳에 온 본래 목적이 클레이 대리석 회사의 장부와 서류 들을 조사해서 자신의 부정 거래를 파헤치기 위한 것이었음을 알고 있을 것이다. 또한 자신이 클레이 씨에게 상원의원 후보로 나설 것을 제안하면 클레이 씨는 거절할 터이지만 아버지가 클레이 씨에게 수락하라고 권유할 것임을 알고 있었을 것이다. 나의 이런 추측들은 어쩌면 너무 지나친 것일지도 모른다. 하지만 아버지가 내게 들려준 바에 따르면, 우리가 이곳에 모습을 드러낸 이후로 클레이 대리석 회사와 포셋 박사 사이에 감돌던 기묘한 부정의 낌새가 싹 가셨다고 했다. 그것은 바로 포셋 박사가 아버지의 의도를 간파했기 때문일 것이다. 그런 포셋 박사가 엘리후 클레이 씨를 자신들 일당이 내세우는 상원의원 입후보자로 삼고자 한다는 것은 정직한 시민인 그의 명예를 더럽히려는 수작일 뿐만 아니라, 나아가 그를 자신들의 부정한 음모에 말려들게 함으로써 앞서 자신이 저지른 부정행위에 대해서도 영구히 그의 입을 막으려는 속셈이라고 볼 수 있었다.

하지만 나의 이런 추측들이 확실한 근거를 가진 것도 아니었고, 아버지야

말로 그러한 사실들을 가장 잘 알고 있을 터였으므로 나는 아무런 의견도 내세우지 않았다.

클레이 씨가 집 안으로 들어가려고 베란다의 의자에서 일어나자 제레미가 소리쳤다.

"포셋 박사가 그걸 모를 인물이 아니라는 걸 아셔야 합니다! 경감님, 그건 대단히 위험한 조언입니다."

"제레미!"

클레이 씨가 엄한 어조로 주의를 주었다.

"죄송합니다, 아버지. 하지만 할 말은 해야겠습니다. 아버지께서 그자의 제안을 받아들이신다면 나중에 아버지의 명예에 오점을 남기게 될 건 불을 보듯 뻔합니다."

"어쨌든 이건 내가 결정할 문제가 아니냐?"

"좋습니다. 그렇게 하십시오."

제레미는 자리에서 벌떡 일어나서 거칠게 말을 이었다.

"하지만 나중에 가서 저더러 왜 그때 말리지 않았느냐고 원망하진 마십시오."

제레미는 무뚝뚝하게 취침 인사를 덧붙이고선 집 안으로 들어가버렸다.

다음 날 아침 식사 때 내 접시 위에는 쪽지가 한 장 놓여 있었다. 제레미가 아침 일찍 일터로 나가면서 내게 남긴 메모였다. 씁쓸한 투로 적어놓은 그 메모의 내용은 이제부터 아버지는 정치를 하느라 바빠질 테니 자신이 대신 회사 일을 꾸려나가야 할 것 같아 일찍 일터로 나간다는 것이었다. 불쌍한 제레미! 그는 저녁때 일터에서 돌아왔으나 내내 말이 없었고 시무룩한 표정을 짓고 있었다. 그리고 그 후로도 여러 날 동안, 쾌활한 얘기 상대가 절실히 필요한 내게도 전혀 무의미한 존재일 뿐이었다. 나는 시인들이 흔히 "그것을 잃으면 곧 청춘의 종말"이라고 노래하는 아가씨다운 신선한 얼굴빛을 잃어가고 있었다. 나는 혹시 흰 머리칼이라도 생기는 게 아닐까 걱정이 되어 거울 앞에서 살펴보기까지 했다. 그리고 약간 희끗희끗해진 머리칼 한 올을 발견하고는 침대에 몸을 내던진 채 아론 다우도, 제레미도, 리즈 시도, 미국도 몰랐더라면 얼마나 좋았을까 하고 생각했다.

아론 다우의 재판과 판결의 결과는 우리의 신변에 직접적으로 영향을 미쳤다. 그동안 우리는 카마이클과 계속 연락을 취해왔고, 그로부터 포셋 박사에 관한 유용한 자료를 제공받고 있었다. 그런데 이 연방 수사관이 지나치게 깊이 파고든 탓인지, 아니면 포셋 박사가 날카로운 관찰력으로 그의 정체를 알아챈 탓인지, 혹은 법정에서의 그의 증언이 포셋 박사에게 의혹을 불러일으킨 탓인지, 또 어쩌면 그러한 세 가지 원인이 겹친 탓인지는 모르겠지만, 아무튼 카마이클은 갑작스레 해고당하고 말았다. 포셋 박사로부터 해고 사유에 대한 설명조차 듣지 못한 채 쫓겨난 카마이클은 어느 날 아침, 가방을 들고 씁쓸한 얼굴로 클레이 씨 댁에 나타나 이제 워싱턴으로 돌아가는 참이라고 우리에게 알려주었다.

그는 불만스레 이야기했다.

"아직 절반밖에 임무를 완수하지 못했는데 말입니다. 앞으로 몇 주일만 더 있으면 그들 일당의 비리를 죄다 밝힐 수 있는 충분한 증거를 입수하게 될 텐데 이렇게 되고 말았습니다. 지금으로선 불충분한 서류상의 증거로 소송을 제기하는 수밖에 없게 되었습니다. 그렇긴 하지만 은행 거래에 관한 귀중한 자료며 없애버린 영수증의 선명한 사본, 당신의 팔만큼이나 긴 가명 예금자 명단을 확보했습니다."

헤어질 때 카마이클은 그러한 자료를 워싱턴의 상사에게 제출하기만 하면 곧바로 연방 정부는 틸덴 카운티의 정치 깡패 일당을 처벌하기 위해 필요한 법적 조치를 이행할 것이라고 장담했지만, 아버지와 나는 포셋 박사가 현재로썬 우리보다 유리한 위치에 있음을 느낄 수밖에 없었다. 적의 소굴에서 우리의 첩보원이 밀려남으로써 이른바 정보의 공급원도 당연히 끊어지게 된 것이었다.

나는 더할 나위 없이 우울한 기분으로 이 애석한 사태를 곰곰이 되짚어보았다. 아버지는 아버지대로 기분이 좋지 않았다. 엘리후 클레이 씨는 선거 운동으로 매우 바빴으며, 제레미는 목숨이 달아나건 불구가 되건 상관할 바 아니라는 듯이 아버지의 채석장에서 미친 듯이 발파 작업을 행했다. 바로 그런 무렵에 그 생각이 내 머리에 문득 떠올랐다. 즉 누군가가 카마이클의 역할을 대신해야만 하는 것이다. 그걸 내가 하면 되지 않을까?

생각할수록 그럴듯한 착상이었다. 포셋 박사는 리즈 시에서의 아버지의 본래 임무를 알고 있음이 분명하다. 하지만 그가 여자를 밝힌다는 점과 나의 청순한 외모를 잘만 이용하면 이제까지 많은 악당들이 여자의 유혹에 걸려들었듯이 그 역시 나의 유혹에 걸려들 것이다.

그래서 나는 아버지의 눈을 피해 그 턱수염 난 악당과 가까워지려고 애썼다. 내가 취할 첫 번째 행동은 마치 우연인 듯이 자연스레 그와 거리에서 마주치는 일이었다.

"아니, 섬 양 아니십니까!"

그는 반갑게 소리치며 마치 미술품이라도 감상하는 듯한 눈길로 나를 이모저모 훑어보았다. 물론 나는 이때를 대비해서 그 어느 때보다도 몸치장에 신경을 써서 나의 외모가 한껏 돋보이도록 해놓았다.

"이렇게 만나다니 정말 놀랍고 반갑습니다. 전부터 꼭 한번 찾아뵈려고 생각하고 있었습니다만."

"어머! 정말이세요?"

나는 장난스레 물었다.

"물론입니다. 그런데 제가 좀 게을렀나 봅니다."

그는 미소를 떠올리며 혀끝으로 입술을 핥고는 말을 이었다.

"하지만 이 기회에 그 보상을 해드리죠. 자, 제가 점심을 대접할 테니 같이 가도록 합시다, 섬 양."

나는 짐짓 수줍어하는 듯한 태도를 취했다.

"어머! 상당히 강압적이시로군요, 포셋 박사님."

그는 눈을 빛내며 턱수염을 매만졌다.

"그래요. 나는 당신이 상상하는 것보다도 훨씬 더 강압적인 사람이죠."

그는 낮고도 아주 친근한 목소리로 속삭이며 내 팔을 부드럽게 쥐었다.

"자, 어서 제 차에 오르시지요."

그래서 나는 할 수 없다는 듯이 한숨을 내쉬고는 차문으로 다가갔고, 그는 내가 차에 오르는 것을 거들었다. 그런 뒤 그도 서둘러 차에 올라타며 험상궂은 운전사 루이스에게 눈을 찡긋해 보였다. 우리가 도착한 곳은 몇 주일 전에 아버지와 내가 카마이클을 만났던 바로 그 로드 하우스였다. 지배인은 나를 잊지 않았는지 야릇한 미소를 떠올리며 우리를 어느 객실로 안내했다.

빅토리아 시대가 배경인 소설 속의 여주인공처럼 정조를 지키기 위해 싸워야 할 것을 각오하고 있었던 나는 그럴 필요가 없게 되자 안심이 되는 한편으로 가벼운 실망감마저 맛봐야 했다. 포셋 박사는 뜻밖에도 처음부터 끝까지 예의를 다해서 나를 대했던 것이다. 그는 나를 젊고 신선한 먹잇감으로 보는 게 분명했지만, 그렇다고 너무 성급히 달려들어 사냥을 망치고 싶진 않은 모양이었다. 그는 나를 위해 고급 포도주를 곁들인 근사한 점심을 주문하며 식탁 너머로 잠깐 내 손을 잡았을 뿐, 무례한 말을 입에 담는 법도 없이 식사를 마치자 자신의 차로 나를 집까지 바래다주었다.

나는 마치 바람난 아가씨처럼 상대가 접근해 오길 초조하게 기다렸다. 내가 그의 호색가다운 점을 잘못 본 것은 아니었다. 과연 그로부터 며칠 후인 어느 날 밤, 그는 내게 전화를 걸어와 함께 연극을 보러 가지 않겠느냐며 제의했다. 시내에 있는 어느 극장에서 〈칸디다〉를 공연하는 모양인데 그는 아마도 내가 그걸 보고 싶어 할 거라고 생각한 듯했다. 나는 〈칸디다〉를 대여섯 번이나 보았는데, 아마도 대서양 이쪽이든 저쪽이든 여자를 유혹하려는 남자들은 이 버나드 쇼의 연극을 보는 것을 정사의 프롤로그쯤으로 생각하는 모양이었다. 나는 한껏 달콤한 목소리로 전화 저편의 상대에게 말했다.

"어머, 박사님, 그렇지 않아도 그 연극을 꼭 한번 보고 싶었어요. 아주 대담한 연극이라고 들었어요!" (사실이지 이 말은 실없는 소리였다. 왜냐하면 그 연극은 요즘 연극에 비하면 아주 점잖은 편이었기 때문이다.)

그는 기분이 좋은 듯 껄껄 웃더니 다음 날 저녁에 나를 데리러 오겠다고 약속했다.

연극은 그런 대로 훌륭했고 동반자의 태도도 나무랄 데 없었다. 연극이 끝난 뒤 우리는 리즈 시의 권력층 부부들이 개최하는 파티에 참석했다. 그곳 여자들은 모두 보석으로 온통 몸을 휘감고 있었고 남자들은 한결같이 축 처진 붉은 뺨과 정치가 특유의 지쳐 보이면서도 교활한 눈빛을 하고 있었다. 파티장에서도 포셋 박사는 그림자처럼 내 곁에 붙어 다녔다. 그리고 어느 정도 시간이 흐르자, 모두 함께 자기 집으로 가서 칵테일을 들자고 아무렇지도 않은 투로 제의했다. 드디어 시작이로군, 하고 나는 생각했다.

"제가 가도 괜찮은 걸까요? 아무래도 저는 좀……."

나는 난처한 표정을 지어 보이며 말했다.

포셋 박사는 유쾌하게 웃었다.

"괜찮고말고요! 당신 아버님께서도 절대로 반대할 리 없을 겁니다, 섬 양."

나는 할 수 없다는 듯 한숨을 내쉬며 뭔가 대단히 나쁜 짓을 저지르려는 어리석은 여학생 같은 태도로 그 제의를 받아들였다.

그런데 그날 밤 위험한 일이 전혀 없었던 것은 아니었다. 파티장에서 함께 떠났던 사람들은 아주 편리하게도 도중에서 하나둘 사라져버렸다. 그래서 결국 포셋 박사의 커다랗고 음침한 저택에 도착했을 때에는 기적처럼 포셋 박사와 나, 두 사람만이 남게 되었다. 그가 나를 위해 현관문을 열어주었고, 나는 어쩔 수 없는 두려움을 느끼며 지난번에 왔을 때 시체를 보았던 그 집 안으로 들어갔다. 나는 뒤따라 들어오는 살아 있는 사람보다도 앞에서 기다리고 있을 것만 같은 죽은 자가 더 무서웠다. 죽은 상원의원의 서재 앞을 지나면서 가구의 위치가 완전히 바뀌어 있는 것과 사건 당시의 흔적이 모두 사라진 것을 보고서야 나는 안도의 한숨을 내쉬었다.

하지만 나의 이 방문은 포셋 박사를 안심시키고 그의 욕정을 자극한 것 외에는 아무런 성과도 없었다. 그는 꽤 강하게 배합된 칵테일을 열심히 내게 권했다. 하지만 나는 음주가 필수 과목 같았던 대학 시절을 보낸 바 있으므로, 일부러 술에 취한 척했음에도 불구하고 그는 나의 주량에 놀라는 듯했다. 시간이 흐름에 따라 그는 이제까지 보였던 신사적인 태도를 버리고 본색을 드러냈다. 그는 나를 긴 의자로 끌고 가 앉히고는 능숙한 솜씨로 구애하기 시작했다. 그의 요구를 물리치면서도 본래의 목적을 들키지 않기 위해 나는 무용가와 같은 날렵함과 드루리 레인 씨와 같은 연기력을 발휘해야만 했다. 나는 그의 집요한 포옹으로부터 참으로 힘겹게 벗어날 수 있었는데, 그의 구애를 거부하면서도 나에 대한 그의 관심이 계속 유지되게 만든 것은 정말이지 자랑할 만한 일이었다. 그는 기꺼이 다음 기회를 기대하는 듯했다. 아마도 그의 쾌락의 반쯤은 그런 기대감으로부터 생겨나는 건지도 모르겠다는 생각조차 들 정도였다.

이런 식으로 나는 그의 '성벽'을 허물면서 '돌격 부대'를 전진시켜 나갔다. 내가 포셋 박사의 저택으로 찾아가는 횟수는 그의 구애의 강도에 정비례하여 잦아졌다. 이러한 위험한 생활은 아론 다우가 알곤킨 교도소에 재수감된 뒤로 약 한 달쯤 계속되었다. 이 위험한 기간 동안 나를 더욱 괴롭게 만든 것은 아버지의 미심쩍어하는 질문과 내가 자기 것인 양 짜증 내는 제레미의 독점욕이었다. 특히 제레미는 상당한 골칫거리였다. 시내에 사는 누군가와 친하게 지내는 사이가 되었다는 나의 설명에도 아랑곳없이 그는 내 뒤를 미행했다. 나는 그의 미행을 떨쳐버리기 위해 물속의 뱀장어처럼 요리조리 피해 다녀야만 했다.

마침내 기대해왔던 일이 일어난 것은 수요일 밤이었다고 기억한다. 나는 약속 시간보다 조금 일찍 포셋 박사의 저택을 방문했다. 내가 1층에 있는 진료실 바로 옆방인 박사의 연구실로 들어갔을 때, 그는 책상 위에 놓인 무언가 기묘한 물건을 들여다보는 중이었다. 그는 고개를 들어 나를 보고선 뭐라고 낮게 중얼대며 미소 짓더니 황급히 그 물건을 책상 맨 위 서랍에 집어넣었다. 나는 아무렇지도 않은 듯이 행동하기 위해 필사적으로 노력해야만 했다. 그가 들여다보고 있었던 그 물건은…… 나는 내 두 눈을 믿을 수 없었다! 하지만 나는 그것을 똑똑히 보았다. 그렇다면 마침내 올 것이 온 것이다. 믿어지지 않지만 마침내 올 것이 온 것이다.

그날 밤 그 저택에서 나왔을 때 나는 흥분으로 온몸이 떨렸다. 그도 그날따라 마지못해 구애하는 듯했기에 나는 그의 요구를 거절하기 위해 여느 때처럼 애를 먹지 않아도 되었다. 어째서였을까? 그 이유는 그의 마음이 책상 맨 위 서랍 속에 든 그 물건 생각으로 가득 차 있었기 때문일 것이다.

나는 자동차가 대기하고 있는 곳으로 가지 않고 포셋 박사의 연구실 창 쪽을 목표로 하고는 저택 옆으로 슬그머니 발길을 돌렸다. 이제까지 나는 여러 차례 이 저택을 드나들었지만 번번이 목적을 달성하지 못했다. 물론 그 목적이란 포셋 박사를 파멸시킬 만한 증거 서류를 손에 넣는 일이었다. 하지만 이번에야말로 이제껏 내가 기대해온 것보다도 훨씬 더 큰 성과를 거둘 수 있는 기회라고 나는 확신했다. 이번에는 서류가 아니었다. 그러나 이것은 서류보다도 훨씬 중요한 것이기에 나는 숨이 다 막힐 지경이었다. 가슴이 너무나 세차게 뛰는 탓에 심장의 고동 소리가 벽 너머에 있는 포셋 박사에게까지 들리는 게 아닐까 하고 걱정이 될 정도였다.

옷자락을 무릎 위까지 걷어 올린 뒤, 나는 질긴 담쟁이덩굴을 타고 연구실 안이 보일 만한 위치까지 올라갔다. 다행히도 달이 없는 밤이어서 나는 속으로 하느님께 감사했다. 연구실 창 너머로 포셋 박사가 책상 앞에 앉아 있는 모습을 보았을 때 나는 만세라도 부르고 싶었다. 과연 내가 예상했던 대로였다! 그는 내가 사라지자마자 곧바로 그 서랍 속의 물건을 다시 보기 위해 책상 앞에 앉았던 것이다.

책상 앞에 앉은 포셋 박사는 험악하게 얼굴을 찌푸리고 뾰족한 턱수염을 위협적으로 앞으로 내민 채 마치 당장에라도 그 물건을 으깨버릴 듯이 힘껏 손아귀에 움켜쥐고 있었다. 그런데 저게 뭐지? 편지? 아니, 뭔가가 적혀 있는 종이쪽지이다! 그것은 그가 마주하고 있는 책상 한편에 놓여 있었다. 그는 거칠게 그걸 집어 들고 읽으면서 극도로 험상궂은 표정을 지었다. 그 표정이 너무나 끔찍했기 때문에 나는 그만 놀라서 담쟁이덩굴 위에서 균형을 잃고 말았다. 이어서 나는 죽은 사람조차도 깨울 수 있을 만큼 요란한 소리를 내며 땅에 깔린 자갈 위로 떨어졌다.

포셋 박사는 실로 번개처럼 재빨리 의자에서 일어나 창가로 달려왔음이 분명했다. 자갈 위에 주저앉은 다음 내가 맨 먼저 보게 된 것이 바로 창가에서 나를 내려다보고 있는 그의 모습이었으니 말이다. 나는 너무나도 무서워 꼼짝도 할 수가 없었다. 그의 얼굴은 내 주위를 둘러싸고 있는 달빛 없는 밤처럼 어두웠다. 그는 입을 일그러뜨리며 창문을 열어젖혔다. 공포가 나에게 기운을 북돋워주었다. 나는 벌떡 일어나 바람처럼 오솔길을 달려 나갔다. 그 또한 창에서 뛰어내려 내 뒤를 쫓아오는 소리가 둔탁하게 들려왔다.

“루이스! 저 여자를 잡아, 루이스!”

그가 외치자 어둠 속에서 그의 운전사가 나타나 히죽거리며 고릴라 같은 두 팔을 뻗었다. 내가 반쯤 정신을 잃고 비틀거리며 그의 양팔 사이로 쓰러지자 그는 재빨리 우악스러운 손길로 나를 꽉 붙잡았다. 포셋 박사가 숨을 헐떡이며 달려와 내가 비명을 지를 만큼 힘껏 내 팔을 움켜잡았다.

“그러니까 결국은 너도 첩자였군!”

그는 스스로를 납득시키려는 듯이 내 얼굴을 뚫어지게 바라보며 낮게 말을 이었다.

“나를 속이려 들었군. 이 건방진 계집애…….”

이어서 그는 운전사를 보며 짧게 명령했다.

“저리 가 있어, 루이스.”

"알겠습니다, 포셋 박사님."

운전사는 여전히 히죽거리며 어둠 속으로 사라졌다.

나는 공포로 온몸이 얼어붙는 것 같았다. 포셋 박사의 손아귀에 잡힌 채 한껏 움츠러든 나는 정신이 아득해지며 구토증을 느꼈다. 그는 나를 거칠게 흔들어대며 더러운 욕설을 마구 퍼부었다. 나는 언뜻 그의 두 눈을 보았다. 그의 두 눈은 격심한 분노로 활활 불타오르고 있었는데, 격정적인 두 눈은 살인자의 그것이었다…….

그다음에는 일이 어떻게 진행되었는지 정확히 기억이 나지 않는다. 내가 몸부림친 끝에 그의 손아귀에서 벗어날 수 있었는지, 아니면 그가 자발적으로 나를 놓아주었는지는 알 수가 없다. 어쨌든 그 후에 정신을 차리고 보니 나는 야회복 자락을 질질 끌며 어두운 밤길을 비틀거리며 걸어가고 있었다. 포셋 박사의 손아귀에 붙잡혔던 자리는 마치 불에라도 데인 듯한 통증이 느껴졌다.

한참 후에 나는 멈춰 서서 거무스름한 고목 둥치에 몸을 기대고 화끈거리는 얼굴을 지나가는 바람결에 식혔다. 그러자 문득 치욕과 안도감이 뒤범벅된 쓰디쓴 눈물이 흘러나왔다. 그 순간 아버지가 견딜 수 없이 그리웠다. 탐정 일 따윈 생각도 하기 싫었다! 나는 두 뺨에 흐르는 눈물을 닦고 코를 훌쩍였다. 그래, 나는 난롯가에 앉아 얌전히 뜨개질이나 하고 있어야 했어……. 그때 자동차 한 대가 내 쪽을 향해 천천히 다가오는 소리가 들렸다.

나는 숨을 죽이며 나무 뒤로 몸을 숨겼다. 다시금 온몸이 공포로 굳어졌다. 포셋 박사가 눈을 번득이며 나를 뒤쫓아 온 것일까? 자동차가 길모퉁이를 돌면서 헤드라이트가 내 시야로 들어왔다. 운전자가 뭔가를 망설이는 듯 차는 아주 천천히 다가오고 있었다……. 그런 뒤, 나는 발작적인 웃음을 터뜨리고 미친 여자처럼 두 팔을 한껏 흔들면서 앞으로 뛰쳐나갔다.

"제레미! 오오, 제레미! 나 여기 있어요!"

그 순간만큼은 충실한 젊은 애인이 있다는 것을 신에게 감사하지 않을 수 없었다. 제레미는 자동차에서 뛰어내려 나를 힘껏 끌어안았다. 나는 그의 친근한 얼굴을 다시 대할 수 있게 된 것이 너무나도 기뻤다. 그래서 나는 그가 내게 입을 맞추는 데도 그냥 가만히 내버려두었다. 그는 내 눈물을 닦아주고 거의 안다시피 해서 나를 차로 데려가 운전석 옆에 앉혔다.

그 역시 몹시 충격을 받은 탓인지 아무것도 물으려고 하지 않았으므로 나로서는 이 또한 고마운 일이었다. 아마도 그날 밤 그는 나를 미행하고서 내가 포셋 박사의 저택으로 들어가는 것을 보고는 내가 나올 때까지 줄곧 길에서 기다렸을 것이다. 그는 정원 쪽에서 어렴풋이 들려오는 소동 소리를 듣고 부리나케 달려가 보았더니 이미 내 모습은 보이지 않고 포셋 박사는 집 안으로 돌아가는 중이었다고 했다.

"그래서 어떻게 했나요, 제레미?"

나는 그의 건장한 어깨에 기댄 채 몸을 떨며 물었다.

그는 오른손을 핸들에서 떼어 입에 갖다 대며 아픈 듯이 얼굴을 찡그렸다.

"한 방 먹여줬지."

그는 담담하게 말을 이었다.

"그러자 운전사 녀석이 달려오더군. 그래서 한바탕 치렀지. 그것뿐이야. 내가 운이 좋았던 거지. 마치 짐승 같은 녀석이었으니까."

"당신이 그자를 쓰러뜨렸단 말인가요?"

"별것 아니었어. 유리 턱이었으니까."

이어서 그는 나를 처음 발견했을 때의 흥분에서 벗어난 듯 평소의 모습으로 되돌아가 묵묵히 운전에만 몰두했다.

"제레미……."

"왜?"

"어떻게 된 일인지 궁금하지 않나요?"

"누가…… 내가? 내가 그렇게 보이나? 패티, 당신이 포셋 같은 녀석하고 어울리다 혼이 나건 말건 그건 당신이 알아서 할 일이야. 이번에는 내가 어리석어서 말려들었을 뿐이지. 하지만 이런 경험은 이번 한 번만으로도 충분하다고!"

"당신 정말 멋진 남자로군요."

그는 아무런 대꾸도 하지 않았다. 나도 한숨을 쉬고 도로를 응시하고는 그에게 언덕 위에 있는 뮤어 신부 댁으로 차를 몰아달라고 부탁했다. 나는 문득 경륜 있는 연장자의 조언이 필요하다는 생각이 들었고, 아울러 친절하고 통찰력 깊은 드루리 레인 씨의 얼굴이 보고 싶었다. 내가 목격한 것에 그 또한 깊은 흥미를 느낄 것이다. 아니, 바로 이런 일을 기대하고서 그는 이제껏 리즈 시에 머물러 있었음이 분명했다.

제레미가 작은 정문과 장미꽃이 만발한 돌담 앞에 차를 세웠을 때, 뮤어 신부 댁은 불빛 한 점 없이 어두웠다.

"이거, 아무도 없는 모양인데."

제레미가 가볍게 투덜거렸다.

"어쨌든 확인이라도 해봐야겠어요."

나는 지친 몸으로 차에서 내린 다음 현관으로 가서 초인종을 눌렀다. 그러자 뜻밖에도 집 안에서 불이 켜지더니 키 작은 노부인이 희끗한 머리를 내밀었다.

"어서 오세요, 아가씨. 뮤어 신부님을 뵈러 오셨나요?"

그녀가 말했다.

"꼭 그런 것만은 아니에요. 저어, 드루리 레인 씨는 안 계신가요?"

"안 계시는데요, 아가씨."

그녀는 어두운 표정을 지으며 나직이 말을 이었다.

"레인 씨와 신부님은 지금 교도소에 계신답니다, 아가씨. 나는 크로셋이라고 해요. 이런 일이 있을 때마다 신부님 댁에 와서 집안일을 돌봐드리고 있어요. 아니면 신부님께서 부담스러워 하시니까요."

"교도소라고요! 이렇게 늦은 시각에요? 무엇 때문이죠?"

내가 외쳤다.

노부인은 한숨을 쉬었다.

"오늘 밤에는 교도소 안에 있는 '죽음의 집'에서 사형 집행이 있어요, 아가씨. 사형수는 뉴욕의 갱이라더군요. 이름이 스칼지라고 하던가, 아무튼 뭐 그런 외국 이름이었어요. 그래서 뮤어 신부님은 최후의 의식을 베풀어주러 가신 거랍니다. 레인 씨는 입회인 자격으로 함께 가신 거고요. 레인 씨가 사형 집행을 꼭 한번 보고 싶다고 하셔서 매그너스 소장님이 특별히 초대해주셨다더군요."

"그렇군요."

나는 어떻게 할까 망설이다가 물었다.

"저어, 안에 들어가서 기다려도 될까요?"

"당신이 섬 양이신가요?"

"네, 그래요."

노부인의 주름진 얼굴이 밝아졌다.

"그렇다면 들어오세요, 섬 양. 그리고 함께 오신 저쪽의 신사분도요."

그녀가 목소리를 낮추었다.

"사형 집행은 언제나 밤 11시에 이루어지죠. 그래서 나도 그 시각이 되면 혼자 있기가 왠지 꺼림칙해요."

그녀는 멋쩍은 미소를 지으며 덧붙였다.

"교도소에서는 끔찍할 정도로 시간을 엄격히 지킨답니다."

상대가 아무리 악의 없이 하는 말일지라도 나는 사형 집행에 관한 얘기 따위를 들을 기분이 결코 아니어서 제레미를 불러 함께 뮤어 신부의 작고 아담한 거실로 들어갔다. 크로셋 부인은 우리와 얘기를 나누고 싶어 두세 번 말을 걸어왔지만 효과가 없자 체념했는지 우리를 남겨두고 거실에서 나갔다. 제레미는 우울한 얼굴로 활활 타는 난롯불만 바라보고 있었고, 나 또한 우울하게 그런 제레미를 바라보고 있었다.

그렇게 삼십 분쯤 시간이 흘렀을 때, 현관문이 닫히는 소리가 들리더니 잠시 후에 뮤어 신부가 레인 씨와 함께 비틀거리며 거실로 들어섰다. 노신부의 얼굴은 고통스레 일그러져 있었는데, 핏기가 가셔 있었고 진땀으로 번들거렸다. 그의 작고 통통한 양손은 여느 때와 마찬가지로 반짝거리는 새 기도서를 꼭 쥐고 있었다. 레인 씨는 마치 지옥이라도 엿보고 온 사람처럼 두 눈이 멍해져 있었다. 뮤어 신부는 말없이 우리에게 고개를 끄덕여 보이며 팔걸이의자에 몸을 파묻었고, 레인 씨는 방을 가로질러 와서 내 손을 잡았다.

"안녕하시오, 제레미 클레이 씨……. 그리고 페이션스 섬 양……. 그런데 무슨 일로 여기까지 오셨습니까?"

그는 낮고 긴장된 목소리로 말했다.

"레인 선생님, 선생님께 알려드릴 아주 놀라운 소식이 있어요!"

나는 외치듯 말했다.

레인 씨는 입술을 약간 일그러뜨리며 우울한 미소를 지었다.

"놀라운 소식이라고요? 설마 방금 내가 보고 온 것보다 더 놀라울까요? 나는 방금 한 인간의 죽음을 목격하고 왔답니다. 죽음을 말입니다! 그 죽음이 얼마나 간단하고, 얼마나 잔혹하고, 얼마나 무참하게 행해졌는지 도저히 믿을 수 없을 정도였답니다."

그는 몸을 떨더니 심호흡을 하고 나서 내 옆에 있는 팔걸이의자에 앉았다.

"그런데 그 놀라운 소식이란 대체 뭡니까, 페이션스 양?"

나는 마치 구명대에라도 매달리듯 그의 손을 꼭 잡았다.

"포셋 박사가 그 작은 나무 상자의 또 다른 한 토막을 받았습니다!"

## 13:
## 어떤 남자의 죽음

그 후 몇 주일이 지난 다음에야 나는 그날 밤에 사형을 당한 남자에 대해 들었다. 그 남자는 물론 나와도 아무런 상관이 없었고 다우 사건에 관련된 다른 누구와도 전혀 상관이 없었다. 즉 다우와도, 포셋 형제와도, 패니 카이저와도 전혀 관계가 없는 남자였다. 그럼에도 불구하고, 일생을 무의미하게 살다가 비참하게 죽어간 그 남자의 죽음은 결과적으로 다우와 포셋 형제 그리고 패니 카이저뿐만 아니라 다른 사람들에게도 영향을 미치게 되었던 것이다. 그대로 어둠 속에 영원히 파묻힐 뻔했던 어떤 문제가 그의 죽음으로 인해 명백해졌기 때문이다.

레인 씨가 내게 얘기해준 바에 따르면, 뮤어 신부 댁에 머물며 무슨 일인가가 일어나기만을 지루하게 기다리고 있을 때 그는 스칼지라는 남자의 사형 집행일이 다가왔다는 소문을 듣게 되었다고 한다. 스칼지는 폭력으로 한평생을 보낸 악당이라 그의 죽음이 세상 사람들에게는 오히려 도움이 될 그런 남자였다. 그 소문을 들은 레인 씨는 그동안 몹시 무료하기도 했고, 그자와는 반대로 평화로운 일생을 보내온 사람으로서 궁금하기도 해서 사형 집행일 전 주부터 매그너스 교도소장에게 자신이 사형 집행 현장에 입회할 수 있도록 해달라고 부탁했다고 한다.

그때 교도소장과 레인 씨는 전기의자에 의한 사형에 대해서 얘기를 나누게 되었다. 레인 씨는 그 방면에 관해서는 문외한이었다.

교도소장이 설명했다.

"교도소 안의 규율은 언제나 엄하기 마련입니다. 그렇지 않으면 제대로 운영을 해나갈 수가 없기 때문이죠. 더욱이 사형 집행일이 다가올 때는 가혹할 정도로 엄해집니다. 물론 사형수의 방은 격리되어 있지만 지하 정보망을 통해 소문은 상상외로 빨리 퍼지게 됩니다. 그리고 당연한 일입니다만, 재소자들은 흔히 '죽음의 집'이라 불리는 처형실에서 일어나는 모든 일에 신경을 곤두세우죠. 그 결과, 사형 집행을 앞두면 짧은 기간이긴 하지만 교도소 전체가 심한 히스테리 상태에 빠지게 됩니다. 그래서 우리는 전기의자에 의한 사형 집행이 예정되면 특별히 교도소 내의 단속을 강화해야만 합니다. 그 기간 중에는 무슨 일이 일어날지 알 수가 없으므로 우리로서는 최대한 주의를 기울일 수밖에 없는 것입니다."

"듣고 보니 당신의 직업이 하나도 부럽지 않군요."

"물론이죠."

매그너스 교도소장은 한숨을 내쉬며 말을 이었다.

"아무튼 저는 늘 같은 교도관들이 사형 집행을 담당하도록 규정해놓았습니다. 물론 그 교도관들 중 누군가가 병이 나거나 어쩔 수 없는 이유로 출근을 못 하게 되면 다른 교도관으로 교체하지요. 하지만 다행히 아직까지는 그럴 필요가 없었습니다."

"반드시 그래야만 하는 이유라도 있습니까?"

레인 씨가 궁금해서 물었다.

"그렇습니다."

교도소장은 냉정한 어조로 말을 이었다.

"사형 집행을 할 때에는 아무래도 사형 집행에 익숙한 경험자라야 마음이 놓이기 때문입니다. 도무지 무슨 일이 일어날지 알 수가 없으니까요. 그래서 저는 정규 야간 근무자 중에서 선발한 교도관 일곱 명에게 언제나 그 끔찍한 임무를 맡기고 있습니다. 그리고 교도소 소속 의사들도 마찬가지인 셈입니다."

교도소장은 다소 자랑스러운 목소리로 계속 말했다.

"그리고 사실, 제 입으로 얘기하기는 좀 뭣합니다만, 저는 이러한 사형 집행에 관한 업무가 아주 과학적으로 행해질 수 있게끔 만들어놓았습니다. 우리 교도소에서는 이제껏 한 번도 문제가 일어났던 적이 없습니다. 신중하게 선발된 교도관들이 사형을 집행하기 때문이죠. 그리고 교도관들의 규율도 아주 엄하니까요. 한 가지 예로, 이곳에서는 주간 근무자를 야간에 근무하게 하는 일은 결코 없습니다. 사형 집행 업무를 담당하는 교도관들은 각자가 맡은 일이 항상 정해져 있을 뿐만 아니라, 비상사태가 일어날 경우에도 각자가 어떻게 대처해야 하는지를 모두가 잘 알고 있답니다."

교도소장은 레인 씨를 날카롭게 바라보았다.

"스칼지의 사형 집행 현장에 꼭 입회하시고 싶으십니까?"

레인 씨가 고개를 끄덕였다.

"진심이신가요? 하지만 이건 기분 좋은 일이 아닙니다. 게다가 스칼지는 웃으며 죽음을 맞이할 녀석도 아니고요."

"어쨌든 경험이야 될 테지요."

레인 씨가 말했다.

"물론 그렇긴 하겠지요."

교도소장은 다시 냉정한 어조로 말을 이었다.

"꼭 그러시다면 좋습니다. 교도소장인 저는 법에 따라 교도소와는 특별한 관련이 없는 성인으로 열두 명의 명예로운 시민들을 사형 집행 현장의 입회인으로 참석시킬 수가 있습니다. 그런 경험을 꼭 하고 싶으시다면 당신을 그 현장의 입회인으로 받아들이겠습니다. 하지만 끔찍스러운 경험이 될 것입니다. 이건 결코 빈말로 하는 얘기가 아닙니다."

"정말 끔찍하답니다, 레인 씨. 저는 이제까지 헤아릴 수 없을 정도로 여러 번 사형 집행 현장에 입회했습니다만, 아직도 그 비인간적인 행위에는 몸서리가 처진답니다."

뮤어 신부도 염려가 되는 듯이 맞장구쳤다.

매그너스 교도소장이 어깨를 으쓱했다.

"우리도 대부분 같은 심정입니다. 때로는 사형 제도가 과연 필요한 건지 의문이 생기기도 한답니다. 아무리 흉악한 인간의 목숨일지라도 어쨌든 남의 목숨을 빼앗는 일에 책임을 져야 한다는 것은 괴롭습니다."

"하지만 그건 당신이 책임질 문제가 아닙니다. 어디까지나 그 책임은 주 당국에 있습니다."

레인 씨가 지적했다.

"그렇긴 해도 제 신호에 따라 사형이 집행됩니다. 제 입장이 되면 문제가 달라진답니다. 예전에 제가 알고 지냈던 어느 주지사는 사형 집행일 밤에는 언제나 관저에서 달아나곤 했답니다. 태연히 있을 수가 없었기 때문이죠……. 아무튼 알겠습니다, 레인 씨. 당신이 입회할 수 있도록 조치를 취하겠습니다."

그와 같은 과정을 거쳐 레인 씨와 뮤어 신부는 내가 포셋 박사의 저택에서 큰 모험을 했던 수요일 밤에 교도소의 높다란 돌담 안에 있게 되었던 것이다. 뮤어 신부는 아침부터 교도소에서 사형수를 돌봐야 했으므로, 레인 씨는 밤 11시가 조금 못 되었을 때 혼자서 교도소에 들어갔다. 교도소에 도착하자 교도관 하나가 곧바로 그를 처형실, 즉 죽음의 집으로 안내했다. 그 죽음의 집은 건물에 둘러싸인 네모난 안뜰 한구석에 따로 지어진 낮고 길쭉한 석조 건물이었는데, 그곳은 교도소 속에 있는 또 하나의 교도소 같았다. 레인 씨는 그 건물의 기묘하고 섬뜩한 분위기에 긴장감을 느끼며 교회 의자 같은 긴 벤치 두 개와 전기의자가 놓여 있는 우중충하고 살풍경스러운 방, 즉 처형실로 들어섰다.

레인 씨의 시선이 곧바로 그 무겁고 딱딱하며 모나고 보기 흉하게 생긴 죽음의 장비에 고정된 것은 당연했다. 의외로 전기의자는 레인 씨가 생각했던 것보다 크지도 않았고 섬뜩한 느낌도 들지 않았다. 의자의 등받이와 팔걸이와 다리 부분에는 축 늘어진 가죽끈이 매달려 있었다. 그리고 의자 등받이 윗부분에는 풋볼 선수의 철제 헬멧을 떠올리게 하는 기묘한 장치가 딸려 있었다. 하지만 그때에는 그 모든 것들이 전혀 위험해 보이지 않았고, 또한 너무도 기묘해서 현실감을 느낄 수 없었을 정도였다.

레인 씨는 주위를 둘러보았다. 그는 딱딱한 두 개의 벤치 중 하나에 앉아 있었고 다른 열한 명의 입회인들도 이미 모두 자리를 잡고 앉아 있었다. 입회인들은 모두 나이가 지긋한 남자들이었는데, 한결같이 입을 굳게 다문 채 창백한 표정을 짓고 있었고 안절부절못했다. 그런데 두 번째 벤치에 앉아 있는 사람들 가운데 뜻밖에도 루퍼스 코튼이 끼어 있는 것을 보고 레인 씨는 깜짝 놀랐다. 그 작고 늙은 정치인은 밀랍처럼 창백한 표정으로 그 독특한 두 눈을 약간 찌푸린 채 지그시 전기의자 쪽을 바라보고 있었다. 약간 당혹스러워진 드루리 레인 씨는 벤치에 등을 기대며 다시 주위를 둘러보았다.

방 한쪽에 작은 문이 나 있었는데, 그것이 영안실로 통하는 문임을 레인 씨는 즉시 알 수 있었다. 주 정부 당국은 사형수가 되살아나는 일을 방지하기 위해 의사가 법적 사망을 선언하면 곧바로 영안실로 옮겨 시체를 해부함으로써 아무리 생명이 불꽃이 기적적으로 남아 있다고 할지라도 효과적으로 꺼버리는 것이다.

벤치 맞은편에 또 하나의 문이 있었다. 그것은 쇠못이 박힌 어두운 녹색의 작은 문이었다. 그 문이 바로 죽음을 선고받은 남자가 지상에서의 마지막 행로를 더듬을 복도와 통해 있음을 레인 씨는 알고 있었다.

그 문이 열리더니 남자들 한 무리가 굳은 표정으로 딱딱한 바닥에 발소리를 울리며 들어왔다. 그 가운데 검은 가방을 들고 있는 두 사람은 법이 정한 바에 따라 사형 집행 현장에 입회하여 사형수의 사망을 선언하는 교도소 소속 의사들이었다. 레인 씨가 나중에 알게 된 사실이지만, 수수한 옷차림을 한 또 다른 세 사람은 법정에서 선고된 사형이 제대로 집행되는지 확인하기 위해 참석한 법원의 관리들이었다. 그리고 푸른 제복을 입고 냉엄한 얼굴을 한 나머지 세 사람은 교도관들이었다……. 그때 비로소 레인 씨는 방 한쪽 구석이 움푹 들어가 있고 거기에 건장한 체격의 한 중년 남자가 서 있는 것을 알아차렸다. 그 남자는 그 움푹 들어간 곳에 있는 전기 장치를 매만지고 있었다. 그의 얼굴에는 아무런 표정도 떠올라 있지 않았다. 우둔하고 따분해 보이는 거의 백치 같은 얼굴이었다. 바로 그 사람이 사형 집행인이었다. 그 순간부터 레인 씨는 그 광경이 뜻하는 냉혹하기 그지없는 현실을 뚜렷이 깨달았다. 목의 근육이 긴장되어 거의 숨도 쉴 수 없을 정도였다. 그 방은 이제 더는 비현실적이지가 않았다. 그 방은 악마적인 양상을 띠며 불길하게 살아 숨 쉬고 있었다.

레인 씨는 흐릿한 눈으로 시계를 들여다보았다. 11시 6분이었다.

거의 동시에 모두가 갑자기 긴장했고, 방 안은 순식간에 숨 막힐 듯이 무거운 정적에 휩싸였다. 녹색의 문 저편에서 일정하게 발을 끄는 듯한 발소리가 들려와서 사람들의 신경을 곤두세웠다. 마침내 한 사람도 남김없이 벤치 끝을 잡으며 스프링처럼 몸을 한껏 앞으로 내밀었다. 이어서 그 발소리와 함께 등골이 오싹해질 정도로 기분 나쁜 소리가 들려왔다. 그것은 낮게 중얼거리는 소리와 함께 들리는 목쉰 울음소리였다. 그 소리를 뒤덮으려는 듯이 죽음의 방 바깥 복도에 늘어선 또 다른 죄수들의 동물적인 절규가 마치 밴시가족 중에 사망자가 생길 때에 이를 예고한다는 요정–옮긴이의 울부짖음처럼 희미하게 들려왔다. 그들은 지켜보고 있었던 것이다. 자신들의 동료 중 한 명이 영원으로 이어지는 마지막 길을 힘겹게 나아가고 있는 것을.

발소리가 아주 가까이 다가왔다. 이어서 문이 소리 없이 열렸고 방 안에 모여 있던 사람들은 일제히 그 일행을 보았다…….

매그너스 교도소장은 냉정하고 창백한 얼굴을 하고 있었다. 뮤어 신부는 반쯤 넋이 나간 듯한 모습으로 몸을 앞으로 구부리고 있었는데, 바깥 복도에서 들려오던 기도문을 계속 중얼거리고 있었다. 나머지 교도관들 네 명도 마저 들어왔다. 비로소 모든 사람이 방 안에 모이게 되었다. 문이 다시 닫혔다……. 잠시 동안 다른 사람들에 가려져서 보이지 않았던 그 남자의 모습이 드러나자마자 그를 에워쌌던 사람들은 순식간에 유령처럼 희미한 존재가 되고 말았다.

그는 마마 자국이 있는 거무스레하고 포악한 얼굴에 키가 크고 깡마른 남자였다. 그는 무릎을 조금 구부리고 있었고 두 교도관이 양쪽에서 그의 겨드랑이를 떠받치고 있었다. 남자의 핏기 없는 잿빛 입술 사이에 매달려 있는 담배에서는 연기가 피어오르고 있었다. 발에는 부드러운 슬리퍼를 신고 있었고 축 늘어진 오른쪽 바짓가랑이는 무릎 위까지 찢어져 있었다. 머리는 깎은 것 같았으나 수염은 그대로였다……. 그는 아무것도 보고 있지 않았다. 벤치에 앉아 있는 사람들을 수정 같은 눈으로 바라보았으나, 그 눈은 이미 죽은 자의 눈이었다. 교도관들은 그를 마치 인형처럼 다루었다. 끌어당기는가 하면 가볍게 밀어붙이기도 하고 낮은 목소리로 명령하기도 하며…….

믿기지 않지만 그는 결국 전기의자에 앉혀졌고, 머리를 가슴까지 푹 떨어뜨린 채 입에는 아직도 연기가 나는 담배를 물고 있었다. 일곱 명의 교도관들 중 네 명이 마치 기름이 잘 쳐진 로봇처럼 정확하게 앞으로 튀어 나갔다. 그들은 단 한 번도 쓸데없는 동작을 취하지 않았고 단 한순간도 시간을 낭비하지 않았다. 그들 중 한 교도관이 무릎을 꿇더니 재빨리 사형수의 다리에 가죽끈을 묶었고, 두 번째 교도관은 사형수의 팔을 의자 팔걸이에 매었다. 세 번째 교도관은 굵은 가죽끈으로 사형수의 몸통을 의자에 고정했고, 네 번째 교도관은 검은 헝겊을 꺼내 사형수의 눈을 단단히 가렸다. 작업을 마친 교도관 네 명은 목각 가면처럼 무표정한 얼굴로 뒤로 물러섰다.

사형 집행인이 그 움푹 들어간 곳에서 조용히 앞으로 걸어 나왔다. 누구 한 사람 입을 열지 않았다. 그는 사형수 앞에 무릎을 꿇더니 긴 손가락으로 사형수의 오른발에 무언가를 장치하기 시작했다. 이윽고 사형 집행인이 몸을 일으켰을 때 드루리 레인 씨는 사형수의 드러난 오른쪽 장딴지에 장치된 것이 전극임을 알 수 있었다. 사형 집행인은 의자 뒤로 재빨리 돌아갔고 이어서 그는 숙련된 동작으로 사형수의 머리에 금속 모자를 씌웠다. 사형 집행인은 소리 없이 재빨리 움직였으며 그가 준비 작업을 끝냈을 때 사형수 스칼지는 마치 지옥의 길목에 놓인 조각상처럼 아래위로 몸을 흔들며 죽음을 기다리듯 앉아 있었다…….

고무창이 달린 신발을 신은 사형 집행인이 그 움푹 들어간 곳으로 급히 돌아갔다.

매그너스 교도소장은 시계를 손에 들고 말없이 서 있었다.

뮤어 신부는 어느 교도관에게 몸을 기댄 채 간신히 입술을 움직이며 성호를 그었다.

그 순간 시간은 걸음을 멈추었다. 그때 아마도 천사의 날갯짓 소리라도 들었는지 스칼지는 몸을 부르르 떨었다. 그리고 그 핏기 가신 입술에서 담배가 떨어졌다. 그 순간 짓눌린 듯한 기묘한 신음이 흘러나와 방음 장치가 되어 있는 방의 벽에서 벽으로 전해지더니 길 잃은 영혼의 승천을 알리듯이 사라져 갔다.

매그너스 교도소장의 오른팔이 커다란 호를 그리듯 올라갔다가 다시 내려왔다.

이어서 드루리 레인 씨는 무어라 형언할 수 없는 감정에 휩싸여 질식할 듯이 거친 숨을 몰아쉬었고, 사형 집행인이 푸른 제복에 감싸인 왼팔을 뻗어 그 움푹 들어간 곳의 벽에 있는 소켓에 스위치를 꽂는 것을 보았다.

잠깐 동안 레인 씨는 마치 사차원의 세계에서 오는 신호처럼 자신의 가슴을 얼얼하게 만드는 진동이 자신의 심장에서 비롯된 듯한 느낌을 받았다. 하지만 다음 순간, 그 현상은 전원에서 뿜어져 나와 전선 가득히 날뛰며 흐르는 전기의 외침에 자신의 피부가 얼얼하게 감응한 것임을 깨달았다.

환하게 켜져 있던 죽음의 방의 불빛이 흐릿해졌다.

그리고 스칼지는 스위치가 꽂힘과 동시에 자신을 속박하고 있는 가죽끈을 있는 힘을 다해 끊어버릴 듯이 몸을 한껏 뻗쳤다. 금속 모자 밑에서 한 줄기 잿빛 연기가 천천히 피어올랐다. 팔걸이에 묶여 있던 스칼지의 양손은 차츰 빨개졌다가 이어서 같은 속도로 천천히 하얘졌다. 목덜미의 혈관이 마치 타르를 칠한 밧줄처럼 부풀어 오르더니 보기 흉한 납빛으로 변했다.

스칼지는 마치 차렷 자세를 취한 듯이 몸을 꼿꼿이 세운 채 앉아 있었다.

방 안의 전등이 다시 밝아졌다.

의사 두 사람이 앞으로 나가 스칼지의 드러난 가슴에 차례로 청진기를 갖다 댔다. 이어서 그들은 뒤로 물러서서 서로 얼굴을 마주 보더니 무표정한 눈을 한 연장자 쪽이 말없이 신호를 했다.

다시금 사형 집행인이 왼팔을 뻗었고, 또다시 전등이 흐릿해졌다…….

두 번째 검진을 마쳤을 때, 역시 연장자 쪽 의사가 법이 정한 바에 따라 낮은 목소리로 선언했다.

"소장님, 저는 이 남자가 사망했음을 선언합니다."

이제 시체는 의자에 기댄 채 축 늘어져 있었다.

누구 한 사람 미동도 하지 않았다. 영안실 겸 해부실로 통하는 문이 열리고 바퀴 달린 흰 탁자가 들어왔다.

드루리 레인 씨는 무심코 시계를 들여다보았다. 밤 11시 10분이었다.

이렇게 해서 스칼지는 죽은 것이다.

## 14:
## 두 번째 상자 토막

제레미는 자리에서 일어나 방 안을 서성거렸다. 뮤어 신부는 넋이 나간 사람처럼 꼼짝도 하지 않고 앉아 있었다. 그는 아무 얘기도 듣지 않은 것이 분명했다. 그의 시선은 우리가 눈으로 볼 수 없는 어떤 것에 고정되어 있는 듯했다.

드루리 레인 씨가 눈을 깜박이며 천천히 물었다.

"페이션스 양, 포셋 박사가 그 나무 상자의 또 다른 한 토막을 받았다는 걸 당신은 어떻게 알았습니까?"

그래서 나는 그에게 그날 밤에 있었던 나의 모험담을 얘기해주었다.

"포셋 박사의 책상 위에 놓여 있던 그 물건을 어느 정도로 확실히 볼 수 있었나요?"

"제가 직접 이 두 눈으로 5미터도 떨어지지 않은 곳에서 보았답니다."

"그건 포셋 상원의원의 책상 위에서 발견된 것과 똑같은 모양이었습니까?"

"아니요, 그렇지 않습니다. 양옆으로 뚫려 있었어요."

"오! 그렇다면 그건 가운데 토막이겠군요."

레인 씨는 중얼거리듯 말을 이었다.

"그런데 그 겉면에 무슨 문자들이 쓰여 있지 않던가요? 그러니까 포셋 상원의원이 받았던 것에 쓰여 있던 'HE' 같은 문자들 말입니다."

"그러고 보니 겉면에 어떤 문자들이 적혀 있었던 것 같군요. 하지만 그걸 알아볼 수 있을 만큼 가까운 거리는 아니었어요."

"그것참 애석하군요."

레인 씨는 조용히 생각에 잠겼다. 그런 뒤 몸을 앞으로 내밀며 내 어깨를 가볍게 두드리며 말했다.

"아무튼 하룻밤에 해낸 일치고는 대단합니다, 페이션스 양. 물론 그것이 어느 정도로 도움이 될지 아직은 잘 알 수 없습니다만……. 그럼 이제 그만 클레이 씨 댁에 돌아가서 푹 쉬시는 게 좋을 듯하군요. 오늘 밤은 아주 호된 경험을 하셨으니 말입니다……."

우리의 눈이 마주쳤다. 뮤어 신부는 의자에 앉은 채 뭔가 고통스러운 신음을 흘리며 입술을 떨고 있었고, 제레미는 물끄러미 창밖을 내다보고 있었다.

"하지만 제 생각엔 선생님께서 더……."

내가 천천히 말을 꺼냈지만 레인 씨는 희미하게 미소 지으며 고개를 내저었다.

"저는 괜찮답니다, 페이션스 양. 염려 마시고 돌아가서 푹 쉬도록 하십시오."

# 15:
# 탈옥

다음 날은 목요일이었고, 오후가 되면 몹시 더워질 듯 아침부터 아주 화창한 날씨였다. 아버지는 내가 억지로 권해서 리즈 시내에서 산 흰 리넨 양복을 입었는데, 나는 그 새 양복을 입은 아버지가 몹시 근사해 보였다. 하지만 아버지는 자신이 '흰 백합'은 아니라고 투덜대며, 누군가 아는 사람이라도 만날까봐 두렵다면서 꼬박 삼십 분가량이나 클레이 씨 저택에서 한 발짝도 움직이려 하지 않았다.

그날의 일은 하나도 남김없이 마치 사진처럼 생생하게 떠올릴 수 있다. 그날은 우리가 리즈에 머물렀던 날들 중의 하루를 제외하고는 가장 충격적인 일이 벌어졌던 날이었다. 나는 미적 감각이 있는 사람이라면 누구나 그 리넨 양복에 잘 어울린다고 생각할 게 틀림없는 짙은 오렌지색 넥타이를 아버지에게 사드린 기억이 난다. 내가 직접 그 넥타이를 매드리는 동안에도 아버지는 줄곧 불평을 하며 투덜거렸다. 만약 남들이 본다면 마치 내가 아버지에게 교도소의 죄수복이라도 입혀드리는 줄로 착각할 정도였다. 지독한 보수주의자인 가엾은 아버지! 그런 아버지를 멋지게 꾸며드리는 것이 딸인 나의 즐거움이긴 하지만, 과연 아버지는 나의 이러한 애정 어린 노력을 언제쯤에나 완전히 이해하실까?

우리가 산책하러 나가기로 한 것은 정오가 다 되었을 무렵이었다. 사실 '우리'라기보다는 내가 그렇게 결정한 것이었다.

"함께 언덕 위로 산책 나가는 게 어때요, 아버지?"

내가 그렇게 말을 꺼냈다.

"이런 차림으로 말이냐?"

"물론이죠!"

"싫다. 나는 가고 싶지 않아."

"그렇게 노인네처럼 말씀하시지 마시고 함께 가요. 날씨도 굉장히 좋잖아요."

"난 그렇지 않아. 게다가 오늘 나는 몸이 좋지 않아. 왼쪽 다리에 신경통이 재발한 모양이다."

아버지가 퉁명스레 말했다.

"이렇게 날씨가 좋은데요? 거짓말 마세요! 그러지 마시고 저와 함께 언덕을 산책하고 나서 레인 씨를 만나 아버지의 새 양복을 자랑하자고요."

그렇게 해서 우리는 함께 산책을 하게 되었다. 나는 길가에 핀 들꽃을 한 아름 땄으며, 아버지도 어색한 기분을 잊어버리고 한동안 몹시 즐거워하셨다.

우리가 뮤어 신부 댁에 도착했을 때 레인 씨는 베란다에 나와 책을 읽고 있었다. 그런데 놀랍게도 그 역시 아버지와 똑같은 리넨 양복에 오렌지색 넥타이 차림이었다!

아버지와 레인 씨는 한 쌍의 멋쟁이 노신사 같은 차림으로 서로를 마주 쳐다보았다. 아버지는 멋쩍어하는 표정을 지었고 레인 씨는 껄껄 웃었다.

"아주 멋지게 차려입으셨군요, 경감님. 아마도 페이션스 양의 도움을 받으신 것 같군요. 정말이지 당신 곁에는 따님이 있어야겠습니다, 경감님!"

"아직도 이 애와의 생활이 익숙하지 않아서 힘이 든답니다."

아버지는 어색한 미소를 떠올리며 말을 이었다.

"어쨌든 똑같은 차림을 한 동지를 만났으니 다행입니다."

뮤어 신부도 베란다로 나와 우리를 반갑게 맞이해주었다. 뮤어 신부는 아직도 어젯밤에 있었던 일 때문인지 안색이 좋지 않아 보였다. 친절한 크로셋 부인이 알코올 성분이 들어 있지 않은 찬 음료수를 쟁반에 받쳐 들고 왔다.

세 사람이 얘기를 주고받는 동안 나는 조각구름이 떠 있는 하늘을 바라보았다. 그리고 뮤어 신부 댁 바로 근처에 솟아 있는 알곤킨 교도소의 높은 잿빛 담장 쪽은 바라보지 않으려고 애썼다. 이쪽은 화창한 여름날이지만 그 담장 안에는 언제나 황량한 겨울밖에는 없을 것이다. 문득 나는 아론 다우가 어떻게 지내고 있는지 궁금했다.

시간은 소리 없이 흘러갔다. 나는 흔들의자에 앉아 푸른 하늘에 마음을 빼앗긴 채 황홀한 무아의 경지에 잠겨 있었다. 그러다가 차츰 내 생각은 어젯밤의 일을 둘러싸고 움직이기 시작했다. 문제의 작은 상자의 두 번째 토막, 그건 무얼 예고하는 것일까? 아이라 포셋 박사에게 그 상자 토막은 무언가 의미를 지닌 것임이 분명했다. 그의 얼굴에 떠올랐던 험악한 표정은 그 상자 토막이 무엇을 의미하는지 알기 때문에 생긴 것이지, 결코 미지에 대한 공포에서 비롯된 것은 아니었다. 그런데 그 물건은 대체 어떤 방법으로 그에게 전달된 것일까? 그리고 누가 보낸 걸까? ……문득 나는 몸을 긴장시키며 앉음새를 고쳤다. 어쩌면 그건 아론 다우가 보낸 게 아닐까?

나는 생각다 못해 다시금 의자에 몸을 파묻었다. 이 두 번째 상자 토막으로 인해 사건은 전혀 달리 구성될 수도 있었다. 첫 번째 토막은 다우가 보낸 것이었다. 그리고 그 사실은 다우 스스로도 고백했다. 그건 다우가 교도소 목공실에서 만든 것으로 추측된다. 그런데 이 두 번째 토막도 그가 만들어 교도소 내의 어떤 비밀 루트를 통해 제2의 희생자에게 보낸 게 아닐까? 거기까지 생각이 미치자 나는 몹시 흥분이 되어 가슴이 마구 방망이질 쳤다. 하지만 그것은 모순이다. 왜냐하면 아론 다우는 포셋 상원의원을 살해하지 않았으니까……. 나는 혼란스러워지기 시작했다.

12시 반이 조금 지났을 때 우리의 관심은 교도소 정문 쪽으로 날카롭게 쏠렸다. 바로 조금 전까지만 해도 여느 때와 다름이 없었다. 무장한 경비원들이 두터운 담벼락 위를 천천히 거닐고 있었고, 보기 흉한 경비 초소에는 희미하게 빛나는 총부리가 튀어나와 있는 것만 제외하면 마치 아무도 없는 듯이 조용했다. 그런데 지금 그곳은 분명히 여느 때와는 다르게 술렁거렸다.

우리는 모두 앉은 자리에서 허리를 폈다. 세 사람은 대화를 중단했고 모두가 교도소 정문 쪽을 유심히 바라보았다.

커다란 철문이 안쪽에서 열리더니 권총과 소총으로 무장한 푸른 제복의 교도관 한 명이 모습을 드러냈다. 이어서 그는 뒤로 한 걸음 물러서며 등을 돌리더니 우리에게 들리지는 않았지만 뭔가를 외치는 듯했다. 두 줄로 늘어선 남자들이 문 밖으로 나왔다. 그들은 재소자들이었다……. 저마다 곡괭이며 커다란 삽을 들고 고개를 쳐든 채 부드러운 바깥 공기를 개처럼 킁킁 맡으며 흙먼지가 이는 길을 따라 발을 질질 끌면서 걸어갔다. 모두가 한결같은 복장이었다. 그들은 무겁고 투박한 구두를 신었고 구겨진 회색 바지와 웃옷을 걸쳤으며, 웃옷 속에는 올이 성긴 면 셔츠를 받쳐 입었다. 재소자들은 모두 스무 명이었는데 도로 공사를 하기 위해 언덕 저편의 숲속 어딘가로 가는 듯했다. 교도관이 소리치자 맨 앞에서 가던 재소자가 몸을 왼쪽 방향으로 돌렸고, 이어서 그들은 차츰 우리의 시야에서 사라져 갔다. 또 다른 무장한 교도관이 맨 뒤에서 따라갔고, 처음에 모습을 보였던 교도관은 두 줄로 걸어가는 재소자들의 오른쪽에 붙어서 걸어가며 이따금 뭐라고 명령을 내렸다. 이윽고 그 스물두 명의 남자들은 우리의 시야에서 완전히 사라졌다.

우리가 다시 의자에 등을 기대었을 때 뮤어 신부가 꿈꾸듯 말했다.

"저들은 저렇게 바깥으로 일을 나갈 때 천국에서와 같은 기쁨을 느낀답니다. 물론 허리가 휘어질 듯이 몹시 고된 일입니다. 하지만 성 제롬이 말했듯이 '악마가 달려들 틈을 주지 않기 위해선 언제나 무슨 일이든 해야'만 하는 거지요. 그리고 저렇게 일을 나감으로써 어쨌든 교도소의 울타리에서 한때나마 벗어날 수 있는 셈이니까요. 그래서 저들은 모두 도로 공사에 나가길 좋아한답니다."

말을 마친 뮤어 신부는 한숨을 쉬었다.

그로부터 정확히 한 시간 십 분 뒤에 그 일이 일어났다.

크로셋 부인이 차려준 간단한 점심 식사를 마치고 다시 베란다에 앉아서 쉬고 있을 때였다. 교도소 담장 위의 예사롭지 않은 분위기가 아까와 마찬가지로 우리의 주의를 끌었으므로 우리는 대화를 멈추었다.

담장 위를 걸어 다니던 한 경비원이 갑자기 멈추어 서더니 긴장된 태도로 아래쪽의 뜰을 열심히 내려다보았다. 아마도 그는 무슨 말인가를 듣고 있는 듯했다. 우리는 의자에 앉은 채 몸을 긴장시켰다.

그 소리가 들렸을 때 우리는 놀라서 순간적으로 몸을 움츠렸다. 그것은 격렬하게 울려 퍼지는 찢어질 듯한 사이렌 소리였다. 사이렌 소리는 주위의 언덕에 울려 퍼지다가 죽어가는 악마의 신음처럼 사라져 갔다. 하지만 그 소리는 다시 울렸고, 사라졌다가 또다시 울리기를 거듭했다. 나는 귀를 막지 않을 수 없었고 비명이라도 지르고 싶은 심정이었다.

첫 번째 사이렌이 울렸을 때 뮤어 신부는 의자의 팔걸이를 꽉 붙잡았는데, 그의 얼굴은 목에 두른 흰 깃보다도 더 하얗게 질려 있었다.

"비상경보입니다……."

뮤어 신부가 긴장한 목소리로 낮게 말했다.

우리는 의자에 얼어붙은 듯이 그 악마의 교향악 같은 소리를 듣고 있었다. 마침내 레인 씨가 날카롭게 물었다.

"불이 났습니까?"

"누군가 탈옥한 모양입니다."

아버지는 입술을 축이며 말을 이었다.

"패티, 집 안으로 들어가라……."

뮤어 신부가 교도소 담장을 바라보며 외쳤다.

"탈옥이라니! ……오오, 하느님!"

우리는 일제히 의자에서 벌떡 일어나 급히 정원을 가로질러 가서 장미꽃이 만발한 돌담에 기대섰다. 마치 알곤킨 교도소의 담벼락 자체가 사이렌 소리에 놀라 긴장하고 있는 듯이 느껴졌다. 그 담장 위에 서 있는 교도관들도 잔뜩 긴장해서 날카롭게 주위를 경계하고 있었다. 그들은 총을 든 채 다소 떠는 듯한 모습으로 비상사태에 대처했다. 잠시 후 철문이 다시 열리더니 푸른 제복 차림에 소총으로 무장한 남자들을 가득 태운 커다란 자동차가 요란한 엔진 소리를 내며 달려 나왔다. 그러고는 차 한쪽이 크게 기울 정도로 급히 왼쪽으로 방향을 틀더니 순식간에 시야에서 사라졌다. 그 뒤를 이어 계속해서 차들이 달려 나왔다. 모두 다섯 대의 자동차가, 완전 무장을 하고 한결같이 전방을 주시하는 남자들을 태운 채 지나갔다. 나는 첫 번째 자동차의 운전석 옆자리에 창백하게 굳은 표정을 한 매그너스 교도소장이 타고 있는 것을 보았다.

"실례하겠습니다!"

뮤어 신부가 급히 말하더니 신부복 옷자락을 걷어 올리고 흙먼지를 일으키며 교도소 정문을 향해 달려갔다. 잠시 후 우리는 그가 정문 바로 안쪽에 무장한 채 서 있는 교도관 한 무리와 얘기를 나누는 것을 볼 수 있었다. 교도관들이 손을 들어 왼쪽을 가리켰다. 그곳은 무성하게 우거진 나무들이 교도소 아래쪽의 언덕 기슭을 뒤덮고 있는 숲이었다.

뮤어 신부는 무거운 발걸음으로 우리에게 되돌아왔다. 그는 고개를 푹 숙인 채 몹시 절망한 모습이었다.

흙먼지가 묻은 신부복을 만지작거리며 그가 우리 옆에 멈춰 서자 나는 급히 물어보았다.

"무슨 일이죠, 신부님?"

그는 고개를 들지 않았다. 그 얼굴에는 당혹스럽고 고통스러운 빛이 가득했고 알 수 없는 격분 같은 것도 엿보였다. 그는 마치 갑작스레 배신이라도 당한 듯했고 그로 인해 이제껏 한 번도 경험해보지 못한 정신적인 고통을 겪는 사람 같아 보였다.

뮤어 신부는 손을 떨며 더듬더듬 입을 열었다.

"도로 공사를 하던 재소자 가운데 한 사람이…… 작업 도중에…… 달아났다고 합니다."

"그렇다면 그건……?"

드루리 레인 씨는 언덕 쪽을 응시하며 물었다.

"그 사람은……."

키 작은 신부의 목소리가 떨렸다. 이어서 그는 결심한 듯 고개를 들었다.

"아론 다우입니다."

우리 모두는 놀라서 말문이 막혔다. 적어도 아버지와 내게는 너무도 뜻밖의 일이어서 곧바로 이해하기가 힘들었다. 아론 다우가 도망치다니! 이것은 내가 전혀 예측하지도 못했던 일이었다. 그렇다면 레인 씨는 과연 이번 일을 예측하고 있었을까? 나는 흘끗 레인 씨를 보았다. 하지만 그의 예리한 상아빛 얼굴은 평온했다. 그는 마치 너무도 아름다운 일몰의 광경에 마음을 빼앗긴 화가 같은 모습으로 여전히 저편 언덕을 응시하고 있을 뿐이었다.

우리는 사태의 추이를 지켜볼 수밖에 없었으므로 그날 오후 내내 뮤어 신부 댁에서 기다렸다. 대화도 거의 사라졌고 웃음소리도 전혀 들을 수 없었다. 레인 씨와 신부는 다시금 어젯밤의 꺼림칙한 기분에 사로잡혀 있는 듯이 보였다. 나는 죽음의 그림자가 그 작은 베란다에 실제로 스며들고 있는 것처럼 느껴졌다. 심지어 그 기분 나쁜 죽음의 방에서 스칼지가 자신의 생명을 속박하고 있는 가죽끈으로부터 벗어나려고 애쓰는 모습을 보고 있는 듯한 느낌마저 들었다.

오후 내내 교도소 안팎에서는 개미 같은 활동이 펼쳐졌다. 하지만 우리는 다우의 탈옥이 초래한 충격에서 여전히 벗어나지 못한 채 그저 공허한 침묵을 지키며 바깥의 상황을 지켜볼 수밖에 없었다. 노신부는 정보를 얻기 위해 여러 번 교도소를 드나들었지만, 그때마다 아무런 새로운 소식도 듣지 못한 채 돌아왔다. 다우의 행방은 여전히 알 수 없었다. 인근 지역은 샅샅이 수색되었고, 시민들에게는 경고가 전해졌으며, 사이렌은 계속 울려댔다. 교도소 내에서는 첫 번째 사이렌 소리와 함께 모든 재소자들이 그들의 감방에 감금되었다. 탈옥한 재소자가 체포될 때까지 그들은 그대로 갇혀 있어야만 했다……. 다우와 함께 도로 공사에 나갔던 재소자들은 오후 일찍 돌아왔다. 그들은 교도관 여섯 명에 의해 총부리로 위협당하고 감시당하면서 뻣뻣한 걸음걸이로 돌아왔다. 그들은 두 줄로 나란히 걷고 있었는데 돌아온 재소자들은 모두 열아홉 명뿐이었다. 나는 멍청하게도 그들의 인원을 일일이 세어보았던 것이다. 그들은 순식간에 교도소 정문 안으로 사라졌다.

오후 늦게 수색하러 나갔던 자동차들이 돌아오기 시작했다. 맨 앞차에는 매그너스 교도소장이 타고 있었다. 정문 바로 안쪽에서 지친 듯한 부하들이 차에서 내리자 교도소장은 한 교도관에게 큰 소리로 위엄 있게 무언가를 명령하는 듯했지만 우리로서는 그 내용을 알아들을 수 없었다. 그런 뒤 그는 매우 지친 모습으로 우리 쪽으로 걸어왔다. 숨을 몰아쉬며 천천히 걸어오는 그의 단단한 몸집에는 피로한 기색이 역력했고 얼굴은 흙먼지와 땀으로 더러워져 있었다.

그는 지친 듯이 팔걸이의자에 몸을 파묻으며 긴 한숨을 내쉬었다.

"그자는 정말 골칫덩어리로군요. 당신의 그 소중한 다우를 지금은 어떻게 생각하십니까, 레인 씨?"

교도소장이 그렇게 묻자 레인 씨가 침착하게 대답했다.

"똥개도 궁지에 몰리면 대드는 법입니다, 매그너스 씨. 누구든 자신이 저지르지도 않은 범죄로 인해 종신형을 살아야 한다는 건 참기 힘든 노릇이죠."

"아직 아무런 단서도 못 잡았나요, 소장님?"

뮤어 신부가 낮은 목소리로 물었다.

"그렇습니다. 마치 땅속으로 사라지기라도 한 듯합니다. 분명히 말씀드리지만, 이건 단독 범행이 아닙니다. 틀림없이 공범이 있을 겁니다. 만약 그렇지 않다면 그는 벌써 몇 시간 전에 우리에게 붙잡혔을 겁니다."

우리는 침묵을 지키며 앉아 있었다. 아무런 할 말이 없었다. 그때 교도관들 몇 명이 교도소 정문을 나와 우리에게로 걸어왔다. 그러자 매그너스 소장이 재빨리 말했다.

"신부님, 실례인 줄 압니다만 이 베란다를 좀 이용해도 되겠습니까? 이번 일 관계로 좀 조사할 것이 있는데, 교도소 내에서 하면 모두의 사기를 떨어뜨릴까봐 염려가 되어서 그럽니다. 다소 거북하실 텐데, 부탁드려도 괜찮겠습니까?"

"네, 물론 괜찮습니다."

"무슨 일 때문에 그러십니까, 소장님?"

아버지가 묻자 교도소장은 굳은 표정을 지으며 대답했다.

"아무래도 석연찮은 점이 많아서요. 대개의 경우, 탈옥 계획은 내부에서 꾸며집니다. 즉 다른 재소자들이 도와주고, 도와준 자들은 입을 다뭅니다. 하지만 그렇게 하더라도 탈옥은 거의 실패하고 맙니다. 아무튼 탈옥이 성공적으로 이루어지는 일은 거의 없습니다. 지난 십구 년 동안 이곳에서 탈옥이 시도된 건 불과 스물세 번밖에 없었으며 그중 단지 네 번만이 성공했을 뿐입니다. 그러므로 재소자는 탈옥을 시도하기 전에 상당히 치밀하게 준비 공작을 하기 마련입니다. 만약 실패하는 경우에는 잃는 것이 너무 많으니까요. 무엇보다도 그때까지의 특권은 모두 박탈당하게 되는데 당사자에게 그건 대단히 심각한 문제랍니다. 따라서 이번 경우에도 사전에 준비 공작이 행해졌다고 볼 수 있습니다. 게다가 한 가지 짚이는 점도 있습니다……."

그는 문득 입을 다물고 턱을 긴장시켰다. 교도관들 한 무리가 뮤어 신부 댁 마당에 도착해 부동자세를 취했다. 그 가운데 두 사람은 무장을 하고 있지 않았다. 그리고 그 두 사람을 에워싸고 있는 나머지 교도관들의 태도에는 어쩐지 나를 몸서리치게 하는 그 무엇이 있었다.

"파크! 캘러한! 이리로 올라와!"

매그너스 소장이 소리쳤다.

이름이 불린 두 교도관이 머뭇머뭇 층계를 올라왔다. 그들의 얼굴은 창백했고 흙먼지로 더러워져 있었다. 두 사람 모두 몹시 불안해하고 있었는데, 특히 파크는 너무나 겁에 질려 마치 야단을 맞는 어린애처럼 아랫입술을 떨며 울먹이기까지 했다.

"어떻게 된 일이지?"

파크가 말하려고 입술을 핥았으나 캘러한 쪽이 먼저 입을 열었다.

"그자는 우리의 감시가 소홀한 틈을 타 달아났습니다. 소장님도 아시다시피, 이곳에서는 지난 팔 년 동안 도로 공사 중에 탈옥하려는 시도는 한 번도 없었잖습니까? 그래서 우리는 바위에 걸터앉아서 작업을 감시했던 겁니다. 그때 다우는 물 긷는 일을 맡고 있어서 도로에서 좀 벗어난 곳에 있었습니다. 그런데 갑자기 물통을 내팽개치더니 쏜살같이 숲속으로 달아나는 것이었습니다. 그래서 파크와 저는 다른 자들에게는 도로에 엎드리라고 소리친 뒤 곧장 다우의 뒤를 추적했습니다. 제가 총을 세 발이나 쐈지만 아마도 그자는……."

교도소장이 손을 들어 캘러한의 얘기를 중단시켰다.

"데일리."

매그너스 소장은 아래쪽에 있는 한 교도관에게 조용히 말을 이었다.

"내가 지시한 대로 그 도로를 조사해보았나?"

"예, 소장님."

"그래, 뭔가 찾아낸 게 있나?"

"다우가 숲으로 도망쳐 들어간 곳으로부터 6미터 떨어진 지점에 있는 한 나무에서 찌그러진 총알 두 개를 찾았습니다."

"도로에서 숲을 향한 쪽이었나?"

"아닙니다. 그 반대였습니다, 소장님."

"흐음, 역시 그랬군."

매그너스 소장이 여전히 조용한 어조로 말을 이었다.

"그래. 파크, 캘러한, 너희는 다우가 달아날 수 있게 해주는 대가로 얼마를 받았지?"

"아닙니다, 소장님. 우리는 절대로……."

캘러한이 우물거리며 그렇게 말했지만 이어서 파크가 무릎을 덜덜 떨면서 외쳤다.

"내가 말한 대로잖아, 캘러한! 우리도 무사할 리 없다고! 그런데도 네가 억지로 나를 끌어들였어, 이 나쁜 놈!"

"너희는 뇌물을 받았지?"

매그너스 소장이 짧게 물었다.

파크가 양손에 얼굴을 파묻었다.

"예, 소장님."

그때 나는 레인 씨가 속으로 몹시 동요하는 듯이 느껴졌다. 그는 두 눈을 깜박이더니 생각에 잠기는 표정으로 의자에 몸을 파묻었다.

"누가 주었지?"

"리즈 시내에 있는 어떤 건달입니다."

파크가 기어드는 목소리로 말했다. 캘러한은 그런 파크를 죽이기라도 할 듯이 노려보았다. 파크가 말을 이었다.

"그자의 이름은 모릅니다. 그자 역시 누군가의 중간 역할인 듯했습니다."

레인 씨는 목구멍 깊은 곳에서 새어 나오는 듯한 묘한 한숨을 내쉬더니 교도소장 쪽으로 몸을 기울여 그의 귀에다 뭔가를 속삭였다. 이어서 매그너스 소장이 고개를 끄덕였다.

"다우는 어떻게 그런 계획을 알게 되었지?"

"그건 저희도 모릅니다, 소장님. 맹세코 정말입니다. 모든 계획은 이미 짜여 있었습니다. 우리는 그동안 다우에게 접근한 적이 한 번도 없었습니다, 소장님. 우리가 들은 건 단지 다우 쪽은 염려할 게 없다는 얘기뿐이었습니다."

"그래, 얼마나 받았지?"

"한 사람 당 5백 달러씩입니다. 하지만 저는…… 저는 처음부터 그럴 생각은 없었습니다, 소장님. 하지만 아내가 수술을 받아야만 하는 데다 아이까지…….”

“됐네.”

교도소장은 냉정하게 말을 끊으며 고개를 홱 돌렸다. 이어서 교도관들이 그 두 사람을 교도소 쪽으로 끌고 갔다.

“매그너스 소장님.”

뮤어 신부가 걱정스러운 듯이 입을 열었다.

“너무 심하게 처리하진 말아주십시오. 당국에 고발은 하지 마시고 해직하는 것만으로 용서해주십시오. 저도 파크의 아내를 알고 있습니다만, 그녀는 정말로 수술을 받아야 할 처지입니다. 그리고 캘러한 쪽도 마찬가지로 집안 사정이 좋지 않습니다. 두 사람은 모두 가족을 부양하고 있는 데다 당신도 아시다시피 박봉이니…….”

매그너스 소장이 한숨을 쉬었다.

“저도 알고 있습니다, 신부님. 알고말고요. 하지만 그렇게 해서 선례를 남길 수는 없습니다. 직책상 저로서는 어쩔 수가 없습니다. 그리고 이런 중대한 문제를 적당히 넘기게 되면 교도관들의 기강이 해이해질 염려가 있는 데다, 신부님도 아시다시피 재소자들에게도 나쁜 영향을 미칩니다.”

이어서 매그너스 소장은 약간 의아한 표정을 짓더니 중얼거리듯 말을 이었다.

“그런데 아무래도 이상하군요. 파크의 말이 사실이라면, 다우는 어떻게 외부와 연락을 주고받을 수 있었을까요? 물론 저도 오래전부터 교도소 내에 비밀 통신망이 있을지도 모른다고 의심은 하고 있었지만, 그 방법이 아주 교묘해서요…….”

레인 씨는 차츰 붉게 물들기 시작하는 태양을 아쉬운 듯이 바라보다 입을 열었다.

“그 점은 제가 도와드릴 수 있습니다, 매그너스 씨. 당신 말대로 아주 교묘한 방법이긴 하지만 알고 보면 아주 간단합니다."

"네? 어떻게 말입니까?"

매그너스 교도소장이 눈을 빛내며 되물었다.

레인 씨가 어깨를 으쓱했다.

"매그너스 씨, 저는 얼마 전부터 교도소 안팎을 연결하는 비밀 통신망이 있다는 걸 알게 되었습니다. 어떤 기이한 현상을 관찰한 결과죠. 그런데 제가 거기에 대해 이제까지 침묵을 지켰던 이유는, 놀라시겠지만 저의 오랜 친구인 뮤어 신부가 그 일에 관련되어 있었기 때문이랍니다."

뮤어 신부의 주름진 입이 떡 벌어졌다. 이어서 매그너스 소장이 잔뜩 찌푸린 표정으로 벌떡 자리에서 일어나며 외쳤다.

"그건 말도 안 됩니다! 뮤어 신부님이야말로……."

"아, 물론이죠. 알고 있습니다."

레인 씨가 부드럽게 말을 이었다.

"앉으세요, 매그너스 씨. 그리고 진정하십시오. 신부님도 놀라지 마시고요. 신부님께서 어떤 부정한 일을 저질렀다는 게 아니니까요. 아무튼 제 얘기를 들어보십시오. 신부님과 함께 이 댁에서 지내는 동안 저는 여러 번 기묘한 현상을 목격했습니다, 매그너스 씨. 물론 그 일 자체만으로는 대단한 건 아니었습니다. 하지만 교도소 내의 비밀 통신과 결부해서 생각해볼 때 너무나 잘 들어맞기 때문에 저는 그렇게 결론을 내리게 되었던 것입니다……. 신부님, 최근에 시내에 나가셨을 때 뭔가 이상한 일을 종종 겪지 않으셨습니까?"

뮤어 신부의 흐릿한 두 눈이 도수 높은 안경알 속에서 뭔가를 생각해내고자 애쓰는 듯했다. 하지만 끝내 그는 고개를 가로저을 뿐이었다.

"전혀…… 아무것도 생각나는 게 없습니다."

뮤어 신부는 미안한 듯이 미소 지으며 말을 이었다.

"거리에서 사람과 종종 부딪친 일 말고는 말입니다. 레인 씨도 아시겠지만 저는 심한 근시인 데다 좀 멍하니 걷기 때문에……."

레인 씨는 미소를 떠올렸다.

"과연 제가 생각했던 대로군요. 신부님은 근시인 데다 약간 멍하니 걸으시기 때문에 리즈 시내에 나가셨을 때는 종종 거리에서 사람들과 부딪칩니다. 바로 이 점을 유념해주십시오, 매그너스 씨. 비록 정확히 어떤 형태로 이뤄지는지는 알 수 없었지만, 저는 얼마 전부터 그런 일이 있었을 거라고 짐작했습니다. 신부님, 거리에서 낯선 사람과 부딪칠 때는 어떤 일이 일어납니까?"

뮤어 신부는 당황하는 표정을 지었다.

"그게 무슨 말씀이시죠? 사람들은 언제나 저를 친절하게 대하고 제가 입고 있는 신부복을 보고는 정중하게 경의를 표합니다. 저는 때로 우산을 떨어뜨리기도 하고 모자나 혹은 기도서를……."

"아! 기도서라고요? 과연 제가 생각했던 대로군요. 알겠습니다. 그런데 그 친절하고 정중한 사람들은 신부님의 우산이나 모자나 혹은 기도서를 어떻게 하던가요?"

"그야 물론 집어서 내게 건네주지요."

레인 씨가 껄껄 웃었다.

"이제 아시겠지요, 매그너스 씨? 문제가 얼마나 간단한지 말입니다. 그러니까 신부님, 당신이 거리에서 부딪친 그 친절한 사람들은 당신이 떨어뜨린 그 기도서를 집어서는 자신들이 갖고, 그 대신 자신들이 준비해 온 다른 기도서를 당신에게 건네주는 겁니다. 언뜻 보기에는 같지만 다른 기도서를 말입니다! 바꿔치기한 그 기도서 속에 신부님이 교도소 안으로 가져가게 될 메시지가 들어 있고, 바꿔치기해 간 기도서 속에는 교도소 안에서 밖으로 내보내는 메시지가 들어 있었던 겁니다!"

"그런데 어떻게 그런 놀라운 추리를 하실 수가 있었습니까?"

교도소장이 중얼거리듯 물었다.

레인 씨는 미소 띤 얼굴로 대답했다.

"그다지 어려운 일은 아니었습니다. 그러니까 저는 신부님이 집이나 교도소 밖으로 외출하실 때는 분명히 좀 낡은 기도서를 지니고 나가셨는데 돌아오실 때에는 틀림없이 새것으로 보이는 깔끔한 기도서를 갖고 계시는 걸 종종 보았던 겁니다. 요컨대, 신부님의 기도서는 마치 재 속에서 되살아나는 불사조처럼 언제나 새것으로 되살아나는 듯했습니다. 그러니 제가 그런 추리를 하게 된 것은 당연하지요."

매그너스 소장은 다시 자리에서 벌떡 일어나더니 베란다를 성큼성큼 거닐었다.

"그렇군요! 정말 교묘한 방법입니다! 아, 신부님, 그렇게 상심하실 것까진 없습니다. 이건 신부님 잘못이 아니니까요. 그런데 어느 녀석이 그런 일을 꾸몄을까요?"

"저는…… 저는 전혀 짐작이 가지 않습니다."

뮤어 신부가 더듬거리며 말했다.

"태브의 짓이 분명합니다!"

매그너스 소장이 우리 쪽으로 몸을 틀며 말을 이었다.

"이건 태브만이 가능한 짓입니다. 아시겠지만, 뮤어 신부님께서는 우리 교도소에서 목사로 일하고 있을 뿐만 아니라 교도소 부속 시설인 도서관도 관리하고 계십니다. 신부님의 도서관 일을 돕기 위해 딸려 있는 조수가 바로 태브라는 재소자입니다. 모범수이긴 합니다만, 역시 범죄자라서 별수 없는 모양입니다. 그 태브 녀석이 신부님을 이용한 게 틀림없으니까요. 재소자들과 외부인들 사이에서 중개 역할을 하며 그 과정에서 얼마씩 돈을 챙겼을 테죠. 이제야 모든 게 분명해졌습니다! 정말 감사합니다, 레인 씨. 이제 저는 당장 가서 그 나쁜 녀석을 다그쳐봐야겠습니다."

매그너스 소장은 눈을 빛내며 서둘러 교도소 쪽으로 발걸음을 옮겼다.

어두운 숲 그늘이 언덕 위에 길게 드리워지며 차츰 땅거미가 지기 시작했다. 주위가 어두워지자 대부분의 수색대원들이 밝은 탐조등을 길에 휘저으며 돌아왔다. 하지만 아무런 성과도 없이 돌아온 것이었고 다우는 여전히 행방이 묘연했다.

아버지와 나는 클레이 씨 저택으로 돌아가든지 아니면 이대로 계속 기다리든지 둘 중 한쪽을 택해야만 했는데, 결국 우리는 이대로 기다리는 쪽을 택했다. 아버지가 전화를 걸어 엘리후 클레이 씨에게 우리 걱정은 하지 말라고 전했다. 어쨌든 아버지와 나는 이 인간 사냥의 결과를 알지 못하고는 알곤킨 교도소 부근에서 떠날 수 없을 것 같았다. 차츰 밤이 깊어갔지만 우리는 침묵을 지키며 계속 모여 앉아 있었다. 그러던 중 나는 개 짖는 소리를 한 번 들은 듯했다…….

뮤어 신부는 책에 그렇게 관심이 많고 재소자들에게 독서를 보급하는 일에 열심이었던 도서관 조수가 그동안 부정을 저지른 장본인이었음을 믿으려 들지 않고 근심에 잠겼지만, 그를 제외하고는 사악한 태브는 우리에게 그다지 중요한 관심사가 될 수 없었다. 그때까지 우리는 점심 식사 이후로 아무것도 먹은 것이 없었으나 누구 한 사람 배고픔도 느끼지 못하는 듯했다. 밤 10시쯤 되었을 때, 뮤어 신부는 태브에 대한 걱정 때문에 더는 가만히 있을 수가 없다며 우리에게 양해를 구하고 교도소 쪽으로 달려갔다. 그가 다시 돌아왔을 때, 그는 몹시 비탄에 잠긴 모습이었다. 그는 양손을 쥐어짜듯 맞잡은 채 괴로워했으며 우리가 건네는 위로의 말에도 귀를 기울이려고 하지 않았다. 그의 얼굴은 이제까지 재소자들에게 쏟아왔던 아름다운 장밋빛 믿음이 무참히 배신당한 것을 결코 인정할 수가 없다는 듯이 고통스레 일그러져 있었다.

"매그너스 소장님을 만나고 왔습니다."

뮤어 신부는 몸을 의자에 파묻으며 힘겹게 말을 이었다.

"그건 사실이었습니다. 정말이었단 말입니다! 태브가…… 대체 그 불쌍한 청년이 무엇 때문에 그런 짓을 했는지 저는 도저히 이해할 수가 없습니다! 태브가…… 자백을 했답니다."

"역시 그가 신부님을 이용한 거로군요?"

아버지가 부드럽게 물었다.

"네, 그렇습니다! 정말 끔찍한 일입니다. 나는 태브를 잠깐 만나보았습니다. 그는 이제까지의 지위와 특권을 박탈당했더군요. 매그너스 소장이 그를 C등급으로 떨어뜨린 것입니다. 물론 당연한 일이기는 합니다만 그래도 너무 가혹하다는 생각이 듭니다. 태브는 내 얼굴을 쳐다보지도 못하더군요. 어째서 그가 그런 짓을……"

"아론 다우의 메시지는 몇 통이나 전했다던가요?"

레인 씨가 물었다.

뮤어 신부는 주춤거리며 대답했다.

"다우가 보낸 것은 한 통뿐이었답니다. 몇 주일 전 포셋 상원의원에게 보냈다고 하는데 메시지의 내용은 태브 자신도 모른답니다. 그리고 다우에게 온 메시지도 한 통인가 두 통 있었답니다. 놀랍게도 태브는 이런 일을 부업 삼아 몇 년 동안이나 해왔답니다. 그는 단지 내가 가지고 들어가는 새 기도서 안에서 메시지를 꺼내거나, 내가 외출할 때 가지고 나가는 기도서 속에 메시지를 넣기만 하면 되었답니다. 메시지는 기도서 표지 안감에 꿰매어진 채 오갔답니다. 하지만 메시지의 내용에 대해선 전혀 모른다고 하더군요……. 아무튼 정말 끔찍한 일입니다. 어떻게 그런 일이!"

그런 식으로 우리 모두는 우리가 두려워하고 있는 일이 일어나기를 기다리며 앉아 있었다. 수색대원들은 탈옥한 다우를 찾아낼 수 있을까? 아무래도 다우가 언제까지나 수색대원들의 추적을 피할 수 있을 것 같지는 않았다.

"교도관들끼리 하는 얘기를 들었는데 아마도 개들을 풀 모양이더군요."

뮤어 신부가 떨리는 목소리로 말했다.

"그래요. 저도 아까 개 짖는 소리를 들은 것 같아요."

내가 작은 소리로 말했다.

다시금 모두 침묵에 잠겨들었다. 시간은 몹시 느리게 흘러가는 듯했다. 교도소에서는 남자들이 외치는 소리가 들려왔고, 이따금 밤하늘을 향해 불빛이 미친 듯이 내뿜어졌다. 밤새도록 자동차들이 교도소 안팎을 드나들었다. 어떤 차들은 숲으로 통하는 도로로 내달렸고, 어떤 차들은 뮤어 신부 댁 앞을 요란스레 지나갔다. 우리는 거무스름한 옷을 입은 한 남자가, 혀를 늘어뜨린 사나운 개들을 묶은 여러 개의 가죽끈을 잡아당기며 지나가는 모습도 실제로 볼 수 있었다.

뮤어 신부가 10시 조금 지나 교도소에서 돌아왔을 때부터 자정이 될 때까지, 우리 모두는 꼼짝도 하지 않고 베란다에 모여 앉아 있었다. 그동안 레인 씨는 가면처럼 무표정한 얼굴을 하고 있었지만 마음속으로는 명확히 잡히지 않는 어떤 생각과 씨름하고 있는 듯했다. 그는 줄곧 말이 없었는데, 앞으로 내민 양손은 느슨하게 깍지 낀 채 눈을 반쯤 감고서 어두운 밤하늘을 물끄러미 바라보며 생각에 잠겨 있었다. 그에게는 우리가 존재하지 않는 것이나 마찬가지인 듯했다. 아론 다우가 알곤킨 교도소에서 석방되던 날 포셋 상원의원이 살해당했다……. 그는 그 사실과 관련된 어떤 점을 확실히 인식하려고 저렇게 애를 쓰는 것일까? 내가 한번 말을 걸어볼까?

그 사건은 마치 운명의 신에 의해 미리 예정되어 있었던 것처럼 한밤중에 일어났다. 자동차 한 대가 리즈 시내 쪽에서 쏜살같이 언덕을 달려와 마침내 요란한 소리를 내며 뮤어 신부 댁의 대문 밖에 멈춰 섰다. 우리 모두는 무심결에 벌떡 자리에서 일어나며 어둠 속으로 고개를 내밀었다.

한 남자가 자동차 뒷좌석에서 뛰쳐나오더니 현관을 향해 달려왔다.

"섬 경감님! 레인 씨!"

그가 외쳤다.

그는 지방 검사 존 흄이었는데, 복장은 흐트러져 있었고 숨을 헐떡이며 몹시 흥분해 있었다.

"무슨 일이십니까!"

아버지가 무뚝뚝하게 소리쳤다.

흄은 지친 듯이 현관 층계에 주저앉으며 말했다.

"당신들에게 알려줄 소식이 있습니다……."

이어서 그는 문득 생각이 난 듯이 급히 덧붙여 말했다.

"그런데 당신들은 아직도 다우가 결백하다고 믿고 있을 테죠? 그렇지 않습니까?"

드루리 레인 씨가 앞으로 몇 발짝 내딛더니 우뚝 멈춰 섰다. 나는 희미한 별빛 속에서 그의 입술이 소리 없이 움직이는 것을 보았다. 이어서 그가 낮고 불안한 목소리로 말했다.

"설마 그 소식이……."

"그렇습니다."

흄이 중얼거리듯 말했다. 그의 목소리는 지쳐 있었고 고통이 배어 있었으며 또한 울분까지 담겨 있었다. 마치 무언가 개인적으로 모욕이라도 받은 듯 흄은 말을 이었다.

"제가 얘기하고자 하는 것은 당신들의 친구인 아론 다우가 오늘 오후에 알곤킨 교도소를 탈옥했다는 겁니다. 그리고 오늘 밤, 그러니까 바로 조금 전에 아이라 포셋 박사가 살해된 채 발견되었다는 것입니다!"

## 16:
## Z

그 사건이 일어난 후에야 비로소 나는 처음부터 일이 그렇게 진행될 수밖에 없었음을 깨달았다. 그러니까 나는 여태껏 사건의 주위만 맴돌았을 뿐이지 그 적나라한 심장부에까지는 파고들지 못했던 것이다. 포셋 박사가 살해당한 데 대해 레인 씨는 몹시 곤혹스러워 했고, 지난 날 구치소에서 법적 증인을 입회시키지 않은 채 다우를 실험한 일에 대해 자신을 도저히 용서할 수 없는 듯이 보였다. 지금 그는 드로미오가 운전하는 차에 우리와 함께 탄 채 어둠을 가르며 언덕 아래로 내달리는 흄의 자동차를 따르고 있었다. 그는 고개를 푹 숙이고서 포셋 박사의 죽음을 예견하고 막지 못한 것을 몹시 괴로워했다.

"아무래도 저는 이곳에 오지 말았어야 했나 봅니다……."

레인 씨는 기운 없이 말을 이었다.

"모든 사실로 미루어 보아 포셋 박사의 죽음은 예정되어 있었습니다. 제가 너무 어리석었습니다……."

그는 더는 아무 말도 하지 않았다. 아버지와 나는 그를 위로할 마땅한 말을 찾을 수가 없었다. 나는 비참한 기분에 젖었고, 아버지도 침울한 표정으로 묵묵히 앉아 있었다. 뮤어 신부는 우리와 함께 동행하지 않았다. 포셋 박사의 살해 소식이 그에게 너무도 큰 충격을 준 탓에, 우리는 거실에 앉아 멍하니 성경책만 바라보고 있는 그를 남겨두고 현장으로 떠났던 것이다.

이윽고 우리는 또다시 포셋 저택의 어두운 정원 길로 접어들었다. 저택은 온통 불빛으로 환했으며 현장 수사를 벌이는 경찰 관계자들이 분주하게 드나들고 있었다. 차에서 내린 우리는 피살자와 살인자의 운명을 결정지은 듯한 문턱을 넘으며 곧바로 집 안으로 들어갔다.

집 안은 한 달 전에 보았던 첫 번째 사건 때와 거의 흡사한 분위기였다. 지난번과 마찬가지로 건장한 체구의 케니언 서장이 무뚝뚝한 부하들에게 둘러싸여 있었고, 시체가 발견된 문제의 방도 1층에 있는 방이었다…….

그러나 사건이 일어난 곳은 지난번과 같은 상원의원의 서재가 아니었다. 죽음의 고통으로 일그러진 포셋 박사의 시체는 진료실 융단 위에 쓰러져 있었는데, 그 방은 바로 전날 밤 그가 수수께끼의 작은 상자의 가운데 부분으로 여겨지는 기묘한 토막을 살펴보며 앉아 있던 책상에서 불과 몇 걸음밖에 떨어지지 않은 곳이었다. 잘 손질된 검고 뾰족한 수염이 핏기 없는 턱에서 빳빳이 곤두서 있었다. 그는 등을 바닥에 댄 채 쓰러져 있었는데, 크게 뜬 생기 없는 눈으로 천장을 응시하고 있었다. 사후 경직으로 손발이 뒤틀려 있지만 않았더라면 그의 시체는 마치 영원을 명상하며 누워 있는 이집트 왕의 미라가 아닐까 하는 생각이 들 정도였다.

그의 왼쪽 가슴에는 둥근 손잡이가 달린 흉기가 튀어나와 있었는데, 나는 그것이 외과 수술용 칼임을 곧바로 알 수 있었다.

내가 가벼운 현기증을 느끼며 아버지에게 기대자 아버지는 나를 안심시키려는 듯이 내 팔을 꼭 붙잡아주었다. 역사는 반복되고 있었다. 나는 현기증으로 눈앞이 흐릿해지는 가운데 귀에 익은 사람들의 얘기 소리를 들었으며 낯익은 사람들의 얼굴을 보았다. 키 작은 불 검시관은 천장을 향해 드러누워 있는 시체 옆에 무릎을 꿇고서 재빠른 손놀림으로 시체를 살펴보고 있었다. 케니언 서장은 지난번과 마찬가지로 얼굴을 찌푸린 채 천장을 응시하고 있었다. 그리고 지방 검사 존 흄의 정치적 후견인인 루퍼스 코튼은 포셋 박사의 책상에 기대어 서 있었는데, 그의 분홍빛 대머리는 땀으로 번들거렸고 사악하고 총명한 두 눈은 곤혹과 공포의 빛을 담고 있었다.

"루퍼스 씨!"

존 흄이 외치며 말을 이었다.

"대체 이게 어떻게 된 일입니까? 당신이 시체를 발견했단 말입니까?"

"그래. 내가 발견했네. 그게 그러니까……."

늙은 정치인은 손수건으로 이마의 땀을 닦으며 말했다.

"그러니까…… 내가 불쑥 찾아온 거라네, 존……. 그에게는 알리지도 않고 말이네. 포셋 박사와는…… 뭐 그러니까…… 이것저것 좀 의논할 일이 있었거든. 자네도 알다시피 선거도 앞두고 있고 해서……. 그런데 여보게, 제발 그런 눈으로 나를 바라보지 말라고! 어쨌든 나는 시체를 발견한 것뿐이란 말이네. 자네가 보고 있는 것과 똑같이 말이야."

흄은 루퍼스 코튼을 잠시 뚫어지게 바라보다가 낮은 어조로 말했다.

"알겠습니다. 어쨌든 이 자리에서는 당신의 사적인 문제를 파고들진 않겠습니다. 그런데 시체를 발견한 건 몇 시였나요?"

"존, 제발 나를 그런 식으로……."

"몇 시에 발견했습니까?"

"12시 십오 분 전이었네, 존……. 그때 이 집 안은 텅 비어 있었네. 정말이라고! 그리고 물론 당연한 일이지만 나는 곧바로 케니언 서장에게 전화로 신고를 했다네……."

"이곳에서 뭐 만진 것이라도 있습니까?"

아버지가 물었다.

"천만에요."

늙은 정치인은 약간 떨고 있는 듯했다. 그는 책상에 힘겹게 기대어 선 채 곤혹스러운 듯이 존 흄의 눈길을 피했다.

그때까지 샅샅이 방 안을 둘러본 드루리 레인 씨는 이윽고 불 검시관 옆으로 조용히 다가가더니 몸을 약간 굽히며 말했다.

"당신이 검시관이시죠? 피살자의 사망 추정 시각을 좀 알고 싶습니다만?"

불 검시관이 싱긋 웃었다.

"흐음, 또 한 명의 새로운 탐정이 등장하시는 건가요? 뭐 어쨌든 좋아요. 대답해드리죠. 피살자는 11시 조금 지나서 죽었어요. 11시 10분쯤일 겁니다."

"즉사했습니까?"

불 검시관이 눈을 가늘게 뜨며 고개를 쳐들었다.

"글쎄요. 단정적으로 대답하기가 좀 힘든 질문이군요. 어쩌면 흉기에 찔리고서도 잠시 동안은 숨이 붙어 있다가 죽었을지도 모릅니다."

레인 씨가 눈을 빛냈다.

"감사합니다."

이어서 레인 씨는 허리를 펴고 책상 쪽으로 가더니 그 위에 놓여 있는 물건들을 무표정한 얼굴로 바라보았다.

케니언 서장이 큰 소리로 말했다.

"흄 검사님, 이 집의 고용인들과 얘기를 나눠봤더니 포셋 박사는 초저녁에 그들을 모두 외출하게 했다는군요. 이상하지 않습니까? 지난번에 그의 동생이 살해당했을 때와 같은 식이니 말입니다."

불 검시관이 시체 옆에서 일어서며 검은 가방을 닫았다. 그런 뒤 그는 자신 있게 말했다.

"아무튼 이건 의심의 여지가 없는 타살입니다. 흉기는 '비스터리'라고 부르는 세모날입니다. 간단한 외과 수술용 메스죠."

"책상 위의 이 쟁반에 놓여 있던 거로군요."

레인 씨가 생각에 잠긴 표정으로 중얼거렸다.

불 검시관이 어깨를 으쓱거렸다. 아마도 레인 씨의 의견이 옳은 듯했다. 책상 위에는 고무를 깐 쟁반이 놓여 있었는데, 거기에는 별의별 모양의 외과용 도구들이 잔뜩 담겨 있었다. 탁자 곁에 있는 전기 소독기에서는 아직도 김이 모락모락 피어오르고 있었다. 아마도 포셋 박사는 그 소독기로 쟁반에 담긴 도구들을 살균하려고 했던 것 같았다. 불 검시관이 급히 다가가서 소독기의 스위치를 껐다. 방 안의 광경이 점차 뚜렷이 들어오기 시작했다. 그 방은 훌륭한 시설이 갖추어진 진료실로, 한쪽에는 진찰대가 놓여 있었고 커다란 형광 투시경과 X선 장치, 그 밖에도 나로서는 용도를 알 수 없는 갖가지 장비들이 놓여 있었다. 책상 위의 쟁반 옆에는 불 검시관의 것과 비슷한 검은 왕진 가방이 열려 있었다. 그 가방에는 '의학 박사 아이라 포셋'이라는 글씨가 깨끗이 인쇄되어 있었다.

"상처는 한 군데뿐입니다."

불 검시관이 시체에서 뽑아낸 흉기를 찬찬히 들여다보며 말했다. 그 흉기의 가늘고 긴 날 끝은 낚싯바늘처럼 휘어져 있었고 날 전체에는 거무스름한 피가 묻어 있었다.

"볼품없어 보이지만 살인 도구로서는 상당히 효과적이었던 셈이죠, 흄 씨. 보시다시피 이렇게 피가 많이 흘렀으니까요."

불 검시관이 발로 시체를 가리켰다. 시체 곁의 짙은 회색 융단에는 핏자국이 커다랗게 나 있었는데, 상처에서 뿜어 나온 피가 입고 있는 옷을 거쳐 바닥에 스며든 것 같았다.

"실제로 칼날이 늑골 한 대를 스치며 지나갔어요. 그 때문에 치명적인 상처를 입은 거죠."

"하지만……."

흄이 초조한 듯이 말을 꺼내는 순간, 레인 씨가 눈을 가늘게 뜨면서 시체 옆에 무릎을 꿇고 앉더니 시체의 오른팔을 들어 올려 자세히 들여다보았다.

레인 씨가 고개를 들고 물었다.

"이건 무엇입니까, 불 검시관님? 이걸 보셨습니까?"

검시관은 별 관심 없는 투로 레인 씨가 받쳐 들고 있는 시체의 오른팔을 내려다보았다.

"아, 그거 말입니까? 물론 봤습니다. 하지만 그건 별로 중요한 게 아닙니다. 신경이 쓰이시나 봅니다만, 그건 상처가 아닙니다."

레인 씨가 지적한 것은 포셋 박사의 오른쪽 손목 안쪽에 눌러 붙어 있는 타원형에 가까운 세 군데의 혈흔이었다.

"잘 보십시오. 동맥 위입니다."

불 검시관이 말했다.

"네, 그건 저도 압니다."

레인 씨가 냉정한 어조로 말을 이었다.

"하지만 전문가인 당신의 의견에도 불구하고 저는 이것이 중요하다고 봅니다."

나는 레인 씨의 팔을 잡으며 외쳤다.

"레인 선생님, 그건 가해자가 범행을 저지른 뒤에 피 묻은 손으로 피살자의 맥박을 짚어본 자국 같아요!"

"훌륭합니다, 페이션스 양."

레인 씨는 희미하게 미소를 떠올리며 말을 이었다.

"내 생각도 마찬가지입니다. 그런데 가해자는 어째서 그랬을까요?"

"아마도 포셋 박사의 죽음을 확인하려고 그랬을 테죠."

"그거야, 물론 그럴 테죠."

존 흄이 끼어들며 말을 이었다.

"하지만 그게 무슨 상관이랍니까? 자, 일을 서두릅시다, 케니언 서장. 그리고 불 선생님께선 시체 부검을 잘 좀 해주십시오. 아무튼 모든 걸 철저히 하고 싶으니까요."

불 검시관은 공중위생국의 시체 운반용 트럭이 오기를 기다렸다. 그가 시체에 흰 시트를 덮기 전에 나는 포셋 박사의 죽은 얼굴에 마지막으로 한 번 더 눈길을 던졌다. 그 얼굴에 떠오른 표정은 공포와는 거리가 멀었다. 그것은 냉혹하면서도 어쩐지 놀란 듯한 표정이었다.

지문 감식반 형사들이 작업을 시작했다. 케니언 서장은 방 안을 성큼성큼 걸어 다니며 큰 소리로 부하들에게 이것저것 명령을 내렸고, 존 흄은 루퍼스 코튼과 한쪽에서 얘기를 주고받고 있었다. 그러던 중 드루리 레인 씨가 낮게 외치는 소리가 들리자 모두 일제히 그를 향해 고개를 돌렸다. 그때 레인 씨는 책상 뒤에 서 있었는데 분명히 서류 밑에서 발견한 듯한 어떤 물건을 들고 있었다.

그것은 전날 밤 포셋 박사가 잔뜩 일그러진 표정으로 들여다보았던 그 상자 토막이었다.

"허어! 이거 정말 놀랍군요. 틀림없이 여기 있으리라고 생각은 했습니다만……. 그런데 페이션스 양, 이것에 대해 어떻게 생각하십니까?"

레인 씨가 나에게 물었다.

그것은 지난번에 발견한 첫 번째 것과 마찬가지로 톱으로 자른 상자의 일부였다. 이번 것은 양쪽 면이 톱으로 잘린 것으로 보아 상자의 가운데 부분인 듯했다. 겉면에는 역시 금색으로 대문자 두 개가 쓰여 있었다.

그러나 이번의 문자는 'JA'였다.

"처음 것에는 'HE'가 쓰여 있었는데 이번에는 'JA'로군요."

나는 중얼거리듯 말을 이었다.

"그렇지만 선생님, 저는 전혀 무슨 뜻인지 모르겠어요."

"정말 터무니없군요!"

흄이 화가 난 듯 외쳤다. 그는 아버지의 어깨 너머로 그것을 들여다보며 말을 이었다.

"도대체 그(HE)가 누구란 말입니까! 그리고 또 'JA'라니……."

"독일어로 'JA'는 영어로 '예스(YES)'라는 뜻이지요."

나는 별 생각 없이 그렇게 말했다. 그러자 흄이 소리쳤다.

"그렇군요! 그렇다면 의미가 통하는군요."

레인 씨도 맞장구쳤다.

"페이션스 양. 이건 아주 중요한 단서랍니다. 게다가 아주 묘합니다, 정말 묘해요!"

레인 씨는 무언가를 찾는 듯이 재빨리 방 안을 둘러보더니 눈을 빛내며 서둘러 방 한쪽 구석으로 다가갔다. 거기에는 크고 두툼한 사전이 작은 탁자 위에 놓여 있었다. 흄과 아버지는 의아한 표정으로 레인 씨를 바라보았다. 하지만 나는 레인 씨가 무엇을 하려는 것인지 알고 있었다. 나도 열심히 생각해보았다. H-E-J-A……. 분명히 이런 순서일 것이다. 두 자씩 따로 나누면 무의미해진다. 그러므로 이것은 하나의 단어일 것이다. H-e-j-a……. 하지만 그런 단어는 없다. 분명히 없다고 나는 단정했다.

레인 씨는 천천히 사전을 덮으며 부드럽게 말했다.

"과연 생각했던 대로군요."

그런 뒤 그는 생각에 잠긴 채 시체 앞을 왔다 갔다 했다.

"두 상자 토막을 합쳐볼 수 있다면, 그건 아마도……."

그는 낮은 음성으로 말을 이었다.

"하지만 지난번에 발견한 그 첫 번째 토막이 이곳에 없는 게 유감이로군요."

"누가 그게 이곳에 없다고 하던가요?"

케니언이 냉소적인 어조로 그렇게 말하더니 뜻밖에도 주머니에서 그 첫 번째 토막을 꺼냈다.

"어쩌면 이게 필요할지도 모른다는 생각이 들어서 이리로 오기 전에 증거물 보관실에 들러 빼내 온 겁니다."

그는 레인 씨에게 불쑥 그것을 내밀었다.

레인 씨는 낚아채다시피 재빨리 그것을 집어 들었다. 이어서 그는 책상 위로 허리를 굽히며 순서대로 그 두 토막을 세워보았다. 그러자 작은 금속 고리며 모든 부분들이 잘 맞물렸다. 그것들은 본래는 하나의 작은 나무 상자였음이 분명한 것이다. 겉면에 쓰인 문자들도 'HEJA'라는 글자로 명확히 이어졌다. 그때 내 머릿속에서는 섬광이 번득였다. 이 네 개의 문자는 완전한 하나의 단어가 아니라는 것을 깨달은 것이었다. 즉 또 하나의 문자, 혹은 두 개의 문자가 그 뒤에 분명히 이어져야만 했다. 왜냐하면 하나의 단어가 그 작은 상자에 쓰였다면 분명히 상자 가운데 부분을 중심으로 쓰였을 텐데, 'A'자가 가운데 상자 토막에 쓰여 있으니 뒤에 이어지는 문자가 없다면 단어 전체의 위치가 치우치게 되는 것이었다.

레인 씨가 중얼거리듯 말했다.

"보시다시피 여기에 또 하나의 토막이 더 있어야만 본래의 완전한 상자가 될 수 있습니다. 그리고 조금 전에 사전을 찾아본 결과, 여기에는 없는 또 하나의 토막에 쓰여 있는 문자가 무엇인지도 알게 되었습니다. 영어 사전에 'h-e-j-a'로 시작되는 단어가 딱 하나 있었으니까요."

"그럴 리가 없습니다! 그런 단어는 이제껏 한 번도 들어본 적이 없어요."

흄이 단호하게 말했다.

"반드시 그게 특정한 의미를 가진 보통 명사일 필요는 없습니다."

레인 씨가 부드럽게 미소 지으며 말을 이었다.

"다시 말씀드립니다만, 영어 사전에는 'h-e-j-a'로 시작되는 단어가 딱 하나 있습니다. 그 단어는 단순한 영어가 아니라 외래어입니다."

"그게 무엇이죠?"

내가 천천히 물었다.

"그건 바로 'Hejaz'입니다."

그 말을 듣고 우리 모두는 마치 레인 씨가 뜻 모를 주문이라도 외는 듯이 어리둥절한 표정을 지으며 눈을 끔벅거렸다. 흄이 항의하듯 큰 소리로 말했다.

"좋습니다. 그렇다고 칩시다. 하지만 그 단어의 뜻이 대체 뭐란 말입니까?"

"'Hejaz'란 아라비아의 어느 지방 이름입니다."

레인 씨는 조용히 말을 이었다.

"그리고 묘하게도 'Hejaz'의 수도는 메카입니다."

흄은 어이가 없다는 듯이 양손을 번쩍 들어 올려 보였다.

"대체 무슨 말을 하시고 싶은 겁니까? 아라비아라뇨? 메카라고요? 이거야 원, 황당하기 그지없군요!"

"황당하다고요, 흄 씨? 이것을 둘러싸고 두 명의 남자가 살해되었는데도 말입니까? 물론 문자 그대로 아라비아나 아라비아인과 관계가 있다고만 해석한다면 황당하게 여겨질 수도 있다는 것은 저도 인정합니다. 하지만 꼭 그런 식으로만 해석할 수 있는 건 아닙니다. 그래서 저는 좀 다른 각도에서 생각을 해봤습니다……."

냉정하게 말하던 레인 씨는 문득 입을 다물더니 곧이어 조용히 덧붙였다.

"그리고 아시겠지만, 이로써 범행이 모두 끝났다고 볼 수는 없습니다, 흄 씨."

"끝난 게 아니라고요? 그렇다면 또 다른 살인 사건이 일어난다는 말씀입니까?"

아버지는 믿어지지 않는 듯이 눈썹을 치켜세우며 되물었다.

레인 씨는 뒷짐을 지며 대답했다.

"그렇게 봐야 하지 않을까요? 지난번 최초의 피해자는 상자의 'HE' 부분을 받고 난 뒤에 살해되었습니다. 그리고 이번의 피해자는 상자의 'JA' 부분을 받은 뒤에 살해됐습니다……."

"그래서 다음번에는 누군가가 상자의 마지막 부분을 받고 난 뒤에 살해당한다, 그 말씀인가요?"

케니언 서장이 천박한 미소를 흘리면서 그렇게 말했다.

"반드시 그렇다는 것은 아닙니다."

레인 씨는 한숨을 쉬며 말을 이었다.

"만약 이제까지 일어난 두 사건이 어떤 의미를 지니고 있다면 세 번째 인물은 상자의 마지막 토막을 받을 것이고, 거기에는 'Z'라는 문자가 쓰여 있을 것이며, 또한 그 인물은 살해당할 것이라고 생각할 수 있습니다. 요컨대 'Z' 살인이라고나 할까요."

레인 씨는 언뜻 미소를 떠올리며 말을 이었다.

"하지만 다음번에도 종전과 같은 수법으로 범행이 저질러진다고 볼 수는 없겠지요."

이어서 레인 씨는 날카로운 어조로 얘기를 마무리 지었다.

"중요한 것은 제3의 인물이 존재한다는 점입니다. 즉 포셋 상원의원과 포셋 박사와 함께 삼인조를 이루고 있는 최후의 인물이 말입니다!"

"어떻게 그걸 알 수 있습니까?"

아버지가 물었다.

"아주 간단합니다. 어째서 처음부터 상자는 세 부분으로 잘렸겠습니까? 그 이유는 말할 것도 없이 세 사람에게 보내기 위해서입니다."

"하지만 그 제3의 인물이 바로 범인인 다우란 말입니다. 그러니 보내기는 누구에게 보낸단 말입니까? 그 마지막 토막이 바로 자기 것인데!"

케니언이 퉁명스레 말했다.

"천만에요! 전혀 그렇지 않습니다, 케니언 씨."

레인 씨가 부드럽게 말을 이었다.

"그 제3의 인물은 다우가 아닙니다."

그런 뒤에 레인 씨는 그 상자에 관해서는 더는 아무 말도 하지 않았다. 존 흄이나 케니언이 그 상자에 관한 레인 씨의 견해를 받아들이지 않는다는 것은 그들의 표정으로 보아 잘 알 수 있었다. 아버지마저도 거기에 대해서는 미심쩍어하는 듯한 표정이었다.

레인 씨는 힘주어 입술을 한 번 꾹 다무는가 싶더니 별안간 물었다.

"그런데, 편지는 어디 있습니까?"

"아니 어떻게 그걸……."

케니언이 놀란 표정을 지으며 멍청하게 입을 벌리고 그를 바라보았다.

"자, 괜히 시간 낭비하지 맙시다. 당신이 편지를 발견했습니까?"

케니언이 고개를 설레설레 저으며 주머니에서 작은 쪽지를 꺼내 레인 씨에게 건네주었다.

"책상 위에서 발견했습니다."

케니언이 쑥스러운 듯이 말을 이었다.

"그런데 편지가 있다는 걸 어떻게 알았습니까?"

그것은 어젯밤 내가 포셋 박사의 방을 훔쳐보았을 때, 포셋 박사가 그 작은 상자의 가운데 토막을 움켜쥔 채 마주하고 있던 책상 한편에 놓여 있었던 쪽지였다.

흄이 레인 씨의 손에서 그 쪽지를 가로채며 외쳤다.

"허어! 대체 이게 어떻게 된 일이오, 케니언! 어째서 내게 이 편지에 대해 진작 얘기해주지 않았소?"

흄이 혀를 끌끌 차며 중얼거리듯 말을 이었다.

"어쨌든 이제 다시 현실적인 문제로 돌아오게 되었군."

그 편지의 내용은 잉크로 적혀 있었고 종이는 여러 사람의 손을 거친 듯 더럽혀져 있었다. 흄이 소리 내어 그 내용을 읽었다.

*탈옥은 수요일 오후로 결정되었다. 도로 공사 도중에 도망쳐라. 감시하게 될 교도관들 쪽에는 이미 손을 써놓았다. 지난번 쪽지로 알려준 오두막에 식량과 옷이 있다. 그곳에 숨어 있다가 수요일 밤 11시 30분에 이곳으로 오라. 돈을 준비해놓고 혼자 기다리겠다. 조심하기 바란다.*

*I. F.*

"'I.F.'라면 아이라 포셋이 분명하군요! 잘됐군요, 아주 잘됐습니다! 이번에야말로 다우에 대한 움직일 수 없는 증거를 잡게 되었으니까요. 어떤 이유에서인지는 알 수 없지만 포셋 박사가 다우의 탈옥을 도왔고 교도관들을 매수했던 겁니다……."

지방 검사 존 흄이 외치듯 말했다.

"포셋 박사의 필적이 맞는지 확인해보시지요."

아버지가 무뚝뚝하게 말했다. 레인 씨의 표정은 공허한 듯하면서도 약간은 흥미를 느끼는 듯도 했다.

포셋 박사의 필적 견본이 몇 가지 제출되었다. 비록 그곳에 필적 감정에 정통한 사람이 아무도 없었지만, 누가 비교해보더라도 그 편지의 필적이 포셋 박사의 것임은 한눈에 알 수 있었다.

"다우가 결국은 포셋 박사를 속인 겁니다. 이로써 모든 게 확실해졌습니다. 다우는 돈을 챙긴 뒤 포셋 박사를 죽이고 도망친 겁니다."

케니언 서장이 우쭐거리듯 말했다.

"그리고 저 편지는 증거품으로 남기기 위해 일부러 여기에 두었단 말이죠?"

아버지가 빈정대듯 말했다.

아버지의 빈정거림이 케니언 서장에게는 통하지 않았지만, 지방 검사 존 흄은 이 사건 현장에 도착한 이래 벌써 열 번도 넘게 근심스러운 표정을 짓고 있었다.

케니언 서장이 의기양양하게 말했다.

"흄 검사님, 당신이 이곳에 도착하시기 전에 저는 이미 은행 쪽도 전화로 조회해봤습니다. 저는 빈틈없는 사람이니까요. 그랬더니 과연 제가 짐작한 대로였습니다. 포셋 박사는 어제 오전에 자신의 예금 구좌에서 2만 5천 달러나 찾아갔다는 겁니다. 그리고 그 돈은 지금 이 집에는 없습니다."

"방금 어제 오전이라고 하셨습니까? 케니언 씨, 그게 정말입니까?"

레인 씨가 다급하게 물었다.

케니언이 으르렁거리듯 말을 받았다.

"이봐요, 레인 씨. 내가 어제 오전이라고 하면 어제……."

"아아, 흥분하지 마십시오. 이건 아주 중요한 문제입니다."

레인 씨가 낮게 말했다. 나는 그때 그토록 생기에 넘친 레인 씨의 모습은 처음 보았다. 두 눈은 한껏 빛났고 양 볼에는 젊은이처럼 건강한 혈색이 감돌았다.

"그러니까 당신이 말씀하신 어제 오전이란 수요일 오전이라는 뜻이지, 목요일 오전은 아닐 테죠?"

"아, 그렇다니까요."

케니언이 퉁명스레 대답했다.

"그러고 보니 어째 좀 이상하군요."

흄이 중얼거리듯 말을 이었다.

"이 편지에도 다우의 탈옥이 수요일로 정해져 있는데 다우는 오늘, 그러니까 목요일에 탈옥했습니다. 아무래도 이건 좀……."

"편지를 한번 뒤집어보시지요."

레인 씨가 부드럽게 제안했다. 그는 확실히 날카로운 관찰력의 소유자였다. 우리 모두가 간과했던 바로 그 점을 그가 지적했던 것이다.

흄이 재빨리 그 쪽지를 뒤집어보았다. 그러자 과연 거기에는 또 다른 내용이 적혀 있었다. 연필로 쓴 서툰 활자체는 지난번에 포셋 상원의원의 금고에서 찾아냈던 그 첫 번째 편지에서 보았던 낯익은 필체였다. 그 내용은 다음과 같았다.

*수요일에는 탈옥할 수 없다. 목요일에 하겠다. 소액권으로 돈을 준비하고 목요일 밤 같은 시간에 기다려라.*

*아론 다우*

"아하! 이제 확실히 알겠군요."

흄이 의문이 풀린 듯이 밝은 표정으로 말을 이었다.

"다우는 자신의 메시지가 진짜임을 나타내 보이기 위해 포셋이 보낸 쪽지 뒷면에다 글을 써서 교도소 밖으로 내보냈던 겁니다. 어째서 탈옥 날짜를 하루 연기했는지는 문제될 게 없습니다. 아마도 교도소 내부 사정으로 하루 더 연기할 수밖에 없었든지, 혹은 막상 구체적인 탈옥 계획이 잡히고 보니 겁이 나서 용기를 가질 시간이 하루 더 필요했는지도 모르죠. 레인 씨, 포셋 박사가 수요일 오전에 돈을 찾은 것이 아주 중요하다고 하신 이유는 바로 이 때문일 테죠?"

"천만에요."

레인 씨가 말했다.

흄은 뜻밖이라는 표정으로 레인 씨를 바라보다가 어깨를 으쓱했다.

"뭐 어쨌든 상관없습니다. 이번 사건의 경우에는 의심할 여지가 없으니까요. 이번에야말로 다우는 전기의자 신세를 지지 않을 수 없을 겁니다."

흄은 만족스레 미소를 지었다. 처음에 품었던 의혹들은 이제 말끔히 가신 듯했다.

"레인 씨, 당신은 아직도 다우가 결백하다고 믿으십니까?"

레인 씨는 한숨을 쉬었다.

"여기에서도 저는 아직 다우가 결백하다는 저의 믿음을 흔들리게 할 만한 것을 하나도 발견하지 못했습니다."

이어서 레인 씨는 문득 생각이 난 듯이 덧붙였다.

"오히려 이 모든 상황은 다른 누군가가 범인임을 가리키고 있습니다."

"그게 누구죠?"

아버지와 나는 동시에 소리쳤다.

"아직은 누구라고 단정 지을 수가 없군요."

## 17:
## 위험한 활약

이제 와서 그 몇 시간 동안에 벌어졌던 경황없던 일들을 돌이켜보니, 사건이 얼마나 빠르고도 필연적으로 그 놀라운 클라이맥스를 향해 달려갔는지를 알 수 있었다. 하지만 그때 적어도 아버지와 나의 경우에는 전혀 앞을 내다볼 수 없는 짙은 안개에 싸여 있었다. 그러므로 그때 일어났던 일도 나는 체계적으로 설명할 수가 없다. 흰 시트를 씌운 시체의 운반 광경, 지방 검사 존 흄이 활달하게 명령하는 소리와 알곤킨 교도소의 매그너스 소장과 통화하는 소리, 여전히 행방을 알 수 없는 탈옥수의 체포 계획을 의논하는 소리, 조용히 현장에서 물러나온 우리, 이어서 차 안에서 느껴지던 레인 씨의 무거운 침묵 등.

그리고 그다음 날…… 모든 일들은 너무도 빠르게 진행되었다. 제레미는 클레이 씨와 약간 심각한 말다툼을 한 뒤 여느 때처럼 아침 일찍 채석장으로 나갔다. 클레이 씨는 포셋 박사가 살해당했다는 소식을 들은 이래 몹시 동요하고 있었고, 자신에게 상원의원 선거에 입후보할 것을 권유한 아버지를 원망하는 듯했다. 결과적으로 살해당한 두 악당의 대역이 된 셈인 그가 그런 태도를 보이는 것도 무리는 아니었다.

아버지는 무뚝뚝한 태도로 클레이 씨에게 입후보를 취소하라고 충고했다.

"뜻밖의 사태가 벌어진 것뿐입니다. 나를 원망하지 마십시오. 그리고 걱정할 것도 없습니다, 클레이 씨. 신문기자들을 불러서 당신은 처음부터 포셋 일당의 비행을 밝혀내기 위해 입후보했을 뿐이라고 말씀하시면 됩니다. 진실을 밝히는 것입니다. 그러면 됩니다. 설마 진짜로 상원의원이 되고 싶으셔서 입후보하신 건 아닐 테죠?"

"물론 그렇지는 않습니다."

클레이 씨가 눈살을 찌푸리며 답했다.

"그렇다면 좋습니다. 이제 저는 흄을 만나서 포셋의 부정 거래에 대해 그동안 제가 수집한 모든 증거들을 건네주겠습니다. 그런 뒤, 당신은 제가 말씀드린 대로 기자들에게 진실을 밝히고 입후보 사퇴를 발표하는 겁니다. 그렇게 되면 흄은 경쟁자 없이 상원의원에 당선될 수 있으므로 당신에게 고마워할 것이고, 또한 틸덴 카운티의 모든 주민들도 당신을 더욱 존경할 것입니다."

"글쎄……."

아버지는 밝은 표정으로 말을 이었다.

"그리고 이제…… 이곳에서의 제 본래 임무도 끝난 셈입니다. 하지만 제가 별 도움을 드리지 못했으니 실제로 쓴 비용만 받기로 하겠습니다. 그것은 이미 받은 착수금만으로도 충분합니다."

"그럴 수는 없습니다, 경감님! 결코 저는 그런 뜻으로……."

그때 가정부 마사가 내게 전화가 왔다고 알려주었다. 나는 두 사람이 사이좋게 다투는 곳에서 물러났다. 그 전화는 제레미에게서 온 것이었는데, 그의 첫마디를 듣자마자 나는 그가 몹시 흥분해 있다는 것을 곧바로 느낄 수 있었다.

"패티! 옆에 누가 있어?"

그가 낮고 긴장된 목소리로 거의 속삭이듯 말했다.

"아뇨, 그런데 무슨 일이죠, 제레미?"

"잘 들어, 패티. 중요한 일이야."

제레미는 빠른 어조로 말을 이었다.

"이 전화는 지금 채석장 사무실에서 걸고 있는 건데, 비상사태라고. 즉시 이리로 와줘야겠어, 패티, 지금 당장 말이야!"

“하지만 제레미, 대체 무슨 일이죠?”

내가 힘주어 말했다.

“아무것도 묻지 말고 당장 내 차를 몰고 이리로 와줘. 그리고 이 사실은 아무에게도 말하지 말라고. 내 말 알겠지? 당장 서둘러줘, 패티. 급한 일이니 제발!”

나는 재빨리 행동했다. 수화기를 놓자마자 옷매무새를 바로 하고는 모자와 장갑을 가지러 2층으로 올라갔다가 계단을 급히 내려와 다시 베란다로 침착하게 걸어 나갔다. 아버지와 클레이 씨는 그때까지도 옥신각신하고 있었다.

“저어, 제레미의 자동차로 바람 좀 쐬고 올게요. 괜찮겠죠?”

다행히도 두 사람의 귀에는 내 얘기 따윈 들리지도 않는 듯했다. 그래서 나는 재빨리 차고로 달려가서 제레미의 차에 뛰어올랐다. 이어서 나는 휘청대며 날아가는 화살처럼 저택 도로를 빠져나오며 마치 지옥의 사자들에게 쫓기기라도 하듯 쏜살같이 언덕길 아래로 차를 몰았다. 그때의 나는 오로지 한시라도 빨리 채석장으로 가야 한다는 생각에 사로잡혀 있었을 뿐이었다.

내가 10킬로미터나 되는 그 거친 길을 돌파하는 데는 단 칠 분 정도밖에 걸리지 않았다. 내가 흙먼지를 일으키며 채석장 사무실 앞 공터에 차를 대자, 제레미는 마치 젊은 남자가 뜻밖에 젊은 여자의 방문을 받았을 때 흔히 보이는 얼빠진 미소를 지으며 자동차 발판에 한쪽 발을 올렸다.

하지만 그의 말투는 얼이 빠져 있지 않았다. 내 시야의 한쪽에서 이탈리아 출신의 노동자 한 사람이 능글맞은 미소를 띠고서 우리를 바라보는 것이 보였다.

“잘 왔어, 패티.”

제레미는 여전히 표정을 바꾸지 않은 채 말했지만 그 목소리에는 굉장한 긴장감이 깃들어 있었다.

“그런 놀란 표정 짓지 말고 내게 웃어 보이라고.”

할 수 없이 나는 그가 시키는 대로 억지웃음을 지어 보였다.

"패티, 나는 아론 다우가 숨어 있는 곳을 알고 있어!"

"오, 제레미!"

나는 너무 놀라서 숨이 막힐 정도였다.

"쉿! 계속 웃으라고. 얘기해줄 테니……. 그러니까 여기서 일하는 석공 한 사람이 아까 내게 와서 슬쩍 알려주더군. 믿을 만하고 입이 무거운 사람이라서 이 사실을 함부로 입 밖에 내지 않을 거야. 아무튼 그는 점심시간에 산책을 하다가 시원한 그늘을 찾아 숲속으로 들어가게 되었다더군. 이곳에서 약 1킬로미터쯤 떨어진 곳이야. 그런데 거기에 있는 낡은 오두막에 다우가 숨어 있는 것을 언뜻 봤다는 거야!"

"다우가 확실한가요?"

내가 속삭이듯 물었다.

"그래, 확실하댔어. 그는 신문에 실린 사진을 봐서 다우의 얼굴을 알고 있다고 했어. 그런데 이제 우린 어떡해야 하지, 패티? 다우가 결백하다고 당신이 믿고 있는 걸 알지만……."

"제레미 클레이 씨, 그는 정말 결백해요. 그리고 어쨌든 내게 연락해주어서 고마워요."

나는 힘주어 말했다.

더러운 흙먼지투성이 작업복을 걸치고 있는 그의 모습은 소년 같았으며, 어쩐지 별 도움이 될 것 같지도 않았지만 나는 말을 이었다.

"제레미, 나와 함께 그곳으로 가요. 그를 숲속에서 데리고 나와 어딘가 다른 곳으로 도망갈 수 있게 해주자고요……."

우리는 마치 겁먹은 공범자처럼 한동안 서로의 얼굴을 마주 보았다.

이윽고 제레미가 결심을 굳힌 듯 단호히 말했다.

"좋아, 가자고! 하지만 자연스럽게 행동해야 해. 숲속으로 산책 나가는 듯이 말이야."

여전히 웃음 띤 얼굴로 제레미는 내가 차에서 내리는 것을 도와준 뒤, 내게 힘을 북돋워주려는 듯이 내 팔을 꼭 잡았다. 이어서 그는 장난스레 우리를 바라보는 석공들에게 마치 정다운 연인처럼 보이려는 듯 고개를 숙이고 뭔가를 열심히 중얼거리면서 나를 이끌고 숲 쪽으로 향했다. 나는 나직하게 웃으면서 짐짓 애정이 담긴 눈길로 그를 바라보았다. 하지만 그러는 동안에도 줄곧 내 머릿속은 혼란스러웠다. 이제부터 우리가 하려는 일은 아주 위험한 일이었다. 하지만 만약 이번에 다우가 잡히고 만다면 끔찍한 전기의자에 앉게 되는 신세를 결코 면치 못할 것은 불을 보듯 뻔했다…….

숲속으로 들어서기까지는 몹시도 시간이 지루하게 느껴졌다. 하지만 일단 숲속으로 발을 내딛자, 머리 위의 푸른 나뭇가지들이 드리우는 시원한 그늘과 향기롭게 풍겨 오는 전나무 냄새로 우리는 마치 딴 세상에 들어선 듯했다. 이따금 들려오는 채석장의 발파음조차도 아주 먼 곳에서 들리는 것처럼 희미했다. 우리는 그때까지 취했던 바보 같은 태도를 버리고 힘껏 내달리기 시작했다. 앞장선 제레미는 인디언처럼 경쾌하게 내달렸고, 나는 그의 뒤를 따라 숨을 헐떡이며 쫓아갔다. 그러던 중 갑자기 그가 멈춰 서는 바람에 나는 그와 부딪쳤다. 고개를 들어보니, 그의 젊은이다운 정직한 얼굴에는 놀라움과 공포와 절망의 빛이 차례로 떠오르고 있었다.

나 역시 그 소리를 들었다. 그것은 목에 매단 방울을 울리며 개들이 짖는 소리였다.

"맙소사! 이건 바로 이 근방에서 나는 소리야. 패티, 개들이 다우의 냄새를 맡은 모양이야!"

제레미는 나직하게 말했다.

"그래요. 우리가 너무 늦었군요."

나는 몹시 상심한 나머지 제레미의 팔에 매달렸다. 그러자 그는 내 어깨를 꽉 붙잡더니 내 치아가 딱딱 마주칠 정도로 세게 나를 흔들어댔다.

"지금은 그렇게 나약하게 굴 때가 아니라고, 제기랄!"

그는 화가 난 듯이 말을 이었다.

"가자! 아직도 희망이 있을지 모르니까."

그는 몸을 틀더니 곧바로 그늘진 오솔길을 날쌔게 달려갔다. 혼란스럽고 당혹스럽고 게다가 화가 나기까지 했지만 아무튼 나는 그의 뒤를 따라 달렸다. 나를 흔들고 욕까지 했겠다!

다시 한 번 그는 우뚝 멈춰 서더니 손으로 내 입을 막았다. 이어서 그는 몸을 낮추더니 손과 무릎으로 기듯이 하여 흙먼지투성이의 작은 관목 덤불을 빠져나가며 나를 끌어당겼다. 나는 입술을 깨물며 새어 나오려는 비명을 억지로 참았다. 덤불을 빠져나가느라 내 옷은 나뭇가지에 걸려 찢어졌고 무언가 날카로운 것에 손가락이 찔려 몹시 아팠다. 하지만 다음 순간 우리 앞에 펼쳐진 그 작은 빈터를 보자 나는 손가락의 아픔 따위는 곧바로 잊을 수 있었다.

과연 그 빈터에는 금방이라도 쓰러질 듯이 지붕이 내려앉은 작은 오두막이 있었다. 하지만 역시 너무 늦었다! 빈터 맞은편에서 개들이 으르렁거리는 소리가 점점 가까이 들려왔다.

한순간 그 빈터는 고요하고 평화스러워 보였다. 하지만 다음 순간 푸른 제복의 남자들이 오두막 쪽으로 총부리를 들이대며 위협하듯 나타났다. 그리고 사납게 생긴 큰 개들이 번개같이 오두막으로 달려가 굳게 닫힌 문을 마구 긁어대며 요란하게 짖어댔다. 곧 세 남자가 달려가 가죽끈을 붙잡고 개들을 뒤로 끌어당겼다.

제레미와 나는 절망적인 침묵 속에서 그 광경을 지켜보았다.

그때 갑자기 찢어질 듯한 총성과 함께 붉은 섬광이 오두막의 작은 두 창문 중 한쪽에서 뿜어져 나왔다. 이어서 리볼버의 총신이 재빨리 오두막 안쪽으로 도로 들어가는 걸 볼 수 있었다. 그리고 그와 거의 동시에 사나운 사냥개 중 한 마리가 괴상한 모양으로 공중에 튀어 올랐다가 풀썩 땅으로 떨어지며 고꾸라졌다.

"모두 물러서!"

흥분한 날카로운 목소리가 들렸다. 바로 아론 다우의 목소리였다.

"물러서라고! 그렇지 않으면 저 개 꼴이 되게 해줄 테다. 행여 나를 산 채로 잡을 생각은 말라고. 물러서! 물러서라니까!"

그의 목소리는 흡사 비명에 가까웠다.

나는 상체를 일으켜 세웠다. 나는 마치 막다른 골목에 몰린 듯한 기분이 들었고 황당한 생각이 머릿속에서 들끓어 올랐다. 다우가 방금 한 말은 진심일 거라고 생각했다. 이번에는 정말로 자신의 손으로 살인을 저지르게 될 것이다. 하지만 그것을 막을 방법이 없는 것은 아니다. 제정신으로는 생각할 수 없고 가능성도 실낱같은 방법이긴 하지만…….

제레미가 내 몸을 아래로 끌어당겼다.

"대체 무슨 짓을 하려는 거야, 패티?"

그가 긴장한 목소리로 속삭였다. 내가 그의 손을 뿌리치자 그는 어이없는 듯한 표정을 지었다…….

내가 제레미와 몸으로 승강이를 벌이는 동안 빈터의 광경은 달라지고 있었다. 나는 부하들 사이에서 조용히 웅크리고 있는 교도소장 매그너스의 모습을 보았다. 그들은 모두 나무숲 쪽으로 후퇴해 있었다. 그중 몇 명인가는 이미 우리 쪽을 목표로 이동하고 있었다. 그리고 어느 쪽이든 그곳에는 탐욕스러운 눈빛의 무장한 교도관들이 있었다…….

매그너스 소장이 빈터로 나아갔다.

"다우! 어리석은 짓 말기 바란다. 오두막은 이미 완전히 포위되었다. 너는 반드시 잡히게 되어 있다. 우리는 너를 죽이고 싶지 않다……."

탕! 마치 꿈속에서처럼 매그너스 소장의 오른손에서 붉은 핏줄기가 마술처럼 치솟는 것이 보였다. 이어서 마른땅에 붉은 핏방울이 뚝뚝 떨어졌다. 다우의 권총이 다시 한 번 불을 뿜은 것이었다. 교도관들 중 한 명이 나무숲에서 뛰쳐나가 멍하니 서 있는 소장을 데리고 뒤로 다시 돌아갔다.

나는 필사적으로 제레미의 손을 뿌리쳤다. 그리고 숨이 막힐 듯이 심장이 세차게 고동치는 것을 느끼며 있는 힘껏 빈터로 달려 나갔다. 시간이 멈춰버린 듯한 그 순간, 주위의 모든 것들이 죽은 듯이 조용해지는 것을 나는 느낄 수 있었다. 매그너스 소장도, 교도관들도, 사냥개들도 그리고 다우마저도 불 속으로 뛰어드는 듯한 나의 무모한 행동에 어이가 없어 멍해진 것 같았다. 하지만 나는 흥분으로 반쯤 광란 상태에 빠져 있었고, 제정신으로는 이해할 수 없는 어떤 목적에 공포를 느낀 나머지 스스로를 뜻대로 통제할 수가 없었다. 나는 제레미가 나를 붙잡으려고 뒤쫓아 나오지 않기를 마음속으로 빌었다. 그리고 바로 그 순간, 나는 그가 뒤에서 들이덮친 교도관 세 명에게 붙잡혀 몸부림치는 것을 볼 수 있었다.

나는 고개를 들었다. 그리고 또렷하게 외치고 있는 나 자신의 목소리를 들었다.

"아론 다우 씨, 저를 안으로 들어갈 수 있게 해주세요. 당신은 제가 누군지 아시지요? 저는 페이션스 섬이에요. 당신에게 꼭 해야 할 얘기가 있으니 제발 저를 안으로 들어갈 수 있게 해주세요."

그런 뒤 나는 오두막을 향해 뚜벅뚜벅 걸어 나갔다.

내 머릿속은 완전히 마비되어 있었다. 그때 만약 다우가 공포에 사로잡힌 나머지 나를 쏘았더라도 나는 아무것도 느끼지 못했을 것이다.

날카로운 목소리가 내 귀청을 울렸다.

"다른 놈들은 모두 물러서! 지금 나는 저 여자를 겨누고 있다. 누구든 다가오기만 하면 저 여자를 쏠 테다. 모두 뒤로 물러서!"

어쨌든 나는 오두막 문에 다다랐다. 그리고 문이 열리자 나는 음습한 오두막 안으로 휘청거리며 들어갔다. 뒤에서 큰 소리로 문이 닫히는 소리가 들렸다. 나는 문에 기댄 채 공포에 사로잡혀 학질에 걸린 노파처럼 몸을 떨었다…….

가엾게도 다우는 차마 눈뜨고 볼 수 없을 만큼 비참한 모습이었다. 흙먼지투성이의 몸으로 침을 흘리고 있었으며 수염이 더부룩하여 마치 '노트르담의 꼽추'처럼 추하고 역겨운 몰골을 하고 있었다. 하지만 그 외눈만은 침착했고 피할 수 없는 죽음과 맞서는 용사처럼 확고한 결의를 담고 있었다. 그리고 그의 왼손에는 아직도 연기가 가시지 않은 리볼버 권총이 쥐여 있었다.

그가 거친 목소리로 말했다.

"빨리 말해. 만약 이게 무슨 속임수라면 죽여버리겠어."

그는 재빨리 창밖을 살피며 재촉했다.

"어서 말해보라니까."

나는 속삭이듯 입을 열었다.

"아론 다우 씨, 이런 식으로는 아무것도 얻을 수가 없어요. 당신도 아시다시피, 저는 당신이 결백하다고 믿는 사람이에요. 그리고 구치소에서 만났던 친절하고 현명한 노신사 레인 씨와 지난날 뉴욕 경찰 본부 경감이었던 제 아버지도 당신의 결백을 믿고……."

"아무도 이 아론 다우를 산 채로 잡을 수는 없어."

다우가 중얼거리듯 말했다.

"아론 다우 씨, 이런 식으로는 죽음을 자초할 뿐이에요! 자수하세요. 그것만이 생명을 구할 수 있는 유일한 길이에요……."

나는 쉬지 않고 얘기를 계속했다. 나 자신이 무슨 말을 지껄이는지 제대로 의식하지 못하면서도 얘기를 계속했던 것이다. 아마도 우리가 그를 구하기 위해 최선을 다하고 있다는 것과 틀림없이 그를 구해주겠다는 말을 한 것 같다…….

마치 어딘가 먼 곳에서 들려오는 듯한 다우의 띄엄띄엄 속삭이는 소리를 나는 흐린 어둠 속에서 들었다.

"나는 죄가 없어요, 아가씨. 나는 절대로 그 녀석을 죽이지 않았어요. 정말입니다. 구해줘요, 제발 구해주세요!"

다우는 무릎을 꿇으며 내 손에 입을 맞추었다. 나는 무릎이 덜덜 떨렸다.

아직도 연기가 새어 나오는 듯한 권총이 바닥에 떨어졌다. 나는 노인을 부축해 일으켜 세운 뒤, 그의 쇠약한 어깨에 팔을 두르고는 문을 열고 오두막 밖으로 걸어 나갔다. 그리고 몇 걸음 옮기던 중에 나는 그만 기절하고 말았다.

아마도 그는 아주 순순히 자수했을 것이다. 내가 정신이 들었을 때에는 제레미가 내 얼굴을 들여다보고 있었고 누군가가 내 머리에 물을 끼얹고 있었다.

그날 오후의 일을 돌이켜볼 때마다 언제나 나는 몸서리가 처진다. 아버지와 레인 씨가 어디에선가 모습을 나타내어 나와 함께 존 흄의 사무실에서 가엾은 다우의 진술을 듣기 위해 앉아 있었던 일이 기억난다. 그리고 또한, 다우가 의자에 웅크린 채 비참한 표정으로 나와 레인 씨와 아버지의 얼굴을 번갈아 바라보며 끊임없이 동정을 구하고자 한 것이 기억난다. 그때 나는 마음이 아파 멍하니 앉아 있었고, 레인 씨는 몹시도 비극적인 표정을 하고 있었다. 흄의 사무실에 도착하기 한 시간쯤 전에 나는 레인 씨에게 내가 오두막에서 다우에게 했던 약속을 얘기했는데, 그때 그가 떠올린 표정과 그가 한 말을 나는 결코 잊을 수가 없을 것 같다.

그때 레인 씨는 더할 수 없이 괴로운 심정에서 우러나오는 목소리로 이렇게 말했다.

"페이션스 양! 그런 약속은 하지 말았어야 했습니다. 아직은 어떻게 될지 알 수 없습니다. 정말입니다. 물론 나는 어떤 실마리를 잡았습니다. 어쩌면 엄청난 것일지도 모르죠. 하지만 아직은 자신할 수 없습니다. 그러니 지금으로선 그를 구할 수 있을지 어떨지 알 수가 없단 말입니다."

그제야 나는 내가 저지른 행위의 중대함을 깨달았다. 나는 다우로 하여금 다시 한 번 희망을 품게 만든 것이었다. 아무도 책임질 수 없는 희망을…….

다우는 자신이 포셋 박사를 살해하지 않았으며 또한 그 저택에도 들어가지 않았다고 진술했다……. 그러자 지방 검사 존 흄은 책상 서랍에서 다우가 오두막에서 가지고 있던 권총을 꺼내 들었다.

흄이 엄한 어조로 말했다.

"이건 포셋 박사의 것이오. 그리고 포셋 박사의 조수는 바로 어제 오후에 이것이 포셋 박사의 진료실 책상 맨 위 서랍에 들어 있는 걸 봤다고 증언했소. 그러니 거짓말할 생각 마시오. 이건 당신이 거기에서 꺼낸 게 분명하오, 다우. 즉 당신은 틀림없이 그 저택에 갔었소."

다우는 고개를 떨구며 그 사실을 인정했다. 하지만 자신은 결코 포셋 박사를 죽이지 않았다고 강하게 부인했다. 그는 포셋 박사와 만나기로 약속이 되어 있었고, 밤 11시 반에 그가 저택 안에 들어갔을 때 포셋 박사는 피투성이가 되어 바닥에 쓰러져 있었으며, 그때 공포에 질린 상태에서 책상 위에 놓인 권총을 발견하고는 그대로 집어서 밖으로 뛰쳐나갔다고 진술했다……. 그리고 그 상자 토막 역시 자신이 보낸 것임을 인정했다. 하지만 그걸 보낸 방법과 거기에 쓰인 'JA'가 무엇을 뜻하는지는 굳게 입을 다물었다.

"그때 포셋은 이미 숨진 상태였나요?"

레인 씨가 긴장한 어조로 물었다.

"그래요. 하지만 나는 그 녀석이 죽어 있는 걸 보자마자……."

"확실한가요, 다우? 그가 죽어 있었다는 게 말이오?"

"그래요. 네, 선생님. 틀림없습니다!"

이어서 지방 검사 존 흄이 포셋 박사의 책상 위에서 발견한 쪽지를 다우에게 내보이며 그 뒷면의 메시지가 다우 본인이 쓴 것이 맞는지 확인하려고 했다. 그런데 뜻밖에도 다우는 강력하게 그 사실을 부인했다. 게다가 그의 주장이 너무도 진지해 보였기 때문에 적어도 드루리 레인 씨를 제외한 우리 모두는 깜짝 놀라고 말았다. 다우는 자신은 결코 그 쪽지를 본 적이 없다며 펄쩍 뛰었다. 즉 잉크로 'I.F.'라고 서명된 포셋의 필기체 편지를 자신은 읽은 적이 없으며, 또한 '아론 다우'라고 연필로 서명된 활자체의 편지도 자신은 쓴 적이 없다는 것이었다.

레인 씨가 재빨리 물었다.

"그렇다면 다우, 당신은 지난 며칠 동안 포셋 박사로부터 아무런 메시지도 받지 않았다는 말인가요?"

"아뇨, 선생님, 받았습니다. 하지만 이 편지는 아닙니다! 그러니까 화요일이었습니다. 저는 포셋에게서 편지를 받았어요. 목요일에 탈옥하라고 적혀 있었습니다. 정말입니다, 선생님. 분명히 목요일이라고 적혀 있었어요!"

"지금도 그 편지를 가지고 있나요?"

레인 씨가 천천히 물었다.

하지만 다우는 그 편지를 교도소의 하수구에 버렸다고 대답했다.

"이해가 가지 않는군요. 어째서 포셋 박사가 이자를 그런 식으로 속여야만 했을까요? 아니, 어쩌면……."

흄이 중얼거리듯 말했다.

레인 씨는 무언가를 말하려다가 고개를 저으며 침묵을 지켰다. 그리고 내게는 서서히 아주 조금씩 빛이 보이기 시작했다.

지방 검사 존 흄은 이번에도 편리한 방법을 택했다. 그는 또다시 재판의 논고를 지방 검사보인 스위트에게 맡긴 것이다. 다우는 아무런 문제 없이 제1급 살인범으로 기소되었고 모든 절차가 놀랄 만큼 신속히 진행되었으므로 우리가 숨 돌릴 틈도 없이 재판일이 다가왔다. 가장 큰 두통거리는 리즈 시민들로부터 다우를 보호하는 일이었다. 동일인이 두 번이나 살인죄로 기소된 데 대해 리즈 시민들이 격분했기 때문이다. 그래서 다우의 호송인들은 구치소와 법정을 오갈 때마다 특별히 엄중한 경호와 보안을 유지할 필요가 있었다.

마크 커리어는 수수께끼 같은 인물이었다. 그는 레인 씨로부터 변호료를 받으려 하지 않았다. 그의 살찐 얼굴은 무표정해서 대체 무슨 생각을 하고 있는지 도무지 추측할 수가 없었다. 어쨌든 다시 한 번 그는 승산 없는 재판에서 최선을 다해 싸웠다.

드루리 레인 씨가 절망과 무력감에 휩싸여 말없이 앉아 있는 가운데 아론 다우는 재판을 받았다. 배심원들이 사십오 분간 토의한 결과 그는 제1급 살인범으로 판정받았으며, 불과 한 달여 전에 그에게 종신형을 선고한 판사에 의해 전기의자에 의한 사형을 선고받았다.

"본 법정은 피고 아론 다우를 사형에 처하기로 하며…… 그 집행일은 다음 주 중에 법이 정한 바에 따라 결정하기로 한다."

보안관 대리 두 명이 그에게 수갑을 채우고 무장한 교도관들이 그를 둘러쌌다. 아론 다우는 겨울 묘지의 얼어붙은 흙과도 같은 사형수 독방의 침묵이 그의 머리를 덮어씌우려고 기다리고 있는 알곤킨 교도소로 호송되었다.

## 18:
## 암담한 시기

그 후 우리는 희망의 미풍이 불어오기를 간절히 빌면서 무풍지대에 갇혀 지냈다. 뜨거운 햇살이 내리쬐는 가운데 전혀 미동도 하지 않는 거울 같은 바닷속으로 침몰하는 것 같은 상태였다. 우리 모두는 너무나 지쳐 있었다. 도무지 불어올 줄 모르는 바람을 맞이하고자 돛을 펼치느라 지쳤고, 싸우느라 지쳤으며, 생각하느라 지쳤다.

아버지와 클레이 씨도 서로의 이견을 조정했다. 아버지나 나나 더는 다툴 기운조차 없었으므로 클레이 씨가 제안하는 대로 당분간 그의 저택에 계속 머물기로 했다. 하지만 우리는 그곳에서 거의 잠만 잘 뿐이었다. 아버지는 침착하게 있지 못하고 거구의 유령처럼 내키는 대로 시내를 쏘다녔고, 나는 나대로 언덕 위의 뮤어 신부 댁을 자주 방문했다. 어쩌면 다우에 대한 죄책감 때문에 되도록 그가 있는 곳 가까이에 있어주어야 할 것 같은 생각이 들었는지도 모른다. 뮤어 신부는 매일 아론 다우를 만났지만 어떤 이유에서인지 다우의 근황을 입 밖에 내려 하지 않았다. 뮤어 신부의 얼굴에 고뇌의 빛이 가득한 걸로 미루어 보아 아마도 다우는 우리를 저주하고 있는 게 분명한 듯했다. 그래서 우리의 기분도 더욱 무겁기만 했다.

최선을 다해 노력했지만 성과는 없었다. 나는 드루리 레인 씨가 다우가 판결을 기다리며 구치소에 갇혀 있을 때 비밀리에 그를 찾아갔던 사실을 알게 되었다. 그때 두 사람 사이에 구체적으로 어떤 얘기가 오갔는지는 알 수 없었지만, 그 후 며칠 동안 레인 씨의 얼굴에 떠올랐던 공포의 빛으로 미루어 보아 그 만남이 예사롭지 않은 것이었음이 분명했다.

그래서 결국 나는 그에게 무슨 일이 있었느냐고 물어보았다. 그는 한참 동안 침묵을 지키다가 결국 대답해주었다.

"'HEJAZ'가 무엇을 뜻하는지 물어봤지만 대답을 하려 들지를 않더군요."

그 만남에 대해 레인 씨가 내게 들려준 말은 그것뿐이었다.

그리고 또 한 번은 레인 씨가 갑자기 행방을 감춰버려서 우리는 꼬박 네 시간 동안이나 미친 듯이 그를 찾아 헤맸던 적도 있었다. 하지만 그는 태연히 돌아와서 마치 그동안 전혀 아무 일도 없었던 사람처럼 뮤어 신부 댁 베란다의 자기 의자에 다시 앉았다. 그리고 지치고 무거운 표정으로 흔들의자에 몸을 파묻은 채 혼자 깊은 생각에 잠겨들었다. 나는 한참 후에야 레인 씨가 그 특유의 불가사의한 추리를 더듬어 루퍼스 코튼을 방문했다는 걸 알게 되었다. 그가 무엇을 알아내기 위해 루퍼스 코튼을 방문했는지 그때는 몰랐지만, 그의 태도로 미루어 보아 그의 방문 목적이 무엇이었든 간에 성과가 없었음이 분명했다.

이런 일도 있었다. 몇 시간 동안이나 돌부처처럼 묵묵히 앉아 있던 그가 벌떡 일어나 드로미오에게 자동차를 가져오게 하고는 흙먼지를 일으키며 리즈 시내로 이어지는 언덕길로 사라졌다. 그는 오래지 않아 돌아왔는데, 그 후 몇 시간이 지나자 우편배달부가 자전거로 언덕길을 올라와 전보 한 통을 배달해주었다. 레인 씨는 두 눈을 빛내며 그 전보를 읽고 나서 그걸 내게 건네주었다.

*문의하신 연방 수사관은 현재 공무로 중서부 지방에 출장 중임. 공무 내용은 극비 사항임.*

전보에는 법무성 고위 관리의 서명이 있었다. 한 가닥 희망을 품고 레인 씨는 카마이클에게 연락을 취했던 모양이지만, 전보의 내용으로도 알 수 있듯이 그것마저 무산되고 만 것이었다.

레인 씨야말로 진심으로 고뇌하고 있었다. 그가 바로 몇 주일 전에 나이든 뺨을 흥분과 기쁨으로 붉게 물들인 채 우리와 함께 이곳에 도착했던 바로 그 레인 씨라고는 거의 믿을 수가 없을 정도였다. 지금 그는 그의 내부에 있는 무언가가 빠져나간 듯 허약하고 늙은 병자의 모습을 하고 있었다. 이따금 생기가 돌 때는 뮤어 신부와 마주 앉아 도무지 헤아릴 길 없는 생각에 잠긴 채 길고도 무의미한 시간만 보냈다.

시간은 느릿느릿 지나가는가 싶더니 갑자기 속도가 빨라졌다. 아무런 변화도 없이 하루하루가 굉장히 느리게 지나간다고 생각했는데, 어느 날 아침 기운 없이 침대에서 빠져나왔을 때 나는 벌써 금요일이 되었다는 것과 아울러 법률이 정한 바에 따라 다음 주 중에 매그너스 소장이 다우의 사형 집행일을 결정하게 된다는 걸 깨닫고는 현기증을 느끼며 공포로 몸이 굳어졌다. 하지만 그 일은 어디까지나 형식에 지나지 않는 문제였다. 알곤킨 교도소에서는 관례적으로 수요일 밤에 사형을 집행하는 것으로 굳어져 있었기 때문이다. 그러므로 기적이 일어나지 않는 한 아론 다우는 이 주일 내에 전기의자에 묶인 채 목숨을 잃게 될 것이다……. 그런 생각이 들자 나는 공포에 사로잡혔고, 아울러 교도소 담장 안에 있는 그 억울한 사형수를 구하기 위해 당장에라도 사람들을 만나고 당국에 탄원도 하며 아무튼 온갖 노력을 다하고 싶었다……. 하지만 누구를 찾아가야만 하는 것일까?

그날 오후에도 나는 여느 때처럼 뮤어 신부 댁을 방문했다. 그곳에는 이미 아버지도 와 있었는데, 아버지와 레인 씨와 뮤어 신부가 함께 무엇인가 열심히 의논하는 중이었다. 나는 조용히 의자에 등을 기대고는 눈을 감았다. 하지만 곧이어 레인 씨가 하는 얘기를 듣고서 이내 눈을 떴다.

레인 씨는 다음과 같이 말했다.

"경감님, 상황은 절망적입니다. 아무래도 올버니로 가서 브루노 주지사를 만나봐야겠습니다."

그것은 우정과 공무 간의 갈등을 묘사한 드라마의 한 장면과도 같았다. 불행한 상황이 아니었더라면 오히려 재미있을 수도 있는 일이었다.

아버지와 나는 모처럼 몸을 움직여볼 기회가 생겼다는 것이 무척 반가워서 레인 씨에게 동행하겠다고 주장했고, 레인 씨도 그 주장을 기꺼이 받아들였다. 드로미오는 지칠 줄 모르는 스파르타의 용사처럼 쉬지 않고 열심히 차를 몰았으나, 우리가 구릉지에 위치한 뉴욕의 주도에 도착했을 때 적어도 아버지와 나는 몹시 지쳐 있었다. 왜냐하면 미리 리즈에서 전보를 쳐놓았으므로 브루노 주지사가 이미 우리를 기다리고 있을 거라는 이유를 들며 레인 씨가 잠깐 쉬어 가자는 우리의 제의를 들어주지 않았기 때문이다. 그래서 아버지와 나는 도중에 조금도 휴식을 취하지 못한 채 레인 씨와 함께 드로미오가 이끄는 대로 주 의사당 건물 앞에 도착했다.

땅딸막한 체구에 숱이 적은 갈색 머리 그리고 강한 의지가 담긴 눈동자를 지닌 브루노 주지사는 레인 씨의 예상대로 자신의 집무실에서 우리를 기다리고 있다가 따뜻하게 맞이해주었다. 그는 비서 한 사람에게 샌드위치를 가져오게 한 뒤, 아버지와 레인 씨를 상대로 담소를 나누었다……. 그의 눈매는 예리하고 신중했으며 입가에는 미소를 띠고 있었으나 진심으로 웃고 있지는 않았다.

우리가 겨우 기운을 되찾고 편안한 자세를 취하자 주지사가 물었다.

"그런데 레인 씨, 무슨 용무로 이곳까지 오셨는지요?"

"아론 다우 사건 때문입니다."

레인 씨가 조용히 말했다.

"저도 그럴 거라고 짐작은 했습니다."

브루노 주지사는 피아노 건반을 짚듯 책상 위를 손가락으로 재빨리 두드려대며 말을 이었다.

"그 사건에 대해서 자세히 말씀해주시겠습니까?"

레인 씨는 어떠한 상상의 여지도 용납하지 않을 정도로 냉정하고 간명하게 사건에 대해 설명했다. 그는 아론 다우가 첫 번째 희생자였던 포셋 상원의원을 살해할 수 없었음을 자신의 추론을 총동원해가며 설명하고자 애썼다. 브루노 주지사는 눈을 지그시 감은 채 레인의 설명을 열심히 들었다. 하지만 아무런 내색도 하지 않았으므로 그가 레인 씨의 설명에 공감하는지는 알 수 없는 노릇이었다.

레인 씨가 결론을 짓듯 말을 이었다.

"그래서 이상의 사실들로 비추어 볼 때 아론 다우의 유죄 판결에는 의문의 여지가 많으므로 다우의 사형 집행을 연기해달라는 부탁을 하기 위해 이렇게 찾아온 것입니다."

브루노 주지사가 눈을 떴다.

"여느 때처럼 탁월한 분석을 하셨습니다, 레인 씨. 보통의 경우라면 저는 아마도 레인 씨 의견을 받아들였을 것입니다. 하지만…… 이번 경우에는 아무런 증거가 없으니 말입니다."

그러자 아버지가 으르렁거리듯 끼어들었다.

"이것 보시오, 브루노. 당신의 입장이 곤란하다는 것은 나도 잘 알고 있소. 하지만 본래의 당신으로 돌아가서 생각해달란 말이오. 나는 오래전부터 당신을 잘 알고 있소! 지난날의 당신은 어디까지나 신념을 가지고 임무를 충실히 수행하지 않았소! 당신은 반드시 이번의 사형 집행을 연기해야만 하오!"

브루노 주지사는 한숨을 쉬었다.

"이건 제가 주지사로 취임한 이래로 가장 어려운 문제 중의 하나로군요. 섬 그리고 레인 씨, 저는 법률의 도구에 지나지 않습니다. 그리고 저는 정의에 봉사할 것을 선서했습니다. 그런데 우리의 사법 제도에서 정의는 증거에 입각하도록 짜여 있고 당신들은 아무런 증거를 가지고 있지 않습니다. 당신들의 그 추론은 훌륭하고 설득력이 있긴 합니다. 하지만 그건 어디까지나 추론일 뿐입니다. 배심원들의 유죄 평결에 따라 판사가 선고한 사형 집행에 관해 제가 아무런 증거도 없이 관여한다는 것은 있을 수 없는 일입니다. 그러니 증거를 제시해주십시오. 증거를 말입니다!"

잠시 동안 어색한 침묵이 이어졌다. 나는 공허한 절망감에 사로잡혀 의자에서 몸을 뒤척였다. 그때 레인 씨가 자리에서 일어났다. 큰 키의 레인 씨는 몹시 침통한 표정을 짓고 있어서 피곤한 노안에는 창백한 대리석 조각상 같은 선이 새겨져 있었다.

"브루노 씨, 저는 아론 다우가 결백하다는 것에 관해 추론 이상의 것을 가지고 있습니다. 이 두 차례의 살인 사건으로부터 범인이 누구인지 필연적이고도 절대적인 결론을 이끌어낼 수 있다는 얘기입니다. 하지만 당신도 지적했듯이 그것을 뒷받침하는 물적 증거가 없는 한 저의 추론은 결국 결정적인 것이 될 수 없습니다. 그리고 불행하게도 저는 그런 증거를 갖고 있지 못합니다."

아버지의 두 눈이 휘둥그레졌다.

"아니, 그렇다면 범인이 누군지 아신다는 말씀입니까?"

아버지가 소리쳤다.

레인 씨는 답답한 듯이 기묘한 몸짓을 했다.

"저는 거의 모든 걸 알고 있습니다."

레인 씨는 브루노 주지사의 책상에 몸을 기대고서 그의 두 눈을 지그시 들여다보며 말을 이었다.

"지난날에는 나를 그토록 잘 믿어주시더니 어째서 이번에는 저를 믿어주시지 않으려는 겁니까, 브루노 씨?"

주지사는 눈길을 떨구었다.

"죄송하지만, 레인 씨……. 현재의 저는 그럴 수 있는 입장이 못 됩니다."

"그럼, 좋습니다."

레인 씨는 자세를 바로 하며 말을 이었다.

"한 걸음 더 나아가기로 하죠. 저는 지금 포셋 형제의 살인범으로 딱 한 사람의 결정적인 인물을 지목할 수 있는 단계에는 도달하지 못했습니다. 하지만 브루노 씨, 저는 지금 범인이 세 사람 가운데 한 명일 수밖에 없다는 사실을 단언할 수 있는 단계에까지는 와 있습니다!"

아버지와 나는 휘둥그레진 눈으로 레인 씨를 바라보았다. 세 사람 가운데 한 명이라니! 그것은 너무도 놀랍고 믿어지지 않는 얘기였다. 물론 나 역시도 범인일 가능성이 있는 용의자들을 특정한 범위로 좁혀보기는 했지만……. 세 사람이라니! 우리가 현재까지 알고 있는 사실들을 근거로 어떻게 그런 대담한 결론을 이끌어낼 수 있는지 나로서는 도무지 알 수가 없었다.

"그러니까 아론 다우는 그 세 사람 가운데 한 명이 아니라는 말씀이죠?"

브루노 주지사가 중얼거리듯 물었다.

"그렇습니다."

레인 씨의 대답은 조용했지만 확신에 차 있었다. 나는 브루노 주지사의 눈빛이 당혹스럽게 흔들리는 것을 보았다.

"브루노 씨, 저를 믿고 제게 시간을 주십시오. 시간을 말입니다. 아시겠습니까? 제가 필요로 하고 원하는 것은 단지 그것뿐입니다. 시간만이 진상을 밝혀줄 것입니다……. 아직은 한 가지, 중요한 점 한 가지가 빠져 있습니다. 제가 그걸 찾아내려면 무엇보다도 시간이 필요합니다."

"어쩌면 그 한 가지가 존재하지 않을지도 모르지요. 제가 듣기엔 너무도 모호하니까요. 만약 그렇다면 어쩌시겠습니까? 제 입장도 이해해주시기 바랍니다."

브루노 주지사는 중얼거리듯 말했다.

"만약 그렇게 될 경우에는 깨끗이 물러나겠습니다. 하지만 그 한 가지 점이 존재하지 않는다는 것이 확인되기 전까지는, 다우의 운명을 올바르게 판단할 의무가 있는 당신이 그가 저지르지도 않은 범죄 때문에 억울하게 사형에 처해지는 것을 허용할 수는 없습니다."

브루노 주지사가 자리에서 벌떡 일어났다.

"알겠습니다."

그는 입가에 굳은 결의를 나타내 보이며 말을 이었다.

"거기까지는 제가 양보하겠습니다. 사형 집행일까지 당신이 그 마지막 한 가지 점을 찾지 못한다면 사형 집행을 딱 일주일만 연기하겠습니다."

"고맙습니다, 브루노 씨. 정말 감사합니다. 과연 당신다운 결정이십니다. 당신 덕분에 오랜만에 밝은 햇살을 보는 듯하군요. 자 그럼, 섬 경감님, 페이션스 양, 이제 그만 돌아가기로 할까요?"

"아, 잠깐만 기다려주십시오."

주지사는 책상 위에 놓인 서류를 만지작거리며 말을 이었다.

"실은 아까부터 말씀을 드릴까 말까 망설였습니다만, 이렇게 우리가 합의를 본 이상 제가 입을 다물고 있을 수만은 없다는 생각이 드는군요. 어쩌면 중요한 일인지도 모르겠습니다."

레인 씨가 눈을 빛내며 고개를 들었다.

"무슨 말씀이시죠?"

"아론 다우의 사형 집행을 중지해달라고 이곳으로 찾아온 사람이 당신들 외에도 또 한 사람 있었습니다."

"정말입니까?"

"리즈 시에서 찾아온 어떤 사람이었죠……."

"그러니까 우리가 알고 있고 사건과도 관련된 어떤 인물이 우리보다 앞서 이곳으로 찾아와 당신에게 다우의 사형 집행을 연기해달라는 요청을 했단 말씀이십니까, 브루노 씨?"

레인 씨는 눈을 한껏 빛내며 흥분한 목소리로 물었다.

"사형 집행을 연기해달라는 것이 아니라, 다우를 완전히 사면해달라는 요청이었습니다."

브루노 주지사는 중얼거리듯 말을 이었다.

"그녀는 이틀 전에 이곳으로 찾아왔습니다. 하지만 무엇을 근거로 그런 요청을 하는지 그 이유는 말하지 않고……."

"여자로군요!"

우리는 깜짝 놀라 거의 동시에 소리쳤다.

"패니 카이저였습니다."

레인 씨는 브루노 주지사의 머리 위에 걸려 있는 유화를 멍한 눈길로 바라보았다.

"패니 카이저…… 그랬었군……. 그런데도 나는……."

레인 씨는 주먹으로 주지사의 책상을 내리치며 말을 이었다.

"나는 어떻게 그토록 눈이 멀고 멍청했을까! ……그녀가 그 이유를 말할 수 없었던 것은 당연합니다!"

레인 씨는 융단 위를 급히 가로질러 와 아버지와 나의 팔을 꽉 움켜잡으며 말을 이었다.

"페이션스 양, 경감님, 서둘러 리즈로 돌아갑시다! 아직 우리에겐 희망이 있습니다!"

## 19:
## 결정적인 인물

리즈로 돌아오는 여정은 무척이나 기묘했다. 날씨가 서늘해진 탓에 레인 씨는 커다란 외투로 몸을 감싼 채 웅크리고 있었고 그의 두 눈은 열에 들떠 있는 듯이 보였다. 마치 그의 강인한 의지가 리무진을 달리게 하고 있는 듯이 느껴졌다. 그는 이따금 드로미오에게 좀 더 빨리 차를 몰라고 재촉할 때만 고개를 들었을 뿐이었다.

하지만 그런 그도 자연의 섭리까지는 어쩔 수가 없었다. 우리는 식사와 수면을 취하기 위해 하룻밤 차를 멈추지 않을 수 없었던 것이다. 다음 날 아침 우리는 다시 출발했고 리즈 시에 도착했을 때는 정오가 거의 다 될 무렵이었다.

거리는 평소와 같이 술렁대고 있었다. 신문팔이 소년들이 1면에 뭔가 큰 제목이 나붙은 신문을 높이 펄럭이며 무언가를 외쳐대고 있었다. 내 귀에 돌연 어떤 낱말이 날아들어 왔다. "패니 카이저!" 그것은 신문팔이 소년의 입술에서 새어 나온 낱말이었다.

"세워주세요! 무슨 일이 생긴 모양이에요!"

나는 드로미오에게 다급히 외쳤다.

나는 아버지나 레인 씨가 몸을 움직이기도 전에 얼른 차 밖으로 뛰쳐나갔다. 그러고는 그 소년에게 동전을 던져주고 재빨리 신문을 낚아챘다.

나는 차로 기어들며 외치듯 말을 이었다.

"이제 알았어요! 이 기사를 좀 읽어보세요!"

〈리즈 이그재미너〉의 그 기사는 통쾌할 정도로 시원하게 패니 카이저에 대해 폭로하고 있었다. "지난 수년간 리즈 시에서 악명 높았던 패니 카이저가 존 흄 지방 검사에 의해 체포되었다……." 이어서 그 기사에는 인신매매, 마약 거래, 그 밖의 불미스러운 그녀의 악행들이 나열되어 있었다. 그 기사 내용으로 미루어 볼 때 지방 검사 존 흄은 첫 번째 살인 사건을 수사할 때 포셋 저택에서 찾아낸 서류들을 훌륭하게 이용한 게 분명했다. 그리고 패니 카이저 소유의 몇몇 업소가 경찰에 의해 급습당했다고 쓰여 있었다. 부정한 악행의 냄비 뚜껑이 열린 것이다. 온갖 종류의 추악한 소문들이 흘러넘쳤다. 리즈 시의 사교계와 실업계와 정계의 여러 유명 인사들이 직접적으로 패니 카이저와 관련되어 있다고 그 기사는 거의 숨김없이 폭로하고 있었다.

그녀는 부과된 2만 5천 달러의 보석금을 즉시 지불했고 현재 불구속 상태에서 기소를 기다리는 중이었다.

레인 씨는 생각에 잠기며 입을 열었다.

"이 소식은 우리에게도 다행스러운 일입니다, 경감님. 이루 말할 수도 없을 정도로 다행스러운 일이지요. 이제 패니 카이저는 발등에 불이 떨어진 셈입니다……."

레인 씨는 이번 일로 패니 카이저의 기세가 좀 꺾이게 되었을 것이라는 점 이외에는 그녀의 체포와 기소 문제는 그다지 비중 있게 여기지 않는 듯했다.

"하지만 그런 여성은 곤경에 처해도 언제나 용케 빠져나오는 법이지요……. 드로미오, 지방 검사의 사무실로 가자!"

우리가 그의 사무실에 들어섰을 때 존 흄은 책상 앞에 앉아 여유 있게 시가를 피우고 있었는데 기분이 아주 좋아 보였다. 패니 카이저는 지금 어디에 있느냐고 물었더니 보석금을 지불하고 석방되었다고 했다. 그녀의 본거지가 어디냐고 묻자 그는 미소를 떠올리며 주소를 가르쳐주었다.

우리는 서둘러 그곳으로 향했다. 그곳은 시 외곽에 위치한 커다란 저택이었는데 가택 수사가 벌어지고 있는 탓에 경찰관들로 북적댔다. 실내는 사치스럽고 호화롭게 꾸며져 있었고 예술적 가치가 의심스러운 선정적인 누드화들이 곳곳에 걸려 있었다. 그녀는 그곳에 없었다. 보석으로 석방된 뒤 이곳에는 한 번도 오지 않았다는 것이었다.

우리는 초조하고 흥분된 표정으로 미친 듯이 그녀를 찾아다니기 시작했다. 세 시간쯤 이곳저곳 찾아다니다가 지쳐버린 우리는 절망적으로 서로의 얼굴을 묵묵히 마주 보았다. 어디에서도 그녀를 찾을 수가 없었던 것이다.

어쩌면 그녀는 보석금을 포기하고 뉴욕 주를 떠나버린 게 아닐까? 아니면 아예 미국을 떠나버린 건 아닐까? 그녀를 기다리고 있을 법한 엄한 형벌을 생각한다면, 우리에게는 불운한 노릇이지만 그럴 수도 있는 일이었다. 레인 씨가 준엄한 태도로 존 흄과 경찰에게 주의를 환기하고 있는 동안에도 우리는 초조하게 마음을 졸이고 있었다. 곧 경찰들은 사방으로 전화 연락을 하기 시작했다. 그녀의 행방을 알아내기 위해 모든 형사들이 총출동되었고, 패니 카이저가 자주 드나들던 곳은 모조리 수색되었다. 뉴욕 경찰 본부 쪽에도 연락이 취해졌고, 형사들이 모든 역을 감시했다. 하지만 아무런 소용이 없었다. 그녀는 완전히 자취를 감춰버린 게 분명했다.

"문제는 보석을 허락한 삼 주 안에는 그녀를 강제로 구인할 수 없다는 것입니다."

우리가 지친 몸으로 지방 검사의 사무실에서 바깥소식을 기다리며 앉아 있을 때 흄이 중얼거리듯 말했다.

"즉 다음 목요일로부터 이 주 후가 되기 전까지는 우리로서도 강제로 연행할 수는 없다는 얘기입니다."

우리는 동시에 신음을 흘렸다. 그렇다면 브루노 주지사가 사형 집행을 일 주일 연기해준다고 하더라도 소용이 없는 노릇이었다. 아론 다우의 사형이 집행된 그다음 날에야 비로소 그녀를 구인할 수 있기 때문이었다. 물론 그것도 그녀가 그때까지 모습을 드러낼 경우의 얘기지만.

그 후의 끔직스러운 며칠 동안 나는 우리 모두가 갑작스레 굉장히 늙어버린 듯한 기분이 들었다. 한 주일이 지나고 다시 금요일이 되었다. 하지만 우리는 패니 카이저를 찾는 일을 포기하지 않았다. 레인 씨는 지칠 줄 모르는 정력의 소유자였다. 그는 경찰 당국의 협조를 얻어 지방 방송국을 마음대로 이용할 수 있게 되었다. 그렇게 해서 그는 패니 카이저 본인에게는 자진 출두를 권고하고 일반인들에게는 그녀의 소재에 관한 제보를 구하는 호소를 전파에 실어 보냈다. 그녀와 관계있다고 알려진 곳곳에 퍼져 있는 모든 못된 업소들이 경찰의 감시를 받게 되었고, 리즈 시의 지하 세계에서 활동하는 그녀의 고용인들인 매춘부들, 악덕 변호사들, 심부름꾼들, 폭력배들도 일제히 경찰의 조사를 받아야만 했다.

토요일, 일요일, 월요일……. 월요일에 우리는 뮤어 신부와 신문기사를 통해 매그너스 소장이 다우의 사형 집행 일시를 수요일 밤 11시 5분으로 결정했다는 것을 알게 되었다.

화요일……. 패니 카이저의 행방은 여전히 묘연했다. 유럽 항로의 모든 기선들에도 무선으로 연락이 취해졌지만, 누가 보아도 알 수 있을 정도로 두드러진 용모를 지닌 그녀와 비슷한 여자는 어느 기선에도 타고 있지 않았다.

수요일 아침……. 우리는 넋이 빠져 있었고, 식사도 건성으로 했으며, 거의 말도 하지 않았다. 아버지는 사십팔 시간 동안이나 옷을 벗지 않았고, 레인 씨의 두 뺨은 더할 수 없이 창백했으며 두 눈은 마치 무슨 지독한 병이라도 앓고 있는 듯이 흐릿했다. 우리는 다우를 면회하려고 무척 애를 써보았지만 교도소 규정에 어긋난다는 이유로 끝내 거절당했다. 하지만 으레 그렇듯이 소문은 새어 나왔다. 다우는 이상할 정도로 침착해졌고, 대단히 과묵해졌으며, 이제는 우리를 저주하지도 않았고, 마치 우리의 존재를 아주 잊어버린 듯하다는 소문이었다. 사형 집행 시각이 다가옴에 따라, 우리는 그가 눈에 띄게 동요하기 시작했으며 감방 안을 초조한 발걸음으로 서성거리고 있다는 것도 알게 되었다. 뮤어 신부는 눈물이 글썽한 눈으로 우리에게 미소를 떠올리며 다우가 신앙에 매달리고 있다고 전했다. 가엾은 신부님! 아론 다우는 그렇듯 정신적인 신앙에 매달릴 인물이 아니었다. 그는 좀 더 현세적인 희망에 매달리고 있음이 분명했다. 왜냐하면 레인 씨가 어떤 경로를 통해 어쨌든 그날 밤에는 사형 집행이 이루어지지 않을 거라는 말을 다우에게 전했다는 것을 나는 본능적으로 느낄 수 있었기 때문이다.

수요일은 공포와 경악의 하루였다. 우리는 아침 식사도 제대로 들지 않았다. 뮤어 신부는 지치고 늙은 몸을 이끌고 서둘러 교도소 안의 사형수 독방으로 향했다. 그런 뒤에 초조한 모습으로 돌아와 2층 침실로 올라가버렸다. 하지만 기도서를 손에 들고서 다시 모습을 나타냈을 때에는 상당히 마음의 평정을 되찾고 있었다.

당연한 일이겠지만, 그날 우리 모두는 뮤어 신부 댁에 모여 있었다. 제레미도 찾아와서 그 생기 있던 얼굴을 처량하게 늘어뜨리고는 줄담배를 피워대면서 뮤어 신부 댁의 작은 대문 밖을 서성대던 것이 희미하게 떠오른다. 한번은 내가 말을 걸어보려고 내려갔더니, 그는 자기 아버지가 끔찍한 역할을 떠맡았다고 씁쓸하게 말했다. 매그너스 소장이 엘리후 클레이 씨를 사형 집행장의 입회인으로 초청했는데 클레이 씨가 그 초청을 받아들였다는 것이었다. 나는 무슨 말을 해줘야 좋을지 알 수 없었다……. 그렇게 해서 그날 오전이 지나갔다. 레인 씨의 얼굴은 긴장으로 굳어져 있었고 반점까지 돋아 있었다. 이틀 밤 동안이나 잠을 자지 못한 그의 얼굴에는 지난날의 병세가 다시 재발한 듯 번민의 주름이 깊이 새겨져 있었다.

그것은 마치 임종을 앞둔 환자의 병실 밖에서 친척들이 모여 있는 것과 흡사한 분위기였다. 누구든 함부로 입을 여는 사람이 없었고, 어쩌다 누군가가 말을 하더라도 아주 낮은 목소리로 말했다. 이따금 우리 중 누군가가 베란다로 나가 묵묵히 교도소의 회색 담장을 바라보곤 했다. 어째서 우리 모두가 이렇게 다우의 생사 문제를 마치 자기 일인 양 걱정하는 걸까 하고 나는 생각해보았다. 그는 개인적으로 우리와는 아무런 상관도 없는 사람이었다. 그런데도 어찌 된 일인지 그의 생사 문제가 지금 우리에게 커다란 그늘을 드리우며 무겁게 압력을 가해 오는 것이었다.

그날 오전 11시가 조금 못 되었을 무렵, 레인 씨는 시내의 지방 검사 사무실에서 보낸 심부름꾼으로부터 마지막 보고를 받았다. 모든 노력이 수포로 돌아갔다는 내용이었다. 어디에서도 패니 카이저를 찾을 수가 없었으며, 그녀의 행방에 관한 그 어떤 단서도 찾을 수가 없었다는 것이었다.

레인 씨가 어깨를 펴며 말했다.

"이제 우리가 할 일은 하나밖에 없습니다."

그가 나직이 말을 이었다.

"즉 브루노 씨에게 약속대로 사형 집행을 연기하게끔 요청하는 일입니다. 우리가 패니 카이저를 찾아낼 때까지……."

그때 현관의 초인종이 울렸고, 우리가 깜짝 놀라는 표정을 보고서 레인 씨는 즉각 무슨 일인지 알아차렸다. 뮤어 신부가 현관으로 급히 나갔고, 곧이어 우리는 그의 입에서 새어 나오는 숨 막힐 듯한 기쁨의 외침을 들을 수가 있었다.

우리는 멍한 표정으로 거실 입구를 바라보았다. 아니, 그곳 문설주에 기대서 있는 어떤 사람을…….

그것은 패니 카이저였다. 마치 무덤에서 부활한 듯한 모습이었다.

## 20:
## Z의 비극

시가를 입에 물고 조금도 흔들림 없이 냉정하게 존 흄을 묵살하던 그 기묘한 아마존의 여걸 같은 모습을 지금의 패니 카이저에게서는 전혀 찾아볼 수가 없었다. 지금의 패니 카이저는 그때와는 전혀 다른 여자였다. 지난날 보았던 타오르는 듯이 붉었던 머리칼은 지저분한 분홍빛과 잿빛이 섞여 빛이 바래 있었다. 남자 같던 복장도 더럽고 주름이 져 있었을 뿐만 아니라 군데군데 찢어져 있기까지 했다. 화장기 없는 두 뺨과 입술은 축 처진 젖가슴과 마찬가지로 아래로 축 늘어져 있었다. 그리고 그녀의 두 눈에는 공포의 빛이 어려 있었다.

한마디로 지금의 그녀는 겁에 질린 한 명의 늙은 여자에 지나지 않았다.

우리 모두는 함께 뛰어나가 그녀를 반쯤 끌다시피 거실 안으로 데려왔다. 뮤어 신부는 아이처럼 기뻐하며 춤이라도 추는 듯이 우리 주위를 맴돌았다. 누군가가 의자를 권하자 그녀는 뜻 모를 이상한 신음을 내며 맥없이 주저앉았다. 레인 씨는 이제까지의 불안해하던 태도를 떨쳐버리고 다시금 평소의 표정을 되찾았다. 하지만 그런 태도와 표정에도 불구하고 도저히 기쁨을 감추지는 못하겠는지 손가락이 떨렸고 관자놀이가 가늘게 춤을 추었다.

그녀는 마른 입술을 축이며 쉰 목소리로 입을 열었다.

"나는…… 이곳에서 멀리 떨어진 곳에서 숨어 있었어요. 그러던 중에…… 소식을 듣게 되었어요……. 당신들이 나를 찾고 있다는 것을."

"소식을 듣게 되었다고요! 대체 어디에 가 있었소?"

아버지가 흥분한 목소리로 소리치며 물었다.

"애디론댁 산맥에 있는 한 오두막에 숨어 지냈어요."

그녀는 지친 목소리로 말을 이었다.

"나는…… 이곳에서 벗어나고 싶었단 말이에요……. 아시겠어요? 이곳…… 이 리즈에서 벌어진 더럽고 지긋지긋한 소동들이…… 나를 지치게 만들었으니까요. 그래서 나는 그 산속으로 들어간 거예요……. 그곳은 완전히 문명 세계와는 동떨어진 곳이죠……. 전화도 우편도 아무것도 거기까진 침투하지 못해요. 물론 신문도 들어오지 않고요. 하지만 나는 라디오를 가지고 있어서……"

"포셋 박사의 오두막이로군요! 동생인 포셋 상원의원이 살해당했을 때 그가 머물렀던 오두막 말이에요!"

나는 머릿속에 떠오르는 대로 반사적으로 외쳤다.

그녀의 무거운 눈꺼풀이 올라갔다가 다시 내려갔고, 두 뺨은 아까보다 더욱 늘어져 가엾은 늙은 바다표범처럼 보였다.

"맞아요. 그곳은 아이라 포셋의 오두막이에요. 그리고 이른바 그곳이 그에게는 사랑의 보금자리였던 셈이죠."

그녀는 멋쩍게 웃어 보이며 말을 이었다.

"그는 종종 여자들을 그곳에 데려가곤 했죠. 자기 동생이 살해당했던 주말에도 그는 어떤 여자하고 그곳에 있었어요……."

"지금 그런 것은 아무래도 좋습니다. 마담, 어째서 리즈로 다시 돌아왔습니까?"

레인 씨가 조용히 말했다.

그녀는 어깨를 으쓱했다.

"이상하죠? 실은, 내게도 그런 게 있을 줄은 몰랐으니까요. 이러다가는 울음을 터뜨릴 수도 있을 것 같군요."

그녀는 허리를 펴며 레인 씨에게 대들 것처럼 말을 이었다.

"그래요. 내게도 양심이라는 게 남아 있었던 모양이라고요!"

그녀는 마치 자신이 비웃음거리라도 된 듯이 말했다. 우리가 믿지 않을 거라고 여기는 듯한 태도였다.

"잘 알겠습니다, 마담. 그 얘기를 들으니 매우 기쁘군요."

그녀는 뜻밖이라는 듯 눈을 깜박거렸고, 레인 씨는 그녀 쪽으로 의자를 당겨 앉았다. 우리는 묵묵히 그들을 지켜보았다.

"그러니까 그게 아론 다우가 구치소에 있을 때, 즉 그가 재판을 앞두고 있을 때였죠? 당신이 그로부터 그 상자의 마지막 토막, 즉 'Z'라는 문자가 쓰여 있는 세 번째 토막을 받은 것이 말입니다."

그녀는 마치 커다란 도넛 구멍처럼 커다랗게 입을 벌렸다. 그리고 벌겋게 충혈된 두 눈을 번쩍 떴다.

"세상에! 그걸 어떻게 알았죠?"

그녀는 숨을 헐떡이며 말했다.

레인 씨는 답답한 듯이 손을 흔들었다.

"그거야 뻔하지 않습니까? 당신은 주지사를 찾아가서 당신과는 아무런 상관도 없을 듯한 아론 다우의 사면을 탄원했습니다. 어째서 다름 아닌 패니 카이저, 바로 당신이 그래야 했을까요? 그 이유는 단 한 가지밖에 생각할 수 없습니다. 즉 다우가 당신의 약점을 쥐고 있었기 때문입니다. 그리고 제가 판단하기에 그 약점은 다우가 포셋 형제에 대해 쥐고 있었던 것과 같은 것이었습니다. 그러므로 다우가 그 상자의 마지막 토막을 당신에게 보냈다는 건 뻔하지요. 그리고 그 'Z'라는 문자는……."

"흐음, 그렇군요……."

그녀가 중얼거렸다.

레인 씨는 그녀의 통통한 무릎을 가볍게 두드리며 말했다.

"자 그럼, 이제 그 상자와 관련된 비밀을 밝혀주시겠습니까?"

그녀는 입을 다물고 있었다.

레인 씨가 속삭이듯 말했다.

"하지만 마담, 저는 그 비밀을 대강은 알고 있답니다. 그러니까 그 배에 관한 것을……."

그녀는 깜짝 놀란 듯 양손으로 두툼한 의자의 팔걸이를 힘껏 누르며 상체를 일으켜 세우다가 다시 의자에 몸을 파묻었다.

"놀랍군요!"

그녀는 짤막하고 신경질적이면서도 어쩐지 애처롭기도 한 웃음소리를 내며 말을 이었다.

"당신은 도대체 누구죠? 당신이 알아챘으니 이제는 비밀이랄 것도 없겠군요. 하지만 대체 당신이 어떻게……. 설마 다우가 얘기한 건 아닐 테죠?"

"물론입니다."

"죽을 때까지 움켜쥐고 있으려고 하는군, 불쌍한 멍청이."

그녀는 중얼거리면서 말을 이었다.

"하긴, 그것도 죄 많은 인간의 업보랄 수 있겠죠……. 결국에는 이렇게 찬송가를 부르는 패거리들에게 덜미를 잡히고 마는데도 말이에요……. 아, 죄송합니다, 신부님……. 그래요, 다우는 내 약점을 쥐고 있었어요. 그리고 난 그가 내 약점을 떠벌리지 못하게 그를 구하려고 애썼던 거고요. 하지만 그를 구할 수 없다는 것을 깨닫게 되자 도망쳤던 거죠……."

레인 씨의 두 눈에 기묘한 빛이 번득였다.

"다우가 떠벌렸을 경우의 뒷일이 두려웠기 때문에 모습을 감췄던 겁니까?"

그녀가 통통한 팔을 내저었다.

"아뇨, 그렇지 않아요. 그 점은 별로 두렵지 않았어요. 내가 리즈에서 도망쳤던 것도 역시 양심의 가책 때문이라고나 할까요……. 어쨌든 이제 그 빌어먹을 장난감 상자의 의미를 얘기해드리겠어요. 그것이 바로 포셋 형제와 나에 대해 다우가 쥐고 있던 약점이기도 하죠."

그것은 놀랍고도 믿기 어려운 이야기였다. 아주 오래전, 그러니까 그녀도 이십 년 전인지 이십오 년 전인지 정확히 기억하지 못할 정도로 오래된 일이었다. 그 당시 포셋 형제는 세계를 떠돌아다니며 돈이 되는 일이라면 수단과 방법을 가리지 않는 젊은 미국인 부랑자들이었다. 그들은 주로 손쉽게 돈을 벌 수 있는 일을 찾았으므로 자연히 부정한 일에 손을 대게 되었다. 그 무렵 그들의 이름은 지금과는 달랐으나 그런 것은 상관이 없었다. 그리고 패니 카이저는 미국 출신의 부랑자와 영국에서 추방된 여자 도둑 사이에서 태어났는데, 그 당시 프랑스령 인도차이나의 수도로 문호가 개방되어 활기가 넘쳤던 사이공에서 꽤 손님들이 모여드는 싸구려 카페를 운영하고 있었다. 그러던 어느 날 항구 도시에 그 두 형제가, 그녀의 표현을 빌리자면 '한탕 하기 위해' 흘러들어 왔고, 그래서 그녀는 그들을 알게 되었다. 그녀는 그 형제의 스타일이 마음에 들었다. 그들은 배짱이 두둑하고 약아 빠진 젊은 사기꾼들로 기독교적인 양심 따위와는 거리가 먼 자들이었다.

그녀의 카페에는 여러 종류의 뱃사람들이 자주 드나들었는데, 그녀는 그들을 통해 극비에 속하는 사항들을 엿듣는 경우도 종종 있었다. 항해 중 오랫동안 술에 굶주렸던 그들이 오랜만에 술을 진탕 마시고 취하는 바람에 입 밖에 내선 안 될 얘기를 지껄일 때가 있었기 때문이다. 그녀가 중요한 비밀 정보를 알게 된 것은 그 무렵 항구에 정박 중이던 어느 부정기선의 이등 항해사로부터였다. 그 남자는 술에 취해 그녀에게 추근거렸고 그녀는 그에게서 정보를 캐냈던 것이다. 그 정보는 그 부정기선이 양은 많지 않지만 상당한 금액의 다이아몬드 원석을 싣고 홍콩으로 떠날 예정이라는 것이었다.

"정말이지 귀가 솔깃해질 만한 정보였죠."

그녀는 기억을 더듬으면서 쉰 목소리로 말했다. 나는 몸서리를 치면서 그녀를 바라보았다. 저 시들고 늙은 여자도 한때는 젊고 아름다웠을 텐데!

"나는 포셋 형제에게 그 얘기를 해주고 거래를 맺었어요. 물론 그들이 나를 속일 수는 없었죠. 나는 그 후 카페까지 휴업하고 그들 곁을 떠나지 않았거든요. 나는 그들을 전혀 믿지 않았으니까요. 그래서 결국은 나도 그들과 함께 승객으로 가장하고 그 배에 승선했죠."

그 후의 일은 어이없으리만큼 쉬웠다. 그 배의 선원들은 모두가 중국인들과 인도인들이었는데 대부분 나약하고 패기가 없어 쉽게 위협할 수 있었기 때문이다. 포셋 형제는 무기고를 습격하고 선장을 침상에서 살해한 다음, 상급 선원들을 죽이거나 크게 다치게 했고 일반 승무원들도 반수 이상은 사살했다. 그런 뒤에 값어치가 나가는 것들을 모두 약탈하고는 배 밑에 구멍을 뚫어놓고 패니 카이저와 함께 대형 보트를 타고 달아났다. 포셋 형제는 그 배에서 살아남을 수 있는 자가 한 명도 없을 거라고 확신했다. 어둠 속에서 인기척이 없는 해안에 상륙한 그들은 약탈한 물건들을 나눈 다음 뿔뿔이 흩어졌다가 몇 달이 지난 후에 몇천 마일이나 떨어진 곳에서 다시 만났다.

"아론 다우는 누구였나요?"

레인 씨가 급히 물었다.

그녀가 몸을 움찔했다.

"이등 항해사였어요. 그러니까 내게 그 배의 비밀을 가르쳐주었던 주정뱅이였죠. 어떻게 생명을 건졌는지는 모르겠지만 어쨌든 그 불쌍한 인간은 거기서 살아남았던 거예요. 아마도 그 상처 입은 몸으로 용케도 바닷가까지 헤엄쳐 나왔을 테죠. 그러고는 이제껏 수많은 세월 동안 포셋 형제와 나를 증오하며 복수심을 불태워왔던 거겠죠."

"그런데 어째서 그는 그때 즉시 가까운 경찰에다 신고하지 않았을까요?"

아버지가 물었다.

그녀가 어깨를 으쓱했다.

"아마도 처음부터 우리를 찾아내 협박할 작정이었겠죠. 어쨌든 배는 항해 중 행방불명으로 처리되었다고 들었어요. 해상 보험회사가 조사를 했지만 아무것도 알아내지 못한 모양이더군요. 그리고 우리는 암스테르담의 어느 규모가 큰 장물아비를 통해 다이아몬드를 현금으로 바꾸었습니다. 그런 뒤에 포셋 형제와 나는 미국으로 건너와 언제나 손을 잡고 함께 일해왔어요."

그녀의 쉰 목소리는 점차 엄한 기색을 띠기 시작했다.

"내가 그렇게 하도록 만들었던 거죠. 나는 결코 그들에게서 눈을 뗄 수 없었으니까요. 우리는 얼마 동안 뉴욕에서 지내다가 이곳 북부로 옮겨 왔어요. 그들 형제의 진로는 순조로웠어요. 특히 형인 아이라 포셋 쪽이 더 그랬죠. 머리도 그가 더 좋았고요. 그는 동생인 조엘에게는 법률 공부를 시켰고 자신은 의학을 전공했죠. 어쨌든 우리 모두는 돈도 풍족했으니까요……."

우리는 묵묵히 앉아 있었다. 해적 행위, 인도차이나, 구멍 뚫린 배, 다이아몬드 약탈, 살해된 선원들, 이러한 피비린내 나는 이야기들이 도저히 믿어지지 않았다. 그 모든 것이 너무나도 현실과 동떨어진 터무니없는 이야기처럼 생각되었다. 하지만 그것들을 이야기하는 패니 카이저의 귀에 거슬리는 목소리에는 진실의 울림이 담겨 있었다……. 나는 레인 씨의 깊고 차분한 목소리에 문득 정신이 들었다.

"이제 대체로 앞뒤가 들어맞는 것 같군요. 하지만 딱 한 가지 점이 아직도 석연치가 않아요. 저는 어떤 사소한 점들로부터 이 사건의 배경에는 바다가 관계되어 있음을 짐작하게 되었습니다. 다우가 두 번쯤인가 뱃사람들만이 쓰는 말을 한 적이 있었으니까요. 그리고 그 작은 상자의 모양도 어쩐지 선원들의 옷상자처럼 느껴졌기 때문입니다. 그래서 처음에는 'HEJAZ'를 경마의 말 이름이거나 새로운 도박의 일종, 아니면 동양 융단의 일종이 아닐까 하는 터무니없는 생각도 해보았습니다. 하지만 결국에는 배 이름이라고 간단히 결론 짓게 되었습니다. 하지만 오래된 해사 기록들도 뒤져보았지만 그런 이름의 배를 도무지 찾아낼 수가 없었습니다……."

"그럴 만도 하죠."

패니 카이저가 지친 목소리로 말을 이었다.

"배의 이름은 'STAR OF HEJAZ(헤자즈의 별)'이었으니까요."

"아하!"

레인 씨가 소리쳤다.

"저는 그런 줄도 모르고 죽을 때까지 찾아 헤맬 뻔했군요. 'STAR OF HEJAZ'였다니! 그렇다면 그 다이아몬드는 선장의 옷상자 속에 들어 있었던 게 분명하겠군요. 그리고 다우는 약탈당한 옷상자의 모형을 만들어서 그걸 세 토막 내어 당신들 세 사람에게 각자 하나씩 보냈던 거로군요. 그걸 받아 보면 당신들이 금세 그 의미를 알아차릴 수 있을 거라는 생각에서 말입니다!"

그녀가 한숨을 쉬며 고개를 끄덕였다. 그제야 나는 지난 몇 주 동안 레인 씨가 배와 선원용 의복 상자에 관한 추리에 골몰했음을 알게 되었다……. 레인 씨는 자리에서 일어나서 패니 카이저를 내려다보았다. 그녀는 이제부터 닥쳐올 일이 두려운 듯이 걱정스러운 표정으로 꼼짝 않고 의자에 웅크리고 있었다. 우리는 어리둥절한 가운데 묵묵히 자리에서 일어났다. 이제부터 무슨 일이 일어날지 나로서는 전혀 추측도 할 수 없었다.

레인 씨의 콧구멍이 약간 벌름거렸다.

"마담, 앞서 당신은 지난주 리즈에서 모습을 감췄던 것이 당신 자신의 안전을 위해서가 아니라 양심의 가책 때문이라고 하셨습니다. 그건 어떤 뜻에서 하신 말씀입니까?"

지친 모습의 늙은 여걸은 빨갛게 매니큐어 칠한 굵은 손가락으로 절망스러운 손짓을 해 보였다.

"사람들은 다우를 전기의자에 앉히려 하고 있어요. 그렇지 않나요?"

그녀는 쉰 목소리로 나직이 말했다.

"다우는 사형 선고를 받았습니다."

"바로 그거예요!"

그녀가 외치면서 말을 이었다.

"사람들은 죄 없는 자를 사형시키려 한단 말이에요! 아론 다우는 포셋 형제를 죽이지 않았어요!"

우리 모두는 저항할 수 없는 그 어떤 힘에 이끌리기라도 하듯이 동시에 몸을 앞으로 내밀었다.

그녀 쪽으로 몸을 굽혔을 때, 레인 씨의 목덜미에 있는 혈관들이 한껏 부풀어 오른 것이 보였다.

"어떻게 당신이 그걸 안단 말입니까?"

레인 씨가 큰 소리로 물었다.

그녀는 의자 속으로 몸을 더 깊이 파묻으며 양손으로 얼굴을 감쌌다.

"왜냐하면 아이라 포셋이 죽기 직전에……."

그녀가 흐느끼듯 말을 이었다.

"내게 그렇게 말했단 말이에요."

## 21:
## 마지막 단서

"역시 그랬군요……."

레인 씨가 조용히 그렇게 중얼거리는 소리를 듣고서, 나는 그만이 아는 불가사의한 방법에 의해 기적이 일어났음을 알 수 있었다. 레인 씨는 안도의 미소를 지었다. 그것은 실로 오랜 고생 끝에 보답을 받은 사람만이 떠올릴 수 있는 그러한 미소였다. 그는 더는 아무 말도 하지 않았다.

"그가 내게 그렇게 말했어요."

패니 카이저는 다소 기운을 되찾으며 가라앉은 목소리로 그 말을 되풀이했다. 이제 그녀는 흐느끼지 않았다. 하지만 그 사건의 기억이 이제껏 좀처럼 동요하지 않던 그녀의 마음속 깊숙한 곳까지 뒤흔들었는지 그녀는 공허한 눈길로 멍하니 벽을 바라보고 있었다.

"나는 늘 그 두 형제와 연락을 취했어요. 물론 비밀리에 말이에요. 사업상의 연락이었죠……. 조엘 포셋이 칼에 찔려 살해당했던 그날 밤에 내가 그 저택으로 찾아갔을 때, 존 흄이 내게 조엘이 죽기 전에 내 앞으로 쓴 편지를 보여주었죠. 그래서 나는 우리가 매우 난처한 입장에 처한 것을 알게 되었지요. 아이라 포셋과 나도 그전부터 카마이클을 수상쩍게 생각했었으니까요……. 사실 그 사건이 일어나기 전에, 그러니까 그 상자의 첫 번째 토막이 조엘에게 보내졌을 때, 우리 세 사람은 대책을 의논하기 위해 함께 모였습니다. 그때 처음으로 우리는 다우가 아직 살아 있다는 것을 알게 되었죠. 어쨌든 우리는 다우의 일을 은밀히 처리하기로 결심했어요. 하지만 조엘 포셋은……. 그 상원의원이라는 자가!"

그녀는 콧방귀를 뀌며 말을 이었다.

"그는 겁을 집어먹고 있었어요. 다우에게 돈을 주어 해결하고 싶어 했지요. 그래서 아이라와 내가 그를 설득해야 했어요."

그녀는 잠시 입을 다물었다가 급히 말을 이었다.

"조엘 포셋이 살해당한 날 밤에 내가 그 저택으로 찾아갔던 것은 겁을 줘서 다우를 쫓아버리기 위해서였습니다. 나는 다우가 찾아온다는 걸 알고 있었고, 또한 그럴 경우엔 조엘이 겁을 집어먹고 다우에게 5만 달러라는 거금을 줄 게 뻔하다고 생각했기 때문이죠."

그녀는 거짓말을 하고 있었다. 그녀는 재빨리 눈동자를 굴리며 우리의 눈치를 살폈다. 그녀는 무슨 짓이든 할 수 있는 여자임이 분명했다. 나는 그녀가 그날 밤에 뚜렷한 목적을 품고 그 저택으로 찾아갔음을 확신했다. 즉 다루기 힘들다는 판단이 설 경우에는 아론 다우를 살해할 작정이었을 것이다. 그리고 포셋 상원의원 또한 살해당하기 전에 그 비슷한 계획을 마음속에 품고 있었음이 분명했다.

그녀가 쉰 목소리로 말을 이었다.

"아이라 포셋이 살해당한 그날 밤에도 나는 재수 없이 그 저택을 또 찾아갔던 거죠. 아이라 포셋은 다우가 그 상자의 두 번째 토막을 보내왔다는 것과 그날 밤에 자신을 찾아가겠다고 낮에 전화가 왔다는 사실을 내게 알려주었어요. 아이라는 철면피 같은 인물이었지만 그래도 마음이 불안했던 모양입니다. 그 전날 은행에서 돈을 찾아놓고 다우에게 줄 것인지 말 것인지 결정을 못 내리고 망설이고 있었으니까요. 그래서 나는 그 일이 어떻게 진행되는지 궁금해서 그곳으로 찾아갔던 거예요."

나는 그녀가 또다시 거짓말을 하고 있음을 알았다. 그 돈은 지불할 의사가 있었음을 나타내기 위해 은행에서 인출했을 뿐이었지, 사실상 아이라 포셋과 패니 카이저는 그날 밤 아론 다우를 살해하려고 했던 것이 분명했다.

그녀는 눈을 빛내며 말을 이었다.

"하지만 내가 그곳에 가보니 아이라는 가슴에 칼이 꽂힌 채 진료실 바닥에 죽어 있었어요."

"하지만 당신은 그에게서 얘기를 들었다고……."

레인 씨가 약간 초조한 표정으로 급히 말했다.

"그래요. 하지만 그땐 나는 그가 죽은 줄 알았어요. 아무튼 온몸에 소름이 쫙 끼치더군요."

그녀가 몸서리치자 그녀의 풍만한 체구가 파도가 일렁이는 바다처럼 넘실댔다.

"그래서 나는 곧장 달아나려고 했죠. 하지만 몸을 돌리려고 했을 때 언뜻 그의 손가락 하나가 움직이는 것이 눈에 띄었어요……. 그래서 급히 그의 곁으로 다가가 무릎을 꿇고 앉아 '아이라, 아이라, 당신을 찌른 자가 다우였나요?' 하고 물었죠. 그러자 그는 거의 들리지도 않을 정도의 낮은 목소리로 간신히 대답하더군요. '아냐, 다우가 아냐. 그건…….'"

그녀는 말을 멈추고 주먹을 꽉 쥐었다.

"거기까지 말하고는 몸을 한 번 부르르 떨더니 죽어버린 거예요."

"빌어먹을! 그런 경우는 나도 지긋지긋하게 많이 겪었소. 하필이면 범인이 누구라는 걸 말하기 직전에 꼭 죽고 말더라고. 아무튼 당신은 거기까지밖에 듣지 못했단 말이죠?"

아버지가 투덜대듯 말했다.

"분명히 말씀드리지만, 그는 범인에 대해 말하기 직전에 죽고 말았어요. 그리고 나는 그 빌어먹을 집에서 정신없이 도망쳐 나왔고요."

그녀의 목소리가 낮아지는가 싶더니 다시 높아졌다.

"아무튼 나는 아주 곤란한 입장에 처하게 된 거죠. 내가 그 사실을 털어놓으면 흄은 틀림없이 나를 범인으로 몰 테니까요……. 그래서 나는 달아났던 거예요. 하지만 산속에 틀어박혀 지내는 동안에도 다우가 무고하다는 것을 아는 이상 그가 억울하게 사형을 당하도록 내버려둘 수는 없다는 생각을 떨쳐버릴 수가 없더군요……. 그 불쌍한 녀석이 어떤 악마 같은 놈에게 이용당하고 있는 거예요. 이용당하고 있는 거라고요!"

그녀는 비명을 지르듯 얘기를 맺었다.

뮤어 신부가 급히 다가가 그녀의 살찐 손을 자신의 작고 메마른 손으로 잡아주며 부드럽게 말했다.

"패니 카이저, 당신은 이제까지 죄인으로 인생을 살아왔습니다. 하지만 오늘 당신은 신의 은총을 회복했습니다. 당신으로 말미암아 무고한 사람이 죽음으로부터 벗어나게 되었습니다. 당신에게 신의 축복이 가득하기를."

이어서 뮤어 신부는 두꺼운 안경 너머로 노안을 빛내며 드루리 레인 씨를 돌아보며 외쳤다.

"당장 교도소로 갑시다! 지체할 시간이 없습니다!"

"진정하시지요, 신부님. 아직 우리에겐 시간이 있으니까요."

레인 씨는 엷은 미소를 떠올리며 말했다.

그의 목소리는 침착했고 확신에 차 있었다. 곧이어 그는 살짝 아랫입술을 깨물어 보이더니 말을 이었다.

"그리고 아직은 한 가지 문제가 더 남아 있습니다. 상당히 미묘한 문제인데……."

레인 씨의 태도가 나를 놀라게 만들었다. 그는 패니 카이저의 얘기 속에서 마지막으로 무언가 중요한 단서를 잡은 것이 분명해 보였다. 하지만 그게 무엇인지 나로서는 알 수가 없었다. 물론 다우가 무죄라는 것이 입증되었지만, 나는 그녀의 얘기 속에서 사건 해결에 도움이 될 만한 단서는 전혀 찾을 수가 없었던 것이다. 그런데 레인 씨는 그녀의 얘기를 듣기 전과는 완전히 딴 사람이 된 듯이 낙관적인 태도를 취하는 것이었다…….

레인 씨가 조용히 말했다.

"마담, 당신이 이제까지 우리에게 들려준 얘기로 이번 사건은 해결됐습니다. 한 시간 전까지만 하더라도 저는 포셋 형제를 살해한 범인이 세 사람 중 한 명이라는 것밖에는 알 수가 없었습니다. 그런데 당신의 얘기를 듣던 중에 나는 그중 두 명을 제외할 수가 있었습니다."

레인 씨는 어깨를 펴며 말을 맺었다.

"자 그럼, 잠깐 실례하겠습니다. 지금 즉시 해야 할 일이 있어서 말입니다."

## 22:
## 대단원의 막

레인 씨가 손짓으로 나를 불렀다.

"페이션스 양, 나를 좀 도와주십시오."

나는 숨을 몰아쉬며 재빨리 그의 옆으로 다가갔다.

"브루노 주지사에게 전화를 좀 해주기 바랍니다. 아시다시피 나는 귀가 먹어서……."

레인 씨는 자기 귀를 만지며 미소를 지어 보였다. 그는 독순술로 주위 사람들과 의사소통을 했으므로 상대의 입술을 읽을 수 없는 전화 통화는 불가능했던 것이다.

나는 올버니의 주지사 관저로 장거리 전화를 신청하고 가슴을 두근거리며 기다렸다.

한동안 레인 씨는 깊은 생각에 잠긴 듯하다가 패니 카이저를 바라보며 입을 열었다.

"마담, 당신은 포셋 박사의 시체 곁에 있었을 때 혹시 그 시체의 손목을 만지지는 않았습니까?"

"네, 만지지 않았어요."

"시체의 손목에 핏자국이 나 있는 것은 보았습니까?"

"그래요."

"정말 한 번도 만진 적이 없단 말씀이죠? 포셋 박사가 죽기 전이든 죽은 후든 말입니다."

“그렇다니까요!”

레인 씨가 미소를 떠올리며 고개를 끄덕일 때 전화 교환원의 호출이 있었다.

“브루노 주지사님이십니까?”

나는 숨을 깊이 들이마시고 그렇게 말했다. 그리고 대여섯 명의 비서들이 차례로 내 이름을 전하는 동안 기다려야만 했다. 이윽고 주지사가 나왔다.

“저는 페이션스 섬입니다. 레인 선생님 부탁으로 대신 전화를 걸고 있습니다. 잠깐만 기다려주세요……. 주지사님에게 뭐라고 전할까요, 레인 선생님?”

“사건이 해결되었으니 즉시 리즈로 와달라고 전해주십시오. 그리고 이제 아론 다우의 무고함을 밝힐 수 있는 나무랄 데 없는 증거를 확보했다고도 전해주십시오.”

불멸의 위대한 인물의 대변자인 나 페이션스 섬이 그 내용을 전하자, 전화선을 타고 주지사가 놀라서 숨을 들이마시는 소리가 들려왔다. 아마도 그 소리를 아무나 들을 수 있는 건 아닐 것이다.

“지금 당장 그곳으로 가겠습니다. 그곳이 어디지요?”

“뮤어 신부님 댁입니다. 알곤킨 교도소 바로 옆이랍니다, 브루노 주지사님.”

내가 전화를 끊자 레인 씨는 의자에 앉았다.

“고맙습니다, 페이션스 양. 그런데 한 가지 부탁을 더 드려야겠군요. 패니 카이저 씨를 좀 쉴 수 있도록 해드렸으면 합니다. 괜찮겠지요, 신부님?”

그런 뒤, 그는 눈을 감고 온화한 미소를 떠올리며 말을 이었다.

“자, 이제 우리가 할 일은 기다리는 것뿐입니다.”

그 후 우리는 여덟 시간쯤 기다렸다.

밤 9시, 즉 사형 집행 두 시간 전에 오토바이를 탄 주 경찰대원 네 명의 호위를 받으며 검은 리무진 한 대가 뮤어 신부 댁 앞에 멈췄다. 이어서 브루노 주지사가 지친 얼굴에 엄숙하고 초조한 빛을 띤 채 차에서 내려 빠른 걸음으로 현관 층계를 올라왔다. 우리는 흐릿한 전등 빛이 음울하게 드리워진 베란다에서 그를 맞이했다.

뮤어 신부는 사형수를 돌보기 위해 몇 시간 전에 교도소로 떠나고 없었다. 레인 씨로부터 앞으로의 계획을 남들이 절대로 눈치채지 못하도록 행동해야 한다는 당부를 여러 차례 들은 뒤였다. 교도소로 떠나기 직전에 뮤어 신부와 레인 씨 사이에 오갔던 대화로 미루어 보아 아마도 아론 다우에게만은 희망을 버리지 말라는 얘기를 해주기로 했던 것 같았다.

그동안 패니 카이저는 목욕을 하고, 휴식을 취하고, 식사를 마쳤다. 그런 뒤, 이제 한낱 쓸쓸한 노파에 불과한 듯한 그녀는 붉게 충혈된 겁먹은 눈빛으로 묵묵히 베란다에 앉아 있었다. 우리는 그녀와 주지사와의 역사적인 만남을 감개무량한 심정으로 지켜보았다. 주지사는 신경질적이고 퉁명스러웠으나 상당히 의욕적이었던 반면에 패니 카이저는 겁을 먹고 있었으며 풀이 죽어 있었다. 레인 씨는 그들을 조용히 지켜볼 따름이었다.

우리는 그들의 대화에 귀를 기울였다. 그녀는 우리에게 들려주었던 내용을 주지사에게 다시 되풀이했다. 그리고 주지사가 포셋 박사가 죽기 직전에 남긴 말에 대해 신중히 되물었을 때도 그녀는 이미 우리에게 대답했던 것과 똑같은 말을 되풀이했다.

그녀와의 얘기가 끝나자 브루노 주지사는 이마의 땀을 닦으며 의자에 앉았다.

"레인 씨, 또다시 해내셨군요. 현대판 멀린이 기적을 일으킨 듯하군요……. 자 그럼, 알곤킨 교도소로 가서 즉시 사형 집행을 중지시킵시다."

"아, 그렇게 해선 안 됩니다, 브루노 씨."

레인 씨는 침착하게 말을 이었다.

"이 경우에는 범인의 기를 꺾기 위해 불시에 허를 찌르는 심리 전술을 써야만 합니다. 아시다시피, 우리에게는 아무런 물증이 없으니까요."

"그렇다면 당신은 이 두 살인 사건의 범인을 알고 계신다는 말씀입니까?"

주지사가 천천히 물었다.

"그렇습니다."

레인 씨는 우리에게 양해를 구한 뒤, 브루노 주지사를 베란다 한쪽으로 데리고 가서 한동안 얘기를 했고 주지사는 고개를 끄덕이며 경청했다. 우리가 있는 곳으로 돌아왔을 때 두 사람은 신중한 표정을 짓고 있었다.

"마담, 당신은 제 경호원들과 함께 이곳에 남아주십시오."

주지사가 단호한 어조로 패니 카이저에게 말한 뒤 아버지와 나에게로 고개를 돌렸다.

"물론 경감님과 섬 양은 저와 함께 가도록 합시다. 레인 씨와 저는 우리가 취할 행동에 대해 의견의 일치를 보았습니다. 약간 위험하긴 하지만 그렇게 하는 수밖에 없습니다. 자 그럼, 시간이 될 때까지 기다립시다."

우리는 다시 기다렸다.

그리고 10시 30분에 우리는 뮤어 신부 댁을 조용히 나섰다. 집 안에는 패니 카이저가 제복을 입은 건장한 젊은이 네 명에게 둘러싸인 채 웅크리고 앉아 있었다.

우리는 묵묵히 알곤킨 교도소의 정문을 향해 걸어갔다. 주위의 어둠 속에서 교도소의 탐조등들만이 캄캄한 하늘을 배경으로 괴물의 눈처럼 번득였다.

그 후 삼십 분 동안의 섬뜩한 기억은 지금도 나의 뇌리 속에 생생하게 남아 있다. 브루노 주지사와 레인 씨가 무엇을 하려고 하는지 나로서는 알 수 없었다. 나는 도중에 혹시 무언가가 잘못되지는 않을까 하는 불안감에 몸이 떨렸다. 하지만 정문을 통과해 교도소 안마당에 들어섰을 때부터 모든 것이 놀랄 만큼 순조롭게 진행되었다. 주지사의 출현은 당직 교도관들을 긴장시키기에 충분했다. 주지사의 권위는 당연히 절대적이었고, 우리는 곧바로 안으로 안내되었다. 곧이어 우리는 직사각형의 안마당 한쪽 구석에 있는 사형수 독방의 불빛을 볼 수 있었고, 그 견고한 회색의 담벼락 안에서 진행되고 있을 사형 준비의 섬뜩한 기운을 느낄 수 있었다. 일반 재소자들의 감방 쪽은 조용했고, 교도관들의 움직임은 초조하고 긴장되어 보였다.

주지사는 우리를 안내한 교도관들에게 우리 곁을 떠나지 말 것과 아울러 우리의 도착을 다른 사람들에게는 절대로 발설하지 말 것을 엄하게 명령했다. 교도관들은 의아해하면서도 순순히 주지사의 명령에 따랐다……. 그리하여 우리는 눈부시게 밝은 교도소 안마당의 어느 그늘진 구석에서 기다렸다.

시간은 느릿느릿 흘러갔고, 아버지는 뭔가를 작은 소리로 끊임없이 중얼거렸다.

나는 레인 씨의 긴장된 얼굴을 보고서 사형 집행 직전까지 기다렸다가 행동으로 옮기는 것이 그의 계획에서 매우 중요한 부분임을 알 수 있었다. 물론 아론 다우가 사형당할 위험은 주지사의 출현으로 거의 사라졌으나, 나는 그것만으로는 마음을 놓을 수 없었다. 운명의 시간이 점차 다가옴에 따라, 나는 우리의 맞은편에 솟아 있는 그 고요하고 커다란 건물을 향해 마구 소리를 내지르며 뛰어나가고 싶은 충동을 느꼈다…….

10시 59분이 되었을 때, 주지사는 갑자기 몸을 긴장시키더니 날카로운 어조로 교도관들에게 무언가 명령을 내렸다. 이어서 우리 모두는 사형 집행장을 향해 마당을 가로질러 쏜살같이 달려 나갔다.

우리가 그 건물로 뛰어들었을 때는 정확히 11시였다. 그리고 11시 1분에 브루노 주지사는 운명의 신과도 같은 엄숙한 표정으로 두 교도관을 옆으로 밀어젖히며 죽음의 방 문을 활짝 열었다.

우리가 뛰어들었을 때 그 죽음의 방 안에 있던 사람들의 얼굴에 떠올랐던 엄청난 경악의 표정을 나는 평생 동안 잊을 수가 없을 것이다. 그들의 눈에 비쳤을 우리의 모습은 아마도 어떤 신성한 의식에 뛰어든 야만인과도 같았을 것이다. 그 광경은 지금도 내 기억 속에서 사진처럼 선명하게 남아 있다. 마치 각각의 순간이 그 자체로서 살아 숨 쉬고 있는 듯했다. 그들의 얼굴 표정, 손의 움직임, 고개를 끄덕이는 동작 등 그 모든 것이 사차원의 영역에서 그대로 고정되어 버린 듯했다.

흥분으로 질식할 것만 같았으므로, 나는 그런 광경이 아마도 합법적인 사형 집행장에서는 이제껏 한 번도 일어나지 않았던 것이며, 우리가 형법 역사상 가장 극적인 순간을 연출하고 있다는 사실도 잊고 있었다.

나는 모든 사람들과 모든 사물들을 포착했다. 전기의자에는 가엾은 다우가 눈을 꼭 감은 채 앉아 있었다. 한 교도관이 그의 다리를 묶던 중이었고, 또 한 교도관은 그의 몸통을 그리고 세 번째의 교도관은 그의 팔을 묶던 중이었다. 그리고 네 번째 교도관은 다우의 눈을 가리려다가 놀라서 두 손을 그대로 허공에 띄우고 있었다. 그 네 명의 교도관들은 모두가 놀란 나머지 동작을 멈추고 입을 벌린 채 꼼짝하지 않았다. 전기의자로부터 몇 미터쯤 떨어진 곳에는 매그너스 소장이 회중시계를 손에 든 채 그 자리에 못 박힌 듯 꼼짝도 하지 않고 서 있었다. 뮤어 신부도 흥분으로 정신을 차릴 수 없었는지 다른 교도관 한 명에게 몸을 기댔다. 그 밖에도 여러 사람들이 저마다 놀란 표정으로 우리를 쳐다보았다. 법원에서 나온 관리인임이 분명한 세 명의 남자들, 교도소 소속 의사 두 명, 움푹 들어간 벽 쪽에서 전기 장치를 매만지고 있던 사형 집행인 한 명. 그리고 입회인 열두 명이 있었는데, 그중에서도 나는 엘리후 클레이의 놀란 표정을 보고는 순간적으로 깜짝 놀랐다. 하지만 곧이어 제레미가 앞서 해주었던 얘기가 떠올랐다.

브루노 주지사가 날카롭게 외쳤다.

"소장, 이 사형 집행을 중지하시오!"

아론 다우는 짐짓 놀란 듯이 눈을 떴다. 하지만 그 표정은 흐리멍덩했다. 주지사의 명령이 신호이기라도 한듯 활인화그림 속의 인물들처럼 배우들이 정지해 있는 상태를 보

*여주는 구경거리—옮긴이*의 한 장면처럼 정지해 있던 사람들이 생기를 되찾았다. 전기의자 주위에 있던 교도관 네 명은 어떻게 해야 할지 몰라서 당혹스러운 표정으로 매그너스 소장을 바라보았다. 소장은 눈을 깜박거리더니 들고 있던 회중시계의 문자판을 멍청히 바라볼 뿐이었다. 뮤어 신부는 기묘한 한숨을 내쉬었고 그의 창백한 두 뺨에는 혈색이 감돌기 시작했다. 다른 사람들도 숨을 삼키며 서로를 마주 보았다. 약간의 술렁임이 일었지만 매그너스 소장이 한 걸음 걸어 나오자 술렁임은 곧 가라앉았다.

소장이 입을 열었다.

"하지만……."

드루리 레인 씨가 재빨리 말을 가로챘다.

"소장님, 아론 다우에게는 죄가 없습니다. 우리는 그가 사형을 선고받게 된 살인죄의 혐의를 완전히 벗겨줄 수 있는 새로운 증언을 입수했습니다. 그래서 주지사님께서……."

그 후, 이러한 비극적인 법 집행 과정에서 일찍이 선례가 없었던 일이 일어났다. 일반적으로 주지사의 형 집행 중지 명령이 사형 집행장에 접수되면 사형수는 즉시 자신이 있었던 독방으로 다시 옮겨지고, 입회인들과 그 밖의 참석자들도 물러나면서 그에 따른 모든 일이 마무리된다. 하지만 이번에는 아주 예외적인 경우였다. 모든 일이 사전에 아주 치밀하게 계획되어 있었고, 바로 이 죽음의 방에서 진상을 밝히게 되어 있음을 나는 알 수 있었다. 하지만 브루노 주지사와 레인 씨가 이렇듯 극적인 방법으로 대체 무엇을 얻고자 하는지는 도무지 알 수가 없었다…….

그곳에 있던 모든 사람들은 항의할 엄두조차 못 낼 정도로 어안이 벙벙해 있었다. 만약 관리들 중 누군가가 절차상의 타당성에 문제를 제기할 생각이었더라도 브루노 주지사의 긴장한 턱을 보았다면 입을 다물 수밖에 없었을 것이다……. 그리고 그때, 레인 씨가 가까스로 죽음의 손에서 풀려나 꼼짝도 않고 전기의자에 앉아 있는 늙은 다우의 곁에 서서 얘기를 시작하자, 그런 것들은 모두 잊히고 말았다. 레인 씨의 첫마디에서부터 사람들은 더할 나위 없이 숙연해졌다.

드루리 레인 씨는 그때까지 내가 설명했던 어떤 경우보다도 간결하고 신속하고 명료하게 포셋 상원의원 살인 사건에 대한 자신의 추리를 설명했다. 그는 아론 다우가 왼손잡이이므로 그 범행을 저지를 수 없으며 진범은 오른손잡이임을 논증했다.

"즉 오른손잡이인 범인이 다우에게 죄를 뒤집어씌우기 위해 고의로 왼손을 사용해 범행을 저질렀던 것입니다."

레인 씨는 성량이 풍부하고 박진감 넘치는 목소리로 얘기를 계속했다.

"여러분, 이제부터 주목해주시기 바랍니다. 그렇다면 아론 다우에게 죄를 뒤집어씌우기 위해 범인은 아론 다우에 관한 어떤 점들을 알아야만 했겠습니까? 드러난 사실들로 미루어 볼 때 범인은 다음 세 가지 점을 알아야만 합니다.

첫째, 범인은 다우가 알곤킨 교도소에 입소한 이후에 오른팔을 다쳐서 왼손잡이가 되었음을 알아야만 합니다.

둘째, 다우가 그날 밤에 포셋 상원의원을 방문한다는 사실, 그리고 그것을 알기 위해선 다우가 그날 교도소에서 석방된다는 사실도 또한 알아야만 합니다.

셋째, 다우가 포셋 상원의원을 살해하더라도 이상하지 않을 만한 동기를 가지고 있음을 알아야만 합니다.

그럼 이상의 세 가지 점을 순서대로 검토해보기로 하지요."

레인 씨는 유창한 어조로 계속 얘기를 끌고 나갔다.

"다우가 알곤킨 교도소에 복역 중에 오른손을 다친 사실을 알고 있는 사람은 누구겠습니까? 매그너스 소장이 우리에게 들려준 바에 따르면, 지난 십이 년 동안 다우에게는 단 한 사람의 면회객도 찾아온 적이 없으며 단 한 통의 편지도 날아든 적이 없었다고 했습니다. 게다가 다우 자신도 정상적인 통로로는 단 한 통의 편지도 띄운 적이 없습니다. 다만 교도소 부설 도서관의 조수였던 태브가 운영하는 불법적인 비밀 통로를 통해 단 한 차례 편지를 보낸 적이 있습니다. 그것이 바로 그가 포셋 상원의원에게 보낸 협박 편지였는데 우리도 이미 그 내용을 알고 있습니다. 하지만 그 편지에도 자신의 팔에 관한 언급은 없었습니다. 더욱이 다우는 십 년 전 오른팔을 다친 이후 석방될 때까지 교도소 담장 밖으로는 한 번도 나간 적이 없었습니다. 다우에게는 가족은 물론이거니와 친구도 없었습니다. 그런데 그 기간 중에 다우가 보았던 외부인이 꼭 한 사람 있었습니다. 그가 바로 포셋 상원의원입니다. 포셋 상원의원이 다우가 일하고 있던 교도소 목공실을 시찰했을 때 그들은 서로 마주쳤는데, 그때 다우가 그를 알아보았던 것입니다. 하지만 증언과 여러 가지 정황들로 미루어 보면, 그때 포셋 상원의원은 다우를 알아보지 못한 게 분명한 듯합니다. 스무 명이 넘는 재소자들이 모여 있는 실내에서 그중 한 사람인 다우를 알아본다는 것도, 또한 다우가 오른팔을 못 쓰게 되었음을 기억한다는 것도 거의 불가능한 일입니다. 그래서 이 점에 대해선 무시해도 될 것 같습니다."

레인 씨는 잠깐 미소를 떠올렸다가 말을 이었다.

"그러므로 우리는 자신 있게 다음과 같이 단언할 수 있습니다. 즉 다우가 오른팔을 사용할 수 없다는 사실을 알 수 있었던 그자는 교도소와 관계가 있는 인물임이 분명하다는 것입니다. 다시 말해, 그자는 재소자나 교도소 관리자들 중 한 명이거나 혹은 정기적으로 알곤킨 교도소를 드나드는 직업을 가진 일반 시민 가운데 한 명인 것입니다."

불이 환히 켜져 있는 죽음의 방에는 불길한 침묵이 감돌았다. 비록 레인 씨처럼 명확히 알진 못하더라도 거기까지는 나도 추리할 수 있었다. 따라서 레인 씨가 이제부터 어떻게 얘기를 진행해나갈 것인지도 나는 알았다. 다른 사람들은 마치 시멘트 바닥에 발이 붙어버리기라도 한 듯이 꼼짝도 하지 않았다.

레인 씨가 말을 이었다.

"그런데 이 문제에는 또 다른 견해도 있을 수 있습니다. 다우에게 죄를 뒤집어씌운 자, 즉 다우가 교도소에 복역 중에 왼손잡이가 되었음을 알고 있는 그자는, 그 사실과 다우에 관한 다른 모든 정보를 교도소 안에 있는 어떤 공범자로부터 제공받았다고 보는 견해입니다. 그렇다면 이상의 두 가지 견해 가운데 어느 것이 옳을까요? 저는 이 두 가지 견해 중에서 다우에게 죄를 뒤집어씌운 자가 교도소와 관계가 있는 인물이라는 첫 번째 견해가 좀 더 타당한 것임을 증명해 보이겠습니다.

잘 들어주시기 바랍니다. 포셋 상원의원이 칼에 찔려 살해되었을 때 그의 책상 위에는 봉해진 편지 다섯 통이 놓여 있었습니다. 그 봉투 중 하나가 훌륭한 단서를 제공해주었습니다. 아마도 페이션스 섬 양이 첫 번째 살인 사건을 사진을 보여주듯 정확하고 자세하게 내게 보고해주지 않았더라면 나는 그것을 알아내지 못했을 겁니다. 그 봉투 위에는 종이를 끼운 클립 자국이 한 곳이 아니라 두 곳에 나 있었습니다. 한 곳은 오른쪽, 다른 한 곳은 왼쪽에 뚜렷이 나 있었던 것입니다. 하지만 지방 검사가 봉투 속의 내용물을 꺼내보았을 때 거기에는 하나의 클립밖에 끼워져 있지 않았습니다! 그렇다면 어떻게 하나의 클립이 봉투의 양쪽에 두 개의 자국을 남길 수 있었을까요?"

누군가가 길게 한숨을 내쉬었다. 레인 씨가 몸을 앞으로 구부리자 그때까지 전기의자에 앉은 채 꼼짝도 하지 않던 아론 다우의 모습이 가려졌다.

"어떻게 그런 일이 가능했는지 말씀드리겠습니다. 포셋 상원의원의 비서였던 카마이클 씨는 상원의원이 그 편지를 다급히 봉투에 넣어 봉하는 것을 보았다고 했습니다. 그러므로 상식적으로 생각하더라도, 포셋 상원의원이 봉투를 봉하려고 눌렀을 때는 한 개의 클립 자국밖에 남지 않았을 것입니다. 하지만 우리는 두 개의 클립 자국이 각각 다른 곳에 나 있는 것을 보았습니다. 여기에 대한 해석은 단 하나밖에 있을 수 없습니다."

레인 씨는 잠깐 입을 다문 뒤 설명을 계속했다.

"누군가가 봉해진 봉투를 열고 내용물을 꺼내 보았다가 그 후 엉겁결에 그것을 뒤집어 넣었던 것입니다. 그래서 다시 봉투를 봉하려고 눌렀을 때 클립 자국이 전혀 엉뚱한 쪽에 하나 더 생긴 것입니다.

그렇다면 누가 그 봉투를 다시 열었을까요? 이미 알려진 대로 가능성이 있는 인물은 두 명입니다. 한 명은 상원의원 자신이고 또 한 명은 범행 시각을 전후해서 포셋 저택에 들어갔다가 나오는 것을 카마이클이 보았다는 방문객, 즉 앞서 논증했듯이 상원의원을 살해하고 난로 속에 편지를 태운 재를 남긴 인물입니다.

포셋 상원의원이 카마이클을 외출시킨 뒤 방문객이 오기 전에 그 봉투를 열고 자신이 쓴 편지를 다시 꺼내 보았을까요? 물론 이론적으로는 그것도 가능합니다. 하지만 우리는 상식적으로 생각해야 합니다. 그래서 여러분께 묻겠습니다. 포셋 상원의원은 어째서 자신이 쓴 편지를 다시 꺼내 보아야만 했을까요? 내용을 수정하기 위해서일까요? 하지만 그 편지에는 수정된 부분이 없었습니다. 다섯 통의 편지 모두가 사본과 완전히 일치했습니다. 그렇다면 자신이 구술해서 타이핑하게 한 내용을 다시 읽어보기 위해서일까요? 하지만 그것 역시 이치에 맞지 않습니다! 그 편지의 사본들이 책상 위에 놓여 있었으니까요.

그리고 설사 그런 점들을 전부 무시하더라도, 포셋 상원의원이 그 편지를 다시 보고 싶었다면 봉투를 찢어서 꺼내 본 뒤 나중에 그걸 새 봉투에 넣으면 됩니다. 더욱이 그는 카마이클에게 다음 날 아침에 그것들을 부치라고 말했다니 시간적 여유도 충분했을 테고요. 하지만 그 봉투는 새것이 아니었습니다. 두 군데에 클립 자국이 나 있었으니까요. 만약 새것이었다면 한 군데에만 클립 자국이 나 있었을 테죠. 따라서 그 봉투는 누군가가 열어보았을 뿐만 아니라 처음에 봉해졌던 원래의 그 봉투였습니다. 그렇다면 어떻게 그 봉투를 열었을까요? 책상 옆에는 전기 커피 여과기가 있었는데, 그것은 살인이 일어난 뒤에도 여전히 따뜻했습니다. 어떻게 그 봉투를 열었는지 달리 추측할 수 있는 단서가 없으므로 그 봉투는 커피 여과기의 증기로 열린 분명합니다. 그렇다면 여기서 우리는 묻지 않을 수 없습니다! 포셋 상원의원이 자신의 편지를 증기에 쐬어서까지 열어야 할 필요가 있었을까요?"

모두 일제히 마네킹처럼 고개를 끄덕이는 것으로 보아 그들은 긴장하여 숨소리도 죽인 채 레인 씨의 주장에 전적으로 동의하는 것이 분명했다. 레인 씨가 희미한 미소를 지으며 설명을 계속했다.

"포셋 상원의원이 그 봉투를 열어보지 않았다면 살인이 일어난 시각을 전후해서 유일하게 그 저택에 들어갔다가 나온 인물, 그 정체불명의 방문객이 그것을 열어보았음이 분명합니다.

그렇다면 그 방문객, 즉 살인범이 행동을 조심해야 할 위험한 살인 현장에서 꼭 열어보아야만 했던 그 편지는 대체 어떤 것이었을까요? 그 편지는 알곤킨 교도소장 앞으로 보내는 것으로서 봉투에는 알곤킨 교도소 관계자들의 승진에 관한 추천장 사본이 동봉되어 있다고 쓰여 있었습니다. 여러분, 이 점에 주의를 기울여주십시오. 이것은 대단히 중요한 점입니다."

나는 엘리후 클레이 씨를 흘끗 보았다. 그의 표정은 창백했으며 떨리는 손으로 턱을 어루만지고 있었다.

"앞서 말씀드린 대로 우리에게는 두 가지 견해가 가능합니다. 첫 번째는 보다 가능성이 높은 것으로서 범인은 교도소와 관계가 있는 인물이라는 견해, 두 번째는 보다 가능성이 적은 것으로서 범인 자신은 교도소와 관계가 없으나 필요한 모든 정보를 제공해준 공범이 교도소 내에 있었다는 견해입니다. 그럼 여기서 두 번째 견해가 옳다고 가정해봅시다. 즉 범인은 교도소와 관계가 없지만 교도소 내에 정보 제공자를 가진 외부인이라고 가정해봅시다. 그럴 경우, 범인은 어째서 알곤킨 교도소 관계자들의 승진에 관한 추천장 내용에 관심이 있었을까요? 범인이 외부인이었다면 그런 일에는 아무런 관심도 없었을 것입니다. 물론 교도소 내의 정보 제공자를 위해서 열어보았다고 생각할 수도 있겠지요. 하지만 굳이 위험을 무릅쓰면서까지 그런 수고를 할 필요가 있었을까요? 교도소 내의 공범이 승진을 하더라도 범인에게는 어떤 영향도 끼칠 수가 없을 것입니다. 또한 공범이 승진을 못 하게 되더라도 범인은 손해 볼 것이 아무것도 없습니다. 그러므로 외부인이 범인이라면 그 봉투를 열지 않았을 것이라고 단언할 수 있습니다.

하지만 범인은 그 봉투를 열었습니다! 그러므로 범인은 앞서 얘기한 가능성이 높은 쪽인 첫 번째 견해대로 교도소와 관계가 있는 인물이 분명합니다. 알곤킨 교도소의 승진에 관한 추천장 내용을 지나칠 수 없을 만큼 말입니다."

레인 씨는 잠시 말을 멈추며 굳은 표정을 지었다.

"실은 제가 지금 당장 범인을 밝힌다면 여러분은 범인이 그 봉투를 열어본 것에 제가 방금 지적한 것보다도 더욱 흥미로운 이유가 있었음을 알게 될 것입니다. 하지만 지금은 범인이 교도소와 관계가 있는 인물이라는 일반론 이상의 것은 말씀드리지 않겠습니다.

첫 번째 살인 사건에서 드러난 여러 가지 사실들로부터 우리는 또 하나의 추리를 이끌어낼 수 있습니다. 언젠가 매그너스 소장님에게서 들었습니다만, 교도소 내의 규율은 대단히 엄격하다고 합니다. 예컨대 교도관들의 근무시간도 결코 변경되는 법이 없다고 합니다. 그런데 방금 알곤킨 교도소와 관계가 있다고 증명된 그 범인이 포셋 상원의원을 살해한 것은 밤이었습니다. 그러므로 그가 교도소 내에서 어떤 위치에 있든 간에 정규 야간 근무자가 아님은 분명합니다. 그렇지 않다면 그 시간대에 이곳을 빠져나가 포셋 상원의원의 저택에서 범행을 저지를 수는 없었을 테니까요. 따라서 범인은 정규 주간 근무자이거나 시간에 구애받지 않는 인물입니다. 이것 또한 매우 중요한 점이므로 이제부터 제가 다른 사실을 설명하는 동안에도 유념해주십시오."

레인 씨의 목소리는 시간이 흐름에 따라 더욱 예리해졌고 그의 얼굴에는 강철 같은 주름이 새겨졌다. 그가 실내를 둘러보자 몇몇 입회인들이 딱딱한 벤치 위에서 몸을 움츠렸다. 장중하게 울려 퍼지는 감정이 없는 목소리, 눈부시게 밝은 실내, 전기의자와 거기에 꼼짝 않고 앉아 있는 수인, 제복을 입은 교도관들……. 입회인들이 불안해하는 것도 무리는 아니었다. 나 역시도 소름이 끼쳤다.

"자 그럼, 이번에는 두 번째 살인 사건에 대해 살펴보기로 하죠."

레인 씨는 빠른 어조로 말을 이었다.

"이 두 차례의 범행이 서로 연관되어 있음은 분명합니다. 같은 상자의 두 번째 토막, 두 피살자 모두가 다우와 관계가 있을 뿐만 아니라 그들이 형제인 점 등을 생각해보십시오……. 그런데 다우는 첫 번째 범행에 무고하다는 것이 증명되었습니다. 그러므로 두 번째 범행에도 무고하다고 추측할 수 있습니다. 즉 다우는 첫 번째 범행에서와 마찬가지로 두 번째 범행에서도 누명을 쓴 것이라고 볼 수 있습니다. 하지만 확증이 있을까요? 네, 있습니다. 다우는 포셋 박사로부터 수요일에 알곤킨 교도소를 탈옥하라는 편지를 받은 적이 없습니다. 그 대신 다우는 포셋 박사로부터 목요일에 탈옥하라는 편지를 받았다고 합니다. 이것은 수요일에 탈옥하라고 쓰인 포셋 박사의 진짜 편지를 누군가가 가로채고 그 대신 목요일에 탈옥하라는 내용의 가짜 편지를 다우가 받게 만들었음을 뜻합니다. 살인 현장에 있던 책상 위에서 발견된 포셋 박사의 진짜 편지를 가로챈 인물이야말로 자신이 저지른 사악한 범행을 감추기 위해 처음부터 다우를 이용해온 자, 즉 다우에게 누명을 씌운 자입니다.

그렇다면 여기에서 우리는 무엇을 알 수 있을까요? 이로써 범인은 교도소와 관계가 있다고 한 앞서의 결론이 옳다는 것을 다시 한 번 분명히 알 수 있는 것입니다. 왜냐하면 범인이 포셋 박사가 보낸 진짜 편지를 가로채 가짜 편지와 바꿔치기할 수 있다는 것은, 그가 교도소 내의 비밀 통신망을 알고 일을 꾸밀 수 있을 정도로 교도소와 관계가 있음을 뜻하기 때문입니다.

이제 우리의 추리는 이 두 사건의 해결을 위한 가장 중요한 단계에 이르렀습니다. 어째서 범인은 다우의 탈옥 날짜를 수요일에서 목요일로 바꾸려고 했을까요? 다우에게 누명을 씌우고자 했으므로 범인은 다우가 탈옥하여 자유로운 몸이 된 날 밤에 포셋 박사를 살해할 필요가 있었던 것입니다! 다우의 탈옥일을 수요일에서 목요일로 바꾼 단 하나의 이유는, 범인 자신이 포셋 박사를 살해하는 것이 수요일에는 불가능했지만 목요일에는 가능했기 때문입니다!"

드루리 레인 씨는 여윈 얼굴을 긴장시키며 집게손가락을 흔들었다.

"그럼 범인은 어째서 수요일에는 포셋 박사를 살해할 수가 없었을까요? 우리는 첫 번째 살인 사건으로 범인이 야간 근무자가 아님을 알 수 있었습니다. 그러므로 그는 어느 날이든 밤에는 범행을 저지를 수 있었을 것입니다. 그런데도 수요일 밤만은 그럴 수가 없었던 것입니다. 어째서였을까요?"

레인 씨는 몸을 펴며 말을 이었다.

"그 의문에 대한 단 하나의 가능한 대답은 교도소 내에서 일반적인 일과가 아닌 어떤 특별한 일이 생겨 범인인 교도소 관계자가 수요일 밤에는 빠져나올 수가 없었다는 것입니다! 그렇다면 수요일 밤, 즉 포셋 박사가 살해당하기 전날 밤에 야간 근무자가 아닌 교도소 관계자가 교도소를 떠날 수 없었던 특별한 일이란 대체 무엇이었을까요? 여러분, 단언컨대 이것이야말로 이 사건의 핵심이며 그 결론은 자연의 법칙과 마찬가지로 확고부동한 것입니다. 그 수요일 밤에 바로 이 공포의 방에서 스칼지라는 사형수의 전기의자에 의한 사형이 집행되었던 것입니다. 따라서 우리가 마지막 심판의 날을 피할 수 없듯이 다음과 같은 결론도 피할 수가 없는 것입니다. 즉 포셋 형제의 살인범은 스칼지의 사형 집행 현장에 입회해야만 했던 사람들 중 한 명인 것입니다!"

실내에는 은하계 공간과도 같은 무거운 정적이 드리워졌다. 나는 숨을 쉬는 것도, 목을 움직이는 것도, 눈망울을 굴리는 것조차도 두려웠다. 아무도 손가락 하나 움직이지 않았다. 전기의자 옆에 선 채 범죄의 경위와 진범에게로 향하는 절박한 운명의 비극에 대해 한 마디 한 마디 힘차게 얘기해나가는 레인 씨의 타오르는 눈에는 우리 모두가 박물관에 전시된 밀랍 인형들처럼 비쳤을지도 몰랐다.

"여기서 잠깐 정리를 해보기로 하죠."

레인 씨는 조금도 흥분하지 않고 종유석처럼 차가운 목소리로 말을 이었다.

"범인이라면 갖추고 있을 게 분명한 필요조건을 열거해보기로 하죠. 즉 두 차례의 범행 과정을 통해 마치 범인이 시간의 문자판에 새겨놓은 듯이 뚜렷이 남긴 여러 사실들로부터 이끌어낸 범인의 필요조건 말입니다.

첫째, 범인은 오른손잡이여야 합니다.

둘째, 범인은 알곤킨 교도소와 관계가 있어야 합니다.

셋째, 범인은 정규 야간 근무자가 아니어야 합니다.

넷째, 범인은 스칼지의 사형 집행 현장에 입회했어야 합니다."

다시금 침묵이 흘렀는데, 이번의 침묵에서는 생동감이 느껴졌다.

레인 씨는 미소를 떠올리는가 싶더니 곧바로 말을 이었다.

"여러분 몹시 심각해지시는군요. 특히 스칼지의 사형 집행 현장에 참석했던 교도소 관계자들 모두가 지금 이 방에 계시니 말입니다! 제가 어떻게 그것을 알 수 있느냐 하면, 매그너스 소장님으로부터 사형 집행 업무를 담당하는 알곤킨 교도소 관계자들은 결코 변경되는 일이 없다는 말을 들었기 때문입니다."

교도관들 중 한 명이 겁에 질린 어린애처럼 짧고 공허한 소리를 냈다. 모두가 무의식적으로 그 사람을 쳐다보다가 다시 드루리 레인 씨를 바라보았다.

"그럼 이제부터 스칼지의 사형 집행 때 입회했던 분들을 차례로 용의 선상에서 제외해봅시다. 그렇게 해서 마지막에 남게 되는 인물이 바로 범인입니다."

레인 씨는 천천히 말을 이었다.

"그 전에 여러분이 잊지 말아야 할 것이 있습니다. 즉 범인은 앞서 말씀드린 네 가지 조건을 모두 충족해야만 한다는 사실입니다……. 그러므로 법률의 요청에 따라 참석한 '열두 명의 명예로운 시민들'인 입회인 여러분은 염려하실 필요가 없습니다. 여러분은 당연히 교도소와는 무관한 분들이십니다.

즉 일반 시민들인 여러분은 둘째 조건에 해당되지 않으므로 범인일 가능성이 없는 것입니다."

두 개의 긴 벤치에 앉아 있던 열두 명의 입회인들은 동시에 한숨을 내쉬었다. 그들 중 몇몇은 조심스레 손수건을 꺼내 이마에 배어 나온 땀을 닦았다.

"그리고 법이 정한 바에 따라 사형이 집행되는지의 여부를 확인하기 위해 입회하신 세 명의 법원 관리 여러분도 같은 이유로 제외됩니다."

그 세 명도 긴장을 풀며 앉음새를 고쳤다.

"다음은 일곱 명의 교도관들입니다."

드루리 레인 씨는 꿈꾸는 듯한 표정으로 말을 이었다.

"제가 소장님의 말씀을 잘못 듣지 않았다면, 이 일곱 분들은 스칼지의 사형 집행을 담당했던 바로 그분들입니다."

레인 씨는 잠시 입을 다물었다가 말을 이었다.

"당신들도 마찬가지로 제외됩니다! 당신들은 언제나 밤에 행해지는 사형 집행을 담당하는 정규 야간 근무자이므로 셋째 조건에 어긋납니다. 따라서 당신들 중 누구도 범인이 될 수가 없습니다."

푸른 제복 차림의 교도관 일곱 명 중 한 명이 작은 목소리로 뭐라고 투덜댔다. 실내에 충만한 긴장감이 드디어 참을 수 없을 정도가 되어 감정의 정전기를 일으키는 듯했다. 나는 슬며시 아버지를 보았다. 아버지는 몹시 흥분해서 목덜미가 벌게져 있었다. 브루노 주지사는 조각상처럼 꼼짝도 하지 않고 서 있었다. 뮤어 신부의 눈은 잔뜩 흐려 있었고 매그너스 소장은 숨 쉬기조차 힘든 듯했다.

"또한 사형 집행인도 제외됩니다!"

레인 씨는 조용하고 준엄한 목소리로 말을 이었다.

"스칼지의 사형 집행 때 다행히 저도 입회했습니다만, 그때 저는 사형 집행인이 두 번이나 왼손으로 스위치를 다루는 것을 보았습니다. 그러므로 사형 집행인은 첫 번째 조건, 즉 범인이 오른손잡이여야 한다는 조건에 어긋나므로 제외됩니다."

나는 눈을 감았다. 심장의 고동 소리가 요란하게 고막을 두드려댔다. 레인 씨의 목소리가 잠시 그쳤다. 그리고 그가 다시 얘기를 시작했을 때 힘차고 예리한 그의 목소리는 두려움에 떠는 실내의 헐벗은 벽면들에 그득히 울려 퍼졌다.

"법이 정한 바에 따라 사형수의 사망을 확인하기 위해 입회한 두 명의 의사."

레인 씨는 씁쓸한 미소를 떠올리며 말을 이었다.

"그동안 당신들을 제외할 수가 없었기 때문에 이 사건의 해결이 늦어진 것입니다."

검은 왕진 가방을 들고 얼어붙은 듯이 서 있는 의사들을 향해 레인 씨는 말을 이었다.

"하지만 오늘 패니 카이저가 당신들 두 분을 완전히 제외할 수 있는 단서를 제공해주었습니다. 이제부터 그 점에 대해 설명하겠습니다.

다우를 포셋 박사의 살해범으로 누명 씌운 진범은 자신이 범행 현장을 떠난 뒤에 곧이어 다우가 그곳에 나타나리라는 것을 알고 있었습니다. 그러므로 그자는 자신이 그곳을 떠날 때 피해자가 완전히 숨이 끊어졌는지를 확인할 필요가 있었습니다. 그렇게 하지 않으면 만약의 경우에 피해자가 다우나 혹은 그 밖의 뜻하지 않은 인물에게 진범인 자신의 정체를 가르쳐줄지도 모르는 일이니까요. 이 점은 포셋 상원의원의 경우에도 같았습니다. 범인은 상원의원을 두 차례에 걸쳐 흉기로 찔렀습니다. 즉 첫 번째 공격이 치명적이 아니었으므로 한 번 더 찔렀습니다. 확실히 숨통을 끊어놓고자 했던 겁니다.

그런데 포셋 박사의 손목에는 피 묻은 손가락들에서 옮겨진 듯한 세 군데의 혈흔이 있었습니다. 이것은 의심할 여지 없이 범인이 포셋 박사를 쓰러뜨린 뒤에 맥박을 짚어본 흔적입니다. 그렇다면 어째서 범인은 피해자의 맥박을 짚어봤을까요? 그것은 말할 나위도 없이 피해자의 죽음을 확인하기 위한 것이었습니다. 하지만 바로 이 명백한 사실에 주의하시기 바랍니다!"

레인 씨의 목소리가 한층 더 커졌다.

"이렇듯 범인이 맥박을 짚어보았을 정도로 주의를 기울였음에도 불구하고 피해자는 범인이 떠난 뒤에도 살아 있었습니다. 왜냐하면 몇 분 뒤에 패니 카이저가 현장에 도착했을 때 그녀는 포셋 박사가 숨이 끊이지 않았음을 확인했으며, 게다가 그에게서 다우가 범인이 아님을 전해 들었기 때문입니다. 물론 그가 진범의 정체는 말하지 못한 채 숨이 끊어지긴 했지만요……. 그런데 어째서 이 사실이 스칼지의 사형 집행 때에도 입회했고 오늘 밤에도 이곳에 계신 두 의사를 용의 선상에서 제외할 수 있게 하는 걸까요? 그 이유는 이렇습니다.

가령 두 명의 의사 중 한 명이 범인이라고 가정해봅시다. 범행은 가해자와 마찬가지로 의사인 피해자의 진료실 안에서 일어났습니다. 그리고 시체에서 불과 몇 걸음 거리밖에 안 되는 책상 위에는 여느 왕진 가방과 마찬가지로 당연히 청진기가 들어 있는 피해자의 왕진 가방이 놓여 있었습니다. 의사라 할지라도 맥박을 짚어보는 것만으로는 죽기 직전의 희미한 생명의 고동을 감지하지 못할 수도 있는 법입니다. 하지만 필요한 모든 도구가 구비되어 있는 진료실에서 의사가 범행을 저지른 경우라면, 범인인 의사는 결코 그런 실수를 하지 않았을 것입니다! 그럴 경우, 범인인 그 의사는 무엇보다도 청진기를 사용했을 겁니다. 반사경을 쓸 수도 있었을 테고요. 아무튼 의사라면 그 밖에도 사망을 확인할 방법이야 많았을 것입니다…….

그러므로 의사가 범인이었다면 피해자의 죽음을 확인할 수 있는 여러 수단들이 근처에 있었는데도 결코 피해자를 살려둔 채 떠나지는 않았을 것이라고 단언할 수 있습니다. 즉 범인은 피해자의 꺼져가는 마지막 생명의 불꽃을 찾아내었을 것이며 다시 한차례 흉기를 휘둘러 그 불꽃을 완전히 끄고야 말았을 겁니다. 하지만 범인은 그렇게 하지 않았습니다. 그러므로 범인은 의사가 아니었습니다. 따라서 두 명의 교도소 소속 의사들은 용의 선상에서 제외되어야만 합니다."

나는 너무도 긴장한 나머지 소리를 지를 뻔했다. 아버지는 주먹을 불끈 쥐고 있었다. 맞은편에 있는 사람들의 얼굴은 한결같이 창백한 가면처럼 보였다.

드루리 레인 씨는 낮은 목소리로 말을 이었다.

"이번에는 뮤어 신부님 차례입니다. 포셋 형제를 살해한 범인은 동일인이었습니다. 그리고 포셋 박사는 밤 11시가 조금 지났을 때 살해되었습니다. 그런데 뮤어 신부님은 그날 밤 10시부터 줄곧 저와 함께 자택의 베란다에 계셨으니 포셋 박사를 살해하는 것이 물리적으로 불가능합니다. 그렇다면 당연히 신부님은 포셋 상원의원도 살해하지 않았다고 볼 수 있습니다."

내 눈과 사람들의 창백한 얼굴들 사이로 붉은 안개가 흐르는 듯했다. 나는 그 안개 속에서 힘차게 고동치는 레인 씨의 목소리를 들었다.

"이 방에 모여 있는 스물일곱 명 가운데 한 명이 포셋 형제를 살해한 범인입니다. 우리는 이제까지 스물여섯 명을 용의 선상에서 제외했습니다. 그렇다면 남은 사람은 오직 하나, 그는……. 여러분, 그를 잡으십시오! 놓치면 안 됩니다! 경감님, 그가 권총을 사용하지 못하도록 뺏으십시오!"

순식간에 실내는 소음과 비명과 격투의 도가니가 되었다. 그 소용돌이의 중심에서 마침내 누군가가 아버지의 강철 같은 손아귀에 붙잡혔다. 얼굴을 보랏빛으로 일그러뜨리고 두 눈을 붉은 광기로 불태우고 있는 그 남자는 교도소장 매그너스였다.

## 23:
## 뒷이야기

이제까지 써온 이 기록들을 넘겨보며 나는 포셋 형제의 살해범이 매그너스 소장이 아닌 그 어떤 다른 인물인 듯한 인상을 독자들에게 심어준 게 아닌지 염려스럽다. 단언할 수는 없지만 아마도 그렇지는 않았을 것으로 생각한다. 때때로 내게는 여러 대목에서 간담을 서늘하게 하는 진실이 드러나 있었던 것처럼 여겨진다.

나는 추리소설(그것이 사실에 근거한 것이든 허구이든)을 쓰는 기술을 충분히 익혔기 때문에 드루리 레인 씨와 그리고 쑥스럽지만 내가 이 사건을 해결하는 과정에서 드러났던 모든 단서들을 남김없이 이 기록 속에 언급했음을 확신한다. 이 점은 단순히 대조해보면 알 수 있는 일이다. 즉 우리가 찾아낸 단서를 문장 속에서 간파해서 그것과 사건 해결과의 연관성을 따져보면 될 일이다. 그 결과에 대해선 독자들의 판단에 맡겨야겠지만, 어쨌든 나는 이 놀라운 사건을 일어난 그대로 정확히 재구성하고자 최선을 다했다. 내가 독단적으로 주인공으로 내세운 비범한 노신사 레인 씨는, 모든 것을 주의 깊게 분석하는 가운데 우리 모두가 수긍할 수 없는 것은 무엇 하나 단서로 채택하지 않았다. 레인 씨는 사건의 진상을 파악하고 이용했지만, 우리는 그와 같은 명민함을 갖추지 못했던 것이다.

사건이 해결된 후, 그동안 우리가 알 수 없었던 다양한 사실들이 밝혀졌다. 그러한 사실들은 당연히 사건의 해결과는 본질적으로 무관한 것이지만, 이 이야기를 완전히 매듭짓기 위해서는 밝혀둘 필요가 있다. 예컨대 매그너스 소장이 범행을 저지르게 된 동기도 그런 사실들 중의 하나이다. 누구든 교도소장이라는 사람이 어떻게 그런 피비린내 나는 범죄의 유혹에 넘어갔는지를 쉽게 이해하기는 힘들 것이다. 하지만 도저히 뜻밖인 범죄를 저지르고 현재 투옥 중인 또 다른 교도소장의 사례도 있다고 나는 들었다.

불쌍한 매그너스 소장이 자술서에 밝힌 바에 따르면 그 동기는 아주 진부한 것이었다. 즉 그는 돈이 필요했던 것이다. 그는 오랫동안 충실하게 직장생활을 하며 모았던 자신의 거의 전 재산을 주식에 투자했다가 깡그리 잃고 말았다. 한창 일할 나이가 조금 지났을 때 그는 완전히 빈털터리가 되어 있었던 것이다. 그 무렵에 포셋 상원의원이 그를 찾아와서 다우에 관한 야릇한 관심을 나타내었고 결국에는 자신이 다우에게 협박당하고 있음을 밝혔다. 그리고 다우가 석방되었던 그 운명의 날에 포셋 상원의원은 매그너스 소장에게 전화를 걸어 자신은 다우의 요구를 들어줄 생각이어서 5만 달러를 마련해 놓았음을 알렸던 것이다. 가엾은 매그너스! 절망적인 재정 상태였던 그에게 그 사실은 물리치기 힘든 유혹이었다. 그는 그날 밤 상원의원의 저택으로 갔다. 처음부터 상원의원을 살해할 작정은 아니었고, 다만 위협을 해서 그 5만 달러를 뺏어야겠다고 막연히 생각했을 뿐이었다. 아시다시피, 그와 같은 일은 드물지 않은 법이다! 그때까지는 다우가 쥐고 있는 포셋 형제의 약점이 무엇인지 매그너스는 알지 못했다. 포셋 상원의원과 마주 대했을 때, 매그너스는 곧바로 충동적으로 결심을 하고 말았다. 아마도 그 현금이 눈에 띄었기 때문이겠지만. 이미 주사위는 던져진 셈이었다. 그는 상원의원을 살해하고 돈을 훔친 다음 다우에게 죄를 뒤집어씌우기로 결심했다. 그래서 그는 책상 위에 있던 페이퍼 나이프를 집어 들고 그 끔찍한 범행을 저질렀던 것이다. 그런 뒤, 그는 주위를 둘러보다가 편지지 묶음의 맨 위 장에다 포셋 상원의원이 형인 포셋 박사에게 자필로 써놓은 편지를 보게 되었다. 그 편지를 읽어보고서 매그너스는 포셋 박사 역시 다우의 협박 대상임을 알게 되었다. 또한 그 편지에는 '헤자즈의 별'이라는 배 이름도 적혀 있었다. 나중에 매그너스는 그것을 출발점으로 삼아 과거의 기록들을 조사한 끝에 다우와 포셋 형제 사이에 얽힌 과거의 비밀도 간단히 알아낼 수 있었다. 매그너스는 그 편지를 벽난로 속에서 불태워 경찰의 손에 들어가지 않게 만들었다. 만약 그 비밀이 밝혀진다면 자신은 앞으로 포셋 박사를 협박할 수 없을 터였다. 하지만 비밀이 밝혀지지 않는다면, 어쨌든 다우는 포셋 상원의원 살해범이라는 누명을 쓰고 사형을 당할 테니 그 후로 자신은 얼마든지 마음대로 포셋 박사를 협박할 수 있다고 생각했기 때문이다.

그것은 꽤 그럴듯한 계략처럼 여겨졌다. 하지만 다우는 포셋 상원의원 살인범으로서 사형이 아니라 종신형에 처해졌다. 그런데 그 점이 오히려 매그너스에게는 도움이 되었다. 그는 다시 한 번 다우를 이용할 수 있게 되었던 것이다. 그는 때를 기다렸다. 언제부터인가 매그너스는 모범수인 태브가 교묘한 수법으로 교도소 내에서 비밀 통신망을 운영하고 있음을 알았으나 일부러 모르는 척하면서 때가 오기를 기다렸다. 드디어 때가 왔다. 매그너스는 비밀 통신망을 감시하고 있다가 드디어 어느 날 포셋 박사가 다우에게 보내는 편지를 뮤어 신부의 기도서에서 가로챘다. 그는 태브 몰래 그것을 읽고서 다우의 탈옥 계획을 알게 되었고, 다시 한 번 자신에게 절호의 기회가 찾아왔음을 깨달았다. 하지만 다우의 탈옥은 자신이 스칼지의 사형 집행에 책임자로서 참석해야만 하는 수요일로 예정되어 있었다. 그래서 매그너스는 자신이 자유롭게 행동할 수 있는 목요일에 다우가 탈옥하게 만들려고 가짜 편지를 써서 다우에게 전해지게끔 손을 썼다. 그런 뒤, 자신이 가로챈 포셋 박사의 진짜 편지 뒷면에다 다우의 필체를 흉내 내어 수요일에는 탈옥할 수 없으므로 목요일로 변경한다는 내용을 써서 비밀 통신망을 통해 포셋 박사에게 전해지게 만들었던 것이다. 이런 종류의 범죄에서 흔히 따르는 실수이지만, 매그너스 역시 지나치게 술수를 부린 결과 오히려 자신의 술수에 자신이 넘어가고 말았다. 포셋 박사에게 그 편지를 보냈을 때는 안전해 보였겠지만 결국은 그 편지가 매그너스 자신을 옭아맸던 것이다.

이제, 얘기해야 할 것은 얼마 되지 않는다. 사건이 해결된 그다음 날 우리 모두는 뮤어 신부 댁 베란다에 모여 앉아 있었다. 엘리후 클레이 씨는 어째서 매그너스 소장이 '알곤킨 교도소 관계자들의 승진에 관한 추천장 사본'이 동봉되어 있다고 봉투에 적힌, 자신에게 오는 편지를 꺼내 보았는지 궁금해하며 레인 씨에게 물었다.

레인 씨는 한숨을 쉬고는 말했다.

"흥미로운 질문입니다. 어젯밤에 제가 설명하던 과정에서, 범인을 알게 되면 그가 봉투를 열어 본 것에 대해 더욱 흥미로운 이유를 알게 될 것이라고 말씀드린 것을 기억하시겠지요. 저는 매그너스 소장이 어째서 그랬는지 알 것 같습니다. 아시다시피 저의 일반적인 분석으로는 교도소 관계자가 그 봉투를 열어보았다면 그것은 당연한 일입니다. 하지만 매그너스 소장만은 그 봉투를 열어볼 필요가 없는 인물입니다. 그 편지는 자신에게 오는 것이었으며 '알곤킨 교도소 관계자들의 승진에 관한 추천장'은 교도소장인 자신에게는 아무런 영향도 끼칠 수 없는 것이었으니까요. 그래서 저는 범인이 매그너스 소장이라는 결론에 이르렀을 때 어째서 그가 봉투를 열어보았는지 생각해보았습니다. 그 이유는 봉투에 쓰여 있는 것과는 달리 실제로는 다른 내용이 들어 있을지도 모른다고 생각했기 때문입니다. 포셋 상원의원은 교도소에서 매그너스 소장을 만났을 때 다우가 자신의 약점을 쥐고 있음을 암시했습니다. 그래서 매그너스 소장은 포셋 상원의원이 그 편지 속에 그때의 일을 언급한 것은 아닌지 걱정이 되었던 것입니다. 만약 그럴 경우, 그 편지가 경찰의 손에 들어가면 자신도 위험에 처할 수 있다고 생각했던 겁니다. 물론 매그너스 소장의 그런 생각은 억측에 불과했습니다만, 그때 그는 매우 흥분한 상태였으므로 제대로 된 생각을 할 수 없었던 것도 무리는 아니었을 겁니다. 어쨌든 이 부분이 제 추리 전체에 영향을 미치지는 않았습니다."

"그런데 대체 누가 그 작은 상자의 두 번째 토막을 아이라 포셋에게, 세 번째 토막을 패니 카이저에게 보낸 걸까요? 다우는 그것들을 보낼 수 있는 상황이 못 되었습니다. 아무래도 저는 그 점을 이해할 수가 없습니다."

아버지가 그렇게 불쑥 의문을 제기했다.

"저도 마찬가지예요."

애석하게도 나 역시 그렇게 말할 수밖에 없었다.

"저는 그 인물이 누구였는지 알 것도 같습니다."

드루리 레인 씨는 미소를 떠올리며 말을 이었다.

"그 인물은 다름 아닌 마크 커리어 변호사였을 겁니다. 단언할 수는 없지만, 아마도 첫 번째 재판을 앞두었을 때 다우가 마크 커리어 변호사에게 일정한 간격을 두고 나머지 상자 토막 두 개를 차례로 부쳐달라고 부탁했겠지요. 그리고 다우는 미리 그것들을 편지와 함께 우체국의 보관함이나 그 밖의 어딘가에 숨겨두었을 겁니다. 제가 보기에 마크 커리어 변호사는 그다지 양심적인 인물인 것 같지는 않습니다. 다우의 협박 내용을 캐낼 수만 있다면 자신도 한몫 잡을 수 있겠다고 생각했는지도 모르지요. 하지만 이것은 어디까지나 추측에 불과하니 소문을 내진 마십시오."

뮤어 신부가 주저하듯 말을 꺼냈다.

"그런데 무죄를 밝혀주기 전에 가엾은 아론 다우를 죽음의 문턱까지 아슬아슬하게 몰고 갔던 것은 조금 심했던 게 아니었을까요?"

레인 씨의 얼굴에서 미소가 사라졌다.

"그럴 수밖에 없었습니다, 신부님. 제게는 매그너스 소장을 법정에서 꼼짝 못 하게 만들 수 있을 만한 구체적인 증거가 아무것도 없었음을 상기해주십시오. 그러므로 그런 비정상적인 흥분 상태에서 기습하는 방법밖에 없었던 것입니다. 저는 제 추리의 전개 과정을 조절해나가면서 그 장소와 분위기 등을 최대한 이용했습니다. 그 결과, 매그너스 소장은 자신을 범인으로 지목하는 제 주장의 필연성을 깨닫고는 순간적으로 흥분한 나머지 이성을 잃고 제가 바란 대로 바보같이 앞뒤 가리지 않고 달아나려고 시도했습니다. 달아나려고 하다니! 가엾은 친구입니다."

레인 씨는 말을 이었다.

"그 후, 그는 자백했습니다. 만약 우리가 일반적인 방법을 취했더라면 매그너스 소장은 자신을 추스를 수 있는 시간적인 여유를 가지게 되었을 것이고 사태를 충분히 검토할 수 있었을 것입니다. 그런 다음 교활하게 모든 범행을 전면적으로 부인했을 것입니다. 구체적인 증거가 없는 우리로서는 그를 두 살인 사건의 용의자로 고발할 수는 있다고 하더라도 법정에서 유죄를 선고받게 하기는 힘이 들었을 겁니다."

그 후로도 여러 가지 일들이 있었다. 존 흄은 틸덴 카운티에서 주 상원의원으로 선출되었고, 엘리후 클레이 씨는 대리석 사업의 규모가 약간 줄어들긴 했지만 보다 건실하게 회사를 운영해나갈 수 있게 되었다. 그리고 패니 카이저는 연방 교도소에서 장기수로 복역하게 되었다…….

지금 떠오른 사실이지만, 나는 아직 이 모든 사건의 원인이었으며 매그너스 소장이 꾸민 음모의 피해자였던 무고한 아론 다우에 대해서는 언급하지 않았다. 어쩌면 나는 그 가엾은 다우에 대한 이야기를 일부러 뒤로 미루고 있었는지도 모른다…….

어쨌든 레인 씨의 얘기가 끝나고 매그너스 소장이 붙잡혔을 때, 레인 씨는 재빨리 몸을 돌려 전기의자에 앉아 있던 다우를 근심 어린 시선으로 내려다보았다. 그리고 레인 씨가 그 끔찍한 법 집행의 장치로부터 다우를 일으키려 했을 때, 우리 모두는 다우가 희미한 미소마저 머금은 채 너무나도 조용히 꼼짝 않고 앉아 있는 것을 보았다.

그렇다. 그것은 그가 가치 없이 생애를 보낸 데 대한 인과응보였을 것이다. 또한 그것은 그가 이 살인 사건들에 대해 유죄이든 무죄이든 관계없이 사회의 쓸모없는 구성원이라는 뜻에서 운명의 신이 내린 선고였을 것이다.

다우는 죽어 있었다. 사인은 심장마비였다고 의사들이 말해주었다. 그 후 몇 주 동안 나는 그 일 때문에 고통스러웠다. 우리가 그를 흥분 상태에 몰아넣어 마침내 죽게 만든 게 아니었을까? 아마도 나는 그걸 영원히 알 수 없을 것이다. 비록 교도소의 건강 기록부에는 십이 년 전에 알곤킨 교도소에 처음 입소했을 때부터 그는 이미 심장이 쇠약해져 있었다고 적혀 있긴 했지만 말이다.

마지막으로 덧붙이고 싶은 얘기가 있다.

사건이 해결된 그다음 날 레인 씨의 보충 설명이 있기 얼마 전에 제레미는 내 팔을 낚아채 언덕 아래로 나를 데리고 갔다. 그가 멋지게 일을 꾸몄다는 것은 나도 인정할 만했다. 왜냐하면 나는 지난밤의 일로 마음이 흐트러져 있었고 아마도 다른 어느 때보다도 자제력이 약해져 있었기 때문이다.

어쨌든 제레미는 머뭇거리며 내 손을 잡았고, 내가 클레이 부인이 되어주길 바란다고 감미로운 목소리로 청혼했던 것이다.

이 얼마나 멋진 청년인가! 나는 그의 굽이치는 머리칼과 헛간의 문짝처럼 넓은 어깨를 바라보면서, 자신을 아내로 맞이하고 싶을 정도로 생각해주는 누군가를 알고 있다는 것은 굉장히 감미롭고 기분 좋은 일이라고 생각했다. 늠름하고 건강한 육체를 가진 이 청년은 채식주의자들의 주장을 훌륭하게 대변할 만했다. 어쨌든 그건 좋은 일이었다. 버나드 쇼와 같은 뛰어난 인물도 그렇게 주장했으니까. 비록 나 자신은 때때로 바비큐를 즐기지만……. 그러나 그가 부친의 채석장에서 폭약을 다루는 일을 한다는 사실은 전혀 좋은 일이 아니었다. 자신의 남편이 일을 마치고 저녁에 귀가할 때 몸이 성할지, 그림 퍼즐 조각처럼 산산조각이 나 있을지 한평생 걱정하며 살아가야 한다는 것은 생각만 해도 끔찍한 노릇이었다…….

나는 변명할 구실을 찾았다. 그렇긴 하지만 내가 제레미를 좋아하지 않는다는 것은 아니다. 마치 한 쌍의 남녀 주인공이 저녁놀을 배경으로 가슴을 맞대고 읊조리는 소설 속의 대사처럼 그때 나도 "오오, 사랑하는 제레미! ……그래요, 우리 결혼해요!"라고 말할 수 있었다면 좋았을 것이다.

하지만 나는 그의 손을 잡고 발뒤꿈치를 들어 올려 그의 턱에 입을 맞추며 말했다.

"오오, 사랑하는 제레미! ……하지만 그럴 수가 없어요."

그때 내가 아주 감미롭게 말했음을 여러분은 알아주길 바란다. 나는 제레미와 같은 훌륭한 청년에게 상처를 입히고 싶지 않았다. 하지만 나, 페이션스 섬에게 결혼이란 어울리지 않는 일이다. 나는 어디까지나 열심히 일하는 젊은 여성임을 자부한다. 그러므로 몇 년 후의 나는 빳빳하게 풀 먹인 깃을 단 옷차림에 깔끔한 구두를 신고서 나에게 길을 열어준 그 멋진 노신사 레인 씨의 오른편에 서 있을 것이다. 나는 그의 단짝이 되어 그와 함께 이 세상의 모든 범죄 사건을 해결할 것이다……. 너무 터무니없는 생각일까?

그리고 마지막으로 한 가지 더 밝히고 싶은 게 있다. 만약 아버지만 아니었다면(특별히 뛰어난 영감의 소유자는 아니지만 나에게는 소중한 아버지이다.) 나는 이름을 아주 우아하게 바꾸었을지도 모른다. 예컨대, 드루리아 레인 같은 이름으로 말이다. 말하자면, 나는 두뇌의 힘에 대해 그 정도로 매력을 느끼고 있다.

## 구태의연한 사회 비리, 현대적인 소설 기법

서계인(번역가)

《Z의 비극》은 엘러리 퀸이 바너비 로스라는 또 하나의 필명으로 발표한 비극 시리즈(일명 드루리 레인 4부작)의 세 번째 작품이다.

《X의 비극》과 《Y의 비극》이 1932년에 발표되었고 그다음 해인 1933년에 본 작품 《Z의 비극》이 발표되었는데도 내용에서 다루는 사건은 《X의 비극》 이래 십여 년의 세월이 흐른 시점을 취하고 있다. 그러므로 드루리 레인은 어느덧 일흔 살이 되었고, 지난날의 지방 검사였던 브루노는 뉴욕 주의 주지사로 변신했고, 섬 경감은 경찰에서 은퇴한 사설탐정으로 등장한다. 게다가 섬의 아름답고 영리한 외동딸 페이션스가 유럽에서 돌아와 그의 조수로 활약한다.

《Z의 비극》은 《X의 비극》이나 《Y의 비극》과는 몇 가지 점에서 확연히 구별된다. 첫째, 앞선 두 작품이 삼인칭으로 쓰여 있는데 비해 이 작품은 처음 등장하는 페이션스의 수기 형식을 취하고 있다. 둘째, 두 작품과는 비교할 수 없을 정도로 오늘날의 추리소설에 가까운 현대성을 지니고 있다. 요컨대, 무고한 용의자를 사형 집행 전까지 구해야만 한다는 긴박감과 재기발랄한 젊은 여탐정의 등장 등이 그것이다. 그런데 바로 이러한 현대성이 추리소설 황금기의 척도로 잴 때는 오히려 불리하게 작용하는 탓에 두 작품보다 일반적인 평가가 낮을지도 모르겠으나, 세 작품 모두 번역했던 필자가 보기에는 《Z의 비극》이 결코 그 두 작품에 못지않은 걸작이며 나름대로의 개성을 지닌 수작임을 자신 있게 말할 수 있다.

지방 실업가의 공동 경영자이자 교활하고 음험한 의사와 그의 동생인 악덕 정치가, 더욱이 그들의 배후에서 날뛰는 여장부, 게다가 정치적 야심을 지닌 지방 검사와 그의 후원자인 정계의 실력자 등 능수능란한 인물들이 고루 모여 있는 곳에서 선거를 앞두고 돌연 살인 사건이 일어난다. 하지만 피살자와 그 주변의 정치적인 관계를 제외하고는 수사가 잘 진전되지 않는 중에 교도소에서 석방된 인물이 모습을 드러내게 됨으로써 사태는 더욱 복잡해진다. 수수께끼의 해명이야 어찌 되었든 간에 지방 정계와 재계의 부패와 타락을 파헤치고 사형수의 무고함을 굳게 믿으며 끝까지 구출하려고 애쓰는 주제가 이 작품의 성과에 더욱 빛을 더해주고 있다. 특히 이 작품에서 작가 엘러리 퀸은 사형 집행의 막다른 분위기를 유감없이 펼쳐 보임으로써 독자들에게 전율과 흥분을 선사하고 있다. 또한 그는 악덕으로 가득 찬 사회와 사형이라는 최악의 고통으로까지 끌려간 인간을 묘사하는 데 있어서도 충분한 효과를 고려한 듯하다. 즉, 페이션스라는 발랄하고 이지적인 여성의 눈을 통해 현대의 악을 응시케 하고 있는 것이다. 비록 그녀의 관찰이 주관적인 것이긴 하나 오히려 그 때문에 감정의 고양이 실로 독자들에게 뚜렷하게 전해지고 있다. 무죄를 호소하면서도 혼자만의 비밀을 고수하고 있는 사형수를 구해내려는 레인과 페이션스의 노력은 법정에서 좌절되고 만다. 하지만 그 후 두 번째 살인 사건이 일어나고부터는 그때까지 주위에 가득 찼던 안개가 서서히 걷히기 시작하며 아마존의 여장부 같은 여성의 출현으로 사건의 배후에 숨겨졌던 비밀이 폭로됨으로써 사건의 양상이 완전히 달라진다. 그리하여 사형 집행 장소에서 레인이 그곳에 모여 있는 사람들 중에서 범인이 아닌 자를 하나씩 제외하며 최후로 범인을 가려내는데, 그 과정의 서스펜스야말로 독자들의 숨을 멎게 할 만하다.

엘러리 퀸의 합작 방식은 오늘날까지도 명확하게 알려지지 않았지만 일반적으로 프레더릭 다네이가 생각하고 만프레드 리가 썼다는 설이 유력하다. 그러나 다네이도 다니엘 네이선(Daniel nathan)이라는 필명으로 자전 소설인 《The Golden Summer》(1953)를 발표한 적이 있으니 그 역시 소설을 쓰지 못했을 리 없다. 확실히 두 작품과는 구별되는 유형인 《Z의 비극》이 만약 출판사 측의 요청에 따른 예정 외의 작품이었다면 집필 스케줄이 빽빽한 리를 대신해 다네이가 썼을 거라는 주장도 있다. 그리고 두 작품과는 문체가 다름을 독자들에게 숨기기 위해 《Z의 비극》에서는 여성인 페이션스의 수기 형식을 취했지만, 역시 페이션스가 등장하는 다음 작품 《드루리 레인 최후의 사건》에서는 다시 리가 집필을 맡게 되어 수기 형식을 버리게 되었다는 설도 있다.

어쨌든 드루리 레인이 등장하는 비극 시리즈 4부작이야말로 엘러리 퀸의 대표작들인 동시에 본격 추리 분야의 필독서라 할 수 있는 만큼 클래식 미스터리에 애정을 가진 추리 애호가라면 어느 것 하나 놓쳐서는 안 될 작품들이다. 본 비극 시리즈의 마지막 작품인 《드루리 레인 최후의 사건》에도 독자들의 변함없는 관심이 이어질 줄 믿는다.

## 엘러리 퀸의 자아분열이 낳은 음울하고 정교한 드라마

장경현(추리문학 평론가, 조선대학교 교수)

### 4대 비극

국명 시리즈로 새로운 추리소설의 대가로 인정받고 있던 엘러리 퀸이 바너비 로스라는 필명으로 정체를 숨기고 새로운 탐정 드루리 레인을 창조했다는 사실은 이미 널리 알려져 있다. 이미 이 책에 수록된 엘러리 퀸의 글과 역자 해설을 통해 이들이 엘러리 퀸 외의 새로운 탐정의 필요성과 기타 이유로 드루리 레인을 탄생시켰고, 또한 경제적 이유나 출판 과정의 갈등 등 외적 요인으로 드루리 레인을 없앴다는 이야기를 알 수 있었다. 《Z의 비극》의 서문에서 퀸은 앞의 두 비극과 《Z의 비극》 사이의 10년 동안 있었던 레인의 활약상을 더 집필할 것이라고 했으니 네 작품으로 완결한 것은 원래의 의도가 아니었던 것이다.

그럼에도 불구하고, 이 네 비극은 처음부터 이렇게 의도한 것이 아닐까 의심할 만큼 완벽하게 통일된 텍스트를 조직한다. 물론 각 작품의 구성상 차이는 있으나 이들이 한데 모였을 때 저마다 완벽한 기능을 수행하며 '4대 비극'이라는 통일성을 획득하는 것이다. 개별 작품으로 보면 작품의 완성도라는 면에서 《Y의 비극》이 단연 압도적이고 후반의 두 작품은 상대적으로 그에 못 미치는 평가를 받으며 심지어는 앞의 두 작품과는 상당히 이질적이라는 말을 듣는 것이 사실이다. 그러나 네 작품을 하나의 텍스트로 간주한다면 개별 작품의 평가와 상관없이 모든 작품이 적절한 서사구조의 각 단계가 된다.

《X의 비극》은 드루리 레인과 조연 캐릭터들을 소개하는 도입부인 동시에, 살인사건 해결에서 즐거움과 보람을 찾는 레인의 가치관을 드러낸다. 독자는 고전적인 퍼즐 추리소설의 전형성을 발견하고 탐정으로서의 레인을 낙관적인 기존의 탐정들-셜록 홈스, 파일로 밴스, 엘러리 퀸, 에르퀼 푸아로-과 동일하게 바라보게 된다. 레인은 여기서 완벽한 변장을 하고 돌아다니는 등 홈스와 뤼팽과 같은 고전적인 르네상스맨 역할을 그대로 수행한다.

《Y의 비극》은 도입부부터 다르다. 전작이 사건 의뢰라는 고전적인 도입부로 시작했던 반면, 여기서는 해터 가의 어둡고 병적인 분위기와 고통의 굴레에 갇힌 인물들을 상세히 소개하는 것으로 시작한다. 긍정적인 에너지에 차서 활동하던 레인도 이에 감염된 듯 고뇌하며 슬픔에 빠진 듯한 모습을 보인다. 전작을 연상시키는 변장 작전을 하려 하지만 시도 단계에서 포기하는 것 또한 무언가 다른 변화를 암시한다. 살인이라는 극단적인 병적 행위가 점차 세속을 초월하여 자신만의 인생을 살던 드루리 레인을 감염시키고 있음을 보여주는 것이다. 그리하여 결말 또한 매우 씁쓸한 뒷맛을 남기며 레인이라는 인물에 대해 낯선 느낌이 들게 된다. 어쩌면 여기서 이미 레인 최후의 비극이 결정된 것인지도 모른다.

《Z의 비극》은 기승전결의 '전'에 해당한다. 느닷없이 1인칭 화자의 가볍고 명랑한 목소리로 시작하여 10년이라는 시간이 지났음을 알린다. 그리고 새로운 인물 페이션스 섬이 등장하며 처음의 레인처럼 살인사건 조사에 즐거움을 느끼는 낙관적인 탐정 역할을 담당한다. 마치 레인과 섬 경감의 시대가 이미 끝나고 이들의 예전 모습을 새로운 세대인 페이션스가 다시 시작한다고 선언하는 듯하다. 그러나 유감스럽게도 이미 현실의 살인은 재미로 풀 수 있는 수수께끼가 아니다. 감옥과 죄수, 사형대의 현실은 페이션스마저 두려움에 떨게 만들고 레인을 고뇌에 빠뜨린다.

《드루리 레인 최후의 사건》은 완벽한 '결'이다. 이 합본에 포함되지 않았으므로 내용을 함부로 말할 수 없지만 아는 사람은 다 알듯이 이 작품으로 레인 시리즈는 종결되어 버린다. 처음부터 퀸이 의도했는지는 명확히 알 수 없으나 마치 비극 시리즈가 애초에 이러한 최후를 계획했던 것인 양 레인의 모든 특징이 이 결말로 수렴한다. 레인의 청각장애, 젊은이에 못지않은 신체 능력, 셰익스피어에 대한 대단한 열정, 남과 다른 특수한 가치관, 삶의 황혼기에 접어든 나이 등등. 여기에 왜 굳이 페이션스라는 또 다른 탐정 역을 넣었는가에 대한 답도 알 수 있다(사실 페이션스는 많은 추리소설 독자에게 비호감 캐릭터로 받아들여졌다). 매우 충격적인 결말이지만 순서대로 네 개의 비극을 읽은 독자에게는 납득이 가는 결말이다.

우연한 결과라고 하지만 레인 시리즈가 '네 편의 비극'으로 끝난 것도 셰익스피어의 4대 비극을 의식한 의도가 아닐까 의심할 수 있다. 그래서 이 시리즈는 마지막 작품 제목이 '비극'이 아닌 '최후의 사건'이지만 '4대 비극'으로 불리는 것이 자연스럽다. 엘러리 퀸은 이러한 숨은 의도를 부정했던 듯하지만.

이번 합본에서 《드루리 레인 최후의 사건》이 빠진 것은 다소 아쉽지만 더없이 매력적인 탐정 드루리 레인의 퇴장을 보는 것이 가슴 아픈 독자들에게는 차라리 잘된 일일지도 모른다.

### 드루리 레인: 엘러리 퀸의 어두운 자아

드루리 레인은 지나칠 정도로 이상화된 인물이다. 청각장애와 노년의 나이를 제외하면 현실적이라고 말할 수 없는 완벽한 인간이다. 최고의 셰익스피어 배우였던 경력과 빼어난 외모, 비현실적인 중세풍의 대저택, 그를 섬

기는 충성스러운 하인들, 정규 교육을 받지 못했음에도 불구하고 독학으로 갖춘 대단한 지성과 지식, 여전히 강인하고 유연한 육체, 천재적인 추리력 등은 백가쟁명의 명탐정들 사이에서도 두드러질 정도로 완벽한 모습이다.

그러나 레인에게는 무언가 결여된 느낌이 있다. 물론 청각장애가 있긴 하나 이것은 그에게 또 다른 매력을 부여하는 장치일 뿐이다. 《X의 비극》에서 그는 개성적인 탐정으로 등장할 뿐이지만 중간에 드위트의 파티에서 보여준 긴 테이블 스피치와 《리처드 3세》의 연기는 어두운 내면을 살짝 내비치고 있으며 《Y의 비극》에서는 모호한 정의관을 드러낸다. 완벽하게 성공하고 우아하게 여생을 보내는 인간의 태도로 보기에는 미심쩍은 면이 있다. 연극이라는 가공의 세계에서 거칠 것 없이 살아가던 인물이 현실과 유리된 성에 틀어박혀 연극 세계 자체에서 살아간다면 그는 어떤 생각을 하게 될 것인가? 실패를 통해 새롭게 배워갈 수 있는 젊은 엘러리 퀸과 달리 이미 인생의 황혼기에 접어든 그는 더 이상 달라질 여지가 없다. 그러한 그는 음습한 암흑을 들여다보며 어떤 생각을 한 것일까?

엘러리 퀸도 라이츠빌 시리즈에 들어와서 '쌍둥이 엘러리' 설이 나올 만큼 초기와 상이할 정도로 변화된 모습을 보였다(실제로 설정 자체가 바뀐 것이 좀 있다). 하지만 엘러리 퀸은 근본적으로 긍정적인 에너지를 가진 인물이고 인생의 즐거움과 선에 대한 믿음을 버리지 않는다. 그는 밝음의 영역에 있는 존재다. 이렇게 상반된 인물을 같은 작가가 창조했다는 사실은 흥미로운 일이다. 청년과 노인, 학문과 예술, 밝음과 어둠 등 대비되는 요소들이 많기 때문에 의도적으로 대척점으로 창조했다고 평가되지만 각각의 행적을 비교해보아도 너무나 다르다.

어쩌면 레인은 작가들이 가장 밝고 혈기왕성한 엘러리 퀸의 모습을 그리던 와중에 다르게 그리고 싶었던 인물의 형상화 결과일지도 모른다. 나중에 《재앙의 거리》나 《열흘간의 불가사의》, 《꼬리 많은 고양이》 등에서 보였던 어둠과 좌절의 색채를 떠올리면, 이러한 분위기를 좀 더 극단적으로 밀어붙이고자 하는 욕망이 있지 않았을까 한다. 그리하여 전성기의 퍼즐 구성력과 서사 구성력이 이를 뒷받침하여 나온 최고의 결과물이 이 '4대 비극'인 것이다.

네 작품을 읽다 보면 엘러리 퀸의 국명 시리즈와 달리 중심 사건 외의 '곁가지' 같은 이야기에 상당한 지면과 노력을 할애한 것을 알 수 있다. 엘러리 퀸 시리즈에서는 피해자의 유족이나 피해자 자신에 대한 묘사가 종이인형처럼 피상적인 데 반해 비극 시리즈에서는 이들의 슬픔과 좌절, 고통을 매우 인상적으로 그리고 있다. 《X의 비극》에서 드위트의 사망을 접한 이들의 반응, 《Y의 비극》에서 루이자의 증언, 《Z의 비극》에서의 사형집행 장면 등이 그러하다. 이러한 '곁가지'야말로 비극 시리즈를 걸작의 반열에 오르게 한 중요한 요소인 것이다.

마지막으로, 적어도 《Y의 비극》은 전통적인 퍼즐 미스터리를 모든 면에서 최상의 한계까지 추구했을 때 나올 수 있는 최고의 작품이라고 단언하고 싶다. 일탈적인 기교를 부리지 않고 전형적이라고 할 정도의 장르적 규칙에서 벗어나지 않으면서 이런 완성도를 성취했다는 사실이 놀라울 뿐이다. 그것도 '4대 비극'의 한 구성요소로서 훌륭히 기능하면서도 말이다. 물론 '사상 최고의 추리소설'을 뽑는 일 자체가 무의미한 일이긴 하나, 장르의 대표성이나 역사적 의의 등의 측면에서 선택을 할 때 추리소설 장르의 원형성을 가장 이상적으로 완성시킨 대표작이라는 점에서 이 작품은 여러모로 최고작으로 꼽힐 만한 자격을 갖추었다.

참고로, 반 다인과 애거사 크리스티의 작품 중에도 《Y의 비극》과 유사하여 비교 가능한 작품들이 있다. 우열을 따지기 어려운 걸작들이지만 비교해서 읽으면 매우 흥미로울 것이다. 구체적인 제목을 들면 그 자체가 스포일러가 되기 때문에 언급을 피하겠다.

***옮긴이 서계인***
*명지대학교 국문과를 졸업하고 경기대 대학원 국문과를 수료했다. 1986년 계간 〈시와 의식〉 신인상을 받으며 문단에 데뷔한 후 번역 활동을 하며 명지대학교 객원교수 및 성균관대학교 사회교육원 교수를 역임했다. 옮긴 책으로는 엘러리 퀸의 《X의 비극》 《Y의 비극》 《Z의 비극》 《드루리 레인 최후의 사건》, 틱낫한의 《붓다처럼》, 넬슨 드밀의 《라이언스 게임》 《플럼 아일랜드》, 로버트 매캐먼의 《스완 송》 외 다수가 있으며, 저서로는 《실전 영어 번역의 기술》 〈EBS 영한번역 방송교재 시리즈〉(공저)가 있다.*

**The Tragedy of XYZ**
XYZ의 비극

2017년 9월 22일 초판 1쇄 발행
2018년 2월 9일 초판 2쇄 발행

지은이 | 엘러리 퀸
옮긴이 | 서계인
발행인 | 이원주

책임편집 | 박윤희
책임마케팅 | 조아라

발행처 | (주)시공사
출판등록 | 1989년 5월 10일(제3-248호)
브랜드 | 검은숲

주소 | 서울 서초구 사임당로 82 (우편번호 06641)
전화 | 편집 (02)2046-2852·마케팅 (02)2046-2883
팩스 | 편집·마케팅 (02)585-1755
홈페이지 | www.sigongsa.com

ISBN 978-89-527-7923-6 04840
978-89-527-6337-2(set)

검은숲은 (주)시공사의 브랜드입니다.


이 도서의 국립중앙도서관 출판예정도서목록(CIP)은 서지정보유통지원시스템 홈페이지(http://seoji.nl.go.kr)와 국가자료공동목록시스템(http://www.nl.go.kr/kolisnet)에서 이용하실 수 있습니다.
(CIP제어번호: CIP2017023287)

**로마 모자 미스터리 The Roman Hat Mystery**

로마 극장, 가장 인기 있던 연극의 2막이 끝나갈 무렵 발견된 한 남자의 시체.
두 사촌 형제의 역사적인 첫 공동 작업.

**프랑스 파우더 미스터리 The French Powder Mystery**

프렌치 백화점 전시실에서 튀어나온 시체. 용의자를 모으고 소거한 후
범인을 지적하다. 미스터리 역사상 가장 멋진 결말.

**네덜란드 구두 미스터리 The Dutch Shoe Mystery**

네덜란드 기념 병원, 이동식 침대에서 발견된 시체. 흰색 바지와 흰색 신발
한 켤레를 바탕으로 펼쳐지는 놀라운 추리.

**그리스 관 미스터리 The Greek Coffin Mystery**

미술품 중개업자의 죽음, 사라진 유언장. 최강의 적과 맞닥뜨린
엘러리 퀸의 당혹. 미국 미스터리를 대표하는 걸작.

**이집트 십자가 미스터리 The Egyptian Cross Mystery**

T자형 십자가에 매달린 목이 잘린 시체. 희생자는 더 늘어날 수 있는 상황.
엘러리 퀸의 치열한 추적이 시작되다.

**미국 총 미스터리 The American Gun Mystery**

2만 명이 모인 로데오 경기장에서 발생한 죽음. 25구경 자동권총의 행방은?
두 번째 살인 사건 이후 마침내 도달한 진상은?

**샴쌍둥이 미스터리 The Siamese Twin Mystery**

화재에 쫓겨 산 정상에 있는 은퇴한 의사의 집에 도착한 퀸 부자.
다음 날 발생한 기이한 살인. 피해자의 손에 쥐어진 스페이드 6 카드의 비밀은?

**중국 오렌지 미스터리 The Chinese Orange Mystery**

모든 것이 뒤집어진 이상한 사무실에서 뒤집어진 차림새의 시체가 발견된다.
신원을 알 수 없는 이 시체는 왜 이상한 차림으로 죽어 있는가?

**스페인 곶 미스터리 The Spanish Cape Mystery**

대서양을 향한 반도, 월스트리트 약탈자의 거대한 저택에서 발견된
목 졸린 시체. 그는 왜 망토로 온몸을 감싸고 있었을까?

## XYZ 비극 시리즈 Tragedy Series

**X의 비극 The Tragedy of X**
전차 안에서 서서히 쓰러지는 한 남자. 수십 개의 독바늘이 박힌 코르크 공. 은퇴한 셰익스피어 극 명배우 드루리 레인의 인상적인 첫 등장.

**Y의 비극 The Tragedy of Y**
미치광이 집안이라 불리는 해터가의 주인이 바다에서 시체로 발견된다. 끊임없이 이어지는 죽음의 징조들. 진실에 다가갈수록 드루리 레인은 고민 속으로 빠져든다.

**Z의 비극 The Tragedy of Z**
두 번의 비극으로부터 10년 후. 은퇴한 섬 경감은 딸 페이션스와 함께 사건을 조사하던 중, 상원의원의 시체와 마주하게 된다. 드루리 레인이 펼치는 아름다운 소거법과 놀라운 진실.

**드루리 레인 최후의 사건 Drury Lane's Last Case**
변장을 한 수수께끼의 남자, 그가 남긴 의문의 봉투, 도난당한 셰익스피어의 희귀본. 숨겨져야만 했던 역사의 진실은 과연 무엇일까? 드루리 레인 최후의 사건.

**재앙의 거리 Calamity Town**
사라진 지 3년 만에 돌아온 약혼자 짐과 행복한 결혼식을 올리는 노라.
그러나 그의 필체로 쓰여진 의문의 편지들은 사랑하는
아내의 죽음을 예고하고 있는데…….

**폭스가의 살인 The Murderer is a Fox**
전쟁 영웅이 되어 고향 라이츠빌로 돌아온 데이비 폭스.
하지만 내면이 부서져버린 그는 자기 손으로 사랑하는 아내를
죽일 것이라는 강박에 시달리는데…….

**열흘간의 불가사의 Ten days' Wonder**
모든 것을 다 가진 듯했던 한 가족을 파국으로 몰아간 치명적 비밀.
역사상 가장 정교하고 거대한 '악'에 맞닥뜨린 엘러리의 운명은?

**더블, 더블 Double, Double**
〈마더 구스〉의 노랫말을 따라 사람들이 연이은 죽음을
맞이하면서 공포에 휩싸인 라이츠빌!
불길한 노래가 가리키는 마지막 희생자는 누구인가?

**킹은 죽었다 The King is Dead**
군수업계의 거물 킹 벤디고에게 연이어 날아든 살인 예고장.
수사에 나선 엘러리와 퀸 경감은 범인의 정체를 밝히고 그를 가둬두는데…….
불가능한 살인에 도전하는 범인과 그에 맞서는 엘러리. 과연 최후의 승자는?